I0593100

LES

MANGEURS DE FEU

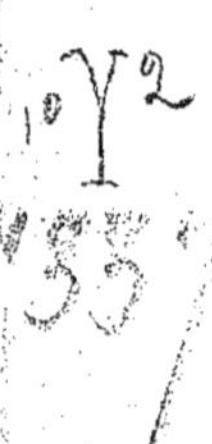

LES MANGEURS DE FEU

PAR

LOUIS JACOLLIOT

ÉDITION ILLUSTRÉE PAR A. PARYS

PARIS

C. MARPON ET F. FLAMMARION, ÉDITEURS

26, RUE RACINE, PRÈS L'ODÉON

LES MANGEURS DE FEU

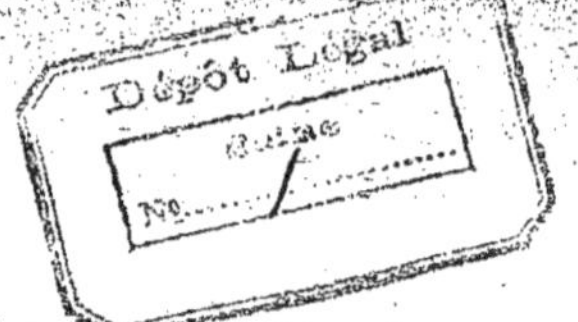

LIVRE PREMIER

LE BATTEUR DE BUISSON

PREMIÈRE PARTIE

LES INVISIBLES

CHAPITRE PREMIER

Olivier de Lauraguais d'Entraygues. — Le colonel Ivanowitch. — Le billet mystérieux. Hallucinations. — Le tribunal secret. — Départ pour Paris.

Par un soir d'avril, en plein hiver russe, le charmant petit hôtel, d'architecture mauresque, de la rue Perowskaia, que connaissent tous ceux qui ont visité la capitale de l'empire des tzars, étincelait de lumières. Olivier de Lauraguais, comte d'Entraygues, attaché à l'ambassade de France à Saint-Pétersbourg, donnait ce soir-là son dernier dîner de garçon, car il se mariait le lendemain avec la jeune princesse Vasilewska, fille du prince Vasilewski, gouverneur du Caucase.

Tous les attachés des différentes ambassades, ainsi qu'un certain nombre d'officiers supérieurs de l'armée russe, assistaient à ce repas, auquel le jeune homme avait convié la plupart de ses amis.

Au moment où les invités songeaient à se retirer pour laisser à leur hôte la liberté d'aller achever sa soirée auprès de sa fiancée, un colonel d'un régiment de cosaques, nommé Piotre Ivanowitch, remplit son verre de champagne pour porter un dernier toast, et s'adressant au comte d'Entraygues :

— Je bois, dit-il, à l'homme le plus heureux que je connaisse.

Puis, après une légère pause, il ajouta :

— Et fasse Dieu, messieurs, que la fortune continue à combler notre ami de ses faveurs !

Un sourire singulier accompagna ces dernières paroles sur les lèvres de l'officier, mais l'expression en fut si fugitive que personne ne la remarqua.

D'unanimes acclamations accueillirent ce vœu, que chacun renouvela cordialement en prenant congé de celui qui en avait été l'objet.

Le jeune attaché d'ambassade pouvait, en effet, passer pour un des favorisés du sort. Possesseur d'un beau nom et en passe de parvenir aux plus hauts emplois de la diplomatie, il jouissait en outre, du chef de sa mère, de trois cent cinquante mille francs de rente, en attendant la fortune considérable qui devait lui revenir à la mort de son père.

Il avait à peine vingt-six ans ; bien fait de sa personne, élégant, cavalier accompli, rompu à tous les exercices du corps, il était courageux jusqu'à la témérité, et en avait donné quelque temps auparavant une preuve qui n'avait pas peu contribué à le mettre bien en cour : invité à une chasse à l'ours, il s'était précipité entre un de ces animaux furieux et le czar, qu'un écart de son cheval avait démonté, et, avec un sang-froid admirable, avait plongé son couteau de chasse jusqu'à la garde dans le cœur de son terrible adversaire, qui était tombé pour ne plus se relever.

Cette aventure, qui lui avait valu la croix de première classe de Saint-André, l'avait en outre posé en héros du jour et, pendant un mois, tout Saint-Pétersbourg ne s'était occupé que de lui.

Quand le dernier de ses convives se fut retiré, il se rendit au palais Vasilewski. La jeune princesse était une des beautés les plus renommées de la cour, mais plus distinguée encore par l'intelligence, l'esprit et le cœur ; elle semblait réaliser ce type accompli que chaque homme rêve de rencontrer dans la compagne de sa vie.

Pour Olivier d'Entraygues le rêve s'était fait réalité, car Maria Feodorowna, que son père avait laissée maîtresse de son choix, l'avait distingué entre les nombreux soupirants que sa fortune, sa naissance et sa haute position n'avaient pas manqué de lui attirer.

Le jeune attaché d'ambassade revint tout préoccupé de sa visite à celle qui devait recevoir son nom le lendemain; sa fiancée lui avait paru moins gaie, moins expansive que d'habitude, et c'est en vain qu'il avait essayé de provoquer une de ces conversations charmantes par leur intimité que la proximité de la cérémonie nuptiale lui donnait le droit d'espérer.

Rien de grave dans la tenue de la jeune fille ne pouvait légitimer de sérieuses préoccupations, à peine un léger nuage avait-il assombri son front gracieux; mais il est des jours où les plus petites choses suffisent pour amener de sinistres pressentiments, et c'est le cœur plein d'une vague inquiétude qu'Olivier revint dans le charmant hôtel qui allait, du moins il avait tout droit de le penser, l'abriter pour la dernière fois : car, le mariage accompli, il devait habiter le palais de son beau-père que les devoirs de son gouvernement obligeaient de retourner au Caucase.

En pénétrant dans sa chambre à coucher, il aperçut un pli cacheté déposé sur un petit guéridon, près de son lit. Son cœur battit plus vite sous le coup d'une extraordinaire émotion, et c'est en tremblant qu'il rompit l'enveloppe. La feuille de papier portait en tête un cachet singulier au centre duquel se trouvaient deux poignards en croix; elle contenait ces seuls mots, en caractère d'imprimerie pour que l'écriture n'en pût sans doute être reconnue :

« L'épervier gaulois ne tient pas encore dans ses serres la colombe russe.

« Les Invisibles. »

Cette phrase faisoit évidemment allusion à son prochain mariage.

En lisant ce sombre et singulier avertissement, le jeune homme fut sur le point de défaillir. Ce mystérieux message correspondait du reste de tout point à son état d'esprit. Il se remit cependant assez promptement et se précipita sur sa sonnette.

Un serviteur parut.

— Laurent, lui dit-il, qui a apporté ce pli?

— Personne n'est venu à l'hôtel depuis le départ de monsieur.

— Es-tu bien sûr de ce que tu avances?

— Monsieur peut se renseigner auprès du concierge.

— C'est inutile. N'as-tu pas eu besoin de t'absenter?

— Mon service fini, je n'ai pas quitté l'antichambre où monsieur m'a trouvé quand il est rentré.

— C'est bien, laisse-moi.

Le jeune homme avait hâte d'être seul pour réfléchir au sinistre événement qui venait de se produire, et qui lui eût paru une simple mystification s'il n'eût été porté à lui accorder une sérieuse attention par l'état d'esprit qu'il avait cru remarquer chez sa fiancée.

Qui donc avait pu apporter cette étrange missive jusque dans sa chambre à coucher, sans que personne ne s'en fût aperçu à l'hôtel?... Le fait en lui-même était moins étonnant en Russie qu'en toute autre contrée, en raison des nombreuses sociétés secrètes que l'état social de ce pays a fait éclore; chaque jour, les nihilistes, par exemple, accomplissaient des actes tout aussi audacieux et tout aussi incompréhensibles; mais ils poursuivaient un but connu, c'était affaire entre Russes; le comte d'Entraygues s'était d'autant moins mêlé de ces questions, qu'en qualité de Français les affaires intérieures de la Russie ne le regardaient pas, et que sa situation à l'ambassade lui interdisait formellement de s'en occuper; il n'avait donc, de ce côté, aucune vengeance à redouter, du moins il se croyait en droit de le supposer.

Après avoir examiné le problème sous toutes ses faces, il en vint à se persuader qu'il se trouvait, en effet, en présence d'une simple plaisanterie imaginée par un de ses invités pour l'intriguer un peu, à la veille d'une alliance qui lui avait fait bien des jaloux; sa chambre à coucher donnait sur le fumoir et rien n'avait été plus facile que d'entr'ouvrir la porte et de jeter sur le premier meuble venu l'étrange papier, cause de tout son émoi.

L'idée ne lui vint pas un seul instant de supposer que Laurent, son valet de chambre, eût pu tremper dans cette aventure; ce dernier, du reste, méritait de tout point la confiance que lui témoignait son maître; sa famille était au service des ancêtres du marquis depuis plus d'un siècle, et il était de la race de ces anciens serviteurs qui se considéraient un peu comme de la maison. Aussi le dévouement aveugle qu'il portait à son jeune maître ne lui eût-il pas permis de se prêter à quoi que ce fût qui pût troubler, même passagèrement, la quiétude de ce dernier. Avant d'être attaché au service d'Olivier d'Entraygues, il avait fait un congé dans les cuirassiers, et en avait conservé une rectitude et une droiture toutes militaires dans sa conduite et les choses de son service; il était donc aussi difficile de mettre en défaut sa vigilance que son dévouement. Quant à l'influencer par d'autres moyens, il n'eût pas fallu y songer, son intégrité n'eût pas succombé devant les plus brillantes tentations, et l'on n'eût pu même le réduire par la violence, car il était d'une force réellement herculéenne. Attaqué un jour dans un des faubourgs par une quinzaine de moujiks, il en avait d'abord assommé la moitié, et quand la police vint lui prêter main-forte, il fallut encore avoir recours à lui pour arrêter les autres et les conduire en prison. Il avait souvent donné au régiment cet extraordinaire exemple de force musculaire, de saisir une prolonge par l'arrière et de neutraliser tous les efforts faits par deux vigoureux chevaux de trait, pour la mettre en mouvement.

Lorsqu'il était parti pour accompagner son jeune maître en Russie, le vieux marquis lui avait dit :

— Qui a apporté ce pli? (page 3).

— Laurent, je te confie mon fils; c'est le dernier des Lauraguais d'Entraygues.

Donc, il était impossible que l'on se fût introduit dans le petit hôtel de la rue Perowskaia, malgré le fidèle gardien, ou avec sa connivence.

La dernière supposition à laquelle Olivier avait fini par s'arrêter était donc la seule qui, jusqu'à un certain point, ne fût pas dénuée de vraisemblance. Parmi ses conviés, en effet, se trouvaient plusieurs jeunes attachés et officiers qui n'avaient point encore dépassé l'âge où une espièglerie n'a plus de charmes, et l'acte qui tout d'abord avait si fort émotionné Olivier d'Entraygues ne dépassait guère, à tout prendre, les bornes d'une simple plaisanterie.

Ces diverses réflexions n'avaient pas tardé à apporter un peu de calme dans l'esprit du jeune homme ; mais le coup avait été si rude au début qu'il se sentait surexcité, fiévreux, la gorge sèche. Il étendit la main vers un petit plateau de cristal, toujours garni de fleur d'orange et d'eau fraîche pour la nuit, et il se fit un grand verre d'eau sucrée auquel il ajouta quelques gouttes de la liqueur parfumée ; il but à longs traits avec un plaisir indicible, et, la tête dans les mains, poursuivit le cours de ses rêveries.

Il pouvait être une heure du matin ; bien que le calendrier place avril au printemps, c'est un mois bien dur en Russie. La neige tombait par rafales, et le vent du nord la soulevait en tourbillons, comme le simoun, qui chasse devant lui les sables des déserts africains. On n'entendait au loin que les pas lourds et cadencés des veilleurs de nuit, dont les bottes épaisses résonnaient sur le sol glacé, et de temps à autre éclatait dans le silence le cri plaintif et lugubre de quelque chien errant en quête d'un maigre abri.

A demi couché sur un moelleux divan, l'œil perdu dans le vague, Olivier d'Entraygues tomba peu à peu dans une sorte de somnolence qui lui enleva la perception bien nette des objets qui l'entouraient ; c'est en vain qu'il tenta de lutter contre la torpeur physique qui l'envahissait, les forces morales furent vaincues par la fatigue physique, comme si un puissant narcotique eût paralysé chez lui tous les ressorts de la volonté. Tout à coup, sous l'empire de cet état, voisin de l'hallucination, il lui sembla qu'un des panneaux de sa chambre glissait lentement sur lui-même, démasquant une ouverture dans la muraille, d'où sortirent quatre hommes masqués, enveloppés dans des manteaux sombres, qui s'approchèrent lentement de lui... Il voulut crier, appeler à son secours, mais sa langue paralysée lui refusa tout service, et quant à fuir, il eût demandé vainement à ses membres un effort dont ils étaient incapables.

Les inconnus, après l'avoir bâillonné, lui recouvrirent la figure d'un voile noir, puis, l'enlevant de dessus le divan où il était couché, l'emportèrent sur leurs bras avec précaution, sans mettre la moindre brutalité dans leurs actes, mais aussi sans prononcer une parole.

A ce moment, il lui sembla qu'il recouvrait peu à peu la libre possession de son intelligence, et, sans s'aviser d'une résistance inutile, il appliqua toutes les forces de son esprit à suivre toutes les péripéties du drame qui commençait.

Il ne pouvait voir ; mais il sentit, à la tiède chaleur de l'atmosphère qui n'avait pas cessé de l'environner, que ses ravisseurs ne lui avaient point fait traverser la rue ; mais il n'eut pas le temps de se livrer à de plus amples réflexions. Quelques minutes s'étaient à peine écoulées que ses porteurs s'arrêtaient. Ils déposèrent leur fardeau sur un siège, et son bandeau ainsi que le bâillon lui furent subitement enlevés.

Il jeta avidement ses regards autour de lui pour se rendre compte du lieu où il se trouvait.

Le spectacle qui s'offrit à ses yeux était bien fait pour frapper de terreur les plus braves ; il fit appel à tout son courage et resta impassible.

Dans une chambre carrée, aux murs nus et tout tendus de noir, où l'on n'apercevait ni portes ni fenêtres, six hommes, masqués également, se tenaient, graves et silencieux, autour d'une table, dans la situation des juges devant nos tribunaux ; et, pour compléter l'illusion, au bout extrême de chaque côté, se trouvaient deux autres individus, dont l'un, la plume à la main, comme s'il se préparait à écrire, pouvait représenter le greffier, tandis que son compagnon de face allait, sans doute, jouer le rôle d'accusateur public.

Une lampe fumeuse éclairait seule cette scène lugubre.

Calculant habilement sur l'effet produit, et sans lui donner le temps de se remettre, le personnage qui occupait la place du président de cette singulière assemblée adressa immédiatement la parole au jeune homme.

— Vous êtes bien Olivier de Lauraguais d'Entraygues, attaché à l'ambassade de France? lui dit-il.

L'interpellé tressaillit ; il lui avait semblé reconnaître dans cette voix celle du colonel de cosaques qui, quelques heures auparavant, avait porté un *toast* à la continuité de son bonheur. Mais ce n'était pas le moment de s'attarder aux réflexions que pouvait lui suggérer une pareille pensée. Il se redressa fièrement et répondit :

— De quel droit m'adressez-vous une pareille question?

— Du droit du plus fort, vous êtes en notre pouvoir.

— C'est vrai, je suis tombé malgré moi dans un guet-apens, mais je vous défie bien de me forcer à vous répondre si cela ne peut me convenir. Cependant, comme je tiens à connaître le motif qui a pu vous pousser à cet acte de violence, je veux bien vous dire que je suis en effet la personne que vous venez de nommer.

— Vous parlez de violence ; auriez-vous eu à vous plaindre des procédés de ceux qui vous ont amené ici?

— Je ne relèverai pas la singularité de l'expression. « Amener ici » est du dernier bien ; trève à cette comédie! Que voulez-vous de moi? de l'argent? Fixez le prix de ma rançon.

— Nous prenez-vous pour des voleurs?

— Qui êtes-vous donc alors?

— Que vous importe! Vous n'êtes point Russe, et la mission que nous accomplissons ne vous regarde pas. Sachez seulement que rien ne résiste à notre puissance, et nous sommes la force au service de la faiblesse et de la justice. Nous sommes les *Invisibles*.

— Pourquoi vous être emparé de ma personne, alors ?

— Parce que vous vous êtes mis à la traverse d'un de nos projets et que, quand nous avons résolu quelque chose, nous avons l'habitude de supprimer les obstacles qui en empêchent la réalisation.

— Et je suis sans doute un de ces obstacles ?

— Vous l'avez dit.

— Et, pour le supprimer, vous allez m'assassiner ?

— Nous ne sommes pas des assassins. Nous exécutons les arrêts du conseil souverain.

— Puis-je savoir ce que vous exigez de moi ?

— Nous désirons, nous voulons, que vous renonciez à la main de la princesse Vasilewska, que vous devez épouser dans quelques heures.

En entendant ces paroles, le jeune homme sentit son cœur se serrer, et sous le coup des impressions pénibles qu'il avait déjà ressenties dans la soirée, il lui sembla qu'il assistait à la ruine de ses plus chères espérances.

— Jamais ! répondit-il d'une voix forte, jamais je ne consentirai à ce que vous me demandez.

— Il le faut, cependant.

— Faites de moi ce que vous voudrez ; je n'ai rien de plus à vous dire.

— On ne touchera pas à un cheveu de votre tête. Nous avons simplement reçu l'ordre de vous avertir. Si vous n'obéissez pas, ce sera la lutte, et une lutte sans merci, contre une puissance à laquelle rien ne résiste.

— C'est bien, j'accepte la lutte.

— Vous succomberez.

— Soit ! mais pas sans me défendre.

— Je veux bien vous prévenir, continua celui des inconnus qui seul avait parlé jusque-là, que toutes nos mesures sont prises et que, quelle que soit la décision que vous preniez cette nuit, votre mariage n'aura pas lieu.

— Et c'est vous ! vous ! qui l'empêcherez ?

— Nous-mêmes ! Vous feriez mieux de vous résigner de bonne grâce, car si vous ne consentez pas à renoncer de vous-même à la princesse, vous devrez disparaître.

— Je vous ai répondu que j'étais prêt.

— Votre heure n'est pas venue. Nous avons bien voulu vous faire connaître que la cérémonie ne s'accomplirait pas ; nous aurons le temps d'attendre. Le grand conseil vous accorde trois mois pour réfléchir : passé ce délai, si vous n'avez pas obtempéré à nos ordres, vous recevrez avis de votre condamnation par le tribunal secret.

— A mort, sans doute ?

Olivier fut déposé sur le divan de sa chambre. (Page 11.)

— C'est la seule peine que nous prononcions, et rien ne pourra vous soustraire à l'exécution de la sentence.

— Si vous avez le pouvoir d'empêcher mon mariage, pourquoi exigez-vous de moi une inutile renonciation ?

— Ceci est le secret de ceux qui nous dirigent. Vous êtes averti, nous n'avons plus rien à vous dire; on va vous ramener chez vous de la même manière que vous avez été conduit ici, veuillez vous laisser bander les yeux.

— Et si je n'y consentais pas?

— Évitez-nous la triste nécessité d'employer la force.

— C'est bien ; j'obéis, puisqu'il le faut.

Sur un signe du président de la mystérieuse assemblée, les quatre hommes qui avaient apporté sur leurs bras Olivier d'Entraygues s'approchèrent de lui. Ce dernier se livra à eux sans résistance.

On allait lui placer le bandeau, lorsque, se rappelant le singulier sentiment qu'il avait éprouvé quand la voix de celui qui lui parlait s'était fait entendre pour la première fois, il se dégagea des mains de ses gardiens, et s'approchant de la table au bord de laquelle se tenaient les juges inconnus, il s'écria d'une voix forte en s'adressant à celui qui les présidait :

— Colonel Ivanowitch, nous nous reverrons !

— Je ne suis pas le colonel Ivanowitch, répondit l'interpellé d'une voix calme et grave.

— Oserais-tu te démasquer?

— Je ne suis point maître de mes actions ; cependant, pour ne laisser aucun doute dans ton esprit, je puis demander la permission de te satisfaire.

A l'instant même, le mystérieux personnage repoussa son fauteuil de la table, ses assesseurs se rapprochèrent, et un conciliabule animé eut lieu entre eux à voix basse. Bientôt ils parurent se mettre d'accord, et reprirent chacun la place qu'ils occupaient.

— Monsieur Olivier de Lauraguais d'Entraygues, reprit l'inconnu, donnez-moi votre parole de gentilhomme de ne me reconnaître jamais en quelque lieu que ce soit, et pour quelque motif que ce soit, fût-ce même pour sauver votre vie ou celle de l'être le plus cher, une fois sorti de cette enceinte.

— Dois-je entendre par là que vous reconnaissant au dehors et sachant que vous faites partie de ceux qui me poursuivent, je doive, lié par mon serment, renoncer à me venger?

— Je vous demande simplement de ne témoigner, devant âme qui vive, que vous me connaissez, ni des circonstances dans lesquelles vous avez pu me voir ; quant à votre vengeance personnelle, vous resterez libre d'agir comme vous l'entendrez, je ne vous crains pas.

Ces dernières paroles furent prononcées avec un ton de suprême dédain, mais ce n'était pas le lieu, pour celui à qui elles s'adressaient, de les relever autrement qu'en acceptant le défi qu'elles portaient.

Le jeune homme prêta le serment qu'on lui demandait et il ajouta :

— Je jure également, que si l'événement dont vous m'avez menacé, et qui doit aujourd'hui même anéantir mes espérances les plus chères, s'accomplit, je jetterai comme enjeu de la partie que je poursuivrai contre vous ma fortune, mon énergie, mon courage, ma vie, et que jusqu'à mon dernier souffle je n'aurai d'autre pensée, d'autre mobile, d'autre but, que la vengeance.

Un rire, strident et sinistre comme ce cri bizarre de l'orfraie qui surprend

parfois le matelot dans le calme silence des nuits de l'Océan, fut la seule
réponse qui accueillit ces paroles, et l'inconnu qui présidait l'étrange assemblée, soulevant lentement son masque, montra aux yeux étonnés du jeune
homme la face vénérable d'un vieillard, dont la blême coloration et la longue
barbe argentée indiquaient que leur possesseur était arrivé aux extrêmes
limites de la vie.

Olivier d'Entraygues attacha avidement ses regards sur cette figure pâle,
émaciée, en grande partie couverte par la barbe d'une extraordinaire
épaisseur, pour en graver profondément les traits dans sa mémoire. Rien
de particulier, rien d'énergique même ne se dégageait de cette tête éteinte
et flou comme un masque de cire, entourée d'une barbe de théâtre, qui donnait plutôt l'impression d'un déguisement habile que celle d'un visage
naturel. Mais le jeune homme n'eut pas le temps de contrôler les probabilités de cette pensée ; l'inconnu avait remis son masque, et la lampe fumeuse
s'éteignant subitement, la salle et tous les acteurs de ce drame s'étaient,
avec la rapidité d'un changement à vue, évanouis dans une profonde obscurité. Olivier d'Entraygues fut reconduit chez lui et déposé avec le même
appareil mystérieux sur le divan de sa chambre à coucher ; c'est du moins
dans cette position qu'il se retrouva. Quand il ouvrit les yeux, il était non-
chalamment couché dans la position qui lui était familière, la tête enfoncée
dans d'épais et moelleux coussins. Sa lampe d'albâtre jetait de vagues lueurs
sur les différents objets qui l'environnaient ; tout était à sa place dans cet
élégant et somptueux *retiro*. D'un bond il fut sur pied, et se passant avec
effort la main sur le front comme pour rassembler ses idées :

— Ai-je rêvé ? fit-il.

Puis, se rappelant avec une singulière netteté tous les détails de la
scène étrange à laquelle il lui semblait qu'il venait d'assister :

— Non, ce n'est pas possible ! je les vois encore, j'entends leurs voix...
Est-ce que je deviens fou, ou ai-je été le jouet d'une hallucination qui a créé
de toutes pièces ces fantômes devant moi ? C'est là ! là ! par ce panneau
qu'ils sont entrés ! Oh ! nous allons bien voir !...

Il se précipita vers la boiserie qui lui avait paru se déplacer et frappa
dans tous les sens avec le premier objet qui lui tomba sous la main. Partout
le vieux chêne rendit le son mat et éteint des murs pleins. Il sonda tout ce
côté de son appartement et obtint le même résultat. Du reste, aucune solution de continuité dans toute la longueur des boiseries, et partant, pas d'apparence de passage secret. En admettant même qu'un passage pût être
construit avec une habileté assez grande pour défier toute recherche, la
réflexion ne tarda pas à convaincre le jeune attaché d'ambassade qu'il ne
pouvait pas en exister un dans cette partie de la muraille de l'hôtel qu'il
habitait. Cette construction était, en effet, adossée au palais du prince Bara-
tinski, et sa chambre à coucher correspondait juste en hauteur avec le

grand salon de réception. Or, il n'y avait pas possibilité de supposer un seul instant que les membres de n'importe quelle société secrète russe pussent se réunir dans ce palais, ou y possédassent des accointances leur permettant de jouer la scène dramatique à laquelle Olivier d'Entraygues croyait avoir assisté.

Ces objections, auxquelles il ne pouvait rien opposer de sensé, finirent par le convaincre de l'inutilité de ses recherches, et, son excitation nerveuse se calmant peu à peu, il ne tarda pas à se persuader qu'il avait été le jouet d'une hallucination causée par la singulière lettre qu'il avait trouvée dans la soirée.

Il ne songea même pas à inspecter les autres murs de sa chambre ; l'un, en effet, s'élevait sur la rue elle-même, et les deux autres n'étaient que des séparations intérieures, confinant d'un côté sur le fumoir, et de l'autre sur la bibliothèque.

Il ne resta bientôt plus au jeune homme le moindre doute sur la complète illusion de son aventure, et en raison de la facilité avec laquelle les sentiments extrêmes se succèdent la plupart du temps, surtout à son âge, il ne tarda pas à rire de sa crédulité.

La nuit était avancée déjà lorsqu'il songea à prendre quelque repos ; mais comme il avait des ordres à donner pour la matinée, il sonna son fidèle Laurent, qui, toujours sur le qui-vive, apparaissait quelques instants après, sans pouvoir dissimuler son étonnement de trouver son maître encore debout.

Olivier s'aperçut de cette impression ; aussi crut-il devoir expliquer à son vieux serviteur comment, surpris par la fatigue sur son divan, il n'avait pas tardé à être vaincu par un sommeil qui s'était prolongé plus que de raison.

— Je désire être réveillé à neuf heures, ajouta-t-il, car il faut que je sois au palais de l'ambassade à onze heures. C'est de là que je dois partir avec M. l'ambassadeur de France, qui a bien voulu remplacer mon père, pour nous rendre ensemble avec mes témoins au palais Vasilewski.

— Monsieur le comte peut compter sur mon exactitude.

— Je n'ai pas eu le temps de te parler dans la soirée. As-tu fait toutes les commissions dont je t'avais chargé ?

— Tout est prêt.

— Et la corbeille de fleurs ?

— Elle est arrivée de Nice ce soir même.

— N'oublie pas l'usage auquel elle est destinée.

— Monsieur le comte peut être tranquille.

— C'est bien ; tu peux te retirer.

Ces fleurs, une idée du jeune homme, devaient faire un épais tapis de violettes, de la porte du palais à la voiture, sous les pas de sa fiancée, quand elle se rendrait à la cathédrale de Notre-Dame de Kasan, touchante et gracieuse coutume que les Russes ont conservée de leurs ancêtres orientaux.

Olivier d'Entraygues se coucha alors, impatient de voir poindre le jour. Mais il *était écrit*, suivant une expression fataliste aussi familière aux Russes qu'aux Arabes, qu'il n'achèverait point dans son lit cette nuit, dont les événements devaient avoir une influence décisive sur sa vie entière. Il dormait depuis une heure à peine, lorsqu'il fut subitement éveillé par quelques coups discrètement frappés à sa porte.

— Qui est là? demanda-t-il immédiatement.

— C'est moi, répondit Laurent; excusez-moi de troubler votre repos.

— Que se passe-t-il donc?

— Un exprès arrivé à l'instant vous prie de vous rendre de suite à l'ambassade.

— A l'ambassade?...

— Oui. Son Excellence le ministre de France lui-même vous fait dire qu'il a les choses les plus graves à vous communiquer. A tout hasard, j'ai ordonné d'atteler, pensant bien que monsieur le comte ne sortirait pas à pied à cette heure.

En moins de rien, le jeune attaché était habillé, sautait dans sa voiture et accourait près de son chef, en proie à une émotion impossible à décrire.

— Soyez ferme, mon pauvre ami, lui dit l'ambassadeur en l'apercevant; il a fallu, pour que je vous mandasse à cette heure, des faits d'une importance extraordinaire.

— Vous pouvez parler, monsieur l'ambassadeur; je suis prêt à tout entendre.

— Du courage!

— J'en aurai.

— Cette nuit même, le prince Vasilewski a été déporté en Sibérie, et sa fille, la princesse Maria Feodorowna, par ordre supérieur, a été enfermée au couvent de Sainte-Catherine des dames nobles.

Bien que le coup fût rude et imprévu, le jeune homme eut comme un soupir de soulagement; son père, qu'il adorait, malade en ce moment, n'avait pu se rendre en Russie pour assister à son mariage, et il s'était attendu, depuis l'arrivée du messager de l'ambassadeur, à apprendre la nouvelle de sa mort.

— En Sibérie!... au couvent!... balbutia-t-il après quelques instants de silence.

Puis il allait, dans une exclamation douloureuse, faire allusion à l'étrange lettre qu'il avait reçue et à son rêve de la nuit; mais il eut la force de se contenir. Il se dit qu'il était inutile, imprudent peut-être, de parler de ces faits qu'il ne pouvait expliquer, et dont la publicité pouvait peut-être nuire à ses projets ultérieurs. C'était une âme vigoureusement trempée, capable de toutes les énergies. Il comprit aux premiers coups portés la gravité de la lutte qui s'engageait et résolut de se taire ; il fallait se montrer aussi mystérieux, aussi impénétrable que ses ennemis.

Le ministre de France s'était tu, pour donner à son jeune subordonné le temps de dominer son émotion.

Une fois son parti pris, ce dernier releva la tête et, d'une voix ferme, demanda la cause de ces événements aussi foudroyants qu'imprévus.

— On parle de conspiration, de révolution de palais, répondit l'ambassadeur ; mais vous savez aussi bien que moi, mon jeune ami, combien il est difficile de connaître la vérité vraie dans cet étrange pays.

— Bien ; je sais ce qui me reste à faire.

— N'allez pas, au moins, commettre d'imprudence.

— Soyez sans crainte à cet égard, monsieur l'ambassadeur.

— La moindre faute pourrait compromettre une carrière si brillamment commencée. Tenez, voulez-vous un bon conseil ?

— Il me sera précieux, venant de vous.

L'ambassadeur baissa la voix.

— L'air que l'on respire ici en ce moment n'est pas bon pour vous ; vous devriez prendre un congé, que je vous accorderais volontiers, et rentrer à Paris.

— Je réfléchirai à votre bienveillante proposition.

— Vous n'en avez pas le temps.

— Que voulez-vous dire ?

— Il faut qu'aujourd'hui même vous quittiez Saint-Pétersbourg, et que dans les vingt-quatre heures vous ayez passé la frontière.

— Alors, c'est un ordre que vous me donnez ?

— Oui, mon ami... et pour tout vous dire, j'ai reçu de l'autorité supérieure l'invitation de vous donner vos passeports ; j'aurais pu n'en point tenir compte, car vous n'avez rien fait qui puisse justifier cette mesure, et les immunités diplomatiques vous couvrent ; mais dans votre intérêt même je n'ai pas voulu soulever de question de cette nature ; je sais, du reste, à n'en pas douter, que vous n'avez rien perdu de l'estime qu'on vous portait en haut lieu ; on craint seulement que vous ne vous livriez à quelque acte irréfléchi qui pourrait avoir pour vous les plus graves conséquences. Partez donc, l'éloignement et le temps feront plus pour la réussite de vos projets que tout ce que vous pourriez tenter ; le nuage peut se dissiper aussi rapidement qu'il s'est formé, et peut-être avant deux ou trois mois serez-vous rappelé pour conduire votre fiancée à l'autel de la vieille métropole de Kasan.

— Partir ainsi, sans la voir, sans recevoir de sa bouche un mot d'espoir... sans pénétrer l'affreux mystère !...

— Il le faut ; les ordres les plus sévères sont, du reste, donnés ; vous ne pourriez arriver jusqu'à elle.

— C'est bien, j'obéirai, monsieur l'ambassadeur. Quand dois-je avoir quitté Saint-Pétersbourg ?

— Dans deux heures.

— C'est impossible ! Je n'aurai jamais le temps de faire les préparatifs nécessaires !

— Laissez votre hôtel dans l'état où il se trouve, et partez comme pour un simple congé ; j'ai le ferme espoir, car je vais m'y employer, que votre absence ne sera que momentanée.

— J'en accepte l'augure.

En prononçant ces paroles, Olivier d'Entraygues sourit tristement ; il faisait des efforts surhumains pour ne pas se laisser aller à sa douleur.

A peine avait-il quitté le palais de l'ambassade que par un suprême effort de volonté il avait retrouvé le calme et le sang-froid nécessaires à sa situation

— Oui, je pars, se dit-il en se jetant dans sa voiture ; je pars ! mais je reviendrai libre, et alors !...

— Laurent, fit-il en rentrant chez lui, des événements importants retardent mon mariage de quelques mois. Dans deux heures nous partons pour Paris, nécessités de service ; je n'emporte que mes effets personnels. Dis à Jaroslow de ne point dételer, et fais en sorte que tout soit prêt.

Le fidèle serviteur était habitué à ces départs subits auxquels est journellement exposé le personnel diplomatique, et malgré le saisissement qui s'empara de lui à l'annonce du retard du mariage de son maître, il se mit en devoir d'obéir sans se permettre la moindre réflexion.

En pénétrant dans sa chambre pour choisir lui-même les différents objets qu'il tenait à ne point laisser derrière lui, Olivier d'Entraygues s'arrêta comme pétrifié. Une large enveloppe semblable à celle qu'il avait reçue la veille était déposée contre la pendule de la cheminée. Se précipiter et briser le cachet fut l'affaire d'une seconde. Il lut :

« Souviens-toi bien que dans trois mois un des nôtres ira chercher ta réponse à Paris.

« Les Invisibles. »

Il se passa la main sur le front, comme pour en chasser le sang qui lui affluait au cerveau. Nerveux à l'extrême, il n'était jamais le maître de la première impression physique, et pendant quelques instants il fut obligé de s'appuyer au mur pour ne pas chanceler ; mais cette faiblesse disparut aussi rapidement qu'elle était venue.

— Oh ! je savais bien, fit-il en redevenant complètement maître de lui, que je n'avais pas rêvé.

Puis il promena un regard inquisiteur dans sa chambre; il ne fut pas plus heureux que la première fois dans la recherche du mystérieux passage par lequel le messager inconnu avait pu s'introduire.

Peut-être s'il eût eu le loisir de poursuivre des investigations plus approfondies, eût-il trouvé dans le plancher de l'appartement ce qu'il cherchait vainement dans les boiseries latérales ; mais, pressé qu'il était par le temps, l'idée ne lui vint même pas de s'attarder à rechercher la preuve d'un fait qui était maintenant pour lui hors de doute.

Cependant comment avait-on pu s'emparer de sa personne sans qu'il en eût conservé une perception bien nette? Il se souvint alors du verre d'eau sucré qu'il avait bu la veille; et remettant à plus tard le soin d'analyser ces substances, il glissa dans une valise le sucre, le flacon de fleur d'oranger et un peu d'eau du carafon qu'il versa dans une petite bouteille, puis il se mit en devoir de hâter ses préparatifs. Il avait donné sa parole à l'ambassadeur de partir par le premier train, et rien en ce moment n'eût pu lui faire oublier sa promesse.

Il tenait du reste à respirer le plus vite possible un autre air que celui de l'atmosphère de surprise qui l'environnait. Il lui semblait qu'il ne retrouverait l'entière liberté de sa pensée que quand il s'éloignerait à toute vapeur des lieux maudits qui depuis vingt-quatre heures avaient vu s'écrouler tous ses projets, tous ses rêves de bonheur.

Il était occupé à recueillir ses papiers les plus importants et quelques souvenirs, lorsque Laurent vint le prévenir qu'un moujik demandait à lui parler en particulier.

— Il se prétend, ajouta le brave serviteur, chargé d'une mission importante auprès de vous.

Ces dernières paroles décidèrent Olivier d'Entraygues à le recevoir. Quelle ne fut pas son émotion en reconnaissant un des serviteurs de confiance du palais Vasilewski !

— Que se passe-t-il donc, Serge? lui dit-il vivement. Au moins, toi, tu vas pouvoir me renseigner.

— Nous ne savons rien au palais, monsieur le comte, répondit le nouveau venu. Cette nuit, la princesse a fait appeler ma femme et lui a expliqué ce qu'elle exigeait de moi. Je suis chargé de vous remettre la bague que voici, — et ce disant, il lui tendit un de ces énormes anneaux d'or en usage chez les Orientaux, — en vous répétant les paroles suivantes, au nom de la princesse : « Vous direz au comte d'Entraygues qu'il ait foi en moi et ne se laisse pas aller au désespoir. Si d'ici deux ans, à pareil jour, il ne m'a pas revue, qu'il presse le chaton de cette bague et il saura ce que j'attends de son dévouement et de son affection. »

— Et après ?

— C'est tout, monsieur le comte. La pauvre princesse n'a pas eu cinq

Il lança bravement Khadour dans la Seine. (Page 22.)

minutes à elle; quand elle a reçu l'ordre de se rendre au couvent de Sainte-Catherine, on ne lui a pas même donné le temps d'embrasser son père.

— Merci, Serge; je me souviendrai de toi.

Le jeune homme se détourna un instant pour essuyer une larme qui, malgré lui, était venue mouiller sa paupière; quand il voulut adresser une nouvelle question au messager, le moujik avait disparu.

Une heure après, confortablement installé dans un sleeping-car de la Compagnie internationale, Olivier de Lauraguais d'Entraygues courait à toute vapeur vers la frontière. Il ne fuyait pas le danger que sa nature hardie et généreuse eût aimé à braver, il subissait l'exil forcé que des circonstances impérieuses, que nous connaîtrons sans doute plus tard, avaient contraint son ambassadeur de lui imposer sous forme de congé.

CHAPITRE II

Promenade au Bois. — L'émissaire des Invisibles.
L'homme masqué. — Souvenez-vous! c'est une lutte à mort! — Lutte de vitesse.
Dans l'eau. — Le prince Orouzoff. — Le vol.

Trois mois s'étaient écoulés depuis ces événements, et rien de bien saillant n'était venu changer la situation que nous connaissons. Olivier d'Entraygues, pour être libre de ses actions et prêt à agir selon les circonstances, avait, dès son arrivée à Paris, envoyé sa démission au ministre des affaires étrangères. Il habitait, avec son père, le vieil hôtel de Lauraguais, rue Saint-Dominique, qui était dans sa famille depuis des siècles, et menait une vie fort retirée, dans l'attente fiévreuse de quelque nouveau message qui viendrait faire appel à son dévouement. L'incertitude constante dans laquelle il vivait donnait à ses jours une longueur et une monotonie écrasantes, et son tempérament, fait d'énergie et d'activité, s'usait dans cette désespérante immobilité. L'existence du gentilhomme campagnard, avec ses courses à cheval, ses chasses mouvementées, eût pu lui être un dérivatif souverain, tout au moins eût-elle donné un aliment à sa fièvre physique; mais sa famille, qui avait eu quelques velléités d'émigrer en 1830, après avoir converti à cette époque toute sa fortune territoriale en valeurs sur les fonds d'État, avait d'autant moins songé ensuite à se reconstituer une grande propriété que ses capitaux, administrés habilement, avaient presque doublé, grâce au succès des chemins de fer et au développement inespéré de l'industrie. Donc, à la tête d'une très importante fortune en portefeuille, les Lauraguais ne possédaient d'autre immeuble que leur hôtel de la rue Saint-Dominique.

Le vieux marquis, complètement remis des fatigues qui avaient un instant fait craindre pour ses jours, était un sportsman distingué, membre du Jockey-Club, et intéressé à toutes les courses, bien qu'il n'eût pas d'écurie et ne fît pas courir lui-même. Il chercha, pour distraire son fils, à lui inculquer ses goûts, mais ce fut peine perdue; le jeune homme le laissa aller seul à Longchamps, à Epsom; tout au plus consentit-il à l'accompagner quelquefois dans les salons du club, où il rencontrait quelques amis qu'il avait connus dans ses différentes stations diplomatiques.

Le 26 juillet, trois mois après, jour pour jour, son départ de Russie, Olivier d'Entraygues fit seller pour se rendre au Bois ; après avoir fourni une course rapide, il s'engagea dans une des petites allées favorables aux promeneurs solitaires, et mettant son cheval au pas, se laissa aller une fois de plus à ses méditations favorites. Depuis quelques jours, il caressait l'audacieux projet de se rendre en Russie sous un déguisement, afin de se renseigner, coûte que coûte, sur la situation faite à sa fiancée et au prince Vasilewski ; il ne se dissimulait pas les dangers d'une pareille tentative, mais il se sentait incapable d'une plus longue patience, et plus il y pensait et plus cette idée prenait d'empire sur son esprit. Ce soir-là, il réfléchissait aux moyens qui pourraient assurer la réussite de son expédition, lorsque au détour d'une allée il fut abordé par un cavalier d'une tournure pleine de distinction, qui, sans autre préambule, lui demanda si ce n'était pas le comte de Lauraguais d'Entraygues qu'il avait l'honneur de rencontrer.

— Vous ne vous trompez pas, monsieur, c'est bien à lui-même que vous parlez, fit le jeune homme d'un ton surpris.

L'inconnu, sans décliner son nom et sa qualité comme c'était son devoir, se borna à saluer son interlocuteur et continua :

— Vous souvenez-vous de la nuit du 25 avril, la veille du jour où devait avoir lieu votre mariage avec la princesse Vasilewska ?

En entendant ces paroles, le jeune homme ne fut pas maître d'un premier mouvement de surprise, et sa monture, qui se sentit presser les flancs, fit un brusque saut de côté.

L'étranger laissa échapper un sourire.

— N'ayez nulle crainte, monsieur, fit-il d'un air sardonique ; je n'en veux nullement à vos jours.

Olivier d'Entraygues, mis hors de lui par la dédaigneuse insolence de ces paroles, et aussi par les douleurs qu'elles lui rappelaient, poussa son cheval en avant, en criant :

— Oh ! cette fois, vous ne vous sauverez pas en Russie, et vous ne m'échapperez pas !

Avec la vitesse de l'éclair, l'inconnu sortit un revolver et le dirigea sur la poitrine de son adversaire.

— Un pas de plus, un seul geste, et je fais feu ! dit-il.

— Oh ! fit amèrement le jeune homme, comme toujours, la partie est inégale ; vous ne jouez qu'à coup sûr.

— Ne vous l'a-t-on point dit, dans cette nuit que je viens de vous rappeler : « Nous sommes la force au service de la faiblesse et de la justice. Nous sommes les *Invisibles*. »

— Je connais cette plaisanterie... Alors vous êtes...

— Un émissaire du grand conseil secret de la province de Saint-Pétersbourg. Les trois mois de réflexion qu'on vous avait accordés sont écoulés.

— Que désirez-vous de moi?

— Votre parole d'honneur que vous renoncez à tout jamais à la main de la princesse Maria Feodorowna, et vous n'entendrez plus parler de nous.

— Et si je refuse?

— Alors vous n'aurez à vous en prendre qu'à vous seul de ce qui pourra vous arriver.

— J'ai déjà dit à vos maîtres...

— Je n'ai pas de maîtres.

— Soit! quand on descend à pareille besogne, on n'a en effet que des complices. Eh bien, j'ai déjà fait connaître ma réponse à ceux qui vous envoient, je n'ai rien à y ajouter.

— Souvenez-vous que vous l'aurez voulu. A partir d'aujourd'hui, vous êtes un obstacle que l'on doit supprimer; quand et comment? je l'ignore. Se contentera-t-on de vous réduire à l'impuissance, ou bien les circonstances obligeront-elles vos juges à en finir une bonne fois avec vous? Cela dépendra de la conduite que vous tiendrez vous-même.

— Vous voyez que je vous écoute avec une rare patience.

— Pourquoi agiriez-vous autrement? Je n'ai point, je vous l'avoue, reconnu au début le gentilhomme que j'ai maintenant devant moi; vous savez bien qu'aucune animosité personnelle ne guide ma démarche; hier encore, non seulement je ne vous connaissais pas, mais j'ignorais même votre existence.

En prononçant ces dernières paroles, la voix de l'inconnu s'était adoucie; il semblait même qu'une certaine émotion la fît trembler légèrement.

Le comte d'Entraygues qui s'en aperçut eut la pensée de profiter de cette impression passagère pour obtenir quelque précieux éclaircissement sur son étrange situation.

— Vous me paraissez, lui répondit-il, après un instant de silence, appartenir à un monde où la distinction des manières est héréditaire; pourquoi alors vous faire l'exécuteur de volontés étrangères, contre un homme qui n'a rien fait pour mériter votre inimitié?

L'inconnu secoua la tête.

— Ah! vous ne savez pas...

— Allons, soyez généreux...

— Non! je ne puis rien vous dire... adieu, ma mission auprès de vous est terminée. Un mot encore, il se peut que vous me rencontriez dans un salon, au théâtre. Eh bien, si vous veniez à me reconnaître, je vous engage, dans votre intérêt même, à n'en rien laisser paraître.

— Je suis obligé de vous répondre, monsieur, que si le cas se présente, je n'écouterai d'autre intérêt que celui de ma sûreté, et n'agirai que d'après mon bon plaisir.

— Libre à vous! ce n'est qu'un second avertissement que je vous donne.

— Au point où nous en sommes, entouré d'ennemis inconnus, toujours sous le coup d'une surprise ou d'un guet-apens, vous devez bien penser que les lois ordinaires de la loyauté et de l'honneur, que n'oublient jamais des adversaires qui s'estiment, ne sauraient régler ma conduite envers vous et ceux dont vous servez les intérêts. Je vous préviens donc à mon tour, monsieur, que contre des ennemis masqués, tous les moyens me seront bons; c'est une lutte de sauvages que vous avez engagée avec moi, je la soutiendrai en usant des mêmes procédés. Et pour commencer, comme il y a nécessité absolue de savoir à qui j'ai affaire, je vous préviens que je ne vous quitte plus; je suis bien monté, et je vais m'attacher à vos pas, jusqu'à ce que j'aie pu mettre un nom sur votre visage.

Un éclat de rire moqueur fut toute la réponse qu'il obtint de son adversaire.

— Quand vous voudrez, monsieur, fit le comte piqué au vif en ramenant les rênes de sa monture.

— C'est trop d'honneur que vous me faites, répondit le mystérieux personnage.

Puis, faisant entendre un sifflement particulier :

— Allons, Khadour, dit-il à son cheval, montre que tu n'as pas dégénéré de tes ancêtres de l'Hedjaz.

Et il se pencha sur le cou de l'animal en lui rendant la main. Ce dernier, se sentant libre, poussa un hennissement de joie et s'élança d'un trait dans l'allée sombre qui se développait devant lui.

Le comte d'Entraygues mit son cheval à la même allure, et pendant quelques instants ils se suivirent au petit trot, dans les allées particulières du Bois. L'inconnu ne pressait point sa monture ; sans doute il attendait pour commencer la lutte qu'il eût gagné une des grandes avenues.

Le soleil venait de se coucher, et une vague lueur crépusculaire éclairait seule les nombreux méandres de ces bosquets si chers aux promeneurs parisiens. Le Bois était presque aussi animé qu'à *l'heure du tour du lac*. Après une journée accablante, chacun venait y respirer avec bonheur l'air frais et embaumé du soir; des groupes de jeunes gens qui marchaient en chantant s'arrêtaient pour laisser passer les deux trotteurs dont les sabots résonnaient avec force sur le sol durci. L'inconnu manœuvrait son cheval avec une rare habileté, au milieu des flâneurs attardés, mais il avait hâte de se trouver sur un terrain libre pour pouvoir le développer à son aise. Apercevant sur la droite une certaine quantité de lumières qui indiquaient sans doute une des grandes artères éclairées du Bois, il s'engagea dans un petit sentier qui paraissait y conduire, toujours suivi par son compagnon. C'était un passage interdit aux cavaliers, car à l'extrémité se dressait une barrière assez haute. Il jeta à sa monture un petit sifflement pour l'avertir, et la noble bête franchit l'obstacle, en hennissant, avec la légèreté d'un oiseau.

C'était peu de chose, sans doute, pour un cheval de sang, mais l'élégante facilité avec laquelle l'animal avait exécuté ce simple saut fit comprendre immédiatement à Olivier d'Entraygues, qui était un cavalier émérite, qu'il allait avoir affaire à un rude adversaire ; il ne désespérait pas cependant de la victoire, car son pur sang Éclaireur possédait un fond égal à sa vitesse et était classé en première ligne par tous les sportsmen de Paris. Mais il ignorait que Khadour, le cheval de son adversaire, était un des descendants directs de cette fameuse race de chevaux que les rois de Perse entretiennent à Téhéran depuis le IX° siècle, et qui n'a pas sa pareille dans le monde.

Le sentier qu'ils venaient de prendre débouchait en effet sur la grande avenue, et les deux coureurs se trouvèrent sur un terrain plus favorable au développement de leurs grandes qualités. Mais l'inconnu, qui paraissait connaître admirablement les lieux qu'il parcourait, comprit qu'en remontant de suite sur Paris par l'Arc de Triomphe, soit qu'il gardât le milieu de l'avenue, soit qu'il suivît, au contraire, les côtés latéraux réservés aux cavaliers, les voitures et les autres cavaliers ne lui permettraient point, sans danger, d'engager son cheval à fond ; et comme, en dehors de la nécessité d'échapper à son poursuivant, il était, pour des motifs connus de lui seul, obligé de recouvrer le plus vite possible sa liberté d'action, au lieu de remonter sur Paris, d'une simple pression des jambes, car il montait à la manière arabe, il inclina son cheval sur la droite, en faisant entendre un claquement de lèvres significatif auquel l'intelligente bête répondit en se lançant à fond de train du côté du pont de Suresnes.

L'inconnu ne tenait pas à engager une lutte de vitesse qui, dans sa pensée, aurait tourné certainement à son avantage, mais eût pu durer une heure ou deux. Pressé par le temps, il s'était arrêté à un plan très simple, qui devait le débarrasser rapidement de son gênant compagnon ; il connaissait l'invincible supériorité de son cheval à l'eau, habitué qu'il était à traverser les grands fleuves de Russie ; et se fiant sur cela, après quelques minutes de course, qui lui avaient fait déjà gagner cinq ou six longueurs sur son adversaire, il coupa brusquement à travers champs, et lança bravement Khadour dans la Seine.

Dix secondes après, le flot jaillissait également en gerbes sous le poids d'Éclaireur. Olivier d'Entraygues, bien qu'il ignorât comment se comporterait son cheval, n'avait pas hésité à suivre son antagoniste. Mais cet acte de véritable courage, dans la circonstance, à peine accompli, le jeune homme comprit qu'il était battu sans retour. En effet, Khadour nageait comme un triton et avec toute l'assurance que donne un exercice familier, tandis qu'Éclaireur, à peine à l'eau, fut comme paralysé par la peur et refusa d'avancer. Rien n'y fit, ni l'éperon, ni la cravache que la noble bête n'avait jamais sentie ; et son maître eut toutes les peines du monde à regagner la berge dont il n'était cependant éloigné que de quelques mètres.

Pendant ce temps-là, Khadour abordait légèrement l'autre rive, d'un bond se retrouvait en terre ferme ; et l'inconnu, le lançant à toute vitesse, s'éloignait en ponctuant de son rire ironique, que le jeune homme entendait pour la seconde fois, rire bizarre et particulier, cet adieu qu'il lui envoyait dans la nuit :

— A bientôt, monsieur le comte d'Entraygues !

Le jeune homme rentra rue Saint-Dominique, la rage dans le cœur. Une défaite de haute lutte l'eût beaucoup moins mortifié que sa chute ridicule dans la Seine, et il se jura à lui-même de retourner tout Paris pour découvrir l'auteur de cette mystification. En dehors de la satisfaction d'amour-propre qu'il voulait se procurer, il n'oubliait pas l'intérêt majeur qu'il y avait pour lui à retrouver l'inconnu, car une fois ses qualités bien établies, peut-être serait-il possible de remonter jusqu'à la ténébreuse association dont il était certainement l'envoyé.

Après avoir changé de toilette, il fit demander si son père était à l'hôtel, désirant sans doute lui faire part de sa mésaventure ; on lui répondit que le vieux marquis avait dîné au Jockey et qu'il n'était pas rentré depuis. Il se résolut à l'aller trouver au club, pour lui demander conseil ; les événements de la soirée montraient à Olivier d'Entraygues que ses ennemis n'avaient pas désarmé, aussi y avait-il urgence à agir, à établir ses lignes de défense, s'il ne voulait pas tomber avant peu dans quelque piège savamment ourdi.

Il savait que son père aimait à faire son whist après son dîner, aussi se rendit-il directement dans le salon de jeu. A peine en eut-il franchi le seuil qu'il s'arrêtait comme subitement frappé d'une commotion électrique. A deux pas de lui, sur une petite table placée à l'embrasure d'une croisée, son mystérieux adversaire du bois de Boulogne faisait une partie d'écarté avec le général de G***. Par un énergique effort de volonté, il comprima son émotion, et pour s'assurer qu'il ne se trompait pas, il se mêla avec une indifférence parfaitement jouée aux quelques personnes qui suivaient debout les péripéties du jeu, les unes pariant, les autres simples spectatrices.

Il faisait suffisamment jour quand Olivier d'Entraygues fut abordé par l'inconnu pour qu'il eût pu graver ses traits d'une manière ineffaçable dans sa mémoire.

Impossible d'élever le moindre doute : c'était bien lui. Mais, pour plus de sûreté, le jeune homme voulait encore entendre sa voix ; son attente ne fut point de longue durée. L'étranger avait les cartes en main et venait de retourner le roi.

— En donnez-vous ? lui demanda son partenaire.

— Désolé, mon cher général, de vous en refuser. Veuillez jouer, répondit l'inconnu.

Quelque prévenu qu'il fût, Olivier d'Entraygues, qui eût voulu pouvoir douter encore, ne put s'empêcher de tressaillir en entendant ces paroles prononcées du ton le plus simple. Cette voix, légèrement stridente et moqueuse, il l'eût reconnue entre mille.

Cette conviction acquise, avant de réfléchir au parti qu'il devait prendre, et ne sachant si sa présence avait été remarquée de son adversaire, il voulut se rendre compte de l'effet que sa vue produirait sur ce dernier.

M. de G***, ce soir-là, avait un bonheur désespérant.

Le jeune homme avança le bras et laissa tomber un louis sur le tapis.

— Je joue contre vous, mon cher général, fit-il en ébauchant un sourire.

L'inconnu releva la tête, et regardant Olivier d'Entraygues bien en face, il le salua d'une légère inclinaison de tête comme on fait en pareil cas entre étrangers, et lui dit du ton le plus naturel :

— Vous êtes courageux, monsieur; mais je doute que vous fassiez tourner la chance, le général a ce soir une veine d'enfer.

— Cet homme est trop fort, pensa le jeune homme; et il s'éloigna complètement édifié, sans attendre la fin de la partie sur laquelle il avait parié. Son père était en effet au club, mais par extraordinaire il ne jouait pas, ses partenaires habituels n'étant pas encore arrivés.

Olivier lui fit signe qu'il avait à l'entretenir; et, le prenant à part, il lui raconta dans tous leurs détails les événements de la soirée.

— Diable! fit le vieux marquis, cela devient grave. Je t'avouerai que jusqu'à ce jour je n'avais pas attaché grande importance à tes aventures russes; mais, d'après ce qui vient de se passer, je vois qu'il convient d'aviser.

— Ce n'est pas tout, mon père; je vais vous étonner davantage encore : l'auteur de mon aventure de ce soir est ici.

— Ici?

— Oui, dans le salon de jeu du club.

— Bon ! voilà tes hallucinations qui te reprennent.

— Aussi vrai, mon père, que je vous aime et vous vénère, il est à quelques pas de nous.

— Qui est-ce?... Corbleu, ne me fais pas languir.

— C'est le partenaire du général de G***.

— Le partenaire du général! fit le vieux marquis en éclatant de rire; ma parole, mon cher Olivier, cette fois tu es fou.

— Je vous jure, mon père, que jamais je n'ai été plus sérieux.

— Sais-tu bien qui est l'homme que tu accuses?

— Non, mon père.

— C'est le prince Michel Orouzoff, premier secrétaire de l'ambassade de Russie.

— En êtes-vous bien sûr?

— N'insiste pas, ce serait de l'aberration, et surtout ne va pas te mettre une méchante affaire sur les bras. Voilà cinq ans qu'il exerce ici ses fonctions,

Trois hommes étaient assis autour d'un feu de bois. (Page 30.)

il n'est pas un de nous qui ne l'ait vu dans les réceptions officielles aux côtés de son ambassadeur ; il est un des personnages étrangers les plus en vue et les plus aimés de la société parisienne, et à la moindre imprudence tu aurais tout le monde contre toi. Tu l'aurais rencontré cent fois dans le monde, si depuis ton retour de Russie tu n'avais persisté à mener une vie de cénobite dans les déserts de la rue Saint-Dominique. Enfin, mon fils, pour tout te dire, je crains fort que ce mariage manqué ne t'ait troublé la cervelle et que tu ne sois sujet à des accidents que les savants appellent des névroses, et qui, paraît-il, nous font prendre nos rêves pour des réalités.

— Regardez-moi bien, mon père, et voyez si j'ai la figure d'un homme qui déraisonne ; je vous donne ma parole d'honneur que tout est exact dans l'aventure de ce soir que je vous ai contée.

— Soit ! mais alors, conviens donc que tu es abusé par une étrange ressemblance, et ne continue pas à soutenir une chose qui ferait douter à tout le monde de ta raison

— Ressemblance bien étrange, en effet, fit Olivier tout pensif.

— Tiens, veux-tu que je te présente à lui ? Au bout de cinq minutes, tu seras toi-même persuadé de ton erreur ; tiens, justement il achève sa partie.

— J'accepte.

Et, à part lui, il ajouta :

— Si c'est mon inconnu du Bois, nous verrons bien s'il peut jouer son rôle jusqu'au bout.

Le vieux marquis s'était avancé rapidement vers le diplomate russe.

— Mon prince, lui dit-il après avoir échangé avec lui une amicale poignée de main, voulez-vous me permettre de vous présenter mon fils, le comte de Lauraguais d'Entraygues.

— Je serais enchanté de faire sa connaissance, répondit son interlocuteur avec cette formule que la politesse actuelle a rendu banale.

Olivier d'Entraygues s'était approché en s'inclinant. En l'apercevant, la figure du Russe s'illumina d'un bon et franc sourire.

— Ah ! monsieur le comte, lui dit-il en reconnaissant celui qui avait parié dans son jeu un instant auparavant, je suis doublement heureux de cette présentation ; l'intimité qui existe entre monsieur votre père et moi, depuis de longues années, me fait espérer que je gagne en vous un ami de plus ; puis, cela me permet de m'acquitter envers vous : en intervenant dans mon jeu, vous avez non seulement changé la veine, mais votre départ ayant fait considérer, selon la règle, votre mise comme restant engagée à chaque partie, et votre bénéfice s'étant doublé une dizaine de fois, je me trouvais à la tête d'environ cinq cents louis qui vous reviennent et qui m'eussent fort embarrassé jusqu'à demain, si je n'avais eu le plaisir de vous retrouver ce soir.

Tout cela fut dit par le jeune Russe (il n'avait pas plus de trente ans) avec une grâce charmante ; et il termina en tendant la main à Olivier d'Entraygues, qui répondit à son étreinte avec une courtoisie parfaite.

Dans le but évident de faciliter une conversation plus intime, le vieux marquis prit prétexte de sa partie de whist habituelle pour les laisser ensemble.

— Monsieur le comte, fit le prince Orouzoff prenant immédiatement la parole, comme s'il eût tenu à diriger la conversation, êtes-vous parent d'un

Lauraguais d'Entraygues qui a été attaché à l'ambassade française de Saint-Pétersbourg?

— Parent de bien près, répondit le jeune homme en fronçant légèrement le sourcil; c'est moi-même.

— Oh! excusez ma maladresse.

— Il n'y en a pas, monsieur.

— Permettez-moi d'être franc, c'est mon seul moyen de vous prouver que je n'avais pas l'intention d'être indiscret.

— J'avoue que...

— Vous allez me comprendre : nous avons connu à l'ambassade votre projet de mariage avec la princesse Vasilewska et l'envoi du prince en Sibérie, et rien depuis n'est venu nous expliquer ni les causes qui ont fait manquer cette union ni les motifs de la disgrâce qui a atteint le père de la princesse. Malgré la cordialité de nos relations, votre père ne m'ayant jamais parlé de ces événements, bien qu'il dût croire qu'ils m'étaient connus, j'ai pensé que le héros malheureux de cette aventure appartenait à la branche cadette de votre famille; sans cela, croyez-le bien, je n'eusse point, de propos délibéré, fait, par ma question, allusion à des faits qui ne peuvent vous avoir laissé que de pénibles souvenirs.

Devant cette façon franche et loyale de s'expliquer, et qui eût été le comble de l'habileté dans le cas où le prince russe eût été réellement le personnage mystérieux qu'Olivier d'Entraygues croyait avoir reconnu, ce dernier commença à concevoir quelques doutes sur sa propre lucidité.

Cependant, il ne put s'empêcher de répondre avec un sourire légèrement ironique :

— Permettez-moi de trouver étonnant, prince, que dans votre haute situation, vous n'ayez pas connu, au moins officieusement par vos amis de Russie, les causes réelles des tristes événements que vous venez de me rappeler.

— Cela est, cependant! et vous pouvez d'autant plus me croire, que sans cela la question que je croyais adresser non à l'attaché de l'ambassade française lui-même, mais à un de ses parents, n'aurait aucune signification. Mon intention évidente était d'obtenir des renseignements que je n'eusse certainement point demandés, si je les avais auparavant reçus directement de Saint-Pétersbourg.

La raison était trop péremptoire pour qu'Olivier d'Entraygues pût persister, sans manquer à toutes les convenances, dans une incrédulité qui, à partir de ce moment, ne pouvait plus se traduire dans ses paroles, encore qu'elle continuât à tourmenter son esprit.

— Eh bien, moi, répondit le jeune comte, je suis, moi, beaucoup moins... Il sentit que le terrain brûlait et se reprit... Je ne suis pas plus avancé que vous; bien que je sois, comme vous le dites, le héros de l'aventure.

— Mon cher comte, interrompit Orouzoff avec une légère émotion dans la voix, je comprends vos souffrances ; n'aggravez pas mes regrets en me montrant à quel point j'ai eu tort de mettre le doigt sur une blessure mal fermée, sans doute. Laissons, je vous prie, cette conversation.

Olivier d'Entraygues sentait le doute s'emparer de plus en plus de son âme. Sa raison lui disait que ce grand seigneur russe, premier secrétaire d'ambassade, membre du Jockey, le cercle le plus fermé de Paris, connu enfin intimement de son père, n'avait rien de commun avec l'aventurier qu'il avait rencontré le soir même, et son instinct plus fort lui répondait : C'est sa figure, son sourire, le son de sa voix, sa taille ; jamais ressemblance plus complète n'a existé ; c'est lui ! c'est bien lui ! Mais comment le savoir ?

A partir de ce moment, les deux jeunes gens ne causèrent plus que de choses indifférentes, courses, littérature, théâtre ; et le Russe, dans cette conversation, se montra étincelant d'esprit et de verve, tandis que son compagnon resta constamment sur une réserve voisine de la froideur.

Quand vint l'heure de se séparer, comme ils avaient descendu ensemble les escaliers du cercle, le prince Orouzoff, que sa voiture attendait, offrit à Olivier d'Entraygues de le reconduire chez lui.

Comme ce dernier balbutiait un refus :

— Je suis presque votre voisin, lui dit-il, et vous me feriez une insulte.

Le jeune homme s'inclina et prit place dans le coupé.

Le trajet s'accomplit sans qu'une seule parole fût échangée. Le prince paraissait maintenant aussi rêveur qu'il avait été communicatif auparavant.

Arrivés devant l'hôtel de la rue Saint-Dominique, Olivier d'Entraygues sauta à terre en remerciant son compagnon.

Le prince russe lui prit la main et, la gardant dans la sienne, lui dit à voix basse :

— Monsieur le comte d'Entraygues, c'est la seconde fois que nous nous voyons, et la dernière que je vous donne un bon conseil... Soumettez-vous, demain il sera trop tard !

— Oh ! vous êtes bien l'homme du Bois ! exclama le jeune homme ; et il voulut s'élancer sur son adversaire.

Mais le Russe, qui n'avait point lâché sa main, d'un mouvement brusque et avec une force peu commune le fit pirouetter sur le trottoir.

Quand Olivier d'Entraygues reprit son équilibre, la voiture de son ennemi, enlevée par deux pur sang, était déjà loin.

Quand le vieux marquis reçut de son fils le récit de ce qui s'était passé, il demeura convaincu que le malheureux était atteint d'accidents cérébraux. Sur les conseils de son médecin, il flatta sa manie, et comme on l'avait engagé à le faire voyager, il prétexta une affaire importante qui l'appelait en Italie, et exigea que son fils l'accompagnât, ne voulant point, à son âge, faire seul un aussi long trajet.

Quand ils revinrent, deux mois après, le comte trouva son coffre fort vide, sans aucune trace d'effraction. Toutes les valeurs mobilières qui composaient sa fortune personnelle avaient été enlevées. Un billet laissé à dessein par les ravisseurs contenait ces seuls mots :

« Nous avons dû vous réduire à l'impuissance par la perte de votre fortune ; elle vous sera rendue le jour où vous renoncerez pour jamais à la main de la princesse Vasilewska. »

— A nous deux maintenant, prince Orouzoff ! s'écria Olivier d'Entraygues en serrant le précieux papier sur sa poitrine.

DEUXIÈME PARTIE

DICK LE CANADIEN

CHAPITRE PREMIER

Le Buisson australien. — Les bush-rangers. — Convicts, batteurs d'estrade
et chercheurs d'or. — Tidana le Troueur de têtes.

Le soleil allait se coucher sur la grande terre australienne. En plein désert, non loin du Red-River ou rivière Rouge, trois hommes assis autour d'un feu de bois, la carabine en main comme pour être prêts à tout événement, surveillaient la cuisson d'un magnifique quartier de kangourou destiné à leur souper. Un beau caniche noir, luisant, coquet, se promenait autour de la broche improvisée et témoignait par son attitude du plaisir qu'il prenait à cet exercice, pendant qu'un mulet de forte encolure broutait à même les feuilles des arbustes.

Protégé par d'épais buissons de melias, de night-sented ou parfums des nuits, de cactus et de doryanthes, qui s'épanouissaient eux-mêmes sous le feuillage luxuriant des eucalyptus, des acacias et des *cedrella australis*, le lieu où ils avaient établi leur campement semblait avoir été choisi avec soin pour éviter toute surprise. D'un côté, le Red-River formait une barrière naturelle, qu'on ne pouvait franchir sans éveiller leur attention, et de l'autre, au delà de ce massif de verdure qui n'avait guère que cent cinquante à deux cents mètres d'épaisseur, commençait une vaste plaine, entrecoupée de nombreux bosquets de lilas roses et de myalls, qu'il était facile de surveiller dans toute son étendue jusqu'aux collines lointaines qui lui faisaient comme une ceinture bleuâtre à l'horizon.

De temps à autre, un de ces hommes se détachait du petit groupe et s'avançait prudemment jusqu'à l'extrême limite du rideau de feuillage et d'arbustes qui les abritait, inspectait longuement la plaine avec une jumelle marine, et venait rendre compte à ses camarades du résultat de ses investigations. La même surveillance était exercée du côté de la rivière, et jusqu'à ce moment rien de particulier n'était venu troubler leur quiétude.

Par une mesure de prudence bien connue de tous les explorateurs des contrées nouvelles ou dangereuses, ils n'avaient fait leur feu qu'avec du bois mort, afin d'éviter l'épaisse fumée des branchages humides, et pour forcer en outre la fumée, qu'ils ne pouvaient complètement annuler, à ne point s'élever en colonne dans les airs, ce qui eût pu déceler leur retraite aux yeux perçants des sauvages ou des batteurs de Buisson, ils avaient établi sur quatre perches, au-dessus du foyer, un épais lit de branches et d'herbes qui la forçait à se tamiser, pour ainsi dire, et à se disperser dans l'atmosphère.

Ces précautions étaient loin d'être exagérées, car l'Australie, il y a une quarantaine d'années, au moment où commence ce récit, ne ressemblait guère à ce qu'elle est aujourd'hui. C'est à peine si elle possédait une centaine de mille habitants, et aucune société ne renfermait autant d'éléments antipathiques, autant de germes de discorde que celle-ci, qui devait son origine aux colonies pénitentiaires de la Grande-Bretagne.

Elle se divisait en deux classes bien distinctes : celle des émigrants, spéculateurs plus ou moins honnêtes, venus pour faire fortune ; et celle des déportés, divisés eux-mêmes en *convicts* ou condamnés en train de subir leur peine, en *emancipists* ou forçats libérés, et en *bush-rangers* ou batteurs de Buisson. Ces derniers vivaient en sauvages, isolés du reste de la société ; et comme la chasse et la maraude leur fournissaient des moyens assurés d'existence, ils aimaient mieux piller les fermes que de travailler à leur entretien ou à en fonder de nouvelles.

Ils vivaient en assez bonne intelligence avec les indigènes, à qui ils fournissaient du rhum, du gin et autres boissons spiritueuses. Malheur au squatter, ou voyageur venu dans l'honnête intention de défricher, qui les rencontrait sur sa route ; il était immédiatement assassiné et pillé, avec d'autant plus de facilité que ces sortes de crimes restaient toujours impunis.

Le nombre de ces maraudeurs était tel, que quand deux Européens venaient à se rencontrer dans le Buisson, c'est en se couchant en joue qu'ils entraient en explication, et les carabines ne quittaient la position de défense que quand les deux voyageurs avaient pu se rassurer mutuellement sur leurs intentions.

Parmi ces bush-rangers on en rencontrait cependant d'honnêtes ; c'était une très rare exception, il est vrai, mais, enfin, il y en avait quelques-uns. Canadiens d'origine pour la plupart, ils menaient la vie du trappeur d'Amérique, chassant le kangourou, l'opossum, dont ils mangeaient la chair et préparaient les peaux pour les vendre aux colons, qui en confectionnaient des traits, des guêtres, des vestes et des bonnets de fourrure. Leurs rifles ne dédaignaient point également les cygnes noirs dont le pays abonde et qui leur fournissaient une nourriture excellente, en même temps que leur duvet se trouvait être une matière marchande de premier choix. Leur loyauté les faisait, en outre, souvent engager par les marchands de Sidney ou les colons pour accompagner et défendre des wagons chargés de marchandises, instruments d'agriculture et approvisionnements qu'on expédiait aux *runs* ou stations de défrichement les plus éloignés.

Les autres aventuriers du Buisson, qui ne devaient leur existence qu'au pillage des voyageurs, des fermes isolées et à l'assassinat, les détestaient cordialement et ne se gênaient pas pour les tuer chaque fois qu'ils pouvaient les surprendre seuls ou sans défense ; mais il faut dire qu'ils les redoutaient encore plus peut-être, car les Canadiens étaient, pour la plupart, d'une taille et d'une vigueur athlétiques et maniaient le rifle et le couteau de chasse à la perfection.

Ils guidaient aussi, moyennant salaire, soit les voyageurs, soit des caravanes de squatters bûcherons ou fermiers, à travers les prairies sans fins de ce nouveau monde, et la présence d'un seul d'entre eux suffisait souvent pour tenir les maraudeurs et les sauvages à distance. On savait qu'ils n'hésitaient jamais à faire quatre à cinq cents lieues parfois pour se réunir en troupes de vingt-cinq à trente, afin d'aller venger, soit contre les sauvages, soit contre les écumeurs du Buisson, le meurtre d'un des leurs, lorsque les coupables pouvaient être connus.

Les crimes que ces braves gens ont empêchés ou punis sont innombrables, à une époque où il n'existait encore ni justice, ni force de répression dans cette immense contrée, en dehors des deux centres de Sidney et de Melbourne.

Les *emencipists* se divisaient encore en *purs* et en *impurs*, selon la gravité des condamnations nouvelles qu'ils avaient encourues pendant la durée de leur peine au lieu de déportation.

Inutile de dire que tous ces gens faisaient profession de se détester et même de se mépriser entre eux, car il y avait à leurs yeux des gradations bien tranchées dans les flétrissures qu'ils avaient subies. Celui, par exemple, qui n'avait encouru aucune autre condamnation que celle prononcée contre lui en Angleterre se considérait comme fort au-dessus des autres convicts ; il se faisait presque un titre de noblesse de la virginité de son casier judiciaire en Australie, tant il était rare que ces misérables n'eussent pas encouru de nouvelles pénalités pendant le temps légal de leur déportation.

On a accrédité en Europe l'opinion que ces déportés devenaient, au bout de quelque temps, des modèles de vertus ; il est d'une croyance commune également que ce sont les convicts qui ont fait l'Australie, et on a même l'habitude de citer le fait en l'honneur du système pénitencier de l'Angleterre. Il y a là une très grave erreur que les statistiques que nous avons consultées dans le pays même détruisent complètement. Le nombre des transportés qui se sont montrés par la suite de mœurs douces et honnêtes n'est rien en comparaison de celui des êtres dépravés qui ont persévéré dans la voie du crime. La plus grande partie de ces misérables n'ont pas tardé à se placer sous le coup de condamnations nouvelles qu'ils n'ont évité de purger qu'en se réfugiant dans le Buisson, où ils purent pendant longtemps donner libre carrière à leurs mauvais penchants.

Les bush-rangers canadiens les ont souvent traqués et se sont livrés

Herr Puttmacker von Fischman commença par faire l'historique de l'or. (Page 39.)

contre eux, au nom de la loi de Lynch, à de véritables chasses à l'homme, restées légendaires en Australie.

Nous étonnerons bien des gens en soutenant que ce pays ne doit rien de sa prospérité actuelle à l'Angleterre, qui au contraire a fait tout ce qu'elle a pu pour la paralyser, et cela dans un but qui n'apparaît pas très clairement. Les Australiens actuels prétendent qu'elle craignait de fonder une grande colonie, qui lui échapperait un jour comme les États d'Amérique. Quoi qu'il en soit, dès 1837, la Grande-Bretagne refusa tout subside aux émigrants pour l'Australie, alors qu'elle continuait à en accorder à ceux qui se rendaient dans les autres colonies; elle ne vendit plus les terres que par grands lots, pour qu'elles ne fussent plus à la portée des petites bourses; et elle supprima toutes concessions gratuites, même celles qu'elle avait toujours données aux vieux militaires qui voulaient finir leurs jours en Australie.

Une pareille politique ne contribua pas peu à éloigner les honnêtes gens, et surtout les travailleurs des champs. Il est bon de remarquer en effet que la grande masse des déportés qu'on employait au défrichement et aux travaux de la campagne comptait dans son sein fort peu d'agriculteurs; généralement habitués à vivre ou plutôt à végéter depuis leur enfance dans l'atmosphère des ateliers, ils n'avaient que le plus grand dégoût pour les travaux agricoles auxquels ils étaient contraints. Aussi, dès qu'ils étaient libres, leur temps de servitude accompli, abandonnaient-ils au plus tôt la charrue pour aller travailler dans les villes, où ils ne tardaient pas à se mettre sous le coup de nouvelles poursuites, qu'ils évitaient, ainsi que nous l'avons dit, en allant augmenter le nombre des écumeurs du Buisson.

C'est à la découverte de l'or seule que l'Australie doit son développement rapide et son extraordinaire prospérité. L'appât du précieux métal, en attirant des milliers d'individus sur son sol, a fini par faire naître l'ordre du désordre, car partout où de grandes masses d'hommes se trouvent agglomérées, il en sort forcément une société nouvelle, qui finit toujours par retrouver son équilibre.

Mais à l'époque dont nous parlons, les premiers échantillons d'or venaient à peine d'être expédiés en Europe, une émigration de vrais travailleurs n'avait pas encore fait son œuvre réparatrice, et la nouvelle découverte n'avait eu d'autres résultats que d'augmenter l'insolence et l'audace des bush-rangers et des aventuriers de toutes bandes qui régnaient en maîtres dans les vastes solitudes de l'Australie. Aussi comprend-on qu'aucun groupe d'hommes, émigrants, chasseurs, voyageurs, travailleurs ou bandits, fût-il même plus considérable et par conséquent plus apte à se défendre que celui que nous venons de rencontrer, ne se hasardait à camper dans le Buisson australien sans s'entourer des précautions les plus minutieuses.

A première vue, en ne considérant surtout que les vêtements, les trois compagnons que nous avons présentés au lecteur, au début de ce chapitre, paraissaient faire partie de la même catégorie sociale. Tous trois, en effet, portaient pantalons et vestes en peau souple de kangourou, avec de fortes bottes d'origine américaine. A leur ceinture étaient suspendus une cartouchière, un énorme couteau de chasse et, chose rare à l'époque, car Colt venait à peine de l'inventer, un revolver, le premier sans doute qu'on eût encore vu en Australie. Cette arme, qui avait déjà dû, sans doute, leur faire bien des envieux, leur permettait de se défendre contre une troupe cinq ou six fois plus nombreuse que la leur. Pour coiffure, ils avaient une sorte de casque en cuir bouilli, aussi léger que commode. Ainsi habillés, ils pouvaient passer deux ou trois années dans le Buisson sans avoir à renouveler aucune pièce de leur vêtement.

Mais si, négligeant ces détails extérieurs, on s'attachait aux personnes, un examen, même superficiel, ne tardait pas à convaincre que ces trois individus, que le hasard avait probablement réunis, n'étaient certes point nés sous la même latitude, et surtout n'appartenaient pas au même monde.

Celui qui paraissait commander, en raison sans doute de sa connaissance du pays, était un Canadien d'environ six pieds, bâti et musclé en Hercule, qui répondait au nom anglo-français de Dick Lefaucheur. Il descendait, en effet, d'une ancienne famille française établie à Québec dès les premiers temps de la colonisation, et comme tous ses compatriotes, il gardait au fond de son cœur un profond attachement à la mère patrie. D'une force qui répondait à sa stature, et jetant bas d'une balle de son rifle une alouette au vol, à cinquante mètres, il était aussi craint que respecté de tous les aventuriers, convicts en rupture de ban, maraudeurs et pilleurs de run du Buisson australien.

Cette expression de *Buisson* que nous avons déjà employée si souvent, le lecteur a dû s'en douter, correspond à celles de jungles dans l'Inde, de mafouas des déserts africains, et de pampas dans l'Amérique du Sud ; elle indique parfaitement la configuration de tout l'intérieur de l'Australie, qui n'est, pour ainsi dire, qu'un vaste buisson de melias, de lilas roses, blancs, jaunes et rouges, de myalls, de pommiers de rivière aux fleurs violacées, de night-sented, de chênes noirs, de fougères, entrecoupé de prairies et de bouquets, plutôt que de forêts, d'*eucalyptus globulosa, amygdalia, wellingtonia gigantea*, qui dépasse cent mètres de haut; d'*araucania imbricata*, de *cedrella australis*, de figuiers de Bass de Palukas, d'arbres à foin, dont la chevelure vient balayer le sol, et d'une foule d'autres essences les plus variées. Prairies, bosquets, bouquets d'arbustes et d'arbres géants se succèdent et s'entrelacent d'une façon si gracieuse et si régulière qu'on dirait plutôt un vaste jardin botanique qu'un désert.

Depuis dix ans, notre Canadien chassant, pêchant, accompagnant des convois, avait parcouru le Buisson en tous sens, sur une longueur de sept à huit cents lieues. Il était connu des rôdeurs, des bush-rangers, ses compatriotes, des squatters et des fermiers sous le nom de *Dick le Trappeur*, et de la plupart des tribus indigènes sous celui de *Tidana-dan*, et par abréviation *Tidan le Troueur de têtes*, allusion à la partie du corps où la terrible balle de Dick allait toujours frapper son adversaire. Il avait été solennellement adopté par le grand chef de la tribu des Nagarnooks, une des plus puissantes de la contrée ; ce qui, selon la coutume, lui avait créé les liens de parenté les plus étroits avec tous les membres de cette peuplade.

Cela lui donnait ce grand avantage qu'en cas de lutte ouverte avec les écumeurs du Buisson, la tribu tout entière eût pris fait et cause pour lui ; de même qu'en cas de guerre entre les tribus indigènes, il devait son appui à celle dont il était le fils d'adoption.

A Sydney, la capitale, à Melbourne, qui commençait à grandir dans la baie de Saint-Philippe, il n'était pas un négociant, pas un banquier qui ne s'estimât trop heureux de lui confier la surveillance des convois de marchandises qu'il expédiait dans l'intérieur ; et, là encore, il avait son surnom spécial, personne ne l'appelait autrement que l'*Honnête Dick*.

CHAPITRE II

Melbourne. — La découverte de l'or. — Les trois pionniers.
La rencontre dans Yarra-street à Oriental-Hotel. — Le meeting. — Nouveaux amis.

La découverte des premiers échantillons d'or avait augmenté considérablement son importance, car ces échantillons rencontrés par hasard par un muletier, dans le lit de la Victoria, en 1847, à plus de deux cents lieues de sa source, il avait été impossible jusque-là d'en trouver le gisement principal. Or, Dick, ayant vu un jour ces échantillons à Melbourne, avait dit en souriant à ceux qui l'entouraient qu'il connaissait un lieu, découvert dans ses nombreuses excursions, où, s'il le voulait, il pourrait remplir plusieurs wagons avec des cailloux veinés de jaune ; il avait même ajouté, en montrant son énorme poing comme terme de comparaison, qu'il y en avait d'*aussi gros que cela*, entièrement jaunes, sans mélange, mais qu'il les avait toujours pris pour du cuivre.

De tous côtés alors lui étaient arrivées les propositions les plus brillantes ; mais il avait répondu à ces différentes offres en faisant la sourde oreille, et peu à peu on avait conclu de ce mutisme inexplicable qu'il avait voulu simplement plaisanter.

Mais le Canadien avait son projet, dont il n'avait voulu faire confidence à personne.

Etait-ce bien de l'or qu'il avait rencontré ? Le gisement était tellement important que le naïf trappeur n'osait le croire ; or, comme c'était le point principal à éclaircir, il résolut de s'adjoindre deux compagnons braves et honnêtes, dont l'un au moins fût assez expert en minéralogie pour trancher la question, et d'aller avec eux procéder à cette expérience ; on verrait ensuite à tirer parti de la découverte ; il y en avait assez pour enrichir du premier coup plusieurs compagnies, il pouvait donc partager avec les camarades qui l'aideraient dans son entreprise, sans crainte de diminuer sa part, qui serait encore cent fois supérieure aux rêves de richesse les plus insensés qu'il eût pu former.

Cette association avec deux solides compagnons avait, à un autre point de vue, une extrême importance. Depuis qu'il avait parlé, il ne pouvait plus faire la moindre excursion, la plus petite partie de chasse sans être suivi, épié, par une foule de bush-rangers et autres aventuriers, dont le but évident était de surprendre son secret. Il était donc de toute nécessité pour notre Canadien de s'adjoindre deux bonnes carabines qui pussent l'aider à dépister les maraudeurs, et au besoin à se défendre d'eux. Un homme seul, quelle que soit son habileté, peut facilement tomber dans un piège, surtout quand ceux qui ont intérêt à le surprendre sont nombreux, prêts à tout, et connaissent aussi bien que lui le terrain où ils manœuvrent.

Mais où trouver ces deux compagnons, avec les qualités de bravoure, de loyauté et de science, au moins pour l'un deux, que Dick exigeait avec raison avant de leur confier son secret?

Les crimes, les drames, qui ensanglantaient en ce moment la Californie où la fièvre de l'or semblait frapper de folie tous les esprits, lui avaient fait comprendre que ce n'était pas dans l'impure population de Sydney ou de Melbourne qu'il trouverait ce qu'il cherchait. Sans doute l'honnêteté n'y était pas, quoique rare, tout à fait introuvable, mais on ne pouvait guère la rencontrer que chez de braves négociants ou de paisibles fonctionnaires, ne possédant aucune des énergies morale et physique nécessaires à la vie aventureuse du Buisson.

Dick était la patience incarnée, simple de goût et aimant par-dessus tout son métier de trappeur; il était moins poussé dans cette circonstance par la pensée de s'enrichir que par le goût des aventures, aussi résolut-il d'attendre que le hasard lui fît rencontrer ce qu'il cherchait. Une fois son parti bien arrêté, il continua à chasser paisiblement et à escorter à l'occasion les convois de marchandises.

Au moment où nous l'avons retrouvé sur le Red-River, il avait certainement mis la main sur les deux compagnons qu'il avait projeté de s'adjoindre; ils se rendaient sans doute au placer, car celui qui aurait suivi la petite troupe dans ses diverses étapes depuis Melbourne, aurait vu qu'elle ne voyageait qu'avec la plus grande prudence, et de nuit seulement, dissimulant avec soin sa présence pendant le jour dans les réduits les plus secrets du Buisson. Nous allons du reste savoir à quoi nous en tenir, en faisant connaissance avec les deux personnages qui accompagnent le trappeur.

Celui qui attirait immédiatement les regards par la distinction de ses traits, la délicatesse de ses manières et l'élégance de toute sa personne, malgré la grossièreté de son costume, qu'il portait avec une aisance sans pareille, était un jeune homme d'environ vingt-huit ans; sa nationalité se décélait immédiatement à ce type si essentiellement français que Detaille a

immortalisé dans ses toiles militaires. D'une taille un peu au-dessus de la
moyenne, il était mince et bien pris, et tout dans la charpente de sa personne révélait une vigueur nerveuse capable de résister aux plus longues
fatigues. Brun et les cheveux coupés en brosse, il portait une petite moustache retroussée qui achevait de lui donner l'air d'un officier en exploration
autour du monde ; nous devons dire cependant qu'il n'était pas et n'avait
jamais été militaire.

Le trappeur ne le nommait qu'Olivier tout court par une familiarité voulue
et réciproque, car le jeune homme, supprimant de même toute formule banale
de politesse, ne l'appelait également que Dick.

Il n'en était pas ainsi du troisième personnage que ses compagnons désignaient sous le nom de Laurent, mais qui, en s'adressant à eux, employait les
expressions de monsieur Dick, monsieur Olivier, avec une nuance de respect pour ce dernier qui indiquait la distance du serviteur au maître.

C'était un grand gaillard à l'air martial et décidé, aux sourcils épais, à la
moustache en broussaille, les cheveux à l'ordonnance, carrément charpenté,
et qui ne faisait pas trop mauvaise figure en présence du Canadien, quoiqu'il
fût d'une stature un peu moins élevée ; un connaisseur, obligé de se prononcer
sur la force musculaire des deux personnages, eût certainement hésité entre
l'un ou l'autre. Dans tous les cas, c'étaient deux vigoureux gaillards qui, au
simple coup de poing, n'eussent pas reculé devant une douzaine d'adversaires. Étant données les luttes journalières qu'ils étaient exposés à soutenir, Dick n'eût certainement pu choisir un plus rude compagnon.

Olivier était arrivé, il y avait quelques mois, en Australie avec son domestique Laurent, par le paquebot de Liverpool à Melbourne ; il était descendu à
Oriental-Hôtel, dans *Yarra-street*, qui était à cette époque le rendez-vous de
tous les fermiers, squatters et éleveurs, à qui le travail avait donné une certaine aisance ; c'est là qu'ils causaient de leurs affaires, vendaient leurs
moissons, leurs bestiaux, leurs pelleteries, leurs laines, et passaient des
marchés pour la saison prochaine ; à quelques pas, dans la halle aux grains,
se tenait une sorte de bourse des marchandises, où s'établissait la cote
des productions agricoles sur lesquelles des spéculateurs effrénés n'avaient
pas tardé à jouer à la hausse et à la baisse, ni plus ni moins qu'en Europe
sur les valeurs industrielles et emprunts d'États. Il n'était pas rare d'y voir
des individus ne possédant pas un arpent de terre au soleil, ne récoltant ni
un boisseau de blé, ni une botte de paille, acheter ou vendre *à terme des
récoltes prochaines*, cent mille sacs de blé ou mille quintaux de foin. Il est
juste de dire que ces marchandises n'étaient jamais ni livrées par les vendeurs, ni *levées* pour les acquéreurs, mais achetées et vendues à *tel* prix,
en prévision de la hausse et de la baisse, et la plupart du temps la cote
était faite en hausse ou en baisse par les spéculateurs qui écrasaient le
marché de leurs ventes ou achats fictifs, sans que cette cote fût le moins du

monde en rapport avec l'état des récoltes et leur valeur réelle ; tant il est dit que le jeu est la passion la plus enracinée de l'humanité.

Cette bourse de valeurs agricoles, que nous ne connaissons heureusement pas en France, d'une manière officielle du moins, car nous avons bien assez de la bourse des valeurs industrielles et des valeurs d'emprunts pour faire passer l'argent de l'épargne dans la poche des financiers, avait fait de Yarra-street un centre d'une extraordinaire animation, où se traitaient à peu près toutes les affaires du pays. C'était là également que s'étaient déjà créé plusieurs sociétés pour la recherche de l'or, sur le simple vu des premiers échantillons apportés par quelques batteurs d'estrade.

Tous les soirs, de nombreuses réunions avaient lieu à Oriental-Hôtel, à l'effet de former les premiers groupes d'explorateurs, ingénieurs et ouvriers qui devaient courir à la recherche des placers. Inutile de dire qu'à cette occasion les salles de l'hôtel regorgeaient d'anciens convicts, de bush-rangers et de squatters en disponibilité qui venaient offrir leurs services.

Olivier, qui avait été attiré en Australie par la nouvelle de la découverte de l'or qui s'était répandue en Europe avec la rapidité d'une traînée de poudre, ne manquait à aucune de ces réunions, dans la pensée de pouvoir s'intéresser à une de ces entreprises. Outre le petit capital qu'il apportait avec lui, il possédait des connaissances suffisantes en minéralogie et métallurgie pour pouvoir s'engager comme *ingénieur-prospecteur*, afin de diriger les recherches et le traitement du quartz aurifère. Mais comme il parlait imparfaitement l'anglais, il lui était assez difficile de pouvoir s'expliquer dans les meetings préparatoires auxquels il assistait.

Invité un soir, grâce à son titre d'ingénieur européen, à expliquer ses idées à l'assemblée, il demanda s'il ne se trouvait pas dans l'assistance quelqu'un qui parlât suffisamment le français pour lui servir d'interprète. Dick se trouvait par hasard à cette réunion. Grâce à son origine canadienne, il parlait très purement cette langue, qui était pour ainsi dire son idiome maternel ; il s'offrit, et pendant toute la soirée il servit d'intermédiaire entre le jeune homme et ceux des assistants qui se trouvaient à la tête du mouvement.

Tout, dans la personne d'Olivier, respirait l'honnêteté et la franchise, aussi ne tarda-t-il pas à gagner les sympathies de l'assemblée ; il expliqua très nettement les diverses manières de traiter les minerais contenant le précieux métal, et sur le vu des échantillons rapportés n'hésita pas à *diagnostiquer* pour ainsi dire la nature du sol et jusqu'à la configuration géologique des lieux où l'on devait le rencontrer. Il se trouva sur ce dernier point en discussion avec un ingénieur allemand, comme lui nouvellement débarqué, et qui se donnait le titre pompeux de professeur de minéralogie et de conseiller régent à la faculté d'Iéna. Herr Puttmacker von Fischman, c'était son nom, commença par faire l'historique de la découverte de l'or depuis les temps les plus reculés jusqu'à nos jours, décrivit les premières monnaies faites avec ce métal, en profita pour faire un cours complet de numismatique, auquel il mêla l'histoire des développements de la civilisation germanique, trouva le moyen de parler en passant de Gambrinus et de prouver que la bière est supérieure au vin parce qu'elle a la couleur de l'or, ne manqua pas de démontrer que l'or est un métal allemand, à l'aide de cet admirable syllogisme : Personne n'oserait discuter que l'Allemand ne soit le premier des hommes; or, comme l'or est le premier des métaux, etc... Vous voyez cela d'ici. Et comme, au bout de deux heures, le bonhomme, qui avait pris la parole pour répondre au Français, n'avait pas encore trouvé le moyen d'aborder la question, on le pria de se taire et de céder la place à quelqu'un de plus pratique.

— Nous ne sommes pas à l'université, herr, lui dit un des assistants. Nous tenons à être renseignés sur la valeur des échantillons que vous avez sous les yeux, et sur la nature des terrains où nous devons principalement porter nos recherches; peu nous importe de connaître la forme et le titre des monnaies sous Conradin III ou Frédéric Barberousse.

Un éclat de rire accueillit cette boutade, et le Teuton, furieux, quitta le meeting, poursuivi par les huées des convicts et des bush-rangers que le fatras et l'érudition mal digérée du bonhomme avaient étourdis.

Ce fut de cette soirée que data la connaissance de Dick et d'Olivier. Le Canadien s'était senti immédiatement attiré par la plus vive sympathie vers le jeune homme, et le jour même, après avoir entendu les explications de ce dernier, qui fit preuve d'un grand sens pratique, il se promit de s'ouvrir à lui et de l'associer, ainsi que son compagnon, à ses projets. Il attendit cependant quelques jours avant d'aborder le chapitre des confidences; il tenait à se renseigner plus complètement sur le caractère d'Olivier et surtout connaître, s'il était possible, les motifs qui l'avaient poussé à émigrer en Australie. L'élégance de ses manières, la distinction de toute sa personne, tranchaient si fortement avec le milieu social que lui, simple trappeur, avait l'habitude de fréquenter, qu'il ne s'expliquait pas qu'un tel homme fût venu se perdre au milieu de la fangeuse population de Melbourne.

Comme il n'était pas nécessaire de fréquenter longtemps le Canadien pour voir à quelle bonne et franche nature on avait affaire, de cordiales relations ne tardèrent pas à s'établir entre les deux hommes. Dick, pour provoquer la confiance de son nouvel ami, un soir qu'ils prenaient le frais sur la terrasse de l'hôtel, lui raconta les divers événements de sa vie depuis sa plus tendre jeunesse.

On a dit que les braves gens, comme les peuples honnêtes, n'avaient pas d'histoire. Celle du Canadien pouvait s'écrire en quelques lignes. Né à Québec, il avait dès l'enfance suivi son père dans les forêts du nouveau

— Avec l'instrument que j'avais, j'attaquai un des rochers. (Page 44.)

monde, à la recherche du castor, de la martre et de l'ours, se formant ainsi
de bonne heure au rude métier de trappeur et de coureur des bois ; quand il
s'était trouvé maître de ses actions, il avait, tout en chassant, gagné de
proche en proche les grands lacs, la prairie, les montagnes Rocheuses, la
Nevada ; puis il avait suivi le cours du Sacramento et était ainsi arrivé à
San-Francisco. La reine du Pacifique n'était alors qu'une petite bourgade
mexicaine ayant à peine un millier d'habitants. Là, le désir de courir le

monde l'avait pris et il s'était embarqué sur une petite goëlette qui faisait le cabotage à travers les îles de l'Océanie; il s'était ainsi familiarisé avec la dure vie de la mer. Au bout de deux années il avait trouvé le moyen de se rendre en Australie, où. il avait repris son premier métier de trappeur.

— Et vous y avez ajouté celui de chercheur d'or, fit Olivier, en souriant, au brave Dick qui lui donnait ces détails.

— Pardonnez-moi, mon cher Olivier, interrompit le Canadien.

— Si j'en crois ce que j'ai entendu dire à Oriental-Hôtel même, vous auriez découvert un placer, dont vous garderiez le secret pour vous-même.

— J'ai en effet trouvé de l'or, mais je ne l'ai pas cherché!

Cette conversation allait certainement mettre les deux interlocuteurs sur le terrain qui devait les réunir.

— Eh bien! moi, répondit Olivier, je puis vous avouer que je suis venu précisément en Australie pour en chercher.

Et alors il avait raconté à Dick, sans autres détails, qu'il avait fait un terrible serment, mais que, pour pouvoir le tenir, il lui fallait de l'or, beaucoup d'or, assez d'or pour acheter toutes les consciences, ouvrir toutes les portes, et accomplir enfin une œuvre à laquelle il avait voué sa vie.

— J'ai été riche, lui dit-il, très riche, pas autant qu'il me faut l'être aujourd'hui pour atteindre le but que je me suis assigné; puis, en un seul jour, je me suis trouvé aussi pauvre que le dernier de vos convicts. Mes adversaires n'avaient trouvé que ce moyen de paralyser mes efforts et de me faire renoncer à la lutte; mais ils se sont trompés, ils n'ont fait que doubler mon courage et mettre mon énergie à la hauteur de la situation. Le point le plus important était d'abord de refaire cette fortune qu'ils m'avaient enlevée. Je voulais me rendre en Californie, mais la nouvelle que l'on avait découvert de l'or en Australie me fit changer d'avis. Avant de partir, je me proposai d'acquérir les connaissances spéciales qui devaient me permettre d'exploiter d'une manière intelligente les filons aurifères, et je passai trois mois au laboratoire de l'École des mines, où un professeur de mes amis se fit un plaisir de m'initier à la théorie et à la pratique de cette branche de la science minière. Il me guida également dans le choix des meilleurs instruments et des produits chimiques dont la possession m'était indispensable. J'ajoutai à ces approvisionnements une caisse d'armes perfectionnées et notamment une douzaine de ces pistolets à répétition que les Américains appellent *revolvers*, et dont vous me donnerez des nouvelles, car ils ne sont pas encore connus en Australie. Un seul homme, avec une de ces armes, peut aisément se défendre contre cinq ou six assassins. Je m'embarquai alors à Liverpool avec mon fidèle Laurent, et nous voici à Melbourne, prêts à entrer en campagne dès que nous serons fixés sur le point où nous devons nous diriger.

CHAPITRE III

Les projets de Dick. — Le placer des Cygnes. — Le bloc d'or. — Le pacte, — L'espion.

Dick était, depuis plusieurs jours déjà, complètement édifié sur le compte de ses compagnons; aussi prit-il la résolution, sans plus tarder, de leur dévoiler ses projets.

— Vous n'aurez pas à attendre longtemps, mon cher Olivier, lui répondit-il, pour trouver ce que vous cherchez.

— Que voulez-vous dire?

— Écoutez-moi. Il y a environ une année, un négociant de Melbourne me fit appeler pour me demander si je voudrais me charger de porter une somme importante à un fermier-éleveur américain établi sur un des *run* les plus éloignés de la province du Sud. C'était une promenade de cinq à six cents lieues; mais je n'affectionne rien autant que les excursions lointaines, et j'acceptai avec plaisir. Or, comme il me laissait le choix de mes compagnons, je lui demandai s'il avait confiance en moi; sur sa réponse affirmative, je le priai de me laisser faire seul ce long voyage.

« Transporter une grosse somme d'argent, lui dis-je, est toujours, vous le savez, une chose dangereuse dans le Buisson. Si les maraudeurs, convicts, batteurs d'estrade et autres nous voient partir à plusieurs, sans escorter un wagon de marchandises, ils en concluront que nous sommes chargés de valeurs beaucoup plus précieuses, et ils nous suivront à la piste, nous tendant des embûches chaque fois qu'ils en trouveront l'occasion. Il ne se passera guère de jour sans que nous ayons à soutenir quelque assaut, car, à mesure que nous avancerons, leur troupe s'augmentera de tous les mauvais garnements qu'elle rencontrera, et Dieu sait si le nombre en est grand! Je ne parle pas des indigènes, qui sont toujours prêts à se joindre à eux pour faire un mauvais coup; enfin, il n'est pas sûr que nous puissions atteindre le terme de notre voyage, tandis que si je me mets seul en route avec mon mulet, en ne laissant rien transpirer de la mission que vous m'aurez confiée, j'aurai l'air simplement de commencer une de mes saisons de chasse habituelles; et comme tous ces bandits savent qu'il ne fait pas bon de me troubler dans mon petit trafic de trappeur, ils s'écarteront au contraire de mon passage, ne jugeant pas que quelques pelleteries qu'ils pourraient me voler vaillent la peine d'affronter mon vieux rifle canadien. » Le négociant goûta fort mon idée et me laissa libre de l'exécuter. Il fut convenu que je ne le reverrais plus, pour ne pas donner l'éveil.

La veille de mon départ, il vint lui-même m'apporter dans sa voiture, au milieu de la nuit, la somme destinée à son correspondant; je la cachai dans la doublure du bât de mon mulet et chargeai par-dessus les approvisionnements et les munitions que j'avais l'habitude d'emporter quand je partais pour une campagne de plusieurs mois.

J'avais calculé qu'il me fallait environ quatre-vingts jours pour atteindre le run connu sous le nom de Swan's Station ou *Station des Cygnes*, à cause du nombre de ces animaux qu'on y rencontre en tout temps, run qui appartenait au destinataire des fonds, master Tom Powell.

Il y avait environ soixante jours que je marchais, et rien n'était venu troubler ma tranquillité; deux ou trois bush-rangers que j'avais rencontrés s'étaient bornés à me souhaiter bonne chasse, et je comptais bien accomplir aussi paisiblement la fin de mon excursion.

Un matin que je commençais mon étape au soleil levant, j'eus à traverser un petit ruisseau que mon mulet eût parfaitement pu franchir d'un seul bond; mais il prit mal son élan et il tomba au milieu en faisant jaillir l'eau en gerbes autour de lui. Au même instant, une sorte de rayon fauve comme un miroitement métallique, parti du fond du ruisseau, vint frapper mon œil. Je ne sais quelle pensée me vint à l'esprit; il n'était pas encore question d'or en Australie, mais j'arrêtai mon mulet de l'autre côté du cours d'eau et, m'agenouillant sur la rive, je sondai du regard le lieu où ce phénomène d'optique s'était produit. L'eau, qui s'était troublée sous les pas du mulet, ne tarda pas à reprendre sa limpidité, et j'aperçus un énorme caillou d'un jaune rouge pâle incrusté dans le lit du ruisseau. Je pris dans mes approvisionnements la hache en tête de pioche qui ne quitte jamais le mince bagage du trappeur, et je le dégageai; le bloc, au juger, pesait au moins soixante bonnes livres américaines; il était d'une pureté parfaite, sans mélange de matières terreuses. « — Si c'était de l'or? » me dis-je immédiatement; mais le moyen de croire à une pareille trouvaille; depuis que les Européens étaient établis en Australie, c'est-à-dire plus d'un siècle, la plus petite paillette d'or n'avait pas été signalée, tandis que le cuivre s'y trouvait en abondance. Cependant j'avais souvent visité les mines en exploitation, et je ne me souvenais pas d'avoir rencontré du cuivre natif, c'est-à-dire débarrassé de toute matière étrangère, à l'état pur. J'étais hésitant; ce pouvait être de l'or, après tout; je me mis alors à remonter le ruisseau en tirant mon mulet par la bride, pour voir si je ne trouverais pas d'autres blocs du même métal.

J'en découvris bientôt de nouveaux échantillons, mais beaucoup moins volumineux que le premier; plus j'avançais, et plus le ruisseau diminuait en largeur et en profondeur; je n'avais pas fait cinq cents mètres que ce n'était plus qu'un mince filet d'eau qui allait se perdre, à quelques pas de là, sous un bloc de rochers.

Avec l'instrument que j'avais dans les mains, j'attaquai un des rochers qui me parut devoir céder le plus rapidement à mes efforts. Au bout de deux ou trois coups donnés à la base, je le vis osciller et finalement glisser dans le ruisseau, mettant à jour une sorte de cave naturelle, pleine d'une eau limpide, dont le trop-plein, en s'échappant sous les rochers, donnait naissance au petit cours d'eau. Je ne pus retenir une exclamation. L'excavation que je venais de mettre à jour était aux trois quarts pleine de ces cailloux métalliques qui, sous le liquide transparent, brillaient d'un éclat extraordinaire. Il y en avait de toutes les grosseurs, depuis la menue grenaille jusqu'aux masses de plusieurs kilogrammes. Cette fois, mes doutes furent sérieusement ébranlés ; j'avais déjà entendu parler de trouvailles semblables faites récemment en Californie, et il me parut impossible que des fractions de cuivre pussent ainsi séjourner dans l'eau sans s'oxyder. J'en conclus, jusqu'à preuve du contraire, car j'étais peu compétent sur cette matière, que j'avais véritablement de l'or sous les yeux. A cette pensée, le sang m'afflua aux tempes et je sentis mon cœur battre à tout rompre. Si c'était de l'or, il y en avait pour une somme inappréciable, des centaines de millions, peut-être. Je restai pendant quelques instants comme étourdi.

Que faire ? En attendant que je pusse me renseigner, il était de toute nécessité de cacher ma découverte à tous les yeux. Le moindre soupçon faisait s'abattre sur ce trésor tous les maraudeurs, convicts et coureurs du Buisson. Le lieu où je me trouvais était sablonneux et aride ; aucun poste d'indigènes n'était venu s'y établir, même temporairement, car ne vivant que de chasse et de pêche, ils n'y eussent pas trouvé les moyens de se procurer leurs provisions habituelles. Rien également ne pouvant y attirer les rôdeurs, je n'avais à redouter qu'un hasard semblable à celui qui m'avait conduit dans ce lieu désert.

Mon parti fut vite pris ; je rejetai dans l'excavation le bloc que j'avais trouvé dans le ruisseau, replaçai le rocher sur l'ouverture, et réparai de mon mieux toutes les traces de mes recherches. Les derniers vestiges de mon passage effacés, je me mis en devoir de terminer mon voyage.

— Vous aviez sans doute prélevé un échantillon du précieux métal que vous veniez de découvrir ? interrompit Olivier.

— Vous pensez bien que je n'y avais pas manqué.

— Et vous l'avez, sans doute, fait expertiser à votre retour à Melbourne ?

— Non, et pour deux raisons : la première, c'est que je ne pouvais me fier à personne ici ; quelques précautions que j'eusse prises, cela eût transpiré ; on m'eût suivi, espionné dans toutes mes démarches. J'avais donc l'intention bien arrêtée de ne m'en ouvrir qu'aux compagnons que je choisirais ; mais une circonstance que je dois vous faire connaître, tout en montrant que j'avais raison dans mes appréhensions, s'est opposée à ce que je pusse me renseigner ici sur la valeur de ma découverte. Un soir que j'assistais à une des premières réunions où le public était admis à visiter les minerais d'or rapportés par les *bush-rangers*, j'eus la faiblesse de céder à un mouvement d'orgueil et de déclarer que je connaissais un lieu où il serait facile de remplir plusieurs wagons du métal lui-même à l'état pur, et non mêlé à divers minéraux comme ceux que j'avais sous les yeux... et le lendemain, l'échantillon que je gardais si précieusement avait disparu.

— On vous l'avait sans doute volé ?

— Il n'y avait pas à en douter, et c'étaient mes imprudentes paroles qui étaient cause de l'événement ; mais celui qui a fait le coup doit être un habile coupeur de bourses, car l'objet m'a été dérobé sur moi-même avec une telle dextérité que je ne m'en suis pas aperçu. Seulement, comme on n'a pas volé sans intention, cela me fait prévoir les difficultés que nous allons rencontrer pour nous rendre au placer, car c'en est un certainement, la vue des minerais rapportés a levé toutes mes incertitudes.

— *Pour nous rendre au placer ?...* fit Olivier avec une certaine émotion dans la voix.

— Certainement, répondit le Canadien en souriant. Est-ce que vous n'avez pas compris que si je vous faisais part de ma découverte, c'est que j'avais l'intention de vous prier de m'accompagner et de partager avec vous, dangers et bénéfices ?

Olivier, au comble de la surprise, ne savait que répondre à cette offre généreuse et inattendue.

Le brave Dick reprit en frappant sur la table un coup de sa large main, comme pour mieux accentuer ses paroles :

— Ah çà ! j'espère que vous n'allez pas me refuser ; il y a là-bas de quoi enrichir trois cents, cinq cents personnes, peut-être ; et il ne faudrait pas qu'une délicatesse exagérée me privât de votre précieux concours.

— Si je n'ai pas répondu de suite, mon brave Dick, c'est que votre confiance m'avait ému au delà de tout ce que je puis dire... C'est à peine si vous nous connaissez.

— Croyez-vous donc qu'il m'ait fallu longtemps pour voir, mon cher Olivier, que vous étiez, comme nous disons en Amérique, le plus parfait des gentlemen ; quant à votre Laurent, s'il n'a pas, comme moi du reste, usé ses chausses sur les bancs de l'université de Québec, m'est avis que c'est également un brave cœur, incapable d'une trahison... Donc, c'est dit ; quand partons-nous ?...

Et il serra à les briser les mains qui se tendaient vers lui.

A dater de ce soir, il y eut entre ces trois hommes un pacte à la vie et à la mort.

Cette conversation avait eu lieu dans une des salles de l'hôtel. Quand ils en sortirent pour se rendre chez Dick, qui possédait un pied-à-terre à Melbourne, ils n'aperçurent pas un individu qui, depuis quelques heures, épiait leurs moindres gestes, faire un signe d'intelligence à un petit groupe de bush-rangers qui se trouvait sur le perron de l'hôtel, et les suivre ensuite en se glissant comme une ombre le long des murs de Yarra-street. Un magnifique caniche noir, qui répondait au nom significatif de Black, qu'Olivier avait amené de France, vint deux ou trois fois le flairer avec obstination; mais, voyant son maître qui continuait à s'éloigner, il avait fini par se décider à le rejoindre, en laissant échapper quelques sourds grognements, dont l'intelligente bête eût pu seule donner la signification.

CHAPITRE IV

Départ pour le placer. — Le Red-River. — La veillée.

Quelques jours après ces événements, les trois hommes se mettaient en marche pour le placer des *Cinq Sources*, nom que le Canadien avait donné aux lieux où il avait fait sa découverte. Quand nous les avons rencontrés, ils avaient déjà parcouru les deux tiers du chemin qui les séparait du but de leur voyage. Bien qu'aucun fait autre que le vol habile de l'échantillon rapporté par Dick n'eût mis leur esprit en éveil, ils n'avaient pas cessé un instant de se prémunir avec les précautions les plus grandes, car cette seule circonstance suffisait pour leur en démontrer la nécessité.

Il était évident que les paroles un peu légères du trappeur à la réunion de Yarra-street avait excité les soupçons, puisque le larcin dont ce dernier avait été la victime pouvait en être considéré comme la conséquence immédiate.

Depuis leur départ, cependant, rien n'était venu donner un corps à leurs soupçons, et ils en étaient arrivés à se persuader que, grâce à leur prudence, ils avaient pu cacher à tous la direction qu'ils avaient prise. Ils s'étaient embarqués une nuit dans la baie de Melbourne, et avaient atterré sur un point quelconque de la côte; puis, pour dérouter les suppositions du batelier que l'on pouvait interroger le lendemain, ils étaient revenus sur leurs pas en suivant le rivage, avaient traversé Melbourne par les voies les plus détournées, et s'étaient mis en route du côté opposé à celui où l'embarcation les avaient conduits.

Souvent, pendant leurs campements quotidiens, l'infatigable Dick se glissant dans les broussailles avait observé la campagne dans un rayon de plusieurs kilomètres, mais il était revenu chaque fois sans avoir rien remarqué de suspect autour d'eux.

Il en fut de même le jour où nous les rejoignîmes sur le Red-River; rien, pas plus du côté de la plaine que du côté de la rivière, ne vint attirer leur attention.

— Allons, fit tout à coup le Canadien en revenant une dernière fois d'inspecter la plaine, ce quartier de kangourou embaume et je crois pouvoir lui faire honneur sans craindre d'être dérangé dans cette importante opération. N'est-ce pas, mon brave Black, que tu ne me donneras pas un démenti ?

En entendant prononcer son nom, le chien se mit à sauter en aboyant autour du nouveau venu qui le calma de la main. — Là, mon bon chien, lui dit-il, là... taisons-nous ! vous savez qu'il est défendu de donner de la voix ici...

L'animal, à ces paroles, fit entendre un grognement de joie, et comme s'il les avait comprises, se tut à l'instant.

Olivier, qui s'était chargé de surveiller les alentours du Red-River, revint quelques instants après, apportant des nouvelles identiques à celles de son compagnon, c'est-à-dire négatives. Aussi loin que ses regards avaient pu s'étendre en sondant le fleuve, il n'avait rien aperçu qui fût de nature à troubler leur quiétude. Aussi les trois pionniers convinrent-ils entre eux de faire une station de quarante-huit heures dans le lieu où ils se trouvaient pour jouir d'un repos dont ils avaient grand besoin ; ils avaient sans cesse voyagé de nuit depuis leur départ, ce qui n'avait pas laissé que de les fatiguer un peu.

En conseillant cette station à ses compagnons, le bush-ranger avait un autre motif dont il ne leur avait pas encore fait part. Ils étaient à ce moment à une assez faible distance des territoires des Nagarnooks, ses alliés d'adoption, et son intention était de se rendre seul, le lendemain, jusqu'au grand village de la tribu, pour demander aux chefs une demi-douzaine de guerriers choisis parmi les plus braves, qui pussent leur servir d'escorte et augmenter les forces de la petite troupe en cas d'attaque : car sa connaissance approfondie des mœurs du Buisson ne lui permettait pas de penser qu'après lui avoir dérobé la pépite d'or qu'il rapportait de son excursion, le bush-ranger ou autre rôdeur auteur du méfait se bornerait à cela. Malgré le calme rassurant qu'il avait observé sur la route depuis leur départ, il ne pouvait se persuader que le voyage se terminerait sans encombre.

Le quartier de kangourou avait acquis son degré de parfaite cuisson. Après s'être communiqué mutuellement leurs impressions sur le résultat de la surveillance que chacun avait à tour de rôle exercée, et discuté sur l'opportunité du projet du Canadien, nos trois compagnons songèrent à leur souper ; le jour baissait rapidement et il leur restait juste le temps de satisfaire à cette fonction plus importante encore dans le Buisson que dans les villes, car elle est ordinairement accompagnée d'un robuste appétit.

Dick déterra des cendres chaudes, auxquelles il les avait confiées, des racines de taro et d'igname, légumes qui remplacent les pommes de terre dans ces contrées, et le frugal repas commença. Le tout fut expédié en moins de rien, et Black reçut les reliefs pour le récompenser de l'attention qu'il avait apportée à surveiller la cuisine. La veille de nuit fut réglée comme à

Le Canadien se glissa dans le buisson. (Page 54.)

bord d'un navire ; on décida que chacun ferait deux heures de quart seulement pour éviter une trop longue fatigue.

Laurent et Olivier devaient commencer, le Canadien se réservant les heures les plus dangereuses du milieu de la nuit. Le mulet, qui s'était reposé pendant toute la journée, fut chargé de nouveau de tous les approvisionnements, armes, outils, etc., pour être prêt en cas d'alerte, et le fidèle Laurent, la carabine au poing, s'étant installé debout contre un arbre, les deux autres pionniers s'enroulèrent dans leurs couvertures et ne tardèrent pas à s'endormir profondément.

Le lecteur a deviné depuis longtemps que celui des trois personnages qui se faisait appeler simplement Olivier n'était autre que le comte de Lauraguais d'Entraygues, qui, après le vol de toute sa fortune et les conditions inacceptables mises à sa restitution, s'était décidé à partir pour l'Australie afin d'y tenter le sort. Les journaux d'Europe faisaient grand bruit de l'or qu'on venait d'y découvrir, et il avait pensé qu'en arrivant des premiers il pourrait, peut-être, si la chance le favorisait, faire en peu de temps une abondante moisson de ce métal sans lequel il n'y a pas d'entreprise possible au monde. Le marquis son père, bien qu'il eût une assez forte dose de cet égoïsme que développe la vieillesse, adorait son fils et n'avait pas hésité à lui offrir de partager sa fortune avec lui, mais Olivier avait noblement refusé. Du reste, pour lutter avec la ténébreuse association qui le poursuivait, c'eût été peu de chose que la fortune du marquis. Il lui fallait élever puissance contre puissance, réunir un nombre considérable de gens habiles prêts à tout, et pour cela il était nécessaire qu'il pût jongler, pour ainsi dire, avec les millions, et seule la découverte d'une mine d'or pouvait le conduire à ce résultat. Il ne pouvait au surplus mieux employer les deux années d'inaction forcée auxquelles la princesse Vasilewska l'avait elle-même condamné. Il avait fait le serment de ne rien tenter avant que cette période de temps ne fût écoulée, et il n'était pas homme à se parjurer. Il était donc parti avec son fidèle serviteur, que rien n'aurait pu contraindre à abandonner son maître. La fortune, en lui faisant rencontrer le Canadien, avait déjà commencé à lui être favorable.

La lune ne devait se lever que fort tard ; il faisait une de ces nuits silencieuses comme on n'en voit qu'en Australie. Les pays intertropicaux, dans l'hémisphère nord, possèdent une grande quantité d'oiseaux chanteurs qui, dans le genre du rossignol, ne commencent à gazouiller leurs plus douces mélodies que plusieurs heures après la disparition du soleil. Le boulboul, le bengali, la fauvette du Gange, lancent à l'envi dans les forêts du Bengale leurs notes cadencées, dont le merle métallique semble marquer la mesure en piquant, à intervalles égaux, son sifflement mélancolique et rêveur, comme les pointillés de flûte harmonique marquent des contretemps au milieu d'un concert. Les forêts d'Afrique, du Brésil, possèdent aussi leurs exécutants nocturnes, qui bercent de leur chant le calme des nuits, alors que les fleurs s'inclinent sur leurs tiges au souffle délicat de la brise et que tout dort dans la nature elle-même qui se repose.

Les nuits, dans le Buisson australien, sont sombres et tristes : pas un cri, pas un chant, pas un gazouillement ne vient rompre la monotonie des solitudes ; c'est lugubre comme les nuits du grand désert soudanien, comme les solitudes des steppes asiatiques.

On n'y entend même pas le cri rauque des fauves en quête de leur nourriture. Le modeste opossum et le timide kangourou, qui seuls en dehors des oiseaux représentent la faune du grand continent océanien, semblent frappés de mutisme dès que le jour disparaît, et, avec lui, se retirent au plus profond des bosquets de myalls et de lilas sauvages. Seul le hocko, sorte de hibou craintif, salue le lever de la lune de son hululement lugubre et prolongé.

Bien singulier est l'effet que produit sur les natures nerveuses cette obscurité silencieuse. Rien ne venant distraire la vue et occuper l'ouïe, l'esprit tombe dans une sorte d'hallucination rêveuse qui finit pour vous donner comme la sensation d'un isolement absolu dans une crypte funéraire. Même la nuit, l'homme a besoin de sentir autour de lui la vie et le mouvement.

Bien que l'esprit agreste et peu poétique de Laurent ne fût guère accessible à ces impressions singulières, il ne tarda pas cependant à se sentir envahi par un indéfinissable sentiment de tristesse ; le silence monotone de la forêt réagissait sur lui, et pour échapper à cette sensation d'isolement, il avait besoin d'entendre la respiration calme et régulière de ses deux compagnons qui dormaient à quelques pas de lui.

TROISIÈME PARTIE

LE BUISSON AUSTRALIEN

CHAPITRE PREMIER

Une alerte. — Le chant du hocko. — En reconnaissance. — L'aigle noir.
Les bush-rangers. — John Gilping, esquire. — Pacific.

Il n'y avait pas encore une heure que Laurent était en faction, et déjà il appelait de tous ses vœux l'apparition du jour. Debout, appuyé contre un tronc d'eucalyptus, il n'avait pas fait un pas, un seul mouvement, et bien qu'il lui semblât que son temps de veillée fût depuis longtemps écoulé, il se serait bien gardé, par respect, d'éveiller son maître, qui devait prendre le *quart* après lui.

Le brave garçon réfléchissait aux mille et une péripéties qui l'avaient jeté à six mille lieues de son pays, quand tout à coup le sinistre cri du hocko se fit entendre faiblement dans le lointain. Comme il avait eu déjà l'occasion de faire connaissance avec le chant plaintif de l'oiseau des nuits, il ne s'en étonna pas et continua à se laisser aller à sa vague rêverie.

Quelques minutes ne s'étaient pas écoulées que le même cri troubla de nouveau le silence.

Le Canadien dormait de ce sommeil léger des coureurs des bois que trouble le moindre bruit. Aussi ce second cri le trouva-t-il éveillé.

— Avez-vous entendu, Laurent? fit-il en se soulevant lentement sur sa couche de feuillage pour ne pas éveiller Olivier, qui dormait aussi tranquillement que s'il n'eût pas quitté son hôtel de la rue Saint-Dominique.

— Quoi donc, monsieur? répondit le veilleur à voix basse.

— Tenez, écoutez !

Le chant du hocko venait de se reproduire pour la troisième fois.

— N'est-ce pas le chant du hibou d'Australie ?

— Oui; mais quelque bien imité qu'il soit, je gagerais que ce n'est pas un animal à plume qui le pousse.

— D'où vient ce bruit, alors ?

— Je l'ignore encore, mais il m'étonnerait fort que ce ne fût pas quelqu'un de ces satanés bandits qui se fît ainsi reconnaître des siens.

— De qui voulez-vous parler ?

— Des bush-rangers, mon cher Laurent, fit le Canadien qui s'était rapproché de son compagnon; je connais assez leurs habitudes pour savoir que, si une troupe de ces batteurs du Buisson se trouve sur notre piste, le gros de la bande, pour ne point déceler sa présence, reste à une distance respectueuse de nous, et se contente de nous faire suivre de près par quelques éclaireurs qui, à l'aide de signaux convenus, la renseignent sur notre marche.

— Et alors ce chant du hocko?...

— Peut être un avertissement pour la troupe d'avoir à s'arrêter dans sa marche: car, quelque précaution que nous ayons prise, les éclaireurs peuvent parfaitement avoir découvert que, contrairement à nos habitudes, nous nous sommes décidés à nous reposer cette nuit.

— Vous croyez que les coureurs du Buisson ont découvert notre piste?

— Je ne puis pas l'affirmer, mais cependant c'est probable. Notre départ mystérieux de Melbourne aura mis tous ces gaillards en évolution, et il est certain qu'ils ont dû faire tout au monde pour retrouver nos traces. Dans tous les cas, il serait important de le savoir. Si nous avions avec nous quelque indigène de ma tribu d'adoption, nous saurions vite à quoi nous en tenir, car il se glisserait dans les broussailles sans faire plus de bruit qu'un serpent et s'avancerait jusqu'au milieu de la troupe des bush-rangers sans que ces derniers se doutassent même de sa présence. Mais il faut savoir ramper comme l'opossum, retenir son souffle, se glisser entre les arbustes sans faire le moindre bruit, rester immobile et silencieux souvent des heures entières, à deux pas d'un ennemi lui-même en éveil; mais ce sont des ruses et des habiletés de sauvage, auxquelles un Européen ne parviendra jamais, quel que soit le nombre d'années qu'il ait passées dans le Buisson.

A cet instant, le Canadien fut de nouveau interrompu par le cri du hibou; mais, cette fois, il parut venir du côté du fleuve, et il sembla aux deux interlocuteurs que celui qui le poussait, oiseau ou homme, était beaucoup plus rapproché d'eux que précédemment.

— Il n'y a pas à s'y tromper, fit Dick rapidement; ce n'est pas le hocko qui se fait entendre ainsi, c'est bien un homme.

— A quoi donc le reconnaissez-vous? fit Laurent émerveillé de cette assurance du trappeur.

— Cela ne peut s'expliquer; si vous aviez comme moi une longue pratique de la vie des bois, vous le comprendriez de vous-même; mais il est une chose cependant qui peut contribuer à vous renseigner : le hocko ne chante ordinairement que quand les premiers rayons de la lune viennent le troubler dans sa sombre retraite. Cependant, il faut que j'en aie le cœur net : restez en faction sans faire un seul mouvement, je reviens.

— Ne craignez-vous pas de tomber dans une embuscade?

— Je ne m'éloigne que de quelques pas

— Si je réveillais mon maître?

— C'est inutile, laissez-le reposer; dans quelques heures peut-être aura-t-il besoin de toutes ses forces.

Le Canadien se glissa alors silencieusement dans le buisson, du côté du Red-River.

Une minute ne s'était pas écoulée, que le cri du hibou éclata si près cette fois de Laurent que ce dernier, étonné, malgré la profonde obscurité, leva la tête pour voir s'il n'apercevrait pas l'animal dans le feuillage.

Presque à l'instant, le même chant, mais beaucoup plus éloigné, lui répondit, et Laurent comprit que la note plaintive qui l'avait si fort étonné était venue de Dick.

Ce dernier, en effet, continua son signal d'appel, auquel il fut répondu avec la même régularité, et le cri lointain allait de plus en plus en se rapprochant. Plus de doute, c'était bien un être humain qui le poussait.

Mais quel était l'individu qui ne craignait pas d'annoncer ainsi sa présence dans ces solitudes, où on avait vingt chances contre une de rencontrer un ennemi? Le mystère n'allait pas tarder à se dévoiler, car le duo entre le Canadien et la voix inconnue continuait avec une régularité réciproque : à peine Dick avait-il lancé sa note aiguë qu'elle lui était fidèlement renvoyée comme par un écho.

Bientôt, à en juger par la force du son, il devint évident que l'étranger n'était pas à plus de vingt mètres du campement.

A ce moment, une pâle clarté illumina subitement le bosquet où nos voyageurs s'étaient réfugiés; la lune, qui venait d'apparaître à l'horizon, lançait son premier rayon de lumière sur les solitudes du Red-River.

Le trappeur, tout en continuant à moduler la plainte de l'oiseau des nuits, était peu à peu revenu près de ses compagnons, manœuvrant de façon à attirer l'inconnu au centre même du campement et sous le feu de trois carabines, car il pouvait se faire qu'il ne fût point seul.

— Réveillez votre maître, fit-il rapidement à Laurent.

Mais ce dernier n'eut pas la peine de se rendre à cette demande; Olivier, qui venait d'ouvrir les yeux, fut sur pied en un instant.

— Que se passe-t-il donc? fit-il, étonné de voir le Canadien et Laurent debout et l'arme au poing.

Mais il n'eut pas le temps de recevoir l'explication qu'il demandait : une ombre avait tout à coup bondi des fourrés voisins et était venue tomber au milieu des pionniers. La lumière était assez forte maintenant pour que ces derniers pussent distinguer à qui ils avaient affaire. C'était un sauvage australien, peint et armé en guerre, qui venait de faire irruption dans leur campement, sans s'inquiéter du coup de carabine qu'on pouvait parfaitement lui envoyer dans le premier moment de surprise.

Olivier et Laurent l'avaient immédiatement mis en joue. Mais en bondissant le sauvage s'était écrié :

— Yora, Tidana! (Bonjour, Troueur de têtes!)

Et Dick, qui l'avait reconnu, d'un geste rapide avait relevé l'arme de ses compagnons.

— Yora, Willigo, avait-il répondu immédiatement au nouveau venu; et trop au fait des mœurs du Buisson pour s'étonner de la façon singulière dont il avait fait son apparition, il lui tendit la main que le sauvage pressa gravement.

— Mon frère d'adoption, dit-il alors en le présentant à ses compagnons, Willigo, un des grands chefs de la tribu des Nagarnooks. Puis il ajouta quelques mots en langage du pays à l'adresse de l'indigène.

Ce dernier se retourna alors, et tendit la main aux deux hommes d'un geste plein de majesté, et ayant pris la leur, il l'appuya sur son cœur et sur son front; la présentation était terminée à la manière australienne, Olivier et Laurent étaient devenus les amis du Nagarnook.

Le Canadien brûlait d'impatience de connaître les motifs de l'arrivée de Willigo, mais l'étiquette du Buisson ne le permettait pas encore; il dut au préalable demander des nouvelles de son père d'adoption, de ses frères et des principaux membres de la tribu; il se hâta de déférer à la coutume, et put enfin satisfaire sa curiosité.

Willigo lui conta alors qu'étant en observation dans ces parages depuis quelques jours, avec deux guerriers, car sa tribu était en ce moment sur le sentier de la guerre contre les Dundarups, ils avaient rencontré un Européen qui errait seul dans le Buisson; le prenant pour un espion de leurs ennemis, car il arrive souvent que les bush-rangers et autres maraudeurs se mettent ainsi au service des indigènes, ils l'avaient, malgré ses cris, bâillonné et fait prisonnier; comme ils le conduisaient au grand village des Nagarnooks, ils avaient aperçu, au coucher du soleil, une troupe d'une dizaine de bush-rangers qui semblaient suivre une piste, tout en cherchant avec le plus grand soin à faire disparaître toute trace de leur passage dans le Buisson.

Désirant se renseigner sur le but que poursuivaient ces batteurs d'estrade, Willigo avait laissé le prisonnier à la garde de ses compagnons et, se glissant dans les hautes herbes, il avait pu s'approcher assez près des bush-rangers pour entendre une de leurs conversations et surprendre leurs secrets. Quel n'avait pas été son étonnement en apprenant que ces maraudeurs étaient sur la piste de son frère Tidana, et qu'ils avaient projeté de l'assassiner avec ceux qui l'accompagnaient dès qu'ils seraient parvenus, en le suivant, à découvrir le lieu où il se rendait, lieu qui, d'après ce qu'il avait pu comprendre, renfermait quelque précieux trésor. Il avait alors en toute hâte rejoint ses deux guerriers pour se mettre à la recherche de son frère Tidana. Après avoir tenu conseil avec eux, il avait grimpé au sommet d'un de ces grands eucalyptus qui atteignent plus de cent mètres de haut, et d'où il pouvait dominer toute la campagne. Malgré toutes les précautions prises, mais qui ne pouvaient mettre en défaut son flair de sauvage, il n'avait pas tardé à apercevoir au loin, dans la direction de la rivière, un point de l'horizon qui lui parut moins pur qu'il eût dû être dans un ciel sans nuages, et il en conclut que ce point devait être obscurci par la fumée d'un campement, celui de Tidana sans doute ; il avait attendu la nuit pour se renseigner et, en approchant, il avait imité le chant du hocko pour signaler sa présence à son frère.

La nouvelle de la présence des bush-rangers n'étonna pas le Canadien, il s'y attendait. Après avoir remercié vivement son frère indigène de son courage et de son dévouement, il lui avait demandé qui étaient les guerriers qu'il avait avec lui, et où il les avait laissés.

— Ce sont les jeunes Koanook et Nirrooba, répondit Willigo ; ils attendent plus bas sur la rivière que je leur fasse le signal d'avancer.

— Eh bien, fais-les venir ; je serais curieux de voir et d'interroger votre prisonnier.

L'Australien lança par deux fois à travers l'espace le cri éclatant comme un son de trompette du pagou, sorte d'oiseau assez semblable au dindon, et il attendit. Le même cri lui fut renvoyé quelques secondes après ; les indigènes avaient compris et on allait les voir apparaître.

En quelques mots le Canadien eut mis ses compagnons au courant de la situation ; l'intervention des Nagarnooks les avait sauvés, car comment résister à une vingtaine d'hommes bien armés et qui ne reculent devant rien ? Après une courte délibération à laquelle prit part Willigo, il fut convenu qu'on se rendrait à marche forcée chez les Nagarnooks où on lèverait une douzaine de guerriers parmi les plus braves, et que, munis de ce renfort qui permettrait d'accepter la lutte au besoin, on chercherait par de fausses pistes à égarer les batteurs du Buisson, car à aucun prix il ne fallait leur révéler la situation du placer. On changerait donc de route pendant quelques jours, quitte à revenir dans la bonne voie, quand on serait parvenu à se débarrasser de la poursuite des maraudeurs.

En ce moment, les deux jeunes guerriers de Willigo parurent avec leur prisonnier. Ils ne s'étaient avancés qu'avec la plus grande prudence, par crainte des sentinelles perdues que les bush-rangers pouvaient avoir lancées en avant. Une preuve que ces derniers étaient parfaitement renseignés, c'est qu'ils s'étaient arrêtés dans leur marche à environ cinq kilomètres en arrière ; ce qu'ils n'eussent pas fait si la décision du Canadien et de ses amis, de camper pendant deux jours sur les bords du Red-River, n'avait pas été connue d'eux.

L'opinion du trappeur, partagée par Willigo, fut qu'ils devaient avoir à leur solde deux ou trois indigènes uniquement chargés d'espionner la petite troupe, car aucun d'eux n'eût été assez habile et assez courageux pour venir affronter la terrible carabine du Canadien à quelques pas de son campement,

Willigo amena son prisonnier au campement. (Page 58.)

La lune, alors dans son plein, éclairait presque *a giorno* la petite clairière où se trouvaient nos pionniers. On se ferait difficilement une idée, en Europe, des blanches clartés que l'astre des nuits répand à longs flots dans ces latitudes; on distinguait tous les objets presque avec la même netteté qu'en plein jour. Willigo donna l'ordre à Koanook et à Nirrooba de se porter en sentinelle à trois ou quatre cents mètres en avant, en leur enjoignant de se replier au moindre signe suspect; puis on songea à s'occuper du prisonnier à qui, pour plus de sûreté, les indigènes s'étaient avisés de bander les yeux, et qui geignait sur un tas de feuilles sèches où on l'avait assis en arrivant.

Cette coutume de bander les yeux aux prisonniers soupçonnés d'espionnage existe dans toutes les tribus australiennes, et il arrive même qu'on les leur crève quand on n'a pas de bandeaux sous la main. La légende raconte qu'une tribu tout entière fut détruite parce qu'un espion, rendu à la liberté après la guerre, avait, quelque temps après, conduit les siens jusqu'au grand village où il avait été prisonnier, ce qui avait entraîné le massacre complet de tous les habitants surpris sans défense.

On sera moins étonné de la rigueur avec laquelle on traite les espions quand on saura qu'ils sont choisis, dans chaque tribu, parmi les criminels ayant mérité la mort, et qu'un guerrier honorable ne voudrait jamais faire ce hideux métier, beaucoup plus méprisé peut-être encore en Australie qu'en Europe.

Sur l'ordre du Canadien, Willigo amena alors son prisonnier dans la partie la plus éclairée du campement.

— Enlève-lui bandeau et bâillon, fit le trappeur.

— Mon frère ne voit aucun danger à cela? répondit le Nagarnook.

— Que veux-tu dire?

— Quand nous l'avons surpris, il poussait des cris plus aigus que ceux de l'opossum blessé; s'il recommence, ne peut-il pas attirer sur nous tous les bush-rangers?

— Tu as raison, mais il y a un moyen de tout arranger; enlève-lui d'abord son bandeau.

Le prétendu espion, qui ne pouvait ni voir ni parler, s'agitait d'une manière extraordinaire depuis qu'il avait entendu des voix européennes. Il n'était pas nécessaire de le regarder longuement pour reconnaître sa nationalité : son costume se composait d'un de ces *complets* en grosse toile jaunâtre, d'une résistance à l'épreuve, que l'on fabrique à Londres à l'emporte-pièce à l'usage des *trawellers* et *excursionists* que la Grande-Bretagne expédie par cargaisons à travers le monde pour y débiter des bibles, des prayer's books et autres articles religieux destinés à préparer la voie aux cotonnades de Liverpool. Ses poches étaient en effet bourrées de petites brochures que les Nagarnooks n'avaient pas osé lui enlever, les prenant pour des instruments de sorcellerie à l'usage des coradjis ou sorciers européens. Sa tête était surmontée du casque légendaire garni d'un crêpe vert, et, pour compléter le portrait, la partie visible de la figure laissait émerger deux immenses favoris couleur poil de veau, qui eussent suffi pour enlever tous les doutes que l'on eût pu conserver sur les lieux qui lui avaient donné le jour; il ne portait sur lui aucune arme, et quand les indigènes l'avaient rencontré, il avait à la main un simple bâton emmanché dans un marteau de minéralogiste, ainsi qu'un petit sac en peau de cinquante à soixante centimètres de long, qu'il portait pendu au cou par une courroie.

— C'est quelque brave prédicant de la Société évangélique de Londres, fit Olivier en souriant.

— Je crois bien que nos Nagarnooks nous ont mis là sur les bras une fâcheuse affaire; ce pauvre diable, dans les circonstances où nous nous trouvons, ne peut être qu'un embarras et un danger pour nous; dans tous les cas, il faut l'empêcher de crier.

Willigo venait d'enlever le bandeau du prisonnier; le malheureux était rouge de colère et roulait des yeux apoplectiques en regardant le sauvage australien. Il se calma un peu cependant en apercevant le Canadien et ses compagnons, et leur montra, en les agitant, ses deux mains attachées. On les lui délia à l'instant; il porta alors sa main droite à la bouche, indiquant ainsi qu'il voulait parler.

— Ah! pour cela, gentleman, c'est une autre affaire, lui dit le Canadien en anglais; veuillez avoir la patience de m'écouter un instant. Nous sommes en ce moment, comme disent les indigènes, sur le sentier de la guerre et environnés d'ennemis dangereux; vous allez nous promettre de ne faire aucun bruit, de ne pousser aucun cri de nature à nous les attirer sur les bras, et je vous rends à l'instant l'usage de la parole.

L'Anglais fit signe de la tête qu'il acquiesçait à cet arrangement.

— Une minute encore, fit le Canadien : je dois vous prévenir qu'au moindre oubli de votre part, je me verrai dans la nécessité de vous brûler la cervelle.

Willigo enleva alors le bâillon si artistement appliqué que le pauvre diable ne pouvait faire entendre le moindre son.

A peine débarrassé, le prisonnier poussa un long soupir de soulagement.

— Veuillez croire, monsieur, lui dit Olivier, qui jugea à propos d'intervenir, que nous ne sommes pour rien dans la mésaventure qui vous est arrivée. Les indigènes vous ont pris pour un espion de leurs ennemis, et ils vous ont appliqué la dure loi du Buisson.

— Aho! A qui ai-je l'honneur de parler? fit l'Anglais d'un ton de dignité comique.

— On me nomme Olivier, répondit le jeune homme, et voici mes compagnons Dick et Laurent.

— Très bien! et moi je suis connu dans le monde sous celui de John-William Gilping, esquire, membre de la Société royale de Londres.

Olivier et ses compagnons s'inclinèrent.

L'Anglais continua :

— J'ai été envoyé, par les sections de botanique et de géologie, pour étudier la flore et la minéralogie de l'Australie. Je suis également membre de l'Evangelic Missionay Society pour la propagation de la Bible; en vérité, c'est une indignité, messieurs, qu'un sujet de la reine ait été ainsi traité par ces sauvages dans les possessions mêmes de sa Gracieuse Majesté.

— C'est une grave imprudence que vous avez commise, gentleman, que de vous hasarder ainsi, sans guides, sans armes, dans le Buisson.

— Aho! des guides, j'en avais pris deux à Melbourne, mais ils m'ont abandonné au bout de cinq jours de marche, et j'ai pris le parti de continuer seul mon voyage avec Pacific.

— Les indigènes vous ont rencontré seul cependant.

— Aho! je l'avais attaché à un arbre sur le bord du River, et je m'étais éloigné un peu en herborisant, quand ces trois sauvages se sont précipités sur moi, selon la parole du prophète Jérémie : « Et le juste deviendra la proie des impies. »

— Vous avez attaché votre compagnon à un arbre? fit le Canadien, qui ne put retenir un sourire.

— Pacific n'est pas un compagnon, c'est un âne qui porte la *bonne nouvelle* et mes bagages; quand je me suis vu abandonné par mes serviteurs, j'ai dit comme Balaam : « Et j'irai seul avec mon âne au-devant des gentils. » Que va devenir le pauvre animal?

Ce que John Gilping appelait la bonne nouvelle était un sac de bibles qu'il avait reçu de l'Evangelic Society pour les distribuer aux sauvages.

— Pauvre Pacific! continua le brave savant en poussant un profond soupir.

Il n'avait pas achevé ces mots, qu'un éclat formidable ébranla l'atmosphère; les trois pionniers relevèrent rapidement leurs armes au repos; mais ils les laissèrent retomber sur le sol en éclatant de rire. Ils venaient de reconnaître la voix harmonieuse de maître Aliboron.

— C'est Pacific! s'écria John Gilping au comble de la joie.

— Diable d'animal! exclama le Canadien; il va attirer tous les bush-rangers sur nous! Il faut le faire taire à tout prix.

Il fit un signe à Willigo, qui disparut dans les broussailles.

A ce bruit inconnu, Black, qui n'avait pas bronché même à l'apparition des sauvages, tellement il avait été dressé par son maître à n'obéir qu'à sa voix, ne put s'empêcher de gronder; mais il se tut à la première injonction d'Olivier.

En voyant que la nuit n'amenait pas le retour de son maître, l'âne, sans aucun doute, avait dû briser son licol et se mettre à errer le long du fleuve. Au bout de quelques instants, Willigo, qui s'en était emparé, le ramenait triomphalement, à la grande joie de John Gilping, qui s'assura immédiatement que ses précieuses bibles étaient bien à leur place. Tout le chargement, livres et bagages, était intact, ce dont le brave homme remercia le ciel en nasillant à voix basse un psaume de circonstance.

— Qu'allons-nous faire de cet original et de son compagnon à longues oreilles? fit Olivier à l'oreille du Canadien.

— Du diable si j'en sais quelque chose! répondit ce dernier; nous ne pouvons cependant pas l'abandonner seul dans le Buisson, le premier bush-ranger qui le rencontrera lui logera une balle dans la tête pour lui voler son âne, qui est un aide précieux dans ces solitudes en raison de sa force de résistance et de sa sobriété. Et puis, c'est un animal rare en Australie, ce qui augmentera encore les convoitises. D'un autre côté, tous les indigènes qui trouveront sur leur chemin ce singulier personnage le traiteront comme l'a fait aujourd'hui Willigo. Ce qu'il y aurait de plus simple et de plus humain serait de l'emmener avec nous au grand village des Nagarnooks, et là il pourrait payer des guides indigènes et se faire reconduire à Melbourne. Dans tous les cas, il en sera comme il l'entendra; le jour ne va pas tarder à paraître, et s'il veut nous quitter, nous ferons bien de ne pas le retenir, car il peut, à un moment donné, devenir un grand embarras pour nous.

Après les épreuves qu'il venait de subir, *master* Gilping n'eut garde de refuser ces propositions, dont on lui fit part, et il fut convenu qu'il accompagnerait la petite troupe chez les Nagarnooks. Sur sa demande, Dick lui fit restituer son bâton de minéralogiste et son sac en peau, assez semblable à un fourreau de parapluie.

CHAPITRE II

Le cri du pagou. — Les guerriers dundarups. — Percé d'un coup de lance.
Le combat. — La carabine de Tidana. — Cernés.

Comme on le pense bien, le projet formé par le Canadien de se reposer pendant quarante-huit heures dans cette station avait été abandonné dès que la présence des bush-rangers avait été connue, et nos voyageurs prirent le parti de se mettre en route immédiatement pour traverser le Red-River à un gué que Willigo connaissait, avant que les batteurs d'estrade pussent avoir connaissance de leur changement de direction.

Le chef nagarnook fit entendre par trois fois le cri du pagou, signal convenu pour rappeler ses deux guerriers, car on n'attendait qu'eux pour partir.

Un moment après, un bruit de feuilles sèches et de branches froissées annonça leur arrivée; mais Koanook seul parut.

— Où est Nirrooba? fit Willigo.

— Il s'est glissé vers le campement des bush-rangers pour épier leurs mouvements.

— Ne vous avais-je pas ordonné de rester en sentinelle à portée de ma voix?

Pour toute réponse, Koanook montra à son chef sa lance teinte de sang.

— Que s'est-il passé?

— Koanook a percé un guerrier dundarup qui nous épiait à quelques pas d'ici; il est tombé sans pousser un cri; alors Nirrooba a dit à son frère : « Veille, je vais aller au camp des guerriers blancs, » et Nirrooba est parti.

— Qu'est-il arrivé? pourquoi ne partons-nous pas? fit Dick en s'approchant.

— Koanook a tué un espion dundarup, répondit Willigo, et Nirrooba est au camp des maraudeurs. Il faut attendre le retour de Nirrooba.

Nos voyageurs ne restèrent pas longtemps sur le qui-vive, car le Canadien n'avait pas achevé de communiquer à Olivier les motifs qui retardaient le départ, que le chant du kalloo ou pie rieuse, signal adopté par le jeune guerrier, se faisait entendre dans le lointain.

Dans toutes les tribus australiennes, chaque guerrier possède un cri particulier, emprunté aux oiseaux du pays ou aux quelques rares mammifères que possède l'Australie, pour se faire reconnaître des siens; il le choisit à l'âge où il quitte la classe des adolescents pour entrer dans celle des hommes, c'est-à-dire des guerriers; mais ce signe spécial, qui ne lui appartient officiellement qu'à partir de ce moment, lui est enseigné dès l'enfance afin qu'il arrive à le rendre avec une telle perfection qu'on puisse le confondre avec celui de l'animal même auquel il appartient. On comprend l'intérêt qu'il y a pour les indigènes, presque toujours en guerre, à pouvoir apprendre aux leurs, même en face de l'ennemi, leur présence ou leur arrivée.

— Aga! aga! (alerte! alerte!) s'écria tout à coup Nirrooba en faisant irruption au milieu de la clairière.

— Qu'y a-t-il donc? fit le Canadien qui ne se départissait jamais de son flegme.

— Nirrooba est une jeune tête, fit sentencieusement Willigo, il se laisse emporter par son ardeur; qu'il se calme et réponde posément à mon frère blanc.

— Nous ne nous étions pas trompés quand nous supposions que les bushrangers avaient dû faire alliance avec une des tribus ennemies de la nôtre, répondit le jeune guerrier; nous rampions dans les hautes herbes, à quelques pas d'ici, quand tout à coup Koanook se trouva face à face avec un espion dundarup, qu'il cloua sur le sol avec sa lance.

— Pourquoi n'es-tu pas revenu nous prévenir? interrompit Willigo.

— Nirrooba a pensé qu'il valait peut-être mieux te renseigner avant sur le nombre des Dundarups qui sont sur le sentier de la guerre, et Nirrooba est parti pour le camp des blancs, pendant que Koanook restait en sentinelle.

— Bien, tu as agi comme un vieux chef; le jeune menouah mériterait d'avoir la barbe grise.

Ce nom de menouah, qui signifie jeune kangourou, est donné dans les tribus australiennes aux guerriers qui n'ont pas encore fait leurs preuves.

A cette louange de son chef, l'Australien rougit de plaisir et continua, en comptant sur ses doigts :

— Ils sont deux, trois, quatre, six, dix blancs, et plus de deux cents Dundarups marchent avec eux. Au lever du soleil, ils vont se mettre en route pour nous envelopper et nous faire prisonniers.

— Hâtons-nous de nous mettre en marche, fit le Canadien ; nous n'avons déjà que trop perdu de temps.

— Mon frère est donc bien pressé de tomber aux mains de ses ennemis ? répondit Willigo.

— Je ne te comprends pas, chef.

— Mon frère sait-il où il veut aller ?

— N'avons-nous pas décidé de nous rendre le plus promptement possible au grand village de ta tribu ?

— Il nous faut deux jours pour l'atteindre, et nous serons tous tués avant d'avoir aperçu la fumée de nos kraals, répliqua Willigo en secouant la tête.

— Tu as raison, fit le Canadien pensif.

— Nous ne pouvons cependant pas nous laisser cerner ici par nos ennemis ! interrompit Olivier avec une légère nuance d'impatience.

— Nous n'avons qu'une chose à faire, mon cher Olivier, répondit le trappeur en français pour ne pas être compris des indigènes : suivre absolument le plan que Willigo est en train de former. Au moindre écart, nous allons nous faire massacrer tous par les sauvages dundarups, qui s'inquiéteront peu de savoir si cela ne contrecarre pas les projets des batteurs de Buisson.

— Ces derniers, en effet, doivent tenir à respecter notre vie, jusqu'à ce qu'ils aient pu, en nous suivant à la piste, découvrir la situation du placer.

— Vous avez raison ; aussi ne puis-je comprendre le motif qui les a poussés à réclamer le secours des Dundarups ; ils savent parfaitement qu'ils ne pourront retenir leurs alliés... Dans tous les cas, en présence de la guerre de ruses et d'embûches qui commence, véritable guerre de sauvages, et dans la nécessité où nous sommes de nous défendre par les mêmes moyens, nous devons obéir à Willigo et exécuter aveuglément tout ce qu'il ordonnera ; c'est surtout dans la guerre du Buisson qu'il ne doit y avoir qu'une tête et qu'une volonté.

— C'est bien ; le chef peut compter sur l'obéissance absolue de Laurent et sur la mienne.

Après avoir échangé quelques mots avec Willigo, le Canadien dit à ses compagnons :

— Le chef exige que tout le monde reste ici. Avant de prendre une décision, il veut se renseigner par lui-même sur le nombre de nos ennemis et surtout sur leurs intentions ; il laisse ses ordres à ses deux compagnons, et s'il devenait urgent que vous franchissiez le Red-River, un signe particulier servirait d'avertissement, et Koanook et Nirrooba se chargeraient de vous faire traverser le gué et de vous mettre provisoirement en lieu sûr.

— Et vous ?

— J'accompagne Willigo ; un œil sûr et une bonne carabine sont d'un précieux secours en pareille occasion, et puis il peut être bon de ne point masser toutes ses forces au même lieu ; du reste, vous pouvez vous fier à moi, nous ne serons pas longtemps absents.

Le Canadien était un vieux squatter qui connaissait presque aussi bien les ruses du Buisson que les indigènes. De plus, il était connu de tous les Dundarups, à qui il avait maintes fois déjà fait éprouver la puissance de sa carabine, et en le prenant pour compagnon, le guerrier nagarnook montrait quel cas il faisait de son courage. Ils partirent donc pour aller relever les pistes et savoir, en somme, combien ils avaient d'ennemis en face d'eux.

Dans la pensée de Willigo, il y avait eu rencontre fortuite entre les bush-rangers et le parti de Dundarups qui se trouvait avec eux, et non alliance projetée ; dans ce cas, ni leurs intérêts, ni la direction qu'ils devaient suivre n'étant les mêmes, ils ne tarderaient pas à se séparer. Il y avait donc là un point important à éclaircir ; car il se pouvait fort bien aussi qu'il eût été convenu que les bush-rangers aideraient les Dundarups de leurs carabines dans leur querelle avec les Nagarnooks, quitte à recevoir ensuite l'assistance de leurs alliés indigènes contre le Canadien et sa petite troupe.

Willigo ne devait certes pas prendre le même parti dans les deux cas ; aussi avait-il dit au Canadien, dans leur conversation particulière, après que ce dernier eût demandé à ce qu'on levât le camp de suite :

— Partir... fuir de suite... mon frère blanc raisonne comme une jeune tête. Quand on fuit, il faut toujours savoir : *qui on fuit, pourquoi on fuit, et où on peut aller ;* sans cela, on s'expose précisément à tomber dans le piège même qu'on vous a tendu. En attendant que nous sachions si nous avons affaire aux batteurs de Buisson et aux Dundarups réunis, nous allons jeter de l'indécision dans leurs mouvements en partageant notre petite troupe en deux ; ils ne sauront de quel côté porter le gros de leurs forces ; Koanook et Nirrooba, à qui je vais laisser mes instructions, à un signal convenu, feront traverser le fleuve à tes compagnons et les conduiront, en moins de deux heures de marche, dans un lieu inaccessible, connu d'eux seuls et de moi, où deux ou trois hommes peuvent défier toute une armée ; et, pendant ce temps-là, nous attirerons sur nous le gros des forces dundarupes. Willigo et le Troueur de Têtes, avait ajouté avec orgueil le sauvage, pourraient jouer avec eux des mois dans le Buisson, sans que ces chiens de Dundarups pussent se vanter d'avoir seulement entendu le bruit de nos pas.

On a vu comment le Canadien avait, en quelques mots, prévenu ses compagnons, puis Willigo et lui s'étaient glissés sans bruit dans le Buisson.

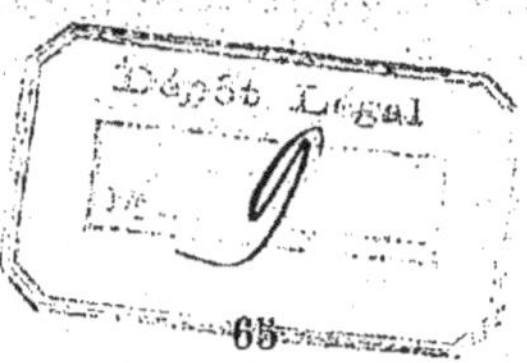

Les Européens commencèrent un feu roulant. (Page 69.)

Olivier et Laurent restèrent seuls avec John Gilping et les deux guerriers
nagarnooks, qui employèrent leur temps à broyer les trois couleurs : blanc,
rouge et noir, qu'ils portent toujours sur eux dans un petit tube de bois, pour
redonner du ton à leurs peintures de guerre, qui s'étaient un peu effacées
pendant leurs courses dans les hautes herbes et avec l'humidité de la nuit.
Le soleil s'était levé depuis longtemps, incendiant de ses rayons d'or la vaste
plaine, couverte de lilas jaunes, fleurs spéciales à l'Australie, de mélias, de

night-sented ou parfum des nuits, de myalls et de salsepareille grimpante,
formant partout d'inextricables réduits où une petite troupe d'hommes pouvait se cacher des jours entiers sans que rien pût révéler sa présence. Aussi,
dans la guerre du Buisson, l'avantage est-il plutôt à ceux qui marchent par
petits groupes isolés, qu'à ceux qui se présentent par grandes masses.

Si Willigo et le Canadien eussent été seuls, ils se fussent fait un jeu, en
effet, selon l'expression de l'Australien, de décimer les Dundarups avec leurs
terribles rifles, sans jamais se laisser surprendre par eux. Le chef nagarnook
était un des rares indigènes qui fussent armés à l'européenne. Dick, en effet,
lors de son adoption par le père de Willigo, avait fait cadeau à ce dernier
d'une magnifique carabine à longue portée, et Olivier, au moment où le chef
se préparait à partir pour aller avec le Canadien observer les mouvements
de leurs ennemis, y avait ajouté un revolver qui avait ainsi complété son
armement.

Pour calmer les ennuis de l'attente, Olivier et Laurent, dès les premières
lueurs de l'aube, s'étaient rendus à l'extrémité du bouquet de bois qui les
abritaient pour inspecter la plaine, mais ils ne tardèrent pas à être rappelés
par les guerriers nagarnooks, qui leur firent comprendre que la prudence
leur commandait de rester près d'eux et prêts à partir au premier signal.

John Gilping, pendant ce temps-là, psalmodiait à voix basse les psaumes
de David.

Deux heures d'une mortelle attente s'écoulèrent ainsi.

Dans l'intervalle, il sembla plusieurs fois à nos voyageurs qu'ils entendaient dans le lointain comme des cris et des détonations de carabine ; mais
à toutes les questions qu'ils posaient aux indigènes, ces derniers leur répondaient par des signes qu'ils ne comprenaient pas ce qu'on leur disait, et ils
s'efforçaient à leur tour, par une mimique appropriée à la circonstance, de
leur faire comprendre qu'ils ne risquaient rien sous leur garde.

Malgré ces assurances, les sons vagues et inappréciables qui arrivaient
aux oreilles des Européens, semblables à ces sourds bruits de l'Océan qui
décèlent la tempête, augmentaient leur inquiétude. Olivier et Laurent étaient
braves et possédaient ce courage raisonné à l'épreuve même de la surprise,
même de l'inconnu ; mais ils n'étaient pas à l'abri de ces sensations nerveuses qui assaillent les caractères les mieux trempés lorsqu'ils sont obligés
de rester immobiles en face des dangers qu'ils pressentent, mais qu'ils ne
peuvent définir.

Ils eussent préféré avoir à repousser quelque attaque ouverte, et s'ils
n'eussent écouté que leurs propres impressions, ils eussent cent fois déjà
rompu avec la consigne de Willigo, et se fussent lancés à travers le Buisson
à la poursuite de leurs invisibles ennemis.

De temps à autre, les indigènes se couchaient dans l'herbe, appuyant leur
oreille sur le sol pour mieux interroger les bruits lointains de la forêt ; mais

quand ils relevaient la tête, ils ne répondaient que par un sourire aux muettes interrogations de leurs compagnons blancs.

On eût dit qu'ils les traitaient en enfants et qu'ils cherchaient avant tout à ne pas les effrayer.

Ces sourires, au milieu des affreuses peintures qui leur bariolaient le visage, prenaient des teintes de grimaces diaboliques qui eussent eu, au contraire, un résultat tout opposé, si Olivier n'eût été certain qu'il pouvait absolument compter sur le dévouement des alliés de son ami le Canadien.

En quelques minutes, les Nagarnooks étaient parvenus à se transformer d'une façon tout à fait méconnaissable. En les voyant avec leurs yeux entourés de trois cercles alternés rouge, blanc et noir, la figure entièrement sillonnée de barres verticales, et le corps couvert de dessins bizarres, exécutés avec ces différentes couleurs, le brave John Gilping ne pouvait se défendre d'un sentiment de malaise indéfinissable ; aussi, les comparant dans sa pensée à Nisboth, Belphégor, Astaroth et autres représentants des séjours infernaux, marmottait-il ses psaumes avec un redoublement d'ardeur :

« Ne faites pas alliance avec les infidèles, car qu'y a-t-il de commun entre eux et l'Éternel ? »

Et, en prononçant ces paroles, il jetait sur les Nagarnooks des regards étranges ; on eût dit qu'il s'attendait à les voir rentrer sous terre par la vertu de ses exorcismes. Quant aux indigènes, ils étaient absolument convaincus qu'ils avaient sous les yeux un sorcier blanc.

A un moment donné, la scène devint d'un comique irrésistible. John Gilping s'étant souvenu que ce jour-là était un dimanche, se mit en devoir de le sanctifier avec une solennité que n'avait jamais vue le Buisson australien. Il possédait le psautier officiel anglican, dans lequel tous les psaumes de David sont notés en plain-chant ; ayant tiré le gros livre de ses bagages, il l'installa tout ouvert sur le dos de Pacific ; puis, ayant pris le mystérieux petit sac en peau que le Canadien lui avait fait restituer, il en tira une magnifique clarinette et, se plaçant gravement en face de son pupitre improvisé, il se mit à jouer l'air du septième psaume :

« Éternel, mon Dieu, je me suis retiré vers toi ; sauve-moi de tous ceux qui me poursuivent et délivre-moi de leurs embûches. »

En entendant les sons monotones et graves que John Gilping tirait de cet instrument inconnu, les deux guerriers, saisis de terreur, se précipitèrent la face dans l'herbe en murmurant avec un effroi qui n'était point joué les mots de :

— Coradjis ! coradjis !...

Les pauvres diables étaient intimement persuadés que le sorcier blanc était en train de leur jeter un sort, et le surnaturel exerçait sur eux un tel empire, que des gens qui n'eussent pas bronché en présence des plus terribles supplices tremblaient comme des enfants devant un solo de clarinette.

Olivier, qui s'était retiré derrière un buisson de *melia australis* pour donner un libre cours à sa gaieté, sans risquer d'offenser le naïf prédicant, comprit qu'il était de son devoir, dans l'intérêt même de leur sûreté à tous, de délivrer les Nagarnooks de la terreur qui les oppressait au point de les rendre même insensibles aux signaux qui pouvaient leur venir de Willigo; s'approchant de John Gilping, il lui fit comprendre en anglais que les sons de son instrument pouvaient faire découvrir leur retraite, et que, dans tous les cas, son acte, fort méritoire en toute autre circonstance, était contraire aux prescriptions du Canadien, qui avait ordonné, en partant, de ne faire aucun bruit de nature à attirer les Dundarups ou les bush-rangers du côté du camp.

Le membre de l'Evangelic Society s'exécuta de bonne grâce ; mais ce ne fut que quand il eut remis son gros livre dans ses bagages et son instrument dans son sac, que les deux guerriers indigènes consentirent à quitter la position et à reprendre leur poste d'observation.

Ce serait une erreur de voir dans ce fait de John Gilping un acte isolé d'originalité ; dans presque toutes les îles de l'Océanie polynésienne, les indigènes ont un goût naturel pour la musique, que la Société évangélique de Londres a su faire tourner au profit de sa propagande. Aussi, depuis de longues années déjà, tous les distributeurs de bibles qu'elle envoie dans ces contrées sont-ils munis chacun d'un instrument quelconque, destiné à attirer la foule des indigènes autour d'eux.

Quand le navire de la *Propagation* fait sa tournée, il dépose dans chaque île, selon son importance, deux ou trois distributeurs. A peine à terre, ils s'installent au milieu du premier village venu, et pendant que l'artiste de la troupe moud un air sur l'orgue de Barbarie, souffle dans un ophicléide ou tourmente les coulisses d'un trombone, les deux assistants distribuent à la foule des bibles imprimées dans la langue même du pays...

Ne riez pas ! Il y a là une force énorme dont l'Angleterre se sert pour étendre, comme une vaste pieuvre, ses tentacules sur le monde entier. Après l'humble distributeur, arrive le missionnaire; le temple se bâtit, et, autour du monument religieux, ne tardent pas à s'établir dix, quinze, vingt comptoirs de négociant : et voilà tout le commerce de l'île monopolisé entre les mains de John Bull. On ne mène les peuples jeunes que par l'idée religieuse, et c'est pour cela que l'Angleterre, en Afrique, en Océanie, avant d'envoyer ses ballots de cotonnades, les fait toujours précéder de la Bible...

Bien que revenus de leur émotion, les deux guerriers nagarnooks continuèrent à jeter des regards de défiance sur le pauvre Gilping, qui était loin de se douter de l'effet qu'il avait produit. Ce dernier, en effet, en voyant les indigènes se précipiter la face contre terre, aux premières notes de son instrument, avait pris le fait comme un acte de dévotion, ce qui avait modifié du tout au tout son opinion sur ses sauvages alliés ; il allait même leur faire cadeau à chacun d'une bible, lorsque tout à coup les cris de : aga ! aga ! (alerte ! alerte !) se firent entendre dans le lointain.

Presque au même instant, le Canadien parut dans la clairière.

— Nous sommes poursuivis par une trentaine de Dundarups ! dit-il vivement.

Olivier et Laurent aperçurent alors au loin, dans la plaine, une troupe d'indigènes peints en guerre, qui sautaient dans les hautes herbes, à la poursuite de Willigo, qui fuyait devant eux.

Les deux Européens s'étaient portés en avant avec Dick ; tous trois alors épaulèrent leurs carabines Colt, chargées de douze cartouches chacune, et commencèrent sur les Dundarups un feu roulant qui les arrêta nets ; en moins de rien, une quinzaine des leurs étaient à terre, et les terribles fusils revolvers continuaient leur besogne.

Les Dundarups se jetèrent sur leurs blessés et leurs morts, et les ayant chargés sur les épaules des plus vigoureux d'entre eux, opérèrent une rapide retraite, poursuivis par les cris de guerre et les hurlements des Nagarnooks.

Cette scène eut lieu avec une telle rapidité que quand le rideau de verdure se fut renfermé sur les fuyards, nul n'eût pu, au milieu du silence et du calme de la forêt, se douter du drame qui venait de s'y jouer. Willigo et Dick avaient, par d'habiles manœuvres, attiré sur leurs traces tous ceux des indigènes qui rôdaient dans le Buisson ; ils avaient feint l'effroi avec une habileté consommée ; bref, étaient parvenus à les attirer du côté du campement, assurés qu'ils étaient que les carabines d'Olivier et de Laurent joueraient merveilleusement leur rôle.

Dans toutes ces manœuvres, une grêle de flèches avait souvent volé autour du Canadien et de son compagnon, mais fort heureusement aucune d'elles ne les avait atteints.

— La leçon va leur servir pendant quelques heures, fit Dick, mais je crois qu'il faut profiter de leur premier moment de stupeur, et pendant qu'ils vont pleurer leurs morts ou panser leurs blessés, nous ferons bien de nous évader ; qu'en pense le chef ?

— C'est le seul parti à prendre, répondit Willigo ; mais je doute que ces gredins de Dundarups n'essayent pas de venger les leurs.

— Nous pouvons toujours essayer de passer, insista le Canadien.

Le chef fit un signe d'acquiescement.

Depuis le départ de Willigo et de Dick, et pendant toute la durée de l'engagement, les bush-rangers n'avaient pas paru. Quels étaient leurs projets en laissant leurs alliés indigènes s'engager seuls ?

Toute la petite troupe s'ébranla alors, et quittant le bosquet sous la conduite de Willigo, avec le mulet et Pacific en tête, gagna de toute la vitesse dont elle était capable les bords du Red-River.

Elle traversa facilement la rivière à un gué connu du chef, et se trouva alors dans une vaste plaine entrecoupée de bosquets et de petites collines, dans l'échancrure desquelles on apercevait les crêtes dentelées du pays des Nagarnooks qui se détachaient en plus sombre, sur le bleu pâle du ciel.

Ils n'avaient pas fait cinq cents mètres dans cette vaste prairie, où le mulet et son compagnon avaient de l'herbe jusqu'au ventre, que tout à coup ils furent entourés par des centaines d'indigènes qui, à la distance respectable de sept à huit cents mètres, se mirent à danser en frappant leurs armes les unes contre les autres.

Le Canadien remit à un des Nagarnooks sa carabine-revolver, cadeau d'Olivier, mais qui n'était pas une arme de précision, et prit son rifle américain qu'il épaula lentement; la détonation se faisait à peine entendre qu'un indigène battait l'air de ses bras et tombait pour ne plus se relever.

Les Dundarups se retirèrent à deux ou trois cents mètres plus en arrière, et, croyant s'être placés à une distance que les carabines ne pouvaient plus atteindre, se mirent de nouveau à danser en accompagnant leurs sauts de leur chant de guerre.

De chaque côté, en avant, en arrière, les indigènes entouraient la petite troupe d'un cercle complet qui marchait avec elle, s'arrêtait quand elle s'arrêtait, maintenant toujours entre elle et eux une distance suffisante pour rendre ses coups à peu près inoffensifs.

— Est-ce que les gaillards voudraient nous prendre par la famine, fit Olivier qui considérait ce spectacle avec une certaine curiosité; ils s'y prennent en effet comme s'ils avaient affaire à une ville assiégée.

— Ils n'attendront point aussi longtemps pour nous jouer quelque tour de leur façon, répondit Dick; cette nuit même, si nous ne parvenons à leur échapper, ils viendront en rampant nous attaquer dans l'obscurité, et je dois constater, sans chercher à vous donner de fausses terreurs, que je ne vois pas bien comment nous allons leur échapper.

— Nous vendrons chèrement notre vie, répondit simplement Olivier.

— Nous n'en sommes pas là, mon ami; j'ai voulu simplement vous dire que nous serions gravement en danger si nous nous laissions surprendre ici par la nuit; mais le piège est trop grossier pour que Willigo ne nous donne pas les moyens de le déjouer.

— Eh bien, chef, que dites-vous de la situation? continua le Canadien.

— Les Dundarups sont plus lâches que le vil opossum qui se cache dans le tronc des arbres morts; ils se tiennent à distance, ils ont peur des carabines des blancs, répondit l'Australien avec un sourire évident de satisfaction.

— Oui; mais en attendant ils cherchent à nous entourer d'un cercle de flèches et de lances infranchissable.

— Depuis quand le triste hocko, qui ne sait que hurler sa plainte lugubre dans la nuit, peut-il avoir l'espoir de prendre les guerriers au piège? Avant le coucher du soleil nous serons en marche pour les terres de ma tribu; je reviendrai alors à la tête de mes guerriers et le sang des Dundarups inondera les feuilles des bois et l'herbe des prairies.

Quoique entourée, la petite troupe marchait toujours, et les Dundarups la suivaient avec obstination, en se bornant à maintenir entre elle et eux une distance de six à sept cents mètres, suffisante pour les mettre à l'abri des carabines des blancs.

Tout à coup, Willigo, qui conduisait, après avoir inspecté la campagne avec une attention particulière, ordonna de faire halte à quelques pas d'un petit massif de buissons de myalls, de lilas d'Australie et de pommiers de rivière, tellement épais qu'un homme n'aurait pu s'y frayer un passage qu'à la hache. Ces sortes de bosquets étaient communs dans la plaine, dont ils interrompaient l'uniformité, mais ils étaient de peu d'étendue; cinq ou six individus y eussent à peine trouvé un refuge, et nul ne se doutait que Willigo pût avoir un intérêt spécial à faire camper provisoirement la petite troupe en cet endroit.

Il fallait cependant prendre un parti; on ne pouvait continuer à s'avancer à l'aventure au milieu d'une nuée d'ennemis qui pouvaient à chaque instant se précipiter sur la petite troupe et la massacrer.

Ce résultat final semblait d'une telle évidence qu'à part lui Olivier avait déjà fait le sacrifice de sa vie.

— Mon pauvre Laurent! fit-il à son fidèle serviteur, je crois bien que nous ne reverrons plus la France.

— A la garde de Dieu, monsieur le comte! répondit le brave garçon; mais nous tuerons quelques-uns de ces diables noirs avant.

En donnant l'ordre de s'arrêter, Willigo, comme pour braver ses ennemis, avait par trois fois répété son terrible cri de guerre : *Wagh! wagh! wagh!* immédiatement répété par ses deux compagnons.

Les Dundarups y répondirent par le leur, et ce fut pendant quelques instants un concert de hurlements féroces à faire trembler les plus braves; puis tout à coup ils se mirent à danser et à faire mille grimaces en manière de provocation, mais en se gardant bien d'avancer à portée des carabines.

— Il ne sera pas dit, fit le Canadien impatienté, que je laisserai ces gaillards se moquer de nous sans leur donner une nouvelle leçon.

En prononçant ces mots, il se glissa derrière ses compagnons, et se baissant lentement se mit à ramper dans les hautes herbes pour diminuer la distance qui le séparait des Dundarups.

Il fut d'abord facile de suivre sa trace au mouvement que son passage imprimait aux hautes herbes, mais peu à peu, à mesure qu'il s'éloignait, le mouvement des arbustes finit par se confondre avec l'impulsion que leur donnait la brise d'ouest qui venait de se lever, et l'illusion fut si complète que ses compagnons s'imaginèrent que le Canadien restait immobile alors qu'il s'avançait toujours dans la direction de ses ennemis.

Quelques minutes s'écoulèrent ainsi dans une inexprimable anxiété; les indigènes dansaient toujours avec une rage diabolique en poussant des cris sauvages, et de temps à autre la brise apportait aux oreilles de Willigo les injures les plus sanglantes dont on pût flageller l'amour-propre australien.

Le chef avait toutes les peines du monde à se contenir et se rongeait d'impuissance devant ces bravades auxquelles il ne pouvait rien répondre. Ah! s'il avait eu seulement sous la main une cinquantaine de ses guerriers, comme il aurait fait fuir tous les braillards qui n'osaient même pas venir l'attaquer à vingt contre un! Sans la présence même de ses amis les blancs, dont la sûreté lui était confiée, il n'eût pas hésité à se jeter au milieu de ses adversaires avec Koanook et Nirrooba pour leur montrer comment un guerrier nagarnook savait mourir. Il en eût fait, avant de succomber, un épouvantable carnage et eût ensuite entonné avec joie son chant de mort au poteau du supplice.

Et au milieu des hurlements et des cris de guerre on entendait la voix nasillarde et monotone de John Gilping qui entonnait son dix-septième psaume :

« Ne t'éloigne point de moi, ô Éternel! que ta main s'étende pour me protéger et que mes ennemis succombent comme des épis mûrs au tranchant des faucilles. »

Tout à coup, avec la vitesse de l'éclair, on vit la haute taille du Canadien s'élever au-dessus des herbes de la prairie; au même instant, le son clair et argenté du rifle en acier fondu du trappeur se faisait entendre, et le chef des Dundarups qui s'était un peu trop avancé pour narguer de plus près les blancs, tombait la face en avant dans les broussailles. A cet exploit inattendu, un long cri de stupeur remplaça les chants de triomphe, et le nom de Tidana! Tidana! le Troueur de têtes! le Troueur de têtes! vola dans toutes les bouches.

Le Canadien n'avait pas failli à sa réputation, sa balle avait atteint le chef dundarup entre les yeux.

Mais aux premières marques d'épouvante succédèrent bientôt des cris de rage; les indigènes, après avoir relevé leur chef, transportèrent son cadavre sur un petit tertre autour duquel ils se réunirent : il devint évident, à leurs gestes et à l'animation de leurs discours, qu'ils tenaient conseil pour savoir s'ils ne se précipiteraient pas en masse pour venger leur mort et en finir d'un seul coup avec les Nagarnooks et leurs alliés étrangers.

Il était facile de voir, aux mouvements des uns et des autres, que tous les

Des têtes noires apparaissaient au-dessus des broussailles. (Page 78.)

jeunes étaient pour une action immédiate, tandis que les anciens cherchaient à faire prévaloir la prudence.

Il est certain qu'en consentant à sacrifier une trentaine des leurs, les Dundarups, en moins de rien, en eussent fini avec leurs adversaires; mais ce parti, qu'eussent pris immédiatement des troupes européennes, n'était dans les traditions d'aucune des tribus sauvages d'Australie, bien qu'on ne puisse nier leur courage : car on n'a jamais vu, malgré les horribles supplices qui l'attendent, un seul guerrier prisonnier chercher à sauver sa vie par une lâcheté ou une trahison des siens. La guerre est surtout pour les indigènes une lutte de ruses et d'embûches dans laquelle chacun cherche à sauver sa vie en tuant le plus possible de ses ennemis. Dans ces circonstances, ils calculent toujours avec soin le profit que leur donnera la victoire, et s'il devient évident pour eux qu'ils seront obligés de perdre plus d'hommes qu'ils n'en tueront, il n'y a pas d'exemple qu'ils n'aient renoncé à l'attaque.

CHAPITRE III

Le scalp. — Les Australiens à la guerre. — Le poteau du supplice. — Ruses indigènes. Sources empoisonnées. — L'échange du sang.

Les indigènes australiens, de même que les Peaux-Rouges d'Amérique, enlèvent les chevelures de leurs ennemis et les rapportent dans leurs villages comme des trophées ; mais ils doivent aussi ramener les morts, afin que les familles puissent procéder à leurs funérailles. Si d'aventure les cadavres des guerriers sont plus nombreux que les sanglantes dépouilles des ennemis, la troupe qui a livré le combat est considérée, même par les siens, comme ayant subi une épouvantable défaite, bien qu'en réalité elle ait mis ses adversaires en déroute, et tous ceux qui en ont fait partie sont obligés de subir les huées des femmes et des petits enfants. Les parents des morts surtout les poursuivent de leurs malédictions et de leurs sarcasmes, ils les accusent d'avoir fui comme des lâches et de n'avoir pas su venger ceux qui sont tombés sur le champ de bataille.

Comme on le voit, ce serait une erreur de croire que les sauvages se battent en troupes désordonnées et sans règles ; la guerre est, en Australie, soumise à des prescriptions et à des lois que nul chef ne peut enfreindre sans encourir le blâme de sa tribu, et quand l'infraction à la coutume est par trop flagrante ou entraîne un désastre, ceux qui commandaient, et à qui par conséquent la faute peut seule être reprochée, sont abandonnés aux familles de ceux qui ont succombé, qui les attachent au poteau du supplice et les mettent à mort avec les tortures les plus raffinées.

Avant que ces malheureux ne reçoivent le coup suprême, les femmes et les enfants viennent leur arracher des lambeaux de chair avec des éclats de silex ou les brûler avec des torches résineuses. On les traite enfin exactement comme des prisonniers faits à la guerre.

C'est également un autre déshonneur pour les chefs d'une troupe qui revient d'une expédition de ne pas ramener tous ses morts ; la victoire la plus signalée ne saurait compenser ce désavantage; on peut même dire qu'il n'y a pas de victoire sans cela, car c'est le principal signe auquel on la reconnaît.

Les tribus indigènes, menant une vie nomade, ne savent pas ce que c'est que les guerres de conquête; elles n'ont également jamais eu l'idée d'imposer au vaincu une contribution quelconque; elles en viennent aux mains pour les motifs les plus futiles : la meilleure preuve donc qu'un parti a mis ses adversaires en déroute, c'est de l'avoir empêché de ramasser ses morts et, par contre, d'avoir pu ramener tous les siens.

Dans ces circonstances, les chefs, sur qui tombera toute la responsabilité, agissent ordinairement avec la plus grande prudence, tandis que les jeunes hommes, qui ne sont pas considérés comme ayant fait leurs preuves, c'est-à-dire comme étant des guerriers, tant qu'ils n'ont pas rapporté au moins une chevelure d'une expédition, ne demandent qu'à attaquer sans tenir compte du résultat de la lutte; pourvu, en effet, qu'ils rapportent leurs sanglants trophées, ils sont considérés comme s'étant couverts de gloire, bien que leurs chefs aient subi une sanglante défaite.

Ces idées des tribus indigènes sur la guerre expliquent comment il a pu se faire que des petites troupes de cinq à six Européens seulement, bien armées, aient pu traverser l'Australie tout entière et supporter de sanglants combats sans avoir jamais été massacrées. Dès que les voyageurs avaient prouvé à leurs sauvages adversaires qu'avec leurs carabines à répétition et leurs revolvers chacun d'eux tenait la mort de vingt-cinq à trente des leurs au moins, ils étaient assurés qu'on ne leur livrerait pas bataille, car aucune tribu n'eût consenti à sacrifier le nombre d'hommes nécessaire pour arriver à s'emparer d'eux. Mais ils n'étaient pas quittes de tout danger pour cela : à la guerre ouverte se substituait la guerre de ruse et d'embuscades; malheur à celui qui s'isolait! malheur à ceux qui s'endormaient sans laisser un certain nombre d'entre eux faire bonne garde! Ils étaient massacrés en un tour de main, avant d'avoir eu le temps de sauter sur leurs armes.

Il fallait marcher, manger, se reposer et veiller, la carabine et le revolver au poing : le plus petit oubli, la moindre inattention, et on était perdu.

Après une première attaque, dans laquelle une poignée d'Européens avait tué vingt-cinq à trente indigènes, les pionniers ont pu voyager pendant des mois dans le Buisson sans apercevoir aucun sauvage ; à force de ne voir devant eux que le désert sans écho et la solitude muette, ils finissaient par se croire débarrassés de leurs ennemis, et peu à peu en arrivaient à se relâcher de leur surveillance. Un soir, ils se sont couchés tranquillement, oubliant de placer leurs sentinelles habituelles, et de tous côtés alors, dans la nuit, des monstres, affreusement peints en guerre, ont glissé, rampé sans bruit dans les broussailles et leur ont coupé la gorge avant même qu'ils aient eu le temps de s'éveiller.

Rien n'égale la patience de l'indigène australien, bien supérieur en cela au Peau-Rouge d'Amérique, qui attaque souvent sans s'occuper du danger : il vous suivra des mois à la piste, dormant à vingt mètres de vous dans les broussailles, quand il s'est assuré que toutes vos précautions sont prises pour éviter une surprise ; se réveillant à l'aube, comme vous, pour continuer sa poursuite ; déjeunant souvent avec le restant de kangourou ou de racines que vous avez laissés au départ ; enfin, toujours sur vos talons, surveillant, épiant, jusqu'au jour où une imprudence vous livre à lui.

Quoique l'Australie possède de grands fleuves et des rivières nombreuses, les ruisseaux y sont fort rares. Il y a là, si nous pouvons nous permettre cette expression, une question d'*hydrologie* ou de distribution des eaux toute spéciale au pays. La terre australienne contient presque partout de grandes nappes d'eau souterraines qui affleurent presque au sol, car il suffit de creuser à un mètre de profondeur pour rencontrer de l'eau ; aussi tout bas-fonds environné de petites élévations ou mamelons de quelques mètres de hauteur seulement possède-t-il une ou plusieurs petites fontaines d'eau vive de deux ou trois pieds de profondeur, assez semblables à un cône renversé qui se remplirait par le fond.

Ces fontaines, que l'on rencontre à chaque pas, sont la Providence des indigènes et des voyageurs, car leur eau fraîche, presque glacée et d'une rare limpidité, est la plus pure et la plus agréable au goût qu'on puisse rencontrer.

Mais malheur au squatter, au pionnier, au voyageur, qui en fait usage sans précaution ; l'indigène qui est sur sa piste, et qui a juré de rapporter sa chevelure, souvent le devance sur sa route, empoisonnant toutes les fontaines qu'il rencontre avec des tiges, des feuilles et des fleurs de ces terribles solanées vireuses que l'on rencontre à chaque pas en Australie, et qui sont, même en dehors de la malveillance, un danger constant pour le voyageur.

A peine le malheureux a-t-il goûté à cette eau savoureuse et d'une fraîcheur traîtresse, qu'une soif ardente ne tarde pas à l'envahir ; alors il boit encore, il boit toujours, pour se calmer, et il boit la mort à longs traits. Bientôt la fièvre s'empare de lui, puis le délire, et au milieu de ses divagations il aperçoit tout à coup une figure hideuse qui le contemple entre les feuilles d'un arbuste ; puis la figure grandit, se développe : c'est un homme couvert de peintures affreuses qui se dresse debout devant lui ; il croit à un cauchemar et veut crier, mais l'apparition, une réalité, hélas ! se précipite sur le malheureux sans défense, le saisit d'une main par la chevelure et de l'autre, armé de son coutelas, met fin à son *rêve réel* en lui coupant la gorge.

Il arrive souvent, si souvent même que le fait est vrai une fois sur trois, que la fontaine est naturellement empoisonnée par la quantité de feuilles et de fleurs des différentes solanées qui jonchent littéralement le sol, et alors celui qui en fait usage meurt seul dans d'atroces souffrances.

Il n'y a qu'un moyen d'éviter ce danger, qu'il ait une origine naturelle ou soit le fait d'un ennemi : c'est de ne faire usage de l'eau, même la plus pure et la plus limpide en apparence, qu'après avoir purifié la fontaine où elle se trouve. Pour cela, on commence par enlever toute l'eau avec un récipient quelconque, ce qui est vite fait, vu le peu de profondeur et de largeur de l'excavation ; ensuite, on enlève soigneusement toutes les feuilles et herbes qui tapissent le fond ; l'eau ne tarde pas à remonter lentement par l'extrémité inférieure du cône ; on s'en sert pour laver les parois avec une poignée de feuilles d'eucalyptus, puis on vide de nouveau la fontaine deux fois plutôt qu'une par prudence, et on la laisse alors se remplir de nouveau. On peut désormais boire sans crainte l'eau la meilleure et la plus fraîche qui existe.

Devant un aussi grand nombre de dangers accumulés, dont les plus terribles et les plus inévitables viennent des indigènes, il n'y a qu'un moyen de pouvoir voyager, sinon avec une sécurité complète, du moins avec la possibilité de déjouer les ruses d'adversaires aussi patients : c'est d'avoir toujours avec soi un ou deux chiens que l'on habitue à vivre dans son ombre, c'est-à-dire à rester sur vos talons, pour éviter qu'on ne vous les tue, et quelques indigènes dévoués ; les chiens avertissent toujours par leurs grondements de la présence des rôdeurs, et quant aux naturels, ils sont seuls capables de découvrir toutes les ruses, toutes les embûches dont vous êtes menacé. Mais, pour être sûr du dévouement d'un Australien, il ne suffit pas de l'avoir pris à sa solde, de l'avoir comblé de cadeaux, en lui promettant une récompense plus forte encore, si l'on en sort sain et sauf. L'Australien violera sa parole, vous abandonnera seul dans le Buisson, après vous avoir pillé, et aidera même à vous massacrer ; il n'y a qu'une seule manière de se l'attacher de façon qu'il vous soit dévoué jusqu'à la mort : c'est de faire avec lui l'échange du sang.

Cette coutume, qui existe en Australie de toute antiquité, n'a pas peu contribué à sauver d'une mort certaine la plupart des squatters qui se sont hasardés les premiers dans les vastes solitudes du nouveau continent. Voici en quoi elle consiste :

Quand un Européen et un indigène sont d'accord pour faire cet échange entre eux, le naturel emmène, si c'est possible, son ami dans sa tribu, et la cérémonie a lieu entre ce dernier et le père de l'Australien. Tous deux, munis d'une épine d'acacia, se font une légère incision au bras et croisent leurs deux membres l'un sur l'autre, de façon que les deux incisions étant en contact immédiat, le sang des deux blessures se mélange immédiatement en sortant ; puis chacun d'eux appuie ses lèvres sur la blessure de son partenaire, suce un peu du sang qui en sort et l'avale. Ceci fait, l'Européen appartient à la famille indigène : le père devient son père, la mère sa mère, les enfants ses frères et sœurs, et il est, de plus, l'allié de toute la tribu.

C'est, à proprement parler, une véritable adoption, et il n'y a pas d'exemple qu'un Australien ait manqué aux obligations qu'elle entraîne.

Ce genre d'alliance, qui avait été pratiqué entre le père de Willigo et le Canadien, faisait en ce moment la principale force de la petite troupe assiégée par les Dundarups dans le Buisson, sûre qu'elle était ainsi du dévouement à toute épreuve du chef nagarnook et de ses deux jeunes compagnons. D'eux seuls, en effet, grâce à leur connaissance de toutes les ruses de guerre en usage chez les indigènes, pouvait venir le salut commun. La coutume que nous avons exposée plus haut, de ne jamais attaquer une troupe, si faible qu'elle fût, quand le sacrifice à faire était supérieur au résultat à obtenir, et qui avait pour ainsi dire force de loi chez les Australiens, sauvait également en ce moment le Canadien et ses amis d'un massacre immédiat.

Après une délibération longue et orageuse, l'opinion des anciens finit par prévaloir sur celle des jeunes guerriers, et les chefs dundarups décidèrent à l'unanimité qu'ils continueraient à cerner leurs adversaires dans la plaine pour les empêcher de s'échapper, et qu'on remettrait l'attaque aux premières heures de la nuit prochaine, alors que l'obscurité rendrait inutiles les carabines des blancs.

Le cercle d'investissement était complet; de tous côtés, les têtes noires et crépues des Dundarups apparaissaient au-dessus des broussailles, et il semblait de plus en plus improbable que Willigo, malgré sa vieille expérience, pût tirer ses amis du mauvais pas où ils se trouvaient.

Olivier ayant hasardé une observation en ce sens, reçut du Canadien la réponse suivante, peu rassurante malgré sa tournure optimiste :

— J'ai la conviction absolue que le chef nagarnook nous tirera de là. Comment? je l'ignore; nous n'avons, pour le moment, rien de mieux à faire que de nous fier à lui et d'attendre.

Ainsi Dick lui-même, le Troueur de têtes redouté des Dundarups, le vieux bush-ranger qui vingt fois avait joué sa vie dans de semblables mêlées, ne voyait pas comment il pourrait briser la chaîne humaine qui les entourait.

— Il est surtout une chose qui déroute toutes mes suppositions, ajouta-t-il à son ami après quelques instants de réflexion.

— Laquelle, Dick? demanda le jeune homme.

— Il est évident que ces diables noirs ont été ameutés contre nous par les bush-rangers.

— C'est aussi mon opinion.

— Eh bien, ne remarquez-vous pas que, depuis ce matin, les Dundarups cherchent à nous tuer.

— Ou à nous faire prisonniers.

— Nous n'en vaudrons guère plus, car une fois maîtres de nous, rien ne les empêchera de nous attacher au poteau du supplice; ces gens-là ne conservent pas de prisonniers parce que, avec la vie nomade du Buisson, ces derniers trouveraient tous les jours l'occasion de s'évader... enfin, ce n'est pas dans leurs mœurs. Or, je ne m'explique pas, si les bush-rangers sont sur notre piste pour surprendre notre secret, qu'ils aient lancé contre nous cette troupe d'indigènes avant de connaître la situation du placer, qui est certainement le but de leur poursuite. Ils me connaissent assez pour savoir que, dans le cas même où, par un pacte passé avec les indigènes, nous leur serions cédés par ces derniers à titre de prisonniers, ils n'obtiendraient jamais de moi, même en face de la mort, la divulgation de mon secret.

— Peut-être les Dundarups nous ont-ils attaqués malgré eux?

— Ne croyez pas cela, mon jeune ami.

— Vous voyez cependant que les bush-rangers restent dans l'ombre, quand il leur serait si facile de se joindre aux indigènes et d'égaliser les forces avec leurs carabines; ils sont une dizaine, au rapport de Willigo, et nous ne sommes que quatre, le chef et nous, pourvus d'armes à feu.

— Vous oubliez nos carabines à répétition, qui multiplient chacun de nous par douze.

— Soit! mais les deux ou trois cents Dundarups rétablissent largement la proportion.

— Pas autant que vous le croyez. Les indigènes ont déjà perdu trop de monde, et ils ne consentiraient pas à marcher en plein jour, maintenant que nous avons tué une quinzaine des leurs; ils seraient déshonorés s'ils en sacrifiaient encore autant pour s'emparer de nous, morts ou vivants; ils ne marcheront donc que la nuit. Mais tout cela ne répond pas à mon observation. Maintenant qu'il y a du sang entre les Dundarups et nous, et surtout après la mort de leur chef, ils n'oseraient pas rejoindre le gros de l'armée dundarupe, qui doit marcher en ce moment contre les Nagarnooks, sans avoir vengé les leurs; il est donc certain qu'ils tenteront l'impossible pour arriver à leurs fins; mais, je vous le répète, ce que je ne m'explique pas, c'est que cette troupe de guerriers, qui doit être une avant-garde ou un corps détaché dans un but spécial, se soit détournée de sa route et peut-être de l'objet de sa mission pour venir nous attaquer, alors que nous ne leur avions fourni aucun motif d'hostilité.

— Est-ce que la présence de Willigo ne serait pas une explication suffisante? La capture d'un des grands chefs des Nagarnooks doit être assez importante pour justifier son action.

— Vous seriez dans le vrai si Willigo eût été avec nous depuis plusieurs jours; mais souvenez-vous que le chef n'est venu nous trouver que parce que s'étant glissé la nuit dernière près du camp de ses ennemis il avait appris que ces derniers marchaient contre nous alliés aux bush-rangers. Il ignorait avant cela même notre présence dans le Buisson, car il s'était porté en avant uniquement pour observer la marche des Dundarups, qui venaient de déclarer la guerre à sa tribu. Vous voyez alors, mon cher Olivier, que mon observation reste entière, et jusqu'à demain je persisterais à vous dire que je ne m'explique pas l'action des bush-rangers. Leur rôle était tout tracé, nous suivre, en se cachant le plus possible, jusqu'au placer, puis nous tuer dans une lutte à ciel ouvert ou dans une embuscade pour rester seuls maîtres de la découverte. Au lieu de cela, ils agissent comme des gens qui auraient une vengeance à satisfaire et qui, en outre, voudraient nous faire massacrer, sans être obligés de se mettre en avant et de nous révéler leur personnalité... Tirez-vous de là comme vous le pourrez ; pour moi, je ne reconnais plus nos bush-rangers ! Comment ! ils vont nous faire bêtement tuer, alors qu'ils savent que nous marchons à la conquête du précieux métal pour lequel ils joueraient vingt fois leur vie, et que nous allons emporter notre secret avec nous? Cela n'est pas possible, mon cher Olivier ; cela n'est pas possible !

Et secouant la tête d'un air de profonde incrédulité, le Canadien ajouta :

— Il y a certainement là un mystère, un profond mystère, que nous percerons un jour, croyez-moi, si toutefois nous en réchappons.

Puis, scandant lentement ses paroles, il fit en terminant :

— Si je me connaissais quelque ennemi acharné à ma perte, foi d'honnête trappeur, Olivier, je serais plus sûr de le trouver aujourd'hui au milieu des bush-rangers qui se cachent sans doute dans les broussailles à quelques pas de là, que dans les rues de Melbourne ou de Sidney.

Ces dernières paroles firent tressaillir le jeune homme. Il ferma les yeux un instant et vit repasser devant lui, comme dans un songe, les divers événements qui avaient précédé son départ de France.

— Si c'était... murmura-t-il à mi-voix. Puis il ajouta presque aussitôt : Non ! c'est un rêve ! Ce n'est pas possible !

— Rien, entendez-vous, Olivier, rien n'est impossible dans le Buisson australien quand il s'agit de se venger, répondit le Canadien, qui crut à une réponse provoquée par ses suppositions. Vous n'ignorez pas que nous sommes dans un lieu où il n'y a ni bonne foi, ni loyauté, ni justice ; la force brutale règne seule en souveraine dans ces vastes solitudes.

CHAPITRE IV

Une insulte indigène. — Chant de guerre.
John Gilping entonne le *God save the Queen*. — Le coradjis. — Terreur des Nagarnooks.
Superstitions australiennes. — Les terres fendues. — Évasion.

En ce moment, le Canadien et ses amis furent rappelés à la réalité de leur situation par les cris et les hurlements des Dundarups, qui avaient encore augmenté d'intensité.

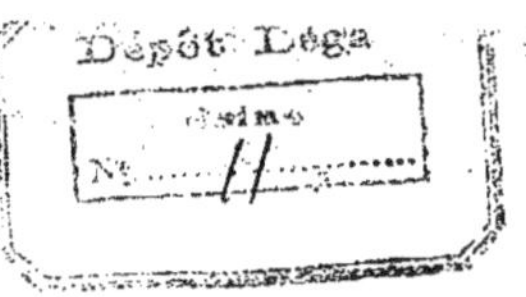

Il se mit à jouer le *God save the Queen*. (Page 83.)

Ces forcenés, voyant que leurs adversaires restaient insensibles à leurs provocations, avaient fini par planter leurs longues lances dans le sol, puis, les prenant à deux mains, ils s'étaient mis à danser en s'excitant les uns les autres, et à sauter comme des énergumènes, en tournant le dos à la petite troupe.

Cette posture, qui en toute autre occasion eût fait rire les Européens, eut le don de porter au paroxysme la rage de Willigo. C'était en effet, dans les mœurs australiennes, la plus grossière insulte que l'on pût adresser à un indigène. C'était lui dire, en propres termes, qu'il était un lâche, incapable de voir ses ennemis face à face.

Les Dundarups savaient parfaitement ce qu'ils faisaient en agissant ainsi. Ils espéraient que le chef nagarnook, poussé à bout, commettrait quelque imprudence et se lancerait en avant avec ses deux compagnons.

Il s'en fallut de peu, en effet, que Willigo, à cette injurieuse provocation, ne courût sus aux insulteurs avec ses deux guerriers, qui l'eussent suivi sans hésiter ; mais il eut assez de force de caractère pour ne pas tomber dans le piège qui lui était tendu. Cependant, arrivé au comble de l'exaspération, il fit le serment, dès qu'il aurait rejoint les siens, de revenir brûler les villages dundarups, de massacrer les femmes, les enfants, les vieillards, et de tirer une vengeance dont on souviendrait dans le Buisson de l'insulte qui atteignait toute sa tribu dans sa personne.

Et brandissant ses armes, l'œil farouche, la bouche écumante, il se mit à entonner son chant de guerre avec ses deux guerriers, qui lui envoyaient la réplique.

« Wagh ! wagh ! les Dundarups sont des lâches ; ils se cachent comme l'opossum quand ils entendent la voix des guerriers ; ils tremblent et fuient en foule comme les feuilles des bois que le vent chasse devant lui quand les Nagarnooks se lèvent, la lance et le boomerang à la main.

« Wagh ! wagh ! s'écriaient alors Koanook et Nirrooba, les Dundarups sont des lâches.

« Wagh ! wagh ! les Dundarups sont des animaux immondes et puants ; ils se cachent dans les épais buissons de myalls, comme le triste hocko, qui ne peut supporter la lumière du soleil.

« Wagh ! wagh ! les Dundarups sont des animaux immondes et puants.

« Wagh ! wagh ! les Dundarups sont plus timides que les femmes ; ils défieraient le kangourou à la course quand il faut fuir la bataille ; les petits enfants nagarnooks les chassent à coups de pierres dans les broussailles.

« Wagh ! wagh ! les Dundarups sont plus timides que les femmes. »

Et cela dura plus d'une heure ainsi. Les trois guerriers nagarnooks, arrivés au paroxysme de l'exaltation, étaient vraiment terribles à voir ; ils entremêlaient leurs chants de hurlements sauvages à donner le frisson aux plus braves. Leur provocation avait fini par gagner leurs compagnons, et les Européens eux-mêmes se surprenaient à montrer le poing aux Dundarups et à les menacer de leurs carabines. Il n'est pas jusqu'à l'honorable John Gilping qui, lui aussi, n'avait fini par sortir complètement de son caractère : monté sur le paisible Pacific pour se mettre mieux en vue, il traitait les Dundarups d'impies, de démoniaques, de suppôts de l'enfer, de fils de Belzébuth, entremêlant tout cela de versets de circonstance à leur adresse.

A un moment donné, il fut saisi d'une inspiration sublime : ayant saisi sa clarinette, il se mit à jouer sur le ton aigu le *God save the Queen*. L'instrument à ce diapason avait comme des sons de biniou écossais, et ses notes perçantes parvinrent sans peine aux oreilles des Dundarups. Cette scène d'un haut comique dans le drame qui se jouait eut un résultat singulier : en entendant ces sons bizarres, à la vue surtout de l'être fantastique qui le produisait et de l'animal inconnu qui lui servait de monture, un long frémissement parcourut les rangs des indigènes, et on les entendit prononcer de tous côtés le mot terrifiant qui s'était déjà échappé le matin de la bouche effrayée de Koanook et de Nirrooba :

— Coradjis ! coradjis ! (Un sorcier ! un sorcier !)

Et au même instant tous les Dundarups disparurent à plat ventre dans les hautes herbes.

Avec la vitesse de l'éclair, le Canadien et ses compagnons entrevirent tout à coup le parti qu'il était peut-être possible de tirer de la situation. Ne pourrait-on profiter de ce moment de terreur pour tenter de s'échapper ?... Mais quand ils se retournèrent pour communiquer leurs impressions à Willigo, ils furent saisis d'un étonnement que le Canadien, mieux au fait qu'eux des mœurs du Buisson, ne partagea pas au même degré. Le chef nagarnook et ses deux guerriers gisaient à quelques pas de là, la figure complètement enfouie dans les herbes et tremblant de tous leurs membres.

Olivier et Laurent ne purent retenir un sourire ; quant à Dick, il se contenta de hausser les épaules. Intelligence moins fine que le jeune homme, le brave Canadien était véritablement humilié de voir son ami Willigo donner un tel exemple de faiblesse superstitieuse ; aussi, se dirigeant vers le chef, il le saisit par les épaules, et, grâce à sa force herculéenne, il le remit d'un seul effort sur ses pieds.

— Allons, Nagarnook, lui dit-il, n'êtes-vous pas honteux de trembler ainsi comme une femme ? Allons, remettez-vous, ou, d'honneur, je vous renie pour mon frère. Vous avez peur d'un pauvre diable de prédicant qui souffle dans un morceau de bois ; vous pouvez croire votre ami qui ne vous a jamais trompé, ce n'est pas un coradjis. Voyons, auriez-vous pu vous emparer de lui hier, si c'eût été un sorcier ?

Ce dernier argument parut faire impression sur Willigo ; mais comme le Canadien n'était pas grand clerc et qu'il avait épuisé ses raisonnements, il appela d'un ton sec John Gilping.

— Faites-moi le plaisir de remettre votre *musique* dans son sac et de ne plus l'en sortir, lui dit-il ; ces gens-là vous prennent pour un sorcier.

— Un sorcier, grand Dieu ! exclama Gilping en levant les bras au ciel d'un air désespéré.

— Oui, un sorcier ! Et, ma foi, le diable m'emporte si, avec une tournure comme cela, on vient se promener dans le Buisson. Le vent n'est pas aux explications ; obéissez, ou d'un coup de bâton sur l'échine de votre âne, je vous envoie continuer vos litanies au milieu des Dundarups. Vous voyez bien que ces gens-là ont perdu la tête, et nous avons besoin de toute l'intelligence de Willigo pour nous tirer du mauvais pas où nous sommes tombés !

A cette rude apostrophe, le pauvre Gilping désarticula son instrument, et l'ayant, sans plus de réflexions, remis dans son récipient, le suspendit à son cou en prenant le ciel à témoin, par une mimique de circonstance, de l'entière pureté de ses intentions.

Devant les assurances réitérées de son ami, Willigo reprit peu à peu possession de lui-même ; mais il garda longtemps rancune à John Gilping de la terreur superstitieuse qu'il lui avait causée.

Les Dundarups qui, de prime-abord, s'étaient attendus à ce que le sorcier blanc marchât sur eux pour leur lancer un sort, ne tardèrent pas à reconnaître leur erreur en voyant le prétendu coradjis reprendre paisiblement sa place au milieu des siens, et ils n'en devinrent que plus insolents et plus agressifs dans leurs provocations.

Peu de populations sont plus superstitieuses que les différentes tribus australiennes. Cela tient, sans doute, au degré inférieur qu'elles occupent sur l'échelle de l'intelligence humaine. Ainsi, des hommes qui affronteront la mort sans trembler, qui supporteront, le sourire aux lèvres, les plus épouvantables supplices, sont incapables, tant est grande la terreur que leur inspire tout ce qui touche au surnaturel, de supporter les regards d'un coradjis ou sorcier.

Les Australiens n'ont, à proprement parler, aucune idée religieuse ; ils ne croient qu'aux influences mauvaises, auxquelles ils attribuent tout ce qui peut leur arriver de fâcheux. Aussi chaque tribu entretient-elle un certain nombre de sorciers ou coradjis qu'elle nourrit, vénère et comble de cadeaux, uniquement pour qu'ils n'exercent pas leur néfaste influence contre les siens, et réservent, au contraire, leurs maléfices pour les guerriers des tribus ennemies.

Aucune entreprise n'a lieu sans qu'on ait, au préalable, consulté les coradjis ; ce sont eux qui indiquent les jours heureux où l'on peut procéder aux mariages, aux funérailles, ou partir à la chasse. On n'oserait jamais également commencer une expédition ou déclarer la guerre sans leur assentiment. Dans ce dernier cas, une cérémonie curieuse a lieu avant que les guerriers ne se mettent en marche.

Les coradjis de la tribu se réunissent et creusent alors un long fossé, qu'ils appellent le fossé de la mort. Ce fossé est destiné à recevoir les esprits de leurs ennemis, qu'ils y attirent par leurs enchantements pour les détruire ensuite.

Quand le trou est creusé, ils prennent de grands coquillages pour y précipiter les esprits des ennemis ; ce qu'ils font en grattant la terre, tout en murmurant des incantations bizarres dans un langage mystérieux.

Cela fait, ils rejettent dans le trou la terre qu'ils en avaient retirée pour recouvrir les esprits, battant le sol avec leurs mains, et plaçant de distance en distance des bandes d'écorces d'arbres enchantées ; puis ils tissent des espèces de corbeilles de joncs et de tiges d'arbustes pour contenir les esprits ennemis qu'ils ont ainsi détruits, accompagnant chacun de ces actes de formules magiques ; ces corbeilles sont ensuite brûlées solennellement, et les troupes peuvent partir pour la guerre, elles ne rencontreront que des corps privés de leurs esprits, c'est-à-dire sans courage.

Quand un Australien en veut à quelqu'un et cherche à lui donner la mort, sans avoir recours à la violence ou au poison, il confie sa cause à un coradjis, en ayant soin de rendre le fait aussi public que possible. Le sorcier cherche alors à se procurer un objet ayant appartenu à la personne qu'il doit ensorceler, une mèche de cheveux, une partie de son vêtement. Une fois cet objet en sa possession, il récite dessus certaines invocations magiques, puis il l'enterre, et l'individu ensorcelé doit périr dans la même proportion que l'objet se détériore et pourrit.

Il arrive assez souvent que la personne qui est le but de ces sorcelleries, frappée de terreur par la conviction où elle se trouve que sa mort doit être le résultat inévitable de toutes ces pratiques mystérieuses, tombe malade en réalité, refuse toute nourriture, car la croyance commune est que tout ce qu'il peut manger ou boire est également ensorcelé par le coradjis, et finit par mourir, à la grande joie de celui qui a provoqué la mort et du sorcier qui l'a causée, dont il augmente ainsi la réputation.

On voit par là quelle influence ces coradjis exercent continuellement sur la vie des Australiens, et la terreur que l'innocent Gilping inspira pendant quelques instants aux Dundarups et aux guerriers nagarnooks ne paraîtra pas extraordinaire.

Ce qui ajoutait encore à l'illusion est ce fait que les sorciers indigènes ne marchent jamais qu'en annonçant leur présence à l'aide d'une sorte de longue trompe en roseau dans laquelle ils soufflent à pleins poumons, faisant retentir l'air de sons criards et monotones. Dès qu'un indigène entend ces sons bien connus, il se jette à plat ventre sur le sol et se cache la figure dans les herbes, les feuilles sèches ou la poussière, selon le lieu où il se trouve. Malheur à lui s'il lève les yeux sur le passage du sorcier et si ses regards se croisent avec les siens, il mourra avant le renouvellement de la lune ; tandis que s'il reste dans cette posture jusqu'à ce que le coradjis ait disparu, il a chance d'en réchapper, surtout si ce n'est pas à lui que le sorcier en avait.

Dans cette circonstance, l'inoffensive clarinette de John Gilping avait joué le rôle de la trompe des coradjis.

L'émotion causée bien involontairement dans les deux camps par le brave prédicant s'étant calmée, la situation se retrouva la même de part et d'autre, et Olivier se demanda pour la vingtième fois comment tout cela allait finir.

Le Canadien lui-même, quelque confiance qu'il eût dans l'habileté de son ami le chef nagarnook, commençait à douter qu'il pût les tirer de là sains et saufs; d'un autre côté, le silence obstiné que les bush-rangers continuaient à garder l'inquiétait beaucoup plus qu'il ne le laissait paraître.

Bien qu'il fût intimement persuadé qu'il valait mieux laisser Willigo agir dans la pleine liberté de ses idées, il ne put cependant s'empêcher de lui communiquer ses impressions et de lui demander comment il comptait sortir de l'impasse où ils se trouvaient.

Le chef sourit.

— Pourquoi mon frère, lui dit-il, n'a-t-il plus confiance en moi?

— Tu te trompes sur mes intentions, répondit le Canadien; seulement je ne puis te dissimuler que nos deux compagnons se trouvent en ce moment en proie à des inquiétudes mortelles, et je serais heureux de pouvoir les rassurer un peu.

— Eh bien, dis-leur, et Willigo n'a jamais menti, qu'avant la chute du jour nous serons loin d'ici. Quand le soleil sera là, et du doigt le chef montrait le point milieu de l'horizon indiquant midi, nous partirons.

— Sous les yeux des Dundarups?

— Sous leurs yeux.

— Et ils ne s'opposeront pas à notre départ?

— Quand ils s'apercevront que nous ne sommes plus là, il sera trop tard.

— Tu parles par énigme comme les coradjis, Willigo!

— Alors mon frère s'imagine qu'un vieux chef nagarnook peut se laisser cerner par ces vils écumeurs du Buisson, ni plus ni moins qu'un jeune *menach* à peine échappé de la tutelle de sa mère!

— J'ai toujours cru à ta prudence et à ta sagesse, Willigo.

— Mon frère n'a donc pas remarqué que, quand nous avons été entourés par les Dundarups, je me suis éloigné de la rivière qui pouvait nous servir de ligne de défense.

— Et nous eût précisément empêchés d'être entourés, de ce côté du moins. En effet, chef, et si je n'avais pas eu en toi cette confiance aveugle que tu me reprochais il y a un instant de ne plus éprouver, je n'aurais pas en ce moment reconnu ta sagesse habituelle.

À ces paroles du Canadien, Willigo sourit avec orgueil.

— Les Dundarups, répondit-il, doivent bien rire du vieux chef nagarnook, mais les Dundarups ont la cervelle légère comme le duvet des cotonniers, ils ne connaissent pas cette contrée qui fait partie de nos territoires de chasse; à deux pas d'ici, au milieu de ces buissons, se trouve un kra-fenoua (terre fendue) tellement profond, que c'est à peine si la lumière du jour y arrive à travers les lianes grimpantes, les cactus et les salsepareilles sauvages qui s'entrecroisent au sommet sur toute son étendue.

— Dis-tu vrai? fit le Canadien, dont la figure s'illumina soudain d'un rayon de joie.

— Mon frère peut ramper sans être vu dans les hautes herbes jusqu'au bosquet de myalls, il verra.

Dick se laissa lentement glisser sur le sol et, s'avançant à la manière indigène, presque sans provoquer de mouvement appréciable dans les arbustes qui couvraient le sol, disparut sous les bosquets, aux yeux étonnés de ses autres compagnons qui cherchaient vainement à se rendre compte des raisons de cette manœuvre.

Ce que Willigo avait appelé kra-fenoua, c'est-à-dire terre fendue, est une particularité géologique presque spéciale à l'Australie qui mérite quelques explications.

Une grande partie du continent australien, les contrées de l'Ouest surtout, ont conservé un souvenir bien singulier des premières périodes géologiques, à l'époque où la croûte terrestre, moins épaisse qu'elle ne l'est aujourd'hui, se fendait sous la pression des gaz intérieurs et livrait passage à de véritables inondations de matières en fusion, qui couraient en bouillonnant sur le sol, produisant ainsi des fissures sur une étendue de plusieurs lieues, n'ayant que deux ou trois mètres de largeur et parfois moins encore. Presque partout ces fissures, que la géologie constate aujourd'hui, ont été remplies par des apports postérieurs de terres et de sables, et surtout par les boues des diluviums quaternaires.

Quelquefois aussi une nouvelle dislocation de l'écorce du globe est venue briser ces fissures à murailles de porphyre, laissant seulement çà et là, comme un signe de leur préventive existence, des traces, des caves et des cavernes dont quelques-unes ont encore plusieurs kilomètres d'étendue.

L'Australie est, jusqu'à ce jour, la seule partie du globe connue qui ait conservé intactes quelques-unes de ces fissures, qui devaient être d'une telle profondeur à l'origine, que la poussière des siècles, le limon charrié par les eaux et l'humus végétal formé par les feuilles que le vent transporte, n'ont pas encore pu les combler. Et, chose singulière, ces fissures vont en se rétrécissant à mesure qu'elles se rapprochent du sol, au point de ne plus présenter à la surface que des ouvertures de soixante centimètres environ à un mètre et demi. Quelques-unes sont plus larges, mais c'est l'exception, et si l'on pénètre dans l'intérieur par une des extrémités qui, à cause des ébranlements de terrains, va presque toujours en pente douce, on trouve souvent que le sol du fond, ordinairement situé à une profondeur variant de quinze à vingt mètres de la surface du sol, atteint une largeur moyenne de huit à dix mètres, permettant ainsi à une douzaine d'individus de marcher aisément de front entre les deux murailles de ces *terres fendues*.

Plusieurs de ces excavations, dans la province de Victoria, s'étendent sur une longueur de cinq à six lieues et toutes ne sont pas encore connues.

Celles qui n'ont au sommet qu'une ouverture de cinquante à soixante centimètres sont des plus dangereuses pour les squatters, les pionniers, les explorateurs et pour tous ceux qui parcourent le Buisson australien, car rien ne vient révéler leur existence ; les arbustes qui poussent sur les deux bords se rejoignent aisément par leurs rameaux, puis les lianes grimpantes de toutes espèces, les salsepareilles sauvages, s'enchevêtrent au-dessus du gouffre en se servant des branches des arbrisseaux comme point d'appui, et le voyageur n'aperçoit devant lui qu'une masse de plantes et de fleurs peu élevées au-dessus du sol, qu'il ne suppose pas devoir offrir une bien grande résistance à son passage.

Mais malheur à celui qui s'y engage : il n'a pas fait trois pas dans ce massif verdoyant que le sol manque sous ses pas ; il tombe et se brise les reins au fond de ce précipice inconnu, où une mort solitaire et terrible l'attend ; nul ne viendra à son secours, à moins qu'il ait eu quelque compagnon témoin de sa chute ; et encore ce dernier sera-t-il fort embarrassé, car s'il n'a pas sur lui de corde assez solide qui, attachée à un arbre voisin, lui permettra de descendre au fond de l'excavation, il sera obligé, au risque d'y tomber vingt fois lui-même, de remonter jusqu'à une des extrémités de la fissure, et en admettant encore que la descente soit possible, de revenir dans une demi-obscurité jusqu'à l'endroit où son camarade de route est tombé, quitte à ne trouver, la plupart du temps, qu'un cadavre.

C'est donc une de ces fissures, ou terre fendue, kra-fenoua, comme les indigènes l'appellent, que Willigo avait découverte dans ces parages, pendant les nombreuses excursions de chasse qu'il y avait faites avec les guerriers de sa tribu.

Avec la sagacité du sauvage, il s'était souvenu, en traversant le Red-River, de l'emplacement exact où se trouvait l'entrée du kra-fenoua, et réfléchissant au parti qu'il pourrait en tirer pour échapper aux Dundarups, il avait négligé la ligne du fleuve pour se rapprocher insensiblement de l'extrémité de l'excavation naturelle inconnue de ses ennemis.

Il avait choisi, pour agir, le moment où le soleil serait au milieu de sa carrière, c'est-à-dire midi, parce qu'à cette heure les Dundarups, occupés de leur repas, laisseraient à quelques sentinelles seulement le soin de veiller à ce que la petite troupe n'en profitât pas pour forcer leurs lignes, puis aussi par ce motif que les rayons solaires tombant perpendiculairement sur le sol, le fond de l'excavation serait alors, malgré la voûte de verdure, suffisamment éclairé pour qu'on pût s'y guider facilement.

Lorsque le Canadien revint près de ses compagnons, sa figure exprimait un tel air de satisfaction qu'Olivier en fut frappé et sentit instinctivement que son ami venait de faire quelque importante découverte.

— Mon frère est-il content de moi ? fit Willigo.

— Je savais bien, répondit le trappeur, qu'un guerrier aussi prudent que

Le Canadien recommanda de marcher avec précaution. (Page 95.)

toi ne nous avait pas conduit ici sans motif. Nous sommes sauvés, pourvu que nous puissions descendre dans le kra-fenoua sans attirer l'attention des Dundarups. Il s'écoulera un long temps avant qu'ils puissent découvrir le secret de notre disparition, et vinssent-ils à le trouver plus tôt que nous ne le pensons, je doute fort qu'ils osent nous y poursuivre et s'exposer au feu roulant de nos carabines dans un lieu où tous les coups porteraient infailliblement. Qu'en pense le chef?

— Willigo est de l'avis de son frère.

— Je croyais d'abord que nous serions obligés d'abandonner mon mulet et Pacific, mais, grâce aux *éboulis*, la descente est si douce que je n'ai plus aucune crainte à cet égard ; toute la difficulté consistera à les conduire au bosquet sans éveiller l'attention.

— Le mieux est de les y envoyer de suite ; la touffe de lilas et de fougères est si épaisse que les Dundarups ne pourront pas les y voir, ou ils s'imagineront que nous les avons placés là pour brouter les jeunes pousses d'arbrisseaux et les feuilles de myalls.

— La sagesse parle constamment par ta bouche, Nagarnook, fit le Canadien.

— Eh bien, va prévenir tes compagnons, car l'heure approche ; vois, ces lâches de Dundarups ont cessé de danser et de nous insulter ; de tous côtés, les feux s'allument dans la plaine, ils vont faire cuire leurs racines de taro et d'igname et déjeuner tranquillement en face de nous pour nous narguer. Il faudra faire comme eux, et quand ils nous croiront uniquement occupés à la préparation de notre repas, ce sera le moment de disparaître.

Le Canadien ayant réuni autour de lui ses compagnons et John Gilping, qui avait enfin consenti à descendre de Pacific, leur donna toutes les explications nécessaires sur le mode d'évasion préparé si habilement par Willigo. Inutile de dire la joie qui accueillit ces ouvertures, chacun se prépara à jouer de son mieux le rôle qui lui serait assigné.

Après avoir consolidé avec soin les bagages et approvisionnements divers que portaient les animaux, Koanook et Nirrooba, sur l'ordre de leur chef, les prirent par la bride pour les conduire au bosquet, ainsi qu'il avait été décidé.

En se séparant de Pacific, John Gilping lui jeta les bras autour du cou et l'embrassa tendrement, comme s'il ne devait plus le revoir ; il le regarda s'éloigner, les yeux humides de larmes, et ne manqua pas de l'accompagner de trois ou quatre versets de circonstance.

A ce moment, Willigo eut une idée des plus pratiques et qui devait rendre, l'heure venue, l'évasion plus facile encore, en diminuant les difficultés que présentait nécessairement un départ d'ensemble ; il chargea ses deux guerriers, sans prévenir personne, de faire descendre immédiatement les animaux dans le kra-fenoua et de ne revenir que quand ils les auraient conduits à une certaine distance. Ils étaient tous deux d'humeur assez douce et il n'y avait à craindre d'eux aucune incartade de nature à donner l'éveil aux assaillants.

Quelques instants après, les Nagarnooks disparaissaient avec les deux bêtes dans la profondeur du Buisson, sans exciter le moindre soupçon.

Déjà le Canadien avait battu le briquet au-dessus d'un tas de feuilles sèches et de bois mort qu'il avait réunis, et un feu clair et pétillant, dont les longues flammes montèrent au-dessus des hautes herbes, annonça aux Dundarups que ceux qu'ils considéraient déjà comme leur proie, sans souci de leurs menaces et du sort qui paraissait les attendre, se livraient avec la même insouciance qu'eux aux apprêts de leur repas.

Il y eut, comme par un accord tacite, une trêve générale, pour se livrer paisiblement à des fonctions auxquelles l'Australien accorde une extraordinaire importance. Contrairement à une foule de peuplades primitives qui sont relativement sobres, l'habitant de la Nouvelle-Hollande est d'une voracité sans exemple ; pour lui, il n'y a pas de plus grand bonheur sur la terre que celui de manger, et quand il a des provisions en quantité suffisante, il ne se borne pas à satisfaire sa faim, il dévore jusqu'à ce qu'il ne puisse plus ni remuer, ni respirer, ni parler.

Un jour, une baleine morte vint échouer dans la baie de la Murray et fut aperçue par une fraction importante de la tribu des Ngotaks, qui se trouvait dans ces parages. Immédiatement, ces indigènes installent un campement provisoire dans la baie et, pendant deux mois, ils se gorgèrent de graisse et de viande en putréfaction ; plus l'animal tombait en décomposition, et plus les sauvages se régalaient de cette atroce nourriture ; il ne se passait guère de jour sans qu'il en mourût quelques-uns d'indigestion, mais ce spectacle, loin d'arrêter les autres, ne faisait que redoubler leur folie vorace. Par la suite, une foule de ces forcenés succomba à d'atroces maladies de peau causées par les substances immondes dont ils s'étaient gorgés.

Un proverbe en usage chez ces indigènes indique, par sa sauvage énergie, combien est enracinée chez eux la passion de manger avec excès : *Na kra hura pena*, ont-ils coutume de dire (heureux celui dont le ventre se fend sous la nourriture). Textuellement : *Na*, ventre ; *kra*, fendu ; *hura*, en mangeant ; *pena*, heureux.

Il n'est pas rare de voir deux armées en présence interrompre la bataille pour se donner le temps de préparer mutuellement leur repas.

C'est donc avec raison que Willigo avait choisi pour exécuter son projet d'évasion l'heure où les Dundarups devaient se livrer à leur passion pour la nourriture.

Ainsi qu'il l'avait prévu, c'est à peine si quelques sentinelles furent détachées çà et là pour surveiller la petite troupe. Elles ne s'acquittèrent du reste que fort mollement de leurs fonctions, persuadées qu'elles étaient, avec une apparence de raison, que la poignée d'hommes conduite par le chef nagarnook ne pourrait, sans être vue, tenter de forcer leur ligne d'investissement.

La surveillance finit par devenir à peu près nulle, lorsque les Dundarups virent leurs adversaires allumer du feu et les imiter dans leurs apprêts culinaires.

— Tout va bien, dit le Canadien après avoir jeté un long regard sur les positions des ennemis ; ils n'ont même pas fait attention à l'absence de Koanook et de Nirrooba.

En ce moment, il aperçut les deux jeunes guerriers qui revenaient en rampant.

Sans échanger un mot, ils indiquèrent d'un signe que les animaux étaient en sûreté dans le kra-fenoua.

Mais que devenaient les bush-rangers?

Le silence mystérieux dont s'entouraient les batteurs de Buisson ne laissaient pas que de causer au Canadien de sérieuses appréhensions.

Il ne se trompait pas en soupçonnant la présence de quelque ennemi acharné au milieu des rôdeurs. Seulement, ce n'était pas lui que l'on poursuivait... lui dont on avait juré la perte!

QUATRIÈME PARTIE

LE GRAND CHEF DES NAGARNOOKS

CHAPITRE PREMIER

Le kra-fenoua (la terre fendue). — Perdus dans les entrailles de la terre.

Le soleil passait au zénith, et la vaste plaine miroitait sous la chaleur que ses rayons, lancés perpendiculairement, développaient sur le sol.

C'est l'heure où tout dort dans le Buisson australien; les fleurs de mélias s'inclinent sans parfum sur leurs tiges lassées; l'écorce brûlante des cédrellas laisse évaporer la sève qui ne va plus rafraîchir les verticilles pâles et décolorées des fleurs; les perruches criardes se glissent sous les larges feuilles des fougères pour y chercher un peu d'ombre, et le kangourou se repose au plus profond des halliers, où le timide opossum l'a précédé depuis longtemps, pendant que le squatter-clock ou pie rieuse, dont le chant monotone salue les premières lueurs de l'aube, ouvre son bec altéré au sommet des grands eucalyptus, et que seul le lézard à manteau, cette cigale des solitudes australiennes, jette au vent de midi son chant bizarre et triste.

On ne distingue plus aucun Dundarup; assis près des foyers éteints, ils ont retiré de dessous la cendre les racines d'igname, de taro et les fruits de l'artocarpe ou arbre à pain, cuits à point, et sur de larges feuilles de palmier s'étalent des quartiers fumants de kangourou, le mouton des Australiens. Les sentinelles ont quitté pour un instant leur poste pour venir prendre leur part de la curée; elles savent que leurs compagnons ne leur laisseront pas un os à ronger si elles ne viennent prélever elles-mêmes ce qui leur revient, et puis on mange par petits groupes, sans détruire le cercle d'investissement.

De temps à autre, un Dundarup se soulève au-dessus des hautes herbes pour voir s'il ne se passe rien d'extraordinaire du côté du campement des blancs. Tout est calme, on peut manger tranquillement.

Willigo fait un signe : c'est le moment solennel!

Les Européens vont partir les premiers sous la conduite de Dick, qui a déjà inspecté les lieux. Les Australiens les suivront quand ils se seront assurés que leur départ n'a pas été remarqué.

Les fugitifs n'ont pas dix mètres à faire pour atteindre le bosquet au milieu duquel se trouve l'ouverture du kra-fenoua, mais il faut qu'ils s'y rendent en rampant, en ayant soin de ne pas trop agiter les hautes herbes et les tiges des arbustes sur leur passage.

Le trappeur rampe comme un véritable sauvage, suivi par ses deux compagnons, qui, pour leur coup d'essai, ne s'en acquittent pas trop mal; mais il n'en est pas de même du pauvre John Gilping, dont le développement abdominal s'oppose à toute tentative de mouvement : à peine est-il couché à plat ventre sur le sol, qu'il s'agite, se trémousse et fait tout son possible pour avancer; vains efforts ! il ressemble à une tortue retournée sur le dos et qui agite les pattes et la tête dans le vide.

Le malheureux sue, soupire et souffle comme un cachalot sans pouvoir avancer d'une semelle; sans doute il pourrait se rendre au bosquet avec ses moyens ordinaires de locomotion, et si par hasard il était aperçu, les Dundarups s'étonneraient peu de le voir s'éloigner à une aussi faible distance de ses compagnons; mais il se pourrait qu'on s'inquiétât de ne pas le voir revenir vers eux, et l'attention que les indigènes ne manqueraient pas d'apporter alors à ce simple incident, car les plus petites choses ont leur importance dans la guerre du Buisson, les amènerait infailliblement à remarquer plus tôt qu'il ne le faudrait le silence qui allait régner au camp de leurs adversaires. Si rien, au contraire, n'attirait leurs regards, ils pourraient rester dix minutes, un quart d'heure peut-être, avant de concevoir le moindre doute, et peut-être perdraient-ils un temps plus long encore avant d'oser s'avancer de peur d'un piège.

Willigo connaissait trop bien ses compatriotes pour ne pas savoir que, dans ce cas, ils emploieraient certainement un temps assez long à discuter avant de s'aventurer sous le feu des carabines. Aussi, comprenant le danger de la situation et quel temps précieux le pauvre Gilping leur faisait perdre, se décida-t-il à aller à son secours. Après avoir recommandé à Koanook et à Nirrooba de se lever de temps à autre, afin d'indiquer aux Dundarups qu'eux aussi veillaient pour éviter toute surprise, il rampa près de Gilping, et, s'étant étendu sur le dos, il lui fit signe de se coucher sur lui.

Le Canadien, qui comprit la manœuvre, expliqua immédiatement au pauvre diable, plus mort que vif, ce que le Nagarnook exigeait de lui; et bientôt l'on vit, témoignage extraordinaire de force musculaire, Willigo, malgré le fardeau qu'il supportait, glisser lentement sur le dos, en s'aidant seulement des talons et des coudes, et s'avancer insensiblement vers les Européens, déjà à l'abri dans le bosquet.

— Que mon frère descende vite et se mette de suite en marche, dit le chef au Canadien en arrivant près de lui, en ce moment les minutes sont des heures; ne vous inquiétez pas de nous, nous vous rejoindrons avant peu.

— Quoi ! nous ne t'attendons pas ?...

— Inutile, interrompit le Nagarnook, prenez de l'avance.

— Que devrons-nous faire, cependant, si nous atteignons la sortie avant ton arrivée ?

Le chef sourit.

— Le kra-fenoua a plus de sept lieues d'étendue, dit-il, et avant peu Willigo aura rejoint son frère; mais il veut veiller encore avec ses jeunes hommes, car si les Dundarups découvraient la *terre fendue* immédiatement après votre départ, vous seriez infailliblement perdus.

— Comment cela? ne m'as-tu pas dit qu'ils n'oseraient jamais s'y aventurer à notre poursuite, par peur de nos carabines à répétition?

— C'est vrai; mais ils sont nombreux et se répandraient partout en sondant les broussailles avec leurs lances pour suivre le prolongement de l'ouverture du kra-fenoua; à mesure qu'ils s'avanceraient, ils mettraient le feu aux broussailles amoncelées sur tout le parcours, et bientôt nous aurions une véritable voûte de flammes au-dessus de nos têtes.

— Et nous péririons tous comme un opossum qu'on enferme dans le tronc d'un arbre mort.

— Mon frère a compris le danger, qu'il se hâte.

Et Willigo, se rejetant dans les broussailles, se mit à ramper de nouveau pour rejoindre ses jeunes guerriers.

Le Canadien jeta à travers le feuillage un dernier regard sur la plaine, puis, assuré que rien ne viendrait troubler leur descente, il inclina lentement une épaisse touffe de fougère géante, en l'attirant à lui, et il découvrit aux regards étonnés de ses compagnons une sorte de tranchée toute tapissée de mousses séculaires, qui s'enfonçait brusquement dans la terre par une pente assez raide, mais que le mulet et Pacific avaient cependant pu parcourir, sous la direction de Koanook et de Nirrooba, quelques instants auparavant. Olivier s'y engagea résolument, suivi de Laurent et du malheureux Gilping, qui ne cessait d'appliquer à chaque situation nouvelle quelque verset spécial de la Bible; quand ce dernier eut disparu dans l'étroit boyau, soutenu par Laurent, sans l'aide duquel il eût roulé comme une boule jusqu'au bas de la tranchée, Dick laissa le pied de fougère reprendre son inclinaison naturelle et en quelques enjambées rejoignit ses compagnons.

Ils atteignirent bientôt le niveau du sol inférieur, et s'aperçurent avec une satisfaction réelle que rien ne viendrait gêner la rapidité de leur marche. Le fond de l'excavation était plat comme celui d'une route bien entretenue et avait un développement de sept à huit mètres; c'était plus qu'il ne leur en fallait pour manœuvrer à l'aise avec leurs animaux, qu'ils rencontrèrent à cinquante mètres de là paisiblement couchés côte à côte, comme deux amis.

Au-dessus de leur tête, grâce à la position verticale du soleil, le jour leur arrivait en quantité suffisante pour guider leur marche, malgré l'épaisseur du feuillage, qui bouchait littéralement l'ouverture supérieure du labyrinthe.

Bien que le bruit de leurs pas fût étouffé par l'épais lit de feuilles sèches amoncelées sur le sol, le Canadien recommanda à ses compagnons de marcher avec précaution pendant quelque temps, et surtout d'observer le plus profond silence. Il se pouvait que la tranchée ne passât pas très loin d'un des nombreux postes dundarups échelonnés sur la plaine, et il suffisait d'un indigène étendu par hasard sur le sol pour percevoir le moindre bruit et donner l'éveil à ses compagnons.

Une particularité de cette fissure, connue des Nagarnooks sous le nom de kra-fenoua du Red-River (terre fendue de la rivière Rouge), était, grâce à une convulsion géologique postérieure sans doute, de s'être refermée par le haut sur un tiers environ de son parcours, ce qui faisait que, pendant plusieurs heures, les fugitifs allaient être obligés de parcourir un véritable souterrain naturel, dans lequel il était d'une nécessité absolue qu'ils pussent éclairer leur marche. Cette situation, gênante d'un côté, avait, de l'autre, cette conséquence heureuse de les soustraire à toute attaque par le feu de la part des Dundarups, dès qu'ils auraient rejoint la partie couverte de la tranchée, comme aussi de faire croire à leurs ennemis que le kra-fenoua ne s'étendait pas plus loin.

Lorsque Willigo, au milieu des diverses instructions qu'il donna en particulier au Canadien avant de partir, lui fit connaître cette circonstance, ce dernier lui répondit que rien ne leur était plus facile que d'éclairer leur marche, car au milieu des approvisionnements, outils et munitions de mineurs dont le mulet était chargé, se trouvait une demi-douzaine de lanternes, ainsi qu'une grande quantité de torches résineuses destinées à leur permettre de prospecter les excavations aurifères.

Tout était donc pour le mieux, et après l'heureux départ effectué sans éveiller de soupçons, rien ne pouvait faire supposer que la traversée souterraine ne s'accomplît pas sans encombre.

L'idée de Willigo de continuer à se montrer aux Dundarups avec ses deux guerriers allait permettre, en effet, à la petite troupe de prendre une avance énorme avant que leurs ennemis pussent se douter de leur évasion. Ce n'était ensuite qu'un jeu pour les Nagarnooks, habitués à forcer le kangourou à la course, de se mettre en sûreté avant même que leurs adversaires n'eussent découvert l'entrée du kra-fenoua.

Dix minutes ne s'étaient pas écoulées depuis la descente souterraine du Canadien et de ses compagnons qu'ils entendirent un léger bruit de feuilles froissées derrière eux; ils s'arrêtèrent instinctivement pour se rendre compte de la provenance de ce bruit, et ils aperçurent le jeune Koanook debout derrière eux.

— Déjà ! fit Dick, que se passe-t-il donc ?

— Le chef a oublié de faire une recommandation importante à son frère.

— Laquelle ?

— Voici ses paroles : « Va dire à mon frère blanc que quand il arrivera aux trois sources, il devra prendre le chemin qui s'ouvre en face de la troisième. »

Nos fugitifs ne purent retenir un cri d'admiration. (Page 100.)

— Il y a donc plusieurs routes ?

— Je ne sais. Le chef m'a dit : « Va, mon frère comprendra ; » et je suis venu.

— C'est bien ; restes-tu avec nous ?

— Willigo ne l'a point dit.

— Retourne donc près de mon frère, et fais-lui connaître l'impatience que nous éprouvons de le voir le plus tôt possible près de nous.

Le jeune guerrier s'inclina en signe d'acquiescement et reprit en courant la route qu'il venait de parcourir.

La petite troupe continua à s'avancer avec rapidité, et pour que Gilping, dont la corpulence gênait la marche, ne fût pas une cause de retard, on l'avait autorisé à reprendre possession de Pacific. Le Canadien, en tête, conduisait le mulet et réglait la vitesse. Sous le coup d'une émotion bien naturelle, nos pionniers hâtaient le pas, sans chercher à se communiquer leurs impressions. Ils s'attendaient à chaque instant à voir apparaître quelque ombre au sommet de la tranchée, ou la voûte d'arbustes et de feuilles sèches s'embraser sur leurs têtes. Aussi fut-ce avec une sorte de soulagement que, au bout d'une demi-heure de marche, ils aperçurent l'excavation plonger en pente douce dans le sol, et à la voûte de verdure succéder un toit de porphyre granitoïde de la même nature que les parois latérales. Désormais ils étaient à l'abri d'un coup de main des Dundarups; ils pouvaient même se considérer comme sauvés, car, en admettant que, par impossible, leurs ennemis se hasardassent à les poursuivre dans leur souterrain-asile, ils eussent pu, avec leurs carabines à répétition, tenir tête à une troupe dix fois plus nombreuse encore.

On fit halte pour allumer un gros fanal à verres lenticulaires, qui suffisait à lui seul à éclairer le conduit souterrain ; puis on s'engagea résolument sous la voûte rocheuse. Au bout de quelques pas, le spectacle que nos pionniers avaient sous les yeux changea complètement d'aspect.

Nous avons dit que ces fissures géologiques s'étaient produites dans la croûte solide du globe d'une façon à peu près régulière sous la force d'expansion des matières en fusion ; mais il est arrivé parfois qu'un *nouveau* mouvement géologique, moins violent que le premier, venant à se produire au même endroit, a amené çà et là des affaissements de terrains, des contorsions de roches et des écartements considérables qui ont interrompu, sur certains points, la régularité de la fissure et changé, souvent sur une étendue de plusieurs kilomètres, la simple tranchée en une succession de grottes, de cavernes et de boyaux souterrains communiquant les uns avec les autres par des conduits inégaux, au milieu desquels il est parfois impossible de retrouver celui qui correspond avec la continuation régulière du kra-fenoua.

Il arrive aussi que de véritables lacs, alimentés par des sources intérieures, des escarpements, des fondrières et des précipices sans fin, se dressent tout à coup devant l'explorateur, arrêtent brusquement sa marche et l'obligent à revenir chercher en arrière le véritable conduit souterrain qui doit le ramener à la lumière du jour. Le kra-fenoua du Red-River était un de ceux qui avaient subi les plus fortes dislocations géologiques ; au tiers à peu près commençait une série de grottes, de cavernes, de goulets, d'excavations reliés entre eux par des failles ou déchirures de roches d'inégale grandeur. Jusqu'où s'étendait cette succession de bouleversements qui, par la configuration des terrains, remontaient à la période secondaire, nul ne le savait, car aucun pied humain n'avait encore osé en parcourir les capricieux méandres.

Le fanal une fois allumé, la petite troupe pénétra résolument sous la voûte, débarrassée cette fois de toute crainte du côté des Dundarups ; mais au premier sentiment inspiré par la crainte des dangers extérieurs qui la menaçaient, succéda une émotion d'une autre nature qui prit sa cause dans la situation nouvelle où elle se trouvait.

Certes, le Canadien et ses deux compagnons étaient braves jusqu'au mépris le plus complet du danger, braves jusqu'à la témérité, mais ils ne pouvaient se défendre d'une impression toute particulière, causée surtout par une réaction de milieu sur l'imagination, qu'a ressentie plus ou moins, selon les lieux, toute personne qui a eu l'occasion de faire une excursion dans les entrailles de la terre, mines, catacombes ou excavations naturelles. C'est comme une sorte de sentiment mystérieux où la peur n'a aucune part, mais qui donne aux pensées une tournure mélancolique et rêveuse, avec une sorte d'oppression des sens qui vous fait désirer le retour à la lumière et finit par vous causer une véritable souffrance cérébrale, si quelque événement s'oppose à la réalisation de ce désir.

Ce sentiment était encore augmenté chez nos pionniers par l'ignorance où ils étaient de l'itinéraire exact qu'ils avaient à parcourir et du moment précis où cette course aventureuse pourrait prendre fin. Ils traversaient des massifs entiers de feldspaths et de porphyres trachytiques, dont les murailles verticales, comme taillées à la main, et les reflets d'un vert émeraude faisaient songer aux chambres carrées des hypogées d'Égypte ; et Olivier, sous le coup de ces impressions, s'imaginait à chaque instant qu'il allait rencontrer quelque sarcophage antique avec ses peintures funéraires et ses scarabées de bronze.

On ne parlait pas ; chacun se laissait aller à des rêveries différentes, selon le caractère de son imagination et surtout la culture de son esprit ; et tandis qu'Olivier voyait passer devant ses yeux tout un monde d'évocations emprunté aux anciennes civilisations de l'Inde et de l'Égypte, le Canadien et Laurent se livraient à des réflexions plus en harmonie avec leur situation. Quant à John Gilping, il avait abandonné les psaumes de David pour psalmodier les fantastiques versets de l'Apocalypse.

Plus ils avançaient et plus Dick se sentait saisi d'une vague inquiétude ; outre que le temps mis par Willigo à les rejoindre commençait à lui paraître long, il ne pouvait s'empêcher de remarquer que le chemin qu'il parcourait avec ses compagnons allait sans cesse en descendant depuis près d'une demi-heure, et bien que la pente accusée ne fût pas exagérée, elle était suffisante pour éloigner considérablement les fugitifs de la surface du sol. La dernière recommandation que le chef lui avait envoyée par Koanook, ne laissait pas également de le préoccuper un peu ; car sans prévoir encore à quel accident de terrain elle s'appliquait, il comprenait qu'elle avait pour but d'empêcher la petite troupe de faire fausse route... il y avait donc possibilité de s'égarer ! Cette pensée seule contribuait à lui enlever une bonne partie de sa quiétude d'esprit.

Il y avait à peu près une heure qu'ils marchaient depuis que la tranchée était devenue complètement souterraine, lorsque le chemin se resserra subitement sans cependant gêner leur marche, et se mit à plonger dans le sol avec une telle déclivité que l'on fut obligé de mettre les animaux au pas et de les maintenir, la main près du mors, pour les empêcher de glisser. Le mulet surtout, pesamment chargé, s'arc-boutait sur ses pattes de devant afin de reporter le plus possible à l'arrière le poids qui menaçait de l'entraîner.

Le pauvre Gilping, obligé de descendre de nouveau de sa paisible monture, se laissa bravement glisser, le sol sablonneux le permettant, comme font les enfants sur la pente glacée des montagnes russes.

Arrivés au bas de cette rapide descente sans encombre, nos fugitifs ne purent retenir un cri d'admiration. Ils se trouvaient au milieu d'une vaste crypte demi-circulaire, se développant au loin sur une étendue d'environ trois ou quatre cents mètres, dont la voûte, d'une seule jetée comme celle d'une cathédrale, était ornée d'une foule de stalactites de fluorine ou spath d'Islande, d'une blancheur transparente, qui donnaient l'illusion de colonnettes cristallines, de trente à quarante mètres de haut, que la main d'un architecte aurait jetées dans les airs pour soutenir l'unique et gigantesque travée de la voûte. Jamais œil humain n'avait encore été appelé à voir et à admirer un pareil spectacle. La nature en soulevant ces roches embrasées avait, par un courant d'air comprimé, soulevé d'un effort gigantesque les matières en fusion, qui, instantanément refroidies par la rapide évaporation des vapeurs d'eau, s'étaient immobilisées dans la position prise, comme une immense soufflure, et le surplus des vapeurs s'échappant à la base avait produit une foule de boyaux et de conduits qui ressemblaient à des ouvertures donnant entrée dans la vaste nef aux mille colonnes.

Au centre même, trois jets d'eau chaude, séparés de quelques mètres les uns des autres, s'élançaient dans l'espace et retombaient en palmes pluvieuses, comme des saules pleureurs, avec une crépitation stridente et monotone, qui seule troublait le silence de cette mystérieuse solitude.

La vive lumière du falot, mille et mille fois reproduite par le cristal des stalactites et les gerbes des geysers, augmentait encore la magie de cet incomparable spectacle.

A la vue de ces splendeurs, dont les proportions colossales défiaient toute tentative de l'art humain, un sentiment de respectueuse admiration s'empara de l'esprit de nos pionniers, et pour la première fois, sans amener un sourire sur leurs lèvres, John Gilping put placer son verset de circonstance, emprunté au vingt-neuvième psaume de David :

« Fils de la terre, rendez à l'Éternel la gloire due à son nom ; prosternez-vous dans son temple magnifique... »

Puis, tout débordant d'enthousiasme, il étala de nouveau son gros psautier noté sur le dos complaisant de Pacific ; et, extrayant du fourreau de cuir son instrument favori, il estropia bravement le *Cantique des cantiques* sur sa clarinette, pendant que Laurent lui tenait bénévolement le fanal pour éclairer la musique.

Puis, mêlant le profane au sacré, comme tout bon Anglais, il entama ensuite l'air fameux du *Rule Britannia*.

On peut aimer la clarinette, nous ne voulons blesser personne, toutes les infirmités sont dans la nature, on peut même supporter la musique anglaise sans prendre des crises de nerfs, cela s'est vu ; mais jouer des heures cette dernière sur la première est un cas qui excuserait toutes les représailles, même devant le jury le moins indulgent. Le pauvre John Gilping était affecté de cette monomanie à un degré suraigu ; aussi, au quatorzième morceau, le Canadien fut-il obligé d'intervenir encore et de forcer notre prédicant à rengainer son tube de buis dans sa prison de cuir.

CHAPITRE II

Les labyrinthes du kra-fenoua. — Un festin sous terre. — Black.
Les provisions de John Gilping. — Le père de Dick et l'ancêtre d'Olivier. — Confidences.

Le premier moment d'admiration passé, le Canadien comprit, par l'inspection des lieux, le sens de la recommandation de Willigo.

Un grand nombre de fissures ou tranchées existaient à la base de la voûte de porphyre, et rien ne les distinguait les unes des autres, si ce n'est l'inégalité de l'écartement des parois. Mais quelle était celle qui continuait le kra-fenoua, celle qui devait ramener nos fugitifs au dehors ?

Le chef nagarnook avait recommandé de prendre l'ouverture qui se trouvait en face du troisième jet d'eau. C'était clair et précis ; mais la situation ne l'était pas au même degré. En effet, les geysers étant placés en face des arrivants, le premier pouvait être aussi bien le troisième, et *vice versa*, si l'on comptait de gauche à droite ou de droite à gauche. Ce fut Olivier qui souleva, le premier, la difficulté.

— Tout dépend, dit-il au Canadien, que cette circonstance n'avait pas frappé tout d'abord, des habitudes des indigènes. Les blancs lisent toujours un chiffre de gauche à droite, et ainsi ils s'habituent à compter de la même façon les objets dans l'espace; mais en est-il de même chez les Australiens?

— Voilà, mon cher ami, que vous m'embarrassez fort, répondit le trappeur; je n'ai jamais, s'il faut l'avouer, fait semblable remarque.

— Vous voyez vous-même combien cette question est importante à résoudre.

— Oui, mais elle ne me paraît pas aussi difficile qu'à vous; je connais Willigo, et il aura tout simplement compté à partir du jet d'eau le plus rapproché de lui, en se plaçant, par la pensée, à l'entrée même de la crypte.

— De droite à gauche, alors?

— Parfaitement.

— Je vous ai soumis l'objection, mon cher Dick; mais à vous de trancher...

— Remarquez, du reste, que si nous avons à compter nous-mêmes des objets qui vont en s'éloignant de nous sur la gauche, nous commençons instinctivement aussi par les plus près, et nous allons forcément aussi de droite à gauche.

— Je crois que vous avez raison.

— Maintenant que vous avez éveillé mon attention, je vous dirai, mon cher Olivier, que je viens de découvrir une difficulté beaucoup plus grave, à mon avis.

— Laquelle?

— Remarquez-vous qu'en prenant le geyser le plus éloigné pour le troisième, comme cela paraît naturel, nous avons en face deux excavations, séparées l'une de l'autre par une assez mince muraille de roché, et je me demande quelle est celle des deux que Willigo a entendu désigner.

— Ah! cette fois, Dick, je vais résoudre la difficulté par votre procédé. Puisque vous allez de droite à gauche pour compter les geysers, allez de même pour les excavations, et, après avoir fixé le troisième jet d'eau, c'est la première excavation, en suivant la même direction, que nous devons prendre.

— Je crois que nous y sommes; et comme les sauvages sont très perspicaces, tenant compte des moindres détails, Willigo a dû, comme nous, remarquer tous ces faits. Du reste, il est impossible que le véritable passage ne soit pas fréquenté par des animaux; le kangourou, par exemple, aime à déposer ses petits sous terre pendant la première quinzaine de leur existence, et sûrement nous rencontrerons des traces anciennes ou récentes qui serviront à nous guider. En attendant, comme nous sommes partis sans déjeuner, les préparatifs faits ce matin n'étant que pour tromper les Dundarups, je suis d'avis que nous fassions halte sous cette admirable crypte pour y réparer nos forces, et, pendant cet arrêt, Willigo nous aura certainement rejoints, ce qui tranchera toute difficulté.

Cette opinion réunit tous les suffrages, et on se mit en devoir d'installer les provisions dont on disposait sur une roche plate, qui était parfaitement disposée pour faire l'office de table.

On enleva de la charge du mulet une caisse de ces biscuits de voyage dits *pilote's bread*, une boîte de pâté de langue de bœuf de Chicago et une tête de mort de Hollande, auxquels John Gilping ajouta une tranche de jambon fumé et plusieurs flacons de pickles, de moutarde-sauce, de curry-powder et autres ingrédients nationaux, sans lesquels ne s'engage jamais un Anglais qui se respecte; et le déjeuner commença.

Cependant on constata que la boisson manquait; on avait bien quelques bouteilles de cognac, de gin et de wisky, mais ce n'est pas avec cela qu'on peut se désaltérer.

Le Canadien émit l'opinion de goûter à l'eau des geysers.

— Oh! de l'eau chaude, fit Olivier en faisant une grimace significative.

— Avec un peu de cognac nous ferons de légers grogs, fit Dick en riant, et cela vaut toujours mieux que rien. Et puis, voyez, l'eau qui retombe en pluie finit par se réunir dans un petit chenal et va se perdre en serpentant à plus de deux cents mètres de là dans une des excavations du fond; si l'eau est potable, nous pouvons aller la recueillir le plus loin possible de sa sortie, et certainement là nous la trouverons relativement fraîche. Attendez-moi, je me dévoue.

En prononçant ces mots avec une bonne humeur charmante, le Canadien se leva et, une timbale de fer-blanc à la main, se dirigea vers le jet le plus rapproché; il reçut un peu de l'eau qui tombait en pluie et qui, par ce seul fait, était déjà moins chaude qu'à sa source, et la porta à ses lèvres.

— Aucun goût, s'écria-t-il en faisant claquer sa langue comme un fin dégustateur; il est impossible que cette eau soit malsaine; de plus, elle est à peine tiède, et en la prenant au chenal, au moment où elle va disparaître sous terre, nous l'aurons certainement assez fraîche pour être très agréable à boire.

Les prévisions du Canadien se réalisèrent au delà de ses espérances; l'eau des geysers, en retombant sur le sol granitoïde, avec les siècles s'était peu à peu creusé un lit dans la masse rocheuse, et obligée de contourner les obstacles pour retrouver son niveau, circulait en capricieux méandres et parcourait, avant d'arriver au fond de la crypte, un trajet trois ou quatre fois plus long que celui de la ligne directe. Près de se précipiter sous terre, elle formait, avant de s'engouffrer dans l'excavation, comme une sorte de cascade qui tombait en rebondissant sur les roches. C'est là que le Canadien et Laurent allèrent la puiser, et elle était à ce moment aussi fraîche qu'on pouvait le désirer.

Ce fut un grand bienfait, car la course précipitée et les émotions de toute nature éprouvées par nos fugitifs les avaient considérablement altérés, et les salaisons du déjeuner eussent encore augmenté la soif qui les dévorait.

Le repas était terminé depuis longtemps, et Willigo n'avait pas encore paru.

— Il a dû se passer quelque chose de grave, fit le vieux trappeur tout pensif. Je connais assez le chef nagarnook pour savoir qu'il se serait hâté de venir nous rassurer, si un événement important n'était venu déranger ses calculs.

— Cependant, hasarda Olivier, il n'avait pas, en dernier lieu, la pensée de pouvoir nous rejoindre aussitôt, puisqu'il nous a envoyé Koanook afin de nous indiquer celui des passages que nous devions prendre pour continuer notre route.

— C'est vrai, mais il y a plus d'une heure que nous l'attendons ici !

Puis le Canadien ajouta en secouant la tête :

— Vous verrez qu'il lui sera arrivé malheur... Les Dundarups se seront aperçus de notre départ, et n'étant plus retenus par la crainte de nos carabines, ils se seront jetés en masse sur Willigo et ses deux guerriers, et les malheureux auront succombé sous le nombre.

— Ils n'avaient cependant que quelques pas à faire pour s'élancer dans le kra-fenoua.

— Vous ne connaissez pas le chef; pendant toute la matinée, il se contenait, à cause de nous, devant les menaces des Dundarups, mais quand il nous aura vus hors de danger, il n'aura pu s'empêcher de se livrer à quelques bravades intempestives, et il se sera fait entourer avant d'avoir pu gagner l'entrée de la tranchée.

— Vous croyez qu'il a eu l'imprudence de vouloir lutter contre des adversaires aussi nombreux ?

— Non, il n'aura point pensé à cela tout d'abord; mais il suffit qu'il ait voulu répondre à leurs provocations injurieuses en dansant, lui aussi, son pas de guerre, pour qu'un parti de Dundarups soit venu, en rampant, le prendre par derrière; et il sera aperçu trop tard du danger.

— Ce serait un grand malheur, et...

Olivier fut soudain interrompu par un sourd grondement de Black, qui s'était avancé à quelques pas de l'entrée du conduit souterrain par lequel nos pionniers étaient arrivés dans la crypte.

— Qu'as-tu, mon brave chien? fit le jeune homme, qui s'était approché de lui.

L'animal leva sur son maître ses yeux intelligents et se mit à aspirer l'air à pleins naseaux.

— Il sent certainement quelque chose, fit le Canadien; peut-être est-ce le chef qui arrive avec ses deux compagnons.

Mais après ces premiers signes d'inquiétude, Black revint tranquillement se coucher près du mulet, qu'il avait pris en affection.

— Votre maître, exclama le Canadien, est un Lauraguais d'Entraygues? (Page 108.)

Le Canadien, qui s'était avancé dans la tranchée, se coucha, l'oreille sur le sol, pour voir s'il ne parviendrait pas à saisir quelque bruit révélateur; c'est en vain qu'il resta plusieurs minutes dans cette position; rien ne vint lui expliquer le moment de mauvaise humeur de Black et troubler le silence de mort qui régnait dans le souterrain.

— Ce n'est qu'une fausse alerte, dit-il en se levant; les chiens ont parfois de ces lubies et grondent sans trop savoir pourquoi.

— Cela m'étonne, fit Olivier, mon chien ne donne jamais de la voix inutilement.

— Voyez, cependant, le voilà parfaitement tranquille, et si son accès de
mauvaise humeur avait eu une cause étrangère, cette cause n'eût point
cessé d'agir aussi rapidement.

A ce moment, comme pour donner tort au pronostic du Canadien, Black
quitta de nouveau sa place et fit quelques pas dans le souterrain en grondant, mais sans donner à son action une accentuation bien nette; était-ce
étonnement, colère ou simplement ennui d'être privé de lumière et de
liberté, car il est à remarquer que les chiens qui n'y sont pas habitués ont
une répugnance instinctive pour les lieux souterrains; nul n'aurait pu traduire d'une façon certaine la nature de ses impressions.

— Que vous disais-je? reprit cependant Olivier à cette nouvelle démonstration de l'animal.

— Voyons ce qu'il va faire, répondit simplement Dick.

Mais, comme la première fois, Black revint paisiblement s'étendre près de
son favori, laissant ceux qui l'observaient dans la plus complète indécision
sur les motifs qui avaient pu troubler sa quiétude.

— C'est étrange, continua Olivier; le bruit ou les émanations qu'il perçoit
doivent être bien faibles, pour qu'il ne s'en inquiète pas davantage.

— Voulez-vous que je vous donne mon opinion? demanda le Canadien, qui
avait observé ce manège avec attention; eh bien, maître Black s'ennuie tout
simplement, et ses promenades à l'entrée de la tranchée qui nous a conduits
ici indique, à mon sens, qu'il voudrait bien s'en aller, ce qu'il nous donne à
comprendre en faisant mine de reprendre le chemin que nous avons parcouru.

— Vous pourriez bien avoir raison, mon cher ami; dans tous les cas, nous
n'avons pas à tenir compte de ces manifestations sans but, sans signification
apparente.

— L'important est de décider maintenant entre nous de ce qui nous reste
à faire; les heures s'écoulent et avec elles un temps précieux; devant l'absence incompréhensible de Willigo, je n'ai malheureusement plus aucun
doute sur ce qui lui est arrivé, et désormais, je le crains bien, nous n'avons
plus à compter que sur nous pour sortir de ce mauvais pas. Etes-vous d'avis
de partir de suite, ou pensez-vous que nous devions attendre nos Nagarnooks
pendant quelques instants encore?

— Je ferai ce que vous voudrez, Dick, répondit le jeune homme; je vous
dirai que cette solitude souterraine commence à me peser beaucoup sur le
cerveau; il me semble que nous sommes enfouis vivants dans quelque
antique nécropole, et toutes les roches qui nous entourent, avec leurs formes
bizarres, me paraissent autant de monuments funéraires dont nous sommes
venus troubler les hôtes silencieux.

— Si vous le voulez bien, nous allons attendre une demi-heure, encore et si, ce temps écoulé, Willigo n'a pas reparu, ce sera pour moi un signe évident que mes appréhensions sont justifiées et que nous ne le reverrons jamais; nous agirons alors en conséquence.

— Si vous voulez bien le permettre, je m'en vais utiliser ce temps en prenant un peu de repos.

— A votre aise, mon cher Olivier; voilà plusieurs nuits que nous ne dormons guère, et vous n'êtes pas encore familiarisé avec la rude vie du Buisson.

Le jeune homme s'enveloppa dans son manteau et s'étendit sur le sol, la tête appuyée sur un quartier de roche; il n'avait pas pris la position horizontale que déjà il dormait.

John Gilping, sous le fallacieux prétexte que l'eau des geysers pouvait contenir des principes délétères, avait vidé un flacon de gin en déjeunant; puis, pour remplacer avantageusement le café absent, il avait débouché une bouteille de *brandy* (prononcez *cognac*) à laquelle il avait donné de si fréquentes accolades qu'il en avait oublié ses psaumes et sa clarinette. Il avait fini par s'allonger auprès de Pacific et ronflait avec un bruit de soufflet de forge qui n'était rien moins que mélodieux.

Le brave homme avait, du reste, l'habitude toute nationale de s'endormir chaque soir dans le même état de béatitude; il entremêlait les versets des psaumes et les petits verres, et finissait ordinairement par être ravi, lui aussi, au septième ciel, où il voyait les choses les plus miraculeuses; il rêvait, sous la bienfaisante influence du wisky, qu'il était assis, transformé en archange, à la droite de l'Éternel, pendant que les Amalécites, les pharisiens, les papistes et autres mécréants s'en allaient brûler dans la chaudière de Belzébuth.

La demi-heure de grâce que le Canadien s'était donnée, avant de continuer cette course aventureuse dans le kra-fenoua, était écoulée depuis longtemps, lorsqu'il songea à éveiller son ami; ce dernier dormait d'un sommeil si paisible qu'il s'en voulait presque de l'arracher à son bienfaisant repos; mais l'heure pressait, Willigo n'avait point reparu, et il était temps de sortir d'une situation si pénible pour tous. Il appela Laurent pour le prier d'éveiller son maître.

Ce dernier n'avait point fermé les paupières une seule minute, le fidèle serviteur observait en silence; ses yeux se mouillaient de larmes en voyant le jeune comte d'Entraygues, habitué à une vie de confort et d'élégance, misérablement couché sur la dure, au fond d'une caverne australienne. Il eût volontiers, en ce moment, donné sa vie pour procurer à son maître cette fortune qu'il était venu chercher si loin de son pays, et sans laquelle il ne pouvait lutter contre ses invisibles et insaisissables ennemis.

— A quoi songez-vous donc, Laurent? lui dit le Canadien; je vous observe depuis une heure et vous avez l'air d'être sous le coup d'une violente émotion.

— Ah! monsieur Dick, répondit le brave homme en montrant Olivier qui dormait profondément, je l'ai bercé tout petit entre mes bras, j'ai surveillé ses premiers jeux..., et voir aujourd'hui l'héritier des Lauraguais d'Entraygues, un des premiers noms de France, dans cette situation... Non, voyez-vous, cela me fend le cœur!

— Votre maître, exclama le Canadien d'un ton qui fit vibrer tous les échos de la crypte souterraine, est un Lauraguais d'Entraygues?

— Le dernier du nom, monsieur Dick, fit Laurent avec orgueil.

— Ah! pourquoi m'a-t-il caché son nom? il ne serait pas en ce moment dans cette position misérable. J'aurais fait appel, pour le garder et le conduire au *placer*, à mes amis les bush-rangers canadiens, et ensemble nous eussions défié tous les batteurs de Buisson et tous les indigènes d'Australie. Ah! jour de malheur! moi qui ai cru avoir affaire à quelque jeune Français aventureux venu simplement en Australie pour chercher fortune! Un Lauraguais d'Entraygues! Combien vous êtes coupable, monsieur Laurent, de ne me l'avoir pas dit!

— Il me l'avait défendu, monsieur Dick, il me l'avait défendu; ce n'est que dans l'excès de ma douleur...

— Vous ne savez donc pas... mais non, vous ne pouviez pas savoir, interrompit le Canadien au comble de l'émotion. Écoutez-moi, Laurent, et vous saurez pourquoi ma vie et tout ce que je possède appartiennent à votre jeune maître qui, à partir d'aujourd'hui, va devenir le mien. Nous serons deux à l'aimer, à le servir, à le protéger, à veiller sur lui, et, je vous le jure, je le ferai riche à donner le vertige, riche à acheter un trône... Écoutez.

C'était en 1780, pendant la guerre de l'Indépendance de l'Amérique; mon père, d'origine française, comme la plupart des Canadiens, s'était enrôlé dans le corps d'armée commandé par Lafayette sous les ordres de Washington; il était devenu capitaine dans le régiment de Pensylvanie, commandé par le colonel de Lauraguais d'Entraygues...

— Le grand-père de monsieur! exclama Laurent; il a fait toute la guerre de l'Indépendance sous Lafayette.

— Or, un soir, continua Dick, le corps de Lafayette poursuivait, l'épée dans les reins, l'armée de Cornwallis, qui fuyait pour se réfugier dans York-Town. Mon père fut pris dans un engagement d'avant-garde par les habits rouges, reconnu comme Canadien, c'est-à-dire sujet britannique, et condamné à être pendu au soleil levant, devant le front des troupes, pour crime de haute trahison, comme si mon père n'eût pas été Français par le cœur et par la naissance. Le colonel de Lauraguais d'Entraygues apprend le fait par des espions et fait le serment de sauver mon père.

Il demande à Lafayette l'autorisation de tenter le coup de main la nuit même avec son régiment. Lafayette hésite, il craint que cela ne donne lieu à une attaque générale et dérange les plans de Washington.

« — J'irai seul! fait l'héroïque colonel. Je ne puis laisser pendre comme un chien le plus brave capitaine de mon régiment.

« — Allez, Lauraguais, répondit le général, ému, je vous y autorise.... *mais je n'en sais rien...* Si une action générale s'engage, nous mettrons cela sur le compte d'un retour offensif de l'arrière-garde de Cornwallis. »

Le colonel réunit son régiment, donne ses ordres à voix basse à ses officiers, qui les transmettent de même; il fait une nuit à ne pas voir le bout de son fusil; on marchera sans tirer un coup de feu, sans prononcer un mot; il faut arriver sur les lignes anglaises sans qu'elles s'en doutent. On met sac à terre et on part; les hommes glissent comme des ombres, étouffant le bruit de leurs pas; les grand'gardes sont enlevées avant qu'elles aient eu le temps de se reconnaître, et le colonel de Lauraguais arrive sur l'armée anglaise, qu'il surprend endormie. Ce fut de toutes parts un sauve-qui-peut général; les espions conduisent immédiatement le colonel vers une tente érigée en chapelle, où mon père, assisté d'un aumônier qu'on a bien voulu lui accorder, attend la mort avec courage, en songeant à la jeune femme qu'il a laissée là-bas et qui pleure en attendant son retour; déjà il a coupé une mèche de ses cheveux qu'on doit lui remettre, car le jour va paraître, et le moment fatal approche... quand tout à coup de grands cris éclatent, suivis d'une violente fusillade, et en même temps mon père tombe dans les bras de son chef, qui le premier est arrivé près de lui.

Mais on ne s'en tient pas là : le régiment, exalté, continue la bataille; mon père a repris son poste à la tête de sa compagnie, et toute l'armée anglaise fuit honteusement devant une poignée d'hommes. Elle ne s'arrêta que dans les murs de York-Town, où quelques jours après elle devait capituler.

Après la paix, l'armée des nouveaux États-Unis fut licenciée, et mon père reprit son premier métier de chasseur et de trappeur, car il aimait la libre existence du coureur des bois; mais, dès que j'eus l'âge de raison, il ne se passa pas de jour jusqu'à sa mort sans qu'il me répéta ces paroles :

« — Dick, si jamais tu rencontres un Lauraguais d'Entraygues, souviens-toi bien, mon garçon, que ta vie lui appartient si elle peut lui être utile »... Vous voyez, Laurent, que vous avez eu tort de ne pas m'avoir, dès le premier jour, fait connaître la qualité de votre maître, au lieu de me laisser aller à mes goûts pour les aventures. J'aurais organisé une véritable expédition; nous serions allés au *placer* assez nombreux pour défendre notre découverte, et nous chargerions en ce moment des wagons d'or pour votre... pour notre maître.

— Quels regrets vous me donnez, monsieur Dick !

— Ne vous désolez pas, rien n'est perdu encore; dès que nous serons sortis d'ici, nous nous rendrons à marches forcées chez les Nagarnooks, je suis par mon adoption un enfant de la tribu, nous les aiderons à écraser les

Dundarups, et la paix faite, cinq cents guerriers nous accompagneront au placer.

Une fois sur le terrain des confidences, le Canadien voulut connaître tous les événements qui avaient poussé le comte de Lauraguais à s'expatrier, ainsi que les causes de sa ruine. Laurent lui conta de point en point tous les événements mystérieux de Russie et de Paris, il ne lui cacha point que son jeune maître semblait poursuivi par quelque haine d'autant plus puissante qu'elle était insaisissable, et que ceux qui avaient juré sa perte devaient appartenir à quelque société secrète qui paraissait posséder des ramifications dans l'Europe entière et dans toutes les classes de la société.

— Vous pourriez peut-être dire dans le monde entier, fit le Canadien devenu rêveur.

— Quoi! vous supposez que, même en Australie?...

— Je ne suppose pas, je suis sûr... Vous n'avez donc pas remarqué que ces invisibles bush-rangers qui nous poursuivent, et dont Willigo a constaté la présence à quelques kilomètres en arrière de nous, ont essayé de nous faire massacrer par les Dundarups?

— Oui; mais je ne vois pas...

— Des bush-rangers qui n'auraient eu d'autre but que de découvrir l'emplacement du placer où nous nous rendions, eussent attendu, avant de nous faire tuer, que nous fussions parvenus au terme de notre voyage.

— Vous avez raison, cela est si simple que je m'étonne de n'y avoir pas pensé plus tôt.

— Oh! il n'y a pas l'ombre d'une doute à avoir à cet égard : je connais trop l'avidité de tous les batteurs d'estrade et autres écumeurs du Buisson pour ne pas avoir dès le début compris qu'ils étaient enrôlés au service d'une vengeance particulière, et je ne savais que penser, car je ne me connais pas d'ennemi capable d'enrôler une expédition et de payer ma mort, qui ne rapporterait rien, assez cher pour qu'une douzaine de bush-rangers osent venir affronter ma carabine dans le Buisson. Tout m'est expliqué aujourd'hui...

Après quelques instants de réflexion, il ajouta, tout frémissant de colère :

— Oh! c'est à un Lauraguais d'Entraygues qu'on en veut!... Eh bien, quelle que soit la puissance occulte qui s'attache à ses pas, je lui montrerai ce que peut un vieux coureur des bois qui a lutté de ruses avec les Commanches et les Apaches, et un batteur du Buisson australien qui depuis dix ans joue sa vie contre cette armée de convicts et de brigands que l'Angleterre déverse sur ce pays... A nous deux maintenant! s'il faut de l'or, nous en aurons plus que la Royal-Bank et le Stock-Exchange n'en ont jamais possédé dans leurs caves; s'il faut une troupe d'hommes énergiques, déterminés, prêts à tout et dévoués jusqu'à la mort, je me charge de la trouver. Ah! nous allons faire une telle garde autour de lui que nul ne pourra toucher à un cheveu de sa tête, et si son bonheur y est engagé, je me charge

d'enlever la princesse de son couvent de Saint-Pétersbourg et son père de la
Sibérie, à la barbe de la police russe.

— Ah ! monsieur Dick, comment vous remercier !...

— Je paye la dette de mon père, Laurent... Mais il est temps de partir, il
serait imprudent de rester trop longtemps ici, maintenant surtout que nous
n'avons plus à compter sur l'aide de Willigo. Veuillez réveiller M. le comte,
voilà près de deux heures qu'il repose.

— Ne l'appelez pas ainsi, monsieur Dick... il m'a trop recommandé de ne
trahir à aucun prix son incognito.

— Écoutez, Laurent, répondit le trappeur, je ne pourrai plus me résoudre
à l'appeler tout simplement Olivier, comme il m'en avait prié ; de plus, les
intérêts en jeu sont trop graves pour qu'il ne sache pas sur quel dévouement
il peut compter. Ne va-t-il pas falloir que nous puissions nous concerter à
chaque instant sur le plan que nous devrons suivre ? De toute façon, il vaut
mieux qu'il sache ce qui s'est passé entre nous et les révélations que vous
m'avez faites ; du reste, n'ayez nulle crainte, je me charge de tout lui
apprendre.

<h2 style="text-align:center">CHAPITRE III</h2>

Le réveil de Gilping. — Aspect géologique du kra-fenoua. — Bouleversements volcaniques.
Le fils et le petit-fils du héros de l'Indépendance.
A la vie et à la mort. — Le portefeuille perdu. — Égarés sous terre. — Une explosion.

Olivier se leva frais et dispos, prêt à affronter de nouvelles fatigues. Pour
se donner du courage, il prit un portefeuille qu'il gardait précieusement sur
son cœur et lui donna un long baiser. Il n'en fut pas de même de John Gilping, que l'on fut obligé de secouer pendant un grand quart d'heure avant
de le décider à se remettre sur ses jambes. Avec un sans-gêne tout britannique, il trouvait extraordinaire que ses compagnons ne respectassent pas
son sommeil du moment où il avait besoin de repos.

Réveillé en sursaut au milieu d'un de ses rêves mystico-alcooliques, dans
lesquels il avait l'habitude de voir ces mécréants de papistes bouillir dans la
grande chaudière de Lucifer, il prit d'abord, grâce aux fumées mal dissipées
du brandy, le Canadien pour un suppôt de l'enfer, la vaste crypte avec ses
reflets fantastiques de lumière y prêtait du reste quelque peu.

— *Vade retro, Satanas !* Arrière, Satan ! lui dit-il d'une voix que la peur
faisait bégayer. Esprit du mal, que veux-tu de moi ?

— Mais rien, master Gilping, répondit le trappeur en riant ; je désire seulement vous prévenir que l'heure du départ est arrivée.

Le brave prédicant n'avait pas le réveil gracieux, et tout en frottant ses gros yeux à poing fermé, il se mit à marmotter une série de réflexions dont quelques-unes parurent malsonnantes sans doute aux oreilles du Canadien, car, à bout de patience, ce dernier lui répliqua d'un ton sec :

— A votre aise, master Gilping; mais je dois vous avertir que si dans cinq minutes vous n'êtes pas prêt, nous partirons sans vous, et vous aurez tout le temps de vous reposer en paix.

Ces Anglais sont tous les mêmes! fit Dick en s'éloignant de lui; je n'ai jamais vu de pareils égoïstes, ils s'imaginent volontiers que les autres hommes n'ont été créés et mis au monde que pour les servir.

Rien n'est plus vrai, en général, que cette réflexion arrachée au Canadien par la mauvaise humeur de Gilping; s'il est une chose qui doive étonner, c'est de voir la singulière manie de certains écrivains français, qui s'en vont toujours chercher quelque citoyen d'Albion pour en faire dans leurs romans des types de grandeur d'âme, de générosité chevaleresque, de bravoure et de désintéressement, et cela aux dépens de leurs propres compatriotes, à qui ils ne se gênent pas de faire jouer des rôles ridicules. Il faut, en vérité, n'avoir jamais dépassé les fortifications pour ignorer que la générosité, la grandeur d'âme et le désintéressement sont des qualités absolument anti-britanniques, et que le caractère national de ce peuple, qui bombarde Copenhague en pleine paix, écrase les Chinois pour leur vendre l'opium qui les abêtit, brûle Alexandrie uniquement pour détruire le commerce français, et nous injurie chaque matin avec un ensemble touchant dans ses journaux, peut se dépeindre en trois mots : personnalité, mauvaise foi et égoïsme.

Il n'y a qu'un moyen de rabattre leur insupportable morgue, c'est de leur répondre comme notre Canadien à Gilping, on n'a plus alors devant soi que des gens plats et obséquieux.

Ce dernier, en effet, ne se fit point tirer davantage l'oreille, et les cinq minutes accordées n'étaient pas écoulées qu'il était prêt à suivre ses compagnons de route.

Après avoir de nouveau examiné avec soin les diverses portes qui s'ouvraient dans l'immense crypte, Dick et Olivier furent d'avis, en tenant compte de la recommandation de Willigo, de choisir celle qui se trouvait la plus rapprochée de la troisième source. C'était la seule en effet qui répondît logiquement à la désignation du chef. Elle était du reste grande et spacieuse et semblait être la continuation naturelle de la partie du kra-fenoua que la petite troupe avait déjà parcourue.

Le sol était couvert d'une couche de sable ténu et léger qui rendait la marche des plus faciles.

On se mit en route dans le même ordre que précédemment. Dick et Olivier en tête conduisant le mulet, puis Gilping et Pacific; quant au brave Laurent, il s'était lui-même chargé volontiers du soin de représenter l'arrière-garde, et bien qu'aucun danger apparent ne fût à craindre, depuis que Dick avait

Et montrant à l'animal le chemin que la petite troupe venait de parcourir. (Page 117.)

ouvert les yeux du fidèle serviteur sur le genre d'ennemis que probablement ils auraient à combattre, il se retournait à chaque instant et s'arrêtait pour inspecter, malgré l'obscurité, l'espace qu'on venait de parcourir,
et écouter si aucun bruit révélateur n'allait donner un corps à ses
soupçons.

La configuration de la tranchée, nous venons de le dire, pouvait laisser
supposer qu'elle n'était que la suite de la partie suivie le matin même

par la petite troupe; cependant si nos fugitifs eussent possédé des connaissances plus complètes en géologie, ils eussent compris, avec une certaine
inquiétude, que les roches n'étant pas de même formation, ne pouvaient
appartenir à la même période de soulèvement, et peut-être fussent-ils partis
de là pour concevoir quelques doutes sur la route qu'ils suivaient; de plus, le
chemin, au lieu de remonter vers le sol, persistait à plonger vers l'intérieur;
ce qui, en dehors de toute autre remarque, commençait à donner au Canadien de sérieuses appréhensions.

Il ne tarda pas à observer également que le boyau souterrain, loin
d'affecter une régularité dans l'écartement de ses parois latérales qui eût
indiqué une fissure produite par le même effort sur toute son étendue,
changeait au contraire à chaque instant d'aspect, comme s'il eût été le fruit
de dislocations et de contorsions de l'écorce terrestre correspondant à des
bouleversements géologiques survenus à des époques différentes.

Ainsi, tantôt ce *tunnel* naturel était d'une largeur de cinq à six mètres sur
sept à huit de hauteur, tantôt il n'était plus que de deux mètres en largeur
sur trois de hauteur; il arriva même plusieurs fois que le Canadien fut
obligé de se courber pour passer, sa taille étant supérieure à celle du souterrain.

De temps à autre, une excavation large et profonde s'ouvrait à droite ou à
gauche du conduit suivi par la petite troupe, et quand on prêtait l'oreille à
l'entrée de ce trou noir et profond on entendait, dans le lointain, comme un
vague bruit de chute d'eau sur les rochers, et dans le silence imposant qui
environnait nos pionniers, chaque bruit, chaque son, revêtait des teintes
monotones et lugubres.

Les parois mêmes, au lieu de se composer, comme dans le premier parcours du kra-fenoua, de roches porphyridiennes de formations primitives,
étaient au contraire un assemblage de roches métamorphiques indiquant des
modifications successives apportées par des bouleversements postérieurs.

Toutes ces circonstances étant réunies, il eût été difficile de faire croire à
un véritable géologue qu'une pareille route souterraine dût ramener sans
encombre nos pionniers à la lumière du jour. C'était l'œuvre peut-être de
cinq à six mouvements géologiques différents ayant obéi à des poussées
diverses, et il n'était pas possible d'admettre que chacun de ces mouvements eût respecté la direction de la fissure primitive en se bornant à en
changer la forme, de distance en distance seulement.

Mais, comme ni le Canadien, ni Olivier ne s'étaient livrés à des études
spéciales sur les différentes couches qui composent la croûte solide du globe,
ainsi que sur la position normale qu'elles occupent, ils ne pouvaient concevoir de ces faits aucune inquiétude particulière; seule, l'attention de Dick,
ainsi que nous venons de le dire, avait été mise en éveil par la constante
déclivité du terrain. Il ne songeait pas encore que peut-être n'étaient-ils

pas dans la bonne voie, mais il se demandait déjà avec une certaine anxiété, en calculant le temps qu'ils avaient mis à descendre, combien il leur faudrait encore d'heures pour remonter à la surface, en admettant que la route reprît, avec une pente proportionnée, sa direction ascensionnelle.

Cependant il ne jugea pas à propos de communiquer encore ses impressions à Olivier, qu'il traitait, depuis les confidences que Laurent et lui avaient échangées, avec une déférence et un respect dont le jeune homme finit par s'apercevoir ; ainsi, il s'inclinait à demi chaque fois qu'il lui adressait la parole ou répondait à une de ses questions et évitait avec un soin méticuleux toute tournure de phrase qui l'eût obligé à l'appeler familièrement par son nom.

— Ah çà, mon cher Dick, qu'avez-vous donc? finit par lui dire Olivier en souriant. Je vous trouve, depuis quelques instants, d'une cérémonie à mon égard qui commence à m'inquiéter.

— Mais je n'ai rien, je vous assure, répondit le trappeur évidemment embarrassé. Depuis quelques instants je songeais à mon père, à mon pays... Avez-vous jamais été en Amérique?

Il allait ajouter *monsieur le comte*, mais il se retint à temps, ne voulant pas brusquer le dénouement.

— Je ne connais pas ce beau pays, mon brave ami, fit le jeune homme; mais j'en ai beaucoup entendu parler par mon aïeul, mort, il y a quelques années, à un âge très avancé. Il avait fait toutes les campagnes de l'Indépendance sous Lafayette et n'avait pas de plus grand plaisir que de me raconter toutes les péripéties de sa vie militaire; une fois sur ce sujet, il ne tarissait plus, et moi je ne me lassais jamais de l'entendre. Il avait une mémoire extraordinaire et se souvenait non seulement des plus petits faits, mais encore du nom de tous ses compagnons d'armes; j'ai toujours eu, depuis cette époque, grande envie d'aller visiter ces lieux qui ont si fort excité la curiosité de ma première jeunesse.

— Mon père aussi a fait toute la guerre de l'Indépendance, répondit le Canadien d'une voix que l'émotion faisait trembler.

— Alors il s'est trouvé sur les mêmes champs de bataille que mon aïeul.

— Et dans le même corps d'armée, il a servi sous Lafayette.

— Sous Lafayette?

— Oui ! il commandait une compagnie du régiment de Pensylvanie.

— De Pensylvanie? continua Olivier dont l'intérêt était éveillé au plus haut point.

— Oui; il m'a même raconté que, fait prisonnier et sur le point d'être pendu, son colonel n'avait engagé la bataille de York-Town que pour le sauver.

— Et ce colonel s'appelait?... exclama le jeune homme sur le ton d'une gamme ascendante.

— Le marquis de Lauraguais d'Entraygues.

— C'était mon...! fit avec éclat Olivier; mais il se mordit les lèvres et n'acheva point, retenu subitement par la pensée de sa malheureuse situation.

— Oui! c'était votre aïeul, s'écria le Canadien en brûlant ses vaisseaux.. votre aïeul, monsieur le comte de Lauraguais d'Entraygues, et le fils du capitaine Lefaucheur est prêt à mourir pour vous!

La voûte du souterrain se serait abîmée sur la petite troupe qu'Olivier n'eût pas été plus surpris, plus abasourdi, que par cette brusque révélation à laquelle il ne s'attendait pas.

— Quoi! vous savez?... balbutia-t-il en relevant Dick qui lui embrassait les mains.

— Tout! exclama fortement ce dernier, qui maintenant ne craignait plus rien; vos aventures de Russie et de France, les causes de votre départ pour l'Australie.

— Ah! Laurent, Laurent! je t'avais cependant fait jurer...

Le fidèle serviteur était accouru.

— Pardonnez-moi, fit-il en pleurant, je souffrais tant de vous voir si malheureux!

— Ne le grondez pas! supplia le Canadien; vous dormiez, le brave garçon pleurait, j'étais ému; les larmes appellent les confidences, nous nous sommes mutuellement conté nos peines... et c'est venu comme cela! Ah! si j'avais su plus tôt... nous ne serions pas ici! J'aurais engagé tous mes compatriotes sur qui je puis me fier, et nous serions au placer...

Et, à ces paroles, de grosses larmes coulèrent aussi sur les joues bronzées du vieux coureur de Buisson, qui se contenait depuis trop longtemps pour ne point finir par éclater.

Olivier lui pressait les mains, car l'émotion ne lui permettait pas d'articuler un mot, et il considérait avec une curiosité pleine de tendresse le fils de l'ancien compagnon d'armes de son ancêtre.

— Oui, c'est ma faute, monsieur le comte, continua le vieux trappeur, quand il se fut un peu calmé. Est-ce que je n'aurais pas dû me douter que je n'avais pas affaire à un de ces aventuriers vulgaires que le seul appât de l'or attire en Australie?

— Ne vous excusez pas, mon ami, répondit le jeune homme; la générosité avec laquelle vous nous avez fait part de votre découverte ne vous donnait-elle pas le droit ne nous associer à vos dangers?

— Mais tout n'est point perdu; hâtons-nous de sortir d'ici, et vous verrez ce dont Dick Lefaucheur est capable.

John Gilping, qui n'était pas encore revenu de sa somnolence alcoolique, n'avait rien compris à la scène d'attendrissement qui s'était jouée sous ses yeux. A chaque instant, le malheureux faisait quelque faux pas et déplorait le peu de hauteur du souterrain, qui ne lui permettait point, en ce moment, de s'installer sur le dos de Pacific. C'était, en somme, un compagnon de voyage peu agréable, et dont nos pionniers se proposaient de se défaire à la première occasion favorable, c'est-à-dire dès qu'ils pourraient le confier à quelque guide indigène de bonne volonté.

Tout en continuant leur marche avec un redoublement d'ardeur, Olivier et Dick, dont l'amitié avait vieilli de vingt ans en quelques minutes, échangeaient à voix basse leurs confidences les plus intimes. Le jeune homme complétait celles que Laurent avait déjà faites au trappeur, et ce dernier l'écoutait avec un attendrissement paternel.

A un moment donné, Olivier voulut montrer à son ami le portrait sur lequel il avait déposé un baiser en quittant la crypte où ils avaient déjeuné ; mais ce fut en vain qu'il fouilla toutes les poches de son vêtement, le portefeuille dans lequel ce portrait se trouvait n'y était plus.

— Il aura glissé à terre au moment où je croyais le remettre à sa place accoutumée, fit-il en pâlissant. Ah ! pour rien au monde, je ne voudrais perdre un aussi précieux souvenir...

Dick proposa de rebrousser chemin pour le retrouver ; mais Olivier, dont la nature nerveuse souffrait plus que toute autre de cette longue course souterraine, dont il ne prévoyait pas encore la fin, n'y voulut pas consentir.

— Il nous faudrait perdre plus d'une heure pour cela, répondit-il ; et si vous saviez, mon bon Dick, comme cette silencieuse solitude me pèse. Il y a un moyen de recouvrer mon portefeuille sans pour cela interrompre notre marche. Je vais envoyer Black.

— Votre chien ?

— Parfaitement ; il a l'habitude de ces sortes d'expéditions. Cent fois il a fait des lieues pour retrouver et me rapporter des objets perdus ou simplement oubliés, servi en cela par un odorat merveilleux et une rare intelligence ; je n'ai qu'à lui ordonner de retourner en arrière en prononçant les mots sacramentels : *Va chercher!* et avant une demi-heure il sera de retour avec mon portefeuille. Les caniches, du reste, sont des bêtes de génie dans le genre chien ; des siècles d'hérédité ont accumulé chez eux une foule de qualités que l'homme développe encore par l'éducation, et Black a été dressé par un professeur émérite. Je n'ai donc rien à lui demander qui soit au-dessus de ses forces.

En entendant son maître prononcer son nom, l'intelligente bête s'était arrêtée, attachant sur ce dernier ses grands yeux inquisiteurs, comme s'il eût déjà compris qu'il avait besoin de ses services.

— Voyez, fit Olivier, il a comme une vague intuition de ce que je vais lui demander.

Puis, procédant comme il l'avait dit, il fit quelques pas en arrière en l'appelant, et, lui montrant de la main l'espace que la petite troupe venait de parcourir, il lui dit :

— Attention, Black ! Maître a perdu son portefeuille. Va chercher !

À peine ces dernières paroles étaient-elles prononcées que l'animal fit entendre un aboiement joyeux ; il s'élança dans la direction de la crypte de toute la vitesse dont il était capable.

Cependant la route suivie par nos fugitifs prenait de plus en plus des aspects inquiétants ; ce n'était plus qu'une succession d'excavations, de grottes et de fissures irrégulières dans lesquelles le basalte, le porphyre, le calcaire, le feldspath vitreux et la lave granitique se mêlaient par masses plus ou moins grandes, d'une façon si irrégulière qu'il était impossible de ne pas voir qu'on se trouvait dans d'anciens passages volcaniques, créés par la force d'éjection des matières en fusion, dont les vapeurs comprimées avaient déchiré violemment les entrailles du globe, et non dans une de ces fissures régulières ou kra-fenoua, qui n'existent que dans la partie superficielle du sol ; la chaleur qui avait peu à peu augmenté, de façon à devenir presque intolérable, indiquait également que nos pionniers n'avaient fait que descendre dans les profondeurs du sol depuis leur départ de la crypte aux geysers, et de plus, en calculant le temps qui s'était écoulé, le Canadien arriva bien vite à se persuader que, depuis une demi-heure au moins, ils devraient avoir rejoint la partie ouverte de la tranchée.

— Nous devons nous être égarés, fit-il d'un air profondément anxieux à ses compagnons en leur communiquant le résultat de ses réflexions.

— J'y pensais, dit simplement Olivier.

— Que faire alors ? demanda Laurent qui ne songeait qu'au salut de son maître. Le plus prudent ne serait-il pas de rebrousser chemin ?

— Nous risquons fort, en effet, de ne pouvoir retrouver la véritable route, répondit Dick. Les renseignements que Willigo nous a fait parvenir par Koanook sont trop incomplets pour que nous puissions renouveler cette tentative avec quelque espoir de succès ; et puis, cette promenade à travers des excavations inconnues, dans le centre de la terre, n'est point sans danger ; nous pouvons tout d'un coup rencontrer un sol de sables mouvants et rouler au fond de quelque abîme, d'où nous ne pourrions plus remonter, si nous n'avions pas la chance de nous y briser les reins. Il est vrai que, d'un autre côté, nous nous exposons à tomber au milieu des Dundarups ; mais mieux vaut la lutte à ciel ouvert que cette excursion sans fin, au milieu de ces excavations souterraines, où nous pouvons finir par nous égarer.

— Si je n'écoutais que mes nerfs, mon cher Dick, répartit Olivier, je me rangerais de suite à votre opinion, car cela est ridicule, insensé, je l'avoue ; mais cette voûte souterraine me pèse sur le crâne comme le couvercle d'un tombeau. Je préférerais cent fois marcher contre une batterie chargée à mitraille... Affaire de tempérament. Cependant, malgré mon désir ardent de me retrouver au grand jour, j'estime que nous aurions peut-être tort de céder aussi vite à une première impression. Qui nous dit que nous ne sommes pas au bout de nos efforts, et qu'avant vingt minutes, une demi-heure, peut-être, nous n'apercevrons pas tout à coup la voûte étoilée du ciel, car le soleil doit être couché depuis une heure environ? Je suis donc d'avis que nous continuions notre marche en avant pendant un certain temps encore, que nous allons fixer, quitte à suivre ensuite votre avis, mon cher Dick, si cette dernière tentative n'obtient pas de résultat.

— Je voudrais pouvoir me rendre à votre idée, monsieur le comte, continua le Canadien en secouant la tête, mais le soin de notre sûreté m'oblige à vous dire que, depuis longtemps déjà, je me donne de ces sursis d'un quart d'heure, d'une demi-heure, me promettant chaque fois de vous proposer de revenir en arrière en cas d'insuccès. Dans ma croyance formelle, nous courons au-devant d'une nouvelle déception. Voyez, nous n'avons pas cessé de descendre et la pente du chemin s'accentue encore de minute en minute dans le même sens, au lieu de tendre à remonter. J'estime qu'il y a un véritable danger à persister dans notre marche en avant.

— J'ignorais ces détails, mon cher Dick; maintenant je n'ai garde d'insister, votre proposition est certainement la plus sage.

— Si nous consultions John Gilping?

— Cet ivrogne prédicant? fit Olivier avec un rire discret.

— Vous ne connaissez pas le type anglo-saxon, répliqua Dick; l'ivrognerie est chez les Anglais un vice national qui s'allie parfaitement avec la science et les plus hautes positions. Si l'on disait chez vous qu'un membre de l'Institut, un magistrat de la cour suprême ou un général s'enferme tranquillement chez lui le soir pour se griser, cela vous paraîtrait une monstruosité. Chez les Anglais, cela est tellement dans les mœurs que nul n'y fait attention. Ainsi chez nous, au Canada, parmi tous les gouverneurs généraux que l'Angleterre nous a envoyés, on cite comme des raretés ceux qui étaient en état de donner une audience passé huit heures du soir, et cet original, qui mêle la Bible et le wisky en tous les actes de sa vie, n'est pas une exception, mais un type fort commun de cette race brutale et égoïste, rapace et intolérante, forte surtout par sa cohésion et son unité. Il n'y a donc rien d'extraordinaire à ce qu'il puisse allier l'ivrognerie et la science; et comme il a été envoyé par la Société royale de Londres pour faire des études de minéralogie, je ne serais pas surpris qu'il fût à même de nous donner un bon conseil; je vais, au surplus, l'interroger moi-même.

John Gilping était à peu près rentré en possession de lui-même. Mis au courant de la question, il déclara, après avoir examiné les lieux avec attention, qu'on se trouvait au milieu d'un énorme bouleversement géologique dû à une série d'éruptions volcaniques, qui avait produit cette succession de failles, fissures, grottes, fendues, cavernes et boyaux qui pouvaient s'étendre fort loin sous terre, mais dont pas une, à son avis, ne devait affleurer au sol.

— Les laves volcaniques, dit-il, parcourent quelquefois dans la croûte centrale d'immenses étendues avant d'arriver à l'ouverture du volcan qui leur permet de lancer au dehors leurs matières en fusion, et nous pourrions voyager des jours et des mois même au milieu de cet inextricable dédale sans en voir la fin, et sans pouvoir surtout remonter à la surface du sol. Les kra-fenoua ou terres fendues d'Australie ne sont que de longues crevasses qui se sont produites par contre-coup dans l'écorce superficielle et, à moins d'un hasard, elles ne communiquent pas avec les excavations centrales.

— Qu'est-ce qui peut vous le faire supposer? interrompit le Canadien.

— L'absence de lave dans les kra-fenoua. Or, cette matière en fusion n'eût pas manqué de profiter de ces communications pour émerger au dehors.

Il n'y avait rien à répondre.

— Cependant, hasarda Dick, comment se fait-il que le kra-fenoua dans lequel nous sommes descendus nous ait conduits au milieu de ces excavations?

— C'est bien simple, répondit Gilping; la tranchée superficielle, sorte de simple déchirure du sol, et les excavations souterraines existaient déjà indépendantes et sans communication, mais ces dernières au-dessous de la première; un simple tremblement de terre, comme il y en a si souvent dans ces contrées, a suffi pour produire un éboulement qui les a mis en communication sur un point, et cet éboulement a dû se produire naturellement dans l'excavation qui s'était le plus rapprochée de la surface du sol. Partis donc de la crevasse superficielle, nous sommes arrivés dans l'excavation où ce mouvement s'est produit en nous laissant glisser, vous vous en souvenez, sur une pente rapide qui indique l'éboulement; mais à dater de ce moment, nous nous sommes constamment éloignés de la tranchée correspondant à la crevasse supérieure, car la pente suivie par nous ayant toujours été d'environ un mètre sur dix, nous sommes en ce moment à quinze ou dix-huit cents mètres dans le centre de la terre et obligés, par conséquent, de retrouver une pente ascensionnelle égale pour revenir au jour.

C'était net, concis et d'une logique indiscutable.

Gilping ajouta :

— Il y a longtemps que je me suis aperçu de cela; chaque porphyre, chaque basalte, chaque calcaire marmoréen ou granitoïde me parlait un langage qui m'est familier, et j'assistais sans rien dire au développement d'un des plus beaux mouvements volcaniques intérieurs qu'on puisse voir, m'inquiétant peu, dans ma joie de géologue, de savoir où nous allions, car à voir l'assurance avec laquelle vous marchiez, vous deviez connaître votre chemin; mais maintenant que vous m'avouez votre embarras, je n'ai plus qu'un conseil à vous donner, c'est de revenir rapidement sur nos pas, car l'inspection des lieux et mon odorat surtout m'avertissent que nous ne sommes pas loin de quelque lac de natron ou de naphte, dans lequel nous pouvons tomber sans nous en apercevoir.

John Gilping finissait à peine de prononcer ces paroles qu'une épouvantable

— Nous sommes perdus! (Page 128.)

détonation ébranla le souterrain tout entier, et un courant d'air d'une violence extrême, traversant le sombre couloir, renversa violemment nos pionniers sur le sol; le fanal roula des mains de Laurent et s'éteignit.

Et, seule au milieu du silence qui suivit cette terrible explosion, la voix grave de Gilping se fit entendre :

« Seigneur! Seigneur! ayez pitié de votre serviteur, s'il est dans vos desseins de le rappeler à vous... »

Ces paroles du Psalmiste, qui tombaient dans la nuit, avaient en ce moment quelque chose de grand et de sublime.

John Gilping n'était plus ridicule !

Le premier moment de stupeur passé, une voix se fit entendre immédiatement, celle du Canadien :

— Êtes-vous blessé, monsieur le comte? s'écria-t-elle d'un ton plein d'anxiété.

— Heureusement non, mon brave ami, répondit le jeune homme.

— Dieu soit loué ! exclama Laurent, et moi qui ai laissé tomber le fanal; qu'allons-nous devenir?

— Ce n'est rien, continua Dick, cela peut se réparer..., et vous, monsieur Gilping, ne vous est-il rien arrivé?

— « Et l'Éternel a dit : Je sauverai mon serviteur du plus profond des enfers », répondit Gilping. Merci, monsieur Dick, je suis sain et sauf.

Mais déjà le Canadien s'était relevé et avait allumé une de ces bougies américaines soufrées et garnies de phosphore comme nos petites allumettes et pouvant durer dix minutes; ramasser le falot et le remettre en état fut l'affaire d'un instant.

A peine sa lumière éclaira-t-elle le visage de nos pionniers pâlis par la stupeur et la terrible commotion qui les avait roulés sur le sol, que la même parole s'échappa de toutes les bouches :

— Qu'est-il arrivé? Qu'est-ce qui a pu produire une pareille détonation?

— Ne croyez-vous pas, monsieur Gilping, hasarda Olivier, que ce puisse être une explosion de gaz accumulé dans une des excavations inférieures?

— C'est impossible, monsieur, répondit le géologue; il y a des milliers, des centaines de mille ans, peut-être, que le silence s'est fait dans ces contrées souterraines; les accidents que nous avons sous les yeux datent de la fin de la période secondaire, ce sont des coulées de laves intérieures qui ont parcouru d'immenses espaces avant d'arriver au dehors, car il n'y a pas trace de volcans dans ces contrées; il est même probable qu'elles ne se sont fait jour que dans l'Océan, donnant ainsi naissance à cette grande quantité de rochers et îlots stériles que l'on rencontre sur la côte ouest de l'Australie.

— Alors vous croyez que ces excavations peuvent se continuer pendant des centaines de lieues jusqu'à la mer?

— Cela n'a rien d'improbable : la croûte terrestre n'est compacte qu'à la surface; à mesure qu'on gagne les grandes profondeurs, les failles, les excavations, les soufflures se multiplient, vides naturels qui se sont formés par la compression des gaz et des vapeurs d'eau au moment du refroidissement des matières en fusion. Un dernier fait s'oppose encore à ce que la détonation que nous venons d'entendre soit le produit d'une explosion gazeuse; nous eussions été immédiatement asphyxiés par l'envahissement des vapeurs délétères de cette galerie.

— Ma supposition est entièrement détruite par vos explications, si claires et si plausibles qu'il n'y a rien à répliquer, monsieur Gilping, fit Olivier.

— Elle est encore renversée, continua imperturbablement l'Anglais, par une autre raison qui va vous servir également à découvrir les causes de l'explosion : ce courant d'air qui nous a si violemment rejetés sur la terre ne venait pas des profondeurs du sol, mais bien du long conduit souterrain que nous venons de parcourir. Chacun de nous n'a qu'à se rendre compte de la manière dont le choc s'est produit pour apprécier la direction du courant.

— C'est vrai, affirma le Canadien ; j'ai été renversé sur le dos, et je faisais face à la route que nous venons de suivre.

Chacun de nos fugitifs ayant constaté le même fait, Olivier reprit :

— Vous venez de nous dire, monsieur, que ces dernières considérations nous aideraient à découvrir la nature de la terrible explosion que nous venons d'entendre?

— Assurément, et en éliminant une à une toutes les suppositions que j'ai reconnues impossibles, je suis arrivé rapidement à me persuader qu'une main étrangère...

— Achevez, de grâce.

— A l'aide de quelques livres de poudre, vient de faire sauter, à une certaine distance de nous, la voûte de l'excavation dans laquelle nous nous sommes engagés depuis plusieurs heures, sans doute pour nous enlever toute possibilité de retour.

Prononcées avec le plus grand sang-froid par John Gilping, ces paroles tombèrent comme un coup de foudre au milieu de la petite troupe, y produisant des effets différents, selon le tempérament de chacun.

A cette terrible révélation, que ni l'un ni l'autre, à raison des soupçons qu'ils avaient conçus, ne fut porté à révoquer en doute, Laurent et le Canadien ne songèrent immédiatement qu'à leur maître et ami.

Quant à Olivier, malgré tout son courage, ce fut avec un léger tremblement dans la voix qu'il répondit :

— Êtes-vous bien sûr de ce que vous avancez, monsieur?

— Aoh! absolument sûr, répliqua Gilping. Tenez, l'odeur de la poudre, qui n'a pas trouvé à s'échapper par une autre voie, commence à nous arriver maintenant.

Devant ce fait brutal, le moindre doute était difficile à conserver.

— Alors, nous sommes perdus!

— Je n'en sais rien; je n'affirme qu'une chose : on a fait sauter le souterrain ; à vous maintenant de voir ce que vous avez à faire.

— Mais qui donc peut avoir intérêt?...

— Qui donc? monsieur le comte, fit le Canadien... Est-ce que vous ne devinez pas d'où part ce coup terrible, un coup de maître, par exemple?

— J'ai beau me creuser le cerveau, je suis obligé de reconnaître mon ignorance.

— Ne cherchez pas plus longtemps. Ceux qui vous ont poursuivi de leur haine à Saint-Pétersbourg et à Paris, qui vous ont accompagné en Australie, et depuis notre départ de Melbourne nous suivent à la piste avec les bush-rangers qu'ils ont engagés; ceux enfin qui ont lancé contre nous les Dunda-rups pour essayer de nous faire massacrer tout en restant dans l'ombre, sont seuls capables d'avoir conçu et mené à bien un pareil attentat.

CHAPITRE IV

Encore les Invisibles. — Terrible douleur. — Le lunch de John Gilping.
Blackwell and Cross. — La délibération. — Obstacles insurmontables. — Plus d'espoir.
L'éboulement. — Qu'est devenu l'Aigle-Noir.

De prime abord, les déclarations du Canadien ne convainquirent pas Olivier; il croyait avoir si bien pris ses précautions en quittant la France qu'il ne pouvait s'imaginer que ses ennemis avaient pu suivre ses traces; cependant, quand, assisté de Laurent, dont la conviction était faite depuis sa conversation avec lui, le vieux trappeur eut expliqué au jeune homme toute l'étrangeté de conduite des bush-rangers, quand il lui eut démontré que de véritables batteurs de Buisson, au lieu de chercher à les supprimer par tous les moyens possibles, ce qui était sans profit pour eux, les eussent au contraire suivis jusqu'au *placer*, argument dont Laurent avait immédiatement saisi la valeur, Olivier commença à apercevoir l'enchaînement fatal qui existait entre les événements mystérieux d'Europe et ceux tout aussi étranges d'Australie.

— Je crois que vous avez touché juste, mon pauvre Dick, lui dit-il; mais jamais je n'aurais pensé que ceux qui m'ont juré une haine à mort fussent si puissants et surtout si habiles... Ainsi, c'est moi, moi seul qui aurai causé notre perte!... Pardonnez-moi, Dick; pardonne-moi, Laurent, mon fidèle serviteur, et vous, monsieur Gilping!...

Le jeune homme ne put achever sa phrase : les sanglots qui lui montaient à la gorge l'étouffaient; il se laissa tomber sur un quartier de roche et se prit à pleurer...

— Ainsi, murmurait-il, je porte malheur à tout ce qui m'approche, à tout ce que j'aime! Si du moins cette vengeance occulte ne s'exerçait que sur moi, si elle ne prenait pas à tâche de frapper sur des innocents! Maria Feodorowna est emprisonnée dans un couvent, son père exilé en Sibérie, et, comme si ce n'était pas déjà assez, voilà que j'entraîne de nouvelles victimes dans la voie maudite que je parcours!

Dick et Laurent, respectant sa douleur, se tenaient à quelques pas de lui, immobiles et silencieux : le meilleur moyen de calmer son chagrin était de le laisser s'exhaler d'abord en toute liberté.

Au bout de quelques instants, Olivier sembla se calmer un peu : il réfléchissait.

Tout à coup, il se leva :

— Ainsi, dit-il, nous allons mourir... sans la revoir et sans me venger ; mourir stupidement à six mille pieds sous terre, d'une mort inutile, ignorée de ceux qui nous aiment !

— Calmez-vous, je vous prie, mon cher maître ; tout espoir n'est pas perdu encore, lui dit Laurent.

— Non ! non ! nous ferons des miracles pour vous sauver !

— Nobles cœurs ! répondit le jeune homme en leur pressant les mains, la mort ne me fait point peur, j'ai accepté la lutte, j'aurais dû prévoir ce qui m'arrive ; tôt ou tard, ici ou là, je devais succomber ; les forces étaient trop inégales, et puis je combats à visage découvert, et eux, ils se nomment les Invisibles, ils ne marchent que par pièges et guet-apens, les armes des lâches. Oui, j'étais condamné ; aussi bien du premier jour j'avais fait le sacrifice de ma vie ; mais vous, vous !... Pourquoi vous ai-je entraînés dans ma folle entreprise ? Ah ! vous ne savez pas comme la mort de deux... de trois innocents, pèse aux dernières heures qui me restent à vivre !

— Grâce à Dieu, fit le Canadien de sa voix sonore et sympathique, nous n'en sommes pas encore là ; mais si nous devons faire le dernier pas ensemble, eh bien ! je serai heureux de voir le vœu de mon vieux père réalisé : — « Dick, si jamais un Lauraguais d'Entraygues a besoin de ta vie, souviens-toi qu'elle lui appartient. »

A bout d'émotions, Olivier se laissa tomber dans les bras du Canadien et eut une nouvelle crise de larmes sur la poitrine du géant, qui l'ayant pris dans ses bras le berçait comme un enfant. Agenouillé et lui tenant les mains, Laurent lui disait :

— Et moi donc, maître, croyez-vous qu'il y ait sur terre un plus grand bonheur pour moi que de mourir à vos côtés ?

Gilping lui-même était ému.

C'était l'heure de son lunch, et les circonstances les plus solennelles, l'échafaud même, ne lui eussent pas fait oublier les moments spéciaux où il avait coutume de réparer les forces de son individu. Comme il le disait souvent : « Ventre creux, tête vide, » ce qui signifiait qu'à jeun il n'avait pas d'idées. Aussi, pendant cet émouvant entretien, avait-il pris dans ses bagages une demi-douzaine de biscuits secs, une tranche de chester mis en boîte pour l'exportation, et s'employait-il sérieusement à rendre du ton et de la force à ses muscles. Mais le spectacle qu'il avait sous les yeux, cette fois, ne l'avait pas laissé insensible, et tout en mangeant à pleines bouchées on l'entendait murmurer :

— Très touchant, *indeed !* En vérité, je suppose que ces gentlemen sont véritablement des hommes de cœur. Nous ne sommes pas encore morts, que diable !... Ils ont fait sauter le tunnel, eh ! eh ! nous le déblayerons ; et puis, qui sait si les excavations que nous avons rencontrées en chemin ne correspondent pas avec celles qui débouchent dans la crypte centrale ?... Je ne peux pas mourir encore, je n'ai pas fait mon testament... et puis, n'ai-je pas promis à mistress Gilping, mon épouse, de lui rapporter une plante d'*eucalyptus wellingtonia gigantea ?*... Aoh ! véritablement très attendrissant ce spectacle... Cela fera un bel épisode dans mon rapport à la Société royale sur les minéraux australiens... Ce chester est admirable de fraîcheur, *very nice*, il n'y a que les Blacwkell and Cross pour faire de pareilles conserves... Aoh ! on dirait qu'il pleut...

Il ne pleuvait pas, mais le brave John Gilping ne voulait point s'apercevoir qu'il arrosait de ses larmes son chester de Blackwell and Cross... et sa situation personnelle n'était pour rien dans son émotion ; il n'y songeait même pas, car il continuait à murmurer :

— Oui, décidément, je crois que ce sont de très braves gens... Moi qui les prenais pour des convicts réfugiés dans le Buisson... Aoh ! certainement que je ferai mon possible pour les sauver...

De son côté, le Canadien, qui avait suivi ce monologue à bâtons rompus, disait à ses compagnons :

— Allons ! je me suis un peu trompé sur son compte, c'est toujours un Anglo-Saxon, mais il a aussi les qualités de sa race, s'il en a les défauts. Jusqu'à présent il nous avait un peu considérés comme des muletiers à qui il faisait le grand honneur de permettre de l'accompagner ; mais depuis qu'il s'est aperçu que M. le comte était l'héritier d'un des grands noms de France, ce n'est plus le même homme. La noblesse exerce un prestige énorme sur cette race, et je crois maintenant que nous pouvons compter sur lui ; il va remiser sa morgue dans les bagages de Pacific.

Comme pour donner raison aux réflexions de Dick, John Gilping s'avançait, une bouteille de *brandy* à la main.

— Aoh ! monsieur le comte, dit-il à Olivier, je serais très heureux, très heureux de porter un *toast* à votre prompte délivrance.

Sa crise nerveuse une fois passée, Olivier avait retrouvé tout son courage et toute son énergie.

— Je vous rendrai raison volontiers, monsieur Gilping, répondit-il, et vous prie d'agréer le même souhait.

Après avoir bu, les deux hommes échangèrent une vigoureuse poignée de main.

— Je porte le *toast* pareillement à vous, monsieur Dick, fit Gilping en se retournant vers le Canadien, et aussi à vous, monsieur Laurent ; je suppose que vous n'avez pas envie non plus de rester dans le tunnel.

Gilping leur donna également la main, mais avec une légère réserve, dont ils ne pouvaient se froisser, qui établissait la différence qu'il faisait entre eux et le comte de Lauraguais d'Entraygues.

Désormais la glace était rompue. Et à vrai dire, si John Gilping avait vécu en dehors de ses compagnons, la faute en était un peu à la présentation singulière qui avait eu lieu au campement du Red-River. Alors qu'il avait décliné tous ses titres et qualités, on lui avait rendu en échange une série de simples prénoms, Dick, Olivier, Laurent, qui ne lui avait rien dit qui vaille, et en véritable Anglais qu'il était, il avait pensé, puisqu'on lui cachait les noms patronymiques, qu'il devait avoir affaire à une troupe d'aventuriers, sous la protection desquels il consentait bien à se mettre; mais frayer avec eux, c'était une autre affaire.

Sans rien sacrifier de ses habitudes et de ses manies, il allait maintenant prendre une part plus active à la vie commune; il avait depuis quelques instants, du reste, considérablement grandi dans l'opinion de ses compagnons, et les connaissances géologiques dont il venait de faire preuve n'avaient pas peu contribué à faire oublier l'originalité de son caractère; et cette association dans sa personne du mysticisme, de la science et du *brandy*, qui n'a rien, du reste, d'extraordinaire pour qui connaît bien le tempérament anglo-saxon, n'était plus considérée par Olivier comme une marque d'infériorité sociale.

Tous ces incidents secondaires avaient certainement duré moins de temps que nous n'en avons mis à les raconter, et dix minutes ne s'étaient pas écoulées depuis l'explosion qu'un phénomène, conséquence naturelle de cet événement, vint démontrer jusqu'à l'évidence l'exactitude du pronostic de John Gilping.

On se souvient qu'une forte odeur de poudre s'était répandue dans la partie de l'excavation où se trouvaient les fugitifs, à la suite de la trombe d'air qui les avait renversés sur le sol. Peu à peu succéda à cette première manifestation un épais nuage de fumée qui envahit tout le conduit souterrain, avec d'autant plus de lenteur qu'aucun courant d'aération ne parvint à s'établir, preuve indiscutable de l'obstruction complète de la fissure amenée par l'entassement des roches après l'explosion. La fumée ne se développait plus alors qu'en vertu de son élasticité, et ne devait disparaître qu'à la longue, par le refroidissement des vapeurs carboniques et leur résorption sur le sol. Elle se massa bientôt avec une telle intensité dans la partie de l'excavation où se trouvaient les malheureux pionniers que le flambeau, privé d'air, menaça de nouveau de s'éteindre, et que ces derniers se demandèrent avec effroi s'ils n'allaient pas être asphyxiés.

Après une demi-heure d'horribles angoisses, l'oppression qui paralysait le jeu de leurs poumons commença à diminuer, et ils constatèrent avec joie que la lumière du fanal reprenait un peu de vivacité. Une mort plus terrible encore, avec toutes les tortures qui accompagnent la faim, les attendait peut-être; mais l'homme est ainsi fait, que l'espoir ne l'abandonne jamais dans les situations les plus désespérées, et ils se sentirent presque heureux d'avoir échappé à un danger immédiat qui ne diminuait en rien l'horreur de leur position.

Assis sur un quartier de roche, les quatre compagnons, devenus des amis, délibérèrent rapidement sur le parti qu'ils devaient prendre. Ils ne furent pas longs à s'accorder sur ce point qu'ils devaient, avant toute chose, se transporter de suite aux lieux où s'était produite l'explosion, pour se rendre compte de l'état du souterrain. Le mulet était chargé de tous les instruments nécessaires au mineur : pelles, pioches, pics, fusées de mine pour faire sauter les blocs de rocher, et il se pouvait fort bien que la masse écroulée ne fût pas d'une telle importance que quatre hommes, résolus et forts, n'arrivassent à la déblayer avec un travail acharné de quelques heures ou de quelques jours, peu importait le temps; si l'opération était possible, on la tenterait immédiatement.

En faisant l'état de leurs provisions, ils reconnurent avec un véritable bonheur qu'ils avaient des vivres pour huit à dix jours en conserves de toute espèce, tout en abandonnant deux ou trois livres de biscuit aux deux animaux qui leur avaient rendu de tels services qu'ils décidèrent d'un commun accord qu'on ne les sacrifierait qu'à la dernière extrémité. N'était-ce pas, en effet, grâce au mulet et à Pacific, qui les avaient portés, que les fugitifs possédaient les instruments et les vivres nécessaires à leur délivrance?

Ils ne craignaient pas de manquer de boisson : outre cinq à six caisses de brandy et de gin qu'ils possédaient, l'eau vive s'échappait en minces filets d'eau, et il était facile de la recueillir.

Séance tenante, les animaux reçurent leur ration de *pilote's bread*, et après un léger repas de ce bœuf rôti connu dans la marine sous le nom d'*endaubage*, accompagné d'un peu de ce fameux chester de *Blackwell and Cross*, la petite troupe, suffisamment réconfortée, reprit le chemin qu'elle venait de parcourir.

Nos amis marchaient à peine depuis un quart d'heure quand ils s'arrêtèrent tout à coup frappés de stupeur. Une nouvelle détonation, plus faible que la première, venait d'éclater subitement, mais sans produire cette fois le rapide courant auquel ils n'avaient pu résister.

Comme ils se regardaient tous les quatre, pâles, haletants, sans oser se communiquer leurs impressions, Gilping rompit le silence le premier.

— Les gredins, fit-il, craignant sans doute que nous vinssions à en réchapper, ils viennent de faire sauter une seconde fois le souterrain un peu plus en arrière encore, de façon que, la première barrière débloquée, nous en trouverons une seconde devant nous et peut-être une troisième, car qui sait où ils vont s'arrêter maintenant!

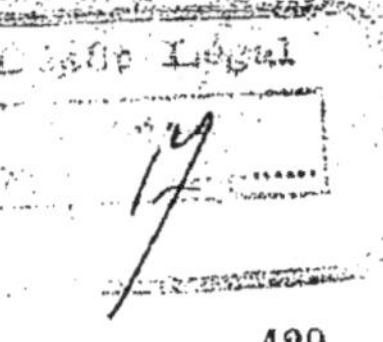

Nous sommes bloqués entre quatre murs, murmura le Canadien. (Page 132.)

— Soit! répondit Olivier avec énergie, cela fera double travail; marchons!

— Bravo! exclama Gilping, notre courage égalera leur lâcheté.

— Ah! qu'ils prient Dieu que nous ne sortions pas vivants d'ici, s'écria le Canadien avec une rage concentrée; je jure par la mémoire sacrée de mon père que jamais vengeance plus terrible n'aura été tirée de tels forfaits; je ne ferai pas grâce à un seul de ceux qui auront trempé dans cette sinistre besogne.

Cette marque nouvelle de l'animosité et de l'acharnement que les émissaires des *Invisibles* mettaient à poursuivre le comte d'Entraygues ne fît que redoubler le courage du jeune homme et de ses compagnons, et désormais rien ne devait abattre leur énergie.

Il fallait que ces quatre hommes fussent vigoureusement trempés pour ne pas se sentir défaillir à la pensée des obstacles qu'un implacable ennemi accumulait ainsi sur leur chemin et pour conserver encore une lueur d'espérance.

Olivier combattait pour sa propre cause, Dick et Laurent étaient soutenus par le fanatisme du dévouement; il était donc naturel qu'aucune récrimination ne sortît de leur bouche; mais John Gilping, qui n'était pour rien dans cette aventure, que le hasard seul avait mêlé aux péripéties de ce sombre drame, John Gilping qui, avec ses psaumes, sa clarinette et sa passion pour le brandy, n'était apparu d'abord à ses compagnons que comme le plus grotesque des personnages, John Gilping était tout simplement admirable; pas une plainte, pas un regret ne s'échappait de ses lèvres; il avait de suite accepté cette situation, à laquelle il était étranger, avec un stoïcisme et une bravoure froide qui était le propre de sa race; mais tout cela, il faut bien le dire après lui avoir rendu justice, n'était pas le fait d'une nature généreuse et chevaleresque; il eût été libre, en effet, qu'il n'eût pas fait dix pas pour soutenir Olivier et se mêler d'une chose qui ne le regardait pas; il était simplement fouetté par l'idée du prestige du nom anglais à soutenir en face de deux Français et d'un Canadien, qu'à titre de sujet britannique il considérait comme fort au-dessous de lui. Il allait là comme les Highlanders vont au feu; il s'imaginait que le léopard breton était engagé contre le coq gaulois et que le drapeau de la reine flottait dans l'ombre souterraine des cryptes australiennes, au-dessus de sa tête. Oui, cet humble prédicant, ce membre de la Société évangélique et de la Société royale de Londres marchait comme si l'Angleterre entière l'eût regardé en lui disant: *For the Queen!* (pour la reine!)

Et tous les Anglais sont à peu près taillés de même bois, et voilà comment ce peuple brutal, égoïste, personnel, hypocrite, mystique et ivrogne donne parfois des exemples d'héroïsme, de bravoure et de grandeur dont le mobile est toujours anglais, mais jamais humain.

Pour tout bon Anglais, l'humanité commence et finit en Angleterre, *reine du monde,* comme dit un de leurs hymnes patriotiques; les autres peuples sont gens de race inférieure que l'Angleterre a le droit d'exploiter et de tailler à merci dans le combat de la vie.

Jamais l'Angleterre ne s'est dévouée pour un autre peuple, jamais Anglais ne s'est dévoué pour un homme, et c'est cet égoïsme féroce qui fait la force de l'une et de l'autre.

En France, pays de générosité primesautière, on se fait une tout autre idée de nos voisins, que l'on ne connaît guère que par les portraits fantaisistes que nos écrivains se sont complu à tracer d'eux ; notre Gilping est une photographie prise sur le vif, c'est un type national et individuel. C'est la Bible d'une main et une bouteille de *brandy* de l'autre que l'Angleterre se promène à travers le monde, convertissant les uns et abrutissant les autres, selon ses intérêts ; mais, à force de débiter ces deux produits, elle a fini par ne plus pouvoir s'en passer elle-même.

— Hepp ! hepp ! hurrah ! *Rule Britannia !*

C'est par ce cri national que John Gilping avait salué la seconde explosion..., en ce moment, John Gilping était tout simplement héroïque !

Que nous importent désormais les motifs qui vont le faire agir ? Nous avons disséqué, pour ainsi dire, le tempérament au point de vue de la vérité psychologique, nous constaterons maintenant son intrépidité et son énergie pour rendre hommage à la vérité des faits.

Au bout de deux heures de marche, pendant lesquelles nos pionniers avaient à peine échangé quelques réflexions, la petite troupe s'arrêta au cri de : Halte ! vigoureusement poussé par le Canadien. On était arrivé à la partie du souterrain où s'était produite la première explosion.

Aucun bruit nouveau n'était venu troubler le silence de ces profondes solitudes, ce qui démontrait que les ennemis inconnus avaient dû trouver leur œuvre bonne et s'étaient probablement retirés après leur second exploit.

Ce fut avec un étonnement mêlé d'un effroi légitime qu'Olivier et ses amis considérèrent l'épouvantable éboulement qu'ils avaient sous les yeux ; les parois de l'excavation s'étaient littéralement écrasées, aplaties les unes contre les autres, et cela sur une profondeur dont il était impossible de mesurer l'étendue ; et ils constatèrent immédiatement, avec un morne désappointement, que leur projet de s'ouvrir un chemin à travers les masses de roches écroulées, dont plusieurs devaient dépasser cinquante à soixante tonnes, était absolument impraticable ; les charges de poudre nécessaires pour diviser ces blocs gigantesques auraient du même coup fait sauter de nouvelles parties du souterrain. L'explosion, du reste, qui les avait renversés, avait été telle, que sur une longueur de vingt-cinq à trente mètres en avant les parois latérales et la voûte avaient été si fortement ébranlées qu'au moindre choc elles devaient s'abîmer sur la voie, ajoutant ainsi des centaines de mètres cubes de roches à celles qui étaient déjà amoncelées. Dans une mine ordinaire, il eût fallu une cinquantaine d'ouvriers, des chevaux, des wagons, un petit chemin de fer de traction, et surtout un lieu assez vaste où déposer les déblais, pour mener à bien le travail qui, en l'état, eût encore demandé plusieurs semaines.

John Gilping, qui examinait la situation en connaisseur, secoua lentement la tête et dit en se retournant vers ses compagnons :

— Ce n'est point par là que nous sortirons, je suppose. Ah ! quel beau travail de démolition ! Les gentlemen qui nous poursuivent doivent avoir un ingénieur avec eux... ; quel bouleversement, la poudre seule n'a pas pu produire de pareils effets... Aho ! c'est véritablement très remarquable.

— Alors, nous n'avons plus qu'à mourir ?

— Aho ! je ne dis point cela... Ils ont eu recours, je suppose, à quelque mélange détonant qui m'est inconnu... *Very superior !* la masse entière a été soulevée et s'est affaissée sur elle-même ; le fulminate de mercure, je suppose, est seul capable de donner un pareil résultat..., à moins que cette nouvelle matière qu'on vient de découvrir... Aho ! connaissez-vous la dynamyte, monsieur le comte ?

Livré en ce moment aux plus tristes réflexions, Olivier se contenta, pour toute réponse, d'esquisser un geste négatif.

— Drôle de corps ! ne put s'empêcher de murmurer le Canadien ; nous sommes bloqués entre quatre murs de pierre, et il parle aussi tranquillement que s'il se trouvait dans un meeting scientifique !

— Oui ! continua Gilping, en manière de conclusion, je suppose que nous devons chercher autre chose.... ; autant vaudrait essayer de percer un nouveau tunnel que de tenter de déblayer celui-là.

— Trouver autre chose, monsieur, reprit Olivier avec le calme de l'homme qui a fait le sacrifice de sa vie, me paraît encore plus irréalisable que le projet que nous sommes forcés d'abandonner : il ne nous reste donc plus qu'à nous préparer à bien mourir.

— Nous n'en sommes pas encore là, monsieur le comte, répondit Gilping, et si ce moment arrive, je suppose que nous lirons à tour de rôle la Bible, jusqu'à ce que nos yeux ne puissent plus suivre les lignes du livre sacré, et ce sera une suffisante préparation ; mais toute espérance n'est point perdue, et je demande que chacun de nous donne son avis sur ce que nous devons faire.

— Si, selon l'habitude, la parole est au plus jeune, je dois vous dire, monsieur Gilping, que, du moment où nous ne pouvons pas percer ces blocs, je n'entrevois aucun moyen de porter remède à notre malheureuse situation.

— A vous, monsieur Laurent, fit Gilping qui avait pris la présidence de ce funèbre conseil.

— Je ne puis qu'être de l'avis de M. le comte !

— Et vous, monsieur Dick ?

— Oh ! pour moi c'est autre chose, je ne jette pas aussi facilement le manche après la cognée. Il me reste un espoir : c'est que Willigo, au lieu d'être tombé sous les coups des Dundarups, ait été simplement empêché de pénétrer dans le kra-fenoua. Dans ce cas, je connais l'homme, il ne nous abandonnera pas. Qu'il ait connaissance ou non de l'explosion, dès qu'il le pourra, il accourra à notre recherche, la vue seule des décombres lui fera comprendre notre sort, et sans plus tarder il volera aux grands villages de sa tribu, d'où il reviendra avec une véritable armée pour nous délivrer; je ne sais pas comment les Nagarnooks s'y prendront pour déblayer le souterrain, mais soyez persuadés qu'ils y arriveront. Je suis membre adoptif de leur tribu et ils seraient à tout jamais déshonorés dans le Buisson s'ils ne faisaient pas tout pour me sauver ainsi que les amis qui sont avec moi.

— Combien pensez-vous que cela puisse prendre de temps, Dick? demanda Olivier.

— Dans les vingt-quatre heures, toute la tribu des Nagarnooks sera dans le kra-fenoua, les guerriers pour creuser, les femmes et les enfants pour transporter les déblais, et ces derniers n'auront pas loin à aller, la grande crypte en contiendrait cent fois autant qu'il y en a devant nous.

— Oui, mais si Willigo a été tué?

— Pour moi, c'est chose impossible. Une troupe de cinq à six personnes comme nous l'étions, et surtout avec des Européens qui ne peuvent se plier aux ruses du Buisson, pouvait difficilement s'échapper, mais Willigo, seul avec ses guerriers, aurait défié toute l'armée des Dundarups; il n'y a pas race pareille pour se glisser, sans être vu, dans les hautes herbes et les broussailles.

— Cependant, ce matin, Dick, quand nous avons vu qu'il ne nous avait pas rejoints, vous avez immédiatement supposé qu'il lui était arrivé quelque malheur.

— C'est vrai, c'est la première idée qui m'est venue, mais c'était avant l'explosion qui indiquait l'intervention des bush-rangers; depuis j'ai réfléchi que Willigo, en voyant les Européens se mêler à la lutte, a dû comprendre qu'une fois sorti du kra-fenoua, nous ne pouvions lutter contre les Dundarups et contre les blancs tout à la fois. Et comme le sauvage est logique avant tout, se fiant sur ma connaissance des ruses de guerre du pays pour penser que je ne vous ferais jamais sortir du kra-fenoua sans avoir au préalable inspecté les environs, il sera parti en toute hâte pour ramener des renforts.

— Mais comment s'y prendront nos amis les Nagarnooks pour remuer ces masses que nous sommes impuissants à attaquer?

— Je l'ignore, mais ma croyance absolue est qu'ils arriveront à nous tirer de là.

— S'il leur faut plusieurs semaines, comment pourrons-nous attendre?

— Nous avons pour dix jours de vivres, en nous mettant à la demi-ration, vous voyez que nous aurons le temps de patienter.

— Et les animaux?

— Quant à eux, il faudra nous résigner à les sacrifier.

— Et mon chien? fit tristement Olivier : il a été certainement surpris par l'explosion au moment où il venait nous rejoindre. Pauvre Black! Et une larme vint perler le long des cils du jeune homme.

— Tenez, monsieur le comte, ajouta le Canadien, ma confiance est si pleine, si entière, que je suis certain qu'avant demain soir, en appuyant notre oreille contre les rochers, nous entendrons le bruit des travailleurs venus à notre secours; car vous savez comment les sons les plus faibles se répercutent sur les masses rocheuses.

— Bien! mon brave Dick; mais si rien de tout cela n'arrive?

— Eh bien, alors, répondit le Canadien, à la garde de Dieu! Je ne suis pas grand clerc, mais je lirai volontiers dans le gros livre de M. Gilping; j'ai toujours vécu en honnête homme, et s'il faut partir pour le grand voyage, je serai prêt. Cependant, fit-il en se frappant le front, quelque chose me dit que notre dernière heure n'est pas arrivée.

CHAPITRE V

L'avis de Gilping. — Excavations et fissures sans fin.
Perdus sans retour. — Retour de Black. — Les rêves du prédicant. — Dernières tentatives.
Le tunnel. — Dick ne revient pas!

C'était au tour de John Gilping d'exprimer son opinion.

Depuis que la conversation avait pris une tournure particulière entre Dyck et le comte d'Entraygues, le géologue n'accordait plus aucune attention aux paroles qu'ils échangeaient; il s'était éloigné du petit groupe et examinait avec attention la direction des coulées de laves volcaniques qui, en écartant les roches pour se frayer un passage, s'étaient refroidies çà et là, tantôt par masses compactes, tantôt par minces filets, faisant comme une sorte de ciment d'une couleur différente, entre les blocs qu'elle avait disjoints d'abord, puis resoudés les uns aux autres. Ces coulées de matières en fusion, qui avaient conservé, en se refroidissant, un aspect vitreux, étaient des plus faciles à reconnaître; et Gilping constata avec une certaine satisfaction qu'elles se dirigeaient toutes dans le sens de l'immense crypte dans laquelle ils avaient stationné le matin pour attendre Willigo et prendre leur premier repas. Il acquit ainsi la conviction que ces matières en fusion, dont le dilatement des vapeurs concentrées avaient occasionné les nombreuses fissures et excavations semblables à celle suivie par la petite troupe, avaient été, dans un monstrueux effort volcanique, *éjectées* du centre de la terre, et étaient venues, en remontant à la surface, s'accumuler sur un même point, où la force de dilatation des gaz et vapeurs d'eau ne trouvant pas d'issue avait soulevé l'écorce terrestre et donné naissance à la grande crypte centrale, qu'un tremblement de terre postérieur avait mise en communication avec le kra-fenoua ou fissure superficielle. Et dès lors toutes les fissures, excavations, crevasses et failles qui s'ouvraient de tous côtés dans la crypte n'étaient point des voies d'échappement de la lave accumulée partie de cette crypte, mais bien des canaux d'arrivée par lesquels les différents flots de matière en fusion partis du centre de la terre étaient venus se réunir dans cette vaste excavation centrale. Il s'ensuivait donc forcément que toutes les excavations souterraines produites par le passage de la lave devaient communiquer avec la crypte principale. Or, comme une foule de fissures secondaires partaient de l'excavation où se trouvaient nos pionniers, il était logique de penser que le trop-plein de leur lave coulant dans les grandes excavations s'était échappé par là, et suivant la même direction ascensionnelle, était arrivé à communiquer soit avec les principaux canaux souterrains qui débouchaient dans la crypte, soit directement avec la crypte elle-même.

Et, arrivé à ce point de ses déductions, John Gilping se souvint parfaitement d'avoir remarqué le matin, qu'à côté des ouvertures principales qui débouchaient dans cette crypte comme autant de larges tunnels, se trouvaient une foule d'autres crevasses de moindre importance, qui n'étaient autres certainement que ces ramifications secondaires. En suivant donc une de ces ramifications, on pouvait avoir l'espoir, presque la certitude, de faire retour dans la crypte aux geysers, d'où la petite troupe était partie le matin.

Une seule chose était à craindre, c'est que nombre de ces fissures secondaires, suffisantes pour donner passage à la lave, ne fussent, dans certaines parties de leur parcours, trop étroites pour donner passage à un homme et, à plus forte raison, aux animaux.

Il était donc nécessaire de bien choisir la voie dans laquelle on s'engagerait. Quelques explorations préalables dans les fissures les plus importantes devaient rendre ce choix plus facile et, autant que possible, on devait prendre un passage qui permît de sauver les pauvres animaux qui avaient déjà rendu de si grands services, et étaient appelés à en rendre encore d'importants aux fugitifs après leur délivrance.

Avant de faire part de son projet à ses compagnons, John Gilping voulut contrôler de suite un point principal de ses suppositions; une de ces fissures latérales s'ouvrait à moins d'une centaine de mètres du lieu où il se trouvait; il pria Laurent de lui confier le fanal pendant quelques instants et s'achemina dans cette direction, suivi des yeux par ses amis, qui ne comprenaient rien à l'inspection à laquelle il se livrait.

Le but de notre géologue était simplement de se renseigner sur la direction suivie par la lave dans ces passages secondaires. Arrivé près de cette première fissure, il put, avec un véritable sentiment de satisfaction, constater la justesse de ses prévisions.

Il put constater que le flot de matière en fusion, trop resserré, sans doute, dans l'artère principale où se trouvait la petite troupe, avait fait éclater la roche en cet endroit, et que la masse gazeuse accumulée s'était frayé un passage qui devait nécessairement aboutir soit à une des grandes excavations latérales, soit à la crypte centrale elle-même, car la vapeur comprimée ne connaît pas d'obstacles.

Avant de pousser ses investigations plus loin, Gilping revint sur ses pas pour communiquer à ses compagnons le résultat de ses recherches.

— Monsieur le comte, dit-il en souriant, c'est à moi maintenant de formuler mon opinion, et je vais le faire en connaissance de cause.

Ainsi qu'on a pu le remarquer, c'était toujours à Olivier que Gilping adressait la parole en premier lieu. Partisan, comme tout véritable Anglais, des hiérarchies sociales, il n'avait garde de les oublier, même à quinze cents mètres sous terre et dans une situation qui semblait devoir égaliser toutes les situations.

Il continua :

— Je suppose, gentlemen, ou plutôt j'ai tout lieu de supposer, que nous n'aurons pas besoin de l'aide des Nagarnooks pour sortir d'ici, et que nous aurons revu la lumière du jour bien avant que nous ayons épuisé nos provisions.

Les compagnons du géologue avaient en ce moment fait si complètement le sacrifice de leur vie, ne comptant, du reste, que faiblement sur la lueur d'espoir que le Canadien avait tenté d'éveiller dans leur cœur, qu'ils regardèrent master Gilping comme s'il venait d'être subitement atteint de folie.

L'Anglais parut le remarquer, car il leur dit aussitôt :

— Aho! je suis en possession de toute ma liberté d'esprit; faites-moi seulement l'honneur de quelques minutes d'attention.

Il leur développa alors la série d'observations dont nous venons de rendre compte au lecteur, d'une façon si simple et si claire qu'il leur fit bientôt partager la conviction dont il était animé, et un éclair de joie vint dissiper la tristesse sur leurs visages assombris.

— Ainsi, monsieur, reprit Olivier d'Entraygues pour s'assurer qu'il avait bien compris, vous croyez que toutes les excavations et fissures qui crevassent en cet endroit l'écorce terrestre sont le produit d'une énorme poussée de matières en fusion, qui se sont ramifiées à mesure qu'elles s'approchaient de la surface, écartant les roches sur leur passage, et ont fini par se réunir de nouveau sur un point où la force d'expansion des vapeurs qu'elles dégageaient a produit l'immense soufflure ou crypte dans laquelle nous nous sommes reposés ce matin?

— Vous avez parfaitement compris, monsieur le comte, et je suppose que, s'il vous vient en l'esprit la moindre objection, vous voudrez bien me la faire connaître, et dans ce cas j'essayerai de dissiper vos doutes.

Monsieur Gilping, dit le jeune homme, il se passe quelque chose là-bas. (Page 144.)

— Je n'ai pas à vous en faire, monsieur Gilping, et je ne résume vos paroles que pour les mieux comprendre. Il résulterait de cela que toutes ces fissures vont se réunir dans cette immense excavation, et qu'il nous suffit d'en trouver une assez développée pour nous donner passage, pour que nous puissions nous considérer comme sauvés.

— Parfaitement, monsieur le comte.

— Eh bien, monsieur Gilping, votre raisonnement est si logique...

— Plus que logique, monsieur le comte, plus que logique ; il s'appuie sur des faits géologiques indiscutables : la marche de la lave, uniforme dans sa direction, m'indique que toutes ces ramifications ont suivi la même pente et doivent aboutir au même lieu.

— Raison de plus alors pour vous dire, monsieur Gilping, que vous m'avez absolument convaincu et que nous pouvons vous considérer comme notre sauveur.

— C'est à la science qu'il faut rendre hommage, monsieur le comte ; elle seule a guidé mes déductions, et à moins de phénomènes imprévus qui soient venus tout à coup bouleverser la marche régulière des matériaux en fusion, nous pouvons être sûrs que ces galeries correspondent toutes plus ou moins directement avec l'excavation centrale.

— Soit, monsieur Gilping, nous rendrons hommage à la science ; mais nous n'oublierons pas, dans les remerciements que nous lui adresserons du fond du cœur, de la confondre avec le savant.

Laurent et le Canadien, dont l'esprit moins cultivé était par cela même moins accessible à ces explications techniques, n'en comprenaient pas aussi bien la valeur que le jeune homme, mais sa confiance les avait gagnés, et c'est avec une respectueuse admiration qu'ils regardaient maintenant celui que l'originalité de son caractère avait fait considérer si longtemps par eux comme un personnage grotesque et gênant.

John Gilping jouissait véritablement de son triomphe ; aussi, dans sa joie, entonna-t-il immédiatement le psaume célèbre consacré aux élus qui seront appelés à voir la Jérusalem céleste ; et ayant tiré son instrument de son manteau de cuir, les sons perçants de la clarinette alternèrent avec les notes profondes de sa voix de basse, faisant retentir l'écho des souterraines solitudes.

C'était toujours singulier, étrange même, mais ce n'était plus ridicule.

Le grotesque touche parfois au sublime ; il y avait de l'un et de l'autre dans toutes les actions de John Gilping, le représentant le plus complet de cette race qui impose aux faibles ses balles de coton à coups de mitraille, brûle Copenhague, Alexandrie, Pékin, et s'endort les pieds dans le sang et la tête sur la Bible.

Pendant qu'Olivier considérait avec étonnement ce singulier personnage et que mille pensers divers venaient agiter son esprit, un bruit lointain et vague, comme ces cris indéfinissables qu'on entend parfois le soir sur les grèves ou à la lisière des bois, quand les chiens ramènent les troupeaux attardés et que leur voix n'arrive au voyageur que sur une bouffée de vent, vint tout à coup le faire tressaillir.

— Écoutez ! écoutez ! dit-il, pâle et tremblant, à Dick et à Laurent qui se tenaient près de lui.

Les deux hommes prêtèrent l'oreille et le même bruit les frappa.

Bientôt il devint plus distinct.

— On dirait les aboiements d'un chien sur une piste, fit le Canadien.

Le cri cependant ne se dessinait pas assez, vu la distance où il était poussé, pour qu'on fût sûr de sa provenance.

Chacun écoutait, haletant.

John Gilping lui-même s'était tu, oubliant et ses psaumes et sa clarinette devant l'émotion générale.

Tantôt les cris faiblissaient au point de ne plus arriver que comme une série de plaintes à peine perceptibles, tantôt ils reprenaient un peu de corps, mais sans se noter assez pour qu'on ne pût reconnaître leur direction.

— C'est bien un chien, répétait le Canadien, dont l'oreille plus exercée par sa vie errante à travers les bois distinguait mieux les inflexions de la voix.

Mais bientôt le doute ne fut plus permis.

— C'est Black ! s'écria Olivier au comble de l'émotion ; Black, enfoui comme nous dans les excavations volcaniques, peut-être même dans la partie comprise entre les deux explosions !

Les aboiements de l'animal, qui se rapprochaient de plus en plus, vinrent détruire cette dernière supposition du jeune comte.

— Aoh ! c'est votre chien, je suppose, monsieur d'Entraygues ; n'ayant pu venir nous retrouver par le tunnel où nous sommes, il a pris d'instinct une autre voie, et il arrive par une des fissures latérales. Le tout est de savoir s'il pourra arriver jusqu'à nous.

On comprend l'importance de l'événement : si le chien parvenait à rejoindre son maître, c'était la preuve la plus complète que l'on pût faire de la certitude des déductions de Gilping, qui n'avaient encore pour elles qu'un certain degré de vraisemblance scientifique, et c'était en même temps le salut assuré, car là où aurait passé Black un homme pourrait également passer, dût-on pour cela donner quelques coups de pic de mineur pour élargir la voie.

Les aboiements paraissaient venir tantôt d'en haut, presque au-dessus des captifs, tantôt d'en bas, ce qui semblait démontrer qu'il descendait ou montait, suivant les méandres d'une crevasse irrégulière.

Le Canadien en fit la remarque.

Mais Gilping, avec son impassible autorité, vint détruire cette supposition.

— Ce n'est qu'une illusion d'acoustique, répondit-il. La voix nous arrive tantôt plus forte, tantôt plus faible, dans des directions qui paraissent opposées en raison de la facilité plus ou moins grande de transmissibilité du son dont jouissent les différentes couches minérales qu'il traverse ; à travers la lave spongieuse et garnie de petites soufflures comme la pierre ponce, la voix nous arrive sourde et étouffée ; à travers le porphyre cristallisé, elle paraît forte et sonore ; à travers les carbonates calcaires, elle est blanche ; c'est-à-dire sans inflexion, et paraît lointaine.

L'anxiété était au comble.

Bientôt les cris, qui se succédaient sans interruption, comme ceux d'un *courant* qui vient au pied, devinrent si clairs et si accentués qu'il fut évident pour tous qu'avant deux minutes le chien déboucherait dans l'excavation où se trouvait son maître, si rien ne venait gêner sa marche.

A ce moment, Olivier saisit rapidement le sifflet d'or qui servait à appeler l'animal et en tira trois coups retentissants.

Un aboiement joyeux répondit à cet appel, puis succéda une série de cris semblables à ceux que pousse le chien qui s'aperçoit que le lièvre forcé ralentit son allure et va devenir sa proie, et, presque au même instant, l'intelligente bête déboucha d'un bond dans le souterrain par la fissure que John Gilping venait d'examiner quelques instants auparavant.

— Black! Black! mon bon chien! exclama Olivier ivre de joie.

Et l'animal, mouillé, tout souillé de boue, de poussière et de matières bitumineuses, vint tomber à ses pieds; il ne jappait plus, mais hurlait de bonheur, comme un chien perdu qui retrouve son maître après une longue séparation.

Olivier le prit dans ses bras et, malgré l'état où il se trouvait, le couvrit de caresses et de baisers. Mais, en l'élevant à lui, le jeune homme ne put retenir une exclamation où l'étonnement se mêlait à la joie : l'animal tenait dans sa gueule le portefeuille qu'il croyait perdu.

Ce fut pendant quelques instants un concert général de félicitations, que la pauvre bête semblait comprendre, car il rendait avec usure les caresses que chacun lui prodiguait à l'envi.

Rien ne manquait dans le précieux portefeuille, ni les lettres de Russie, ni la grande torsade de cheveux cendrés, ni, enfin, le portrait qu'Olivier voulait montrer à Dick et qui résumait en lui le plus doux et en même temps le plus pénible des souvenirs.

La joie débordait au cœur de tous ; à la presque certitude d'une mort affreuse et ignorée avaient succédé d'abord l'espérance, puis enfin le salut, qui apparaissait comme une véritable résurrection. A ce moment, par une réaction facile à comprendre, les fugitifs furent saisis d'une sorte de folie d'expansion, et tombant dans les bras les uns des autres, ils se mirent à s'embrasser, à pleurer, à danser, à sauter, en poussant des cris joyeux, et le brave Gilping, qui n'avait pas quitté sa clarinette, se mit à jouer comme d'instinct une gigue écossaise, en sautant sur un pied comme les joueurs de biniou napolitain.

N'étaient-ils pas vraiment excusables d'avoir un peu perdu la tête? N'étaient-ils pas vraiment dans la situation d'un cataleptique enterré par mégarde, avec la conscience de sa situation, et qui entend tout à coup au-dessus de sa tête les premiers coups de marteau qui viennent déclouer son cercueil?

Quelque courageux que l'on soit, on ne se voit pas, sans un léger transport cérébral, passer aussi rapidement de la mort à la vie.

Tout à coup, John Gilping s'arrêta :

— Aho! je suppose, dit-il avec un accent de bonne humeur que ses compagnons ne lui connaissaient pas encore, oui, je suppose que c'est la première fois qu'on a donné un bal à six mille pieds sous terre.

Un éclat de rire général accueillit cette boutade, qui parut à tous, dans la situation où l'on se trouvait, un trait d'esprit d'une délicatesse extrême.

Enchanté de son succès, John Gilping proposa immédiatement un petit lunch nocturne qui fut accepté avec enthousiasme. Les meilleures boîtes de conserves furent ouvertes, avec toutes les variétés de pickles, Leicester-sauces, de conserves de piments et autres ingrédients que l'Angleterre a inventés pour exporter et colporter la gastrite britannique autour du monde.

Inutile de dire que, une heure après, le brave Gilping avait fait de si fréquentes et longues visites au brandy, au gin et au wisky, qu'il dormait profondément étendu à sa place habituelle, entre les pattes de l'humble Pacific, rêvant qu'il venait d'être nommé roi d'Australie par toutes les tribus assemblées, et que, coiffé d'un casque en plumes, sa clarinette à la main en guise de sceptre, il rendait, comme feu saint Louis, la justice sous un eucalyptus. Il venait de décréter l'usage gratuit et obligatoire de la Bible et du brandy dans ses États, mesure qui, dans sa dernière partie du moins, n'aurait pas manqué de lui attirer une immense popularité, lorsqu'il s'éveilla.

Ses compagnons attendaient ce moment avec une véritable anxiété. Maintenant que la communication des ramifications souterraines avec la grande crypte avait été prouvée par le passage de Black, ils ne songeaient qu'à une chose, sortir au plus tôt du tombeau de pierre où ils avaient failli être ensevelis vivants.

Gilping, tout en partageant leur impatience, fut d'avis qu'il fallait d'abord explorer deux ou trois des plus grandes fissures qui s'ouvraient dans l'excavation où ils se trouvaient, car l'état de Black à son arrivée, avec sa robe tachée de boue et de matières bitumineuses, lui faisait supposer que l'animal avait dû ramper dans des parties trop resserrées pour permettre le passage de la petite troupe et des animaux.

— M'est avis, monsieur Gilping, intervint le Canadien, que nous devrions d'abord nous inquiéter de gagner la crypte coûte que coûte; une fois M. le comte en sûreté, ou plutôt débarrassé de l'obsession nerveuse que ces lieux lui causent, je me charge de revenir avec quelques Nagarnooks sauver les animaux. Je suis à peu près certain que ces lieux ont dû être explorés en tout sens par quelques indigènes, car je me souviens que Willigo m'a dit un jour qu'il pourrait y cacher, en cas de besoin, toute sa tribu. Il serait donc plus prudent, je crois, de suivre la marche que je viens d'indiquer.

— Votre pensée complète la mienne, monsieur Dick, répondit John Gilping, nous devons songer à nous d'abord ; mais j'estime qu'il ne serait pas prudent de nous engager à fond dans la route suivie par Black, car l'animal me paraît avoir surmonté des difficultés dont nous ne viendrions pas à bout aussi facilement. Or, par l'inspection sommaire de quelques-unes des excavations secondaires, je crois que je pourrai me rendre compte, à peu de chose près, du volume qu'elles devront conserver sur leur parcours. La masse gazeuse, en se dilatant, a dû produire des écartements différents selon la matière des terrains ; ce sont ces terrains qu'il s'agit d'examiner.

Cette opinion était d'une telle sagesse qu'elle fut adoptée immédiatement sans conteste.

Il ne restait plus qu'à hâter les préparatifs de départ. Les bagages du mulet furent déchargés, et chacun se munit d'un pic de mineur, d'un fanal avec une demi-douzaine de bougies de rechange, d'une petite boîte de matchs américaines pour avoir de la lumière à volonté, et de trois jours de vivres en chocolat, biscuit et extrait de viande concentrée, ce qui, avec la carabine à répétition et ses munitions, faisait une charge suffisante sans qu'elle eût rien d'exagéré.

Le Canadien prit, en outre, une petite échelle de corde munie de ses crampons.

Ceci fait, le mulet et Pacific furent, à l'aide d'un crochet enfoncé dans la roche, attachés à une faible distance l'un de l'autre, pour que l'idée ne leur vînt pas de vaguer dans le souterrain dès qu'ils se verraient seuls, et on ouvrit devant chacun deux caisses de biscuit, que le Canadien eut la précaution d'inonder d'eau, pour leur donner en même temps les vivres et la boisson. L'eau qui suintait, du reste, assez abondamment sur le rocher devait suffire, en cas de nécessité, à éviter aux pauvres bêtes le supplice de la soif.

Gilping avait ajouté à son bagage sa Bible et son inévitable instrument dont pour rien au monde il n'eût consenti à se passer.

Toutes ces précautions prises, on se mit en marche non sans une certaine émotion, car bien que nul ne doutât du résultat final, on prévoyait, non sans raison peut-être, que le succès pourrait bien ne s'obtenir qu'au prix des plus grandes difficultés. La direction de l'expédition fut confiée sans conteste à Gilping, et il fut décidé qu'on ne tenterait rien sans son agrément.

La fissure qui avait donné passage à Black fut visitée la première, c'était la plus rapprochée, et il était naturel de commencer par elle, bien que Gilping fondât peu d'espoir sur sa viabilité.

Nos pionniers furent obligés de s'y introduire un à un, à la file indienne, car ils n'auraient pu y marcher deux de front sans se gêner mutuellement. Ils n'avaient pas fait cent mètres que Gilping, qui tenait la tête avec Dick, constata l'impossibilité de continuer à avancer; l'excavation s'en allait en entonnoir, et il eût fallu se mettre à plat ventre si l'on eût persisté à tenter le passage.

Le Canadien demanda cependant la permission de se livrer à un examen plus approfondi.

— Il se pourrait, dit-il, que nous rencontrassions plus loin des difficultés plus grandes encore, et il me semble sage de voir si réellement cette fissure devient aussi rapidement impraticable.

La justesse de cette réflexion ayant été reconnue, le Canadien se débarrassa de tous les objets qui pouvaient le gêner, et, se couchant sur le sol, se mit à ramper dans l'étroit boyau en tenant son fanal devant lui; pendant quelques instants on put suivre sa marche grâce au reflet lumineux qui se répercutait sur les roches vitreuses, mais le rayon de lumière alla peu à peu en s'affaiblissant et finit par disparaître entièrement.

Dick était un homme aussi prudent que courageux, et on pouvait être certain qu'il n'irait pas tenter quelque aventure impossible; mais ce ne fut pas cependant sans une certaine émotion que ses compagnons le virent disparaître à leurs yeux : il était en réalité l'âme de la petite troupe, car si Gilping, depuis qu'il s'était révélé comme un géologue expérimenté, la dirigeait dans ses tentatives de sauvetage, c'était sur le courage, l'énergie, la prompte décision du Canadien que chacun, à part soi, comptait le plus pour mener à bien la terrible aventure dans laquelle on était engagé.

On attendait donc avec anxiété le retour du brave trappeur, toujours prêt à se mettre en avant, à se dévouer pour le salut commun.

Olivier ne quittait pas de l'œil le trou béant et noir par où Dick avait disparu, et chaque minute qui s'écoulait redoublait ses appréhensions; il ne pouvait s'arracher de l'esprit l'idée que son ami courait un grand danger.

— Aho! je suppose, au contraire, lui dit Gilping, que M. Dick n'a pas rencontré de très grands obstacles, et peut-être veut-il voir si cette voûte n'est pas praticable jusqu'à la crypte.

— A quelle distance supposez-vous que nous en soyons? fit le jeune homme que cette réflexion avait un peu rassuré.

Les poches de Gilping étaient surchargées d'instruments, en réduction, d'optique, d'astronomie, de géodésie, etc.; ainsi il possédait un petit sextant grand comme une montre ordinaire, un podomètre de la largeur d'une pièce de cinq francs, etc.

Interrogeant ce dernier instrument, le brave savant lui répondit :

— J'ai calculé que nous avions fait à l'aller vingt mille six cent soixante-deux pas de quatre-vingt-cinq centimètres, et au retour dix-sept mille vingt et un; il nous resterait donc pour atteindre la crypte, à peu près en ligne droite, trois mille six cent quarante et un pas, c'est-à-dire environ trois kilomètres.

— C'est effrayant! exclama le jeune homme.

— Cela dépend des obstacles, monsieur le comte; or, je suppose que si M. Dick reconnaît ce conduit jusqu'au bout, c'est qu'après avoir dépassé cette partie du boyau souterrain qu'il a été obligé de traverser en rampant, il n'a plus rencontré de difficultés sérieuses et veut nous rapporter cette bonne nouvelle. Dans tous les cas, ajouta le géologue en souriant, il sera nécessaire d'agrandir un peu ce passage, car malgré mon désir de maigrir pour la circonstance, c'est une opération qui durerait beaucoup plus que l'autre à mener à bien.

Cette boutade ne parvint pas à dérider Olivier dont les angoisses augmentaient en raison du temps écoulé. Il y avait près d'une heure que Dick était parti, et on avait beau écouter, appuyer l'oreille contre les parois du tunnel, aucun bruit précurseur ne venait signaler le retour du Canadien.

Tout à coup, Black qui, selon son habitude, était couché aux pieds de son maître, se leva et sembla donner quelques signes d'inquiétude.

— Qu'y a-t-il, mon bon Black? fit son maître en le caressant de la main.

Pour toute réponse, l'intelligent animal se mit à aspirer l'air à pleins naseaux; puis, comme frappé par une émanation subite, il s'élança d'un trait dans la fissure qui avait livré passage à Dick, et disparut à son tour sans donner de la voix, contre son habitude.

— Monsieur Gilping, dit aussitôt le jeune homme, il se passe certainement quelque chose d'extraordinaire là-bas; il faut à tout prix aller à son secours.

— Je n'ose contredire votre assertion, monsieur le comte, répondit le géologue, car rien ne vient la confirmer ou la détruire; cependant, si d'un côté elle ne paraît pas vraisemblable, notre compagnon étant un homme habile, incapable d'une imprudence, de l'autre, toutefois, il y a des accidents auxquels on ne commande pas; je me déclare donc incapable, oui, tout à fait incapable de me prononcer.

— Voyez mon chien, cependant, pourquoi s'est-il élancé dans le tunnel?

— Ces animaux ont des finesses de perceptions physiques qui nous échappent.

— Donc, quelque chose de particulier est venu éveiller son instinct?

— Je n'en disconviens pas.

— Je ne puis supporter l'idée de rester ici immobile alors que notre pauvre ami est peut-être aux prises avec d'insurmontables difficultés. Je vais voir ce qui se passe.

Et le jeune homme fit le mouvement de s'élancer en avant; mais Gilping, qui le précédait, lui barra résolument le chemin.

— Vous avez accepté d'être sous mon commandement, monsieur le comte, et je ne vous laisserai point commettre cette imprudence.

— Cependant...

— Maître, écoutez M. Gilping, dit Laurent d'une voix suppliante.

— Et s'il a besoin de nous, commettrons-nous la lâcheté de l'abandonner?

Il tenait un objet dans sa gueule. (Page 146.)

— Avec votre permission, je vais y aller, monsieur le comte; je suis beaucoup plus mince que M. Dick, et où il a passé je passerai.

— Je ne m'oppose pas à ce que Laurent tente l'expérience, intervint Gilping, mais j'exige que M. le comte m'obéisse, ou je me décharge entièrement de la responsabilité du sauvetage, chacun agira alors à sa guise. Je regrette déjà de n'avoir pas opposé ma volonté pour empêcher l'expédition de notre compagnon, dont au fond je n'étais guère partisan, car la vue seule de Black m'indiquait qu'il avait rencontré de sérieux obstacles dans la route qu'il avait prise au hasard pour nous rejoindre ; il peut avoir roulé au fond d'excavations pleines de naphte et de bitume d'où nous ne sortirions pas aussi facilement que lui ; et je me reproche d'autant plus de ne pas être intervenu, que je suis absolument persuadé que les crevasses supérieures que nous avons rencontrées à quelques centaines de mètres d'ici, et dont l'ouverture est beaucoup plus spacieuse que celle-ci, nous offriront certainement un passage sinon facile, du moins d'un développement plus important. Il m'a suffi d'y jeter un rapide coup d'œil en revenant, car j'avais déjà la pensée de les utiliser, pour voir que le flot de laves qui s'y est engouffré était tel, qu'il lui a fallu une faille d'un puissant volume pour aller s'écouler dans la crypte centrale ; mais je ne faiblirai plus, et dorénavant il faudra m'obéir. Quant à vous, monsieur Laurent, je ne m'oppose pas, je le répète, à la tentative que vous voulez entreprendre, mais je vous impose dix minutes d'attente encore, je vous indiquerai alors les précautions que vous aurez à prendre.

John Gilping avait prononcé ces paroles avec un ton d'autorité que ses compagnons ne lui connaissaient pas encore, et qui leur en imposa ; ce diable d'homme était une constante énigme, et chez lui le ridicule, le grotesque même s'alliaient d'une façon étrange à des côtés qui n'étaient dépourvus ni d'élévation ni de grandeur. Ce n'était pas un héros de roman, mais un homme, ou plutôt un Anglais, avec tous les défauts et toutes les qualités de l'éducation britannique et de la race anglo-saxonne.

CHAPITRE VI

Au secours de Dick. — Lutte de générosité. — Départ de Laurent. — Engagé dans le tunnel.
Sauvé. — Les fossiles souterrains.

Les dix minutes n'étaient pas écoulées qu'un léger bruit se fit entendre dans le conduit souterrain, et que Black parut.

Il tenait un objet d'un très petit volume dans sa gueule, Olivier s'en empara et poussa une exclamation de douloureuse surprise.

— C'est un morceau de la veste de Dick, s'écria-t-il aussitôt. Hélas ! notre pauvre ami est mort ! mort par dévouement pour nous.

Et il éclata en sanglots.

— Oh ! cette fois, monsieur Gilping, vous ne m'empêcherez pas...

Mais Laurent qui, aux premières paroles de son maître, avait deviné quelle allait en être la conclusion, s'était élancé devant lui, et, à demi courbé, se tenait prêt à s'enfoncer dans le tunnel.

— Allons, calmez-vous, monsieur le comte! insista Gilping; la situation de notre ami peut ne pas être aussi désespérée que vous le pensez; Laurent, dans tous les cas, va partir, et nous allons savoir avant peu à quoi nous en tenir.

Puis, s'adressant au brave serviteur :

— Laurent, lui dit-il, je n'ai qu'une seule recommandation à vous faire : que vous soyez obligé de ramper pendant longtemps, ou que la situation des lieux vous permette de vous tenir debout, sondez le terrain devant vous du regard, de la main et du pied, selon votre position, avant de vous décider à avancer.

Au même instant, Laurent disparaissait à son tour dans l'étroit boyau, poussant lentement son fanal devant lui, ainsi qu'avait fait le Canadien. C'était un homme d'une rare vigueur et d'une force véritablement herculéenne; aussi ne fut-ce qu'un jeu pour lui, l'embonpoint ne le gênant point, de glisser pour ainsi dire sur le sol en s'aidant des bras et des jambes. Bientôt l'étroit espace se resserra tellement que, ne pouvant plus manœuvrer les genoux, il dut, pour avancer, arc-bouter ses bras et ses jambes contre les parois latérales.

C'était bien l'homme qu'il fallait pour une semblable expédition. Aucune des impressions nerveuses qui n'eussent pas manqué d'assaillir son maître dans une semblable situation n'avaient de prise sur sa nature sèche et sanguine, et il s'avançait lentement dans cette étroite couche de porphyre trachitique aussi tranquillement que s'il eût rampé sur l'herbe à ciel ouvert; il ne ressentait pas la moindre émotion à la pensée de se trouver ainsi enfoui dans une sorte de fourreau de pierre, le pouls ne lui battait pas plus vite, à peine une légère accélération du côté du cœur, uniquement causée par la crainte d'arriver trop tard au secours de son ami, ou de se trouver bientôt en présence d'un irréparable malheur. Cette gymnastique fatigante dura près de dix minutes, puis la voûte du souterrain sembla s'élever un peu et il put marcher, quoique péniblement, en courbant sa grande taille.

De temps à autre il écoutait; mais alors qu'il percevait les moindres bruits qui s'élevaient des lieux où il avait laissé son maître et Gilping, un silence de mort régnait de l'autre côté du conduit souterrain. Mais cette situation dura peu.

Bientôt la voûte s'abaissa de nouveau et de telle sorte qu'il se demanda s'il allait pouvoir continuer sa course : il était tellement enchâssé dans le granit, qu'il sentait de tous côtés la pression de la pierre sur son corps.

Comment le Canadien, plus large d'épaules, plus fortement charpenté que lui, avait-il pu se glisser dans une fente aussi étroite?

Mais il allait toujours droit devant lui, sans même songer aux difficultés presque insurmontables du retour, dévoué jusqu'au sacrifice le plus complet de lui-même, jusqu'à la mort; il savait, le brave garçon, que si, par hasard, il était revenu sans nouvelles de Dick, rien alors n'aurait empêché son maître de tenter à son tour la périlleuse aventure.

Cependant une chose vint bientôt l'inquiéter, l'air commençait à lui manquer, et il se demanda si ce ne serait pas, par hasard, à une semblable situation allant toujours en empirant qu'on devait attribuer le silence du Canadien, et si le pauvre Dick n'était pas mort asphyxié. Mais, dans ce cas, un pareil sort ne l'attendait-il pas lui-même ? et à cette sinistre pensée, cet homme inaccessible à la peur sentit comme un frisson lui parcourir tout le corps. Son maître alors n'était-il pas perdu ? Qui donc aurait assez d'empire sur lui pour le contraindre à abandonner, sans rien savoir de leur fin, et le Canadien et le fidèle serviteur ?... Non, il le connaissait assez pour savoir que le même tombeau de pierre le recevrait à son tour.

Et raidissant ses membres rebelles à la fatigue contre les parois du tunnel, il se mit à redoubler de vitesse ; il ne tarda pas à constater avec une certaine satisfaction que la difficulté qu'il avait éprouvée à respirer ne s'était pas accrue, et la certitude de ce danger évité lui rendit quelque espoir.

S'étant arrêté une dernière fois pour reprendre haleine, il lui sembla entendre comme de sourds appels dans le lointain ; mais les sons étaient si faibles que, malgré le soin avec lequel il écoutait, le seul bruit de sa respiration l'empêchait de les percevoir nettement et même de savoir s'il ne les confondait pas avec de simples bourdonnements d'oreilles.

Dans tous les cas, si ces vagues bruits pouvaient être attribués à Dick, ils allaient augmenter d'intensité à mesure que la distance qui le séparait de lui allait diminuer, et il continua à s'avancer avec une nouvelle énergie ; bientôt le doute ne lui fut plus permis, car, au bout d'environ deux cents mètres, ayant fait une nouvelle halte, les paroles suivantes, quoique faibles encore, lui parvinrent assez distinctement pour qu'il reconnût la voix du Canadien.

— Ho ! ho ! hohé, Laurent !

S'étant encore rapproché pour être plus sûr d'être compris, il joignit ses deux mains en guise de porte-voix et répondit à son tour par l'appel suivant, lancé à toute volée dans le souterrain :

— Ho ! ho ! hohé, Dick !

— C'est vous, Laurent ? continua le Canadien, car c'était bien lui.

— C'est moi ! exclama l'interpellé ; courage, j'arrive à votre secours ! où êtes-vous ?

— En avant de vous, dans le tunnel. Je suis si fortement engagé que je ne puis plus ni avancer ni reculer. Merci, mon brave Laurent, je vous attendais ; c'est entre nous deux à la vie et à la mort.

— M. le comte voulait à toute force venir à ma place, mais nous l'avons retenu.

— Le brave cœur ! Quand je pense que Black a essayé de me tirer de là et qu'un morceau de mon vêtement lui est resté dans la gueule.

— La brave bête s'est hâtée de nous l'apporter pour nous avertir.

Tout à coup, Laurent s'arrêta stupéfait; il venait d'apercevoir les pieds de Dick à moins de deux mètres de lui. La voix de son ami était encore si étouffée qu'il croyait ce dernier beaucoup plus éloigné.

Comme il avait en même temps poussé une exclamation d'étonnement, le Canadien lui en demanda la cause.

— Je vous croyais à plus de cent mètres de moi, répondit-il, tellement le bruit produit par vos paroles me paraissait faible.

— C'est facile à comprendre, fit le brave trappeur, j'ai la moitié du corps presque jusqu'aux hanches en dehors de ce tunnel qui donne dans une excavation assez vaste, et comme la partie inférieure de mon corps bouche hermétiquement le petit boyau où vous vous trouvez, mes paroles ne peuvent vous arriver que très affaiblies... Maintenant il s'agit de me tirer de là, car mes mains dans le vide n'ont plus de point d'appui, ni pour avancer ni pour reculer.

— Que faut-il faire?

— Si je croyais que vous puissiez tous passer par l'étroite ouverture qui me retient, je vous dirais de me pousser par les pieds en avant, car tout me porte à croire que l'excavation que j'ai sous les yeux communique immédiatement avec la grande crypte que nous cherchons à atteindre; un petit cours d'eau se précipite, en effet, à l'extrémité de cette excavation, et j'entends au-dessus un bruit significatif, qui ne doit être autre que celui de la cascade produite par la réunion de l'eau des trois geysers. M. le comte et vous, qui êtes beaucoup plus minces que moi, franchiriez très facilement cet obstacle, mais M. Gilping?

— Oh! M. Gilping, répondit Laurent, il ne traverserait même pas la dernière partie de ce tunnel.

— Dans ce cas, il n'y faut pas songer... Nous aurions pu, aidé des Nagarnooks, revenir le chercher par un chemin plus praticable, mais il nous a rendu de tels services que nous ne pouvons le laisser seul, même dans son propre intérêt; il doit sortir en même temps que nous et avec nous.

Allons, mon brave Laurent, arc-boutez-vous du mieux que vous pourrez contre les roches, et tirez-moi à vous.

Au même instant, l'ancien cuirassier, se ramassant sous lui, de façon à trouver un point d'appui pour ses genoux et ses reins sur le sol et la voûte du tunnel, saisit les deux jambes du Canadien au-dessus de la cheville, et, d'un vigoureux effort, le ramena en arrière.

— Vous êtes fort, fit simplement Dick en se sentant dégagé; merci, et à charge de revanche; maintenant, activons la descente!

Le retour fut long et difficile, surtout dans la première partie, où les deux compagnons furent obligés de marcher en reculant; mais, à mi-chemin, la voûte du tunnel s'élevant un peu, ils en profitèrent pour se retourner, et ils purent achever sans encombre leur périlleux voyage. Depuis longtemps déjà, le bruit de leurs pas, leurs cris et les coups qu'ils frappaient contre les parois latérales avaient averti leurs compagnons de leur arrivée. Aussi tout signe de tristesse s'était-il envolé et ils ne furent témoins que de la joie que causait leur retour.

Lorsqu'ils eurent fait le récit de leur excursion et que le Canadien eut raconté qu'il était arrivé à quelques pas seulement de la grande crypte, but unique de leurs recherches, car c'était seulement quand ils y seraient parvenus qu'ils pourraient se dire sauvés, Gilping, au milieu de l'étonnement général, proposa au jeune comte et à ses deux autres compagnons de profiter de cette découverte pour hâter leur sortie.

— Mais j'ai déjà eu l'honneur de vous dire que le tunnel était trop étroit pour vous, objecta le Canadien.

— J'ai parfaitement compris, fit Gilping ; aussi n'ai-je point l'intention de vous accompagner, mais bien, vous partis, de chercher un autre passage.

— Jamais ! exclamèrent les trois hommes avec un tel ensemble que les trois cris se confondirent en un seul.

Pour la seconde fois, Gilping fut profondément remué, et son émotion fut telle, qu'il répondit avec un tremblement dans la voix dont il ne fut pas maître :

— Merci, monsieur le comte ; merci, messieurs, vous êtes mes amis !

C'était la plus haute marque d'estime qu'il pût donner, car nous devons dire à l'honneur des Anglais, pour être juste avec eux, dans le blâme comme dans la louange, qu'ils ne prodiguent pas facilement ce titre d'ami, qui n'est point banal dans leur bouche, et que quand ils l'ont une fois donné, ils ne reculent jamais devant les devoirs d'affection et de dévouement qu'il impose.

Après avoir donné un peu de repos aux deux hommes qui venaient de fournir une si pénible carrière, la petite troupe reprit le cours de ses investigations. Il fut de nouveau convenu qu'on s'en rapporterait entièrement à Gilping du soin de diriger les recherches, et que dorénavant on ne chercherait plus à peser sur ses décisions.

— Nous eussions évité beaucoup d'ennuis et gagné un temps bien précieux à prendre plus tôt un semblable parti, ne put s'empêcher de dire Olivier, car vous ne sauriez croire, mon cher Dick, à quel point votre absence prolongée nous a fait souffrir.

Le brave trappeur ne répondit pas à cet amical reproche ; mais, à quelque temps de là, comme le jeune comte était occupé à causer avec Gilping, il ne put s'empêcher de dire à Laurent, en baissant la voix :

— Est-ce que vous êtes vraiment fâché de votre excursion, vous, mon cher Laurent ?

Ce dernier le regarda quelques instants sans répondre, puis il lui tendit la main et lui répondit sur le même ton :

— J'ai compris, mon cher Dick...; car enfin, si nous ne parvenions pas à trouver une autre voie de communication...

Et du doigt il montra son maître.

Sur l'avis du géologue et après un examen très approfondi des traces laissées par les matières volcaniques, les deux premières excavations que la petite troupe rencontra sur sa route furent négligées comme ne présentant pas toutes les garanties désirables. Quant à la troisi me, elle fut considérée par Gilping comme possédant tous les signes extérieurs qui pouvaient motiver une tentative décisive :

Large écartement de l'ouverture, abondantes coulées de laves, et surtout direction ascensionnelle dans le sens de la crypte principale.

— Si cette large fissure, fit Gilping tout joyeux de sa découverte, ne nous conduit pas à bon port, c'est que la nature elle-même aura bouleversé toutes ses lois. Allons, messieurs, en marche; avant une heure, nous pourrons donner un pendant au lunch que nous avons déjà fait dans cette belle cathédrale naturelle, que nous avons pompeusement appelée la salle aux mille colonnes.

Et sur cette prédiction de bon augure, la petite troupe pénétra dans l'excavation, assez large et spacieuse pour que les quatre amis pussent marcher tous de front.

Cette vaste fissure était une véritable merveille pour un géologue.

A chaque instant, Gilping s'arrêtait en poussant des exclamations de joyeuse surprise et d'admiration; puis, avec son marteau de minéralogiste, il brisait, ici, un morceau de lave ou de carbonate calcaire, là, un éclat de roche porphyroïde dans laquelle plusieurs métaux différents avaient été amalgamés par la chaleur des éruptions centrales ; ou bien, c'était un admirable échantillon de cristal de roche qui émergeait des trachytes, avec des aiguilles de feldspath enchâssés dans des calschistes de grès rouges, et des marbres, mélanges des terrains primaires et secondaires, bouleversés, brisés, fractionnés par les éruptions volcaniques et réunis ensuite par la pression des terrains supérieurs, comme un vaste nougat minéral dans lequel on aurait réuni un spécimen de toutes les roches terrestres.

Dans son enthousiasme, le savant avait tout oublié, et il s'imaginait qu'il dirigeait une expédition scientifique dans le centre de la terre.

— Voyez, dit-il à Olivier qui était le seul, du reste, parmi ses compagnons qui pût le comprendre, toute l'histoire de la formation du globe est écrite sur ces murailles de roche aussi clairement que dans un livre, et cela depuis des millions d'années.

— Quelle admirable science que la géologie! monsieur Gilping.

— La première de toutes, monsieur le comte, la première; elle exige, du reste, la connaissance approfondie de toutes les autres branches des sciences naturelles.

A ce moment, le géologue approcha son fanal d'un énorme rocher qu'on eût dit formé d'une foule de blocs différents unis par du ciment.

— Tenez, dit-il à son interlocuteur, voyez-vous cette légère empreinte assez semblable à une barbe de plume? Eh bien, c'est le tombeau d'une espèce d'être animé qui n'a laissé dans cette roche que la forme de son corps. Cet endroit lui a servi de tombeau, et, malgré les siècles écoulés, nous retrouvons son effigie incrustée dans le calcaire. On lui a donné le nom significatif de *graphtolite*.

Regardez un peu plus loin, voici une *eucrine*, sorte d'étoile de mer qui était attachée au sol par une longue tige partant du centre, être singulier, moitié animal, moitié plante, qui forme la transition entre les deux règnes.

On dirait que tous les fossiles du terrain cambrien sont venus se réunir dans ce bloc de rocher : voilà des *orthocères*, des *ascocères*, des *lituites*, des *trochocères*, tous membres de la grande tribu des céphalopodes. Voilà encore des *crinoïdes*, des *anthozoaires*, des *spirifères*, des *fenestelles*; tous n'ont également laissé que leurs empreintes. Voyez-vous toutes ces hachures à la base, ce sont des *fucoïdes*, les premiers produits du règne végétal dans le monde.

La petite troupe s'était arrêtée pour écouter les explications de Gilping auxquelles Olivier attachait le plus grand intérêt.

— Quelle est donc cette masse noirâtre? demanda le jeune homme en indiquant une large bande de roche qui faisait légèrement saillie dans la muraille; on dirait un morceau de houille.

— Vous ne vous trompez pas beaucoup, répondit le géologue; c'est un bloc d'anthracite formé par des dépôts végétaux.

Et il se mit à le briser avec son marteau de minéralogiste.

— La couche a été surprise par le bouleversement en pleine formation. Tenez, voici des *calamites*, des *fougères*, des *lepidodendrons*, saisis avant leur consomption en tourbe et transformés en calcaires par *métamorphisme* à la partie supérieure de la couche d'anthracite.

— Excusez mon ignorance, monsieur Gilping, je serais curieux de savoir comment s'opère cette transformation.

— C'est bien simple : voyez cette branche de fougère admirablement conservée; elle a été saisie vivante, pour ainsi dire, et comprimée entre deux couches de calcaire; eh bien, avec le temps et sous l'action des fortes pressions, la matière végétale s'est transformée et est devenue minérale, c'est-à-dire calcaire, s'imprégnant peu à peu, molécule à molécule, des qualités et des substances des couches rocheuses qui la comprimaient; c'est ainsi que vous trouvez des poissons transformés en anthracite, des trilobites en calcaires, etc.; c'est ce changement de substance causé par l'influence des milieux et de la pression que nous appelons en géologie *métamorphisme*.

Le sauvage se mit à ramper vers les fugitifs. (Page 156.)

Voyez encore cette longue couche de terrains stratifiés, elle est composée d'une masse énorme de coquillages passés au calcaire, et que comme telle on nomme *calcaire conchylien*.

Tout ce qui nous entoure semble appartenir aux premières assises du monde, ramenées jusqu'à la surface par les soulèvements volcaniques. Quel admirable rapport je vais adresser à mes collègues de la Société royale de Londres, après mon retour en Europe!... Mais je m'aperçois que je vous fais perdre un temps précieux ; nous ne sommes malheureusement pas ici pour étudier les couches des terrains primitifs, mais bien pour trouver une issue qui puisse nous rendre à la lumière et à la liberté... Marchons donc, sans plus nous attarder dans l'admiration de ces merveilles géologiques.

Et, poussant un soupir de regret, il reprit la tête de la petite caravane.

Puis, se parlant à lui-même, ses compagnons l'entendirent murmurer :

— Oh ! je reviendrai ; certainement, je reviendrai passer une quinzaine de jours dans ce lieu admirable, seul avec des provisions ; il faudra que je sache jusqu'où s'étendent ces merveilleuses excavations dans lesquelles on pourrait écrire toute l'histoire géologique du globe !

En dépit du désir qu'il en avait, Gilping ne se laissa plus arrêter par l'attrayant spectacle qu'il avait sous les yeux. La grande excavation que les pionniers avaient parcourue la veille, car il y avait déjà vingt-quatre heures qu'ils étaient enfouis sous terre, avait fort peu attiré son attention ; elle semblait, en effet, avec ses larges roches de porphyre, de basalte, de granit et de grès rouge, ne point faire partie du même soulèvement, tellement les autres fissures étaient riches en éléments minéraux divers. Mais il sut, dans l'intérêt général, imposer silence à ses aspirations personnelles.

Plus d'une heure s'écoula ainsi ; chacun marchait avec courage sans être arrêté par aucune difficulté matérielle, car l'excavation se maintenait à peu près dans son développement primitif ; à peine rencontrait-on de temps à autre des différences de niveau dans la voûte qui obligeaient alors le géant de la troupe, le brave Dick, à incliner légèrement la tête ; l'écartement des parois en largeur avait peu varié, mais aucun signe n'annonçait encore qu'on touchât à la délivrance.

D'après les calculs de Gilping, on aurait dû déjà atteindre la crypte depuis longtemps, si le conduit que l'on suivait s'y fût dirigé en droite ligne ; mais personne ne se décourageait, on en avait simplement conclu que la fissure devait faire d'assez longs circuits, et on n'en avait continué sa route qu'avec plus d'énergie.

Le moment vint cependant où il fallut s'arrêter.

Depuis plusieurs nuits on ne s'était guère reposé, et la nature reprenant violemment ses droits, chacun se sentait envahir par une invincible somnolence. Olivier surtout, d'une nature plus délicate que celle de ses compagnons, avait mille peines à tenir ses yeux ouverts, et il voyait arriver le moment où ses pieds endoloris allaient lui refuser tout service.

Plusieurs fois déjà on lui avait proposé de s'arrêter ; mais l'énergique jeune homme avait toujours refusé. Cependant, en le voyant sur le point de succomber à la fatigue, Dick prit sur lui de demander une station de repos motivée par ses propres souffrances.

Olivier comprit, mais néanmoins il ne fit cette fois aucune objection.

— Merci, mon bon Dick, dit-il au colosse qui lui arrangeait une place sur le sol pour se reposer; merci, vous avez voulu m'empêcher de rougir de ma faiblesse.

— Ma foi, monsieur le comte, j'ai le plus vif regret de vous contredire, mais du diable si je puis me tenir debout; ma station de deux heures dans le boyau où Laurent est venu me rejoindre m'a complétement courbaturé.

Le jeune homme se laissa tomber pour ainsi dire sur le sol et s'endormit d'un profond sommeil.

Pour Gilping, il semblait transfiguré : ce n'était plus l'être désagréable, geignant et se plaignant à tout propos quand il croyait avoir affaire à des aventuriers de bas étage devant qui il n'avait pas à se gêner, l'amour-propre national et la présence du comte d'Entraygues lui donnaient une force de résistance dont on ne l'eût pas cru capable.

Avant de se reposer, il répara ses forces, selon son excellente habitude, avec une tranche de pâté, quelques biscuits et deux ou trois rasades de l'inévitable brandy; et s'installant à son tour dans un endroit propice, il ne tarda pas également à fermer les yeux.

CHAPITRE VII

Invincible sommeil. — Sinistre apparition. — Le danger conjuré.
Course désespérée dans le même cercle. — Terrible situation. — Découragement général.

Le Canadien et Laurent, après une légère collation, allumèrent leurs pipes et s'en furent s'asseoir un peu à l'écart pour pouvoir causer sans troubler le sommeil d'Olivier.

— Pauvre enfant! fit le vieux trappeur d'un ton de commisération tout paternel, il n'était point fait pour une pareille existence; et dire que c'est par ma faute que...

— Allons, Dick, interrompit Laurent, ne recommencez pas à vous accuser; qui donc pouvait prévoir la tournure que prendraient les événements?

— Si au moins nous n'avions pas fait la rencontre de cet original, poursuivit le Canadien en montrant Gilping, nous serions libres maintenant, M. le comte eût aisément passé par le petit tunnel.

— Dites-moi, Dick, fit Laurent pensif, voulez-vous que je vous fasse part de mes pressentiments?... Eh bien, je commence à croire que nous ne sortirons jamais d'ici.

— Je ne vais pas aussi loin que vous, Laurent, mais il me semble que cet espèce de savant est destiné à nous porter malheur jusqu'au bout; M. le comte l'écoute comme un oracle; il ne m'appartient pas de rien dire, mais qui vivra verra.

— Et comme il cachait bien son jeu en commençant, lorsque Willigo l'a fait prisonnier... Une idée, Dick, si c'était véritablement un espion envoyé par nos ennemis!

— Dans tous les cas, il serait, le premier, dupe de sa mauvaise foi, car je jure bien qu'il ne sortirait pas vivant de nos mains. Cependant je ne crois pas, Laurent, que nous dussions aller jusque-là dans nos suppositions.

— Dieu vous entende, Dick... Cependant il me semble, sans que je puisse dire pourquoi, qu'il n'est pas très franc de collier; je l'aimais mieux quand il chantait ses psaumes.

— Enfin nous sommes avertis, ayons l'œil sur lui.

Le pauvre Gilping, qui dormait paisiblement à quelques pas de là, ne se doutait guère en ce moment que deux de ses compagnons suspectaient sa loyauté. Effet inévitable du séjour prolongé dans ces sombres réduits sans prévoir la fin de cet ensevelissement, les caractères commençaient à s'aigrir.

Cependant les deux hommes avaient supporté leur part de fatigues, et bientôt ils ne purent résister au besoin de prendre un peu de repos. Ils s'allongèrent sur le sol, l'un à côté de l'autre, en se servant du même fragment de roche pour appuyer leur tête, et l'on n'entendit bientôt plus, dans la profonde excavation, que la respiration égale des quatre fugitifs endormis.

A ce moment, d'une excavation voisine, mais entièrement en dehors du rayon de lumière produit par le fanal que Laurent avait déposé près de lui, émergea lentement par un mouvement si insensible qu'aucun de nos quatre personnages, même éveillé, n'eût pu s'en apercevoir, une tête de sauvage australien affreusement peinte en guerre et dont la teinte se confondait merveilleusement avec celle des roches voisines.

Après avoir observé attentivement chacun des dormeurs, le sauvage s'allongea lentement sur le sol et se mit à ramper dans la direction des fugitifs, en ayant soin de rester dans les limites de la ligne d'ombre.

Entièrement nu, pour que son corps, sans doute, se confondît mieux avec la nuance du sol, il ne possédait pour toute arme qu'un long couteau de chasse de fabrique américaine qu'il portait entre les dents.

Quel était son projet?

Poignarder l'un après l'autre les quatre hommes? Un pareil acte était d'une témérité à ce point audacieuse qu'il était impossible de l'admettre.

Pour mieux dissimuler sa présence, il glissait le long de la muraille du rocher, du côté même où nos pionniers dormaient. Bientôt il se trouva près de Laurent, et le but qu'il se proposait d'atteindre se dessina immédiatement par un geste qu'il fit dans la direction du fanal; mais près de s'en emparer, il s'arrêta subitement, sembla réfléchir quelques instants en regardant alternativement chacun des dormeurs, puis reprit le chemin qu'il venait de parcourir et disparut dans la crevasse latérale qui lui avait donné passage.

On peut supposer que chargé d'enlever la lumière qui guidait les fugitifs dans le souterrain, il s'était subitement aperçu que chacun d'eux possédait un fanal, bien que celui de Laurent seul fût allumé, et que dans l'impossibilité où il se trouvait de les enlever tous, il avait préféré se retirer pour aller en délibérer avec ses complices plutôt que de révéler sa présence et de mettre les blancs sur leur garde, résultat naturel de la soustraction d'un seul fanal, ce qui, en outre, ne lui faisait pas atteindre le but qu'il s'était proposé.

L'indigène venait à peine de disparaître qu'Olivier s'éveilla ; ses membres délicats n'étaient pas encore habitués à se reposer sur la dure, et les courts instants de repos qu'il venait de prendre n'avaient fait qu'augmenter sa fatigue.

Peu à peu ses compagnons suivirent son exemple, et on se remit en route non sans un certain découragement. Gilping était grave et silencieux, Laurent songeait à son maître qui ne se tenait plus debout que par un miracle de courage ; seul le Canadien, habitué à la rude existence du trappeur et du batteur de Buisson, était aussi frais et aussi dispos que s'il n'eût fait autre chose depuis huit jours que de chasser le long du Red-River.

Mais dans cette terrible situation le courage individuel n'avait que faire, et tel qui eût affronté vingt fois la mort sur un champ de bataille n'eût pas résisté à une sorte d'affolement nerveux causé par l'isolement et l'incertitude du moment où finirait cette course aventureuse.

Cependant la boussole de Gilping n'indiquait pas que l'on s'éloignât de l'excavation centrale dont le géologue avait à peu près relevé la position, grâce à la direction presque constamment régulière de la première fissure qu'on avait suivie, mais elle n'accusait point non plus une marche directe vers ce but si ardemment rêvé. Il semblait, au contraire, que l'on traçât autour de lui une grande ligne circulaire, sorte de tourbillon tracé par la lave avant de se réunir au point central, affectant la forme plongeante d'une spirale en coquille d'escargot dont la grande crypte eût été le centre inférieur.

Si ce calcul était fondé, le succès n'était plus qu'une question de patience, et l'on devait forcément atteindre l'extrémité de cette spirale où les matières en fusion s'étant accumulées avaient, par la dilatation de leurs vapeurs, produit cette immense soufflure que Gilping avait appelé la *salle aux mille colonnes.*

Mais combien de temps allait-on encore tourner autour de cet axe insaisissable qui semblait se jouer de tous les efforts des malheureux ? Nul ne pouvait répondre à cette question, et c'est pour cela que le découragement était peu à peu entré dans l'âme des fugitifs.

Et cependant on continuait à marcher..., à marcher avec rage. Olivier, les pieds ensanglantés à force de parcourir un sol inégal garni de pointes de roches, n'avançait plus que soutenu de chaque côté par son fidèle Laurent et le Canadien, mais il ne proférait pas une plainte et refusait absolument de s'arrêter de nouveau.

On finit par atteindre une excavation assez vaste dont les murs miroitaient comme du cristal teint en noir; il y avait certainement eu là accumulation de matières en fusion dont la concentration avait fini par acquérir une force de projection énorme, car les parois, largement fendues en trois endroits différents, indiquaient qu'un seul passage n'avait pas suffi à l'écoulement des gaz et des vapeurs accumulées; mais laquelle de ces trois nouvelles routes qui s'ouvraient devant eux les fugitifs devaient-ils prendre? Ne risquerait-on pas encore de s'égarer ou d'aboutir à quelque insondable abime que l'on fût incapable de franchir?

On s'était arrêté forcément pour délibérer.

Le Canadien prit immédiatement la parole et, d'un ton d'autorité que ses compagnons ne lui avaient pas encore vu prendre avec eux, il leur fit connaître son opinion.

— La science est une belle chose, dit-il, mais enfin elle ne peut donner des yeux assez perçants pour traverser ces blocs de rochers au milieu desquels nous sommes ensevelis. Nous pouvons marcher encore des heures, et peut-être des jours sans obtenir de résultat; je demande donc que chacun ici émette son avis, que l'on vote à la majorité sur chaque projet soumis à notre appréciation, et qu'auparavant nous nous engagions tous sous serment à exécuter celui qui aura obtenu le plus de voix en sa faveur.

— A quoi bon, mon cher Dick, ces formes solennelles; ne sommes-nous pas disposés tous à exécuter le plan qui nous paraîtra le meilleur? notre intérêt est tellement solidaire et les circonstances sont si graves qu'aucune mesquine question d'amour-propre ne saurait nous diviser.

— Je tiens à mon idée, monsieur le comte, permettez-moi d'insister, répondit le Canadien avec une respectueuse fermeté.

Laurent, qui avait immédiatement compris où son ami Dick voulait en venir, n'attendait que l'occasion de se prononcer pour approuver le projet proposé.

Son maître la lui fournit immédiatement en lui disant :

— Et toi, mon brave Laurent, que penses-tu de ce que notre cher compagnon vient de nous dire?

— Avec votre permission, monsieur le comte, je suis entièrement de son avis.

— On dirait un complot, fit en souriant le jeune homme qui, croyant plaisanter, ne se doutait pas de sa clairvoyance.

— Je ne vois pas de motifs pour refuser de satisfaire M. Dick, répliqua Gilping; seulement, qui nous départagera, si nous sommes deux contre deux?

— Le sort, dit le Canadien, si le raisonnement ne suffit pas à nous mettre d'accord.

— Allons, il faut se rendre, reprit Olivier qui se forçait un peu pour conserver un air de bonne humeur qui n'était pas dans son cœur. Je m'engage donc, mon cher Dick, à exécuter pour ma part toute décision de la majorité.

— J'ai dit sous serment, monsieur le comte, insista le Canadien.

— Voyons, Dick, pourquoi ces façons singulières? demanda Olivier devenu sérieux.

— Monsieur le comte, répondit le vieux trappeur d'un ton suppliant, le fils du capitaine Lefaucheur ne peut tromper le petit-fils du colonel de Lauraguais d'Entraygues. Vous savez que je suis prêt à donner ma vie pour vous... C'est une prière que je vous adresse; vous me rendrez si heureux...

Et une larme vint perler sous les cils du vieux coureur des bois.

— Pardonnez-moi, Dick, fit le jeune homme ému; pardonnez-moi si je vous ai causé quelque peine; croyez bien que la pensée ne m'était pas venue de me défier de vous. Tenez, mon ami, si cela peut vous satisfaire, voici mon serment : « Moi, Olivier de Lauraguais d'Entraygues, je jure sur l'honneur d'exécuter sans résistance... »

— Sans réflexion, ajouta Dick.

— Quoi! même cela? soit, « — sans réflexion, toute décision qui sera prise à la majorité des voix, ou qui, en cas de partage, aura été tranchée par le sort... » Est-ce bien cela; êtes-vous content?

— Oh! monsieur le comte.

Les deux hommes échangèrent une cordiale poignée de main dans laquelle le Canadien mit toute son âme.

Puis, ce dernier se retournant vers Laurent, lui dit rapidement à voix basse :

— M. le comte est sauvé.

Gilping, Dick et Laurent répétèrent alors la même formule qu'Olivier.

— Maintenant, mon cher Dick, fit le jeune homme, vous allez nous faire connaître votre projet, ou mieux votre plan, car il est certain, la façon dont vous venez de vous exprimer le prouve, que vous en avez élaboré un.

— Je désirerais ne parler que le dernier, répondit le Canadien, car si quelqu'un d'entre nous avait conçu quelque chose de plus pratique, de plus facile à exécuter, je m'y rallierais volontiers.

— Pour moi, je me récuse, répliqua Olivier; si le chemin que nous suivons ne doit pas nous amener à la délivrance, nous n'avons plus à attendre notre salut que du hasard ou d'un secours venu du dehors. Je suis prêt à continuer à marcher tant qu'il nous restera une bouchée de biscuit et la force de nous tenir debout. Je passe la parole à M. Gilping.

— Je ne puis rien conseiller autre que de continuer notre route; nous suivons le même chemin que l'éruption volcanique qui a creusé ce passage; nous devons finir par trouver une issue.

— Je n'ai rien à dire, continua simplement Laurent.

— Eh bien! moi, intervint alors le Canadien, voici ce que je propose :
Nous sommes à bout de forces, à quoi servirait de le nier; voilà trente-six
heures que nous marchons sans avoir pris un repos sérieux qui nous eût
permis de réparer nos forces. Je demande donc d'abord que nous fassions
ici même une station d'une demi-journée, consacrée entièrement au repos,
du moins pour vous, car après une heure ou deux passées ici, je partirai
pour mettre à exécution la première partie de mon projet.

— Cependant, Dick, permettez-moi...

— Je vois votre objection, monsieur le comte, elle est sans valeur; je suis
aussi frais et aussi dispos qu'avant notre entrée dans le kra-fenoua; toute
ma vie s'est écoulée au milieu des forêts, dans la grande Prairie américaine
et dans le Buisson australien, et cette existence m'a cuirassé contre la
fatigue. Je partirai donc, vous laissant ici pour explorer l'une après l'autre
chacune de ces excavations qui s'ouvrent béantes devant nous; si au bout
d'une heure consacrée à chacune d'elles je n'ai pas trouvé d'issue sur la
crypte centrale, nous irons retrouver le petit tunnel dans lequel nous nous
sommes déjà engagés avec Laurent, et qui correspond, j'en suis sûr, avec le
point que nous cherchons.

— Je le crois comme vous, monsieur Dick, interrompit Gilping, car, par
sa position, il semble être un rayon de la circonférence au centre.

— Votre opinion m'est précieuse, monsieur Gilping; tout mon plan est
basé sur ce fait. Je continue. Une fois là, nous tentons la sortie par cette
petite fissure dans l'ordre suivant : Laurent d'abord pour éclairer la voie,
M. le comte ensuite, et moi en dernier lieu. A la sortie du tunnel, vous
serez deux pour me donner la main. Je n'ai donc pas à craindre de rester
engagé. Une fois là, nous gagnons la crypte par le cours d'eau, et nous
sommes libres.

— Quoi! nous abandonnerions M. Gilping...?

— Nullement; c'est même le seul moyen de le sauver. Vous savez bien,
monsieur le comte, que je suis incapable d'une lâcheté.

— Oh! Dick, je n'ai pas voulu...

— Votre exclamation ne m'a pas blessé, monsieur le comte, elle était
toute naturelle; mais laissez-moi vous dire pourquoi j'ai adopté ce plan :
c'est d'abord parce que si nous ne le suivons pas, nous sommes perdus;
puis ensuite parce que j'ai entendu par deux fois M. Gilping exprimer sa
pensée de rester seul ici : la première fois quand, par générosité, il nous a
proposé de partir devant lui, quitte à revenir le délivrer avec les Nagarnooks;
et la seconde fois lorsque, emporté par la beauté du spectacle géologique
qu'il avait sous les yeux, il a formé le projet de revenir seul avec des provisions explorer ces excavations à loisir. J'en ai donc conclu que l'obligation
de rester quelques heures seul ici ne saurait l'effrayer; d'autant plus qu'à
peine libres, soit nous rencontrerons Willigo qui nous guidera par les chemins

Tout à coup, il ne put s'empêcher de tressaillir. (Page 167.)

qu'il connaît pour revenir le délivrer, soit, si le chef nagarnook ne se trouve pas avec les siens dans le kra-fenoua, nous nous emploierons à élargir la dernière partie du petit tunnel, qui est seulement sur une longueur de quelques mètres, à peine, trop étroite pour lui donner passage.

Voilà, mes chers compagnons, et vous, monsieur le comte, le résultat des réflexions auxquelles je me suis livré depuis plusieurs heures, et le seul et unique plan qui à mon sens puisse nous sauver tous.

— Adopté sans la moindre objection, fit immédiatement Gilping; et je vous assure que l'idée de rester seul ici, même pendant deux ou trois jours, ne saurait m'effrayer; je puis même ajouter que cela ne me sera pas désagréable.

— Accepté! accepté! s'empressa de dire Laurent.

— Vous n'avez plus qu'à vous soumettre, monsieur le comte, reprit le Canadien; nous sommes trois contre vous.

— Ah! Dick! Dick! s'écria douloureusement Olivier, ce n'est pas bien, vous m'avez tendu un piège. Vous n'avez eu qu'un but..., me sauver à tout prix.

— Et nous sauver en même temps, monsieur le comte. N'avez-vous pas entendu M. Gilping nous dire que ces sortes d'excavations pourvues de ramifications sans nombre pouvaient s'étendre à des distances considérables? Qui nous répond que nous ne finirions pas par nous égarer au point de ne plus retrouver le conduit dont nos ennemis ont, par deux fois, fait sauter la voûte? Or, c'est là seulement, en admettant que nous nous trompions sur la direction du petit tunnel, que nous pouvons espérer d'être sauvés par les Nagarnooks, car, avertis par les décombres de l'explosion, ils comprendront immédiatement que c'est dans cette partie des excavations qu'ils doivent venir nous chercher.

Le brave Dick avait vaincu toutes les objections, car Olivier lui-même fut obligé de se rendre à la sagesse et à la logique de son raisonnement. Il fut donc décidé à l'unanimité que ce plan serait exécuté dans toutes ses parties.

Certes, aucun des fugitifs ne se doutait en ce moment que toutes leurs démarches étaient épiées avec soin, et qu'ils allaient avoir désormais à compter avec un ennemi d'autant plus dangereux qu'il était invisible.

Deux excavations accessibles mettaient seules en communication la crypte centrale avec l'inextricable réseau de fissures et de crevasses dont les sinueux méandres sillonnaient l'écorce terrestre en cet endroit jusqu'à des profondeurs inconnues; la première avait été rendue impraticable par les deux explosions que nous connaissons, et quant à la seconde, elle était précédée d'une telle quantité de failles et de tranchées d'inégale grandeur qu'il fallait une connaissance approfondie des lieux pour pouvoir la découvrir. Les autres fissures secondaires débouchaient bien également dans la salle aux mille colonnes, mais elles étaient si resserrées sur une partie de leur parcours que l'homme même le plus mince n'aurait pu les traverser; celle dans laquelle le Canadien et Laurent s'étaient engagés le matin était de ce nombre; l'excavation plus spacieuse qui la terminait recevait bien, ainsi que Dick l'avait supposé, le ruisselet formé par l'eau des geysers, mais la voie de communication se composait d'une simple crevasse horizontale suffisante pour l'écoulement des eaux, et dans laquelle on aurait eu de la peine même à introduire le bras. Toutefois les fugitifs ignoraient cette circonstance, qui eût achevé de les réduire au désespoir.

Ainsi que le lecteur a dû le penser, un émissaire des *Invisibles* avait suivi Olivier de Lauraguais d'Entraygues en Australie, avec mission de se débarrasser de lui, coûte que coûte; il ne devait quitter Melbourne pour rentrer en Europe que quand il pourrait rapporter une preuve irréfragable de sa mort.

C'était donc cet émissaire secret qui avait organisé l'expédition de bush-rangers, qui, sous son commandement, suivait Olivier et ses compagnons depuis leur départ de la grande cité australienne; et, d'un mot, le lecteur va comprendre l'intérêt que cet envoyé avait de rester inconnu d'Olivier, car il n'était autre que le colonel Piotre Ivanowitch, le même qui, dans le petit hôtel de la rue Perowskaïa, la veille du mariage du comte d'Entraygues, avait porté à son hôte le toast singulier dont on se souvient.

Une fois dans le Buisson, ils avaient rencontré un parti de Dundarups marchant sur le sentier de la guerre à la rencontre des Nagarnooks, et Ivanowitch avait obtenu leur coopération en leur promettant de les aider à son tour avec sa troupe dans leur guerre contre la tribu ennemie. Il avait réussi d'autant plus facilement dans ses négociations que les indigènes n'ignoraient pas la présence du Canadien au milieu des Européens qu'il s'agissait de poursuivre, et que connaissant les liens de parenté adoptive qui unissaient ce dernier à leurs adversaires, ils durent croire qu'il accourait à leur secours.

Contrairement à ce que croyait Willigo, parmi les Dundarups il se trouvait un guerrier qui, à la suite d'une aventure singulière, avait été obligé de se réfugier dans le kra-fenoua où il s'était caché pendant plusieurs mois pour éviter de tomber sous les coups d'une vendetta acharnée, et là il avait eu le loisir de parcourir tout le réseau d'excavations souterraines et d'en bien connaître toutes les issues. Aussi les prévisions du Canadien s'étaient-elles réalisées de tout point. A peine la petite troupe sous sa direction avait-elle pénétré dans le kra-fenoua, que Willigo, croyant ses amis en sûreté, n'avait pu résister au désir de rendre aux Dundarups insulte pour insulte, bravade pour bravade. Accompagné de Koanook et de Nirrooba, il s'était mis à danser son pas de guerre, et dans l'emportement de cet exercice choré-graphique il n'avait pas aperçu une troupe de Dundarups qui, en se glissant dans les broussailles, était venue lui couper la retraite vers le kra-fenoua.

Au moment où Koanook avait débouché du kra-fenoua revenant d'accomplir auprès de Dick la mission dont Willigo l'avait chargé, il avait failli être massacré par les guerriers dundarups cachés dans le bosquet même où se trouvait l'ouverture de la terre fendue, et n'avait pu échapper à leurs coups que par un prodige d'habileté.

Ainsi cerné, Willigo s'était jeté dans les broussailles avec ses deux guerriers, et, après s'être donné rendez-vous aux grands villages de leur tribù, les trois hommes s'étaient séparés pour diviser l'attaque des Dundarups et rompre ainsi le cercle d'investissement.

Dans la guerre du Buisson, ces trois hommes n'avaient pas leurs pareils ; aussi les Dundarups ne furent-ils pas peu étonnés, après avoir battu en tous sens les broussailles et les hautes herbes de la prairie, de n'avoir plus trouvé trace de Willigo et de ses compagnons.

C'est alors que l'envoyé des Invisibles était descendu dans le kra-fenoua avec une partie de ses bush-rangers et une douzaine d'indigènes sous la conduite de celui des Dundarups à qui ces lieux étaient familiers. Ce guerrier était connu dans sa tribu sous le nom de Will-Mennah, le vieux kangourou. Le restant de la troupe des Dundarups avait été se poster à la sortie du kra-fenoua avec cinq bush-rangers, afin de prendre les fugitifs entre deux feux.

L'erreur commise par ces derniers dans le choix de l'excavation avait inspiré à Ivanowitch l'idée de faire sauter le tunnel en deux sections pour les enterrer vivants dans les entrailles de la terre. Tout avait été préparé pour faire sauter également la seconde excavation qui communiquait aussi avec la crypte : mais, averti par Will-Mennah de la presque impossibilité où Olivier et ses compagnons seraient de retrouver le véritable chemin au milieu de cent autres se croisant en tous sens, l'émissaire des Invisibles, comme s'il eût eu à satisfaire une haine secrète, avait voulu se procurer le cruel plaisir d'assister à leurs recherches infructueuses, aux alternatives d'espoir et de déception par lesquelles ils allaient nécessairement passer, à leur lente agonie en un mot, avant de faire sauter le second passage.

C'était, du reste, le moyen le plus simple pour se procurer ce signe certain de la mort du comte d'Entraygues qu'il devait rapporter au conseil secret des *Sept*, siégeant à Saint-Pétersbourg. Les armes à son chiffre et les papiers que le jeune homme devait porter sur lui suffiraient largement à constituer cette preuve.

Les Dundarups et les bush-rangers avaient donc été installés dans la crypte pour en surveiller les issues, et Ivanowitch était descendu, sous la conduite de Will-Mennah, au milieu des excavations. Un plus grand nombre de compagnons eût été difficile à cacher et, à aucun prix, il ne voulait ni être reconnu ni engager un combat corps à corps avec la petite troupe, car il n'était sûr ni des Dundarups ni des bush-rangers, tellement la réputation du géant canadien influençait les uns et les autres. Il n'était pas un d'entre eux, en effet, qui ne songeât avec un frisson de terreur à la seule possibilité de se trouver face à face avec lui.

Lorsque les fugitifs s'étaient reposés quelques instants après l'infructueuse tentative de Dick et de Laurent, le Dundarup et Ivanowitch venaient seulement de retrouver leur piste, et lorsque, sur l'ordre de ce dernier, l'indigène avait rampé dans l'ombre jusqu'auprès des dormeurs, c'était bien dans l'in-

tention d'enlever à ces derniers tout moyen d'éclairer leur marche; mais,
ainsi que nous l'avons vu, l'indigène s'étant aperçu que chacun d'eux possédait un fanal avait immédiatement rebroussé chemin, car il n'eût pu
les enlever tous sans éveiller les fugitifs, et n'en prendre qu'un seul sans
faire naître immédiatement des soupçons.

Telle était la situation respective des adversaires au moment où le Canadien avait, pour ainsi dire, imposé à ses compagnons le plan qu'il avait longuement élaboré; quant à Willigo et à ses deux guerriers, nous verrons
bientôt comment les braves Nagarnooks avaient employé leur temps.

CHAPITRE VIII

Exploration de Dick. — La veillée du Canadien. — Les busch-rangers en conseil.
Retour de l'Aigle-Noir. — La sortie du kra-fenoua. — Sauvés.

A la suite de la décision prise ou pour mieux dire acceptée en commun,
Dick saisit un fanal, jeta sur son dos sa carabine, et partit courageusement
pour commencer son inspection dans les trois excavations qui avaient subitement arrêté la petite troupe dans sa marche. Cette excursion ne dura pas le
temps qu'il présumait devoir lui accorder; c'étaient de simples crevasses,
n'ayant pas plus de quatre à cinq cents mètres de développement, qu'il ne
mit pas plus d'une demi-heure à parcourir, mais il revint vers ses compagnons sans aucune espèce de découragement, il s'y attendait. Comme tous
ceux dont l'instruction est restée des plus rudimentaires, il avait d'abord,
plein d'admiration pour la science, écouté avec un profond respect la déduction de John Gilping. Le géologue lui eût affirmé en ce moment qu'il pouvait,
comme Annibal traversant les Alpes, faire fondre les rochers à l'aide d'une
préparation spéciale, qu'il l'eût cru aveuglément; mais au premier insuccès,
adieu la foi; la science qui n'est pas infaillible, pour les simples intelligences
n'est plus la science, et quand Dick avait vu que l'Anglais ne pouvait trouver
du premier coup le chemin de la délivrance, non seulement il n'avait plus
ajouté foi à ses paroles, mais peu s'en était fallu qu'il ne le prît pour un
espion.

Il n'y avait plus qu'à revenir sur ses pas et exécuter la dernière partie du
programme. Le Canadien, qui avait repris peu à peu le commandement
de la caravane, exigea qu'on remît le départ au lendemain matin : la décision
était sage, car le comte d'Entraygues n'eût pu accomplir ce trajet sans d'in-
tolérables souffrances; mais, d'un autre côté, elle allait livrer les fugitifs
pour ainsi dire à la merci de leurs ennemis.

Si Dick eût pu soupçonner la présence de ces derniers dans les excavations souterraines, il est hors de doute qu'au lieu de conseiller le repos il eût au contraire donné le signal du départ, quitte à ne s'avancer que lentement et selon les forces du jeune comte : car, debout et la carabine en main, la lutte était à peu près égale, en présence surtout de l'invincible répugnance des indigènes et des bush-rangers à se mesurer avec lui. Mais précisément parce qu'il connaissait la terreur qu'il inspirait, il était à cent lieues de croire que l'émissaire des Invisibles aurait osé se hasarder dans les souterrains.

Et puis, qui donc l'aurait guidé? Willigo ne lui avait-il pas dit que les excavations étaient inconnues des Dundarups? Si l'on avait pu s'introduire à la suite de la petite troupe dans le kra-fenoua, les explosions mêmes prouvaient qu'on n'avait pas osé les poursuivre plus loin. Tout contribuait ainsi à donner au Canadien une trompeuse quiétude.

Il était environ dix heures du soir, c'était le troisième jour de l'entrée des fugitifs dans les méandres volcaniques; les chronomètres, remontés avec soin, leur permettait au moins de connaître la marche du temps, satisfaction qui pourrait paraître minime, mais que savent apprécier ceux qu'une circonstance quelconque a contraint de passer un temps plus ou moins long dans les entrailles de la terre.

Les trois compagnons de Dick dormaient profondément, de ce sommeil de plomb des gens que la fatigue a vaincus.

Le Canadien seul veillait !

L'heure était solennelle, car Ivanowitch, qui avait regagné la crypte, tenait en ce moment conseil avec les bush-rangers. On agitait la question de savoir s'il ne vaudrait pas mieux faire sauter la seconde excavation et se retirer, que de stationner plus longtemps dans ces lieux où un séjour trop prolongé pouvait devenir dangereux pour la sûreté de tous.

— Nous avons déjà perdu trop de temps par là, fit un des plus sérieux batteurs de Buisson. Willigo et ses deux guerriers se sont échappés, et vous pouvez être assurés qu'ils vont revenir en force et nous prendre tous ici comme dans une souricière. Je suis même étonné que cela ne soit pas déjà fait, car il ne faut pas connaître les mœurs des Australiens pour croire qu'ils vont abandonner sans chercher à le sauver le *Troueur de têtes* qui fait partie de leur tribu.

— Qui appelez-vous le Troueur de têtes? demanda Ivanowitch.

— C'est le nom que les indigènes donnent à ce Canadien de malheur qui s'est fait le guide de notre ennemi.

— Qu'ils viennent, répliqua l'étranger, nous avons de quoi les recevoir; ne vous ai-je pas tous pourvus d'armes perfectionnées, que les indigènes n'oseront jamais affronter?

— Dans la plaine, c'est possible; mais ici au milieu de ces excavations où il n'est pas toujours facile de marcher, nous serons écrasés par le nombre, et puis il ne faut pas oublier qu'ils peuvent rejoindre ceux que nous poursuivons, et alors, en dehors de ces derniers, nous nous trouverons en face de quatre hommes courageux dont nous ne viendrons pas facilement à bout.

— Ne sommes-nous pas onze, c'est-à-dire presque trois contre deux ?

— On voit bien que vous ne connaissez pas Dick le Canadien; eh bien, demandez à ces hommes s'ils consentiraient à lutter à quatre contre lui.

Le silence qui accueillit ces paroles montra à Ivanowitch que le vieux convict connaissait bien ses compagnons.

— Cependant, poursuivit le chef de cette singulière troupe, il me faut les dépouilles du comte d'Entraygues; à ce prix seul, je vous payerai le prix convenu.

— Soit! fit le bandit qui avait pris la parole au nom de ses camarades; mais alors, qu'est-ce qui peut nous empêcher, puisque vous nous avez dit qu'ils allaient prendre quelques heures de repos, de nous approcher d'eux le plus doucement possible, sous la conduite du Dundarup qui connaît la disposition des lieux, et de les fusiller à bout portant pendant leur sommeil ?

— Voilà une idée pratique et je l'adopte volontiers. Tenez-vous prêts, je vais appeler Will-Manah et nous arrêterons ensemble la marche à suivre.

— Agissez vite : car, voyez-vous, je ne donnerais pas un double *penny* de notre peau si nous sommes encore ici dans deux heures. Soyez sûr que les Nagarnooks accourent à marche forcée au secours de leur *foti* (parent d'adoption).

— Le temps de prendre quelques dispositions indispensables.

C'est pendant la tenue de ce conciliabule que nos fugitifs, ignorant le terrible complot qui se tramait contre eux, avaient fini par céder aux conseils de Dick et s'étaient décidés à prendre un peu de repos.

Ce dernier avait voulu d'abord donner l'exemple; il s'était, en effet, couché sur un quartier de roche, son rifle entre les mains, mais il lui avait été impossible de fermer l'œil. L'âme assaillie de tristes pressentiments, en face des difficultés presque renaissantes, il commençait, lui aussi, à douter qu'il revît jamais la lumière du jour...; il s'était relevé, et assis sur un banc de granit, l'œil perdu dans le noir de l'excavation qui s'ouvrait béante devant lui, il réfléchissait, et, comme il arrive chaque fois qu'on se trouve en présence d'un grand événement qui met votre vie en danger, il repassait dans son esprit les différentes phases de son existence, et prenait plaisir à se revoir enfant, près des grands lacs du Canada, où son père avait coutume d'aller chasser le castor et le bison.

Tout à coup, il ne put s'empêcher de tressaillir; il lui sembla qu'il venait d'entendre un faible cri s'élever dans les profondeurs de ces souterraines solitudes. On entendit celui du hocko, ce hibou des nuits australiennes qui salue de son chant monotone le lever de la lune. Il n'y avait rien d'étonnant sans doute à ce que ce triste oiseau eût pu pénétrer dans ces excavations, et en tout autre moment, il n'eût pas accordé grande attention à ce fait ; mais il savait que son ami Willigo se servait souvent de ce cri pour annoncer sa présence, et il se demanda avec anxiété si ce ne serait pas par hasard le guerrier nagarnook qui, pour éviter toute surprise, lui faisait connaître ainsi son arrivée.

Cette pensée s'était à peine présentée à son esprit qu'il aperçut comme une ombre qui, glissant rapidement le long de la paroi de gauche de l'excavation, se rapprochait de lui.

Avec la vitesse de l'éclair, Dick épaula son rifle et il allait presser la détente lorsque, au même instant, le mot de *Wagh!* quoiqu'à peine articulé, arriva distinctement à son oreille.

C'était le cri de guerre et de ralliement des Nagarnooks.

Le Canadien abaissa son arme.

Willigo était près de lui.

— C'est toi ! fit Dick avec une joie fébrile, je ne t'attendais plus.

— Mon frère blanc vieillit, répondit le chef d'un ton sentencieux ; est-ce qu'un Nagarnook abandonna jamais les siens ?

— Tu pouvais avoir été tué par les Dundarups.

— Depuis quand ces vils opossums peuvent-ils arrêter le vol de l'aigle noir ?

— Depuis plus de trois jours, nous sommes...

— Chut ! interrompit le chef.

— Pourquoi mon frère impose-t-il silence au vieux trappeur ?

— Nous n'avons pas de temps à perdre en paroles ; réveille tes hommes et partons.

— Que se passe-t-il donc ?

— La crypte est pleine de Dundarups et de bush-rangers ; aga ! aga ! (vite ! vite !) ou vous êtes perdus.

Laurent et Gilping, réveillés par l'arrivée du Nagarnook, étaient déjà sur pied.

— Aga ! aga ! répétait le Nagarnook qui prêtait l'oreille à l'ouverture d'une des excavations, les voici qui viennent.

Par deux fois le Canadien avait secoué le bras d'Olivier ; le jeune homme endormi, mort de fatigue, ne se réveillait pas.

— Aga ! aga ! exclamait Willigo à voix basse ; dans deux minutes il ne sera plus temps.

Le géant canadien n'hésita plus ; il enleva dans ses bras le jeune comte comme un enfant, pendant que Laurent et Gilping se chargeaient des armes et des munitions.

— Éteignez le fanal et donnez-vous tous la main, fit une dernière fois le chef australien.

— Impossible avec mon fardeau, répondit Dick. Ah ! l'échelle de corde !

Ce seul mot fit comprendre sa pensée.

Willigo tenait la tête de la petite caravane. (Page 172.)

L'échelle fut déployée et passée sous le bras de chacun ; Willigo en saisit l'extrémité supérieure et le fanal fut éteint.

— Suivez-moi doucement, l'important est moins d'aller vite que de ne pas faire de bruit, fit le chef sur une modulation si basse que c'est à peine s'il fut entendu.

Et il se mit en marche, suivi par la petite troupe, dont chaque membre suivait le mouvement d'impulsion imprimé par l'échelle de corde.

L'émotion était au comble ; nos fugitifs s'attendaient à chaque instant à voir les bush-rangers et les Dundarups faire irruption en masse dans la partie du souterrain que l'on suivait. Mais il n'en fut rien heureusement. Ces gens-là, le plan arrêté une fois manqué, n'étaient pas hommes à se jeter à la poursuite de leurs adversaires au milieu d'excavations dont les passes leur étaient inconnues.

Malgré l'obscurité, Willigo se dirigeait avec une sûreté admirable au milieu de cet inextricable dédale dont il avait la clef. Il marchait en rasant les parois, comptant les fissures qu'il rencontrait, n'hésitant jamais dans le choix de celle qu'il devait prendre, ainsi qu'on voit certains aveugles se diriger seuls au milieu des rues d'une cité.

Au bout d'une demi-heure de marche, le chef nagarnook s'arrêta.

— Vous pouvez rallumer votre fanal, dit-il ; je défie bien qui que ce soit de venir nous trouver ici.

Laurent se hâta de profiter de la permission de Willigo, et la pâle lumière du falot éclaira de nouveau les capricieux méandres des excavations.

Dick avait doucement déposé sur une roche son précieux fardeau.

— Où sommes-nous ? que s'est-il passé ? fit Olivier en ouvrant les yeux.

— Nous sommes sauvés, monsieur le comte ; sauvés par notre ami Willigo !

— Comment suis-je venu ici ?

— Vous dormiez profondément et...

— Achevez, mon cher Dick.

— Nous vous avons porté.

— Oh ! vous me traitez comme une femmelette, exclama en rougissant le jeune homme.

Et il essaya de se lever, mais ses pieds endoloris, gonflés encore par le repos, refusèrent de le porter.

— Allons, je ne suis bon à rien ! fit-il en souriant tristement. Merci, Dick ; mon bon Dick, comment pourrais-je jamais m'acquitter envers vous ?

— Je suis déjà récompensé par le bonheur que j'éprouve d'avoir pu vous être utile.

— Noble cœur !

Et, en prononçant ces paroles, il pressait fiévreusement les mains du Canadien, qui, sous cette amicale étreinte, pleurait comme un enfant.

La certitude d'être sauvés augmentait encore l'émotion générale. Laurent, qui ne pouvait articuler une parole, ne faisait que lever les yeux au ciel et regarder son maître, et Gilping se mouchait avec des bruits de trompette pour dissimuler dans son foulard la grimace singulière qu'un attendrissement inusité imprimait à tous ses traits.

Ce moment d'expansion était inévitable après les longues heures d'attente et d'espérances sans cesse détruites, pendant lesquelles chacun avait fait vingt fois le sacrifice de sa vie ; la joie affluant tout à coup au cœur des fugitifs avait besoin de se répandre au dehors pour ne point les étouffer. Les grandes émotions tuent aussi bien dans la joie que dans la douleur.

Willigo considérait cette scène avec une impassible gravité. Dans son orgueil de guerrier, il la regardait comme une marque de faiblesse tout au plus excusable chez des femmes, et il n'était pas peu étonné, car il était incapable des sentiments qui le faisaient agir, de voir son frère blanc, le terrible Tidana, y prendre part.

Au bout de quelques instants, chacun avait peu à peu repris possession de lui-même.

— Et toi, mon brave Willigo, nous allions oublier de te remercier, fit alors le Canadien.

Le sauvage laissa échapper un geste superbe d'indifférence. Puis, montrant Olivier :

— Le jeune Mennah ! dit-il dans son langage imagé, est encore incapable de marcher, je vais chercher les animaux et on pourra l'asseoir sur l'un d'eux. Attendez-moi ici, je reviens à l'instant.

— Oh ! pauvre Pacific ! soupira Gilping ; il ne lui est rien arrivé de fâcheux, je suppose.

— Tu connais donc le lieu où nous les avons laissés ? demanda Dick.

Le Nagarnook sourit dédaigneusement.

— J'ai relevé votre piste partout où vous avez passé, répondit-il.

— Mon frère est un chef habile, nous l'attendions patiemment ici ; veux-tu qu'un de nous t'accompagne avec un fanal ?

— Willigo a assez de ses yeux, il n'a pas besoin de la lumière des blancs.

Ces paroles prononcées, le chef nagarnook disparaissait dans l'obscurité du conduit souterrain.

Grâce à son instinct merveilleux de toutes choses, Willigo avait à peine rompu le cercle d'investissement des Dundarups qu'il avait immédiatement compris que son absence allait livrer sans défense son frère Tidana à la haine des bush-rangers et des indigènes armés en guerre contre les Nagarnooks ; il pouvait arriver, en effet, qu'avant d'avoir eu le temps de regagner les terres de sa tribu et de revenir avec des forces suffisantes, Dick et la petite troupe ne tombassent dans un guet-apens. La chose était d'autant plus probable que les Dundarups venaient de prouver à Willigo qu'ils connaissaient la situation du kra-feuoua.

Cette particularité que le chef nagarnook ignorait auparavant le fit revenir sur ses intentions ; il rejoignit à la hâte Koanook et, après lui avoir donné l'ordre de lui amener à marche forcée un corps de trois ou quatre cents guerriers, il se rejeta dans la broussaille et, rampant dans les hautes herbes, il se mit à surveiller les mouvements des Dundarups ; la nuit venue, il se glissa près du campement des bush-rangers et assista, sans qu'on se doutât de sa présence, au conseil tenu par ces derniers et les chefs indigènes et connut alors le plan formé par ces derniers contre ses amis.

Il apprit aussi, par le rapport du Dundarup qui connaissait les principales ramifications des excavations faisant suite au kra-fenoua et que, pour ce fait, on avait envoyé sur la piste de la petite troupe, que cette dernière, se trompant dans le choix du chemin à suivre, s'était égarée au centre même des excavations. Et cet événement ayant suggéré au chef des bush-rangers l'idée de faire sauter les principaux tunnels pour fermer aux fugitifs toute possibilité de sortie, le chef nagarnook, sans en écouter davantage, s'était immédiatement jeté dans le kra-fenoua pour aller au secours de Tidana et de ses amis. Mais ces derniers avaient parcouru de telles distances dans l'interminable réseau souterrain qu'il avait erré pendant près de vingt-quatre heures avant de les retrouver, et, ce que dans son orgueil de sauvage il n'eût jamais voulu avouer, il s'était lui-même égaré plusieurs fois.

En entendant le bruit des explosions, il était revenu en toute hâte près de la crypte par le conduit resté libre et avait pu assister, caché dans l'ombre, au dernier conciliabule dans lequel les bush-rangers s'étaient décidés à pénétrer dans les excavations pour en finir avec leurs adversaires en les fusillant à bout portant pendant leur sommeil. Il était alors reparti en toute hâte dans la direction que Will-Manah, l'espion dundarup, avait indiquée, et cette fois, comme on l'a vu, était arrivé à temps pour sauver son ami et ses compagnons.

Le lieu où il les avait mis en sûreté n'était pas très éloigné du point où stationnaient les animaux, et moins d'un quart d'heure après son départ, il ramenait le mulet et Pacific par la bride.

— Maintenant, dit-il à Dick, il faut partir, car une partie des Dundarups gardent la campagne ; les autres ne resteront pas longtemps dans les excavations en voyant que leur proie leur a encore échappé, et il faut que nous soyions sorti du kra-fenoua avant le retour du jour.

Olivier fut convenablement installé sur le dos du mulet et l'on se mit en route sur-le-champ, Willigo tenant la tête de la petite caravane.

Une heure ne s'était pas écoulée que les fugitifs commencèrent à sentir un air plus frais qui venait leur fouetter agréablement le visage, et ils comprirent que la délivrance n'était pas loin.

En effet, ils arrivaient quelques instants après au bas d'une montée assez rapide, au sommet de laquelle le chef nagarnook s'arrêta tout à coup en leur disant cette seule parole :

— Regardez.

Chacun leva immédiatement la tête et aperçut avec un ravissement impossible à décrire, à travers une échancrure du terrain élevée de trois ou quatre mètres seulement au-dessus d'eux, la voûte bleue sombre du firmament toute étincelante du feu des étoiles.

— La sortie est-elle encore bien éloignée? demanda le Canadien au chef.

— Il nous faudrait encore deux heures de marche pour l'atteindre, mais une centaine de ces vils opossums de Dundarups, assistés de quelques bush-rangers, ont été envoyés pour la garder, et il vaut mieux quitter le kra-fenoua à l'endroit même où nous nous trouvons.

— C'est peut-être possible pour nous, mais les animaux?

— Je connais les lieux; c'est un terrain peu résistant, et une fois en haut, avec vos pics de mineur, nous leur ferons aisément un chemin; mon frère blanc n'a qu'à monter sur le mulet : grâce à sa grande taille, j'atteindrai facilement le sommet de la tranchée et, une fois là, j'attacherai l'échelle de corde au pied d'un arbuste.

— Mon frère nagarnook est aussi habile dans les conseils que brave à la guerre.

L'idée du chef était, en effet, des plus pratiques et fut mise immédiatement à exécution.

S'élevant sur les épaules du Canadien, en moins de rien Willigo fut en dehors du kra-fenoua, et l'échelle solidement fixée permit à chacun des fugitifs de sortir de ce lieu qui avait failli devenir leur tombeau.

Olivier eut encore besoin de l'appui de son ami Dick; mais la joie qu'il éprouvait à se sentir libre enfin était telle qu'il escalada les degrés de l'échelle avec une agilité dont lui-même ne se serait pas cru capable quelques instants auparavant.

Quant à Gilping, à peine fut-il dehors que, se tournant vers la croix du Sud qui brillait en ce moment d'un éclat sans pareil, il entonna ce passage du Psalmiste :

« Mon cœur est disposé, ô Éternel, à chanter ta gloire; réveille-toi, mon luth! réveille-toi, ma harpe! et je célébrerai l'Éternel devant les peuples et devant les nations jusqu'à l'aube du jour. »

Le luth et la harpe de David étaient en ce moment représentés par la clarinette de Gilping, mais ce n'était point la faute du brave homme si son instrument de prédilection était inconnu du temps du père de Salomon. Aussi, selon son habitude, voulut-il ajouter au chant un petit air de circonstance; toutefois, sur l'avis de Willigo qui ne pouvait s'empêcher de regarder d'un air inquiet les préparatifs de celui qu'il s'obstinait à considérer comme un sorcier, le Canadien fit comprendre au mélomane les dangers que les sons mélodieux, mais trop perçants, de son instrument pouvaient faire courir à la caravane, à cause de la présence des Dundarups dont il ne fallait pas éveiller l'attention.

Armés de leurs pics de mineur, le Canadien, Laurent et Willigo attaquèrent vigoureusement les bords de la tranchée et, en moins d'une heure, les masses de terrain rejetées dans le kra-fenoua établirent une pente suffisante qui permit de faire sortir à leur tour le mulet et son camarade Pacific.

Il pouvait être deux heures du matin lorsque la petite troupe au complet fut prête à reprendre sa course à travers le Buisson. Cédant aux instances du Canadien, Olivier reprit sa place sur sa monture, et Gilping, pour lui faire compagnie, enfourcha Pacific en continuant à psalmodier à voix basse le cantique de la délivrance après la captivité : *Super flumina Babylonis...*

Il faisait une de ces nuits admirables comme on n'en voit que sous les tropiques ; une fraîche brise du matin, toute parfumée des senteurs des mélias, des pommiers de rivières, des vétivers sauvages et des lilas d'Australie, venait rafraîchir les poumons des fugitifs qui, habitués depuis plusieurs jours à respirer la lourde atmosphère des excavations souterraines, recevaient avec une ineffable satisfaction les émanations odorantes des salsepareilles vierges et des eucalyptus.

La lune, qui déclinait lentement sur l'horizon, jetait comme une neige d'argent sur les buissons de myales et le sommet des hautes herbes..., et les fugitifs glissaient comme un point noir dans la plaine vaste et silencieuse.

— A quoi songez-vous, mon ami? demanda Olivier à Dick qui marchait tout pensif à ses côtés.

— Cela me rappelle la grande prairie du Fear-West, répondit le Canadien en soupirant.

CINQUIÈME PARTIE

LES MANGEURS DE FEU

CHAPITRE PREMIER

Départ pour le pays des Nagarnooks. — Blessé par l'*urtica australis*.
Un guet-apens. — Prisonniers.

La petite caravane, sous la conduite de Willigo, se dirigeait en droite ligne vers le pays des Nagarnooks, en langage australien *Mangeurs de feu* (Nag-ar-nook).

Cette tribu tirait son nom d'une singulière coutume, qui se perdait dans la nuit des temps, et dont le symbolisme n'était connu de personne. Les coradjis ou prêtres sorciers, gardiens des vieilles traditions de la peuplade, en savaient peut-être l'origine, mais chaque fois qu'on les interrogeait à ce sujet, ils secouaient mystérieusement la tête et ne répondaient que par le silence le plus obstiné.

a famille de ces coradjis, qui passait pour la plus ancienne, conservait précieusement sous la cendre un énorme tison qui ne devait jamais s'éteindre, sous peine d'attirer les plus grands malheurs sur la tribu tout entière : aussi le membre le plus âgé de cette famille n'avait-il d'autre occupation que de veiller à l'entretien et au remplacement de ce tison, composé d'un gros bloc de bois d'eucalyptus, d'un pied de diamètre environ, sur une longueur de deux coudées. Ce vieillard habitait une sorte de cabane sacrée, construite en terre sèche, dans laquelle se trouvait, en même temps que le précieux tison, une grande quantité de ces blocs d'eucalyptus qui séchaient en attendant leur tour ; dès que le tison sacré était aux deux tiers consumé au milieu de la cendre, le gardien plaçait auprès de lui un nouveau bloc dont il provoquait l'embrasement, en soufflant dans un long tube de roseau, puis il le recouvrait de cendres quand il le trouvait suffisamment carbonisé.

Les coradjis et leur famille avaient seuls le droit, quand le feu qui servait à la cuisson des aliments venait à s'éteindre, de le rallumer avec une parcelle du charbon sacré.

Lorsque les jeunes gens de la tribu atteignaient l'âge voulu pour entrer dans la classe des guerriers, parmi les nombreuses épreuves qu'ils devaient subir, et auxquelles nous aurons l'occasion d'assister au cours de ce récit, se trouvait celle du feu sacré. Le néophyte devait parcourir un espace déterminé avec un morceau de charbon incandescent, emprunté au tison sacré, dans la bouche, et arriver au terme de la carrière sans qu'il fût éteint. Si cette dernière condition n'était pas remplie, c'est en vain qu'il avait satisfait avec succès aux autres épreuves ; il restait pendant un certain temps encore dans la classe des jeunes gens.

De là le nom de Mangeurs de feu donné aux membres de cette tribu.

Nous aurons l'occasion de rechercher plus tard l'origine de cette singulière coutume, et de voir si la conservation de ce tison sacré par une famille spéciale de coradjis n'aurait pas la même origine symbolique que la garde du feu sacré représenté par une lampe dans les temples anciens de l'Inde, de l'Égypte, de la Grèce et de Rome...

Nos fugitifs suivaient Willigo, sans se communiquer leurs impressions ; le chef nagarnook, moins rassuré peut-être au fond qu'il ne le laissait paraître, avait demandé le silence le plus absolu.

Le jour parut cependant sans qu'ils eussent été inquiétés. Le terrain qu'ils parcouraient avait entièrement changé d'aspect : à la plaine avaient succédé les premières pentes des collines, les hautes herbes et les rares bosquets avaient été remplacés par la forêt ; les eucalyptus géants, les casuarinas, les chênes boudeurs, les palmiers-choux, les figuiers de Rass, l'arbre à écorce de fer, qui peut cacher un homme dans un seul pli de son écorce, élevaient leurs troncs, droits, lisses ou contournés à quelques mètres les uns des autres, et à leur pied, comme pour y garnir le mince intervalle qui les séparait, des buissons de cactus, de lis de roche, de sabals, de *night-scented* ou parfums des nuits, de salsepareilles et de lianes aux fleurs multicolores entremêlaient leurs tiges, leurs feuillages et leurs fleurs, pendant qu'à la naissance du pied de ces plantes et arbustes, une troisième couche végétale émaillait la terre de bruyères roses, d'héliotropes noirs et de sensitives pourprées, qui, sous le feuillage sombre et sur le vert tapis de mousse, ressemblaient à des gouttes de sang jetées à plaisir.

Le paysage était réellement ravissant, et peu à peu, cédant à l'attrait de cette admirable nature, les fugitifs en étaient arrivés à oublier et les souffrances passées et les dangers qui les entouraient.

Willigo lui-même, paraissant satisfait de la distance parcourue, sans se relâcher de sa surveillance, ne gravissait plus que lentement la pente des collines boisées et ne donnait plus aucun signe d'impatience quand par hasard un de ses compagnons s'arrêtait pour examiner quelque fleur rare, ou la branche d'une fougère géante qui s'étendait comme un long panache au-dessus de leur tête.

Tout à coup, Laurent, qui s'était un peu éloigné de la caravane, poussa un grand cri et tomba lourdement sur le tapis de gazon et de mousse qui recouvrait le sol.

Olivier, un peu remis de ses fatigues, et le Canadien se précipitèrent à son secours.

Dix Dundarups s'étaient jetés sur chaque homme. (Page 180.)

— Wi-waga ! wi-waga ! s'écria Willigo en s'élançant près du pauvre diable qui se débattait sur le sol, et immédiatement il lui mit le bras à nu jusqu'à l'épaule et se mit à le frotter énergiquement avec une poignée d'herbes d'un vert sombre qu'il avait arrachées rapidement autour de lui.

En voyant tomber son fidèle serviteur, Olivier avait tout d'abord cru à la morsure d'un serpent, mais le Canadien le rassura immédiatement.

— Vous parcourriez l'Australie entière, lui dit-il, que vous ne trouveriez

pas un seul de ces animaux sous vos pas; Laurent vient d'être foudroyé par
le contrat du wi-waga, mais c'est sans aucun danger quand c'est pris à
temps; et en moins de rien le chef va le remettre sur pied.

— C'est l'*urtica australis*, murmura Gilping en examinant la feuille de
l'arbre qui avait produit cet effet.

Chacun s'était empressé autour du blessé, et Willigo frottait, sans prendre
le temps de respirer, la main et l'épaule de Laurent qui suait à grosses gouttes,
et ressemblait à un homme frappé d'une congestion cérébrale.

Une bonne demi-heure s'écoula ainsi en frictions, mais bientôt les membres
bleuis et décolorés du patient commencèrent à revêtir une teinte rosée, la
vie revenait peu à peu, et bientôt tout danger eut disparu.

Laurent put alors raconter ce qui lui était arrivé. En passant près d'un arbre
qu'il indiqua du doigt, sa main avait frôlé par mégarde une de ses feuilles,
il était tombé comme frappé par la foudre et, jusqu'au moment où il était
revenu à lui sous les frictions énergiques de Willigo, il n'avait plus eu
conscience ce qui se passait autour de lui.

— Remerciez le chef, fit alors le Canadien; sans la rapidité avec laquelle
il est venu à votre secours, l'engourdissement allait passer de l'épaule
à la poitrine et de là aurait gagné le cœur et la tête, et vous seriez mort en
moins de vingt minutes.

—Quel est donc cet arbre étrange? demanda Olivier pendant que le Nagarnook
terminait son traitement par de nombreuses affusions d'eau froide qu'il allait
puiser à une fontaine qui se trouvait à quelques pas de là au pied d'une roche.

— Les indigènes, répondit le Canadien, le nomment le *wi-waga* ou
l'arbre à l'oiseau, parce qu'un seul oiseau d'une espèce singulière peut se
reposer impunément sur ses branches. J'ai entendu dire par un convict
déporté pour faux, qui avait été professeur de botanique, que les savants
l'avaient appelé l'ortie d'Australie.

— *Urtica australis*, répéta Gilping en faisant un signe d'assentiment.

— Comme vous voudrez, monsieur Gilping, continua Dick; bien que je ne
comprenne pas comment un arbre qui mesure jusqu'à sept à huit mètres
de tour, et qui s'élève généralement à une hauteur de quarante mètres, puisse
être comparé à une vulgaire ortie.

— *Urtica*, reprit en souriant Gilping, genre type de la famille des Urticées,
renferme des plantes herbacées ou sous-frutescentes et des arbres de haute
futaie, disséminés sur tout le globe; les uns et les autres sont hérissés de poils
produisant des effets différents selon les climats et la grosseur de la plante.
En Europe, la douleur est légère et vite passée, sans remède. Dans l'Inde,
elle gagne rapidement le bras, la gorge et la tête, et ce n'est guère qu'au
bout de neuf jours que l'accident ne laisse plus de trace. En Australie, la
piqûre de l'*urtica* donne la mort si, comme vous l'avez dit, monsieur Dick,
on ne s'empresse d'y porter remède.

— Ma foi, répliqua le Canadien, je ne suis pas de taille à contredire messieurs les savants ; tout ce que je sais, c'est que l'effet de cette piqûre peut autant se comparer à la légère cuisson de l'ortie ordinaire, que la piqûre d'un serpent venimeux à celle d'un moustique ; après cela, si vous trouvez quelque ressemblance entre ces deux plantes si différentes...

— Les effets n'ont que des différences du moins au plus, monsieur Dick, interrompit Gilping ; quant aux deux végétaux, malgré leur différence de taille, ils possèdent les mêmes caractères botaniques : feuilles opposées ou alternantes, fleurs disposées en grappes et attachées à l'aisselle des feuilles monoïques et quelquefois dioïques. Dans ce dernier cas, les fleurs mâles sont pourvues d'un calice à quatre divisions profondes et de quatre étamines ; les femelles d'un calice à deux valves, d'un ovaire surmonté d'un stigmate velu, auquel succède une semence recouverte par le calice.

— C'est très beau, monsieur Gilping, de savoir tout cela ; mais ce n'est que de l'hébreu pour un pauvre trappeur comme moi.

— Quelles sont ces précieuses plantes dont s'est servi le chef ? demanda Olivier.

— De simples herbes qui poussent au pied même de l'arbre, répondit le naïf Canadien.

— Est-ce qu'on en rencontre près de chaque wi-waga ?

— Elles ne poussent même que là ; la nature, dans sa sagesse, a voulu mettre le remède à côté du mal.

L'accident arrivé à Laurent et la leçon de botanique qui suivit allaient coûter cher aux fugitifs.

En se précipitant pour porter secours au blessé, chacun avait déposé sa carabine contre un arbre ou sur le sol ; Willigo lui-même, pour pouvoir le frictionner plus facilement, s'était débarrassé de ses armes ; il n'avait conservé que son boomerang, arme terrible à distance, mais inutile à bout portant.

Lorsque Laurent s'était trouvé mieux, on l'avait aidé, en le soutenant, à se transporter vers la petite fontaine dont Willigo s'occupait à purifier l'eau en enlevant tous les détritus végétaux déposés au fond, afin de lui en faire boire un peu, et nul n'avait remarqué qu'une foule de formes noires glissaient silencieusement à travers les arbustes, se rapprochant de façon à entourer complètement la petite troupe. C'étaient les Dundarups, qui suivaient la piste des fugitifs presque depuis leur sortie du kra-fenoua, car ils n'avaient pas tardé à s'apercevoir de leur disparition.

Les premiers qui arrivèrent s'emparèrent des carabines, et, au moment même où Laurent, penché sur la fontaine, aspirait quelques gorgées d'eau fraîche, des hurlements formidables éclatèrent de toutes parts, faisant vibrer les arceaux de la forêt.

Nos hommes, le Canadien et Willigo en tête, se précipitèrent sur leurs armes ; mais ils les aperçurent aux mains des Dundarups, et ils n'eurent pas fait deux pas, du reste, qu'ils furent entourés d'une nuée de guerriers affreusement peints en guerre et armés de flèches et de lances empoisonnées.

Du premier coup d'œil ils comprirent que toute résistance serait impossible et ne servirait qu'à les faire massacrer sur-le-champ.

Le Canadien, avec le seul secours de ses poings, en eût certainement assommé une douzaine avant de succomber; mais il eût été, à l'instant même, criblé d'une nuée de flèches. S'il eût été seul, il n'eût peut-être pas consenti à subir l'humiliation de se laisser surprendre sans résistance, mais songeant à la vie d'Olivier, il eut le temps de s'écrier :

— Au nom du ciel, monsieur le comte, messieurs, ne résistez pas ou vous êtes perdus; leurs flèches sont empoisonnées.

Willigo lui-même, se voyant pris, croisa dédaigneusement les bras sur sa poitrine et resta immobile, sans faire, ce qui eût été inutile, du reste, la moindre tentative pour s'échapper.

Gilping seul se démenait comme un diable; il criait, gesticulait.

— Je vous défends de me toucher ! exclamait-il. Malheur à qui mettra la main sur un sujet britannique !... Je me plaindrai à mon gouvernement de cette violation du droit des gens... et je vous avertis que vous serez obligés de me payer une indemnité !

Dix Dundarups s'étaient jetés sur chaque homme, et à l'instant même les quatre compagnons de Gilping eurent les bras cerclés le long du corps, à l'aide d'une cordelette végétale, de façon qu'il leur fût impossible de faire le moindre mouvement; puis, un lien semblable les attacha par le cou, laissant entre chaque prisonnier une distance d'un mètre environ pour leur permettre de marcher.

— Ah ! gredins, continuait Gilping, peut-on ainsi traiter des chrétiens !... les ficeler comme des langues fumées !

Et de rage impuissante il se mit à brandir sa clarinette en guise de massue, car il ne possédait pas d'autre arme.

A cette vue, les Dundarups, qui, se souvenant de la scène de la veille, évitaient le plus possible le contact du brave homme, qu'ils prenaient pour un sorcier blanc, s'éloignèrent de lui avec plus de précipitation encore, en s'écriant de tous côtés :

— Coradjis ! coradjis poppa ! (Le sorcier ! le sorcier blanc !)

Puis ils entraînèrent à la hâte leurs prisonniers dans le Buisson, laissant Gilping seul avec les deux animaux, qu'ils prenaient pour des êtres fantastiques, n'ayant jamais vu les pareils en Australie.

Le fidèle Black suivit naturellement son maître.

En se voyant ainsi dédaigné, la colère de Gilping ne connut plus de bornes.

— Ah ! les forbans ! les pirates ! criait-il en effeuillant une à une toutes les interjections de sa langue ; croient-ils donc que j'accepterai d'être traité ainsi !... Non, non !... Je veux partager le sort de mes compagnons !...

Et, enfourchant Pacific, il s'élança bravement... du côté opposé à celui que les Dundarups avaient pris avec leurs prisonniers.

— Voilà le prestige de la vieille Angleterre, fit-il en se rengorgeant ; les gaillards ont eu du nez ; ils ont voulu éviter des complications diplomatiques.

Et, dans son enthousiasme national, Gilping, la tête découverte, lança pour la seconde fois les notes graves et monotones du *God save the Queen* sous les arceaux de la forêt australienne.

La dernière note était à peine terminée que l'aimable Pacific, pour se mettre sans doute à l'unisson de son maître, entonna, lui aussi, son chant patriotique, sinon aussi célèbre, du moins aussi connu que l'autre.

Quant au mulet, qui était d'abord resté hésitant, ne comprenant rien dans son épaisse cervelle à ce qui venait de se passer, il avait fini par rejoindre son ami Black, qui, chassé par les Dundarups, qui avaient même essayé de le tuer avec leurs boomerangs, suivait maintenant à une courte distance la colonne ennemie qui emmenait les prisonniers, dissimulant sa présence avec une rare intelligence.

L'admirable bête avait parfaitement compris, aux menaces des indigènes, qu'il devait désormais se cacher s'il voulait rester sur la piste de son maître.

CHAPITRE II

Les tribus australiennes. — Mœurs, coutumes. — Croyances superstitieuses.
Le poteau du supplice.

La joie des Dundarups d'avoir pu s'emparer de leurs deux plus terribles adversaires, Willigo et le Canadien, ne pourrait se dépeindre ; aussi se dirigeaient-ils à marche forcée vers les grands villages de leur tribu pour y faire parade de leur brillant trophée. Du reste, ces deux hommes ne se faisaient aucune illusion sur le sort qui les attendait, au cas où un secours inespéré ne viendrait pas les délivrer avant l'heure fatale.

La curiosité des femmes et des enfants ainsi que de tous ceux qui ne connaissaient les deux grands guerriers que de réputation une fois satisfaite, on devait les attacher au poteau du supplice et les mettre à mort, après leur avoir fait endurer les tortures les plus atroces que l'homme puisse inventer.

La durée du supplice était toujours en raison de l'estime que l'on professait pour le courage du prisonnier.

L'Australie possédait encore à cette époque une population de quatre à cinq cent mille indigènes, répartis sur tout le territoire en nombreuses petites tribus de cinq à six cents combattants, ce qui supposait, avec les femmes, les enfants et les vieillards, un chiffre de trois à quatre mille âmes par tribu.

Bien que ces diverses tribus possèdent tous les caractères indiscutables d'une commune origine, on ne peut cependant les confondre dans le même reproche de laideur qui leur est généralement adressé. Ainsi les trois plus grandes peuplades qui habitent les contrées de l'Ouest, et qui portent les noms de Nagarnooks, Dundarups et Nirbaas, sont loin de ressembler au portrait que la plupart des voyageurs ont tracé de l'Australien. Les hommes et les femmes y sont d'une stature moyenne, assez bien proportionnés, et offrent un type qui n'a rien de repoussant. Cela vient sans doute de ce que ces tribus habitent la partie la plus belle et la plus fertile de l'Australie, tandis que les indigènes de la Nouvelle-Galles, province du sud, errent le long des rivages, sur des plages sablonneuses, où ils ne trouvent pas toujours à se procurer la nourriture nécessaire.

Ces derniers sauvages sont certainement hideux et stupides, et toutes les tentatives faites jusqu'ici pour les civiliser ont été infructueuses. On a beau les prendre jeunes, les élever avec soin pendant plusieurs années, les traiter enfin avec toutes sortes d'égards, on ne peut les faire renoncer à leur triste existence. Dès qu'ils peuvent s'échapper, ils n'ont rien de plus pressé que de dépouiller les vêtements qu'on leur a donnés pour retourner vivre nus dans leurs forêts.

Ils se frottent la peau avec de l'huile de poisson, se barbouillent de rouge, de blanc et de noir, se parent avec des morceaux de bois, des plumes d'oiseaux, des dents de kangourous, des queues de chien et autres ornements du même genre.

Un morceau de phoque pourri, des lézards grillés et même crus, des perroquets, des opossums, sont pour eux des morceaux de choix qu'ils préfèrent à nos mets les plus délicats et les plus savoureux. Sur les côtes, ils ne vivent guère que de poisson, qu'ils prennent à l'aide d'une fichure, dont les pointes sont des morceaux d'os soudés au bois avec une gomme tenace. Dans les bois, ils grimpent sur les arbres pour prendre le miel que les abeilles déposent dans le creux des branches mortes et attraper les écureuils volants, les chauves-souris vampires, les opossums et autres animaux.

Le kangourou, si abondant dans l'Ouest, est un mets rare pour eux et il y a fête dans toute la tribu quand on en a pu attraper un.

Ils se nourrissent aussi, quand la faim les presse et qu'ils n'ont pu rencontrer aucun des animaux dont nous venons de parler, avec des racines de fougères, des bulbes d'orchidées, des araignées, des chenilles, des fourmis et des larves de gros vers blancs, qu'ils trouvent entre l'écorce et le tronc des vieux arbres qui commencent à se dessécher.

Encore ne peuvent-ils se procurer toujours les éléments de ces repas dégoûtants. Ils connaissent alors des temps de famine épouvantable, dans lesquels ils sont réduits à brouter l'herbe, à ronger l'écorce des jeunes arbres et à manger d'une sorte de terre glaise qui leur procure sans les nourrir l'illusion de la nourriture.

Ils deviennent alors d'une maigreur de squelette et sont un véritable objet de pitié pour ceux qui les rencontrent. Ces pauvres sauvages mènent une vie nomade, sans cependant s'éloigner des côtes, pour pouvoir profiter des poissons, phoques, marsouins, requins et même baleines crevés que l'Océan rejette assez souvent sur le rivage; ils tournent sans cesse dans un rayon étroit et ne s'enfoncent jamais dans l'intérieur.

Ils ne possèdent d'autres armes que quelques méchantes lances en bois de fer et apointées au feu. Toujours en quête d'aliments, à peine ont-ils mangé qu'ils s'occupent de réunir les éléments du prochain repas.

Chacune de ces pauvres tribus a son jargon à elle. Leurs membres ne possèdent aucune croyance religieuse, ils n'ont pas même la notion de quelque force supérieure à laquelle ils pourraient, comme les sauvages de l'Afrique, attribuer les phénomènes extérieurs qu'ils ne peuvent comprendre. Ils s'imaginent simplement que toutes les mauvaises influences qui viennent sur la terre, la sécheresse, la famine, tous les malheurs qui peuvent arriver et même la mort, sont dus à la lune, qui est le séjour des trépassés. Ils ont une peur affreuse des morts, qui, d'après eux, quittent la lune chaque nuit pour venir tourmenter les vivants. Les sorciers ou coradjis ont le pouvoir d'appeler ou de repousser ces *karahouls*, c'est-à-dire les revenants, comme aussi de faire mourir les gens à leur gré et de leur envoyer toutes sortes de maladies.

Pour eux, les maladies, la mort, ainsi que les divers accidents qui peuvent arriver dans la vie ne sont point choses naturelles et ne frappent l'humanité que provoqués par les sorciers. Aussi les individus de cette dernière catégorie sont-ils à peu près les seuls indigènes dont l'existence soit facile, à cause des présents de toute sorte que chacun est obligé de leur faire, sous peine d'attirer sur les siens et sur soi les plus terribles aventures.

C'est, en résumé, l'histoire éternelle de tous les peuples primitifs; en tous lieux et dans tous les temps, le sorcier a toujours vécu de la peur qu'il a inspirée aux crédules et aux naïfs, c'est une des formes variées de l'exploitation du faible par le fort inhérente à l'humanité. En vain tout cela se purifie plus tard, les formules deviennent plus élevées et le sorcier change de nom; le fond reste le même.

Les trois tribus dont nous avons parlé plus haut sont un peu plus élevées sur l'échelle sociale que les pauvres habitants des côtes, et cela simplement parce que les conditions de la vie ont été plus faciles pour elles, habitant les contrées les plus fertiles, abondamment pourvues de kangourous, d'opossums, de cygnes noirs et d'oiseaux de toutes espèces, ainsi que de racines comestibles, taro, igname, etc.

Le résultat immédiat de cette plus grande facilité dans la recherche de la nourriture et de la meilleure qualité des mets a été d'adoucir d'abord la forme générale de l'espèce ; la charpente de l'homme, mieux recouverte par la chair musculaire, a revêtu des contours plus harmonieux, et bien qu'on ne puisse donner les Australiens des vastes contrées de l'Ouest comme des modèles de forme pouvant rivaliser avec les produits de la race indo-européenne, on peut dire qu'ils n'appartiennent déjà plus à cette horrible famille de Papous de la Mélanésie, dont la forme n'est guère supérieure à celle du singe.

Ils rappellent assez exactement, moins la couleur, les Peaux-Rouges d'Amérique ; même existence nomade partagée entre la pêche, la chasse et la guerre, même cruauté envers les prisonniers, mêmes croyances superstitieuses aux sorciers et même impossibilité de les amener à la vie civilisée.

Ce sont des cerveaux qui ne sont point prêts à recevoir des idées que les autres peuples ont mis des milliers d'années à acquérir, et plutôt que de se les assimiler, ils disparaissent comme les fleurs du tropique que l'on transporte brusquement sous d'autres latitudes.

C'est ainsi que Peaux-Rouges d'Amérique et Peaux-Bronzées d'Australie ne peuvent résister à l'envahissement de la race blanche.

Nous pourrons bientôt, lorsque les nécessités de notre récit nous conduiront chez les *Mangeurs de feu* ou Nagarnooks, étudier dans son ensemble cette société australienne qui va bientôt disparaître, car cette tribu, dont il ne reste guère aujourd'hui que quelques familles, en fut la personnification la plus complète. Nous ne voulons en ce moment, pour l'intelligence des événements qui vont suivre, qu'établir nettement cette vérité : que les populations de l'intérieur de l'Australie ne ressemblaient en rien aux hideuses et misérables populations des côtes, et qu'elles possédaient une sorte de droit coutumier, des mœurs, des usages, des traditions, qui, pour rudimentaires qu'elles fussent, étaient déjà un acheminement vers une civilisation plus élevée. Ces peuplades n'étaient également dépourvues ni de sentiments généreux, chevaleresques même, ni de certaines aspirations poétiques, qui les plaçaient sur l'échelle humanitaire bien au-dessus de leurs autres congénères mélanésiens. Il y avait certainement là, dans la partie la plus fertile, la plus pittoresque et la plus belle de l'Australie, un commencement de civilisation que l'arrivée des Européens est venue arrêter dans sa marche, mais qui eût certainement, avec les siècles, donné un résultat fécond.

En pénétrant aux kraals, les captifs subirent les premières injures. (Page 192.)

On ne lira pas sans étonnement le refrain suivant, que les jeunes gens et les jeunes filles nagarnooks chantaient le soir en dansant :

D'jla-lo lya lana?
Mangada, mangada.
D'jla-lo iouls lana?
Wougada, wougada.

Kata garo
Manga,
Gwab-ba-rino
Roola.
Yar-dig bo
Manga,
Gwab-ba rino
Roola.
Kata garo
Manga.

En voici la traduction littérale :

Allons-nous à la danse?
Allons, allons.
Allons-nous à la danse aux chansons?
Courons, courons.
La belle, aux bois,
Allons.
Fleurs et baisers
Y sont.
Si cœur avez,
Allons.
Fleurs et baisers
Y sont.
La belle, aux bois,
Allons.

Ne dirait-on pas une de ces rondes naïves de nos campagnes? Les peuplades qui chantaient cela n'étaient certainement pas de hideux sauvages à peine supérieurs à la brute. On sent là comme un reflet gracieux de sentiments et de mœurs qui ne manquaient pas d'un certain raffinement. Mais les Européens sont arrivés représentés par des convicts, des forçats en rupture de ban et des aventuriers de la pire espèce qui, admirablement accueillis par les indigènes, n'ont pas tardé à les exploiter, les maltraiter, les décimer; et, en fait de civilisation, ne leur ont apporté que les vices les plus hideux et la démoralisation la plus complète.

Une touchante légende s'était établie tout d'abord. En voyant ces hommes blancs arriver inopinément au milieu d'eux avec des armes perfectionnées qui tuaient à distance avec le bruit du tonnerre, les Australiens de l'intérieur ne voyant point les vaisseaux qui les avaient amenés s'imaginèrent tout naturellement qu'ils descendaient de la lune, lieu où, d'après leurs croyances, se rendaient les guerriers après leur mort; et le teint même des nouveaux venus, qui se rapprochait de la pâle lumière de l'astre des nuits, aidant à l'illusion, ils les prirent pour des ancêtres revenus sur la terre après avoir dérobé le secret de la foudre, et les traitèrent d'abord comme des dieux. .

Quelle influence cette naïve et poétique croyance n'aurait-elle pas donné à des Européens honnêtes pour agir sur ces esprits émerveillés dans le sens d'une colonisation morale et honnête! A ce moment, les Australiens se fussent soumis avec joie à tout ce qu'on eût exigé d'eux; ils eussent aidé à d'immenses défrichements, gardé les troupeaux et travaillé dans les fermes pour leur seule nourriture; on aurait eu là des milliers d'aides avec lesquels on eût aisément transformé le pays, et à la première génération qui eût suivi, on se serait trouvé en présence d'une population entièrement transformée.

Au lieu de cela, les misérables que l'Angleterre écoula sur le pays en les abandonnant sans pudeur, et avec le féroce égoïsme qui caractérise cette nation, à toutes les tentations que leur assurait l'impunité, ne tardèrent pas à abuser tellement de l'ascendant qu'ils exerçaient sur les indigènes, que ces derniers, pillés, rançonnés, maltraités, tués au moindre caprice des brutes anglo-saxonnes, n'osant pas encore résister à des gens qu'ils considéraient comme des êtres supérieurs et qu'ils croyaient, du reste, invulnérables, se sauvèrent en masse dans les forêts et les lieux les plus déserts pour se soustraire à leur cruauté; puis, un beau jour, quelques-uns d'entre eux ayant par hasard tué un des Européens en se défendant, le bruit se répandit avec la vitesse de l'éclair que ces méchantes gens n'étaient pas plus à l'abri de la mort que les autres hommes. Alors c'en fut fait du prestige des Européens, et une guerre d'extermination commença des deux côtés avec un acharnement sans exemple.

Plus tard, quand les colons honnêtes formant la majorité voulurent remédier à cet état, il n'était plus temps; les indigènes, désabusés, continuèrent à incendier les fermes, à massacrer les squatters et les voyageurs isolés, et il fallut organiser contre eux de véritables expéditions pour les obliger à respecter les propriétés des colons paisibles; et alors, toujours au nom de la civilisation, eurent lieu d'épouvantables chasses à l'homme où l'on massacrait tout, vieillards, femmes, enfants à la mamelle, en vertu de cette terrible opinion passée à l'état de principe, que les hommes réfractaires à la civilisation des plus forts devaient disparaître devant ces derniers. Et les sectaires de la bande prouvèrent par a plus b, dans de gros livres, que c'était une loi de nature, et que Peaux-Rouges et Australiens devaient céder la place à la race blanche.

Cette loi du massacre du faible par le fort, résultat du combat de la vie, nous est venue d'Angleterre comme une théorie scientifique qui doit désormais régler les rapports des nations entre elles, loi du loup contre l'agneau, que la brute anglo-saxonne a eu l'audace d'inscrire dans son code du droit des gens. Et c'est en vertu de ce droit qu'elle opprime l'Irlande, massacre les Cipayes, les Néo-Islandais et les Australiens. Place ! place à la pieuvre britannique ! Le monde n'est pas assez grand pour ses tentacules..

Aussi, à titre de représailles contre les expéditions lancées méthodiquement contre eux, les Australiens ne manquaient-ils jamais de se venger sur les Européens qui tombaient en leur pouvoir ; seulement ils leur faisaient l'honneur de les traiter comme leurs guerriers et les attachaient au poteau du supplice pour leur donner l'occasion de faire parade de leur courage au milieu des plus horribles tortures.

C'est dans ces contrées centrales habitées par les Nagarnooks, les Dundarups et les Nirbaas, que l'on rencontre ces immenses forêts de casuarinas, de xanthorrées à gomme, de *docridium*, de *melaleuca*, de *colidris spiralis*, de *lamia* et autres variétés d'eucalyptus, ainsi qu'une foule d'espèces de bois rouges, blancs, violets, veinés de toutes couleurs ; là poussent également sans culture un grand nombre de plantes alimentaires, telles que le sagoutier, le chou palmiste, l'igname, le taro, la banane ; la flore y est d'une richesse incomparable. On peut donc regretter, pour l'honneur de la civilisation, que les premiers Européens qui sont venus dans ce riche pays n'aient pas mieux profité des bonnes dispositions des indigènes pour y tenter une œuvre de colonisation mixte ; de populations douces et naturellement bien disposées ils n'ont su faire que des nomades cruels et sanguinaires. Le contact de la race blanche n'a fait que développer leurs vices en y ajoutant ceux des peuples civilisés.

Le Canadien et ses compagnons étaient donc tombés entre les mains de gens sourds à toute pitié et aigris dès longtemps par les expéditions périodiques dirigées contre eux par le gouvernement de Sidney ; car, chose étrange, les convicts, qui les premiers avaient soulevé les indigènes contre les blancs par les pillages et les cruautés dont ils s'étaient rendus coupables, vivaient en bonne intelligence avec eux depuis qu'une autorité régulière s'était installée à Sidney et à Melbourne. Traqués dans les villes, les forçats en rupture de chaîne et les maraudeurs de toutes nations réfugiés en Australie, faisaient maintenant cause commune avec leurs anciennes victimes contre la civilisation.

La tribu des Dundarups était la plus connue de toutes par ses goûts de pillage et d'assassinat, presque toujours en expédition contre les squatters, les fermiers et les grands éleveurs de troupeaux établis dans l'Ouest ; elle ne vivait que de rapines, aussi était-elle également celle qui s'entendait le mieux avec tous les convicts, bush-rangers et autres batteurs de Buisson expulsés des grands centres. Et tout naturellement était-elle l'ennemie née de la tribu des Nagarnooks, qui passait pour la plus paisible et la plus honnête de tout le Buisson australien. Les Nagarnooks, en effet, retirés à deux jours de marche environ au-dessus du Red-River, dans la contrée la plus fertile et la plus giboyeuse de l'Ouest, vivaient tranquillement de la pêche et de la chasse, entretenant d'amicales relations avec les *farmers* qui étaient venus établir leurs runs près d'eux. Ils se chargeaient même volontiers de les protéger, eux et leurs troupeaux, contre les maraudeurs indigènes ou étrangers. Aussi étaient-ils presque toujours en état d'hostilité avec les Dundarups, à qui ils avaient interdit formellement tout accès sur leur territoire.

On doit comprendre avec quelle joie ces derniers avaient accepté l'alliance de la bande des bush-rangers, soudoyée par l'émissaire des Invisibles, et quelle bonne fortune était pour eux la capture de Willigo et du Canadien, qu'ils considéraient comme leurs plus terribles ennemis. En effet, le chef nagarnook et Dick, son frère d'adoption, étaient toujours en avant quand il s'agissait de défendre quelques fermes isolées menacées de pillage, et dans vingt rencontres avaient fait échouer leurs projets en leur infligeant de sanglantes défaites.

La plupart des squatters et des grands fermiers établis dans l'Ouest, à des quatre ou cinq cents lieues de Melbourne ou de Sidney, faisaient venir chaque année les approvisionnements dont ils avaient besoin. Alors partaient de ces grands centres des convois considérables accompagnés par une troupe d'hommes décidés et en nombre suffisant pour les faire respecter. Ces convois, qui comprenaient souvent une centaine de wagons, distribuaient dans chaque ferme, construites et aménagées comme de petites forteresses, les marchandises et denrées qui lui étaient destinées, et, en retour, se chargeaient des peaux, grains, bois d'ébénisterie ou de construction, et autres produits de la ferme, qu'ils rapportaient à Melbourne au correspondant du propriétaire, qui en opérait la vente au profit de ce dernier.

Lorsque ces fermes étaient ainsi bondées de provisions nouvelles de toutes espèces : salaisons, farine, sucre, conserves, vin, rhum, gin, wisky, quincaillerie, instruments de labour et de bûcheron, étoffes, etc., elles excitaient la convoitise des bush-rangers et des Dundarups, qui s'unissaient pour aller les piller.

Malheur alors au propriétaire qui ne s'était pas fait entourer de murailles assez solides pour supporter un siège ou résister à un incendie, ou qui n'était pas sûr de ses serviteurs ! Une belle nuit, il était envahi, massacré avec toute sa famille, et le lendemain, le pionnier qui passait par là ne rencontrait plus que des ruines fumantes et des cadavres carbonisés.

Mais, grâce au Canadien et à Willigo, ces accidents étaient devenus de jour en jour plus rares dans le Buisson. A l'approche des maraudeurs toutes les portes étaient fermées et barricadées, et du haut d'une sorte de belvédère qui couronnait le bâtiment principal, une trompe aux sons aigus et prolongés avertissait au loin les bergers nagarnooks et les serviteurs qui se trouvaient sur les autres stations du run du danger qui menaçait l'établissement principal. Chacun alors sonnait de la trompe à son tour ; le bruit se propageait de station en station, de ferme en ferme, jusqu'aux premiers postes nagarnooks, tout le monde s'armait et accourait à la défense du lieu menacé, et il était rare qu'à la tête des combattants on ne trouvât pas soit Willigo, soit le Canadien, qui faisaient payer cher aux maraudeurs leur imprudente tentative.

La capture du grand chef et de Dick était donc un véritable triomphe pour les Dundarups et les bush-rangers, qui allaient enfin pouvoir se venger de leurs plus redoutables ennemis.

En admettant même que tout espoir de s'échapper lui eût été enlevé, Dick se fût facilement résigné à sa situation. Avec la vie aventureuse qu'il menait, il avait souvent réfléchi au sort qui l'attendait pour le cas où il viendrait à tomber vivant entre les mains de ses féroces adversaires, et chaque fois il s'était dit avec ce fatalisme qui est dans le tempérament de tous les gens qui ont l'habitude de vivre au milieu du danger :

— Un peu plus tôt, un peu plus tard, on ne peut éviter sa destinée ; advienne que pourra, je serai prêt !

Mais il ne pouvait songer avec le même stoïcisme à la terrible fin qui attendait le jeune comte d'Entraygues ; aussi appliquait-il toutes les ressources de son esprit à combiner quelque projet d'évasion, et pour cela il eût bien voulu pouvoir s'entendre avec Willigo ; mais la chose n'était pas possible, car chaque prisonnier, entouré d'un groupe de Dundarups, était tenu soigneusement isolé de ses compagnons.

Le chef nagarnook marchait fièrement en regardant ses ennemis d'un air de défi, et dans son exaltation de sauvage, il était prêt à entonner son chant de mort et à montrer à tous ces vils Dundarups, qu'il méprisait souverainement, comment un guerrier de sa tribu savait supporter, le sourire aux lèvres, les plus terribles souffrances.

Tout le point d'honneur de ces indigènes, qui professent, au surplus, le plus profond mépris pour la vie, consiste à savoir bien mourir, et quand on attache un guerrier au poteau du supplice, sa lâcheté déshonorerait sa tribu, de même que son courage augmente la renommée des siens.

Aussi l'indifférence avec laquelle les prisonniers de guerre supportent les tortures les plus invraisemblables tient-elle du prodige. On en a vu rire et chanter pendant des journées entières, alors que les femmes de leurs ennemis, qui sont toujours les plus acharnées et les plus expertes en cette matière, promenaient sur leur corps des morceaux de charbon ardent, leur arrachaient les ongles ou leur coupaient, les unes après les autres, les phalanges des pieds et des mains. Quand une blessure trop forte menaçait d'entraîner une hémorragie, elles savaient admirablement arrêter le sang par l'apposition de cailloux rougis au feu.

Enfin le soir, à l'heure où le coup suprême qui doit suivre le dernier rayon de soleil va terminer cette orgie sanglante, la plupart du temps le corps de la victime n'est plus qu'un tronc informe respirant encore, car les mégères, avec une infernale habileté, ont respecté tous les organes essentiels à la vie. Eh bien, on voit le malheureux grimaçant d'une façon atroce pour ébaucher un sourire, chanter encore d'une voix éteinte les hauts faits de sa tribu et couvrir d'injures ses féroces ennemis.

N'est-il pas singulier de retrouver cette cruelle coutume du poteau à l'enfance de presque tous les peuples? Elle est encore en usage chez certaines tribus des deux Amériques. Elle ne disparaîtra de l'Australie qu'avec le dernier des aborigènes. On l'a retrouvée chez les naturels de la Nouvelle-Guinée; les anciens Polynésiens la pratiquaient également. Les primitifs Gaulois abandonnaient toujours un certain nombre de prisonniers aux veuves dont les maris étaient tombés en combattant; et, de nos jours, les Chinois, qui traitent les Européens de barbares, font mourir leurs prisonniers au milieu des plus atroces mutilations.

CHAPITRE III

Une nuit de captivité. — L'homme masqué. — Une orgie chez les Dundarups.
Les apprêts du supplice. — Sauvés par Gilping et Pacific.

Le Canadien, qui savait parfaitement à quoi l'exposait sa vie aventureuse dans le Buisson, car il avait déjà été attaché une fois au poteau du supplice chez les Nirbaas, et n'avait dû la vie qu'à l'arrivée de Willigo avec une centaine de ses guerriers, avait toujours sur lui, depuis cette époque, quelques globules d'atropine qu'un pharmacien de Melbourne lui avait préparés, et avec lesquels au dernier moment, quand il devrait abandonner tout espoir, il pouvait se donner une mort foudroyante et sans douleur. Il avait immédiatement songé à partager sa petite provision avec le jeune comte et Laurent, pour le cas où il ne leur resterait plus aucune espérance de secours ou d'évasion.

Ces derniers étaient loin de se douter du sort qui les attendait; ils sentaient bien, dans le coup qui venait de les atteindre, la main puissante qui les avait poursuivis jusqu'en Australie et avait acheté le concours des bushrangers et des Dundarups, et ils comprenaient parfaitement, surtout après les événements du kra-fenoua, que leur vie ne serait pas épargnée; mais l'idée ne leur venait même pas que les indigènes pussent les traiter comme leurs prisonniers ordinaires. Les allures provocantes de Willigo et l'indifférence affectée de Dick ne contribuaient du reste pas peu à leur remonter le moral. Ils en avaient bien vu d'autres dans leur course à travers les excavations, et ils comptaient avec une foi aveugle sur leurs compagnons pour les sauver.

Chaque fois qu'il en trouvait l'occasion, le vieux trappeur faisait tout son possible pour encourager ses amis du regard, et cependant en lui-même il se disait :

— Si Koarnook et Nirrooba n'arrivent pas à temps avec des forces suffisantes, cette fois nous sommes perdus.

La pensée que les guerriers nagarnooks perdraient peut-être un temps précieux à les chercher dans les excavations ne contribuait pas peu à l'inquiéter, car il n'oubliait pas que Koarnook, au moment de son départ, ignorait leur sortie miraculeuse; puis il réfléchissait que peut-être les compatriotes de Willigo rencontreraient John Gilping, sauvé par la superstition des Dundarups, et qu'alors ils seraient remis par lui dans la véritable piste ; et ainsi, selon la nature de ses réflexions, il roulait dans sa pensée mille projets divers, sans pouvoir s'arrêter à un seul.

Les Dundarups qui, à part eux, n'étaient pas sans redouter un retour offensif des Nagarnooks, au lieu de rejoindre le gros de leurs propres troupes qui s'avançait par une autre voie sur le territoire ennemi, se dirigeaient à marche forcée vers leurs grands villages, où le chef des bush-rangers leur avait donné rendez-vous, en cas de réussite, après l'insuccès de sa dernière tentative.

Ils étaient persuadés, avec une certaine raison, que les Nagarnooks, obligés de s'opposer d'abord à la marche des troupes envahissantes, n'iraient pas commettre l'imprudence de diminuer leurs forces en envoyant un corps à leur poursuite.

Cette course effrénée dura tout un jour, sans la moindre halte à l'heure habituelle du repos ; enfin, au moment où le soleil commençait à décroître à l'horizon, on aperçut dans le lointain, au pied des montagnes Bleues, le feu des kraals ou grands villages dundarups.

Les captifs, et surtout Willigo et le Canadien, furent reçus avec des transports de joie délirants. On tenait donc enfin ces deux illustres guerriers, la terreur de tous les maraudeurs du Buisson australien. Les bush-rangers et leur chef les avaient précédés de quelques heures.

Il n'était resté aux grands villages que les femmes, les enfants et les impotents ; tout ce qui pouvait tenir une lance et un boomerang malgré son âge était parti ; car cette fois les Dundarups voulaient tenter un effort suprême contre les Nagarnooks qui les avaient presque toujours vaincus.

En pénétrant au milieu des kraals, les captifs durent subir les premières injures des spectateurs, qui les accablèrent de toutes les épithètes les plus violentes que put leur fournir le vocabulaire dundarup.

Willigo, calme et grave, ne daignait pas même leur répondre; quant au Canadien, quand il parut, un murmure d'admiration respectueuse circula dans la foule, nul parmi les gens présents n'avait encore vu un homme de la taille du géant canadien.

Les bush-rangers se tenaient silencieux, un peu en arrière des indigènes;

Chaque coup dans le tas faisait un cadavre. (Page 200.)

ils paraissaient avoir honte des indécentes imprécations de cette foule abrutie, et dans tous les cas ils ne l'imitaient pas.

Les captifs ne furent pas peu étonnés d'apercevoir au premier rang des batteurs d'estrade un homme masqué, que ces derniers semblaient traiter avec la plus grande déférence.

Ce déguisement n'était évidemment pas pris pour cacher les traits de l'inconnu aux Dandarups ou à Willigo !

Le Canadien échangea avec ses compagnons un regard d'intelligence... Ils s'étaient compris.

Quant aux autres bush-rangers, Dick les connaissait presque tous ; il avait eu l'occasion de rendre service aux uns et de châtier les autres ; il les regarda tous avec un air de souverain mépris, puis avec une superbe audace, qui les fit tous trembler bien qu'il fût attaché, il leur dit :

— Voilà une troupe de jolis gredins, n'est-ce pas, mes maîtres ; je suis heureux de les voir tous assemblés ici, car j'éviterai quelques mètres de cordes au bourreau de Melbourne en leur réglant leur compte à tous avant qu'il soit longtemps.

Un long frémissement parcourut les rangs des bandits, mais pas un n'osa répondre. Le prestige du Canadien était tel qu'ils regrettaient tous en ce moment de s'être engagés dans cette aventure, et que si le prisonnier les eût harangués autrement, leur promettant par exemple, outre leur pardon, de les conduire avec lui à un placer dont ils auraient leur part, ils eussent sur-le-champ abandonné celui qui les avait engagés, et délivré le trappeur et ses compagnons ; mais l'idée ne lui vint pas de tenter cette conversion hardie.

Lorsque la curiosité publique fut suffisamment satisfaite, les prisonniers furent jetés pêle-mêle dans une cabane en terre sèche, et deux bush-rangers, assistés de quatre indigènes, furent préposés à leur garde, car, en admettant que les batteurs de Buisson et leur chef ne s'y opposassent pas, ce qui était probable après les dernières paroles du Canadien, les captifs ne pouvaient, selon la coutume, être attachés au poteau du supplice que le lendemain au soleil levant.

On ne s'était pas contenté de leur lier les bras le long du corps, leurs jambes mêmes avaient été entravées à l'aide d'une forte courroie en peau de kangourou ; toute tentative d'évasion de leur part étant donc absolument impossible dans cette circonstance, on ne fit aucune difficulté de laisser les prisonniers passer ensemble leur dernière nuit... la veillée de la mort.

— Voilà la fin du drame, fit Olivier dès que la claie de branchage qui fermait la porte fut retombée derrière eux.

C'était la première parole que les captifs échangeaient entre eux depuis l'aventure qui les avait livrés sans défense aux mains des Dundarups.

— Pardonnez-moi, monsieur le comte, balbutia le pauvre Laurent qui étouffait ses sanglots ; sans le sot accident qui m'est arrivé, vous ne seriez pas aux mains de nos plus cruels ennemis.

— Tais-toi, mon brave, mon fidèle ami, lui répondit le jeune homme, ta douleur me fait mal... N'est-ce pas moi qui t'ai enlevé à ta mère tranquille et heureuse, et n'est-ce pas encore par dévouement que tu m'as suivi...? Et puis, tout n'est peut-être pas désespéré ; qu'en pensez-vous, Dick?

— Je suis persuadé, monsieur le comte, qu'avant deux heures Koanook sera ici.

La marche accomplie par les Dundarups avait été si rapide que l'espoir du Canadien en une si prompte arrivée des Nagarnooks était bien faible ; mais il cherchait à rassurer le plus possible ses compagnons, afin d'être entièrement maître de ses pensées. La vue des bush-rangers lui avait inspiré un plan nouveau qu'il avait besoin d'examiner sous toutes ses faces, de mûrir aussi, ajouta-t-il après un instant de réflexion.

— Nous aurons une grande route à faire demain, monsieur le comte ; je vous engage à profiter de cette captivité momentanée pour prendre quelques instants de repos.

— Vous cherchez vainement à me rassurer, Dick, répondit Olivier ; n'avez-vous donc pas compris que l'homme masqué n'est autre qu'un émissaire des Invisibles ?

— Parfaitement, monsieur le comte ; mais cela empêchera-t-il Koanook d'arriver à temps avec ses guerriers ? Si vous connaissiez les mœurs du Buisson, vous sauriez que toute la tribu des Nagarnooks est engagée d'honneur à sauver Willigo et moi, son frère d'adoption, ainsi que tous ceux qui nous accompagnent.

Chose étrange, le chef indigène semblait en ce moment indifférent à tout ce qui se passait autour de lui ; accroupi dans un coin, il murmurait sur un ton bas et monotone une série de paroles incompréhensibles pour les Européens, sorte de mélopée funéraire en usage dans sa tribu... Le grand chef des Nagarnooks préparait son chant de mort.

Tout à coup, une voix s'éleva au milieu de la nuit, qui fit tressaillir les captifs.

— Comte de Lauraguais d'Entraygues, fit cette voix, comprenez-vous bien que nul ne peut lutter contre les Invisibles. Nous vous tenons encore une fois en notre pouvoir. Il ne dépend que de vous de sauver votre vie et celle de vos compagnons ; vous savez à quelle condition ? Demain matin, au premier rayon du soleil, je viendrai chercher votre réponse... Votre sort est entre vos mains.

— Ne répondez pas ! fit rapidement le vieux trappeur à Olivier.

Puis, à haute et intelligible voix, il s'écria :

— Homme masqué, m'entendez-vous, moi, Dick Lefaucheur, surnommé le Canadien : je jure une guerre à mort à tous les Invisibles, à qui j'arracherai leur masque comme j'enlèverai le tien demain matin ; je jure une guerre d'extermination à tous les ennemis du comte Olivier de Lauraguais d'Entraygues !

Un éclat de rire strident et prolongé, que le jeune homme avait déjà eu l'occasion d'entendre, fut la seule réponse de l'inconnu.

Et rien, si ce n'est le bruit des chants de joie des Dundarups qui dansaient après s'être enivrés de kava, ne troubla plus le silence de la nuit.

Willigo célébrait toujours à voix basse la gloire de sa tribu et les hauts faits de ses ancêtres.

Le jeune comte, cédant à la fatigue, avait fini par s'endormir, la tête sur les genoux de Laurent, qu'une somnolence lourde et pénible avait également gagnée.

Seul le Canadien veillait ; il avait arrêté dans son esprit les bases d'un plan audacieux destiné à les sauver tous, et il attendait l'heure de le mettre à exécution. Il n'avait pas essayé de troubler Willigo dans sa veillée funéraire, pour lui communiquer son projet, car il savait qu'au moment voulu il pourrait compter sur lui.

Dès qu'il s'était trouvé dans la case de terre sèche qui leur servait de prison, il avait voulu se rendre compte de la force des liens qui paralysaient ses membres ; d'une simple tension de muscles, le colosse avait fait éclater ceux qui entouraient ses mains comme de simples fils de laine ; mais il avait borné là sa tentative, ne voulant point que, pour le cas où l'on viendrait les visiter, on s'aperçût qu'il avait recouvré l'entière liberté de ses bras.

Lorsqu'il comprit aux chants et aux danses des indigènes que ces derniers, pour célébrer l'importante capture qu'ils avaient faite, allaient se livrer à une de leurs orgies habituelles, il sentit son cœur se dilater de joie dans sa vaste poitrine, car il connaissait assez les bush-rangers pour savoir qu'ils ne résisteraient pas à la tentation de les imiter. Les boissons fermentées exercent un tel empire sur ces aventuriers, que l'intérêt même de leur propre sûreté n'était pas capable de les retenir dans la sobriété.

En élaborant le plan qu'il avait conçu, le Canadien avait bien un peu compté sur cette circonstance, qui favorisait ses projets ; mais il n'avait pas osé espérer qu'elle se réaliserait aussi promptement. En effet, les chants des convicts, qui ne tardèrent pas à se mêler à ceux des indigènes, vinrent lui montrer la justesse de ses prévisions.

Ces misérables devaient se livrer d'autant plus facilement à leur passion favorite qu'ils devaient se croire à l'abri de toute attaque du dehors, et que les captifs, dans l'état où ils se trouvaient, garottés, sans armes et surveillés de près, ne leur inspiraient aucune crainte sérieuse.

Ayant voulu se rendre compte de ce qui se passait, Dick, à un moment donné, s'approcha avec prudence de la claie de feuillage qui fermait la porte de leur case, et il put voir, à la clarté d'un grand feu allumé par les indigènes, les bush-rangers qui dansaient pêle-mêle avec les Dundarups, dans une posture qui ne laissait aucun doute sur l'état d'ébriété dans lequel les uns et les autres se trouvaient déjà. Il constata également, avec une joie indicible, qu'ils n'étaient plus gardés que par deux jeunes guerriers armés de lances ; seulement, à dix pas de là, la carabine à l'épaule, l'homme masqué se promenait silencieusement. N'ayant pu retenir les brutes qu'il avait engagées, il avait pris le parti de surveiller lui-même les prisonniers.

Les choses marchaient au delà de ses désirs ; aussi l'espérance était-elle revenue au cœur du Canadien, et, confiant dans sa force, il attendit patiemment que l'heure d'agir fût arrivée.

Tout à coup, il entendit comme un léger bruit dans la muraille de leur cabane, du côté opposé à celui où se tenaient les sentinelles dundarups ; il acheva d'un violent effort de se débarrasser de ses liens, brisa d'un seul coup de ses mains puissantes les courroies qui lui entravaient les pieds, et il se dirigea lentement, guidé par son oreille, malgré l'obscurité, vers le lieu d'où partait ce bruit. Comme il s'en approchait, il rencontra un corps qui le fit trébucher.

— Qui est là ? fit-il à voix basse.

— C'est moi, répondit Willigo.

L'oreille subtile du chef l'avait averti bien avant que l'attention de Dick eût été éveillée, et bien qu'il n'eût pu, malgré tous ses efforts, se débarrasser de ses liens, il glissait sur le sol comme un serpent, avec l'aide de ses genoux, pour aller, lui aussi, se rendre compte de ce qui se passait.

Le Canadien se hâta de le délier, et tous deux, sans échanger une parole, s'approchèrent de la frêle cloison de terre.

Le bruit continuait sans interruption, mais aussi sans augmenter d'intensité. Celui ou ceux qui le produisaient avaient évidemment le dessein d'attirer l'attention des prisonniers sans éveiller celle de leurs surveillants.

Réfléchissant qu'à tout hasard ce n'étaient pas des ennemis qui agissaient avec cette prudence, le Canadien frappa deux coups discrets contre la muraille.

Aussitôt le bruit régulier cessa, et deux coups frappés de même servirent de réponse aux premiers. Il n'y avait plus à en douter, c'était bien un secours qui arrivait ; mais quel était-il ? La façon singulière avec laquelle il se révélait ne laissait pas d'intriguer fortement le Canadien et son compagnon.

Presque au même instant, l'espèce de grincement strident qui s'était produit tout d'abord recommença, et bientôt quelques parcelles de terre qui rejaillirent sur le sol vinrent indiquer qu'un trou avait été creusé dans la cloison. L'obscurité était telle que le Canadien aperçut presque immédiatement comme un rayon grisâtre, tranchant sur le fond noir de l'extérieur, si faible qu'elle fût, la lumière du dehors pénétrant dans la case par l'ouverture qui venait d'être faite.

— Qui est là ? fit le Canadien, se penchant au niveau de cette ouverture.

— C'est moi, fit la voix bien connue de John Gilping.

Dick eut beaucoup de peine à retenir une exclamation de surprise.

— Vous ! Et vous êtes seul ?

— Oui, absolument seul, avec Pacific et Black, la brave bête ! et le mulet ! car ce sont eux qui m'ont amené ici ! C'est une histoire très originale, je suppose...; mais je vous conterai cela, car vous n'avez pas de temps à perdre.

— Oui, monsieur Gilping, vous nous conterez cela ; en attendant, laissez-moi vous dire que vous êtes un brave homme et un homme brave, monsieur Gilping.

— Mais non ! mais non ! puisque je vous dis que c'est Pacific, et Black et le mulet. Aoh ! c'est très amusant, je vous assure... Mais je ne suis pas tranquille ; ces diables de Dundarups qui dansent là-bas autour du feu... Si nous étions surpris avant d'être armés.

— Hélas ! ils nous ont pris nos carabines.

— Tenez, en voilà d'autres !... Prenez vite ; nous élargirons le trou après.

— Comment, monsieur Gilping, vous avez osé...

— Ce n'était pas difficile, je suppose ; je savais que dans les bagages du mulet il y avait une provision d'armes et de munitions. J'ai pris quatre carabines à répétition et une pour moi, autant de revolvers, et, après avoir attaché les animaux dans un bois près d'ici, je suis venu doucement, quand la nuit a été bien noire... Mais prenez donc vos armes !

— Monsieur Gilping, vous êtes un grand guerrier.

— Aoh ! non ; j'avais profité de ce que les indigènes *étaient tous dans l'intempérance*... Voici maintenant les cartouches, puis les revolvers... Je suppose que c'est tout.

— Comment vous remercier, monsieur Gilping ?...

— Aoh ! cela n'en vaut pas la peine, puisque je vous dis que c'est Pacific, et Black et le mulet... Vous verrez... C'est très original.

Pendant ce singulier colloque, le Canadien avait pris successivement, à travers l'ouverture de la muraille, les armes et les munitions que Gilping lui tendait ; et Willigo, avec son flair toujours en éveil, s'était mis en observation derrière la claie qui servait de porte pour observer les mouvements des ennemis.

L'orgie allait toujours croissant. Les ombres des Dundarups et des bush-rangers se détachaient en noir sur le fond rouge du bûcher, offrant un tableau des plus fantastiques, complété par les cris sauvages des Australiens et les chants rauques des convicts, abrutis par le kava.

L'homme masqué continuait sa veillée solitaire.

Olivier et Laurent, réveillés par Dick, avaient vu avec une joie indicible la tournure que les événements avaient pris pendant leur sommeil.

Grâce au courage et au sang-froid de Gilping, tout le monde se trouvait armé de façon à pouvoir au besoin résister ouvertement à cette troupe de gens ivres, qui n'auraient certainement pas eu la force en ce moment de repousser une agression.

Lorsque chacun eut à sa ceinture son revolver, à la main sa carabine à répétition munie de ses douze cartouches, Dick ouvrit le conseil pour savoir à quel parti on allait s'arrêter.

L'ouverture de la muraille agrandie avait permis à Gilping de rejoindre ses compagnons.

Il ne tenait qu'à la petite troupe de se mettre en marche immédiatement en gagnant doucement la campagne, et, au point du jour, Dundarups et bush-rangers eussent trouvé la case vide... Mais ce ne fut l'avis ni de Willigo, ni du Canadien; les misérables qui les avaient traqués avec tant d'acharnement méritaient une leçon, et les captifs étaient maintenant de force à la leur donner. Avant une heure le jour allait paraître, et l'ivresse et la terreur qu'inspirait le Canadien aidant, la petite troupe, avec ses armes perfectionnées, était sûre du succès.

La vue de leurs prisonniers déliés et armés jusqu'aux dents venant subitement leur offrir la bataille, devait produire un effet irrésistible sur les bush-rangers et leurs alliés abrutis par l'ivresse.

Ces arguments, développés par Dick, reçurent l'assentiment général. Il fut donc convenu qu'on attendrait patiemment le lever du jour, et qu'au premier rayon de soleil la petite troupe, renversant la légère cloison qui barrait la porte, se présenterait en armes devant ses adversaires.

— Remerciez M. Gilping, messieurs, fit le Canadien quand l'accord fut bien établi, car c'est à son courage et à son dévoucment que nous devons notre salut et les moyens de châtier cette tourbe de bandits.

— Aoh! cher monsieur Dick, vous parlez du fond du cœur, je suppose, et c'est pour cela que je suis heureux de ce que vous me dites; mais il ne faut pas oublier Pacific, ni Black, ni le mulet, car véritablement ce sont eux qui m'ont conduit ici. Lorsque vous avez été pris par les Dundarups, j'ai voulu pousser Pacific du côté des montagnes où vous m'aviez dit que se trouvaient les grands villages nagarnooks; je voulais avertir vos alliés de ce qui se passait, pour qu'ils pussent venir à votre secours; mais Pacific, si calme, si obéissant jusqu'alors, ne voulut rien entendre; il se cabrait, renâclait, piquait ses jambes en terre et refusait d'avancer. De guerre lasse, je finis par lui rendre la main; il tourna bride immédiatement et rejoignit au grand trot son ami le mulet, qui, à son tour, suivait tranquillement Black que les Dundarups avaient chassé.

L'intelligente bête se tenait à bonne distance de vous; mais, le nez sur le sol, elle ne quittait pas votre piste.

Nous suivant ainsi les uns les autres, à la file indienne, nous arrivâmes sur le soir en vue des grands villages dundarups où vous étiez déjà rendus. Une fois là, je fis acte d'autorité et imposai ma volonté à mes conducteurs; pour cela, je commençai par attacher Black à un arbre, au milieu d'un bosquet qui dissimulait notre présence; ses deux camarades se rangèrent tranquillement près de lui, mais, pour plus de sûreté, je les liai au même arbre; puis j'attendis la nuit en faisant une copieuse visite à nos provisions de bouche. Béni soit Blackwell and Cross, je n'ai jamais mangé de chester comparable au leur.

Dès que la nuit fut venue, je pris les armes et les munitions nécessaires dans le chargement du mulet, et... vous savez le reste. Vous voyez, gentlemen, qu'il faut d'abord remercier Black, le mulet et Pacific, car ce sont eux qui ont joué le premier rôle dans toute cette affaire.

Comme Gilping terminait son original récit, les premières lueurs de l'aube vinrent tout à coup argenter d'une teinte légère les sommets des casuarinas et des eucalyptus, et les Dundarups, saluant d'un hurlement sauvage l'apparition du jour, se lancèrent pêle-mêle, sans armes et féroces d'ivresse, vers la case où se trouvaient les prisonniers, suivis par les bush-rangers, qui se tenaient à peine sur leurs jambes.

L'homme masqué se précipita pour leur barrer le chemin, sans doute il voulait exécuter sa promesse de la veille; mais il n'eut pas le temps de leur adresser un mot. Soudain la scène changea avec la vitesse d'un décor à vue; la claie venait de tomber brusquement, et les cinq hommes en ligne commencèrent sur la foule un feu roulant qui l'arrêta net.

Chaque coup dans le tas faisait un cadavre.

La surprise et la terreur furent telles, qu'immédiatement bush-rangers et Dundarups, pêle-mêle, tournèrent les talons et prirent la fuite de toute la vitesse dont ils étaient capables.

Les terribles carabines des blancs fauchaient dans la mêlée, et les fuyards tombaient par file comme des épis mûrs au tranchant des faucilles.

Au premier mouvement offensif de la petite troupe, l'homme masqué s'était jeté derrière un buisson de mélias qui se trouvait près de lui. Le Canadien y courut, mais l'émissaire des Invisibles avait eu le temps de gagner les hautes herbes. Ce fut en vain qu'on battit la campagne tout un jour, il fut impossible de le rejoindre.

Sur le soir, tous les grands villages dundarups brûlaient, et Willigo dansait son pas de guerre à la lueur de l'incendie...

Cinq jours après, la petite troupe arrivait, sans autre aventure, au placer des Cygnes, et le Canadien montrait à ses compagnons éblouis les monceaux d'or accumulés en cet endroit par les siècles.

— Voilà, fit-il à Olivier d'Entraygues, la puissance et la vengeance. Il n'y a rien sur cette terre qui résiste au dieu jaune.

LIVRE DEUXIÈME

TIDANA, LE TROUEUR DE TÊTES

PREMIÈRE PARTIE

UNE FÊTE A MELBOURNE

CHAPITRE PREMIER

L'independant act. — Une fête à Melbourne.
Les boxeurs. — Tom Powell, champion de l'Australie et de l'Angleterre.
James Tyler, champion de l'Amérique.

Une grande fête se préparait à Melbourne pour célébrer la constitution autonome que les Australiens venaient d'obtenir de la métropole. Fondée depuis une quinzaine d'années seulement, la capitale de l'État de Victoria avait, grâce à l'émigration européenne, dépassé en un laps de temps aussi court le chiffre de cent cinquante mille habitants, alors que Sydney, bâtie au début de la colonisation, il y avait plus d'un demi-siècle, dans la Nouvelle-Galles du Sud, en comptait à peine quarante.

La découverte des premiers gisements aurifères dans la province de Victoria suffisait à expliquer une telle prospérité. Une armée d'aventuriers de tous les pays s'était abattue sur cette partie de l'Australie, et le précieux métal, jeté à flots sur le marché de Melbourne par les mines les plus riches du monde, avait fait en peu de temps de la nouvelle cité le centre d'affaires le plus important non seulement de l'Australie, mais de tout le Pacifique. La grande ville pouvait, sans trop d'infériorité, soutenir la comparaison avec ses rivales de l'Indo-Chine : Bombay, Calcutta, Shang-Haï, Hong-Kong, et avec sa sœur océanienne Batavia, la belle capitale des possessions hollandaises de Java.

Les convicts s'étaient peu à peu fondus dans cette population mêlée qui ne valait guère mieux, mais les nouveaux arrivants avaient sur eux cet avantage de pouvoir cacher plus facilement les accidents de leur vie antérieure, n'ayant point subi les inconvénients de la transportation. Le casier judiciaire de la plupart était aussi chargé peut-être que celui de leurs prédécesseurs, mais il était inconnu en Australie, tandis que celui de ces derniers était précieusement conservé au secrétariat du *board* de justice.

Cependant la fusion s'était opérée rapidement entre les deux classes, car presque tous les convicts qui, au lieu de courir le Buisson et de mener la vie d'aventure que l'immensité du nouveau continent rendait si facile, s'étaient adonné au commerce, à l'agriculture ou aux travaux des mines, avaient en quelques années amassé d'assez grosses fortunes. Ils avaient alors, pour faire oublier leur origine, recherché avidement soit par des mariages, soit par des associations commerciales ou industrielles, l'alliance des émigrants libres, qui, vierges de tout accroc judiciaire, formaient l'aristocratie de la nouvelle colonie.

En présence de cet énorme accroissement de population, l'Angleterre, qui avait sagement profité de la leçon que ses possessions d'Amérique lui avaient donné trois quarts de siècle auparavant, n'avait pas hésité, pour éviter une séparation qui devait fatalement arriver tôt ou tard, à accorder à l'Australie son *self government*.

Cette contrée allait donc s'administrer elle-même sous la direction et le contrôle de deux assemblées, la Chambre haute et la Chambre basse, avec des ministres responsables et un lieutenant général gouverneur *pour la reine*, autorité purement constitutionnelle, sans pouvoir, sans initiative, représentant simplement le fragile lien qui unissait encore le nouvel État à la métropole.

Cette mesure était des plus habiles, car tout en abandonnant tous leurs droits de souveraineté, les Anglais continuaient à être chez eux en Australie comme à Londres ; ils conservaient également tout le bénéfice des relations commerciales, et, chose importante, n'assumaient plus sur eux la responsabilité des dépenses budgétaires du pays.

Cette sage politique eut pour résultat de favoriser à ce point le développement de cette riche et merveilleuse contrée qu'elle compte aujourd'hui près de dix millions d'habitants. Avant un siècle, avec l'axe de la civilisation qui tend de plus en plus à se déplacer du vieux monde pour se reporter sur les terres nouvelles, elle en comptera dix fois, vingt fois autant, et rivalisera de prospérité et de puissance avec l'Europe et l'Amérique. Des villes puissantes et des champs cultivés auront remplacé la vaste solitude du Buisson, les immenses forêts d'eucalyptus se seront changées en bois de construction et en navires, et quelques ossements blanchis que rencontrera parfois la charrue du laboureur seront les seuls souvenirs qu'auront laissés les derniers aborigènes.

Mais ces temps sont encore éloignés, nous ne sommes qu'au premier jour de la fièvre de l'or ; quelques centres populeux se rattachent seuls à Sidney et à Melbourne, c'est à peine si une poignée de *squatters* et de *formers* a osé encore s'aventurer dans les vastes plaines du Buisson australien où les bush-rangers et les indigènes règnent en maîtres. Les bienfaits de l'autorité centrale ne se font guère sentir que dans les deux grandes villes de la côte, et ce n'est qu'hier que la frégate *Victoria*, commodore Sydney Smith, descendant du fondateur de Sydney, est entré dans le port de Melbourne, apportant avec les derniers actes de la métropole les décrets accordant à l'Australie sa constitution, et le lord gouverneur, sir Beauchamps Seymour, chargé de les faire exécuter et de procéder à l'installation de deux assemblées et du nouveau gouvernement.

Le premier acte des deux Chambres, pour pacifier les esprits et récompenser les nombreux convicts qui s'étaient déjà réhabilités par le travail, fut d'ordonner la destruction au *board* de justice de tous les dossiers des transportés qui n'avaient subi aucune condamnation nouvelle depuis leur arrivée en Australie, puis elles décrétèrent l'établissement d'une fête de la constitution destinée à célébrer chaque année le souvenir de l'*indépendant act* qui consacrait la situation nouvelle faite à l'Australie.

C'est cette fête instituée par un *bill* solennel des deux Chambres qui allait avoir lieu pour la première fois, et tous les habitants de Melbourne, ainsi qu'une foule de colons, squatters, éleveurs, mineurs et pionniers, accourus de tous les points du territoire, s'apprêtaient à lui donner une splendeur et un éclat en harmonie avec sa patriotique origine.

Un certain nombre d'indigènes appartenant à des tribus amies avaient accepté l'invitation qu'on leur avait adressée à cette occasion, et ils étaient venus dans la grande ville avec leurs costumes les plus pittoresques, campant par petits groupes sur les places publiques, sur les quais et dans les rues, étonnant les gens de Melbourne par la simplicité de leurs manières et la dignité de leur conduite.

Le programme de la fête, publié par les soins du *lord mayor* nouvellement élu et contresigné par tous les *aldermen*, avait excité un enthousiasme général.

Au lever du soleil, un salut de cent vingt et un coups de canon en l'honneur de la jeune reine Victoria devait annoncer l'ouverture de la solennité. Puis, sur une estrade élevée à l'extrémité de *Yarra-street*, en face du port, le lieutenant gouverneur général devait recevoir, au nom de la reine, les membres des deux Chambres, le lord maire accompagné de ses aldermen et de ses shériffs, la haute cour de justice, les officiers de l'escadre, l'amiral Sydney à leur tête, les fonctionnaires de l'ordre administratif et une délégation de toutes les corporations de la cité. A l'issue de ces réceptions devait défiler devant les autorités un immense cortège représentant toutes les colonies de l'Angleterre, avec les types, les costumes, les mœurs, les usages de chacune d'elles ; l'escadre devait ensuite donner, dans le port, le simulacre d'un combat naval, suivi d'une revue des troupes de terre et de mer et de la garde civique.

Le restant de la journée était occupé par des courses, des régates, sans préjudice des départs de ballons, des luttes et exhibitions de toute espèce; le bouquet et le feu d'artifice obligatoires, avec représentation de gala au théâtre et bal de nuit chez le gouverneur, terminaient dignement la première fête officielle qu'on eût encore vue en Australie.

Mais tous ces spectacles pompeusement annoncés pâlissaient, malgré leur nouveauté, devant une *attraction* qui a toujours le don d'émouvoir au plus haut degré les gens de race anglo-saxonne. Un assaut de boxe devait avoir lieu après la revue, et il se murmurait que, par exception, en faveur de la solennité, on laisserait les lutteurs aller jusqu'à ce que le vaincu demandât merci, dût même la mort s'ensuivre. Et, chose qui ne contribuait pas peu à augmenter l'attrait du prochain assaut, le terrible Tom Powell, surnommé en Angleterre le roi des boxeurs, avait porté pour ce jour un défi à tous les champions des cinq mondes, se faisant fort de lutter contre tous ceux qui se présenteraient, les uns après les autres.

Au cours de sa carrière, Tom Powell avait assommé à Londres deux ou trois douzaines de concurrents; mais cet admirable jury anglais, qui envoie imperturbablement aux travaux forcés un pauvre Irlandais mourant de faim qui a filouté 10 pence, chaque fois avait répondu par un verdict d'*accidental death* (mort par accident). Songez donc! la boxe est une des deux ou trois institutions humanitaires dont s'enorgueillit le plus la vieille Angleterre, et il ne faut pas en dégoûter les amateurs. Chaque fois, donc, Tom Powell s'en était tiré blanc comme neige; mais un jour, l'aimable boxeur avait eu la malechance de casser simplement deux dents à son propriétaire qui lui avait réclamé son loyer dans un moment où il n'était pas de bonne humeur, et cette fois le bon jury s'était montré inexorable : ces deux dents de propriétaire lui avaient valu cinq ans de *Botany-Bay.*

On l'avait donc transporté en Australie pour la forme, car six mois après, grâce à la protection des plus hauts personnages de l'Angleterre, un décret de *her most gracious majesty* lui avait fait remise du restant de sa peine. Or, comme il était resté plus de six mois en mer, l'aimable Tom Powell n'avait mis le pied sur le sol australien que pour entendre lire le rescrit qui lui accordait sa grâce, ce que le greffier de la haute cour fit, du reste, tête nue et avec tous les ménagements dus à un gentleman aussi distingué

Tom Powell, énervé par l'inaction, et aussi un peu pour témoigner sa reconnaissance à l'amiral Sydney qui l'avait amené et n'avait cessé de l'entourer des soins les plus délicats, se préparait, avant de reprendre le chemin de la vieille Angleterre, à assommer une demi-douzaine de lutteurs en l'honneur de l'Australie.

Il avait fait afficher sa provocation dans toutes les rues de Melbourne, offrant dix mille dollars à quiconque parviendrait à lui faire demander *merci.* Par une originalité toute britannique, le conseil municipal avait voté

Trois voyageurs, montés sur des mustangs, faisaient leur entrée dans Melbourne. (Page 208.)

une autre somme d'égale importance, qui devait être comptée également au vainqueur de Tom Powell et rester à ce dernier dans le cas où la lutte se terminerait sans qu'aucun de ses adversaires ait pu triompher de lui.

Le rival heureux de Powell pouvait donc gagner cent mille francs en quelques instants..., une petite fortune.

En toute autre circonstance, les concurrents se fussent comptés par centaines; mais la réputation du célèbre boxeur était si bien établie que, la

veille du grand jour, trois lutteurs seulement avaient osé se faire inscrire :
un nègre, né à la Nouvelle-Guinée, d'une force réellement athlétique, qui
portait le charbon sur les steamers en charge dans le port de Melbourne, et
qui était connu sous le simple nom de *Sam;* — un Irlandais appelé Michel
O'Kelly, renommé pour la vigueur de son poing dans tous les bas estami-
nets fréquentés par les marins, — et un boxeur de profession, Américain de
naissance, James Tyler, qui passait pour l'homme le plus fort de la ville.

Il n'était bruit dans tout Melbourne que de cet événement, qui primait
tous les autres. De tous côtés, de nombreux paris s'étaient engagés; une
véritable cote, qui variait tous les jours, s'était établie comme pour les
courses de chevaux; des bookmakers donnaient du Tom Powell à un contre
vingt-cinq et du James Tyler à vingt-cinq contre un. Ce dernier avait
cependant ses partisans dans la colonie américaine, qui, par amour-propre
national, le donnaient ou le prenaient à égalité.

Les deux autres concurrents, moins rompus dans la science de la boxe,
ne donnaient lieu à des paris que sur le temps que Tom Powell emploierait
à les mettre hors de combat; cela variait entre deux et dix minutes, mais
leur défaite ne faisait doute pour personne.

Chaque jour, les gazettes tenaient le public au courant des faits et gestes
des différents lutteurs; on connaissait le volume du roastbeef, la quantité de
pommes de terre et le nombre de pintes d'ale que le champion anglais avait
absorbés à son déjeuner, et le chiffre des petits verres de wisky que le
champion américain avait ingurgités dans sa journée avant d'être ivre.

Les précédents assauts des deux lutteurs étaient contés par le menu. On
disait merveille d'un maître coup de poing par lequel Tom Powell avait coutume de terminer la lutte, vigoureusement asséné entre la racine du nez et
le front; il avait pour résultat ordinaire de défoncer cette partie du crâne de
l'adversaire en lui faisant sauter les deux yeux. C'était un coup classique,
le dernier mot de l'art; car si le malheureux qui l'avait reçu y survivait, ce
qui était rare, il ne lui restait plus que la ressource d'acheter un chien et
une clarinette et de demander l'aumône en écorchant les oreilles des
passants.

Par anticipation, les journaux illustrés dévoués à Powell représentaient
déjà son adversaire dans cette misérable situation, vaguant dans Yarra-
street en jouant sur son instrument l'air national américain de *Yankee
doodle.* Tandis que ceux qui tenaient pour Tyler représentaient le malheureux Powell, qui n'avait plus face humaine, réduit à moudre le *Good save
the Queen* sur un orgue de Barbarie. Car Tyler passait également pour posséder un coup de poing magistral, qui vous mettait en capilotade le nez et
la mâchoire de son adversaire.

Comme on le voit, la lutte atteignait des proportions homériques et devenait des deux parts une question nationale.

Tyler, qui connaissait la force de son adversaire, s'entraînait du matin au soir, tandis que Powell affectait de se promener pendant toute la journée, le cigare aux lèvres, comme s'il n'eût pas eu le moindre doute sur les résultats de la lutte.

La veille du grand jour, un télégramme de tous les grands clubs de Londres, qui n'avait pas coûté moins de deux cent quatre-vingt-cinq livres, soit sept mille cent vingt-cinq francs, était parvenu au lutteur, rééditant la parole historique de Nelson à Trafalgar : « L'Angleterre compte que Tom Powell fera son devoir. »

Presque au même instant, James Tyler en recevait un aussi de San-Francisco. Les Yankees, plus pratiques, lui envoyaient ces simples lignes, d'une indiscutable éloquence : « Souscription nationale a produit cent mille dollars à James Tyler, vainqueur futur de Tom Powell. »

Et l'Américain avait juré au Washington-Club, où se réunissaient tous les Yankees établis en Australie, de ne point faire mentir le pronostic de ses compatriotes.

Les esprits s'exaltaient de plus en plus. Tout Melbourne avait la fièvre. Une procession qui s'était organisée en l'honneur de Tom Powell ayant rencontré ce dernier sur son parcours, l'installa sur un fauteuil et le porta en triomphe aux quatre coins de la ville.

Pour ne pas être en reste, les Américains promenèrent James Tyler dans une magnifique calèche, toute garnie de fleurs et attelée de six chevaux blancs. Les deux processions s'étant rencontrées allaient en venir aux mains, mais les deux lutteurs eurent le bon sens de calmer leurs partisans. Fort heureusement, Tom Powell était à jeun et James Tyler n'était pas encore ivre ; sans cela, il eût bien pu arriver qu'ils terminassent leur querelle ce jour-là.

Mais les deux partis étaient à ce point montés qu'à chaque instant *Powellians* et *Tylerians*, ainsi qu'on les appelait, se livraient à des scènes de pugilat tellement acharnées que l'intervention des constables pouvait seule les faire cesser. Aussi le nombre des yeux pochés et des nez écrasés augmentait-il d'une façon inquiétante, lorsque le soleil daigna enfin se coucher sur la dernière soirée qui précédait le grand jour !

Il était temps !... Encore quarante-huit heures d'attente, et l'on n'eût plus rencontré dans les rues de Melbourne que des gens se promenant avec des bandeaux sur l'œil et des emplâtres sur le nez, car chaque parti avait son coup de poing classique également en honneur dans les salles de boxe ; les *Powellians* ne s'adressaient qu'à l'organe visuel de leurs adversaires, tandis que les *Tylerians* ne visaient qu'à leur détériorer l'organe olfactif... Un véritable coup de fortune pour les médecins spécialistes.

CHAPITRE II

Les chercheurs d'or. — Prospection du placer des Cygnes. — De l'or !
Retour à Melbourne. — La concession. — Le voyage de Laurent. — Policier et baron.

Un peu avant la disparition du jour, trois voyageurs montés sur des mustangs de la Nouvelle-Guinée, pas plus haut que des poneys corses, mais aussi vigoureux et rapides que des chevaux de l'Hedjaz, faisaient leur entrée dans Melbourne et descendaient à Oriental-Hôtel, dans Yarra-street.

Au premier coup d'œil, et malgré le changement notable de leur costume, le lecteur aura reconnu nos trois amis : le jeune comte Olivier de Lauraguais d'Entraygues, Dick Lefaucheur, le terrible Tidana, le troueur de têtes des indigènes, et Willigo, le grand chef des Nagarnooks. Tous trois arrivaient de Sydney, la capitale de la Nouvelle-Galles du Sud, où ils étaient allés passer quelque temps pour des motifs que nous connaîtrons plus tard. Ils avaient abandonné les vêtements qu'ils portaient quand nous les avons laissés dans le Buisson.

Olivier était mis avec une élégante recherche qui n'excluait pas une simplicité de bon goût. Le Canadien avait revêtu un costume complet en velours de coton gros bleu, fort à la mode chez les fermiers et éleveurs australiens. Quant à Willigo, rien n'avait pu lui faire quitter ses pelleteries et les plumes d'aigle noir qu'il portait dans sa chevelure ramenée en touffe sur le derrière de la tête, comme un symbole de son nom. Willigo signifiait, en effet, en langage nagarnook, *l'Aigle noir*. Cédant seulement aux sollicitations de ses compagnons qui trouvaient son vêtement un peu primitif pour la ville, il avait accepté d'eux une couverture bariolée dans laquelle il se drapait avec une réelle majesté.

L'intelligent Black, qui ne quittait jamais son maître, semblait tout fier de porter un magnifique collier en chaînettes d'argent assemblées, qui brillait d'un vif éclat sur sa noire toison.

Nos trois amis ne venaient certainement pas à Melbourne pour assister à la grande fête qui s'y préparait ; leur présence y était nécessitée par d'importants événements qui s'étaient accomplis depuis le jour où nous les avons quittés à la station des Cygnes, près du placer découvert par le Canadien.

Il n'avait pas fallu longtemps à Olivier pour démontrer à ses compagnons, à l'aide des réactifs qu'il avait apportés, que les blocs de métal qui avaient excité à un si haut point l'étonnement de Dick étaient des fragments de l'or

Pour toute réponse Laurent porta rapidement un doigt sur ses lèvres. (Page 214.)

le plus pur, amenés dans la cave naturelle où ils se trouvaient par les eaux
du ruisseau qui, à de certaines époques de l'année, se changeait en un torrent souterrain capable, avec le temps, de désagréger les roches les plus
consistantes. Willigo s'était alors glissé en rampant dans le conduit creusé
par le passage des eaux et avait parcouru ainsi un espace de près de trois
milles, et il était revenu, après plusieurs heures d'absence, raconter à ses
amis qu'il avait rencontré partout des pépites et des blocs du même métal

en telle abondance que, selon sa pittoresque expression, tous les guerriers de sa tribu, travaillant pendant mille et mille lunes, ne parviendraient pas à les transporter tous. Il avait en même temps rapporté des échantillons de différentes grosseurs ramassés sur tout le parcours ; aucun n'était mélangé à un minerai quelconque. Olivier en conclut qu'une énorme quantité d'or natif devait se trouver à une certaine distance dans les profondeurs de la montagne, masse que le feu central avait lui-même purifiée de tout corps étranger, et qui, désagrégée ensuite dans un des nombreux mouvements géologiques dont la contrée avait été le théâtre, avait fini par se distribuer en fragments inégaux sous l'action souterraine des eaux.

Il y avait donc bien là une source inépuisable de richesses que les calculs les plus exagérés ne pouvaient, même approximativement, chiffrer. En sa qualité de géologue et de minéralogiste, le brave Gilping avait déclaré que l'or sortant du creuset du fondeur n'était pas plus pur. Il n'y avait donc, pour ainsi dire, qu'à le ramasser, car les difficultés de l'extraction étaient à peu près nulles.

Après avoir remis prudemment les lieux en état, nos amis avaient tenu conseil pour savoir à quel parti il était le plus sage de s'arrêter. Préalablement, ils avaient chargé le mulet de tout l'or qu'il pouvait porter en dissimulant du mieux possible la nature de son fardeau. Tous les outils et autres instruments que l'animal avait transportés avaient été soigneusement cachés au pied d'un eucalyptus, sous une couche de sable et de feuilles sèches, et chaque voyageur s'était également muni, en petites pépites de la grosseur d'une bille d'enfant, de tout l'or dont il pouvait s'approvisionner sans fatigue.

Il est inutile de dire que le Canadien et Olivier en remplirent les deux bâts de Pacific et obligèrent John Gilping à accepter ce royal cadeau ; nous devons dire, du reste, que le brave homme ne se fit point trop prier, et qu'il trouva là une nouvelle occasion de placer un de ses psaumes sur la « manne céleste trouvée dans le désert, » avec accompagnement de clarinette.

La comparaison du membre de la Société royale de Londres était, il faut l'avouer, au-dessous de la réalité, car jamais la charge d'un âne en manne du désert, fût-elle même de la vraie manne de Moïse, ne produirait les cent mille dollars que Gilping retira plus tard, à Melbourne, du chargement de Pacific.

Après mûre délibération, nos amis comprirent qu'il leur était impossible d'exploiter librement leur découverte, sans s'en assurer d'abord la propriété par une concession régulière émanée du gouvernement. Un titre en règle pouvait seul, en effet, leur permettre de repousser légalement les agressions des bush-rangers et des rôdeurs de toutes nations, que l'appât de l'or allait attirer à bref délai sur leurs talons, et qui ne manqueraient pas, le cas échéant, de se prévaloir de l'irrégularité de leur possession.

Il était parfaitement vrai qu'à cinq ou six cents lieues de Melbourne, en plein territoire indigène, la protection de la loi était chose à peu près illusoire, et que le droit sans la force était peu respecté, mais il n'était pas sans importance cependant d'étayer sa force sur la légalité, car la découverte d'un placer excitait de telles convoitises, qu'en mettant en jeu certaines influences locales, le premier venu pouvait se faire délivrer par les autorités du pays une concession provisoire, sauf ratification de la métropole, qui n'avait pas encore abandonné son droit de suzeraineté, mais qui suffisait, en l'état, pour qu'on vous dépossédât de tout établissement que vous auriez créé, de tout placer que vous auriez découvert dans les limites de cette concession, alors que vous ne vous étiez pas assuré vous-même par avance la possession des lieux en litige.

Il fut donc décidé qu'une concession de cent mille hectares englobant toutes les montagnes voisines du placer serait demandée, non aux autorités de Melbourne, mais directement à Londres au secrétariat des colonies, pour éviter de donner l'éveil en Australie, car toute demande de concession devait, pour assurer l'exploitation des mines, d'or, de cuivre ou de tout autre métal, indiquer la position de ces mines et la nature des produits qu'on prétendait en tirer. Or, il était arrivé plusieurs fois déjà qu'on avait répondu à une demande de concession de mine, faite par celui qui le premier l'avait découverte, qu'une autre personne étant déjà en instance pour obtenir la même concession, on ne pouvait donner suite à la pétition. Et on apprenait, à quelque temps de là, que la concession était accordée à un individu qui certainement n'y songeait pas avant que vous n'eussiez fait connaître la valeur des terrains dont vous demandiez l'envoi en possession.

Il était clair que, pour les mines d'or surtout, le bureau des concessions à Melbourne se livrait à de honteux tripotages, que l'on évitait en s'adressant directement à Londres. Seulement, dans ce dernier cas, il fallait être bien appuyé, ou votre demande risquait fort de dormir pendant de longues années dans les cartons officiels.

Gilping promit de faire agir les principaux membres de la Société royale, qui jouissaient d'une grande influence, et il conseilla en outre de faire la demande au nom d'Olivier d'Entraygues; son titre de comte et l'ancienneté ainsi que l'illustration de sa famille devant être d'un grand poids au secrétariat des colonies.

Olivier avait donc levé le plan exact des terrains dont il désirait la possession, indiqué le gisement aurifère, sans parler, bien entendu, de sa richesse, car le gouvernement concessionnaire imposait toujours à son profit sur les mines un droit variant de un dixième à un quart selon la richesse présumée du gisement, puis il avait rédigé sa demande, et on allait l'expédier, lorsqu'à la suite de nombreux conciliabules, on décida que Laurent serait envoyé en Europe afin de remettre cette demande aux mains du marquis, père d'Olivier, qui la ferait appuyer par l'ambassadeur anglais à Paris, et par le représentant de la France à Londres. On était, de cette façon, assuré d'une prompte réussite. Et il était important d'agir rapidement, car le bruit qui avait couru à Melbourne de la découverte d'un placer par le Canadien n'allait pas tarder à tirer une force nouvelle de ce fait que nos voyageurs allaient être obligés, pour subvenir à leurs besoins, de vendre une partie de l'or qu'ils avaient récolté, et la pureté du métal qu'ils allaient jeter sur le marché ne devait pas manquer d'exciter de telles convoitises que nécessairement une foule d'expéditions s'organiseraient dans le but de faire des recherches pour découvrir la source de leur rapide fortune.

Sans doute le secret serait bien gardé, Willigo était incorruptible, et du reste, son mépris pour l'or n'avait d'égal que l'affection qu'il portait à son frère Tidana, et Gilping avait juré sur son honneur de gentleman de ne révéler à âme qui vive le secret du placer ; mais le hasard heureux qui avait servi le Canadien pouvait également favoriser un des nombreux bush-rangers qui n'allaient pas manquer de se mettre en campagne.

Il y avait donc urgence d'obtenir une concession qui permettrait d'agir au grand jour, et écarterait, ce qui était le plus important, toute autre compétition que celle des bandits et écumeurs de Buisson, qu'on avait alors le droit de repousser à coups de carabine. Autre chose était en effet d'avoir affaire à des bandes de *pionniers* et *prospecteurs* subventionnés par des financiers de Melbourne, qui agiraient dans la plénitude de leurs droits, ou à des batteurs d'estrade que l'on pourrait exécuter sans autre forme de procès, comme des bandits, s'étant mis eux-mêmes hors la loi.

Un autre motif d'une haute gravité avait également décidé du départ de Laurent ; depuis la délivrance de nos amis par le courage, le sang-froid de Gilping et la lutte qui avait suivi aux grands villages des Dundarups, on n'avait plus entendu parlé de l'*homme masqué* émissaire des Invisibles, mais il eût été imprudent de conclure de cela que ces derniers avaient désarmé. Par deux fois, ils avaient tenu le jeune comte d'Entraygues entre leurs mains, et ils ne lui avaient fait grâce de la vie qu'en l'avertissant que rien ne pourrait le sauver, le jour où il aurait été condamné à mort par le tribunal secret devant lequel il avait déjà comparu. Or, ce jour était arrivé, et la tentative faite contre Olivier n'avait échoué, il ne fallait pas se le dissimuler, que par ce seul motif que l'*homme masqué*, au lieu de faire mettre à mort immédiatement son prisonnier, lui avait une dernière fois offert la vie, contre la renonciation solennelle que l'on exigeait de lui. On ne pouvait donc mettre en doute ni la puissance, ni la ténacité, ni l'habileté des Invisibles, puisque chaque fois, ils avaient réussi à s'emparer d'Olivier et à le tenir à leur merci. Mais après les derniers événements on ne devait plus compter sur le semblant de générosité dont ils avaient fait preuve jusque-là, et le jeune comte devait s'attendre à tout s'il tombait une dernière fois entre leurs mains.

Sans doute, le Canadien et Willigo avaient juré de ne pas le quitter une seule minute et de lui faire un rempart de leur corps, mais cette surveillance de tous les instants, en paralysant leur liberté d'allure, ne leur permettait pas de s'employer au dehors pour découvrir le fil de la trame ténébreuse que l'on ne manquait pas de continuer à ourdir autour de leur jeune protégé. Il pouvait donc arriver qu'ils tombassent dans quelque nouveau guet-apens, où leur force et leur courage ne leur serviraient qu'à mourir avec honneur. Ils possédaient la puissance que donne l'or, l'audace et la décision que donne le courage personnel; que leur manquait-il donc?

Il leur manquait un fin limier, capable de suivre la piste de l'émissaire des Invisibles, de découvrir le secret de sa personnalité, de connaître ses affidés, de surprendre ses projets, et d'opposer enfin le mystère au mystère, la ruse à la ruse; sans cela, le comte d'Entraygues et ses compagnons restaient exposés aux attaques de leurs ennemis cachés, sans moyen de prévoir et par conséquent de prévenir les coups dont ils étaient menacés. A ce jeu-là, ils devaient fatalement être vaincus tôt ou tard.

Or, le vieux marquis d'Entraygues, grâce à sa haute situation, devait pouvoir facilement obtenir du préfet de police un de ses habiles Protée, aptes à tous les rôles, habitués à tous les déguisements, capable en un mot de jouer sous jambes les plus fins émissaires de l'insaisissable société des Invisibles. Outre qu'une fortune considérable devait être le prix de ses efforts, il y avait certainement dans cette mystérieuse affaire un côté singulier, étrange, capable de séduire quelque policier-artiste amoureux de son art et des aventures. Laurent était donc parti, il y avait environ onze mois, avec la double mission dont on l'avait chargé, et une dépêche reçue par Olivier quelques semaines avant la grande fête de Melbourne annonçait, à l'aide de quelques mots dont le sens avait été convenu d'avance, que Laurent avait repris le paquebot de Liverpool pour Melbourne après avoir réussi dans ses deux affaires au delà de ses désirs.

Le paquebot, qui avait fait une magnifique traversée, avait gagné huit jours sur la moyenne habituelle du voyage; il était arrivé dans le port l'avant-veille du jour où la frégate *Victoria*, apportant le lieutenant gouverneur général et la nouvelle constitution australienne, avait fait son entrée solennelle dans la rade de Yarra.

Laurent avait immédiatement télégraphié à son maître, qui se trouvait à Sydney avec ses amis, où ils s'étaient rendus pour échanger leur or, afin de ne pas exciter l'imagination, déjà en éveil, des gens de Melbourne. Le brave John Gilping était resté chez les Nagarnooks, qui avaient regagné leurs grands villages, après avoir presque détruit l'armée dundarupe, et l'honnête prédicant charmait leurs loisirs par ses chants, ses airs de clarinette, et ses bibles qu'il distribuait avec une religieuse profusion.

A la réception de la dépêche du fidèle serviteur, Olivier et ses deux amis

avaient enfourché leurs mustangs, et nous venons d'assister à leur arrivée
à Oriental-Hotel. Jamais pareille cavalcade n'avait traversé les rues de Melbourne; les petits poneys disparaissaient sous leurs cavaliers; Willigo,
magistralement drapé dans sa couverture, montait assis de côté à la manière
de nos paysannes. Les pieds d'Olivier rasaient le sol dans leurs étriers raccourcis le plus possible; quant au géant canadien, il avait été obligé de
passer ses genoux dans des sangles en guise d'étrier. Il leur avait été impossible de trouver un moyen plus rapide de locomotion; mais les infatigables
petites bêtes avaient bravement fait leur devoir, pendant quatre jours, et
malgré le poids de leurs cavaliers, elles n'avaient pas quitté le galop. On avait
pris nos voyageurs pour des ambulants qui venaient installer une baraque
foraine à Melbourne à l'occasion des fêtes.

Les trois mustangs n'étaient pas arrivés dans la cour de l'hôtel, que Laurent s'élançait près de son maître qui le recevait dans ses bras; ce n'était
plus un serviteur, mais un ami qui revenait....

Puis le Canadien et Willigo échangèrent une vigoureuse poignée de main
avec le nouvel arrivant.

— Tu es seul, ne put s'empêcher de lui demander Olivier, après les
premiers instants donnés aux félicitations.

Pour toute réponse Laurent porta rapidement un doigt sur ses lèvres.

La cour de l'hôtel n'était pas, en effet, un lieu propre à une causerie
intime, le comte d'Entraygues le comprit; aussi, après avoir donné l'ordre
qu'on lui préparât un appartement, ainsi qu'à ses deux compagnons, il
invita Laurent à les conduire dans la chambre qu'il occupait depuis son
arrivée.

A peine la porte se fut-elle refermée sur les quatre personnages, que le
brave garçon dit, en baissant la voix, à ses compagnons étonnés :

— Parlons de façon que nos paroles n'éveillent aucun soupçon dans cette
chambre; depuis mon arrivée, je suis espionné et filé par deux individus qui
se relayent sans cesse sous des déguisements les plus divers, et ne me
quittent pas plus que mon ombre; ils occupent les deux chambres contiguës
à la mienne, et je ne suis pas assuré qu'en ce moment nous ne sommes pas
observés par quelque ouverture imperceptible pratiquée dans le plancher ou
le plafond, dans les boiseries des murailles ou les portes.

— Cela ne m'étonne pas, nous avons affaire à forte partie, continua le
Canadien sur le même ton. Comment vous étiez-vous aperçu de la surveillance exercée sur vous?

— Oh! je n'y aurais rien vu, répondit Laurent; mais j'ai été averti par
M. Luce.

— M. Luce?

— C'est vrai, j'oubliais de vous dire....

A ce moment l'ancien cuirassier continua en baissant le ton de telle façon que ses compagnons furent obligés de prêter toute leur attention pour l'entendre :

— J'oubliais de vous dire que M. le marquis, père de M. le comte, avait eu l'habileté d'engager le chef de la sûreté générale lui-même à la Préfecture de police de Paris que des haines puissantes et des compétitions bureaucratiques avaient dégoûté du service, et qui n'attendait qu'une occasion de donner sa démission. Le préfet lui-même a dit à M. le marquis, en lui conseillant de s'entendre avec lui : « Cet homme-là a le génie de la police. » Mais j'oublie sa première recommandation ; ne causons pas ici....

— Ne trouvez-vous pas, messieurs, fit le Canadien en reprenant sa voix naturelle, que nous ferions bien d'aller faire un tour de quai avant dîner ; nous verrions les apprêts de la fête de demain qui promet d'être splendide.

— Je goûte fort votre idée, mon cher ami, répondit le comte.

Puis, à voix basse :

— Nous prendrons une voiture.

L'idée était excellente, et chacun approuvant de la tête, les quatre compagnons quittèrent l'hôtel et s'acheminèrent vers les quais.

Chemin faisant, ils furent contre-passés par un personnage d'une rare distinction, portant à la boutonnière une rosette multicolore, que Laurent salua respectueusement.

L'inconnu lui rendit sa politesse d'un air de souveraine protection et passa sans avoir fait la moindre attention à ses compagnons, qui cependant s'étaient inclinés par savoir-vivre.

— Quel est cet orgueilleux individu ? demanda le comte d'Entraygues d'un ton piqué.

— C'est M. le baron de Funcal, consul général du Portugal à Melbourne, dont j'ai eu l'honneur de faire la connaissance à bord du steamer, répondit Laurent avec un imperceptible sourire que personne ne remarqua.

— Je ne lui fais point mes compliments sur son éducation, répliqua Olivier.

Cette réflexion du jeune homme n'ayant amené aucune réponse, l'incident n'eut pas d'autre suite.

Au coin de Yarra-street et du quai se trouvait un établissement de loueur ; nos quatre personnages y entrèrent et firent choix d'une sorte de char à bancs fort en usage en Australie où les routes ne sont pas précisément des modèles de régularité, et Olivier demanda à le louer pour huit jours avec l'attelage sans le cocher.

— Sans le cocher, fit l'honnête industriel, c'est vingt dollars par jour et deux mille dollars de cautionnement.

— Pourquoi cela?

— Et qui m'assure, répondit le loueur avec une brutale franchise, que vous n'êtes pas de braves gentlemen du Buisson, qui ne profiteront pas de ma confiance pour disparaître avec ma voiture et mes chevaux?

— C'est juste, répliqua le comte sans laisser percer le plus petit mouvement de mauvaise humeur... Il commençait à se faire aux mœurs du pays.

Et il détacha de son carnet un chèque de deux mille cent soixante dollars, *à condition* sur l'Australian-Bank, c'est-à-dire payable le neuvième jour seulement, si la voiture n'était pas rendue, et le présenta au loueur qui, après l'avoir serré précieusement dans sa caisse, donna l'ordre d'atteler.

Un quart d'heure après, nos amis étaient en pleine campagne et loin de toute oreille indiscrète.

Au moment du départ, ils avaient cependant pu remarquer un mendiant qui, après avoir assisté à leurs préparatifs avec une telle attention qu'il en avait oublié de leur demander l'aumône, les avait ensuite suivis des yeux jusqu'à ce qu'un tournant du quai les eût dérobés à ses regards.

Laurent, qui conduisait, arrêta la voiture au milieu d'une vaste plage de sable bordée par une ceinture de flots tout irisés d'écume ; l'Océan était tranquille comme un lac au repos ; aussi loin que la vue pouvait s'étendre, pas un buisson derrière lequel on pût s'abriter ne tachait la blanche plaine couverte de débris de coquillages et de petits cailloux roulés ; le lieu était admirablement choisi pour éviter la présence de témoins importuns.

Le fidèle serviteur, après avoir donné au jeune comte les meilleures nouvelles de son père, lui remit la correspondance de ce dernier, ainsi que tout un dossier de pièces se rapportant à la concession du placer, et en quelques mots rendit compte de sa mission.

Grâce aux puissants appuis que le marquis avait su mettre en jeu et aux lettres de Gilping pour ses collègues de la Société royale de Londres, la concession de toute la propriété demandée avait été accordée sans restriction.

— Vous arrivez à temps, avait dit le ministre secrétaire d'État au département des colonies du cabinet de Saint-James, c'est le dernier acte de concession que nous allons faire signer à la reine, car nous avons décidé de donner à l'Australie sa liberté administrative, son *self government* comme au Canada, en ne conservant avec cette colonie que des attaches purement politiques.

En moins d'un mois, le décret avait été rendu, signé, enregistré, promulgué, et aucune puissance au monde ne pouvait plus enlever au comte d'Entraygues la pleine et entière propriété du placer et des cent mille hectares de terrains qui l'englobaient. Par une mesure toute gracieuse, et qui n'avait encore été accordée qu'à des sujets anglais, le placer avait été laissé libre de toute redevance à la couronne, et ordre avait été expédié au cadastre de Melbourne d'inscrire la propriété avec une franchise d'impôt foncier de dix années.

Laurent était porteur de toutes les pièces en double, afin que le propriétaire pût veiller lui-même à la bonne exécution de toutes les clauses de la concession.

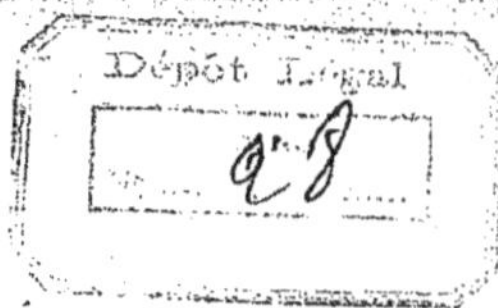

« ...Je respirai, je n'étais donc pas le jouet d'un cauchemar. » (Page 220.)

— Bien! très bien! mon brave Laurent, fit le jeune comte après avoir reçu toutes ces explications; parle-nous maintenant de notre nouvelle recrue; tu nous as dit quelques mots de son habileté, mais pourquoi n'est-il pas avec toi? Et d'abord, quel genre d'homme est-ce?

— Vous avez pu juger par vous-mêmes de sa tournure, puisque nous l'avons rencontré.

— Comment? explique-toi!

— M. Luce, l'ex-chef de la sûreté enrôlé par M. le marquis, n'est autre que M. de Funçal, le consul général du Portugal à Melbourne.

— Il se pourrait! fit Olivier au comble de l'étonnement.

— Rien n'est plus vrai, et son titre n'est pas un déguisement; il lui fallait une position officielle pour dérouter les soupçons, et monsieur votre père n'a eu qu'à parler à l'ambassadeur du Portugal pour faire agréer son protégé, avec d'autant plus d'empressement que ce pays n'avait pas de représentant à Melbourne, et que l'aspirant à ces fonctions ne réclamait ni traitement, ni frais de chancellerie. Deux de ses meilleurs agents, connus dans la brigade sous les noms de Coco et de Lupin, ont été également nommés, sur sa demande, le premier chancelier sous le nom de don Cristobal, et le second secrétaire du consulat sous celui de Pedro da Sylva. La bande est complète, et les Invisibles n'ont qu'à bien se tenir.

Ah! c'est un habile homme, allez, que ce Luce, que ce baron de Funçal, veux-je dire, car son véritable nom ne doit jamais être prononcé à Melbourne. Après s'être entendu avec M. le marquis, il a exigé que nous ne nous quittassions pas jusqu'au départ du paquebot de Liverpool; mais, comme il craignait avec raison que je fusse espionné à Paris, je vous le donne en mille pour trouver le déguisement qu'il avait pris pour habiter avec moi... Il s'était fait la tête d'un vieil agent d'affaires que j'aurais rencontré par hasard et que, dans mon inexpérience, j'aurais chargé de suivre pour moi, dans toutes leurs phases officielles, les nombreuses affaires dont j'étais chargé. Tranquille de ce côté, il employa tout son temps à me faire conter les événements les plus indifférents de votre vie, mon cher maître, sans savoir où il en voulait venir. Je dus lui faire connaître vos goûts, vos habitudes, lui dépeindre votre caractère; il portait une photographie de vous, qu'il interrogeait sans cesse quand je lui parlais; puis il allait chez M. le marquis chercher de nouveaux renseignements et contrôler mes dires, et comme un jour je m'étonnais de tout cela, il me dit :

— Vous êtes un naïf, Laurent; croyez-vous donc que j'aurai la possibilité de connaître votre maître et de l'étudier à Melbourne, pour peu que les agents des Invisibles soient un peu habiles, je serais *brûlé* en vingt-quatre heures.

Dans son curieux langage, que je ne comprenais pas toujours, il voulait dire qu'il serait *démasqué*.

Quand il fut en possession de tout ce qu'il voulait savoir, il partit pour la Russie où il resta trois mois. A son retour, il me dit :

— Tout va bien... Percés à jour, les Invisibles; je les connais tous du premier au dernier, et je suis édifié sur les causes qui les font agir. La mort du comte d'Entraygues est résolue, mais on ne veut pas le faire assassiner ouvertement; on craint le bruit, des délations possibles; bref, il faut que la fin de votre jeune maître puisse être attribuée à un accident, à une rixe à laquelle il se sera mêlé par hasard, ou bien à quelque attaque des indigènes ou des rôdeurs de Buisson dans l'intérieur... Mais, soyez sans crainte, je serai là ; je connais les noms et la position des émissaires envoyés à Melbourne, ils sont cinq sous la conduite d'un chef supérieur ; eh bien, à nous trois, Coco, Lupin et moi, nous les *roulerons* comme des croquettes dans de la farine... Des enfants, ces policiers russes ; nous leur ferons voir comment on travaille à la française. Le chef, cependant, est habile, il est à redouter ; c'est lui qui avait organisé le guet-apens des Dundarups. Pas mal pour un moujik ; mais il a voulu faire de la générosité, il se croyait trop sûr de son prisonnier ; j'ai la copie du rapport qu'il a adressé au comité secret de Saint-Pétersbourg après cette affaire.

— Vous avez cela ? ne puis-je m'empêcher de lui demander.

— Ça et bien autre chose, m'a-t-il répondu ; j'ai vu la princesse au couvent de Notre-Dame de Rasan et elle m'a remis quelque chose pour votre maître.

— Quelque chose pour moi ? fit le comte d'Entraygues dont le cœur battit à tout rompre.

— J'ignore ce que c'est, continua Laurent, je vous rapporte ses paroles... Enfin, la veille de notre départ de Paris, il me dit : « — Nous allons nous séparer ce soir, et vous ne me reverrez que sous la *pelure* du baron de Funcal, à bord du steamer de Liverpool, assisté de mes deux attachés don Cristobal-Coco et Pedro da Sylva-Lupin ; n'ayez pas l'air de me connaître, il faut que le hasard seul nous mette en relation à bord. Depuis que vous êtes à Paris, vous êtes *filé* par deux *aigrefins* qui ne vous ont pas quitté d'une semelle et qui vont vous suivre en Australie ; il ne faut pas qu'ils se doutent de rien et qu'ils puissent soupçonner que le baron de Funcal n'est autre que le vieil agent d'affaires qui vous a guidé à Paris, autrement *la mèche serait éventée.* Vous allez donc me donner un dîner d'adieu ce soir ; au dessert, vous m'embrasserez les larmes aux yeux, puis vous me glisserez une bourse dans la main, et nous nous séparerons. Vous ne chercherez pas à faire ma connaissance à bord avant que je ne juge le moment opportun et que je ne vienne moi-même à vous ; du reste, quand vous verrez le baron de Funcal, je vous défie bien d'oser venir lui parler... Une fois arrivé en Australie, prévenez M. le comte d'Entraygues et ses amis que dans l'intérêt de leur sûreté il ne faut pas qu'ils cherchent à se mettre en communication avec moi. Je verrai M. le comte quand je le jugerai convenable, et sous le déguisement que les circonstances exigeront ; dites-lui bien également de vivre à sa guise, sans plus s'inquiéter des Invisibles que s'ils n'existaient pas. Sa sûreté me regarde ; aussi, quoi qu'il arrive, quel que soit le danger dont il se sente menacé, en quelque lieu qu'il se trouve, qu'il ne désespère ni ne fasse d'imprudence ; je suis là, et je réponds de lui... » J'exécutai à la lettre toutes ces prescriptions ; je le remerciai de ses services le soir même, dans un restaurant qu'il m'avait indiqué, et le lendemain je partais pour Liverpool où je m'embarquai seul sur le steamer en

partance. Mon premier soin, quand nous eûmes pris la mer, fut de chercher
discrètement à voir si mon homme s'était embarqué; il me fut impossible de
le reconnaître dans la foule des passagers de premières, et quand plus tard
on me montra M. le baron de Funcal avec ses jeunes attachés, en voyant ces
trois gentilshommes d'une distinction et d'une élégance toutes diplomatiques,
autour desquels chacun se pressait, et qui étaient les véritables rois du bord,
je me demandais si tout ce qui m'était arrivé n'était pas un rêve, et si je
n'avais pas devant moi de véritables comtes et barons appartenant à la plus
haute aristocratie portugaise.

Un jour surtout, je fus obligé de me sauver dans ma cabine pour me passer
de l'eau sur le crâne, me demandant si je ne devenais pas fou.

Un passager ayant voulu savoir du soi-disant Coco, qui jouait le rôle de chancelier, s'il n'était pas parent de l'amiral don José Cristobal y Calatrava, le
roussin, — tiens, voilà que je parle comme eux, excusez-moi, mon cher
maître, — enfin le gaillard répondit avec un air de suprême insolence :
« — C'était mon oncle, monsieur, dernier représentant de la branche aînée;
mais il est mort, et ce malheureux événement a fait passer sur ma tête le
titre héréditaire qui m'ouvrira la porte de la Chambre des pairs lorsque j'aurai
atteint l'âge de trente ans; en attendant, pour voir le monde, j'ai accepté
d'être le bras droit de M. de Funcal, un vieil ami de ma famille, qui venait
d'être nommé consul général à Melbourne... » Bref, tout commençait à tournoyer et je finissais par n'y voir plus clair dans ma cervelle, lorsqu'au bout
de quinze jours le baron de Funcal, qui s'aperçut sans doute de l'état de mon
esprit, daigna un beau soir y mettre fin.

Il faisait un temps superbe, nous venions de ranger les Açores, le steamer
courait sur une mer bleue qui s'irisait aux rayons du soleil couchant, je
fumais tranquillement à l'arrière, regardant le sillage blanc d'écume que le
navire traçait derrière lui, lorsque le baron s'approcha de moi en coupant le
bout d'un cigare comme pour me demander du feu.

« — Eh bien, monsieur Laurent, me dit-il en souriant, comment trouvez-vous
le noble descendant des Cristobal y Calatrava, j'espère qu'on a de la tenue? »

Je respirai, je n'étais donc pas le jouet d'un cauchemar. A partir de ce
moment, la glace était rompue; peu à peu, nous eûmes l'air de nous lier,
mais sans familiarité de ma part, le noble baron gardant toujours sa distance... mais il ne fut que rarement question de nos projets dans nos conversations du bord. « — Je vous ai fait part de tout ce qu'il était utile que
vous sachiez, me dit-il un jour, conformez-vous à mes instructions, et faites-les
connaître fidèlement à votre maître; ne commettons donc pas d'imprudence
ici par d'inutiles causeries sur des sujets brûlants, mon but est atteint; il
était nécessaire que nous eussions l'air de faire connaissance seulement
pendant la traversée, cela vous donnera la facilité de venir me voir à Melbourne sans exciter les soupçons. »

Voilà, mon cher maître, le récit complet de toutes mes aventures depuis le jour où je vous ai quitté. Ah ! j'oubliais de vous faire connaître le chiffre auquel il a taxé sa collaboration ; il se charge de nous protéger en Australie, de déjouer toutes les combinaisons des Invisibles, de les livrer à la justice russe avec un dossier complet de leurs méfaits, de faire rappeler le vieux prince Vasilewski de Sibérie, et on doit lui compter un million le jour même de votre mariage avec la princesse Maria Feodorowna ; en attendant, on lui servira la rente, soit cinquante mille francs par an, à titre d'indemnité annuelle ou d'appointements, ses deux acolytes recevant cent mille francs chacun pour leur part quand on n'aura plus besoin de leurs services et quel que soit le moment où on les renvoie, et une somme de quinze mille francs par an pour subvenir à leurs besoins. Le baron de Funcal demande également qu'un crédit supplémentaire lui soit ouvert chez un banquier de Melbourne, en apparence pour les frais du consulat, et en réalité pour les dépenses qu'il sera obligé de faire dans notre intérêt. En présence de ces demandes qu'il trouvait exorbitantes, M. le marquis hésitait à traiter, mais j'avais reçu l'ordre de M. Dick de ne reculer devant aucune somme pour nous procurer un homme d'une habileté éprouvée, et j'ai prié M. le marquis d'accepter ces conditions.

— Et vous avez bien fait, mon cher Laurent, interrompit le Canadien en lui serrant chaleureusement la main ; un gaillard de cette force ne saurait se payer trop cher.

Olivier lui adressa un sourire de remerciement.

Laurent poursuivit :

— Je n'ai plus que quelques mots à dire pour vous mettre au courant de tous les événements qui peuvent vous intéresser.

Le lendemain de mon arrivée à Oriental-Hotel, je recevais par la poste un petit billet ainsi conçu : « Méfiez-vous des relations qui pourraient s'offrir à vous, ne vous liez avec personne, ne parlez pas seul dans votre chambre, n'y échangez aucune confidence avec votre maître et ses amis quand ils arriveront, vos deux voisins d'hôtel sont à la solde des Invisibles. Quant au chef suprême des émissaires qui sont en ce moment à Melbourne au nombre de sept, celui que vous appelez l'homme masqué, il est en ce moment filé jour et nuit soit par mes affidés soit par moi ; je connais sa qualité, la situation qu'il occupe, mais permettez-moi de ne rien vous révéler pour le moment sur ce sujet afin d'éviter toute imprudence. Quand votre maître sera arrivé, je correspondrai avec lui par la poste à l'aide d'un chiffre dont je lui donnerai la clef... brûlons les présentes. *Signé :* MYSTÈRE. » Et voilà pourquoi je n'ai rien voulu vous dire à l'hôtel. J'ai fini.

Les plus vives félicitations furent, à la suite de ce récit, adressées à Laurent par son maître et le Canadien ; tous deux lui déclarèrent chaleureusement qu'il avait accompli ses différentes missions avec une rare intelligence, et le jeune comte, lui prenant la main, lui dit avec une émotion qui doublait le prix de ses paroles :

— Laurent, à partir de ce jour, il n'y a plus dans nos relations ni maître ni serviteur. Je compte un ami de plus ; tu as du reste toujours été considéré comme faisant partie de la famille. Je te demande seulement la permission de conserver l'habitude de te tutoyer que j'ai contractée dès l'enfance ; n'est-ce pas que tu ne me refuseras point cela, mon vieil ami ?

— Monsieur le comte, vous me comblez, articula Laurent d'une voix étranglée par le bonheur et l'émotion.

Il n'en put dire plus long, et d'abondantes larmes inondèrent son visage.

— Oui, mon vieil ami, continua Olivier en lui prenant les mains, n'as-tu pas veillé sur moi, dès ma plus tendre jeunesse, avec la sollicitude d'un père ? Ne m'as-tu pas suivi partout, oubliant ta famille, tes propres affections, pour me faire un rempart de ton dévouement ? Ce titre d'ami que je te donne aujourd'hui, il y a longtemps que tu le possédais dans mon cœur ; et je ne crains qu'une chose, c'est que mon amitié ne soit jamais à la hauteur de ta bonté, de ton désintéressement et de ton affection pour moi.

Laurent, n'y tenant plus, s'était précipité sur les mains du jeune comte et les couvrait de baisers.

Le Canadien s'était retiré à quelques pas pour cacher son émotion.

L'Aigle-Noir contemplait d'un œil en apparence impassible les grands flots verdâtres de la mer océanienne qui venaient lentement mourir sur le rivage ; mais qui connaissait bien le préjugé indigène, exigeant qu'un guerrier refoule dans son cœur tout tendre sentiment comme une preuve de faiblesse, eût parfaitement compris, au mouvement de ses narines, que Willigo, le grand chef des Nagarnooks, était, lui aussi, profondément touché par la scène qu'il avait sous les yeux.

— Quant à vous, mon cher Dick, poursuivit le jeune comte en s'adressant au Canadien, vous à qui je dois les moyens d'avoir pu me relever après mes malheurs et de poursuivre la réalisation de mon vœu le plus cher, vous à qui je devrai le bonheur le plus complet que l'homme puisse goûter si ce vœu s'accomplit, vous m'avez à ce point comblé de vos bienfaits qu'il me sera impossible de jamais m'acquitter.

— Vous ne me devez rien, monsieur le comte ; je paye la dette de mon père... une dette d'honneur ; cependant, si vous croyez que vous êtes obligé de reconnaître le peu que j'ai fait pour vous, sachez que je suis amplement payé par la place que vous avez bien voulu me donner dans votre affection.

Les trois hommes renouvelèrent ce jour-là un pacte d'amitié qui ne devait finir qu'à la mort.

D'après ce que Laurent venait d'apprendre à ses compagnons sur M. de Funcal, il fut décidé, selon le conseil donné par le policier lui-même, que les quatre amis vaqueraient à leurs affaires exactement comme si une lutte à mort n'était pas engagée avec les Invisibles, et qu'ils se reposeraient entièrement sur l'ancien chef de la sûreté du soin de déjouer toutes les machinations, tous les complots qui pourraient être tramés contre eux.

Willigo, mis au courant de la situation par le Canadien, s'inclina devant la décision de ses amis; mais il se promit bien *in petto* de n'en veiller qu'avec plus de soin sur son frère Tidana et l'ami de ce dernier, le jeune comte d'Entraygues. L'Aigle-Noir, qui n'entendait rien à toutes ces finasseries policières, était de cet avis, qui en temps ordinaire ne manquait pas de sagesse, qu'on n'est jamais mieux gardé que par soi-même; ne connaissant point les ruses et les infernales habiletés des émissaires secrets qui travaillaient dans l'ombre contre ses amis, le sauvage enfant du Buisson ne pouvait pas comprendre qu'il était indispensable de se défendre avec les mêmes armes. Cette ignorance de Willigo avait ce bon côté que, ne se fiant qu'à lui, il ne devait pas un seul instant se relâcher de sa surveillance.

En rentrant à Melbourne au pas de leurs chevaux, nos amis achevèrent d'arrêter leur plan général de conduite; sitôt leur concession transcrite au cadastre, ils retourneraient au placer, mais cette fois pour l'exploiter avec une petite troupe de mineurs soigneusement choisis par Dick, et Willigo promit de faire transporter les grands villages de sa tribu sur les terrains de la concession, afin de mieux la défendre contre les incursions des bushrangers et des autres indigènes.

Cette promesse était des plus faciles à tenir, car les Nagarnooks, comme tous les peuples chasseurs, menaient cette vie nomade que nécessite de temps à autre l'épuisement du gibier dans les stations occupées. Quelques tentes en peaux de kangourous, pour les familles des chefs, et des huttes de feuillage appuyées sur des murs de terre sèche, pour le commun des guerriers, suffisaient à composer ce que l'on appelait les grands villages d'une tribu.

Sa voiture remisée chez le loueur, Olivier et ses compagnons se retirèrent dans leurs appartements pour y goûter un repos bien nécessaire après la rude étape qu'ils avaient faite de Sydney à Melbourne. Ils convinrent, avant de se séparer, qu'après les fêtes ils loueraient, pour tout le temps de leur séjour dans la capitale de l'État de Victoria, une petite maison particulière où ils pourraient causer plus facilement de leurs projets que dans un hôtel public, qui se prêtait trop aisément à tous les genres d'espionnage.

Ils n'étaient pas retirés dans leurs chambres que Willigo, après avoir placé dans sa ceinture en peau son large poignard nagarnook, son terrible casse-tête indigène appelé *boomerang* et le revolver dont Olivier lui avait fait cadeau, s'enveloppa dans sa couverture et se glissa silencieusement hors de l'hôtel. Depuis son arrivée à Melbourne, son flair de sauvage avait-il été excité par quelque chose d'insolite sur laquelle il tenait à se renseigner? C'est ce que l'avenir nous fera bientôt connaître.

CHAPITRE III

L'homme masqué et Tom Powell.
Le marché. — Cinquante mille dollars pour un coup de poing.

Toutes les rues de la ville étaient splendidement illuminées : les bars, les coffee-saloons, les public-houses, les clubs, regorgeaient de monde, et la circulation était presque interrompue sur les quais et les places ; à toutes les fenêtres s'étalaient les couleurs du nouveau drapeau australien ; dans tous les squares, des musiques enragées, comme on n'en entend que chez les Anglo-Saxons, jouaient le nouvel air national, composé pour la circonstance par un pifferaro italien qui avait débuté dans les rues de Melbourne en dansant sur un pied et demandant un penny sur le biniou napolitain. Il était devenu depuis professeur de musique et chef d'orchestre au théâtre. On croirait à une plaisanterie, mais rien n'était plus vrai. La nouvelle société de Melbourne, mélange de convicts et d'émigrants, avait une facilité pour les arts parfaitement en harmonie, du reste, avec son origine anglo-saxonne. Il existe à cet égard une aventure-type, qui est bien dans la note de la race et a fait rire longtemps les étrangers sur les côtes du Pacifique. Un jour, un Lyonnais, fabricant de tambours d'enfants de son métier, arrive à San-Francisco pour y exercer son état. Il était sans le sou, et se rappelant que, dans sa jeunesse, il avait fait les délices des cafés chantants de la Guillotière, il organisa un concert pour se procurer quelques fonds ; il se nommait Faure. Le Barnum auquel il s'adressa pour arranger cette soirée annonça à grand orchestre M. Faure, de l'Opéra de Paris, et mit les places à vingt dollars. On s'écrasait au théâtre ce soir-là ; le fabricant de tambours avait une voix de basse tonitruante à briser les vitres, mais sans moelleux dans les sons et surtout sans éducation musicale ; il débuta par la *Marseillaise*, qu'il hurla de façon à rendre sourds tous les Yankees : enthousiasme indescriptible ; on la lui redemanda quatorze fois ; les dames pleuraient, les hommes accompagnaient en cassant les banquettes, et, finalement, le misérable fut porté en triomphe à la sortie... M. Faure, le vrai, ne s'est jamais douté de ce succès qu'il a eu en Amérique. On en rit encore sur les côtes de la Californie.

Melbourne, enrichie en quelques années par la découverte de l'or, était encore inférieure à ce niveau en fait d'art musical ; les dix à douze orchestres disséminés dans la ville à l'occasion de la grande fête se composaient, en général, de deux ou trois instruments de cuivre, assistés d'une grosse caisse et de quelques tambours, et les malheureux émigrants qui en jouaient suaient, soufflaient, tapaient comme des sourds. Les plus entourés étaient

Powell se souleva dans sa baignoire et regarda l'étranger. (Page 227.)

ceux qui faisaient le plus de bruit. Dans toutes les rues, des crieurs publics vendaient la biographie, accompagnée du portrait véritable de Tom Powell, le champion de l'Angleterre, et de James Tyler, le champion américain, dans la lutte qui devait avoir lieu le lendemain.

A l'Australian et au Washington-Club, les citoyens des deux nations offraient un punch d'honneur aux deux adversaires, et le menu peuple, qui s'était rassemblé, selon ses sympathies, sous les croisées de l'un ou de l'autre de ces établissements, faisait retentir l'air de ses hurrahs frénétiques.

L'amiral Sydney et sir Beauchamps Seymour, qui firent dans la soirée une courte apparition à l'Australian, daignèrent serrer la main à Tom Powell en lui disant qu'ils lui confiaient l'honneur de l'Angleterre, et l'illustre boxeur leur fit, le poing sur la hanche, une réponse historique, qui prouve que le général Ducrot n'a été plus tard qu'un vulgaire copiste.

— Je puis assurer à Vos Seigneuries, répondit Powell, que je ne sortirai de la lutte que mort ou victorieux.

Sublime réponse que, contrairement à son plagiaire, le boxeur exécuta de point en point.

Pour ne pas être en reste d'encouragements officiels, le consul général des États-Unis présidait la soirée donnée à James Tyler. Tout à coup, des applaudissements prolongés éclatèrent au Washington ; M. de Funcal, en grand costume, assisté de tout son personnel, faisait son entrée au club ; entre les deux nations, le consul général du Portugal n'avait pas hésité à se prononcer pour le drapeau étoilé !

Dans tous les carrefours, sur toutes les places, les bookmakers, entourés de lanternes chinoises et montés sur une estrade, poussaient à la cote d'une voix éraillée par le wisky et les efforts de gosier qu'ils faisaient depuis deux jours.

Enfin, plaisanterie bien américaine qui porta au comble la rage des Powellians, sur les onze heures, une procession de good-fellows, se mit à parcourir les rues avec des torches, suivant un cercueil luxueusement installé, sur lequel le nom de Tom Powell était inscrit à l'aide de larmes d'argent artistement assemblées.

Immédiatement, en réponse, les Anglo-Australiens promenèrent par les rues l'effigie de Tyler pendue à un gibet.

Mais cela n'avait pas l'esprit d'à-propos de la plaisanterie des Américains, et la palme resta à ces derniers... Bref, Melbourne se coucha dans la fièvre ; il y avait dans l'air un peu de cette émotion qui doit précéder les grandes batailles, quand bivouaquent en présence deux armées qui doivent en venir aux mains.

Tom Powell habitait une charmante petite villa en peu en dehors de la ville, qu'un de ses admirateurs avait mise à sa disposition. Il venait de rentrer chez lui sur les deux heures du matin, et s'était mis au bain pour se délasser et donner plus de jeu à ses articulations, lorsque le nègre qui le servait vint le prévenir qu'un inconnu, enveloppé tout entier dans un manteau de couleur sombre, demandait à lui parler.

— Encore quelque porteur d'adresses et de félicitations, fit le boxeur d'un ton bourru. Ma foi ! je ne veux pas me déranger pour lui ; qu'il entre ici, s'il veut !

— Je m'en voudrais de vous causer le moindre trouble, monsieur Powell, dit l'inconnu qui avait suivi le domestique sur ses talons ; nous serons très bien ici pour causer.

— Quel motif peut vous amener à cette heure ? demanda le boxeur d'un air visiblement contrarié.

L'inconnu regarda le noir.

— Laisse-nous, Bob, ordonna Powell à son serviteur.

Maintenant, monsieur, ajouta-t-il dès que le nègre eut disparu, vous pouvez parler.

L'étranger enleva son manteau dont le large collet était rabattu sur son front, et apparut le visage masqué, aux yeux de plus en plus étonnés de son interlocuteur.

Powell se souleva à demi dans sa baignoire et le regarda pendant quelques instants avec une évidente curiosité.

— Que signifie cette plaisanterie ? finit-il par lui dire ; nous ne sommes cependant pas en carnaval.

L'homme masqué restait comme pétrifié d'admiration en présence de l'athlète aux larges épaules, au cou de taureau, aux bras puissants et aux poings formidables qu'il avait sous les yeux.

— J'avais beaucoup entendu parler de votre force sans rivale, gentleman, fit-il en s'inclinant ; mais je ne m'étonne pas que vous n'ayez jamais été vaincu en voyant le moule colossal dans lequel la nature vous a pétri, et je crois que vous ne rencontrerez pas plus votre maître dans l'avenir que vous ne l'avez trouvé dans le passé... Nous ne sommes pas, en effet, au carnaval ; mais des motifs de la plus haute gravité exigent que vous ne puissiez me reconnaître à Melbourne après la conversation que je vais avoir avec vous.

Le boxeur, calmé par la flatterie à l'aide de laquelle l'inconnu était entré en matière, répondit d'un ton singulièrement radouci :

— Vous savez vos affaires, gentleman ; gardez donc votre masque, et faites-moi connaître les motifs de votre visite.

— J'éprouve, je dois vous l'avouer, une certaine difficulté à vous faire part du but de ma démarche auprès de vous ; j'ai, en effet, à vous proposer un marché, et dans des circonstances telles que si vous veniez à ne pas l'accepter, il faudrait, si la chose était possible, que notre conversation fût... comme si elle n'avait jamais existé.

— Je ne comprends pas.

— Je vais essayer d'être plus clair... J'ai besoin d'un service qui, si vous voulez bien le rendre, sera payé... le prix auquel vous fixerez votre concours. Eh bien, tout dépend de ceci : consentirez-vous à le rendre sans rien savoir des motifs qui me font agir, ou bien, avant de vous prononcer, exigerez-vous plus d'éclaircissements, plus d'explications que je ne pourrais vous en donner ?

— Voyons d'abord le service ; il se pourrait que je pusse vous le rendre, sans avoir besoin de connaître vos motifs. Je ne suis pas curieux, et pour peu que la chose soit faisable, il est fort probable que je ne vous en demanderai pas davantage.

— Nous allons bien voir. Il y a un homme à Melbourne qui gêne une puissante association, et...

— Il faudrait le supprimer... Un assassinat ! Je ne mange pas de ce pain-là !

— Vous n'y êtes pas. Écoutez-moi patiemment ; pour celui-là, nous nous en chargeons ; avant huit jours, grâce à un petit plan que j'ai élaboré, il sera en notre pouvoir. Cependant, quelque bien dressées que soient nos batteries, nous craignons, ce qui nous est déjà arrivé, qu'il ne nous échappe encore, grâce à l'appui d'un ami qui s'est constitué son surveillant, son protecteur... son chien de garde.

— J'ai compris... C'est de l'ami qu'il faudrait alors vous débarrasser ?

— Oui ; mais pas comme vous le pensez... Un assassinat ! fi donc ! De tels moyens sont indignes d'un gentleman.

— Alors vous avez trouvé un moyen, vous, de tuer les gens sans les assassiner ?

— Quand on les met à même de se défendre à armes égales.

— Si vous parlez par énigmes... ?

— Monsieur Powell, les hommes que vous avez, en Angleterre, dépêchés proprement au pays des ancêtres, les avez-vous assassinés ?

— Non pas, morbleu ! Les juges de l'assaut ont toujours déclaré que je m'étais conduit avec une parfaite loyauté ; je défendais ma peau au même titre que mes adversaires.

— Eh bien, ce que vous avez fait à Londres, ne pouvez-vous le refaire à Melbourne ?

— Quoi ! vous aussi, vous avez intérêt à ce que j'extermine James Tyler ?

— Il ne s'agit pas de cet homme.

— Alors c'est contre cette brute de Sam, ou cet idiot d'Irlandais que...

— Nullement.

— A la bonne heure, car à moins que les juges du camp ne m'y forcent, je ne consentirai jamais à lutter contre ces deux imbéciles qui n'ont même pas les notions les plus élémentaires de l'art de la boxe ; c'est un assaut courtois que je donne, où il peut, il est vrai, y avoir mort d'homme comme dans un duel, mais ce n'est pas une rixe où chacun tape à tort et à travers. Les malheureux sont simplement alléchés par la somme énorme qui doit revenir à mon vainqueur ; tant pis pour eux si on me contraint à accepter de pareils adversaires ; pour donner une leçon à ceux qui seraient tentés de les imiter, du premier coup de poing je leur défoncerai le crâne. Comme vous voyez, si c'eût été à eux que vous eussiez eu affaire, leur peau ne vous eût pas coûté un penny.

— Tranquillisez-vous, je vous réserve un adversaire digne de vous.

— Mais il n'y a que ces trois individus d'inscrits, James Tyler, l'Américain, qui est un champion redoutable, un vrai boxeur celui-là; puis le nègre Sam et Michel O'Kelly.

— Ne vous inquiétez de rien, le personnage qui vous gêne se produira en temps voulu, si vous acceptez nos propositions.

— Qui sont?

— D'asséner, dans la chaleur de la lutte, un coup de poing si malheureux sur le crâne du champion qui se présentera au nom de la France...

— Qu'il ne s'en relèvera plus.

— Vous complétez ma pensée, monsieur Powell; vous avez l'esprit aussi délié que le poignet solide.

— Vous me flattez, gentleman.

— C'est qu'alors la vérité est une flatterie, monsieur Powell.

— Et dans le cas où j'accepterais...?

— Je vous ai dit que vous pouviez fixer vous-même le prix de votre précieux concours.

— Hein! c'est une grave *affaire!*...

— Oh! monsieur Powell, un simple coup de poing.

— Au bout duquel il y a la mort d'un homme... On a une conscience, voyez-vous!

— Aïe! pensa l'inconnu, ce sera plus cher que je ne croyais.

Il reprit à haute voix :

— C'est vrai, monsieur Powell, vous avez une conscience...j'en ai une aussi... tout le monde en a une... les relations ne seraient pas possibles sans cela, on ne pourrait se fier à personne... mais votre conscience n'a rien à voir dans cette affaire... Vous êtes le champion de l'Angleterre et de l'Australie, dans un assaut officiel, et vous défiez les champions de toutes les autres nations... un homme relève le gant au nom de la France, de cette ennemie séculaire de la vieille Angleterre, quel est votre devoir, monsieur Powell?... Ne devez-vous pas, par un triomphe éclatant, foudroyant, montrer la supériorité du léopard britannique?

— Oui; mais je ne suis pas obligé de tuer mon adversaire pour le vaincre.

— Ah! monsieur Powell, échauffé par le patriotisme, pouvez-vous bien répondre de vos coups?

— Non, certainement.

— Vous voyez bien que votre conscience n'a que faire en cette occasion, nous ne vous demandons qu'à ne pas réprimer votre fougue patriotique...

— Et à tuer un homme... inutile de chercher à m'amuser, c'est bien là ce que vous venez me demander; jouons franc jeu, j'aime mieux cela, c'est plus carré, plus net que toutes vos finasseries, qui n'ont d'autre but que de marchander sur le prix.

— Eh bien, soit, je préfère aussi les situations franches, reprit l'étranger avec un suprême dédain ; et si vous ne m'aviez pas parlé de votre conscience... la conscience de Tom Powell ! nous n'eussions perdu notre temps ni l'un ni l'autre.

— A la bonne heure, voilà qui est parlé ! sachez donc, mon maître, que je me soucie de la vie d'un homme comme d'un verre de gin ; mais quand j'en tue un sur commande, il faut qu'on me le paye à sa valeur, d'abord, et ensuite en raison de l'intérêt qu'on a à le supprimer.

— Je vous ai dit que je ne pouvais vous faire connaître les motifs qui me faisaient agir.

— Soit ! j'apprécierai, et quel est l'homme ?

— Dick Lefaucheur, surnommé le Canadien.

— Connais pas... mais c'est un sujet britannique, le Canada appartenant à l'Angleterre.

— Nullement, il est né, il est vrai, au Canada, mais de père et de mère français, et à vingt et un ans il a fait sur les registres de la municipalité de Québec la déclaration qu'il entendait conserver sa qualité de Français. Au point de vue de la France il n'en avait pas besoin, mais la formalité était obligatoire aux yeux de la loi anglaise, qui considère comme Anglais tout fils d'étranger, né sur son sol qui, à sa majorité, ne déclare pas qu'il entend garder la nationalité de son père. C'est donc bel et bien un Français que vous avez pour adversaire.

— C'est bien, car je n'eusse pas accepté vos propositions contre un compatriote ; j'en ai, il est vrai, dépêché quelques-uns dans ma vie, mais ça a toujours été le résultat malheureux d'une lutte loyale... Quel est la position sociale de votre individu ?

— Oh ! c'est un simple bush-ranger, un vulgaire coureur de Buisson

— Oui ; mais en le supprimant vous visez à détruire un obstacle plus important ?

— Je ne puis rien vous dire de plus.

— Tant pis pour vous alors, vous le payerez comme un prince.

Et l'athlète ponctua ces paroles d'un rire grossier et cynique.

— Combien ? fit simplement l'homme masqué.

— Cinquante mille dollars, et je vous avertis que c'est à prendre ou à laisser.

— Accepté.

— Diable, réfléchit Tom Powell, j'aurais pu demander le double... Et vous payez ? reprit-il d'un air interrogateur.

— Immédiatement après le combat... Vous recevrez par un homme sûr un chèque au porteur de deux cent cinquante mille francs sur l'Australian-Bank.

— Alors, il n'y a rien de fait.

— Pourquoi cela ?

— Me prenez-vous pour un enfant? Comment! vous venez chez moi masqué, pour que je ne puisse pas vous reconnaître plus tard, vous me l'avez dit vous-même; en cet état, vous me proposez de tuer un homme, ce qui entre nous est assez canaille, et vous voulez que j'aie assez de confiance en vous pour travailler à crédit! Oh! non pas, mon maître; l'homme qui est assez lâche pour faire tuer son adversaire, sans doute parce qu'il n'ose pas se mesurer avec lui, est bien capable d'être assez indélicat pour nier ensuite sa dette.

— Que prétendez-vous donc?

— A l'instant même, avant de sortir, vous me remettrez ce chèque, ou bien vous vous adresserez à un autre pour accomplir votre besogne.

— Et quelle garantie aurais-je?

— Ma parole... Je suis Tom Powell, le premier boxeur de l'Angleterre, tout le monde me connaît; mais vous, qui êtes-vous?... Tenez, je suis bon prince, démasquez-vous, déclinez-moi vos titres et qualités, et j'accepte de n'être payé qu'après l'assaut.

— C'est impossible.

— Bonsoir, gentleman, laissez-moi achever de prendre mon bain tranquille.

— Vous ne m'avez pas compris, j'ai seulement voulu vous dire que je ne pouvais me faire connaître.

— Alors, payez.

L'inconnu, tout en parlant, avait tiré de son portefeuille une feuille de papier historiée, signée d'avance d'un nom illisible, sur laquelle il écrivit quelques lignes à l'aide d'un de ces porte-plumes de voyage qui contiennent leur provision d'encre dans le manche.

— Voilà votre chèque, dit-il, en le tendant à l'hercule.

C'était un genre de chèque tout spécial aux contrées australiennes, où les trois quarts des squatters mineurs et manieurs d'or étaient incapables de signer et qui, munis de la griffe du directeur général et du caissier de l'Australian-Bank, circulaient comme des billets de banque d'État, avec une valeur déterminée que l'on ne pouvait changer. Tous ces chèques étaient à vue, mais il était permis à quiconque le donnait à un tiers d'en retarder le payement, en inscrivant au dos cette mention datée : *à un, dix, ou trente jours de vue.*

L'intérêt de la chose était de pouvoir, grâce à cette suscription, arrêter le payement du chèque par une opposition régulière, si les conditions qui en avaient motivé la remise n'étaient pas exécutées.

Or, l'inconnu avait inscrit au dos du chèque : *à un jour de vue.*

Tom Powell, après l'avoir longuement examiné, le rendit à l'homme masqué.

— A coquin, coquin et demi, lui dit-il ; je veux un chèque pur et simple ; tout ce que vous faites me montre que vous avez l'intention bien arrêtée de me jouer.

L'inconnu eut un geste d'impatience, mais il se garda bien de le traduire en paroles ; pour toute réponse, il prit de nouveau son portefeuille, et, après y avoir choisi un nombre de billets suffisants pour parfaire la somme demandée, il les tendit à son interlocuteur.

— Et allons donc, fit ce dernier, vous voilà enfin raisonnable.

— Vous êtes payé, répliqua alors l'inconnu d'un ton de mépris qu'il ne cherchait même pas à déguiser, j'ai dû passer par toutes vos exigences, il ne me reste aucun moyen d'arrêter le payement de ces valeurs dans le cas où vous ne tiendriez pas votre parole ; mais sachez bien, ajouta-t-il d'un air menaçant, que si vous nous trompez, tôt ou tard notre vengeance saura vous atteindre.

— Je m'appelle Tom Powell, répondit dédaigneusement le lutteur, et lorsque je dois, je paye. Quant à votre vengeance, je m'en moque comme de ceci.

Et prenant un lourd robinet de cuivre fixé à un tube de caoutchouc qui amenait l'eau dans sa baignoire, il le broya entre ses doigts puissants comme un fétu de paille.

Cet incroyable acte de vigueur musculaire étonna tellement l'émissaire des Invisibles qu'il oublia de relever les dernières paroles du boxeur.

— Allons, fit-il joyeusement, les heures du Canadien sont comptées. Sans rancune, monsieur Powell, voici ma main.

— Gardez-la ! exclama ce dernier d'un ton bourru ; ce n'est pas dans nos conditions, et je ne tiens pas à ce supplément de prix.

— Ignoble gredin ! murmura l'inconnu, mais pas assez haut pour être entendu.

— Vile canaille ! prononça Powell comme se parlant à lui-même.

Puis, montrant la porte à son étrange visiteur :

— Allons, décampons, je suis fatigué et je désire me mettre au lit.

L'homme masqué eut comme un tressaillement nerveux ; instinctivement, il porta la main à son revolver, mais ce ne fut qu'un mouvement de colère aussitôt réprimé. Il sortit en haussant les épaules et sans ajouter un mot.

Dès que Tom Powell fut seul, il se laissa aller à un véritable accès de gaieté.

— Voilà un voyage en Australie, fit-il en se frottant les mains, qui promet d'être fructueux.

Puis, quittant le bain, il passa dans sa chambre à coucher où il s'empressa d'enfermer dans une cassette en fer scellée dans le mur la fortune qui venait de lui tomber du ciel.

Le Canadien s'avança à son tour. (Page 240.)

— Mon père m'avait toujours dit que le jour où il pleuvrait des alouettes rôties, fit-il avec un soupir de satisfaction, je n'assisterais pas à la distribution ; voilà toujours de quoi en faire rôtir quelques-unes et les arroser avec la première ale de Londres.

Et il se coucha tranquillement, avec la conscience de l'homme qui a fait sinon son devoir, du moins une bonne affaire.

CHAPITRE IV

Le meeting français. — Insolente provocation. — Le champion de la France.

Le lendemain, au soleil levant, alors que la *Victoria* commençait sa salve de cent vingt et un coups de canon à laquelle répondaient les forts de la rade, toute la population de Melbourne, déjà sur pied, put lire, affichée aux quatre coins de la ville, une insolente provocation à la France et aux Français établis en Australie qui n'avaient même pas trouvé un champion osant se mesurer avec le champion anglais; et cela était dit dans un langage insultant et grossier qui fit bondir la fibre patriotique des premiers Français qui eurent occasion de prendre connaissance de cet impudent factum. Ces derniers, au lieu de dédaigner ces ineptes injures, excités également par les plaisanteries d'une foule stupide qui applaudissait à cette bravade, organisèrent un grand meeting pour huit heures du matin au restaurant Collet, afin de s'entendre sur ce qu'il était convenable de faire, et immédiatement ils envoyèrent des émissaires dans toutes les directions pour prévenir leurs nationaux.

Le brave Laurent, qui avait conservé ses habitudes matinales du régiment et qui, du reste, n'avait pas à se reposer d'une route longue et fatigante, flânait tranquillement par la ville, quand il eut connaissance de l'événement. N'écoutant que son indignation et son courage, son premier mouvement fut pour aller se faire inscrire comme le champion de la France contre Tom Powell; mais il réfléchit qu'il n'avait peut-être pas le droit de faire cela sans en parler au comte d'Entraygues, et il revint rapidement à l'hôtel, où il apprit qu'un messager était déjà venu inviter tous les Français logés en ce moment à Oriental-Hôtel à se rendre chez Collet à l'heure indiquée.

Il trouva donc Olivier et Dick prévenus en train de s'habiller pour se rendre au meeting. Leur indignation débordait, et tous deux étaient d'avis qu'une pareille jactance ne devait pas rester sans réponse.

En les voyant si bien disposés, Laurent crut que son projet allait être approuvé avec empressement; aussi son étonnement fut grand quand il entendit le jeune comte lui répondre immédiatement :

— Toi, lutter contre Tom Powell! Si j'ai conservé quelques droits sur toi, je m'en sers pour te le défendre absolument.

Le malheureux ayant balbutié un timide : Pourquoi?... Olivier mit le comble à sa surprise en lui répondant avec une vivacité peu ordinaire :

— Pourquoi? pourquoi? Parce qu'à la première passe il t'assommerait comme un bœuf!

— Oh! exclama l'ancien cuirassier visiblement piqué.

— Oui, comme un bœuf! reprit le jeune homme. Demande plutôt à Dick. Je sais que tu es d'une force peu commune, et je serais bien tranquille sur ton sort s'il s'agissait pour toi de donner à ce hâbleur d'Anglais une leçon méritée pour laquelle tu pourrais user de tous tes moyens; mais sache donc, malheureux, que tu ne peux le frapper nulle part ailleurs qu'à la tête et selon toutes les règles établies par la boxe; or, tu n'entends rien, absolument rien à cet art dans lequel ton adversaire est passé maître. Au premier coup que tu voudrais lui donner en dehors des principes reçus, tu te ferais écharper par la foule, doublement heureuse de venger son boxeur favori et de maltraiter un Français... Mais c'est qu'il n'a pas l'air de me croire! Voyons, Dick, dites-lui donc que c'est une folie.

— M. le comte a raison, Laurent, fit immédiatement le Canadien. Connaissez-vous l'escrime?

— J'ai été prévôt au régiment.

— Eh bien, vous allez me comprendre. Que diriez-vous d'un homme qui n'aurait jamais touché un fleuret et qui cependant accepterait un duel à mort à l'épée avec un maître d'armes?

— Je dirais, répondit Laurent décontenancé, que ce serait un homme embroché d'avance.

— Appliquez le même raisonnement à la situation présente et vous aurez la vérité. Tout homme qui ne connaîtra pas la boxe se fera, quelle que soit sa force, assommer par Tom Powell avant d'avoir pu seulement le toucher.

— Je vous comprends, acheva tristement le brave garçon. Alors, nous allons laisser sans réponse cette audacieuse bravade?

— Ce n'est pas notre intention, mon cher Laurent, et le grossier John Bull qui se permet de jeter sa bave anglaise sur la France mérite de recevoir une leçon qui fasse époque dans sa vie. Je me chargerai volontiers de la lui donner, car la boxe, bien que je n'en aie pas fait mon métier, est un art dont je possède tous les secrets. Dans tous les pays où flotte le pavillon anglais, c'est un *sport* qui se pratique comme en France l'escrime. Mais nous ne sommes pas seuls de Français à Melbourne; un meeting va avoir lieu chez Collet, et celui qui relèvera le gant jeté par cette brute de Tom Powell devra en recevoir mission de tous nos compatriotes réunis.

A l'heure dite, les trois amis faisaient leur apparition dans les salons du restaurant Collet, où quatre à cinq cents personnes étaient déjà rassemblées. Willigo n'avait pu les accompagner, il n'était pas rentré de la nuit.

La haute stature du Canadien, qui dominait de toute la tête les plus grandes tailles de l'assemblée, excita un murmure d'admiration universelle, et à l'instant même il fut facile de voir que dans la pensée des assistants le champion destiné à laver l'injure faite à la France, le véritable adversaire à opposer à Tom Powell, était trouvé.

Les formalités préliminaires furent vite accomplies; à l'unanimité des voix, le chef de la maison de banque Maurice de Gallard et Pront fut nommé président du meeting, et ce dernier, après avoir rappelé en quelques paroles émues l'indignation patriotique qui avait gonflé tous les cœurs à la lecture des ignobles injures placardées sur les murs de la ville par les partisans de Powel ou par le lutteur lui-même, invita ceux qui étaient d'avis qu'un pareil acte ne devait pas rester sans réponse, à lever la main; tous les membres présents, sans exception, répondirent à cet appel.

Après avoir constaté ce résultat avec satisfaction, M. Maurice de Gallard invita ceux qui étaient dans l'intention de s'offrir au suffrage de leurs compatriotes pour soutenir la lutte contre le champion de l'Angleterre à monter près de lui sur l'estrade. Puis il ajouta, en manière de conseil :

— Je connais votre patriotisme, mes chers amis, c'est pour cela que je prends sur moi de vous engager à ne pas céder à l'irritation bien légitime que vous ressentez en faisant un choix trop rapide, et qui pourrait tromper vos espérances. Tom Powell n'est pas un adversaire ordinaire, et vous devrez peser avec mesure les qualités physiques de celui que vous choisirez pour tenir haut et ferme en ce jour le drapeau de la France.

Des applaudissements prolongés répondirent à cette petite allocution pleine de bon sens, et qui tendait à prévenir la foule contre les candidats que l'appât seul de la somme à gagner eût pu pousser en avant, car une souscription publique ouverte chez tous les négociants, armateurs, banquiers et essayeurs d'or d'origine française, dans le but d'offrir une récompense au champion français, qu'il fût vainqueur ou vaincu, avait produit la somme ronde de vingt-cinq mille dollars, soit cent vingt-cinq mille francs.

Cependant l'adversaire à combattre était si redoutable que cinq postulants se présentèrent seuls pour courir l'aventure. On les eût comptés par centaines s'il se fût agi de lutter à l'épée, au revolver ou à la carabine; mais la boxe, comme l'avait dit excellemment Dick, était un art spécial qu'il fallait connaître, sous peine de se faire assommer sans pitié par une brute britannique, incapable de faire quartier à un adversaire et surtout à un Français.

Lorsque les premiers candidats commencèrent à se dégager de la foule, tous les yeux se tournèrent avec curiosité vers le Canadien pour voir quelle décision le colosse allait prendre.

Il y eut un véritable moment d'anxiété, car Dick à l'instant même échangeait quelques paroles avec le comte d'Entraygues; mais cela dura peu; le Canadien s'apercevant du sentiment général se dirigea vers l'estrade, lentement et sans forfanterie; un formidable hurrah retentit dans le hall, immédiatement suivi d'un tonnerre d'applaudissements qui dura plusieurs minutes malgré les efforts du président pour le calmer.

Devant cette manifestation unanime, les autres aspirants au périlleux honneur de représenter la France ce jour-là, après s'être consultés du regard, sautèrent lestement en bas de leur poste, et pour montrer qu'il n'y avait ni jalousie ni colère, ils se mirent à applaudir à leur tour... La scène prit alors les proportions d'un triomphe, et c'est avec une voix tremblante d'émotion que, quand un calme relatif se fut un peu rétabli, le président proclama Dick Lefaucheur champion de la France dans la lutte qui allait s'ouvrir.

Dick, en remerciant ses compatriotes du grand honneur qu'ils lui avaient fait par l'unanimité de leur choix si spontané, déclara que d'ores et déjà il abandonnait le montant de la souscription à l'hôpital français que la société de bienfaisance était en train de construire. Ce désintéressement porta à son comble l'enthousiasme des assistants, qui, séance tenante, souscrivirent une somme importante pour offrir à leur champion une coupe en or massif à titre de souvenir.

Le brave Canadien quitta alors la réunion pour aller se faire inscrire au comité de la fête.

CHAPITRE V

La lutte. — L'avertissement mystérieux.
M. de Funcal et Luce le policier. — Trop tard ! — Victoire du champion de la France.
La soirée au club. — Un avertissement. — Le rêve d'Olivier.

La solennité avait suivi son cours, la revue était terminée depuis longtemps, et un somptueux déjeuner avait réuni à bord de la *Victoria* toutes les autorités de Melbourne, avec le lieutenant gouverneur, l'amiral et son état-major.

On était au dessert lorsque la nouvelle fut apportée à bord qu'un Français avait relevé le défi porté par Tom Powell. Toutes les têtes étaient légèrement échauffées par les vins généreux de la Champagne, et la chose fut accueillie par une série de plaisanteries dans le goût anglo-saxon, ce qui est tout dire sans qu'il soit nécessaire d'insister.

— Une chose devra le consoler, messieurs, fit l'amiral Sydney, c'est qu'il aura l'honneur de se faire défoncer le crâne par un poing anglais.

Et tous les convives de se pâmer ; quelques-uns même qui n'avaient plus la force de tenir leurs verres, à force de rire de cette finesse britannique, roulèrent sous la table.

— Messieurs, fit alors le lieutenant gouverneur, buvons au courage malheureux !

Mais bien peu purent répondre à ce toast ; la plupart, sir Beauchamps Seymour en tête, étaient ivres comme des lords.

C'est dans ces dispositions que, le banquet fini, toutes les autorités se rendirent sur le Strand, où devait avoir lieu l'assaut. L'arène était entourée de forts piquets garnis de chaînes en fer, et sur un des côtés avaient été élevées des tribunes où prirent place aux côtés de l'amiral le gouverneur et le lord maire, toutes les notabilités de Melbourne. Une foule immense se pressait autour de l'espace réservé aux combattants. En face des tribunes se tenaient les lutteurs accompagnés de leurs parrains ; ces derniers étaient chargés de veiller à ce que les coups fussent légalement donnés, aucuns ne devaient être portés au-dessous du menton, et de régler les repos et les reprises nécessaires.

Ainsi que cela avait été annoncé, le soin de désigner le vainqueur et le vaincu n'avait pas été laissé, selon l'habitude, au juge du camp. Ce dernier devait se borner à constater le résultat, la lutte devant se continuer jusqu'à ce qu'un des deux adversaires demandât merci ou restât inanimé plus de cinq minutes sur le sol, sans manifester l'intention de reprendre le combat.

Ces sortes d'assauts sont rarement tolérés aujourd'hui en Angleterre, car il y a presque toujours mort d'homme ; mais, pouvait-on inaugurer plus dignement la nouvelle constitution australienne? et puis, quelle gloire si le malheureux qui devait payer de sa vie ces nobles distractions pouvait être un Français, un citoyen de cette nation que tout bon Anglais apprend à haïr et à mépriser dès sa naissance!

En vérité, nous ne savons où les romanciers français, qui se sont complu à choisir toujours chez ce peuple les héros de leurs ouvrages, ont rencontré ce type de fantaisie qu'ils se sont efforcés de présenter à l'admiration de la jeunesse ; courageux, désintéressés, généreux, dévoués, bien élevés les Anglais ! Grattez un Anglo-Saxon, et vous ne rencontrerez qu'un mélange d'égoïsme et de brutalité tellement bien associés que ces deux mots suffisent à eux seuls pour dépeindre le caractère national. L'homme privé se grise comme un moujik et n'a pas de plus grandes distractions que quand il peut faire lutter des coqs garnis d'éperons d'acier, de pauvres dogues qui n'en peuvent mais, ou qu'il assiste à d'ignobles scènes de pugilat, où deux grossiers personnages appartenant à la lie de la population se démontent la mâchoire, se font sauter les yeux ou se défoncent le crâne. La nation pratique la maxime du *struggle for life*, et sous prétexte de combat pour la vie, écrase les impuissants, pille les faibles et n'a atteint son insolente prospérité qu'en se faisant le pirate des mers.

Nous avons colonisé le Canada, elle nous l'a volé ; les Antilles, elle nous les a prises ; Maurice, Mahé, les Séchelles, et conquis une partie de l'Inde avec Dupleix, et elle nous a enlevé tout cela à force de ruse et de duplicité, soulevant sans cesse des coalitions européennes contre nous pour pouvoir s'emparer de nos colonies ; chaque guerre du continent, au siècle dernier, nous a coûté un fleuron de notre couronne coloniale. Et en 1870, en pleine guerre franco-allemande, dans un conseil de cabinet dont le *Times* a rendu compte, M. Gladstone a osé agiter la question de savoir si l'Angleterre ne profiterait pas de nos désastres pour nous prendre le Sénégal et nous chasser de nos établissements de l'Inde.

Toutes ces fictions romantiques, œuvres de voyageurs en chambre, ne sont pas seulement antipatriotiques, elles mentent à l'histoire et à la vérité des faits. Après cela... ils avaient peut-être des raisons sterling pour rechercher la popularité anglaise !...

Français, Américains, Irlandais, qui faisaient pour ainsi dire cause commune, s'étaient massés dans un coin du stand pour soutenir mutuellement leurs champions et se prêter assistance dans le cas où une manifestation hostile viendrait à se produire, manifestation plus que probable dans l'état des esprits, si Tom Powell venait à être vaincu par un de ses adversaires.

Les deux parrains du Canadien étaient, comme on doit s'en douter, le comte d'Entraygues et Laurent.

En sortant du meeting, Olivier, sous le coup de l'enthousiasme général, ne mettait pas en doute le triomphe de son ami; mais un grave incident était venu changer le cours de ses pensées. Au moment où il rentrait à l'hôtel, un mendiant lui avait glissé rapidement un petit billet entre les mains et s'était ensuite perdu dans la foule.

Ce billet était ainsi conçu :

« Cette nuit même, un émissaire des Invisibles a payé deux cent cinquante mille francs à Tom Powell la vie de Dick Lefaucheur. »

Olivier avait fait part immédiatement de ce message à son ami, en lui disant :

— Vous voyez, ils ont changé de batteries : pour m'atteindre plus facilement, ils veulent commencer par vous supprimer.

— Master Powell a vendu la peau de l'ours..., avait simplement répondu le Canadien; les Invisibles ont fait là un bien mauvais placement.

— L'avertissement vient de M. de Funcal, sans doute, avait continué Olivier, mais il est trop tard pour en tenir compte.

— Au contraire, je vais en faire mon profit dans quelques instants.

En prononçant ces paroles, la figure d'ordinaire si bonne et si franche du Canadien s'était illuminée d'un tel éclair de haine qu'Olivier n'avait pu s'empêcher d'en tressaillir; c'était la première fois qu'il voyait son ami rompre avec son calme habituel.

Mais ce n'avait été qu'un nuage fugitif, car Dick avait ajouté au même instant, en souriant :

— M. le marquis votre père a eu la main heureuse, car M. de Funcal me paraît avoir organisé supérieurement sa police à Melbourne.

Malgré l'assurance de son ami, c'est en proie à la plus poignante anxiété qu'Olivier s'était rendu sur le lieu de la lutte, et, au moment où la trompette sonna pour réclamer le silence de la foule et annoncer le commencement des formalités préliminaires, il sentit son cœur battre à tout rompre, le sang lui affluer aux tempes, et, pendant quelques secondes, il fut obligé de s'appuyer au bras de Laurent pour ne point défaillir.

Les quatre champions furent d'abord présentés par le juge du camp au lieutenant gouverneur et au lord maire ; lorsque Tom Powell, avec sa puissante carrure, son torse athlétique et sa tête de boule-dogue respirant la férocité et l'orgueil, s'inclina devant les tribunes, trois vigoureux hurrahs partirent du côté occupé par les Anglais, et la musique entonna le *Rule Britannia* en l'honneur du héros du jour.

Un silence de mort régnait du côté opposé.

Lorsque la dernière note de l'air célèbre eut retenti, le Canadien s'avança à son tour pour accomplir la même formalité ; jusqu'à ce moment, on n'avait pas fait attention à lui, perdu qu'il était au milieu de ses amis ; mais quand il parcourut seul l'arène jusqu'à l'estrade pour venir saluer les autorités, tout bruit, toute manifestation cessèrent à l'instant du côté des Anglais ; un visible sentiment de stupeur s'empara d'eux en voyant le colossal adversaire que les Français opposaient à leur favori. Le triomphe de ce dernier ne parut plus une simple affaire de parade, et chacun comprit qu'on allait assister à une lutte sans précédent dans les annales de ce genre de sport.

Le mutisme calculé du camp franco-américain et irlandais, en offrant un contraste frappant avec l'enthousiasme de mauvais goût du camp opposé, ajouta encore à l'effet produit ; subitement, l'assemblée tout entière devint solennelle et grave, et Tom Powell lui-même quitta ses airs de matamore ; pour la première fois de sa vie, il se sentait en face d'un adversaire digne de lui.

Tout l'intérêt s'étant concentré sur les deux premiers champions, les autres présentations passèrent inaperçues, et l'on procéda à l'opération du tirage au sort pour savoir dans quel ordre les adversaires allaient lutter avec Tom Powell.

Ce dernier suivit cette formalité avec une véritable anxiété ; si malheureusement James Tyler, qui en toute autre occasion n'eût pas été un adversaire à dédaigner, précédait le Canadien, c'en était fait de lui, pensait-il, car, quelle que fût sa force, il n'était pas de taille à supporter un assaut avec le champion français après avoir lutté avec l'Américain, qui ne se laisserait certainement pas battre sans riposter vigoureusement.

Pendant quelques secondes, il regretta amèrement sa forfanterie, qui l'avait poussé à porter un défi à toutes les nations à la fois.

Mais le sort le favorisa : le numéro 1 échut au nègre Sam, le numéro 2 à Dick Lefaucheur ; l'Américain vint seulement en troisième ligne, et l'Irlandais ferma la liste.

De toute façon cependant, il s'était laissé aller à une bravade dont il ne pouvait se tirer avec honneur, car, en admettant qu'il fût vainqueur du Français, il était évident pour tous qu'il sortirait de cette victoire dans un tel état que le triomphe de l'Américain devenait alors absolument certain.

L'Anglais se décida à attaquer. (Page 244.)

Cette réflexion, que tout le monde pouvait se faire, répandit sur les Anglais un sentiment de malaise général si évident que cela pouvait influencer leur champion. Une députation fut envoyée secrètement au lord maire, et, ce magistrat ayant fait venir le juge du camp, il fut convenu que ce dernier, après la victoire de Powell sur le Français, userait de son autorité pour remettre à un autre jour la continuation de la lutte avec les champions américains et irlandais.

Tom, prévenu de suite de cette décision par ses parrains, reprit immédiatement toute sa jactance.

Tous ces pourparlers avaient pu facilement, eu égard à la foule, avoir lieu sans qu'on s'en aperçût.

Trois coups de trompe donnèrent enfin le signal si impatiemment attendu.

Les parrains de chacun des deux lutteurs les mirent en présence l'un de l'autre et se retirèrent à quelques pas.

Tom Powell dit dédaigneusement aux siens, en montrant le nègre Sam :

— Ce n'est qu'un hors-d'œuvre pour me mettre en appétit. Comptez jusqu'à dix, et vous allez voir ce moricaud tomber comme une masse ; je vais vous montrer mon fameux coup.

Sam se posta courageusement en face de son terrible adversaire, les poings bien ramenés à la hauteur du visage, fortement campé sur la jambe droite, dans une position qui indiquait aux connaisseurs qu'il n'était pas étranger à l'exercice de la boxe. Mais il avait affaire à un maître, et sa force musculaire réellement peu commune ne devait pas lui servir à grand'chose.

Tom Powell, replié sur lui-même comme un tigre qui va s'élancer sur sa proie, les narines frémissantes, l'œil injecté de sang, les lèvres à demi ouvertes comme pour laisser voir l'armature de sa mâchoire, pendant deux secondes sembla fasciner du regard son adversaire ; puis tout à coup ses deux poings se mirent à exécuter devant son visage une sorte de moulinet vertigineux qui rendait impossible toute attaque du nègre ; enfin, après une ou deux feintes grossières faites pour endormir la vigilance de son adversaire, le poing droit de l'athlète se détendit avec la rapidité d'une flèche et s'abattit au bas du front de Sam, qui poussa un soupir étouffé et tomba comme un bœuf à l'abattoir : il avait le crâne défoncé à la racine du nez, et du même coup les yeux du malheureux étaient sortis de leur orbite. On l'emporta mourant. C'était ce que les hommes du métier appelaient entre eux le coup de Tom Powell.

Olivier était d'une pâleur extrême et se soutenait à peine.

Après un repos de cinq minutes, la trompe se fit entendre de nouveau. C'était au tour du Canadien ; la véritable lutte commençait.

Plus de cent mille personnes étaient massées sur le Stand, dans les rues, sur le toit des maisons, dans la mâture des navires. Les arbres pliaient littéralement sous les grappes humaines qui s'y étaient accrochées. Tout le monde voulait jouir du triomphe de Tom Powell, que nul ne révoquait en doute.

L'émotion d'Olivier était à son comble.

— Du courage ! monsieur le comte, lui dit le Canadien à voix basse ; tout Melbourne a les yeux sur nous !

— Si c'était ma vie qui fût en danger, Dick, répondit le jeune homme, vous ne me verriez pas trembler ; mais c'est la vôtre, mon ami, et c'est à cause de moi encore que cette brute avec laquelle vous allez vous mesurer a fait marché de vous tuer... Ah! je suis votre mauvais génie, Dick, mon cher Dick !

— Allons, voici le moment; donnez-moi la main pour me poster... Tremble-t-elle?

— Non, Dick ; vous êtes un homme extraordinaire !

— Vous allez voir ce que je vais faire de ce tueur d'hommes ; je ne veux pas l'assommer, comme ce serait mon droit, depuis surtout qu'il a reçu le prix du sang ; mais je le mettrai en état de ne plus jamais faire de mal à personne.

Le troisième coup de trompe avait retenti ; les deux adversaires s'avancèrent, suivis de leurs parrains.

— Allez ! fit simplement le juge du camp, quand ils furent en présence.

Tom Powell tomba en garde avec rapidité, comme s'il eût craint un coup de vitesse de son ennemi ; ce n'était plus, en effet, deux partenaires qui commençaient un assaut, mais bien deux ennemis qui allaient se livrer un combat à mort.

Tom Powell s'était porté de suite sur la garde, ce qui est toujours le meilleur début quand on ne connaît pas le jeu de son adversaire, car certains boxeurs sont dans l'habitude de profiter du premier moment d'indécision pour lancer leur premier coup avec une telle vitesse, que celui qui ne serait point prévenu n'aurait pas le temps d'arriver à la parade ; le Canadien l'avait imité.

Ces deux mouvements avaient été exécutés avec un ensemble et une précision telles que les *dilettantes* ne purent retenir un murmure d'admiration aussitôt réprimé.

— Mylord Seymour, dit l'amiral Sydney à l'oreille du lieutenant gouverneur, nous allons assister à la plus belle lutte peut-être que nous verrons de notre vie.

Le gouverneur s'inclina en souriant.

Une fois la position de combat prise, Tom et Dick, solidement campés sur le jarret, le cou tendu, l'œil fixe, insensibles à ce qui se passait autour d'eux, pendant quelques instants se mesurèrent du regard, comme pour deviner leurs mutuelles intentions ; il devint évident pour tous que c'était à qui des deux ne porterait pas le premier coup. L'Anglais n'osait pas essayer la manœuvre qu'il employait souvent pour dérouter son adversaire, et qui se terminait par l'attaque formidable qui venait de lui réussir si bien avec Sam, car il était obligé de se découvrir, et avec un lutteur habile et prévenu, les conséquences de la riposte pouvaient être des plus graves pour lui ; il attendait que le Canadien décelât son jeu par un mouvement quelconque qui lui permît d'établir un plan de combat ; mais il avait affaire à forte partie. Le Canadien, qui comprenait parfaitement ses intentions, était décidé à ne point se livrer, et quant à lui, il avait arrêté depuis longtemps la tactique qu'il avait l'intention de suivre.

Dans tous les assauts où il avait joué un rôle, ses adversaires avaient toujours été unanimes à lui reconnaître une qualité supérieure ; il était terrible à la riposte, et il était bien décidé à renfermer son jeu dans cette manière de procéder ; parer et riposter, et jamais attaquer. Son tempérament flegmatique, qui convenait à merveille à cette tactique, ne devait pas tarder à porter à son comble l'irritation de Tom Powell, bilieux et sanguin à l'excès.

Après une minute environ d'observation mutuelle, qui parut une heure aux assistants, l'Anglais se décida à attaquer, mais sans cependant s'engager à fond ; il ébaucha deux ou trois feintes dans lesquelles il rencontra toujours les poings de Dick à la hauteur de son visage ; puis il détacha à ce dernier un rapide coup droit qui, s'il eût atteint son but, fût arrivé à la mâchoire inférieure ; mais il rencontra le bras du géant qui, d'un mouvement sec et rapide, lui fit dévier le poignet, sans accompagner toutefois cette parade d'une riposte. Tout cela avait été exécuté des deux parts avec la précision et l'élégance de deux amateurs dans une salle d'armes.

Une série de bravos éclata de tous côtés comme un roulement de tonnerre à cette première passe si magistralement exécutée.

Deux ou trois tentatives semblables eurent le même sort ; mais, résultat facile à prévoir, elles exaltèrent outre mesure Powell, qui, rouge de colère, ne put s'empêcher de murmurer entre ses dents, bien qu'il fût interdit de parler pendant le combat :

— Mais frappez donc, monsieur !

— Je ne tiens pas à vous faire gagner vos cinquante mille dollars, répondit le Canadien sur le même ton.

A cette allusion à son marché avec l'homme masqué, le visage de l'Anglais s'injecta de sang. Il vit trouble et fut sur le point de tomber ; mais cette brute avait toutes les impudeurs, et ce moment de surprise dura peu. Si fugitif cependant qu'il eût été, Dick eût pu en profiter pour terminer d'un seul coup la lutte ; mais c'était un caractère loyal dans toute l'acception du mot, et il se refusa à faire une chose que sa conscience lui eût reproché plus tard.

Revenu de sa stupeur, l'Anglais ne respirait que la vengeance ; il lui fallait du sang pour le calmer ; aussi attaqua-t-il avec rage, mais avec une habileté que sa colère ne faisait pas dévier. Enfin il devint évident qu'il préparait un grand coup ; ses poings tournoyaient avec une rapidité vertigineuse autour du visage de son adversaire, déroutant son attention par les feintes les plus audacieuses et les plus subtiles, menaçant tous les côtés à la fois ; cela dura près de trois minutes. Toutes les poitrines étaient haletantes,

tous les souffles étaient suspendus. Il était évident que cela allait se terminer par un de ces coups décisifs qui, la plupart du temps, décident du sort
d'un assaut. Le corps de l'Anglais était ramassé sur lui-même comme s'il
allait bondir. Tout à coup on vit son bras d'hercule se détendre comme un
ressort d'acier ; — les femmes poussèrent un cri en se voilant les yeux avec
les mains... — mais il n'arriva pas à destination. D'une rapide parade du
bras gauche, le géant canadien avait détourné le coup, tandis qu'avec la
rapidité de l'éclair, son poing droit arrivait comme une massue sur la partie
inférieure du visage de l'Anglais ; les parrains purent entendre un bruit d'os
brisés ; un flot de sang jaillit sur le sable de l'arène, et Tom Powell l'invincible, Tom Powell le champion de la vieille Angleterre, tomba tout de son
long en arrière sur le sol.

Une immense clameur, partie du camp anglais, accueillit ce résultat ;
tandis que des applaudissements enthousiastes le saluaient de l'autre côté,
aux cris mille fois répétés de : « Vive la France ! Vive Dick Lefaucheur ! »

Mais Powell ne s'avouait pas encore vaincu. A peine avait-il touché terre
qu'il eut l'énergie de se relever. Ses parrains étaient accourus autour de lui
pour le soutenir ; il les repoussa et se remit en posture pour continuer la
lutte. Mais ceux-ci, dont la mission était de le protéger, s'y opposèrent, et
demandèrent une suspension de cinq minutes pour pouvoir opérer un pansement provisoire.

Ce délai était de droit ; pour le dépasser, il eût fallu l'autorisation du Canadien, qui eût accordé tout ce qu'on lui eût demandé. Le médecin de service
constata que Powell avait les deux mâchoires supérieure et inférieure broyées.
Aussi était-il impossible à Tom d'articuler un mot.

Ses parrains le pressaient de s'avouer vaincu ; mais la foule murmurait.
On sentait qu'elle n'accepterait pas cette défaite, dont la honte était augmentée par les actes de forfanterie commis par elle depuis plusieurs jours ;
et, du reste, Tom protestait énergiquement par gestes. Les minutes s'écoulaient, les vociférations devenaient plus ardentes, et le médecin dut, à l'aide
d'un foulard attaché au sommet de la tête, bander l'atroce blessure reçue
par le boxeur.

Ce pansement était à peine opéré que Tom Powell se remettait en posture, plus ardent, plus acharné et, par conséquent, plus dangereux que
jamais, car il n'avait rien perdu de sa force physique et de son énergie. S'il
eût renoncé à la lutte après ce premier choc, qui lui laissait l'usage de ses
quatre membres, il eût été bafoué, conspué, par tout ce qui portait un nom
anglais, et il n'eût pas osé rentrer à Londres, où il est de tradition qu'un
boxeur doit rester sur la brèche tant qu'il lui reste un œil pour y voir et un
bras pour frapper, eût-il perdu toute face humaine sous les coups. On en a
vu qui, la figure entière tuméfiée, se faisaient ouvrir les chairs à coups de
bistouri pour donner passage au sang accumulé, et recommencer le combat.

Quel nom donner à une pareille sauvagerie, qui est la monnaie courante des mœurs anglaises?

Dick eut besoin de se souvenir du honteux marché dont sa vie avait été l'objet, et surtout du pauvre nègre assommé sans pitié par son adversaire, uniquement dans le but de se faire la main, pour se décider à se mesurer de nouveau avec Powell dans des conditions que sa loyauté trouvait par trop inférieures.

Mais il ne tarda pas à être détrompé et à comprendre que sa générosité pourrait fort bien tourner contre lui, s'il s'avisait de ménager son ennemi. Tom Powell, exalté jusqu'à la sauvagerie, ne visait plus qu'à assommer d'un seul coup son adversaire, et son atroce blessure semblait avoir eu pour résultat d'augmenter encore son habileté. A un moment donné, le brave Canadien, qui ne se défendait qu'avec une certaine pitié, ayant négligé plusieurs fois l'occasion d'en finir réellement avec l'Anglais, glissa légèrement en faisant une parade; mais Tom n'imitant pas la délicatesse dont il lui avait donné l'exemple, en profita pour riposter par un coup double à la tempe, qui eût défoncé le crâne du brave Dick, si le coup n'eût été une riposte sur coup paré, ce qui lui avait fait perdre les trois quarts de sa force.

Le Canadien fut touché, mais si légèrement, que le public ne s'en aperçut même pas; mais Dik comprit que pour l'honneur du drapeau qu'il représentait, pour ses amis, pour lui-même, il fallait en finir, sous peine de voir la pitié qui, malgré lui, énervait ses parades et adoucissait ses coups, lui jouer un mauvais tour. Appelant à lui la mémoire des victimes du boxeur et la parole donnée à Olivier de mettre cette bête fauve hors d'état de nuire à qui que ce fût pour l'avenir, il se prépara lui aussi à lui administrer un coup qu'on eût pu appeler le coup du Canadien; il prit bien son temps, et après une énergique parade faite à poings fermés, assez fortement, pour faire dévier les poignets de son adversaire, ses deux poings partirent à la fois, droits comme une flèche, et Tom Powell tomba en hurlant une seconde fois sur le sol, la tête inondée de sang; on s'empressa de le relever... il avait les deux yeux broyés dans la cavité orbitaire.

Tom Powell était aveugle pour le restant de ses jours.

Ses parrains s'avouèrent vaincus pour lui, et le juge du camp fut obligé de proclamer Dick Lefaucheur, champion de France, vainqueur de Tom Powell, champion d'Angleterre et d'Australie.

Un long cri de rage accueillit cette déclaration du côté des Anglais

Rien ne pourrait dépeindre l'enthousiasme qui régnait au camp français, et Dick, bien qu'il s'en défendît, fut porté en triomphe jusqu'au restaurant Collet, où un banquet fut organisé séance tenante pour le soir.

Malgré les criailleries du Mob, la plupart des Anglais eurent le bon goût de se taire, le feu d'artifice fut réservé pour une autre occasion, et le dîner qui devait avoir lieu chez le lord maire dut être renvoyé aux calendes; la plupart des invités, l'amiral Sydney et le gouverneur Seymour en tête s'étant fait excuser, et le soir, dans les rues mornes et tristes de Melbourne, les lampions de l'illumination préparée attendirent jusqu'au jour l'ordre de les allumer.

Seul le restaurant Collet, éclairé *a giorno*, égaya l'obscurité de la nuit, et ce soir-là, ce furent des Français, des Américains et des Irlandais, car on avait invité les plus marquants de ces deux nations, qui fêtèrent, en même temps que la victoire de Dick, le premier jour de l'indépendance australienne.

Les consuls des différentes puissances, qui avait été priés au banquet, y assistèrent, et l'on remarqua beaucoup l'empressement tout particulier avec lequel le consul général de Russie complimenta le champion français sur sa victoire signalée.

Bien que ses fonctions officielles dussent l'obliger à une certaine réserve, à la fin du banquet, alors que toutes les têtes échauffées ne rêvaient que fraternité universelle, abolition de toutes les barrières politiques et économiques, extinction de toutes les rivalités et établissement de la république des États-Unis d'Europe, ce diplomate se leva, une coupe de champagne à la main, et porta le toast suivant :

— Je bois, dit-il, à cette grande et généreuse nation française qui n'a jamais cessé de marcher à l'avant-garde de la civilisation dans le monde. Je bois au brave Dick Lefaucheur qui a lavé dans le sang de l'insulteur l'injure faite au drapeau de son pays.

Tous les verres et toutes les mains se tendirent vers le Canadien qui, au comble de l'émotion, n'abondait pas à rendre raison à tout le monde. A un moment donné, comme la plupart des convives avaient quitté leurs places et se pressaient autour du vainqueur et de ses deux amis, Olivier entendit distinctement une voix qui murmurait à ses oreilles : « Le consul de Russie est affilié à la société des Invisibles. »

Le jeune homme ne put s'empêcher de tressaillir ; il se retourna vivement, mais ne vit autour de lui que des gens qui, la coupe de champagne à la main, criaient : « Vive la France! vive Dick Lefaucheur! »

Comme il songeait à M. de Funcal, il aperçut le policier diplomate qui, à l'autre extrémité de la salle, causait tranquillement avec le consul général d'Amérique; ce n'était donc pas de lui qu'émanait la singulière confidence qu'il venait de recevoir.

Dick était à ce moment tellement entouré, qu'Olivier ne put lui faire part de suite de cet incident. Il y avait cependant intérêt qu'il fût averti le plus tôt possible. Instinctivement le jeune comte sentait que ses ennemis devaient tramer quelque chose, et le moment était propice, car ces derniers pouvaient naturellement penser qu'au milieu de l'enivrement de la victoire et du banquet qui avait suivi, le comte d'Entraygues et ses amis allaient, pendant quelques heures au moins, se relâcher de leur vigilance.

Il s'en ouvrit immédiatement à Laurent, qui fut d'avis que la situation était grave. La présence de M. de Funcal le rassurait cependant un peu, car les renseignements constants qu'il faisait parvenir aux trois amis prouvaient qu'il n'avait pas perdu son temps depuis son arrivée à Melbourne. Mais Olivier lui fit observer avec raison, que quelque grande que fût sa perspicacité, ce n'était pas en huit jours, et dans un pays si nouveau pour lui, qu'il pouvait être au courant de toutes les machinations des Invisibles.

— Au surplus, ajouta le jeune homme, il faut absolument que je lui parle; qu'il me dise ce qu'il sait déjà des secrets de la ténébreuse association qui me poursuit; ce qu'il a appris également pendant son séjour en Russie. Et cette commission dont il s'est chargé pour moi, comment n'a-t-il pas encore trouvé l'occasion de me faire tenir ce qu'on lui a confié? Puisqu'il est ici, Laurent, tu vas aller le trouver et lui communiquer mes désirs, il faut qu'il trouve le moyen de nous donner un rendez-vous, sans exciter les soupçons... Sois prudent et reviens me faire part de sa réponse.

Pendant qu'Olivier se rapprochait de Dick, afin de profiter du premier moment favorable pour lui communiquer la grave nouvelle qu'il venait de recevoir, Laurent, de son côté, se dirigeait vers la partie de la salle où se trouvait M. de Funcal. Le policier, qui, sans en avoir l'air, ne perdait rien de tout ce qui se passait, comprit immédiatement le but de cette manœuvre; pour la rendre plus naturelle, il s'écria, comme s'il venait seulement de s'apercevoir de la présence de Laurent :

— Tiens! mon compagnon de l'*Evening Star !* c'était le nom du steamer qui les avait amenés à Melbourne. — M. Laurent, propriétaire de mines en Australie, M. Forbes, consul général des États-Unis, fit-il, en présentant les deux hommes l'un à l'autre.

Tous deux échangèrent un salut et une poignée de main à l'américaine.

Après quelques paroles banales sur les événements du jour, le consul américain, pensant que les deux personnages pouvaient avoir à causer ensemble, s'éloigna discrètement, et M. de Funcal dit rapidement à Laurent :

— Pas une parole, pas un geste! Les Invisibles sont en nombre ici; je suis sur une piste... ils doivent tramer quelque chose de grave... je le saurai avant demain... surtout, soyez prudents; ils ne se doutent pas de ma véritable qualité... mais ils surveillent toutes vos connaissances... il ne faut donc pas *éventer la mèche*... car, une fois *brûlés*, nous ne pourrions plus vous aider... Je devine le motif de votre démarche... et vais tâcher de satisfaire le comte d'Entraygues.

En finissant ces derniers mots, M. de Funcal, qui n'avait, au grand étonnement de Laurent, cessé en parlant de sourire et de faire mille gestes qui ne cadraient nullement avec ses paroles, fit avec ses bras le geste d'un homme qui tire un coup de fusil; puis, éclatant de rire, il s'écria comme s'il terminait un récit de chasse :

— Tu sais ce que nous exigeons de toi. (Page 252.)

— Et voilà, mon cher, comment, croyant tuer un kangourou, c'est mon chien que j'ai abattu. Avouez que j'ai joué de malheur pour ma première chasse en Australie.

Ceci était évidemment à l'adresse de deux ou trois individus qui, en voyant Laurent se rapprocher de M. de Funcal, avaient immédiatement manœuvré de façon à venir surprendre quelques lambeaux de la conversation.

Le policier continua sur le même ton :

— Savez-vous, mon compagnon, que vous êtes impardonnable; comment, nous avons passé ensemble soixante-seize jours dans les meilleurs termes à bord de l'*Evening-Star*, et vous n'êtes pas venu me voir depuis votre arrivée! Moi, je suis excusable; l'installation de mon consulat, le désir de faire quelques excursions dans ce magnifique pays que je ne connaissais pas, tout cela m'a pris la majeure partie de mon temps... Mais vous?

Laurent balbutia quelques excuses.

Au fond, il était absolument interloqué... Quel homme fort! pensait-il.

— Allons, allons, pas de mauvaises raisons, reprit M. de Funcal, je vous attends demain matin à midi, au consulat, pour vous contraindre à accepter un mauvais déjeuner et causer un peu... A propos, on m'a dit que vous étiez très lié avec notre vainqueur d'aujourd'hui. Quel homme! quel sang-froid et surtout quelle poigne! Voulez-vous me présenter à lui? Je serais enchanté de l'avoir avec vous demain.

— Avec plaisir, répondit Laurent, de plus en plus étonné de la mobilité d'esprit de cet homme et de la facilité avec laquelle il préparait les événements dont il avait besoin.

Et tous deux se dirigèrent vers Dick qui causait en ce moment avec Olivier.

Les échanges ordinaires de politesse faits entre les deux hommes, Laurent présenta le comte de Lauraguais d'Entraygues également.

Le faux baron de Funcal s'inclina, et avec une aisance tout aristocratique :

— J'ai eu, comme collègue au Jockey-Club de Paris, un des hommes les plus distingués que j'aie connus qui portait ce nom-là.

— C'était mon père, monsieur, dit Olivier.

— Ah! monsieur le comte, laissez-moi vous témoigner du plaisir que j'ai à vous rencontrer, et si vous daigniez accepter pour demain l'invitation que j'ai déjà faite à vos amis, je m'estimerais le plus heureux des hommes.

— Vous me comblez, monsieur, répondit celui-ci avec une pointe de hauteur, destinée à faire comprendre au policier qu'il consentait à jouer son rôle, sans aller jusqu'à la familiarité.

— Puis-je compter sur vous? insista M. de Funcal.

— J'accompagnerai mes amis, monsieur, intima le jeune homme.

— Permettez-moi maintenant de prendre congé de vous, acheva le policier; le paquebot part demain, et une dépêche à adresser à mon gouvernement, d'autant plus importante qu'elle est la première, me prive du plaisir de rester plus longtemps ici.

En se retirant, M. de Funcal frôla légèrement Olivier, et le jeune homme sentit que l'ancien chef de la sûreté lui avait habilement glissé un petit paquet dans la poche. Devinant ce que ce devait être, il manifesta également l'intention de se retirer, et, malgré les efforts faits par les assistants pour les retenir pendant quelques instants encore, les trois amis reprirent le chemin d'Oriental-Hotel.

A la porte du restaurant Collet, ils trouvèrent Black qui, bien que son maître l'eût enfermé dans sa chambre, avait profité sans doute de l'entrée d'un des garçons de service pour suivre la piste d'Olivier et venir le rejoindre à l'autre bout de la ville; depuis des heures, l'intelligent animal l'attendait à la sortie.

— Quel dommage qu'il ne parle pas! fit le jeune homme en souriant; il rendrait des points, pour la finesse et le flair, à notre baron de Funcal lui-même.

En arrivant à l'hôtel, ils se rendirent auprès de leurs charmants petits mustangs, qu'on avait mis dans un box séparé des écuries communes, afin de s'assurer par eux-mêmes des soins qu'on leur avait donnés; Black, qui avait coutume de coucher avec eux, s'allongea paresseusement dans la litière, et nos amis, après avoir constaté que leurs ordres avaient été de tout point exécutés, se retirèrent dans leur appartement.

Willigo n'était pas encore rentré.

— Soyez certain, dit le Canadien à Olivier qui lui en marquait son étonnement, que le chef doit être sur quelque piste spéciale; l'Aigle-Noir, comme tous ceux de sa race, du reste, est incapable d'errer à l'aventure et sans but; cette absence cache, n'en doutez pas, quelques mystères que lui-même nous fera connaître à son retour.

Malgré l'heure avancée, les trois personnages, heureux de se retrouver seuls, s'étaient réunis dans la chambre du comte pour s'entretenir des événements du jour; mais tous trois, depuis leur départ du banquet, luttaient en vain contre une somnolence qu'ils mirent sur le compte de la fatigue et des vins généreux qu'on leur avait servis; et après avoir constaté l'impossibilité où ils se trouvaient de vaincre le sommeil qui les gagnait avec plus de force encore depuis qu'ils s'étaient installés dans de moelleux fauteuils, ils remirent au lendemain tout entretien sérieux et passèrent dans leurs chambres qui, du reste, communiquaient entre elles par des portes communes.

Dès qu'Olivier fut seul, il se hâta d'ouvrir le paquet que M. de Funcal lui avait remis; c'était un charmant petit écrin dans lequel se trouvait un ravissant portrait, celui de la jeune princesse Marie Feodorowna, et au-dessus ce mot italien gravé en lettres d'or, *Speranza!* (espoir!) Tout en le regardant, les yeux humides de larmes attendries, le jeune homme, cédant peu à peu au besoin de repos qui paralysait toutes ses pensées, ne se sentit même pas la force de quitter le fauteuil où il se trouvait; peu à peu tout s'obscurcit devant ses yeux et, sa tête s'inclinant sur ses épaules, il s'endormit.

Il eut alors un rêve singulier. Il lui sembla que sa porte s'ouvrait sans bruit et que quatre hommes masqués s'avançaient lentement vers lui; il voulut crier, impossible; sa langue paralysée lui refusait tout service. Les quatre hommes masqués l'enlevèrent alors dans leurs bras et, le faisant passer par une série de corridors qu'il ne connaissait pas, se trouvèrent bientôt dans un jardin qu'ils traversèrent avec leur fardeau ; ils ouvrirent alors une petite porte qui donnait sur la campagne et montèrent dans une voiture tout attelée qui semblait les attendre.

Les chevaux partirent au galop et, après deux heures d'une course insensée, arrivèrent devant une grille de fer qui s'ouvrit devant eux et se referma après leur passage. Au bout de quelques pas, ils s'arrêtèrent ; les quatre hommes masqués le reprirent alors dans leurs bras et pénétrèrent sous une voûte sombre au bout de laquelle ils commencèrent à descendre un escalier taillé dans le roc vif qui s'enfonçait dans les entrailles de la terre.

Le jeune homme compta quatre-vingt-seize marches. Alors les hommes masqués s'arrêtèrent pour reprendre haleine ; devant eux s'ouvrait un long conduit souterrain dans lequel ils s'engagèrent, et bientôt ils arrivèrent dans une sorte de caveau étroit, éclairé faiblement par une lampe fumeuse. Dans ce caveau se trouvait un banc sur lequel un cinquième homme masqué était assis, et à quelques pas de lui s'ouvrait une fosse béante... Horreur ! ce que le comte d'Entraygues avait pris pour un banc était un cercueil.

L'homme masqué qui avait l'air de commander aux autres se leva et dit :

— Comte d'Entraygues, pour la troisième fois nous te tenons en notre pouvoir, et aucune puissance humaine ne pourrait te sauver aujourd'hui. Tu as ici des vivres pour quinze jours, de la lumière pour quinze jours et l'on va murer derrière toi la porte par laquelle tu viens d'entrer. C'est le dernier acte de générosité que les Invisibles veulent bien encore commettre à ton égard. Tu sais ce que nous exigeons de toi. Je vais te laisser de quoi écrire ta renonciation à la main de la princesse, que tu signeras avec une formule qui engagera ton honneur, si tu as le bon sens de te soumettre aussi à notre décision. Quels que soient l'heure et le jour où tu auras enfin pris ce sage parti, tu n'auras qu'à presser sur ce bouton de cuivre que tu vois ici, dans l'angle de ce caveau, et tu recevras à l'instant ta liberté contre la remise de ce papier rempli par toi selon nos désirs. Si tu refuses, voici le cercueil et la fosse où tu dormiras ton éternel sommeil.

Puis l'homme masqué se tut.

Et muet d'horreur, Olivier regardait ce sombre lieu qui ressemblait à une crypte funéraire.

Sur l'ordre de l'homme masqué, tout le monde sortit, des ouvriers s'approchèrent avec des matériaux tout préparés, et ils fermèrent l'ouverture du caveau avec de la pierre et du ciment.

Et le mur montait... montait avec une telle rapidité qu'en moins d'un quart d'heure il fut achevé.

Et Olivier n'entendit plus rien ; en se retournant tout à coup, un obstacle le fit trébucher et il tomba lourdement dans le cercueil béant... le sien, qui se trouvait près de lui... Il poussa un cri de terreur et s'éveilla.

Il venait de glisser en bas du fauteuil sur lequel il s'était endormi, et une froide sueur perlait sur ses tempes.

— Quel terrible cauchemar! se dit-il; cela me rappelle celui de la rue Perowskaïa à Saint-Pétersbourg, mais c'était une réalité, tandis que celui-ci heureusement n'est qu'un rêve.

Alors, pour changer le cours de ses idées, le jeune comte se leva avec effort, car un engourdissement général paralysait tous ses membres, et il ouvrit sa fenêtre pour respirer la fraîcheur de la nuit; mais il ne put retenir un cri d'épouvante; cette croisée donnait sur un jardin, et ce jardin était l'image exact de celui dans lequel il avait été transporté pendant son rêve, rien n'y manquait, pas même la petite porte du fond qui était ouverte en ce moment, car la longue traînée d'ombre que formait le mur était interrompue par une ouverture que la lumière de la lune estompait de sa clarté argentine... et cette porte donnait bien sur la campagne. Cela lui parut étrange et lui donna le frisson. Et la somnolence qui l'avait envahi, loin de cesser, semblait l'étreindre avec plus de force encore; ses yeux qu'il s'efforçait de tenir ouverts lui renvoyaient des images fantastiques, les arbres du jardin revêtaient des apparences de fantômes gigantesques qui étendaient les bras comme pour le saisir... Sa poitrine était oppressée et ses oreilles bourdonnaient; il lui semblait entendre des voix inconnues qui murmuraient autour de lui d'étranges paroles, sa lutte contre un invisible sommeil avait fini par lui donner une véritable hallucination.

On eût dit qu'il était sous le coup d'un narcotique puissant, qui devenait d'autant plus violent qu'il se roidissait avec plus d'énergie contre ses effets. A présent qu'il avait conscience de son état, il ne voulait pas dormir; car, si une main criminelle lui avait versé le soir au banquet quelque stupéfiante liqueur, ce ne pouvait être que pour annihiler ses forces, sa volonté, et s'emparer plus sûrement de sa personne.

Et en réfléchissant vaguement à tout cela, il se rappela que ses compagnons avaient éprouvé les mêmes symptômes que lui... qu'ils faisaient d'inutiles efforts pour ne point céder au sommeil, et alors il eut peur; par une sorte de lucidité somnambulique, il se demanda si son esprit traversant l'espace sur l'aile du rêve n'avait pas eu comme une notion préventive des sinistres événements qui allaient s'accomplir; et il voulut aller frapper à la porte du Canadien pour le réveiller, lui conter ses terreurs, mais il n'en eut pas la force, à la somnolence succédait peu à peu une torpeur qui paralysait et son énergie physique et sa volonté. C'est à peine s'il put faire quelques pas pour gagner le fauteuil qui se trouvait près de lui... il s'y laissa tomber, et cessant de lutter, il s'endormit en murmurant : je suis perdu !...

Le lendemain, quand le Canadien s'éveilla d'un sommeil de plomb qui lui avait rompu les os, il se leva en chancelant et s'en fut, comme un homme encore sous le coup de l'ivresse, ouvrir la porte de communication, pour demander au jeune comte d'Entraygues comment il avait passé la nuit. A peine eut-il jeté un coup d'œil dans la chambre, qu'il poussa un cri terrible; et lui, le batteur de Buisson, l'aventurier qui avait vu cent fois la mort face à face, lui qui avait combattu sans que son pouls n'en battît plus vite Tom Powell, le premier lutteur d'Angleterre qui avait juré de le tuer... il s'évanouit. Le lit du jeune comte d'Entraygues n'était pas défait, et la chambre était vide !

DEUXIÈME PARTIE

L'AIGLE-NOIR

CHAPITRE PREMIER

Devil's Tavern. — Maître Bob. — La piste. — Le plan de Willigo.

Comme toutes les villes modernes, édifiées aux quatre coins du monde par le génie commercial des Anglo-Saxons, Melbourne s'était d'abord développée dans le sens *utilitaire*. Quais le long du port sur la Yarra, *piers* d'embarquement avec leurs puissants automoteurs pour charger et décharger les navires, dépôts de charbon, docks, entrepôts, magasins de toute espèce entremêlés d'offices de courtiers, d'armateurs, d'essayeurs d'or, de commissionnaires en laines et pelleteries, de bars, de public-houses, de cabarets borgnes à l'usage des matelots en disponibilité, des convicts libérés ou en rupture de ban, des rôdeurs appartenant à toutes les nationalités, des Chinois attirés par les mines d'or et des indigènes séduits par les vices des grandes cités, composaient l'ancienne Melbourne, devenue un simple quartier de la nouvelle ville, le quartier du port. Tout le grand commerce d'importation et d'exportation s'y était concentré; la nouvelle Melbourne, ou haute ville, au lieu de suivre le mouvement et de continuer à envahir le rivage en se développant de chaque côté de la baie de Saint-Philippe, s'était portée au contraire vers l'intérieur des terres en suivant le cours de la Yarra et avait peu à peu envahi une belle et spacieuse vallée, qui se prêtait merveilleusement à l'extension nécessaire d'une grande et belle cité.

Là s'étaient bâtis successivement : l'hôtel du gouverneur, le palais de l'évêque anglican, la bourse, de somptueux édifices destinés au Parlement, aux musées, à l'université, des collèges, divers établissements publics, de riches maisons de commerçants millionnaires, anciens convicts pour la plupart, où régnaient à profusion le marbre, l'onyx et le granit rose de la Murray, trois théâtres et de splendides hôtels pouvant rivaliser avec les plus confortables d'Europe et d'Amérique; et comme rien ne pouvait gêner le développement de la nouvelle ville, tout cela avait été édifié sur de larges et belles rues se coupant à angles droits, et de nombreux squares distribués symétriquement avec une telle régularité que, malgré la beauté des constructions, on recevait de l'ensemble comme une impression de tristesse et de monotonie qu'entraîne toujours avec elle l'uniformité.

C'était une ville sans passé, sans ancêtres, sans souvenirs historiques, toute vêtue de neuf comme une parvenue, mais qui donnait l'idée d'une richesse et d'une prospérité sans exemple.

Entre les deux quartiers, nous ferions mieux de dire entre les deux villes, régnait un contraste frappant : dès l'aube, le quartier du port ressemblait à une véritable ruche; on n'y rencontrait que gens affairés qui prenaient à peine le temps de répondre à votre salut; une armée de travailleurs déchargeaient des navires à quai et empilaient dans les docks les marchandises des cinq mondes; d'autres, au contraire, complétaient la charge des navires en partance pour toutes les destinations. Les offices des négociants, qui tous avaient une sorte de bureau *pied-à-terre* sur le port pour traiter les affaires urgentes, surveiller les départs et les arrivages, regorgeaient d'acheteurs, de courtiers, de mineurs et de gens à l'affût des nouvelles; la bourse des marchandises ne désemplissait pas, les sifflets des steamers qui sillonnaient la rade se confondaient avec ceux des locomobiles qui travaillaient sur les quais et des remorqueurs qui chauffaient pour prendre la haute mer; une population bigarrée, dans laquelle tous les types connus avaient leurs représentants, se coudoyait sur les jetées et sur les quais, parlant les idiomes les plus divers; de longs convois de pelleteries, de bois précieux, de laines, de bestiaux, de minerai d'or, arrivant de l'intérieur, se rendaient chez leurs consignataires; d'autres, au contraire, escortés par des indigènes, des bush-rangers à la solde des *farmers* et des *squatters*, partaient pour les runs les plus éloignés; les bars et les public-houses retentissaient des chants et des cris des marins, descendus en permission ou en quête d'un embarquement, tandis que, dans des établissements plus infimes encore, les rôdeurs, écumeurs de Buisson, ouvriers du port et indigènes abrutis par la boisson se gorgeaient de gin et vidaient, le couteau à la main, leurs sanglantes querelles...; jusqu'à quatre heures du soir enfin, toute la vie de Melbourne se concentrait dans le bas quartier, tandis que la haute ville, avec ses palais, ses monuments et ses rues désertes, ressemblait à une nécropole.

Mais l'heure des affaires passée, les steamers se rangeaient à leurs *piers*, les locomobiles éteignaient leurs feux, les magasins se fermaient, les docks tendaient les triples chaînes de leurs portes de fer, toutes les transactions s'arrêtaient, les négociants rentraient chez eux et la ville élégante s'animait; le Stand se couvrait de brillants équipages, les femmes faisaient assaut de toilette; le cigare aux lèvres, le stick à la main, gantés de frais et un camélia à la boutonnière, les élégants se promenaient dans Victoria ou Prince-Albert-street, ou manœuvraient un pur sang en attendant le dîner. Peu à peu, avec la nuit, les rues, les squares, les magasins, les clubs, les théâtres, s'illuminaient; palais et hôtels particuliers resplendissaient de lumières, les femmes se paraient pour le concert, le bal ou l'opéra; Melbourne, la reine du pays de l'or, se livrait au plaisir.

Mais au milieu de ce mouvement, de cette richesse, de ce luxe qui n'eus-

Les deux inconnus causaient à voix basse. (Page 262.)

sent pas déparé les plus-élégantes capitales de l'Europe, l'étranger ne pouvait songer, sans un sentiment indéfinissable, qu'à quelques lieues de cette ville si policée en apparence commençaient les immenses solitudes du Buisson australien, où l'homme ne connaît plus d'autre loi que la force, d'autre protecteur que son revolver.

Le contraste que nous venons de signaler entre le quartier du port et la haute ville s'accentuait encore davantage avec la nuit, mais en sens contraire. Alors que cette dernière étincelait de mille clartés, le bas quartier était plongé dans une sinistre obscurité, à peine troublée çà et là par de pâles lueurs échappées des bouges et des public-houses où se réunissaient toute la bande des rôdeurs nocturnes, voleurs, convicts, batteurs d'estrade et leurs associés indigènes qui n'avaient pris de la civilisation que les vices nouveaux apportés par elle. Jusqu'au lever du soleil, ces lieux, cent fois plus dangereux que les solitudes du Buisson, leur appartiennent; le constable n'oserait jamais s'y hasarder, et malheur à l'étranger que la curiosité ou l'ignorance y attirent. A peine a-t-il fait quelques pas dans le dédale de ces ruelles sombres et infectes, qu'il est attaqué, assommé et dépouillé. Le lendemain, son cadavre est trouvé flottant sur les eaux du port, et le *coroner* termine son rapport par ces mots consacrés : *mort par accident.*

On ne tente même pas une instruction, dont les résultats sont tenus d'avance pour infructueux; chacun sait à Melbourne qu'il ne fait pas bon, une fois le soleil couché, de s'égarer dans les bas quartiers de Yarra, et on se le tient pour dit. Les négociants ne laissent jamais de fonds dans leurs bureaux du port ; ils ont tous, du reste, cette habitude essentiellement américaine d'avoir toutes leurs valeurs en banque et de ne faire de payements qu'à l'aide de chèques. Quant aux marchandises des docks, celles qui sont assez précieuses pour tenter les voleurs, sont placées dans de solides constructions en fer et gardées par des veilleurs de nuit armés jusqu'aux dents, qui couchent dans l'intérieur, assistés d'une douzaine de molosses de forte taille, et qui ne se dérangent jamais, quels que soient les cris qu'ils entendent pousser au dehors.

De tous les bouges immondes qui encombraient le bas de Yarra, il n'en était pas de plus connu des rôdeurs et de plus redouté des honnêtes gens qu'un sombre tripot tenu par un Yankee, ancien pirate échoué en Australie, que la voix publique désignait sous le nom de Devil's Tavern ou taverne du Diable. L'aspect du maître de ce bouge suffisait à lui seul à légitimer cette appellation : grand, sec, osseux, les bras et les mains largement développés comme chez le singe, master Bob, tel était le nom que lui donnaient les familiers de l'établissement, possédait la tête la plus repoussante qui se pût voir; des cheveux rouges, couleur sang de bœuf, descendaient drus et rebelles sur un front bas et déprimé et se confondaient presque avec d'épais sourcils en broussailles, voilant des yeux à reflets de fauve, profondément enfoncées dans l'orbite. Une horrible blessure reçue dans quelque ténébreuse expédition, qui lui avait, de gauche à droite, partagé le nez et la bouche, en se cicatrisant avait, par le retrait des chairs, imprimé un horrible rictus à tout un côté de la face, qui semblait éternellement animée d'un rire sinistre, tandis que l'autre était seul à réfléter les différentes impressions qui constituent le jeu habituel de la physionomie humaine.

L'ancien écumeur de mer était d'un tempérament grossier et brutal jusqu'à la cruauté, aussi peut-on comprendre quelle étrange impression devait produire à première vue cette double expression de gaieté féroce et de mobile férocité. Il avait beau se laisser aller aux accès de fureur les plus exagérés, le côté gauche de son visage riait avec une obstination sans égale, tandis que le côté droit passait par tous les degrés d'une colère qui dégénérait parfois en folie furieuse.

Cet homme était redouté de tout ce que Melbourne renfermait de rôdeurs, de convicts et de bandits de toute espèce, et cependant sa taverne était la plus fréquentée de toute la plage; pendant le jour, sa clientèle ordinaire se réfugiait dans un vaste *bâtiment*, sorte de profond sous-sol réservé aux seuls habitués, et le rez-de-chaussée recevait les consommateurs de passage, marins et ouvriers du port, ainsi que cette catégorie spéciale d'émigrants, qui n'ayant aucune profession, aucun métier spécial, n'étaient venus en Australie que dans le but de s'engager pour travailler aux mines. A chaque instant on trouvait de nouveaux gisements aurifères, de puissantes compagnies se formaient à la Bourse pour les exploiter, et chaque jour partaient de nombreuses corvées d'ouvriers que l'on venait engager sur le port. Devil's Tavern était le lieu de réunion favori de ces aventuriers, appartenant aux nationalités les plus diverses; c'est là également qu'ils venaient dépenser en orgies de toutes espèces l'or qu'ils jetaient à pleines mains quand ils avaient fait une bonne saison. On ne les eût point supportés dans la haute ville, mais dans le bas quartier ils n'avaient à craindre ni les patrouilles de la garde civique, ni la présence des constables. A la chute du jour, tout ce qu'il y avait d'honnête quittait ces lieux mal famés, et alors les loups, comme on dit vulgairement, pouvaient se manger entre eux. Par une sorte de convention tacite, du soleil couchant au soleil levant, aucune autorité n'intervenait dans les débats nocturnes de messieurs les bush-rangers (coureurs de Buisson) et assassins, qui peuplaient tous les bouges voisins du port.

Un seul homme était craint et respecté, c'était Bob; pendant la nuit, maître Bob était roi.

Il courait sur son compte de sombres histoires de voyageurs égorgés, de mineurs enrichis par la découverte d'un filon étranglés et jetés dans le port; pas un crime ne se commettait à Melbourne ou dans les environs sans que la légende populaire ne se plût à le lui attribuer, ou tout au moins à la bande de bush-rangers dont il était le chef secret. A chaque instant il arrivait que d'importants convois de marchandises expédiés pour l'intérieur étaient audacieusement pillés à quelques mètres de la ville et leurs conducteurs assassinés, sans que les auteurs de ces attentats aient jamais pu être découverts. Il était si bien à la connaissance de tous que Bob entretenait d'étroites intelligences avec certaines tribus indigènes qui ne vivaient que de pillage et la plupart des batteurs de Buisson, qu'il arrivait souvent que des négociants ayant à expédier des convois considérables sur des *runs* éloignés venaient s'entendre avec lui pour qu'il s'employât à les faire arriver à bon port moyennant une somme plus ou moins importante qui lui était comptée. Et il était sans exemple que ces convois eussent jamais été attaqués. Dès lors il se murmurait sous le manteau que l'audacieux Yankee tenait ainsi boutique d'assurance contre ces propres méfaits et ceux de ses affidés.

Un violent antagonisme, il est inutile de le dire, existait entre ce bandit dont le bagne eût dès longtemps fait justice en tout autre pays, et l'honnête Dick Lefaucheur qui, on s'en souvient, avant d'avoir découvert le placer du plateau des Cygnes, et fait la connaissance du comte d'Entraygues, employait le temps qu'il ne consacrait pas à la chasse à escorter les marchandises et approvisionnements expédiés aux *farmers*, *squatters* et éleveurs de l'intérieur.

Ces deux hommes ne s'étaient jamais rencontrés, mais cela ne faisait doute pour personne qu'un terrible conflit ne dût tôt ou tard éclater entre eux, car de même que Bob était le chef plus ou moins avoué de tous les rôdeurs et flibustiers de cette partie de l'Australie, Dick était considéré, de son côté, comme exerçant une légitime influence sur tous les honnêtes batteurs d'estrade, irlandais et canadiens d'origine, qui se mettaient au service des négociants et des éleveurs de l'intérieur, pour conduire et protéger loyalement leurs mutuelles expéditions.

A l'occasion des fêtes de l'*indépendant act*, la plupart des bush-rangers qui exploitaient le Buisson et les environs des mines étaient revenus prendre l'air de Melbourne, pour s'entendre avec le chef et se concerter avec les camarades sur les nouvelles expéditions à entreprendre : aussi la clientèle de Devil's Tavern avait-elle augmenté dans des proportions considérables ; cependant les seuls initiés, c'est-à-dire ceux qui faisaient partie de la bande organisée pour piller les runs et les mines, étaient admis dans la cave de la taverne.

On donne en Australie le nom de *runs* à d'immenses concessions de terrains obtenues par des Européens, dont quelques-unes dépassent la grandeur d'un de nos départements; elles sont mises en valeur par la culture en grand, l'élevage des bestiaux, moutons, yaks, tabus, bœufs et chevaux, la coupe des bois précieux d'ébénisterie ou de teinture et la récolte des plantes oléagineuses et pharmaceutiques. Au centre se trouve ordinairement le run ou chef-lieu d'exploitation, comprenant la maison principale, les magasins, les logements des employés, les étables, écuries, remises, etc., le tout réuni par de véritables fortifications, permettant de s'y défendre, et au besoin d'y soutenir un siège assez long pour permettre aux secours d'arriver.

Ces secours ne pouvant venir des grandes villes Sydney et Melbourne, qui ont assez à faire de se garder elles-mêmes, les propriétaires des différents runs, outre qu'ils entretiennent un nombre d'hommes suffisant pour parer aux premiers événements, ont fait entre eux un pacte de défense qui les oblige à se prêter mutuellement main-forte en cas de besoin, plusieurs même, ainsi que nous avons déjà eu l'occasion de le dire, se sont alliés à différentes tribus indigènes, qui, moyennant une redevance annuelle, en rhum, grains, étoffes, munitions et approvisionnements, se sont engagés à les défendre contre toute agression.

A l'époque où se passent les aventures *absolument véridiques* que nous racontons et dans lesquelles nous n'avons fait que changer les personnages, l'Australie tout entière était la proie de flibustiers parfaitement organisés, ayant leur siège social, si nous pouvons nous exprimer ainsi, à Sydney et à Melbourne, et exerçant le pillage régulièrement comme d'autres font le négoce. Tout ce qui était volé, maraudé dans les runs et les mines, et prélevé ainsi sur le travail des honnêtes gens par les chevaliers du Buisson, laines, pelleteries, suifs, coton, corne, chevaux et bestiaux même, était expédié dans un des deux grands ports commerciaux, au nom de commissionnaires et de courtiers affiliés de la bande, qui les vendaient au mieux des intérêts de tous, et c'est dans le sous-sol de Devil's Tavern que s'effectuait la répartition des bénéfices.

Et cela se pratiquait au su et au vu de tous; mais qui donc aurait eu le pouvoir d'empêcher semblables choses, dans un pays où l'aristocratie se composait de convicts libérés, c'est-à-dire de forçats ayant accompli leur temps sans avoir encouru de nouvelles condamnations? On réfléchira du reste que toute surveillance était matériellement impossible dans un pays représentant en étendue les cinq sixièmes de l'Europe, pour une population de trois ou quatre cent mille âmes seulement, dont les plus honnêtes, les émigrants, n'étaient, au demeurant, que la lie des habitants de l'Europe et de l'Amérique.

Il semble du reste fatal et inhérent au tempérament même de l'homme, que partout où se trouve le travailleur honnête qui fait jaillir les richesses du sol à la sueur de son front, se lève immédiatement l'aventurier qui exploite le travail des autres. Les hobereaux du moyen âge qui, à l'époque où aucune autorité centrale n'était assez forte pour se faire respecter, levaient sous le nom d'hommes d'armes des gens de sac et de corde, pour piller les colporteurs juifs et imposer une dîme aux communes, n'étaient pas fort différents, au point de vue de la justice et du droit, des aventuriers australiens qui s'appelaient eux-mêmes les chevaliers du Buisson.

Au lieu de changer cet état de choses, la découverte de l'or, en attirant un plus grand nombre d'aventuriers sur le sol australien, n'avait fait qu'augmenter le nombre et la puissance de ces associations de malfaiteurs, les choses même en vinrent à un point, sous l'administration de lord Auckland, que les honnêtes gens furent obligés de constituer, en dehors de la police officielle, impuissante ou vendue, un comité de vigilance permanent chargé de les défendre.

Un des premiers actes de ce comité fut de pendre, sans autre forme de procès, le propriétaire de Devil's tavern, master Bob, le même qui se trouve mêlé à notre récit, et dont les exploits sont encore légendaires en Australie ; il était en effet l'âme de toutes ces criminelles associations, qui n'ont entièrement disparues de ce pays que depuis peu d'années.

On se souvient que le soir même de son arrivée à Melbourne, Willigo, au lieu d'aller, ainsi que ses amis, goûter les douceurs d'un repos bien gagné, après s'être armé comme pour une expédition, s'était glissé silencieusement hors de l'hôtel et n'avait plus reparu. Nous allons bientôt connaître les motifs qui avaient poussé le vaillant chef nagarnook à agir ainsi. Le soir même de la fête, il revint à Oriental Hotel pour voir ses amis; mais, ne les ayant pas trouvés, il ressortit presque aussitôt. Au lieu de se diriger vers le Strand, tout éblouissant de lumières et garni d'élégants promeneurs, l'Aigle-Noir, avec une connaissance parfaite des lieux, longea les écuries de l'hôtel, pénétra dans un grand jardin qui descendait en pente douce vers la Yarra, et, arrivé près de la rivière, la suivit lentement dans la direction du port, en observant les environs avec la plus grande attention, comme s'il eût attendu quelqu'un, ou redouté une embuscade.

En quittant l'hôtel, il s'était couvert la tête d'un de ces immenses sombreros de feutre mou dont les Américains avaient apporté la mode en Australie, pour dissimuler sa touffe de cheveux garnie de plumes, ornement national que les indigènes à demi ralliés à la civilisation ne portaient plus.

La rivière était bordée par une étroite jetée un peu en contre-bas de la chaussée qui servait de chemin de halage, et sur laquelle deux hommes auraient eu quelque peine à passer de front. Il faisait une de ces nuits sombres, si propices aux maraudeurs, qui ne permettent pas de voir distinctement devant soi. Au bout d'un instant, un bruit de pas se fit entendre dans le lointain, et l'œil de lynx du sauvage, habitué aux obscurités du Buisson, distingua deux ombres qui s'avançaient par le même chemin à sa rencontre.

Les deux inconnus causaient à voix basse.

Bientôt ils se trouvèrent nez à nez avec l'indigène.

— Qui es-tu? demanda l'un d'eux à Willigo.

Ce dernier n'eut pas l'air d'avoir entendu, et continua d'avancer.

— Cède-nous le pas ou il va y avoir du sang! exclama le compagnon de celui qui venait de parler.

Pour toute réponse l'Aigle-Noir étendit les bras, saisit les deux hommes par leur vêtement, et, leur imprimant une secousse énergique, les envoya rouler sur la chaussée; le même mouvement en sens inverse les eût précipités dans la rivière.

Les deux inconnus le comprirent, aussi ne demandèrent-ils pas leur reste.

— Malpeste! fit l'un d'eux, voilà un particulier qui a la poigne solide.

— Ce doit être un des nôtres, répondit le second qui se relevait moulu, laissons-le passer.

— Voilà une belle hâblerie, reprit le premier, qui ne manque pas d'audace..... le laisser passer! mais il me semble qu'il ne s'est guère inquiété de notre permission, et qu'au pas dont il s'éloigne, il n'a pas l'air de redouter beaucoup un retour offensif de notre part.

Willigo, en effet, continuait à descendre vers le port, comme si rien n'était venu le troubler dans sa marche.

— Il faut que j'en aie le cœur net, continua le second interlocuteur; je veux savoir à qui nous avons affaire.

Et il fit quelques pas en avant, dans la direction de leur adversaire.

— A ton aise! répondit l'autre; mais tu oublies que Bob nous a dit que la commission dont il nous chargeait ne souffrait aucun retard.

— C'est vrai!... mais je le retrouverai.

Les deux inconnus continuèrent leur chemin.

Un peu avant d'atteindre le quai, l'Aigle-Noir s'arrêta et poussa par trois fois, sur trois modulations différentes, le cri de l'opossum des nuits, puis il écouta.

La rivière coulait à quelques pas de lui, avec ce bruit uniforme de l'eau qui clapote sur les rives. Au loin, l'Océan apaisé faisait entendre sa grande voix, si imposante dans le silence du soir; de temps à autre, les cris et les chants avinés des bush-rangers se livrant à leurs ébats dans les bouges du port montaient jusqu'à lui, mais l'appel qu'il avait lancé n'avait provoqué aucune réponse.

Après l'avoir renouvelé sans plus de succès, il se décida à se rapprocher du centre des quais.

Cette fois il n'attendit pas longtemps. A peine le chant monotone du petit rongeur des solitudes australiennes se fut-il fait entendre, qu'il fut répété à quelque distance avec la fidélité d'un écho, et peu après Willigo aperçut une ombre dont la silhouette se détachait sur les vitraux mal éclairés des public-houses et des bars.

— Est-ce toi, Koanook? demanda l'Aigle-Noir.

— Oui, Willigo, répondit le jeune guerrier, qui d'un bond fut auprès de lui.

— Et Nirrooba?

— Il est dans le sous-sol de Devil's Tavern avec Wiwaga et Waïa-Nandi, en train de surveiller l'assemblée des bush-rangers, car de graves décisions doivent être prises cette nuit.

— On ne se doute de rien?

— Depuis cinq mois que nous fréquentons assidûment la taverne, nous avons complètement gagné la confiance de master Bob et des habitués, et plusieurs fois déjà ils ont voulu nous mêler à des expéditions importantes que nous avons toujours trouvé le moyen d'esquiver.

— Bien, le jeune menouah a montré toute la sagesse d'un guerrier à barbe grise.

— Si l'Aigle-Noir veut entrer, il en apprendra plus long en quelques heures que je ne pourrais lui en dire en dix heures.

— As-tu préparé mon arrivée?

— J'ai dit que nous attendions notre père des grands villages de notre tribu.

— Le jeune guerrier peut prendre place au feu du conseil. A-t-on parlé du placer de mon frère Tidana?

— Beaucoup; car on sait que vous avez échangé des blocs d'or pur à Sydney; mais personne ne connaît le lieu où il est situé.... Mon père veut-il me permettre d'ouvrir mon cœur pour en laisser sortir toute ma pensée?

— Parle sans crainte, Koanook.

— Que mon père me suive et nous allons entrer dans la taverne; je crains que mon absence ne soit remarquée.

— Je te suis... Un mot encore : est-ce que Bob ne vient pas d'envoyer deux bush-rangers dans la ville neuve pour quelque affaire importante?

— Oui, ils sont partis un peu avant ton arrivée.

— J'aurais peut-être dû les assommer avec mon boomerang, car je les ai rencontrés, et m'emparer du message qu'ils portaient; mon frère Tidana, qui sait déchiffrer les signes que les blancs mettent sur le papier, aurait su ce que c'était.

— C'eût été inutile, nous allons savoir ce dont il s'agit; Bob nous a dit qu'il comptait sur vous pour cette affaire, car il ne voulait en confier l'exécution qu'à des indigènes.

Les deux hommes étaient arrivés près de Devil's Tavern; Koanook guida l'Aigle-Noir par un sombre corridor qui conduisait à l'escalier du sous-sol; il donna le mot de passe à l'individu qui gardait l'entrée, et tous deux pénétrèrent dans le sombre bouge où une centaine d'aventuriers de toutes les nationalités se trouvaient réunis sous la présidence de master Bob.

Un immense hurrah accueillit l'entrée de Willigo, car Koanook, pour le bien faire venir des chevaliers du Buisson, avait habilement répandu le bruit que l'Aigle-Noir avait juré une haine à mort au Canadien, à la suite de démêlés personnels, et qu'il ne demanderait sans doute pas mieux que de trahir le secret du placer, s'il lui avait été confié.

Nul, parmi les bush-rangers, ne connaissait les liens intimes qui unissaient Willigo et le Canadien, et on ne s'étonna pas de voir l'indigène abandonner ce dernier pour passer au camp des maraudeurs, tellement ces sortes de brouilles étaient fréquentes entre Européens et sauvages; si, d'un côté, les blancs étaient toujours disposés à ne pas tenir tous leurs engagements avec les indigènes, ceux-ci, par contre, étaient également prêts à abandonner leur service pour les motifs les plus légers. Et puis, les Nagarnooks, qui se considéraient comme une tribu noble, n'avaient jamais envoyé leurs

Il glissa comme une ombre le long de la muraille. (Page 270.)

fils marauder dans le Buisson; les bush-rangers qui, dès lors, ne les connaissaient guère que de nom, ne pouvaient pas leur prêter des qualités de
loyauté et de grandeur d'âme qu'ils n'avaient jamais rencontrées chez les Australiens abrutis de la côte avec lesquels ils avaient eu affaire jusqu'à ce jour.
L'accession de Willigo à la bande fut donc salué avec enthousiasme, car on
ne doutait pas qu'ayant vécu pendant plusieurs mois dans l'intimité de Dick,
il ne dût connaître la situation du placer découvert par ce dernier.

Quant à l'Aigle-Noir, c'était un coup de maître et une partie suprême qu'il venait jouer dans l'antre même des bandits qui faisaient trembler Melbourne et régnaient à peu près sans conteste sur tout le Buisson.

Après le combat avec les Dundarups et le guet-apens auquel il n'avait échappé, avec le Canadien et le jeune comte d'Entraygues, que grâce au sang-froid et au courage de Gilping, Willigo, qui ne comprenait rien à toutes les questions qui avaient motivé le départ de Laurent pour l'Europe et au plan élaboré par Dick et Olivier pour s'assurer la propriété du placer et garantir en même temps leur sûreté, était allé, en véritable sauvage, droit au but dans sa pensée. Il s'était dit que, pour posséder le placer, il fallait d'abord l'occuper avec une force suffisante pour le défendre ; puis, que pour déjouer les projets des bush-rangers contre la vie de son frère Tidana il était nécessaire, avant tout, de connaître ces projets, et qu'ensuite il n'y avait pas de meilleur moyen de les faire échouer que d'attirer tous les bush-rangers, en masse, dans quelque embuscade indigène dont pas un ne sortirait vivant. De cette façon, non seulement il assurait la paisible possession du placer au Canadien et à ses amis, mais encore, en purgeant d'un seul coup le Buisson de tous les convicts, maraudeurs et batteurs d'estrade qui l'exploitaient, il rendait le plus signalé de tous les services aux fermiers, squatters et propriétaires de runs, dont tous ces malandrins étaient la terreur.

La première partie de son plan, il la réaliserait en faisant occuper les contrées qui environnaient le placer par sa tribu tout entière ; la seconde, il en avait préparé la réussite par l'envoi de quatre jeunes guerriers à Melbourne qui s'étaient fait affilier à la bande des bush-rangers, et il venait dresser ses dernières batteries en se jetant lui-même dans la gueule du loup.

Au moindre soupçon, l'Aigle-Noir était perdu ; mais on pouvait se fier à l'astuce et au flair naturel du sauvage pour compter qu'il mènerait à bien ce projet qu'il n'avait confié à personne autre qu'à Koanook et aux autres guerriers qu'il avait lancés en avant, munis de ses instructions. De ce côté, il était assuré d'un dévouement aveugle, d'une fidélité à toute épreuve.

— Gentlemen ! fit Bob à l'estimable assemblée, lorsque le brouhaha se fut un peu calmé, je vous présente le grand chef des Mangeurs de feu, l'illustre Willigo, ce qui veut dire, je crois, dans sa langue, le *dindon noir*.

Un éclat de rire unanime accueillit cette traduction fantaisiste du tavernier.

Willigo fronça le sourcil.

Bob s'en aperçut ; sa figure, qui grimaçait un affreux sourire, changea immédiatement d'expression, et frappant du poing avec colère sur une table, il s'écria :

— Holà ! gibiers de potence, le premier d'entre vous qui se permettra un seul geste, une seule parole qui puisse blesser cet honnête gentleman du Buisson, aura affaire à moi.

Le calme se rétablit comme par enchantement et le terrible bar-keeper continua :

— Vous savez tous que l'année dernière, à un meeting tenu à Oriental-Hotel pour les mines, le bruit se répandit que Dick Lefaucheur, plus connu sous le nom du Canadien, avait découvert un placer d'une incomparable richesse. Eh bien, la nouvelle était vraie; car, quelques jours après, le Canadien se rendait au placer avec deux de ses compatriotes, accompagné de l'illustre Willigo, qui s'était chargé de protéger les pionniers avec un certain nombre de guerriers de sa tribu. Les deux ou trois d'entre vous qui sont seuls revenus d'une expédition faite en dehors de notre association savent si Willigo a bien défendu ses protégés; il ne pouvait pas en être autrement; ce n'est pas avec une poignée de farceurs de votre trempe qu'on peut suivre la piste d'un homme de la force et de l'audace du Canadien, assisté de l'invincible Willigo. La paix à ceux qui ont succombé, et que ce soit une leçon pour les autres... Eh bien, gentlemen, comment ces gens-là ont-ils payé l'assistance du grand chef des Mangeurs de feu? Par la plus noire ingratitude. Aussi a-t-il résolu de se venger; en sauvage qu'il est, il a su habilement dissimuler ses sentiments pour que ses anciens amis ne se doutassent de rien, mais en sous main il m'a envoyé quatre de ses guerriers de confiance pour me proposer une association que je me suis hâté d'accepter.

Les Européens qui ont obtenu la concession du placer des autorités de la métropole vont bientôt repartir avec quelques hommes de choix, et toujours sous la conduite de Willigo, pour en prendre possession, et le grand chef des Mangeurs de feu se fait fort de les attirer dans un piège et de nous les livrer; une fois en notre possession, nous les obligeons, pour sauver leur vie, à nous faire la cession régulière du placer, et notre association devient propriétaire incontestée du plus riche gisement aurifère que l'on ait encore vu. Au rapport de cet estimable chef, il suffirait à nous rendre tous deux ou trois fois millionnaires... Alors, honorables gentlemen, nous rentrons dans le sentier de la vertu; plus de cette vie de maraudeurs et d'écumeurs de route; nous devenons les gens les plus recommandables de Melbourne. Et pour nous aider, Willigo ne demande qu'une seule chose : c'est qu'après nous être fait rétrocéder la concession en bonne et due forme, — il doit y avoir des anciens huissiers parmi nous, des notaires qui ont mangé la grenouille...

— Moi! moi! répondirent vingt voix.

— Bien, mes amis, bien, continua le tavernier; on vous chargera de veiller à la régularité de la cession... Donc, l'illustre chef ne demande qu'une chose : c'est, une fois nos petits papiers bien en règle, que nous lui livrions ses ennemis pour qu'il se venge d'eux à sa manière, en les attachant au poteau du supplice. Voilà le coup de fortune que je vous ménageais depuis plusieurs mois, et je pense qu'une fois de plus votre chef n'aura pas démérité de votre confiance.

De frénétiques applaudissements ébranlèrent la voûte du caveau; d'un geste le tavernier y mit fin.

— Ce n'est pas tout, gentlemen; il s'agit de nous entendre, car Willigo, qui n'est venu ici que pour sceller le pacte préparé par ses guerriers, ne peut rester longtemps parmi nous, pour ne pas exciter les soupçons de ses ennemis.

Malgré l'aide du grand chef, nous aurons affaire à forte partie. Vous savez quel homme est le Canadien; ses compagnons ne sont pas à dédaigner non plus; en outre, il doit engager une cinquantaine de ses compatriotes pour exploiter la concession, et Willigo estime qu'il nous faudra une troupe de deux cent cinquante à trois cents hommes pour être prêts à tout hasard à enlever la situation de haute lutte. Êtes-vous disposés à vous engager d'une façon active dans l'affaire?

Un oui unanime répondit à cette question.

— C'est bien, reprit Bob; nous avons encore un certain nombre d'amis qui ne sont pas ici, mais je réponds d'eux. Vous n'avez donc plus qu'à faire vos préparatifs, car l'expédition devra être prête à partir dans une huitaine de jours au plus tard. Vous élirez vous-mêmes vos chefs, selon votre habitude; quant à moi, quelque désir que j'en aie, je ne vous accompagnerai pas. Vous savez tous si Bob est un lâche; mais les intérêts de notre association sont trop considérables à Melbourne pour que je puisse en abandonner la gestion.

— Vous avez raison, répondirent quelques voix; qui donc traiterait avec les courtiers et recevrait nos retours d'Europe? Vous ne pouvez pas quitter la taverne.

Il fut convenu que la troupe se mettrait en marche au premier signal que ferait parvenir Willigo; les quatre guerriers nagarnooks devaient rester avec les bush-rangers pour les guider, et pendant la route pour leur servir d'intermédiaire avec le grand chef, afin d'être avertis du moment où ils devraient agir.

Sans sourciller, Willigo scella d'une poignée de main avec Bob le marché que ce dernier venait de conclure au nom de tous les bush-rangers.

— Maintenant, gentlemen, fit le tavernier, vous pouvez vous retirer; l'heure est avancée, et des honnêtes gens comme vous doivent avoir encore quelques petites affaires à régler avant de se coucher. A ceux qui ne comprendraient pas, je dirai simplement que je désire être seul, car j'ai à causer d'une affaire particulière avec les Nagarnooks.

Les bush-rangers étaient habitués aux manières de leur chef; aussi ce dernier n'eut-il pas à leur répéter l'invitation de déguerpir qu'il venait de leur adresser; cinq minutes après, la taverne était vide, et Bob se trouvait en tête à tête avec Willigo et ses jeunes guerriers.

— L'affaire pour laquelle je vous ai retenus est fort simple, leur dit-il, et je vais aller droit au but. C'est toujours à moi qu'on s'adresse à Melbourne quand on a besoin, pour un coup de main, de quelques hommes de bonne volonté. Or, le consul général de Russie, que j'ai l'honneur de connaître, m'a fait demander, pour un enlèvement, quatre Australiens décidés, car, paraît-il, en cas que la chose viendrait à s'ébruiter, il faut qu'on puisse en accuser les indigènes; j'ai promis en songeant à vous pour cette bagatelle; il m'a fait remettre deux mille dollars, c'est toujours cela. D'après les règles de l'association, il y en a mille pour vous, que voici; les autres sont pour la caisse générale de la société. J'ai envoyé un message ce soir même au consul, et j'attends la voiture qui doit venir vous prendre.

Les jeunes guerriers interrogeaient du regard Willigo, qui leur fit signe d'accepter. A ces mots de consul général de Russie, un vague soupçon avait traversé le cerveau de l'Aigle-Noir, et ce soupçon n'avait pas tardé, après quelques instants de réflexion, à prendre une consistance singulière. Se rappelant les aventures du jeune comte d'Entraygues et les efforts faits dans le Buisson pour s'emparer de sa personne, il en était arrivé rapidement à la presque certitude que cette nouvelle aventure devait concerner encore l'ami de son frère Tidana, et à l'instant même il avait formé le projet de s'en assurer.

Les quatre guerriers, sur l'invitation du chef, venaient à peine de se partager la somme offerte par Bob qu'un roulement de voiture se fit entendre audehors. Le tavernier se précipita rapidement à sa rencontre, et Willigo dit rapidement à ces jeunes hommes :

— Avez-vous vos couteaux et vos boomerangs?

Pour toute réponse, les guerriers relevèrent un coin de leur pagne; ils étaient armés.

— Bien! fit le chef; je vais suivre la voiture sans être vu; on ne vous laissera certainement pas le soin d'opérer vous-mêmes l'enlèvement; au moment où je ferai entendre le cri du pagou, précipitez-vous sur ceux qui vous accompagneront, quel qu'en soit le nombre, et assommez-les avec votre boomerang; je serai là, du reste, pour vous prêter main-forte.

Il n'eut pas le temps d'en dire plus long, Bob rentrait.

— On vous attend, dit-il simplement aux jeunes guerriers. On ne vous demande que d'accompagner les gens qui se trouvent dans la voiture; la besogne faite, vous serez ramenés à Melbourne par le même véhicule.

— Bonsoir, ajouta l'Aigle-Noir en se dirigeant vers la porte.

— Le grand chef ne veut pas accepter un verre de wisky?

— Je n'ai jamais bu de la liqueur des blancs.

— Attends au moins que tes jeunes hommes soient partis, les gens du consul croiraient que nous les épions.

— Ils ne me verront pas, répondit Willigo, qui avait ses motifs pour insister.

— Un mot encore... Si tu as quelque chose à me communiquer?...

— Je te le ferai savoir par Koanook.

— Bonsoir donc, chef; je vais retenir tes guerriers jusqu'à ce que tu sois parti.

CHAPITRE II

L'Aigle-Noir. — L'opossum des nuits.
Waïa Nandi et Wiwaga. — Guet-apens et délivrance. — La baie des Écorchés.

L'Aigle-Noir se hâta de quitter la taverne; il glissa comme une ombre le long de la muraille, sans même éveiller l'attention des conducteurs de la voiture qui stationnait à quelques pas sur la chaussée. A dix ou quinze mètres de là environ, il se tapit dans l'embrasure d'une porte et attendit, retenant son souffle.

Au même instant, les quatre guerriers nagarnooks parurent, précédés de Bob, qui, après avoir échangé quelques mots avec le conducteur, les fit monter dans l'intérieur du véhicule. C'était une de ces anciennes berlines de voyage, large et commode, pouvant contenir à l'aise une dizaine de personnes. Elle était attelée de deux magnifiques demi-sang de haute allure qui piaffaient d'impatience, faisant voler du pied la terre autour d'eux.

Willigo comprit qu'il allait être obligé de soutenir une lutte de vitesse; il regarda rapidement au toucher si ses armes étaient bien assujetties à sa ceinture.

Les jeunes gens étaient à peine placés dans la voiture qu'elle partit comme un trait, suivie par l'Aigle-Noir dont les pieds nus couraient sur le sol sans faire le moindre bruit.

Arrivé à l'extrémité du port, le conducteur, au lieu de prendre par Yarra-street, qui conduisait directement à la *haute ville*, mit ses chevaux au pas et prit le chemin de la rivière que Willigo venait de parcourir.

Le chef eut comme la vague intuition de ce qui allait se passer. Profitant de la raideur de la rampe qui forçait les chevaux à modérer leur allure, il se glissa sous la berline et s'accrocha aux ressorts pour ne pas être vu des gens de l'intérieur.

Au bout d'un quart d'heure, l'attelage s'arrêtait en face de la petite porte du jardin de l'hôtel, par où, quelques heures auparavant, Willigo avait gagné les rives de la Yarra, et quatre hommes masqués, conduits par un serviteur nègre d'Oriental-Hotel, sortirent de la berline et se dirigèrent du côté des dépendances qui donnaient accès au bâtiment principal.

Il n'y avait plus à en douter; c'était bien au jeune comte d'Entraygues, à l'ami de Tidana, qu'on en voulait.

Un moment, l'Aigle-Noir voulut appeler à lui ses guerriers et se précipiter à leur tête à la suite des ravisseurs; mais il réfléchit que le conducteur était resté sur son siège et pouvait donner l'alarme. Avec cette prudence instinctive du sauvage qui ne livre rien au hasard, il se dit qu'on avait parlé d'un enlèvement et non d'un assassinat, et que la vie du jeune comte ne risquait rien pour le moment ; car si les hommes masqués eussent eu la mission de poignarder Olivier d'Entraygues dans son lit; la présence des Nagarnooks dans la berline eût été parfaitement inutile. Il était clair qu'on voulait éviter le scandale et que rien de grave ne se passerait à l'hôtel. Les prairies australiennes sont littéralement garnies de solanées et de papavéracées dont les vertus narcotiques sont si bien connues des indigènes qu'ils les emploient, pour ainsi dire, journellement contre leurs ennemis. L'Aigle-Noir conclut immédiatement de la façon prudente avec laquelle les ravisseurs se conduisaient, qu'ils s'attendaient à ne rencontrer aucune résistance, et qu'un soporifique violent avait dû être administré à leur victime dans la soirée... Il attendit donc, prêt à tout événement.

Cependant, pour avertir ses jeunes gens de se tenir sur leurs gardes, il imita le gazouillement lointain du boulboul avec une telle perfection, que le conducteur, se parlant à lui-même, ne put s'empêcher de murmurer :

— Tiens! en voilà un qui a dû joliment s'égarer; c'est la première fois que j'entends le *squatter's friend* si près d'un centre habité.

Le boulboul, en effet, appelé aussi l'ami du squatter par les Australiens, ne se rencontre guère que dans les lieux les plus solitaires, au milieu des épaisses forêts que la main de l'homme n'a pas encore dévastées.

Au bout d'une demi-heure d'attente, les quatre hommes masqués reparurent, portant avec précaution dans leurs bras un jeune homme profondément endormi. La difficulté qu'ils éprouvèrent à traverser avec leur fardeau l'étroite ouverture qu'offrait la petite porte du jardin permit à l'Aigle-Noir de jeter un rapide coup d'œil sur le groupe et de constater qu'il ne s'était pas trompé; c'était bien le jeune comte d'Entraygues que les inconnus venaient, avec une rare audace, d'enlever d'un des hôtels les plus fréquentés de Melbourne.

Willigo était désormais fixé sur ce qui restait à faire.

Le serviteur noir de l'hôtel, gagné sans doute à prix d'or pour indiquer le moment précis où le narcotique aurait produit son plein effet, n'accompagnait pas les ravisseurs au retour. Il devait aussi, en cas de besoin, déclarer le lendemain, pour expliquer l'enlèvement, qu'il avait vu quatre indigènes rôder la nuit dans le jardin de l'hôtel.

Olivier fut placé délicatement sur une des banquettes de la berline, et l'attelage, s'ébranlant de nouveau, se dirigea au pas vers le pont de Saint-Stephen, qui donnait sur la campagne. Le pont une fois franchi, le cocher rendit les mains et la voiture partit à fond de train dans la direction de la grève des Écorchés, nom sinistre qui lui venait d'une sanglante aventure dont elle avait été le théâtre. Dans les premiers temps de l'occupation, trois marins anglais surpris par les indigènes y avaient été écorchés vifs et abandonnés sur le sable, où ils n'avaient pas tardé à succomber dans les plus atroces souffrances.

Ce lieu était désert, entouré de hautes falaises granitiques, et parfaitement bien disposé pour un coup de main. Willigo résolut d'attendre pour agir que la voiture y fût arrivée. Peut-être était-ce là aussi que les ravisseurs du comte d'Entraygues devaient le mettre à mort.

Il faisait une de ces nuits favorables aux guet-apens ; une chaleur accablante alourdissait l'atmosphère. La lune ne devait se lever qu'au matin, et d'épais nuages qui roulaient dans un ciel bas interceptaient complètement la clarté des étoiles. De temps à autre, quelques fugitifs éclairs sillonnaient la nue et illuminaient rapidement d'une teinte jaunâtre un paysage morne et désolé. L'Océan grondait sourdement à une faible distance de la route que l'on parcourait, et son murmure uniforme et plaintif achevait de donner à la situation une note mystérieuse et lugubre, en harmonie avec l'étrange scène dont le dénouement se préparait.

La voiture roulait toujours... et les quatre guerriers nagarnooks, qui n'avaient pas échangé un mot avec leurs singuliers compagnons, la main sur leurs boomerangs, attendaient le signal de leur chef.

Bientôt le véhicule diminua d'allure ; il venait d'atteindre la plaine de sable qui précédait la grève, et les roues, retenues dans le sol mouvant, ne continuaient à se mouvoir qu'au prix des plus énergiques efforts.

L'Aigle-Noir jugea l'instant favorable ; il se laissa glisser sur le sable, et, poussant vigoureusement le cri du pagou, s'élança en tête de la voiture où, d'un seul coup de son boomerang lancé d'une main sûre, il brisa le crâne du cocher ; puis, sans s'inquiéter de ce qui se passait dans l'intérieur, il sauta à la bride des chevaux et les arrêta net. Au même moment, les quatre guerriers nagarnooks, d'un bond, quittaient la berline et se trouvaient près de leur chef.

Leur sinistre besogne était accomplie... Chacun avait d'avance choisi son adversaire, et le terrible casse-tête avait si bien fait son office qu'aucune des quatre victimes n'avait eu seulement le temps de pousser un cri.

Le jeune comte d'Entraygues n'avait pas fait un mouvement ; il dormait toujours, comme plongé dans une profonde léthargie.

Sur l'ordre du chef, les cadavres furent jetés sur la plage, les jeunes guerriers reprirent leurs places, et l'Aigle-Noir, montant sur le siège de la berline, reprit avec la même vitesse le chemin de Melbourne. Arrivé au pont de Saint-Stephen, Willigo s'arrêta, et ses Nagarnooks ayant pris Olivier sur leurs bras, ils abandonnèrent la voiture, et ayant traversé le pont

— C'est toi qui l'a sauvé, lui dit-il. (Page 274.)

à pied, se dirigèrent, par le chemin de la rivière, vers le jardin de l'hôtel, qu'ils traversèrent sans encombre. Le jour commençait à paraître, et en arrivant dans les dépendances qui conduisaient aux appartements, ils rencontrèrent le nègre qui, quelques heures auparavant, avait livré Olivier. Le malheureux, plus mort que vif, poussa un cri terrible et voulut fuir; mais déjà la main de Willigo s'abattait sur lui. Le lier et le bâillonner avec son propre pagne fut l'affaire d'un instant, et en cet état l'Aigle-Noir, le

chargeant sur ses épaules, le jeta en passant dans sa chambre qu'il ferma
à double tour, puis guida ses jeunes hommes vers les appartements du
comte.

Il n'y avait pas deux minutes que le Canadien s'était évanoui en s'apercevant de la disparition d'Olivier. En le voyant étendu sur le parquet, le
chef nagarnook comprit tout. Il fit déposer le jeune homme sur son lit, et,
aidé de ses guerriers, transporta Dick dans la chambre voisine qu'il occupait, puis il ordonna à ses Nagarnooks de se retirer, ne voulant pas que
leur présence à Melbourne fût connue de Dick. Quelques affusions d'eau
aux tempes suffirent à rappeler à lui le brave Canadien qui, en apercevant
Willigo, lui prit la main, et, sans pouvoir proférer un mot, éclata en
sanglots.

— Chut! il dort encore, fit l'Aigle-Noir en souriant.

— Il dort... répéta machinalement Dick d'un air égaré. Qui donc dort
ici?...

— Ton jeune ami, mon frère Tidana, répondit le Nagarnook en indiquant
du doigt la chambre du comte d'Entraygues.

Ces paroles étaient à peine prononcées que Dick était auprès dOlivier.
Il lui saisit la main avec une inexprimable anxiété; mais en sentant son
pouls battre régulièrement sous la peau douce et moite, les muscles de
son visage se détendirent, et déposant un fraternel baiser sur le front du
dormeur, il se retourna, et dans l'excès de sa joie, serrant l'Aigle-Noir à
l'étouffer sur sa poitrine :

— C'est toi qui l'a sauvé! lui dit-il... Merci, mon frère... On ne trouverait pas dans tout le Buisson un homme de ta valeur, Willigo. Ah! je savais
bien que ton absence depuis deux jours cachait quelque action héroïque...
grâce à toi, Laurent ne se sera pas aperçu de la courte disparition de son
maître, il en serait mort.

— On lui avait fait boire quelque narcotique, fit le chef, pour cacher son
émotion.

— Je m'en suis douté, mais trop tard; le maudit breuvage exerçait son
action sur moi-même avec un tel empire que, malgré toute mon énergie, il
m'était impossible de faire le moindre mouvement.

Les premiers instants d'expansion passés, l'Aigle-Noir raconta au Canadien toutes les péripéties du drame que nous connaissions déjà, en passant
sous silence l'aide qu'il avait retirée de ses guerriers, car il ne voulait pas,
dans l'intérêt du plan qu'il avait formé, que l'on connût, ainsi que nous
l'avons dit plus haut, leur présence à Melbourne. La venue d'Europe d'un
homme appelé spécialement par Dick et Olivier pour veiller à leur sûreté
avait légèrement blessé son amour-propre de sauvage, et il tenait à leur
prouver, sans leur faire part de ses moyens, qu'il était capable à lui seul de
déjouer tous les plans formés soit par les Invisibles contre la vie du comte

d'Entraygues, soit par les bush-rangers, pour s'emparer du placer découvert par son frère d'adoption. Il avait déjà sauvé le Canadien et son ami dans le kra-fenoua, et le hasard venait de le servir admirablement en lui permettant d'arracher une seconde fois leur proie aux Invisibles. Aussi est-ce avec une modestie apparente, mais tout plein au fond d'une orgueilleuse satisfaction, qu'il fit au Canadien une histoire de sa façon pour lui expliquer comment il avait pu sauver son ami.

Quand il lui eut fait part de l'indigne trahison du nègre, serviteur de l'hôtel, qui avait livré le jeune comte, Dick voulut être mis immédiatement en présence du misérable, espérant en obtenir quelque éclaircissement sur le nom et la situation de ses complices, mais il fut impossible de rien en tirer ; c'était une de ces brutes de la Nouvelle-Guinée dont le cerveau inférieur était incapable, dès qu'il s'agissait de son intérêt personnel, de distinguer le juste de l'injuste, la loyauté de la trahison. Tout ce qu'on put savoir, c'est que moyennant cinq piastres, il avait consenti à surveiller le moment où le jeune comte serait profondément endormi, et à introduire dans sa chambre le blanc qui lui avait proposé ce marché, avec trois de ses amis, et l'idiot au front déprimé, à la chevelure laineuse, à la charpente simiesque, n'avait vu là que l'occasion de gagner vingt-cinq francs.

Le Canadien le comprit, et il lui rendit la liberté sous la seule condition de venir l'avertir au plus tôt si une semblable commission lui était faite de nouveau. Et pour être sûr de sa fidélité, il lui promit de lui donner le double de toute somme qui pourrait lui être offerte.

Lorsqu'ils revinrent dans la chambre d'Olivier, ils le trouvèrent assis sur son lit à demi éveillé, et dans la position d'un homme qui fait de vains efforts pour combler une lacune de sa mémoire.

— Ah ! mon cher ami, fit-il, en voyant le Canadien, quel terrible rêve j'ai fait cette nuit ! Et il se mit à lui raconter l'espèce de vision qu'il avait eue la veille, souriant à demi de sa crédulité... Puis, tout à coup, il s'arrêta interdit, en voyant la figure grave et sévère du Canadien.

— Qu'y a-t-il donc, mon ami ? lui dit-il ; pourquoi cet air sérieux avec lequel vous accueillez mes folles illusions ?

— Pas si folles que cela, monsieur le comte, répondit Dick, devenu subitement préoccupé, rêveur... Votre histoire éveille en moi un bien pénible souvenir. Et en parlant ainsi, il se passa la main sur le front comme pour en chasser une pensée qui l'obsédait.

— Excusez-moi, Dick ; c'est bien involontairement que...

— Vous n'avez pas à vous excuser ; du reste, le passé est le passé, et il n'est au pouvoir de personne de faire que ce qui a été n'ait pas existé. Je ne vous ai jamais parlé de la triste fin de mon pauvre père. Un matin, il me dit : « Dick, j'ai fait cette nuit un rêve de bien mauvais augure. J'étais à la chasse dans la montagne, lorsque tout à coup survint un grisily qui me saisit entre ses pattes et me brisa les reins sur sa puissante poitrine; je voulais crier, et ma voix ne parvenait pas à sortir de mon gosier paralysé; enfin, en nous débattant, l'ours et moi nous roulâmes au fond d'un précipice affreux; je me sentais mourir, Dick, et ma dernière pensée a été pour toi. »

A mesure que le Canadien parlait, une sueur froide lui perlait sur le front, ses lèvres tremblaient.

— Ah ! mon cher comte, fit le brave garçon, quelle terrible aventure ! Deux jours après, mon père mourait de la façon terrible qu'il m'avait indiquée d'après son rêve, et depuis, ce souvenir douloureux n'a cessé de me poursuivre, de me hanter... ce n'était pas un *rêve*, mais une *vision* que mon pauvre père avait eue... Il est certain, et ce qui vient de vous arriver me confirme dans cette idée, qu'à de certaines heures solennelles dans la vie les facultés de l'homme se dédoublent, elles acquièrent une puissance exceptionnelle, et comme la caravane au désert qui, dans un mirage décevant, aperçoit devant elle le frais oasis qu'elle ne doit atteindre que plus tard, l'homme entrevoit alors, dans une vision qui n'est qu'une sorte de mirage intellectuel, certains événements de sa vie heureux ou malheureux qui sont sur le point de s'accomplir.

— Ainsi, vous croyez, mon cher Dick, que la vision que j'ai eue cette nuit doit se réaliser dans un avenir plus ou moins prochain ?

— Elle s'est réalisée, monsieur le comte, répondit Dick de plus en plus solennel.

— Que voulez-vous dire ?

— Cette nuit même, quatre hommes masqués se sont introduits ici; ils se sont emparés de votre personne, vous ont fait traverser le jardin de l'hôtel, sont sortis par la petite porte que vous avez vue ouverte en rêve, vous ont mis dans une voiture, qui vous a emporté à travers la campagne...

— Achevez, de grâce !

— Et si votre vision s'est arrêtée ici dans son exécution, c'est que l'Aigle-Noir, qui veillait, s'est trouvé sur votre chemin, a arrêté la voiture, tué vos ravisseurs, et vous a rapporté ici dans ses bras.

— Dick ! mon cher Dick ! fit Olivier éperdu, ne vous jouez-vous point de moi ?

— Par la mémoire de mon père, monsieur le comte, répondit le Canadien, je vous ai dit la vérité.

Olivier tendit la main à son sauveur et lui dit avec une rare expansion :

— Vous m'avez déjà sauvé deux fois la vie, Aigle-Noir... et je crains bien de ne jamais pouvoir m'acquitter envers vous.

— Vous êtes l'ami de mon frère Tidana, répondit simplement le sauvage; remerciez mon frère Tidana, vous ne devez rien à Willigo.

Laurent dormait toujours à poings fermés; l'ancien cuirassier, heureux de la victoire de son ami le Canadien, avait porté et rendu une telle quantité de toasts au banquet de la veille que le narcotique avait agi plus fortement encore sur lui que sur ses compagnons. Dick se rendit près de lui avec Willigo pour l'éveiller, car l'heure de se rendre à l'invitation du faux baron de Funcal approchait, et cette entrevue, la première où on allait pouvoir causer à visage découvert, était trop importante pour être remise à un autre jour.

Olivier, resté seul, réfléchissait à ces forces mystérieuses qui, soit coïncidence fortuite, soit mise en jeu d'affinités spéciales, ouvrent parfois à l'esprit, aux heures du sommeil, les pages fermées du livre de la destinée; et bien qu'il ne fût pas superstitieux, rapprochant la triste aventure du père de son ami de la sienne, il ne pouvait s'empêcher de penser qu'il y avait peut-être dans les phénomènes psychologiques de secrètes influences dont la science n'avait pas encore pénétré les lois.

Il fut interrompu dans ses réflexions par l'entrée d'un des serviteurs de l'hôtel, qui lui remit une lettre apportée par le courrier du matin. Il en rompit le cachet avec une certaine émotion, car il ne connaissait personne à Melbourne. Sous la signature *Mystère* adoptée par le policier, elle contenait l'avertissement suivant :

Willigo, le chef des Nagarnooks vous trahit; cette nuit même, dans un bouge du port connu sous le nom de Denil's Tavern, il s'est fait affilier à la société des bush-rangers, et il s'est engagé formellement à vous faire tomber entre leurs mains, pour qu'on puisse, sous menaces de mort, vous arracher la cession du placer. Veillez ! »

Ces quelques lignes plongèrent Olivier dans une étrange perplexité. Il ne songea pas un seul instant qu'elles pussent être autre chose que le résultat d'une erreur ; l'Aigle-Noir, qui venait de lui sauver la vie, avait en outre donné à ses amis depuis plus d'une année de telles preuves de sa loyauté et de son dévouement que c'eût été folie pure que d'oser concevoir le moindre soupçon à son égard. Mais il se demandait sur quelle piste si singulière avait bien pu s'égarer le faux baron de Funcal pour en arriver à formuler une pareille accusation contre le plus sûr et le plus fidèle des alliés.

Il appela le Canadien et lui tendit la lettre.

Ce dernier la lut sans sourciller, puis il la froissa entre ses doigts et en alluma un cigare qu'il tenait à la main.

Et comme le comte le regardait d'un air interrogateur :

— Cet homme ne connaît pas Willigo, répondit-il froidement ; mais je ne l'engage pas à se mesurer avec lui, il lui arriverait malheur... Douter de sa loyauté, de son honneur ! je douterais plutôt de moi-même. Mais que le chef ne soupçonne rien... l'Australie ne serait pas assez grande pour soustraire M. de Funcal à sa vengeance. S'il est capable de tous les sacrifices, de toutes les abnégations pour ceux qu'il aime, c'est un sauvage, après tout, et il ignore le pardon des offenses, surtout de celles qui s'adressent aussi directement à son honneur et à ses idées de caste. Vous ne savez peut-être pas que depuis mon adoption par la tribu et par son père le vieux Volligong, l'Aigle-Noir me considère exactement comme si j'étais son frère par le sang, et que, d'après la coutume du Buisson, cette parenté est tellement sacrée que si je venais à succomber dans une lutte quelconque sans que Willigo se soit fait tuer pour me défendre, ce dernier n'oserait jamais reparaître aux grands villages de sa tribu. L'ethnographie véritable de l'Australie n'est pas faite, mon cher comte ; on en est encore aux récits des premiers voyageurs qui ont abordé dans cette contrée, et on continue à croire qu'elle ne renferme que des êtres abjects, voisins du singe, d'affreux Mélanésiens sans traditions, sans passé et incapables d'aucun sentiment élevé. Quand vous aurez vécu quelque temps au milieu de la tribu des Mangeurs de feu, vous changerez d'opinion et vous ne serez pas peu étonné de rencontrer une peuplade alliant à une rare beauté physique des sentiments nobles et chevaleresques qu'on n'accorde d'ordinaire qu'aux races civilisées. Tout cela, sans doute, est mélangé de sauvages préjugés, et leur point d'honneur revêt des formes barbares dont les peuples d'Europe se sont dépouillés depuis longtemps ; mais sachez que trahir les lois sacrées de la famille ou de l'amitié est chose que jamais un Nagarnook ne fera !

Le Canadien avait prononcé ces paroles avec une émotion contenue, à travers laquelle perçait un véritable chagrin causé par la pensée que son ami l'Aigle-Noir avait pu être l'objet d'un soupçon. Olivier le comprit, aussi répondit-il avec vivacité :

— Je vous en supplie, mon cher Dick, ne me faites pas l'injure de croire que j'aie pu douter un seul instant de notre ami, et si vous avez pu trouver quelque chose d'anormal dans ma tenue, cela venait de l'étonnement où m'avait plongé cette singulière lettre.

— Bien singulière, en effet, mon cher comte,... il y a là quelque mystère que l'avenir éclaircira ; quant à moi, je n'en parlerai pas à Willigo ; il est homme à ne pas pardonner l'ombre même d'une défiance. Dans tous les cas, vous ferez bien d'engager votre policier à abandonner cette piste ; je le répète, c'est un terrain dangereux pour lui... Il est certain que Willigo veille sur nous ; ses longues absences indiquent assez qu'il suit un plan parfaitement arrêté dans sa pensée. J'en suis entièrement sûr, bien qu'il ne m'ait pas encore confié ses projets ; et l'on viendrait à l'instant m'apporter la preuve que l'Aigle-Noir s'est fait affilier à la société des bush-rangers, que je répondrais simplement : *gare aux bush-rangers !* Sachez bien que la ruse, la duplicité, la trahison même qui déshonorent un Nagarnook employées contre les siens, sont au contraire des preuves de sagesse et d'habileté qui rehaussent la renommée d'un guerrier quand ces moyens s'adressent à des ennemis ; et sur ce point les Australiens ne sont pas si sauvages que cela, car la ruse, la fausseté et l'espionnage sont également, si je ne me trompe, la monnaie courante de la guerre, même chez les peuples les plus civilisés.

Laissons donc l'Aigle-Noir combattre avec ses armes et ses moyens ; n'oublions pas que la guerre du Buisson va recommencer, et que sur ce terrain le Nagarnook rendrait des points à tous les policiers de France et d'Angleterre. M. de Funcal fera sagement de ne pas aller sur ses brisées et de borner son action à suivre la piste des Invisibles ; moi-même, du reste, en dehors de ce cas spécial, je dois vous déclarer, mon cher Olivier, que je ne tiendrais aucun compte de ses conseils et de ses avertissements ; je connais trop les ruses et les habitudes du Buisson pour recevoir des leçons d'un homme débarqué à Melbourne depuis huit jours à peine. Plus tard, quand nous porterons la guerre au cœur même des positions ennemies, à Paris et à Saint-Pétersbourg, ce sera différent, l'ancien chef de la sûreté manœuvrera sur son terrain, et nous devrons suivre aveuglément ses instructions ; ici, c'est autre chose... à lui, la surveillance des Invisibles, à nous celle des bush-rangers et de leurs alliés indigènes.

— Votre raisonnement est d'une logique indiscutable, mon cher Dick, et aujourd'hui même la question sera d'autorité tranchée dans le sens que vous indiquez.

Sur ces paroles, Laurent fit son entrée dans la chambre de son maître. A force d'eau fraîche et de frictions énergiques faites avec l'aide de Willigo, le brave garçon était parvenu à effacer les dernières traces d'une somnolence qu'il attribuait à un abus inaccoutumé de champagne au banquet de la veille, et il se préparait à faire ses excuses au jeune comte lorsque le Canadien lui fit part des événements accomplis pendant la nuit. Sa confusion fit immédiatement place à une stupeur sans égale.

—Oh ! je comprends tout maintenant, fit-il du ton d'un homme qui voit l'horizon s'éclaircir devant lui. Aussi quelle ivresse singulière... je conservais toute ma raison, et il m'était impossible cependant de faire un seul mouvement... Il n'y a pas besoin de chercher qui a fait le coup, et si jamais je tiens au bout de mon revolver...

— Le consul de Russie, interrompit Willigo.

Olivier et le Canadien se regardèrent avec un étonnement qui n'échappa pas à l'œil perspicace du sauvage.

— Que veux-tu dire ? demanda Dick intrigué au delà de toute expression.

— L'Aigle-Noir n'a pas besoin d'avoir un espion blanc à sa solde pour savoir tout ce qui se passe.

Et le Nagarnook, en prononçant ces mots, eut un sourire plein d'une orgueilleuse satisfaction.

Puis il ajouta :

— Si Willigo n'eût pas su... comment eût-il arrêté la voiture, assommé les ravisseurs et sauvé l'ami de Tidana ?

— C'est vrai ; mais celui que tu appelles l'espion blanc nous avait prévenus la veille.

— L'Aigle-Noir ne prévient pas, mais il agit, répondit sentencieusement le Nagarnook.

— Mais tu viens de parler du consul de Russie... Comment as-tu appris qu'il était pour quelque chose dans tout cela? L'Aigle-Noir rendra un véritable service à son frère en dissipant ses doutes sur ce point.

— Je surveillais les bush-rangers près de Devil's Tavern et j'ai appris que le consul faisait demander des hommes de bonne volonté pour assister ses émissaires dans un enlèvement qui devait avoir lieu dans la même nuit; j'ai compris qu'il s'agissait de l'ami de Tidana.

— Et vous avez joué courageusement votre vie pour me sauver, fit Olivier.

— Ainsi, tu es sûr que c'est bien le consul de Russie?...

— Mon frère peut croire à la parole de l'Aigle-Noir.

— Merci, fit le Canadien en lui serrant affectueusement la main, je sais maintenant ce qui nous reste à faire.

Il y avait bien quelques points obscurs dans les paroles de Willigo, car le chef ne voulait faire connaître à personne ses projets ultérieurs contre les bush-rangers; mais Dick n'insista pas, il savait de longue date que rien ne ferait parler l'indigène quand cela n'entrait pas dans ses vues; il lui suffisait, du reste, de savoir que le consul de Russie était bien l'auteur du dernier attentat commis contre le comte d'Entraygues.

Willigo ignorait que ses amis dussent se rendre chez le faux baron de Funcal, mais l'eût-il su, qu'il ne les eût pas accompagnés. Il éprouvait pour cet homme, qu'il n'avait fait qu'entrevoir, la répulsion la plus invincible, et il s'en était si peu caché que le Canadien, connaissant la vive susceptibilité du sauvage, avait pris le parti de ne jamais lui parler du policier. S'il avait connu le fond même de la pensée de son ami, il aurait su que cette répulsion était accompagnée d'une défiance absolue. Rien n'aurait pu sortir de la pensée de l'Aigle-Noir que cet homme était un traître qui recevait des deux mains, et finirait par trahir celui des deux partis que son intérêt lui commanderait d'abandonner.

Aucun fait n'était encore venu donner un corps à ses soupçons, bien qu'il passât ses journées à l'épier et le fît également surveiller, ainsi que ses deux acolytes, par Koanook; mais il avait l'habitude de se fier à ses instincts et de n'en pas démordre.

L'intrusion de cet étranger dans la confiance de son frère Tidana et du comte d'Entraygues l'avait blessé profondément, bien qu'il n'en fît rien paraître; et quoique cela n'eût diminué en rien l'affection à toute épreuve qu'il éprouvait pour le Canadien, il en était résulté que pour ne pas livrer ses propres projets à un homme dont il suspectait la loyauté, pour la première fois depuis qu'ils se connaissaient, il avait formé des plans sans les communiquer à son frère d'adoption...

Le baron recevait ses invités au bas du perron de son hôtel. (Page 284.)

L'avenir nous apprendra si le flair du sauvage n'avait pas été cette fois mis en défaut.

L'aventure de la veille, qui avait failli avoir pour Olivier un terrible dénouement, pouvait se renouveler sous une forme ou sous une autre, le vent soufflait aux décisions rapides, et les quatre personnages, se trouvant réunis, tinrent un rapide conseil pour s'entendre sur la ligne de conduite qui leur était imposée par les événements.

36° LIV.   LES MANGEURS DE FEU. — LIBRAIRIE ILLUSTRÉE.   36° LIV.

— Nous pouvons causer dans la chambre de M. le comte, fit le Canadien ; nous n'avons pas à craindre ici les oreilles indiscrètes des deux voisins de Laurent.

— Ils ne sont plus à redouter, répondit l'Aigle-Noir avec un sourire sauvage ; les vautours des falaises déchirent maintenant leurs cadavres dans la baie des Écorchés.

— Il se pourrait ! exclama Dick.

— Ils étaient quatre... et tous quatre sont morts, continua Willigo d'un ton qui fit frémir ses compagnons.

En ce moment, par la fenêtre entr'ouverte, la voix d'un boy qui vendait les journaux du matin arriva jusqu'à eux.

— Achetez, criait-il, achetez le *Morning Advertiser, great attraction !* les quatre cadavres de la baie des Écorchés, horribles détails ; la fête d'hier, le portrait du lord gouverneur, la mort de Tom Powell...

Les sons allaient en s'affaiblissant graduellement à mesure que le vendeur s'éloignait dans Yarra-street, et les paroles annonçant la mort du boxeur à la suite du combat de la veille furent les dernières qui parvinrent aux oreilles du comte d'Entraygues et de ses amis.

— La situation est grave, fit le Canadien, et Melbourne est intenable pour nous en ce moment. Le champion anglo-australien mort, le premier rôdeur venu peut m'envoyer un coup de revolver au coin d'une rue, sûr de trouver un jury indulgent pour l'acquitter. Quant à vous, mon cher comte, vous n'avez échappé cette nuit que par miracle à la rage de vos ennemis, et le massacre de leurs agents n'est pas fait pour les calmer. Je crois donc que ce que nous avons de mieux à faire est de partir le plus tôt possible pour le placer des Cygnes, le Buisson est un asile beaucoup plus sûr pour nous.

Cette opinion réunit tous les suffrages, et Willigo surtout insista pour que le départ eût lieu dans les quarante-huit heures. Il fut donc convenu que le jour même Olivier, accompagné de M. de Funcal comme consul du Portugal, se rendrait au board des concessions pour faire enregistrer la sienne ; fort heureusement, il n'avait ni exequatur ni envoi en possession à obtenir des autorités locales. Toutes les formalités nécessaires ayant été accomplies à Londres, il lui suffisait de faire transcrire son titre, et l'or aidant, tout pouvait être terminé en quelques heures. Pendant ce temps-là, le Canadien devait engager un certain nombre de ses compatriotes pour commencer l'exploitation du placer.

Il fut également décidé qu'on visiterait en partant les ruines de Saint-Stephen et de Royal-Élisabeth, qui n'étaient qu'à deux journées de marche de Melbourne, afin de se rendre compte des moyens employés pour l'extraction intérieure, la séparation du minerai et le lavage de l'or.

Ces projets définitivement adoptés, Willigo prit congé de ses amis en leur donnant rendez-vous pour le soir, et ces derniers se disposèrent à se rendre chez le baron de Funcal. Cette entrevue, surtout après les derniers événements, promettait d'être d'un intérêt palpitant. Bien que le trajet fût court, ils prirent une des voitures de l'hôtel; les rues regorgeaient de monde, la foule était agitée et houleuse comme aux jours de grande émotion populaire. La mort de Powell avait surexcité les esprits, et la plus légère imprudence pouvait faire éclater quelque dangereuse manifestation que les autorités eussent été impuissantes ou peut-être peu disposées à réprimer.

On ne peut, avec les idées européennes, se faire une image exacte de ce qu'était Melbourne à cette époque. L'autorité, la justice, n'y étaient que d'odieuses parodies des institutions respectables auxquelles on donne ordinairement ces noms. Les deux tiers des habitants se composaient de *convicts* venant de finir leur peine, d'*emancipists* ou forçats libérés depuis plus de cinq ans et comme tels *émancipés* de la surveillance de la police, et de bushrangers ou batteurs de Buisson ne vivant que de l'exploitation du pays mis par eux en coupe réglée; et l'autre tiers se composait d'aventuriers des cinq parties du monde, ne valant pas mieux que leurs devanciers.

Il y avait un tarif pour toutes les consciences et une cote pour toutes les décisions administratives et judiciaires. On conçoit que sur un pareil terrain, si bien préparé pour les guet-apens, les embûches et l'impunité, le Canadien et son ami le comte d'Entraygues ne se trouvassent guère en sûreté, surtout en présence des haines violentes qu'ils avaient suscitées contre eux.

Il faudra de longues années à l'Australie pour se dépouiller complètement de l'influence qu'exerce encore sur ses mœurs l'abjecte origine de ses premiers colonisateurs. Il y a peu de pays où le niveau général de la moralité soit moins élevé; les faillites les plus scandaleuses n'y portent en rien atteinte à l'honorabilité d'un négociant, pourvu qu'il s'en tire les mains pleines, et l'on se contente de dire d'un homme devenu millionnaire après cinq ou six suspensions de payement : c'est un *swart boy* (c'est un *garçon habile*).

De bas en haut, c'est le pays de la course au dollar, et peu importent les moyens, pourvu qu'on parvienne à s'en emparer. On y aspire comme une atmosphère de liberté dans l'*échange* des porte-monnaie qui finit par gagner les résidents eux-mêmes après quelques années de séjour.

Deux petites anecdotes dans un sens différent expliqueront mieux notre pensée que tout ce que nous pourrions dire.

L'auteur de ce récit arrivé du Bengale à Melbourne depuis quelques mois, plus de trente ans après ces événements qu'il a recueillis sur les lieux mêmes, s'aperçut un jour que son domestique indou, dont la conduite avait été jusque-là exemplaire, venait de lui dérober un sac de piastres, et lui en fit d'amers reproches.

—Que voulez-vous que j'y fasse, répondit le malheureux Asiatique, désolé de son action, c'est une fatalité! Vous m'avez amené dans un pays de coquins, et je suis devenu coquin comme vous le deviendrez certainement, vous aussi, si vous ne vous éloignez au plus tôt.

Un autre jour, comme il demandait à une jeune dame créole si elle ferait volontiers un voyage en Angleterre :

— Oh! non, non, monsieur, répondit-elle; j'y aurais bien trop peur : songez donc que tous les voleurs, maraudeurs et batteurs de Buisson qui infestent l'Australie nous sont venus de là.

La brave dame s'imaginait naïvement que l'Angleterre tout entière n'était composée que de bush-rangers.... Après cela, quand on connaît bien cette grande pieuvre britannique, qui étend sur le monde entier ses tentacules insatiables, cette réflexion de la créole de Melbourne pourra paraître moins paradoxale.

Et quand cette dame constatait que l'Australie était couverte de voleurs de toute classe et de toute bande, le pays comptait déjà plusieurs millions d'habitants... On doit comprendre ce qu'était le pays trente ans auparavant, à l'époque où nos amis Dick le Canadien et Olivier de Lauraguais d'Entraygues, y défendaient leur vie et leur fortune.

Ouvrez la porte à tous les bagnes de l'Europe, transportez à six mille lieues de toute autorité sérieuse, de toute force tutélaire, de toute opinion publique, honnête et modératrice, cette population de choix; puis faites-y échouer, par l'appât de mines d'or nouvellement découvertes, tous les vagabonds et tous les déclassés du monde, et vous aurez l'Australie d'alors. Si vous voulez, par un petit effort d'imagination, vous figurer ce que peut être l'Australie d'aujourd'hui, vous réfléchirez tout simplement que ces gens-là sont les pères de la génération en pleine maturité actuellement, et les aïeux de la jeune génération qui s'élève, et vous comprendrez comment il se fait que les traditions de famille n'ont pas encore complètement disparu. Seulement, il y a un peu plus de constables, et ces derniers ne sont plus aussi souvent les associés des bush-rangers...

Quelques moments après son départ, la voiture de nos amis s'arrêtait en face du consulat de Portugal, dans l'élégant quartier de Royal-Élisabeth. Le baron de Funcal, entouré de ses attachés don Cristobal-Coco et Pedro da Sylva-Lupin, recevait ses invités au bas du perron de son hôtel.

TROISIÈME PARTIE

LES EXPLOITS DE BLACK

CHAPITRE PREMIER

Une visite au consulat de Portugal.
Le faux baron de Funcal. — La maison mystérieuse. — Trahison. — Pris dans la muraille.
La mort par asphyxie.

M. de Funcal introduisit le comte d'Entraygues et ses amis dans une pièce ornée à l'orientale qui lui servait de salon de réception, et fit signe à ses deux argousins de les laisser seuls; c'est ainsi du moins que les visiteurs interprétèrent le départ immédiat des policiers.

— Monsieur le comte, dit alors le faux baron, en s'adressant à Olivier, vous ne sauriez croire combien j'avais hâte de converser avec vous, mais les Invisibles sont à la tête d'une police si bien faite à Melbourne, qu'il fallait, pour n'éveiller aucun soupçon dans l'intérêt de votre sûreté, faire naître d'une façon naturelle l'occasion de nous rencontrer.

— Je partageais votre impatience, monsieur, répondit Olivier; et puisque vous parlez de la police des Invisibles, permettez-moi de vous complimenter sur la vôtre. C'est vraiment miraculeux qu'arrivé depuis huit jours à peine à Melbourne vous l'ayez organisée assez bien pour avoir pu déjà me faire parvenir des renseignements aussi exacts sur les agissements de mes ennemis. En vérité, c'est à croire que vous possédez des intelligences au cœur même de la place.

— Vous me comblez, en vérité, fit l'ancien chef de la sûreté en s'inclinant; mais en même temps il attachait sur le jeune homme un regard clair et froid, comme s'il eût voulu s'assurer du sens véritable que le comte d'Entraygues donnait à ses paroles.

Ce ne fut qu'un éclair incisif et rapide, mais il suffit sans doute au policier pour voir que son interlocuteur avait exprimé franchement sa pensée, sans la moindre retenue, car il ajouta presque immédiatement :

— Il n'y a pas de police sans ces intelligences dont vous parlez, monsieur le comte; si nous ne trouvions le moyen d'arriver d'une manière ou d'une autre à capter la confiance de ceux que nous sommes chargés de surveiller, nous n'apprendrions les événements que nous avons intérêt à connaître que quand ils seraient accomplis, c'est-à-dire alors qu'il n'y aurait plus moyen de les prévenir ou de s'en garer.

— Alors, monsieur, vous connaissez mes ennemis. Vous savez quels gens se réunissent sous le nom de société des Invisibles, et surtout quel but ils poursuivent en employant toutes les ressources d'une puissance réellement formidable pour m'empêcher d'épouser la princesse Vasilewska.

— Parfaitement, monsieur le comte... Rien de tout cela ne m'est inconnu.

— Vous pouvez me renseigner alors sur toutes ces questions, dont j'ai vainement tenté de percer le mystère.

— Je le puis, monsieur le comte, et c'est même pour cela que j'ai provoqué cette entrevue.

— Je vous écoute, monsieur, car j'ai hâte de savoir le dernier mot de cette singulière affaire.

— Le dernier mot vous appartient, monsieur; c'est le premier qu'il est important de vous faire connaître.

— Je ne vous comprends pas.

— Écoutez-moi, et procédons par ordre... Les Invisibles sont une société patriotique qui se propose de réunir en un seul groupe tous les rameaux épars de la grande famille slave, pour les opposer au germanisme dont l'ambition débordante finit par devenir un danger pour le monde. Cette société compte ses adhérents par millions, elle les recrute dans toutes les classes de la société, depuis l'humble chaumière du moujik jusqu'au palais des princes et aux marches mêmes du trône. Tout le vieux parti russe en fait partie. En France, pays qui s'endort dans sa force et sa richesse, on hausserait les épaules si l'on parlait des aspirations des Teutons à dominer le monde; mais en Russie, où l'on suit d'un œil attentif le mouvement général qui se produit en Allemagne, par la parole, par l'écrit, par l'enseignement dans les universités, par la poésie, on se dit que le jour où une révolution, une commotion politique, un despote ou un homme de génie viendront donner un corps à ces aspirations, c'est-à-dire réunir dans un effort commun les quatre-vingt millions d'hommes qui parlent allemand, ce jour-là Slaves et Germains se rencontreront sur le Danube, et alors recommencera une lutte formidable entre les deux races pour la possession de la ville du soleil, Constantinople, qui doit devenir selon les événements une capitale slave ou une capitale allemande, et jouer dans l'avenir le rôle de la Rome antique, c'est-à-dire animer le monde. Tout tend à ce résultat, depuis le bruit inconscient des foules, jusqu'à l'œuvre des savants et des penseurs; sous couleur de fraternité humanitaire, les peuples poussent à la fusion universelle des races, les sciences économiques veulent renverser toutes les barrières, et les poètes chantent déjà l'hosanna des haines apaisées, des querelles éteintes, dans les futurs États unis d'Europe. Mais les hommes pratiques savent que l'histoire s'agitant toujours entre les mêmes facteurs et les mêmes agents se recommence toujours par époque, et que, de même que le monde ancien s'est unifié successivement sous les sceptres de l'Inde brahmanique des descendants d'Assur, de l'Égypte et de Rome, avec des périodes intermédiaires de morcellements territoriaux et de fractionnement de nationalités, le monde moderne marche de nouveau à l'unité et à la fusion des peuples sous un sceptre unique qui règnera à Byzance, avec une main sur l'Orient et une autre sur l'Occident. Mais cette situation, qui se reverra pour la cinquième fois dans le monde historique, ne s'accomplira qu'après des luttes gigantesques; ce sera l'épuisement et le calme après l'ouragan de fer qui pendant un siècle ou deux aura dévasté le monde. Et cette grande partie, je vous le répète, se jouera entre Slaves et Germains, car ces dernières seules peuvent, d'ici un siècle, mettre de chaque côté cent millions d'hommes en présence; les autres peuples auront vu leur rôle civilisateur s'éteindre dans le dernier crépuscule de l'horizon latin. Le monde n'a été jusqu'ici qu'un écho longtemps prolongé de l'influence greco-latine, rajeunie et soutenue pendant dix siècles par le génie gaulois; mais l'œuvre qui est résultée de cette fusion est accomplie et le monde futur sera germain ou slave, selon qu'une des deux races l'emportera sur l'autre. C'est donc à l'union de tous les Slaves pour le jour du grand combat que s'emploie la société des Invisibles. Voilà, monsieur le comte, ce qu'est cette société, et le but grandiose qu'elle poursuit.

Rien ne saurait dépeindre l'étonnement des trois auditeurs à ces singulières paroles de M. de Funcal. Le Canadien et Laurent surtout étaient dans un état complet d'ahurissement, et ils n'étaient pas éloignés de prendre leur interlocuteur pour un mauvais plaisant ou pour un fou, car ils n'avaient pas compris un mot à tout ce qu'ils venaient d'entendre.

Pour le comte d'Entraygues, esprit intelligent et cultivé, il avait suivi avec intérêt les développements donnés par M. de Funcal à sa pensée; mais plus il écoutait et moins il parvenait à comprendre les rapports qui pouvaient exister entre le but grandiose poursuivi par la société des Invisibles et les mesquines persécutions dont il était l'objet; aussi se hâta-t-il de répondre au policier :

— J'ai écouté, monsieur, avec un intérêt véritable les considérations élevées que vous avez bien voulu me communiquer sur la belle mission que s'est donnée, d'après vous, la société des Invisibles. Ce n'est ni le moment ni le lieu de discuter avec vous la part effacée que vous réservez à l'élément gaulois dans l'évolution future, mais soyez assuré que quarante à cinquante millions d'hommes, unis par le patriotisme, pourront encore faire quelque bruit dans le monde.

— Je n'ai fait que vous transmettre une opinion que l'on retrouve au fond de toutes les aspirations slaves et germaines; ce n'est du reste un secret pour personne que le panslavisme et le pangermanisme rêvent la domination universelle, et la société des Invisibles ne s'est constituée que pour aider à l'union de tous les Slaves d'Orient et d'Occident.

— Soit; mais plus le rôle qu'elle s'attribue est grand, et moins je conçois l'origine et l'acharnement des haines qui me poursuivent.

— Je comprends votre étonnement, monsieur le comte, répondit le policier, mais il va cesser si vous voulez bien m'accorder encore quelques instants d'attention.

— Je suis tout oreilles, monsieur, et vous écoute avec patience.

— La société des Invisibles est divisée en une foule de cercles dépendant du conseil supérieur, que nul ne connaît, si ce n'est le président de chaque cercle particulier. Or, c'est le cercle de Saint-Pétersbourg qui vous poursuit, et je vais vous dévoiler ses motifs, qui n'ont absolument rien de personnel à vous. Un des principaux articles des statuts de cette société défend à ses membres de contracter aucune alliance, par un mariage ou autrement, sans l'approbation du conseil de leur cercle, et le prince Vasilewski, quoique faisant partie du cercle de Saint-Pétersbourg, s'est affranchi de cette obligation en vous acceptant pour gendre sans en référer au conseil.

— Ce n'est sans doute qu'une pure formalité?

— Le plus souvent, oui; mais votre cas est différent. Le prince possède dans l'Oural les plus riches mines d'or et d'argent de toute la Russie, et le conseil ne veut pas que cette fortune, dont les seuls revenus dépassent la liste civile d'un souverain, passe sur la tête d'un étranger.

— Qu'à cela ne tienne, je renoncerai volontiers à la possession de ces richesses.

— Cette renonciation n'aurait de valeur que pour vous; elle n'empêcherait pas vos enfants d'hériter de la princesse leur mère. Je ne dois pas vous cacher, en outre, que vous avez un rival très puissant à la cour, et qui est en outre favorisé par le conseil.

— Je m'en doutais. Alors, c'est une guerre à mort, sans trêve ni merci?

— Vous l'avez dit.

— Je ne renoncerai à la main de la princesse que le jour où elle me l'ordonnera elle-même, et vous savez par l'envoi que vous m'avez remis qu'elle continue à approuver ma résistance.

— Il y aurait peut-être un moyen d'arranger les choses au mieux des intérêts de tous.

— Et lequel?

— Si vous renonciez à votre qualité de Français et que vous vous fissiez naturaliser Russe, vous pourriez alors continuer le nom des Vasilewski, qui va s'éteindre, et le conseil, heureux de votre soumission, lèverait son interdit.

— Êtes-vous chargé de me faire cette proposition?

Le policier se mordit les lèvres à cette réplique; il comprit qu'il avait été trop loin; aussi répondit-il d'un ton indifférent:

— Nullement; mais, chargé de vos intérêts, je me suis rendu, comme vous le savez, à Saint-Pétersbourg, et là j'ai appris, dans l'entourage même

Les trois amis se levèrent, la main sur leur revolver. (Page 293.)

de la princesse, qu'un pareil acte de votre part pourrait lever toutes les difficultés.

— Je me suis trouvé trois fois en face d'émissaires des Invisibles; pourquoi ne m'ont-ils jamais fait connaître cette circonstance?

— Je l'ignore... Mais que répondriez-vous si cette proposition vous était faite?

— Sachez, monsieur, que le nom des Lauraguais d'Entraygues est aussi illustre que celui des Vasilewski; mais porterais-je le nom le plus roturier de France, que jamais je ne commettrais cette double lâcheté d'abandonner le nom de mon père et de renier ma patrie.

— Permettez-moi de vous dire en toute franchise que vous auriez tort.

— Je suis seul juge de ce qu'exige mon honneur, monsieur!

— C'est vrai; mais je dois avouer que, dans ma conviction, vous ne sortirez pas vivant de cette aventure.

— Il me semble que vous parliez autrement à Laurent, mon envoyé, quand vous vous déclariez prêt à démasquer mes ennemis, à faire constater leurs attentats et à les livrer enfin aux tribunaux de Saint-Pétersbourg.

— J'ignorais ce que je sais aujourd'hui. Je croyais que vous aviez affaire à quelque association ténébreuse qui ne cherchait qu'à vous évincer pour faire triompher un des leurs et se partager ensuite les immenses richesses du prince; mais à mon retour de Russie, Laurent doit s'en souvenir, je ne lui tenais plus le même langage.

— Vous auriez dû lui faire connaître vos nouvelles dispositions; cela vous eût évité le désagrément d'un inutile voyage en Australie, car après la tournure de la conversation que nous venons d'avoir, je crains bien que tout ne soit désormais fini entre nous.

— Prenez garde, monsieur le comte; ne rompez pas le premier le pacte signé entre nous!

— Vous me menacez, je crois! fit le comte d'Entraygues avec hauteur.

— Non, je vous avertis.

— Mais, j'y songe: vous croyez peut-être qu'en rompant ce que vous appelez notre pacte, je désire me soustraire aux conditions qu'il m'impose? Détrompez-vous, monsieur; dès demain, vous aurez reçu le million qui vous revient, et le salaire, ainsi que la commission de vos affidés, leur seront intégralement comptés.

— Monsieur le comte, répondit alors le policier d'une voix grave, je vous engage, dans votre intérêt, à ne pas persévérer dans l'attitude insultante que vous venez de prendre avec moi. Si je suis venu quand même en Australie, bien que j'aie changé d'avis sur la qualité et la situation de nos ennemis, c'est que j'ai pensé que moi seul pourrais utilement vous protéger dans la lutte inégale que vous avez entreprise. Sachez bien que, malgré le dévouement et le courage de vos amis, il y a longtemps que vous eussiez succombé si les émissaires des Invisibles envoyés à Melbourne eussent eu l'autorisation d'attenter à vos jours. Quand le conseil d'un cercle a résolu de se défaire d'un adversaire récalcitrant, sa décision ne peut être exécutée sans la permission du conseil suprême, et, jusqu'à ce jour, cette permission n'avait pas été donnée; les émissaires avaient reçu l'ordre d'épuiser toutes les mesures de conciliation et d'intimidation, et d'attendre...

— Et maintenant?

— Maintenant, la situation a changé : l'autorisation d'en finir avec vous est arrivée par le dernier steamer, et, sans l'avertissement que je vous ai donné hier soir, et qui a sans doute été cause que vos amis ont pu venir à votre secours, je n'aurais peut-être pas aujourd'hui, monsieur le comte, l'honneur d'essayer de vous convaincre.

— Ainsi, vous connaissiez le guet-apens dont j'ai failli être la victime?

En prononçant ces paroles, le jeune comte attachait ses regards interrogateurs sur le policier, pour essayer de surprendre quelque signe révélateur sur son visage. Mais il avait affaire à trop forte partie, et, soit qu'il fût à l'abri de tout soupçon, soit qu'il sût admirablement se maîtriser, ce dernier répondit avec vivacité :

— Je savais vaguement qu'il se tramait quelque chose contre vous, sans que rien de positif ne fût arrivé à ma connaissance; sans cela, j'eusse été plus explicite dans les avis que je vous faisais parvenir... Au surplus, monsieur le comte, pourquoi cette supposition blessante, et par quels actes ai-je pu vous autoriser à douter de moi? Je vous donne ma parole d'honneur que je n'ai compris à quel genre d'attentat vous aviez échappé qu'en apprenant ce matin que le cadavre de quatre Russes, que je connaissais comme des émissaires des Invisibles, avaient été trouvés au petit jour sur la plage des Écorchés, et j'ignore encore complètement les différentes péripéties de ce drame.

— Je vous crois, monsieur; le contraire serait affreux à penser.

— Il n'en est pas de même pour les renseignements que je vous ai transmis sur votre serviteur indigène.

Le jeune homme allait interrompre pour faire observer que Willigo était un chef de tribu, leur ami, et non un homme à gage; mais un coup d'œil imperceptible du Canadien, qui comprit sa pensée, l'arrêta net.

Le policier continua, sans avoir saisi cette nuance :

— A l'égard de cet Australien, ce ne sont pas de simples soupçons, mais des certitudes complètes que j'ai recueillies cette nuit même. En effet, il s'est engagé à nous livrer aux bush-rangers, dont l'unique but est de s'emparer du placer que vous auriez découvert. Un de mes hommes a assisté à la réunion où ce marché s'est traité, et détails que je ne vous avais pas fait connaître, quatre jeunes guerriers de la même tribu restent avec les bush-rangers pour servir d'intermédiaires entre ces derniers et votre guide, et se porter garants de la bonne exécution des conventions.

— Nous vous remercions du renseignement, monsieur, et vous pouvez être sûr que nous en ferons notre profit.

Cette révélation de la présence des jeunes guerriers nagarnooks au milieu des bush-rangers causa sans doute quelque étonnement aux trois amis, mais en admettant que la nouvelle fût exacte, elle n'était pas de nature à modifier les sentiments de confiance et d'affection qu'ils professaient pour l'Aigle-Noir.

Après un temps de silence un peu prolongé, qui était même devenu une gêne pour tous les assistants, Olivier continua :

— Oui, monsieur, nous vous remercions du renseignement; mais voulez-vous, en échange, que nous vous en donnions un autre?

— Volontiers, monsieur le comte, fit le policier avec un sourire empreint d'une légère nuance de raillerie. Olivier n'eut pas l'air de s'en apercevoir.

— Vous feriez bien, dit-il, de borner votre action à la surveillance des Invisibles; vous étiez là sur votre véritable terrain, et ce n'est même que pour cela seulement que vous avez été engagé.

—D'honneur, monsieur, je ne vous comprends plus.

— Si Willigo même s'apercevait de votre persistance à vous occuper de lui...

— Achevez, monsieur le comte.

— A notre tour, nous vous dirions : nous ne répondons plus de votre sûreté.

Ces paroles plongèrent le faux baron de Funcal dans un étonnement qu'il ne chercha pas à dissimuler.

— Je ne sais si je comprends bien vos paroles, monsieur le comte, mais elles semblent dire que vous avez plus de confiance dans votre serviteur indigène qu'en moi.

— Ce n'était point ma pensée, monsieur ; je voulais seulement vous dire que peu au fait des mœurs, des usages, des ruses et du tempérament des indigènes, vous étiez exposé à commettre de singulières méprises. Ainsi, vous saurez que Willigo n'est point notre serviteur, mais l'ami, plus que cela, le frère d'adoption de Dick; qu'en dix circonstances il nous a sauvé la vie; qu'il est enfin un des plus puissants chefs des Nagarnooks, et que la trahison dont vous l'accusez est si peu dans les mœurs du Buisson...

— Les faits sont là, cependant.

— Des faits... oui ! mais des faits que vous ne comprenez pas; ne venez-vous pas vous-même de nous dire que s'introduire dans la confiance des gens que l'on surveille est dans la coutume ordinaire de la police. Ne concluez donc rien contre Willigo, pas plus que nous ne sommes en droit de conclure contre vous, malgré les étonnantes choses que vous nous avez fait connaître des Invisibles, et que vous n'avez certainement pu découvrir qu'en vous introduisant dans leur intimité. Ainsi, pour achever de vous convaincre, savez-vous bien que l'homme que vous accusez, à lui seul, cette nuit même, m'a arraché aux mains des Invisibles, qui, grâce à un narcotique puissant, avaient paralysé mes forces et celles de mes amis.

— Il se pourrait!... quoi, les quatre Invisibles de la baie des Écorchés?...

— Assommés par le terrible cassé-tête indigène.

Cette fois, le policier n'avait plus besoin de jouer la stupeur; ce trait d'audace et de courage qu'il croyait, comme le comte, avoir été accompli par le seul Willigo, le plongeait dans le plus profond étonnement.

— Vous voyez bien, monsieur, continua le comte, qu'un pareil homme ne peut être soupçonné... mais laissons cela, et arrivons aux questions qu'il nous importe de résoudre d'un commun accord. Excusez quelques vivacités qui ont pu m'échapper, et répondez-moi franchement. Dans la situation où se trouvent les Invisibles, que croyez-vous qu'ils puissent tenter contre moi?

— Vous voulez ma pensée tout entière?

— Je vous la demande.

— Ne vous froissez donc pas de ma franchise; au surplus, je savais l'importance de cette entrevue, la première et la dernière peut-être que nous aurons, et j'étais décidé depuis longtemps à la provoquer pour tout vous dire sans réticence. Je suis absolument convaincu que les mailles de la trame dressée contre vous sont tellement resserrées, qu'il vous est impossible d'échapper.

— Que voulez-vous dire?

— Je veux dire que vous êtes perdu, si à l'instant même vous n'adhérez aux injonctions de ceux qui vous poursuivent : ou changer de nom et de nationalité, ou renoncer à la main de la princesse Maria Feodorowna.

— Ce langage!... cette façon de me parler...

— L'heure est venue de lever les masques.

— Alors, vous étiez bien chargé de me transmettre ces propositions ?

— J'en suis chargé.

— De la part de mes ennemis?

— De la part de ceux que vous appelez vos ennemis.

— Mais qui êtes-vous donc, monsieur?

A cette question, le policier se leva, et les scandant lentement, comme pour mieux produire son effet, laissa tomber ces mots :

— Je suis membre de la société des Invisibles!

Les trois amis poussèrent un cri de stupeur et de rage, et se levèrent d'un bond, la main sur leur revolver.

— Pas un mouvement, pas un geste! fit le faux baron de Funcal, ou vous êtes morts.

Pâles de colère et d'indignation, le comte d'Entraygues et ses amis restèrent sur la défensive.

— Ainsi, dit Olivier d'un air écrasant de mépris, vous vous étiez vendu à mes ennemis pour nous attirer dans le plus ignoble des guet-apens.

— Vous vous trompez, monsieur le comte; je fais partie depuis dix ans de la société des Invisibles. Quand M. Laurent a été chargé par vous de ramener un limier de police, j'ai été désigné par mes chefs suprêmes, et j'ai dû obéir. Je suis donc venu à Melbourne...

— A nos frais.

— Vous vous trompez encore, le crédit que vous m'avez ouvert à Paris et ici est intact. Je suis donc venu à Melbourne assisté de deux autres membres de la société chargés de me surveiller, et si je l'avais voulu, il y a longtemps que vous ne seriez plus; mais votre jeunesse, vos aventures romanesques, votre indomptable courage, m'intéressaient, et je m'étais mis dans la tête de vous sauver. C'est moi qui ai obtenu du conseil suprême cette condition de changement de nationalité qui changerait tout, si vous vouliez l'accepter, et pour cela je me suis fait de votre rival un ennemi irréconciliable... Si je n'étais pas le chef de la mission de Melbourne et n'avais pas sous mes ordres le consul de Russie, je n'aurais certes pas l'avantage de vous parler en ce moment; il y a beau temps qu'il vous eût fait tuer. Nous avons un cercle puissant en Australie, fondé depuis plusieurs années déjà, et en ce pays, plus qu'ailleurs encore, nous étions assurés de l'impunité... Oui, je suis votre ennemi, monsieur le comte; mais je suis lié par un serment terrible, et reconnaissez donc que j'ai fait l'impossible pour vous ouvrir les yeux et retarder le plus qu'il se pourrait le dénouement fatal... Encore une fois, monsieur le comte, réfléchissez; à quoi bon la résistance quand la lutte n'est pas possible; acceptez nos conditions : de comte français vous devenez prince russe, vous relevez un des plus vieux noms de l'empire des tzars sur le point de s'éteindre; ne pouvez-vous faire ce sacrifice à votre fiancée?

Puis, s'adressant au Canadien et à Laurent :

— Voyons, messieurs, vous êtes les amis du comte d'Entraygues; donnez-lui donc le conseil d'écouter la voix de la sagesse.

Aucun des deux ne daigna répondre; en proie à une colère indicible et la main sur leurs armes, ils n'attendaient qu'un signe d'Olivier pour agir.

— Inutile d'insister, intervint le jeune homme; si de pareilles propositions m'eussent été faites par la famille à Saint-Pétersbourg, qu'il m'eût été donné d'en conférer librement avec le marquis mon père, j'ignore ce qu'il en fût advenu; mais devant les menaces et la violence, je n'ai qu'une réponse à faire : Jamais! jamais! et n'espérez pas que je revienne sur une pareille décision...

— Soit! vous l'aurez voulu... et vous me rendrez cette justice que j'ai tout fait pour vous soustraire au sort qui vous attend.

— Vous avez odieusement abusé de la confiance de mon père, de la mienne, de celle de ce brave Laurent. Jusqu'au dernier moment, vous avez usé de vos roueries policières pour mieux nous faire tomber dans vos filets; mais nous nous reverrons, monsieur, car j'espère bien que, malgré l'ignominie de votre conduite, vous n'avez pas l'intention de nous retenir prisonniers.

— J'excuse vos injures, monsieur le comte, fit le faux baron de Funcal; vous oubliez que je ne suis qu'un instrument... ne vous en prenez donc qu'à vous de ce qui va vous arriver.

— Rien ne vous obligeait à accepter le rôle dégradant que vous avez joué.

— Un Invisible doit obéir au conseil suprême, même devant le déshonneur, même devant la mort. Et je vous le jure, monsieur le comte, j'espérais vous sauver, et ce sera un des grands chagrins de ma vie de n'avoir pu y réussir.

Le policier avait prononcé ces paroles avec un tel accent de tristesse et une si réelle émotion, que le comte d'Entraygues en fut frappé et le regarda pendant quelques instants avec une commisération mêlée d'une certaine pitié.

— Bast ! dit-il comme à lui-même... encore un rôle !

Puis, se retournant vers ses compagnons :

— Il est temps de nous retirer ; venez-vous, messieurs ?

— Au nom de ce que vous avez de plus cher au monde, acceptez... exclama M. de Funcal en étendant vers Olivier une main suppliante, comme pour l'empêcher de sortir.

— Adieu ! monsieur, fit simplement le comte pour toute réponse.

Et il se dirigea vers la porte du salon, suivi de ses deux compagnons, qui ne perdaient pas de l'œil l'émissaire des Invisibles.

Un petit couloir assez étroit, d'environ trois mètres de long, séparait le salon d'une sorte d'antichambre qui précédait la sortie ; au moment de s'y engager, les trois hommes aperçurent le faux baron qui se laissait tomber comme anéanti sur un fauteuil.

Ils avaient hâte de sortir et se précipitèrent dans le corridor ; au même instant, le bruit lointain d'une sonnette électrique vint frapper leurs oreilles, et subitement, avec la vitesse de l'éclair, deux lourdes plaques de tôle, épaisses comme un blindage, s'abattaient du plafond de chaque côté du couloir ; une nuit subite envahissait ce réduit... le comte d'Entraygues et ses compagnons étaient pris subitement entre quatre murailles de fer.

CHAPITRE II

Willigo et Black. — Perplexité de l'indigène.
Qu'est devenu son frère Tidana ? — Arrivée de Gilping. — Turtle soup.
Le chant d'un guerrier. — Les conseils de Gilping.

Un cri déchirant s'échappa de leurs trois poitrines, et la commotion ressentie fut si imprévue, si violente, qu'Olivier s'évanouit et Laurent tomba ainsi qu'une masse, comme foudroyé par une congestion cérébrale.

Seul, le Canadien conserva son sang-froid.

Il se hâta de relever ses amis, les assit contre la muraille et leur frappa dans les mains, seul moyen qu'il pouvait employer pour essayer de les faire revenir à eux.

— Mon pauvre maître, mon pauvre maître ! fit le brave Laurent, qui revint à lui le premier,

— Où sommes-nous? demanda Olivier en reprenant peu à peu ses esprits.

— Les gredins nous ont mis en cage, répondit le Canadien d'un ton qu'il essayait de rendre plaisant, malgré l'horrible émotion qui lui étreignait le cœur.

— Perdus! tous perdus! et à cause de moi, murmura le jeune comte, dont la nature fine et nerveuse était peu faite pour supporter avec calme des chocs aussi foudroyants; nous n'avons plus qu'à nous préparer à mourir.

— Pas encore, exclama le Canadien d'une voix énergique; j'en ai bien vu d'autres...

En quittant ses amis, Willigo s'était rendu sur le port, où il devait rencontrer Koanook; il lui fit part des décisions prises le matin même et le chargea d'avertir les bush-rangers de se tenir prêts à partir dans les quarante-huit heures. Puis, enveloppé tout entier dans son sarape, il rôda une partie de la soirée autour de Devil's Tavern pour se rendre compte par lui-même du nombre de batteurs de Buisson que master Bob n'allait pas manquer d'engager le jour même pour la grande expédition.

Sur le soir, il revint à l'hôtel pour prendre son repas avec ses amis; le couvert était mis comme d'habitude dans la chambre d'Olivier, car ils avaient l'habitude de dîner chez eux pour être plus libres dans leurs conversations; le garçon attaché spécialement à leur service attendait, la serviette sur le bras... personne n'était encore arrivé. Black, qui avait passé la nuit dans l'écurie auprès de ses amis les mustangs, était remonté dans la chambre de son maître et dormait paisiblement au pied de son lit; en apercevant Willigo, il se leva et vint le caresser; il éprouvait une véritable affection pour le sauvage, qui le lui rendait bien. En voyant les preuves extraordinaires d'intelligence qu'il avait si souvent données, Willigo qui, comme tous les gens de sa tribu, croyait à la transmigration des âmes, était persuadé que l'esprit de quelque grand chef noir, car c'était la couleur de la toison de l'animal, était venu pour un temps, sans doute afin d'expier quelque faute légère, animer le corps de Black; aussi le traitait-il avec une déférence qu'il n'avait pas toujours avec les hommes, et le chien lui en était reconnaissant; c'était le seul personnage de la petite troupe qu'il consentait à suivre lorsque son maître était absent, et l'Aigle-Noir était très fier de cette distinction.

Chaque fois qu'il se trouvait avec lui, il lui tenait de longues conversations comme à un de ses semblables, et rien n'aurait pu lui sortir de l'idée qu'il en était parfaitement compris. Aussi, pour charmer ses loisirs en attendant l'arrivée de ses compagnons, se mit-il à lui raconter en détail tout ce qu'il avait fait dans sa journée et se proposait de faire le lendemain.

Toutefois, les heures s'écoulaient, les absents ne rentraient pas. Il leur arrivait parfois de dîner au restaurant français, mais ils avaient l'habitude de faire prévenir Willigo par un serviteur de l'hôtel, et alors ce dernier, selon son humeur, dînait seul avec son ami Black ou allait les rejoindre chez

Puis saisissant son boomerang, il le fit voltiger au-dessus de sa tête. (Page 303.)

Collet; mais ce soir-là personne ne put renseigner l'Aigle-Noir sur les intentions de ses amis. Un moment, il eut l'intention d'aller les retrouver au lieu ordinaire de leur rendez-vous, pensant qu'ils avaient oublié de le faire avertir, mais il se ravisa; le dîner était prêt et servi à la russe, c'est-à-dire que tous les plats se trouvaient ensemble sur la table, maintenus au degré de chaleur voulue par des récipients d'eau bouillante; il se décida à dîner seul.... ou plutôt avec son ami Black, qui, debout sur ses pattes de derrière, reniflait à l'odeur des mets, et ne demandait pas mieux, lui aussi, que d'entrer en fonctions.

Willigo, comme tous ses compatriotes, était doué d'un appétit formidable ; chaque fois qu'il lui arrivait de dîner seul, il absorbait, à l'ébahissement du garçon de service, le repas entier très abondamment servi pour trois ou quatre personnes.

Ce soir-là donc, après avoir longtemps hésité, il venait de se mettre à table, en compagnie du caniche qu'il traitait absolument comme un convive ordinaire, quand tout à coup une série de notes discordantes, qui ne brillaient pas précisément par l'harmonie, éclatèrent dans la cour de l'hôtel ; Black fit entendre un de ces hurlements particuliers aux chiens dont le canal auditif est plus ou moins agréablement surpris par quelque son imprévu, et se précipita par la porte entr'ouverte à la rencontre du chanteur.

La curiosité ayant poussé l'Aigle-Noir à la fenêtre, l'incident lui fut immédiatement expliqué. L'artiste qui venait de révéler si subitement son arrivée n'était autre que l'aimable Pacific, monture ordinaire de Sa Grâce John Gilping, esquire, membre de la Société royale des sciences de Londres, section de géologie et minéralogie, et de l'Evangelic Society pour la propagation et distribution de la Bible chez les peuples sauvages. Et tout naturellement, comme l'estimable Pacific, malgré une intelligence que les voyages et les aventures avaient développée, n'eût point conçu et réalisé tout seul l'idée de quitter le pays des Nagarnooks pour se rendre à Melbourne, il s'ensuivait que le très honorable John Gilping, esquire, l'avait accompagné et se trouvait avec lui dans la cour de l'hôtel.

Ils étaient partis depuis près de trois mois, faisant en moyenne leurs six à sept lieues par jour, couchant dans le Buisson, chantant des cantiques, jouant de la clarinette, accompagnés par un guerrier nagarnook du nom de Menouahli, ou le petit kangourou, avaient dévoré leur cinquante lieues et venaient d'arriver, exténués de fatigue, à Oriental-Hotel. Quoi d'étonnant alors, que l'aimable Pacific, qui était un sybarite, un raffiné, eût fait entendre un chant de joie en sentant l'épaisse litière et la grasse prébende d'orge et d'avoine qui l'attendaient à l'hôtel, et dont il était privé depuis si longtemps.

Black, qui avait reconnu son compagnon de voyage, car on se souvient qu'ils avaient exploré le Buisson ensemble pendant de longs mois, couchant côte à côte sur les vétivers parfumés de la prairie et les brassées odorantes de mélias des forêts du Red-River, décrivait autour de lui une série de cercles qu'il accompagnait de petits aboiements, coupés comme des interjections, ce qui indiquait chez l'animal le paroxysme de la satisfaction.

Pacific le comprit sans doute ainsi, car pour ne pas être en reste avec son ami, il entonna une seconde fois sa bruyante mélopée, ce qui donna lieu au plus amusant de tous les duos; peu s'en fallut que le digne Gilping ne complétât le concert avec sa clarinette.

— Castor et Pollux, murmurait-il avec attendrissement, en contemplant la scène de reconnaissance à laquelle se livraient les deux animaux.

Willigo s'était hâté de descendre à son tour, et les deux hommes échangèrent une vigoureuse poignée de main.

— Aho! gentleman, fit Gilping, je suis véritablement très heureux,... très heureux de vous voir.

Menouahli salua son chef à la manière indigène, c'est-à-dire en touchant le sol de la main et la portant à son front.

Gilping continua :

— M. le comte d'Entraygues et ses amis sont ici, je suppose?

Dix années d'une existence commune avec le Canadien, dans le Buisson, avaient rendu la langue anglaise familière à Willigo, bien que le guerrier nagarnook n'aimât pas à la parler; aussi put-il répondre à la demande de Gilping. Il lui apprit qu'en effet les trois amis étaient descendus depuis plusieurs jours à Oriental-Hotel, mais qu'ils n'étaient pas encore rentrés, étant sans doute allés au french restaurant, où ils prenaient quelquefois le repas du soir. Il proposa alors au nouvel arrivant de partager avec lui le dîner qui était déjà servi.

Gilping accepta avec enthousiasme (il était réellement mort de faim); cependant il fit auparavant transporter dans l'appartement de ses amis une vingtaine de petits sacs qu'il déclara être sa collection de cailloux minéralogiques, et qu'il surveilla avec la plus vive attention jusqu'à ce qu'ils eussent été remisés en lieu sûr. Puis, après avoir recommandé Pacific aux gens de service, qui conduisirent l'âne, heureux d'être débarrassé de son fardeau, dans le box des mustangs, il prit place à table à côté de Willigo, prêt à donner vigoureusement l'assaut aux nombreux plats d'argent de différentes formes qui s'étageaient comme des bastions autour d'une forteresse. Il y avait longtemps que le pauvre diable, qui était un gastronome ou plutôt un mangeur de première force, car l'Anglais absorbe et ne déguste pas, avait fini son stock de conserves de Blackwell and Cross, et il ne se sentait pas de joie de se trouver en face d'une table qui disparaissait sous les mets les plus divers.

— Aho! master Willigo, dit-il à son compagnon, en reprenant une seconde fois d'une délicieuse *turtle-soup*, croyez-vous que depuis plus de trois mois je n'ai vécu que de grenouilles, de *gloaseels* (anguilles de verre), d'opossums puants et de vers palmistes que Menouahli faisait griller sur des charbons ardents. Pouah! comment un chrétien peut-il manger de pareilles choses!

— Très bon tout cela, *very fine*, *very nice*, répondait laconiquement Willigo, dont les yeux s'allumaient à cette énumération des mets délicats de son pays; bien meilleurs que tous les plats des blancs, Woangow.

Ce nom de Woangow, que l'Aigle-Noir avait pris l'habitude de donner à Gilping, était celui d'un oiseau bizarre spécial à l'Australie, qui possède entre les deux yeux, au-dessus du bec, une sorte de proéminence charnue qui atteint parfois cinquante à soixante centimètres de longueur et lui pend le long du cou comme une sorte d'appendice nasal; et comme Gilping, quand il fit la connaissance de Willigo dans le Buisson, avait à chaque instant sa clarinette à sa bouche, ce dernier, frappé de la ressemblance que l'Anglais avait à ce moment avec l'oiseau à trompe, lui avait donné ce nom de Woangow, comme si l'instrument dont il jouait n'eût été que le prolongement nasal de son propriétaire.

Interrogé sur la signification du mot, le Canadien avait répondu que c'était la traduction de son nom en langue nagarnook; et Gilping, satisfait de l'explication, avait accepté l'appellation avec plaisir. Il trouvait même très original, quand il écrivait à ses amis de la Société royale de Londres, de signer J. Gilping-Woangow, ignorant qu'il signait tout simplement l'Oiseau à trompe.

Cette coutume est générale dans le Buisson; tout nouvel arrivant d'Europe reçoit immédiatement des indigènes un nom tiré ordinairement d'une qualité ou d'une imperfection physique, qu'ils sont très habiles à remarquer, et, qu'il le veuille ou non, il n'est connu de tous que sous l'appellation nouvelle.

Après sept à huit voyages à l'immense soupière, Gilping finit par voir la fin de la soupe à la tortue qui était toujours servie comme s'il y eût eu huit à dix personnes à table, le restant composant la nourriture de Black pour la journée du lendemain.

Le garçon de service était ébahi; jamais il n'avait vu manger, absorber, avaler une telle quantité de turtle-soup.

C'est que la soupe à la tortue n'est pas une soupe ordinaire, c'est une soupe véritablement anglaise, car les tortues sont animaux de mer, du moins celles qu'on emploie, et chacun sait que la mer est aux Anglais. « Partout où il y a de l'eau salée, l'Anglais est chez lui, » dit un refrain cher à John Bull. La soupe à la tortue est donc une soupe nationale. Pas une fête, pas un raout, pas une réunion, pas un repas de famille, pas un banquet, pas un dîner officiel, sans soupe à la tortue; ce mets divin est sur la carte de la reine tous les jours. Si le lord-maire ne donnait pas une soupe à la tortue à son dîner de réception, il y aurait une révolution dans la Cité; et quand la très haute et très honorable corporation des marchands de *ficelles*, dont M. Gladstone est le président d'honneur, invite M. le Premier, elle lui ferait une grosse injure si elle ne lui servait une soupe à la tortue.

Hop! hop! hurrah for turtle-soup!

L'Angleterre en absorbe à elle seule, en un jour, dix fois plus qu'il n'y a de tortues dans le monde.

Mais il est avec la tortue des accommodements. Cet animal se faisait rare ; il fallait envoyer des navires le chercher au loin ; il revenait alors à des prix inabordables, et même on n'en trouvait plus sur le marché ; c'était la fin de la soupe nationale, et l'Angleterre allait en faire son deuil. Les marchands de conserves ont sauvé la soupe nationale. Blackwell and Cross et consorts eurent un jour une idée de génie. Ils remplacèrent la tortue, devenue introuvable, par la tête de veau. Même goût de colle de poisson gélatineux et insipide, même velouté gluant et fadé ; il n'y avait plus qu'à ajouter un peu de madère, de cognac, force poivre de Cayenne, et l'honneur des festins anglais était sauf, et deux ou trois millions de têtes de veau, découpées dans de la gélatine et expédiées dans des boîtes de fer-blanc, se promènent aujourd'hui autour du monde sous le nom de soupe à la tortue, avec la marque Blackwell and Cross, *her most gracious majesty purveyors*. Et l'Angleterre entière, et ses colonies, et ses voyageurs, du cap Horn au Kamtchatka, du Groenland à Poulo-Pinang, continuent à se gaver de turtle-soup.

Et tout cela, lecteur, pour que vous ne fassiez pas un crime à John Gilping, esquire, d'avoir avalé quatorze assiettes de ce potage national après de longs mois de privations ; ce velouté sur l'estomac lui renvoyait au cœur comme un souvenir de la patrie absente...

Tout en mangeant, notre Anglais fit part à Willigo des motifs de son voyage. Il était venu à Melbourne pour refaire sa provision de bibles, complétement épuisée, et il ne voulait pas, sans cette munition sacrée, accomplir une grande excursion qu'il avait projetée au pays des Ngotaks et des Nirroobas, les deux plus puissantes tribus du centre australien après celle des Nagarnooks ; puis il désirait opérer l'échange de l'or que le comte d'Entraygues et le Canadien lui avaient donné, et en envoyer le montant en une traite sur la Banque d'Angleterre à mistress Gilping, sa digne et vertueuse épouse, qui, en son absence, dirigeait l'éducation des quinze boys et misses Gilping, que le ciel leur avait donnés. Enfin, troisième motif, qui, tout naturellement, n'était là que pour compléter les autres, comme on dit vulgairement *par-dessus le marché*, l'estimable Gilping était heureux de profiter de l'occasion pour revoir ses amis.

A l'issue du repas, Willigo proposa à son compagnon de descendre jusqu'au restaurant français, car il commençait à trouver étonnante l'absence prolongée du Canadien et de ses compagnons, alors surtout qu'on ne l'avait point fait prévenir. La situation était du reste en ce moment d'une telle gravité, après l'attentat dont le comte avait failli être victime et la décision prise en commun de partir au plus tôt pour l'intérieur, que le guerrier nagarnook comprenait difficilement le peu d'empressement que ses amis semblaient mettre à venir traiter avec lui une foule de questions sur lesquelles il était urgent de s'entendre avant le départ.

Black lui-même, habitué à la vie régulière de son maître, allait et venait dans la chambre en donnant des marques non équivoques d'une véritable inquiétude.

Ils remontèrent donc tout Yarra-street accompagnés du caniche, s'engagèrent dans Evening-Cross qu'ils suivirent jusqu'au Stand, et, arrivés à Collet-House, demandèrent si le comte d'Entraygues et ses deux amis n'avaient point dîné dans l'établissement.

On leur répondit qu'on ne les avait pas vus depuis la veille au banquet qui avait suivi la victoire du Canadien sur Tom Powell.

Willigo revint tout pensif à l'hôtel, ne répondant que par monosyllabes aux questions de son compagnon; son inquiétude grandissait de minute en minute, car il savait à quelle phase aiguë était arrivée la lutte entre les Invisibles et le comte d'Entraygues; et, avec la sûreté de jugement et le flair pour ainsi dire instinctif dont il avait toujours fait preuve, il se dit immédiatement que s'il ne trouvait pas ses amis en rentrant à l'hôtel, c'est qu'ils étaient tombés dans une embuscade habilement dressée par les Invisibles, et que peut-être étaient-ils morts ou tout au moins prisonniers tous les trois en ce moment.

Tout en marchant, l'enfant du Buisson fouillait du regard les rues et les avenues, ainsi qu'il faisait dans les solitudes australiennes quand il allait à la recherche d'une piste, prêt à saisir le plus petit indice qui pût lui servir de fil conducteur.

En revenant par Evening-Cross, il jeta un rapide coup d'œil sur l'hôtel du consulat de Russie; aucune lumière aux fenêtres, rien n'y trahissait la vie intérieure, on eût dit qu'il était inhabité.

Gilping, qui depuis trois mois n'avait eu d'autre interlocuteur que le paisible Pacific, mis en belle humeur du reste par l'excellent dîner qu'il avait fait et le vin généreux dont il l'avait arrosé, était d'une rare loquacité et étourdissait l'Aigle-Noir de ses questions.

— Woangow parle trop, fit tout à coup Willigo visiblement impatienté; quand le vautour noir plane dans le Buisson, l'oiseau chanteur se cache dans le feuillage et se tait.

— Que veux-tu dire? Serions-nous en présence de quelque danger?... Qu'avons-nous à redouter à Melbourne?

— Que Woangow se taise; l'Aigle-Noir parlera quand aucune oreille indiscrète ne pourra l'entendre.

Influencé par l'air mystérieux de son compagnon, Gilping prit le parti de suivre son conseil, et pas un mot ne fut échangé entre eux jusqu'à leur retour à Oriental-Hotel.

En arrivant, Willigo apprit, sans qu'un muscle de son visage ne vînt trahir ses impressions, que ses amis n'étaient pas encore rentrés... Aucun doute n'existait plus dans son esprit, son frère Tidana et son compagnon étaient bien tombés dans quelque guet-apens; mais s'il était facile d'en deviner les

auteurs, c'est-à-dire d'attribuer ce nouvel attentat aux Invisibles, il était
presque impossible de savoir, cette fois, comment les choses s'étaient passées... Pas un événement, pas un fait, même le plus indifférent, pour jeter
un peu de lumière sur l'aventure. Rien, absolument rien, pour indiquer à
l'Aigle-Noir en quels lieux et sur quelle piste devaient porter ses investigations !

Il ne savait qu'une chose, qui lui avait été révélée par le drame où Olivier avait failli succomber et où le hasard lui avait fait jouer le principal
rôle, c'est que le consul général de Russie devait être sinon le chef, du
moins un des principaux membres de la société des Invisibles à Melbourne.
Mais ce renseignement, très important s'il se fût agi de suivre patiemment
quelque aventure dont le dénouement eût été encore éloigné, perdait de sa
gravité du moment où on se trouvait en présence d'un fait accompli, et
qu'il fallait agir de suite, aller droit au but, rapidement, sans hésiter, sans
se tromper de piste, sous peine de ne plus trouver que des cadavres à venger.

Déjouer un plan encore à l'état d'embryon n'eût été qu'un jeu pour
Willigo. Aidé de ses jeunes gens, il eût épié, suivi, nuit et jour, le consul de
Russie, se fût procuré, coûte que coûte, des intelligences dans la place, et le
moment venu, on eût vu le guerrier nagarnook et son terrible boomrang se
dresser entre les Invisibles et leurs victimes... ; mais le plan avait réussi,
et il fallait sur l'heure en arrêter les effets, s'il en était temps encore.

Rentré à l'hôtel, seul avec Gilping dans les appartements du comte,
Willigo, qui s'était contenu au dehors, était arrivé graduellement au
paroxysme de la colère ; irritée par l'impuissance, sa nature sauvage avait
besoin, comme un torrent furieux, de se répandre autour de lui, d'éclater
avant de retrouver le calme... L'explosion fut terrible, et Gilping, tremblant,
demi-mort de frayeur, réfugié dans un coin de la chambre, assista à la plus
étrange et à la plus fantastique des scènes.

Tout en jurant qu'il ferait à son frère Tidana et à ses amis de terribles
funérailles, Willigo s'était dépouillé de sa couverture, avait rejeté ses pelleteries sur le sol et s'était transformé peu à peu en guerrier nagarnook prêt
à partir sur le sentier de la guerre. Puis, saisissant tout à coup son terrible
boomerang, il le fit voltiger au-dessus de sa tête et se mit à danser en poussant son cri de guerre, et en hurlant plutôt qu'il ne les chantait les paroles suivantes dans le dialecte de sa tribu :

Wahga! Wahga!
Tidana danna.
Youdon danna
Diglio danna,
Digeri danna
Waras viglios.

> Wahga! Wahga!
> Goordous youla,
> Gouogaos leila,
> Marras miarla,
> Bolgalos dida
> Waras viglios
> Wahga! Wahga!

Ce qui peut se traduire ainsi :

> Hurrah! Hurrah!
> Je trouerai la tête,
> Je trouerai le front,
> Je trouerai la poitrine,
> Je trouerai le cœur
> Des lâches Invisibles!
>
> Hurrah! Hurrah!
> J'abattrai les oreilles,
> J'ouvrirai les entrailles,
> Je fendrai les côtes,
> J'abattrai les bras
> Des lâches Invisibles.
> Hurrah! Hurrah!

Pendant près de vingt minutes, Willigo détailla ainsi avec les accentuations les plus barbares, les cris les plus féroces, toutes les parties du corps de ses ennemis qu'il voulait hacher, couper, déchirer, broyer, et il ne s'arrêta que quand, épuisé de chanter, de danser, de hurler, la voix ne lui fournit plus de sons, les nerfs plus d'élasticité.

Alors il sembla se calmer; ses traits, qui s'étaient contractés d'une manière effrayante, se détendirent peu à peu. Il alluma sa longue pipe, et s'étant assis par terre les jambes croisées, il resta pendant quelques instants immobile, et comme absorbé par ses réflexions.

La scène à laquelle il venait de se livrer sous l'œil terrifié de Gilping, qui crut un instant qu'il était devenu subitement fou, n'était que la reproduction d'une coutume nationale : chaque fois qu'un guerrier nagarnook était sur le point de partir en expédition contre un ennemi à qui il ne devait faire aucun quartier, il exécutait cette danse, appelée la danse du boomerang, dans laquelle il énumérait tous les coups qu'il se proposait de porter à son adversaire, en faisant une sorte de moulinet avec son boomerang, ou casse-tête. Puis il allumait sa pipe et s'accroupissait sur le sol; ses parents venaient alors s'asseoir autour de lui, la pipe circulait de bouche en bouche, et le guerrier les prenait à témoin qu'il avait prononcé le serment terrible, et qu'il ne ferait aucune grâce à ceux qu'il allait poursuivre.

Qu'allait-on trouver au bout de cette course effrénée? (Page 311.)

Exalté par la disparition de son frère Tidana, le guerrier nagarnook s'était livré à cette sorte de fantasia préliminaire, plutôt pour satisfaire sa fureur que pour obéir à la tradition. C'était le sauvage enfant du Buisson qui avait reparu pendant quelques instants dans toute sa féroce énergie.

Lorsque le calme lui fut revenu complètement, Willigo, qui se souvenait de la courageuse intervention de Gilping lors de leur captivité chez les Dundarups, lui raconta brièvement les événements qui s'étaient accomplis pendant ces derniers jours, et lui fit part des sinistres appréhensions que lui faisait éprouver l'absence de ses amis.

— Woangow est brave, fit-il en terminant; l'Aigle-Noir ouvre ses oreilles pour recevoir un bon conseil de son ami blanc ; que Woangow parle et dise ce qu'il faut faire.

— Willigo est-il sûr, répondit Gilping, que nos amis n'ont pas été retenus au dehors par quelque affaire importante?

— C'est l'heure du sommeil et non des affaires, répliqua l'Aigle-Noir en montrant la pendule qui marquait une heure du matin.

— Tu as raison, chef; mais aussi ne peuvent-ils s'être attardés dans quelque club?

— Ils eussent fait prévenir Willigo; après tout ce qui vient d'arriver, Tidana n'aurait pas voulu laisser son frère dans l'inquiétude.

— Ne peuvent-ils avoir rencontré quelques compatriotes?...

— Je t'ai conduit au seul lieu où se réunissent les gens de leur tribu, on ne les y avait pas vus de la journée.

— Je ne sais plus que penser... ou plutôt je commence à croire qu'ils ont bien pu tomber dans un piège que le consul de Russie leur aura tendu.

— Que faire alors?

— S'emparer du consul de Russie cette nuit même, si c'est possible, et le garder comme otage, jusqu'à ce qu'il ait fait rendre la liberté à nos amis.

Willigo fut sur pied d'un bond.

—Woangow est un grand chef, dit-il à Gilping. Wahga! avant que la lune ait quitté son lit dans la grande eau salée, le consul sera notre prisonnier. Que Woangow m'attende ici, je vais chercher mes jeunes gens.

Et prompt, comme il l'était toujours une fois qu'il avait pris une décision, Willigo s'élança hors de l'appartement.

Gilping resta seul avec Menouahli, qui dormait dans la pièce voisine, près des sacs d'échantillons minéralogiques dont la garde lui avait été confiée, et qui en réalité renfermaient l'or donné à leur ami par Dick et Olivier.

CHAPITRE III

Le thé de Gilping, esquire. — Les idées de Black. — Ils sont là ! — L'embuscade.
Cinq cadavres.

Pour tromper les ennuis de l'attente, le brave homme sonna et demanda de l'eau chaude et du thé; en véritable citoyen de la vieille Angleterre, il ne se serait pas couché un seul jour sans s'administrer une douzaine de tasses de cette délicieuse infusion additionnée de lait, et accompagnée de sandwichs au jambon garnies de moutarde, ce qui, avec des harengs saurs, du chester, des confitures et des toasts, formait sur l'estomac le plus agréable mélange qui se puisse voir. Au grand ébahissement du boy qui le servait, Gilping recommença à manger comme s'il n'avait pas dîné; les préoccupations, les dangers, ne faisaient qu'augmenter son appétit; la moindre émotion lui occasionnait un creux qu'il lui fallait absolument combler sous peine de défaillir; une fois bondé, lesté, de roastbeaf, de jambon, de pommes de terre, de harengs saurs, de coldfish, de chester, de plums, de thé, de porter et de wisky, Gilping était un héros! et c'est là une qualité de race, l'Anglo-Saxon ne se bat bien que gavé jusqu'au menton; plus il a le ventre plein, et plus il offre de résistance. Toute la tactique des généraux anglais consiste à n'amener leurs hommes devant l'ennemi qu'après les avoir bourrés comme des canons; un soldat anglais qui a ses neuf livres de victuailles dans le corps est inébranlable, et c'est pour lui qu'a été inventé le dicton célèbre : « Se donner du cœur au ventre. »

Aussi Gilping, qui prévoyait que la nuit ne se passerait pas sans alerte, prenait-il ses précautions pour que le danger ne le trouvât pas le ventre creux. Quand la théière fut vide, que sandwichs, tongue, cornedbeaf, toasts, etc., eurent disparu, arrosés de trois de ces bouteilles de jus de réglisse alcoolisé que l'on nomme porter, et qu'il ne resta même pas une croûte de chester comme témoin de ses exploits, le brave prédicant avala un grand verre de brandy, pour donner à tout cela la consistance d'un mastic *indigestible*, et sûr alors d'être lesté pour de longues heures, il ouvrit sa Bible, et de ce ton nasillard qui faisait fuir les cacatoès dans les forêts du Red-River, il se mit à chanter :

« J'ai ramassé la manne céleste dans le désert, elle deviendra pour moi le pain des forts, et je vaincrai, ô Jéhovah! les ennemis de ton nom. »

L'histoire ne nous a pas conservé la formule de la composition de la manne du désert, mais nous doutons fort qu'il y entra des ingrédients aussi variés que ceux dont Gilping composait la sienne.

Le brave homme était arrivé à son dix-septième couplet et il avait déjà massacré une quantité notable d'Amalécites, Amorrhéens et autres sectes de Bélial, lorsque Black, qui avait quitté l'Aigle-Noir et son compagnon après leur visite infructueuse au restaurant Collet, fit tout à coup irruption dans la chambre, et saisissant Gilping par le bas de son carrick se mit à le tirer du côté de la porte de sortie.

Il était impossible d'indiquer d'une façon plus claire l'intention où était sans doute le caniche d'emmener notre homme avec lui... Avait-il trouvé son maître ?... Là était la question qui ne pouvait être résolue qu'en accédant aux désirs de l'animal. Gilping, qui était dans ses heures de lucidité, comprit immédiatement la gravité de la situation... Mais était-il prudent de partir avant le retour de Willigo?

Le chien ne lâchait pas prise et continuait à manœuvrer avec une rare ténacité pour entraîner avec lui le morceau de la houppelande qu'il avait saisie, et tout naturellement son propriétaire avec lui.

— Allons, je comprends ce que tu veux, mais un peu de patience, lui disait Gilping, qui faisait de vains efforts pour rentrer en possession de son vêtement, auquel il tenait beaucoup, un vrai carrick de Londres avec sept collets superposés.

Mais le chien n'entendait pas de cette oreille; il tirait toujours, et notre homme, pour éviter une désagréable solution de continuité, cédait peu à peu et se laissait conduire près de la porte.

L'Aigle-Noir arriva à temps pour mettre un terme à cette situation tragi-comique; en voyant la manœuvre du chien, il en comprit immédiatement les motifs.

— Black a retrouvé son maître, s'écria-t-il; mais ces mots n'étaient pas prononcés que l'intelligent animal, apercevant l'indigène avec lequel il était plus familier encore, lâcha Gilping pour se précipiter vers lui, et renouveler les mêmes tentatives.

— C'est bien, je te suis! fit l'Aigle-Noir, d'un ton d'autorité qui en imposa sans doute à l'animal, car il resta immobile, sans abandonner le coin de la couverture qu'il venait de saisir entre ses dents.

— Wahga! il n'y a pas un instant à perdre, peut-être sont-ils morts! Donnez-moi Menouahli, et restez ici, Woangow; il me rendra plus de service que vous, s'il faut jouer du boomerang.

Et l'Aigle-Noir s'élança au dehors, conduit par Black qui, heureux d'être compris, avait abandonné le vêtement de son ami et courait en avant

Les hôtels, en Australie, sont de véritables halls publics, ouverts jour et nuit aux arrivants de mer et de l'intérieur, où chacun entre et sort sans éveiller l'attention de personne. Là également se tiennent les réunions, meetings, assemblées de mineurs, prospecteurs et chercheurs d'or. La vie des affaires ne s'interrompt avec le soleil, dans le quartier du port, que pour reprendre avec énergie dans les hôtels et surtout à Oriental et Royal-Élisabeth, où pendant toute la nuit part, arrive, se coudoie, une foule cosmopolite qui brasse des millions en buvant des sherry-coblers et des gin-coktails.

Dans une des grandes salles de l'hôtel avait lieu en ce moment un grand meeting de mineurs qui menaçait de se prolonger fort avant dans la nuit. Venus en grand nombre à Melbourne à l'occasion des fêtes, ces gentlemen s'étaient réunis pour discuter leurs intérêts et se renseigner sur le cours de l'or, en poudre, en pépites, en blocs ou en minerai; pour le moment les beaux envois de Stokton-mine, d'Euréka-mine et de l'Union-Company-mine en or vert faisaient prime et étaient fort demandés pour l'Europe. En outre, le nouveau gouvernement allait mettre en adjudication la fourniture de l'or pour les *souverains*, autrement dit, la livre sterling d'Australie, et c'était l'or de

cette qualité qu'on avait choisi. Tout cela donnait une extraordinaire animation à la réunion. Gilping, qui n'oubliait jamais ses intérêts, jugeant du reste
qu'il n'aurait rien de mieux à faire jusqu'au retour de l'Aigle-Noir, glissa
dans sa poche un petit bloc d'or d'une livre anglaise environ, et après avoir
soigneusement fermé le petit cabinet où se trouvaient ses richesses, descendit dans la salle du meeting pour faire expertiser son précieux morceau de
métal. A peine l'eut-il exhibé, que des cris d'admiration éclatèrent de toute
part; de l'avis de tous les mineurs, ouvriers, *engineers*, prospécteurs, propriétaires, car tout ce qui touchait à l'or était confondu dans la même appellation, on n'en avait jamais vu d'aussi pur; c'était le véritable or natif, sans
alliage, sans mélange, ne demandant aucun travail d'épuration, rêvé par tous
les chercheurs. Le bloc, après avoir circulé dans toutes les mains, revint fidèlement en celles de Gilping, et de tous côtés on lui demanda le nom de la
mine qui avait fourni un pareil échantillon. Le rusé compère répondit que
l'ayant reçu en payement d'un mineur, il n'en connaissait pas la provenance.
Il fut estimé, séance tenante, à quatre livres cinq schellings dix-neuf pences
l'once de la livre anglaise, qui en contient douze et vaut 372 grammes, ce
qui le mettait à 3 fr. 45 le gramme, soit 1,283 fr. 40 la livre anglaise de
372 grammes. Et comme le brave Pacific en avait courageusement porté
600 livres, master Gilping se trouvait à la tête d'une fortune qui, traduite en
monnaie française, se montait à 770,040 francs.

Après avoir mentalement fait ce calcul, le brave prédicant se dit avec la
plus intime des satisfactions que l'avenir de mistress Gilping et le sien,
ainsi que la pâtée de la nombreuse lignée que le ciel leur avait accordée,
étaient assurés; que lui Gilping, esquire, n'aurait plus besoin de se faire
envoyer en mission par la Société royale de Londres pour faire vivre
sa famille, ni de recevoir un salaire de l'Evangelic Society; et que, dorénavant, quand il jouerait de la clarinette, au milieu des grands villages australiens pour distribuer des bibles, il pourrait le faire purement et simplement
pour l'amour de Jéhovah. Il entrevoyait même déjà la charmante villa qu'il
achèterait à son retour aux environs de Londres, et qu'en souvenir de son
heureux voyage en Australie, il appellerait Woangow-Cottage ou Woangow-Hall.

Ce nom vous avait en effet un petit air exotique des plus piquants, et il y
avait gros à parier que l'excellent homme ne rencontrerait jamais un lin-
guiste assez fort en nagarnook pour lui apprendre qu'il aurait inscrit tout
bonnement au frontispice de son castel : « Cottage de l'oiseau à trompe. »

Puis, comme l'homme s'arrête peu dans ses rêves de grandeur, il faisait, à
son arrivée en Angleterre, un rapport sur la géologie, la minéralogie et
la botanique australiennes si remarquable, que la Société royale de Londres
allait en corps demander pour lui une récompense à la reine, qui le créait
d'emblée baronnet et pair d'Angleterre, avec le titre héréditaire, transmis-

sible de mâle en mâle par primogéniture, de lord Woangow, comme un souvenir des services rendus par lui à la science en Australie.

Tout en caressant ces rêves de grandeur, il se rendit au bureau de l'hôtel pour donner son nom et se faire désigner son appartement. L'établissement regorgeait de voyageurs, en raison des fêtes, et il ne restait plus une seule chambre de libre; cependant, apprenant que Gilping était l'ami des quatre voyageurs qui jetaient l'or à pleines mains dans l'hôtel, sans compter, le gérant consentit à lui céder un petit pavillon de deux pièces situé dans le jardin, qui lui servait d'appartement particulier. Gilping y fit immédiatement transporter sa fameuse *collection minéralogique*, la jugeant plus en sûreté, par son isolement même, en ce lieu que dans le centre de l'hôtel. Puis, après une visite à Pacific, qui, à l'exemple de son maître, était en train de se donner une indigestion, il pria le boy de service de ne l'éveiller qu'en cas d'absolue nécessité, et se retira dans son appartement.

Le pavillon qu'on lui avait donné semblait avoir été fait pour lui : d'assez modeste apparence pour ne pas tenter la visite des maraudeurs, il ne possédait en effet que deux petites pièces et une seule entrée; les croisées étaient garnies d'épais barreaux de fer, et la porte paraissait d'une solidité à toute épreuve. Outre la serrure, deux énormes barres de bois dur qui s'encastraient intérieurement dans la muraille défiaient toute effraction. Après les avoir assujetties et fait la visite minutieuse de son domicile, Gilping se disposa tout naturellement à se livrer aux douceurs d'un repos mérité, car pendant de longs mois il n'avait eu d'autre couche que les feuilles sèches du Buisson. L'incertitude où il était du sort de ses amis aurait certainement empêché de dormir tout autre que notre brave prédicant, mais on a dû déjà remarquer que l'estimable Gilping était la logique incarnée, et quand il avait la logique pour lui, il avait la conscience absolument tranquille. Il s'était tenu le raisonnement suivant, d'une simplicité sans égale : « Que je me promène fiévreusement par la chambre en me mettant le cerveau à la torture ou que je me couche tranquillement en attendant le retour de l'Aigle-Noir et de ses compagnons, le résultat, au point de vue de la situation de mes amis, est identique dans les deux cas; tandis qu'au point de vue de la mienne, c'est bien différent : dans le premier cas, je risque une inutile migraine, ce qui est toujours fort désagréable; et dans le second, je me procure un repos réparateur, complément nécessaire de toute bonne digestion! » N'ayant pu saper par la base la logique serrée de cette argumentation, Gilping se jeta sur son lit et ne tarda pas à s'endormir... Et là, continuant ses châteaux en Angleterre, il rêva qu'ayant été nommé *speaker* de la Chambre des lords, il faisait passer un bill ordonnant la suppression, dans les vingt-quatre heures, de tous les papistes dans le monde, et que, nouveau Sauveur, il assommait ces suppôts de Belzébuth avec la mâchoire de Pacific...

En quittant l'hôtel, Willigo avait ordonné à ses cinq guerriers de le suivre à une certaine distance, en s'espaçant les uns des autres pour ne pas éveiller l'attention, quitte à revenir au premier signal. Il devait, en cas de besoin, pousser le cri du hocko, ce triste oiseau de nuit.

Autant Oriental-Hotel était brillant, vivant, animé, autant Melbourne était calme et sombre; la grande ville était toute enveloppée de silence, d'obscurité et de sommeil. A cette époque, on n'avait pas encore trouvé de charbon en Australie, et l'usine à gaz, obligée de s'alimenter avec du combustible anglais, ne pouvait fournir de la lumière pendant toute la nuit. A une heure du matin, elle fermait le conduit distributeur, et quand la lune n'y venait pas suppléer, les rues de la ville étaient aussi sombres et peut-être aussi dangereuses que les solitudes du Buisson.

C'était justement une nuit sans lune, et il fallait toute la finesse de vue de Willigo, habitué dès son enfance aux expéditions nocturnes, pour distinguer dans l'obscurité la noire toison de Black, qui courait droit devant lui, sans se douter de la difficulté que l'Aigle-Noir éprouvait à le suivre.

Courbé en deux, l'œil fixé sur le point noir qui fuyait devant lui, le chef nagarnook glissait silencieusement comme une ombre le long des murailles, sans que le moindre bruit vînt trahir sa présence, suivi, à la file indienne, par ses jeunes guerriers.

Un noctambule attardé qui eût entrevu ces formes indéfinissables, rasant le sol avec rapidité, et disparaissant sans que rien n'eût trahi leur passage, les eût certainement pris pour de fantastiques apparitions.

Black, sans modérer son allure, remonta tout Yarra-street, longea Royal-Elisabeth, ne fit que traverser le Strand et s'engagea dans Saint-Stephen. Il ne cherchait pas, n'hésitait pas, et allait tout droit devant lui, sûr de son chemin; de temps à autre, l'intelligente bête tournait à demi la tête, et satisfaite de voir son ami Willigo sur ses talons, faisait entendre un léger grondement de satisfaction, et n'en continuait qu'avec plus d'ardeur à dévorer l'espace. A voir la sûreté de sa marche, l'Aigle-Noir comprit que l'animal avait employé les deux heures qu'avait duré son absence à parcourir la ville dans tous les sens, le nez au vent, et qu'il n'était revenu qu'après avoir trouvé la piste de son maître.

Qu'allait-on découvrir au bout de cette course effrénée? L'Aigle-Noir ne pouvait se défendre de terribles appréhensions, surtout à cause de son frère Tidana; si le géant canadien avait succombé, ce ne pouvait être que par surprise. Mais quelle vengeance de sauvage il se promettait de tirer des meurtriers si le brave Dick, l'être qu'il aimait le plus au monde, avait été tué! Le sort des deux autres personnages, il faut le dire, ne l'inquiétait que médiocrement : en vérible enfant du Buisson, il ne donnait pas son amitié aussi facilement, et quand il pensait à Olivier et à Laurent, ce n'était pas sans un certain sentiment d'irritation. Il ne voyait qu'une chose, c'est que ces étrangers étaient la seule et unique cause de tous les dangers que Tidana avait courus; sans eux, en effet, ne serait-il pas, lui Willigo, tranquillement occupé avec son frère à chasser l'opossum et le kangourou sur les territoires de sa tribu?

Ainsi, tout en dévorant l'espace, pensait le guerrier nagarnook... Tout à coup, il ne put s'empêcher de tressaillir; Black venait de s'arrêter!...

Willigo se hâta de s'approcher de lui.

Le chien avait gravi les trois marches d'un escalier formant perron, devant une maison de belle apparence, presque à l'extrémité de Saint-Stephen, et, comme s'il eût compris l'importance du silence dans cette occasion solennelle, il se tenait debout devant la porte, agitant son panache, et les deux pattes supérieures appuyées sur la boiserie, comme s'il eût attendu qu'on vînt lui ouvrir.

En voyant approcher Willigo, il descendit vers lui, mais pour remonter immédiatement et reprendre la même posture.

— Eh bien, Black, fit Willigo à voix basse, maître Olivier est là?

En entendant prononcer le nom de son maître, l'animal appliqua son museau à l'extrémité inférieure de la porte, et se mit à aspirer à pleins naseaux les émanations qui venaient de l'intérieur en imprimant au mouvement de son panache un redoublement d'activité, comme font les chiens qui vont forcer l'arrêt.

— Ils sont bien là, se dit l'Aigle-Noir. Black n'agirait pas ainsi s'ils n'avaient fait que passer dans cette maison; l'animal aurait retrouvé la piste de sortie... Non, évidemment il les sent et ne comprend point pourquoi cette porte ne s'ouvre pas; c'est certainement après une semblable tentative infructueuse qu'il est venu me chercher.

A ce moment, comme répondant aux réflexions de l'Aigle-Noir, Black fit entendre un sourd gémissement; son ami était là. Pourquoi n'ouvrait-il pas cette porte qui persistait à rester close? L'indigène, attentif, traduisait une à une les sensations du chien.

— Plus de doute, se dit-il après cette dernière manifestation; ils sont là, et prisonniers sans doute.

Alors, comme sa conviction était faite, il imposa silence au chien pour ne pas attirer l'attention des gens de l'intérieur.

Mais quelle était cette mystérieuse maison?

L'Aigle-Noir se recula pour l'examiner d'ensemble, se rendre compte de sa situation dans Saint-Stephen. Elle n'était pas éloignée de la cathédrale du même nom; à gauche se trouvait le square du Prince-de-Galles. Peu à peu, avec les renseignements, s'éveillaient les souvenirs de l'Australien. Il n'avait vu cette maison qu'une seule fois, mais cela lui suffisait; il venait de la reconnaître et fut sur le point de laisser échapper un cri... Il se retint à temps.

Cette maison était celle du consulat du Portugal! Donc, Willigo avait eu raison dans ses soupçons, qu'il n'avait pu faire partager au Canadien.

Un judas tiré laissa passer un jet de lumière. (Page 318.)

Le policier venu du pays des blancs était un traître vendu aux *Invisibles!*

Nulle hésitation à cet égard. Il était clair que son frère Tidana et ses amis, venus peut-être en simples visiteurs dans cette maison, n'y seraient pas encore à deux heures du matin, si on ne les eût fait traîtreusement prisonniers.

Et alors Willigo sentit l'espoir envahir son cœur. Quelque chose lui dit qu'il arriverait à temps pour les sauver.

Mais comment faire? Il ne pouvait donner l'assaut à cette maison avec ses guerriers, dans le plus beau quartier de Melbourne, à deux pas des casernes et du poste central des constables. Ah ! si elle eût été seulement située dans les faubourgs ! Mais ici ce n'était pas possible ; et cependant il fallait à tout prix y pénétrer.

Willigo avait l'intelligence vive, la décision rapide ; il comprit de suite qu'il ne pouvait agir par la force. Quant à la ruse, il était impossible de l'employer la nuit et avec des ennemis qui devaient être sur leurs gardes. Il sentit aussi qu'il serait presque impossible à des indigènes, et surtout à lui qui était connu du faux baron de Funcal, de tromper la vigilance de ce dernier. De jour, un blanc pouvait pénétrer d'abord dans le consulat, et les indigènes, déguisés, s'y précipiter à sa suite ; une fois là, l'Aigle-Noir se chargeait de mener l'affaire à bonne fin ; mais était-il prudent, dans l'intérêt des prisonniers, d'attendre jusque-là ? Dans tous les cas, rester à regarder la maison n'avancerait guère la question. On avait encore cinq heures de nuit, et Willigo se jura qu'avant l'aube son frère Tidana et ses amis seraient libres, s'il en était temps encore, et vengés, si les Invisibles avaient osé les faire assassiner.

Le chef nagarnook ne tenait pas à la vie, et Melbourne parlerait longtemps des sanglantes funérailles qu'il leur ferait... Il venait de concevoir un plan d'une rare audace, dans lequel Gilping devait jouer son rôle, et il se décida à rentrer immédiatement à l'hôtel pour tenir conseil avec lui.

Il plaça Wiwaga en faction en face du consulat, avec ordre de se dissimuler dans l'ombre pour n'être vu de personne, et d'accourir aussitôt pour lui en faire part, si quelque chose d'insolite se produisait dans la maison qu'il devait surveiller ; puis il s'élança, suivi de ses jeunes gens, dans la direction de Yarra-street.

Black, qui ne voulait pas s'éloigner, et dont la présence, si elle était remarquée, pouvait, si faible qu'il fût, servir d'indice aux Invisibles, fut attaché et mené en laisse.

Arrivé à Oriental-Hotel, Willigo posta ses hommes aux environs et y pénétra seul. Cinq minutes après, guidé par un boy, il frappait à la porte du petit pavillon, où Son Excellence lord Woangow, devenu premier ministre de la couronne, était en train de lire le discours de Sa Majesté à l'ouverture des Chambres. Réveillé par un tonnerre d'applaudissements partis de tous les côtés de la grande salle du palais de Westminster, le brave Gilping s'aperçut que ces marques d'approbation si flatteuses n'étaient autres qu'une série de coups de poing frappés vigoureusement contre sa porte.

— Ouvrez, Woangow ! mais ouvrez donc ! disait une voix qu'il reconnut pour celle de l'Aigle-Noir.

Au ton dont l'indigène avait prononcé ces simples paroles, Gilping comprit qu'il s'était passé quelque chose de grave ; il se hâta d'ouvrir la porte et ne put se défendre d'une exclamation douloureuse en le voyant seul.

— Ils sont morts! fit-il avec une réelle émotion.

— Je l'ignore ; mais peut-être n'en valent-ils guère mieux.

L'Aigle-Noir raconta alors rapidement à l'Anglais ce qui venait de se passer, et comment Black l'avait conduit droit à la demeure de l'espion blanc qu'Olivier avait fait venir d'Europe pour déjouer les trames des Invisibles et qui, selon toute apparence, s'était, au contraire, vendu à eux.

Puis il ajouta :

— Si Woangow veut aider l'Aigle-Noir, avant deux heures nos amis seront délivrés.

— Je suis tout à ta disposition, répondit Gilping.

— Eh bien, l'Aigle-Noir va te raconter une histoire, et tu comprendras ce que tu dois faire.

— Je t'écoute.

— Il y a deux ans, le fils du vieux Wolligong est déjà venu à Melbourne, et voici ce qu'il a vu : un squatter étant tombé malade et sentant approcher le moment où il allait partir pour les territoires de chasse des ancêtres fit appeler au milieu de la nuit le consul de sa nation pour lui confier ses dernières volontés.

— C'est vrai, interrompit Gilping, les consuls doivent servir de notaire à leurs nationaux établis à l'étranger.

— Bien, Woangow ; je voulais te demander s'il en était toujours ainsi.

— Certainement : les consuls doivent toujours obéir aux réquisitions de leurs compatriotes, quand ces derniers sont à l'article de la mort.

— Alors Woangow va être malade et faire appeler de suite le consul de Portugal.

— Pourquoi cela? demanda Gilping, qui ne se distinguait pas par la vivacité de l'imagination.

— Pour qu'en son absence Willigo et ses jeunes hommes puissent pénétrer dans la maison du traître et délivrer leurs amis.

A ces paroles, Gilping regarda l'Australien avec une véritable stupéfaction. Habitué, en qualité d'Anglais, à mépriser le reste des humains, il ne pouvait en revenir de ce qu'un indigène placé par lui si bas sur l'échelle intellectuelle eût pu donner une telle preuve d'intelligence.

— Est-ce que Woangow hésiterait? fit le guerrier visiblement inquiet.

— Non, Willigo, non, je n'hésite pas ; le salut de nos compagnons m'est aussi à cœur qu'à toi-même, et il n'est rien que je ne fasse pour y aider.

— Merci! Woangow est maintenant l'ami de Willigo. Cela ne se voit pas souvent dans le Buisson, ajouta-t-il en souriant doucement de l'innocente plaisanterie qu'il faisait ainsi sur les deux noms (Woangow), l'oiseau à trompe, gras, dodu, habitant les bords des marécages, est la proie ordinaire du grand aigle noir (Willigo), roi des forêts du Red-River.

Gilping, qui ignorait le sens de son nom indigène, ne comprit rien au jeu de mots du Nagarnook, ce qui ne l'empêcha pas d'en rire aux éclats... précisément parce qu'il n'avait pas compris.

L'Aigle-Noir venait d'avoir une idée de génie ; la seule, peut-être, qui, dans la situation présente, eût chance de réussir sans exciter de soupçons. Si fin limier que fût, en effet, le faux baron de Funcal, autrement dit le sieur Luce, pour lui restituer dorénavant son nom, il ne pourrait s'imaginer qu'on osât lui tendre un piège dans l'hôtel le plus fréquenté de Melbourne. Dans tous les cas, on n'avait pas le choix des moyens, et celui-là semblait si simple, si naturel, qu'il ne fallait pas hésiter à le tenter.

Il n'y avait plus qu'à arrêter les grandes lignes du drame qui allait se jouer. Ce fut encore à Willigo que revint l'honneur de trouver le mode le plus vraisemblable d'exécution.

Gilping n'était pas connu du policier qui occupait l'hôtel de la légation portugaise ; c'était donc à lui que revenait de droit le rôle difficile d'attirer ce faux diplomate à Oriental-Hotel.

La fable à débiter était d'une simplicité sans égale : un ami de Gilping, Portugais de naissance, était sur le point de retourner en Europe après fortune faite ; mais, surpris par la maladie, il avait été obligé de s'arrêter à Melbourne, et sur le point de mourir, il faisait appel à son consul afin que ses dernières volontés fussent garanties par un testament authentique : l'immense fortune du moribond lui faisait une loi de cette précaution. Tout cela devait être débité d'un ton bien en situation, avec une nuance d'émotion à la clef... Le diplôme de membre de la Société royale de Londres de l'envoyé devait achever de convaincre le policier.

Le restant allait de soi ; Willigo et ses hommes, cachés dans la seconde pièce, intervenaient au moment opportun, et le consul une fois ficelé, attaché, bâillonné et mis hors d'état de faire un mouvement, de pousser un cri, les Nagarnooks allaient forcer la porte de l'hôtel de la légation.

Ici Gilping se permit une observation.

— Ne penses-tu pas, dit-il à l'Aigle-Noir, que ce prétendu consul se fera accompagner par un certain nombre de ses hommes armés jusqu'aux dents ?

— Tant mieux, il en restera moins à la légation.

— Oui, mais ici c'est la lutte.

— Sois sans crainte, Woangow ; avant qu'ils aient le temps de soupçonner la moindre des choses, ils seront mis hors d'état de résister.

— Oui, mais pour qu'ils ne se doutent de rien en entrant, il faut qu'il y ait quelqu'un dans ce lit.

— Tu as raison, Woangow. Eh bien, je m'y mettrai ; je serai dans une bonne posture pour sauter à la gorge du consul quand il s'approchera de moi.

— Ce n'est pas tout, Willigo : il faut quelqu'un ici qui aura l'air d'avoir veillé le malade en mon absence et nous introduira à notre arrivée ; je connais les hommes de police d'Europe, il suffit de la moindre des choses pour exciter leur méfiance.

— Woangow est un homme d'expérience, c'est un grand chef dans le conseil.

L'honnête Gilping prenait tout simplement ses précautions pour conserver un père à sa nombreuse lignée, un époux à mistress Gilping et un futur baronnet à son pays. Quand des gens se battent, on ne sait jamais ce qui peut arriver.

Il sonna, un boy parut.

Les serviteurs d'hôtel étaient, en général, à cette époque gens de sac et de corde en Australie.

— Veux-tu gagner cent dollars en deux heures ? demanda l'Anglais au nouveau venu.

— Que faut-il faire pour cela?

— Rester ici pendant mon absence avec ce gentleman, ne t'étonner de rien, quoi que tu voies ou entendes ; ouvrir la porte à mon retour et t'esquiver dès que je serai rentré avec les personnes qui m'accompagneront.

— *All right, sir?* (Bien, gentleman.)

Gilping ne pouvait mieux tomber ; c'était un Yankee échoué à Melbourne à la suite d'une foule de discussions de droit qu'il avait eues avec l'attorney général de la cour de justice de Baltimore, dans lesquelles il n'avait jamais pu se mettre d'accord avec l'honorable représentant de la loi.

— Voici les cent dollars.

Le Yankee empocha, renouvela sa chique de virginie et s'étendit mollement sur un canapé.

— Et maintenant je pars, fit le brave prédicant, que la fièvre d'activité de l'Aigle-Noir commençait à gagner.

— Attends que j'aie fait venir mes jeunes gens, objecta ce dernier.

Quelques instants après, les cinq Nagarnooks faisaient leur entrée, et se dépouillant de leur couverture apparaissaient dans leur costume de guerre.

Le Yankee, gravement occupé à envoyer à trois mètres de distance les résidus de sa mastication dans un bassin de cuivre, opération dont il s'acquittait avec une adresse toute nationale, ne daigna même pas faire attention aux nouveaux venus.

Gilping échangea avec l'Aigle-Noir une vigoureuse poignée de main. A cette heure solennelle, ces deux hommes, si différents d'origine, d'idées et d'éducation, oubliaient leurs préjugés de race pour s'unir dans la même pensée de sacrifice et de dévouement. Rien ne rapproche les hommes comme les dangers courus ensemble.

Gilping prit, en passant dans la grande cour de l'hôtel, un des boys spécialement employés aux courses des voyageurs pour se faire accompagner à l'hôtel de la légation portugaise, et rendre encore sa démarche plus vraisemblable. Un quart d'heure après, il était à destination. Ce ne fut pas sans une singulière émotion qu'il fit retentir le marteau de bronze de la porte. Il sentait son cœur battre à tout rompre dans sa poitrine, et la pensée que ses amis étaient prisonniers dans cette maison ne contribuait pas peu à augmenter la force de ses impressions. Rien n'indiqua d'abord qu'on se disposât à répondre à ce premier appel. Il allait renouveler sa tentative, lorsqu'il entendit comme un vague bruit d'allants et de venants, de portes ouvertes brusquement et fermées de même, lui indiquant que tout le monde ne dormait pas dans cette mystérieuse demeure.

Il allait attendre quelques instants, quand il réfléchit que son genre de mission ne comportait pas la patience, et qu'un policier aussi expert que le sieur Luce pourrait s'étonner à bon droit de trouver autant de calme dans l'émissaire d'un moribond ; et reprenant le marteau, il se mit à accentuer un roulement prolongé dont le résultat ne se fit pas attendre.

Des pas précipités retentirent dans le corridor... un judas brusquement tiré laissa passer un jet de lumière par l'ouverture quadrillée, et une voix brusque lança la question d'usage :

— Qui est là ?

— John Gilping, esquire, membre de la Société royale de Londres, section de géologie, minéralogie et botanique.

— Que demandez-vous ?

— Je désire parler de suite à M. le consul du Portugal

— Que lui voulez-vous, à cette heure ?

— Un de ses compatriotes se meurt à Oriental-Hotel, et il désire assurer le partage de sa fortune qui se monte à plusieurs millions par un testament authentique.

— Attendez, je vais le prévenir, fit la voix un peu radoucie.

Cinq minutes s'écoulèrent... un siècle... puis des pas se firent de nouveau entendre, et la porte s'ouvrit avec précaution. Un jeune homme de vingt-huit à trente ans, entièrement vêtu malgré l'heure, parut, et après avoir examiné rapidement le nouvel arrivant et son guide, leur dit :

— Entrez, M. le consul consent à vous recevoir ; il vous prie seulement de lui donner le temps de s'habiller.

Gilping allait renvoyer le boy, une réflexion le retint.

— Il est clair, se dit-il, qu'on va nous observer sans que nous nous en doutions par quelque secrète communication ; or, la tenue absolument indifférente de ce garçon qui ne se doute de rien ne peut que produire un excellent effet.

La séance d'attente ne fut pas très longue, et l'impression produite avait sans doute été satisfaisante, car le faux baron de Funcal entra peu après, le sourire aux lèvres.

Gilping n'eut pas besoin d'un examen bien approfondi pour comprendre que le personnage n'avait pas été surpris au lit.

— C'est vous, monsieur, lui dit le consul, qui venez réclamer mon ministère pour dresser le testament d'un de mes compatriotes mourant?

Le policier parlait lentement, en attachant un regard inquisiteur sur la personne de son interlocuteur.

— Moi-même, monsieur le consul, et je vous prierais de vous hâter dans le cas où vous voudriez bien accéder à la légitime demande d'un homme qui n'a pas une heure à vivre et dont l'unique préoccupation est de faire lui-même le partage de son immense fortune à ses héritiers.

— Désir bien légitime, en effet, monsieur; et il se nomme...

A cette question imprévue, Gilping sentit immédiatement que s'il hésitait, tout était perdu. Le policier n'avait pas de soupçons sans doute, mais il ne demandait qu'à en avoir, et cette conversation banale n'était qu'un moyen de gagner du temps et d'étudier le personnage qu'il avait devant lui.

Gilping répondit sans hésitation, sans le moindre embarras, se lançant en avant comme un soldat au feu, sans savoir quel nom pourrait sortir de l'assemblage de syllabes qu'il allait mettre en avant. Il commença par des noms de baptême, c'était toujours cela; les Portugais en ont ordinairement une demi-douzaine, et puis après ce serait bien le diable si un nom présentable n'arrivait pas à la suite.

— Mon ami se nomme Miguel, Nunès, Joaquin, Luis, Pedro Carvajal... Ouf! il était au bout et non sans peine.

— Et sa fortune est considérable, dites-vous?

A ce moment Gilping eut un trait de génie. Il se leva, et sans répondre à la question :

— Excusez-moi, monsieur le consul, mais quand j'ai quitté mon ami, ses forces diminuaient si rapidement que je crains que nous n'arrivions pas à temps, et dans le cas où vous ne seriez pas disposé à me suivre, je m'adresserais de ce pas à un magistrat australien, d'autant plus facilement que toute la fortune à partager étant déposée dans une banque de ce pays, aucune difficulté ne pourrait être soulevée sur la validité de l'acte de dernière volonté.

Qui vous a dit, monsieur, que je refusais de remplir les devoirs de ma fonction? fit Luce d'un ton piqué.

— Mais, monsieur, pendant que vous me posez une foule de questions oiseuses, mon ami peut mourir *intestat* et sa fortune passerait ainsi à des collatéraux qu'il déteste.

Ces dernières paroles levèrent toutes les hésitations de Luce; à vrai dire, il n'avait pas eu, lui l'homme habile, le fin limier, l'ombre d'un soupçon; il avait simplement obéi à une habitude de métier de ne jamais rien faire sous une première impression.

— Je vous suis, gentleman, avait-il simplement répondu; nous prendrons en passant, si vous le voulez bien, mon collègue de Russie, qui se fera un plaisir de m'assister; la loi portugaise, si minutieuse quand il s'agit de testament d'outre-mer, n'exige plus de formalités spéciales quand cet acte est contresigné de deux consuls.

— Je n'y vois aucun inconvénient, répondit Gilping. Bon, pensa-t-il intérieurement, deux poissons dans le même filet.

Quant à l'émissaire des Invisibles, il n'avait eu qu'un but, car les mesures de prudence ne l'abandonnaient jamais : se faire à tout hasard accompagner par le plus de monde possible.

— Don Cristobal, dit alors le policier, voulez-vous prendre les devants pour prévenir Son Excellence.

Le jeune homme s'inclina et sortit.

— Don Pedro da Sylva, vous nous accompagnez, continua le consul à un second personnage qui se tenait dans l'antichambre depuis l'entrée des nouveaux venus.

— Et de quatre! fit Gilping en lui-même, pourvu que le consul de Russie ne prenne pas l'idée d'emmener cinq ou six de ses acolytes avec lui!

Les trois hommes sortirent précédés par le boy et se dirigèrent vers l'hôtel du consulat de Russie, qui se trouvait à l'entrée du Strand, sur le chemin même qu'ils avaient à parcourir pour arriver à Oriental.

Le consul de Russie ne se fit guère attendre, mais il sortit accompagné de deux solides gaillards qui se joignirent au cortège. Gilping en eut le frisson.

— Les voilà six, murmura-t-il, autant d'indigènes; mon Dieu, que va-t-il se passer? Ce qui contribua cependant à le rassurer, c'est qu'aucun de ces hommes n'avait d'armes apparentes, et il comptait sur l'extraordinaire agilité des Nagarnooks.

Dans tous les cas, la situation se corsait singulièrement et l'honnête prédicant, dont la bravoure n'avait rien de théâtral, en était à regretter amèrement de s'être lancé dans cette aventure, si grosse d'imprévu, lorsqu'ils franchirent le seuil d'Oriental-Hotel.

Ce n'était plus l'heure de reculer.

Grâce aux nombreuses libations de gin et wisky alternées, le meeting était arrivé à son apogée, les cris et les interrogations se croisaient sans interruption avec une telle intensité que Luce ne put s'empêcher de faire la réflexion que ce devait être charmant pour les voyageurs qui avaient envie de dormir.

— On dirait une séance du Parlement, dit le consul de Russie en riant.

Gilping, qui craignait que la situation un peu isolée du pavillon n'inspirât quelque doute à ceux qu'il conduisait, en profita pour leur dire que cela durait ainsi depuis les fêtes, et qu'il avait été obligé de faire transporter son ami dans une dépendance de l'hôtel pour le délivrer d'un tapage qui aggravait ses souffrances.

Les prisonniers entendirent des pas précipités. (Page 326)

L'explication parut si plausible que personne n'en soupçonna la cause véritable, et que la petite troupe s'engagea sans autre réflexion dans le jardin.

En arrivant devant le pavillon, Gilping, si près du dénouement, fut obligé de faire appel à toute son énergie pour ne pas défaillir. Il entrevit vaguement l'image de mistress Gilping et des quatorze représentants de la future branche des Gilping de Woangow-Hall, qui allait être anoblie à son retour par décision gracieuse de très haute et très puissante reine et impératrice

41° Liv. LES MANGEURS DE FEU. — LIBRAIRIE ILLUSTRÉE. 41° Liv.

d'Angleterre et des Indes; et cette pensée releva son courage. Il frappa délibérément à la porte.

Le Yankee vint ouvrir.

— Entrez, messieurs, fit Gilping, cédant le pas à ceux qu'il accompagnait.

Les six hommes s'inclinèrent et pénétrèrent sans défiance dans la première pièce du pavillon, à peine éclairée par une de ces veilleuses de nuit dont on se sert pour ne pas fatiguer les yeux des malades.

Selon qu'il avait été convenu, le boy avait refermé la porte et s'était éloigné.

Dans le lit, une forme humaine était étendue immobile.

— Il n'a pas l'air d'aller bien, dit Luce à voix basse.

— Peut-être repose-t-il; à mon départ, le médecin était occupé à lui faire prendre un cordial pour relever ses forces; approchez-vous de lui, ajouta le machiavélique Gilping, parlez-lui; il sera si heureux d'apprendre que vous avez déféré à son désir le plus ardent !

Luce s'avança auprès du prétendu moribond, tandis que ses compagnons, mus par un sentiment naturel d'intérêt et de curiosité, se massaient autour du lit pour entendre les premières paroles du mourant.

En cet état, aucun d'eux ne pouvait voir ce qui se passait dans la chambre.

Tout à coup, Gilping, portant ses regards autour de lui, tressaillit; les cinq guerriers nagarnooks rampaient silencieusement, comme de noires couleuvres, sur le tapis de la chambre, à la rencontre de leurs ennemis.

— Eh bien, mon ami, disait Luce arrivé en ce moment à la tête du lit, vous avez désiré faire votre testament...

. Les couvertures s'agitèrent doucement; tout le monde se penchait, attentif à la réponse...

Au même instant, le terrible cri de guerre des Nagarnooks : Wahga ! éclata comme une bombe dans la chambre... Et s'élançant avec l'agilité d'un tigre à la gorge du faux baron, Willigo le couchait sur le sol et le maintenait sous lui; les cinq jeunes guerriers nagarnooks avaient exécuté la même manœuvre avec cette rapidité foudroyante que leur donnait l'habitude des luttes corps à corps dans le Buisson, et avant qu'aucun d'eux ait eu le temps de se mettre sur la défensive, les six Invisibles râlaient sous l'étreinte de fer des sauvages.

— Aigle-Noir, intervint Gilping, pas de meurtre inutile : « Celui qui frappera de l'épée périra par l'épée. »

— Non, répondit Willigo; si nous les épargnons, ils recommenceront demain. N'ont-ils pas tenté dix fois déjà d'assassiner mon frère Tidana et son ami; ne les ont-ils pas fait tomber hier dans une embuscade?

— Sache au moins ce qu'ils sont devenus.

— Un seul suffit, Woangow, fit l'Aigle-Noir d'une voix sinistre.

Faire appel à la générosité, à la mansuétude du sauvage enfant du Buisson, après les guet-apens nombreux dont les Invisibles s'étaient rendus coupables était peine perdue... Gilping le comprit et se tut.

L'Aigle-Noir diminua un peu la pression de ses doigts, et comme son prisonnier revenait un peu à lui :

— Un mot, un cri, un geste, et tu es mort! lui dit-il.

Le policier, qui se sentait perdu, n'eut garde de transgresser cet ordre.

Willigo lui lia bras et jambes pour le mettre dans l'impossibilité de fuir et n'avoir pas à le garder. Les cinq autres Invisibles n'étaient plus que des cadavres.

— A la rivière! commanda l'Aigle-Noir à ses jeunes hommes.

Chaque Nagarnook chargea sa victime sur ses épaules... La Yarra coulait à quelques pas de là, à l'extrémité du jardin; peu d'instants après, les eaux silencieuses du fleuve entraînaient à la mer les corps des cinq aventuriers.

Après cette exécution sommaire, Willigo procéda à l'interrogatoire de son prisonnier, car Gilping était tellement ému qu'il ne pouvait prononcer une parole.

— Où sont les trois blancs que tu as attirés dans ta demeure?

— Je ne sais ce que le chef indigène veut dire, répondit Luce, qui cherchait à gagner du temps pour sauver sa vie.

— Prends garde... je n'ai pas besoin de toi pour les trouver.

— Pourquoi le chef alors m'interroge-t-il?

— Pour savoir s'ils sont morts ou vivants.

— Et s'ils sont morts?

— Ah! s'ils sont morts, reprit le chef avec une expression de voix sauvage, tu regretteras de n'avoir pas subi le sort de tes compagnons... je t'attacherai au poteau du supplice, et, pendant trois lunes, nous verrons si tu sais redire ton chant de guerre au milieu des plus affreuses tortures.

Luce avait entendu parler de ces terribles épreuves; il fut sur le point de défaillir.

— Et s'ils sont vivants? balbutia-t-il en tremblant.

— Mon frère Tidana et son ami décideront de ton sort.

— Ah! courez alors! courez! fit le policier pris d'un frisson convulsif; peut-être sera-t-il temps encore; prenez les clefs dans ma poche. Mais courez donc! ils vont peut-être manquer d'air... une cage de fer à droite en entrant, dans le corridor du salon... ils sont là... pressez le bouton... Emmenez-moi, je vous montrerai.

Le pauvre diable n'en put dire davantage... à bout de forces et d'émotions, il s'évanouit.

— Inutile de chercher à le faire revenir... observa Gilping; vous l'avez entendu, ils vont manquer d'air; partons, courons au plus tôt!

Et en disant ces mots, il s'était emparé du trousseau de clefs du policier.

— Que Koanook reste pour le garder! ordonna l'Aigle-Noir.

Et tous s'élancèrent dans Yarra-street... Black, détaché, courait devant eux comme dans la première excursion, mais cette fois il donnait de la voix comme s'il eût compris qu'on n'avait plus besoin de se dissimuler dans l'ombre. Il y avait chez cet étrange animal de ces sensations d'instinct si voisines de l'intelligence que l'Aigle-Noir en devenait parfois tout rêveur... Il n'y avait pas de chiens en Australie, et le chef indigène, qui n'avait jamais vu d'animal s'attacher à l'homme, le suivre, le protéger comme le plus fidèle ami, malgré toutes les explications que le Canadien lui avait données, persistait en secret à prendre Black pour un *koboug* ou esprit familier, venu du pays des ancêtres pour assister et protéger son maître contre les malignes influences des coradjis.

La dernière aventure n'était pas faite pour changer son opinion. N'était-ce pas en effet grâce au *koboug noir*, ainsi qu'il nommait l'animal, qu'on avait pu retrouver la piste des trois amis disparus?...

Et ils couraient, couraient, comme s'ils eussent eu des ailes, terrifiés par les dernières paroles du policier : « Ils vont manquer d'air »; ils couraient, excités par les aboiements du chien, dans les rues sombres de Melbourne endormi, semblables aux chasseurs de la ballade norvégienne que mène, dans les forêts du Nord, l'ombre du grand lévrier fantôme, dont la voix stridente se fait entendre au milieu des longues nuits d'hiver...

Arriveraient-ils à temps?

CHAPITRE IV

Heures de terribles angoisses. — L'homme masqué. — Désespoir d'Olivier.
Le suprême effort du Canadien. — Sauvés.

Les heures s'étaient écoulées lentes et solennelles; il pouvait être environ minuit, et depuis longtemps les prisonniers avaient repris tout leur sang-froid. Le coup avait été si rapide, si imprévu, que quelques instants de défaillance étaient excusables, même chez les organisations les mieux trempées. Alors ils voulurent, pour la vingtième fois au moins, se rendre compte de leur situation : le Canadien sonda du poing les quatre côtés de leur étroite prison; partout ils persistèrent à rendre un son métallique, mais sourd, indiquant d'épaisses plaques de tôle parfaitement ajustées.

— Les gredins ont bien pris leurs mesures, dit-il avec un soupir involontaire; nous sommes encastrés entre des murailles de fer.

— Vous le voyez bien, Dick, répondit Olivier; il ne nous reste plus d'espoir.

— Mon cher comte, tout est écrit dans le grand-livre de la destinée, et rien n'arrive avant son heure ; quels que soient les dangers qui nous environnent, nous n'y succomberons que si notre rôle est terminé ici-bas ; je ne suis pas un grand clerc, mais voilà ma croyance ; pourquoi donc nous désespérer si notre moment n'est pas venu ? Tout ce que les Invisibles pourront tenter ne réussira pas ; il y a là-haut une volonté plus forte que la leur, qui se rit de tous les efforts des hommes pour contrecarrer ses desseins.

— Qui vous dit, reprit tristement Olivier, que nous n'ayons pas achevé de feuilleter le livre de la vie ?

— Quelque chose que j'ai toujours ressenti dans les moments de grands périls me dit que nous ne devons pas désespérer.

— Voyez-vous un moyen de nous tirer de là ?

— Non, je l'avoue ; mais écoutez. Un jour, j'ai été attaché au poteau du supplice chez les Nirbass ; le feu était allumé, toutes les mégères de la tribu avaient déjà fait rougir au feu les lames de silex qui devaient me déchirer les chairs. Une d'elles lève le bras, elle va me frapper... et, je vous le jure, Olivier, je ne voyais pas, à cet instant suprême, comment je pourrais me tirer de là, et cependant je ne devais pas même recevoir une égratignure ; au moment où la main de la *vahiné* allait s'abattre sur moi, une flèche part, et la femme, percée par le trait léger, tombe dans le bûcher qui devait me dévorer après de longues heures de torture... C'était Willigo qui arrivait avec les siens, et je le croyais à cent lieues de là. Une autre fois, nous faisons naufrage dans le Pacifique sur un récif inconnu, loin de la route ordinaire des navires ; je m'accroche à une planche, la tempête disperse mes camarades ; c'était pendant une affreuse nuit ; au lever du soleil, je suis seul sous la voûte immense, et sur la vaste plaine liquide, pendant deux jours, je suis ballotté par la vague. N'en pouvant plus, mort de soif et de faim, ma tête tourne ; je ne vois plus rien, j'abandonne l'épave qui m'avait soutenu jusque-là et je roule dans l'abîme, n'ayant plus conscience de mon existence... Quand je revins à moi, j'étais au fond d'une pirogue : des Taïtiens qui allaient à Raïatea m'avaient recueilli... Vous le voyez, mon cher comte, il faut toujours tenir compte, dans la vie, de forces inconnues, d'événements mystérieux sur lesquels notre volonté n'a pas d'action, que les uns attribuent au hasard..., mais où d'autres voient la main d'une sagesse supérieure, qui ne permet pas que l'on touche à son œuvre avant l'heure qu'elle a fixée elle-même. Croyez-moi, mes amis, reprenons courage : ce n'est pas là que nous devons mourir !

— Soit ! j'en accepte l'augure, mon cher Dick... Je voudrais croire, espérer comme vous... C'est si beau d'espérer !... Mais je ne suis pas fataliste.

— Peut-être n'aurons-nous pas besoin, cette fois, que le secours nous vienne du dehors.

— Que voulez-vous dire ?

— Je n'ose vous communiquer une pensée qui vient de me venir subitement à l'esprit... Et, en prononçant ces paroles, le Canadien baissa la voix de telle façon que c'est à peine si ses compagnons l'entendirent... Il est plus que probable, continua-t-il, que l'on doit nous écouter; il suffit d'appliquer l'oreille contre ces plaques métalliques pour percevoir les moindres sons. Laissez-moi donc mûrir le projet que je viens de former jusqu'à l'heure de sa réalisation, vous n'aurez pas la cruelle déception qui succéderait aux longues heures d'attente s'il venait à ne pas réussir... Silence! voici quelqu'un.

Un coup de marteau avait retenti à la porte du dehors, et les prisonniers entendirent les pas précipités de la personne qui allait ouvrir. Ils appliquèrent immédiatement l'oreille aux parois de leur prison.

La porte fut refermée avec soin, et les paroles échangées entre les nouveaux arrivants et Luce, qui s'était avancé pour les recevoir, parvinrent aussi distinctement aux trois amis que s'ils eussent été dans l'antichambre même.

— Eh bien! dit une voix qu'ils reconnurent en frémissant pour celle du consul de Russie, avez-vous réussi?

— Parfaitement, répondit Luce, ils sont là tous les trois; les ressorts ont si bien joué que les plaques se sont abattues avec la vitesse de l'éclair.

— La capture a été facile?

— Ils se sont laissé prendre comme des moutons; c'est pitié que de jouer avec de pareils naïfs. A l'heure dite, ils sont arrivés, n'ayant pas même eu la pensée de laisser un des leurs à l'hôtel, sous prétexte de migraine; mais en réalité pour qu'en cas d'embuscade il y eût quelqu'un de libre et sachant où étaient les autres : l'enfance de l'art en matière de police, quoi! ce qui fait que personne au monde ne peut retrouver leur piste. J'ai joué la scène convenue; malgré tous mes efforts, car franchement j'eusse désiré sauver la vie à ce jeune homme, je n'ai rien pu obtenir. Alors, ils m'ont fait réellement de la peine... Si vous les aviez vus reculer lentement, en me tenant sous le feu de leurs revolvers, se dirigeant d'eux-mêmes vers le piège qui leur était tendu... J'ai été prêt à leur crier : Arrêtez!

— Si vous eussiez fait cela, monsieur! fit une voix menaçante, inconnue aux prisonniers...

— Eh! monsieur, répliqua Luce avec vivacité, je connais les statuts de notre société et sais à quoi m'engage le serment que je leur ai prêté; mais on n'en est pas moins homme pour cela.

— Vous n'êtes plus un homme, continua le même interlocuteur, mais un rouage dans le mécanisme général; vous n'avez même pas la liberté de la pensée; vous devez obéir sans réfléchir, sans peser, sans juger, sans comprendre, *Perinde ac cadaver*, ainsi qu'un cadavre; telle est la loi d'un Invisible.

— Permettez-moi de n'être pas de votre avis, monsieur; il y a quelque chose en moi à qui la société des Invisibles ne saurait commander, parce

qu'à cette chose je ne commande pas moi-même. Et chaque fois que j'exécute un ordre, que j'obéis à l'impulsion qu'on me donne, une voix s'élève en
moi qui me dit si j'ai bien ou mal fait, et cette voix je n'ai pas encore pu la
faire taire, monsieur.

— Et cette voix vous a dit ce matin...

— Que je commettais une bien méchante action, monsieur.

— C'est bien ; je vous signalerai au grand conseil, monsieur.

— Le grand conseil ne fera pas taire la voix de ma conscience.

— Si jamais tu tombes entre nos mains, murmura le Canadien, voilà une
parole qui te sauvera la vie, car à cette heure une voix s'élèvera aussi dans
nos âmes pour crier miséricorde.

Olivier pressa silencieusement la main de son ami :

— Que vous êtes bon, Dick! lui dit-il.

Cependant, la réponse du singulier personnage aux dernières paroles de
Luce leur était parvenue avec la même netteté.

— Prenez garde, monsieur, avait dit l'inconnu, les cadavres n'ont pas de
conscience, et vous ne seriez pas le premier à qui le grand conseil aurait
appliqué notre devise : *Perinde ac cadaver !*

Ces mots avaient été prononcés sur un ton élevé et sarcastique.

— Je connais cette voix, fit Olivier... Certainement, ce n'est pas la première
fois que je l'entends.

— Elle me fait éprouver la même impression, répondit le Canadien.

— C'est bien étrange, dit à son tour Laurent, mais je jurerais comme vous
que cet accent impératif et cassant a déjà frappé mon oreille.

— Nous ne nous trompons pas, répliqua le Canadien ; mes souvenirs se
précisent, rappelez-vous notre nuit de captivité chez les Dundarups...

— Ah! l'homme masqué, exclama Olivier avec un frisson involontaire...
toujours cet être mystérieux !

Ces rapides paroles avaient été échangées entre les prisonniers tout en
écoutant la conversation qui se continuait.

A la menace de l'inconnu, qui paraissait être le chef des Invisibles à Melbourne, Luce répondit sans élever la voix, mais avec une rare fermeté

— Fils d'une mère polonaise, quoique Français par mon père, et élevé dans
cette généreuse idée de l'unification de la grande famille slave, je me suis
fait initier à la société des Invisibles en haine de l'élément germanique que
je déteste également comme Français, j'ai exécuté les yeux fermés toutes les
décisions du grand conseil, j'ai consenti à n'être qu'un instrument inconscient, mais je n'ai jamais eu la pensée, monsieur, de me mettre au service
d'un intérêt particulier.

— Que voulez-vous dire? demanda l'inconnu, dont la voix montait peu à
peu au diapason aigu.

— Je veux dire, monsieur, que le grand conseil a peut-être le droit d'empêcher que les mines de l'Oural, qui peuvent être à un moment donné une immense ressource pour la cause, ne viennent à passer en des mains étrangères, mais j'ajouterai que vous n'auriez pas apporté autant d'âpreté et de haine farouche dans cette affaire, si vous n'aviez eu en même temps la pensée de perdre un rival préféré...

— Mon rival à Melbourne! murmura Olivier.

— Voilà la seconde fois, monsieur, répondit l'interlocuteur de Luce d'une voix vibrante de colère, que vous vous mêlez de choses qu'il ne vous appartient pas de connaître, et la dernière que je vous préviens du danger que vous courez en persistant dans cette voie. Vous savez qu'il suffit de trois membres pour constituer un tribunal secret ayant le droit de juger un des nôtres. Ne m'obligez pas à le convoquer.

— Quand il vous plaira, monsieur,

— C'est bien! n'aggravez pas votre situation.

— Je n'ai fait que vous répondre sur le terrain que vous aviez choisi, mes sentiments intimes n'appartiennent à personne.

— Laissons cela, fit l'inconnu d'un ton singulièrement radouci. Vous avez rendu de grands services à la cause et je regretterais d'avoir à sévir contre vous... Mes ordres ont-ils été exécutés de tout point?

— J'ai eu l'honneur de vous dire que ces malheureux étaient là tous les trois, dans la cage de fer s'adaptant au couloir du salon, que vous-même avez fait confectionner.

— Ainsi, il a refusé de se faire naturaliser Russe ?

— Énergiquement.

— Vous connaissez en ce cas l'arrêt du grand conseil, il faut en finir.

— Je le connais.

— Alors... et ici l'homme masqué baissa tellement la voix que seul le Canadien, qui avait l'oreille appliquée à la plaque du fond, la plus rapprochée des Invisibles, entendit ces sinistres paroles : Alors!... vous avez poussé le ressort du mécanisme destiné à empêcher l'air d'arriver dans l'intérieur...

— Non, monsieur.

— Et pourquoi, s'il vous plaît?

— Parce que je ne suis pas un assassin... Je vous ai livré vos victimes, là s'arrête la mission que j'ai reçue du conseil suprême.

— Vous êtes un casuiste, monsieur.

— Voici ma commission signée du comité central : « Ordre de nous aider à nous emparer... » lisez bien, et non d'assassiner.

— C'est bien, vous êtes en règle.

— Qu'à cela ne tienne, intervint le consul de Russie, je suis à vos ordres, colonel.

— Que dit-il? demanda Olivier, qui avait saisi vaguement ces mots.

Il fut tout étonné de voir ses deux compagnons étendus sur le sol. (Page 332.)

— Je n'ai pas entendu, balbutia le Canadien, que la dernière partie de cette conversation avait glacé de terreur; car il l'avait compris, c'était la mort!... la mort rapide par asphyxie, et cette fois sans secours possible.

— Bien, monsieur, avait répondu l'inconnu qu'on venait de qualifier de colonel; il vous en sera tenu compte.

Puis un silence s'était fait.

Et les prisonniers avaient entendu distinctement un petit bruit sec et saccadé, comme celui d'une pendule que l'on remonte. Et le Canadien avait compté un... deux... trois... jusqu'à trente.

Puis plus rien !

Et enfin ces dernières paroles étaient parvenues jusqu'à eux.

— Je vous rends responsable de ce qui peut arriver. Avant une heure tout doit être fini... Il se fait tard, adieu, monsieur.

Et la porte s'était refermée !

Le Canadien avait alors entendu comme un soupir... et des pas lents, solennels, avaient retenti dans le couloir, comme si on se fût dirigé dans l'intérieur de la maison ; et rien n'avait plus troublé le silence lugubre... le silence de mort qui avait suivi.

Deux heures du matin sonnaient en ce moment à Saint-Stephen.

Dick s'imagina d'abord qu'il avait mal compris, l'air continuait à arriver à leurs poumons sans gêne apparente, mais cela dura peu, car quelques minutes ne s'étaient pas écoulées, qu'il constata avec un véritable effroi que sa large poitrine commençait à éprouver quelque difficulté à respirer, mais ce n'était encore appréciable que pour lui qui savait...

Ses compagnons commençaient-ils à éprouver la même sensation ? Il n'osait le leur demander. Chacun, après le départ des Invisibles, semblait se livrer à ses propres méditations.

Olivier rompit le premier le silence.

— Ne trouvez-vous pas qu'il fait bien chaud ici, Dick ?

— C'est à cause de la petitesse du lieu où nous sommes enfermés, monsieur le comte.

— Un tombeau ! soupira le jeune homme.

Le Canadien frissonna ; cette nature si énergique, si vigoureusement trempée, n'avait plus d'espoir...

En ce moment des coups redoublés firent retentir la porte. C'était Gilping qui arrivait, expédié par l'Aigle-Noir ; mais ils n'entendirent que les questions qu'on lui posait de l'intérieur à travers le judas, ses réponses faites du dehors ne parvinrent pas jusqu'à eux. Ils comprirent cependant quelques instants après, en entendant les nombreux bruits de pas qui se dirigeaient vers la sortie, que Luce partait avec une partie au moins de son personnel ; et la porte ayant été fermée de la rue, à double tour, ils en conclurent qu'ils devaient être seuls dans l'hôtel.

Cela ne changeait guère leur situation en apparence, mais ils en éprouvèrent une invincible satisfaction. Cependant l'air se raréfiait avec une extraordinaire rapidité, les malheureux étaient inondés de sueur, et leurs poitrines commençaient à haleter comme des soufflets de forge.

— Dick, mon cher Dick, fit Olivier avec effort, il me semble que je commence à respirer difficilement, ma poitrine est en feu ; mes oreilles bourdonnent, le sang m'afflue au cerveau. Dick ! que se passe-t-il donc ?

— Oh, les misérables! murmura le Canadien.

Laurent soufflait dans un coin comme un bœuf à l'abattoir; le brave garçon lui aussi se sentait mourir, mais il ne disait rien pour ne pas effrayer son pauvre maître.

Quant au Canadien, il lui semblait que son front allait éclater.

Chose naturelle, c'étaient les deux organisations les plus fortes et les plus robustes qui souffraient le plus de cette privation d'air, qui augmentait lentement, progressivement. La raréfaction s'opérait avec une régularité mathématique; à chaque aspiration des trois hommes, l'air qui ne se renouvelait plus devenait peu à peu irrespirable, et le Canadien comprit qu'avant cinq minutes il aurait perdu connaissance.

Les bruits rauques qui sortaient de ces trois poitrines devenaient effrayants à entendre; c'était comme un râle et un cri qui s'étouffaient au passage, écrasés dans la gorge.

— Dick! Dick! s'écria tout à coup le jeune comte, sauvez-moi, je me meurs!

— S'il plaît à Dieu, monsieur le comte, voulut dire le malheureux; mais les paroles ne purent se faire jour; un sifflement sinistre répondit seul à cet appel.

Mais alors se passa une chose extraordinaire, inouïe... Le Canadien, fou de douleur, de désespoir, s'arc-bouta des pieds et des reins contre les deux parois opposées de leur prison qui n'étaient pas appuyées contre la muraille, et ramassant ses muscles dans un effort suprême, gigantesque, se mit à se détendre, à s'allonger, lentement, graduellement, appelant à lui toute la force que Dieu avait mise dans son corps de géant, raidissant sa volonté en même temps que ses muscles. Oh! la terrible lutte de la matière puissante par sa cohésion, sa résistance inerte, et de l'être organisé se sacrifiant dans un sublime et énergique effort! Qui va céder? qui va vaincre?

Et dire que tout cela n'est qu'une question de mécanique... qu'une résultante de forces, quelques millimètres de plus ou de moins dans l'épaisseur des plaques, et l'homme va sortir vainqueur du combat ou retomber brisé.

Le géant se décuple, ses nerfs se tendent, ses os craquent, le sang lui sort par les narines, par les yeux. Est-ce un leurre? il lui semble qu'une des parois a tremblé... Mais non, rien ne bouge...

Olivier a poussé un cri, le dernier.

— A moi! je me meurs! Oh! mon Dieu!

Puis plus rien.

Au paroxysme de la rage, le Canadien se rassemble, raidit une dernière fois ses muscles de bronze, puis se détend d'un seul jet, comme un bélier contre un rempart de guerre... Un craquement métallique se fait entendre... Victoire! le panneau de fer éclate aux jointures et vole au dehors sur le parquet; le géant, épuisé, tombe comme une masse près de ses compagnons...

Mais un air frais, réparateur, oh! le bon air, pénètre à flots dans le réduit; il s'engouffre dans les poumons épuisés, ramenant la vie qui s'enfuyait comme un oiseau blessé!... Les trois hommes étaient sauvés.

Laurent fut sur pied le premier; quand il ouvrit les yeux, il fut tout étonné de voir ses deux compagnons étendus sur le sol, sans mouvement, mais commençant à respirer à l'aise, car dans la syncope qu'il venait d'avoir il avait entièrement oublié les différentes péripéties du drame qui s'était accompli. La mémoire lui revint cependant peu à peu, et plus grande encore fut sa surprise lorsqu'il aperçut l'ouverture béante qui s'était faite sous le gigantesque effort du Canadien; un filet de lumière qui filtrait du cabinet de Luce resté entr'ouvert lui permit de se rendre compte de la situation des lieux. Son premier soin fut de porter secours à son maître et à Dick, qui tous deux, revenus à eux, trop faibles encore pour parler, essayaient cependant de se lever; il les aida à s'asseoir contre la muraille et se mit à leur frapper dans les mains.

— A boire! fit le Canadien, plus épuisé par l'extraordinaire dépense de force qu'il venait de faire que par la souffrance.

Laurent se dirigea prudemment vers la chambre restée éclairée après le départ de Luce, poussa discrètement la porte et, ne voyant personne, s'apprêtait à y entrer, lorsqu'il aperçut sur un dressoir de l'antichambre où il se trouvait un *verre-d'eau* avec tous ses accessoires, sucrier et flacon de cognac pour le grog; il remplit rapidement deux coupes en proportions égales de cognac et d'eau, et les rapporta à ses amis qui burent d'un trait.

— Sauvés! sauvés encore par vous, Dick, mon ami, mon frère! furent les premières paroles que prononça Olivier.

La lourde plaque de tôle qui gisait dans l'antichambre et le sang qui souillait la barbe du Canadien lui disaient assez le genre d'exploit que venait d'accomplir son héroïque compagnon. Le Canadien avait à peu près repris possession de lui-même.

— Que nous est-il donc arrivé? demanda le jeune comte dont les idées étaient encore confuses comme au sortir d'un rêve.

— Enfermés entre quatre murs de fer, répondit Dick; les gredins ont voulu nous faire mourir par asphyxie... Mais l'heure n'est point aux explications; fuyons, monsieur le comte, ces bandits peuvent rentrer en nombre et nous sommes encore bien faibles pour lutter.

Les trois hommes mirent le revolver à la main et se dirigèrent vers la porte.

— Elle est fermée à double tour, dit le Canadien; mais ce n'est qu'un jeu de faire sauter la serrure.

En ce moment, les aboiements lointains d'un chien se firent entendre.

— On dirait Black, fit Olivier.

Les cris de l'animal allaient en se rapprochant, mêlés à des bruits de pas précipités.

Les trois amis écoutaient, haletant.

— On s'arrête ici, dit le Canadien. Courage, amis, la porte ouverte, c'est la liberté; quel que soit le nombre, à moi le premier!

Un petit claquement sec répondit à ces paroles.

C'étaient les revolvers dont les batteries jouaient dans l'ombre.

Tout bruit de pas avait cessé; il y eut un moment d'horrible anxiété.

— Je vais repousser les assaillants au dehors; lancez-vous à l'instant sur mes traces, ordonna Dick rapidement.

Au même instant, une clef était introduite dans la serrure; elle tourna deux fois sur elle-même avec son grincement habituel, la porte céda, et Gilping qui ouvrait s'effaça pour céder la place aux indigènes.

— Wahga! s'écria joyeusement Willigo en s'élançant en avant.

— Wahga! wahga! répondirent en chœur les güerriers nagarnooks.

Ce cri prévint une inévitable collision.

— Arrêtez! cria le Canadien à ses amis, c'est l'Aigle-Noir!

— Tidana! Tidana! hurla le chef avec une joie sauvage.

Et ils tombèrent dans les bras l'un de l'autre.

On entendit alors la voix de John Gilping, esquire, de Woangow-Hall s'écrier, avec cet admirable accent nasal provenant sans doute de l'usage immodéré de la clarinette, et qui n'appartenait qu'à lui :

— Aho! je suppose que nous sommes arrivés à temps!

QUATRIÈME PARTIE

DANS LE BUISSON

CHAPITRE PREMIER

Il y a peu de contrées dans le monde qui soient d'un charme plus attachant et plus pittoresque que les vastes solitudes du Buisson australien, avec leurs prairies émaillées de fleurs, leurs bosquets de lilas aux nuances les plus variées, de cedrellas, de myalls, de pommiers de rivière aux larges fleurs roses, d'acacias entremêlés d'eucalyptus, ce géant des forêts du nouveau continent, dont quelques-uns s'élèvent à plus de cent mètres au-dessus du niveau du sol.

Rien n'égale le calme et la fraîcheur de cet admirable paysage, toujours vert, toujours fleuri, qui se développe à l'infini, aussi loin que la vue peut s'étendre, aussi loin que votre cheval peut vous porter, alternant, pendant des centaines de milles, les tapis de verdure, les bosquets aux couleurs éclatantes et les forêts ombreuses, mystérieux asiles de la faune la plus singulière qui soit au monde.

Vous pouvez parcourir pendant des jours et des mois ces plaines immenses, à peine coupées çà et là par quelques chaînes de collines peu élevées ; partout vous rencontrerez la même nature ensoleillée, les mêmes prairies verdoyantes, les mêmes bosquets chargés de lianes grimpantes, les mêmes forêts dont le silence rêveur est à peine troublé par le chant du squatter-clock, de la pie rieuse, le froissement des branches qu'écarte dans sa course le kangourou léger, ou la plainte monotone du hocko, cet oiseau des nuits que vous avez, en passant, troublé dans son sommeil.

Et quels étranges animaux vous rencontrez à chaque pas sur votre chemin ! La roussette ou chien volant, les kangourous aux espèces si variées, dont les uns atteignent la taille du cerf, et les autres ne dépassent pas celle du rat ; le dasyura, sorte de fouine à queue de renard, avec d'énormes moustaches ; les opossums, les phalangers, le wombat, à qui son pelage donne les apparences d'un petit ours ; le koula ou paresseux, le chien hurlant, le renard volant, gigantesque chauve-souris qui s'abat la nuit sur les voyageurs endormis et leur suce le sang ; le paradoxos à la queue en spirale, qui se suspend aux branches par cet appendice et s'endort en se balançant la tête en bas avec les mouvements réguliers d'un pendule.

Et l'ornithorynque, qui appartient à la fois par son aspect, sa forme et sa structure, aux quadrupèdes, aux reptiles, aux oiseaux et aux poissons, et est resté ovipare en même temps qu'il devenait mammifère, sorte de transition entre les êtres, monstre oublié des âges secondaire et tertiaire, ayant conservé dans sa personne un souvenir des quatre principales transformations de la matière organisée. Il a les pieds palmés et ils sont garnis de griffes et d'ergots, une sorte de museau aplati et un bec de canard. Son corps est couvert de poils, il vit sur terre et dans l'eau, marche, rampe et nage.

Et l'échidné, palmipède comme les oiseaux aquatiques, fourmilier par son museau et sa langue extensible, hérisson par sa peau garnie de piquants; il possède en outre des lames cornées au lieu de dents, comme certains oiseaux, et se creuse des terriers comme les renards.

Et le lézard à manteau, le caméléon-grenouille, ainsi appelé parce qu'il vit presque constamment dans l'eau; le suceur, terrible animal velu, à la couleur écorce d'arbre, qui se cache sur le tronc des chênes, saute à la figure des passants et s'y attache par six ouvertures formant ventouses, dont on ne peut se débarrasser qu'en lui fendant le dos dans toute sa longueur.

Et les casoars, les pélicans, les loris noirs, les mille variétés de cacatoès, les pies-grièches, les épinoques, les djalos, les traquets, le pagou, gymnaste et chanteur qui rassemble les oiseaux dans la forêt et se livre devant eux à des exercices variés de chant et de danse. Le vautour de la mort, qui tire son nom de la disposition des plumes blanches et noires de son poitrail simulant une tête de squelette. Et le menure, le faisan ventriloque, qui contrefait non seulement le chant de tous les oiseaux et leurs cris, mais encore les cris des quadrupèdes et la voix humaine; et le loriot velours, dont le plumage jaune d'or, court et serré, donne au toucher la sensation de l'étoffe dont le nom sert à le caractériser; le cygne et les aigles d'un noir d'ébène; le moucherolle crépitant, dont le cri imite le claquement du fouet, et l'anguille de verre, tous animaux spéciaux à l'Australie, sans compter de nombreux oiseaux que l'on retrouve dans presque tous les pays. Mais, particularité singulière spéciale à ces derniers, ceux qui vivent de proie et d'insectes ont seuls la langue organisée comme leurs congénères des autres pays. Les frugivores et les granivores sont réduits, faute de fruits et de graines que cette étrange contrée ne produit pas, à pomper pour vivre le suc des fleurs; à cet effet, ils ont à l'extrémité de la langue un faisceau de papilles semblables à un pinceau qui leur rend cette absorption facile. Exemple frappant d'*adaptation* des animaux aux milieux où ils sont obligés de vivre.

On rencontre en Australie, aussi bien dans le règne végétal que dans le règne animal, de telles singularités que cette contrée semble être, dans l'évolution constante et progressive de la nature, une sorte de transition entre les âges primitifs et l'époque actuelle. Plantes, animaux et hommes y sont certainement d'une formation plus récente que ceux des autres continents; nulle part, en effet, ils n'ont conservé plus d'organes les rattachant aux périodes antérieures que sur la grande terre du Pacifique. A chaque pas qu'y fait le naturaliste, il acquiert la preuve que cette ligne de démarcation entre les règnes végétal et animal, que l'on croyait autrefois si bien tranchée, en réalité n'existe point.

Voyez cette drosère à feuilles rondes qui émaille l'épais tapis de gazon des immenses forêts d'eucalyptus, assez semblable à nos pâquerettes des champs, ses feuilles sont couvertes de poils rouges et ternes sécrétant par leur extrémité une sorte de liquide gommeux qui se dépose innocemment à la base comme une goutte de rosée; très courts au centre de la feuille, ces poils s'allongent graduellement à mesure qu'ils s'approchent de l'extrémité marginale, formant comme une sorte d'entonnoir parsemé de ces gouttelettes, aussi claires que celles de l'eau la plus pure. Malheur au moucheron, à l'insecte, attirés par la transparence de ces perles liquides, qui viennent étourdiment se poser sur la feuille pour y apaiser leur soif! Ils s'embarrassent les ailes et les pattes dans les sécrétions gluantes. Aussitôt la feuille se crispe, les poils s'inclinent, inondent leurs victimes de liquide pour achever de vaincre leur résistance; les insectes sont ramenés au centre où le liquide s'amoncelle, fermente, devient acide et finit par se changer en une matière analogue à la pepsine du suc gastrique animal. Aussitôt, une véritable digestion commence, les parties charnues des insectes se dissolvent, et la plante se les assimile, rejetant au dehors les matières cornées qui composent la cuirasse de certains petits coléoptères. Et voilà un végétal carnivore!

Et cette plante n'existe pas à l'état d'exception, elle fourmille littéralement dans les prairies et les gazons des bois de l'Australie, et dévore chaque jour pour sa nourriture des centaines de millions d'insectes et surtout de moustiques. Ces derniers sont si nombreux dans ce pays qu'il deviendrait inhabitable si ces *drosères* ne se chargeaient d'en purifier l'air. Les indigènes nomment cette plante le *mangeur d'insectes*.

Est-ce la seule? Non; les lacs et les étangs australiens n'ont rien à envier aux prairies, car ils sont littéralement couverts d'une sorte d'*aldovrandia* et d'une espèce d'*utriculaire* qui accomplissent exactement les mêmes fonctions.

Si cet *aldovrandia* ne se reproduisait pas par floraison, rien ne pourrait distinguer ce végétal des animaux; il flotte sur les eaux, sans racines, promenant au gré du vent ses feuilles bilobées qui s'ouvrent et se renferment comme les écailles d'une huître, saisissant au passage tous les insectes qui se présentent, et les dévorant paisiblement, après les avoir dissous et digérés à l'aide d'un liquide semblable à celui de la drosère.

— Voyez cette colonne de fumée qui s'élève là-bas. (Page 339.)

Plus remarquable encore est l'atriculaire, qui promène dans les eaux, suspendues à ses feuilles, de petites vessies transparentes, pleines d'un liquide
incolore et munies d'un orifice valvaire d'où s'échappent une foule de filaments destinés à servir d'appâts aux nombreux insectes qui vivent dans
l'eau. Dès qu'un de ces petits animaux arrive dans une de ces vessies, tout
en dévorant un des filaments dont il est fort friand, il n'en peut plus sortir,
le vivier ambulant se remplit ainsi de prisonniers ; dès qu'il en possède une

quantité suffisante, le liquide qu'il contient se trouble, fermente, se change en suc digestif, et la plante s'assimile lentement sa nourriture animale. Quand tout est absorbé, la vessie se remplit de nouveau du même liquide incolore, et recommence à jouer son rôle de piège à provision, de garde-manger et d'estomac.

N'est-ce pas étrange de voir ces plantes terrestres et aquatiques accomplir ainsi dans leur entier les fonctions physiologiques de la digestion que l'on a cru pendant longtemps être la caractéristique des seuls animaux?

Ainsi, de même que l'Australie offre au voyageur, à l'artiste, les admirables points de vue d'une nature pittoresque et surtout originale par sa nouveauté, elle ouvre à la science un champ d'investigation sans limite et des curiosités physiologiques que l'on chercherait vainement ailleurs. Arbres sans feuilles et plantes électriques, végétaux carnivores, animaux ovipares et mammifères, c'est-à-dire pondant des œufs, les couvant, et à l'éclosion allaitant les petits oiseaux sans plumes; quadrupèdes sans poils, tenant de l'oiseau, du reptile, du poisson, et animaux sans pattes; poissons sans nageoires, reptiles à la queue spatulé et sauriens aveugles; oiseaux couverts de poils et privés de vol; caméléons aquatiques et crabes bleus, anguilles de verre, homards sans coquilles et écrevisses-scorpion; quadrupèdes rampants et tétrodon narcotique. Le Buisson australien est en résumé le livre le plus étrange, le plus curieux et le plus extraordinaire, tellement la nature s'est plu à y accumuler les invraisemblances, que le touriste et le savant puissent feuilleter.

Toutes ces merveilles des règnes végétal et animal de l'Australie que nous venons d'énumérer en quelques lignes servaient de thème à la conversation de trois hommes qui, la carabine sur l'épaule, suivaient lentement un petit sentier naturel qui serpentait entre le Swan-River, ou rivière des Cygnes, et les immenses forêts qui bordent ce cours d'eau depuis sa source jusqu'au pays des Nagarnooks, dont nos voyageurs étaient encore à huit à dix jours de marche.

L'un d'eux venait de tuer, sur les bords d'un marécage formé par une dépression du terrain à peu de distance du fleuve, un magnifique ornithorynque, et la curieuse structure de l'animal avait tout naturellement fait tomber la conversation sur ces curiosités végétales et animales de l'Australie, avec lesquelles, du reste, nos trois personnages semblaient familiers.

— Aho! je suppose, dit l'un d'eux, en manière de conclusion, avec un fort accent britannique, que le rapport géologique, minéralogique, zoologique, entomologique, botanique et physiologique que je vais adresser à la Société royale de Londres sur toutes ces curiosités, sera véritablement le plus intéressant qu'elle ait reçu depuis le décret de Sa Majesté Georges III qui l'a fondée...

— Ajoutons à cela, répondit un de ses compagnons, d'un ton où l'ironie était suffisamment voilée pour échapper à l'intelligence de l'Anglo-Saxon, les sept mille huit cent quatre-vingt-dix-sept bibles que vous avez déjà distribuées, et je suis persuadé que Sa Gracieuse Majesté la reine Victoria ne pourra moins faire que de vous créer baronnèt au titre australien; ce pays est la seule colonie qui n'ait pas encore été honorée par le choix d'un lord, et Sa Majesté sera heureuse de réparer cet oubli en votre personne

— Aho! je suis véritablement enchanté, très enchanté de votre appréciation, sans compter que, grâce à vous, les études que je vais pouvoir faire sur les mines d'or seront les premières qui feront connaître officiellement à l'Angleterre la situation exacte et la valeur de tous les terrains aurifères de cette possession de la couronne.

— Nous serons heureux de nous associer à cette récompense en vous envoyant d'ici votre couronne de lord en or du placer des Cygnes, avec cette inscription : « Au premier lord Woangow! »

— Vraiment, gentlemen, ce sera le plus beau jour de ma vie!

— Je crois, messieurs, que nous approchons du campement, fit le troisième personnage, qui n'avait pas encore pris part à la conversation. Voyez cette colonne de fumée qui s'élève là-bas au détour du fleuve, m'est avis que c'est un heureux signe pour notre estomac; nos compagnons, pendant notre absence, auront certainement dépisté quelque kangourou, que nous allons retrouver cuit à point à la manière indigène et entouré de succulentes patates. Je suis disposé, le cas échéant, à faire grand honneur au festin; qu'en dites-vous, monsieur le comte?

— Ma foi, mon cher Dick, répondit l'interpellé, je souhaite que votre prédiction se réalise, car je me sens un de ces appétits qui font comprendre la vente de son droit d'aînesse par Esaü.

— Sans compter, intervint l'Anglo-Saxon, en se passant la langue sur les lèvres, qu'un maigre plat de lentilles, qui n'était même pas préparé au jambon d'York, ne valut jamais un râble de kangourou bien saignant, arrosé de quelques bouteilles de scotch-ale... Ah! Dick, je suppose que si vous vous étiez trompé, mon estomac ne vous pardonnerait jamais la déception que vous lui auriez causée.

Le lecteur a déjà reconnu depuis longtemps, dans ces voyageurs, suivant pédestrement les rives du Swan-River, en plein Buisson australien, nos trois amis, Olivier d'Entraygues, Dick le Canadien et très honorable John Gilping, esquire, membre de la Société royale de Londres et aspirant à la pairie au titre exotique de lord Woangow de Woangow-Hall, que ses amis commençaient à lui donner dans leurs jours de bonne humeur.

Le digne Anglo-Saxon, dont l'intelligence était absolument fermée à toute plaisanterie, en était arrivé à raisonner absolument comme s'il possédait déjà son siège à la Chambre des lords; et quand il laissait reposer ses cantiques, ses bibles et sa clarinette, c'était pour entretenir ses amis des vastes

projets de réformes qui hantaient son cerveau et qu'il mettrait à exécution.
dès qu'à son retour à Londres il aurait fait son entrée à la Chambre haute,
ce qui n'était pas un médiocre sujet d'amusement pour Olivier et ses compagnons pendant leurs longues et monotones journées de marche à travers
le Buisson.

Olivier, depuis plus d'une année qu'il vivait avec le Canadien et l'Aigle-
Noir, était arrivé à parler le nagarnook comme sa langue maternelle, et l'on
doit penser quel joyeux sourire errait sur ses lèvres lorsqu'un de ses compagnons décrochait en sourdine et sans sourciller au brave prédicant cette
épithète de lord Woangow (lord oiseau à trompe), que Gilping recevait avec
une gravité comique et comme un titre qui lui était dû.

Il fallait l'entendre alors enfourcher son dada. Il ne parlait rien moins que
d'employer toutes les forces de l'Angleterre à extirper du monde entier cet
esprit de Bélial qui, sous le nom de papisme, conduisait tous ceux qui en
étaient infecté à leur perte certaine en ce monde et dans l'autre. Quarante
ans avant cet aimable *puffiste* de général Booth, il inventait l'*armée du Salut*,
destinée à agir comme force de terre ; puis il employait toute la force anglaise
à bloquer les ports du continent, empêchant l'arrivage des blés, du sucre,
du café, du thé, du riz et toutes les marchandises coloniales enfin, jusqu'à
ce que la tourbe des hérétiques et mécréants ait consenti à faire amende
honorable. Idée gigantesque, qu'il avouait modestement avoir empruntée au
grand *Napoléon*. Puis, quand il en avait fini avec son blocus continental,
Gilping songeait à tous les siens jusqu'au degré le plus invraisemblable
dont il allait faire le bonheur : pourrait-il de ce moment laisser un seul Gilping dans une position inférieure ? Ses enfants ne l'inquiétaient guère. L'aîné,
Arthur, hériterait de son titre avec un fort majorat, et quoiqu'à peine âgé
de onze ans, il avait déjà cette majesté naturelle aux vieilles races ; le second
des Woangow continuerait l'œuvre de son père.

Les deux cadets, Tom et Willy, neuf ans et sept ans, annonçaient déjà
un goût dominant pour le métier des armes. Ainsi Tom, dernièrement, à
l'aide d'une jupe de sa mère, s'était déguisé en Highlander, pendant une
absence de celle-ci ; avait rossé à coups de trique tous ses petits frères et
sœurs ; on lui achèterait une commission de capitaine. Quant à Willy, on ne
pouvait pas le perdre de vue cinq minutes sans qu'il ne se fourrât dans l'eau
jusqu'au cou ; on en ferait un marin, un futur amiral. James n'avait guère
que cinq ans, mais il fallait le voir chanter des fragments de psaumes d'une
voix presque aussi nasillarde que celle de son père ; les ordres le réclamaient, et très certainement il deviendrait archevêque de Westminster et
primat d'Angleterre. Le dernier, Fred, n'avait pas encore trois ans, mais
d'après la dernière lettre de mistress Gilping, tout le bonheur de cet enfant
était de tremper son doigt dans l'encre, et d'en barbouiller la bible de sa
mère, les murs et son propre visage ; cela annonçait évidemment que le plus

jeune des Gilping avait déjà d'extraordinaires dispositions pour les emplois du *civil service* et promettait à son pays un futur *attorney general* ou tout au moins un juge de la haute cour. Quant aux neuf misses Gilping qui s'étageaient entre et au-dessus des garçons, il y avait assez de sous-secrétaires d'État, de lieutenants gouverneurs, sans parler des vice-rois d'Irlande, pour les pourvoir d'excellents maris.

Donc, le digne homme était tranquille sur sa propre lignée ; mais c'était la branche cadette, les Gilping de Brighton, de Plymouth, d'Exter, de Barton et de Dundee qui lui donnaient de sérieux embarras ; il y en avait, il y en avait.... une vraie garenne, quoi ! Dès qu'un Gilping transportait ses pénates dans une ville quelconque des trois royaumes unis, il croissait, croissait, multipliait suivant la parole de l'Évangile, de telle façon qu'à la seconde génération on trouvait des Gilping partout ; cela tournait à l'envahissement, une véritable épidémie... Et selon les lois fatales de l'existence, les uns naissaient imbéciles, un Gilping imbécile, c'était rare, mais enfin il y en avait ; les autres ne dépassaient pas la moyenne, d'autres étaient devenus des hommes d'élite, ce qui fait qu'on trouvait des Gilping de la branche cadette dans toutes les positions, depuis celles de boxeur et de marchand de chiens sur les ponts, jusqu'à celles de marchand, capitaine au long cours et banquier... La famille d'un lord doit être honorée, respectée, et le pauvre Gilping se mettait réellement martel en tête pour savoir comment il corrigerait ces inégalités du sort.

Il ne tarissait pas en doléances, racontant les histoires de tous ses parents par le menu, et je laisse à penser si ce nouvel élément de gaieté fut le bienvenu pendant les longues soirées de campement, depuis le départ de nos amis de Melbourne, qu'ils avaient quitté il y avait environ soixante-dix jours.

Ils venaient de faire une station de repos de quarante-huit heures dans une charmante petite baie du Swan-River, et, partis dès l'aube pour une excursion zoologique et botanique, ils rentraient à demi morts de faim au campement où les attendaient Laurent, l'Aigle-Noir et Menouahli, le jeune Nagarnook qui avait guidé Gilping lors de son dernier voyage à Melbourne, ainsi qu'un fermier du nom de Walter Kirby, Yankee d'origine, qui possédait un vaste ranch sur le Swan-River. Les voyageurs avaient fait sa connaissance à Oriental-Hotel, c'était un franc et joyeux compère, et ils avaient accédé avec plaisir à sa demande de faire route avec eux.

Le brave prédicant, qui avait achevé la collection minéralogique qu'il destinait au British Museum, pour augmenter ses titres à la récompense qu'il ambitionnait, s'était juré de ne point quitter l'Australie sans emporter en outre, pour la Société royale de Londres, dont il faisait partie, une double collection de tous les animaux du pays, et de toutes les plantes que l'on pouvait considérer comme spéciales à l'Australie. Cette œuvre, qui eût

demandé de longues années à un collectionneur de cabinet, était devenue
facile grâce au voyage qu'il avait fait avec Menouahli, pendant lequel il s'était
spécialement occupé des plantes, ne récoltant les animaux que quand ils
venaient pour ainsi dire se placer sur son chemin, et à celui qu'il accomplissait actuellement avec ses amis, pendant lequel il s'occupait presque
exclusivement des animaux.

Le Canadien, qui était le plus habile chasseur du Buisson, avait à ce point
contribué au succès de ses recherches, qu'il ne lui manquait guère que
quelques espèces pour avoir atteint le but qu'il s'était proposé. On chassait
le jour, et le soir, à la station, Gilping, qui malgré ses travers était réellement un homme de science, préparait, tout en entretenant ses amis de ses
rêves ambitieux, les animaux qu'on avait tués. Une charrette frétée à Melbourne à cet effet en contenait déjà une vingtaine de caisses.

Olivier, dont l'intelligence avait besoin d'un constant aliment, s'était adonné
avec passion à ces attrayantes études, auxquelles le disposaient déjà l'instruction élevée qu'il avait reçue, et son goût des choses de la nature.
Chaque jour, c'étaient de nouvelles merveilles et de nouveaux étonnements,
et le jeune homme était surtout frappé du caractère primitif dont nous avons
parlé plus haut, et qui semble être le cachet particulier de la nature animale en Australie. Les animaux y sont pour ainsi dire surpris en pleine voie
de transformation, ne s'étant pas encore dépouillés complètement de leur
premier organisme, de même qu'ils n'ont point encore acquis entièrement
les organes nouveaux qui doivent remplacer les anciens.

Et cela donnait lieu parfois à des conversations d'une nature élevée, phi-
losophique, pendant lesquelles le Canadien et Laurent étaient réduits au
simple rôle d'assistants muets. Les théories sur la loi d'évolution universelle et la transformation des espèces étaient pour eux ce qu'est au paysan
le latin qu'il entend chanter le dimanche au lutrin de son village. D'ordinaire alors ils s'entretenaient avec Willigo, qui leur contait les exploits de
sa tribu et les vieilles légendes de ses ancêtres.

Le soir où nous les avons rencontrés, la chasse avait été des plus fruc-
tueuses ; ils rentraient avec un ornithorynque adulte de la plus belle venue,
animal qui jusqu'alors avait échappé à toutes leurs recherches, et que Olivier avait fini par traiter de fabuleux. L'étrange conformation de cet être,
tenant par sa structure du mammifère, de l'oiseau, du reptile et du poisson,
avait porté au plus haut point l'étonnement du comte d'Entraygues ; il lui
sembla qu'il venait de retrouver un des contemporains, oublié par la nature
sur un des coins de l'Australie, des grands sauriens tertiaires, *ichthyo-
saures*, *plesiosaures* et *ptérodactyles*, dont on ne rencontre plus que les
ossements fossiles au milieu des vieilles couches géologiques ; et comme la
chance, quand elle veut bien nous favoriser, n'est jamais avare de ses
faveurs, deux épinoques mâle et femelle, un wombat fouisseur, un petit

kangourou de la taille d'un écureuil et un oiseau à lyre avaient complété leur moisson zoologique.

Olivier prenait pour lui les animaux tués en double, et sous la direction de Gilping, il était déjà devenu un préparateur des plus distingués.

Les trois amis rentraient donc au camp, heureux de leur journée, et, ainsi que nous l'avons vu, avec un formidable appétit. Le Canadien ne s'était pas trompé dans ses prévisions. L'Aigle-Noir, qui dédaignait les choses scientifiques, avait tué le matin un magnifique kangourou, gros comme un de nos moutons de forte race, et l'animal achevait en ce moment sa cuisson, sous une double couche de cailloux rougis au feu et de terre battue.

Gilping, au comble du ravissement, car ses rêves de grandeur n'avaient pas éteint chez lui le gastronome, prit dans les approvisionnements dont l'aimable Pacific était toujours chargé : six bouteilles de scotch-ale, trois bouteilles de stout-porter, un flacon de brandy, des Worcester-sauce, lemon-juice, karry-powder, pickles de Blakvell and Cross, ingrédients incendiaires avec lesquels les Anglais *sinapisent* tous leurs mets, il y joignit un morceau de l'incomparable chester, dont il avait toujours soin de s'approvisionner; et le festin commença... Du train qu'y vont nos six personnages, nous aurons à peine le temps d'expliquer, avant la fin de leur repas, par quel concours de circonstances des gens que nous avons laissés à Melbourne, dans l'émouvante situation qu'on n'a pas oubliée, se retrouvent soixante-dix jours après paisiblement occupés à faire des collections zoologiques et botaniques en plein *Buisson australien.*

CHAPITRE II

Les conseils de Luce. — Le nouveau placer. — La découverte de l'or en Australie.
La fièvre de l'or. — Le plan des bush-rangers. — Visite aux mines.

Le lendemain du jour où le flair de Black, l'esprit inventif de Willigo, avec la collaboration de Gilping, et la force herculéenne du Canadien eurent arraché les trois prisonniers à la vengeance des Invisibles, car si l'Aigle-Noir et l'Anglais n'eussent trouvé le moyen d'éloigner le faux baron de Funcal et ses acolytes de l'hôtel du consulat, grâce à l'intelligence de Black, la tentative désespérée de Dick, qui eut pour résultat de briser le panneau de fer de leur étroite prison, n'eût pas réussi. Le lendemain de ce jour, donc, les cinq compagnons, réunis en conseil, firent grâce de la vie au policier Luce, à la seule condition qu'il donnerait sa parole d'honneur de ne plus se faire le serviteur des haines qui poursuivaient le comte d'Entraygues, et qu'il retournerait en Europe par le premier paquebot en partance. Ce qui fut accepté et fidèlement exécuté.

Cinq *Invisibles* avaient succombé dans la lutte d'Oriental-Hotel, étranglés par les terribles Nagarnooks, un sixième partait pour la France. Le Canadien et Olivier voulurent savoir de lui combien il pouvait rester à Melbourne d'émissaires de la terrible société.

— Un seul, répondit Luce ; notre chef à tous.

— Celui que nous appelons l'homme masqué et que de notre prison nous avons entendu vous reprocher de ne pas avoir fait jouer le mécanisme qui devait nous priver d'air, et auquel vous avez fait la généreuse réponse qui vous a sauvé la vie ? demanda le Canadien.

— Lui-même.

— N'est-ce pas, en outre, le rival du comte d'Entraygues ?

— C'est exact.

— Quel est cet homme ?

— Je ne puis vous le dire, même pour sauver ma vie. J'ai fait le serment de ne le révéler à âme qui vive.

— Vous vous êtes sauvé sans le savoir en prononçant cette parole : « Je ne suis pas un assassin », répondit Olivier. C'est bien ! nous n'exigeons pas de vous que vous violiez votre serment. Mais dites-nous, s'il est vrai que la société des Invisibles poursuive un but aussi élevé que celui que vous nous avez fait connaître, comment il se peut faire qu'elle mette sa puissance au service d'une haine et d'une ambition particulière.

— Le grand conseil croit faire œuvre nationale et surtout prétend s'assurer d'immenses ressources pour l'avenir en conservant les mines de l'Oural aux mains d'un des siens ; mais il ignore l'intérêt personnel que l'homme masqué peut avoir dans cette affaire, et ce dernier se sert de sa venue en Australie, malgré le haut rang qu'il occupe en Russie, pour faire parade de son obéissance aux ordres du conseil suprême, dont il ambitionne de faire partie, dans un but inavouable.

— Que voulez-vous dire ?

— Je ne puis expliquer plus clairement ma pensée.

L'entretien allait se borner là lorsque Luce avait ajouté de lui-même :

— Permettez-moi de vous donner un conseil avant de vous quitter ; il m'est inspiré par la reconnaissance et le désir de vous être utile : employez toutes vos facultés, toutes les ressources que l'or peut vous procurer à connaître l'homme masqué, car ce jour-là, seulement, vous n'aurez plus rien à craindre des Invisibles.

— Le conseil est bon, avait répondu le Canadien ; mais comment arriver à percer son incognito, c'est presque chose impossible, à moins que quelqu'un puisse nous le désigner.

— Si vos sauvages n'avaient point tué les deux affidés qui se trouvaient

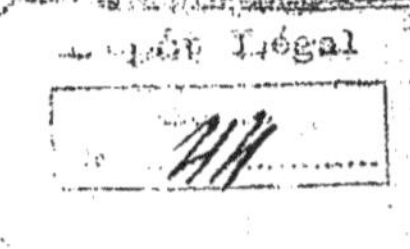

Vingt-quatre heures après Luce s'éloignait de Melbourne. (Page 346.)

sous mes ordres, ce n'eût été avec eux qu'une question d'argent, car ils appartenaient à cette catégorie d'individus qui ne s'affilient à une société secrète que pour en vivre et au besoin la trahir, quand on y met le prix : malheureusement, il n'y a plus que moi à Melbourne... Cependant, j'y songe, une autre personne pourrait vous renseigner ; mais je ne sais si je puis...

— Avez-vous fait le serment de ne nommer personne pouvant connaître l'homme masqué ? avait demandé le Canadien.

— Non, certes. N'est-ce pas un peu *casuistique?*

— Vous n'avez qu'un moyen, monsieur, d'achever d'effacer le rôle infâme que vous avez joué en surprenant la confiance de mon père et la mienne, lui avait alors répondu Olivier : c'est de nous nommer cet homme.

— Eh bien, soit! avait dit Luce; au surplus, j'en ai assez de toutes ces odieuses comédies que ce triste personnage m'a forcé de jouer. Cherchez le nègre qui servait Tom Powell le boxeur, il se nomme Jims Turner; l'homme masqué s'est découvert devant lui dans des circonstances trop solennelles pour qu'il ait oublié son visage, et avec une centaine de dollars, vous connaîtrez enfin votre insaisissable ennemi. Au surplus, vous avez au moins une année de tranquillité, car il attendra, avant de rien tenter contre vous de nouveau, qu'il ait reçu des renforts de Russie, et il faut six mois pour que sa demande arrive au conseil suprême, et surtout pour que des secours lui soient expédiés : car toutes ces questions sont soumises à de longues et minutieuses formalités. Nul doute cependant qu'on ne lui en envoie, ne serait-ce que pour venger les neuf *Invisibles* que vous avez déjà tués. On me demandera certainement un rapport; je dirai ce que je pense, c'est-à-dire qu'il sera défavorable ; mais on passera outre... Adieu, messieurs, c'est tout ce que je puis vous dire.

Vingt-quatre heures après, Luce s'éloignait de Melbourne. Pendant huit jours, le Canadien, Olivier et Laurent, le Nagarnook et ses jeunes gens, fouillèrent toutes les rues, tous les bouges, tous les public-houses de Melbourne pour retrouver le serviteur de Tom Powell, toutes leurs recherches furent infructueuses. Ils apprirent seulement que ce nègre avait abandonné la maison du boxeur immédiatement après la mort de son maître, et qu'un autre gentleman qui était venu le chercher dès que la nouvelle de la fin du champion de l'Angleterre avait été connue en ville n'avait pas été plus heureux qu'eux.

Ils ne s'inquiétèrent pas de cette particularité en apparence peu importante pour eux, mais nous qui avons le privilège de connaître certaines circonstances ignorées d'eux, nous comprendrons facilement que ce gentleman n'était autre que l'homme masqué qui venait dans l'espoir de reprendre les deux cent cinquante mille francs qu'il avait comptés l'avant-veille à Powell, et que si le noir avait disparu, ce devait être parce qu'à la mort de son maître il s'était emparé de cette somme énorme, dont nul, excepté lui et l'inconnu qui l'avait donnée, ne connaissait l'existence chez le boxeur.

Ayant fait l'impossible pour retrouver Jims Turner, Olivier et ses compagnons cessèrent leurs recherches, s'en remettant au hasard, qui a parfois de singuliers caprices, du soin de leur faire mettre la main sur lui.

— Cela arrivera quand nous n'y songerons plus, disait le Canadien, de plus en plus fataliste.

Cette piste abandonnée, on se prépara à partir pour le placer des Cygnes.

Olivier avait fait enregistrer sa concession, et la déception de l'administration locale avait été grande en voyant une aussi importante quantité de territoire, cent mille hectares environ, et un placer d'une telle richesse échapper
aux malversations et aux tripotages dont elle s'était fait depuis longtemps
une douce habitude; mais il n'y avait pas à discuter, le titre était bien en
règle, les délimitations admirablement tracées, et la concession, chose rare,
avait été octroyée à titre de don gracieux de la couronne, ce qui la mettait à
perpétuité à l'abri des revendications administratives et même de la justice
locale. Suivant une loi féodale restée en pleine vigueur en Angleterre, les
concessions faites ainsi devenaient de véritables fiefs incessibles et insaisissables, se transmettant seulement par primogéniture et faisant retour au
domaine de la couronne en cas d'extinction d'héritier mâle. Aussi toute con-
testation, tout procès intentés au propriétaire ne pouvaient être jugés que
par la cour du banc de la reine, en Angleterre. En outre, le concessionnaire
avait droit de justice sur son sol.

Une pareille concession dans la métropole eût équivalu à la constitution
d'un majorat et donné à son possesseur le titre de lord, sans lui ouvrir cependant les portes de la Chambre haute. Mais c'est souvent un acheminement,
le premier pas fait pour atteindre cette haute récompense.

Le monde des affaires et le marché furent également très fortement mou-
vementés en apprenant à la fois la découverte d'un nouveau placer et sa
concession dans des circonstances exceptionnelles. L'or que Gilping avait
échangé, et dont chacun n'avait pas tardé à connaître la provenance, avait
achevé de mettre le feu aux poudres, car, de l'avis de tous, jamais or plus
pur et plus beau n'avait paru sur le marché.

On apprit aussi très rapidement, de Sydney, qu'Olivier et ses amis en
avaient vendu pour près de deux millions dans les mêmes conditions, et de
tous côtés des offres de diverses compagnies et de puissants capitalistes
avaient afflué à Oriental-Hotel; avec cet esprit de fièvre et d'aventures que la
découverte de l'or avait apporté à Melbourne, on avait été jusqu'à offrir, sans
connaître le placer, cinquante millions, non de la concession qui était inces-
sible, mais du simple droit d'exploitation pendant vingt ans. La compagnie
de financiers qui s'était ainsi avancée avait simplement basé ses calculs sur
les trois millions qu'Olivier, le Canadien et Gilping avaient jeté d'un seul
coup sur le marché; et chacun savait qu'ils avaient récolté cet or sans avoir
engagé ni ingénieurs ni mineurs, ni fait, par conséquent, aucuns travaux
préparatoires. On était parti de là pour se lancer dans des spéculations
comme il s'en faisait depuis deux années à Melbourne, où la fièvre de l'or
avait, ainsi qu'en Californie, tourné toutes les têtes et proscrit la raison. La
Bourse de Melbourne n'était plus qu'une vaste maison de jeu où l'on jonglait
avec les millions comme les prestidigitateurs avec les muscades; ainsi,
exemple frappant de cette folie furieuse qui s'était emparée de tous, le soir

même du jour où un certain nombre de financiers s'étaient syndiqués pour acheter l'exploitation du placer des Cygnes, et avant de savoir si les offres seraient acceptées, le public avait déjà souscrit pour près de cent millions des futures actions de la future compagnie.

C'est une bien curieuse histoire que celle de la découverte de l'or en Australie et du mouvement d'émigration tellement rapide qu'elle occasionna, que Melbourne, petite bourgade de trois ou quatre milliers d'habitants, en comptait, quelques années après, cent cinquante et deux cent mille.

A deux jours de marche de Melbourne, quatre convicts libérés défrichaient une forêt de gruff-oaks (chênes boudeurs) pour y établir un ranch, et tous les mois un d'entre eux venait à la ville, avec un petit âne de Bornéo, pour y recevoir la ration de vivres, farine, pommes de terre, lard salé et thé que l'administration pénitentiaire accordait pendant une année, à titre de secours, aux forçats libérés qui consentaient à travailler dans l'intérieur.

Un d'eux, nommé John Nolan, étant parti à son tour, s'imagina de prendre pour revenir un chemin qui, dans sa pensée, devait abréger sa route; à cet effet, il suivit pendant quelque temps le littoral, puis obliqua dans la direction d'une chaîne de collines qu'il croyait être voisine de leur exploitation, mais il ne tarda pas à s'apercevoir qu'il s'était égaré. Avant de revenir sur ses pas, il se décida à gravir le point le plus élevé de cette chaîne pour se rendre compte du lieu où il se trouvait. Ces élévations se composaient d'une série de petits mamelons entièrement composés de terrains d'alluvion sur lesquels, faute d'eau, aucune végétation sérieuse n'avait pu prendre racine.

A peine notre homme eut-il commencé à gravir ces légères éminences, poussant son âne devant lui, qu'il aperçut, dans la dépression superficielle que les pas de l'animal produisaient dans le sol, une foule de points jaunes qui brillaient d'un éclat extraordinaire; il arrêta son compagnon et se mit à creuser la terre avec un simple couteau de poche qu'il portait sur lui; à chaque coup, il mettait à jour une foule de paillettes, pépites, grains et fragments de différentes grosseurs du même métal. Ce convict se trouvait être, par hasard, un ancien ouvrier serrurier condamné à dix ans de Botany-Bay pour vol avec effraction à l'aide de fausses clefs qu'il se fabriquait lui-même; il avait une connaissance suffisante des métaux pour s'apercevoir immédiatement que ces pépites brillantes, non oxydées par leur séjour dans l a terre, ne pouvaient être que de l'or. Il interrompit alors son travail et se mit à trembler de tous ses membres, regardant avec défiance autour de lui et éprouvant, ainsi qu'il l'a conté lui-même plus tard, une impression semblable à celle qu'il avait ressentie lorsqu'il fut surpris dans Regent-street, fracturant, un beau dimanche, le coffre-fort d'un marchand qui se reposait à la campagne. Mais son émotion fut de courte durée, et se remettant à creuser le sol, il eut vite fait de remplir ses poches de pépites et de fragments d'or.

Le précieux métal était si abondant que seize onces de terre environ lui donnèrent une once d'or.

C'était un homme intelligent; aussi, se contentant d'en prendre une quantité suffisante pour faire apprécier sa découverte, se mit-il immédiatement à
inspecter les environs, afin de se rendre compte de l'étendue de ce gisement
aurifère; il ne tarda pas à s'apercevoir que toute la contrée n'était qu'une
immense croûte d'alluvions pétries d'or, amenées par les bouleversements
géologiques qui signalèrent les premiers temps de la période quaternaire.

La découverte de cet homme allait tout simplement augmenter d'un sixième,
en quelques années, la quantité d'or en circulation dans le monde.

On savait qu'il y avait de l'or en Australie : quelques fragments trouvés
entre les mains des sauvages qui n'avaient pu ou voulu dire en quel lieu il
les avaient rencontrés, des paillettes roulées dans la Murray, le Red-River et
le Swan-River, avaient éveillé l'attention publique; une prime de cent mille
dollars avait même été votée pour celui qui découvrirait le premier placer
réellement digne de ce nom, mais jusqu'à ce jour rien n'était venu justifier
ces prévisions.

Le convict toucha la prime et reçut en outre une concession qu'il eut la
générosité de partager avec ses trois associés.

Ces quatre individus, qui, chose rare, restèrent constamment amis, ont
laissé la plus grosse fortune de Melbourne.

Le résultat de cette découverte ne se fit pas attendre, la nouvelle éclata
dans la ville comme un coup de foudre, révolutionnant tous les esprits, bouleversant toutes les têtes; magasins, boutiques, ateliers, offices, se fermèrent;
tout ce qui pouvait tenir une pelle, manœuvrer une pioche, partit pour les
mines. La vue des terrains aurifères fut un enseignement pour les pionniers,
qui se mirent à la recherche d'autres gisements. Coup sur coup, on découvrit une foule d'autres placers dans la province, les bras ne suffirent plus, on
fit appel à l'Europe; c'était pendant la période la plus brillante de la Californie, l'émigration se scinda en deux, une partie continua à aller vers le
Pacific nord, une autre descendit vers le Pacific sud; des centaines, des
milliers de navires couvrirent les mers, emportant les nécessiteux et les
aventuriers de tous pays vers le nouveau continent. Alors il se passa une
chose étrange, on faillit ne plus pouvoir se procurer les choses nécessaires à
la vie même au prix du métal que l'on récoltait; chacun se promenait avec
une ceinture pleine de pépites et de poudre d'or, les mesures n'avaient plus
de valeur, les monnaies plus de signification, on payait ce qu'on achetait
avec une, deux, trois, cinq, dix pincées d'or. Peser, compter, ah! bien oui!
on n'avait pas le temps. Quand la chose augmentait de valeur, on donnait
une, deux, trois, cinq, dix poignées d'or; on ne trouvait plus de boulangers,
de maraîchers, de bouchers, de tailleurs, de marchands. *Go land!* en avant
pour les mines, le mineur est roi, à lui tous les plaisirs, toutes les folles or-

gies, le placer est là ; quand on n'a plus rien, on y retourne, le placer est inépuisable ; impossible de se faire servir les marchandises arrivant d'Europe, et personne pour les débarquer. Nous, faire l'office de portefaix ! allons donc, nous sommes mineurs ! et le mineur ne travaille que dans l'or, ne touche que l'or !... C'est de l'ivresse, c'est de la folie, la folie de l'or ; fi du vin rouge, le vin de l'or, c'est le champagne, et on ne boit plus que le vin de l'or que l'on paye une once la bouteille, cent vingt-cinq à cent cinquante francs, et quand le mineur est ivre, Melbourne est à lui ; il brise la vaisselle où il a mangé, le verre où il a bu, pour que personne n'y mange et n'y boive après lui ; la glace où il s'est regardé, afin qu'elle ne reflète plus d'autres images, et ce ne sont pas des exceptions, tout le monde est enfiévré, tout le monde a perdu la tête ; pour porter une caisse d'un côté de la rue à l'autre, c'est une once, une once un cigare, une once une boîte d'allumettes ; l'once, c'est-à-dire une forte pincée de pépites, voilà la monnaie courante, le penny qu'on donne au pauvre. On cite aussi des mendiants qui ont fait fortune à cette époque rien qu'en tendant la main ; une des plus riches familles de Melbourne, italienne d'origine, descend d'un pifferaro, son aïeul, qui a gagné plus d'un million à faire danser les mineurs au son du biniou napolitain ; la poignée de sages s'enrichit à exploiter les fous, et tout le monde l'est, les mineurs ne font plus que la navette des mines à Melbourne, et de Melbourne aux mines ; et l'or, loin de s'épuiser, chaque jour devient plus abondant ; à mesure que l'on creuse, les couches sont plus riches. Melbourne n'est plus qu'un immense bazar où tous les plaisirs se vendent à l'encan, on ne fait plus de prix, on met aux enchères. On cite des traits dignes de Charenton. Les navires d'Europe et d'Amérique n'ont presque pas amené de femmes, et il y a vingt-cinq mille mineurs aux placers. Un jour, aux mines de Saint-Stephen, on trouva sur la route une élégante bottine de femme ; elle est mise aux enchères, au milieu des flots de champagne, et la bottine est adjugée cinquante-deux onces, plus de six mille francs. La nuit venue, le jeu remplace le travail : les mines sont entourées d'établissements borgnes, où les tables de *poker* s'installent, et l'or passe de la poche des travailleurs dans celle d'une nuée de filous et de grecs venus de tous les coins du monde pour exploiter la naïveté ou la vanité des uns, et les vices des autres.

On a installé une roulette à Melbourne, et tous les soirs des nuées de mineurs arrivent leurs sacs de pépites à la main, et s'en retournent au matin sans même avoir de quoi prendre un verre de gin avant de se remettre au travail. Bast ! quelques coups de pioche réparent la brèche, l'or s'échappe à flots des entrailles de la terre. De temps à autre, cependant, une détonation retentit dans la nuit sombre, c'est un mineur qui a tout perdu, tout jusqu'à ses outils, jusqu'à son revolver ; il se brûle la cervelle avec le revolver d'un camarade, et tout est dit...

Cependant la fièvre s'est peu à peu calmée; les placers donnent toujours, mais le chiffre des mineurs a quadruplé, de grosses fortunes se sont faites, les habiles ont drainé l'or qui coulait des poches des imprévoyants, chacun songe à asseoir ses richesses, c'est au tour des sages de jouir de la vie. Melbourne se couvre de somptueuses constructions, des banques se fondent, des compagnies se forment, l'ordre naît peu à peu du désordre, les marchands et les armateurs se font élever des palais, on a soif maintenant de tranquillité, de respectabilité, le tassement s'opère et la vie normale va reprendre son cours; l'enivrement n'a pas disparu, il s'est canalisé; la folie du jeu, de l'aléa va changer de nom et quitter les tripots, elle s'appellera *spéculation* et se réfugiera à la Bourse.

C'est à cette époque, où Melbourne commençait à faire ses dents de sagesse que le comte d'Entraygues y était arrivé. On doit comprendre, maintenant l'extraordinaire émotion causée à cette ville par la découverte d'un nouveau placer et surtout par la mise en concession de cet important gisement aurifère, dont l'effet était, contrairement à la coutume du monopolisme, l'exploitation aux mains d'un seul. La spéculation, comme on l'a vu, avait essayé de s'en emparer en faisant des offres qu'en tout autre pays on eût jugées insensées, mais qui avaient paru d'autant plus naturelles à Melbourne que l'on supposait, peut-être avec raison, que le nouveau placer ne le céderait en rien comme richesse aux anciens.

Cinquante millions, dont vingt-cinq en signant l'acte et le surplus à six mois, garantis par l'Australian-Bank, était une proposition bien tentante que le jeune comte eût certainement acceptée, mais il ne se considérait en somme que comme le prête-nom du Canadien, bien que ce dernier lui eût abandonné la moitié de sa découverte en pleine propriété, aussi se borna-t-il à dire à son ami, pour ne pas l'influencer, qu'il n'avait aucune opinion sur la question.

Ainsi mis à son aise, le Canadien déclara nettement que, si brillantes qu'elles parussent, ces offres ne devaient pas être acceptées. Les raisons qu'il fit valoir eussent certainement paru ridicules à une foule de gens, mais le jeune homme les reçut avec la respectueuse déférence qu'il devait à son vieil ami.

Le Canadien était une nature austère, d'une honnêteté un peu puritaine, qui avait été profondément frappée du spectacle immoral donné par tous ces aventuriers qui s'étaient abattus sur l'Australie. Il attribuait à l'or et aux mineurs tous les méfaits dont il avait été témoin, et les accusait, ainsi que les convicts, de retarder la civilisation de ce beau pays australien qu'il aimait comme une seconde patrie. Sans les placers, selon lui, et il avait un peu raison, tous ces chevaliers d'industrie qui, en haine du travail, infestaient le Buisson sous le nom de bush-rangers, ne seraient jamais venus en Australie, et cette contrée, dont la fertilité est incomparable, se serait développée par l'agriculture et n'aurait reçu, en fait d'émigrants, comme cela avait lieu avant la découverte de l'or, que des ouvriers agricoles, squatters, fermiers ou éleveurs, qui eussent, par leur probité, leur amour du travail, leur honnêteté dans les transactions, peu à peu moralisé les convicts qui formaient le fond primitif de la population. Il ne voulait donc pas introduire sur une terre vierge encore, et près de ses chers Nagarnooks, le désordre et la démoralisation dont il avait été témoin aux mines et à Melbourne. Inutile de dire que l'Aigle-Noir partageait de tout point la manière de voir de son frère Tidana.

Les propositions des financiers avaient donc été repoussées, et le Canadien s'était immédiatement occupé de réunir une petite troupe d'une vingtaine d'hommes, choisis de sa main parmi les Canadiens et les Français qu'il connaissait depuis de longues années, et dont l'honnêteté était à l'abri de tout reproche. Eu égard à la facilité d'exploitation du placer des Cygnes, ce nombre était plus que suffisant pour donner de brillants résultats, et afin que cette campagne fût fructueuse pour tout le monde, il les avait engagés au tiers des bénéfices, les deux autres tiers devant revenir aux propriétaires de l'exploitation.

L'escouade avait été mise sous les ordres d'un vieux squatter nommé Collins, ami particulier de Dick, qui comme lui avait parcouru l'Australie en tout sens et connaissait parfaitement la situation du placer des Cygnes. Chaque homme avait été armé d'une carabine à répétition, d'un sabre-baïonnette et d'un revolver, une douzaine d'énormes molosses d'importation anglaise avait été adjoints à l'expédition ; ces chiens, d'une férocité peu commune, devaient rendre de grands services en dépistant les maraudeurs indigènes et les batteurs d'estrade ; c'étaient les meilleurs gardiens d'un camp que l'on pût posséder.

Tout un convoi de charrettes chargées d'outils, de munitions et d'approvisionnements accompagnait les travailleurs.

Les préparatifs terminés, la caravane s'était mise en marche directement pour le placer des Cygnes, qu'elle devait atteindre, en tenant compte des difficultés du terrain privé de routes et de la lenteur des attelages au milieu d'une contrée garnie de buissons épais et de forêts, au bout de quatre mois environ.

Le Canadien et ses amis n'étaient pas partis avec eux, devant faire la route à cheval, c'est-à-dire beaucoup plus rapidement ; ils avaient résolu d'aller d'abord visiter les mines de Saint-Stephen, dépendant de la province de la Nouvelle-Galles du Sud dont Melbourne était le chef-lieu, pour se rendre ensuite chez les Nagarnooks que Willigo devait décider à venir habiter les vastes et giboyeux territoires de la concession, qui d'ores et déjà avait reçu le nom de Swans Station ou station des Cygnes.

La veille de leur départ, l'Aigle-Noir s'était rendu une dernière fois à

C'est Mennabli, frappé par derrière, assassiné! (Page 358.)

Devil's Tavern, et avait eu une longue entrevue avec master Bob, pour arrêter leurs dernières dispositions.

Il avait été convenu que la troupe de bush-rangers, plus impatiente encore depuis que la grande valeur du placer des Cygnes était connue à Melbourne, se mettrait en marche trois jours après que le Canadien et ses amis auraient quitté Melbourne; Koanook, Nirrooba et les trois autres indigènes devaient les guider et maintenir toujours la même distance entre les

deux troupes jusqu'au jour où Willigo viendrait avertir ses jeunes hommes
que tout était prêt pour qu'on pût sans danger s'emparer du terrible Tidana
et de ses amis. La moindre infraction à ses prescriptions pouvait entraîner
l'insuccès de l'expédition.

— N'aie aucune crainte, lui avait répondu master Bob, je connais mes
hommes, ils obéiront à la lettre à mes recommandations, et bien qu'ils soient
près de trois cents, toute la fine fleur du Buisson, il n'en est pas un qui ne
préfère suivre aveuglément ton plan à la nécessité d'une attaque ouverte
contre un adversaire aussi redoutable que le Canadien.

Et l'Aigle-Noir avait regagné l'hôtel, après avoir fait longuement ses
recommandations particulières à Koanook, sans que ses amis se fussent
aperçus de son absence.

La pensée que le chef nagarnook pût trahir son frère Tidana et ses compagnons ne saurait nous venir un seul instant; mais quel infernal projet
caressait donc le sauvage australien pour qu'il osât attirer derrière eux, en
pleine solitude, loin de tout secours possible, une troupe aussi imposante de
gens bien armés et prêts à tout !

C'est ce que l'avenir sans doute ne tardera pas à nous dévoiler.

Après avoir étudié dans tous leurs détails les différents modes d'exploitation de Saint-Stephen Mine, afin de ne pas être pris au dépourvu à Swans
Station, lorsque les travaux quitteraient le plein air pour se continuer sur la
montagne, Dick et ses amis s'enfoncèrent de nouveau dans le Buisson pour
se rendre à petites journées de leurs montures au pays des Nagarnooks.

Le Canadien et Laurent, en raison de leurs grandes tailles, avaient acheté
à Melbourne deux demi-sang de haute encolure, et Menouhali avait ainsi hérité
du mustang resté libre. Gilping avait naturellement conservé son incomparable Pacific, promu à l'honneur de porter uniquement son maître pendant le
voyage, ses cantines ayant été chargées dans le wagon qui suivait la petite
troupe avec les autres provisions de voyage.

On avait fait revenir à cette occasion le mulet, antique compagnon de Black
et de Pacific, qui était resté à Sydney, et on l'avait attelé avec un de ses
congénères, ce qui fait que tous les amis du premier voyage de reconnaissance
au placer se trouvaient une seconde fois réunis.

Et comme nous venons de les rencontrer tous, hommes et bêtes, sur les
rives du Swan-River, les maîtres soupant d'un excellent appétit, les animaux
broutant à même l'herbe verte du Buisson, nous sommes assurés qu'aucune
fâcheuse aventure n'est venue jusqu'à ce jour interrompre leur voyage.

Le repas tirait à sa fin ; l'honorable John Gilding, esquire, était littéralement
passé à l'état d'outre. Ce qu'il avait absorbé de victuailles, kangourou, patates
et conserves, et ingurgité de porter, d'ale et de brandy, ne saurait se narrer
sans courir le risque d'être taxé d'exagération ; il avait certainement mérité
une belle fourchette sur champ de gueules dans ses futures armes de baronnet.

Le squatter Kirby lui avait courageusement tenu tête par amour-propre national, l'Amérique contre l'Angleterre, et de défi en défi il n'était pas resté du kangourou de quoi satisfaire une mouche. La lutte avait alors continué le verre en main, et les deux champions n'avaient pas tardé à se lancer à travers l'Atlantique, l'un pour brûler Londres, l'autre pour incendier New-York. Mais les neutres n'eurent heureusement pas à intervenir; au moment où Gilping allait réduire New-York en fumée, et Kirby faire sauter Londres, tous deux tombèrent sur le nez; les deux pays échappèrent ainsi à un épouvantable cataclysme. On étendit les deux adversaires doucement côte à côte dans le wagon, où ils purent cuver à leur aise leur ale et leur brandy.

Il était rare que le repas du soir ne se terminât pas ainsi depuis que la petite troupe avait quitté Melbourne. On sait qu'Anglais et Américains professent les uns pour les autres un mépris qu'ils ne cherchent guère à déguiser.

Nos deux gentlemen, qui à jeun étaient les meilleurs amis du monde, sauf quelques innocents lazzis qu'ils ne pouvaient s'empêcher d'échanger, ne manquaient jamais, dès qu'ils avaient quelques verres de wisky dans l'estomac, de remettre sur le tapis l'éternelle rivalité de John Bull et de frère Johnatan; et ils recommençaient chaque soir avec d'autant plus facilité que, le lendemain matin, ils ne se souvenaient plus de rien.

Nos voyageurs avaient atteint la partie la plus déserte et la plus sauvage du Buisson, et, bien qu'ils fussent assez nombreux, et surtout suffisamment armés pour se faire respecter des maraudeurs indigènes, depuis plusieurs jours ils prenaient chaque soir de sérieuses précautions avant de se livrer au repos.

L'Australien est un voleur nocturne d'une rare habileté; il s'approchera en rampant d'un campement sans que le moindre bruit vienne déceler sa présence, pillera vos provisions, détachera les chevaux, vous dépouillera de votre revolver, enlèvera même la couverture que vous avez jetée sur vous sans que vous vous aperceviez du larcin. Il est vrai qu'eu égard à la présence de l'Aigle-Noir et de Menouahli, les ruses employées d'ordinaire par les coureurs du Buisson n'eussent pas eu grande chance de réussite; mais une attaque de vive force était possible, et il ne fallait pas se laisser surprendre.

La rive opposée du Swan-River était limitrophe du territoire des Nirbass, peuplade guerrière et cruelle, renommée dans tout le Buisson pour sa téméraire bravoure, et jusqu'à ce que l'on sût dans quels termes elle était avec les Nagarnooks, la prudence la plus vulgaire exigeait qu'on ne se laissât pas endormir dans une fausse quiétude.

Les deux tribus étaient en paix au départ de l'Aigle-Noir; mais Menouahli, qui avait quitté les grands villages six mois environ après son chef, prétendait que les Dundarups, qui depuis leur défaite travaillaient fortement les

Nirbass pour les soulever contre les Nagarnooks, étaient, lorsqu'il était parti pour accompagner Gilping, bien près d'y réussir.

Les chevaux et les mules furent entravés et placés au centre d'une sorte de carré formé par quatre arbres, que l'on entoura d'une chaîne de fer passée dans une des roues du wagon, et deux sentinelles, placées l'une du côté de la rivière, l'autre sous bois, à quelques mètres du campement, durent se relever d'heure en heure.

Kirby et Gilping étant incapables de veiller, Willigo déclara qu'il passerait la nuit, afin qu'on n'eût qu'une seule sentinelle à relever; il choisit le poste sous bois comme le plus dangereux. Devant cette décision de son chef, Menouahli s'offrit à occuper l'autre position, également jusqu'au lever du soleil, afin de laisser dormir les blancs, moins habitués qu'eux à se passer de sommeil.

Après un léger débat, le Canadien fit accepter cette proposition par ses amis, se réservant de remplacer le jeune indigène après quelques heures de repos.

Rien ne faisait supposer, du reste, que cette nuit ne s'écoulerait pas aussi calme que les précédentes.

L'Aigle-Noir, cependant, avait mis une singulière insistance à rester seul chargé de la veillée, comme s'il eût flairé quelque aventure et ne se fût pas fié, dès lors, à la perspicacité des blancs pour déjouer les ruses des indigènes et des batteurs de Buisson.

Peut-être aussi n'y avait-il là, de sa part, qu'une simple mesure de prudence. Ce qui faisait la force du grand chef nagarnook, c'est que, toujours en éveil, il n'abandonnait jamais rien au hasard, qui, dès lors, avait peu de prise sur lui; l'œil sans cesse aux aguets, remarquant et prévoyant tout, donnant une importance énorme aux choses les plus insignifiantes, aux indices les plus vagues, il était impossible de le prendre en défaut et de tromper sa vigilance.

Ainsi, dans la journée, en chassant, il avait ramassé sur un bouquet de mélias une plume blanche, tombée sans doute de l'aile d'une tourterelle; rien n'était, en apparence, moins important qu'une pareille trouvaille dans une forêt où ces charmants oiseaux foisonnaient. Eh bien, cette plume avait peut-être suffi pour inspirer à l'Aigle-Noir le luxe de précautions prises ce soir-là à son instigation. Elle lui avait fait songer, en effet, que les Nirbass, sur le sentier de la guerre, ornaient leur touffe de chevelure d'un bouquet de plumes de cette couleur; et il ne lui en avait pas fallu davantage, selon toute apparence, pour se mettre en garde contre une agression possible, au cas où cet objet, tombé de la coiffure d'un guerrier, eût trahi la présence d'un certain nombre de rôdeurs nirbass dans le Buisson.

De semblables remarques peuvent paraître puériles à des Européens; elles sont capitales dans les immenses solitudes du Buisson australien, où l'homme n'a souvent, pour suivre la piste de son ennemi, d'autres indices qu'une branche d'arbre brisée au passage, le froissement du gazon sur lequel le pied s'est posé, ou quelques vestiges à demi effacés sur le sol.

Un jour, l'Aigle-Noir s'était lancé sur la piste d'un espion ngotak, qui avait quelques heures d'avance sur lui; l'homme se savait poursuivi, et il avait soixante milles à faire environ avant de pouvoir se mettre en sûreté au milieu des siens : c'était une lutte de vitesse; il ne fallait songer ni à boire ni à manger; le moindre arrêt, c'était la mort, car le pauvre coureur n'était pas de taille à se mesurer avec le terrible chef.

Tous deux s'étaient dépouillés de leurs vêtements, courbés sur la terre, les coudes effacés, noirs et luisants de sueur, ils couraient avec une vitesse vertigineuse, semblables à deux kangourous poursuivis par les chasseurs, franchissant les marécages, bondissant au-dessus des fondrières, traversant les ruisseaux, et l'œil perçant du Nagarnook découvrait la piste à travers les prairies et les bois, sur les tapis de mousse et les lits de feuilles sèches. Tout à coup, une montagne aride se dresse devant l'Aigle-Noir : son ennemi ne doit pas être loin; encore un effort, et il va l'atteindre; mais a-t-il traversé la montagne en droite ligne ou l'a-t-il contournée par la base? plus de traces sur la terre durcie. Une seconde, Willigo hésite; mais il aperçoit à quelques pas, sur le flanc dénudé du monticule, un petit caillou sur lequel adhère un peu de terre non encore desséchée; plus de doute, ce caillou s'est retourné sous l'impulsion d'un pied, ainsi qu'en témoignent les parcelles de terre encore humides; l'espion a donc traversé la montagne.

L'Aigle-Noir s'élance, redouble d'efforts, et, quelques minutes après, le terrible boomerang partait en sifflant dans l'air et brisait la tête de l'espion.

Aussi l'Aigle-Noir était un grand guerrier.

CHAPITRE III

La veillée. — Le chant du pagou. — La mort de Menouhali.
Les funérailles. — Chant de mort. — Croyances superstitieuses. — L'évasion d'un captif.
Le ranch de Kirby. — Secourus à temps.

Willigo se promenait lentement, dans la nuit sombre, pendant que ses amis les blancs dormaient au camp, l'œil fixé sur les buissons, l'oreille tendue au vent, prêt à percevoir le moindre son, et ses pas ne faisaient aucun bruit sur l'épais tapis de mousse, et son corps glissait entre les branches des arbustes sans même éveiller les oiseaux qui dormaient sous la feuillée. Mais c'est en vain que son regard plane dans l'obscurité qui l'environne : rien ne bouge, et tout est silence... Le chef, alors, fait un détour et remonte du côté de la rivière ; il passe sur le côté gauche du camp ; tout à coup, il s'arrête en tressaillant : des éclats de voix ont frappé ses oreilles... Ce n'est rien : Gilping rêve... Il est à la Chambre des lords et fulmine contre l'opposition qui veut faire repousser son bill. A quelques pas, Menouahli veille ; à quoi songe l'enfant ? car il a dix-huit ans à peine... A sa mère, aux grands villages de sa tribu, aux grandes chasses qui se sont faites sans lui !... Oui, mais il a acquis de la gloire, son boomerang n'est plus vierge ; à son retour, il racontera sa lutte de Melbourne, à Oriental-Hotel, où il a, lui aussi, tué son homme, et il quittera la classe des jeunes gens pour passer dans celle des guerriers.

L'Aigle-Noir, satisfait de voir que Menouahli ne cède pas au sommeil, va retourner à son poste ; il est inquiet, nerveux ; on dirait qu'il sent quelque chose dans l'air. Il n'y aura pas de lune cette nuit, et l'obscurité s'est tellement épaissie que c'est à peine si on distingue la silhouette des arbres... Il n'a pas fait dix pas qu'il s'arrête ; le cri du hocko vient d'éclater à quelque distance de lui. Est-ce le triste oiseau des nuits qu'il a troublé dans sa retraite ? est-ce un signal ? Il attend ; le chant se répète. Plus de doute, c'est Menouahli qui appelle. Que se passe-t-il ? L'Aigle-Noir s'élance en avant ; le jeune guerrier n'est plus à son poste.

Willigo appelle à mi-voix :

— Menouahli ! Menouahli !

Pour toute réponse, le chant du pagou, l'oiseau moqueur, éclate dans le lointain...

Ivre de colère, l'Aigle-Noir s'élance en hurlant son cri de guerre :

— Wahga ! wahga !

Il n'a pas fait dix pas qu'il trébuche sur un cadavre ou plutôt sur un mourant ; il se relève, les mains teintes de sang. C'est Menouahli, frappé par derrière, assassiné ! Un éclat de silex, manié d'une main sûre, lui a presque tranché la carotide.

On accourt du camp... Le chef soutient le corps de l'enfant ; c'est un fils de sa sœur, et il l'aime comme un père. Il lui parle... Un mot s'échappe des lèvres du pauvre Menouahli : *Dundarup !*... puis un soupir ; puis c'est tout ! Il est mort !

Et l'Aigle-Noir, qui n'a jamais pleuré, éclate en sanglots.

Et loin, bien loin cette fois, hors d'atteinte, le cri du pagou, l'oiseau moqueur, se fit entendre une dernière fois dans la nuit.

Ce sont les Dundarups qui ont fait le coup ! Lâches Dundarups, ne pouvant atteindre Willigo, le grand chef, il était là cependant dans la forêt, mais ils n'ont pas osé. Ne pouvant frapper l'Aigle-Noir, le guerrier redoutable, ils ont assassiné son enfant !

Pendant cinq minutes, les carabines à répétition des blancs hachèrent les buissons d'alentour ; mais, seules, les feuilles des arbustes et les branchages coupés tombèrent sur le sol. Les Dundarups s'étaient enfuis.

Mais l'Aigle-Noir ne pleura pas longtemps. C'était un chef !

Ayant pris de l'eau dans le Swan-River, il lava pieusement la blessure et le corps tout entier du pauvre Menouahli pour en faire disparaître les taches de sang ; puis il étendit le jeune cadavre sur un lit d'herbes sèches et de fleurs et le recouvrit d'une longue feuille de fougère, en murmurant à voix basse une mystérieuse incantation empruntée au rituel funéraire de sa tribu.

Puis, se relevant, il appela le Canadien :

— Frère Tidana, lui dit-il, garde-moi le corps de Menouahli jusqu'au prochain coucher de soleil, pour que les tristes oiseaux de la mort ne viennent pas le souiller de leurs becs impurs.

— Où donc va mon frère ?

— L'esprit errant de Menouahli n'ira pas seul au pays des ancêtres, répondit Willigo d'un air sombre ; la route est longue, et je vais lui envoyer des compagnons. Compte les plumes que le jeune kangourou portait dans sa chevelure ; autant de Dundarups iront le rejoindre avant la prochaine lune.

En prononçant ces mots, l'Aigle-Noir pressa énergiquement la main de son vieil ami et disparut dans le Buisson.

— Où va-t-il ? demanda Olivier, que cette scène avait profondément ému.

— Venger Menouahli, répondit le Canadien en essuyant de sa large main les larmes qui avaient inondé son visage.

— Seul ! Mais il va se faire tuer comme ce pauvre indigène.

Le Canadien sourit malgré sa tristesse.

— Les Dundarups fuiront comme une volée de corbeaux devant le guerrier nagarnook. Les Dundarups sont des lâches ; on ne frappe pas un jeune homme qui n'a pas encore été sur le sentier de la guerre : c'est la loi du Buisson. Mais l'Aigle-Noir va lui faire de terribles funérailles. C'est la seconde fois que je le vois pleurer.

Il y a douze ans de cela ; le chef venait de se marier. Selon une poétique coutume de la tribu, les jeunes époux doivent aller vivre seuls pendant six mois dans quelque lieu solitaire où nul ne va les troubler, et, ce temps écoulé, ils reviennent prendre leur place aux grands villages. La jeune femme porte à la main un gros bouquet de fleurs des bois, qu'elle partage entre tous ses parents et ses amis, et de grandes fêtes célèbrent leur retour. L'Aigle-Noir s'était retiré avec la Fleur-de-Mélia (c'était le nom de sa femme) sur les bords du lac Kiowai, un des lieux les plus pittoresques et les plus charmants de la contrée. Or, un jour qu'il était parti à la chasse, une troupe de bush-rangers et de maraudeurs dundarups, qui en voulaient au chef, surprirent la jeune femme seule et sans défense, la tuèrent et mirent le feu à la case de feuillage que Willigo s'était construite. Quand ce dernier revint, il ne trouva plus que des débris encore fumants et le cadavre de Fleur-de-

Mélia... Il jura, ce jour-là, de ne faire aucun quartier aux Dundarups qui tomberaient sous sa main et de rester jusqu'à la fin de ses jours sur le sentier de la guerre contre les bush-rangers. Depuis cette époque, la paix n'a jamais existé véritablement entre les Nagarnooks et les Dundarups, et l'Aigle-Noir a si bien tenu son serment que, depuis la dernière guerre surtout, les Dundarups n'existent plus comme peuplade; ils se sont réfugiés par petits groupes chez les Nirbass et chez les Ngotaks.

— Je ne m'étais jamais expliqué la haine sauvage que Willigo éprouvait pour les gens de cette tribu, répliqua Olivier ; je la comprends maintenant.

— Quant aux bush-rangers, poursuivit Dick, il leur fait, depuis cette époque, une guerre d'extermination. Tout Européen rencontré par l'Aigle-Noir dans le Buisson est un homme mort, s'il ne le connaît pas. Il est sans cesse tourmenté par un rêve qui obsède ses jours et ses nuits, rêve insensé qui ne pouvait naître que dans une tête de sauvage.

— Et lequel ?

— Il voudrait pouvoir réunir ensemble les deux ou trois cents bush-rangers qui exploitent le Buisson et les anéantir tous du même coup. Ce jour-là, seulement, il croirait que Fleur-de-Mélia est suffisamment vengée.

— Je vous avoue, Dick, que le caractère de votre ami, toujours sombre, toujours rêveur, me paraissait une véritable énigme, et malgré tous les services qu'il m'a rendus, je n'ai jamais pu me trouver seul avec lui sans éprouver une sorte de malaise indéfinissable. Sa parole, ses actes, son regard, qui semble fuir le vôtre, tout est mystérieux en lui. Avez-vous remarqué comme il s'absente souvent pendant deux ou trois jours? Que fait-il? où va-t-il? Nul ne le sait. Il rentre aussi calme, aussi indifférent que s'il venait de vous quitter depuis cinq minutes seulement.

— Oui, mon cher Olivier; mais avez-vous remarqué aussi comme il savait arriver à l'heure ?

Le jeune comte sentit sans doute l'allusion et le léger reproche que contenait cette question, car il répliqua immédiatement :

— Vous venez de dire vous-même, mon cher Dick, que des rêves insensés hantaient son cerveau; ne soyez donc pas étonné si j'ai trouvé en lui des côtés étranges, inexpliqués ; mais vous pouvez être assuré que je n'ai jamais mis en doute ni sa loyauté ni son dévouement.

Le Canadien se contenta de serrer la main du jeune homme, et la conversation cessa comme un feu qui s'éteint faute d'aliment.

La situation était véritablement émouvante et prêtait plus à la rêverie qu'à un mutuel échange de pensées. Les trois amis étaient accroupis dans l'herbe autour du cadavre du jeune Nagarnook, la carabine au bras en cas de nouvelle agression, et le silence de la nuit n'était troublé que par le bruit monotone et régulier des eaux du Swan-River qui coulait à quelques pas,

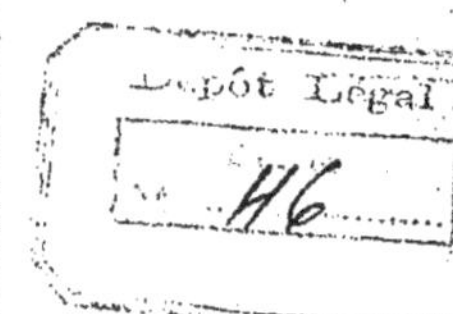

Le chef nagarnook marchait lentement. (Page 363.)

et par le cri lugubre des grands chéiroptères attirés par l'odeur du sang,
qui voltigeaient en rond au-dessus du mort et parfois effleuraient de leurs
ailes velues le visage des veilleurs; par deux fois, l'un d'eux, plus courageux
sans doute que les autres, s'était abattu sur la feuille de fougère qui recouvrait le corps, et le Canadien avait été obligé de le chasser avec le canon de
sa carabine. Ces horribles bêtes, immenses chauves-souris carnivores, qui
dépassent deux mètres d'envergure, sont la véritable plaie des forêts aus-

traliennes; d'un odorat excessivement subtile, le moindre cadavre d'animal
les attire à plusieurs milles à la ronde, et souvent même la faim les pousse
à s'attaquer aux vivants. Malheur au voyageur, pionnier ou squatter, que la
nuit surprend seul et fatigué dans la forêt; l'épais gazon et l'absence de
fauves l'invite à s'endormir; mais il a compté sans le fauve de l'air. A peine
a-t-il confié à la mousse que parfume des milliers de brins de vétiver ses
membres endoloris par la marche, que ses yeux somnolents aperçoivent une
de ces immenses chauves-souris-vampires noires et velues planer lentement
au-dessus de lui avec un léger bruissement d'ailes, et de ce corps cotonneux
qui s'agite avec des frissonnements étranges s'échappent comme des effluves
magnétiques qui paralysent toute volonté, toute velléité d'action; le malheureux veut se lever, fuir, et il lui est impossible de faire un mouvement,
crier, et la voix expire au gosier, une sorte d'assoupissement léthargique
s'empare de lui, il est comme frappé d'insensibilité et il continue cependant
à avoir la perception de tout ce qui se passe. Une forte odeur de musc le
prend au cerveau; c'est l'animal qui descend et s'abat sur lui; il sent la
peau humide, froide et plissée du monstre s'attacher gluante sur sa chair;
il frissonne d'horreur sans pouvoir se débarrasser de ce dégoûtant fardeau;
il sent enfin une vive cuisson derrière l'oreille, le vampire vient de le piquer
droit à la carotide et, les ailes étendues, pantelantes, couvant sa proie, il
suce gloutonnement le sang de sa victime...

Et si d'aventure, au lever du soleil, un voyageur égaré vient à passer par
là, à côté du malheureux qui dort son dernier sommeil, il aperçoit le hideux
chéiroptère qui, repu et lassé, soûlé par le sang, est tombé près de sa
victime...

Pendant le restant de la nuit, le Canadien et ses amis ne furent occupés
qu'à préserver le corps du pauvre Menouahli de l'impur contact de ces
sinistres animaux.

A leur réveil, Kirby et Gilping, que ces différentes scènes n'avaient pas
éveillés, apprirent avec stupéfaction ce qui s'était passé, et le brave prédicant donna une larme sincère à son jeune compagnon; il voulut même
prendre sa bible pour chanter, en l'honneur de celui qui l'avait accompagné
dans son long voyage, quelques psaumes de circonstance, toutefois le Canadien le pria de n'en rien faire.

— Votre intention est excellente, cher monsieur Gilping, lui dit-il, mais il
faut tenir compte des préjugés de ce pays. Si l'Aigle-Noir revenait inopinément et qu'il vous surprît dans votre pieuse besogne, cela pourrait avoir de
très graves conséquences, car il vous a toujours pris pour un coradjis blanc,
et rien ne pourrait le persuader que vous n'avez pas lancé contre son neveu
quelque conjuration magique destinée à lui fermer l'accès du pays de ses
ancêtres. Et à ce propos, je vous prie, quelque envie que vous en ayez ce
soir, de n'intervenir en rien dans les funérailles que Willigo fera à Menouahli;

moins un peuple est élevé en civilisation, et plus il tient à ses croyances religieuses.

La journée s'écoula sans encombre, ni fausse alerte. Un peu avant le coucher du soleil, le ciel se couvrit d'épais nuages comme si la nature eût voulu se mettre en harmonie avec la situation; il faisait une chaleur accablante, et de temps à autre de sourds grondements, précurseurs de l'orage, annonçaient que la voûte céleste se chargeait d'électricité.

L'Aigle-Noir n'avait pas encore donné signe de vie. Olivier commençait à s'en inquiéter.

— Soyez sans crainte, lui dit le Canadien, notre ami sait qu'un devoir impérieux le réclame ici, et nous ne tarderons pas à le voir arriver.

Presque au même instant, le chant du squatter-clock, sorte de pie, ainsi nommée horloge du squatter parce que son chant annonce le commencement et la fin du jour, se fit entendre dans le lointain.

— Tenez, le voici! observa Dick à son ami.

— Ce chant est imité avec une telle perfection, répondit le jeune homme, qu'il m'est impossible de comprendre comment vous pouvez l'attribuer à Willigo plutôt qu'à la pie rieuse elle-même.

— Les indigènes possèdent, en effet, toute une gamme de chants et cris d'animaux ayant chacun leur signification propre et qu'ils imitent à s'y méprendre, puisqu'ils ont pour but d'annoncer leur présence à leurs amis tout en trompant l'oreille subtile de leurs ennemis; seulement, pour en comprendre le sens, il faut avoir la clef des modulations différentes qu'on peut leur imprimer. Ainsi, vous venez d'entendre deux fois le cri du squatter-clock, écoutez encore un instant.

Au même moment, comme pour répondre aux intentions de Dick, le chant fit de nouveau retentir la forêt.

— C'est donc trois fois, poursuivit le Canadien, que le signal nous est envoyé. Eh bien, le premier est destiné à mon intention; le second signifie : C'est bien moi; et le troisième : Il n'y a pas en ce moment de rôdeurs autour de vous. Si le chant ne s'était fait entendre que deux fois, cela eût voulu dire : Veillez, l'ennemi n'est pas loin; et un seul cri : Aux armes! vous êtes entourés, on va vous surprendre.

— C'est très ingénieux; mais ne peut-il arriver que l'ennemi connaisse vos signaux?

— Oui; mais quand on est sur le sentier de la guerre, on change les modulations tous les jours et l'on donne aux divers chants que l'on imite des significations propres à dérouter les adversaires.

La conversation fut interrompue par l'apparition de l'Aigle-Noir. Le chef nagarnook marchait lentement en suivant les berges de la rivière, aussi calme que s'il fût revenu de faire une simple promenade, mais il n'était pas seul; à ses côtés se trouvait un guerrier indigène affreusement peint en guerre, mais sans armes, que le Canadien reconnut immédiatement avec le plus vif étonnement pour appartenir à la tribu des Dundarups ; et il se demandait déjà comment Willigo pouvait ramener au camp un individu de cette race maudite, lorsqu'il s'aperçut que le guerrier était entravé à l'aide d'une branche de bois de fer passée sous les bras et autour de laquelle chaque poignet était fortement lié à l'aide de la peau de kangourou que l'Aigle-Noir, comme tous les indigènes, portait constamment enroulée à la ceinture. Ramenée autour du cou en nœud coulant, cette corde, dont l'extrémité libre était restée aux mains du chef nagarnook, suffisait à maintenir le prisonnier qui, à la moindre tentative de fuite, se fût infailliblement étranglé. Une demi-douzaine de trophées sanglants pendaient en outre à la ceinture de l'Aigle-Noir.

C'est une chose bien singulière, au point de vue ethnographique, que de rencontrer cette coutume de scalper ses ennemis chez les Peaux-Rouges de l'Amérique du Nord en même temps que chez certaines peuplades du centre de l'Australie qui n'ont jamais eu de communication entre eux ; là ne s'arrêtent pas les rapports de similitudes entre les deux races, et nous aurons l'occasion d'en signaler bien d'autres lorsque, profitant du séjour que nos personnages feront chez les Nagarnooks, nous étudierons le passé fabuleux, les origines, les croyances, légendes, mœurs et coutumes de cette petite peuplade perdue au centre du grand continent australien, sans attaches possibles avec les nations des autres contrées d'Amérique, d'Europe et d'Asie, et qui cependant se trouve rattachée à la grande famille humaine par une foule de croyances, légendes et coutumes, que l'on a crues longtemps appartenir uniquement au berceau de la race blanche. Sur la foi des récits des premiers voyageurs qui n'avaient pas dépassé le littoral, on a cru longtemps que tous les indigènes de l'Australie appartenaient au même groupe mélanésien d'êtres difformes, aux membres grêles comme ceux du singe, au front déprimé, à la face bestiale, à la poitrine étroite. Les Anglais, qui ne connaissent d'autre principe de colonisation que le massacre des autocthones et leur remplacement par des Anglo-Saxons, n'ont pas peu contribué à entretenir le monde savant dans cette erreur, que *tous* les habitants de l'Australie et de la Tasmanie, cette grande île australienne, n'étaient que des brutes, pillant, volant, incendiant et rebelles à toute entente avec la race blanche, à toute tentative de civilisation. Il fallait bien qu'ils fissent excuser leurs cruautés, leurs massacres en masse. Aujourd'hui que l'on est revenu de cette opinion, que l'on sait que la Tasmanie et le centre de l'Australie ont possédé des populations intelligentes, de belles formes sculpturales et capables de se civiliser... il n'est plus temps, tout a été massacré ou est mort de misère, traqué comme des bêtes fauves par ces autres fauves venus d'Angleterre, le mot n'est pas exagéré. Quand nous étudierons le pays des Nagarnooks ou Mangeurs de feu, nous citerons des faits en les appuyant d'incontestables autorités, rapports de gouverneurs, de missionnaires, etc., qui feront reculer d'horreur et de dégoût, et feront demander qui des Australiens ou des Anglais ont été les plus sauvages... Mais, nous le répétons, il n'est plus temps. Truganina et Lanné, le dernier couple australien représentant cette race élevée, ont été enterrés il y a une dizaine d'années, et le gouvernement anglais a fait rendre les honneurs militaires à leur dépouille mortelle... On battait aux champs et on présentait les armes! on saluait la fin d'une race humaine exterminée pour la civilisation.

Mais ce n'est pas l'heure d'interrompre notre récit; cette histoire émouvante de la fin d'un peuple, ainsi que la récolte des derniers vestiges de la civilisation la plus élevée qui se soit développée sur le grand continent du Pacifique sud seront mieux à leur place pendant le long séjour que nos voyageurs feront chez les *Mangeurs de feu*, où ils pourront nous initier euxmêmes aux mœurs et aux croyances de leurs hôtes...

Donc, cette coutume de conserver la chevelure de ses ennemis existait en Australie chez certaines tribus comme en Amérique, et les sanglants trophées que l'Aigle-Noir rapportait à sa ceinture indiquaient qu'il avait déjà cruellement vengé le jeune Menouahli.

En voyant le prisonnier que ramenait le chef nagarnook, le Canadien ne put s'empêcher de frissonner à la pensée de la terrible scène qui allait avoir lieu et dont ses amis n'avaient pas la moindre idée; aussi crut-il devoir les prévenir rapidement, afin d'éviter toute méprise, qui pût avoir pour eux des conséquences incalculables.

Il n'eut cependant que le temps de leur dire rapidement :

— Au nom de ce que vous avez de plus sacré au monde, quelque impression que vous fassent éprouver les scènes étranges dont vous allez être témoins, gardez-vous d'intervenir, il pourrait y aller de votre vie... on ne discute pas avec les préjugés séculaires d'un peuple et les croyances religieuses d'un sauvage; votre intervention dans une seule des cérémonies funéraires de Menouahli, outre qu'elle ne réussirait pas à les empêcher, vous ferait un ennemi mortel de Willigo.

— Le Canadien a raison, messieurs, intervint Kirby, mieux au courant que les autres voyageurs des coutumes du Buisson; pas un mot! pas un geste! vous ne réussiriez qu'à vous faire massacrer, et si l'Aigle-Noir ne le faisait pas, à cause de Tidana, ce dont je ne saurais répondre, vous n'auriez pas, dans la suite, d'adversaire plus acharné que lui.

— Mais que va-t-il donc se passer? fit Olivier pâle d'émotion.

— Silence! voici le chef; vous êtes avertis.

Willigo, traînant toujours son prisonnier, était en effet arrivé à la portée de la voix.

Quelques mots feront comprendre l'importance de la recommandation du Canadien. Les Nagarnooks ne possèdent pas de prêtres accomplissant régulièrement les cérémonies du culte dans les solennelles occasions de la naissance, du mariage et de la mort ; ils n'ont que des coradjis ou sorciers, qu'ils consultent, comme les auspices et les aruspices à Rome, chaque fois qu'ils sont sur le point d'entreprendre quelque chose d'important ou veulent lancer quelque maléfice sur leurs ennemis ; mais ces coradjis ne sont mêlés en rien aux cérémonies familiales qui sont toujours accomplies par le chef de la famille, et à son défaut, par le plus proche parent. C'est donc à ce dernier qu'incombe la tâche de procéder aux solennités funéraires des siens. Les Nagarnooks, circonstance bien étrange par les rapprochements qu'elle suggère, brûlent leurs morts, et dans leur croyance, le corps de leur parent, qui s'en va en fumée, monte jusqu'à la lune en suivant l'esprit du défunt et se reconstitue dans cette planète, où chaque homme reprend ainsi sa forme et son individualité ; mais pour que les karakuls, ou esprits qui n'ont pu rejoindre leur corps et errent à l'aventure dans l'air pour essayer de reprendre et de s'approprier la forme d'un autre mort sans laquelle ils ne peuvent se présenter au séjour des ancêtres, ne s'emparent pas, à mesure qu'il se désagrège, du corps de celui que l'on brûle, le parent, tout le temps que dure l'incinération, se livre à une foule d'exorcismes, d'incantations bizarres, de danses et de hurlements qui ont pour but d'effrayer les esprits errants. Si la moindre de ces étranges cérémonies vient à manquer, soit par la faute de l'officiant, soit par toute autre cause, le corps du défunt est volé, et l'esprit passe à l'état de karakul, c'est-à-dire d'esprit errant à son tour dans l'immense plaine de l'air, jusqu'au jour où il aura pu se procurer une autre dépouille mortelle dans laquelle il pourra s'incarner.

On doit comprendre, dès lors, quelle extraordinaire importance attachent les Nagarnooks à ce que rien ne vienne troubler leurs cérémonies funéraires.

Quand il s'agit d'un chef, et pour être sûr que son voyage au pays des ancêtres ne sera pas retardé par quelque vol fâcheux de sa dépouille mortelle, on sacrifie d'ordinaire un prisonnier, que l'on torture au poteau du supplice, et qu'on brûle ensuite en même temps que le mort, afin que son corps puisse servir au défunt au cas où un esprit errant serait assez habile pour s'approprier le sien.

Il n'y a pas de malheur plus grand pour une famille que d'avoir un karakul parmi les siens ; le malheureux esprit erre constamment autour des cases habitées par ses parents, poussant des hurlements plaintifs et répandant partout l'effroi ; poussé par le désespoir, il lui arrive parfois de s'incarner dans la dépouille d'un animal, et c'est pour cela que l'on rencontre, la nuit, des trépassés sous la forme du hocko, ou hibou de Buisson, du kangourou géant, de phalangers ou du chien hurleur ; on les reconnaît à leurs cris sinistres et à la persistance avec laquelle ils s'attachent aux pas de leurs parents, qui ne peuvent s'en débarrasser qu'en sacrifiant un prisier pouronn leur procurer une dépouille mortelle qui leur permette de s'élever jusqu'au pays des ancêtres.

Aussi un indigène fera-t-il tout au monde pour empêcher qu'un des siens soit réduit à la triste condition de karakul : pour le pauvre diable d'abord, puis pour éviter les malheurs nombreux qui ne cessent d'assaillir sa famille pendant tout le temps qu'il reste dans ce misérable état.

Au seul nom de karakul, les plus courageux tremblent comme des enfants et se cachent la figure dans le sable ou le gazon pour éviter d'apercevoir ce terrible fantôme.

On voit de quelle valeur était la recommandation du Canadien et quelles graves conséquences pouvaient entraîner une malencontreuse intervention des Européens dans les cérémonies funéraires qui allaient s'accomplir. Toute l'influence de Tidana n'eût pas empêché l'Aigle-Noir d'en tirer immédiatement vengeance. Cette intervention n'était certainement pas à redouter pour les funérailles mêmes de Menouahli, mais il était à craindre qu'Olivier et ses compagnons ne sussent pas suffisamment se contenir en présence des atroces supplices auxquels le prisonnier allait être soumis.

Nous allons voir bientôt combien le Canadien avait été prévoyant et sage en prévenant ses amis.

Lorsque l'Aigle-Noir fut arrivé près de ses compagnons, ces derniers remarquèrent que, malgré son calme apparent, une sombre exaltation était empreinte sur tous les traits de son visage.

Le Canadien, qui connaissait le langage usité en pareille circonstance, le salua de ces paroles :

— Les Dundarups sont plus lâches que les chiens hurleurs ; courageux contre la fleur des bois et le jeune mennah (kangourou), ils ont fui devant le grand chef.

L'Aigle-Noir eut un sourire féroce, et montrant les chevelures sanglantes qu'il rapportait :

— Une, deux, trois... six ; la Fleur-de-Mélia doit être contente, dit-il ; quand la neige tombera sur la tête de l'Aigle-Noir, il n'y aura plus de Dundarups.

Puis, montrant son prisonnier :

— C'est Ourivah (le Hérisson) qui a tué Menouahli. Ourivah va l'accompagner sur le bûcher.

— Les Nagarnooks sont plus lâches que le triste oiseau des nuits qui se cache dans le tronc des arbres morts, fit le prisonnier en souriant avec orgueil ; Ourivah a tué le jeune Nagarnook ; il y a assez d'oiseaux puants dans la forêt.

Les Européens frémirent en entendant ces paroles, les narines de Willigo avaient frissonné de rage... le drame commençait.

— Les Dundarups sont de grands guerriers et Ourivah est un grand chef chez les Dundarups, avait répondu l'Aigle-Noir avec un calme effrayant ; il y avait longtemps qu'il cherchait l'occasion d'entonner son chant de guerre ; Ourivah doit être content, car il va chanter devant ses grands-pères blancs.

— Nos grands-pères blancs doivent être las d'entendre hurler le puant opossum qui se cache sous les plumes de l'Aigle-Noir ; ils seront heureux d'entendre parler un guerrier, répliqua le Hérisson.

En toute autre circonstance, une telle insulte eût reçu immédiatement son châtiment ; mais l'usage du Buisson veut que le prisonnier qui va être attaché au poteau du supplice puisse insulter ses ennemis jusqu'au moment où il doit recevoir le dernier coup, celui qui termine ses souffrances et sa vie.

Le malheureux débute toujours par les injures qu'il sait devoir le plus irriter ses bourreaux ; il espère toujours qu'il s'en trouvera un, plus violent que les autres, qui, en le tuant sur-le-champ, lui épargnera toute une nuit de tortures ; mais Ourivah avait affaire à un vieux guerrier qui voulait savourer sa vengeance ; et le malheureux le comprit sans doute en voyant l'Aigle-Noir dédaigner de répondre à cette violente insulte, car il eut comme un imperceptible tressaillement aussitôt réprimé. Mais quelques gouttes de sueur perlèrent sur son front, indice certain de l'impression de terreur que l'indifférence de son ennemi lui avait fait ressentir.

— Mon frère a chaud, fit d'un ton sarcastique Willigo, qui s'en était aperçu.

Ourivah lui cracha au visage pour toute réponse !... C'était son dernier moyen, son suprême espoir... il faillit réussir ; prompt comme l'éclair, l'Aigle-Noir leva son boomerang ; déjà le Canadien avait poussé un soupir de satisfaction, l'horrible scène allait finir avant d'avoir commencé... ; mais Willigo se calma comme par enchantement, sa main retomba sans frapper, et approchant son visage près de celui de son prisonnier, il lui dit, en grinçant des dents comme s'il allait le dévorer :

— Garde ta salive, Ourivah ! tu ne boiras plus !

— Grâce ! murmura Olivier éperdu.

Ces paroles furent heureusement prononcées en français, et l'Aigle-Noir ne les comprit pas.

— Silence, au nom du ciel ! dit rapidement le Canadien, ou vous êtes perdu ! moi-même je ne vous sauverais pas.

Puis il ajouta, pendant que Willigo conduisait son prisonnier près d'un arbre auquel il le liait solidement :

— Songez à la triste fin de Fleur-de-Mélia, au kraal solitaire de l'Aigle-Noir, qui n'a pas voulu se remarier et n'a pas de fils pour continuer sa race. Regardez le cadavre de ce pauvre enfant si traîtreusement assassiné cette nuit, et vous comprendrez l'exaltation du grand chef... Un mot, un seul qu'il puisse comprendre, et le sauvage enfant du Buisson, qui ne fait que suivre une coutume consacrée par la tradition et les croyances de son pays, vous prendra pour des traîtres ralliés à ses ennemis... Vous n'avez même pas la ressource de vous éloigner pour échapper à cet odieux spectacle.

Le chef se mit à faire le tour du bûcher. (Page 371.)

— Quoi ! voir un homme torturé de mille manières, assassiné en détail...

— Croyez-vous donc que ce spectacle m'agrée ; mais votre absence aurait le même résultat que votre intervention ; incapable de clémence pour qui, du reste, n'en userait pas avec lui, le chef prendrait pour une mortelle insulte votre refus d'assister aux funérailles du pauvre Menouahli, et sans sauver pour cela le Hérisson, il vous faudrait dire adieu à tous vos projets ;

le jour où vous auriez l'Aigle-Noir et toute la tribu des Nagarnooks contre
vous, vous n'auriez plus qu'à quitter l'Australie, et, je vous le répète, vous
n'épargneriez pas un coup de couteau à Ourivah ! Cet homme, après tout, a
mérité vingt fois la mort, et il n'existe, sous le ciel, qu'un seul moyen de le
sauver... c'est...

— C'est ?... interrogea ardemment Olivier.

— C'est de tuer vous-même l'Aigle-Noir, à qui vous devez dix fois
la vie.

Olivier, à cette réponse qu'il était loin de prévoir, baissa tristement la tête
et se tut...

— C'est la loi du Buisson, intervint Kirby ; et si jamais vous tombiez aux
mains des Dundarups, attendez-vous à la pareille.

Cependant Willigo, après avoir attaché son ennemi, était revenu lentement vers le cadavre de Menouahli ; après avoir enlevé les feuilles de fougère
qui le couvraient, il le lava de nouveau avec l'eau du Swan-River, en prononçant une série de monosyllabes gutturaux, mystérieuses invocations aux
kobougs, ou esprits familiers protecteurs de la tribu.

La véritable cérémonie commençait.

Cette première opération terminée, l'Aigle-Noir pria ses amis de l'aider à
récolter du bois mort pour construire le bûcher. La forêt en était littéralement garnie, car nul, en ce désert, ne ramassait ces épaves de grands végétaux atteints par la vieillesse, et en moins d'une demi-heure, il en fut réuni
une provision suffisante.

A partir de ce moment, les Européens redevenaient de simples assistants ; ils ne pouvaient, d'après la coutume, aider à la construction du
bûcher.

Willigo enfonça d'abord quatre piquets en terre formant carré et il commença à empiler le bois contre ces supports naturels, en commençant par
les plus grosses branches, et entremêlant habilement les essences résineuses
et celles qui ne l'étaient pas ; il termina le tout par une couche d'herbes de
vétiver desséchées, sur laquelle il étendit le corps de Menouahli.

Il plaça alors à portée de la main du mort son boomerang, sa lance, son
arc, ses flèches et sa fronde ; il ne fallait pas qu'il arrivât désarmé au pays
des ancêtres, où l'esprit ne retrouve que ce qu'il avait ici-bas ; il mit ensuite
sur sa poitrine un petit sachet sur lequel était brodée l'image de son koboug,
sa petite boîte de rouge, blanc et noir, afin qu'il pût se parer aux jours de
fêtes, puis de l'autre côté, près de sa main gauche, un quartier de kangourou
tué par lui dans la journée, et dont il avait réservé une part pour le mort ; il
y avait loin de la terre au pays des ancêtres, et le pauvre Menouahli pouvait
avoir faim en chemin.

Et en plaçant chaque objet, l'Aigle-Noir entonnait un couplet spécial du
rituel funéraire.

Ces préparatifs, qu'Olivier suivait avec un véritable intérêt, lui remirent en mémoire ces beaux vers de Schiller :

> Entonnez le chant funéraire,
> Apportez le dernier cadeau ;
> Mettez tout ce qui peut lui plaire
> Auprès du mort dans le tombeau.
> Déposez d'abord à sa tête
> La hache terrible en sa main ;
> Puis un quartier d'ours, sa conquête,
> Les morts font un si long chemin...

La scène était à ce moment pleine de grandeur et de funèbre poésie.

Le soleil sur son déclin teignait de pourpre et d'or l'extrémité du feuillage des acacias et des grands eucalyptus, alors que la partie inférieure de ces arbres plongeait déjà dans l'obscurité qui croissait graduellement comme une inondation d'ombre, venant remplacer peu à peu une inondation de lumière, et tout dans la forêt prenait ces formes vagues et indécises qui donnent aux moindres buissons, dans la vision crépusculaire, des apparences mystérieuses et fantastiques.

Alors, avec le dernier rayon du jour, Willigo mit le feu au bûcher, puis commença une scène étrange, inénarrable. Le chef nagarnook se mit à faire le tour du bûcher en poussant de temps à autre des hurlements sauvages, destinés à chasser les esprits malins qui rôdaient autour du corps de Menouahli, puis insensiblement la marche du guerrier s'accéléra, en même temps que les cris devenaient plus pressés et les battements de mains plus rapides. A mesure que le feu augmentait, que la désagrégation du cadavre s'accomplissait avec une plus grande vitesse, il fallait entourer le bûcher d'un cercle d'incantations magiques tellement serrées, de conjurations si précipitées que pas un esprit errant ne pût se glisser à travers pour dérober une parcelle quelconque du précieux cadavre, qui montait en fumée vers le séjour des ancêtres. Bientôt ce fut une course insensée, furibonde, vertigineuse, compliquée de tels hurlements avec ces flammes capricieuses, le pétillement des branches embrasées et les sauts automatiques du cadavre dont les nerfs se crispaient sous l'action du feu, qu'Olivier eut pour un instant l'illusion d'une de ces scènes fantastiques créées par le génie de Shakspeare ou du Dante, et que sous le coup d'une véritable hallucination, il s'imagina qu'il assistait à une ronde infernale qui n'avait plus rien d'humain.

Tout à coup la pile embrasée s'affaissa, entraînant le cadavre à demi consumé au centre, où il fut immédiatement recouvert par les quatre côtés embrasés qui se rejoignirent en suivant le mouvement ; des milliers d'étincelles jaillirent en tous sens... et Willigo, poussant un dernier cri plus rauque, plus aigu encore que les autres, s'arrêta... Il n'avait plus rien à craindre des malins esprits et pouvait laisser le feu achever seul son œuvre.

C'était le tour du malheureux prisonnier, dont le courage n'étant pas soutenu par l'appareil à grand spectacle qui entoure ordinairement ce genre de supplice et la foule de guerriers qui se presse d'habitude pour voir comment un ennemi peut souffrir, attendait en tremblant les terribles représailles que l'Aigle-Noir n'allait pas manquer d'exercer sur lui ; et l'on comprendra sa terreur en songeant qu'il devait être d'abord écorché vif, mais lentement, graduellement, puis il devait voir tomber chaque articulation de ses membres, sans qu'aucun organe essentiel à la vie ne fût touché, et ce n'était enfin qu'au premier rayon du soleil levant qu'il devait être jeté dans le bûcher qui terminerait ses souffrances.

Le misérable, profitant d'un moment où l'Aigle-Noir, pensif, jetait un dernier regard sur les restes à demi consumés de son jeune parent, avait tendu en suppliant ses bras enchaînés du côté des Européens, en leur disant :

— Pitié ! ce n'est pas moi qui ai tué Menouahli...

Et Olivier s'était de nouveau senti remuer jusqu'au fond du cœur.

Ce Dundarup était tout jeune, lui aussi ; un vieux guerrier ne se fût point laissé prendre ni attacher ainsi par l'Aigle-Noir ; il s'était vanté par forfanterie de cet exploit qui devait lui acquérir le renom d'un guerrier dans sa tribu, et Willigo qui rampait sous bois à la recherche des Dundarups l'avait entendu et il avait juré de l'attacher au poteau du supplice. Il avait déjà tué six Dundarups qu'il avait surpris les uns après les autres ; mais, à partir de ce moment, il n'avait plus eu qu'une seule idée, s'emparer du meurtrier, et il y avait réussi en imitant le cri du jeune kangourou égaré dans la forêt. Le pauvre Dundarup s'était élancé pour s'emparer du petit animal, et le Nagarnook l'avait peu à peu éloigné des siens et s'était précipité sur lui au moment favorable.

Aussi le regard suppliant du pauvre Ourivah continuait-il à rechercher celui des Européens, dans lequel il avait lu un peu de pitié.

Mais, que faire ? Olivier morne et sombre maudissait son impuissance.

Tout à coup, des sons bizarres et qui n'ont rien d'humain se font entendre sous bois, dans la partie la moins éclairée, un peu au delà du prisonnier. L'Aigle-Noir, qui déjà s'avançait vers lui son couteau de silex à la main, s'arrêta stupéfait. A peine a-t-il levé les yeux qu'il pousse un grand cri et se jette à plat-ventre sur le gazon, ramenant l'herbe et les feuilles sèches autour de sa tête, en balbutiant d'une voix étranglée par la peur :

— Karakul ! karakul ! tirara matamoé. Un revenant ! un revenant ! C'est fait de moi, je suis maudit !

Olivier et ses amis aperçoivent au même instant une forme blanche qui s'agite dans les broussailles en proférant des paroles inintelligibles. D'abord surpris au delà de toute expression, le jeune homme va s'élancer, quand le

Canadien le retient d'un geste. Il regarde, compte ses compagnons... il a compris.

Cependant Willigo dans la même posture clame toujours d'une voix dolente :

— Karakul ! karakul !

Et cependant la blanche apparition s'avance toujours, redoublant ses cris bizarres.

Le Canadien et Kirby rient en sourdine à s'en tenir les côtes, et leur gaieté gagne peu à peu Olivier...

Le prisonnier hurle de frayeur, et c'est en vain que les blancs cherchent à le calmer de la main, le malheureux ne comprend pas.

Tout à coup, une voix aigre s'écrie, dans un nagornook des plus fantaisiste, mais un revenant n'est pas tenu de se rappeler sa langue :

— No ! no ! inaro nara Menouahli.

Moi ! moi ! je viens venger Menouahli.

Le Dundarup crie, demande grâce, lui aussi est plus effrayé par le karakul que par la pensée du supplice qui le glaçait d'épouvante quelques instants auparavant.

Le comédie est complète... rien à craindre de l'Aigle-Noir, tant que le revenant continuera son tapage, qui n'a cependant rien d'infernal. Kirby se roule sur l'herbe, le Canadien étouffe, Olivier et Laurent, plus calmes, attendent en souriant la fin de cette scène amusante.

Quant à Gilping... Mais Gilping, esquire, n'est plus avec ses amis ; le futur lord Woangow de Woangow-Hall tient en ce moment l'emploi des karakuls avec un succès généralement assez rare pour un premier début. Pendant que Willigo tournait comme une toupie hollandaise autour du bûcher, sur les conseils de Kirby et après une leçon de nagarnook qui avait duré deux minutes, le brave prédicant, géologue, naturaliste, s'était glissé jusqu'au wagon, avait pris une vieille chemise dont il s'était affublé sans laisser passer la tête, et s'était mis en marche sous bois, en soufflant dans le bec de sa clarinette qu'il avait détaché de l'instrument.

Il ne fallait point cependant faire durer la plaisanterie trop longtemps. Gilping, dont les mouvements étaient paralysés par la terreur du Dundarup, qui se débattait comme un diable à son poteau, prit le parti de se découvrir. En le reconnaissant, Ourivah comprit tout ; mais passant subitement de la crainte la plus insensée à la joie la plus exubérante, il faillit se trouver mal, et se mit à trembler comme une feuille agitée par la brise. Le brave Gilping trancha ses liens avec la rapidité qu'exigeait la situation, et d'un geste lui montra la forêt. Ourivah ne fit qu'un bond en avant ; mais près de disparaître dans la profondeur du Buisson, il se retourna, plaça rapidement la main droite sur le sol, l'éleva au ciel, la ramena sur son front, puis la tendit vers les blancs et, cette pantomime accomplie, s'élança dans la broussaille, qui se referma derrière lui.

Le geste qu'il venait de faire signifiait qu'il appartenait désormais corps et âme à ses sauveurs.

Gilping continua à souffler quelques instants encore dans son bec de roseau, pour que l'Aigle-Noir ne pût percevoir aucun bruit de la forêt, puis il s'arrêta et reprit tranquillement sa place près de ses compagnons.

— Willigo! dit alors le Canadien, qui, ne prenant même plus la peine de se contenir, riait à toute volée; le karakul est parti.

— Bien vrai, frère Tidana? répondit le chef sans quitter sa posture.

— Je t'en donne ma parole... Il s'est évanoui tout à coup comme un nuage de fumée, et Ourivah a disparu avec lui; il a dit qu'il voulait venger lui-même la mort de Menouahli. Il n'est donc pas venu jeter de maléfice sur les funérailles; c'est un koboug de ta famille et non un esprit malfaisant.

Ces paroles rassurèrent le chef qui, ayant peu à peu soulevé la tête et ne voyant plus rien, finit par se relever.

Cette crainte des karakuls ou esprits mauvais, gnomes, vampires, revenants, est telle chez les Australiens qu'on n'en trouverait pas un seul, même parmi les plus braves, qui consentît à regarder une de ces apparitions en face. Les coradjis, outre qu'ils se sont appliqués à leur farcir l'esprit d'histoires surnaturelles, jouent eux-mêmes de temps à autre le rôle de karakuls pour mieux assurer leur domination sur ces peuplades superstitieuses; ils se promènent la nuit dans les grands villages, affublés des plus étranges déguisements, en poussant des hurlements affreux. Dès que la mascarade commence, et elle s'annonce d'ordinaire par des cris perçants qui éclatent tout à coup sous bois au milieu de la nuit, tous les indigènes qui se trouvent au dehors rentrent précipitamment dans leurs cases, toutes les portes se ferment, chacun se couche à plat-ventre et s'enfouit le visage dans ses pelleteries, et les prétendus karakuls se promènent dans les grands villages en redoublant leur charivari. Cela dure parfois deux ou trois nuits de suite, selon l'importance des cadeaux qu'ils veulent obtenir, car à la suite de ces apparitions il y a toujours réunion du conseil des anciens pour savoir comment on pourra apaiser les esprits.

On fait alors appeler les coradjis, qui, après une foule de jongleries, ne manquent jamais de déclarer que la tribu depuis quelque temps néglige par trop ces excellents esprits, et que le seul moyen de les apaiser est de porter, en un lieu de la forêt qu'ils désignent, un certain nombre de présents, un peu avant le coucher du soleil. Si le lendemain matin les objets offerts ont disparu, c'est un signe que les bons karakuls ont de nouveau fait leur paix avec la tribu; si, au contraire, les offrandes sont encore au lieu où on les a déposées, cela signifie qu'on les a trouvées insuffisantes et qu'il faut se hâter d'en augmenter la valeur si on veut éviter d'irréparables malheurs.

Inutile de dire, n'est-ce pas, que les coradjis sont les représentants directs des esprits sur la terre, et qu'ils se partagent en tapinois ces produits de la crédulité populaire. Il est certain, pour rappeler le mot antique, que deux coradjis ne doivent point pouvoir se regarder sans rire, mais à part ces farceurs, qui connaissent parfaitement la valeur de leur comédie, on ne trouverait pas dans toute l'Australie un seul indigène qui osât douter de leur pouvoir et braver la colère des esprits.

Il ne vint pas un seul moment à l'esprit de Willigo que Gilping, en cette circonstance, avait suppléé les coradjis, et jusqu'à la fin de ses jours il crut que son prisonnier avait été enlevé par le koboug, ou esprit familier de Menouahli, qui l'avait emporté dans la lune pour le torturer à son aise.

Au point du jour, l'Aigle-Noir jeta dans le Swan-River les résidus du bûcher, en les accompagnant d'une dernière invocation, et la caravane reprit sa marche interrompue par le triste événement de la veille. Mais c'en était fini des chasses, des courses insouciantes sous bois et des études zoologiques ; il allait falloir dorénavant éclairer sa route et n'avancer qu'avec prudence, la carabine au poing, car Willigo avait appris pendant son excursion que la hache de combat était déterrée entre les Nirbass et les Nagarnooks, et il prévoyait qu'il n'arriverait pas sans encombre aux grands villages de sa tribu.

Cette coutume d'incinérer les morts avait échappé aux premiers voyageurs qui abordèrent en Australie, qui n'avaient eu occasion d'étudier, nous l'avons déjà dit, que les abjectes populations de la côte. Il est aujourd'hui hors de doute qu'elle a existé chez les Nagarnooks, les Ngotaks et les Nirbass, populations identiques comme types, mœurs et coutumes à celles de la Tasmanie, la grande île australienne.

Malgré toutes les preuves qu'on en possède aujourd'hui, quelques ethnographes ont voulu la révoquer en doute, sous prétexte que cette coutume n'avait jamais été rencontrée que chez des peuples d'une civilisation plus avancée. Il y a là une erreur évidente d'appréciation ; cet usage de brûler les morts, que l'on retrouve aux périodes les plus brillantes des civilisations hindoues, grecques et romaines, qui a existé chez les Gaulois et une foule d'autres peuples, remonte certainement à l'enfance de l'humanité sous toutes les latitudes.

Un des premiers sentiments qui s'élève dans l'esprit de l'homme est celui du respect des morts ; il ne faut pas qu'il se soit déjà élevé bien haut sur l'échelle de l'intelligence pour que l'affection qu'il éprouve pour son père et sa mère lui inspire le désir naturel de soustraire leur dépouille mortelle aux oiseaux de proie et aux fauves. Du reste, ce que l'homme allait faire pour ses ancêtres, son fils ne le ferait-il pas pour lui ? Ce double mobile est assez important pour expliquer qu'il ait trouvé de bonne heure le seul moyen qu'il pût employer pour arriver à ses fins : l'incinération.

Abandonner la dépouille des siens dans la jungle ou au courant des fleuves ? Mais deux ou trois jours après, s'éloignant de sa station pour la chasse ou la pêche, il retrouvait au milieu du Buisson ou sur les rives des cours d'eau les restes à demi rongés de ses parents !

Les conserver auprès de sa demeure pour les surveiller jusqu'à ce que l'œuvre de la décomposition fût achevée ? Mais en admettant qu'ils ne fussent pas déchiquetés pendant la nuit par les animaux immondes, les émanations putrides n'auraient pas tardé à devenir insupportables !

L'enterrer ? Mais les chiens hurleurs pullulaient littéralement dans le Buisson australien, et ils n'eussent pas manqué de gratter le sol et d'arracher les corps par lambeaux !

Il ne restait plus qu'à les brûler ! Les forêts regorgeaient de branches résineuses, et les parents du mort avaient tôt fait d'en amasser une quantité suffisante pour construire un bûcher. Il n'y a donc rien d'étonnant à ce que les Australiens de l'intérieur fussent arrivés de bonne heure à cette idée de la crémation. La croyance religieuse qui veut que l'esprit du défunt reconstitue son corps dans la lune avec la fumée qui monte du bûcher prouve, au surplus, surabondamment en faveur de la très haute antiquité de cette coutume. Nous en rencontrerons bien d'autres plus étonnantes encore.

Le fermier Kirby avait appris avec la plus vive contrariété la nouvelle de l'état de guerre qui existait entre les Nirbass et les Nagarnooks, car dès que les indigènes couraient la campagne, une fois exaltés par la lutte, ils pillaient aussi bien les propriétés européennes que les villages de leurs adversaires, et son run, que l'on devait atteindre le lendemain, était situé sur la frontière même des Nirbass. Or, précisément parce qu'il n'avait rien à craindre des Nagarnooks dont il était l'ami, il avait tout à redouter des adversaires de ces derniers.

Pendant le séjour qu'il avait fait à Melbourne, il avait expédié un convoi de dix wagons chargés d'approvisionnements de toute espèce au gérant de son ranch, et cette circonstance, certainement connue des Nirbass, ne pouvait qu'exciter leurs instincts naturels de pillage.

Il fit part de ses appréhensions au Canadien, en le priant d'user de son influence sur l'Aigle-Noir, qui était chargé de la direction de la petite troupe, pour qu'il forçât la marche de façon à atteindre le run le lendemain avant la chute du jour.

— Comment étiez-vous avec les Nirbass, avant notre départ pour Melbourne ? lui demanda Dick.

— Oh ! en fort mauvais termes. Autrefois les chefs venaient constamment me rendre visite pour obtenir de moi du sel, des haches, des couteaux, et surtout du rhum pour s'enivrer ; peu à peu nos dons volontaires se changèrent en une espèce de tribu qu'ils prirent la douce habitude de venir percevoir régulièrement, et ils finirent par se montrer d'une telle exigence que je me vis dans la nécessité de leur faire comprendre que je ne leur devais rien, et que, s'ils ne se montraient pas plus réservés, je leur fermerais la porte du

La lance à la main, ils se précipitent en rangs serrés. (Page 383.)

ranch. Loin de tenir compte de mes observations, ils affectèrent de se montrer plus insolents encore, et surtout depuis l'arrivée de deux ou trois mauvais drôles de bush-rangers dans leurs villages ; ils en arrivèrent à des prétentions tellement exagérées que je fus contraint de mettre mes menaces à exécution. Un jour qu'ils vinrent, selon leur habitude, réclamer ce qu'ils appelaient leur *doa* (chose due), je fis fermer les portes du ranch, et donnai l'ordre absolu à mes gens de ne plus rien leur donner.

— J'aurais certainement agi comme vous...; mais ce n'était peut-être pas le parti que commandait la prudence.

— Je l'ai compris, aussi ai-je fait immédiatement un traité régulier avec les Nagarnooks leurs voisins, par lequel, moyennant une certaine redevance, ces derniers se sont engagés à me prêter main-forte contre toute attaque soit des indigènes, soit des bush-rangers; seulement les Nagarnooks sont à deux jours de marche de mon run, tandis que quelques heures seulement me séparent des grands villages des Nirbass.

— Votre ranch est-il en état de soutenir un siège?

— L'établissement principal, qui contient mes magasins et ma maison d'habitation, est couvert en zinc contre l'incendie; il est en outre entouré d'un fossé profond et d'une double palissade, entre lesquels se trouve un chemin de ronde.

— De combien d'hommes disposez-vous pour défendre la place?

— J'ai d'abord Annescott, le frère de ma femme, qui me sert de gérant; en outre, sept Américains du Far-West, mes compatriotes, et un convict libéré, que j'ai pris à Melbourne, en raison de sa compétence pour l'élevage des chevaux. C'est un ancien maquignon du Devonshire.

— Vous êtes-vous inquiété de connaître son dossier?

— Condamné à sept ans de Botany-Bay, pour avoir tué un de ses concurrents, dans une rixe, d'un coup de couteau. Il a fait son temps sans avoir subi la moindre punition, et depuis qu'il est à mon service n'a pas mérité de reproches sérieux; il se nomme Oldham et échange parfois quelques coups de poings avec mes Américains qui jouent sur son nom et l'appellent : Youngham, Littleham, Fineham, et autres semblables; mais à part cela, je n'ai aucune raison de me défier de lui.

(Oldham, nom très commun chez les Anglais, signifie littéralement : vieux jambon. Ce qui donnait aux Yankees l'occasion de lui faire cette facile plaisanterie de l'appeler jeune jambon, petit jambon, fin jambon.)

— Ceci complique en effet la question, répondit le Canadien, car ces brutes de Nirbass, qui sont bien la peuplade la plus cruelle de toute l'Australie, ne se font pas honte d'attacher les femmes, et même les enfants, au poteau du supplice.

— C'est bien ce qui me fait trembler depuis les mauvaises nouvelles dont l'Aigle-Noir nous a fait part ce matin. Je ne sais, en vérité, à quoi pense le gouvernement de Melbourne de nous laisser ainsi isolés. Si j'avais accompagné mon convoi, je serais rentré depuis au moins quinze jours; mais j'étais en instance auprès du chef de la colonie pour qu'il établisse un poste de miliciens sur le Swan-River. Il y a dans la contrée, sur un rayonnement de trente lieues, cinq grands runs, sans compter le mien, et nous offrions de faire entre nous tous les frais d'installation et de nourriture pour une cinquantaine d'hommes et leurs officiers, qui, placés au centre des six propriétés, eussent suffi pour tenir en respect, par leur seule présence, tous les maraudeurs, indigènes ou convicts. Eh bien, je n'ai rien pu obtenir ; plaise à Dieu que nous n'arrivions pas trop tard !

— Les circonstances sont tellement graves que nous allons marcher jour et nuit, mon cher Kirby, je puis vous en donner l'assurance ; l'Aigle-Noir s'incline toujours devant ma volonté, et il n'a pas de raison pour s'y opposer ; pour le reste, si vous êtes attaqué, vous pouvez compter sur nous.

— Si les bandits savaient seulement que j'arrive avec le terrible Tidana, dont le nom est un épouvantail pour tous les rôdeurs du Buisson, je suis sûr qu'ils hésiteraient à toucher à un seul cheveu des êtres qui me sont chers.

— Vous vous exagérez peut-être mon importance, mon cher Kirby ; mais dans tous les cas, je crois que votre désir a déjà reçu son exécution ; vous savez comme les nouvelles volent vite dans le Buisson, vous pouvez être assuré que notre présence sur le Swan-River est connu depuis longtemps.

— Vous me rendez un peu d'espoir, mon cher Dick.

— A combien de milles estimez-vous que nous soyons en ce moment de votre ranch ?

— A une vingtaine de milles environ, six à sept heures de cheval, tout au plus ; mais avec la lenteur du wagon au milieu de ces forêts sans routes tracées, nous ne pouvons pas espérer d'arriver avant demain soir.

— Écoutez, Kirby, fit le Canadien d'une voix grave, s'il était arrivé malheur nous l'ignorant, nous n'aurions pas de reproches à nous faire, l'homme est un être imparfait, et j'ai toujours vu dans ma vie du Buisson, aussi bien que dans les villes, qu'il ne commandait pas aux événements ; mais si vous veniez à avoir à déplorer quelque désastre depuis que nous sommes avertis, cela empoisonnerait notre existence pour le restant de nos jours, car vous répéteriez sans cesse : Oh ! si nous n'avions pas perdu notre temps !...

— Que voulez-vous dire, répondit le *farmer* au comble de l'émotion.

— Je veux dire, Kirby, que je ne suis pas un grand clerc, n'ayant guère été que jusqu'à douze ans chez les frères moraves, qui nous enseignaient, à Québec, à honorer Dieu, respecter nos parents et aimer tous les hommes comme des frères. Eh bien, Kirby, je n'ai jamais cru qu'un Dundarup voleur et pillard, qu'un Nirbass cruel et ivrogne fût mon frère ; mais quand on rencontre un brave homme comme vous, Kirby, je trouve que les frères moraves avaient raison, et qu'il faut le soutenir comme un frère... Et alors, Kirby, je crois que nous ferons bien de laisser Willigo et nos autres compagnons escorter le wagon, et de partir tous les deux en avant ; avec nos chevaux nous arriverons aujourd'hui même au ranch, et si ces satanés Nirbass l'assiègent, ils verront que la carabine du vieux Tidana n'est pas encore rouillée... Oui, Kirby, je crois que c'est ce que nous devons faire.

Le fermier, dont l'émotion paralysait la voix, n'avait pu que prendre la main du Canadien qu'il pressait sur son cœur en balbutiant :

— Merci ! merci !

— Tout se retrouve, en ce monde, voyez-vous, Kirby ; vous avez fait une bonne action hier en engageant Gilping, qui n'aurait jamais eu cette idée, à sauver le jeune Dundarup de la torture, eh bien, Dieu va peut-être vous la rendre aujourd'hui !

Mis au courant de la combinaison imaginée par le Canadien, Willigo déclara qu'il était prêt à faire tout ce que désirerait son frère Tidana. Il fut donc convenu qu'il continuerait à guider le wagon et ses autres compagnons pendant que Dick et Kirby partiraient en avant.

Mais ici Olivier intervint :

— Ma présence est inutile ici, dit-il, tandis que là-bas il y a une femme, des jeunes filles à défendre ; une carabine de plus ne sera pas de trop.

Le Canadien hésitait entre son désir d'accéder à la demande du jeune comte et la crainte de déplaire à Willigo, en diminuant par trop le nombre de ses compagnons, lorsque l'Aigle-Noir trancha lui-même la question.

— Le jeune Cygne a raison, fit-il, ainsi qu'il l'appelait familièrement parfois ; une, deux carabines de plus seront plus utiles là-bas qu'ici... que Woangow reste avec l'Aigle-Noir pour conduire les chevaux, cela suffit.

Laurent poussa une exclamation de joie, il avait craint un instant qu'on ne le laissât pas accompagner son maître.

— Demain soir, Willigo sera au ranch, ajouta le chef.

— Et si les Nirbass te barrent le chemin ? demanda Kirby.

— Le squatter ne connaît pas l'Aigle-Noir, répondit orgueilleusement le Nagarnook. Demain soir, l'Aigle-Noir sera au ranch.

— Veillez à votre carabine, monsieur Gilping, fit le Canadien en guise d'adieu.

— Il faut que je conserve un père aux quatorze enfants de mistress Gilping, monsieur Dick, répondit le brave prédicant, sans se douter du sourire que sa tournure de phrase allait amener sur les lèvres de ses auditeurs, et un lord à la Chambre haute ; comptez sur moi pour cela, monsieur Dick.

— En avant, messieurs ! s'écria le Canadien ; il ne faut que quatre heures à un bon cheval pour faire ses vingt milles.

Les quatre hommes donnèrent de l'éperon, et leurs montures partirent comme un trait le long des berges du Swan-River.

Rien ne pourrait dépeindre la joie du pauvre Kirby en songeant qu'il allait arriver vingt-quatre heures plus tôt auprès des siens. Courbés sur leurs rapides demi-sang, le Canadien et lui tenaient la tête du petit peloton, et malgré la vitesse de leur allure, le pas des chevaux était si doux sur l'herbe qu'ils pouvaient converser aussi à l'aise que s'ils eussent été à pied.

— Dick, disait le squatter à son compagnon, je n'oublierai jamais le service que vous me rendez aujourd'hui ; peut-être vous devrai-je la vie de ma femme et de mes deux enfants ; mais, quoi qu'il arrive, retenez bien mes paroles : il y a dans le Buisson un homme appelé Walter Kirby, et vous n'avez qu'à faire un signe, la vie de cet homme vous appartient, quels que soient l'heure, le motif et le but.

— Merci, Kirby, répondait le Canadien ; l'amitié et le dévouement d'un homme comme vous ne sont jamais à dédaigner, peut-être viendrai-je vous le rappeler un jour. Voyez-vous, Kirby, je ne connais pas la France, le pays de mon père et ma véritable patrie ; j'aurais aimé à y aller mourir, en emportant avec moi les restes du vieux qui dort à Québec ; mais qu'irait faire sur cette terre dont on vante l'urbanité et l'élégance un vieux coureur des bois comme moi ? Je sens bien que je mourrai en Australie. Eh bien, Kirby, je n'ai plus de parents au monde, et ce doit être bien triste de tomber un beau jour au pied de quelque buisson solitaire, sans même qu'une main amie vous ferme les yeux et vous souhaite bonne chance pour le grand voyage ; alors, Kirby, j'ai pensé que quand ma main sera trop faible pour tendre une trappe et manier une carabine, il y aurait, peut-être, au coin de votre foyer, une toute petite place pour le vieux bush-ranger.

— La première, Dick ! la première ! exclama Kirby ému jusqu'aux larmes.

— Nous nous étions un peu perdu de vue, continua le brave Canadien qui était dans ses jours de causerie, mais il y a longtemps que nous nous connaissons, Kirby ; vous souvient-il de la première fois que nous nous sommes rencontrés ?

— S'il m'en souvient, Dick !

— C'était sur la Murray, près des montagnes Rouges ; nous avons fait une saison de chasse ensemble, et alors le kraal du Canadien n'était pas vide comme aujourd'hui...

— Je n'osais pas vous en parler, Dick ; mais comme les échos du Buisson paraissaient joyeux de répéter les frais éclats de rire de la jeune dame !

— Elle est morte, Kirby ; morte l'année suivante en donnant le jour à un enfant qui n'a pas voulu vivre sans sa mère... et voilà pourquoi, Kirby, j'ai pensé à vous demander un jour un petit coin pour le vieux trappeur. Nous parlerons d'elle, Kirby, et cela ne vous ennuiera peut-être pas, vous qui l'avez connue.

En ravivant cette cruelle blessure, le trappeur pleurait comme un enfant et ses larmes perlaient comme des gouttes de rosée sur la noire crinière de sa monture ; c'était la première fois depuis de longs hivers qu'il osait parler de sa jeune compagne morte en son printemps, alors que la jeune tige de mélia devait porter des fleurs.

Tout cela lui était revenu en entendant Kirby parler de sa femme et de ses enfants.

Et après cet effort de ressouvenance vers un passé si vieux déjà que, n'était la douleur toujours jeune, il eût paru comme un songe, le silence se fit tout à coup ; il y a des nuits du cœur qui ne permettent pas qu'on y porte trop longtemps la lumière.

Les chevaux dévoraient l'espace ; on eût dit que les nobles bêtes sentaient le prix du temps et partageaient l'impatience de leurs maîtres ; depuis longtemps on avait quitté les rives du fleuve pour s'enfoncer dans le Buisson, une heure encore et on apercevrait le belvédère qui couronnait le ranch de Kirby, sorte de pavillon élevé que tous les squatters établissent au-dessus de leurs demeures pour servir de poste d'observation, quand, tout à coup, les deux chevaux de tête firent un écart, un indigène venait de se dresser subitement devant eux.

Kirby avait saisi son revolver.

— Arrêtez ! fit le Canadien, c'est Ourivah, le prisonnier de Willigo, à qui vous avez sauvé la vie !

C'était bien le jeune Dundarup, les vêtements en désordre, couvert de sueur et la poitrine haletante, comme un coureur qui vient de fournir une longue carrière.

Il faisait signe de la main de lui laisser reprendre sa respiration ; l'air qui passait en sifflant dans son gosier allait droit aux poumons, qui s'emplissaient bruyamment comme un soufflet de forge sans pouvoir permettre à la bouche d'en conserver une partie pour moduler un son.

Les quatre cavaliers le regardaient, haletants. Kirby, pâle comme un mort, semblait deviner avant qu'il eût parlé ; une horrible anxiété se peignait sur les traits de son visage.

Enfin, le jeune Dundarup recouvra l'usage de la parole :

— Courez ! courez ! dit-il, les Nirbass donnent l'assaut au ranch depuis ce matin !

Les quatre hommes n'en entendirent pas davantage ; ils enlevèrent leurs montures qui, déjà excitées, comme tous les chevaux de race, par la carrière qu'elles venaient de fournir, se lancèrent en avant avec un élan..., une furie qui tenait du prodige. Pas un mot n'avait été échangé, mais chacun savait qu'une minute, une seconde de retard pouvait amener la consommation d'un épouvantable malheur, et les éperons labouraient les flancs des coursiers, imprimant leurs pointes dentelées sur les robes fauves qui se teignaient de sang.

En avant ! en avant ! nobles bêtes, donnez votre sang, donnez votre vie, mais arrivez ! arrivez à temps ! Un homme attend là-bas, pâle, couvert de sang, lui aussi, les bras, la poitrine, percés de flèches ; il attend, le revolver à la main, que la dernière porte qui résiste encore ait cédé ! Il attend, le revolver à la main, à moitié fou, mais calme, chancelant, mais énergique ! Tous ses compagnons sont tombés autour de lui, mais il faut qu'il vive encore quelques minutes !... Quand cette planche qui s'ébranle cédera, lui aussi il tombera, mais en brûlant la cervelle à cette femme, à ces deux jeunes filles agenouillées à ses pieds, qui prient et le soutiennent de leurs mains tremblantes ! Car ces flèches sont empoisonnées ; un nuage de mort obscurcit déjà sa vue ! Encore quelques instants, et il ne pourra plus accomplir son œuvre et soustraire, par un héroïque sacrifice, aux outrages de ces brutes à face humaine les êtres chers qu'on lui a confiés !

En avant ! en avant ! mourez, s'il le faut, comme Annescott qui va mourir ; mais, pour Dieu, courageux fils des pampas, montrez que vous avez brouté l'herbe libre des prairies ; mourez..., mais arrivez !

— Hurrah ! hurrah ! s'écria tout à coup le Canadien, voici le belvédère du ranch ; plus qu'un effort, plus qu'un élan ! Ah ! jour de Dieu, nous arrivons à temps !

Les chevaux ne couraient plus, ils volaient ; ce n'était plus du sang, mais du feu qui circulait dans leurs veines ; un cri rauque et saccadé s'échappait de leur poitrine avec la régularité d'un balancier ; ils marquaient ainsi les secondes qu'ils avaient encore à vivre... Quand ils vont s'arrêter, ils tomberont pour ne plus se relever.

Courage ! voici l'enceinte renversée, brûlée, le fossé est comblé ; cinquante démons, ivres du tafia des magasins pillés, donnent l'assaut.

— Tidana ! Wahga ! Tidana ! Wayoc ! hurle le Canadien en jetant aux forcenés son nom redouté avec le cri de guerre des Nagarnooks.

Et les quatre chevaux se sont abattus contre les poteaux fumants.

La porte vient de céder ; mais Annescott, avant de tomber, et les trois femmes qui attendaient la mort ont aperçu les cavaliers sauveurs.

Les Nirbass, effrayés, se sont retournés pour faire face aux assaillants ; ils sont cinquante contre quatre, et, malgré la terreur que leur inspire Tidana, Tidana, le Troueur de têtes, ils ont encore le courage du nombre et, la lance à la main, ils se précipitent en rangs serrés... Mais les terribles carabines à répétition commencent leur œuvre de mort : tous les coups portent dans la masse ; en moins de rien, vingt cadavres jonchent le sol et les hurlements des blessés achèvent de mettre la déroute dans la poignée de combattants qui est encore debout ; les misérables veulent fuir ; ils n'ont pas franchi l'enceinte qu'ils roulent sur le sol. En vain les derniers se jettent à genoux et implorent les vainqueurs... Pas de pitié pour ces lâches assassins qui massacrent les enfants et les femmes !... L'œuvre de justice s'accomplit... Il ne reste pas un Nirbass pour aller redire aux grands villages de la tribu comment sont morts cinquante guerriers sur le run du squatter Kirby, non loin des rives du Swan-River !

Le fermier ne fit qu'un bond ; sa femme et ses filles étaient dans ses bras, mais à leurs pieds gisait, étendu sans mouvement, le pauvre Annescott, qui, jusqu'à la fin, leur avait fait un rempart de son corps. Avant de mourir, consolation suprême ! il avait pu du moins voir qu'elles étaient sauvées.

Kirby et Dick firent ensuite la revue des héroïques combattants, qui avaient tenu dix heures et tué plus de soixante Nirbass. Sur les sept Yankees, trois étaient morts; les quatre autres étaient plus ou moins grièvement blessés, mais il y avait espoir de les sauver.

On chercha vainement le convict Holdham; il avait disparu, et cependant, au rapport d'Anby, la femme du squatter, au début de l'action il avait fait des prodiges de valeur. Elle l'avait vu tuer de sa propre main plusieurs indigènes sur la palissade.

Les sauvages avaient attaqué ouvertement au lever du jour, tellement, en raison de leur nombre, ils se croyaient sûrs du succès. Mais quelle nuit d'angoisse les pauvres femmes avaient passée! On savait le ranch entouré. Du haut du belvédère, on apercevait des formes noires glisser dans le Buisson, et de temps à autre éclataient les cris lugubres de l'oiseau des nuits et du chien hurleur qu'échangeaient entre eux les différents postes de sauvages.

Sans le jeune Dundarup Ourivah, que la reconnaissance avait poussé à avertir Kirby, le secours arrivait une heure trop tard, et le squatter ne trouvait plus qu'un monceau de décombres.

Bien que l'on n'eût rien à craindre pour la nuit qui allait suivre, on se hâta de réparer la brèche faite par l'incendie aux poteaux d'enceinte, et des portes neuves, fournies par le magasin d'approvisionnements, remplacèrent celles qui avaient été enfoncées.

Comme tous les squatters, Kirby était charpentier, menuisier, serrurier; le Canadien et ses compagnons lui donnèrent la main, et le soir il n'y paraissait plus : le blockhaus du run était de nouveau en état de défense. Il ne faut jamais, dans le Buisson, se laisser aller à une trompeuse quiétude, et un retour offensif des Nirbass, quoique improbable, n'était pas impossible.

Quatre wagons, attelés de vigoureux chevaux de trait, furent employés à transporter les cadavres des sauvages, que l'on jeta dans la rivière des Cygnes; et la nuit, comme Kirby et le Canadien faisaient leur ronde, un indigène couvert de boue et de sang se dressa subitement devant eux.

— Qui va là? demanda Dick en le couchant en joue.

— Willigo ! répondit une voix bien connue.

— L'Aigle-Noir ! exclama le Canadien avec joie. Et Gilping?

— Nous avons été attaqués, une heure après notre départ, par une troupe de Ngotaks, répondit le chef, et j'ai eu toutes les peines du monde à m'échapper, après en avoir tué une dizaine; mais ils étaient plus nombreux que les arbres de la forêt. Woangow a été fait prisonnier.

— Quoi ! les Ngotaks sont aussi sur le sentier de la guerre ?

— Ils ont fait alliance avec les Nirbass pour brûler nos grands villages et exterminer ma tribu, répondit le Nagarnook.

Et de tous côtés des bruits sinistres s'élevaient de la broussaille. (Page 386.)

Puis il ajouta avec une énergie sauvage :

— Qu'ils prennent garde ! Avant deux heures, on verra de belles choses dans le Buisson. Il ne restera plus que les femmes et les enfants pour dresser le bûcher funéraire.

— Pauvre Gilping ! fit le Canadien ; il faut aller à son secours. Outre que nous ne pouvons pas le laisser attacher au poteau du supplice, il nous est impossible d'abandonner aux mains des Ngotaks les armes, munitions et approvisionnements qui sont dans le wagon. Fort heureusement pour nous que les carabines sont démontées et que les indigènes sont incapables de les mettre en état de servir.

— Oui, il faut faire cela ! Mon frère Tidana est un aussi grand chef dans les conseils que dans l'action. Il ne faut pas que les Ngotaks puissent se vanter d'avoir fait fuir Willigo.

— L'Aigle-Noir doit être fatigué ; qu'il se repose cette nuit, et demain, au point du jour...

— Willigo n'est pas une femme. Il n'a pas besoin de repos ; demain, il serait trop tard.

— Le chef a raison ; quand partons-nous, alors ?

— Dans une heure ; quand l'obscurité sera assez grande pour nous permettre de nous glisser dans le Buisson sans être vus par les espions qui rôdent autour du ranch.

— C'est bien ; je serai prêt.

Les trois hommes rentrèrent au ranch, dont le pont-levis se releva derrière eux.

Le soleil venait de disparaître derrière les montagnes Rouges ; l'ombre envahissait peu à peu les vallées et les bois, et de tous côtés des bruits sinistres s'élevaient de la broussaille, semblables à des gémissements, à des râles de mourants.

Black, la crinière hérissée, parcourait le chemin de ronde en grondant.

— Entendez-vous ces étranges clameurs ? demanda Olivier.

Kirby et ses hôtes montèrent au belvédère... De vagues formes passaient et repassaient dans l'ombre, et parfois, sur l'aile de la brise qui soufflait par rafales, d'énergiques appels mêlés aux mystérieuses plaintes arrivaient jusqu'à eux.

— Ce sont des blessés qui ont eu la force de s'enfuir dans la *brousse*, répondit Willigo, et les Nirbass, avertis, profitent de la nuit pour venir relever leurs mourants.

— Si vous partez, messieurs, fit le squatter effrayé, nous serons tous massacrés cette nuit.

Jamais la situation n'avait été aussi tendue... Tout le Buisson était en révolution !

CINQUIÈME PARTIE

LA VENGEANCE DE L'AIGLE-NOIR

CHAPITRE PREMIER

Un singe dans le Buisson. — Terrible nuit. — Le pic du Diable, le gouffre d'Enfer.
Excursion de Willigo chez les bush-rangers.

Les premières heures de la nuit s'écoulèrent au milieu des plus vives perplexités. Les plaintes des blessés ne se faisaient plus entendre ; mais les formes vagues signalées par Willigo n'avaient cessé d'augmenter avec l'obscurité. Cette circonstance obligea le Canadien et le chef nagarnook à modifier leurs plans. Ils ne pouvaient abandonnner Kirby, sa famille et quatre blessés que la jeune dame et trois filles de ferme étaient en train de disputer à la mort, dans une situation aussi périlleuse.

En admettant que Willigo, avec son amour-propre de sauvage, eût persisté à vouloir poursuivre les Ngotaks, qui l'avaient forcé à fuir, pour la première fois, le Canadien ne l'eût pas suivi. La sûreté de onze personnes devait passer avant toute question de vanité et le sauvetage problématique d'un seul homme. Il y avait gros à parier, du reste, que les ravisseurs de Gilping n'étaient point restés dans le Buisson à attendre le retour offensif des Européens, et, qu'après avoir pillé le wagon, ils s'étaient hâtés de s'éloigner.

On n'aurait pu également tenter l'expédition sans le concours d'Olivier et de Laurent, et le comte d'Entraygues s'était énergiquement prononcé pour la défense du blockhaus.

L'Aigle-Noir parut se rendre à toutes les bonnes raisons que lui donnait son ami, mais il en fut au fond horriblement contrarié. Depuis quelques jours, le chef était sombre et préoccupé ; ses conversations avec ses compagnons étaient rares et insignifiantes, et souvent, ainsi qu'Olivier en avait fait la remarque, il s'absentait des journées entières, après avoir indiqué la route, et on le voyait revenir le soir, sans jamais s'expliquer sur les motifs qui le faisaient agir ainsi.

— On dirait un conspirateur, concluait le jeune comte.

— Je ne l'ai jamais vu ainsi, répondait le Canadien ; il doit rouler dans sa tête quelque grave projet, et comme tous les sauvages enfants du Buisson, il se tait tant qu'il n'est pas assuré de la réussite. Le silence est la première des vertus que les Nagarnooks inculquent à leurs enfants. Et ce sont eux qui ont formulé ce singulier proverbe, que je n'ai entendu dans aucune autre langue :

« Si ta main gauche surprend ce que fait ta main droite, coupe-la ! »

Pour nous, qui avons assisté aux conciliabules qui ont eu lieu dans la taverne de Bob, le chef des bush-rangers, nous pouvons supposer que le plan du Nagarnook pour attirer tous ces maraudeurs ensemble, sur le même coin du Buisson, allait peut-être entrer dans sa période d'exécution, ce qui expliquerait et les absences et les préoccupations de l'Aigle-Noir.

Les cinq hommes, la carabine au poing, ne quittaient pas le belvédère, car de cet endroit seulement ils pouvaient surveiller les quatre côtés de la palissade et défendre le ranch contre un assaut nocturne.

Dès que la nuit avait été complète, nos pionniers avaient aperçu dans le lointain des jets de flammes intermittentes qui avaient excité vivement la curiosité d'Olivier et de Laurent.

A leurs questions, Kirby avait répondu :

— C'est le pic du Diable qui commence à donner.

— Et dans trois jours il sera dans son plein, avait ajouté l'Aigle-Noir, et alors on verra de belles choses dont les petits enfants ne perdront plus la mémoire.

Ces paroles étaient fort simples en elles-mêmes, mais elles furent prononcées par le chef indigène avec un tel air de férocité qu'Olivier, qui l'observait, ne put s'empêcher de frissonner.

— Que veut dire le chef? avait demandé le jeune homme.

— Oui! tout le Buisson sera en fête; les morts n'auront plus besoin de bûcher, et la Fleur-de-Mélia tressaillera de bonheur au séjour des ancêtres.

— Ma foi, Willigo, voilà que tu parles maintenant comme les coradjis, fit le Canadien en riant.

— Oui, Tidana, tu as raison, l'Aigle-Noir est un coradjis, car il prédit l'avenir... un avenir prochain, Tidana! et on entendra partout les cris d'allégresse des yagounias, les noirs oiseaux de la mort.

— La ressemblance est tout à fait frappante, Willigo, car tu es, comme les coradjis, seul à comprendre ce que tu dis.

— Et quand frère Tidana comprendra, lui aussi dansera et chantera avec Willigo, car si on n'avait pas mis le feu à la maison de Tidana, la peur n'aurait pas fait mourir la jeune femme; n'est-ce pas, squatter Kirby?

A ces paroles du chef, le sang afflua aux tempes, au cerveau du Canadien avec une violence extraordinaire; il se reporta à quinze ans en arrière et fut sur le point de défaillir.

— Pourquoi évoquer le passé, Willigo? dit-il tristement à son ami.

L'Aigle-Noir se pencha près de lui, et tout bas... bien bas, il murmura à son oreille :

— C'est bon, Tidana, de parler du passé quand la vengeance est prochaine.

Dick tressaillit... Il voulut répondre... questionner, mais l'indigène s'était éloigné, et le Canadien en resta là... Il était évident, pour qui le connaissait, que l'Aigle-Noir n'en dirait pas davantage.

Les mystérieuses divagations du Nagarnook avaient arrêté sur les lèvres de Kirby l'explication qu'Olivier lui avait demandée ; le squatter se hâta de la compléter.

Le pic du Diable est un volcan, lui dit-il, et bien que l'Australie soit de formation porphyridienne et ignée, c'est le seul qui nous reste en pleine activité.

— Lance-t-il toute l'année un jet de flammes semblable à celui que nous voyons en ce moment ?

— Non, et il offre cette particularité curieuse, que je voudrais bien voir expliquée par la science, de suivre le mouvement de la lune en sens inverse.

— Qu'entendez-vous par là, mon cher Kirby ?

— J'entends, monsieur le comte, que le jet de flammes et de matières embrasées du volcan croît en force et en volume au fur et à mesure que la lune décroît elle-même, atteint toute sa violence au moment où l'astre des nuits ne révèle plus sa présence que par un mince fil d'argent, puis se met à diminuer d'intensité quand la lune recommence à croître, au point de ne plus se révéler que par un petit nuage de fumée à peine sensible quand la blonde Phœbé promène dans le ciel sa face entièrement épanouie.

— C'est vraiment singulier, mon cher Kirby, mais cela ne saurait m'étonner ; il y a dans les choses de la nature de mystérieuses affinités que l'on découvre tous les jours et qui expliquent, par les causes les plus naturelles et les plus simples, des phénomènes que l'homme épris du merveilleux avait l'habitude d'attribuer au surnaturel.

— Mais ce n'est pas tout ; au pied même du pic du Diable se trouve un lac de matières sulfureuses et bitumineuses, sorte de solfatare liquide, dans lequel le volcan lance ses déjections. Eh bien, chose singulière, que le volcan dans son plein développement vomisse à flots les matières embrasées, ou que dans sa période d'arrêt il ne fournisse pas d'aliment au lac, le niveau de ce dernier ne change jamais.

— Il doit y avoir une communication souterraine avec les vastes failles et cavernes dont les terrains volcaniques sont garnis et dans lesquelles le trop-plein se déverse.

— Votre supposition est probable, car c'est la seule qui explique ce phénomène ; mais voilà qui va vous étonner bien davantage : deux fois par an, aux époques de renversement de la *mousson*, le lac se vide entièrement, à tel point qu'on peut se promener dans son lit desséché. Eh bien, j'en ai fait moi-même l'expérience, aucune fissure n'est visible à l'œil nu.

— Est-ce le chemin que nous suivrons pour nous rendre au pays des Nagarnooks?

— Oui; vous êtes obligé de traverser les montagnes Rouges, mais c'est une visite fort dangereuse à faire dans la période de pleine éruption, le moindre faux pas peut vous précipiter dans l'abîme. A la base de la montagne se trouve une grotte qui s'est ouverte au dernier tremblement de terre, il y a environ un an, qui présente les mêmes particularités que celle du *Chien* à Naples; sur une hauteur d'un mètre environ, à partir du sol, règne un gaz tellement délétère que le visiteur qui aurait la malencontreuse idée de s'asseoir serait asphyxié avant d'avoir eu le temps de se relever. Lorsque le lac décroît, la colonne d'air irrespirable diminue également pour être réduite à rien dès que le lit est à sec.

— Comme notre pauvre Gilping eût aimé à visiter ces lieux! fit le jeune comte avec un soupir douloureux; il aurait eu la joie d'ajouter le récit de ces phénomènes au fameux rapport qu'il doit adresser à la Société royale de Londres... Et à ce propos, mon cher Kirby, vous qui connaissez les mœurs des Ngotaks, que croyez-vous qu'il soit arrivé à notre pauvre ami? Willigo a parlé du poteau du supplice...

— L'Aigle-Noir se laisse entraîner par la haine qu'il porte aux Ngotaks. Ces gens-là ne valent certainement pas cher, comme tous les Autraliens, du reste, quand le lien sacré de l'adoption par la tribu ne vient pas vous rendre inviolable; mais ce sont peut-être les seuls indigènes chez lesquels un blanc ne court aucun risque de mort, protégé qu'il est par leur préjugé religieux. Pour les Ngotaks, en effet, les blancs sont leurs ancêtres revenus de la lune, ainsi qu'en témoigne leur couleur; ils les appellent *grands-pères* et les traitent avec respect; mais comme la présence d'un ancêtre porte bonheur à la tribu, quand ils peuvent s'emparer d'un blanc, ils le mènent dans leurs grands villages, lui construisent une case et l'y attachent à un poteau par une chaîne assez longue pour ne gêner aucun de ses mouvements. C'est peut-être ce poteau dont a voulu parler l'Aigle-Noir. Dans tous les cas, le Canadien doit connaître cette circonstance, car il n'a pas eu l'air très inquiet sur le sort de notre ami. Cette croyance fait que pour le squatter le voisinage des Ngotaks est beaucoup plus agréable que celui des autres peuplades; il risque, il est vrai, d'être pillé, mais jamais de perdre la vie..

A cet instant, Kirby fut subitement interrompu par la voix de Dick qui l'appelait...

Pendant cette conversation, le Canadien s'était promené pensif sous la vérandah du belvédère; tout un monde de souvenirs lui revenait au cœur, et l'œil perdu dans le vague de la nuit, par un phénomène psychologique qui puise sa loi dans les contrastes, il voyait se dérouler sous ses yeux les périodes les plus heureuses de sa jeunesse. Ainsi, presque toujours, au moment du danger, l'homme aime à se reporter aux époques les plus calmes de sa vie. Le soldat dans la tranchée entend passer dans l'air les joyeux refrains de son village.

Mais il était une chose à laquelle il revenait sans cesse.

— De quelle vengeance prochaine avait voulu parler Willigo?

Comme il cherchait pour la vingtième fois au moins le mot de cette énigme, il sentit une main se poser sur son épaule... il se retourna, c'était l'Aigle-Noir.

— Que veut le chef? lui dit-il simplement.

— Mets quelqu'un à mon poste, Tidana ! Willigo a besoin de sortir du ranch.

— Seul ! A cette heure, avec les Nirbass qui garnissent le Buisson, tu vas te faire massacrer.

— Les Nirbass sont des chiens hurleurs, et Willigo sortira.

Dick connaissait l'entêtement du chef; il n'insista pas. Seulement, comme il était d'une importance majeure de ne point laisser sans surveillance la partie du belvédère que gardait l'Aigle-Noir, il avait appelé immédiatement Kirby.

Le belvédère était entouré d'une vérandah carrée ; une impérieuse nécessité exigeait donc qu'une sentinelle fût placée à chacun des quatre côtés pour éviter toute surprise. Le Canadien et ses compagnons étant armés de colts à répétition contenant chacun douze cartouches ; il s'ensuivait qu'avec un seul homme, chaque côté de la vérandah était aussi bien gardé et défendu que par douze hommes armés de fusils ordinaires. Seulement, il fallait une vigilance de tous les instants; quelques minutes de somnolence eussent suffi pour que quarante à cinquante indigènes franchissent sans bruit la balustrade; et alors, dans un combat corps à corps, la petite troupe était perdue, les armes perfectionnées ne pouvant prévaloir contre le nombre.

Lorsque Kirby eut pris la place de Willigo, Dick fit rapidement le tour de la vérandah, pour recommander, surtout à Olivier et à Laurent, moins au fait que le squatter et lui-même des surprises et des ruses des indigènes, de ne pas perdre un seul instant de vue toute la partie de la palissade confiée à leur surveillance, et pour leur prouver que le ranch était entouré d'une nuée de sauvages prêts à profiter d'un moment d'oubli, il tira au hasard un coup de carabine dans les broussailles qui entouraient le blockhaus, en leur disant cette simple parole :

— Écoutez !

Le bruit causé par la détonation de l'arme n'avait pas cessé qu'on entendit de tous côtés comme un froissement de branches et d'arbustes, indiquant que les Nirbass surpris s'éloignaient précipitamment du blockhaus, qu'ils investissaient étroitement.

Dick revint alors à son poste, où le chef nagarnook était resté en observation.

— Tu as entendu? lui dit-il.

— Les Nirbass se sont enfuis comme une volée de djalos, répondit Willigo avec un sourire méprisant.

Puis il descendit dans le chemin de ronde, traversa le fossé à l'aide d'une simple perche qu'il repoussa sur l'autre bord, assujettit sa carabine sur ses épaules pour ne pas être gêné dans ses mouvements et grimpa avec l'agilité d'un chat au sommet de la palissade, où il resta pendant quelques instants en observation.

Dick le suivait des yeux avec la plus vive anxiété, prêt à lui venir en aide en cas de besoin. Ses longues courses de nuit à travers les bois l'avaient tellement familiarisé avec l'obscurité qu'il était sûr de son coup d'œil par les temps les plus sombres; le moindre mouvement décelant la présence d'un être, homme ou bête, lui suffisait pour apprécier la distance, et il était rare qu'il manquât son but, quoique tirant au juger.

Au bout de quelques instants, l'Aigle-Noir, qui s'était agenouillé sur le madrier qui servait de trait d'union supérieur aux poteaux équarris formant mur d'enceinte, enjamba les dentelures en fer de lance de la palissade et se laissa glisser lentement au dehors, sans perdre de vue les buissons voisins. Dès qu'il toucha le sol, il s'arrêta, immobile, perdu dans l'ombre du rempart, sondant les broussailles de son regard de lynx; puis il ramena sa carabine sur sa poitrine en l'assujettissant avec sa ceinture en peau d'opossum, et, se coulant comme un serpent dans les hautes herbes, il commença à glisser lentement, insensiblement, avec si merveilleuse habileté qu'à deux pas de lui l'oreille la plus exercée n'eût pas été avertie de son passage.

Il longea ainsi un poste de Nirbass assez près pour que le bruit de leur conversation, quoique tenue à voix basse, arrivât jusqu'à lui; cela lui servit à s'orienter pour se maintenir à une distance suffisante de ses ennemis. Les quelques mots qu'il entendit lui montrèrent que le coup de carabine de Dick avait mis les assaillants en émoi; de tous côtés, ils se demandaient si quelqu'un des leurs était blessé.

Le nombre des postes qu'il rencontra ainsi sur sa route lui fit penser que toute l'armée nirbass, trois ou quatre cents combattants environ, cernait le ranch, bien résolue à venger la mort des siens, dont le Swan-River avait roulé les cadavres pendant toute la journée. Le grand village de cette tribu était bâti, à quelques milles en aval, dans une espèce de coude que formait le fleuve, et les eaux y produisaient une espèce de remous qui amenait au rivage tout objet flottant à leur surface. Ce lieu, qui avait été justement choisi par les Nirbass afin que les nombreux arbres qu'ils coupaient dans la forêt pour la construction de leurs maisons et de leurs pirogues pussent être confiés au fleuve, qui les transportait ainsi lui-même à destination, fut cause, par sa situation particulière, que tous les cadavres jetés dans le Swan-River par Kirby et ses défenseurs s'en vinrent un à un devant le grand village demander vengeance.

L'Aigle-Noir continua à ramper silencieusement. (Page 394.)

En voyant le nombre de leurs fils, maris, pères et frères tués par les blancs, les femmes étaient sorties de leurs cases en s'arrachant les cheveux avec des cris de désespoir; les jeunes filles avaient déclaré qu'elles ne prendraient plus de fiancés dans la tribu si les morts n'étaient pas vengés, et les guerriers nirbass, qui s'étaient peints en guerre pour rejoindre les Ngotaks et marcher ensemble contre les Nagarnooks, furent obligés de céder, sous peine de voir les femmes quitter le grand village et s'enfuir dans les bois.

Ce n'était pas la première fois que le cas se présentait, et ces dames avaient toujours réussi à faire exécuter leurs volontés. Le moyen est ingénieux, et il est heureux qu'il n'ait pas dépassé l'Australie.

Il devait amener, cependant, dans les circonstances présentes, un résultat auquel les Nirbass n'avaient pas songé. Ayant, en effet, expédié des émissaires à leurs alliés pour les informer du retard que cet événement allait apporter à la jonction des deux armées, les Ngotaks, qui avaient été fort divisés quand il s'était agi d'accepter leurs propositions, — les partisans de la paix n'avaient, en effet, été battus que de quelques voix au grand conseil, — en profitèrent pour leur faire répondre que, du moment où ils attaquaient leurs grands-pères blancs, ils n'avaient plus à compter sur leur alliance et qu'eux, les Ngotaks, allaient effacer leurs peintures de guerre et rentrer dans leurs grands villages.

De ce fait, la coalition des trois tribus, si péniblement élaborée contre les Nagarnooks, à l'instigation des Dundarups, était rompue, et la paix allait être rétablie dans le Buisson, Dundarups et Nirbass réunis n'étant pas de force à lutter contre la puissante peuplade nagarnook.

Cette nouvelle, que les Nirbass venaient de recevoir sous les murs du ranch de Kirby, avait causé une telle émotion chez les guerriers, qu'au lieu de maintenir étroitement leur ligne d'investissement, ils s'étaient réunis par groupes pour la commenter et en examiner toutes les conséquences.

Grâce à cette circonstance, Willigo put exécuter plus facilement son évasion et apprendre, en s'arrêtant quelques instants près d'un groupe, cet événement qui était d'une rare importance pour ses projets. Rien ne devait désormais entraver leur réussite.

Satisfait de ce qu'il venait d'entendre, l'Aigle-Noir continua à ramper silencieusement pour mettre entre ses ennemis et lui une distance suffisante. Le sort de Tidana et des autres défenseurs du ranch ne l'inquiétait guère; il savait, au contraire, que les Nirbass allaient recevoir une nouvelle et terrible leçon.

Les carabines à répétition étaient complètement inconnues dans le Buisson, l'invention venait d'en être faite tout nouvellement à Baltimore, et celles que le jeune comte d'Entraygues avaient apportées étaient les premières qu'on eût encore vues en Australie; la quiétude de Willigo n'avait donc rien d'exagéré, car quatre hommes solidement établis dans un solide blockhaus entouré d'un fossé et d'une forte palissade, ayant à leur service quarante-huit coups de carabine presque instantanés, alors qu'il ne fallait en outre pas plus de vingt secondes pour recharger leurs armes, non seulement n'avaient rien à craindre de quatre cents sauvages armés simplement de flèches et de lances, mais eussent pu même soutenir un siège contre une troupe européenne ne possédant que des fusils d'anciens modèles.

Cette arme était réellement terrible, surtout dans un assaut où tous les coups portent; il suffisait en effet à la petite troupe de quatre hommes commandée par le Canadien, que chacun rechargeât seulement dix fois son arme pour mettre hors de combat toute l'armée nirbass.

Lorsque Willigo jugea qu'il ne pouvait plus être entendu par les assaillants, il se releva et s'élança de toute la vitesse dont il était capable dans la direction du Swan-River, qu'il n'atteignit qu'au bout d'une demi-heure, car, au lieu de monter en droite ligne vers le fleuve, il avait pris le côté le plus long du triangle formé par ce cours d'eau et sa perpendiculaire sur le ranch de Kirby.

Après avoir examiné avec soin les lieux, comme s'il eût cherché un point de repère destiné à le renseigner sur l'endroit où il se trouvait, il fut sans doute satisfait de ses investigations, car il se cacha dans un buisson, à quelques pas de la berge, et se mit à moduler à s'y méprendre le chant mélancolique et triste de l'oiseau des nuits.

Il n'eut pas à attendre longtemps cette fois la réponse qu'il provoquait : le cri du hocko n'était pas lancé que le même chant éclata dans la forêt à une faible distance du lieu où il se trouvait, et si bien imité également, que Willigo, pour bien s'assurer qu'il n'avait pas sans le vouloir surpris quelque oiseau nocturne croyant répondre à l'un des siens, recommença par deux fois l'expérience, qui, par deux fois aussi, fut couronnée de succès.

Il n'y avait pas à douter. Willigo se leva et se plaça sur la berge même, dans un lieu privé d'arbustes, de façon que sa silhouette se détachât en plus sombre sur l'horizon plus clair du fleuve, et il attendit.

Bientôt un léger bruit se fit entendre dans le feuillage.

— Qui va là ! fit le chef à mi-voix.

— Koanook ! répondit le nouvel arrivant.

— Y a-t-il longtemps que le Fils-de-la-Nuit (traduction du nom du jeune guerrier) attend ?

— Depuis le coucher du soleil.

— Les Nirbass ont attaqué le ranch de Kirby et Tidana a été obligé d'aller à son secours.

— Je le sais.

— Resté seul avec Woangow, l'Aigle-Noir s'est vu contraint de fuir devant ces chiens de Ngotaks.

— Je le sais.

— Et Koanook sait-il aussi ce qu'est devenu Woangow?

— L'Oiseau chanteur a été emmené aux grands villages des Ngotaks.

— Où sont Nirrooba, Ouaïa-Nandi et Wi-Waga !

— Nirrooba est ici, il attend tes ordres. Ouaïa-Nandi et Wi-Waga sont restés au camp des bush-rangers.

— A quelle distance d'ici ?

— A deux heures de marche, la dernière fois que tu as vu Wilkins, le chef des batteurs d'estrade, tu lui avais dit de se rapprocher, il a exécuté tes ordres.

— C'est bien !

— Mais Wilkins n'est plus le chef des bush-rangers.

— Que dit le Fils-de-la-Nuit?

— D'après hier soir, Bob est arrivé au camp.

— Bob de Melbourne?

— Oui, Bob, de la grande ville des blancs, et c'est à lui qu'on obéit maintenant... il a amené Otoua-Noh.

Ce mot, en nagarnook, signifie *double figure*, et c'est par ce nom que les indigènes désignaient entre eux l'homme masqué.

— Otoua-Noh, qui m'avait fait prisonnier avec Tidana et ses amis blancs chez les Dundarups?

— Lui-même... et tous deux veulent te voir.

— C'est bien, Willigo ira au camp des bush-rangers; appelle Nirrooba.

— Me voici, Willigo, fit le jeune guerrier qui s'était rapproché.

— Écoute bien mes paroles, afin que ta pensée en courant ne les perde pas, comme le mélia qui laisse tomber ses fleurs.

— Nirrooba fermera son cerveau et les paroles de l'Aigle-Noir ne pourront s'en échapper.

— Tu vas courir de suite aux grands villages de la tribu, en traversant de suite la rivière des Cygnes, car sur cette rive tu pourrais tomber aux mains des Nirbass qui sont sur le sentier de la guerre; dès que tu seras arrivé, on t'appellera au grand conseil, et tu diras : — Voici les paroles que l'Aigle-Noir m'a confiées pour vous les rapporter : Que les guerriers effacent leurs peintures de guerre, les Ngotaks sont rentrés dans leurs grands villages et demain il restera moins de Nirbass que d'abeilles dans une ruche où on a mis le feu. Quand le soleil se sera couché deux fois, l'Aigle-Noir arrivera avec Tidana et ses amis blancs au pied des montagnes Rouges, et il demande que cinq cents guerriers armés viennent l'attendre sur les bords du lac Kiouai... Willigo leur fera savoir ce qu'il attend d'eux... Nirrooba peut fermer son cerveau et partir.

Sans prononcer une parole, le jeune guerrier se retourna et d'un bond plongea dans le Swan-River, puis il apparut comme une tache noire sur la nappe unie du fleuve, et Willigo le suivit silencieusement du regard jusqu'à ce qu'il eût abordé à la rive opposée. S'adressant alors à Koanook, il lui dit :

— Maintenant, que le Fils-de-la-Nuit guide l'Aigle-Noir au camp des bush-rangers.

Les deux hommes s'élancèrent dans le Buisson, de ce pas leste et cadencé propre aux coureurs de prairies.

CHAPITRE II

Les batteurs de Buisson. — La mer de feu. — La vengeance de l'Aigle-Noir.
Les souvenirs. — Fleur-de-Mélia vengée. — L'explosion

Un grave événement, qui devait avoir des conséquences sérieuses, s'était accompli après le départ du comte d'Entraygues avec ses amis, et de la troupe de bush-rangers que Willigo, par l'appât de l'or, était parvenu à attirer dans le Buisson.

Le fameux chef des Invisibles, l'homme masqué, réduit à l'impuissance par la mort de ses affidés et le départ du faux baron de Funcal, avait été pris tout d'abord d'un immense découragement, et il fut sur le point d'abandonner la partie et de rentrer en Russie; tout ce qu'il avait tenté avait tourné à sa confusion : l'or semé à pleines mains, les conceptions les plus habiles et les plus audacieuses, ruses, trahisons, luttes ouvertes ou cachées, rien ne lui avait réussi ; vingt fois un rival abhorré qu'il avait cru perdre s'était tiré, comme par une permission du ciel, de tous les pièges, artifices et guet-apens dans lesquels il croyait l'avoir fait tomber. Et maintenant il fallait attendre... Attendre quoi ? l'arrivée de nouveaux agents plus expérimentés, plus dévoués que ceux qui avaient succombé en exécutant ses ordres?... C'était impossible. Il ne lui restait donc plus, après tant d'efforts, qu'à avouer honteusement sa défaite ! Et puis, rentrer en Russie, n'était-ce pas renoncer à des espérances longuement caressées? Jamais ! plutôt mille fois la mort !

Ah ! s'il n'avait pas fallu que la mort du comte d'Entraygues eût les apparences d'un accident, d'un assassinat commis par des gens sans aveu, comme il l'eût provoqué en duel, ou poignardé lui-même en pleine rue de Melbourne, quitte à racheter sa vie au jury australien, à cette époque où tout se payait avec de l'or, même la conscience du juge, mais ce n'était pas possible. Il connaissait le caractère énergique de la princesse Maria Feodorowna : son fiancé mort, il faudrait qu'elle sache comment il avait succombé, rien ne l'arrêterait pour arriver à la vérité, et le jour où elle aurait seulement l'ombre d'un soupçon... il lui fallait à tout jamais oublier ses rêves de grandeur, d'ambition, de richesse.

Alors, en désespoir de cause, apprenant que le comte d'Entraygues était encore parti pour l'intérieur, il avait résolu d'organiser de nouveau une expédition de bush-rangers semblable à celle qui, en s'alliant avec les Dundarups, lui avait déjà livré une première fois son rival... Et s'il parvenait à s'en emparer encore... ah ! il en faisait le serment, il ne se laisserait pas entraîner cette fois par une fausse générosité; ce ne serait plus une renonciation... ce ne serait plus une parole d'honneur qu'il lui demanderait... Une balle de revolver ou un coup de poignard dans le cœur le débarrasserait de son rival pour toujours.

Alors, il était allé trouver Bob, le master de Devil's Tavern et le chef des batteurs d'estrade, qu'il n'avait jamais employé que par l'intermédiaire de son agent le consul de Russie, et il avait appris de sa bouche le départ des bush-rangers et le but de leur expédition. Et quand, à son tour, il avait fait part de son projet au sinistre bandit, il n'avait eu que le prix à y mettre pour s'entendre immédiatement avec lui; seulement Bob lui avait dit : — Nous avons promis de livrer Dick le Canadien et les Européens qui l'accompagnent à un indigène du nom de Willigo, qui leur sert de guide et qui ne les attire dans une embuscade pour tirer d'eux quelque vengeance de sauvage, que parce que seul il n'est pas assez fort pour en venir à bout; nous serons honnêtement dans l'obligation d'exécuter les clauses de notre convention, c'est donc à cet homme que vous aurez à acheter la mort de votre ennemi, et je crois qu'à part notre aide, qui vaut le million que je vous demande, le reste ne vous coûtera pas grand'chose, car nous devons livrer les prisonniers solidement garottés, ce qui me fait croire que l'honnête Australien veut se procurer purement et simplement le plaisir de les assommer tranquillement avec son boomerang sans courir le moindre danger.

L'*Invisible* savait bien que lors de leur premier voyage dans le Buisson Olivier et ses amis s'étaient rencontrés avec des indigènes qui les avaient plus ou moins aidés dans leur défense; mais il ignorait que Willigo était celui qui les avait sauvés du kra-fenoua, et l'eût-il su, qu'il tenait, comme tous les blancs de Melbourne, les indigènes en si piètre estime qu'il ne lui serait pas venu un seul instant à l'idée que ce sauvage eût agi par pur dévouement et fût capable de résister à l'or qu'on pût lui offrir. Il demanda cependant à Bob, par manière d'acquit, s'il avait une entière confiance dans cet indigène et s'il croyait que la vengeance était bien le seul motif qui le fît agir.

— Pourquoi voulez-vous qu'il nous trompe? lui avait répondu le master de Devil's Tavern, nous sommes trois cents et il est seul. Nous aurions vite fait de lui faire payer cher son infidélité ou sa plaisanterie. Il doit nous livrer les quatre Européens qui l'accompagnent, à condition que nous les lui restituions après les avoir mis hors d'état de se défendre : voilà notre convention. Eh bien, supposez maintenant qu'il nous trompe, vous ne croirez pas que le contraire soit la vérité, c'est-à-dire que ce soit pour livrer trois cents hommes aux quatre à qui il sert de guide ce serait tellement insensé qu'il n'y faut même pas songer...

Eh bien, si cela est absurde parce que cela est avant tout impossible... cherchez, et je vous défie de trouver comment et pourquoi il pourrait nous tromper !... C'est notre nombre même qui fait la force de mon argument.

— C'est vrai, il est sans réplique, avait répondu l'homme masqué ; mais ne pourrait-il pas arriver qu'il vous fît tomber dans une embuscade de guerriers indigènes ?

A ces paroles, Bob, master Bob, s'était franchement laissé aller aux éclats d'une douce et irrésistible gaieté.

— On voit bien, cher monsieur, que vous ne connaissez guère nos Australiens ; mais sachez donc que toutes les tribus réunies de ce continent, avec leurs flèches et leurs piques, ne pourraient même pas entamer une colonne de trois cents Européens, qui les fusilleraient à cinq cents mètres, c'est-à-dire à une distance où pas une de leurs flèches ne pourrait parvenir.

— Quoi, pas un indigène n'a de fusil ?

— Le gouvernement local a édicté la peine du bannissement contre quiconque leur vendrait une seule de ces armes, et la pénalité est trop forte pour qu'on ait jamais osé enfreindre l'interdiction. Parfois, un Européen pourra prêter un fusil à son guide dans le Buisson, mais il se hâte de le lui enlever dès qu'il revient près des lieux habités par les colons étrangers. Quant au motif qui fait agir cet indigène, si vous étiez dans le pays depuis plus longtemps, vous sauriez qu'un Australien caressera dix ans, vingt ans, toute son existence, l'espoir de se venger, et que s'il n'a pas d'autre moyen d'y parvenir il donnera même sa vie, pourvu qu'avant de mourir il puisse tenir son ennemi en son pouvoir et le torturer à son aise.

Master Bob ne savait pas si bien parler ; c'était en effet la vengeance et la vengeance seule qui faisait agir Willigo, il devait l'apprendre trop tôt à ses dépens.

L'homme masqué s'était déclaré convaincu par ce luxe d'explications et de réponses aux objections qu'il n'avait présentées, du reste, que pour la forme. Il accepta également les conditions imposées par Bob, seulement ce dernier y ajouta la clause *sine qua non* que la somme énorme qu'il lui demandait serait payée à lui seul, et que leur mutuel engagement serait tenu secret des deux parts.

L'*Invisible* ne fit aucune difficulté d'y souscrire, lui-même désirant ne paraître en rien dans l'affaire.

— Cela étant, avait répondu Bob, malgré les intérêts considérables qui me retiennent ici, je suis prêt à vous accompagner dans le Buisson pour veiller à la loyale exécution de notre contrat ; c'est du reste le seul moyen à employer pour que notre secret ne soit connu de personne.

Le lendemain ils se mettaient en route, et en arrivant au camp des batteurs d'estrade, l'*Invisible* s'était appliqué sur le visage le fameux masque de velours noir qu'il portait chaque fois qu'il voulait ne laisser aucune trace de son passage.

Il pouvait être une heure du matin lorsque l'Aigle-Noir et Koanook arrivèrent au campement des bandits. Ils furent immédiatement introduits dans la tente de Bob. Le tavernier n'était pas seul, un étranger était assis dans la partie la plus sombre du lieu de réception, moins occupé à dissimuler sa présence qu'à ne point laisser dans la mémoire des visiteurs un de ces souvenirs d'ensemble qui peuvent aider plus tard à reconnaître un personnage qu'on n'a fait qu'entrevoir.

— Que le temps soit toujours favorable et le gibier abondant pour le grand chef! dit Bob en saluant l'Aigle-Noir de la formule en usage dans le Buisson.

— Que le soleil se lève toujours pour toi sur un jour heureux! répondit de même Willigo; tu as désiré me voir, je suis venu.

— Tu dois être étonné de me trouver ici?

— L'Œil-Rouge connaît ses affaires, il agit comme il l'entend.

— Ce gentleman de mes amis a désiré faire un tour de Buisson et, ma foi, je me suis décidé à l'accompagner.

Willigo ne sourcilla pas. Avec la prudence de l'indigène, il attendait que Bob se découvrît. Le Nagarnook n'ignorait pas qu'il avait fallu de bien graves motifs pour arracher de Melbourne le chef des bush-rangers.

— Eh bien, Willigo, il me semble que le lieu est bien choisi pour exécuter la promesse; nous sommes au plus épais du Buisson, et tu n'as pas à craindre que personne puisse aller raconter à Melbourne ce qui se passera ici.

— L'Œil-Rouge est un chef, il a deviné ma pensée; aujourd'hui même, je devais donner à Wilkins le dernier rendez-vous.

— Très bien! l'Aigle-Noir est un grand chef aussi, il ne parle que pour agir.

— Que le chef blanc ouvre ses oreilles et ne perde pas une de mes paroles. Nous sommes ici au centre de cinq ou six runs occupés par des gens de ta race, et il ne faut pas que ces derniers s'aperçoivent de rien. Cette nuit même, tu traverseras avec les tiens la rivière des Cygnes, qui sert de limite aux ranchs des blancs, et mes jeunes gens te conduiront aux montagnes Rouges, que tu as dû apercevoir au soleil couchant.

— Oui, nous avons vu, en effet, des jets de flammes s'élever cette nuit même du pic le plus élevé.

— Au pied de la montagne, continua Willigo, se trouve l'ouverture d'un immense kra-fenoua dans lequel tous tes hommes pourront se cacher à l'aise, sans que personne puisse soupçonner leur présence.

— Je commence à comprendre; l'Aigle-Noir est un grand guerrier au conseil de sa nation.

— Demain matin, Tidana et ses compagnons quitteront le ranch du squatter Kirby pour continuer leur chemin; nous arriverons aux montagnes Rouges un peu après le soleil couchant, et je leur proposerai de s'abriter pour la nuit dans le kra-fenoua.

— Et comme ils ne se doutent pas de notre présence, ce qui est important eu égard à la force et au courage du géant canadien, nous les désarmons

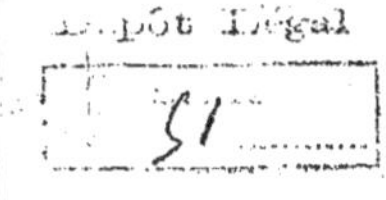

Ils tiraient habituellement sur les indigènes pour nourrir leurs chiens. (Page 404.)

avant même qu'ils aient eu le temps de pousser un cri, et leur capture ne coûte pas la vie à un seul d'entre nous... L'Aigle-Noir est le plus habile chef du Buisson !

— Ce n'est pas tout encore. Comme il faut que je sache si aucun retard n'est survenu dans votre marche, dès que le soleil sera couché, que la nuit sera bien établie, vous enflammerez un peu de poudre sur une pierre que vous tiendrez à hauteur d'homme, et je saurai par la lueur fugitive qui s'en dégagera que tout est prêt là-haut, qu'aucun de vos hommes ne rôde dans les environs, et qu'enfin nous pouvons arriver.

— Il sera fait ainsi que tu le désires... il faut en effet que tu sois averti de notre présence.

— Surtout empêche qu'aucun de tes hommes ne s'assoie dans le krafenoua.

— Pourquoi cela?

— Parce qu'il se dégage du sol, jusqu'à la hauteur de mon genou, un mauvais air qui tue les oiseaux dès qu'ils s'abaissent vers la terre, et cela pourrait faire du mal à tes hommes.

— J'ai déjà entendu parler de cette curiosité par quelques-uns de nos batteurs de Buisson qui ont visité cette grotte; sois sans crainte, ton conseil sera de tout point exécuté.

— Willigo n'a plus rien à dire à l'Œil-Rouge, et il faut qu'il retourne au ranch pour ne pas exciter les soupçons.

— Un mot encore; l'Aigle-Noir est libre de refuser de satisfaire ma curiosité, mais je serais heureux de savoir ce qu'il fera de ses prisonniers.

— Willigo s'est dévoué pour Tidana et ses amis, et les blancs ont battu Willigo devant ses jeunes hommes...

Puis il ajouta avec un air de férocité admirablement joué :

— Un chef battu n'est plus un chef. Willigo jettera ses prisonniers dans la mer de feu !

En entendant ces paroles, l'Œil-Rouge avait adressé à l'homme masqué un regard qui signifiait sans doute : inutile maintenant de nous mêler de l'affaire, car ce dernier n'intervint pas pour faire la moindre proposition à l'Aigle-Noir.

— Je comprends maintenant, dit alors Bob, heureux de cette explication, pourquoi l'Aigle-Noir nous a amenés jusqu'aux montagnes Rouges.

— Que le chef puisse voir ses cheveux blanchir avant de s'en aller au pays des ancêtres! repartit l'Aigle-Noir; et il sortit en attachant un profond regard sur le personnage dont il n'avait pu ni voir le visage ni entendre les paroles.

— N'oublie pas mes recommandations, Koanook, fit le chef au jeune guerrier dès qu'ils se retrouvèrent seuls.

— L'Aigle-Noir n'a pas jeté ses paroles au vent, répondit le Fils-de-la-Nuit.

Willigo reprit le chemin du ranch de Kirby...

Après le départ du chef, les défenseurs du blockhaus avaient joui, pendant près d'une heure, d'une tranquillité relative. Bien que mille signes vinssent déceler à l'oreille exercée de Kirby et du Canadien la présence des Nirbass dans les épaisses broussailles qui entouraient la petite forteresse, rien n'était venu indiquer que les féroces indigènes se préparassent à attaquer.

Les quatre hommes, qui se promenaient dans la section dont ils avaient la garde sans s'arrêter à converser entre eux, ce qui eût pu détourner leur attention, échangeaient parfois une parole lorsqu'ils se rencontraient aux angles de la vérandah ; mais ce n'était en général qu'une remarque rapide sur la situation ou un encouragement... Chacun restait la plupart du temps livré à ses propres pensées, que les gémissements des blessés établis dans une salle basse ne contribuaient guère à égayer. Et malgré l'assurance et le courage dont ils faisaient preuve, nos quatre veilleurs étaient absolument convaincus à part eux que si les trois ou quatre cents indigènes qui les entouraient avaient, à un certain moment, le courage de donner l'assaut tous ensemble pendant la nuit, au risque de faire tuer une trentaine des leurs, ils seraient infailliblement vainqueurs ; et alors c'était la mort en combattant pour les défenseurs, le massacre des blessés et des tortures sans nom pour les femmes et les deux jeunes filles.

Une seule chose leur donnait de l'espoir, c'est que les indigènes combattaient toujours, dans ces circonstances, sans ordre, sans direction, et qu'il leur suffisait de voir tomber une dizaine des leurs pour que la peur s'emparât d'eux et qu'ils courussent se reformer dans les broussailles.

En résumé, l'absence de discipline et le manque de solidité devant les armes à feu, surtout celles que les assiégés possédaient, donnaient une telle infériorité aux indigènes que la situation n'était pas désespérée.

Aussi la petite troupe attendait-elle avec anxiété l'apparition du jour, qui leur donnerait une victoire assurée : aucune surprise n'étant à craindre et pas un coup de carabine ne devant être perdu.

Quand on songe à l'éloignement de tous ces squatters qui, dans les premières années de ce siècle, Américains et Irlandais pour la plupart, s'en allaient, à cinq ou six cents lieues de Melbourne et de Sydney, fonder des exploitations agricoles, la carabine d'une main et la hache et la charrue de l'autre, on se sent pris d'une véritable admiration pour le courage de ces humbles pionniers, qui peu à peu ont changé la face de ce pays et presque civilisé le Buisson. Mais combien sont morts massacrés avec toute leur famille, après de longs sièges soutenus dans leurs blockhaus, loin de tout secours possible !

Et dire que sans les Anglais l'Australie eût été le pays le plus facile à coloniser qui soit au monde ! Au début de l'occupation, tous les Australiens partageaient cette croyance, conservée par les Ngotaks jusqu'à nos jours, que les blancs étaient leurs grands ancêtres venus de la lune pour leur apporter le bonheur, et ceci n'est pas invention de romancier ; pas un trait de mœurs, pas une coutume qui ne soit d'une rigoureuse exactitude dans ce récit, dont le fond est absolument véridique, l'auteur ne s'étant réservé que le droit d'en modifier la trame et la nationalité des personnages.

Grâce à cette croyance, les indigènes avaient accueilli les Européens les bras ouverts, heureux de les servir comme des fils soumis, comme des esclaves ; mais partout où la brute anglo-saxonne se trouve en face de la faiblesse et de l'impunité, il faut qu'elle fasse honte à l'humanité par sa duplicité, sa barbarie et sa grossière brutalité. Comme nation, voyez-la tuer l'Irlande en détail, terroriser l'Inde en massacrant, après la révolte des cypayes, plus de trois cent mille innocents, hommes, femmes et enfants à la mamelle. Comme hommes, ils se sont livrés partout où ils n'ont pas trouvé des gens capables de leur résister à des actes tellement épouvantables, qu'on refuserait d'y ajouter foi si l'on ne pouvait invoquer des autorités anglaises pour en fournir la preuve.

Ainsi, le gouverneur Arthur, le seul honnête homme qu'ait vu toute cette longue période, ayant ordonné une enquête pour l'adresser au gouvernement de la métropole afin d'être autorisé à prendre des mesures énergiques de répression, il résulta de l'enquête (nous ne faisons que citer) :

« Qu'on volait les enfants, qu'on les arrachait de force à leurs parents au milieu des fêtes... On tirait sur les indigènes comme sur des moineaux ou des corbeaux... On massacrait les blessés... On tuait les hommes pour s'emparer des femmes... Parfois on suspendait au cou des captives la tête de leurs maris... On enchaînait ces malheureuses à quelques troncs d'arbres, on les rouait de coups pour vaincre leurs résistances... On coupait les pieds et les mains aux hommes et on les abandonnait sur le sol... On prenait pour cible des femmes qui vaquaient à leurs occupations dans les villages... On surprenait une tribu autour de ses feux, on tirait dans le tas ; puis, trouvant un enfant étendu par terre on le jetait dans les flammes... *et ce fait, disent les témoins, n'était pas isolé*... Parfois on tuait en se jouant et comme avec espièglerie ; un blanc prenait une paire de pistolets dont un n'était pas chargé, il appliquait celui-ci près de son oreille et lâchait la détente, puis il engageait un noir à faire de même avec l'autre, et il avait le plaisir de le voir se fracasser le crâne... Enfin, de vieux coureurs de bois déclarèrent sans se gêner qu'ils tiraient habituellement sur les indigènes pour nourrir leurs chiens de leur chair... »

Arrêtons-nous, le cœur se soulève de dégoût, et on se demande, comme le gouverneur Arthur, qui concluait ainsi : « Lequel est sauvage du blanc ou du noir ? »

Qu'on ne dise pas que ces faits sont isolés, ils ont duré *un demi-siècle*, tacitement approuvés par le gouvernement anglais qui a comme principe colonisateur le massacre de l'authoctone et son remplacement par des blancs dans tous les lieux où la population n'est pas, comme dans l'Inde, assez dense et assez riche pour être exploitée.

En avril 1836, le *Times* de Hobart-Town, après avoir rappelé tous ces faits et bien d'autres, s'écrie : « Le gouvernement, on doit le rappeler à sa honte, dans aucune circonstance et pas une seule fois, n'a jamais puni ou fait miné de punir les meurtriers bien connus des habitants du pays. »

Ajoutons qu'aucun gouverneur n'a jamais pu se faire autoriser par le gouvernement de la métropole à prendre des mesures de répression contre de tels actes. Ainsi s'explique le mot terrible mais juste d'un voyageur qui avait vu ces gens-là à l'œuvre dans l'Inde, en Afrique, au Cap, à la Guyane, et surtout en Australie et en Tasmanie : « L'Angleterre est un immense bagne, qui lance de temps à autre le trop-plein de ses forçats sur le monde. »

Aussi l'honnête Dick, qui avait été témoin presque dès le début de toutes ces atrocités, réfléchissant au sort qui les attendait si les Nirbass parvenaient à s'emparer du blockhaus, se demandait-il tristement si, après vingt-cinq à trente années de patience, les indigènes étaient bien coupables d'user de représailles à leur tour. Seulement, comme cela arrive toujours en pareille occasion, les représailles tombaient sur des innocents. Lorsque les braves Anglo-Saxons virent que les indigènes, réduits au vingtième de leur effectif, ne se laissaient plus massacrer paisiblement pour servir de pâture à leurs chiens, mais au contraire se réunissaient pour résister, ils s'enfuirent dans les villes de la côte et laissèrent les courageux pionniers américains, canadiens, irlandais, français, supporter la peine de leur cruauté, alors que ces derniers venaient pour se livrer à l'agriculture et à l'élevage des bestiaux.

— A quoi songez-vous, Dick ? demanda Olivier à son ami, à un moment où ils vinrent à se rencontrer à l'angle de la vérandah qui unissaient les deux côtés du blockhaus qu'ils surveillaient.

— Je songe aux scènes horribles que je vous ai si souvent contées, aux crimes dont les Anglo-Saxons se sont souillés dans ce pays... et ma colère contre les Nirbass se calme ; il y a eu assez de sang répandu, et je me prends à désirer que le jour se lève sans que nous ayons à en verser de nouveau... Ah ! si nous avions affaire à des bush-rangers, à cette race éhontée de convicts et de gens sans aveu qui continue à déshonorer la forme humaine dans le Buisson, avec quel plaisir j'engagerais de nouveau la lutte !

— Vous avez raison, Dick ; mais aujourd'hui le mal est fait, et c'est nous qui sommes obligés de défendre notre vie et celles des innocentes créatures qui soignent en ce moment les pauvres blessés.

— N'importe ! j'ai une idée, et m'est avis que si nous ne sommes pas attaqués cette nuit, au soleil levant, j'empêcherai que le carnage qui se prépare n'ait lieu.

— Dieu vous entende, Dick ! même en légitime défense, le meurtre me répugne comme à vous... Du reste, la leçon que les Nirbass ont reçue hier matin devrait leur suffire.

Le souhait des deux amis devait être exaucé, non point à la suite d'un plan arrêté par les indigènes, mais par un concours de circonstances favorables. Les premiers instants d'exaltation dont les femmes des Nirbass avaient été cause en partie, s'étaient peu à peu calmés ; de plus, les assiégeants ne connaissant pas le nombre des défenseurs de la place le supposaient, en raison même des pertes subies le matin, beaucoup plus considérable qu'il ne l'était en réalité, et prenaient les quatre veilleurs de nuit pour de simples sentinelles qu'on changeait de temps à autre, et dans ce cas donner l'assaut de nuit était marcher vers l'inconnu. La nouvelle de la défection des Ngotaks était venue ajouter encore à la tiédeur de leurs sentiments belliqueux.

Ils commencèrent donc, par une petite capitulation de courage, dont chaque guerrier fut complice, par renvoyer l'assaut à la première heure du jour, afin qu'ils pussent se rendre compte du chiffre exact de leurs ennemis. Et une fois cette décision prise, chacun s'étendit commodément sur la mousse pour dormir à son aise et prendre des forces pour la grande bataille qui ne devait pas avoir lieu. Aussi, à partir de ce moment, les vagues bruits que les habitants du ranch continuèrent à percevoir de temps à autre du dehors n'avaient plus rien de commun avec les murmures sourds des guerriers s'excitant mutuellement au courage... Toute l'armée nirbass était plongée dans le plus profond sommeil.

Grand fut l'étonnement du Canadien et de ses amis lorsqu'au premier rayon d'or qui vint dissiper l'obscurité ils aperçurent du haut du belvédère leurs terribles ennemis étendus de tous côtés dans les broussailles. La réaction fut telle, après les angoisses de la nuit, qu'un rire général vint les désarmer à leur tour. Le drame tournait à la comédie.

Quelle ne fut pas la stupéfaction des pauvres Nirbass lorsque, s'éveillant à demi engourdis par le froid, ils aperçurent le terrible Tidana, si craint, si respecté dans le Buisson, en même temps si populaire, car les indigènes n'avaient pas à lui reprocher la plus petite injustice, la moindre cruauté, debout sur la vérandah du blockhaus... eux qui croyaient n'avoir affaire qu'à Kirby et à ses hommes, dont plusieurs n'avaient pas toujours été des modèles de douceur avec eux... Ils l'acclamèrent immédiatement, d'instinct et sans avoir eu le temps de se consulter.

La lutte n'était plus possible ; et on devine comment se termina l'aventure. Kirby, au comble de la joie, se prêta volontiers à une libérale distribution de rhum, et un nouveau pacte d'alliance fut signé entre le squatter et ses voisins.

— Tout ici-bas n'est que singularité et contraste, dit Olivier à son ami, en voyant cet heureux résultat, jamais cependant je ne m'étais cru plus assuré de ma fin.

Willigo, qui revenait à l'instant du camp des bush-rangers, n'en pouvait croire ni ses yeux ni ses oreilles ; il croyait qu'en arrivant il allait marcher dans le sang et sur les cadavres des Nirbass, et les Nirbass dansaient ou chantaient en buvant du rhum !

Cette aventure fit quelque bruit en Australie, car, même aujourd'hui, quand les fermiers, éleveurs et squatters de l'intérieur veulent parler de quelque dispute ou différend avorté, ils disent volontiers :

— C'est une querelle de Nirbass ! c'est-à-dire une querelle que l'on vide le verre en main.

Mais ce n'était rien encore ; il était dit que la journée commencerait sous les plus brillants auspices.

Quelques instants après, le Canadien et ses amis virent apparaître leur wagon, que l'Aigle-Noir avait été contraint d'abandonner la veille, conduit par une dizaine de Ngotaks, qui déclarèrent solennellement que leur intention n'avait jamais été de voler leurs grands-pères blancs; et ils remirent en même temps à Dick une feuille de papier soigneusement pliée en quatre et couverte de lignes d'écriture.

Le Canadien, qui se souvenait vaguement d'avoir été pendant quelques mois à l'école des frères moraves, à Québec (c'était, du reste, la seule chose qu'il eût conservée de l'instruction qu'il y avait reçue), passa la missive à Olivier, qui lut à haute voix :

« *Les grands villages des Ngotaks,*

« 25 juin 184..

« Gentlemen and friends,
« Messieurs et amis,
« Dears sirs,

« Les honorables gentlemen du Buisson qui vous remettront cette significative et personnelle introduction que je leur donne près de vous ont bien voulu se charger de vous remettre de ma part le wagon d'approvisionnements et munitions, y compris la caisse d'armes retrouvée dans un bosquet, mais non compris les objets y inclus m'appartenant, wagon que, dans sa précipitation, l'illustre Willigo avait perdu sur la voie publique avec son attelage.

« Ces honorables gentlemen du Buisson ayant bien voulu m'inviter à passer quelques jours de villégiature dans leurs grands villages, j'ai accepté, car j'ai cru comprendre que je pourrais trouver dans leur pays le fameux lézard à trompe qui manque encore à ma collection. Ne soyez donc pas inquiets sur mon sort; j'irai vous retrouver sous peu au pays des Nagarnooks, où mes nouveaux amis ont promis de me conduire. »

Et c'était signé John Gilping, esquire, futur lord Woangow de Woangow-Hall.

Un rire contagieux s'empara du lecteur; il gagna ses amis, puis Kirby, puis tous les Nirbass, qui crurent devoir, par politesse, en faire autant; et un rire monstre, un rire tempête ébranla le Buisson pendant près de cinq minutes...

— Ne traduisez pas les nuances de cette lettre à Willigo, dit le Canadien à Olivier, quand le calme se fut un peu rétabli; de sa vie il ne pardonnerait à Gilping.

Le retour du wagon et les nouvelles de l'excellent Woangow simplifiaient de beaucoup la question du départ. On n'avait plus aucune raison de le retarder après le temps précieux qu'on avait perdu, et il fallait se hâter pour arriver au placer des Cygnes, au moins en même temps que la troupe de Collins qui, bien que partie à pied, devait être en avance en ce moment sur les propriétaires de l'exploitation.

Fort heureusement, les nobles mustangs qui avaient fourni la veille cette course vertigineuse à laquelle la famille de Kirby devait son salut s'étaient reposés et refaits dans les écuries du ranch, et ils étaient prêts à rendre de nouveaux services à leurs maîtres. Le sang qu'en tombant à l'arrivée ils avaient perdu par les naseaux leur avait évité une congestion pulmonaire, qui eût été mortelle.

Néanmoins on décida que les nobles bêtes suivraient, pendant toute cette journée, sans cavaliers, pour qu'elles pussent achever de reprendre leurs forces.

Après de touchants adieux faits à Kirby et à sa famille, le Canadien, Olivier et Laurent s'installèrent dans le wagon pour s'y reposer pendant quelques heures des fatigues de la nuit... Quant à Willigo, il en avait vu bien d'autres. Ce corps de fer vivait presque sans sommeil. Il prit la tête de la petite caravane qui, sous sa conduite, s'engagea de nouveau dans le Buisson. Se reposer, dormir, lui, Willigo, alors que le grand jour, son jour à lui était venu? Ce n'était pas possible! Quinze ans il l'avait attendu ce jour fortuné, depuis le soir où, rentrant de la chasse sur les bords du lac Kiouai, il avait trouvé la Fleur-de-Mélia morte et sa chaumière en cendres! Dormir! quand il avait envie de danser, de chanter, de s'exalter! quand tout autour de lui dans la nature lui semblait partager sa joie!... Ce n'était pas possible!...

Quinze ans il avait tour à tour espéré, désespéré, puis espéré encore; c'est qu'il avait fait le serment terrible que nul ne dresserait son bûcher funéraire, que nul ne chanterait sur son cadavre les incantations qui éloignent les esprits, qu'il resterait pendant des milliers et des milliers de lunes à l'état de karakal errant dans les airs, jusqu'à ce qu'il eût vengé la Fleur-de-Mélia...

Et quand le jour, le grand jour, était venu, son jour à lui, qu'il avait attendu pendant quinze années, lui, Willigo, ne fût-ce que quelques ins-

Puis une épouvantable détonation se fit entendre. (Page 411.)

lants, se reposerait, dormirait, chercherait l'oubli du sommeil, quand la joie
chantait dans son cœur, dans son cerveau?... Non, ce n'était pas possible !
Et son cœur battait si fort, et son cerveau se dilatait avec tant d'ardeur
qu'il craignit que son cœur ne vînt à se rompre, que son cerveau ne vînt à
éclater, et il imposa silence à son cœur et à son cerveau... pour écouter
une voix qui parlait en lui, et qui ressemblait à la voix de la Fleur-de-
Mélia.

Et ils causèrent ensemble longtemps, bien longtemps, dans le Buisson et dans les bosquets, dans la prairie et dans les bois, car le chemin lui paraissait long, et il lui semblait que le soleil n'avait jamais mis aussi longtemps pour traverser la grande voûte bleue.

On s'arrêta pour déjeuner... Mais l'Aigle-Noir ne mangea point, lui ; la joie nourrit, et la vengeance n'a faim que de vengeance.

Wahga ! wahga ! Ils sont là-bas, là-bas, dans la plaine, les chiens hurleurs, les vils opossums qui massacrent les jeunes épouses dans les kraals en fleurs, quand les jeunes époux ne sont pas là pour les défendre. Wahga ! wahga !

Wahga ! wahga ! Ils sont là-bas, là-bas, dans le Buisson, ces blancs insatiables qui sont venus sur leurs grands navires pour voler sa terre à l'Australien, appauvrir ses territoires de chasse et massacrer les jeunes épouses dans les kraals en fleur, quand les jeunes époux ne sont pas là pour les défendre. Wahga ! wahga !

Wahga ! wahga ! Ils sont là-bas, là-bas, dans la vallée et sur les coteaux, ces blancs maudits qui sont venus dire à l'homme noir : « Va-t-en ! la terre n'est pas assez grande pour nous ! » Et pour que l'homme noir meure, ils ont massacré les jeunes épouses, quand les jeunes époux n'étaient pas là pour les défendre. Ils ont coupé la branche de mélia avant qu'elle ait porté des fleurs. Wahga ! wahga !

Mais l'homme noir n'est pas mort, bien que le kraal soit sans bourgeons et sa case sans enfants ; l'homme noir a rampé dans les bois, dans les vallées, dans les buissons ; et l'homme noir a vu que le soleil se levait pour lui comme pour le blanc, et il a compté les années, les lunes, les jours et les heures, attendant le grand jour, et le grand jour est venu. L'homme noir ne rampera plus dans les bois, dans les vallées, dans les buissons ; il s'est relevé, et les chiens hurleurs, les vils opossums, les blancs maudits vont mourir.

Et ainsi l'Aigle-Noir entonnait la chanson de mort des blancs.

Mais il chantait pour lui et pour la Fleur-de-Mélia, pour lui et pour la jeune épouse qui lui parlait dans son cœur ; et il chantait si bas que nul ne l'entendait, pas même les petits oiseaux qui gazouillaient dans les haies de nopal, dans les bosquets de polakas aux senteurs de vanille, et qui s'enfuyaient en le voyant passer.

— Qu'a donc l'Aigle-Noir aujourd'hui ? demanda Olivier au Canadien ; ne lui trouvez-vous pas quelque chose d'étrange, de mystérieux ?... On dirait qu'il parle à quelque être invisible qui le suit. Voyez-le se frapper la poitrine et regarder le soleil comme s'il lui adressait quelque mystique invocation ; il me fait en ce moment l'effet d'un de ces illuminés des bords du Gange qui s'apprête à mourir sous les pas de l'éléphant sacré.

— En rêvant cette nuit sous la verandah de Kirby, beaucoup de choses oubliées me sont revenues à la mémoire avec la fraîcheur des jeunes souvenirs... C'est aujourd'hui un bien triste anniversaire pour le pauvre Willigo, répondit le Canadien.

Mais il ne put continuer; l'Aigle-Noir venait d'arrêter le wagon sous un bosquet de figuiers de Ross et de pommiers de rivière, et il se dirigeait vers eux.

En ce moment, le soleil était en train de disparaître derrière les montagnes Rouges, qui élevaient leurs flancs arides et sillonnés de coulées volcaniques à moins d'un demi-mille du lieu où nos voyageurs se trouvaient. On commençait à distinguer les rouges soufflées du pic du Diable, qui sillonnaient de traits de feu l'horizon crépusculaire; la montagne s'enfonçait peu à peu dans l'ombre qui croissait comme un navire sabordé qui plonge dans l'abîme. Le Buisson tout entier s'enveloppait d'obscurité et de silence.

— Regardez! dit Willigo d'un air égaré; regardez là-bas, au pied du grand pic! vous allez voir monter la vengeance de l'homme noir.

La nuit s'était faite.

Une vague et fugitive lueur se montra tout à coup dans la direction indiquée par l'Aigle-Noir; puis une épouvantable détonation se fit entendre qui ébranla le sol jusque sous les pas des voyageurs. Un jet de flammes illumina tout l'horizon et s'éteignit avec la vitesse de l'éclair.

Les gaz accumulés dans la caverne du pic du Diable avaient pris feu au contact de la poudre enflammée par Bob, et une partie de la montagne, soulevée par l'explosion, s'était abîmée sur les bush-rangers.

— Qu'est cela? s'était écrié Dick d'une voix tremblante d'émotion.

— Ce sont les funérailles de la Fleur-de-Mélia, répondit Willigo avec une exaltation sauvage. Trois cents bush-rangers dorment maintenant dans la mer de feu.

— C'est la revanche des noirs! murmura le Canadien en baissant tristement la tête.

LIVRE TROISIÈME
LE VAISSEAU FANTOME

PREMIÈRE PARTIE
LE CAPITAINE ROUGE

CHAPITRE PREMIER

Une session d'assises à San-Francisco.
Captain Johnatan Spiers. — Chinese's murderer. — Master Jonas-Habacuc Littlestone.

Midi sonnait au cadran électrique de la haute cóur de justice de San-Francisco... Une merveille bien yankee que ce gigantesque chronomètre. Il ne se contentait pas, en effet, comme une vulgaire horloge, de partager le cours diurne en vingt-quatre parties égales, d'indiquer le siècle, l'année, le mois, le jour, le cours du soleil et de la lune, le changement des saisons et le mouvement des marées; mais, joignant l'agréable à l'utile, il notait les demi-heures et les quarts à l'aide de valses et de polkas variées qui faisaient l'admiration de toute la population des deux sexes de la Californie. Tous les dimanches, la *Western Company* organisait des trains de plaisir pour donner aux *farmers* la faculté de venir admirer cette œuvre incomparable.

Grâce au patriotisme de son constructeur, à chaque heure ce *national clock*, comme on l'appelle, joue un des airs nationaux des différents États de l'Union, tandis qu'un des présidents qui ont gouverné la grande république fait son apparition dans une petite guérite qui surmonte le monument, et salue gravement le peuple pendant la durée de la mélodie. Tous les jours, à midi précis, le grand Washington *lui-même* se présentait sur son cheval de bataille, agitant d'une main son épée et de l'autre la constitution en poussant d'une voix automatique trois hurrahs, auxquels les passants et les flâneurs de Kearny-square avaient répondu, dans les premiers temps, par de frénétiques acclamations. Mais l'élan s'était peu à peu calmé, et pour que la voix du grand homme ne restât pas sans écho, une douzaine d'émigrants

déguenillés, que l'ivrognerie, pour la plupart, avait éloignés du travail, recevaient de la municipalité, chaque jour, la somme d'un schelling pour venir,
à midi sonnant, pousser le cri traditionnel en réponse à Washington.

Ce jour-là, les crieurs municipaux n'eurent pas à exécuter leur consigne;
à peine le héros de l'indépendance eut-il fait son apparition au sommet de
la tourelle, que d'enthousiastes *vivats* sortis de vingt mille poitrines éclatèrent comme un ouragan en l'honneur du vainqueur de York-Town.

La place Washington et les rues adjacentes de Kearny, de Montgomery,
de Sacramento, de Commercial et de Clay, jusqu'à Dupont-street, dans la
ville chinoise, étaient à ce point envahies par la foule que la circulation en
était entièrement interrompue. Et à chaque instant les tramways de Stocktone,
de Mission-Bay, déversaient aux extrémités des nouveaux arrivants, qui ne
contribuaient pas peu à augmenter le nombre des curieux massés dans le
voisinage de la haute cour de justice. Depuis l'inauguration de cet original
cadran, le premier président des États-Unis ne s'était pas trouvé à pareille
fête; ce n'était point cependant pour lui rendre hommage que la foule s'était
assemblée, que toutes les boutiques s'étaient fermées comme par un mot
d'ordre, et que la Bourse elle-même avait suspendu ses opérations. De prime
abord, on eût pu croire à un de ces meetings monstres qui se produisent
parfois sous le coup de quelque émotion populaire; mais si les groupes causaient entre eux avec une certaine animation, aucun orateur ne haranguait
les masses, et pour qui connaissait bien les mœurs américaines, il était clair
que la politique n'était pour rien dans cette affluence de gens venus de tous
les côtés de la Californie.

Quel était donc le spectacle de *great attraction* qui avait réuni tout ce
monde-là aux abords de la cour de justice?

A une heure devait s'ouvrir la session d'assises où allaient être jugés le
fameux Johnatan Spiers, surnommé le capitaine Rouge, et ses complices.

Ce procès passionnait depuis des mois non seulement le grand État du
Pacific, mais encore tous les citoyens de l'Union : de nombreux reporters
avaient été envoyés de Saint-Louis, de la Nouvelle-Orléans, de Chicago, de
Baltimore, de Philadelphie, de New-York, pour tenir d'heure en heure, par
voie télégraphique, leurs feuilles respectives au courant de la marche de
l'affaire.

Le télégraphe étant au premier occupant et pour tout le temps que durait
la dépêche, quelle qu'en fût la longueur, le représentant du *New Herald*,
de New-York, avait débuté la veille par un coup de maître qui lui avait
assuré la possession exclusive d'un des huit à dix fils qui correspondent
avec la *cité-empire* pour toute la durée des débats. Il s'était présenté au
guichet une bible à la main et avait ordonné à l'employé de télégraphier
l'Ancien Testament à son journal; ce dernier s'était bravement mis à la
besogne, et le *New Herald* avait déjà reçu depuis la veille toute la Genèse,

l'Exode et une partie du Lévitique, en attendant que l'ouverture des débats permît de remplacer les versets de la Bible par l'acte d'accusation et les divers incidents du procès; le reporter avait placé au guichet un commissionnaire à deux dollars l'heure et s'en était allé tranquillement aux informations. Par ce moyen, il allait pouvoir envoyer le premier, et sans aucune interruption, tous les détails de l'affaire à son journal.

Lorsque le lendemain, sur les deux heures, il put expédier sa première dépêche relative au procès, il avait déjà adressé pour trente-deux mille six cent quatre-vingt-deux francs cinquante de versets de la Bible au *New Herald*; mais ce journal pouvait publier l'acte d'accusation, ainsi que les mille et un racontars qui donnaient du montant à la cause, quarante-cinq minutes avant toutes les feuilles de l'Union; son tirage augmentait de trois cent cinquante mille numéros, et le reporter, auteur de cette audacieuse manœuvre, s'était acquis le renom du garçon le plus fin, le plus habile, le plus *smart* de tous les États-Unis.

Cette affaire surexcitait les esprits jusqu'à la fièvre, et de tous côtés les paris les plus insensés s'étaient engagés pour ou contre. Il ne se passait pas de jour sans qu'on pût lire dans la plupart des journaux des annonces conçues en ces termes: « John Sullivan, de l'État de New-Jersey, tient cinq mille dollars contre l'acquittement du capitaine Rouge, » et la réponse ne se faisait guère attendre : « Williams Childers, du Maryland, tient les cinq mille dollars de John Sullivan, en faveur de l'acquittement du capitaine Rouge. » Depuis la découverte de l'or dans les dunes du Sacramento et la guerre de sécession, les différents États de l'Union n'avaient pas assisté à un pareil mouvement d'opinion. Les affaires, *business*, les affaires elles-mêmes étaient reléguées au second plan, on ne spéculait plus sur les salt-porc, sur les coal-vil; on n'agiotait plus sur les greenbacks et le papier du Trésor; on mettait cinq, quinze, vingt mille dollars sur la tête du Red captain.

Le capitaine Rouge faisait échec, avec porcs salés de Cincinnati, au pétrole de Toronto, et aux bons du *board* des finances; le capitaine Rouge était devenu une affaire, pour un peu on l'eût coté à la Bourse.

Qu'était donc ce procès du capitaine Rouge?

—Oh! une affaire bien simple, disaient les uns : le capitaine était l'homme le plus honnête et le plus loyal qui se pût voir, et au lieu de le traduire en cour de justice, le gouverneur de l'État et la municipalité auraient dû aller le recevoir musique en tête, et lui donner un banquet. Ainsi du moins raisonnait William Childers, du Maryland, qui tenait à gagner ses cinq mille dollars.

— Épouvantable et sinistre affaire! répondaient les autres, ce capitaine était un misérable, un gredin de la plus belle eau, que le peuple eût dû lyncher à son arrivée. Ainsi toutefois raisonnait John Sullivan, de New-Jersey, qui ne voulait point perdre ses cinq mille dollars.

Quant à la foule des indifférents, elle trouvait que le capitaine Rouge était un solide gaillard qui n'y allait pas de main morte, et que quelques centaines de Chinois de plus ou de moins ne valaient pas la peine qu'on chagrinât un brave et digne citoyen de la libre Amérique.

Pour nous, qui tenons à ne nous mettre mal, ni avec William Childers du Maryland, ni avec John Sullivan du New-Jersey, ni avec l'aimable capitaine Johnatan Spiers, nous nous bornerons à transcrire fidèlement l'acte d'accusation lu à l'ouverture de l'audience par l'honorable Jonas-Habacuc Littlestone, premier clerc de la cour de justice du district, acte qui, en l'absence du ministère public, qui n'existe pas aux États-Unis, avait été rédigé par non moins honorable Ezechiel-Joë Sweetmouth, avocat, requête et diligence de la partie plaignante Vin-Lao-Tsin and Co, compagnie chinoise d'émigration de Kouang-Ton ou Canton, pour parler comme nos géographes.

Quelques instants avant l'audience, master Jonas-Habacuc Littlestone avait pénétré dans le prétoire d'un air affairé pour voir si toute chose était bien en place, gourmandant, selon son habitude, le second clerc, auquel il aimait à faire sentir son autorité.

— En vérité, monsieur Darling, lui dit-il, où donc avez-vous remisé votre intelligence aujourd'hui? Comment! vous avez fait mettre aux pieds du fauteuil de M. le juge Barnnett un nécessaire de la même grandeur que ceux de MM. du jury! Ignorez-vous donc que M. le juge Barnnett tient beaucoup à tout ce qui touche aux préséances et privilèges de sa charge... J'ai le regret de vous le dire, monsieur Darling, mais je crains bien que, malgré les exemples que je vous donne tous les jours, vous n'arriviez jamais à acquérir les capacités nécessaires pour exercer les hautes fonctions de premier clerc d'une haute cour de justice. Faites placer pour M. le juge un nécessaire de vingt-cinq dollars, première grandeur, avec du sable fin; et pour MM. du jury, des nécessaires de cinq dollars, avec de la sciure de bois, suffiront.

Le lecteur a déjà compris sans doute que lesdits nécessaires n'étaient autres que de petites auges, de différentes tailles, dans lesquelles M. le juge Barnnett et MM. du jury expédiaient avec une rare adresse, à trois mètres de distance, le produit coloré du tabac de Virginie et du travail incessant de leurs mâchoires.

— Décidément, monsieur Darling, exclama de nouveau l'honorable Littlestone, qui continuait son inspection, à mon grand regret je suis obligé de constater que vous oubliez les obligations les plus élémentaires de vos fonctions, et s'il est vrai que le nouveau président de l'Orégon, d'après les confidences faites par mistress Darling à mistress Littlestone, doive à son entrée en charge vous nommer premier clerc de la haute cour de cet État, je ne sais vraiment comment vous pourrez occuper dignement un emploi de cette importance.

— Qu'ai-je donc fait encore? demanda le second clerc d'un ton rogue.

— Ce que vous avez fait ?... Vous avez oublié la boîte à crayons de M. le juge Barnnett, et cependant son fils en a envoyé une caisse de soixante douzaines ce matin ; c'est à peu près la ration de M. le juge Barnnett, les jours où nous avons une audience de nuit.

Les Américains mettent si bien en pratique leur devise : *Times is money*, qu'il n'est pas rare de les voir bouleverser une usine, changer leur mécanisme et dépenser cent mille dollars pour gagner une minute sur leurs concurrents pour la fabrication d'un article quelconque. Ils poussent si loin cette habitude de ne jamais perdre aucune partie de leur temps que, pendant leurs heures de repos relatif, quand ils reçoivent un visiteur, traitent une affaire, ou assistent à une réunion de conseil ou d'actionnaires, ils occupent encore leurs mains à un travail quelconque utile ou inutile, mais qui leur laisse néanmoins toute leur liberté de pensée. C'est devenu une manie nationale. L'un, à l'aide d'un instrument *ad. hoc*, transforme en enveloppes une provision de papier blanc qu'il a toujours près de son bureau ; un autre, à l'aide de liège et de minces tiges de bois qu'il façonne au canif, construit des maisons, des monuments, des places, etc... Tel creuse de petits bateaux qu'il blinde avec des lamelles de papier d'étain et grée avec des fils de soie, ou, comme c'était le cas de M. le juge Barnnett, taille des crayons. Ne gagne-t-on pas au moins une minute en ne se servant que de crayons ainsi préparés ? aussi les marchands de San-Francisco en possédaient-ils toujours une abondante provision. Or, le fils de M. le juge Barnnett tenant une boutique de fournitures de bureau des mieux achalandées, M. le juge Barnnett, pour occuper son temps pendant les longues plaidoiries des avocats, taillait des crayons pour l'office de son fils.

Il y avait dix ans que M. le premier clerc Jonas-Habacuc Littlestone gourmandait ainsi M. le second clerc Sam-Élisée Darling, sans que ce dernier, à ce que prétendait du moins l'honorable Littlestone, eût fait le moindre effort pour élever son intelligence au niveau exigé par ses délicates fonctions.

Les clercs, aux États-Unis, remplissent à peu près devant les tribunaux le rôle des greffiers et des huissiers audienciers devant les nôtres.

Lorsque le cadran piqua une heure en jouant l'hymne national du Massachusset, le président Lincoln fit son apparition ayant encore le poignard de l'assassin Rooth dans la poitrine. M. le premier clerc Jonas-Habacuc Littlestone, ayant achevé son inspection, prit les ordres de M. le juge Barnnett et fit ouvrir à la foule impatiente les portes du prétoire, dont la partie réservée au public fut en un instant prise d'assaut.

Quelques instants après, M. le juge Barnnett faisait son apparition au fauteuil présidentiel, et les douze jurés de la session s'installaient à leur place respective. Darling, après les formalités préliminaires d'usage, fit l'appel de la cause :

— La Compagnie d'émigration chinoise de Kouang-Ton, représentée par

— Eh bien! master Sweetmouth, je vous donne la parole. (Page 420.)

master Ezéchiel-Joë Sweetmouth, avocat, contre très honorables gentlemen, captain Johnatan Spiers, Samuel Davis, lieutenant, et John Prescott, chirurgien du steamer *California*.

Les trois hommes, restés libres sous une caution de vingt mille dollars, se présentèrent immédiatement à la barre assistés d'un seul avocat, l'éminent Jéroboam Nicetongue, un des *lawyer* les plus distingués des États-Unis, sénateur de l'État de New-York, venu exprès à San-Francisco pour prêter aux accusés l'appui de son éloquente parole... moyennant trente mille dollars.

— Gentlemen, fit le juge en s'apprêtant à tailler son premier crayon, plaidez-vous coupables ou non coupables?

— Non coupables, juge Barnnett, répondirent les trois gentlemen accusés.

— Vous entendez, Littlestone, les gentlemen plaident non coupables.

— C'est écrit, Votre Honneur, répondit le premier clerc qui tenait magistralement la plume, comme dans toutes les occasions solennelles, car il n'abandonnait guère son siège à son suppléant Darling que pour le menu fretin des audiences de simple police. Ce dernier, du reste, faisait en ce moment les fonctions d'huissier de la cour.

— Maintenant, master Sweetmouth, s'il vous plaisait de faire connaître à MM. du jury les circonstances de la cause, continua le juge Barnnett en s'adressant à l'avocat de la Compagnie plaignante, je vous donnerais volontiers la parole, à moins que master Jeroboam Nicetongue ne s'oppose à...

— Nous! interrompit l'éloquent *lawyer* avec un geste superbe; mais nous n'avons pas à nous opposer à quoi que ce soit... Nous ne savons même pas pourquoi nous sommes ici; il a plu à l'honorable Ezéchiel-Joë Sweetmouth, sans doute pour occuper les clercs de son office, de faire rédiger une cédule de comparution devant Votre Honneur dans laquelle il nous traite de forbans, d'assassins, de pirates et autres aménités de ce genre, ce dont nous nous réservons de demander ample réparation et dommages-intérêts en temps et lieu, et pour obéir à l'article 74 de la constitution particulière de l'État de Californie, qui enjoint à tout citoyen de se présenter devant la haute cour quand il en est invité par cédule et assignation régulière, nous sommes venus librement devant Votre Honneur, mais nous attendons que master Sweetmouth veuille bien nous expliquer les motifs de sa singulière conduite qui me donnent, je ne dois pas le cacher, de sérieuses craintes sur l'équilibre de ses facultés intellectuelles.

Un murmure approbateur accueillit ces habiles paroles; l'affaire promettait d'être intéressante par ce coup de maître. L'avocat de New-York laissait à son collègue tout le poids de l'affaire;... il ne savait pas ce qu'on lui voulait; il ne se mêlerait pas au débat, pour le moment du moins... A Sweetmouth l'obligation plus difficile que ne le croiraient les gens qui ne sont pas du métier, d'occuper l'audience à lui seul, d'attaquer sans qu'on lui répondît de suite, de fournir ses preuves, ses arguments sans qu'on les contestât à l'instant même où ils se produisaient, et cela sous l'œil d'un adversaire habile, attentif, prêt à profiter de la moindre faute, et qui choisirait tranquillement l'heure favorable, le moment propice pour démolir tout l'échafaudage laborieusement élevé par l'ennemi.

Aux États-Unis, les affaires criminelles ne sont pas, comme en Europe, une lutte entre la société qui accuse et le prévenu qui se défend, ce dernier ayant contre lui police, instruction, ministère public et président de la cour d'assises, dont l'interrogatoire est une arme terrible aux mains de qui sait la manier; c'est un simple tournoi entre deux avocats, celui qui accuse et celui qui défend; aucune prévention n'est jetée dans l'esprit des jurés par un président ou un procureur général intéressés à la condamnation. Le magistrat qui préside, simple juge qui appliquera la loi après le verdict, n'a même pas le droit de poser d'autre question à l'accusé que celle de savoir s'il plaide coupable ou non coupable; il est là pour maintenir l'ordre dans les débats, donner la parole aux avocats et empêcher que ces derniers, à bout d'arguments, ne finissent par en venir aux mains, ce qui n'est pas rare dans les États de l'Ouest, de mœurs plus primitives et plus rudes que celles du Sud et du Nord.

L'acte d'accusation n'existe même pas, au sens propre du mot; c'est un simple exposé de l'affaire, fait par l'avocat de l'accusation, soit verbal, soit sous forme de mémoire dans les procès importants; aussi n'a-t-il pas sur l'esprit des jurés l'influence d'un acte rédigé au nom de la société, par un procureur général, sur les pièces de l'instruction; en un mot, l'accusation et la défense sont absolument égales devant la cour d'assises. On doit comprendre, d'après ce système, de quelle importance est un avocat habile, retors et éloquent.

De cette lutte à outrance entre deux hommes également acharnés, résultent des scènes tantôt comiques, tantôt dramatiques, qui donnent aux cours d'assises de l'Union un piquant et une originalité que n'ont pas nos sessions criminelles d'Europe. Le public y manifeste facilement ses impressions sans qu'à chaque instant la menace de faire évacuer la salle vienne le rappeler à l'ordre. Il faut dire que dans ce grand pays d'opinion publique les jurés sont souvent éclairés, soutenus, fortifiés dans leurs convictions par ces manifestations spontanées de la foule, qui a suivi le débat avec attention et apprécie souvent la cause avec une rectitude de jugement et une impartialité rares.

Ce n'est pas ici le lieu d'étudier et de savoir lequel des deux systèmes est le meilleur; nous devons, en historien fidèle, nous borner à raconter les différentes péripéties d'une des plus curieuses sessions d'assises qui se soient vues aux États-Unis, et dans laquelle différents personnages destinés à jouer un rôle important dans notre histoire vont faire leur apparition.

Master Nicetongue avait donc porté un rude coup à son adversaire en refusant d'engager avec lui le débat et en l'obligeant à se charger de tout le poids de l'audience. Celui qui parle seul a, dit-on, toujours raison, mais c'est à condition de n'être pas surveillé par un contradicteur qui attend le moment favorable pour entrer dans l'arène.

Tout le monde comprit que Sweetmouth, l'aigle de San-Francisco, avait rencontré un adversaire redoutable.

Aux dernières paroles du sénateur Nicetongue, le juge Barnnett, après avoir déposé dans la boîte de droite le crayon qu'il achevait de tailler, en prit un autre vierge encore dans la boîte de gauche et répondit simplement :

— Eh bien, master Sweetmouth, je vous donne la parole, à moins que vous ne renonciez à l'accusation, auquel cas nous renverrions avec plaisir ces gentlemen à leurs affaires ; n'est-ce pas, Littlestone?

— On ne saurait mieux apprécier la situation que Votre Honneur, fit le premier clerc en s'inclinant de façon à se frotter le nez sur son livre d'audience, opération qui lui était facilitée du reste par la grandeur de cet appendice nasal.

— Je persiste! juge Barnnett, je persiste! exclama l'avocat Sweetmouth.

— En ce cas, nous vous écoutons.

— S'il plaisait à Votre Honneur, j'ai rédigé un mémoire que M. le premier clerc Littlestone pourrait lire; il renseignerait la Cour beaucoup mieux qu'un exposé verbal, qui est souvent le signal d'orageuses discussions.

Ces paroles étaient à l'adresse de Nicetongue, que Sweetmouth espérait de cette façon faire sortir de son mutisme, car il n'avait pas communiqué ce mémoire à son confrère, et ce dernier aurait pu, par ce motif, s'opposer à ce qu'il fût produit en justice. Mais Nicetongue ne sourcilla pas et, après une sorte d'interruption muette qui n'amena aucun résultat, le juge Barnnett hocha la tête et répondit à Sweetmouth ces simples paroles :

— Comme il vous plaira.

M. le premier clerc Littlestone était au comble de la joie; il allait donc pouvoir enfin développer les grâces de son organe devant un auditoire digne de lui; outre la foule qui encombrait le prétoire, les tribunes réservées étaient occupées par l'élite de la société californienne : au premier rang, mistress Littlestone le couvait des yeux avec le ban et l'arrière-ban des amis et connaissances.

Quant aux trois accusés mis avec une recherche peu commune dans l'Ouest, ils étaient assis au banc des avocats avec leur défenseur, et semblaient être là en simples curieux. Le Red captain Johnatan Spiers, vers qui se tournaient tous les regards, surtout ceux des dames, que les affaires criminelles ont le don de passionner, était un superbe cavalier d'une trentaine d'années, aux traits pleins de distinction, mais respirant une indomptable énergie; un sourire d'un scepticisme railleur qui errait constamment sur ses lèvres semblait indiquer que cet homme ne croyait guère à autre chose en ce monde qu'à sa propre volonté... Étoffe de forban ou d'homme de génie selon les circonstances et les situations, l'ex-capitaine du *California* eût porté avec la même aisance le costume d'amiral de la marine fédérale et celui d'écumeur de mer.

Samuel Davis et John Prescott, le premier lieutenant et le second chirurgien du même steamer, formaient un contraste frappant avec leur chef;

ils présentaient tous les dehors de deux rudes et grossiers Yankees, sans aucune espèce de préjugés, et ne répugnant à aucune besogne pourvu qu'il y eût quelques dollars au bout. L'élégance de leurs vêtements ne faisait que mieux ressortir la vulgarité de leur tournure. Ils n'avaient été assignés que pour la forme, car, dans tous les cas, ils étaient couverts par leur capitaine, dont ils n'avaient fait qu'exécuter les ordres.

L'intérêt du procès roulait donc uniquement sur la tête du capitaine Rouge.

Après avoir assuré ses lunettes sur un nez que Darling, dans ses jours de bonne humeur, comparait à l'éperon d'un monitor, master Littlestone fit passer délicatement, de sa joue gauche dans sa main, la petite boulette de tabac de Virginie qui ne quittait presque jamais cette place préférée, et la déposa près de son encrier; puis il toussa, jeta un long regard sur la foule attentive et commença la lecture du mémoire du très honorable Ezéchiel Joë Sweetmouth.

« Le vingt-quatre juillet de la présente année, le capitaine Johnatan Spiers, du steamer *California*, de la West-Indian Company, arrivait sur lest dans les eaux de Kouang-ton, pour y opérer le chargement de six mille balles de soie grège à destination de l'importante maison Will Fergusson brothers and C°, de San-Francisco, qui avait affrété le navire pour compte.

« Ce chargement effectué, comme l'entrepont et le pont de cet immense steamer, qui avait fait autrefois le service des voyageurs, étaient encore libres, la Compagnie d'émigration chinoise Viu-Loco-Tsin proposa au capitaine du *California* d'utiliser ce vaste emplacement en transportant sept cent cinquante émigrants chinois pour le compte de ladite Compagnie, moyennant la somme de douze dollars par tête, hommes ou femmes, la nourriture non comprise, la Compagnie se réservant le soin d'y pourvoir.

« Après en avoir référé, par télégramme, à la West-Indian Company, propriétaire, et avec Fergusson brothers, affréteurs du navire, ledit capitaine du *California*, l'honorable Jonathan Spiers, accepta l'offre qui était faite, moyennant le payement immédiat de la totalité de la somme due pour le passage des émigrants, soit 9,000 dollars (45,000 francs). Les fonds furent exactement versés ès mains du susdit capitaine, le jour même de l'embarquement des Chinois. Mais, au moment du départ, une discussion s'éleva entre la Compagnie d'émigration et le capitaine Johnatan Spiers, au sujet de quarante tonnes de riz, embarquées pour la subsistance des émigrants, que le purser, ou agent comptable du bord, avait chargé comme fret de 480 dollars (2,400 francs), et que ladite Compagnie prétendait devoir être, à titre de nourriture consommée à bord, transportée gratuitement, selon les usages maritimes.

« Le *California* étant sous vapeur, et pour ne pas retarder son départ, il fut convenu de part et d'autre qu'on s'en rapporterait à la règle adoptée par les grandes Compagnies qui faisaient le service d'émigration entre l'Europe

et l'Amérique, et pour éviter toute discussion, un bill fut signé en ce sens
entre les deux parties. Tout s'était donc passé jusque-là au mieux des intérêts de tous, et nul ne pouvait prévoir les terribles événements dont le
California allait bientôt être le théâtre.

« Le steamer prit donc la mer dans les circonstances que nous venons de
relater, et à partir de ce moment nous n'avons pour nous renseigner sur
l'épouvantable drame qui signala cette traversée que le rapport du capitaine Johnatan Spiers, approuvé, nous devons le reconnaître, par son état-
major, intéressé à soutenir son chef, et les dépositions des trente-cinq
hommes d'équipage, dont l'unanimité nous paraît être le résultat d'une
leçon soigneusement apprise. Il suffit, pour s'en convaincre, de lire avec
soin ces différents documents. »

Après la lecture de ce passage, master Littlestone s'arrêta quelques
instants pour reprendre haleine et nettoyer le verre de ses lunettes. A la
suite de l'accusation formelle que contenaient ces dernières lignes du mémoire, le vieux clerc s'attendait à quelque interruption violente de la partie
adverse, qui devait lui donner le temps de respirer et de promener lentement ses regards sur la foule : master Jonas-Habacuc Littlestone aimait
beaucoup à promener ainsi son organe visuel sur le public pour juger de
l'effet produit par son maintien, où la grâce s'alliait à la dignité... Mais
M. le premier clerc fut trompé dans son attente ; l'avocat Jéroboam
Nicetongue, armé de son canif, construisait paisiblement un petit moulin à
vent avec sa boîte d'allumettes et les minces tiges de bois qu'elle contenait ;
le juge Barnnett achevait sa cinquième douzaine de crayons, et le silence
n'était troublé que par un petit bruit sec s'échappant d'une mécanique
grande comme une tabatière, que M. le chef du jury, Elias Spilwit, manœuvrait avec une rare dextérité.

M. le chef du jury, Elias Spilwit, était fabricant de ces œillets de métal
que tous les Anglo-Saxons portent à leurs chaussures, et pour ne pas perdre
son temps pendant la session, il avait apporté avec lui un respectable
faisceau de lamelles de laiton, qui, introduites une à une dans sa machine à
main, d'un seul petit coup sec, à peine perceptible à l'oreille, donnaient à
l'emporte-pièce six douzaines d'œillets à la seconde. Ses autres collègues
s'occupaient à l'avenant, selon leur goût.

Troublé par ce silence qui déjouait les prévisions de sa longue expérience,
car le moindre mot d'ordinaire soulevait de telles tempêtes oratoires entre
les avocats, qu'il fallait en moyenne une bonne journée pour lire le plus
petit mémoire criminel, le pauvre Littlestone reprit son manuscrit d'un
air découragé et, semblable à un chanteur qui ne serait plus soutenu par
l'orchestre, il se mit à activer sa lecture pour avoir plus vite fini.

Il était désormais prouvé que Jéroboam Nicetongue ne lui ferait pas l'aumône de la plus petite interruption.

Après avoir toussé de nouveau et lancé à mistress Littlestone un long regard qui signifiait : « Quel dommage, une si belle affaire, pas le plus petit incident d'audience !... » il continua :

« S'il faut en croire le rapport intéressé du capitaine Jonathan Spiers, huit jours après le départ, une tempête aurait éclaté avec une telle intensité, qu'il devint nécessaire d'alléger le navire pour essayer de le sauver; le capitaine du *California* commença par faire jeter à la mer les quarante tonnes de riz embarquées pour la nourriture des émigrants, et comme le mauvais temps ne faisait qu'augmenter, froidement, sans hésiter, ledit Johnatan Spiers ordonna que quatre cents Chinois, sur sept cent cinquante qu'il avait reçus à bord, seraient jetés dans les flots. Cette cruelle et barbare décision, qui aurait fait reculer d'horreur les sauvages du Far-West, fut exécutée, sans que le moindre mouvement d'humanité fît hésiter ces brutes à face humaine. On faisait monter les malheureux dix par dix sur le pont, et on les poussait à coups de piques dans l'abîme. Quelques heures après l'accomplissement de cette sinistre besogne, le calme revint, et le steamer put continuer à faire route.

« Ici se place le plus odieux épisode de cette horrible traversée ; une grande quantité d'approvisionnements de toute espèce, toujours d'après les mêmes documents, avaient été détruits par l'eau de mer ou emportés par les vagues, et en faisant le recensement des vivres, on s'aperçut que, même en mettant l'équipage et l'état-major à la demi-ration, il en restait à peine assez pour aborder aux Sandwich, le lieu de relâche le plus rapproché que l'on devait rencontrer sur la route. A la suite d'un conseil tenu par le capitaine et ses officiers, il fut décidé qu'on se débarrasserait des Chinois restant, et, pour que les malheureuses victimes ne se doutassent de rien, le chirurgien du bord, John Prescott, mêla de la strychnine à la dernière portion de riz qui devait leur être servie; et quelques instants après, les trois cent cinquante Chinois succombaient, un à un, aux suites de cette criminelle nourriture...

« Lorsque le *California* entra dans le port de San-Francisco, il n'y avait plus un seul Chinois à bord; mais il est juste de dire, *amère dérision*, que les six mille balles de soie grège de la maison Will Fergusson brothers and C° étaient arrivées à destination sans la moindre avarie.

« Nous nous abstenons de qualifier, comme ils le méritent, les actes de lèse-humanité commis par ces barbares, laissant le soin de les apprécier et de les punir à la sagesse de MM. les jurés et à la haute impartialité de la justice californienne.

« En conséquence, moi, Ezéchiel-Joë Sweetmouth, avocat à San-Francisco, au nom et qualité de la Compagnie d'émigration Viu-Loco-Tsin de Kouangton, je me porte accusateur contre :

« 1° Jonathan Spiers, capitaine du *California;*

« 2° Samuel Davis, lieutenant ;

« 3° John Prescott, chirurgien,

    « Aux fins de :

« Attendu que toutes les lois, us et coutumes des peuples civilisés faisaient une obligation auxdits Jonathan Spiers, Samuel Davis et John Prescott d'alléger le *California* en détresse par le sacrifice des marchandises embarquées, et notamment des six mille balles de soie de la maison Fergusson brothers ; que les mêmes règlements, us et coutumes, faisaient une loi aux susdits de conserver le riz embarqué pour la nourriture des émigrants ;

« S'entendre : le capitaine Jonathan Spiers, le lieutenant Samuel Davis et le chirurgien John Prescott, déclarer par le jury du district de San-Francisco régulièrement constitué atteints et convaincus de meurtre au premier degré par voie de fait et usage de substances vénéneuses, crimes prévus et punis par l'article 71 de la loi pénale de l'État de Californie ;

« S'entendre en outre les susdits condamner au profit de la Compagnie Viu-Loco-Tsin au remboursement de la somme de neuf mille dollars, prix du passage des émigrants payé par elle, de celle de cinq mille dollars, valeur des quarante tonnes de riz jetées à la mer, et au payement de cent mille dollars à titre de dommages-intérêts.

« Plaise à M. le juge Barnnett :

« Valider la mise en cause de la Compagnie West-Indian, propriétaire, et des Fergusson brothers, affréteurs du steamer *California*, comme garants et cautions du payement desdites sommes.

       « *Signé :* ÉZÉCHIEL-JOE SWEETMOUTH, avocat. »

L'éminent Jonas-Habacuc Littlestone avait terminé sa lecture au milieu du plus religieux silence. Son Honneur le juge Barnnett avait fait une véritable hécatombe de crayons, et l'estimable Elias Spilwit n'avait cessé de manœuvrer sa mécanique, avec la régularité d'un automate.

Au moment où M. le premier clerc se laissait retomber dans son fauteuil, navré de l'apparente indifférence avec laquelle était accueillie cette affaire, la plus belle qui ait illustré la carrière d'un greffier criminel, et sur laquelle il comptait pour lire pendant quinze jours avec mistress Littletongue dans tous les journaux de l'Union des phrases du genre de celle-ci :

« Interrompu pour la vingtième fois au moins avec une violence inouïe par l'avocat Nicetongue, M. le premier clerc Littlestone faisant tête à l'orage avec un rare sang-froid, etc. »

Au moment, disions-nous, où M. le premier clerc terminait cette monotone lecture, tous les regards s'étaient tournés vers l'avocat des accusés, pour juger de l'effet que ce mémoire, habile surtout par sa concise modération, avait bien pu produire sur son esprit ; mais le public fut singulièrement désappointé, le célèbre défenseur qui venait de terminer la laborieuse

Le jeune homme partit donc dans l'Ouest. (Page 431.)

confection de son petit moulin à vent était en train de souffler dessus pour le faire marcher, et de faire admirer à ses clients son habileté de constructeur.

Accusés et défenseurs avaient absolument l'air de gens venus là en simples curieux, et ne s'inquiétant pas autrement de ce qui se passait autour d'eux.

Sweetmouth lui-même, agacé par ce silence obstiné, ne comprenait rien à la tactique de son confrère ; il paraissait inquiet, nerveux, et les habitués de la Cour ne reconnaissaient plus cet avocat à l'inépuisable faconde, la gloire du barreau californien.

M. le juge Barnnett rompit enfin le silence en laissant tomber ces mots :

— Master Sweetmouth, avez-vous quelque chose à ajouter à votre mémoire ?

— Ah ! je te forcerai bien à parler, murmura ce dernier en regardant son confrère d'un air de défi.

Puis il ajouta à haute voix :

— Absolument rien, juge Barnnett, les faits de la cause sont si simples, que je croirais faire injure à votre haute intelligence et à celle de MM. les jurés, en les délayant dans d'inutiles explications; je me borne donc à demander que le jury, avec la permission de Votre Honneur, veuille bien délibérer sur les conclusions de mon mémoire, et rendre son verdict !

Le juge Barnnett et les jurés avaient fini par partager l'étonnement général et abandonner leurs petites occupations.

— Master Nicetongue, dit alors le juge, n'avez-vous aucune observation à faire avant le renvoi de MM. les jurés dans la chambre des délibérations

— Pardonnez-moi, Votre Honneur, mais j'ai déjà eu l'avantage de dire à la Cour que je ne comprenais rien au petit roman imaginé par mon éloquent confrère, dans un jour de disette judiciaire sans doute; s'il veut bien me permettre de lui adresser quelques questions, il reconnaîtra lui-même la légèreté avec laquelle il a dérangé tant d'honnêtes gens, à commencer par vous, juge Barnnett, de leurs utiles occupations.

— Je suis prêt à vous répondre ! exclama Sweetmouth à bout de patience, d'un ton provocateur.

— Ne me regardez donc pas ainsi, Sweetmouth ! continua le sénateur de New-York d'un ton railleur; me prenez-vous pour un de ces Chinois assassinés par votre imagination ?

— Quoi ! vous osez prétendre...

— Je ne prétends rien, Sweetmouth. Vous étiez l'accusateur, à vous de faire la preuve, et tant que vous ne présenterez pas à la Cour, soit par témoignage, soit par pièces authentiques, la preuve de ce que vous avancez, j'ai le droit de dire que votre mémoire n'est qu'une œuvre d'imagination sans valeur judiciaire, et qui ne mérite pas d'attirer un seul instant l'attention de la Cour.

— Mais le fait est de notoriété publique.

— La loi défend aux jurés d'en tenir compte; ils ne peuvent former leur conviction que sur la déclaration des témoins et les preuves produites à l'audience.

— Tous les journaux ont imprimé le rapport du capitaine Jonathan Spiers à ses armateurs, et l'indignation générale a été telle, que votre client, avocat Nicetongue, n'a plus été désigné que sous le nom de Red captain, le capitaine Sanglant, le capitaine Rouge.

— Avez-vous ce rapport reconnu et signé par mon client, avocat Sweetmouth?

— Non, mais son authenticité ne peut être niée.

— En vérité, avocat Sweetmouth, le clerc de votre office n'oserait pas avancer de pareilles naïvetés!... Depuis quand un article de journal peut-il remplacer l'original d'une pièce authentique?

— Ainsi, votre client nie être l'auteur de ce rapport?

— Vous n'avez pas le droit de demander au capitaine Jonathan Spiers d'affirmer ceci, ou de nier cela; et si vous avez la prétention de l'interroger, il ne vous répondra pas... Vous lui avez envoyé une cédule de comparution, et j'ai déjà eu l'honneur de vous dire qu'il s'était présenté pour obéir à la loi; mais vous l'accusez d'un crime, produisez vos preuves, nous verrons ensuite ce que nous devons faire... Allons, faites comparaître vos témoins.

— Vous savez mieux que moi, avocat Nicetongue, que je n'ai pu mettre la main sur un seul des marins du *California*, et je parierais, mon cher confrère, que vous pourriez, mieux que qui que ce soit, me renseigner sur cette étrange disparition, et me dire combien cela vous a coûté par tête d'homme.

— Eh bien, vous vous trompez étrangement, honorable Sweetmouth, et le pari ne vous permettrait pas de boire un de ces sherry-coblers pour lesquels vous professez un culte; les marins du *California*, libres de tout engagement, ont pris du service ailleurs, et nous n'avons pas pris la peine d'acheter leur silence.

— Repousserez-vous aussi ces attestations munies de la signature et du sceau des autorités de Kouang-ton, qui prouvent que sept cent cinquante Chinois ont été embarqués le 24 juillet dernier à bord du *California*.

— Je vous dirai, d'abord, ô crédule Sweetmouth, que ces pièces, si elles étaient admises en justice, prouveraient simplement que sept cent cinquante Chinois ont pu être vus sur notre navire; il vous resterait encore à prouver que nous les avons débarqués dans l'Océan, qui n'était pas sans doute le lieu de leur destination. Mais vous oubliez que les autorités de Kouang-ton sont des Chinois, et qu'en vertu du *Chinese-Act*, voté par la législature, aucun Chinois ne peut être admis à déposer en justice dans toute l'étendue de l'État de Californie; ce qui fait, aimable Sweetmouth, que ces morceaux de papier ne sont plus bons qu'à envelopper votre provision de maryland.

— Nicetongue! fit alors Sweetmouth exaspéré, les moyens que vous employez sont indignes d'un homme d'honneur.

Le sénateur de New-York était un sanguin; à cette insulte, ses yeux s'enflammèrent, son visage devint pourpre, et marchant le poing haut sur son adversaire, il s'écria:

— Retirez cette parole, Sweetmouth! ou je vous fais avaler vos dents.

L'avocat californien saisit son revolver et, couchant en joue son adversaire, lui répondit :

— Je vous répète que les expressions dont vous vous servez sont indignes d'un honnête homme, et que vous ne valez pas plus que le forban à qui vous prêtez l'appui de votre parole.

Nicetongue, ivre de colère, avait lui aussi saisi son arme, et l'affaire allait tourner au tragique lorsque Darling, sur un signe de son chef, s'élança entre les deux adversaires.

— Au nom de la loi, fit alors le juge Barnnett avec le plus grand sang-froid, je vous ordonne, gentlemen, de remettre vos revolvers à Darling.

Ces paroles étaient à peine prononcées que les deux avocats obéissaient sans murmurer à l'injonction du juge. La loi est le seul souverain que reconnaisse l'Américain, et il suffit de ces mots magiques : *au nom de la loi* pour obtenir des individus, comme des foules, soumission et obéissance.

Le juge Barnnett condamna, en outre, les deux avocats à dix dollars d'amende pour avoir oublié le respect qu'ils devaient à la Cour, et l'affaire put se terminer dans un calme relatif. Nicetongue et Sweetmouth s'étaient lancé un regard que chacun avait compris, et qui signifiait : « Nous règlerons cela après l'audience. »

La délibération des jurés ne fut pas longue; dix minutes après s'être retirés de la séance, ils rentraient avec un verdict d'acquittement pour insuffisance de preuves ; cette décision fut accueillie par la foule avec des hourrahs et des sifflets, selon le camp auquel les uns et les autres appartenaient; elle fut à l'instant lancée par le télégraphe dans toutes les directions et dans les différents États de l'Union. La liquidation des paris fut aussi laborieuse qu'une liquidation de fin de mois à la Bourse. Pendant quinze jours, tous les journaux discutèrent pour ou contre, débitant sérieusement les théories les plus singulières et les plus imprévues, faisant intervenir la Bible et le Nouveau Testament. L'*Advertiser*, de Toronto, alla jusqu'à refuser aux Chinois la qualité d'hommes, en s'appuyant sur des arguments anatomiques et religieux. Mais la note la plus originale fut donnée par l'*Evening Chronicle*, de Sacramento : « Un dernier mot, dit-il, sur cette affaire. En résumé, que reproche-t-on au Red captain? d'avoir jeté à l'eau, pour alléger son navire en détresse, sept cent cinquante Chinois. Il ne faut pas oublier que ces individus avaient été chargés comme de simples marchandises, balles de coton ou bétail, à raison de douze dollars par tête, ce qui est le prix ordinaire du fret entre la Chine et les ports du Pacifique pour une tonne de produits exportés ou un bœuf; le Red captain était donc en droit de traiter les Chinois comme des marchandises encombrantes dont il pouvait se débarrasser en cas de nécessité. Voilà le véritable point de vue sous lequel cette affaire doit être appréciée. » Cette opinion, bien yankee, réunit tous les suffrages. —

Lorsque le juge Barnnett eut déclaré l'audience levée, le capitaine Johnatan Spiers fut immédiatement entouré par ses nombreux partisans qui se proposaient de le porter en triomphe dans les principales rues de San-Francisco, et, comme cela arrive toujours en pareil cas, une contre-manifestation s'était organisée pour l'accompagner jusqu'à son domicile avec des sifflets, des trompettes fêlées et des grognements. Il est rare que ces sortes d'aventures ne dégénèrent pas en rixes sanglantes. Mais le capitaine Rouge n'était pas homme à s'émouvoir pour si peu; il sortit le premier, monta dans le car qui l'attendait, et, haranguant la foule, remercia ses amis de l'appui qu'ils lui avaient prêté; quant aux autres,... dit-il, il était prêt à leur rendre raison, au revolver, à la carabine, ou à la simple boxe nationale. Cette crânerie eut pour résultat de faire taire les dissidents; on voulait bien crier, manifester, mais nul ne tenait à se mesurer individuellement avec le terrible capitaine. Son petit discours fut salué d'unanimes acclamations qui le suivirent jusqu'à la porte de son hôtel. Inutile de dire que l'illustre Nicetongue et l'honorable Sweetmouth s'étaient donné la main au sortir du prétoire, ainsi que doivent le faire deux bons avocats qui se sont un peu égratignés; et ainsi se termina d'une façon tout à fait pacifique cette célèbre affaire du Red captain qui avait un moment passionné les citoyens des États-Unis et eût pu avoir un sinistre dénouement sans l'habileté du célèbre Nicetongue. Seul l'illustre Jonas-Habacuc Littlestone, qui avait compté sur une audience dramatique se terminant par un arrêt de pendaison contre le capitaine Rouge pour illustrer sa carrière, ne put jamais se consoler de ce résultat. *Desinit in piscem! desinit in piscem!* disait-il souvent en parlant de cette affaire, car il connaissait ses auteurs; qui l'aurait cru, un si beau procès!

Mais nous laisserons l'habile Nicetongue courir à toute vapeur sur le Central Pacific Rail-Road de San-Francisco à New-York, l'éloquent Sweetmouth continuer à illustrer le barreau californien, l'honorable Jonas-Habacuc Littlestone partager, comme par le passé, son temps entre les sessions de la haute Cour et mistress Littlestone, pour nous occuper uniquement du capitaine Rouge, que nous avons voulu présenter au lecteur au milieu *des circonstances originales qui firent sa célébrité.*

CHAPITRE II

Les rêves du capitaine Rouge. — Euréka. — Un désespéré. — Pensées de suicide.
Encore l'homme masqué. — Un chèque de neuf millions. — Le N° 333.

Jonathan Spiers était, par sa naissance, citoyen de New-York ; son père faisait partie de cette honorable corporation d'empoisonneurs que la loi protège avec un tendre souci, dans toutes les parties du monde, et que l'on appelle *barkeepers* en Amérique et marchands de vin en France ; la taverne du bonhomme était située dans les bas quartiers du port, et ne désemplissait pas de marins qui venaient y échanger leurs dollars contre des petits verres de gin, de wisky, de brandy et autres variétés de *tord-boyaux,* dont la base est généralement fournie par cette délicieuse eau-de-vie allemande, extraite en Allemagne, par des Allemands, du jus de la vigne allemande, c'est-à-dire des champs de pommes de terre allemands de la Poméranie.

C'est là que le jeune Jonathan prit de bonne heure le goût de la navigation, en écoutant les récits des matelots ; tout Américain, du reste, est doublé d'un homme de mer. Au fond, c'était un esprit inquiet, remuant, quêteur d'aventures, qui devait, ainsi qu'on le dit, chercher longtemps sa voie ; à douze ans, il entra comme apprenti chez les grands constructeurs de New-York, William Westerfield and sons; et y développait de telles aptitudes, qu'à seize ans, il était le premier ouvrier de l'atelier d'ajustage, inventait une machine pour le doublage mécanique des navires qui faisait en un jour la besogne d'une escouade de cent hommes, mais se laissait souffler son invention par son ingénieur de section à qui il avait montré ses plans ; ses réclamations n'eurent d'autres résultats que de lui faire rire au nez; comment supposer un enfant capable de ce tour de force! L'ingénieur, pour être cru, n'eut qu'à dire qu'il l'avait employé au dessin de ses épreuves ; il venait en même temps de remporter tous les prix à l'école de dessin et de mécanique de New-York, dont il avait suivi assidûment tous les cours du soir.

Ce premier mécompte lui fit prendre en haine les hommes et la société, et il jura de se venger.

La juste réclamation de ses droits le fit mettre à la porte de l'usine Westerfield; l'ingénieur qui l'avait outrageusement dépouillé ne pouvait, on le conçoit, voir tous les jours, sans un secret embarras, celui qui lui rappelait sans cesse sa déloyauté.

L'honnête barkeeper qui était par hasard l'auteur de ses jours, car il ne s'était jamais occupé autrement de son fils, tout son temps étant pris par le débit de son eau-de-vie de pomme de terre allemande, n'avait pas été le dernier à trouver exorbitantes les prétentions de son fils, aussi en avait-il profité pour mettre à la porte le pauvre Jonathan, en lui donnant sa bénédiction. La bénédiction d'un père qui vous met à la porte et vend de l'extrait frelaté de pomme de terre germanique, n'est pas d'une qualité bien supérieure à celle de sa marchandise; mais, à tout prendre, ce n'est ni encombrant, ni gênant en voyage, ni imposé au tarif des douanes, et si ça ne fait pas de bien, selon le dicton, cela ne peut pas faire de mal. Le jeune homme partit donc dans l'Ouest, ce refuge de tous les incompris, de tous les déclassés, de tous les banqueroutiers, de tous les suicidés dont la corde s'est cassée en route, de tous les génies persécutés (ce qui fait que l'on trouve tant de grands hommes à San-Francisco qui cirent des bottes pour se distraire), sans autre bien, sans autre valeur escomptable que la bénédiction de son père. Il fit en route tous les métiers, lava la vaisselle, garda les porcs, professa le dessin, et mit dix-huit mois à atteindre la capitale de la Californie. Son rêve réalisé, il entra dans un atelier de construction pour se refaire un petit pécule; et comme en ce pays, plus que dans les vieux États de l'Union, l'homme est apprécié non d'après son origine, mais en raison de son habileté, moins d'une année après son arrivée, et malgré son jeune âge, il était mis à la tête d'une section, avec le titre et les appointements d'ingénieur, dans les ateliers de la *West-Indian Company*. Mais ses succès n'avaient pas changé son tempérament; d'un naturel sombre et morose, les injustices subies au début de la vie, les souffrances sans nombre qu'il avait endurées, l'avaient aigri à ce point, qu'il éprouvait comme une fièvre féroce contre la société tout entière, et qu'il en était peu à peu arrivé à cet état de monomanie de rêver sans trêve ni repos au moyen de satisfaire sa haine et sa soif de domination; cela frisait la folie! Il s'était ménagé dans son appartement un cabinet secret, où nul ne pénétrait jamais, et où il employait toutes ses heures de liberté à un travail qui avait sans doute pour objet quelque importante invention, car, pendant des années, il avait dessiné des pièces d'une forme étrange, qu'il forgeait, limait, polissait, ajustait ensuite lui-même, dans un petit atelier qu'il s'était fait construire au fond de son jardin. Deux nègres muets, qu'il avait achetés dans le Sud, gardaient sa maison comme deux dogues fidèles, et un Chinois de Macao, du nom de Kiang-Fo tenait son intérieur. Pendant cinq ans, il ne s'arrêta pas une minute, ne prit pas un jour de repos, et refusa énergiquement toutes les propositions que lui fit sa Compagnie de commander un de ses grands steamers du Pacific, car, en même temps qu'il était devenu le premier ingénieur-mécanicien de San-Francisco, il s'était présenté devant le board des capitaines au long cours et s'était fait recevoir avec la note : *superior!* ce qui n'était encore jamais arrivé à aucun concurrent.

Un jour, il fit entourer d'une sorte de pavillon de briques une pièce d'eau d'environ dix mètres carrés qu'il possédait dans sa propriété, et après y

avoir transporté lui-même une foule de pièces de fer forgé, de formes singulières, il s'y enferma pendant toute une semaine qu'il avait obtenue à titre
de congé, sans doute pour faire quelque expérience décisive, et le succès dut
couronner ses efforts, car celui qui eût pu rôder autour de son mystérieux
asile, le huitième jour de cette retraite volontaire, l'eût entendu, nouvel Archimède, pousser lui aussi son εὕρηκα! j'ai trouvé! j'ai trouvé!

Quand il sortit du petit pavillon, il était rayonnant, transfiguré.

— A moi la fortune, la puissance, s'écria-t-il, et une puissance contre laquelle l'homme ne pourra rien! J'ai réuni dans un seul *être* toutes les forces
vives de la nature, il ne lui manque que l'intelligence, mais il suffit d'un cerveau humain pour l'animer, et le mien suffira. Toutes les flottes du monde,
unies à toutes les armées, ne seront pas plus devant lui que le fétu de
paille, que la feuille sèche devant l'ouragan. Hurrah! hurrah! je suis le
maître du monde, je suis le roi de la nature!

Le Chinois qui le servait, et qui ne l'avait pas vu sourire depuis cinq ans,
crut qu'il était devenu fou.

— Oui! à moi la puissance, une puissance sans rivale! fit-il en fermant
soigneusement la porte de son cabinet secret qu'il avait regagné à la hâte,
puis il ajouta d'un ton de rage concentrée..., et la vengeance! Ah! monde
lâche et corrompu, il ne suffit pas de l'honnêteté et du travail pour se faire
sa place au soleil! Comme une troupe de corbeaux affamés ou de loups errants, qui dévorent leurs blessés, tu tombes toujours sur les timides et les
humbles; à nous deux maintenant, l'heure est venue de te faire payer toutes
tes infamies...

Peu à peu cependant cette exaltation avait fini par tomber, et la tête dans
les mains il s'était mis à réfléchir... Certainement, l'instrument de sa puissance était trouvé, ses nombreuses expériences n'avaient fait que démontrer
la justesse de ses calculs et la grandeur de son génie; il avait réellement
réussi, synthétisé dans un seul être mécanique que son cerveau suffisait à
animer toutes les forces physiques et naturelles; le spécimen en réduction
qu'il avait construit lui-même était la preuve irréfutable de sa victoire, mais,
maintenant, il lui fallait construire le *géant* qui devait assurer sa domination, et d'après ses calculs, pour qu'il fût parfait, qu'il pût fonctionner,
vivre pendant un demi-siècle, sans qu'il eût besoin d'être réparé, il lui fallait
deux millions de dollars, c'est-à-dire dix millions de francs, et il avait à peine
la vingtième partie de cette somme, cinq cent mille francs, laborieusement
gagnés dans la West-Indian Company; combien de temps mettrait-il pour
amasser ce qui lui manquait? y parviendrait-il jamais?... Amère dérision du
sort, il tenait dans ses mains le moyen d'asservir le monde, et sa découverte
restait inutile, faute de ce grand levier qui, lui aussi, règne en maître dans
l'univers, l'or!

Mais ce n'était pas un tempérament à se décourager; après quelques heures

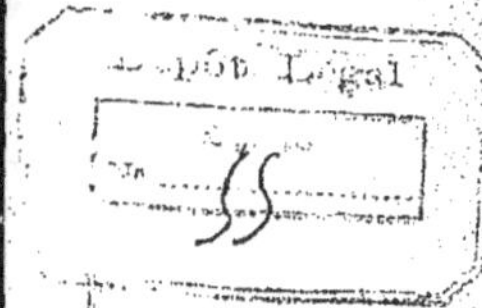

Arrivé devant la porte du pavillon mystérieux, il s'arrêta. (Page 438.)

d'affaissement moral, il releva la tête, et frappant sur sa table chargée de dessins et d'épures de toute sorte, il s'écria avec une froide énergie :

— Eh bien, soit ! c'est la lutte qui se continue avant le triomphe définitif, et puisqu'il le faut, allons à la conquête de cet or sans lequel rien n'est possible.

Le premier banquier venu, à la seule vue de ses expériences, lui aurait procuré dix fois la somme nécessaire ; mais c'était divulguer son invention ;

bien plus, c'était prévenir son ennemi, la société... et pas un gouvernement, dans un intérêt de salut général, n'eût hésité à empêcher par tous les moyens la réussite de son audacieux projet.

Il prit le parti de se renfermer sur lui-même et de travailler sans relâche; outre qu'il avait le génie de l'invention, dans ses nombreux essais, il avait découvert une foule de moyens pratiques applicables à l'industrie, qui avaient rendu son nom, comme inventeur, populaire dans tous les États de l'Union; il résolut de prendre des brevets et de les vendre pour en appliquer le produit à la réalisation de son *grand œuvre*.

C'est alors pour avoir plus de temps à lui, et augmenter également ses bénéfices, qu'il avait accepté de commander un des steamers de la West-Indian.

Cette décision prise, il avait fait commencer immédiatement la construction des premières pièces de sa mystérieuse machine, en distribuant le travail à vingt usines différentes, de façon qu'aucune d'elles ne pût se douter de la destination des appareils disparates qu'elle fabriquait. Le moment venu, il devait ajuster et monter lui-même son grand œuvre, sans autre aide que celui de ses deux nègres, Sam et Tom, qu'il avait arrachés à une condition misérable, et qui se seraient fait tuer pour lui. Les pauvres diables avaient eu la langue coupée dans une de ces orgies sanguinaires si fréquentes chez les roitelets de la côte d'Afrique, et Jonathan avait créé à leur intention tout un langage de signes qu'il leur avait enseigné patiemment pendant de longues années, et dont lui seul avait la clef.

Deux années s'étaient déjà écoulées depuis ces événements, lorsque nous avons rencontré le capitaine Jonathan Spiers à la Cour d'assises de San-Francisco. Nous devons dire qu'il avait accueilli avec une joie amère ce surnom de Red captain, ou capitaine Rouge, que la presse des États-Unis lui avait décerné à cette occasion.

— Je justifierai ce nom, j'en fais le serment, avait-il dit en quittant la haute Cour.

Rentré chez lui il fut pris, par réaction, d'un dégoût plus intense encore et des hommes et de la vie; il se demanda s'il ne ferait pas mieux de disparaître et d'en finir une bonne fois avec une lutte qui usait ses forces et son énergie. Le but à atteindre était si lointain encore qu'il désespérait du succès. Depuis deux ans, il avait payé plus d'un million aux divers ateliers de construction qu'il employait, les pièces numérotées s'empilaient dans un solide magasin de tôle forgée qu'il avait fait construire et à la porte duquel ses deux noirs veillaient jour et nuit; mais qu'était cela, en présence de ce qui restait à faire! S'il ne marchait pas plus vite, il lui faudrait plus de vingt ans encore pour réaliser son rêve; il avait trente ans, la jeunesse dans toute sa force, il en aurait cinquante alors, presque le seuil de la vieillesse! Un revolver était sur sa table; il se mit à jouer machinalement avec cette arme.

— Un petit mouvement du poignet et du doigt, se disait-il ; une seconde
de courage, une seule, et tout est fini... C'est le repos après tout, le calme
éternel !... Comme les Indiens ont raison cependant !...

Et il se mit à murmurer la vieille sentence brahmanique :

« Il vaut mieux être assis que debout, couché qu'assis, mort que couché. »

Et insensiblement sa main, toujours armée, remonta vers sa tempe... Il
n'avait pas bien conscience de ce qu'il faisait, peut-être rêvait-il tout éveillé...
Tout à coup un vigoureux coup de marteau fit retentir la porte de sa demeure.
Il tressaillit, regarda sa main armée...

— Est-ce que j'allais faire cette bêtise ? se dit-il.

Il déposa son revolver et se leva. Kian-Fo, ou simplement Fo, comme son
maître l'appelait, parut ; il tenait un large pli cacheté qu'un messager venait
d'apporter.

On attendait la réponse.

Johnatan déchira l'enveloppe et lut :

« Un gentleman étranger, qui désire vivement, pour des questions d'une
haute importance, faire la connaissance du capitaine Jonathan Spiers, le
prie de vouloir bien venir prendre une tasse de thé ce soir, à Like House,
à huit heures. Chambre 7, corridor B. »

Le billet était sans signature.

Jonathan fut sur le point de refuser ; en toute autre occasion, il n'eût pas
manqué de donner une leçon de politesse à l'intrus qui ne daignait même
pas se nommer, en mettant le messager à la porte sans réponse ; mais il était
à une de ces heures de l'existence où tout nous devient indifférent par lassitude de soi-même et des autres ; il prit un moyen terme.

Il écrivit les lignes suivantes au crayon, en travers de la lettre :

« Le capitaine Jonathan Spiers a l'habitude de prendre le thé chez lui à la
même heure, et il reçoit parfois à ce moment, quand cela ne le dérange pas,
les gens qui se présentent pour l'entretenir. »

Il se garda de signer, remit la lettre sous la même enveloppe et la rendit
au commissionnaire.

Cet incident, auquel il n'avait attaché aucune importance, avait cependant
contribué à donner un autre cours à ses pensées et à chasser les vagues idées
de suicide qui un instant lui avaient hanté le cerveau ; le calme revenu, il
descendit dans son jardin, entra dans le pavillon de la pièce d'eau, où il resta
jusqu'au soir.

Comme tous les grands travailleurs, Jonathan était sobre, et le thé classique
de huit heures, avec un peu de viandes froides et des gâteaux secs, était le
seul repas qu'il prît dans la soirée.

Il venait à peine de se mettre à table que le marteau de bronze se faisait dé nouveau entendre à sa porte, et que Fo entrait, exposant à son maître, dans un anglo-chinois des plus comiques, que le gentleman qui lui avait écrit le matin demandait la faveur de se présenter à lui.

Surpris par l'originalité de l'aventure, le capitaine, après quelques instants de réflexion, ordonna d'introduire l'étranger.

Quelques secondes après, un homme d'une taille élevée, à la tournure pleine de distinction et mis avec une sévère élégance, faisait son entrée dans la salle à manger. Il était ganté de noir et portait un masque de velours si admirablement ajusté, que le capitaine crut tout d'abord avoir affaire à un nègre.

Fo s'était retiré, après avoir discrètement fermé la porte.

Le capitaine venait de s'apercevoir de sa méprise et allait relever rudement cette incompréhensible fantaisie, lorsque l'étranger enleva de lui-même son masque, et montrant à Jonathan un visage du type slave le plus pur, lui dit en souriant :

— Excusez-moi, gentleman, c'est pour les domestiques; ma figure ne doit pas laisser de trace en Amérique; il ne faut pas que personne, parmi les gens qui vous approchent, puisse témoigner un jour de notre entrevue qui, dans tous les cas, ne se renouvellera pas.

— Vous êtes Russe, monsieur? fit le capitaine, qui, pendant ces paroles, l'avait examiné avec attention.

Et il lui indiqua un siège de la main.

— Vous ne vous trompez pas, gentleman; j'appartiens en effet à cette nationalité. Puis-je espérer que vous avez pardonné la façon singulière avec laquelle je me suis présenté à vous; je ne savais par qui me faire introduire... et du reste, je vous le répète, la démarche que je tente aujourd'hui près de vous ne doit pas être connue.

— Vous êtes tout excusé, monsieur, car j'espère que des motifs d'une haute gravité ont pu seuls vous porter à agir ainsi; vous devez comprendre que j'en attends l'explication franche et loyale. D'abord, pour que tout nuage disparaisse entre nous... vous savez que je m'appelle le capitaine Jonathan Spiers, et j'ai l'habitude de connaître le nom des gens qui franchissent le seuil de ma demeure.

L'inconnu parut hésiter un instant, mais ce ne fut qu'une nuance

— En Australie, répondit-il, on me connaît sous le nom de l'homme masqué; à Like House, je suis inscrit sous celui du major Duncan, de l'armée des Indes...

— Et en Russie? demanda le capitaine d'un léger ton d'impatience...

— En Russie, on me nomme, et je suis réellement, le colonel Ivanowitch.

— Très bien, gentleman! fit immédiatement Jonathan, dont la figure s'éclaircit à cette loyale déclaration; et il lui tendit la main, selon l'usage américain, comme consécration de leur présentation.

Le colonel la pressa en s'inclinant.

— Un dernier mot à ce sujet, ajouta-t-il, et j'arriverai au but de ma visite. On ne demande pas de parole d'honneur aux hommes de votre trempe; mais dès que j'aurai quitté votre demeure, je désire n'être plus pour vous, comme pour tout le monde, que le major Duncan.

Le Yankee s'inclina en signe d'acquiescement, et le Russe continua :

— J'arrive d'Australie, et, passant par San-Francisco pour rentrer en Europe par le Grand-Central et New-York, j'eus la curiosité d'assister ce matin à votre procès; l'indomptable énergie dont vous avez fait preuve, votre mépris des hommes et de la vie, votre tenue hautaine et dédaigneuse me séduisirent à un point que je me dis immédiatement : « Voilà l'homme que je cherche depuis si longtemps. »

Je dois vous faire connaître mon étrange situation... Chargé d'une mission secrète sur le grand continent austral, j'ai employé pendant deux ans toutes les forces de mon intelligence, fait tuer quatre à cinq cents hommes et dépensé cinq millions, tout cela pour échouer honteusement. J'avais donc pris la résolution de rentrer en Russie et d'abandonner la partie, mais votre vue m'a rendu l'espoir, et je me suis dit que si je parvenais à vous intéresser à ma cause, tout pouvait encore se réparer.

— Et le but principal de votre mission?...

— Était simplement de m'emparer par tous les moyens, dût-il périr dans l'aventure, d'un jeune Français, le comte Olivier de Lauraguais d'Entraygues; et dans le cas où il serait tombé vivant entre mes mains, je devais l'amener à Saint-Pétersbourg, devant le conseil suprême d'une société secrète, les *Invisibles*, qui compte dans son sein les plus hauts personnages de l'empire. Il se murmure même que le chef de cette immense association, qui étend ses rameaux sur le monde entier, celui que nous nommons le *Grand-Invisible*, ne serait autre qu'un des archiducs, oncle de l'empereur.

Jonathan Spiers eut un vague sourire d'incrédulité, dont le Russe s'aperçut.

— Je vois que votre esprit s'égare sur une fausse piste, reprit vivement ce dernier. Je vais vous faire connaître ce qu'il m'est permis de dire sur notre Société sans manquer à mes serments, et vous verrez qu'il est naturel, logique même que ce soit un prince du sang qui la préside et la dirige, car elle est, en ce moment, la force la plus redoutable que je connaisse. La Société des Invisibles n'a rien de commun avec les nihilistes, les anarchistes, les internationalistes et autres associations de ce genre, infimes minorités dont la peur qu'elles inspirent fait la seule puissance. Son but est tout patrio-tique; elle veut réaliser l'indissoluble union de toutes les branches de la grande famille slave contre les Germains et les Anglo-Saxons. A nous tout l'Orient et une partie de l'Occident jusqu'au Bosphore, jusqu'à Constanti-nople. Voilà notre devise, et, au jour de la grande lutte, cent cinquante mil-lions d'hommes se lèveront pour refouler les Teutons de Bismarck sur la

Sprée et chasser les Anglo-Saxons de l'Inde, qui agonise sous leur âpreté et leur sombre égoïsme. Ce jour-là, nous offrirons notre alliance aux Gallo-Latins, s'ils ont un homme de génie qui sache les grouper, et nous referons ensemble, pour des siècles, la carte politique du monde. Aussi, excepté des Anglais et des Allemands, la société des Invisibles compte-t-elle dans son sein des gens de tous les pays. Notre organisation est tellement forte que demain, sur un signe du chef suprême, nous pouvons soulever le monde... Le jour où vous apprendrez que les chemins de fer russes ne sont plus qu'à deux étapes de la passe de Keber, attendez-vous à de grandes choses... L'Orient tout entier tressaillera comme au temps de Tamerlan et de Gengis-Khan ; les steppes de l'Ukraine, de l'Oural, de l'antique Touran, vomiront des torrents d'indomptés, de barbares, et les chevaux cosaques baigneront leur poitrail aux rives du Danube et du Rhin !... Voilà tout ce que je puis vous dire ; vous êtes un homme trop intelligent pour ne pas comprendre ma réserve.

Pendant qu'il parlait, le capitaine Rouge avait laissé tomber sa tête puissante entre ses deux mains, et les doigts crispés dans sa noire chevelure, il réfléchissait, lui aussi, aux exploits grandioses... surhumains !... qu'il pourrait accomplir, s'il lui était donné de construire l'instrument de sa puissance.

Tout à coup, il releva la tête ; son visage était animé d'un feu sombre, ses yeux lançaient des éclairs fauves.

— Ah ! s'écria-t-il, qu'est votre société des Invisibles... que sont les rois, les empereurs, les hommes, les peuples ? feuilles mortes que d'un souffle je soulèverais à mon gré !... Ah ! si je pouvais...

— Oui ! interrompit le Russe, comme fasciné par son interlocuteur ; oui ! je l'ai senti dès la première minute où je vous ai vu, vous êtes de ces hommes faits pour dominer et commander aux masses ; notre société a besoin de ces gens d'une trempe exceptionnelle... faites-vous affilier ; je vous promets un des plus hauts grades parmi les Invisibles, et alors vous ne direz plus : *Si je pouvais !* vous direz : Je veux ! Et cela sera !

— Vous ne me comprenez pas, répondit impétueusement le capitaine ; vous ne pouvez pas me comprendre...

Pendant quelques instants, il parut se livrer à lui-même un combat intérieur... puis, se levant d'un bond, comme s'il eût craint de revenir sur la décision qu'il venait de prendre, et saisissant le colonel par le bras :

— Venez ! lui dit-il d'un ton rauque... vous seul aurez vu... vous seul saurez... mais il le faut, vous seul pouvez m'aider.

Et il l'entraîna dans son jardin.

Arrivé devant la porte du pavillon mystérieux où il avait fait ses expériences définitives, il s'arrêta.

— Qu'avez-vous le plus aimé, respecté, vénéré sur la terre ? demanda-t-il à son compagnon.

— Ma mère, répondit le Russe d'une voix émue.

— Eh bien, jurez-moi par votre mère que vous ne révélerez à âme qui vive ce que vous allez voir.

— Je le jure.

— C'est bien, entrez.

Les deux noirs qui veillaient s'écartèrent pour livrer passage à leur maître et à son compagnon ; la porte se referma avec un bruit métallique sur ces derniers, et les sentinelles dévouées reprirent leur faction.

Ils restèrent enfermés pendant deux longues heures... Quand ils sortirent, le capitaine Rouge semblait grandi, transfiguré ; il souriait de cet air calme que les sculpteurs antiques prêtaient au maître des dieux ; le Russe, au contraire, semblait atterré, étourdi comme quelqu'un qui aurait vu se réaliser quelque chose d'impossible, d'insensé, de surhumain : lui, le fier officier russe, l'homme masqué, qui jouait avec la vie de ses semblables comme sur un échiquier, il suivait Jonathan Spiers humble, soumis, ainsi qu'un esclave suit son maître. La puissance de génie de cet homme l'avait terrassé.

Il comprit cependant qu'il ne devait pas laisser voir aussi fortement l'impression profonde qu'il avait reçue, s'il voulait arriver à ses fins ; et quand les deux hommes furent remontés dans les appartements du capitaine, il avait à peu près reconquis tout son sang-froid.

— Eh bien ? fit Jonathan Spiers quand ils furent de nouveau assis face à face.

— C'est inouï, répondit franchement Ivanowitch ; jamais les rêves les plus insensés de l'imagination n'auraient pu me faire même entrevoir la possibilité de pareille chose. Quand vous le voudrez, il n'y aura pas de puissance sur ce globe capable de toucher à un cheveu de votre tête ; toutes les armées du monde munies des engins modernes les plus perfectionnés ne seraient pas plus pour vous que des légions de fourmis donnant l'assaut à un de nos cuirassés modernes... et c'est à ce point fatal, inévitable, qu'une fois la preuve faite de votre force contre laquelle toute lutte est impossible, rois et peuples seront obligés de vous obéir.

— Il y a dix ans que je cherche et deux ans que je le sais, deux ans que je me ronge dans l'impuissance... Et vous me dites : « quand vous voudrez ; » vous savez bien qu'il me manque neuf millions pour terminer mon *grand œuvre*... mon *Remember*, car il s'appellera ainsi, pour qu'il soit un souvenir sans cesse présent de mes souffrances, de ma longue attente, de mes joies, de mes espérances.

— Ah ! je comprends, poursuivit le Russe, les précautions dont vous vous entourez, car pas un gouvernement au monde, même celui de la libre Amérique, ne permettrait de construire un pareil instrument de force et de puissance qui met, en résumé, l'humanité tout entière à vos ordres.

— Oui, mais il me manque neuf millions,... neuf millions que je n'aurai jamais, car je suis à bout de courage et de patience.

— Peut-être ! fit Ivanowitch pensif.

— *Peut-être*, avez-vous dit ! exclama le capitaine Rouge ; parlez, expliquez-vous !

— J'ai dit : *peut-être*, scanda lentement le Russe, car il ne dépend que de vous de les avoir demain.

— Demain ! et qui me les donnera ?

— Moi !

— Vous !

— Oui, moi ! Le trésor des Invisibles est inépuisable ; le budget de la France et de l'Angleterre réunies n'est rien en comparaison des richesses accumulées depuis deux siècles dont nous disposons. Je suis un des trois membres possédant la signature secrète de l'association et qui ont le droit illimité d'en user, sous leur seule responsabilité devant le conseil des *Neuf*. Demain donc, si je le veux, la California Bank vous ouvrira un crédit de neuf millions.

— Et que faut-il faire pour cela ? demanda le capitaine frémissant.

— Il faut souscrire à trois conditions.

— Lesquelles ?

— Avant de vous les faire connaître, je dois vous prévenir que toute modification de ces conditions est absolument impossible ; il sera donc inutile de les discuter, je payerais de ma vie un acte de complaisance qui ne serait pas conforme aux intérêts de la Société, et vous n'attendez pas sans doute que je me sacrifie pour vous élever si haut... si haut que nul ne pourrait vous atteindre. Excusez ma franchise, mais je vous devais la vérité, afin que nous ne perdissions pas notre temps en discussions oiseuses.

— C'est bien, j'ai compris ; mais devrai-je accepter, ou refuser simplement par *oui* et par *non*, ou bien me sera-t-il permis de vous demander des explications ?

— Je me ferai un véritable plaisir de répondre à toutes vos questions.

— Voyons vos conditions !

— Voici la première. Par acte régulier passé entre nous sur parchemin en double portant la signature et le sceau du *Grand-Invisible*, et la signature du membre supérieur qui vous affilie, c'est-à-dire la mienne, vous vous ferez affilier à la Société des Invisibles.

— Quelles sont les obligations qui en résulteront pour moi ?

— Vous recevez un nom sous lequel vous serez connu de tous les membres de la Société, et un numéro qui ne sera connu que des membres du grand conseil et du Grand-Invisible. Vous devrez aide, assistance et protection à tout membre de la Société qui invoquera votre nom et se fera reconnaître à vous, mais cela dans les limites de l'urgence, du possible et de la nécessité, dont vous serez seul juge, sauf à rendre compte de votre conduite au grand conseil si vous êtes traduit devant lui par celui qui aura invoqué en vain votre appui. Mais chaque fois que vous recevrez un ordre sous cette rubrique :

Le capitaine y fut inscrit sous le nom de Fœdor. (Page 444.)

« Il est mandé et ordonné au numéro... etc. », formule que le conseil suprême
et le Grand-Invisible ont seuls le droit d'employer, vous devrez obéir, sans discuter, sans hésiter, sans demander d'explication, et toute affaire cessante ;
vous êtes enfin entre les mains des autorités supérieures, selon l'expression
consacrée : *perinde ac cadaver*, comme un cadavre. Vous n'avez plus ni
volonté, ni personnalité, ni responsabilité. Vous êtes un numéro, et un rouage
inconscient qui agit.

— Est-ce tout?

— Oui, pour la première question.

— Savez-vous bien que cette condition, si je venais à l'accepter, tend ni plus ni moins qu'à confisquer au profit de la Société des Invisibles cette puissance que m'assure mon invention.

— Ces statuts n'ont pas été créés pour vous, et vous devez comprendre qu'on ne les modifiera pas à votre intention.

— Soit! mais alors je ne suis plus qu'un instrument aux mains d'inconnus, et au profit d'idées que je puis ne pas partager.

— Ces inconnus représentent tout ce qu'il y a de grand dans le monde; ces idées sont tout ce qu'il y a de plus noble et de plus élevé : c'est la lutte d'une race contre une autre pour la domination universelle.

— Je ne le conteste pas, mais je suis entièrement paralysé, annihilé!

— Non point tant que vous pourriez le croire; la Société a pris soin de limiter son action au domaine politique pur : ainsi vous pouvez recevoir l'ordre, quand votre puissance sera connue, d'anéantir la flotte anglaise ou l'armée allemande, et la mission sera assez belle pour tenter un caractère de votre trempe; mais, dans le domaine privé, vous êtes absolument libre. Vous pouvez vous élever si haut qu'il vous plaira, soumettre des peuples en dehors de la race slave, les courber sous votre joug, la Société n'en verra qu'avec plus d'orgueil l'élévation d'un des siens.

— Mais c'est de la politique, cela?

— Je vous ai dit que tout ce qui ne touche pas à la race slave vous serait permis.

— Oh! je ne m'abuse pas, je ne serai réellement qu'un instrument aux mains du Grand-Invisible.

— Eh bien, soit; mais qui vous dit que vous n'arriverez pas à occuper ce poste important, qui, uni à votre puissance, mettra le monde à vos pieds. Et l'habile Russe ajouta, comme se parlant à lui-même... naïf qui ne voit pas qu'il lui suffira de vouloir, pour que la Société des Invisibles s'incarne en lui.

Le capitaine Rouge était devenu tout rêveur.

— Voyons les autres conditions, fit-il.

— Acceptez-vous la première?

— Ne puis-je les accepter ou les repousser toutes les trois à la fois?

— Soit, si vous le préférez.

— Par la seconde, vous vous engagerez à laisser, à votre mort, le secret de votre invention, avec toutes les planches, épures, dessins et explications nécessaires au fonctionnement et à la reconstruction du *Remember* à la Société des Invisibles.

— Pas d'objections à faire..., poursuivez.

— La troisième et dernière condition m'est toute personnelle. Dès que le *Remember* sera construit, vous vous rendrez avec moi en Australie, pour m'aider à opérer la capture certaine, cette fois, du comte de Lauraguais d'Entraygues.

— Est-ce une vengeance particulière ?

Le Russe hésita à répondre.

— Oh! fit le capitaine Rouge, cela m'est absolument égal. Seulement je vous dirai que j'aime les Français d'instinct, car un d'eux m'a sauvé la vie. A mon arrivée à San-Francisco, manquant de tout, ne pouvant trouver du travail, j'allais me jeter dans le Sacramento, lorsqu'un Français, qui passait par hasard, m'arrêta dans mon funeste dessein ; il me mit cent dollars dans la main, en me disant ces seuls mots : « Travaille et espère. » Je ne l'ai jamais revu, quoique je l'aie bien cherché depuis, pour le remercier et lui rendre le prêt qu'il m'avait fait. Ne vous étonnez donc pas de mon mouvement de sensibilité ; grâce à cet homme, je pus quitter mes guenilles qui me faisaient repousser de toutes parts, et j'entrai à la West-Indian, que je n'ai plus quittée depuis.

Ivanowitch avait eu le temps de réfléchir.

— Il n'y a pas de vengeance personnelle dans cette affaire, fit-il ; mais, de la capture du comte d'Entraygues, dépend la conservation, par la Société, de mines d'or et d'argent de l'Oural, qui valent plus d'un demi-milliard.

— Au fond, peu m'importe! répliqua Jonathan Spiers d'un ton indifférent ; vos deux dernières conditions sont acceptées d'avance ; quant à la première, c'est une autre affaire ; songez que c'est toute une nouvelle direction donnée à ma vie, le bouleversement de tous mes projets peut-être...

— C'est à prendre ou à laisser ; mais, à votre place, j'accepterais, dans l'intérêt même de votre ambition ; avant deux ans, si vous savez manœuvrer, et je vous y aiderai, vous serez notre chef suprême.

— Donnez-moi jusqu'à demain pour réfléchir.

— Impossible ; ce soir, un lien indissoluble vous unira aux Invisibles, ou nous ne nous reverrons plus.

— Donnez-moi une heure, alors.

Le Russe tira sa montre et répondit froidement :

— Vous avez dix minutes.

Jonathan Spiers se leva d'un bond, lança avec rage sa tasse de thé contre la muraille, où elle se brisa avec éclat ; puis, se croisant les bras et regardant Ivanowitch bien en face :

— Je ne suis pas homme à changer d'avis en dix minutes, dit-il.

— Alors vous refusez, fit le Russe, plus ému qu'il ne voulait le laisser paraître.

— Non! que le sort en décide.

Et il lança en l'air une pièce de vingt dollars en or qu'il conservait précieusement sur lui comme un fétiche, car c'était la première qu'il eût reçue à titre de salaire, dans la West-Indian Company.

— Pile ! dit-il d'une voix forte.

La pièce tomba sur la tranche, et fit tout le tour de la chambre en roulant avant de s'arrêter.

Ivanowitch se précipita, la lampe à la main.

— Face ! s'écria-t-il avec triomphe, sans toucher à la pièce... Salut ! frère Fœdor l'Invisible ; que je sois le premier à vous donner ce nom, qui désormais va vous distinguer parmi nous.

Le capitaine n'avait pas bougé de place ; le menton dans la main, il regardait vaguement dans l'espace, comme un homme qui fait une revue rapide du passé ou cherche à sonder l'avenir. Toute son exaltation s'était éteinte comme par enchantement. Il venait de vendre sa vie pour la réalisation de son rêve. *Perinde ac cadaver*, murmurait-il. Ç'en était bien fini, Jonathan Spiers, l'indomptable capitaine Rouge, venait d'enchaîner son indépendance, car il n'était pas homme à renier sa parole, à oublier ses engagements... mais il n'avait pas de regrets. Comme toutes les natures vigoureuses, il ne regardait jamais en arrière, et déjà il cherchait quel parti il pourrait tirer de sa nouvelle situation. En résumé, il n'avait jamais eu l'intention de déclarer la guerre à l'humanité entière, et n'allait-il pas combattre pour une cause juste, une cause historique, et son ambition ne trouverait-elle pas à se donner carrière sur ce vaste champ de manœuvre... Est-ce que la Société des Invisibles pourrait désormais faire quelque chose d'important sans lui ? Naturellement il garderait son secret qu'il n'avait promis de livrer qu'à sa mort, et dès lors son obéissance toute morale, car personne ne serait de taille à le contraindre le jour où il lui plairait de dire : « Je n'irai pas plus loin, » n'avait-elle pas quelque chose de grand, d'élevé, qui pouvait, jusqu'à un certain point, satisfaire son orgueil. Et puis, Ivanowitch l'avait dit : ne pouvait-il pas devenir facilement le chef de cette puissante Société, dans laquelle il venait d'entrer?... Il eût continué à réfléchir longtemps encore, si la voix de son compagnon ne fût venue le tirer de sa méditation.

— Eh bien, capitaine, lui disait ce dernier qui ne cherchait pas à dissimuler sa joie, venez donc vérifier... Le sort s'est prononcé contre vous, ou plutôt en votre faveur, car vous venez de lever tous les obstacles qui s'opposaient à la réalisation de votre projet, et pendant toute votre vie vous vous applaudirez du hasard heureux qui a mis fin à vos hésitations.

— A quoi bon, je me fie à vous, répondit Jonathan.

— Je l'exige, non pour vous, mais pour moi. Je ne veux avoir aucune responsabilité dans cette affaire.

L'Américain se rendit à ce raisonnement péremptoire, et il constata que la pièce d'or se trouvait bien dans la situation annoncée par son compagnon.

Sans perdre de temps, Ivanowitch tira de son sein deux parchemins où tout était imprimé, excepté les noms. Le capitaine y fut inscrit sous celui de

Fœdor que son compagnon venait de lui donner, et sous le n° 333, nombre fatidique qu'il affectionnait et portait toujours sur lui, gravé dans le chaton d'une bague.

Au verso du contrat d'affiliation, fut inscrit l'engagement de laisser, après sa mort, à la Société des Invisibles tous les plans, projets, épures et dessins du *Remember*, ainsi que le secret de l'invention, qui ne devait être révélé qu'au *Grand-Invisible*, et au conseil des Neuf, autorité terrible et sans contrôle, qui assistait en toute occasion le chef suprême, sans pouvoir cependant lui imposer sa volonté.

La dernière condition ne fut pas inscrite.

— C'est affaire entre nous deux, dit Ivanowitch à son compagnon; et votre parole me suffit.

Au-dessous du chef suprême et du grand conseil, les membres de la Société des Invisibles étaient divisés en sept classes, et nul ne pouvait faire partie du conseil des Neuf, s'il n'avait atteint la première classe. C'était également dans cette catégorie qu'étaient choisis les trois trésoriers et les hauts fonctionnaires de l'association.

Dans la situation de puissance où allait se trouver le capitaine Rouge, il y allait de l'intérêt même de la Société qu'il n'eût à recevoir des ordres que du Grand-Invisible et du conseil des Neuf. Ivanowitch le comprit, aussi usa-t-il d'une faculté qu'il ne possédait qu'à titre d'exception, et seulement pour les cas d'une gravité exceptionnelle, sauf ratification ultérieure du chef suprême : il conféra à Jonathan Spiers d'emblée l'affiliation de première classe. Ce dernier en fut touché, car il comprit avec quelle loyauté et quelle hauteur de vues le Russe agissait en le faisant son égal, mettant ainsi l'intérêt de la Société au-dessus de toute question d'orgueil personnel.

A partir de ce moment, Jonathan était complètement gagné; et ne comprenant pas qu'Ivanowitch, ainsi que nous le verrons plus tard, n'avait au contraire eu en vue que son intérêt propre, il conçut une très haute idée d'une Société qui savait à ce point former les caractères et discipliner les dévouements.

En s'emparant par ce coup de maître de la confiance de son compagnon, le Russe n'avait eu d'autre but, en effet, que d'arriver à lui arracher plus tard ses secrets.

Lorsque toutes les pièces furent signées, parafées et mises en ordre, Ivanowitch tira de son portefeuille un chèque de la California Bank, inscrivit d'une main ferme, sur la ligne réservée à l'énonciation des sommes à payer, ces mots en toutes lettres : Bon pour *un million huit cent mille dollars*, ce qui faisait neuf millions de francs; répéta au-dessous la somme en *chiffres*, 1,800,000 =, parafa les deux énoncés pour indiquer qu'il n'y avait pas d'erreur, signa le chèque et le remit au capitaine en lui disant :

— Usez-en pour l'honneur et le profit de la Société.

En recevant des mains du Russe ce papier qui allait lui permettre de réaliser enfin le rêve de toute sa vie, un rêve qui devait bouleverser le monde, le capitaine Rouge sentit le sang lui affluer aux tempes, au cerveau, et pendant un instant il lui sembla que, succombant sous la violence de l'émotion, il allait s'évanouir; mais cette réaction toute physique dura peu. Cet homme était d'une trempe trop vigoureuse pour être terrassé par de pareilles impressions.

— Nous allons nous quitter, fit alors Ivanowitch, car il faut que je prenne demain matin à la première heure le train pour New-York; je vais aller faire ratifier votre nomination par le *Grand-Invisible*. Dans vingt jours je serai à Saint-Pétersbourg. Quand serez-vous prêt?

— Je donnerai, s'il le faut, les nombreuses pièces qui restent encore à faire, à trois ou quatre cents usines différentes, à San-Francisco, à Chicago, à Baltimore, à New-York; et comme j'ai déjà fait fabriquer les grosses pièces d'assises, je puis commencer de suite l'ajustage et le montage de ce que je possède. Dans six mois au plus tard, le *Remember* sera achevé.

— Bien! nous sommes au 22 septembre, onze heures vingt-sept minutes du soir; le 22 mars prochain, je serai à San-Francisco par l'express de New-York.

— Qui arrive précisément à onze heures.

— Où vous trouverai-je?

— Ici même, si le lieu vous agrée.

— Cela m'est indifférent... Vous pourrez dire à Fo de préparer un lunch et une tasse de thé pour onze heures vingt-sept minutes du soir... Sur ce, bonne chance, et au revoir; je vais prendre quelques instants de repos.

— Recevrai-je de vos nouvelles?

— C'est inutile, je n'aurai rien à vous dire que je puisse confier à la poste. En cas d'urgence, je vous expédierai un messager.

Jonathan passa la nuit entière dans une sorte de fièvre anxieuse bien compréhensible; maintenant que le Russe était parti, il se demandait s'il n'avait pas été le jouet de quelque audacieuse mystification, imaginée par ses ennemis.

Vingt fois, pour se calmer, il lut et relut le parchemin qui constatait son affiliation à la Société des Invisibles, ainsi que le chèque délivré par Ivanowitch sur la banque la plus importante de l'Amérique; mais au lieu d'apporter la conviction dans son esprit, ces pièces ne firent qu'augmenter son indécision.

Qu'était cet officier russe qui s'était présenté à lui sans le connaître? et comment avait-il été assez naïf pour se livrer à lui dès la première minute, et surtout lui faire part de sa découverte alors qu'il ne s'en était jamais expliqué même avec ses plus intimes amis. Samuel Davis son second et le chirurgien John Prescott, qui avaient pour lui un culte allant jusqu'à l'adoration, et dont il était sûr comme de lui-même, n'avaient jamais franchi le seuil du mystérieux pavillon où il faisait ses expériences ; et brusquement, sans précaution préalable, sans s'assurer de l'identité de l'homme à qui il se confiait, il y introduisait un inconnu, qui peut-être à cette heure se riait de lui, et faisait des gorges chaudes de la facilité avec laquelle il avait trompé, berné l'indomptable Jonathan Spiers, le fameux capitaine Rouge. Et plus il réfléchissait, plus il arrivait à se convaincre qu'il avait été la victime d'un complot habilement organisé pour surprendre ses secrets et le mettre dans l'impossibilité de réaliser jamais son grand œuvre.

Comédie que ce parchemin qu'on lui avait fait signer! amère plaisanterie que ce chèque qu'on lui avait remis!... Qui donc pouvait être assez fou, et assez riche, pour lui donner la somme énorme de *neuf millions* sans autre garantie que sa parole?

Et il était tombé dans ce piège qu'un enfant eût évité! Aussi ce maudit espion s'était présenté dans un de ces moments de désespérance morale où l'homme le mieux doué perd la saine appréciation des choses, et puis il avait su habilement frapper son imagination avec l'évocation de ces grandes luttes de races pour l'empire du monde; tout ce qui dépassait la visée ordinaire des choses, tout ce qui revêtait un caractère grandiose, surhumain, avait le don de le séduire immédiatement, tellement cela rentrait dans le cadre de ses idées, dans les rêves qui, depuis dix ans, hantaient son cerveau;... l'inconnu avait su flatter sa manie, et il était tombé, les yeux fermés, dans l'embuscade !

Ce qui humiliait le plus le pauvre Jonathan, c'était d'avoir discuté sérieusement les termes de ce ridicule engagement qui le liait à une Société certainement imaginaire, de s'être laissé affubler avec une gravité comique de ce nom exotique de Fœdor et d'un chiffre ridicule, comme les moutons que l'on parque dans les ranchs... Ah! s'il le tenait, ce Russe de malheur, comme il lui montrerait maintenant qu'il était bien le capitaine Rouge !...

Et ainsi il passa la nuit entière à gesticuler et à se promener, attendant avec impatience la venue du jour et le moment où il pourrait, en se présentant à la California Bank, acquérir la preuve définitive de la félonie du traître Ivanowitch, car il n'appelait plus autrement son visiteur de la veille.

A dix heures sonnantes, il quitta sa maison de Mission Bay, en recommandant à ses noirs de ne laisser entrer personne en son absence, et prit le tramway qui devait le déposer à la porte même du célèbre établissement financier où il se rendait.

Vingt minutes après, il entrait, son chèque à la main, dans les bureaux de la California Bank et se dirigeait vers le cabinet du caissier principal, où, d'après avis imprimé en grandes lettres dans le hall, devait être visé tout chèque supérieur à cent mille francs avant présentation à la caisse des payements.

L'employé supérieur se trouvait seul.

Jonathan Spiers s'attendait à le voir lui demander avec un sourire moqueur ce que signifiait cette audacieuse plaisanterie, mais il en avait pris son parti : il tenait absolument à être renseigné... Il lui tendit son chèque d'une main ferme.

Le caissier principal le prit froidement, comme un homme habitué à ces sortes de choses, jeta un rapide coup d'œil sur l'ensemble et dit simplement au capitaine :

— Bien, gentleman! la somme est d'une telle importance, qu'on a cru devoir confirmer ce chèque par avis de payement reçu ce matin même; ce n'était pas nécessaire, le chèque suffisait...

La foudre serait tombée aux pieds de Jonathan Spiers qu'il n'eût pas été plus étourdi par le choc.

Le caissier continuait :

— Je vais donner des ordres pour que cette somme soit payée et mise immédiatement à votre disposition... Cependant, je ne suppose pas, gentleman, que vous ayez l'intention d'emporter vous-même cette somme. Vous avez sans doute une voiture avec vous?

Ces paroles avaient donné au capitaine le temps de se remettre, et il répondit avec une apparente indifférence parfaitement jouée :

— Vous plairait-il, gentleman, de conserver cette somme à la banque et de me faire délivrer un carnet de chèques qui me permît d'en disposer à mon gré?

— Parfaitement, gentleman. Cet argent sera plus en sûreté ici que chez vous.

Lorsque le capitaine Rouge quitta la California Bank, en pressant son précieux carnet sur sa poitrine, il fut sur le point de se baisser pour ne pas accrocher le soleil. Son exaltation touchait à la folie... On ne l'avait donc pas trompé... Cet or, dont il avait maintenant la libre disposition, c'était le rêve de ses jours et de ses nuits accompli, et quel rêve! Il ne lui manquait, pour réaliser le symbole antique de l'homme s'élevant à la dignité de demi-dieu, que de conquérir l'immortalité; la force, la puissance sans limites, il les avait déjà...

Et qu'importait, après tout; n'avait-il pas un demi-siècle d'existence devant lui! et c'était assez pour marquer si profondément sa trace sur la terre, qu'on ne l'oublierait plus dans la mémoire des hommes et que sa légende vivrait dans l'avenir comme celle de ces héros qui avaient escaladé l'Olympe et fait capituler les dieux. N'avait-il pas soumis, discipliné toutes les lois, toutes les forces de la nature, toutes les puissances de la matière, prêtes à lui obéir sur un signe?... Qui donc dorénavant pourrait

Ivanowitch faisait son apparition dans le salon du capitaine. (Page 453.)

lui résister?... Hurrah! hurrah! Johnatan Spiers était le roi du monde.
Hurrah! hurrah!

Le capitaine Rouge était Dieu!

Et, comme un insensé, il prit sa course vers sa demeure; il avait besoin
d'être seul pour se livrer à toutes les folies de son enthousiasme. Son sang
lui brûlait les veines, son cerveau fermentait sous son crâne; il avait peur
d'éclater!

CHAPITRE III

Le 22 mars, onze heures vingt-sept du soir.
Ivanowitch. — Le *Remember* et ses satellites. — Un équipage de choix.

Six mois après, le 22 mars, à onze heures du soir, une de ces vastes berlines américaines qui servent aux longs voyages du Far-West attendait, attelée de quatre vigoureux chevaux, devant la maison que le capitaine Rouge habitait dans le quartier de Mission Bay. Les deux noirs Sam et Tom, assis sur le siège, semblaient attendre le signal du départ. Le sommet de la berline était littéralement bondé de malles, de caisses et de colis de différentes grandeurs, sur lesquels était couché, comme pour les garder, un de ces énormes dogues du Kentucky, dont la force égale le courage, et qui répondait au nom de *Strangler*.

La maison, qui n'avait du reste qu'un étage, était éclairée *à giorno* de bas en haut, et il était facile de voir, aux mouvements de l'intérieur et aux paquets que le Chinois Fo apportait de temps à autre pour être joints à ceux déjà chargés, que les habitants faisaient leurs derniers préparatifs de départ.

Dans la salle à manger du premier, où nous avons déjà introduit le lecteur, un magnifique lunch était servi, avec le thé sur une table, autour de laquelle étaient assis le capitaine Rouge, Samuel Davis et John Prescott, ses deux fidèles, et, qui l'eût cru, très honorable Jonas-Habacuc Littlestone, que des circonstances particulières, que nous raconterons bientôt, avaient réuni à ces aventuriers. Cinq vigoureux marins, anciens mécaniciens à bord du *California*, dévoués jusqu'à la mort à leur capitaine, emballaient des objets et clouaient des caisses au rez-de-chaussée.

—Onze heures vingt! fit tout à coup John Spiers en consultant sa montre, encore sept minutes... Je viens d'entendre le train siffler à l'arrivée de l'autre côté de la baie; il est un peu en retard ce soir, et Ivanowitch aura de la peine à être ici avant la demie, à moins qu'il n'ait pas de bagages... Avez-vous fait toutes les commissions dont je vous ai chargé, Davis?

— Oui, capitaine.

— Avez-vous pris chez Seldmayer le sextant et les deux compas de rechange dont j'ai besoin?

— Oui, capitaine.

— La *Table des courants sous-marins* de Maury?

— Oui, capitaine.

— Et ma jumelle sidérale?

— Oui, capitaine.

Oui, capitaine ! yes, capt'n ! étaient les seules paroles qu'on ait jamais entendu échanger entre Samuel Davis et son chef, à la suite d'un ordre de ce dernier; cependant, ses amis affirmaient qu'il était susceptible d'en prononcer d'autres à l'occasion; mais cette proposition hasardée méritait confirmation. La discipline faite homme que ce Davis. A bord, il commandait toutes les manœuvres au sifflet et n'adressait jamais la parole à un homme, même pour le réprimander; le *master* était obligé de relever les ordres de service, la route à suivre et les punitions sur le livre du bord, où Davis les inscrivait chaque matin, après avoir pris les ordres du commandant.

Sur le *California*, la scène suivante avait lieu régulièrement tous les jours, entre sept et huit :

— Bonjour, Davis ! disait Jonathan Spiers, en voyant entrer son second; cela va-t-il bien, ce matin ?

— Oui, capt'n.

— Il me semble que le vent souffle un peu à l'ouest

— Oui, capt'n.

— Vous ferez gouverner un quart plus au nord, pour atteindre les vents régnants.

— Oui, capt'n.

Et les ordres reçus, Samuel Davis quittait la cabine en marchant de trois quarts pour ne pas tourner le dos à son capitaine, aussi muet, aussi impassible qu'il était entré.

John Prescott était, au contraire, d'une loquacité étourdissante, et la vie presque solitaire qu'il menait depuis de longues années, vivant presque constamment seul avec Davis, *au carré*, dans *la chambre,* les autres officiers d'un rang inférieur habitant *le poste*, sous la présidence du *master*, loin de diminuer sa faconde, l'avait, au contraire, si bien habitué à faire tous les frais de la conversation, qu'il était devenu absolument impossible de causer avec lui. A toutes les tentatives que vous faisiez pour lui répondre, il vous coupait impitoyablement la parole, en vous disant :

— Mon Dieu, je sais ce que vous allez me répondre; mais je vous ferai remarquer que les arguments à l'aide desquels vous voulez soutenir vos prétentions sont absolument contraires aux règles les plus simples du sens commun...

— Mes prétentions ! mais c'est vous qui...

Impossible d'aller plus loin; John Prescott, qui ne vous écoutait même pas, poursuivait d'un air de triomphe :

— Oui, vos prétentions... je sais bien que tout peut se soutenir; qu'à l'aide de pitoyables subterfuges de logique on peut arriver à donner une apparence de raison aux opinions les plus ridicules, mais...

Vous preniez le parti de vous esquiver, et pendant deux heures John Prescott continuait à rétorquer les arguments qu'il vous prêtait, à vous acculer dans l'impasse de ses syllogismes, à vous battre à plate couture; et le lendemain vous l'entendiez qui disait avec la plus entière bonne foi : « J'ai discuté hier cette question avec un tel... Après deux heures de faux-fuyants, d'arguties pendant lesquelles il m'a été difficile de placer un mot, j'ai fini par lui faire comprendre toute l'absurdité de ses idées, et en résumé, il a eu la loyauté de se rendre à mon raisonnement. » Excellent homme au demeurant, et prêt à se jeter au feu, comme Davis, pour son capitaine.

Tout l'état-major de Jonathan Spiers allait se composer de ces deux hommes seulement, auxquels il avait adjoint, en dernier lieu, très honorable Jonas-Habacuc Littlestone comme commissaire agent comptable.

Mistress Littlestone ayant depuis plusieurs mois précédé son mari dans un monde meilleur, master Littlestone avait supporté ce coup terrible avec un rare stoïcisme, et il s'en était peu à peu consolé en s'habituant à cette pensée qu'il irait la rejoindre le plus tard possible. Mais, par un de ces revirements politiques si fréquents aux États-Unis, le gouverneur de l'État de Californie, qui était républicain, ayant été remplacé par un gouverneur démocrate, M. le second clerc Sam-Élisée Darling, qui avait prudemment passé aux démocrates à la veille des élections et s'était fait distinguer par sa fougueuse éloquence dans les meetings, fut élevé à la dignité de premier clerc de la haute Cour. Son premier acte fut d'expédier à master Littlestone l'ordre d'avoir à déguerpir dans les deux heures.

Jonathan Spiers, ayant connu l'aventure, avait fait offrir à Littlestone le poste que ce dernier avait accepté avec empressement. En vertu de son engagement, il devait ses services au capitaine sur terre, sur mer et dans l'air, pendant cinq ans. Ces mots : *et dans l'air*, y étaient bien en toutes lettres.

Ce soir même avait eu lieu la présentation mutuelle des trois officiers destinés à vivre ensemble à bord du *Remember*.

Littlestone avait voulu exprimer tout le plaisir avec lequel...

Mais Prescott ne lui en avait pas laissé dire plus long; il l'avait remercié des sentiments de bonne confraternité dont il voulait leur donner l'assurance et avait immédiatement entamé avec lui une conversation dans laquelle le pauvre diable n'avait pas même trouvé le moyen de dire *amen*, et que le chirurgien avait terminée de la manière suivante :

— Enchanté, cher collègue, d'avoir pu faire échange d'idées avec vous; je vois que vous êtes un esprit éclairé, avec une pointe d'entêtement dans le caractère... un peu trop d'opinions toutes faites, peut-être, mais vous vous formerez; j'espère que nous renouvellerons souvent ces tournois de la parole, qui sont la nourriture des délicats et le charme de la vie.

Et il avait laissé master Jonas-Habacuc Littlestone littéralement abruti.

L'équipage du *Remember* se composait des cinq marins mécaniciens dont nous avons parlé plus haut, que le capitaine Rouge avait formés et longuement éprouvés; ils étaient commandés par un *master* du nom d'Holloway. Les deux noirs étaient chargés du service intérieur, et le Chinois Fo avait été élevé aux délicates fonctions d'officier de bouche.

Il ne nous reste plus qu'à faire connaissance avec le mystérieux *Remember* et ses deux satellites, le *Wasp*, c'est-à-dire la *Guêpe*, et le *Swan*, c'est-à-dire le *Cygne.*

La pendule de Jonathan Spiers marquait à peine onze heures vingt-sept, qu'une voiture s'arrêtait brusquement devant la maison et qu'Ivanowitch faisait son apparition dans le salon du capitaine.

— Vous êtes exact, fit ce dernier en lui serrant la main.

— Tout est-il prêt? demanda le Russe.

— Je n'attendais plus que vous.

— Avez-vous essayé le *Remember?*

— Je suis sûr de mes calculs... J'ai tenu à ce que les expériences eussent lieu en votre présence.

— Quand partons-nous?

— Je suis à votre disposition.

— Eh bien, de suite, j'ai hâte de voir si nous n'avons pas jeté neuf millions au vent; faites charger ma valise, le temps de prendre une tasse de thé, et je suis à vous.

Le doute exprimé par Ivanowitch n'amena qu'un sourire de dédain sur le visage impassible du capitaine Rouge.

Dix minutes après, entraîné par son vigoureux attelage, la berline roulait dans la direction de San-José.

Précédons nos voyageurs, pour donner les explications nécessaires.

À six milles de San-Francisco, dans une vallée solitaire que les chèvres sauvages fréquentaient seules quelques mois auparavant, sous un vaste hangar de planches hermétiquement fermé de tous côtés, reposait, entièrement terminé, le noir *Remember*, gigantesque et extraordinaire produit du génie d'un homme qui, d'un seul jet, s'était élevé si haut dans le domaine de la science que l'esprit se refusait à comprendre qu'une telle merveille eût pu sortir d'un cerveau humain.

Qu'était donc le *Remember?*

Ce n'était pas un *navire* destiné à sillonner uniquement l'Océan. Ce n'était pas un *ballon* construit seulement pour tenter la traversée de l'air.

Ce n'était pas simplement quelque monstrueux *automobile* destiné à parcourir la terre !

Mais c'était ces trois choses à la fois. Le *Remember* réalisait la conquête définitive de la terre, de l'air et des eaux. Il pouvait, à son gré, parcourir la partie solide du globe avec une vitesse vertigineuse, s'élancer dans les plaines célestes comme un oiseau, voguer à la surface de l'Océan, nager entre deux eaux à la profondeur qu'il lui plaisait, et, plongeant à pic jusqu'au fond du lit des mers, circuler sur le sol des liquides abîmes, avec la même désinvolture et la même facilité que sur le sol libre de la terre.

Cette énorme machine, toute en acier le plus résistant et revêtue extérieurement d'une robe d'armature de cuivre pour la protéger contre l'action de l'eau, avait cent mètres de long sur vingt-cinq de large et dix-huit de hauteur. Elle avait la forme d'un vaste saumon pourvu de nageoires très développées, qui servaient d'hélices dans les eaux et d'ailes dans les airs. La queue, gouvernail dans l'eau, devenait une hélice propulseur dans l'air; le tout solidement établi sur huit paires de roues larges chacune d'un mètre, pour que le monstre ne s'enfonçât pas dans le sol. Ces roues, destinées au parcours terrestre et sous-marin, étaient si habilement disposées, qu'elles jouaient également le rôle de moteur, dans les airs et dans l'eau, et ajoutaient à la force des ailes et des hélices.

Jonathan Spiers était parti de ce principe indiscutable du plus lourd que l'air et que tout milieu ambiant; et il avait raison, comme ont raison, malgré tous les rêveurs, le poisson et l'oiseau. Et il était parti de là pour construire une machine d'après les principes naturels auxquels obéissent le quadrupède, le poisson et l'oiseau; les plus grandes difficultés étaient dans les *équilibres* et les *compensateurs*, mais son puissant génie en avait victorieusement triomphé.

La vapeur n'était pour rien dans la mise en mouvement du colosse. Tout était actionné par l'électricité, cette force à laquelle l'imagination de l'homme ne saurait assigner de bornes. Il avait trouvé le moyen de produire cet agent avec l'air simple, dont il n'est du reste qu'une modification, en aussi grande quantité qu'il lui plaisait; deux *accumulateurs*, placés à l'avant et à l'arrière du *Remember*, pouvaient être chargés d'électricité à plusieurs milliers d'atmosphère, et la décharge de l'un d'eux était suffisante pour détruire, d'un seul coup, une ville, une armée, une flotte. Quant au terrible engin, il était entièrement à l'épreuve du boulet, de l'obus, de la torpille même, recouvert à l'intérieur et à l'extérieur de plusieurs couches intermédiaires d'un enduit isolateur qui faisait corps avec le cuivre des doublages, il suffisait de presser un bouton, pour développer tout autour de la coque du géant, un courant électrique d'une telle force, que tout corps étranger entrant dans son rayon, quelle que fût sa vitesse, était immédiatement réduit en poussière.

Tous les moyens d'attaque et de défense inventés jusqu'à ce jour par les hommes ne pouvaient donc rien contre ce colosse, dont le maître pouvait à son gré commander aux peuples et aux rois.

Il pouvait séjourner des années sous les eaux, si cela lui convenait; car Jonathan Spiers, qui avait tout prévu, avait pourvu son *Remember* d'une forte machine qui décomposait l'eau, prenait dans les détritus animaux et végétaux dont l'eau de mer est chargée les quantités d'azote et d'acide carbonique qui lui étaient nécessaires, et fabriquait de l'air à volonté, seule matière première dont il eût besoin pour la respiration des hôtes du *Remember* et la production de son électricité.

Le colosse n'ayant besoin ni de soutes à charbon ni de cale à marchandises, ni de réservoirs à eau, celle de la distillation suffisant, avait, par contre, l'installation intérieure la plus spacieuse, la plus commode et la plus luxueuse qui se pût voir. On n'y accédait que par une seule entrée supérieure circulaire d'un mètre cinquante de diamètre, qui était ensuite hermétiquement fermée, boulonnée, de façon que l'air même ne pût s'y introduire ; une fois dans l'intérieur, on ne respirait plus que l'air artificiel. Quatre énormes lentilles en cristal d'un mètre d'épaisseur, disposées à l'avant, à l'arrière, et de chaque côté, laissaient entrer le jour et permettaient de voir tout ce qui se passait au dehors pour la direction du monstre. Il était éclairé dans ses parties sombres et la nuit, par une série de lampes électriques, qui répandaient partout la plus éclatante lumière.

A l'arrière se trouvaient les appartements du capitaine, composés de cinq grandes pièces, avec un immense salon de vingt mètres carrés, dans lequel avait été accumulé tout ce que l'imagination peut rêver en fait d'objets d'art et de somptueux ameublement. Puis venaient une série d'autres appartements, moins importants mais aussi riches, pour le second, les officiers et des invités, en cas de besoin. Au centre étaient installées les machines, dans une chambre en bronze et fer forgé, dont Jonathan Spiers avait seul la clef, et où il devait seul entrer. Toutes ces machines très simples, c'est là que s'était montré le génie de l'inventeur, avaient été construites pour durer au moins cinquante ans ; elles avaient, du reste, dans une seconde pièce, toutes leurs pièces en double et en triple, pour certaines qui se trouvaient plus délicates.

Deux cabines, fermées à tout le monde également, étaient installées à l'avant et à l'arrière, en face des lentilles de cristal, pour la conduite du *Remember*, conduite à laquelle le capitaine n'avait initié personne, afin que si on venait à s'emparer de sa personne par trahison, son colosse devînt un être inutile aux mains de ses ennemis. On n'apercevait, en effet, dans ces cabines, qu'une sorte de meuble en cuivre, muni d'une trentaine de touches numérotées, semblables à celles d'un piano ; mais il fallait en connaître l'usage, et surtout savoir manœuvrer pour le départ les touches de mise en communication ; sans cela, on brisait à l'instant un rouage important, qui rendait la machine entière impropre à tout service. Le jeu, on le conçoit, n'était plus le même également, selon qu'il s'agissait de marcher sur la terre, ou au fond de l'eau, de sillonner les airs ou la surface de l'Océan.

Les officiers et l'équipage avaient été soigneusement prévenus de toutes ces choses ; ils savaient également que le *Remember*, s'ouvrant et se fermant par l'électricité, personne ne pourrait sortir des flancs du monstre, sans la volonté du capitaine Rouge ; cependant, pour le cas de mort subite, il avait, sous le sceau du serment, confié à Davis le moyen d'ouvrir le hublot du *Remember*, mais il n'avait pas été au delà de cet inoffensif secret.

Après les chambres des machines venait celle des approvisionnements, pouvant contenir mille tonnes de conserves diverses et de liquides de toutes espèces, plus que suffisants pour nourrir tout le personnel du bord pendant dix à quinze ans. Aux deux côtés, babord et tribord, succédaient ensuite les logements de l'équipage, des gens de service, la cuisine. Mais tout cela n'absorbait pas plus de 60 à 70 mètres en longueur ; les 30 mètres restant à l'avant étaient arrangés en second logement pour le capitaine, afin que le cabinet de direction du *Remember*, qui se trouvait à l'avant, fût, comme celui de l'arrière, entièrement enclavé dans les appartements personnels de Johnatan Spiers ; de cette façon, il n'y aurait jamais aucun motif, pour qui que ce fût, de se hasarder à y pénétrer.

Le capitaine Rouge avait, ses dessins, épures et travaux préparatoires terminés, construit le modèle du futur *Remember* au cinquantième, pour pouvoir se rendre compte de la justesse de ses calculs ; il faillit devenir fou de joie, lorsque, dans son pavillon élevé sur la pièce d'eau du jardin, il put, à l'aide de quelques fils conducteurs, faire courir sur le sol, voltiger dans l'air et plonger dans l'eau le spécimen de son admirable et étonnante invention ; et c'est, on a dû le comprendre, en faisant assister le Russe à cet étrange spectacle qu'il avait, en excitant son enthousiasme et son ambition, obtenu de lui les moyens de réaliser son rêve.

Mais ce dernier, après six mois d'absence, revenait de Saint-Pétersbourg singulièrement refroidi ; sans le blâmer tout à fait, car il était l'ami personnel du *Grand-Invisible*, ses collègues du conseil suprême l'avaient traité de visionnaire ; avec le temps et l'éloignement, le souvenir des merveilles dont il avait été témoin s'était affaibli ; de plus, un savant distingué de l'Académie des sciences de Paris, à qui il en avait parlé d'une façon détournée, lui avait déclaré la chose impossible, bien que n'étant pas précisément en désaccord avec les lois physiques.

— Vous avez vu fonctionner le spécimen, lui avait-il dit ; soit ! mais autre chose est de construire un joujou, et d'arriver à produire les mêmes effets sur une échelle aussi grandiose.

Bref, Ivanowitch était inquiet, nerveux, et pendant toute la route ne desserra pas les dents. Le capitaine Rouge, froissé de cette tenue, mit de son côté une certaine affectation à ne pas s'apercevoir de sa présence, et, imitant son mutisme, ne lui adressa pas une seule fois la parole.

Un homme heureux, c'était John Prescott : il avait maintenant deux *contradicteurs* au lieu d'un ; il pouvait les accuser de *se liguer contre lui*, d'étouffer, *sous le nombre*, l'indépendance de sa parole... et il ne s'en faisait pas faute. Davis se contentait de sourire de temps à autre ; mais Littlestone, ha-

On distingua au fond de la vallée la ville de Mexico. (Page 461.)

bitué à l'attitude passive de Darling qu'il avait gourmandé à son aise pendant
de longues années, ne se soumettait pas sans protestation.

La hiérarchie du bord avait été strictement observée dans la distribution
des places de la berline. Le coupé était occupé par le capitaine et Ivanowitch
seuls. Le second, le chirurgien et M. le commissaire comptable, se trouvaient dans la rotonde. Tandis que l'intérieur avait reçu le master Holloway
et ses cinq marins mécaniciens, Sam, Tom et Fo étaient installés près du

cocher, sur la banquette de devant. John Prescott avait donc ses deux victimes sous la main, et pas moyen de lui échapper par une prudente retraite.

— Mais enfin, monsieur, si vous vouliez me faire la grâce, dit Littlestone impatienté, de me permettre de placer un mot... un seul !

— Par ma foi ! s'écria le chirurgien d'une voix retentissante, voilà qui dépasse toutes les bornes ; depuis notre départ, vous n'avez cessé d'entasser faux raisonnements sur arguments spécieux, soutenu en cela par Davis, et vous prétendez encore paralyser mon droit de réponse, abuser de ce que vous êtes le nombre...

— Mais, monsieur Prescott...

— Pour étouffer les protestations de la raison.

— Mais, gentleman...

— Ah ! vous m'entendrez, car ce n'est que de la libre discussion que naît la lumière.

Littlestone, à bout de forces, finit par s'endormir dans son coin, à l'imitation de Davis ; et Prescott, triomphant, continua la série de ses démonstrations.

Lorsque la berline atteignit la vallée de *Los Angeles*, où Jonathan lui avait donné l'ordre de s'arrêter un instant, Prescott disait à Littlestone éveillé en sursaut, en lui donnant la main pour descendre :

— Vous avez fini par vous rendre, cher monsieur ; cela prouve un esprit judicieux... mais un peu moins d'âpreté dans la discussion... un peu moins d'âpreté ; quand on est destiné à vivre ensemble, il faut se faire des concessions mutuelles. Ne vous laissez pas surtout influencer par Davis, qui est l'esprit de contradiction par excellence.

Un demi-mille à faire encore, et on était arrivé ; mais il fallait quitter la route, et la berline était trop chargée pour avancer sans encombre au milieu des ornières d'un chemin improvisé ; on l'allégea de voyageurs.

L'heure solennelle approchait, et bien que le capitaine Rouge fût sûr de lui, l'état d'esprit de son compagnon avait fini par réagir sur lui, une terrible appréhension lui étreignait le cœur... s'il allait ne pas réussir ? Si dix ans de souffrances, de privations, de rêves grandioses et de travaux surhumains, allaient en un instant s'évanouir en fumée !... Ah ! cette fois, il n'y survivrait pas... et quelle chute ridicule, en présence d'Ivanowitch, déjà à demi incrédule, et de son équipage, qui avait en lui la confiance du sauvage pour son fétiche. A cette pensée, Jonathan pressa la crosse de son revolver, pour s'assurer qu'il était bien dans sa main ; et il se fit le serment, en cas d'échec, de s'ensevelir dans son œuvre... Quel magnifique tombeau que le *Remember !*

CHAPITRE IV

Les expériences. — Le *Swan* et le *Wasp*. — Terre, ciel et mer. — Le lac Eyréo

Quand on atteignit le hangar où reposait le monstre, Jonathan fit décharger les bagages et donna l'ordre à la berline de retourner à San-Francisco. A peine eut-elle disparu dans la nuit, que l'intérieur de la construction de planches fut illuminé comme par enchantement, sous les vives lueurs d'une lampe électrique, et chacun put contempler à son aise le colossal *Remember*, qui, ses deux satellites aux flancs, reposait sur ses roues, comme un gigantesque cétacé échoué sur la plage.

Le *Wasp* et le *Swan* étaient deux réductions à quinze mètres du colosse, construits exactement sur le même modèle, possédant les mêmes machines, les mêmes moyens de défense, avec des *accumulateurs* électriques d'une grande puissance, pouvant défier, chacun, toutes les flottes du monde réunies. Johnatan les avait construits pour suppléer, en cas d'accident, le *Remember* lui-même; mais nul autre que lui ne pouvait également les mettre en mouvement.

Ivanowitch, en les voyant, eut un sourire de satisfaction intime; il se promettait bien, en cas de réussite, d'amener Jonathan à lui confier la direction d'un des deux.

C'était un spectacle véritablement imposant; chacun sentait l'émotion le gagner, et le capitaine ayant fait jouer le panneau d'ouverture, ce fut au milieu d'un religieux silence que les hommes d'équipage et les noirs transportèrent dans l'intérieur les bagages et colis apportés par la berline.

Cette dernière besogne accomplie, Jonathan Spiers, à l'aide d'un simple mécanisme, fit tomber toute la devanture du hangar, et, se retournant vers Ivanowitch, lui dit ces simples paroles :

— Quand vous voudrez, monsieur.

Dans cette minute solennelle, il avait repris toute son énergie, tout son sang-froid ; et bien que sa vie fût l'enjeu de la partie, Prescott aurait pu lui appuyer la main sur le cœur. Le cœur du capitaine ne battait pas plus vite.

— Je suis à vos ordres, monsieur, répondit le Russe.

Le second indiqua à chacun la place qu'il devait occuper, et le panneau retomba sur le dos du colosse, interceptant d'une manière absolue toute communication avec le dehors.

Johnatan put constater immédiatement avec bonheur que la machine à air fonctionnait à merveille : tout le monde respirait librement un air frais et pur dépouillé de tout miasme et de toute vapeur étrangère.

— Venez, monsieur, dit-il brièvement à son compagnon ; et il l'entraîna dans la cabine de direction située à l'avant. Un fort jet électrique projeté au dehors éclairait toute la campagne, et à travers la lentille de cristal, on distinguait jusqu'aux menues feuilles des arbrisseaux, jusqu'aux brins d'herbes des prairies.

Assis, les deux mains sur les touches de bronze, indifférent en apparence, le capitaine mit en communication les accumulateurs électriques avec les pistons cylindriques chargés de mettre les roues en mouvement.

Ivanowitch, pâle d'émotion, attendait.

— Nous partons, fit simplement Jonathan Spiers, avec une foi sublime dans son génie.

A l'instant même, le colosse s'ébranla, et on le vit, chose extraordinaire à laquelle l'officier russe pouvait croire à peine malgré le témoignage de ses yeux, chasser devant lui, par une série de projections électriques, arbres, rochers, monticules de terrains, comme des fétus de paille emportés par le vent ; l'énorme machine nivelait elle-même la route qu'elle parcourait.

A l'instant même, des hurrahs et des bravos frénétiques firent retentir les flancs du *Remember*.

— Capitaine, s'écria Ivanowitch transfiguré, vous êtes grand comme le monde !

Mais ce n'était rien encore.

Le monstre augmentait de vitesse, se jouant de tous les obstacles, et obéissant, comme un être animé, à toutes les impulsions qu'il plaisait à Jonathan de lui communiquer. Après avoir parcouru un espace de cinq à six milles en la moitié moins de temps qu'il n'en aurait fallu à une locomotive lancée à toute vapeur, le *Remember* se releva brusquement à l'avant, comme l'oiseau qui tend le cou vers le ciel en déployant ses ailes, et s'élança dans les airs, en augmentant son allure, sans le moindre effort apparent. Arrivé à une certaine hauteur, il se mit à planer doucement au-dessus de la ville de San-Francisco endormie, évoluant avec une précision mathématique et donnant aux rares noctambules l'impression d'un nuage noir qui aurait affecté la forme bizarre d'un poisson ; puis, voulant laisser un souvenir de son passage, qui mît en émoi tous les observatoires météorologiques du monde, il s'illumina, quatre à cinq fois pendant quelques secondes, d'une lueur électrique qui dessina nettement ses formes dans l'azur sombre du ciel ; puis s'élança à toute vitesse dans le *sud-quart-d'est*, dans la direction de l'Arizona et du Colorado.

Le lendemain, le *Courrier de San-Francisco*, et après lui tous les journaux de l'Union, annonçaient le passage, dans le ciel californien, d'un immense bolide fulgurant à forme de poisson, passage certifié par toutes les autorités scientifiques du pays. Mais l'Europe, la vieille Europe, accueillit la nouvelle avec son scepticisme habituel pour les productions yankees. « Encore un canard qui nous arrive en traversant l'Atlantique, dit à ce sujet un des organes parisiens les plus accrédités : seulement, cette fois, ce canard a revêtu la forme d'un poisson. MM. les Yankees sont en avance de quatre jours, ils auraient pu attendre le 1er avril. »

Cette fois, l'incrédule Europe avait tort.

Après avoir franchi avec une vitesse vertigineuse les Indian's Territory, aperçu, en passant, les feux de nuit des villages commanches et apaches, le *Remember* continua sa course au-dessus de la Sonora et des vastes plaines du Nord-Mexique. Jonathan Spiers voulait que l'expérience de navigation aérienne fût complète et par le temps passé dans les airs, la vitesse acquise et l'espace parcouru.

Au soleil levant, on aperçut les lacs de Tezcuco et de Xochimilco, et entre les deux on distingua, au fond de la vallée de Teuochtitlam, la belle ville de Mexico, avec ses toits en terrasse, ses murs blancs, ses vérandahs sous lesquelles dormaient encore les gens de service enveloppés dans leurs zarappes.

Quelques Indiens de la campagne qui cheminaient dans les sentiers de la montagne en poussant devant eux leurs ânes chargés de fruits et de légumes, ayant aperçu tout à coup l'étrange apparition aux premiers rayons du jour, se jetèrent à plat ventre, en donnant des signes non équivoques de la plus vive frayeur.

Mais le *Remember* ne fit que passer ; il suivit quelque temps les Cordillères, puis Jonathan le dirigea vers le pic le plus élevé de l'Anahuac, le mont Citlaltepetl, sur lequel le monstre s'abaissa lentement, et finit par prendre terre à 5,308 mètres au-dessus du niveau de la mer ; le *Remember* avait parcouru 4,200 kilomètres en une nuit.

— Eh bien, fit le capitaine Rouge en se retournant pour la première fois, depuis le départ, vers Ivanowitch, l'or des Invisibles a-t-il été jeté à l'eau ?

Muet d'admiration, le Russe ploya le genou devant Jonathan Spiers, rayonnant d'orgueil et de bonheur, et lui dit :

— Maître, je salue en vous le plus grand génie qu'ait produit l'humanité. Ordonnez, j'obéirai. Je m'honore d'être le plus humble et le plus soumis de vos esclaves.

— Il nous reste à faire l'expérience de l'Océan, reprit le capitaine en le relevant d'une cordiale étreinte ; mais j'ai besoin de quelques instants de repos. Une fois mis en direction, le *Remember* peut marcher seul en suivant la ligne dans laquelle on l'a orienté, mais je n'ai pas voulu le quitter une seconde pour ce premier voyage, il s'agissait pour moi d'étudier son degré de *maniabilité* et de vitesse ; maintenant je suis fixé.

— Et, comme le Créateur, tu dois trouver que ton œuvre est bonne ! exclama Ivanowitch, dont l'enthousiasme s'élevait jusqu'à l'adoration. Reposez-vous donc, maître, et soyez assuré que le *Remember* se comportera aussi bien à la mer que sur le sol et dans l'air. Pour être moins démonstratif, en raison de la discipline, l'admiration de l'état-major et de l'équipage n'était pas moins vive. Prescott, se faisant l'interprète du sentiment général, vint donner au commandant l'assurance d'un dévouement sans bornes.

— Nous sommes à vous corps et âme, lui dit-il, et nous vous suivrons jusqu'à la mort.

Littlestone voulut ajouter quelques paroles bien senties au nom de l'administration du bord, dont il monopolisait les fonctions; mais, selon son habitude, le brave chirurgien ne manqua pas de lui couper la parole.

— J'allais oublier, ô maître, dit-il, de vous traduire les sentiments de respectueux enthousiasme éprouvé par M. le commissaire-comptable; je me porte garant que, comme nous tous, il fera son devoir.

L'honorable Jonas-Habacuc Littlestone allait insister pour traduire ses impressions lui-même; mais ses paroles furent couvertes par les hurrahs frénétiques de l'équipage, et il dut une fois de plus se résigner au silence.

Cependant Jonathan avait hâte de poursuivre la série de ses expériences; il considérait qu'il n'avait rien fait tant qu'un doute pouvait subsister sur son grand œuvre. Après une station de quelques instants, employée à un déjeuner substantiel mais rapide improvisé par l'habile Fo, le *Remember* fut de nouveau lancé dans les airs.

Grâce aux puissantes accumulations électriques massées à l'arrière, le colosse quittait la terre d'un seul bond avec la légèreté et la vitesse d'une flèche.

Après avoir traversé les Terres Chaudes (*Tierras Calientes*), il reprit la ligne des Cordillères, et reconnut successivement tout le groupe des petites républiques de l'Amérique centrale, Guatemala, le Honduras, San-Salvador, le Nicaragua, Costa-Rica, Panama. Jamais spectacle plus grandiose et plus pittoresque ne s'était développé sous l'œil humain; groupé près des lentilles de cristal, l'équipage du *Remember* suivait avec une ardente curiosité le développement de cet immense et pittoresque panorama.

Au delà de Panama, dans une vaste plaine, appelée Campo della Constitucion, Champ de la Constitution, parce que c'était là que tous les faiseurs de *pronunciamientos* livraient généralement la dernière bataille qui leur ouvrait les portes de la capitale, on aperçut deux corps d'armée de deux cent cinquante à trois cents hommes chacun, prêts à en venir aux mains. C'était le septième *pronunciamiento* de l'année.

— Voilà le moment d'expérimenter le *Remember* comme machine de guerre, fit le capitaine Rouge avec un sourire étrange.

— Cela leur évitera de s'entretuer entre concitoyens, répondit Ivanowitch; mais quel parti allez-vous prendre?

— Celui du gouvernement, parbleu; il faut toujours, dans ces cas-là, être du côté de l'autorité.

— Pourquoi cela ?

— Vous n'êtes pas fort en politique, Ivanowitch.

— Donnez-moi une leçon.

— Eh bien, neuf fois sur dix, les révolutions chassent toujours les gouvernements au moment où, suffisamment engraissés, ils vont passer à l'honnêteté, et alors... il faut engraisser les autres ; et naturellement, c'est le peuple qui paye la pâtée.

— Vous êtes un esprit profond, capitaine.

— Moi, pas le moins du monde ; seulement, je ne crois pas à l'honnêteté des politiciens.

— Défendons donc le gouvernement... Mais comment le reconnaître ? Écoutez...

A ce moment, les cris de : « E viva ! E viva la Constitucion ! » étaient poussés simultanément dans les deux camps.

— Eh bien, ne tranchons pas la question, fit simplement le capitaine.

Sous son impulsion, le *Remember* s'inclina légèrement sur l'avant.

Les deux armées, qui venaient de l'apercevoir, s'étaient subitement arrêtées, paralysées par l'étonnement. Puis, quelques exclamations parvinrent distinctement aux oreilles de Jonathan et d'Ivanowitch par le cornet acoustique qui centralisait tous les bruits de la terre.

— Ballone ! ballone ! criaient les Hispano-Américains ; et quelques coups de feu furent tirés dans la direction du *Remember*.

— Nous voilà en légitime défense ! dit Ivanowitch ; ils prennent le *Remember* pour un ballon.

Le colosse continuait son évolution, dirigeant peu à peu son avant dans la direction du sol.

Tout à coup, le capitaine Rouge eut un sourire étrange, diabolique... sa main s'appuya rapidement sur une touche spéciale... Instantanément, un éclair fulgurant embrasa l'espace jusqu'aux confins de l'horizon, une détonation épouvantable se fit entendre... puis rien ! Sur le sol bouleversé, fendillé comme après un tremblement de terre, six ou sept cents hommes étaient étendus sans vie... Pas un seul de sauvé qui pût raconter les causes du désastre.

Et comme tous les généraux sans emploi, tous les hommes d'Etat en disponibilité, tous les avocats sans cause, tous les courtiers ordinaires de révolution, se trouvaient au milieu de leurs soldats pour exciter leur courage, il s'ensuivit que Panama fut purgé d'un seul coup de tous ses politiciens, de tous ses Bolivars et autres sauveurs de la patrie (*salvadores della patria*), et que ce petit pays où les intrigants sauvaient généralement la patrie, c'est-à-dire la caisse, au moins tous les six mois, put jouir, pendant une longue période de dix années, d'un calme et d'une tranquillité qu'il n'avait jamais connus.

L'événement fut mis, dans l'ignorance des véritables motifs, sur le compte d'un orage épouvantable compliqué de coups de tonnerre et de tremblement de terre.

Le *Remember* reprit alors sa position normale et s'élança, de toute la vitesse dont il était capable, dans la direction de l'Océan, dont une ligne bleuâtre découpant la côte en dentelures inégales décèlait le voisinage. Bientôt il plana au-dessus de l'immense plaine liquide qui miroitait, calme et reposée, sous les rayons d'or d'un soleil équatorial.

Cette partie du Pacifique, en face de l'isthme du Darien, atteint des profondeurs insondables : c'est ce lieu que le capitaine choisit pour opérer sa descente. Sans diminuer d'allure, le colosse piqua de l'avant dans l'abîme, et à peine fut-il sous l'eau que ses vastes ailes s'arrêtèrent immobiles dans la position horizontale, protégeant, comme un parachute, la descente du colosse, qui sans cela se fût accomplie avec trop de rapidité.

Jonathan Spiers avait tout prévu !

Rien de pittoresque et d'émouvant comme cette descente au fond des mers. Grâce aux projections électriques, la coque extérieure du *Remember* était environnée d'un nimbe de lumière qui permettait de voir tout autour à une distance de 400 à 500 mètres ; des myriades de poissons, attirés par ces lueurs éclatantes, accouraient en foule et l'accompagnaient en se jouant ; des bandes de marsouins, de thons, de dorades, de chiens de mer, plongeaient, bondissaient et faisaient le tour du colosse en disputant de vitesse, puis disparaissaient tout à coup dans les verdâtres profondeurs du gouffre ; et deux ou trois grands squales, aux terribles mâchoires, à l'œil glauque et morne, qui venaient, dans leur marche lente et embarrassée, se heurter aux murailles de bronze, donnaient aux spectateurs de cette scène étrange l'explication du vide qui s'était fait tout à coup autour d'eux. Mais les requins étaient incapables de développer la vitesse nécessaire pour suivre la descente du *Remember*, et aussitôt marsouins, raies gigantesques, saumons agiles, avec toute la bande folâtre, curieuse, des menus habitants de ces lieux, venaient à la hâte dans le rayon de lumière du plongeur... Que d'animaux singuliers, informes, hideux, monstres fuyant les couches supérieures, et dont l'homme n'a jamais pu s'emparer, venaient tour à tour s'ébattre sous le regard émerveillé de Jonathan et de ses compagnons !

Bientôt le *Remember* atteignit des profondeurs inhabitées, sorte de zone intermédiaire, équateur liquide, où les poissons des couches supérieures, habitués à la lumière et à une eau plus chargée d'oxygène, ne peuvent vivre, et vers lequel les êtres informes qui rampent au fond des mers ne pouvaient remonter.

Ce fut avec un véritable effroi, contre lequel ils ne purent réagir sous le coup de la première impression, que les habitants du colosse le virent s'arrêter tout à coup sur le fond solide de l'Océan. En un instant, en effet, il fut

— Vous avez perdu un homme? interrogea Olivier. (Page 471.)

environné, assailli, par une foule de monstres informes et tels que l'imagination la plus vagabonde n'en pourrait créer : pieuvres gigantesques, avec des tentacules de 60 mètres de long; serpents aux dimensions invraisemblables; crustacés énormes, dont il semblait qu'une seule pince fût de taille à écraser le *Remember*; gigantesques éponges animées, qui vomissaient par cent ouvertures des flots de liquide noirâtre qui troublaient l'eau autour d'elles; boue gélatineuse composée de milliards de monères, réserve de la vie universelle, première forme donnée à l'être par le mystérieux *micro-zyma*, cet immortel et indestructible agent de la matière organisée...

A un moment donné, une pieuvre monstrueuse accourut sur le colosse, se colla sur ses flancs, et, l'enveloppant de ses immenses tentacules, chercha à le soulever... L'équipage entier ne put retenir un cri de terreur; et tandis que le chirurgien Prescott, muet d'admiration, observait avec attention les étranges produits de la vie sous-marine, Littlestone put, pour la première fois, donner cours à ses impressions et exprimer nettement à Davis « que les hautes fonctions de premier clerc qu'il avait remplies pendant si long-temps à la haute Cour de justice ne l'avaient point préparé à la vie aventureuse qu'il menait depuis quelques jours. »

— Je suppose, monsieur Davis, ajouta-t-il, que vous êtes entièrement de mon avis?

Puis, levant les yeux au ciel, ou plutôt vers la paroi supérieure du salon où il se trouvait :

— Si mistress Littlestone, fit-il d'une voix émue, ne m'avait pas précédé pour de longues années, je l'espère, dans un monde meilleur, la chère femme ne m'eût point laissé faire un pareil coup de tête à mon âge!

Jonathan ne faisait que sourire de l'impression produite sur son personnel par ces singulières apparitions, car il connaissait l'inutilité des tentatives faites par ces masses grotesques; cependant, il comprit qu'il était nécessaire de rassurer son personnel, et, mettant en communication les deux *accumulateurs* de l'avant et de l'arrière, il lança de tous côtés de telles décharges électriques, que pieuvres, serpents, monstres gigantesques, disparurent en un instant, dispersés, mutilés, broyés, anéantis; et le *Remember* continua sa course sur le fond des mers avec une vitesse presque égale à celle qu'il avait développée sur le sol libre, avec la seule différence qui existe, comme résistance, entre la densité de l'air et celle de l'eau. Et le courant électrique continuait sa besogne, le débarrassant, sur son passage, des algues et des animaux.

Quelques heures de cette allure suffirent pour expérimenter ses qualités nouvelles, et sous l'impulsion de Jonathan il commença à remonter à la surface. Dans cette manœuvre différente, l'*accumulateur* de l'arrière servait de propulseur et les ailes de nageoires; le mouvement était semblable à celui de l'air, la vitesse était simplement moindre en raison de la différence de densité.

Dès qu'il fut arrivé à la surface, il se maintint à fleur d'eau par un mouvement combiné des ailes et des huit paires de roues, dont les larges rayons, dépassant la jante, donnaient en même temps une vitesse extraordinaire. Cette vitesse était encore augmentée par la queue du monstre, qui servait d'hélice propulseur et de gouvernail. On marchait alors à 80 kilomètres à l'heure.

Enfin, pour le cas où l'on voudrait porter la mort dans les flancs de l'ennemi, en lui montrant à qui il avait affaire, l'*accumulateur* de l'arrière, chargé d'électricité, lançait tout à coup le colosse avec la rapidité d'une flèche sur le navire que l'on voulait couler, et de son avant, taillé en éperon, le *Remember* le coupait en deux; à moins qu'il ne préférât le foudroyer à distance sous une épouvantable décharge électrique lancée par l'*accumulateur* d'avant.

Quand il voulait accomplir son œuvre de mort sans laisser de trace, il envoyait sa décharge en restant entre deux eaux.

Cette expérience de navigation entre deux eaux était la seule qui restait à faire, et le *Remember* avait obéi jusqu'ici avec une telle précision qu'il n'y avait aucun doute à avoir sur le résultat de cette dernière manœuvre.

Le colosse, en effet, étant descendu à 200 mètres de profondeur, évolua à volonté sans déranger d'un millième l'équilibre de l'horizontale.

Les essais étaient achevés. Le *Remember* avait justifié toutes les prévisions de son inventeur; il pouvait défier sur la terre, en mer et dans les airs, toutes les forces humaines réunies; le grand œuvre était accompli, le rêve du capitaine Rouge réalisé.

— Eh bien? fit Jonathan à Ivanowitch en se croisant les bras et relevant la tête d'une façon orgueilleuse et superbe.

— Quand vous voudrez, répondit le Russe, vous pourrez faire une réalité de cet autre rêve... la domination universelle !

— Et maintenant, il ne me reste plus qu'à tenir ma parole comme vous avez tenu la vôtre... Où faut-il aller ?

— Là ! répondit Ivanowitch, en indiquant du doigt sur la carte un des grands lacs du centre de l'Australie.

— C'est bien; dans trois fois quarante-huit heures, nous serons arrivés.

. . . .

Six jours après, le soleil venait de se coucher sur le Buisson australien ; tout à coup une masse plus sombre se détacha sur le ciel noir, à l'horizon, marchant avec la vitesse d'un ouragan. Parvenue au-dessus du lac Eyréo, comme un oiseau blessé qui tombe à pic sur le sol, elle plongea brusquement dans l'espace et disparut sous les flots.

C'était le *Remember* qui, arrivé au terme de son voyage, prenait son mouillage au fond du lac Eyréo.

DEUXIÈME PARTIE

LE MYSTÈRE DU LAC

CHAPITRE PREMIER

Le placer des Cygnes. — Explosion. — Le feu mystérieux.
France-Station. — Une excursion de nuit sur le lac. — La *Maria* et la *Feodorowna*.
Apparition fantastique. — Russe et Yankee.

Une grande fête se préparait au placer des Cygnes.

Depuis la terrible explosion de *Red-Mountain*, qui avait englouti dans les entrailles de la terre toute la troupe des bush-rangers, et à laquelle Olivier d'Entraygues et ses amis ne croyaient pas que l'homme masqué eût échappé, la plus heureuse des chances n'avait cessé de favoriser les entreprises du jeune comte et de ses compagnons.

Le placer, mis en exploitation, donnait des bénéfices énormes, dont l'équitable répartition enrichissait maîtres et ouvriers.

Un tiers appartenait à Olivier, un tiers à Dick le Canadien, et le dernier tiers était partagé, par parties égales, entre Laurent, le serviteur dévoué du comte, John Gilping, que l'on n'avait pas oublié, malgré son absence prolongée (il avait été trop à la peine, en effet, pour qu'il ne bénéficiât pas de la réussite), et les vingt hommes qui, sous les ordres de Collins, travaillaient à l'extraction du précieux métal.

Le placer n'allait pas tarder à être, il est vrai, complètement épuisé, car il ne consistait pas en un filon naturel où l'or, mêlé au quartz, se rencontrait sous le pic du mineur tant que le terrain ne changeait pas de nature, mais bien en une simple *poche*, en terme du métier, où l'or natif s'était accumulé à la suite d'un bouleversement géologique; toutefois, ce moment prévu, fixé même à quelques mois de là, était attendu sans nulle déception par tous les coparticipants, car une seule année d'exploitation leur avait rapporté à tous une fortune bien supérieure à celle qu'ils avaient jamais espérée, même dans leurs rêves les plus ambitieux.

La part d'Olivier et de Dick s'était élevée, pour chacun, à la somme de cinq millions de dollars, soit vingt-cinq millions de francs; les vingt-trois autres avaient donc reçu un peu plus d'un million chacun. Aussi la plupart des ouvriers, qui avaient signé un engagement de trois ans, satisfaits de leur lot, sans vouloir en rien se soustraire aux obligations de leur contrat, car tous étaient d'honnêtes gens absolument, on s'en souvient, triés sur le volet par Dick, aspiraient-ils ardemment après le jour qui, l'or du placer épuisé, verrait leur libération.

Des millionnaires, continuant à manœuvrer le pic et à creuser des tranchées, cela ne s'était jamais vu qu'en Californie et en Australie.

Selon la promesse de Willigo, la tribu des Nagarnooks avait transporté ses grands villages sur le territoire de la concession, entre le magnifique lac Eyréo et le placer des Cygnes, lieu abondamment pourvu de gibier, de taros, d'ignames et de racines comestibles de toute espèce; et la présence des guerriers australiens n'avait pas peu contribué à éloigner les rôdeurs, les batteurs d'estrade et les mauvais sujets des autres tribus. Aussi avait-on pu travailler avec une parfaite quiétude. Après les rudes épreuves traversées, Olivier, pendant cette année, eût joui d'un bonheur sans mélange, si sa pensée, malgré lui, ne s'était sans cesse envolée à Saint-Pétersbourg, jusqu'au couvent de Notre-Dame de Kasan. Mais les deux années pendant lesquelles la princesse Maria Feodorowna l'avait condamné à l'inaction et au silence n'allaient pas tarder à expirer, et dans quelques mois, par un hasard heureux, à peu près à l'époque de l'épuisement du placer, il devait reconquérir sa liberté, le droit de poursuivre ses ennemis et d'en appeler à la justice souveraine, certainement abusée par des rapports mensongers. En attendant, il prenait son mal en patience et menait, avec son vieil ami Dick le Canadien et son fidèle Laurent, la vie des grands gentlemen farmers de l'Ouest-Amérique et du Buisson australien, montant à cheval, chassant et se livrant aux plaisirs de la navigation sur le pittoresque lac Eyréo avec deux charmants yachts à vapeur et à voiles, mâtés en goélette, construits exprès pour lui dans les ateliers de *Saunders and Sons* de Melbourne.

Toute une flottille de pirogues, appartenant aux Nagarnooks, était rangée au mouillage près de la *Maria* et de la *Feodorowna*, noms des deux goélettes de plaisance, et donnaient à cette partie du lac l'aspect d'un véritable petit port; on y avait du reste construit un quai et un *pier* d'embarquement.

Le lac Eyréo, dans lequel venait se jeter le Victoria-River, avait un développement de trente lieues en longueur, du nord-est au sud-ouest, sur une largeur de seize lieues. C'était, comme on le voit, une véritable petite mer, avec ses tempêtes, ses coups de vent, dont la navigation exigeait un marin consommé.

Olivier s'était rendu exprès à Sydney pour y engager deux marins de sa nation et deux mécaniciens, et il avait trouvé ce qui lui fallait, grâce au naufrage d'un steamer qui avait laissé sur les bras du consul de France tout l'équipage à rapatrier. Le Bihan, premier maître de manœuvre, était devenu capitaine de la *Maria*, qui jaugeait 60 tonnes et pouvait tenir le large par tous les temps; et Le Guen, le second maître, capitaine de la *Feodorowna*, qui jaugeait 25 tonnes seulement et ne servait qu'aux courtes excursions. Tous deux, comme leur nom l'indique, étaient Bretons.

Toucas et Danéan, mécaniciens de seconde et de troisième classe, étaient embarqués comme maîtres mécaniciens sur les deux goélettes, le premier sur la plus importante, naturellement. Ils provenaient tous deux du vaisseau-école de Toulon et avaient fait un congé à l'État.

Tous quatre étaient de braves serviteurs, dont les notes ne laissaient rien à désirer.

Olivier, pour se les attacher, s'était engagé à les mettre à l'abri du besoin pour le restant de leurs jours quand ils quitteraient son service; ils devaient toucher chacun cent mille francs à l'expiration de leur temps d'engagement, qui était de sept années. Le jeune comte avait pris l'Australie en telle affection, qu'en présence surtout du désir nettement formulé de son ami Dick, à qui il devait tout, de ne jamais quitter le pays, il avait formé le projet de partager dorénavant sa vie entre l'Europe et cette terre merveilleuse qui était devenue pour lui une seconde patrie. Tout ce qu'il faisait donc sur l'immense concession qu'il possédait avec le Canadien avait un caractère de fixité et d'achèvement qui témoignait de son intention d'en faire le plus agréable des séjours.

On construisait en ce moment pour lui, à Melbourne, une élégante goélette de 300 tonnes, c'était la forme qu'il préférait, toute en fer, voiles et vapeur également, pour ses voyages en Europe. Les deux équipages réunis de la *Maria* et de la *Feodorowna* devaient suffire à la direction et à la manœuvre. Le Bihan, comme capitaine du *Dick*, c'était le nom que le nouveau navire devait porter, et Le Guen comme second.

Les deux marins avaient formé en peu de temps une douzaine de jeunes guerriers nagarnooks qui manœuvraient comme de vrais loups de mer, et c'est dans la tribu amie également que les mécaniciens s'étaient procuré chacun un aide-mécanicien et une demi-douzaine de chauffeurs.

Un vaste chalet de bois avait été expédié tout prêt de San-Francisco; on n'avait eu qu'à le monter dans une des vallées les plus pittoresques de la concession, à égale distance du lac et du placer, c'est-à-dire à un kilomètre environ. Il était vaste et élégant, et réalisait tout le confort nécessaire à la vie la plus large et la plus élégante. On n'avait oublié ni les communs ni les boxes des chevaux. Un magnifique jardin, avec toutes les productions d'Europe et d'Amérique, était sorti de terre, comme par enchantement, sous la direction de deux Chinois, les premiers jardiniers du monde, et, grâce à un vigneron bourguignon, quatre hectares de côtes bien exposées avaient été plantés en vigne.

Nos amis n'avaient pas perdu leur temps depuis que nous les avons quittés. Aussi chacun se trouvait-il heureux, à France-Station, nom qu'Olivier, d'accord avec Dick, avait donné à ce magnifique run, une des plus grandes et des plus belles propriétés du monde entier.

L'anniversaire de la naissance du Canadien n'était pas éloignée, et Olivier avait pris ses mesures pour qu'il fût célébré, aussi bien aux grands villages des Nagarnooks qu'au placer, avec une solennité sans égale.

Pour frapper l'imagination des Nagarnooks, il avait fait venir de Paris, en s'y prenant longtemps d'avance, un feu d'artifice commandé à Ruggieri, et afin de mettre le comble à la satisfaction de ses amis indigènes, on y avait joint un nombre de boîtes à musique égal à celui des familles, afin qu'on en pût posséder une dans chaque case.

De leur côté, les Nagarnooks avaient organisé une représentation complète de tous leurs exercices, jeux et cérémonies les plus solennelles. Le grand prêtre, gardien du feu sacré, étant avancé en âge, il était urgent de lui donner un successeur, ou plutôt un coadjuteur, afin que l'autel de Moto-Ouai ne restât pas une seule minute sans desservant; ce devait être naturellement un de ses fils, car la charge ne pouvait sortir de la famille; les chefs avaient décidé que cette cérémonie, d'autant plus imposante qu'elle n'avait lieu en général que trois ou quatre fois par siècle, serait accomplie le jour de la fête de Dick, qui était membre adoptif de leur tribu.

Peu de vieillards se souvenaient d'avoir déjà assisté à cette curieuse cérémonie, car le titulaire actuel, âgé de quatre-vingt-dix ans, n'en avait pas plus de quinze quand il avait succédé à son père.

Le lac Eyréo contenait une grande quantité de poissons excellents, un surtout, espèce de saumon tacheté de noir, était fort prisé; Olivier, désirant en avoir quelques-uns pour le banquet qu'il allait donner à tout le personnel du placer, à l'occasion de la fête de son ami, ordonna à Le Guen de prendre le large avec la *Feodorowna*, pour jeter les filets *de traîne*. Cette pêche ne se faisait que la nuit, car le jour ce poisson, d'un naturel très fin, fuyait les pièges qu'on lui tendait. Il se tenait aussi dans les grandes profondeurs du milieu du lac. Le Bihan, bien que son navire ne fût pas chargé de l'expédition, obtint l'autorisation d'accompagner son collègue, mais comme un simple spectateur, car tous deux étaient fort jaloux de leurs attributions.

La *Feodorowna* sortit au coucher du soleil et ne rentra qu'au jour. Il avait *venté forte brise* pendant toute la nuit, et Olivier, très inquiet, attendait avec Dick sur le quai, pour savoir de Le Guen les causes qui avaient retardé son retour.

Les deux marins, et le mécanicien Danéan qui était de service, étaient tous les trois d'une pâleur mortelle.

— Vous avez perdu un homme? interrogea Olivier, ne sachant que penser.

— Non, monsieur, grâce à Dieu l'équipage est au complet; mais ce qui nous est arrivé est si étrange, si extraordinaire, que la sueur me perle encore sur le front en y songeant.

— Voyons, expliquez-vous, mon brave Le Guen.

— Je suis heureux que Le Bihan et Danéan soient là pour certifier mes paroles, sans cela vous me prendriez certainement pour un fou.

— Je vous écoute, fit Olivier avec une nuance d'impatience.

— En partant hier au soir, il ventait du *noroit* et je m'orientai au plus près, bonnettes, foc et clin-foc, toutes voiles dehors enfin, nous ne pouvions aller à la vapeur pour ne pas effrayer le poisson. La *Feodorowna* est une bonne marcheuse et, bien appuyée au vent, elle défilait ses douze nœuds à l'heure sans fatiguer. Sur les huit heures du soir, arrivés en *bonne eau*, nous jetâmes les filets de traîne, et je fis tout amener hors la misaine, qui nous donnait juste la vitesse suffisante à la pêche; de huit à dix heures nous levâmes quatre fois les filets, et le produit ayant suffi pour remplir les deux nasses d'osier attachées aux flancs bâbord et tribord du navire, je songeai au retour, et ordonnai à Danéan d'allumer ses feux. Pendant le temps nécessaire, nous restâmes à la cape, en causant de la merveilleuse pêche que nous venions de faire.

Tout à coup, au moment où Danéan venait me prévenir qu'il était sous pression, nous aperçûmes à deux ou trois cents mètres de nous, pas plus, une lumière du volume à peu près de celle du falot du grand mât, qui paraissait se promener sur les flots; intrigués, et croyant à une pirogue d'indigènes égarés dans la nuit, nous mîmes le cap sur elle, pensant la rejoindre en quelques minutes; la distance qui nous séparait diminuait en effet rapidement, lorsque nous la vîmes s'abîmer dans les flots. Peu d'instants après, quel ne fut pas notre étonnement de la voir reparaître du côté opposé; nous lui donnâmes la chasse, et la même manœuvre se renouvela quatre à cinq fois de suite.

— C'est étrange! fit Olivier, qui cherchait vainement l'explication de ce mystère; mais étiez-vous bien éveillés tous les trois?

— Oh! monsieur, nous n'avions pas envie de dormir, allez; mais ce n'est rien encore; la dernière fois, la lumière disparaissait sous les flots sans s'éteindre; nous la voyons descendre lentement, lentement, et enfin rester immobile sous l'eau, à vingt-cinq ou trente brasses de profondeur.

— Que me racontez-vous là, Le Guen?

— La vérité, monsieur, la vérité pure; demandez à mes compagnons, demandez aux matelots indigènes qui ont vu comme nous... Le Bihan prétend avoir vu la même chose dans la mer du Nord, et que c'est l'âme du capitaine du *grand Voltigeur hollandais*, qui revient parfois pour effrayer les marins; mais c'est bien connu, continua le crédule Breton, que ce vaisseau *fantôme*, ne navigue que dans l'Océan : du reste, nous ne l'avons pas aperçu et le capitaine n'apparaît jamais sans son navire toutes voiles dehors. Il y a là, certainement, une manœuvre diabolique; m'est avis, sauf votre opinion, monsieur, que le lac est ensorcelé. Ce n'est pas tout, et la suite est bien plus extraordinaire encore. Lorsqu'au bout de quelques instants nous nous décidâmes à faire route, nous aperçûmes un cou allongé, noir et bombé comme le dos d'une baleine, qui nous suivait.

Olivier et Dick reprirent ensemble le chemin de l'habitation. (Page 473.)

— Pour le coup, Le Guen, c'est de l'hallucination pure; le lac ne contient pas de poissons de grande taille.

— Oui, monsieur, c'est à ne pas y croire, mais cela est cependant. Cet être étrange glissait à fleur d'eau sans faire aucun bruit; en vain j'ordonne à Danéan d'augmenter la pression pour fuir cette terrifiante vision; nous développons soixante-dix tours de roues à la minute, et quatorze nœuds de vitesse, et il nous suivait, modelant son allure sur la nôtre; enfin, chose incroyable, et à rendre fou un homme sain d'esprit, après être ainsi resté dans nos eaux pendant plus d'une heure, le jour n'allait pas tarder à paraître et nous approchions de la côte, lorsque nous le vîmes arriver sur nous avec une vitesse furieuse, comme s'il voulait nous couler. Il n'en était rien, heureusement; mais pour nous narguer, sans doute, il fit trois fois le tour de la *Feodorowna*, puis plongeant à pic dans les flots, disparut. A ce moment, l'aube pointait à l'horizon, et nous n'étions guère à plus de trois milles du rivage. Voilà, monsieur, ce qui nous est arrivé, et foi de Le Guen, si mes cheveux n'ont pas blanchi, ce n'est pas faute d'avoir eu peur.

— Voyons, Le Guen, ce n'est pas un conte du gaillard d'avant que vous me faites là?

— Oh! monsieur...

— Oui, je sais que vous en êtes incapable; mais aussi voyez... vous avouez vous-même que c'est incroyable!

— Olivier, intervint Dick d'une voix grave, il y a des choses incroyables, qui sont vraies cependant... Ainsi, moi qui vous parle, deux fois en Amérique je me suis trouvé face à face avec le grand élan des prairies, je l'ai poursuivi sans trêve ni repos; il se laissait approcher à vingt pas, je tirais à plein corps, un enfant ne l'aurait pas manqué à cette distance; il tombait sur le coup, je me précipitais en avant, la place où je l'avais vu disparaître était vide; quand je relevais la tête, l'élan était encore à vingt pas de moi, qui me regardait avec ses grands yeux rêveurs; et cela durait ainsi, des jours, des semaines. Une fois, je me suis acharné, et il m'a conduit des forêts de l'*Orégon* aux plaines de la *Sonora*; et cependant, conclua le vieux trappeur, j'avais fait une croix sur mes balles.

— M'est avis, intervint le Bihan, que quelque crime épouvantable a été commis autrefois sur le lac, et ce feu qui s'acharnait sur nos pas doit être l'œuvre d'un trépassé qui revient demander des prières.

— Et cet objet noir et bombé comme le dos d'une baleine qui vous a poursuivi, dites-vous?

— Ce doit être la coque renversée de son embarcation que le fantôme manœuvre, comme le capitaine du grand *Voltigeur hollandais*.

En tout autre moment, cette naïve explication du Breton eût fait sourire le jeune comte; mais précisément parce qu'il était incrédule aux choses du surnaturel, les faits vigoureusement affirmés par les trois Européens et les indigènes ne l'en préoccupaient que plus profondément.

— Quels étaient la longueur et le volume de cet objet qui, selon vous, serait l'embarcation du trépassé?

— Exactement ceux de la *Feodorowna*... Si nous étions sur l'Océan, je croirais à la rencontre d'un baleineau de vingt à vingt-cinq mètres.

— Si vous n'avez pas été l'objet d'une illusion d'optique, ce serait l'explication la plus acceptable... mais une baleine dans ce lac, c'est presque aussi impossible que votre histoire de trépassé et de navire fantôme.

Blessés dans leur croyance, les deux Bretons restèrent silencieux.

— Vous avez tort, mon cher Olivier, fit le vieux trappeur, il y a, dans la nature, des choses qui sont au-dessus de l'entendement humain.

— Que pensez-vous de tout cela, Danéan? demanda le comte au mécanicien, qui pendant tout ce colloque n'avait pas bronché.

— Moi, patron (c'est toujours ainsi qu'il appelait Olivier), répondit le méridional avec l'accent du cru, té! se pense que ce n'est que de la faribole, comme on dit chez nous ; aussi vrai que sé m'appelle Marius, que si j'eusse été le commandant du bord, j'aurais fait charger l'obusier d'arrière, et sé vous aurais envoyé une douzaine de dragées à ce *gaillarde*-là, que nous aurions *bienne* vu.

— Et vous eussiez-peut être eu raison, fit le comte pensif. Puis, s'adressant à Le Bihan et à Le Guen :

— Ce soir, nous prendrons le large avec les deux navires et nous explorerons le lac. Tenez-vous prêts, capitaines.

— A vos ordres, monsieur, répondirent les deux marins.

Olivier et Dick reprirent ensemble le chemin de l'habitation.

— Je pense bien, mon cher ami, dit le comte à son compagnon, que vous ne donnez pas dans ces histoires de revenants?

Le vieux trappeur secoua la tête sans répondre.

— Pour moi, continua Olivier, qui ne puis croire, et ne croirai jamais aux apparitions fantastiques, je suis extraordinairement intrigué, troublé, par le récit de Le Guen confirmé par tous ses compagnons. C'est en vain que je me creuse le cerveau; en tenant compte même des exagérations, naturelles dans la bouche de tout conteur qui croit au merveilleux, je ne puis arriver à trouver une explication plausible de ce singulier événement.

— Voulez-vous tenir un instant pour absolument véridiques les faits signalés par Le Guen, intervint le Canadien; cela pourra servir de bases à nos recherches?

— Soit ; mais je doute que cela éclaircisse la question... et d'abord, êtes-vous partisan de l'expédition de ce soir?

— Entièrement, mon cher comte; l'aventure est trop importante pour que nous n'essayions pas de voir si elle ne se renouvellera point à notre intention... Ceci admis, et nous verrons demain ce que notre excursion aura produit, voyons ce que, pour le moment, nous pouvons tirer des événements que nous connaissons. Commençons par la lumière : connaissez-vous un moyen pratique de faire courir un feu quelconque sur les flots, avec une direction et une vitesse calculées, et de le faire à volonté descendre dans l'eau sans qu'il s'éteigne?

— Oui, par l'électricité. Il est possible d'enflammer une pointe de charbon dans un globe, à condition de lui envoyer à l'aide d'un tube en caoutchouc la quantité d'air nécessaire à la combustion ; on pourrait également le diriger, le faire descendre sous l'eau sans qu'il s'éteignît, par l'électricité, et à l'aide d'un simple fil. Mais il faudrait posséder sur un point quelconque du lac une installation et un appareil que personne en Australie, je crois, ne serait de taille à monter. Le tout pourrait encore se trouver dans une embarcation qui se tiendrait, ce qui serait facile la nuit, hors de portée de la vue.

— En plein désert australien, sur un lac que nos goélettes sillonnent tous les jours, votre explication ne fait que constater une impossibilité de plus.

— Je l'avoue.

— Que dites-vous maintenant de cette masse noirâtre, allongée en forme de poisson ou de navire renversé la quille à fleur d'eau qui, dans ces conditions de navigabilité impossible, non seulement suit un navire qui file douze nœuds de moyenne à la vapeur, c'est-à-dire avec une régularité mathématique, mais encore parvient à développer une vitesse suffisante pour le dépasser et faire trois fois de suite le tour de sa coque ? Cet exploit ne peut s'accomplir sans une supériorité de vitesse d'un tiers au moins sur celle du navire entouré ; or, la *Feodorowna* marchant à douze nœuds, c'est une vitesse de dix-huit, au moins, qu'a dû avoir cette masse mystérieuse que Le Guen et Le Bihan ont prise pour la coque d'un navire renversé. Eh bien, je vous le demande, comment un navire dans cette position, réduit à l'état d'épave pour ainsi dire, pourrait-il, non pas vaincre un concurrent marchant à la vapeur, mais même simplement se diriger ? J'ai navigué pendant dix ans de ma vie ; mais il n'est pas nécessaire d'être un marin consommé pour déclarer la chose impossible.

— Résultat net, mon cher Dick, nous nous trouvons de tous côtés en face d'impossibilités radicales, ce qui ne fait pas avancer la question d'un pas.

— Vous oubliez, mon cher Olivier, que vous avez admis, au début, l'existence matérielle des faits.

— Je n'en disconviens pas.

— Mais alors quand on se trouve en présence de faits pertinents, indiscutables, et qu'ils sont cependant matériellement impossibles, il ne reste plus qu'un moyen de les expliquer... l'intervention des forces surnaturelles.

— Ah ! mon cher Dick, répondit joyeusement le comte, vous m'avez pris, sans vous en douter, entre les serres d'un raisonnement que les pédants de l'école appellent un syllogisme.

— Connais pas ! fit naïvement le coureur des prairies.

— Parbleu ! mais si cela prouve que cette forme de raisonner est naturelle à l'homme, cela démontre non moins victorieusement que le meilleur syllogisme peut conduire à une conclusion absurde. En résumé, nous ne savons pas comment les choses se sont passées, nous ne pouvons donc pas considérer les faits comme indiscutables, et les difficultés proclamées absolues ne sont que relatives aux lieux où nous nous trouvons, puisqu'à l'aide de l'électricité elles peuvent être résolues. Attendons donc à demain pour juger. J'irai jusqu'au bout dans mon enquête, et je me fais fort de vous prouver qu'aujourd'hui, comme toujours, le surnaturel n'existe que dans l'imagination des gens qui jugent *a priori*, sans jamais aller au fond des choses.

L'incrédulité scientifique du comte d'Entraygues, résultat naturel du reste, le rapprochait beaucoup plus de la vérité que la superstitieuse crédulité de son vieil ami. C'est ainsi qu'à la lumière de la science se sont peu à peu évanouis tous les fantômes du passé.

Ainsi que le lecteur l'a déjà compris, le monstre qui avait si fort effrayé Le Guen et ses compagnons n'était autre que le *Swan*, un des satellites du *Remember*. Jonathan Spiers, ayant pris le large pour se livrer à des essais comparatifs destinés à examiner si les réductions manœuvraient aussi bien que le colosse, avait rencontré par hasard la *Feodorowna* et s'était amusé à intriguer son équipage.

Reconnaissant au langage que lui apportait le cornet acoustique que le petit navire était commandé par un Français, il n'avait pas voulu pousser plus loin sa plaisanterie, et avait répondu par un refus net et sec à Ivanowitch, qui lui proposait de le couler pour renouveler dans l'eau l'expérience faite à terre sur les armées de Panama.

— Je crois vous avoir prévenu, lui dit-il d'un ton qui n'admettait pas de réplique, que c'était à la générosité d'un Français que j'avais dû de me rattacher à la vie, alors que j'étais abandonné de tous. J'ai toujours regretté de ne l'avoir pas rencontré, et aujourd'hui plus que jamais, car ma reconnaissance égalerait son bienfait, c'est-à-dire que je l'élèverais si haut en fortune et en puissance qu'il n'aurait rien à désirer sur la terre; mais il ne sera pas dit, dans l'impossibilité où je suis de m'acquitter, que j'aurai causé le moindre tort à un seul individu de sa nation.

Le Guen et ses compagnons avaient dû la vie à cette circonstance, car sans cela le capitaine Rouge, pour qui les hommes n'étaient pas plus que des pions sur un échiquier, n'eût pas hésité à pulvériser la *Feodorowna*.

A ce propos, Jonathan et Ivanowitch eurent, quand ils furent commodément installés dans le grand salon du *Remember*, une conversation importante et décisive.

— Je vous ai promis, fit le capitaine à son compagnon, de vous aider à vous emparer du comte d'Entraygues, qui, d'après les ordres du Grand-Invisible, doit être amené à la barre du conseil suprême, je tiendrai ma parole, mais dans ces limites seulement; je ne vous ai pas laissé ignorer que si vous vouliez satisfaire une vengeance personnelle, vous n'aviez pas à compter sur moi; et vous m'avez juré qu'il n'existait aucun sujet d'animosité entre vous et le comte. Sa vie sera donc respectée, et vous n'userez pas de la latitude qui vous est laissée d'aller jusqu'au sacrifice de sa personne, dans le cas où la résistance de cet homme vous obligerait à une lutte armée.

— Pourquoi cela?

— Parce que je le veux.

— Vous n'avez pas le droit de modifier les ordres que j'ai reçus du conseil suprême; il faut que cet homme disparaisse, s'il ne se soumet pas.

— Le comte d'Entraygues est Français, et cela me suffit; il ne disparaîtra pas!

— Encore une fois, vous contrevenez aux ordres du conseil suprême.

— Je me moque du conseil suprême et du Grand-Invisible comme de cela, dit Johnatan en lançant au plafond la fumée de son cigare. A bord du *Remember*, le conseil suprême c'est moi! le Grand-Invisible c'est moi!

— Et votre serment d'obéir *perinde ac cadaver?*

— Mais je n'ai reçu aucun ordre, moi; c'est vous qui êtes chargé de cette mission.

— Lisez! fit simplement Ivanowitch en tirant un papier de son sein : « Ordre au n° 333 d'obéir au n° 222 dans tout ce qu'il plaira à ce dernier d'ordonner. »

— Ah! vous ne vous êtes pas fié à ma parole? vous avez pris vos sûretés?... Eh bien, voilà le cas que je fais de cet ordre !

Et froissant le papier, le capitaine l'approcha de la lampe et s'en servit pour rallumer son cigare qu'il avait laissé éteindre.

— C'est une rébellion ! s'écria Ivanowitch.

— Nullement. Vous n'avez oublié que deux choses, mon maître : c'est qu'avant de m'engager, j'ai pris soin de réserver ma liberté d'action vis-à-vis des Français, et notamment du comte d'Entraygues, que je ne connais pas, mais dont j'ai exigé qu'on respectât la vie; et en second lieu, que comme Invisible de première classe, je suis en droit de n'obéir qu'aux réquisitions directes du conseil suprême, et de ne tenir aucun compte de ceux qui me seraient donnés par intermédiaire.

— Ce n'est pas l'esprit du règlement.

— Mais c'en est la lettre.

— Soit ! Que comptez-vous faire ?

— Tenir ma parole, mais rien que ma parole. Vous aider à faire le comte prisonnier, sans qu'on touche à un cheveu de sa tête; ceci fait, libre avec vous de tout engagement ultérieur, ne comptez pas que je vous livre votre prisonnier; vous avez trop insisté sur la partie de vos instructions qui vous permettent au besoin de vous défaire de lui, pour que je le croie en sûreté entre vos mains; je le conduirai moi-même à Saint-Pétersbourg devant le conseil suprême; et pour que vous l'entouriez de soins et d'égards pendant tout le temps qu'il passera à bord du *Remember*, je dois vous prévenir que, sans même me donner la peine de faire constater les causes de sa mort par Prescott, s'il venait à succomber, je vous ferais faire immédiatement connaissance avec une des batteries électriques de l'intérieur, qui vous enverrait rejoindre votre victime : car il est bon que vous sachiez qu'il n'est pas un meuble, pas un endroit du *Remember* où je ne puisse à volonté vous foudroyer.

— Vous ne parliez pas ainsi il y a six mois, et votre reconnaissance si vive pour d'autres en prend à son aise avec moi.

— Ce n'est pas la même chose; vous n'avez travaillé que pour vous ou votre société. En m'obligeant à revêtir la livrée des Invisibles, vous avez cru faire de moi votre esclave, tandis que le service que j'ai reçu jadis m'a été rendu sans arrière-pensée. Du reste, je n'ai fait qu'une exception dans mon dévouement, n'y touchez pas, et vous verrez si je saurai, en toute autre occasion, reconnaître ce que vous avez fait pour moi... mais croyez en mes paroles, n'entrons pas en lutte.

Ivanowitch avait longuement réfléchi; il était sans moyens d'action contre Jonathan; ses projets ultérieurs exigeaient impérieusement qu'il arrivât à capter sa confiance, qu'il devînt son ami; aussi, réprimant les sentiments qu'il éprouvait, il répondit en souriant :

— Entrer en lutte avec vous, lorsque je me suis déclaré votre admirateur le plus fervent, votre esclave, cette pensée ne pourra jamais me germer au cœur. J'ai cru un moment que l'affection que vous portez aux Français, pour un motif des plus louables, pourrait vous conduire jusqu'à vous refuser à la capture du comte d'Entraygues; mais du moment où vous vous engagez à le conduire vous-même à Saint-Pétersbourg, je n'ai plus rien à dire; je regarde même ma mission comme terminée, car son exécution ne saurait être en de meilleures mains. Quant à la vie du comte, il suffit qu'elle vous soit précieuse pour qu'elle soit respectée, quand bien même il serait de l'intérêt de la société des Invisibles tout entière qu'il disparût. Sachez que je n'hésiterai jamais entre notre amitié et mon devoir comme sociétaire; les deux choses ne tarderont même pas à s'accorder, car le Grand-Invisible, dont l'autorité est sans limites, devant être remplacé tous les dix ans, et le temps du titulaire actuel expirant dans cinq mois, je me fais fort, à l'aide de mes amis, de vous faire élever à cette haute dignité, que nul autre que vous ne saurait occuper aujourd'hui. Il y a des esprits prédestinés...; avec votre génie, votre puissance, vous êtes fait pour commander, vous ne pouvez pas obéir.

En s'adressant ainsi à l'orgueil de Jonathan, le Russe Ivanowitch venait de lui porter un coup de maître.

— Je savais bien, répondit le capitaine, que nous finirions par nous entendre; j'ai peut-être été un peu vif dans mes paroles, mais oubliez-les, mon cher Ivanowitch; voici ma main comme gage de mon amitié; non, jamais je n'oublierai que vous avez été seul à avoir confiance dans le pauvre inventeur; c'est entre nous deux à la vie et à la mort.

— C'est le cas de répéter le vers du grand Corneille, fit Ivanowitch, en embrassant la main qui lui était tendue :

L'amitié d'un grand homme est un bienfait des dieux !

Et une larme vint perler au coin de ses paupières.

Jonathan Spiers en fut ému.

— Vrai, Ivanowitch ! lui dit-il, je vous avais méconnu; vous êtes un homme de cœur.

L'habile Russe triomphait secrètement; en quelques instants, il avait regagné tout le terrain perdu. Jonathan était, comme la plupart des despotes, de feu en présence de la contradiction, et mou jusqu'à la faiblesse devant la flatterie quand il la croyait le produit d'une admiration sincère pour sa personne. Mais il fallait user de prudence, car, en dehors de ce travers, fruit de son immense orgueil, le capitaine Rouge alliait à un caractère d'une énergie peu commune une finesse et une pénétration intellectuelle des plus rares, qui lui permettait de saisir la vérité à la moindre échappée. Ainsi, malgré l'appui qu'Ivanowitch lui avait prêté, et l'admiration que ce dernier affichait en toute occasion pour sa personne, il s'était toujours défié de lui, et quoi qu'il fît pour réagir de la meilleure foi du monde contre cette impression, il ne parvenait pas à la détruire, et ces moments d'expansion passés, la méfiance reprenait le dessus malgré lui.

Une souplesse et une habileté peu communes étaient donc nécessaires à Ivanowitch pour la réussite de ses projets.

Obtenir à tout prix de Jonathan qu'il lui confiât la conduite d'un des satellites du *Remember*, ce qui revenait, en somme, à posséder le secret de la direction du colosse lui-même, puisque le *Swan* et le *Wasp* étaient construits sur les mêmes modèles réduits au quart; et, ce résultat obtenu, assassiner froidement le capitaine, une belle nuit, dans son lit, et faire disparaître son cadavre sans bruit, pour rester seul maître du *Remember*, étant le seul qui le pût diriger : tel était son but.

L'atteindrait-il? Il était difficile de le prévoir, car le capitaine Rouge ne se dissimulait pas les convoitises que son admirable invention ne manquerait pas d'exciter; sa propre sûreté allait surtout dépendre de la fermeté avec laquelle il saurait garder ses secrets.

Et cependant, la preuve de sa puissance universellement faite, il lui devenait impossible de ne pas se choisir un confident, un *alter ego*, sous peine de ne pouvoir quitter une minute le *Remember*. Il était clair qu'une coalition tacite ne manquerait pas de se faire entre tous les gouvernements intéressés à anéantir un pareil engin de destruction qui les mettait tous à la merci

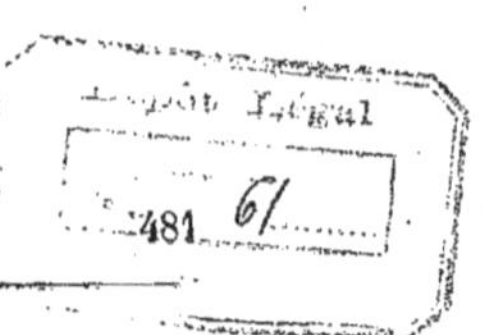

Il se mit à danser une gigue écossaise. (Page 487.)

d'un seul homme; et comme il était facile de s'emparer du capitaine un jour qu'il aurait quitté sa formidable forteresse, et de détruire cette dernière avec quelques cartouches de dynamite, Jonathan Spiers était, pour ainsi dire, forcé de s'adjoindre un suppléant qui, à la moindre tentative contre son chef, monté sur le *Remember*, réclamerait immédiatement sa mise en liberté, sous menace de couvrir le globe de ruines et de sang.

Le capitaine le comprenait si bien qu'il avait, en un jour d'abandon, communiqué ses craintes à Ivanowitch; ce dernier en avait tressailli de joie, et sans laisser percer son émotion, avait abondé dans son sens.

— En effet, lui avait-il répliqué, il vous faut absolument un *second vous-même;* sans cela, à quoi vous servirait une puissance dont vous ne pourriez presque pas jouir, attaché que vous seriez au *Remember*, comme Prométhée à son rocher.

— Mais où trouver cet homme, avait murmuré le capitaine pensif, assez désintéressé pour ne pas se laisser acheter, assez dévoué à ma personne pour ne pas céder au désir de me supplanter, assez courageux et énergique pour incendier au besoin le monde, si l'on touchait à ma personne, et assez habile pour ne pas se laisser surprendre lui-même?...

— Si vous le voulez, je serai cet homme-là, avait été sur le point de répondre Ivanowitch; mais il s'était retenu à temps, comprenant qu'avec un homme comme le capitaine, il ne fallait pas avoir l'air de se mettre en avant, son choix devant nécessairement tomber sur quelqu'un qu'il ne soupçonnerait pas d'avoir ambitionné le poste.

— Celui que vous choisirez, maître, aura une bien lourde responsabilité, avait-il fait simplement. Il devra surtout avoir, comme principale qualité, de vous aimer avec un fanatisme absolu.

Jonathan l'avait alors regardé de son œil clair et perçant, mais n'avait rien répondu.

On en était resté là, et le capitaine avait affecté de ne plus reprendre jamais cette conversation. Il était clair qu'il étudiait le terrain, et si, d'un côté, la reconnaissance tendait à faire pencher la balance en faveur du Russe, de l'autre, une instinctive répugnance l'avait empêché jusqu'à ce moment de fixer son choix sur lui.

De tous côtés, la situation était des plus tendues et menaçait d'avoir avant peu un dénouement dramatique.

Pendant toute la journée, les préparatifs de la fête se continuèrent sur le placer et au grand village des Nagarnooks; elle devait avoir lieu le surlendemain, et les soins à leur donner occupèrent suffisamment Olivier pour le distraire des incidents de la nuit.

Le brave Dick donnait la main aux ouvriers qui transformaient l'habitation, et il faisait semblant de ne se douter de rien; on voulait lui faire une surprise, et il se promettait bien, à part lui, d'avoir l'air énormément surpris.

CHAPITRE II

Willigo à France-Station. — Gilping chez les Ngotaks. — Une lettre de Luce.

Sur les deux heures, l'illustre Willigo, le héros des grandes luttes du Buisson, vint à l'habitation avec son fidèle Koanook, qui ne le quittait pas plus que son ombre.

Depuis plus d'une année, le grand guerrier avait effacé ses peintures de guerre; il vivait paisiblement, partageant son temps entre ses concitoyens et ses bons amis blancs; pour être dans le vrai même, il faut dire qu'il était plus souvent au chalet de France-Station qu'aux grands villages de sa tribu; il venait souvent y passer des mois entiers, chassant, pêchant dans le lac avec Olivier, menant enfin une existence d'un calme entouré de jouissances et de confort qu'il n'avait pas connus depuis qu'il était au monde; on n'eût jamais dit le terrible guerrier qui faisait trembler naguère les bush-rangers, les maraudeurs et les peuplades du Buisson.

Depuis qu'il avait vengé la Fleur-de-Mélia et ses amis blancs, par la destruction de presque tous les batteurs d'estrade, un grand apaisement semblait s'être fait dans son esprit, et la vie civilisée avait pour lui des charmes qu'il ne lui eût pas trouvés auparavant.

Pour faire plaisir à ses amis, lorsqu'il était sur l'habitation, il avait même pris l'habitude de revêtir le costume européen, sans avoir jamais voulu s'astreindre cependant à la torture des souliers et à se couvrir la tête d'un chapeau; malgré cela, Willigo s'asseyant à table avec Dick et Olivier, bien qu'il continuât à manger avec ses doigts, et portant un pantalon et un veston de toile blanche, seules parties du vêtement des blancs dont il avait consenti à s'affubler, était déjà une assez belle conquête de la civilisation sur la sauvagerie native entièrement rebelle à nos coutumes.

En cet état, le brave Willigo avait un air paterne et bon enfant qui eût trompé le physionomiste le plus habile; quand il sommeillait surtout, étendu dans un fauteuil, après un bon repas, il vous avait, moins la couleur de la peau, des airs de bon bourgeois retiré des affaires en villégiature à Clichy-la-Garenne ou tout autre lieu. Mais il n'eût point fallu trop s'y tromper quand son regard s'égarait, le soir, sur les vastes solitudes du Buisson, qui se teignaient de pourpre et d'or sous les derniers rayons du soleil couchant; on sentait comme un souffle de liberté passer sous les narines du vieux batteur d'estrade, qui devait, en les repassant dans sa mémoire, regretter les grandes luttes dont il avait été le principal acteur. Et l'on prévoyait qu'à la moindre alerte il rejetterait bien loin la ridicule défroque dans laquelle il s'enveloppait, pour se parer de nouveau de ses peintures de guerre et déterrer la hache enfouie depuis trop longtemps devant la porte de son kraal, en poussant avec joie son cri énergique : Wahga ! wahga !

Tranquillise-toi, vieux guerrier, la paix dont tu jouis finira trop tôt au gré de tes amis; trop tôt aussi ils seront obligés de faire appel à ton indomptable vaillance.

Depuis quelques jours, Walter Kirby, le squatter, était arrivé avec toute sa famille sur l'habitation pour assister à la fête donnée en l'honneur de Dick, et les anciens compagnons du Buisson, désirant tous se voir au complet, avaient expédié Willigo au pays des Ngotaks pour inviter John Gilping à se joindre à eux. Le chef était parti avec Koanook, et tous deux revenaient avec une lettre de l'Anglais, qu'ils remirent à Olivier.

Ce dernier se hâta d'en prendre connaissance; elle était conçue en ces termes :

« Du pays des Ngotaks,

« En notre résidence de Gilping Hall, Weangow square.

    « Dears friends, and gentlemens,

    « Chers amis et messieurs,

« Et le vent de l'Eternel ayant soufflé sur la montagne, une voix se fit entendre aux quatre coins de la terre et elle disait : « Séparez l'ivraie du bon « grain, afin que l'Eternel reconnaisse les siens. »

« J'ai bien reçu l'invitation que vous m'avez adressée par l'entremise de notre vieil ami Willigo accompagné du jeune et aimable Koanook. L'idée que vous avez eue de célébrer l'anniversaire de l'illustre et parfait gentleman qui a reçu en naissant le nom de Dick, et de ses contemporains le surnom de Canadien, est charmante, et je la partage.

« Vous connaissez assez, je suppose, les sentiments qui m'animent, pour être assuré du très grand plaisir que j'eusse éprouvé, s'il m'eût été donné de me joindre à vous, avec ma clarinette, pour donner à cette fête le cachet artistique et musical qui lui fera peut-être défaut.

« Mais le vent de l'Eternel, selon l'expression d'Isaïe, a soufflé à travers les montagnes des Ngotaks; et, comme jadis les murailles de Jéricho sont tombées au bruit des trombones d'Israël, les murailles de l'impiété et de l'esprit du mal qui entouraient le peuple ngotak n'ont pu résister aux accents inspirés de ma clarinette célébrant, avec variations, les louanges de l'Eternel. Mais je ne puis m'absenter, sans redouter la sinistre coalition de Belzébuth, de Lucifer et d'Astaroth, qui, sous les traits d'un prédicant papiste, rôde depuis quelque temps dans le Buisson, prêt à introduire l'erreur et l'ivraie là où j'ai semé la vérité et le bon grain.

« Ce séide de Rome, connaissant l'influence de l'harmonie sur l'âme des néophytes australiens, s'est muni d'un orgue de Barbarie, avec airs nouveaux, dans la pensée d'étouffer, sous les sons vulgaires de son hérétique instrument, les douces mélodies de la clarinette orthodoxe ; et mon absence laisserait le champ libre à ses perfides machinations.

« D'un autre côté, mes chers Ngotaks, craignant que je ne revinsse plus parmi eux, ont déclaré nettement qu'ils s'opposeraient à mon départ, même par la force ; et dans ce cas, j'ai dû céder à la persuasion.

« Ma collection zoologique est presque terminée ; il ne me manque plus que deux ou trois sujets, que je me procurerai sans aucun doute avant mon départ pour l'Angleterre, qui n'aura pas lieu avant cinq ou six mois. Je garde les doubles pour la collection de mon excellent ami Olivier, comte de Lauraguais d'Entraygues, que l'Eternel conserve. »

Et c'était signé :

« JOHN GILPING.

« De Gilping Hall, Woangow square.

« Membre de la Société royale de Londres,
section de géologie, botanique et histoire naturelle,
de la Société évangélique,
futur membre de la Chambre haute d'Angleterre
au titre et apanage de lord Woangow,
reversible de mâle en mâle par primogéniture. »

Le brave Gilping était tellement assuré de son élévation à la pairie dès que son pied toucherait le sol anglais, qu'après avoir commencé un peu par manière de plaisanterie à signer ainsi ses lettres, il continuait maintenant le plus sérieusement du monde.

Les accès de gaieté dont Olivier ponctua la lecture de cette lettre firent accourir Dick, qui ne put s'empêcher de joindre son rire sonore et franc à celui de son ami.

Willigo et Koanook furent pressés de questions sur la véritable situation de Gilping chez les Ngotaks, et il résulta de leurs déclarations que le brave prédicant avait excité une telle admiration chez les indigènes avec ses chants et sa clarinette que, tout en étant entouré de soins et de prévenances, il était réellement gardé à vue comme un prisonnier et qu'à aucun prix on ne le laisserait partir de bonne volonté.

Le lieu que Gilping appelait pompeusement Gilping Hall se composait d'une construction vaste et assez commode, construite par les Ngotaks sous sa direction, pour lui servir d'habitation. Mais à peine terminée, les indigènes l'avaient entourée, comme la ferme de Kirby, d'un large fossé et d'une palissade, non pour sa défense extérieure, mais pour que Gilping ne pût s'en évader. Sur la demande de ce dernier, qui s'y trouvait trop à l'étroit, ils avaient ajouté aux dépendances un vaste terrain d'environ deux hectares ;

mais comme le corps de logis principal, ils l'avaient fait suivre d'un fossé et d'une palissade d'enceinte.

C'est cet espace orné d'arbres et de bosquets de mélias que Gilping avait décoré du nom de Gilping square. Le brave homme vivait là à l'engrais, sous la surveillance étroite des Ngotaks, qui, le prenant sérieusement pour un koboug ou génie bienfaisant tombé de la lune pour faire leur bonheur, une vieille prophétie annonçant cet événement miraculeux à peu près pour cette époque, étaient bien décidés à ne jamais le laisser retourner au pays des ancêtres. Le brave Gilping n'éprouvait nul désir de s'embarquer pour le monde lunaire, mais il eût bien voulu recouvrer sa liberté, afin de préparer son retour en Angleterre. Mais il ne s'avouait pas sa situation, expliquait toutes ces précautions par l'intérêt que les Ngotaks portaient à sa sûreté, et s'imaginait naïvement qu'il accomplissait une mission et gagnait des âmes à la Bonne Nouvelle. Chaque fois qu'il essayait de franchir les limites de Gilping square, deux vigoureux Ngotaks, toujours en faction, avec force sourires, génuflexions et mines engageantes, l'obligeaient à rentrer.

— Les braves gens! disait alors Gilping; ils craignent sans doute qu'il m'arrive quelque chose... on n'a jamais vu un pareil attachement. Mais je vous assure, mes enfants, que je ne risque absolument rien.

Koboug! natta koboug! natta koboug, pas sortir, pas sortir! murmuraient les Australiens, en grimaçant leur plus aimable sourire.

Et si le brave prédicant insistait, ils le chargeaient délicatement sur leurs épaules, le réintégraient tout doucement dans Gilping square, et se retiraient après lui avoir embrassé les pieds.

— Quelle affection! quelle affection! disait alors le futur lord Woangow ému jusqu'aux larmes.

Et puis quelle ardeur, quelle foi dans ses catéchumènes! Deux fois par jour, toute la tribu pénétrait dans Gilping square : hommes, femmes, enfants s'asseyaient par terre en demi-cercle, et un des chefs faisait signe au koboug de commencer ses exercices.

Gilping, de cette voix suave, étranglée, sortant on ne sait d'où avec de faux airs de crécelle, dont chaque Anglais a été doué par la nature et le brouillard, leur chantait alors quelques psaumes, qu'il traduisait ensuite sur la clarinette, au grand contentement de ses auditeurs; ils n'en avaient jamais assez.

— Quelle ferveur! quelle ferveur! disait le bonhomme enchanté de ses succès.

Et aux cris mille fois répétés de na! na! leur manière à ces gens-là de crier *bis*, il recommençait, jusqu'à ce que ses lèvres fatiguées refusassent de presser le bec de son instrument.

Un jour qu'il avait rendu une visite un peu trop prolongée à un flacon de brandy de sa provision de conserves, mis en gaieté par les fumées de l'alcool et la joie communicative des assistants, il se mit à danser une gigue écossaise avec un entrain endiablé qui gagna toute la compagnie; et bientôt les Ngotaks sautèrent à qui mieux mieux autour de lui, imitant ses pas, ses gestes, ses mouvements.

De ce jour, tous les exercices durent se terminer, soir et matin, par une gigue générale... écossaise, dans laquelle la clarinette remplaçait le biniou.

Bast! David avait bien dansé devant l'arche, on ne pouvait imiter un meilleur modèle.

Il est vrai que le saint roi ne connaissait ni la clarinette, ni le biniou, mais il jouait de la lyre et du plectre, l'ancêtre de la guitare... pure affaire de civilisation. Cependant, à partir de ce moment, il dut perdre tout espoir de recouvrer sa liberté, les Ngotaks tenaient plus que jamais à leur koboug, et sa réputation ayant volé jusque chez les Nirbass et les Dundarups, ils n'en veillèrent qu'avec plus de soin sur leur bon génie lunaire, par peur qu'on ne le leur enlevât. Ils avaient même pris la décision de le tatouer au chiffre de leur tribu, mais cette pensée originale n'avait pas encore reçu son exécution.

Gilping avait bien écrit à la Société évangélique de Londres qu'il avait converti une des peuplades les plus puissantes de l'Australie, et qu'il était urgent d'envoyer un véritable pasteur pour le remplacer; mais il ignorait quelle suite avait été donnée à sa demande, et si les Ngotaks s'accommoderaient de la substitution.

Tous ces incidents, que Dick et Olivier parvinrent à démêler dans les récits de Willigo et de Koanook, ne laissèrent pas de les amuser beaucoup; la question du tatouage les fit frémir, et ils résolurent de se rendre chez les Ngotaks immédiatement après la fête, pour arracher leur ami à la dangereuse affection des indigènes.

Willigo annonça également à ses amis qu'ils avaient rencontré le matin même le courrier d'Europe; mais qu'il n'avait pu obtenir de lui qu'il lui confiât les lettres et journaux à destination de France-Station.

Il n'y avait, à cette époque, en Australie, aucun service postal régulier pour l'intérieur : aussi les squatters, fermiers, éleveurs et propriétaires de runs s'étaient-ils entendus par région pour se faire expédier tous les mois leur courrier, soit de Melbourne, soit de Sydney, selon la province qu'ils habitaient, par un exprès qu'ils payaient à frais communs.

L'arrivée de ce courrier était toujours un grand événement dans chaque station, et l'on doit penser avec quelle impatience il était attendu dans ces postes lointains, où les nouvelles des parents et amis d'Europe mettaient six mois à vous parvenir. On avait, au contraire, tous les mois, des correspondances presque régulières avec les différents points de l'Australie, soit par cet exprès, soit par les wagons qui transportaient continuellement les marchandises et approvisionnements dans l'intérieur, et en rapportaient à Melbourne les produits d'exploitation.

Le courrier signalé ne devait pas tarder à arriver, bien qu'il eût plusieurs écarts à faire sur la route dans différentes stations, car à chaque run on tenait à sa disposition un cheval frais uniquement pour ce service.

Willigo et Koanook achevaient à peine de rendre compte de leur voyage, que la trompe du messager se fit entendre. Olivier et Dick se précipitèrent à sa rencontre, et le nouvel arrivant leur remit un véritable sac de dépêches. Il était si chargé, cette fois, qu'il avait été obligé de prendre, sur tout le parcours, un cheval de renfort.

Le jeune comte et son ami donnèrent des ordres pour qu'on prît soin de lui servir à dîner pendant qu'on préparait deux autres trotteurs ; et ils se retirèrent immédiatement au salon, pour dépouiller leur correspondance. Willigo, pour lequel ils n'avaient pas de secret, les suivit.

Olivier opéra d'abord le triage des lettres adressées aux marins, ainsi qu'aux employés et ouvriers du placer, et les leur fit envoyer de suite ; puis il s'occupa de celles qui leur étaient personnelles.

Il n'y avait rien pour Dick.

— Qui pourrait bien m'écrire, en effet ? fit le vieux trappeur avec une nuance de tristesse ; tous les miens sont morts depuis longtemps, et tous ceux que j'aime sont ici.

Pour le comte, il y avait bien une vingtaine de plis différents ; comme il les passait tous en revue, selon une habitude instinctive pour reconnaître le lieu de départ, avant de se décider à en ouvrir un, il aperçut une lettre couverte de cachets de cire, chargée jusqu'à Melbourne, et qui allait l'obliger à signer au livret de poste du messager. Ce dernier, qui connaissait son monde, la lui avait remise avec les autres avant cette formalité qui n'avait point, du reste, dans le Buisson, l'importance qu'on y attache dans les villes.

Une lettre chargée possède toujours par elle-même une certaine gravité ; elle a tout au moins le don d'attirer spécialement l'attention du destinataire.

Olivier fit sauter les cachets, sans s'arrêter aux initiales imprimées dans la cire, qui lui étaient inconnues ; il courut à la signature, poussa une exclamation.

— Qu'y a-t-il ? fit Dick avec curiosité.

Sans s'attarder à intriguer son ami, Olivier lut :

— Lucien Luce, ex-baron de Funcal, ancien consul de Portugal à Melbourne.

— Celui qui nous a si odieusement trompés, exclama le Canadien.

— Oui, mais qui a amplement réparé sa faute, répondit Olivier, car, sans lui, nous périssions asphyxiés dans la cage de fer où l'*homme masqué*...

— Dieu veuille avoir son âme, murmura Dick.

— Où l'homme masqué nous avait fait enfermer, continua le comte.

— Vous avez raison, mon cher ami ; je retire mes premières paroles, faute expiée n'existe plus... Que peut-il nous vouloir ?

La petite troupe s'embarqua sur les deux goélettes (Page 494.)

— Vous allez le savoir... écoutez.
Et Olivier lut :

« Monsieur le comte,

« Depuis le jour où votre ami et vous m'avez non seulement pardonné,
mais fait grâce de la vie, qu'en bonne et légitime défense vous aviez le droit

de m'enlever, je n'ai eu d'autre pensée que celle de chercher à vous être utile dans le duel que vous soutenez avec tant de courage et d'énergie non contre la Société des Invisibles, trompée par un traître, mais contre ce traître, dont je regrette de ne pouvoir vous déclarer le nom, lié que je suis par un serment, et que je continuerai bien malgré moi à ne désigner que sous celui de l'homme masqué. »

— Il ignore sa triste fin, interrompit le Canadien.

Olivier continua :

« L'occasion que j'attendais ardemment vient enfin de se présenter, et vous ne sauriez croire avec quel bonheur je la saisis. L'homme masqué, que vous croyez mort, sans doute... »

— Hein ! que dit-il ?

. — Mon cher Dick, je vous en supplie, fit Olivier avec une nuance d'impatience, laissez-moi lire jusqu'au bout, la question est trop grave pour nous interrompre à chaque instant ; je poursuis :

« Que vous croyez mort, sans doute, car je connais par lui toutes les circonstances de l'explosion de *Red-Mountain*, a échappé, par miracle, au plan si merveilleusement élaboré par votre ami Willigo, je suppose. Quelques instants avant cette explosion formidable qui a enseveli environ 350 bush-rangers et leur chef sous la montagne, l'homme masqué ayant éprouvé la fantaisie d'aller voir de près le lac sulfureux, dont la surface se couvrait avec la nuit de verdâtres fulgurations, s'était éloigné, et se trouvait à environ deux cents mètres du centre de l'accident quand il se produisit. Il en éprouva néanmoins une terrible secousse, et fut couvert de terre et de débris. Il s'évanouit sous le choc, et quand il revint à lui, un bruit de voix frappa ses oreilles ; il eut immédiatement la présence d'esprit de se contenir, au lieu d'appeler au secours, comme il en avait eu d'abord la pensée. Ce fut ce qui le sauva, car vous n'étiez qu'à quelques pas du lieu où il était tombé, et protégé par les débris qui le couvraient presque en entier et par la nuit, il vous entendit causer avec vos amis, de sa mort, qui ne faisait aucun doute pour vous. Vous devez vous souvenir que votre compagnon, Dick le Canadien, prononça les paroles suivantes :

« — Willigo a bien fait de nous cacher cela, car je ne sais si nous eussions consenti à préparer froidement une pareille boucherie humaine ; mais la conscience du vieux Nagarnook ne sera pas troublée pour si peu, et, ma foi, il a bien fait ; cela termine définitivement la lutte.

« L'homme masqué fit, ce soir-là, un terrible serment de vengeance, dans lequel il engloba cette fois non seulement l'indigène, mais tous ceux qui de près ou de loin touchent à votre personne, se promettant de les faire expirer tous, ainsi que vous, dans les plus horribles tortures.

« Il vient de passer par Paris, revenant de Saint-Pétersbourg et se rendant en Australie par la voie de San-Francisco, pour mettre ses menaces à exécution. Bien qu'il m'ait raconté complaisamment toutes ces choses, il s'est renfermé dans un mutisme obstiné sur les moyens qu'il comptait employer pour arriver à ses fins. Ce que j'ai retenu, c'est qu'il m'a affirmé plusieurs fois qu'il était assuré de vous prendre tous comme dans une souricière; et il faut qu'il soit bien certain de son fait pour retourner en Australie, après les nombreux insuccès qui ont été le résultat de ses plans les mieux combinés. Quelques mots cependant qui lui sont échappés pourront contribuer à vous mettre sur la voie : il a parlé, autant que j'ai pu le comprendre, de machine infernale... de découverte de la science... de la puissance de l'électricité... mais quand j'ai voulu le faire préciser, je n'ai obtenu que des réponses évasives, on eût dit qu'il se méfiait de moi. Ce que je puis vous certifier, c'est qu'il va recommencer la lutte avec des moyens nouveaux, et une énergie doublée par le désir de la vengeance.

« Puisse cet avis que je vous donne contribuer à effacer dans votre esprit les dernières traces d'une faute que je n'eusse certainement pas commise, si on ne vous eût représenté à moi comme un intrigant cherchant à capter, par tous les moyens, une des plus grandes fortunes de la Russie. Je serais heureux si vous pouviez me rendre cette justice, que l'erreur reconnue, je me suis employé de mon mieux à en réparer les conséquences.

« Dès que vous aurez reçu cette lettre, à toute heure du jour et de la nuit, et quel que soit le lieu où vous vous trouviez, tenez-vous sur vos gardes. »

Cette lecture n'était pas terminée, que Willigo se glissait sans bruit hors de l'appartement; la vie qu'il menait pour ainsi dire côte à côte avec son vieux camarade Tidana et ses amis, qui ne parlaient entre eux que le français, lui avait rendu cette langue assez familière pour qu'il n'eût pas perdu un mot de la lettre du policier ; et il voulait sans doute prévenir son fidèle Koanook de la grave nouvelle qui venait d'arriver.

— Ainsi, l'homme masqué n'est pas mort! fit Olivier dont le visage s'était couvert d'une pâleur mortelle.

Nature nerveuse, un peu féminine, en ce sens que les premières impressions l'atteignaient presque toujours au point de paralyser son énergie, il avait entrevu, tout d'abord, avec un véritable effroi la renaissance d'une lutte qu'il croyait à tout jamais terminée ; la quiétude dont il jouissait depuis près d'une année, la conviction que le couronnement de ses plus chères espérances n'était plus qu'une question de mois, avaient rendu plus terrible encore le coup qu'il venait de recevoir.

— Eh bien, avait répondu simplement le Canadien en s'approchant de son ami, nous ferons voir à ce lâche personnage, qui n'ose attaquer ses ennemis en face, que nous ne sommes pas gens à reculer; et cette fois, je le jure, moi aussi, je ne déposerai mon rifle que quand justice sera faite de ce sinistre aventurier... Olivier, mon ami, mon enfant, le vieux trappeur peut bien

vous donner ce nom, remettez-vous. Si vous saviez comme votre douleur me
fait souffrir !

— Ah ! c'est à désespérer de la vie ! fit le jeune comte éclatant en sanglots ; encore la lutte, encore du sang, et qui sait si le sort ne sera pas, cette
fois, fatal à l'un de vous, mes fidèles amis... Ah ! si cet homme avait le
courage d'accepter un combat singulier !

— Je vous en supplie, calmez-vous... qu'avons-nous à craindre ? nous
sommes avertis, là est l'important. La situation n'est plus la même que quand
nous luttions presque seuls dans le Buisson contre toute une armée de maraudeurs, de bush-rangers et d'indigènes, et que nous étions encore obligés
de déjouer les trames habiles d'une foule d'espions et de policiers. Notre
ennemi s'est affaibli, alors qu'au contraire notre force augmentait. N'avons-
nous pas avec nous toute la tribu des Nagarnooks, et au placer vingt hommes
d'élite, les premiers et les plus courageux chasseurs du Buisson, je les connais de longue date, qui seront heureux d'accourir à notre appel et d'échanger le pic contre la carabine ? Ce sont tous des vieux coureurs de bois, à qui
une pareille aventure ne saurait déplaire ; et le brave Willigo, le roi des
guerriers, qui pour l'astuce et la ruse est cent fois supérieur à cette tourbe
policière qu'on avait mis à nos trousses ; et Koanook, Niroobah, Ouaïa-Nandi,
Wi-Waga, dont le dévouement est à toute épreuve ; et nos Européens de la
Maria, et de la *Feodorowna*, et moi ! En vérité, quand je fais le dénombre-
ment de nos forces, je me demande vraiment comment on pourrait vous atteindre au milieu de nous, et si cette petite alerte ne vient pas à propos
pour nous stimuler. D'honneur, la vie que nous menions ici finissait par devenir monotone ; nous allons donc enfin nous amuser un peu !

Et le Canadien termina sa période par un rire énergique et franc, qui, pour
être calculé, n'en atteignit pas moins son but ; le vieux chasseur savait comment il fallait parler à son jeune ami, à son enfant, comme il le disait avec
raison, car, en l'écoutant, avec une mobilité d'impression qui était le fond
même de son caractère, Olivier sentit s'envoler une à une toutes ses appréhensions, et c'est presque en souriant qu'il répondit, en pressant les deux mains
de Dick :

— Allons, je ne suis qu'une femmelette ; vous avez cent fois raison, que
puis-je redouter au milieu de vous tous ? Mais si un rien m'abat, il suffit d'un
rien également pour me relever : chez moi, les nerfs sont plus forts que la
volonté ; maintenant que le coup est porté, vous verrez que vous n'aurez pas
à rougir de moi.

— Je vous ai vu à l'œuvre et sais ce dont vous êtes capable.

A ce moment, Laurent fit irruption dans le salon ; il venait de recevoir de
Willigo la confidence de l'événement, et connaissant le tempérament de son
maître, le brave serviteur accourait pour lui relever le moral qu'il s'attendait à trouver péniblement affecté. Il fut agréablement surpris de le trouver

aussi ferme et aussi courageux ; la réaction était entièrement accomplie, et désormais le jeune comte allait donner l'exemple de cette décision prompte et de cette froide énergie que ses amis avaient si souvent admirées en lui.

Et d'abord il décida, malgré l'avis du Canadien, que rien ne serait changé à leurs projets, et que la fête, dont tous les préparatifs étaient achevés, aurait lieu comme si rien ne s'était passé.

— C'est bien le moins, mon vieil ami, mon second père, que nous célébrions ensemble votre cinquantième anniversaire, dit-il à Dick en l'embrassant avec effusion ; c'est une grande joie que je veux me donner à moi-même, et vous ne voudrez pas m'en priver.

Il refusa aussi d'abandonner son projet d'excursion sur le lac pour la nuit même, et à toutes les prudentes observations que lui faisaient Laurent et le Canadien, il répondit sans hésiter :

— Plus que jamais cette excursion doit se faire ; un mot de la lettre de Luce m'a frappé, c'est celui d'*électricité*. Il est plus que probable que cela n'a aucun rapport avec les événements vrais ou rêvés par Le Guen et Le Bihan dans un moment d'hallucination causée par des visites trop répétées à l'eau-de-vie de leur gourde ; mais je veux en avoir le cœur net. Donc, qu'on se prépare ; le soleil ne va pas tarder à se coucher, nous souperons joyeusement à bord, et demain nous tiendrons conseil sur les choses merveilleuses que nous aurons vues, ajouta-t-il en ponctuant cette phrase d'un sourire d'incrédulité, et, ce qui est plus sérieux, sur la portée de la lettre que nous avons reçue ce soir.

A cet instant, Willigo et Koanook firent leur entrée dans le salon. Un cri de surprise accueillit leur apparition ; ils étaient méconnaissables. L'unique touffe de cheveux qu'ils conservaient sur le sommet de la tête, et qui depuis longtemps avait été abandonnée à son caprice, était tressée et relevée, avec un bouquet de plumes d'aigle noir ; leur corps entièrement nu, hors le léger pagne de peau de kangourou qui ne leur descendait qu'aux cuisses, était couvert de peintures de guerre ; à la ceinture pendait la hache et le boomerang ; d'une main ils tenaient la lance de combat, et de l'autre leur carabine.

— Wahga ! fit à mi-voix Willigo en entrant ; l'Aigle-Noir et le Fils-de-la-Nuit (traduction du nom de Koanook) sont allés déterrer la hache des batailles à la porte de leur kraal, et ils sont maintenant sur le sentier de la guerre.

Une joie sauvage perçait dans les paroles, dans toute l'attitude du chef. Il allait donc pouvoir, *du moins il le croyait*, suivre de nouveau les pistes de ses ennemis dans le Buisson, attacher à sa ceinture les sanglants trophées des chevelures, mener enfin de nouveau cette vie d'aventures, sans laquelle le guerrier nagarnook ressemblait à ces vieux lions mis en cage dont l'œil triste et rêveur reflète les heures de liberté disparues et les grands combats livrés au rival sur les bruyères de l'Atlas.

Le comte fut droit à eux et leur pressa les mains d'une énergique étreinte.

— Merci ! leur dit-il simplement ; il y a longtemps que je ne suis plus à compter avec votre dévouement.

CHAPITRE III

Poursuite sur le lac. — Encore le feu mystérieux.
Prisonnier sous l'eau. — Le vaisseau fantôme. — La décharge électrique.
Les épaves de la *Feodorowna*. — Le plan de l'homme masqué.

Les deux capitaines firent prévenir en ce moment que les navires étaient sous pression.

L'Aigle-Noir et Koanook, qui connaissaient les mystérieuses aventures de la nuit par les matelots nagarnooks, demandèrent la permission d'accompagner leurs amis, ce qui leur fut immédiatement accordé.

Le chef eut une idée lumineuse, qui, communiquée à Olivier, fut exécutée de suite ; il conseilla de s'adjoindre un des meilleurs plongeurs de la tribu, pour le cas où il faudrait explorer les eaux du lac.

Ce fait, bien naturel en lui-même, puisqu'on avait parlé de lumière flottant et descendant sans s'éteindre dans l'abîme, devait être plus tard gros de conséquences ; il eut, comme on le verra, une influence décisive sur la marche des événements.

Le soleil venait de se coucher, marquant l'horizon d'une bordure rougeâtre sur la nappe tranquille du lac Eyréo, lorsque la petite troupe s'embarqua sur les deux goélettes. Le temps était calme, pas un souffle de brise dans le feuillage des grands eucalyptus, pas un nuage dans le ciel clair et parsemé d'étoiles, qui se reflétaient sur le miroir paisible des eaux.

Les nuits, sur les bords des lacs australiens, ne sont pas silencieuses et lugubres comme dans le Buisson désert, où l'on n'entend de temps à autre que la triste plainte du hocko, ce hibou du continent austral, et le gémissement monotone de l'opossum qui se repose dans le tronc pourri d'un arbre que la foudre a brisé. Dans les hautes herbes du rivage, des milliers de palmipèdes, sarcelles, canards, plumiers, macreuses, cygnes noirs, heureux de se reposer des ardeurs tropicales du jour, plongent, se rappellent, volettent çà et là au-dessus des roseaux, et, jusqu'à une heure fort avancée, font entendre leurs cris bizarres et variés ; pendant que dans les buissons et les épais ombrages des pommiers de rivière et des gruffnoacks de la rive une foule de martins-pêcheurs, de merles, de tourterelles vertes, après avoir choisi leur refuge, gazouillent à qui mieux mieux avant de s'endormir.

Olivier et ses amis étaient montés à bord de la *Maria;* la seconde goélette n'avait que son équipage ordinaire. On recommanda à Le Guen de rester constamment à portée de la voix dans les eaux du navire qui le précédait et d'attendre les ordres ultérieurs qui pourraient lui être donnés selon les circonstances.

— Attention! avant partout! s'écria Le Bihan.

Le même commandement fut répété à bord de la *Feodorowna,* et les deux goélettes, svelles et légères comme les blanches mouettes qui rasent les flots, prirent le large, piquant droit au centre du lac.

Le comte d'Entraygues et ses compagnons étaient en proie à une émotion que personne ne cherchait à dissimuler; chacun repassait dans sa mémoire le récit des deux marins, et les incrédules eux-mêmes n'étaient pas sans éprouver de vagues appréhensions, augmentées encore par le silence et l'obscurité profonde qui avait succédé presque sans transition au demi-jour crépusculaire, si court sous les tropiques. Aussi les uns et les autres, appuyés sur le bordage d'avant, une jumelle de nuit à la main, interrogeaient-ils avec anxiété la vaste plaine liquide qui se développait devant eux. En moins de rien, les côtes disparurent et l'on eut la complète illusion de la pleine mer.

Après quelque temps de cette muette observation, Olivier sentit qu'il fallait réagir contre le malaise général, et il fit annoncer par le maître d'hôtel que le souper était servi. Comme on n'avait rien pris avant de partir, les trois coups de cloche réglementaires furent reçus sans trop de déplaisir.

Le grand salon était splendidement éclairé et le repas servi avec recherche. La table a cela de particulier, qu'en réparant les forces physiques, elle relève en réalité le moral en lui donnant un point d'appui, un centre de résistance qui lui ferait défaut sans cela. Le corps humain n'est qu'une machine qui, comme toute autre, a besoin de combustible : une locomotive sans charbon et sans eau serait une chose inutile aux mains de son conducteur.

L'effet prévu par le comte ne se fit pas attendre. Une demi-heure ne s'était pas écoulée que la conversation était devenue générale et que, le bourgogne aidant, les propos plaisants commencèrent à faire leur apparition; on hasarda d'abord timidement cette proposition, déjà émise par Olivier, que les capitaines des goélettes avaient peut-être trop bien dîné la veille, et on concluait que leur histoire n'était qu'un mirage du cerveau.

Kirby, mis en bonne humeur par l'association alternative du beaune et du pomard, qu'il accablait tour à tour de marques de tendresse, émit ce trait d'esprit du plus pur yankisme, que Le Bihan et son compagnon avaient dû prendre le reflet de la lune dans l'eau pour une lanterne.

— Prenez garde, mon ami, lui répondit le Canadien avec un fin sourire; si vous continuez ainsi votre promenade sur les coteaux bourguignons, il va vous en arriver autant.

— Au lieu d'une lune il en verra trente-six, fit Laurent, se mettant de la partie.

— C'est que, répliqua Kirby avec son gros rire de farceur, je ne parviens pas à trancher une question que je me suis posée, dès le commencement du repas, sur la supériorité du beaune ou du pomard. Quand je bois du beaune, c'est le pomard qui a tort, et...

— Quand vous ingurgitez du pomard, acheva Laurent, c'est le beaune qui n'a pas raison.

— Oh! véritablement délicieux, monsieur Laurent, délicieux! exclama le squatter, en se renversant dans son fauteuil pour rire à son aise.

— Il nous manque bien ce pauvre Gilping, observa Olivier; cette question ne l'eût pas embarrassé.

Pour achever de mettre son monde en gaieté, le comte fit servir du champagne.

— A la santé du capitaine Fantôme et du *grand voltigeur hollandais!* s'écria par bravade un des convives, en élevant sa coupe couronnée de mousse.

Ces dernières paroles étaient à peine prononcées que le capitaine Le Bihan, qui veillait aux bossoirs, lança à pleine voix les mots suivants, qui éclatèrent au milieu de la joie générale, comme un coup de foudre dans un ciel serein :

— Feu! par bâbord avant!

Tout le monde se précipita sur le pont.

La nuit était si profonde qu'à deux pas de soi on ne pouvait rien distinguer; les objets perdaient toute netteté de couleur; la lune ne devait se lever que plus tard, et la brise d'ouest qui s'était déclarée sur les huit heures avait chassé devant elle une foule de nuages noirs et opaques, qui empêchaient les étoiles de se refléter dans les eaux du lac; il était donc impossible de commettre la moindre confusion et de trouver une cause naturelle à la plus petite réfraction lumineuse... Et cependant, à une distance que Le Bihan évaluait à un mille environ, une lumière nette, claire, blanchâtre courait et scintillait sur les eaux.

— C'est ainsi que cela a commencé hier, dit le capitaine de la *Maria.*

— C'est étrange! incompréhensible, murmura Olivier, l'œil fiévreusement attaché sur le point lumineux; que dites-vous de cela, Dick?

— Vous connaissez mon opinion, mon cher ami : il y a dans la nature des phénomènes que l'homme ne peut expliquer par des causes naturelles.

— Eh bien, je persiste à croire que rien n'existe sans causes naturelles, c'est-à-dire logiques, rationnelles; il s'agit seulement de les trouver. Tout ce que l'homme attribue au surnaturel n'est que le résultat de son ignorance des véritables lois de la nature.

Et la Feodorowna, partagée en deux, s'abîma dans les flots. (Page 502.)

— Vous voilà en présence d'un de ces phénomènes... L'occasion est belle, cherchez-en la cause, mon ami ; pour moi, je me souviens très bien d'avoir entendu dire aux frères moraves, qui m'ont enseigné le peu que je sais, dans ma jeunesse, et ils n'avaient aucun intérêt à nous tromper, que les âmes des trépassés revenaient souvent demander des prières, et que si leur mort était le résultat d'un crime, on les rencontrait souvent au lieu même où le crime s'était commis. Je crois donc, comme Le Bihan et Le Guen, jusqu'à preuve du contraire, qu'il s'est accompli quelque sombre drame dans ces parages.

— Ah! si Gilping était là! murmura Olivier, c'est un homme de science, lui, au moins; à nous deux nous finirions bien par percer ce mystère.

— J'ai souvent vu, la nuit, dans le cimetière de mon village, des feux follets courir sur les tombes, hasarda Laurent, qui n'avait pas encore osé donner son opinion.

— Et tu en conclus? interrogea Olivier.

— Excusez ma franchise.

— Parle sans crainte, je comprends ta réponse.

— Je pense, mon cher maître, que Le Bihan et le Canadien pourraient bien avoir raison.

— Toi aussi, mon pauvre Laurent!...

— Mais qui donc allumerait ces feux dans les cimetières?

— Ce phénomène est expliqué il y a longtemps, on peut même le reproduire à volonté; ce sont des émanations de gaz hydrogène phosphoré, produit de la décomposition des matières animales et végétales qui, dès qu'elles quittent le sol, ou les marécages, s'enflamment au contact de l'air... Voilà les âmes de tes trépassés, mon pauvre Laurent; et sois persuadé que le phénomène que nous avons en ce moment sous les yeux est tout aussi facilement explicable, il suffit de pouvoir s'en approcher et l'étudier.

Laurent secoua la tête d'un air de doute, et le comte n'insista pas. Rien n'est aussi enraciné que les superstitions de l'ignorance; et du reste, l'esprit de l'homme est ainsi fait, que le merveilleux l'attire beaucoup plus que la froide réalité scientifique.

Les navires avaient continué leur marche, le feu mystérieux n'était plus qu'à une centaine de mètres, et on le distinguait avec une netteté remarquable, sans que rien ne vînt expliquer les causes.

— Faites arrêter la machine, dit Olivier à Le Bihan, et gouvernez à le ranger au plus près, de façon à rester dans ses eaux et à lui couper la route au passage.

— Modère!... stop! cria Le Bihan au machiniste; puis au timonnier : la barre dessous, toute!

Mais cette manœuvre n'eut pas le résultat qu'on en attendait. Le feu, comme s'il eût compris le commandement, commença à descendre sous l'eau, et lorsque la *Maria* stoppa, on l'aperçut par le travers à tribord, brillant d'un éclat plus vif que jamais, à vingt brasses environ de la surface du lac.

Tout le monde s'était précipité contre le plat-bord, et la tête ardemment penchée en avant, regardait avec stupeur cet étrange phénomène.

Si le comte d'Entraygues n'eût pas été une intelligence aussi bien équilibrée, aussi rebelle à toute superstition, s'il n'eût pas été pour ainsi dire imprégné de cette conviction intime, que donne seule la science, que le merveilleux n'existait pas, il eût senti son cerveau incliner devant l'explication donnée par Le Bihan et le Canadien de ce fait singulier.

— Nous allons bien voir... fit-il simplement.

Et appelant Willigo :

— Où est Tanganook le plongeur?

— Ici même, répondit le chef.

En entendant prononcer son nom, un indigène accroupi dans un coin, sur le pont, se leva et s'approcha du comte.

— Plonge sur cette lumière, lui dit ce dernier.

Sans hésiter, l'indigène enjamba le bordage et se précipita dans le lac.

La lumière était si vive qu'on put suivre tous ses mouvements, et qu'on le vit descendre avec rapidité; le point lumineux ne bougeait pas. Tout à coup, Olivier poussa un cri de stupéfaction auquel répondirent immédiatement ses compagnons : une chose inouïe, impossible, à rendre fou, se passait sous l'eau. Arrivé près de la lumière, Tanganook avait étendu les mains comme s'il voulait saisir quelque chose près d'elle : alors, on avait vu cette lumière reprendre sa marche descendante dans les eaux du lac, et Tanganook la suivre comme s'il eût été entraîné par elle... Tous les yeux étaient fixés sur cet émouvant spectacle, toutes les poitrines étaient haletantes, le point lumineux descendait... descendait... descendait toujours, suivi d'une vitesse égale par Tanganook... Bientôt ce ne fut plus qu'une lueur à peine sensible... puis tout disparut, lumière, plongeur; le lac rentra dans l'obscurité et le silence.

— Le fantôme l'entraîne sous les eaux! s'écria Le Bihan, s'adressant à Olivier; fuyons, monsieur, fuyons, ou il va nous arriver malheur!

— Nous ne pouvons abandonner cet homme ainsi, fit le comte hors de lui.

Avant qu'il ait pu ajouter un mot, donner un ordre, Willigo et Koanook qui, comme la plupart des indigènes, nageaient comme des poissons, s'étaient jetés dans le lac, à la recherche de leur camarade. Au bout d'une minute, on les vit revenir à la surface pour reprendre haleine, puis ils plongèrent de nouveau. Quatre fois, ils renouvelèrent la même manœuvre sans succès, et ils ne se décidèrent à remonter à bord que lorsqu'à bout de forces ils durent craindre pour leur vie.

Tanganook n'avait pas reparu.

Interrogés par le comte d'Entraygues, Willigo et Koanook déclarèrent que nulle part ils n'avaient aperçu traces de leur camarade; mais ils déclarèrent, chose singulière, que lors de leur premier plongeon ils avaient entendu comme des sons de voix sous l'eau, compliqués de bruits étranges, dont ils n'avaient pu se rendre compte.

Des voix sous l'eau! l'étrange se compliquait d'impossibilité.

— Karakuls! karakuls! (des revenants! des revenants!) murmurait Willigo au milieu de ses explications.

Les deux guerriers nagarnooks, dont le courage ne saurait être mis en doute, étaient bleus de peur, tellement est grande la terreur que les fantômes inspirent aux indigènes; les plus braves n'oseraient affronter un karakul, et certainement au début nos deux hommes ne devaient pas attribuer à un de ces esprits errants la mystérieuse lumière qui errait sur le lac : sans cela, aucune puissance au monde n'eût pu les décider à se porter au secours de leur camarade.

Quoi qu'il en soit, un homme avait disparu et dans des circonstances tellement extraordinaires qu'elles déjouaient toutes les suppositions. Tanganook était un nageur d'une telle force, que l'idée qu'il eût pu se noyer n'était venue à personne.

Pour tous les compagnons d'Olivier, il n'était même pas possible d'émettre le moindre doute : ce triste événement ne pouvait être attribué qu'à des causes surnaturelles; aussi l'effroi était-il général à bord, et sans la présence d'Olivier, on eût regagné le rivage à toute vapeur.

—Monsieur Dick, fit le Bihan à voix basse en s'approchant du Canadien, quand M. le comte est à bord, je ne puis aller contre sa volonté; mais, croyez-moi, il y a dans ce qui se passe depuis deux jours quelque chose de diabolique qui ne présage rien de bon ; j'ai le pressentiment que tout cela se terminera par quelque épouvantable désastre, et vous devriez user de votre influence pour qu'il me soit permis de rallier la terre, nous courons de grands dangers ici, et chaque minute qui s'écoule nous rapproche peut-être d'un irréparable malheur.

— Je crois comme vous, Le Bihan, que nous sommes à la merci de quelque puissance formidable qui joue en ce moment avec nous comme le chat fait avec la souris avant de l'égorger; mais, qu'y faire? nul ne peut échapper à sa destinée.

—Cependant, monsieur, nous pouvons regagner le rivage; à terre le péril ne serait plus le même, et tout au moins le verrions-nous venir, et à votre place...

A ce moment, la voix expira dans son gosier, et la phrase s'acheva par un sifflement guttural; le malheureux fut obligé de s'appuyer contre le rouffle de l'arrière pour ne pas tomber.

— Qu'avez-vous, au nom du ciel? exclama le Canadien en se portant à son secours.

— Là ! monsieur Dick, là ! regardez, balbutia le marin en étendant le bras par le travers de bâbord.

La tête dans les mains, adossé à la *c'aire-voie* du grand salon, Olivier était en ce moment absorbé dans ses pensées; il ne voulait pas s'éloigner encore du lieu du sinistre, car il ne pouvait s'imaginer que le malheureux Tanganook eût payé de sa vie l'acte courageux qu'il venait d'accomplir; tout au moins, il avait la généreuse intention de ne pas s'éloigner sans être certain que le lac ne rendrait pas son cadavre.

A ces paroles de Le Bihan, le Canadien avait vivement porté ses regards dans la direction indiquée... il ne put s'empêcher de tressaillir.

A moins de cent mètres à l'arrière de la *Maria*, une forme allongée, noire, luisante, telle que Le Guen l'avait déjà dépeinte dans son récit, se tenait immobile, menaçante dans sa silencieuse attitude.

Dick appela Olivier.

— Voyez, lui dit-il simplement, avec une émotion qu'il ne chercha pas à déguiser... est-ce un mirage, est-ce une illusion du cerveau?

— C'est la scène d'hier qui recommence, conforme en tout point au récit de Le Guen, répondit le jeune homme avec une colère concentrée; fantôme ou réalité, nous allons bien voir. Capitaine, faites charger l'obusier d'arrière à mitraille.

— Y pensez-vous, mon ami? intervint immédiatement le Canadien; je vous en supplie, écoutez la voix de la raison : est-ce que la disparition de Tanga-nook ne vous suffit pas, et voulez-vous attirer sur vous de plus graves représailles?

— Je suis venu pour me rendre compte de toute cette fantasmagorie, et j'irai jusqu'au bout! répliqua le comte avec un sombre entêtement.

Et il renouvela son ordre à Le Bihan.

— Mon devoir est d'obéir, monsieur, répondit le superstitieux Breton en se signant; mais nous sommes tous perdus.

Le capitaine de la *Feodorowna* reçut la même injonction. La petite goélette se trouvait un peu en avant, grâce au mouvement tournant opéré par la *Maria* pour couper la route au feu flottant.

— A vous, Le Guen, et pointez juste! fit Olivier, qui avait pris définitive-ment le commandement des deux navires.

Il y eut un moment d'émotion poignante.

Calme et résigné, le Canadien avait fait le sacrifice de sa vie...; on ne lutte pas contre les puissances occultes... et puis, ce qui est écrit est écrit, disait-il avec son fatalisme habituel.

Tous les hommes qui ont vécu pendant de longues années dans le désert, les forêts, la steppe, la pampa ou la jungle, seuls avec la nature, arrivent forcément au fatalisme, en vertu d'une loi cérébrale qui ne peut être mise en doute; l'être humain y est sans influence sur les phénomènes, quels qu'ils soient, qui se développent autour de lui : végétation, saisons, mouvements atmosphériques, dans leur cours régulier, *fatal,* pour employer le mot, ont leur réaction sur le milieu cérébral, et l'homme, en généralisant, arrive à soumettre tous les événements de la vie à un ordonnancement régulier, préexistant, sur lequel il n'a pas d'action... c'est écrit! L'homme de mer subit les mêmes influences. De là l'obéissance passive de Le Bihan et de Le Guen, malgré la persuasion qu'ils avaient de marcher à la mort.

— A vous, Le Guen! avait répété Olivier.

Et chacun attendait dans une anxiété terrible le résultat de cet ordre.

La voix nette et ferme du vieux marin s'éleva alors au milieu d'un religieux silence; ses canonniers indigènes étaient à leur poste.

— Attention! fit-il; chargez!... pointez!... feu!

La détonation de la pièce se confondit presque avec le dernier commandement, et un ouragan de fer s'abattit sur la masse noire, qui n'avait pas bougé de place depuis son apparition; elle reçut la décharge avec l'impassibilité d'une muraille sous la poignée de sable lancée par un enfant, et quand l'agitation de l'eau se fut un peu calmée, sa coque noire et luisante apparut de nouveau dans la même position; elle n'avait pas une égratignure!

Avant que les spectateurs de cette scène aient eu le temps d'échanger une parole, on vit les flots s'agiter brusquement autour de la *Feodorowna* et s'élever tout à coup comme une immense gerbe qui retomba en pluie, et on entendit la voix de Le Guen s'écrier :

— A moi! à moi! nous coulons.

Et la *Feodorowna*, partagée en deux, s'abîma dans les flots; la scène n'avait pas duré trente secondes, et aucun bruit précurseur... rien... si ce n'est le mouvement des eaux.

Tout le monde était affolé sur la *Maria;* on s'attendait à subir le même sort; il n'en fut rien, heureusement, et Le Bihan, qui n'avait pas perdu son sang-froid, manœuvra immédiatement pour recueillir les naufragés qui, entraînés d'abord par le tourbillon que la *Feodorowna* avait produit en coulant à pic, commençaient à revenir à la surface. En moins de rien, les six Nagarnooks qui formaient l'équipage de la goélette, Le Guen et le mécanicien Danéan furent recueillis à bord, sains et saufs; aucun d'eux, par un hasard providentiel, n'avait reçu de blessure.

La *Maria* était sous pression; Le Bihan, qui dans le danger, ne reconnaissait plus d'autre autorité que la sienne, fit virer de bord, et le navire courut à toute vitesse dans la direction du rivage.

Alors, chose étrange et qui donna le frisson aux plus braves, on vit la masse noire s'ébranler à son tour, courir d'abord dans le sillage de la goélette, puis peu à peu augmenter de vitesse, la dépasser, faire trois fois, comme la veille, le tour du petit navire, et finalement disparaître en plongeant dans le lac.

En proie à une exaltation indicible, Olivier avait été entraîné dans sa cabine par le Canadien et son fidèle Laurent.

Lorsque la *Maria* arriva à quai, un soupir de soulagement s'échappa de toutes les poitrines; à cet instant, seulement, on se crut sauvé.

De retour à l'habitation, Olivier réunit en conseil ses amis, ainsi que les deux capitaines et les mécaniciens, pour étudier les causes et surtout les conséquences de cette sinistre aventure; deux camps bien tranchés se formèrent : les partisans du merveilleux et ceux de la raison; comme toujours, ces derniers furent en minorité. Olivier n'eut avec lui que les deux mécaniciens lorsqu'il soutint après mûres réflexions, et en comparant les phénomènes produits avec les termes de la lettre de Luce, que le feu devait être attribué à l'électricité, et à la même cause encore, à l'aide d'une puissante machine sous-marine, la perte de la *Feodorowna*.

Il parlait à des gens qui ne connaissaient ni la puissance de l'électricité, ni les merveilleuses découvertes modernes faites en mécanique, et se trouvait, par conséquent, sans moyen de les convaincre.

Certes, Toucas et Danéan, simples ouvriers de la flotte, n'étaient pas d'un niveau social supérieur aux autres Européens; leurs connaissances en navigation étaient même inférieures à celles de Le Bihan et de Le Guen, mais ils avaient suivi un cours de mécanique appliquée à l'école des mécaniciens de la marine de Toulon, et comme cette science touche par une foule de côtés aux branches les plus importantes des connaissances humaines, leur intelligence s'était élargie à ce contact et ils étaient susceptibles de comprendre des phénomènes dont les autres n'entrevoyaient même pas la possibilité. Quand on songe que tous les actes de la vie sont soumis aux lois de la mécanique, qu'on ne peut faire un seul mouvement, construire un appareil ou un meuble, une machine ou un monument, sans appliquer, d'une façon consciente ou inconsciente, les lois multiples de cette science admirable qui maintient l'ordre, l'harmonie, l'équilibre dans le monde, réglemente les astres et l'industrie humaine, est la base de l'anatomie animale, comme elle l'est de ces *êtres* artificiels de bois, de fer ou de bronze à l'aide desquels l'homme double sa puissance et ses moyens d'action; quand on songe enfin qu'elle est la science des forces universelles, on comprend que deux simples mécaniciens de la marine n'aient pas plus hésité que le comte d'Entraygues à reconnaître des causes mécaniques et naturelles dans les événements de cette nuit, alors que d'autres, l'esprit moins ouvert à la rectitude scientifique, avaient préféré voir là les manifestations d'êtres chimériques habitant le monde invisible.

Il y avait cependant un point par lequel le Canadien et les autres partisans du merveilleux triomphaient en apparence :

— Comment, disaient-ils, les auteurs présumés des actes accomplis sur le lac Eyréo auraient-ils pu apporter au centre de l'Australie des machines d'une telle importance, à plus de cinq cents lieues des côtes, sans avoir été vus, rencontrés par des indigènes? Et s'ils l'ont été, comment se fait-il qu'on n'en sache rien, alors que le plus petit fait éveille la curiosité des Australiens, comme de tous les peuples primitifs, du reste, et vole de bouche en bouche jusque dans les tribus les plus éloignées? Un seul Européen, c'est un fait, ne peut voyager pendant huit jours dans l'intérieur sans que sa présence soit immédiatement signalée partout, et une troupe d'hommes avec des wagons, des chevaux ou des bœufs, pour le transport de leurs engins, auraient pu marcher des mois, traverser la moitié du continent, sans laisser de traces! La chose est plus qu'improbable, elle est impossible; et en admettant qu'ils aient pu le faire, comment accepter toutefois qu'ils aient pu traverser, sans être signalés, les territoires des Nirbass, des Dundarups, des Ngotaks et des Nagarnooks, qui enclavent le lac de tous côtés?

— Nous ne savons pas comment cela s'est fait, répondaient le comte et ses partisans, mais cela est cependant, parce qu'il est absurde de croire qu'un homme puisse être entraîné sous l'eau par un fantôme, plus absurde encore d'admettre que l'âme d'un trépassé puisse faire courir des lumières sous l'eau et couper un navire en deux.

Comme cela arrive dans toutes les discussions entre gens de science pure et ignorants superstitieux, on se sépara sans avoir pu se mettre d'accord.

Mais chez le vieux Canadien, l'opinion, quelle qu'elle fût, ne pouvait diminuer en rien l'ardente affection qu'il portait à Olivier; aussi, à l'issue de la réunion, vint-il lui dire, en le pressant sur son cœur :

— Les paroles, mon cher ami, n'ont pas de signification; il n'y a que l'affection et le dévouement qui en ait... Fantômes de notre imagination ou puissances mécaniques au service de vos ennemis, nous nous défendrons jusqu'à la mort contre eux.

Olivier lui rendit son étreinte avec une affection que rien ne pouvait altérer.

— Dans tous les cas, lui dit-il par simple concession gracieuse, nous n'aurons pas que des esprits à combattre, puisque les Invisibles se préparent à recommencer la lutte.

Le duel était sérieusement engagé, et, grâce à Luce et aux imprudences du capitaine Rouge, qui ne voyait dans tout cela qu'une occasion d'expérimenter ses machines dans tous leurs moyens d'action, production de l'électricité sous l'eau, direction à volonté, à l'aide d'un fil conducteur, d'un flotteur électrique, combinaison pour saisir un ennemi dans l'eau, force de projection nécessaire pour partager un navire en deux, etc., Olivier et tous les siens étaient suffisamment avertis, et un coup de surprise était dorénavant impossible, étant donné surtout que Jonathan Spiers s'était, comme on le sait, énergiquement opposé à l'emploi de tout moyen qui pût amener la mort non seulement du comte d'Entraygues, mais encore des Français de son entourage.

Le soir même, l'habitation fut entourée d'une triple barrière de guerriers indigènes et divers postes d'observation installés sur les rives du lac.

La disparition de Tanganook ne changeait rien aux dispositions du lendemain; ses parents mêmes pouvaient assister à la fête, car les cérémonies funéraires ne pouvaient s'accomplir que quand le lac aurait rendu son cadavre, et le deuil ne datait que de ce jour-là...

En attendant que le lever du soleil donne le signal des réjouissances, nous

Le chirurgien déclara que, dans cinq minutes, il n'y paraîtrait plus. (Page 509.)

allons user du privilége qui nous permet d'aller rendre visite aux gens du *Remember* et donner quelques explications nécessaires sur les événements qui se sont terminés par la perte de la *Feodorowna*.

La première rencontre que le capitaine Rouge avait eue avec le navire commandé par Le Guen avait été l'effet d'un pur hasard; la seconde, au contraire, avait été voulue, concertée. Jonathan Spiers avait parfaitement prévu que le rapport fait par le capitaine sur les événements de la première nuit inspirerait aux propriétaires de l'habitation le désir de contrôler ses dires, et il s'était promis, le cas échéant, de leur donner une seconde édition de la scène jouée en l'honneur de la *Feodorowna*.

Dans tout cela, il ne voyait qu'un jeu, le moyen, nous l'avons dit, de multiplier ses expériences et de s'assurer, avant de se lancer dans des aventures plus importantes, du fonctionnement régulier de toutes les parties principales et nécessaires, des engins puissants sur lesquels reposait son succès.

Ce caprice du capitaine Rouge contrariait vivement Ivanowitch, qui trouvait avec raison qu'il était inutile de donner l'éveil aux habitants de France-Station. Il estimait que sa mission serait beaucoup plus périlleuse et plus difficile à exécuter si on forçait le comte d'Entraygues à se tenir, pour ainsi dire, sur ses gardes par des surprises aussi souvent renouvelées. En supposant même que ce dernier n'attribuât pas ces mystérieux événements à une nouvelle tentative des Invisibles, n'était-il pas évident qu'il prendrait des mesures de précaution qui rendraient sa capture beaucoup plus problématique? Mais en présence de la ligne de conduite qu'il s'était tracée depuis leur dernier entretien, il n'osait, même avec les formules les plus respectueuses, lui communiquer ses observations.

L'occasion ne devait sans doute pas tarder à se présenter, où le capitaine, malgré son désir de garder ses secrets pour lui seul, serait forcé de se choisir un suppléant; il ne pouvait pas rester éternellement enfermé dans le *Remember* ou dans un de ses deux satellites; un jour ou l'autre, il prendrait la nostalgie du vert, de l'air libre; il était grand chasseur, et le Buisson australien, qu'il ne connaissait pas, avec toutes ses variétés de kangourous, d'opossums, de taureaux sauvages, de casoars, de cygnes, de dindons, finirait par le tenter. Et alors il serait bien obligé de se choisir cet *alter ego* dont il lui avait parlé et de lui enseigner au moins quelques manœuvres essentielles, pour pouvoir, en son absence, parer au moins au plus pressé en cas d'urgence. Et, comme le Red captain n'était l'homme ni des demi-mesures ni des atermoiements, Ivanowitch espérait bien, qu'une fois sur le terrain des confidences, il irait jusqu'au bout et remettrait à celui qu'il honorerait de sa confiance certain petit *memento* qu'il avait rédigé en plusieurs expéditions, et qui contenait non seulement l'indication de toutes les manœuvres, avec les touches numérotées correspondantes, mais encore les moyens de remplacer avec la plus grande rapidité toutes les pièces, rouages, ressorts, etc., qu'il avait fait fabriquer en double et en triple; avec ces instructions et le personnel de mécaniciens commandé par Holloway, le *Remember* pouvait se réparer n'importe où, et avec ses seules ressources, en très peu de temps. Tout avait si bien été prévu qu'en cas d'accident arrivé aux ailes, ces dernières étaient disposées de telle sorte qu'elles servaient de parachute au colosse, qui, grâce à l'extraordinaire vitesse que lui imprimait son hélice électrique, pouvait continuer à se soutenir en l'air jusqu'à ce qu'il eût trouvé un atterrissage convenable. Et comme Ivanowitch avait fait de très grands progrès dans l'amitié de Jonathan, il comptait bien que le choix de ce dernier tomberait sur lui. Ce résultat obtenu, il était alors, nous le savons, décidé à ne pas reculer devant un crime.

Une fois maître du *Remember*, il foudroyait d'un seul coup le chalet de France-Station avec tous ses habitants, satisfaisant ainsi sa haine et son ambition, en même temps qu'il accomplissait la mission qu'il s'était fait donner par la société des Invisibles.

Avec ce plan nouveau, la capture immédiate du comte d'Entraygues n'était plus pour lui que d'un intérêt secondaire, et dès lors il mit tous ses soins à ne point laisser soupçonner à Johnatan la mauvaise humeur avec laquelle il avait vu d'abord ses promenades nocturnes.

CHAPITRE IV

Une conversation du capitaine Rouge et d'Ivanowitch.
Départ de Jonathan pour France-Station. — Un nouvel exploit de Willigo et de Koanook.

Pour mieux observer ce qui se passait à France-Station, le capitaine Rouge avait quitté le centre du lac et était venu s'échouer, avec sa flottille sous-marine, dans un bas-fond où il ne pouvait être aperçu à moins de cinq cents mètres du rivage; et là, par une ingénieuse combinaison de réflecteurs, rien de ce qui se passait à terre et à la surface du lac ne pouvait lui échapper.

Toute conversation tenue sur le rivage lui était immédiatement transmise par des plaques téléphoniques disposées de façon à recevoir les impressions des ondes sonores et mises en communication par un fil avec le cornet acoustique du *Remember*. C'est ainsi qu'ayant entendu Olivier demander, au moment du départ, à Willigo si le plongeur était à bord, il avait compris qu'il s'agissait d'envoyer cet homme sur le feu électrique au moment de sa descente sous l'eau, et il avait immédiatement formé le projet de le faire prisonnier.

Il s'y prit, comme on va le voir, d'une façon fort ingénieuse.

Outre le *hublot* supérieur par lequel on pénétrait dans le *Remember*, Jonathan avait fait construire à l'arrière une cloison étanche de deux mètres de hauteur sur soixante centimètres de profondeur et quatre-vingts de largeur; deux portes y donnaient accès, une s'ouvrant sur son salon intérieur et l'autre sur le dehors. Toutes deux étaient entourées de fortes bandes de caoutchouc et s'appuyaient contre les rebords des cloisons sur des coussins de même matière si hermétiquement que ni l'eau ni l'air n'y pouvaient pénétrer. A terre, il était facile de se servir de ce passage pour pénétrer dans le *Remember* ou en sortir. Dans l'eau, il ne pouvait être utilisé qu'à la condition d'avoir la tête entière enfouie dans un casque de cristal muni d'un tube en caoutchouc destiné à fournir la provision d'air nécessaire à la respiration ; ce tube en caoutchouc était adapté à une ouverture fixe pratiquée dans la porte intérieure et muni, à son extrémité libre, d'une pédale à soufflet pour la transmission de l'air. Protégé par cet appareil, on pouvait pénétrer dans la cloison étanche, fermer hermétiquement la porte intérieure et ouvrir alors celle qui communiquait avec l'eau de la mer ou du lac, qui remplissait simplement l'espèce de cage pleine ménagée dans la double cloison, sans aucun danger pour celui qui s'y trouvait.

Dans cette situation, on pouvait prendre sous l'eau n'importe quel objet et l'introduire dans le *Remember ;* il suffisait pour cela de refermer la porte extérieure, l'eau contenue dans le compartiment s'écoulant immédiatement par des conduits intérieurs disposés à cet effet, et l'on pouvait alors ouvrir sans danger la porte communiquant avec le salon du capitaine.

Restait donc à s'emparer du plongeur et à l'entraîner dans la cloison étanche, sans qu'il pût offrir de résistance ?

Le génie inventif de Jonathan eut vite résolu la question. On sait que lorsqu'on saisit de chaque main un objet en communication avec les deux pôles d'une pile convenablement chargée, on reçoit d'abord une secousse proportionnée à la quantité d'électricité qui se dégage, puis qu'il est impossible, tant que dure le dégagement électrique, de dégager ses mains crispées de l'objet que l'on a saisi.

Le capitaine Rouge partit de là pour assurer la capture qu'il voulait faire ; le globe de verre qui contenait la pointe de charbon enflammée par l'électricité qu'il faisait promener à volonté sur le lac et sous l'eau fut muni de chaque côté d'une sorte de poignée de métal bon conducteur du fluide, que le plongeur devait forcément saisir des deux mains pour s'emparer du globe ; ce n'était plus alors qu'un jeu d'enfant de l'entraîner dans le compartiment, les secousses électriques qu'il ne cessait de recevoir, pendant toute la durée de l'opération, paralysant entièrement ses forces et ses mouvements.

Ces préparatifs, fort simples, ne demandèrent que quelques instants, car il ne s'agissait que d'attacher cette double poignée au globe, et ce fut le *Remember* lui-même qui accompagna sous l'eau les deux goélettes lorsqu'elles prirent le large.

Tout réussit à souhait. Debout dans la cloison étanche et la porte extérieure ouverte, Samuel Davis saisit au passage le pauvre Tanganook qui, les mains crispées autour du globe, était entraîné sous l'eau par le petit câble électrique relié à cet appareil pour servir de fil conducteur, ferma rapidement cette porte par la simple pression d'un ressort, et au bout de six secordes, temps nécessaire à l'écoulement de l'eau, ouvrait la porte intérieure et déposait, sur le tapis du salon, aux pieds de Jonathan, son prisonnier évanoui. Le pauvre diable, en se voyant entraîné dans l'abîme sans pouvoir dégager ses mains, avait pris peur et, perdant la tête, avait ouvert la bouche et bu une certaine quantité d'eau; mais l'opération avait été conduite avec une telle rapidité, que Prescott, le chirurgien, après l'avoir examiné, déclara que dans cinq minutes il n'y paraîtrait plus.

Pendant que le digne homme faisait revenir à lui l'indigène, Jonathan, qui avait échoué le *Remember* sur le fond, reprit sa manœuvre dont on connaît le résultat final: irrité de la bordée de biscayens et de mitraille envoyée par la *Feodorowna*, il avait, en mettant en mouvement un de ses puissants accumulateurs, coupé le navire en deux. Inutile d'insister sur les conséquences qui sont connues.

Après avoir accompagné pendant quelque temps la *Maria*, le *Remember* vint reprendre son mouillage de fond entre le *Swan* et le *Wasp*.

En recouvrant ses sens, Tanganook jeta des regards effarés autour de lui, et se voyant au milieu de ce salon somptueux où partout brillaient l'or et la soie, entouré de figures qu'il ne connaissait pas, parmi lesquelles deux nègres à la face grimaçante, il se crut mort et se mit à trembler de tous ses membres.

Cependant Ivanowitch s'était approché; grâce à son séjour non interrompu d'une année en Australie, à ses relations suivies avec les Ngotaks et surtout à cette facilité extraordinaire que les Slaves possèdent pour les idiomes étrangers, il parlait couramment la langue des indigènes de cette partie du continent, langue fort pauvre du reste, se composant de deux cents à deux cent cinquante mots à peine.

Aux premiers mots qu'il lui adressa, le pauvre diable le prit pour le génie de la lune et se jeta à ses pieds, en le priant de ne pas lui faire de mal, et surtout de ne pas le réduire à l'état d'âme errante, de karakul.

Ivanowitch eut toutes les peines du monde à lui faire comprendre qu'il n'était point parti pour le pays des ancêtres, et que personne n'avait l'intention de le torturer.

Le Nagarnook jetait toujours des regards de défiance sur les deux nègres, et dans l'impossibilité de se rendre compte du lieu où il se trouvait, n'acceptait qu'avec défiance les paroles rassurantes que lui adressait son interlocuteur.

Jonathan, qui venait de stopper, fit à ce moment son entrée dans le salon. S'apercevant de la terreur que les noirs inspiraient au prisonnier, il leur fit signe de se retirer.

— N'est-il pas bizarre, dit l'honorable Jonas-Habacuc Littlestone qui examinait le prisonnier avec soin, de voir...

— Non, monsieur, se hâta d'interrompre selon sa louable habitude le bon

Prescott; non, monsieur, cela n'a rien de bizarre, et si vous aviez voyagé comme moi...

— Mais ce n'est pas cela...

— Comment! ce n'est pas cela? Il vous plaît à dire, parce que vous étiez resté pendant quinze ans sur un rond de cuir...

— Je vous répète que...

— Oh! inutile, vous n'êtes jamais de l'avis de personne.

— Mais...

— Il n'y a pas de mais, vous êtes toujours prêt à contredire tout le monde et il n'y a pas moyen de placer un mot avec vous.

— Oh!... fit Littlestone en levant les yeux au ciel avec désespoir.

— Inutile de vous fâcher, la colère est toujours un mauvais, un très mauvais argument...

— Allons, messieurs, calmez-vous, dit Jonathan en riant. Vous reprendrez votre intéressante discussion au carré, veuillez me laisser interroger notre prisonnier.

Les deux adversaires se toisèrent comme deux dogues prêts à s'entre-dévorer, mais ils se turent; tout pliait, à bord du *Remember*, devant la parole du maître.

L'indigène, affolé, donna tous les renseignements qu'on voulut lui demander sur les habitants du chalet, le placer des Cygnes et sa propre tribu; l'interrogatoire terminé, Jonathan le réconforta à l'aide de quelques bonnes paroles et lui promit que sous peu de jours il serait rendu à la liberté; puis, ayant donné des ordres pour qu'il fût bien traité, mais étroitement surveillé pour prévenir tout acte imprudent de sa part, il emmena Ivanowitch dans son cabinet particulier pour lui faire part d'un projet qu'il venait de former.

— Mon cher compagnon, lui dit-il, les expériences auxquelles je devais nécessairement soumettre le *Remember* et ses satellites pour être sûr de l'instrument que j'avais dans la main sont terminées, et vous avez pu voir que tous mes calculs se sont trouvés justes, que toutes mes prévisions même sont dépassées : pas le plus petit échec, pas la moindre déception... La mécanique, mon cher Ivanowitch, est la reine du monde; il est des heures, je dois vous l'avouer, où je suis effrayé du résultat que j'ai obtenu; grâce à la science, j'ai centralisé un tel ensemble de forces, que je me suis mis de cinq ou six siècles, peut-être, en avance sur l'humanité actuelle, et remarquez que je n'ai rien inventé.

— O maître! que dites-vous là? fit le Russe.

— Écoutez-moi patiemment : non, je n'ai rien inventé; je n'ai fait qu'appliquer un ensemble de lois déjà découvertes, que réunir dans un seul *être* toutes les forces actives qui en résultent.

Le mouvement et l'électricité, voilà les deux grandes forces dont la nature se sert pour son incessant labeur de création, de modifications, de transformations; et comme le mouvement n'est autre chose qu'un dégagement de calorique, et la chaleur une modification de l'électricité, il s'ensuit que ces deux grandes forces se confondent dans l'unité, c'est-à-dire dans l'électricité. Quand on a découvert cette vérité, il n'y a plus rien d'impossible dans le monde.

Et voyez comment, en appliquant la même loi, l'œuvre de l'homme se rapproche de l'œuvre de la nature.

Prenez le corps humain pour exemple. Pure machine construite par l'immortel Ouvrier, qui puise elle-même dans les matières qui l'environnent ses liquides, ses fluides, ses gaz, son charbon alimentaire qui, par la production de la chaleur, va mettre en mouvement tous ses rouages. Diminuez la chaleur, la machine perd ses forces; maintenez-la au-dessous de zéro, elle s'arrête, se désorganise, c'est la mort; augmentez la chaleur, au contraire, et son activité croît; portez-la à 60, 80, 100°, et la machine humaine se ronge, se détériore, se brûle elle-même : c'est encore l'arrêt, c'est encore la mort; même résultat dans les deux cas, destruction pour insuffisance ou absence d'électricité, destruction par excès d'électricité, car, je vous l'ai dit, la chaleur n'est qu'une des formes multiples de l'électricité.

Appliquez les mêmes lois de construction mécanique à un *être* que vous formez avec des matières qui, comme celles qui font la base du corps humain, appartiennent au règne minéral : fer, bronze, acier, etc., comment communiquez-vous le mouvement à cet ensemble de rouages divers? Egalement par la chaleur, et là encore les mêmes causes conduisent au même résultat : diminuez la chaleur, le mouvement se ralentit; supprimez-la, il s'arrête; augmentez, au contraire, la chaleur, et le mouvement s'accélère; allez jusqu'au bout dans cette voie, et la machine éclate... elle meurt !

Ainsi pour l'*être humain*, comme pour l'*être artificiel*, au point de vue purement physique, même loi de construction mécanique; même cause du mouvement, la chaleur ou mieux l'électricité; même résultat produit par la cessation ou l'exagération du calorique. Seulement le sublime Ouvrier a su enfermer dans la machine humaine le mécanicien directeur et modérateur du mouvement, ce que l'homme ne peut faire pour les *êtres mécaniques* qu'il crée, car il est obligé d'être lui-même l'agent directeur et modérateur de l'*être* qu'il a *formé à son image*, c'est-à-dire en appliquant les lois de construction mécanique auxquelles son propre corps obéit.

L'être humain est donc une machine qui porte en elle son propre directeur, tandis que l'*être mécanique*, construit d'après les mêmes lois, mû par la même force, la chaleur, est obligé de recevoir impulsion et direction de l'homme lui-même. La nature a fait son œuvre complète, elle a réuni dans le même être : rouages, mouvement, direction. L'homme n'a pu résoudre le dernier terme du problème; Prométhée n'a pu animer sa statue. Par contre, les forces de l'homme, comme moteur, sont définies, bornées, rien ne peut les augmenter, tandis que les forces de l'*être mécanique* sont pour ainsi dire infinies, puisque l'on peut toujours donner aux rouages *mécaniques* une force de résistance égale à la somme d'efforts à obtenir; et que la force motrice, c'est-à-dire la chaleur, c'est-à-dire l'électricité, est sans borne, et l'intelligence humaine, directrice de l'être mécanique, capable de s'élever jusqu'aux plus hautes conceptions.

— C'est admirable, ô maître, interrompit de nouveau Ivanowitch, et de quelle sublime lumière vous éclairez toutes ces questions!

Jonathan Spiers s'était animé peu à peu, il poursuivit :

— C'est en réfléchissant pendant de longues nuits sans sommeil à cette sublime unité de force et de mouvement de l'univers, de l'étoile qui gravite dans les cieux au mouvement des mers, de la pierre qui tombe à la plante qui pousse, de la brise qui souffle à la pensée qui s'envole, car la pensée, elle aussi, est le produit de la chaleur mouvementant la matière cérébrale; c'est en rêvant à ces sublimes vérités inscrites à chaque page au livre de la science, que je suis arrivé à me persuader que le génie de l'homme pouvait atteindre à une puissance d'action inconnue, par l'application de toutes les lois mécaniques du mouvement dans l'air, sur la terre et dans l'eau, représentés par l'oiseau, le quadrupède et le poisson, à un être mécanique procédant de ces trois formes du mouvement, avec l'électricité comme moteur. Tout cela existait déjà séparément. On a construit des bateaux sous-marins, la locomotion mécanique sur le sol existe depuis cinquante ans, et la mécanique appliquée à l'industrie est la grande révolution du siècle. On était moins avancé pour la navigation aérienne, plusieurs tentatives déjà faites cependant, avaient, à l'exemple de l'oiseau, démontré la vérité du plus lourd que l'air : vous voyez bien que jusqu'ici je n'ai rien inventé de fondamental, je me suis borné à unir dans un seul être le bateau sous-marin, la locomotive et l'automobile aérien à hélice.

— Mais c'est là l'invention, maître !

— Pour cela, oui ! le *Remember* est bien mon œuvre; mais j'ai tenu à vous montrer qu'il n'est qu'une simple application de lois mécaniques déjà connues; que ce soit une application de génie, ajouta le capitaine Rouge avec orgueil, je n'en disconviens pas. Mon génie n'a été qu'une foi inébranlable dans les lois de la nature et une longue patience, j'ai pâli dix ans sur mes plans et mes épures, et j'ai rempli de chiffres assez de papier pour couvrir l'Océan tout entier. Il m'a fallu cinq ans pour trouver ma machine électrique qui se meut elle-même, αυτο εαυτο κινουν, comme disait Archimède cherchant déjà le mouvement perpétuel; et qui produit, avec l'air seul, des quantités d'électricité incalculables. Tous mes accumulateurs sont garnis de pointes d'échappement; autrement ils sauteraient vingt fois à la minute... J'achève cette revue des principes qui ont guidé mes travaux, il faut que vous les connaissiez, que vous vous assimiliez ces vérités, car cet aperçu n'est que

Les deux indigènes rampèrent du côté de la berge. (Page 517.)

la préface de l'étude détaillée que je vous ferai faire du mécanisme entier du *Remember*... J'ai décidé, mon cher Ivanowitch, de faire de vous mon collaborateur, mon suppléant d'abord, et mon successeur ensuite.

A ces paroles, Ivanowitch fut saisi d'une telle émotion qu'il ne put que balbutier quelques mots sans suite; et saisissant la main de Jonathan, il la porta, selon la manière asiatique, sur sa bouche, sur son front et son cœur.

— Vous voyez, poursuivit le capitaine, que vous avez eu tort de douter un jour de ma reconnaissance.

— Oh, maître !

— Ne parlons plus de cela... n'est-ce pas vous qui m'avez donné les moyens de réaliser cette idée à laquelle j'ai consacré ma vie : ce n'est que justice que je vous associe à ma destinée. Quelques mots, et j'ai fini. La machine à fabriquer l'air intérieur par la décomposition de l'eau est celle qui m'a opposé le plus de difficultés, mais elle marche avec une précision admirable, et donne à vos poumons, ainsi que vous avez pu le voir, un aliment d'une pureté sans pareille. Les autres rouages du *Remember* ne sont pas des organes ordinaires de transmission de mouvements verticaux et horizontaux, mais nous aurons tout le temps d'étudier ces choses en détail, dans quelques jours. Je reviens à mon principe pour conclure. Il n'y a qu'un agent dans le monde, de toute force et de tout mouvement, de qui relève même la végétation, même la vie animale,... c'est l'électricité... Maintenant, mon cher Ivanowitch, que le succès a couronné mes efforts, j'ai hâte d'exécuter les grands projets que j'ai conçus; mais avant, comme je tiens à me délier de la promesse que je vous ai faite, je vais m'employer à ce que le comte d'Entraygues soit le plus tôt possible un des hôtes du *Remember* et nous partirons pour Saint-Pétersbourg. Ne m'interrogez pas encore sur ce sujet, mais je suis en train de mûrir un plan qui vous le livrera sous peu.

En attendant, je me propose d'aller reconnaître les lieux; notre prisonnier nous a appris qu'il y avait fête demain matin, c'est-à-dire dans quelques heures, à l'habitation et chez les indigènes, on fera peu d'attention à moi, en raison de la foule; du reste, je me donnerai comme un voyageur arrivant de Sydney, et nul ne pourra contredire mon assertion. J'ai besoin d'un peu d'air et de soleil, et un jour ou deux passés hors du *Remember*, dans cette admirable campagne australienne que je ne connais que par ouï-dire, ne me feront pas de mal. Approuvez-vous mon projet ?

— De tout point; mais veillez à n'exciter aucun soupçon; si les Nagarnooks venaient à supposer que vous êtes pour quelque chose dans la disparition de Tanganook, ils vous feraient certainement un mauvais parti.

— N'ayez nulle crainte, j'ai tout ce qu'il faut ici pour m'habiller en chasseur, et je saurai jouer mon rôle de coureur de savanes. Le *Swan* me transportera à quelques kilomètres plus haut, en dehors du rayon occupé par les grands villages des indigènes, et dans tous les cas, pour ne pas être vu, je me ferai débarquer avant le jour. Vous ne m'en voudrez pas de laisser le commandement intérieur du *Remember* à mon second Davis, je ne veux froisser à aucun prix mon vieux compagnon; et du reste, c'est son droit absolu, d'après l'engagement qui nous lie.

Ivanowich fut un peu froissé par ces dernières paroles, mais il n'en laissa rien paraître.

— Je suis à vos ordres, mon cher Jonathan, répondit-il ; mais laissez-moi vous demander comment vous pourrez résoudre cette difficulté lorsque vous m'aurez associé à la direction du *Remember*.

— Cela est très simple : direction et commandement sont bien différents ; vous me suppléerez dans la conduite du *Remember*, et Davis en gardera le commandement intérieur. Quant au *Swan* et au *Wasp*, je les mettrai entièrement sous votre autorité.

Satisfait de son lot, Ivanowitch se confondit de nouveau en remercîments, et le capitaine Rouge se retira dans ses appartements pour faire ses préparatifs de départ ; il avait toujours aimé passionnément la chasse, c'était même la seule distraction qu'il se fût jamais permise au milieu de ses durs labeurs ; il possédait donc un équipement complet de chasseur qui lui avait servi pendant de longues années au milieu des solitudes californiennes, et se trouvait dès lors dans un état à ne pas exciter de défiance.

Quand il fut prêt, il donna ses derniers ordres, fit à Davis, en qui il avait une confiance sans restriction, ses recommandations personnelles, il lui parla quelques instants à voix basse, et on le vit, son chronomètre à la main, lui montrer en même temps un bouton de cuivre dissimulé dans les tentures du salon ; puis, ayant élevé le *Remember* et ses deux satellites, qui avaient repris leur place sur ses bossoirs, à fleur d'eau, il fit jouer le ressort intérieur du *Swan*, et s'y embarqua avec ses deux fidèles noirs et un homme d'équipage seulement. Il prit soin de refermer lui-même le hublot du *Remember* et de lui imprimer, à l'aide d'un mécanisme extérieur connu de lui seul, l'impulsion nécessaire à sa descente, car il ne pouvait, on le conçoit, le laisser passer la journée à fleur d'eau. La vie des différentes personnes qui se trouvaient dans l'intérieur du colosse dépendait maintenant du retour du capitaine Rouge. Qu'un accident ou un crime vinssent à le faire disparaître, et l'énorme masse de bronze et d'acier, que nulle d'entre elles ne pourrait ni ouvrir ni faire mouvoir, deviendrait leur tombeau ; et ce qui compliquerait l'horreur de leur situation, c'est qu'ayant à bord pour plusieurs années de vivres, ils devraient attendre la mort, la sachant inévitable, de l'usure seule de la machine chargée de fabriquer l'air par la décomposition de l'eau.

Le hublot du *Remember* ne se fut pas plus tôt refermé, qu'Ivanowitch se sentit obsédé par cette pensée qui ne le préoccupait pas auparavant ; il se demanda, avec un certain effroi, ce qu'il ferait en pareille circonstance.

— Baste ! se dit-il, j'entrerais dans le compartiment de la cloison étanche, et je m'échapperais par l'ouverture extérieure ; j'en serais quitte pour un bain.

Et il s'approcha de la porte extérieure, pour voir s'il se souvenait bien de la manière dont le capitaine avait fait jouer le ressort. A peine eut-il mis la main sur le bouton, qu'il reçut une commotion électrique qui l'envoya rouler sur le tapis. Il se releva tout meurtri.

— Oh! oh! dit-il, avec une colère concentrée, le capitaine Jonathan se défie de moi!... qu'il prenne garde à lui...

Cependant, celui que le Russe menaçait ainsi, dans un moment de profonde déception, monté sur le *Swan*, suivait à toute vitesse la berge supérieure du lac Eyréo, cherchant un lieu favorable de débarquement, où il pût en même temps cacher le satellite du *Remember* sous le feuillage épais des arbustes qui garnissaient les bords de la nappe liquide, car il était impossible de le mouiller au fond de l'eau, aucun des trois compagnons du capitaine ne connaissant le moyen de le ramener à la surface.

Au bout de quatre ou cinq kilomètres, on rencontra l'abri désiré; le *Swan* fut caché à tous les regards sous un amas de lianes et de plantes aquatiques. Le capitaine prit terre en s'aidant des arbustes, et avant de s'éloigner dans la direction de France-Station, il recommanda expressément à ses hommes de ne débarquer sous aucun prétexte. Il ne leur fixa pas l'époque de son retour, qui pourrait avoir lieu le soir même ou dans deux ou trois jours seulement.

Le ciel commençait à pâlir à l'horizon, et le jour n'allait pas tarder à paraître; le capitaine Rouge vérifia la charge de son fusil de chasse et de son revolver, aspira deux ou trois fois avec bonheur l'air frais du matin tout chargé des senteurs des mélias, des genêts d'Australie et des champs de vetiver, et se disposait à se mettre en route, lorsqu'il lui sembla entendre un léger bruit dans les broussailles, qui bordaient le sentier, du côté opposé aux berges du lac.

Il s'arrêta pour écouter, et perçut de nouveau comme un imperceptible froissement de feuilles, puis tout retomba dans le silence. Voulant en avoir le cœur net, il se dirigea vers l'épais buisson d'où le bruit lui avait semblé partir, et le fouilla en tout sens du canon de son arme, mais il ne trouva rien.

— Baste! se dit-il, quelque animal que j'aurai troublé dans son sommeil.

Et il allait poursuivre son chemin, lorsqu'il réfléchit fort à propos que l'arrivée d'un Européen de bonne tenue, malgré la vieillesse de son costume, sans aucun serviteur pour l'accompagner à travers quatre ou cinq cents lieues de désert, pourrait exciter de graves soupçons, surtout après les scènes des nuits précédentes; se ravisant alors, il appela un des deux noirs du *Swan* et lui donna l'ordre de le suivre.

Ils venaient de disparaître depuis quelques minutes à peine, lorsque tout à coup les branches d'un buisson voisin de celui que le capitaine avait fouillé s'écartèrent et la figure affreusement peinte en guerre d'un indigène se dégagea lentement du feuillage;... une indicible satisfaction était peinte sur tous les traits du sauvage, mêlée à une telle expression de férocité, que le plus brave en eût été frappé.

C'était Willigo, le grand chef des Nagarnooks.

Il fit entendre par trois fois le chant plaintif de l'alouette au point du jour.

C'était un signal, car au même instant un autre indigène, qui n'était que Koanook, sortit du buisson, le même que le capitaine avait si minutieusement visité. Le jeune guerrier ne s'était soustrait aux recherches de ce dernier que grâce à un fossé assez profond, parfaitement dissimulé sous les arbustes, qui lui avait servi d'asile. Fort heureusement pour Jonathan, ses efforts étaient restés infructueux, car Kaonook s'apprêtait à lui planter son couteau en pleine poitrine, et Willigo, son boomerang à la main, n'eût pas manqué de l'assommer.

Les deux indigènes rampèrent sans bruit du côté de la berge où le *Swan* était amarré, en obliquant légèrement de façon à ne pas se montrer de face à ses gardiens.

Tout à coup, sur un signe de Willigo, tous deux se levèrent d'un bond, comme des tigres à l'affût qui vont s'élancer sur leur proie : les boomerangs volèrent avec la rapidité d'une flèche, et les deux hommes du *Swan* retombèrent contre le panneau ouvert du hublot, la tête fracassée.

Willigo et Koanook poussèrent un hurlement de triomphe, qui fit s'enfuir à tire d'ailes une troupe de cygnes qui voguaient en ce moment sur le lac.

TROISIÈME PARTIE

UNE FÊTE CHEZ LES MANGEURS DE FEU

CHAPITRE PREMIER

Les réflexions du comte d'Entraygues.
Préparatifs de la fête. — La statue de Dick. — Les rêves ambitieux de Jonathan
La veillée de Willigo et de Koanook.

Le comte d'Entraygues avait passé une partie de la nuit à réfléchir aux mystérieux événements qui avaient signalé son excursion sur le lac, et, de déduction en déduction, il était arrivé à cette découverte naturelle pour un homme de son intelligence, que ces événements ne pouvaient être attribués qu'à une cause dont l'explication ne relevait que de la science.

— Nous avons eu affaire, se dit-il par manière de conclusion, à un bateau sous-marin mû par cette grande force, l'électricité, que tous les savants étudient en ce moment et qui doit tôt ou tard absolument détrôner la vapeur.

Une fois ce fait important admis, tous les autres s'expliquaient d'eux-mêmes. Le feu mouvant, comme il l'avait déjà expliqué à Dick, d'une façon hypothétique, il est vrai, n'était qu'une expérience électrique qui n'avait même pas le mérite de la nouveauté; quant à la perte de la *Feodorowna* partagée en deux presque sans bruit, au milieu des flots, il y avait là cer-tainement une manifestation nouvelle de cette force merveilleuse appliquée à un mécanisme encore inconnu. Cette hypothèse, du reste, concordait de tous points avec les termes de la lettre du policier baron de Funcal.

Sauf quelques nuances, Olivier était, comme on le voit, bien près de la vérité; il se posa alors l'importante question de savoir s'il devait, dans ces événements, reconnaître la main de son terrible ennemi, l'homme masqué. L'affirmative ne fit pas de doute dans son esprit; cependant, avec la recti-tude mathématique qu'il apportait à tous ses raisonnements, il ne put se dissimuler qu'autour de cette opinion se groupaient certaines improbabilités dont il ne pouvait trouver la clef. Ainsi, comment le chef des Invisibles à Melbourne, qui s'était en toute circonstance montré d'une rare habileté, lui portant toujours les coups les plus terribles au moment où il s'y attendait le moins, était-il venu faire pour ainsi dire parade de ses moyens de des-truction, au lieu d'agir brusquement et d'en finir du premier coup. Sans doute, la scène nocturne qui avait si fort effrayé Le Guen était supérieurement combinée, en admettant qu'elle ait eu pour but d'attirer sur le lac les divers habitants de France-Station dont on voulait la perte; mais alors, pourquoi, ayant réussi dans le piège qu'il leur tendait, l'homme masqué n'avait-il pas, chose à laquelle tout le monde s'attendait, coulé la *Maria* après la *Feodorowna*? Le duel était ainsi terminé par la disparition de ses adversaires, en même temps que c'était une belle riposte à l'explosion du *Red-Mountain*. Il n'avait donc pas réfléchi que le comte Olivier ne retournerait plus sur le lac après la preuve que son ennemi venait de donner de sa puissance, et qu'il faudrait aller le chercher à terre dans une habitation bien gardée, entouré de ses amis les plus fidèles et défendu par toute la tribu des Nagarnooks; mais c'était recommencer les anciennes luttes du Buisson et dans des circonstances bien moins favorables pour l'ennemi du comte? Comment l'homme masqué avait-il pu commettre une pareille série de bévues dont la mort de Tanganook n'était pas la moindre?

Il n'y avait rien à reprendre à ce raisonnement, tellement logique, que toutes les suppositions d'Olivier se fussent réalisées si Ivanowitch eût été le seul maître à bord; aussi la conviction du jeune homme en fut-elle légèrement ébranlée; et sans aller toutefois jusqu'à changer d'avis, il se demanda s'il n'avait pas devant lui un groupe d'audacieux pirates venus pour piller le placer des Cygnes; mais c'était encore tourner dans un cercle vicieux, car, pourquoi dans ce cas révéler leur présence, avertir tout le monde de se tenir sur ses gardes? Cependant la lettre de Luce était trop péremptoire, et sans s'attarder à chercher plus longtemps l'explication de faits dont le mobile lui échappait, il s'arrêta définitivement à cette idée d'une nouvelle manifestation des Invisibles, d'autant plus dangereuse peut-être que son apparente imprudence pouvait servir à voiler d'autres desseins. Peut-être ne veut-on, pensa-t-il, attirer notre attention sur le lac que pour porter à terre un coup plus imprévu et plus assuré. Aussi résolut-il de redoubler de vigilance; cette lutte devait être la dernière, il fallait que son ennemi fût définitivement terrassé et qu'il subît le juste châtiment de ses crimes.

La nuit, dit-on, porte conseil, et le Canadien, frappé surtout par les rapports des sentinelles nagarnooks qui étaient venues raconter que, sur le matin, elles avaient aperçu une forme noire naviguant à fleur d'eau remonter dans le haut du lac, vint avouer franchement à son ami que sans abandonner ses croyances au surnaturel dont, pour sa part, il avait eu tant de preuves, il avait fini, toute réflexion faite, par trouver que l'exercice de couper des navires en deux était peut-être un peu fort pour de simples revenants, et ils achevèrent de tracer ensemble leur plan de défense pour les jours suivants; car, pendant la fête, la présence des guerriers nagarnooks et des hommes du placer, tous en armes, devait suffire pour empêcher toute tentative par la force.

— Ce n'est pas un plan de défense, mais d'attaque que je voudrais faire avec vous, mon brave Dick, fit Olivier; je vous avoue que je me ronge d'impatience de savoir nos ennemis à quelques pas de nous, sous les eaux du lac, sans pouvoir les atteindre.

— Comment y sont-ils venus?

— Je l'ignore. Toujours est-il qu'ils ont eu l'habileté de faire traverser l'Australie à leur bateau démonté sans doute dans un wagon, et qu'ils l'ont remonté sur les bords du lac sans s'être laissé surprendre par personne. Ah! l'absence du brave Gilping est bien regrettable, malgré ses travers qui tiennent à son éducation piétiste, et à cette masse de ridicules préjugés anglais qu'il semble avoir réunis dans sa personne, c'est un homme d'une science profonde, qui nous donnerait peut-être les moyens de les faire sauter dans leur liquide repaire; science contre science, ce serait une belle lutte.

— Qu'est-ce qui nous empêche d'aller le délivrer?

— J'y songeais!

— Armons nos vingt hommes, prenons cinquante Nagarnooks, et les Ngotaks de gré ou de force seront bien obligés de nous le rendre.

— S'il s'est mis dans la tête de convertir les Ngotaks?

— Je ne le crois pas; ses collections sont presque terminées, et il sera très heureux au contraire d'avoir un motif pour quitter ses bons amis, il doit en avoir assez de jouer au koboug.

— Sans compter, dit en riant Olivier, que sa caisse à conserves doit avoir singulièrement diminué; et s'il n'a plus ni chester Blackwell and Cross, ni brandy, il nous accueillera comme des libérateurs.

— C'est convenu; quand partons-nous?

— Après la fête que nous vous donnons, mon cher et vieil ami.

— Vous auriez pu vous dispenser...

— Pas un mot de plus. Ce que nous fêtons, c'est l'honneur, la loyauté et le courage incarnés dans votre personne; c'est le dévouement et l'abnégation de votre vie entière, consacrée à la défense de ce qui est juste et droit; c'est le vieux coureur du Buisson aussi craint des gredins qu'il est respecté des bons; c'est notre ami à tous à qui nous sommes heureux de donner une preuve de notre profonde affection!

Le vieux trappeur, les yeux humides, et ne pouvant contenir son émotion, serra Olivier dans ses bras en lui disant :

— J'aurais préféré, dans l'intérêt de votre sûreté, mon cher Olivier, que cette journée n'eût pas été perdue en vains amusements... Qui sait si vos ennemis ne vont pas la mettre à profit pour nous préparer quelque tour de leur façon? Je me méfie de ce maudit homme masqué, et je ne puis me souvenir sans frissonner qu'il vous a tenu jusqu'à trois fois en son pouvoir. Certes, un coup de force n'est pas possible, mais souvenez-vous qu'il a toujours triomphé de vous par la ruse; je vous avoue que je vais passer cette journée entière dans une fiévreuse atteinte et une douloureuse anxiété.

— Ne craignez rien, mon vieil ami; quelque chose me dit que nous

Il fit son entrée avec aisance. (Page 525.)

déjouerons, comme par le passé, leurs trames les plus ténébreuses, et que, dans tous les cas, nous n'avons rien à craindre d'eux pour le moment.

— Dieu vous entende! mon cher ami; dans tous les cas, ils trouveront à qui parler... Mais je m'étonne que Willigo et Koanook ne soient pas encore ici, je leur avais donné rendez-vous au lever du soleil, pour savoir d'eux s'ils n'avaient rien observé de particulier dans leur faction de nuit autour du lac. Les autres sentinelles étaient à poste fixe, mais eux devaient inspecter les berges du lac sur une assez longue étendue. Quand on connaît leur exactitude habituelle, ce retard ne peut...

— Le soleil ne fait que de se lever, Dick, la *Maria* n'a pas encore commencé son *salve;* les deux indigènes auront tenu à passer par leurs grands villages; Willigo devait certainement avoir des ordres à donner pour la fête d'aujourd'hui, qui, vous le savez, est une de leurs plus grandes solennités religieuses.

Au même instant, un coup de canon se fit entendre. La goélette commençait son salut.

Simultanément, des acclamations joyeuses se firent entendre sur le rivage, les hommes du placer et les matelots nagarnooks mêlaient leurs vivats au bruit de la poudre.

Alors on vit tous les ouvriers de la mine, Collins en tête, s'avancer vers l'habitation, portant au milieu d'eux une sorte de brancard de feuillage sur lequel se trouvait un objet volumineux entouré d'un voile.

Les deux amis vinrent les recevoir au bas du perron, et l'honnête Collins, après un discours de circonstance, découvrit d'un geste solennel l'objet apporté par ses ouvriers.

Une exclamation de surprise s'échappa de toutes les poitrines : c'était la statue du Canadien, grandeur naturelle, dans son costume de coureur des prairies, la carabine à la main, fondu en or pur, du placer des Cygnes. Elle pesait 70 kilogrammes et avait été titrée à la monnaie de Melbourne à 46,822 dollars 16 cents, soit 234,111 fr. 80, et avait été payée en entier par les ouvriers sur leurs bénéfices. La contribution d'Olivier même avait été énergiquement refusée : ces braves gens avaient tenu à inscrire sur le piédouche ce souvenir de leur reconnaissance :

A Dick Lefaucheur, les ouvriers du Swan-Placer.

avec leurs noms à tous gravés au-dessous.

Cette statue, une véritable œuvre d'art, était due au ciseau d'un sculpteur florentin d'un grand talent, qui l'avait d'abord taillée dans le marbre, puis ensuite fondue en or à *moule perdu.*

Cet artiste avait une sombre histoire. Appelé à Londres par le prince Albert qui lui avait confié le buste de la reine et le sien à exécuter, il n'avait pas tardé à voir toute la clientèle aristocratique accourir à lui; il eût pu devenir millionnaire, mais le jeu dévorait tout ce que son ciseau lui rapportait, et cette triste passion lui enlevant peu à peu le goût du travail, il en vint à demander à de coupables manœuvres les moyens de la satisfaire. Il grava avec une rare habileté des moules de couronnes et de souverains de quatre livres sterling, les fondit en argent pour obtenir le son clair des métaux

précieux, puis les recouvrit d'une mince couche d'or. Un habile alliage lui
permit d'obtenir le poids exact des pièces réelles, et d'éteindre un peu la
sonorité de l'argent qui est légèrement supérieure à celle de l'or. Bref, l'imitation fut si parfaite que la Banque d'Angleterre et les caisses du Trésor
elles-mêmes en reçurent d'innombrables quantités. La couche d'or était assez
épaisse pour défier la pierre de touche et l'usure de la circulation.

Chose curieuse et unique peut-être dans l'histoire des falsifications monétaires, ce ne fut pas la fausseté des pièces qu'il fabriquait qui le firent
découvrir, mais bien un hasard singulier. Un membre supérieur du *board*
des finances qui faisait partie du club où l'artiste passait les nuits à jouer,
ayant remarqué que ce dernier, quelle que fût la somme qu'il engageait, ne
la comptait jamais qu'avec ces deux genres de pièces, couronnes et souverains de quatre livres, s'étonna d'autant plus de ce fait que nulle part les
pièces d'or de 100 ou 106 francs, selon les systèmes monétaires, ne sont
d'un cours aussi commun ; il s'en procura facilement deux ou trois spécimens
en se mettant à la table de jeu, et les fit éprouver par l'essayeur du trésor
lui-même ; l'opération ayant été faite très superficiellement, les pièces furent
déclarées bonnes ; mais, ses soupçons quoique calmés, il n'en resta pas là,
et par pure curiosité, il voulut savoir d'où l'artiste pouvait bien tirer une
aussi grande quantité de pièces d'or de ce module. Le lui ayant demandé à
lui-même, sans arrière-pensée, il lui parut que son interlocuteur s'était
troublé légèrement. Pensant alors que cet or pouvait avoir une source
impure, car il ne doutait plus de sa valeur intrinsèque, il commença secrètement une enquête, et il ne tarda pas à apprendre que cet homme, quoique
sans fortune, et ne travaillant presque plus, dépensait des sommes énormes
en prodigalités de tous genres, et que cependant il n'avait pas de dettes ;
mais, à part cela, ne trouvant aucun point noir dans son existence, il finit
un beau jour par où il aurait dû commencer, il coupa en deux les spécimens
de monnaies qu'il avait conservés, et la vérité fut découverte.

Le sculpteur fut condamné à sept ans de Botany-Bay (historique).

Sa peine achevée, il resta à Melbourne, où il gagnait sa vie à modeler des
figurines et des bustes.

Pendant un voyage qu'ils avaient fait à Melbourne, Olivier et Dick lui
avaient commandé leur buste en terre cuite, et c'est ce buste qui avait servi
à faire la statue. Le vieux trappeur n'ayant pas eu à poser, ignorait absolument la nature du cadeau qu'on lui destinait, aussi sa surprise égala-t-elle
son émotion, quand il se vit debout, en tenue de campagne, son vieux rifle à
la main, tel qu'il était quand il parcourait les prairies du Far-West américain. L'artiste avait poussé la ressemblance et la vérité des détails jusqu'à
l'outrance, rien n'avait été oublié : sa gourde de chasseur, qu'il tenait de son
père ; son large couteau-baïonnette, qui lui avait servi plus d'une fois dans
ses luttes avec le terrible grizzlé des montagnes Rocheuses ; à sa ceinture

pendait une peau de castor, et à ses pieds se trouvaient amoncelés ses trappes et autres engins de chasse.

Il était représenté dans une attitude pleine de vie et d'action, la tête légèrement inclinée, l'oreille attentive, l'œil scrutateur, comme s'il cherchait à percevoir dans les vagues bruits du désert l'annonce de quelque danger!

Devant cette vivante évocation de toute sa jeunesse, le vieux bush-ranger se mit à pleurer comme un enfant; tout un monde de souvenirs lui revint au cœur; il revit, comme en un songe rapide, ses années écoulées, avec leur tribut de joies et de durs labeurs; les heures heureuses et les heures de souffrances; et incapable de prononcer un mot, il embrassa les uns après les autres tous les auteurs de cette sympathique manifestation.

Mais où était donc Willigo, son vieux compagnon du Buisson australien; n'aurait-il pas dû se trouver là, au premier rang?

Cette absence commençait à inquiéter sérieusement le Canadien; il connaissait trop l'exactitude du chef nagarnook pour ne pas éprouver quelque anxiété de son retard inexplicable. Il fallait une cause bien impérieuse pour le retenir en ce moment loin de celui dont il avait depuis quinze ans partagé la vie et les travaux.

Il expédia un des serviteurs indigènes aux grands villages, avec ordre de lui rapporter immédiatement des nouvelles du chef.

De grandes tables avaient été dressées devant l'habitation; elles étaient surchargées de jambons fumés et de pièces froides : deux bœufs et dix moutons avaient été tués quelques jours auparavant, et leurs chairs, mises au sel et garnies d'aromates et de piment, pour les conserver et les parfumer, avaient été rôties ou bouillies la veille, et s'étalaient sous ces deux formes sur d'énormes dressoirs, près desquels deux serviteurs n'avaient d'autres fonctions que de les découper en tranches régulières et appétissantes à l'œil et de les envoyer aux convives. Il n'y a pas de fête chez les indigènes si l'on ne peut manger et boire du matin au soir à sa guise; aussi, sans heures fixes de repas, les tables devaient rester dressées et approvisionnées toute la journée et toute la nuit, à la disposition des assistants.

Pour les Européens et Américains, seulement, ainsi que les principaux chefs nagarnooks, un banquet *officiel* devait avoir lieu à six heures du soir, à l'issue duquel serait tiré le feu d'artifice.

Des tonneaux de vin et d'ale, disposés sur des tréteaux, attendaient les consommateurs; le brandy, le wisky, et en général toute liqueur de cette nature, avaient été sévèrement proscrits, à cause de l'ivresse brutale qu'ils procurent. Comme toutes les solennités indigènes, cette fête devait fatalement dégénérer en orgie, il ne fallait pas l'augmenter par la folie de l'alcool.

Une collation choisie avait été servie dans la salle à manger de l'habitation; elle se composait de sandwichs, de gâteaux secs et de porto; on devait manger debout, à la manière américaine, simple occasion du reste d'échanger,

le verre en main, quelques *toasts* et compliments de circonstance avant le
déjeuner principal. Au moment où Olivier et Dick, suivis de tout le personnel
de la mine, pénétraient dans la pièce splendidement ornée pour la circonstance, un serviteur vint annoncer qu'un blanc, suivi d'un domestique
nègre, demandait à être présenté aux maîtres de la maison.

L'arrivée d'un étranger, et surtout d'un blanc, à cette distance de la zone
habitée, est toujours un événement d'une certaine importance, car il n'y a
pas de moyen terme : ou le nouveau venu est un gredin de la pire espèce qui,
déguisé en pionnier, squatter en quête d'une concession ou chercheur d'or,
exploite le Buisson et ne vit que de vol et de rapines, ou c'est un honnête
gentleman qui voyage pour son plaisir.

Dans tous les cas, l'hospitalité lui est due pendant trois jours sur tous les
runs, d'après la loi coloniale qui, dans une pensée de prévoyance, a grevé
de cette obligation chaque concession accordée.

Si le nouvel arrivant a l'air d'un franc coquin, on lui donne largement et
sans compter trois ou quatre jours de vivres, et on l'invite à détaler au
plus tôt, ce qu'il fait en général sans qu'on ait besoin d'insister; si sa tenue
est douteuse, on le laisse s'installer, tout en le surveillant, sur quelque coin
de l'habitation pendant le temps réglementaire, et les trois jours écoulés,
on lui donne quand même sa provision de vivres. Mais si, au contraire, on a
affaire à un véritable gentleman, sa venue est accueillie avec un rare
bonheur, car elle rompt la monotonie ordinaire de l'existence et apporte
un élément de distraction sur ces runs lointains, dont les habitants vivent
dans un cercle restreint d'occupations et de distractions toujours les mêmes,
passant des années, parfois, sans rencontrer une figure étrangère. Il faut voir
alors comme l'hôte que le hasard envoie est choyé, dorloté, et comme on se
ligue pour retarder tous les jours son départ. L'auteur de ce récit a connu,
en Australie, non loin de ce poétique lac Eyréo, un aide-naturaliste du
Muséum qui, parti pour collectionner les *rubiacées* australiennes en 1849,
arriva un soir avec ses bagages, un mulet, sa boîte de naturaliste et deux
conducteurs sur le run d'un fermier d'origine américaine, pour y passer
quelques jours; il y était encore en 1869, c'est-à-dire vingt ans après.
A force de prolonger son séjour, le jeune homme s'attacha au pays, devint
le gendre de son hôte, et l'aida à exploiter son *petit* domaine de 50,000 hectares.

Olivier donna immédiatement l'ordre d'introduire le nouveau venu.

C'était, comme on le devine, notre connaissance, le capitaine Rouge.

Il fit son entrée avec un air d'aisance et de bonne compagnie qui lui gagna
immédiatement tous les suffrages.

— Excusez-moi, gentleman, fit-il, d'oser me présenter à vous sans autre
introducteur que moi-même : Jonathan Spiers, de New-York. Je suis ingénieur
et je voyage en Australie pour étudier les terrains et les mines. Je suis vrai-

ment confus; car je vois que je trouble une réunion, une fête de famille, sans doute.

— Nullement, gentleman, répondit Olivier, et vous êtes le bienvenu parmi nous. Vous ne vous trompez pas, c'est à une véritable fête de famille que nous vous prions d'assister, car nous célébrons l'anniversaire du meilleur des hommes, que tous nous regardons comme un père... Dick Lefaucheur, propriétaire du placer des Cygnes, ajouta Olivier en le présentant.

— Avec vous, mon cher Olivier, répondit le Canadien en lui rendant la pareille... M. le comte de Lauraguais d'Entraygues, mon associé et mon meilleur ami!

A chaque présentation, Jonathan Spiers s'inclinait selon l'usage et échangeait avec le gentleman présenté une vigoureuse poignée de mains, un véritable *shake-hand* américain.

On l'invita alors à partager la collation avec ses hôtes, et il ne se fit point prier, car l'air du matin et la marche avaient développé son appétit.

Dick aperçut alors le serviteur qu'il avait envoyé aux grands villages qui lui faisait des signes de la main par la porte entr'ouverte.

— Eh bien? fit-il en s'approchant de lui.

— On n'a revu ni Willigo ni Koanook depuis hier soir.

— C'est bien, ne t'éloigne pas, répondit le Canadien consterné; j'aurai besoin de toi bientôt.

Afin de ne pas troubler la joie générale, il ne jugea pas à propos de communiquer ses impressions à ses amis.

Au milieu du bruit des conversations, du choc des verres, des *toasts* que les uns et les autres se croyaient obligés de porter tantôt à Dick, tantôt à Olivier, le capitaine Rouge, tout en paraissant absorbé par les délicates fonctions destinées à réparer ses forces, avait observé longuement le comte d'Entraygues. Comme un tigre qui avant de sauter sur sa proie la regarde avec complaisance et semble mesurer la distance qui le sépare d'elle, le capitaine Rouge cherchait à se rendre compte du tempérament du jeune homme, du degré de résistance qu'il pourrait opposer; et, dans son impatience ambitieuse de se signaler par de plus importants exploits, il formait le projet de s'emparer sans plus tarder de sa personne, afin de se dégager envers Ivanowitch et de reconquérir ainsi sa liberté d'action.

Les rapports étaient en ce moment des plus tendus entre l'Angleterre et les États-Unis à propos du Canada, que Walker et sa bande d'aventuriers venaient d'envahir. Que le flibustier, ex-colonel de l'Union, ne fût pas désavoué, et la guerre éclatait. Une formidable flotte anglaise croisait dans la Manche, attendant l'ordre de gagner l'Atlantique; et Jonathan Spiers, monté sur son *Remember*, avec ses deux satellites, qu'il confierait à Davis et à Ivanowitch, en leur indiquant seulement le moyen de lancer toute l'électricité des deux *accumulateurs* sur un seul navire, se proposait de l'anéantir.

Quel prestige ne rejaillirait pas sur lui de cette écrasante nouvelle, qui serait en un instant connue aux quatre coins du globe : « L'Américain Jonathan Spiers, surnommé le capitaine Rouge, à l'aide d'un navire aérien de son invention, vient de détruire la flotte anglaise! »

Quelle stupeur chez les autres nations du globe!... et quel enthousiasme en Amérique!

Il fallait se hâter; peut-être les négociations étaient-elles déjà rompues entre les deux peuples; on en attendait la nouvelle d'heure en heure.

Jonathan venait d'apprendre tout cela d'un des employés de la mine chargé du service du fil télégraphique entre France-Station et Melbourne.

Il n'y avait pas de route tracée dans l'intérieur; les lettres restaient en chemin des mois entiers; mais, depuis une année environ, les principaux runs s'étaient cotisés pour établir un fil les reliant à Melbourne. Le placer des Cygnes avait à lui seul payé la moitié de la dépense, qui n'avait pas été aussi forte qu'on pourrait le croire, car, sur les quatre cinquièmes du parcours on n'avait eu qu'à clouer aux arbres mêmes de la forêt le petit manchon de porcelaine qui servait en même temps d'isolateur et de support pour les fils. Chaque jour ainsi, sur les runs, on avait les principales nouvelles des ports australiens, de l'Amérique et de l'Europe, ainsi que les cours de l'or et des marchandises aux bourses de Sydney et de Melbourne, chose importante non seulement pour les districts miniers, mais encore pour les éleveurs, cultivateurs et fermiers, qui connaissaient ainsi tous les jours la valeur de leurs produits ou pouvaient influer sur le marché par leurs offres et leurs ventes à terme.

Cette nouvelle avait donc bouleversé tous les projets de Jonathan; il ne regrettait pas les expériences qu'il avait faites, car, de cette façon, la valeur de l'instrument qu'il possédait lui était connue sous toutes ses faces; mais il trouvait qu'il avait assez perdu de temps, et il avait hâte de voir le comte d'Entraygues prisonnier à bord du *Remember*. Il maudissait même cette malencontreuse fête, qui allait le retarder de vingt-quatre heures encore.

— Les plans les plus simples sont toujours les meilleurs, se dit-il,... et il arrêta dans sa pensée le projet suivant : Cette nuit même, au moment où le feu d'artifice occuperait tous les assistants, il irait rejoindre le *Swan*, qui n'était guère qu'à trois ou quatre kilomètres de là, reviendrait au *Remember*, qu'il élèverait à fleur d'eau et panneau ouvert, sous un petit bosquet de mélias qui ombrageait la rive, à quelques pas du quai seulement; il n'aurait aucune peine, en liant conversation avec Olivier, de l'entraîner près de ce bosquet, d'où ses cinq marins, cachés, se précipiteraient sur lui et l'entraîneraient dans le hublot béant du *Remember*, même sous les regards de ses amis, qui n'auraient pas le temps d'intervenir. Le colosse filerait immédiatement sous l'eau, puis, à quelques pas de là, s'élancerait dans les airs... et en route pour l'Europe!

Mais, pour cela, il fallait gagner la confiance du jeune homme, faire que, peu à peu, ce dernier s'habituât, dans cette même journée, à causer avec lui, à lui tenir compagnie pendant la fête, chose qu'il obtiendrait d'autant plus facilement que c'était le devoir d'un hôte et d'un homme bien élevé envers un nouveau venu, un peu dépaysé, surtout en un pareil jour, au milieu de la foule. Alors, tout naturellement, les hasards d'une promenade les conduirait sur les bords du lac sans exciter le moindre soupçon.

Jonathan ne tarda pas à voir que le comte d'Entraygues se prêterait facilement, de lui-même, à l'exécution de ce plan dans toutes ses parties; car le jeune homme, s'apercevant à un moment donné que le nouvel arrivant se trouvait seul, accourut auprès de lui pour s'excuser de ne pas exercer, lui et son ami, les devoirs de l'hospitalité comme ils l'eussent voulu dans un jour comme celui-ci.

— Oh! je vous en prie, dit Jonathan, vous n'avez pas besoin de vous excuser; vos devoirs de maître de maison s'étendent à tout le monde aujourd'hui; je vous demanderai seulement une permission.

— Laquelle, gentleman?

— J'ai entendu dire qu'il y avait une fête indigène dans la journée, eh bien, je serais heureux que vous me permettiez d'être à vos côtés, afin de savoir de vous l'explication des rites et coutumes symboliques qui doivent nécessairement distinguer ces sortes de solennités.

— C'est avec plaisir que je vous renseignerai de mon mieux, répondit le jeune homme; mais peut-être serai-je aussi novice que vous, car c'est la première fois que je vais assister à la fête du feu.

— Enfin! voici Willigo et Koanook, exclama le Canadien, qui depuis le retour du serviteur qu'il avait envoyé aux grands villages à la recherche du chef ne cessait de regarder au dehors avec inquiétude.

— Qui est-ce Willigo? demanda Jonathan en souriant à Olivier; vous voyez que votre rôle de cicérone commence, et si votre complaisance n'y prend garde, ce ne sera pas une sinécure que de contenter ma curiosité.

— Je vous autorise à user et à abuser, répliqua le jeune homme sur le même ton courtois. Willigo est un des grands chefs de la tribu des Nagarnooks; c'est l'inséparable compagnon de mon vieil ami Dick que je vous ai présenté à votre arrivée; et Koanook est un jeune guerrier de ses parents qui ne le quitte pas : c'est, si vous le voulez, son aide de camp.

A l'instant même, Willigo faisait majestueusement son entrée dans la salle, suivi de son jeune ami.

Leur vue ne laissa pas que de causer un profond étonnement à Jonathan; c'étaient les premiers indigènes qu'il voyait en Australie en tenue de guerre, c'est-à-dire à peu près nus, et le corps couvert de peintures bizarres; il n'en avait en effet rencontré aucun le matin sur sa route, et quant à ceux qui étaient attachés au service de l'habitation ou à celui de la goélette, ils étaient

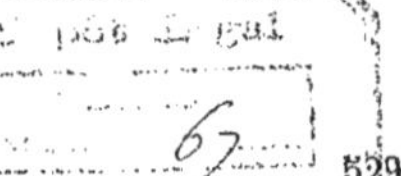

Effrayés, les deux sauvages sautèrent sur le rivage. (Page 534.)

revêtus de toile blanche, pantalon et veston, ce qui donne à tous les sauvages un air plutôt ridicule que martial. Tanganook se trouvait par hasard maigre et chétif et n'avait pu lui donner une idée bien supérieure de la race.

Jonathan, sur la foi de quelques voyageurs qui ne connaissaient que les pauvres populations des côtes, s'attendait à rencontrer des gens se différenciant peu d'avec le singe, aussi fut-il réellement stupéfait de voir ces deux magnifiques guerriers, d'une taille au-dessus de la moyenne, à la poitrine bien développée, aux larges épaules, aux bras et aux jambes d'un modelé et d'une vigueur qui eussent fait honneur à l'hercule Farnèse, et tout cela rehaussé par des traits qui ne représentaient certainement pas l'idéal de la beauté grecque, mais dont la mâle énergie, la netteté vigoureuse des lignes, indiquaient une audace et un courage à toute épreuve.

— Voilà des gaillards, pensa-t-il, qu'il ne faudrait pas avoir pour ennemis.

En ce moment, Willigo s'approchait du Canadien et échangeait avec lui une cordiale poignée de main.

— Je t'attends depuis le lever du soleil, fit Dick, d'un ton d'amical reproche.

— J'ai voulu inspecter les berges du lac le plus loin possible, répondit le chef sans sourciller, et le jour nous a surpris à une telle distance qu'il nous a été impossible d'être de retour plus tôt.

Ainsi Willigo cachait à son ami l'important incident du matin, ne rompant point cette fois encore avec une habitude que nous avons déjà eu l'occasion de constater et qui le portait à agir toujours seul avec les siens, à ne se confier à personne, et à ne compter enfin que sur lui, en tout et pour tout.

La méthode était bonne, il ne craignait de cette façon ni d'être trahi, ni d'être contrarié dans ses idées.

— Quoi de nouveau? continua Dick.

— Rien! Tidana, répliqua brièvement le guerrier.

— Plus que jamais, il nous faut veiller sur Olivier; je crois qu'il n'a pas encore couru de danger aussi grand qu'en ce moment.

— Tidana sait-il quelque chose? demanda l'Aigle-Noir avec une curiosité accentuée.

— Rien de plus que ce que nous avons vu hier au soir, mais cela suffit.

— Et que pense Tidana de ce qui est arrivé hier au soir?

— Je pense que les karakuls australiens peuvent bien, comme les fantômes d'Europe, avoir la faculté d'effrayer les hommes, mais que le pouvoir de leur faire du mal leur a été refusé. Ce ne sont donc pas des mauvais esprits qui ont entraîné sous l'eau Tanganook et fait couler la *Feodorowna*.

— Alors, fit l'Aigle-Noir, en accentuant ses paroles d'une façon singulière, Tidana croit que les hommes blancs peuvent vivre dans l'eau, et qu'il y en a en ce moment de cachés au fond du lac.

— La chose est possible, Willigo! Olivier m'a appris ce matin qu'il y avait longtemps déjà qu'on avait trouvé le moyen de construire des bateaux sous-marins.

A ces dernières paroles, l'Aigle-Noir avait eu un imperceptible tressaillement.

Le Canadien continuait :

— Il m'a ajouté que deux choses avaient empêché que l'on se donnât jusqu'à ce jour la peine de chercher à perfectionner cette invention, son inutilité et les dangers d'une pareille navigation, dans le cas où quelque rouage important viendrait à manquer à de grandes profondeurs d'abord, et ensuite les difficultés qu'on éprouvait à faire des approvisionnements d'air suffisants. Peut-être ce problème est-il résolu aujourd'hui.

— Olivier, dit sentencieusement le chef, est aussi sage que les vieillards a barbe blanche autour du feu du conseil ; il y a beaucoup de choses dans cette jeune tête.

— As-tu prévenu les guerriers de ta tribu ?

— Tous ont déterré la hache à la porte de leur kraal, et demain le lac sera entouré de guerriers ; en attendant Niroobah, Wi-Waga, Ouaïa-Nandi, Moulligong, Poroé et Otouné attendent à la porte ; ils entoureront pendant toute la journée le jeune *menouah*.

L'Aigle-Noir donnait quelquefois ce nom, qui signifie jeune kangourou, à Olivier.

— Plus que jamais, chef, nous comptons sur toi ; il n'y a qu'un moyen de terminer cette terrible lutte : il faut que tu parviennes à découvrir l'homme masqué, et que tu t'empares de sa personne. Nous n'aurons la paix que quand tu auras pu l'attacher au poteau du supplice.

— L'Aigle-Noir veille ! répondit simplement le guerrier.

Puis il se retourna, cherchant des yeux Olivier pour lui envoyer un bonjour amical.

Tout à coup il s'arrêta, son œil s'injecta de lueurs étranges ; pendant une seconde il fut effrayant à voir, et cependant pas un muscle de son visage n'avait bougé... Il venait d'apercevoir Jonathan, l'homme qu'il guettait le matin avec Koanook.

Mais l'impression qu'il ressentit fut aussi fugitive que l'éclair qui sillonne la nue, nul ne se douta du violent accès de colère qui avait failli lui faire oublier sa prudence habituelle ; et aussi calme en apparence que si rien ne se fût passé dans son âme, il s'avança le bras tendu vers son jeune ami qui s'empressa de lui souhaiter la bienvenue.

— Le plus illustre chef d'Australie, l'Aigle-Noir, et notre ami le plus dévoué, fit le comte en le présentant à son hôte ; puis il ajouta, en se tournant vers Willigo : M. Jonathan Spiers, ingénieur américain, qui a bien voulu accepter notre hospitalité pour quelques jours.

Le Yankee, selon l'usage, tendit la main à l'Australien ; mais ce dernier, pour paraître ne s'en point apercevoir et éviter de répondre à son avance, lui rendit son salut à la manière indigène, c'est-à-dire en se courbant très bas, en se couvrant la figure des deux mains.

Jonathan, peu au fait des usages du pays, ne comprit pas le sens de la manœuvre de l'Aigle-Noir, et prit cette manifestation pour une marque du plus profond respect.

Alors, intentionnellement, Willigo avertit Olivier qu'il lui avait composé une garde d'honneur avec les plus braves guerriers de sa tribu, qui dorénavant ne le quitteraient ni jour ni nuit.

— Quelle drôle d'idée a eue ce satané sauvage, pensa Jonathan. Voilà qui pourra peut-être modifier mes plans.

Et il regretta alors les exercices fantaisistes auxquels il s'était livré pendant deux nuits successives, dans le but de frapper l'imagination des gens de France-Station ; le résultat le plus net qu'il avait obtenu avait été de les mettre sur leurs gardes.

— Baste ! se dit-il, quelques coups de revolver en auront facilement raison.

Mais, à partir de ce moment, il se sentit mal à l'aise sous l'œil scrutateur de Willigo, qui ne le quittait pas du regard. Lui, l'homme de fer que rien ne faisait trembler, dont le nom seul était synonyme d'audace et de cruauté froide, le capitaine Rouge, enfin, était influencé, troublé, par un de ces sauvages australiens qu'il avait jusqu'à ce jour regardés comme des brutes indignes du nom d'homme. A ce moment, il fit de la main un geste imperceptible à son noir, qui sortit de l'air du monde le plus indifférent.

On eût dit que l'Aigle-Noir avait conscience de l'effet qu'il produisait, car il semblait prolonger cette scène à plaisir. Cependant, après quelques paroles insignifiantes, il finit brusquement, au grand contentement du Yankee, par quitter la salle, suivi de Koanook. Avait-il compris le sens de l'ordre donné au noir ?...

Tous deux traversèrent d'abord lentement le jardin, puis l'esplanade qui s'étendait de l'habitation au lac; mais à peine furent-ils cachés aux yeux de tous par les premiers bosquets qui garnissaient les berges, que ramassant leur avant-bras en angle droit et le coude serré contre les flancs, ils prirent leur course dans la direction de la forêt riveraine, où dès l'aube nous les avons rencontrés cachés et épiant les manœuvres du *Swan*.

CHAPITRE II

Subite attaque. — Capture du *Swan*. — Le meurtre du noir de Jonathan.
Reconnaissance du capitaine Rouge et du comte Olivier. — Dix ans auparavant.
Sauvé par lui !

La veille, à la suite de la malheureuse excursion signalée par la perte de la *Feodorowna* et la disparition de Tanganook, l'Aigle-Noir et son inséparable Koanook, qui le suivait, avaient pris la décision de passer la nuit à surveiller les abords du lac ; accroupis dans les roseaux de la rive, ils avaient attendu sans faire le moindre mouvement, sans échanger une parole, que quelque événement révélateur vînt leur livrer le secret des terribles et mystérieux événements dont ils avaient été témoins.

Willigo, tout en partageant les superstitions de ses compatriotes, pouvait cependant passer pour un esprit fort parmi eux. Plus intelligent que la plupart d'entre eux, il ne croyait pas à tous les contes que les coradjis faisaient à la foule, bien que, par esprit de caste et dans un intérêt de hiérarchie, il soutînt ces sorciers, qui jouaient le rôle de prêtres dans toutes les cérémonies, et fît semblant en public d'avoir en eux la plus grande confiance.

Aussi, immédiatement après les événements de la veille, s'était-il fait un raisonnement semblable à celui que le Canadien lui avait tenu le matin ; il s'était dit qu'il n'avait encore jamais vu jusqu'à ce jour, de façon certaine, un karakul ou revenant doué d'une puissance pareille à celle qui s'était manifestée sur le lac Eyréo ; et il avait résolu de s'établir à demeure chaque nuit sur les bords du lac, jusqu'à ce qu'un fait quelconque vînt soit lui donner raison, soit lui démontrer son erreur.

Pendant les premières heures, rien de particulier n'était venu attirer leur attention, et afin de ne point céder malgré eux au sommeil, ils avaient employé un moyen fort en usage dans leur tribu : ils tenaient chacun le même bâton par un bout, et comme il n'était pas possible que tous deux s'endormissent juste au même moment, celui qui résistait le mieux à la fatigue de veillée sentait immédiatement quand le bâton mollissait dans la main de son compagnon, et il lui suffisait alors d'agiter fortement cet objet pour rappeler immédiatement le dormeur aux nécessités de la situation.

Mais cette nuit-là ni l'un ni l'autre n'eurent besoin de se rendre ce service ; leur attention était fortement soutenue par l'extrême désir qu'ils avaient d'arriver à un résultat.

Cependant ils commençaient à croire que rien ne viendrait justifier leurs prévisions et récompenser leur longue patience, lorsque, un peu avant l'aube, ils virent l'eau s'agiter doucement et une masse noirâtre, allongée, trois ou quatre fois plus grande que celle qui avait suivi la *Feodorowna*, apparut à leurs yeux étonnés, avec deux plus petites qui semblaient attachées à ses flancs. Ils sentirent, l'un et l'autre, le bâton qu'ils tenaient trembler dans leurs mains, tellement était violente l'émotion qui les étreignait.

Le hasard avait fait qu'ils avaient pris leur poste d'observation juste en face du mouillage de fond choisi par Jonathan Spiers.

C'est alors qu'ils virent un panneau s'ouvrir sur la partie supérieure de la plus grande des masses flottantes et livrer passage à un homme, presque immédiatement suivi de trois autres, qui s'installèrent sur la petite *masse annexe* de gauche.

Ces quatre personnages, dont la silhouette se détachait au plus sombre sur la surface unie du lac, n'échangeaient pas une seule parole entre eux ; on eût dit réellement quatre spectres qui profitaient du silence de la nuit pour accomplir quelque œuvre ténébreuse. La situation était des plus émouvantes, et Willigo, en proie à une sorte d'hallucination du regard, sentait ses terreurs superstitieuses gagner peu à peu du terrain, lorsqu'il entendit tout à coup les paroles suivantes, échangées à voix basse par deux personnes différentes :

— *All is well, captain.*

— *All right!*

Qui peuvent se traduire : — « Tout est paré, capitaine. — C'est bien ! »

C'étaient donc bien des êtres humains que Willigo avait en face de lui : les rêves fantastiques qui commençaient à lui troubler le cerveau s'envolèrent à l'instant, et si l'on eût pu distinguer ses traits, malgré l'obscurité, on eût été frappé de l'éclair de joie féroce qui illumina la figure du vieux sauvage.

Presque au même instant le panneau se renferma sans bruit sur la grande masse sombre, qui disparut sous l'eau. La plus petite alors, celle qui avait reçu les quatre personnages, se mit à remonter le lac avec une vitesse vertigineuse, sans cependant s'éloigner de la rive.

Willigo et Koanook s'élancèrent à sa poursuite ; mais malgré leur réputation de coureurs, ils n'eussent certainement pu la suivre si au bout de quelques instants elle n'eût diminué d'allure, manœuvrant comme une embarcation qui cherche un mouillage. Quand elle parut l'avoir trouvé, elle piqua droit sur le rivage ; et c'est alors que l'Aigle-Noir et son compagnon, pour ne pas être surpris, s'étaient cachés dans les épais buissons voisins de la berge, d'où ils pouvaient tout observer sans être vus.

On connaît le drame qui suivi la descente du capitaine Rouge.

Les deux Australiens, après s'être assurés que les gardiens du *Swan* étaient bien morts, leur attachèrent une pierre aux jambes, pour qu'ils ne pussent revenir sur l'eau et avertir leurs camarades de leur sort, puis ils les précipitèrent dans le lac. Ceci fait, ils visitèrent l'étrange embarcation, qui avait exactement la forme d'un immense poisson ; mais ils ne purent rien voir, le panneau ouvert donnait sur une sorte de vestibule carré dans les parois duquel se trouvaient quatre portes hermétiquement fermées, deux à tribord et à babord, et les deux autres à l'avant et à l'arrière.

Willigo, ayant voulu presser le bouton de l'une d'elles pour essayer de l'ouvrir, reçut une telle secousse qu'il fut rejeté contre l'échelle de descente et faillit se briser les reins ; effrayés, les deux sauvages se hâtèrent de remonter sur le pont et de sauter sur le rivage.

Quelle était donc cette force mystérieuse qui venait de leur faire sentir si rudement sa puissance? Et, cependant, il n'y avait plus personne dans l'embarcation, qui n'avait reçu que quatre hommes, dont deux étaient morts et les autres absents ; ils songèrent alors à la *Feodorowna*, coulée sans bruit dans le lac, et leurs craintes superstitieuses les reprirent. Les blancs avaient dû enfermer leurs fétiches à bord, et ces derniers défendaient l'étrange embarcation en leur absence.

Cependant, comment se faisait-il que ces fétiches si puissants n'eussent pas mieux protégé leurs adorateurs? Ils n'empêchaient même pas de monter à bord! Pauvres fétiches, en résumé, qui se bornaient à interdire de toucher à un bouton de porte! Alors Willigo, dont la perspicacité était extraordinaire, se souvint que quand on avait établi le télégraphe à France-Station, l'employé chargé de ce service lui avait fait, en s'amusant, toucher à une petite boule de cuivre qui communiquait à une grande roue en verre mise en mouvement par un aide, et qu'il avait ressenti la même commotion, quoique beaucoup moins forte.

Olivier, qui avait profité de l'installation du fil reliant l'habitation à Melbourne pour faire venir différents instruments de physique amusante en même temps que la pile chargée du service, avait aussi renouvelé différentes fois cette expérience, et bien que l'Aigle-Noir n'eût rien compris aux explications qu'on lui avait données à ce sujet, il lui en était cependant resté cette conviction, que les blancs, selon son naïf langage, savaient enfermer des coups de poing dans une machine qui les distribuait ensuite à volonté.

Enhardis par ces réflexions du chef, tous deux remontèrent à bord, et ils purent s'assurer que, à condition de ne pas s'adresser aux boutons des portes, ils pouvaient impunément toucher à toutes les autres parties. du navire.

Mais comment les hommes qui le montaient pouvaient-ils le diriger? car les Australiens avaient parfaitement remarqué, malgré la nuit, que tous quatre étaient assis sur le pont, les jambes pendantes dans l'ouverture du panneau. Alors Willigo, se souvenant que le mécanicien des goélettes mettait en mouvement sa machine à l'aide d'un simple bras de levier, chercha quelque chose de semblable... Il ne trouva rien, mais avec cette persistance.qui est le trait caractéristique de la nature même des sauvages, il ne se découragea pas.

— Puisque les marins étaient assis sur le pont, c'est là qu'il devait chercher... pensa-t-il. Et dans le rayon du cercle que le bras d'un homme pouvait tracer, il se mit à interroger la voûte métallique qui servait de pont au *Swan*. Pendant longtemps toutes ses tentatives n'amenèrent aucun résultat; pression verticale, pression horizontale, comme s'il eût voulu faire glisser le couvercle d'une boîte à rainures, ne réussirent pas plus les unes que les autres; mais il avait une dose inaltérable dè patience; il se mit à recommencer, dans un autre sens, les pressions horizontales qu'il avait dirigées du côté de l'ouverture du hublot.

Quelques instants après, une sourde exclamation lui échappait malgré lui; une mince lame de bronze venait de glisser sous sa main, découvrant une cavité d'environ 20 centimètres carrés ; au fond se trouvait une série de boutons de cristal disposés dans l'ordre suivant : trois — quatre — trois, sur trois lignes parallèles.

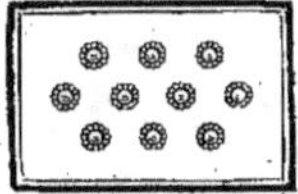

Sans aucun doute, ces boutons ne devaient pas donner de commotion, car pourquoi les cacher avec tant de soin ? Pour s'en assurer, Willigo les toucha le plus légèrement qu'il put, s'imaginant naïvement que le coup serait d'autant moins violent qu'il aurait moins appuyé.

Il n'éprouva pas la moindre sensation !

— Ah ! fit-il avec une joie d'enfant, il n'y a pas de coups de poing là dedans.

Il appela Koanook, qui veillait sur la berge, pour l'avertir du retour du blanc, car ce dernier était parti en tenue de chasseur. L'Aigle-Noir, qui ne le supposait pas assez fou ou assez audacieux pour se rendre à l'habitation, en avait conclu qu'il allait simplement faire un tour de chasse dans la forêt.

— Willigo a trouvé le secret pour conduire le navire, lui dit-il avec orgueil.

— Eh bien, fais-le marcher, répondit le jeune guerrier, qui avait une confiance absolue dans la supériorité de son chef ; les blancs ne peuvent rien cacher à l'œil subtil de l'Aigle-Noir.

Le pauvre Willigo fut très embarrassé de sa gasconnade ; mais pour ne pas paraître reculer devant Koanook, il se hasarda à pousser légèrement le premier bouton.

O miracle ! le *Swan* se mit en mouvement ; le chef augmenta la pression, et le mouvement se dessina en avant ; bravement il appuya sur le second bouton et l'embarcation évolua à gauche, un peu plus fortement, et l'évolution se fit à droite ; le troisième bouton pressé amena le recul. Avant, arrière, évolution, le mouvement était complet. Et l'Aigle-Noir se mit à battre les mains, comme un bambin qui aurait découvert le secret du mécanisme d'un jouet nouveau.

Quel résultat pouvaient bien produire les autres boutons ?

Après avoir longtemps hésité, Willigo attaqua, en hésitant, le premier de la seconde ligne, et le *Swan*, dont les *accumulateurs* devaient être chargés à outrance, s'élança dans les airs, ailes déployées. Le chef poussa un cri et lâcha tout pour se retenir à l'ouverture du panneau ; alors l'embarcation volante, soutenue par ses ailes en parachute, redescendit lentement ; mais la première impulsion avait été si forte qu'elle s'était élevée, en plongeant

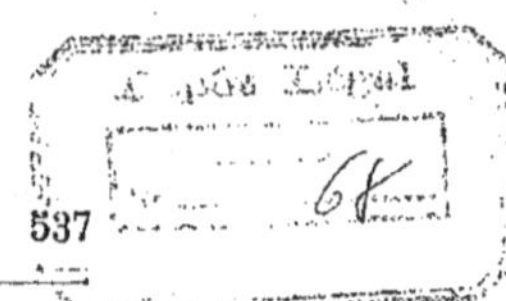

Quelques instants après, les eaux recevaient son cadavre. (Page 539.)

obliquement en flèche dans l'air, à plus de 40 mètres de hauteur, ce qui faisait qu'elle ne se trouvait plus au dessus du lac. Elle vint donc tranquillement se poser à terre, à quelques pas de la berge.

Rien ne saurait dépeindre le désappointement de l'Aigle-Noir ; il avait déjà rêvé de cacher le *Swan* à tous les yeux dans un des nombreux méandres du lac, et maintenant cette masse énorme avait quitté son élément. Comment s'y prendre pour l'y faire rentrer ?

Le jeune Koanook s'écria tout à coup :

— Chef! elle a des roues comme les voitures des blancs!

Ces paroles furent un trait de lumière pour Willigo; il pensa que l'embarcation devait se diriger à terre comme dans l'eau, et il pressa le premier bouton : le *Swan* se mit à évoluer comme devant. Le chef allait le ramener dans le lac, lorsqu'il réfléchit que les blancs qui devaient se trouver à bord du colosse redescendu sous les eaux n'auraient qu'à faire le tour du lac pour le retrouver; alors, changeant d'idée, il appela Kaonook auprès de lui, et mettant en marche l'embarcation, devenue wagon, il gagna une petite plaine qui se trouvait à demi-mille en avant du lac environ; puis, lançant à toute vitesse son étrange véhicule, il arriva bientôt à l'entrée d'une étroite vallée au fond de laquelle, au milieu d'une masse de roches granitiques, s'ouvrait une grotte naturelle, tapissée de sable fin, qui se prolongeait à plusieurs centaines de mètres sous la montagne; c'est là qu'il conduisit sa capture, et pour la soustraire à tous les regards, il ne l'arrêta que quand la déclivité de la voûte s'opposa à ce qu'on pût aller plus loin.

Quand Willigo descendit comme un triomphateur de sa monture de bronze, il fut pris d'un indicible sentiment d'orgueil. Le guerrier nagarnook venait d'atteindre à des hauteurs incommensurables dans sa propre estime. Il marchait comme un paon au milieu d'une basse-cour, prenant en pitié les maigres volatiles qui voudraient essayer de lui disputer les palmes de la beauté.

— Le Matou-Oui (Dieu), dit-il à Koanook avec un superbe mouvement de vivacité, a créé les blancs pour travailler comme des femmes, pour inventer une foule de choses; mais il a fait l'homme noir bien plus intelligent, puisque, sans travailler, il devine tous leurs secrets, et déjoue toutes leurs ruses.

Ceci était le suprême du dédain : car, en Australie, tout travail est abandonné aux femmes, ainsi qu'une chose absolument déshonorante.

Koanook était comme pétrifié d'admiration; il contemplait en ce moment son chef avec un tel respect, qu'il n'était pas éloigné de croire que le Matou-Oui lui avait soufflé dans le cerveau, suivant l'expression de la Genèse australienne, un esprit supérieur à celui de tous les autres hommes.

L'acte de Willigo avait été bien simple cependant : Jonathan, qui sentait l'obligation où il serait, tôt ou tard, de confier à des tiers la direction des satellites du *Remember*, avait fait arriver sur le pont une série de fils de transmission qui permettait de les guider, et rien de plus. Celui qu'il chargeait provisoirement de cette direction ne possédait aucun de ses secrets. Outre qu'il ne connaissait rien du mécanisme intérieur, il ne savait ni mettre en mouvement en cas d'arrêt, ni régler les machines productives d'air et d'électricité; il ne possédait pas de fil de transmission qui lui permît de décharger sur un point quelconque, pour l'anéantir, la totalité de la masse fluidique contenue dans les *accumulateurs*.

De plus, Jonathan s'était ménagé la faculté, par un cran d'arrêt, de borner à une heure, un jour, un mois, la marche de l'ensemble, ou de telle machine qu'il lui plairait.

Dans ces circonstances, le *Swan* et le *Wasp*, même dirigés par un autre, restaient aussi bien dans sa main que le *Remember* lui-même. Seulement, comme il n'avait point prévu au départ l'événement qui venait d'arriver, il n'avait pas eu la prudence de placer l'aiguille du chronomètre au cran d'arrêt, et dès lors, le *Swan* puisant dans l'air même, ou dans l'eau, indifféremment, les éléments de sa force dynamique, ne s'arrêterait qu'à l'usure complète d'un de ses rouages ; nous avons dit qu'ils étaient construits pour une durée d'un demi-siècle.

Dans tous les cas, Willigo et Koanook non seulement n'avaient point perdu leur nuit, mais l'acte audacieux qu'ils avaient eu le bonheur d'exécuter devait avoir les plus graves conséquences.

En retournant à l'habitation, Willigo, qui avait ses projets, ordonna à Koanook de se taire sur les incidents du matin et la capture qui s'en était suivie.

— Trop d'yeux, trop d'oreilles, trop de langues à l'habitation, dit-il ; si Koanook ne sait pas retenir sa langue, le Toua-Noh, arrivé ce matin, sera averti, et nous ne pourrons prendre la grosse embarcation.

— Kaonook n'est pas une femme, répondit le jeune guerrier ; il saura se taire.

Willigo avait formé le projet de s'emparer de tous les hôtes du *Remember*, qu'il appelait la grosse embarcation, et en dernier lieu du *Remember* lui-même.

Quand, après leur retour, il avait vu, au cours de sa conversation avec Olivier, le Toua-Noh ou *oiseau puant*, nom qu'il avait donné à Jonathan Spiers, faire un signe à son nègre, il avait compris immédiatement avec sa sagacité habituelle que le capitaine lui donnait sans doute un ordre pour les hommes de son embarcation ; et aussitôt les deux Australiens s'étaient lancés sur les traces du malheureux, pour empêcher qu'il ne s'aperçût de la disparition du *Swan* et ne vînt prévenir son maître.

Ils rencontrèrent le pauvre noir, qui se pressait plus que de raison, et pour lui éviter du moins les angoisses d'une attaque (Willigo était humain à sa manière, quand il n'avait pas de motifs d'en vouloir à ses victimes), ils le dépassèrent, puis se cachèrent dans un bosquet de lauriers du Sud et lui lancèrent leur boomerang dès que l'infortuné eut fait quelques pas en avant d'eux ; les deux armes le frappèrent coup sur coup à la tête, et il tomba sans proférer une plainte.

Quelques instants après, les eaux recevaient son cadavre.

Heureux de leur exploit, qui privait le capitaine de son dernier défenseur en même temps qu'il empêchait tout renseignement d'arriver jusqu'à lui, les deux Australiens reprirent le chemin de leurs grands villages pour se préparer à jouer leur rôle dans la fête du feu qui n'allait pas tarder à commencer. On n'attendait plus, en effet, que le Canadien et ses amis.

Willigo avait lieu d'être satisfait du résultat obtenu par sa vigilance, bien qu'il n'en comprît pas encore toute l'importance. Comment allait faire maintenant le capitaine Rouge, pour rejoindre le *Remember* à une profondeur de près de cent mètres sous les eaux! comment surtout pénétrer dans les flancs du colosse? Et s'il n'y parvenait point, que deviendraient ses malheureux compagnons, enfermés entre les murailles de bronze, sans moyen aucun d'en pouvoir sortir?

Si Jonathan Spiers avait connu, dans toute son étendue, l'affreuse vérité, il n'eût point suivi ses hôtes aux grands villages des Nagarnooks, en repassant dans sa mémoire toutes les grandes choses qu'il se promettait d'accomplir sous peu, pour illustrer son nom... et cela à l'heure où il était en train de perdre peut-être, par une fatalité favorisant l'audacieuse ténacité d'un sauvage, dix années de travaux, d'efforts, de luttes et de souffrance.

Tout en caressant ses rêves, le capitaine Rouge était singulièrement préoccupé par une idée qui, depuis le matin, s'était emparée de son esprit. Lors de sa présentation à Olivier, à la tournure du jeune homme, au son de sa voix, il lui avait semblé qu'il ne le rencontrait pas pour la première fois; il n'avait pas attaché tout d'abord une grande importance à cette impression, qu'il mit sur le compte d'une ressemblance fortuite; cependant, chaque fois que le jeune homme prenait inopinément la parole en s'adressant soit à lui, soit à d'autres, ou que lui-même le suivait du regard, observant ses gestes, sa manière d'être, il éprouvait comme une sensation de *déjà vu* qui, à mesure qu'il voulait la repousser, prenait au contraire plus de consistance dans son esprit. Il se décida à se renseigner; on était en marche pour les grands villages, situés à environ un mille de l'habitation, et les occasions ne manquaient pas de lier conversation.

Il aborda la question de front.

— Monsieur le comte, dit-il à Olivier qui venait de quitter le Canadien pour adresser quelques paroles aimables au personnel de la mine qui les suivait, excusez mon indiscrétion, mais je brûle de vous interroger sur un sujet qui m'inquiète fort depuis quelques instants.

— A votre aise, mon cher hôte; je suis prêt à vous répondre.

— Plus je vous vois, plus il me semble que j'ai déjà eu l'honneur de vous rencontrer ailleurs qu'ici; je désirerais savoir si ma personne vous a produit la même impression.

— Il se pourrait que nous nous fussions déjà vus, répliqua le jeune homme, car j'ai beaucoup voyagé, et vous aussi sans doute; mais je dois vous avouer que, cela étant, je n'en ai pas conservé le moindre souvenir. Ne serait-ce pas en Russie, par hasard?

— Je ne connais pas cette contrée.

— En France, alors?

— C'est un voyage que, comme tous les Américains, je désire faire, mais enfin je n'y suis pas encore allé.

— Mais, c'est vrai, vous êtes Américain; alors, ce doit être dans votre pays.

— Quelles sont les villes que vous avez visitées?

— Il en est peu que je ne connaisse pas, parmi les plus importantes : New-York, Baltimore, Philadelphie, Cincinnati, la Nouvelle-Orléans, Saint-Louis, San-Francisco.

— San-Francisco? fit Jonathan Spiers interrompant l'énumération.

— Oui, continua le comte, j'ai habité cette ville pendant cinq à six mois, il y a longtemps de cela, un peu plus de dix ans, peut-être. J'étais bien jeune alors, je débutais dans la diplomatie comme attaché à la légation de France à Washington. Notre consul à San-Francisco étant tombé malade, je fus envoyé dans cette ville pour y gérer le consulat.

— Dix ans, il y a dix ans, balbutia Jonathan, qui était devenu fort pâle sous le coup d'une extraordinaire émotion.

— Qu'avez-vous, gentleman? demanda Olivier avec intérêt; on dirait que vous allez vous trouver mal.

— Ce n'est rien! un souvenir, répondit le Yankee en passant sa main sur son front avec effort ; je n'ai pas été maître de moi... Voulez-vous, monsieur le comte, que je vous raconte une petite histoire?

— Volontiers, fit le jeune homme par pure politesse, car il ne comprenait rien à cette lubie subite de son hôte.

— Il y a longtemps de cela, un peu plus de dix ans peut-être, commença le capitaine en se servant des mêmes expressions que le comte. Un soir, au coin de la rue Clay, près du square Washington, un jeune homme de vingt ans à peine pleurait silencieusement, en regardant passer la foule indifférente qui ne faisait guère attention à sa misère ; il était couvert de haillons, et depuis huit jours qu'il était à San-Francisco, c'est en vain qu'il cherchait du travail, sa mise sordide le faisait repousser partout où il se présentait : il avait le droit de vivre cependant ; mais l'homme est dur à celui qui souffre. Il avait visité toutes les usines de la contrée, car il était mécanicien de son état, sans avoir trouvé une seule porte qui voulût s'ouvrir devant lui. Il avait mangé la veille son dernier morceau de pain, et il ne lui restait plus d'autre ressource que d'aller se jeter à l'eau ; il y était décidé, mais mourir à vingt ans, on est bien excusable de pleurer un peu comme dernier adieu à la vie, à cette vie si belle pour certains heureux et si dure aux déshérités... Tout à coup, un jeune homme, à peu près du même âge que le misérable, s'approche de lui d'un air compatissant, ouvre son portefeuille, prend une banknote de cent dollars et la lui met dans la main, en lui disant ces seuls mots en français :

— *Travaille et espère*, interrompit doucement Olivier en souriant.

— Ah! vous! vous! c'était donc vous, exclama Jonathan Spiers, d'une voix retentissante; vous! vous! que je cherche depuis dix ans, pour vous remercier, pour vous embrasser les mains à genoux, pour vous offrir mon dévouement, ma vie,... car c'était moi le misérable... et j'ai pu,... ah! misérable que je suis!

Mais il n'acheva pas, malgré son émotion il comprit l'imprudence qu'il allait commettre... Avouer ce qu'il était, dénoncer l'auteur de la perte de la *Feodorowna*, c'était un pur hasard s'il n'y avait pas eu de victimes, et puis la disparition de Tanganook! il se ferait à l'instant massacrer par les Na garnooks, par les ouvriers de la mine... Olivier lui-même ne pourrait pas, ne chercherait pas à le sauver... heureusement qu'il s'était arrêté à temps. Personne n'avait compris le sens de ses dernières paroles qui paraissaient être la suite de sa pensée.

Il reprit immédiatement avec vivacité :

— Oui, c'était moi le misérable, l'infortuné, déjà désespéré à vingt ans...

— Quoi! c'est vous que j'ai secouru? fit Olivier avec les marques de la joie la plus vive; oh! que je suis donc heureux de vous revoir. J'ai souvent pensé à vous depuis, me demandant ce que vous étiez devenu; mais, j'y songe, j'ai peu fait attention à votre nom ce matin, Jonathan Spiers... Seriez-vous l'inventeur de la lampe électrique de ce nom, du télégraphe dessinant, et de toutes ces belles découvertes qui ont rendu populaire le nom de Jonathan Spiers dans les deux mondes?

— Oui, je suis ce Jonathan Spiers.

— L'inventeur de génie.

— Grâce à vous, monsieur le comte.

— Ah! je suis heureux et fier de vous avoir rencontré ce jour-là; je n'ai pas eu seulement le bonheur de sauver la vie d'un être souffrant... d'un frère; j'ai rendu service à l'humanité en lui conservant un des hommes les plus utiles de ce siècle.

— Vous exagérez ma valeur, monsieur le comte; mais tout ce que je sais est votre œuvre, aussi. Si vous n'étiez pas cent fois, mille fois plus riche que moi; je vous dirais, ma fortune est à vous; du moins, je puis vous dire que cette vie que vous m'avez conservée je serais heureux de la consacrer à votre service.

— Je n'accepte que votre amitié, mon cher Jonathan; mais, j'y songe, n'êtes-vous pas le premier électricien de notre époque?

— C'est peut-être au-dessus de la vérité..., balbutia le capitaine Rouge, qui comprit de suite où le comte d'Entraygues voulait en venir.

— Non, il n'y a pas d'exagération dans mes paroles; dans tous les cas, en retour du léger service que je vous ai rendu, car cette somme de cent dollars n'était rien pour moi, vous pouvez, à votre tour, m'en rendre un, dont peut dépendre non seulement ma propre existence, mais encore le bonheur de ma vie entière.

— Ai-je besoin de vous dire que vous pouvez compter sur moi ; de quoi s'agit-il ?

— L'histoire serait trop longue à conter maintenant, car il faut que vous sachiez tout, et quoique le danger qu'il s'agit de conjurer soit imminent, à vingt-quatre heures près il n'y a pas péril en la demeure ; du reste, vous serez là !... Nous voici presque arrivés, et nous ne pouvons retarder la fête. Ce soir, nous aurons tous besoin de repos, mais si vous le voulez, demain matin, à la première heure, je viendrai vous trouver dans votre appartement, et vous saurez ce que je compte demander à votre amitié.

CHAPITRE III

La fête. — Origines, mœurs, coutumes et croyances des Mangeurs de feu.

En ce moment, des cris, des hourrahs et des acclamations en français, en anglais, en nagarnook, accueillaient l'arrivée du Canadien et de ses amis, de Tidana, le fils adoptif de la tribu, et Olivier quitta le capitaine pour se rendre près des chefs, qui s'avançaient en députation solennelle au-devant de leurs invités.

— C'est bien lui ! mon sauveur, murmura Jonathan encore étourdi de la nouvelle qu'il venait d'apprendre ; et moi qui me suis engagé par ma parole d'honneur solennelle à le livrer à Ivanowitch, tout au moins à le conduire devant le conseil suprême des Invisibles ! Mais cette parole je ne puis la tenir !... Savais-je de qui il s'agissait ? Trahir le seul homme qui ait eu pitié de moi, le seul qui m'ait tendu la main ! jamais. Oui, l'humanité est mauvaise, je la hais, je la méprise : tout enfant, j'ai été bafoué, torturé, exploité ; tout ce qui est faible est écrasé, tout ce qui est honnête ridiculisé, il n'y a que la force brutale qui inspire du respect, qui tienne les gens à distance ; il faut fouailler les hommes comme des chiens, si l'on ne veut pas être mordu par eux... Voilà dix ans que j'attends ma vengeance, et je les faucherai comme des épis mûrs, malheur à qui se trouvera devant moi ! Mais vais-je donc commencer par frapper mon bienfaiteur... celui dont le cœur s'est doucement ému en voyant mes larmes ?... Oh ! non, cela ne peut pas être... cela ne sera pas ! Il faut qu'Ivanowitch me relève de ma parole... et s'il refuse, eh bien, j'imposerai ma volonté ; ne suis-je pas le maître ?

Il eut un éclat de rire strident.

— Oh ! tenir ma parole ! quand tout autour de moi n'est que fausseté, duplicité, mensonge, abus de la force ! eh bien, j'abuserai de la mienne aussi,

moi! Trahir le seul être bon, humain, honnête, que j'aie rencontré depuis
que je suis au monde! j'aimerais mieux mettre le feu aux quatre coins du
globe.

Puis, apercevant Olivier que les indigènes entouraient des marques du
plus profond respect :

— Il a su se faire aimer, même de ces brutes… Va, cœur généreux et
loyal, tu n'as rien à craindre de moi ; je veillerai au contraire avec un soin jaloux sur ton bonheur, afin que nul n'y touche, et un peu de la joie, de la
bonté, rejaillira jusqu'à mon cœur ulcéré, comme un baume réparateur sur
une blessure… Ah! les Invisibles sont tes ennemis!… à eux de trembler
maintenant, je m'appelle le capitaine Rouge!

Un peu calmé par la réussite de son grand œuvre, Jonathan sentait re-
vivre maintenant ses haines accumulées, sa soif de vengeance longtemps
comprimée. Il fut sur le point de regagner de suite le *Remenber*, pour avoir
une explication décisive avec Ivanowitch. Il sentait qu'il y avait autre chose
entre le comte d'Entraygues et cet homme, autre chose que ce que ce dernier lui avait dit; il devinait de sourdes rivalités, de lâches vengeances; son
cerveau fortifié par la colère, excité par la reconnaissance, eut des éclairs
de lucidité qui lui firent entrevoir le vérité. A cette heure suprême, en repassant dans sa mémoire une foule de faits dont il n'avait pas d'abord saisi
l'importance, il comprit tout ce qu'il y avait de faux et de vil dans l'âme de
ce Russe, qui s'était fait bas et rampant pour capter sa confiance et arriver
à lui arracher ses secrets.

— Ah! je le démasquerai, se dit-il, en massacrant avec une badine pour
se calmer les fleurs d'or d'un genêt d'Australie, et j'en fais le serment…
serment que je tiendrai, celui-là, je les réduirai à l'impuissance lui et toute
sa bande. Histoire inventée à plaisir pour séduire les naïfs que cette fable
des Slaves dominant le monde. Ce ne sont que des affamés de richesses, de
domination, de jouissances matérielles, unis pour opprimer les masses et
exploiter les faibles… A nous deux, Société des Invisibles, éternels égoïstes,
dont toute la mission sociale est de diviser les peuples et de régner par
la corruption; je vous briserai si bien, que les morceaux ne pourront jamais
plus se rejoindre, et qu'une ère de concorde, de travail, égale pour tous, de
paix et de liberté, se lèvera sur le monde. Je vous connais, car c'est vous
qui jetiez à la plèbe romaine, pour l'abrutir, du pain et des jeux, *panem et
circenses;* vous qui avez ensanglanté l'Asie et si bien ramolli les âmes et les
cœurs, que sous l'éclatant soleil de l'Orient on ne rencontre plus que de la
poussière humaine; vous qui avez opprimé les serfs du moyen âge, élevé les
bûchers de l'inquisition, massacré les Vaudois, les Camisards, les Cévénoles,
et chargé les arquebuses de la Saint-Barthélemy… Oui, vous êtes bien
nommé les Invisibles, parce que si l'on voit la main qui frappe… on ne voit
jamais la main qui ordonne ; mais votre heure est venue, vous représentez

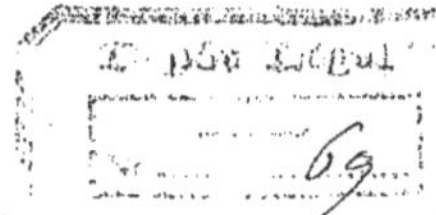

L'homme seul allait à la chasse et à la pêche. (Page 551.)

le passé, l'ignorance, la superstition; le *Remember* est le symbole de la science, de la raison, de l'avenir : c'est le *Remember* qui vous détruira.

Jonathan Spiers s'était transfiguré; dans une minute suprême d'exaltation lucide, il avait entrevu la *vérité!*

Pauvre Jonathan Spiers, sais-tu bien qu'à cette heure tu es impuissant... et désarmé!

Il avait voulu d'abord courir au rivage, brusquer le dénouement, sa nature impétueuse se rongeait dans l'attente... mais peu à peu le calme se fit dans son esprit. Il comprit qu'il ne pouvait rien dire encore, il fallait savoir d'abord, puis préparer les voies ; et afin de ne pas divulguer à tous le secret de sa puissance, il se résigna à attendre la nuit pour regagner le *Remember*.

En ce moment, tout le monde était réuni, et la fête allait commencer.

Le moment est venu de faire plus ample connaissance avec nos amis les Mangeurs de feu, la peuplade la plus importante du centre de l'Australie, aussi bien que de donner quelques renseignements sur leurs croyances, leurs mœurs, leurs usages ; outre qu'ils détruisent certains préjugés qui représentent tous les Australiens comme des brutes à peine dignes du nom d'hommes, ils sont indispensables pour bien comprendre cette célèbre fête du feu, dont peu de voyageurs ont pu parler *de visu*, puisqu'elle n'a lieu que pour l'installation du grand Arouénook (*gardien du feu*), dont la charge est à vie et héréditaire dans la tribu.

Le mot de Nagarnook signifie *mangeur de feu ;* nous avons déjà expliqué les causes qui avaient fait donner ce nom à la peuplade à laquelle appartenait le grand chef Willigo.

Au point de vue ethnographique, l'origine de cette tribu, comme celle de toutes les autres agglomérations d'hommes de l'Australie, est inconnue.

Il est rationnel de penser que le grand continent du Sud leur a donné naissance, car l'unité des races humaines est une absurdité aujourd'hui parfaitement démontrée.

Sur la foi des premiers voyageurs qui, nous avons déjà eu l'occasion de le dire, n'avaient guère fait qu'entrevoir les populations pauvres et rachitiques des côtes, qui n'avaient pour toute nourriture que des coquillages, de mauvaises racines, de l'herbe et les poissons à moitié pourris que l'Océan rejetait sur le rivage, on a cru longtemps que tous les hommes de ce grand continent, qui représente en étendue les cinq sixièmes de l'Europe entière, ressemblaient à ces misérables déshérités. Le grand flot colonisateur qui s'est porté sur ce pays et de nombreux voyageurs qui l'ont depuis sillonné en tous sens ont établi victorieusement le mal fondé de cette opinion.

L'Australie renferme au moins une quinzaine de types humains, entièrement différents au point de vue ethnographique, c'est-à-dire ayant une origine séparée, et parmi tous ces types plusieurs sont de beaucoup supérieurs à ceux de la race jaune ou mongolique, et un entre autres, celui du Nagarnook, n'est pas inférieur, comme forme de corps, aux plus belles races ; la figure est moins fine que celle des races aryennes et caucasiques et ne réalise pas l'idée que nous nous faisons de la beauté ; mais après quelque temps de séjour dans le pays, quand l'œil s'est mis au point, on finit par trouver qu'elle n'est dépourvue ni de grâce ni de distinction ; quant à l'ensemble, en prenant, bien entendu, des sujets sains et vigoureux, un statuaire pourrait se contenter de le mouler pour obtenir un admirable modèle.

Quand nous disons que l'Australie possède une quinzaine de races différentes, nous commettons une regrettable erreur en donnant ainsi la forme du présent à notre pensée : c'est « possédait » que nous devons dire, car depuis trois quarts de siècle la race anglo-saxonne, qui a conservé toute la brutalité des peuples primitifs, sous le vernis de la civilisation, s'est livrée à une telle chasse à l'homme, que sur les cinq à six cent mille indigènes que comptait ce continent avant l'arrivée des Européens, c'est à peine s'il en reste deux ou trois mille aujourd'hui. C'est tout simplement épouvantable, et c'est en vain que les écrivains anglais, pour diminuer la responsabilité de leurs nationaux, cherchent aujourd'hui à réduire la primitive population australienne à trois cent mille, à deux cent, à cent ; il en est même qui ont poussé l'audace jusqu'à descendre au chiffre de dix mille : les faits sont là qui parlent plus haut que tous les calculs faits, relevés par les Anglais eux-mêmes, car nous ne voulons pas invoquer une seule autorité en dehors d'eux, et les rapports d'un ou deux gouverneurs, qui par hasard se sont trouvés honnêtes, et les journaux de la localité.

Eh bien, il est aujourd'hui acquis au débat que les Australiens ont, au début, admirablement reçu les colons anglais ; qu'ils ont travaillé pour eux comme des bêtes de somme ; que mal nourris et battus, ils n'osaient pas se plaindre, les prenant pour des êtres supérieurs, des ancêtres revenus du ciel sur la terre, à qui ils devaient soumission, respect et obéissance ; et qu'ils ne se sont soulevés que devant le massacre en masse et la destruction totale dont ils étaient menacés.

Il est acquis au débat :

Veut-on un nom : « Que le lieutenant Moore ordonna de tirer sur un groupe nombreux, hommes, femmes, enfants, qui s'étaient approchés de sa compagnie sans aucune intention hostile, et ainsi une cinquantaine furent tués. (*Bonwick-Daily life*, page 33.)

Que les soldats et en général tous les colons, étant en chasse, tiraient sur tous les indigènes qu'ils rencontraient. (*Bonwick-Daily life*, page 35.)

Que l'on tirait à la cible sur les indigènes comme sur des moineaux.

Que certains colons tuaient les Australiens uniquement pour en nourrir leurs chiens.

Qu'on arrachait les enfants aux parents et qu'on les jetait dans les flammes uniquement pour s'amuser.

Qu'enfin, pendant plus de trente ans, on a tué isolément, massacré en masse, sans que le gouvernement de Londres ait jamais rien fait pour arrêter ces horreurs ou punir les meurtriers, *selon la propre expression de la gazette* d'Hobart-Town *du mois d'avril 1836*.

Ceux de nos lecteurs qui seraient tentés de croire que nous nous laissons emporter par la haine vigoureuse mais légitime que nous éprouvons pour les Anglais, car nous les avons vus à l'œuvre dans le monde entier, n'ont qu'à lire les écrivains et les ouvrages que nous allons citer, et ils se demanderont avec stupeur comment un tel peuple ose encore parler de civilisation. Et nous ne citons que des Anglais.

Bonwich-Daily life. — J.-E. Colder, esq,. de Hobart-Town. *Account of the wars of extirpation and habits of the nativer Tribes...* — *Journal of the office Anthropological Institut of Great-Britain and Ireland,* vol. III, 1874, page 8. — Georges-Thomas Lloyd. *Thirty three years in Cosmonia and Australia,* being the actual experience of the author; interposed with histories, jottings, narratives and counsels to emigrants. — Bonwick. *The last of Tasmanious.* — George-William Edwards, surveyor general of the colony. *A geographical, historical and topographical Description.* — *Gazette de Sydney,* collection. — *Times de Hobart-Town,* collection.

En voilà assez : qu'on lise ces ouvrages et l'on verra comment les Anglais ont détruit les Australiens; on y trouvera des horreurs que notre plume se refuse à écrire par respect pour nos lecteurs français. Croirait-on que pour activer la dépopulation, le gouvernement local est allé jusqu'à donner des primes de cinq livres par tête d'adulte, deux livres par tête d'enfant !

Au rapport de Bonwich, on lit dans les archives de 1829 qui enregistraient cette honteuse tenue des livres :

« Neuf hommes tués à coups de fusil et trois pris près de la rivière Saint-Paul. »

« Dix hommes tués à coups de fusil et deux pris vers les marais de l'Est. »

Les Anglais ont deux systèmes pour coloniser : s'accaparent-ils de contrées comme l'Inde, où le blanc ne peut s'emparer de la terre et y remplacer l'élément authoctone, à cause du climat? ils favorisent le développement des indigènes, quitte à les écraser d'impôts et à les forcer au travail pour augmenter la production.

Occupent-ils, au contraire, une terre comme l'Australie, la Tasmanie, la Nouvelle-Zélande, où le blanc peut prospérer grâce au climat tempéré : alors ils détruisent l'élément indigène.

En voilà assez : nous n'y reviendrons plus; mais, pour Dieu ! que mes compatriotes cessent, comme d'aucuns ne le font que trop souvent, de parler de la générosité et de l'humanité de l'Angleterre.

Les Nagarnooks, pas plus que les habitants des côtes, n'ont échappé à ce *massacre colonisateur ;* ils étaient encore vingt-cinq mille il y a cinquante ans; en 1869, époque où l'auteur de ce récit passa six mois au milieu de cette tribu, elle ne comptait plus que cinq cents âmes, hommes, femmes et enfants. A peine reste-t-il quelques familles éparses aujourd'hui. C'est ainsi qu'a disparu peu à peu une nation vigoureuse, belle de formes, et qui ne méritait pas plus que les autres races humaines d'être arrachée violemment de la terre qui l'avait vu naître. Elle en était encore, il est vrai, aux périodes primitives de la civilisation, que tous les peuples sans exception ont connues; mais nous allons voir que leurs croyances, leurs mœurs, leurs coutumes, n'étaient ni plus superstitieuses, ni plus ridicules que celles des autres nations parvenues depuis au degré le plus élevé de la civilisation.

CHAPITRE IV

Mœurs, coutumes, croyances des Mangeurs de feu (*suite*).

Le Nagarnook ne vit que de chasse et de pêche, il ne cultive pas; cependant il se nourrit de certaines racines, telles que l'igname et le taro; mais ces légumineuses ne poussent guère que dans le centre, autour du lac Eyréo. Là, on a trouvé aussi l'*artocarpus* ou arbre à pain, que l'on a cru longtemps ne pas exister en Australie. L'indigène connaît aussi certaines plantes dont les feuilles sont comestibles, dans le genre de nos épinards, oseilles, feuilles de bettes, etc. La nourriture animale et végétale du Nagarnook est donc assez variée ; elle est surtout abondante, ce qui n'a pas peu contribué à la beauté et à la vigueur de la race, tandis que les populations des côtes, qui meurent de faim, sont laides et difformes.

La nourriture a une influence énorme non seulement sur le physique de l'homme, mais encore sur son moral, et par conséquent sur le développement social.

Avant de pouvoir se livrer à aucune occupation, travailler, parler, penser, user de la vie, l'homme est obligé, par loi de nature, de réparer la déperdition constante de ses forces en s'assimilant les matières premières, transformées par les végétaux et les animaux; quand la nourriture est abondante, l'homme est heureux et fort, ses facultés se développent, et bientôt il cherche à les employer; le surplus du travail amène l'épargne, l'accumulation des richesses et les loisirs que les esprits d'élite appliquent aux premières recherches de la science. Alors naissent les rudiments des arts, la poésie, les premières observations météorologiques et astronomiques, premiers pas d'une civilisation qui cherche à sortir de l'enfance. Quand la nourriture fait défaut, au contraire, le corps de l'homme s'affaiblit, s'étiole, se déforme, car les organes manquent de consistance et de force, le moral se dégrade dans la souffrance, et l'homme, au lieu de se perfectionner, se dégrade et tombe dans une régression qui tend à le ramener au niveau de la brute.

Aucune contrée n'a fait cette vérité plus évidente que l'Australie, avec ses populations si différentes des côtes et du centre, les premières pour ainsi dire privées de nourriture, obligées parfois d'apaiser les tortures de leur estomac vide avec de la terre grasse, et comparées par les premiers voyageurs à des singes; les secondes pouvant subvenir facilement aux besoins de l'existence, et, par cela même, fortes, énergiques, intelligentes.

A ce titre, elles eussent mérité, et les Nagarnooks en première ligne, d'être conservées dans la grande famille humaine. Une nation honnête n'y eût pas manqué et eût veillé sur eux avec une tendre sollicitude.

Le mariage, la filiation, la parenté et l'agrégation sociale avaient déjà atteint un niveau relativement élevé chez les Nagarnooks.

Suivant une coutume que l'on croyait autrefois n'exister qu'à titre d'exception, mais qu'on a retrouvée au berceau de presque tous les peuples, le jeune guerrier, quand il avait reçu l'investiture par le feu sacré (ce même feu qui va faire l'objet de la fête à laquelle nous allons assister), enlevait à main armée sa femme dans une tribu voisine. Mais l'emploi de la force n'était qu'un simulacre symbolique, tout était convenu et réglé d'avance entre les parents des futurs.

Les ethnographes ont beaucoup discuté sur l'origine de cette curieuse coutume, comme toujours sans s'entendre, car chacun s'occupe beaucoup plus en général d'émettre une opinion nouvelle que d'étudier celle des autres. Serait-ce ajouter une note à ce concert de contradictions en disant que cette coutume s'explique d'elle-même? Dans les premiers temps de l'humanité, quand les hommes erraient par petits groupes de familles, les pères devaient hésiter à se séparer de leurs enfants au profit d'une autre famille, et alors, pour couper court aux hésitations bien naturelles des parents, le jeune homme enlevait sa fiancée. — Avec l'augmentation de la population et l'adoucissement des mœurs, la coutume devint une pure formalité symbolique, un souvenir de tradition.

Le mariage avait lieu après l'enlèvement et l'apaisement des deux familles. Les deux époux étaient conduits dans la case du feu, où l'otonénook, ou gardien du feu sacré, leur versait des charbons ardents sur la tête et leur en mettait un petit morceau sur la langue.

Même cérémonie à la naissance des enfants; mais nous aimons à croire que, pour les pauvres innocents, on devait attendre que les charbons fussent un peu refroidis.

Nous avons vu, à la mort du pauvre Menouahli, quel rôle le feu jouait dans les funérailles. Si Willigo, qui procéda à l'incinération de son cadavre, se fût trouvé près des grands villages de sa tribu, il eût été obligé d'allumer au feu sacré la torche qui devait incendier le bûcher.

Le feu jouait un rôle énorme dans la vie des Nagarnooks; pas une cérémonie, pas une fête de famille, pas un contrat où il n'intervînt pour donner à l'acte sa consécration. Quand un Nagarnook avait juré par le feu sacré, on pouvait être assuré qu'il tiendrait son serment.

Tout cela offre d'étroites ressemblances avec les coutumes des adorateurs du feu en Perse et dans l'Inde.

Pour les fautes et crimes commis dont l'auteur n'avait pas été pris sur le fait, il existait aussi un certain jugement de Dieu par le feu également. Avant que le conseil des anciens délibérât sur la punition à infliger au coupable, il était nécessaire qu'un membre de la tribu d'abord se portât, à ses risques et périls, son accusateur, et ensuite que la culpabilité fût établie.

On s'y prenait de la manière suivante :

Au jour indiqué, accusé et accusateur étaient amenés devant la case où le feu sacré était conservé; ils entraient l'un après l'autre auprès du grand prêtre et restaient seuls avec lui pendant un certain temps; puis, ensuite, devant la foule assemblée, l'otonénook leur remplissait à tous deux la bouche de charbons incandescents qu'ils devaient conserver jusqu'à ce que le grand prêtre eût compté deux fois cinq sur ses doigts. Alors, ils devaient ouvrir les mâchoires, et celui qui avait dans la bouche la moindre trace de brûlure était considéré comme coupable et le conseil décidait de son sort.

Il est clair que là encore il était avec le feu des accommodements, et que le bon otonénook devait faire retomber la culpabilité sur celui qui s'était montré le moins généreux pendant la petite entrevue préparatoire.

La polygamie n'existait pas chez les Nagarnooks, et le mariage n'était pas dissous même par la mort; à cet égard, l'homme et la femme étaient placés absolument sur le pied d'égalité : ni l'un ni l'autre n'avait le droit de se remarier, à moins que le conseil des anciens ne l'y autorisât, et seulement dans le cas où l'époux décédé n'eût pas laissé d'enfant. Dans ce cas, le premier né qui survenait était dit fils du mort ou de la morte, héritait d'eux et, dès que son âge le permettait, accomplissait les cérémonies mortuaires qui devaient procurer un corps céleste à l'âme errante du décédé, corps sans lequel il ne pouvait monter dans la lune, au séjour des ancêtres.

Cette coutume de donner un fils au défunt pour le même motif existe dans l'Inde et dans une grande partie de l'Asie.

Les enfants qui survenaient ensuite appartenaient alors au véritable père ou à la véritable mère. Et, chose curieuse, la cérémonie du mariage par le feu n'avait lieu qu'après la naissance de ce premier fils ! Jusqu'à ce moment, le nouvel époux était considéré comme remplaçant si bien le défunt, que l'ancien mariage continuait à avoir ses effets légaux. Il n'était donc pas nécessaire de le renouveler.

Les Nagarnooks étaient de bons époux et d'excellents pères. L'homme seul allait à la chasse et à la pêche, c'est lui également qui récoltait dans la forêt les rayons de miel sauvage et les racines destinées à la nourriture; le travail de la femme se bornait aux soins du ménage. En voyage, cependant, la mère portait les jeunes enfants qui ne pouvaient pas marcher, ainsi que les provisions et les minces ustensiles composant tout l'ameublement de la communauté; hors ses armes, il était au-dessous de la dignité de l'homme de porter aucun fardeau.

Quand le Nagarnook allait à la chasse ou à la pêche, il laissait sur la berge son poisson, dans la forêt son gibier et les racines récoltées, et les femmes de son kraal ou habitation étaient chargées d'aller les chercher pour les rapporter à la case.

Dès son jeune âge, le Nagarnook était exercé à forcer le kangourou à la course; il partait dès l'aube, suivant l'animal qu'il levait avec une persévérance extraordinaire; il courait des heures, des journées entières sur les traces de l'animal, relevant sa piste, jusqu'à ce que l'animal lassé, fourbu, n'en pouvant plus, se laissât prendre à la main.

Le jeune guerrier lui coupait immédiatement la gorge avec son couteau en silex, puis l'étendait sur un lit de feuilles sèches, et rentrait en faisant aux arbres quelques entailles indicatrices qui permissent aux femmes de le retrouver.

Lorsqu'il avait couru pendant toute la journée, sans parvenir à s'emparer du kangourou, il devait s'arrêter au coucher du soleil, et rentrer sans bruit aux grands villages; il pénétrait doucement dans la case de la famille, sans adresser la parole à personne; le lendemain, dès l'aube, il devait être sur pied pour recommencer son infructueux exercice, et cela jusqu'à ce qu'il eût réussi à vaincre le menouah à la course.

Mais il n'était forcé d'agir ainsi que quand il se présentait pour recevoir l'investiture des guerriers; c'était la première épreuve qui lui était imposée, et s'il y eût renoncé à la suite de plusieurs insuccès, il eût été déshonoré au milieu des siens, qui eussent été également atteints dans leur considération par cet acte peu viril. C'eût été exactement comme s'il se fût présenté devant le conseil des anciens, en leur disant : Je renonce à l'honneur d'être admis dans la classe des guerriers. Les femmes se fussent voilées sur son passage, pour ne pas voir la figure d'un lâche, et les petits enfants eux-mêmes l'eussent couvert de huées.

Aussi, de mémoire d'homme, et aussi loin dans le passé que la tradition permettait de remonter, les Nagarnooks disaient, avec orgueil, que jamais personne de leur tribu n'avait renoncé à poursuivre le kangourou.

La seconde épreuve à laquelle devait se soumettre le jeune aspirant à cette sorte de chevalerie nagarnooke,—car elle se terminait par une véritable prise d'armes; ce jour-là, en effet, il recevait son premier arc, ses premières flèches, sa lance et son boomerang,—consistait dans les manœuvres de cette dernière arme devant toute la tribu assemblée.

L'arme singulière appelée boomerang se composait d'un morceau de bois de fer, d'une dureté extraordinaire, ainsi que le nom de l'arbre l'indique, long de 45 à 50 centimètres environ, légèrement cintré, plat dans l'intérieur et arrondi sur le dos, un peu spatulé à une extrémité et beaucoup plus volumineux à l'autre. Cette arme se manie d'une manière tellement étrange que, quand le récit en fut fait pour la première fois en Europe, il ne rencontra

Il doit parer tous les projectiles qui lui sont adressés. (Page 554.)

que des incrédules; les savants mêmes prétendirent qu'il fallait pour la construire et s'en servir de telles connaissances des lois physiques et mécaniques, qu'elle ne pouvait être l'œuvre de simples sauvages. Voici comment l'on s'en sert.

L'indigène prend le boomerang par le milieu, fortement, avec la main droite, puis il se place en avant du but qu'il veut atteindre, 15 à 20 mètres environ, il peut aller jusqu'à 50, et lui tourne le dos. Après avoir bien me-

suré de l'œil la distance que son arme va parcourir, le Nagarnook la balance
un instant du bras, puis la lance vigoureusement en avant; chose extraordinaire, le boomerang, après avoir parcouru une certaine distance dans cette
direction, revient sur lui-même avec une violence inouïe, en faisant entendre
un ronflement semblable à celui de la toupie hollandaise, et va briser l'objet que l'indigène a visé. Inutile de dire que ce dernier ne manque jamais
son but.

La troisième épreuve consiste dans l'exercice de la lance, de l'arc et du
bouclier. Ce dernier instrument éveille l'idée d'un objet d'une certaine surface destiné à protéger le corps du combattant, en lui servant en quelque
sorte d'abri portatif; mais cette définition ne saurait s'appliquer au bouclier
nagarnook, qui se compose d'un simple bâton de moyenne grosseur et assez
court pour être manié avec sûreté et rapidité.

Armé de ce bâton, le novice est placé seul au bout de l'arène et une dizaine
de guerriers lui lancent, à leur choix, flèches, piques, pierres, boomerang, et
il doit, avec ce primitif instrument de défense, parer tous les projectiles qui
lui sont adressés. Il s'en tire généralement avec une dextérité et une habileté
remarquables.

La quatrième épreuve l'oblige à parcourir, en un temps donné, un espace
fixé. La cinquième se compose d'une lutte corps à corps entre tous les aspirants au titre de guerrier. Tous ceux qui sont admis sont alors enfermés pendant trois jours dans une grande case, d'où ils ne doivent sortir sous aucun
prétexte; nul ne peut aller leur rendre visite, et ils ont des provisions de
bouche suffisantes pour la durée de leur séquestration.

De temps à autre, le grand prêtre vient murmurer à la porte du kraal,
mais sans entrer, quelque incantation mystérieuse.

Quand les jeunes gens sont rendus à la liberté, on procède à leur réception dans la classe des guerriers, et là encore le feu joue le principal rôle;
un tison embrasé à la bouche, les candidats doivent parcourir un espace
d'environ 500 mètres et revenir sur leurs pas. Enfin, l'otonénook, à l'aide
d'une pointe de silex chauffée à blanc, leur détache au front un petit morceau de peau rond, du volume d'une pièce de cinquante centimes, et frotte
la blessure ainsi faite avec des cendres, ce qui lui conserve, après la guérison, une couleur bleuâtre. C'est la marque de la tribu.

Ceci fait, on les rase, en ne leur laissant qu'une touffe de cheveux au milieu de la tête, dans laquelle on plante un bouquet de plumes d'aigle ou de
cygne; puis on les livre au tatoueur de la tribu, qui commence par graver à
chacun, sur la poitrine, le koboug de sa famille : pour l'un, c'est un kangourou; pour l'autre, un opossum, un oiseau ou même une plante; et il leur
couvre ensuite le corps de signes parfaitement hiéroglyphiques, quoi qu'en
aient dit certains voyageurs.

Chaque signe a un sens spécial et nettement défini.

Nous avons vu un guerrier qui s'était fait graver ainsi toute l'histoire de sa tribu.

Il ne reste plus qu'à donner à chaque nouveau guerrier un nom qui soit en harmonie avec sa situation nouvelle, et qui remplace celui qu'il portait depuis sa naissance. Jusqu'à sa mort, le guerrier ne sera plus astreint à d'autres cérémonies.

La propriété individuelle n'existe pas chez les Nagarnooks ; le territoire que la tribu revendique appartient à la communauté tout entière ; le kraal où l'on habite est la propriété non du père seul, mais de toute la famille. Le guerrier ne possède que ses armes ; la femme que ses ornements, bracelets, boucles de nez ou d'oreilles.

Ainsi tous les événements de la vie du Nagarnook, de sa naissance à sa mort, reçoivent leur consécration du feu sacré, qui est à lui seul, sans idoles, sans fétiches, la base de toutes leurs cérémonies, le symbole unique de leurs croyances religieuses.

Les croyances sont des plus simples.

Le Motou-Oui, ou esprit supérieur, coupa un jour un morceau du soleil, qui est un globe de feu, éteignit cette partie, qu'il divisa en deux, et les lança dans l'espace. Un morceau produisit la terre, et l'autre, beaucoup plus petit, la lune. Il souffla sur la terre pour former les hommes , mais en même temps ce souffle fit jaillir une étincelle d'une partie du globe mal éteinte. Un des nouveaux habitants, plus habile que les autres, profita immédiatement de cette lueur fugitive pour enflammer un bâton qu'il tenait à la main : et c'est comme cela que les hommes firent la conquête du feu.

Celui qui avait eu la bonne fortune de s'en emparer fut chargé par les autres de ne jamais le laisser éteindre, et cette fonction resta par hérédité dans sa famille. En revanche, ses compagnons s'engagèrent à chasser, à pêcher pour lui, à lui fournir tous les objets nécessaires à la vie. Sa personne, la case du feu, son kraal et toute sa famille étaient inviolables en temps de guerre. Sa personne était sacrée, ainsi que tous les siens, et il était respecté même des tribus nomades.

La lune fut destinée par le Motou-Oui à servir de séjour aux morts ; mais tous n'y parvenaient pas immédiatement. Le corps devait être brûlé, afin qu'il fût purifié par le feu, et l'âme attendait au-dessus du bûcher pour s'en emparer de nouveau à mesure qu'il se désagrégeait. En cet état, le défunt s'en allait tout droit dans la lune ; mais s'il avait mal vécu, c'est-à-dire commis des fautes graves sur la terre, il ne pouvait parvenir à s'emparer de son enveloppe mortelle, qui profitait à une autre âme errante ayant fini son temps d'épreuves, et il était condamné, à son tour, à vaguer dans l'air sous le nom de karakul ou fantôme, jusqu'à ce qu'à son tour, ayant expié ses fautes, il pût bénéficier de la dépouille d'un autre.

Les sacrifices funéraires offerts par le fils du défunt avaient le don de diminuer beaucoup ce temps d'exil. Aussi conçoit-on l'importance que les Nagarnooks attachaient à ne pas mourir sans postérité ; ce fut la cause de cette fiction introduite dans les mœurs qui faisait regarder comme fils du mort le premier né de l'époux remarié.

Chaque année, à l'anniversaire de la mort du défunt, le fils aîné était obligé de construire un petit bûcher qu'il allumait avec le feu sacré, et il renouvelait pieusement la cérémonie funéraire.

Quand le défunt n'était pas encore marié, le plus proche parent, et, à son défaut, un ami accomplissait la cérémonie, ainsi que Willigo l'avait fait pour le jeune Menouahii.

Aussi, dans toutes les guerres et après chaque combat, les deux parties convenaient-elles d'un armistice destiné à enlever les morts et à offrir le sacrifice funéraire.

Tout cela n'est ni plus ridicule ni plus bête qu'une foule d'autres croyances ; il y a même dans ces spéculations primitives un côté élevé qu'on ne rencontre pas souvent dans les superstitions des sauvages.

Les animaux et les plantes de la terre passaient également dans la lune après leur mort. De cette croyance sont nés les kobougs.

Le défunt choisissait auprès de lui, dans le séjour céleste, un animal, quelquefois même une plante, et les donnait comme esprit familier et protecteur aux siens, c'est-à-dire à ses enfants, car la famille était déjà pourvue. Dans les trois jours qui suivaient la mort du père, le premier animal que le fils rencontrait sur la terre était le koboug que son père lui envoyait. A défaut d'animal, la première plante dont la fleur s'épanouissait, dans le délai voulu, sous l'œil du fils, jouait également le rôle de koboug. De là, cette opinion tout à fait erronée que les Australiens adoraient des animaux et des plantes. Ils se bornent à les vénérer comme ayant une influence heureuse sur leur existence.

N'y a-t-il pas là de bien étranges rapports de similitude avec les coutumes des Égyptiens qui, eux aussi, professaient un véritable culte pour les animaux et les plantes ?

Nous avons dit que les Nagarnooks étaient de bons époux, chose rare chez des sauvages. Eh bien, cela est d'une exactitude rigoureuse, et nous n'avons pas vu sans un étonnement profond la place importante que la femme tenait non seulement dans le kraal, mais encore dans l'organisme social. Ainsi l'épouse, la mère, était maîtresse absolue dans la maison ; elle élevait ses enfants à sa guise, et la parenté maternelle avait le pas sur la parenté paternelle. Ceci tient à un ordre d'idées que nous ne pouvons pas discuter ici ; mais enfin, quels que fussent les motifs de cette coutume, il suffit qu'elle existât pour démontrer jusqu'à l'évidence que la femme n'était point traitée en esclave comme chez les peuplades de l'Afrique. Enfin, jeune fille, la femme avait le droit de choisir son époux, coutume que la civilisation pourrait peut-être un peu emprunter à cette prétendue sauvagerie. Mère, elle était considérée comme étant unie d'un lien plus étroit avec ses enfants que leur propre père, car jusqu'à l'âge où le fils passait au rang des guerriers, et où la fille se mariait, on les distinguait par le nom de la mère, et non par celui du père.

Ainsi on disait :

Le fils d'Ougranina, la fille d'Oupawa, etc.

Elles se soutenaient toutes entre elles, et lorsqu'une femme avait eu à subir des mauvais traitements, il n'était pas rare de les voir, un beau soir, prendre leurs enfants par la main et s'enfuir dans la forêt ; pas une seule ne restait. Les hommes étaient contraints d'envoyer des émissaires pour discuter les conditions de la paix, et les femmes ne consentaient à rentrer que quand elles avaient obtenu satisfaction.

Nous signalons cette grève d'un nouveau genre à nos clubwomen, basbleus, émancipatrices et autres jupes qui ont levé l'étendard de la révolte ; si elles se sauvaient un beau jour dans la forêt de Bondy ? Il n'y a plus de forêt, il est vrai ; mais chacune emporterait son arbre pour produire l'illusion... Enfin, nous donnons l'idée pour ce qu'elle vaut ; ce serait, dans tous les cas, d'un comique irrésistible.

Il y avait un conseil formé des femmes les plus âgées de la tribu, qu'on ne manquait jamais de consulter quand il s'agissait de déterrer la hache de combat. C'étaient elles qui chantaient les hymnes de guerre pour exalter les combattants, elles qui célébraient leur courage après la victoire et les hauts faits de la tribu.

La façon dont ils déclaraient la guerre était des plus singulières, et décelait une certaine élévation des idées que l'on n'est guère habitué à trouver chez les peuplades sauvages.

Les causes ordinaires de guerre étaient l'envahissement des territoires de chasse par une tribu rivale, ou le massacre d'un des leurs dans une embuscade. Lorsque le conseil des anciens, présidé par le plus âgé des chefs, avait décidé que l'injure reçue par la tribu demandait réparation, on envoyait à l'ennemi trois messagers : l'un portait une peau de kangourou au bout d'une lance, pour qu'on fût, partout sur leur passage, instruit du but de leur mission ; le second une hache, le troisième un rayon de miel. A leur arrivée, le conseil des anciens de la tribu hostile s'assemblait pour les recevoir et entendre leurs griefs ; celui qui portait l'étendard exposait longuement les méfaits dont son peuple avait à se plaindre ; puis, déposant devant lui la hache et le rayon de miel, il prononçait ce seul mot :

— Choisissez !

Alors commençaient d'interminables discussions durant parfois deux ou trois jours. Il était rare que la tribu à laquelle on avait envoyé des messa-

gers n'eût pas, elle aussi, quelques plaintes à formuler ; il fallait alors disputer pied à pied le terrain, opposer argument à argument, pour arriver en
fin de compte à ne jamais s'entendre, ou du moins que fort rarement, car il
restait comme une espèce de tache sur la tribu qui avait cédé.

La délibération finie, le chef qui la présidait, selon le cas, choisissait la
hache et c'était la guerre, ou le miel, ce qui indiquait que les réparations
demandées étaient accordées.

Lorsque c'était la guerre, le porteur d'étendard lançait le défi au nom de
sa tribu et indiquait le jour où les hostilités devaient commencer, et le
délai était loyalement observé de part et d'autre.

Les Nagarnooks scalpaient, comme les Peaux-Rouges d'Amérique, leurs
ennemis morts, mais jamais vivants. Ils ne pratiquaient pas l'esclavage, ils
échangeaient leurs prisonniers homme pour homme, chef pour chef ; les
malheureux qu'on ne pouvait pas échanger étaient attachés au poteau du
supplice et livrés aux femmes et aux enfants, qui les torturaient jusqu'à la
mort, en faisant durer les supplices avec une habileté infernale. Dans la déclaration de guerre, le feu jouait encore son rôle habituel.

Les messagers, arrivés à la frontière de la tribu qu'ils étaient venus provoquer, écrasaient, sur la limite même, un tison enflammé, pour indiquer
que tout échange de feu avait cessé entre les deux pays.

On a discuté à perte de vue sur les origines symboliques de ce culte du
feu, que l'on a rencontré chez une foule de peuplades primitives ; certains
ethnographes ont la rage de prêter aux hommes des premiers âges des raisonnements de spéculations symboliques, auxquels ils n'arrivent eux-mêmes
qu'en arrachant à leur propre cerveau des déductions quintessenciées,
comme si l'homme à l'état d'enfance était capable de faire de la métaphy-
sique ! Les explications les plus simples sont celles qui ont le plus de
chances de se rapprocher de la vérité. Il nous paraît que les premiers
hommes qui découvrirent le feu, par hasard, comprenant l'importance de
cette découverte durent craindre par-dessus tout de la perdre, et de là
à confier la garde d'un tison enflammé, auquel tous les membres de la peuplade avaient recours pour leurs besoins de chaque jour, à un des membres
de la tribu, il n'y avait qu'un pas qui fut vite franchi.

C'est ce qui explique qu'à l'enfance de toutes les civilisations, romaine
grecque et indo-asiatique, les gardiens du feu qui le laissaient s'éteindre
étaient punis de mort. Cependant ces peuples n'avaient pas, comme les
Parsis, divinisé le feu. Et ce qui indique bien cette crainte de perdre le feu découvert par hasard, de la part des premiers hommes, c'est qu'à six mille lieues
de distance des centres de civilisation que nous venons de nommer, et à
six mille ans de date, conduits sans doute également par les mêmes motifs, les
Nogarnooks frappaient aussi de mort le grand prêtre qui avait laissé s'éteindre le feu dont il avait la garde.

Quand une coutume primitive a perdu sa raison d'être et que l'on continue à l'observer, il y a des gens qui veulent à toute force y retrouver un symbole... La coutume est tout simplement conservée par respect des ancêtres et de la tradition.

Tel était l'ensemble des lois, us et coutumes de cette petite société nagarnooke, bien supérieure, nous ne craignons pas de le dire, à ce que nous connaissons de la plupart des peuplades vivant encore à l'état d'enfance. Cet ensemble était d'autant plus intéressant à conserver que cette population isolée au centre de l'Australie n'a été bien étudiée par aucun voyageur, et qu'avant quelques années le dernier représentant de cette race aura été rejoindre ses ancêtres dans les solitudes du lac Eyréo.

Rien de ce qui touche à l'ethnographie de l'Australie ne doit être indifférent, car avant cinquante ans il ne restera plus sur ce continent aucun autochtone.

Et cependant il y a là un problème intéressant à résoudre pour la science des origines de l'humanité, quand on songe que sur cette terre, avec laquelle l'ancien monde et le nouveau, jusqu'au siècle dernier, n'avaient jamais eu aucune communication, contenait jusqu'à quinze races si différentes comme type, comme coloration de la peau, comme chevelure, comme usages, coutumes, croyances religieuses et langages, les unes des autres, qu'elles ne se comprenaient pas entre elles, et la plupart étaient en train de se transformer et de marcher vers une civilisation plus élevée. Grâce aux Anglais, cet anneau de la grande chaîne humaine est rompue... Malheur aux faibles ! telle est la devise de la grande pieuvre britannique.

Nous n'insistons pas : les questions d'ethnographie pure ne sont pas du ressort de cet ouvrage. Quelques mots maintenant sur les superstitions des Nagarnooks, et l'on n'en suivra qu'avec plus d'intérêt les différentes phases de la fête du feu qui vont bientôt se dérouler sous nos yeux.

Nous avons eu l'occasion, au cours de ce récit, de parler de la terreur qu'inspiraient aux Nagarnooks les karakuls ou fantômes, ainsi que les sorciers ou coradjis, nous n'y reviendrons pas; mais, pour compléter l'esquisse de ces derniers, nous devons dire qu'outre la sorcellerie et la magie, ils exerçaient aussi la médecine. Leurs connaissances en cet art étaient absolument nulles; ils guérissaient en général par l'imposition des mains et par des incantations mystérieuses. En dehors de cela, leur thérapeutique était des plus rudimentaires, elle se bornait à deux moyens curatifs qu'ils employaient alternativement : le premier consistait à faire une incision plus ou moins profonde dans une partie quelconque du corps du malade et à sucer le sang de cette plaie artificielle; le coradji avait soin auparavant de cacher dans sa bouche des petits cailloux, des épines, et jusqu'à des insectes et des vers ; après quelque temps de succion, il crachait ces singulières choses, en disant au malade :

— Voilà ce que tu avais dans le corps, je te l'ai enlevé, tu es guéri.

La confiance du patient était telle, que la réaction morale et la joie de se voir débarrassé de ces dégoûtants objets aidaient souvent au rétablissement.

Le second était plus naturel : les sangsues sont très communes en Australie, tous les cours d'eau en sont pleins. Le sorcier faisait creuser un trou qu'on remplissait d'eau, il y ajoutait une certaine quantité de sangsues et il y plongeait son malade, qui devait y rester jusqu'à ce qu'il fût, pour ainsi dire, dans un bain de sang.

Dans certains cas, le remède pouvait avoir du bon.

Les mœurs des Nagarnooks, en temps de guerre, et le traitement des prisonniers étaient en général doux et humains ; cependant il existait chez eux une cruelle coutume, dont nous avons vainement cherché les motifs ; à toutes nos questions, on nous répondait :

— Nous ne savons pas, c'est notre coutume.

Lorsque dans une famille il naissait deux jumeaux, le père était obligé, sous peine de mort, d'étouffer immédiatement un des deux. L'idée générale était que s'il n'avait pas fait cela il eût attiré les plus grands malheurs sur la tribu tout entière.

Un autre de leur préjugé consistait à ne manger jamais d'opossums, bien que les peuplades voisines ne fissent nulle difficulté d'en user ; ils avaient là même répugnance pour une sorte d'anguille aveugle, très commune dans leurs ruisseaux. Ils craignaient de devenir craintifs et peureux comme l'opossum, et aveugles comme l'anguille, car ils estimaient que l'homme subit l'influence morale et physique des animaux dont il fait sa nourriture.

Ils attribuent une âme, non seulement aux animaux et aux plantes, mais encore aux pierres, à leurs armes et en général à tous les êtres inanimés. Nous en avons eu encore une preuve fort réjouissante pendant notre séjour chez eux. Le propriétaire d'un run voisin m'envoya un jour, par son serviteur nagarnook, une douzaine de belles pommes de son verger ; c'était un vrai cadeau, car il était peut-être le seul, à plus de cent lieues à la ronde, à posséder un pommier ; le commissionnaire en mangea la moitié en route ; or, comme l'envoi était accompagné d'une lettre, le larcin fut immédiatement découvert et le voleur tancé d'importance. Comme ces peuples n'ont aucune idée de l'écriture, notre homme crut que c'était la lettre qui avait parlé. Lui ayant remis une missive pour son maître, le serviteur partit dans la conviction que c'était la même lettre que nous renvoyions à son maître, pour qu'elle pût renouveler ses accusations devant ce dernier. Un peu plus loin, il fut surpris rouant de coups la lettre, et en lui promettant le double, si elle se permettait de parler une seconde fois.

Ils ont une grande répugnance à laisser faire leur portrait, car ils croient qu'on ne peut l'obtenir qu'en leur enlevant quelque chose d'eux-mêmes ; cependant, un jour, à force de cadeaux, nous obtînmes d'un chef qu'il nous

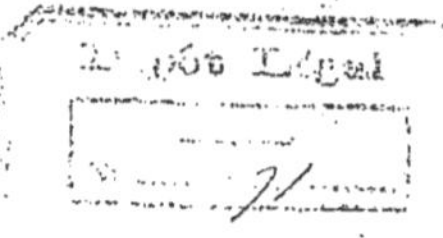

Les cris de guerre retentissaient sous l'épais feuillage. (Page 567.)

laissât prendre un croquis de sa personne. Nous le dessinions de profil. Quand il se vit ainsi avec la moitié de la figure seulement, il s'enfuit épouvanté, persuadé que par la vertu de ce maléfice il allait sous peu perdre la moitié de son visage; il ne se rassura que longtemps après, et seulement quand il vit que cela n'avait pas eu de suite fâcheuse.

Les Nagarnooks ne croient pas à la mort naturelle; pour eux, la maladie ou l'accident qui les emporte est toujours le résultat d'un sort qui leur a été jeté par un ennemi; cela est souvent cause d'atroces vengeances. Aussi, à peine se sentent-ils indisposés, qu'ils vont trouver un sorcier, non point pour se faire guérir, cela ne vient qu'après, mais pour faire lancer un sort également contre l'ennemi qu'ils supposent leur en avoir jeté. Cette superstition est une source importante de revenus pour les coradjis.

La croyance que les blancs, à cause de la pâleur de leur visage, sont des ancêtres, ou encore des individus récemment trépassés, qui sont revenus de la lune, donne parfois lieu à des scènes très amusantes. Un jeune Américain, qui voyageait pour son plaisir dans le Centre, arrive un jour aux grands villages des Nagarnooks; quelque temps auparavant était mort un tout jeune guerrier qui laissait une femme et une mère inconsolables. En le voyant, la mère le reconnaît immédiatement pour son fils, son cher Vahya-Noo; elle se jette aussitôt à son cou, criant et pleurant de joie, les membres présents de la tribu le reconnaissent également. Il fallait bien qu'il y eût quelque ressemblance, car le père, accouru sur ces entrefaites, n'hésita pas à l'appeler son fils; aussitôt on va lui chercher sa jeune femme qui, depuis sa mort, se désespère et ne sort plus de sa case; elle accourt et donne les témoignages de la joie la plus folle; elle l'embrasse, l'accable de caresses et lui met sur les bras son fils, un baby de quelques mois.

On voit d'ici la situation du pauvre Américain; il eut beau protester, on ne l'écouta pas.

— Je ne suis pas Vahya-Noo! criait-il par l'entremise de son interprète; vous vous trompez, je m'appelle William Digbly, je suis Américain! Voyez, je ne parle pas votre langue, je ne la comprends pas.

On eut réponse à tout: il avait oublié la langue de ses pères dans la lune, de même que tous les souvenirs de la terre s'étaient effacés de sa mémoire; mais il pouvait se fier aux témoignages de tous les membres de la tribu, à la tendresse clairvoyante de sa mère, de sa jeune femme, de tous ses amis enfin, qui lui criaient à tour de rôle:

— Bonjour, Vahya-Noo! Comment vas-tu, Vahya-Noo? Nous allons de nouveau chasser le kangourou ensemble, Vahya-Noo!

— Mais je ne vous connais pas! hurlait-il; je n'ai jamais été dans la lune, j'arrive de San-Francisco!

Ah bien oui! on l'entoura, on l'emporta en triomphe dans sa case, précédé de sa femme, qui criait à toutes les commères du grand village:

— Vahya-Noo est revenu! Vahya-Noo est revenu!

Ses beaux-frères, ses amis, firent si bonne garde autour de lui qu'il ne put s'échapper qu'au bout de deux ans, en volant un cheval sur une plantation. Vingt fois, il avait pris la clef des champs, mais toute la tribu s'était précipitée sur ses traces et on l'avait toujours rattrapé.

Pendant deux années, il fut Vahya-Noo!

Enfin, ils croient aussi aux jours fastes et néfastes et à l'influence des nombres. On ne leur ferait jamais rien entreprendre les jours anniversaires de la mort d'un parent ou même d'un ami, ainsi que pendant le premier et le dernier quartier de la lune. Ils redoutent les chiffres impairs, un, trois, cinq, sept, neuf. Ils ne vont pas plus loin, car ils ne comptent que jusqu'à dix, le nombre de leurs doigts. Quand ils ont fini, ils recommencent et disent : dix un, dix deux, dix trois, puis : deux dix un, deux dix deux, deux dix trois, et ainsi de suite, jusqu'à dix dix ; au-dessus, les chiffres ne représentent plus de quantités appréciables à leur imagination.

Tels sont les derniers traits du tableau des mœurs, usages, coutumes, superstitions, croyances de cette intelligente population des Nagarnooks, morte avant d'être arrivée à l'âge de la civilisation par un crime froidement conçu et accompli de lèse-humanité. Heureux si, malgré la forme romanesque de ce récit, nous parvenons à la sauver de l'oubli !

CHAPITRE V

La fête du feu. — Le poteau du supplice. — Lutte sur les bords du lac.
Willigo et Koanook blessés à mort.

Les Nagarnooks avaient construit un vaste *pandal* de feuillage pour garantir leurs amis les Européens des ardeurs du soleil ; pour cela, ils avaient choisi, dans le bosquet le plus voisin de leurs grands villages, quatre arbres formant une sorte de parallélogramme, et, à cinq ou six mètres du sol environ, ils les avaient réunis par un toit de feuillage très artistement construit ; les troncs des arbres avaient été entourés de guirlandes de fleurs du plus charmant effet.

Un nombre de sièges égal à celui des blancs, qui avaient été prêtés par l'habitation, étaient disposés sous cet abri pittoresque.

La tribu des Nagarnooks était commandée par six grands chefs qui exerçaient le pouvoir chacun pendant deux lunes, à tour de rôle. Willigo était un de ces chefs et il avait, en outre, le titre de *commandant de la guerre*. Il exerçait seul, en effet, le pouvoir quand la hache de combat était déterrée. Cette fonction à vie était toujours donnée au plus brave et lui assurait, même en temps de paix, une véritable suprématie.

Le grand chef en exercice, assisté de Willigo, était venu recevoir le Canadien et ses amis et les avait installés sous le pandal. Dick avait à sa droite Olivier et Laurent, et à sa gauche le fermier Kirby et Jonathan Spiers. Les deux capitaines des goélettes et les mécaniciens, ainsi que le personnel de la mine, s'étaient installés à leur guise derrière les maîtres de France-Station.

Au même instant, le grand prêtre parut et la tribu tout entière, divisée
en deux groupes : d'un côté les hommes, de l'autre les femmes, se mit à
entonner l'hymne solennelle au feu, dont voici les paroles

Kolak tounnamé neanymé
Pévouillah pougnara.
Roonah Leppaka malamatta
Liinallé.
Renapé taouna névourra pévourra
Noméka pavouana poolapa Lélapah,
Nougané mayéah mélarootera
Koabah rémavourra.

que l'on peut traduire ainsi :

« O feu resplendissant et fort, c'est toi qu'emporta dans sa case Leppaka
quand elle reçut de son mari Liinallé le bâton qu'il avait allumé au feu sacré
de la terre. Continue à nous réchauffer pendant les froids de la mauvaise
saison, à cuire nos aliments, à durcir la pointe de nos flèches, à brûler nos
ennemis et à protéger Lélapah, sa famille et nous tous. »

Lélapah était le nom du grand prêtre alors en exercice, et Leppaka et Liinallé le nom du couple auquel la tradition attribuait la découverte du feu.

Les Nagarnooks avaient de véritables aptitudes musicales; ils savaient
parfaitement reconnaître les divers genres de voix et chanter par groupes
séparés, produisant néanmoins d'harmonieux ensembles. Rien ne saurait
rendre l'effet saisissant de ces huit à dix mille voix s'élevant sous les arceaux
de la forêt et murmurant, plutôt qu'elles ne le chantaient, un air d'une sauvagerie monotone et bizarre. Parfois le ton s'abaissait tellement qu'il imitait le
sourd frémissement de la mer, pour se relever ensuite et simuler le grondement de l'ouragan.

L'hymne terminé, six captifs conservés de la dernière prise d'armes contre
les Nirbass furent amenés et attachés au poteau du supplice; pas un ne
tremblait ni n'implorait ses ennemis; ils chantaient au contraire leur hymne
de guerre, détaillant avec complaisance le nombre de Nagarnooks qu'ils
avaient immolés, et ne s'interrompant que pour accabler leurs bourreaux
d'injures.

— Que va-t-on faire de ces gens-là ? demanda Jonathan.

— Ce sont de malheureuses victimes destinées au bûcher, répondit Olivier.

— Et on va les brûler, là, sous nos yeux, et nous laisserons accomplir de
pareilles horreurs !

— Tranquillisez-vous, nous avons obtenu de nos amis nagarnooks qu'ils
ne feraient devant nous que le simulacre; ça a été la condition expresse de

notre présence à leur fête ; cet horrible spectacle ne vous sera pas donné, et j'ai tout lieu de croire qu'en raison de l'anniversaire de Dick on rendra la liberté à ces misérables après les avoir un peu effrayés ; ce sera peut-être la première fois que le Buisson verra un pareil acte de clémence.

Nous devons dire que, pour sa part, le Canadien n'y croyait guère.

Un immense bûcher, que l'on entretenait sur la grande place des grands villages, devait durer jusqu'à la fin de la fête et servir à l'accomplissement de la plupart des cérémonies.

A l'hymne sacré succédèrent des danses symboliques auxquelles prirent part tous les jeunes gens de la tribu, une torche enflammée à la main. Cette partie de la solennité tirait, du grand nombre des danseurs, un puissant effet d'originalité ; de tous côtés, des milliers de torches flambaient, décrivant dans l'air, selon les mouvements de ceux qui les portaient, de bizarres arabesques ; les étincelles s'envolaient par nuées dans les arbres, et la fumée des torches résineuses épaississait l'air à ce point que les noires formes des indigènes, avec leurs contorsions et leurs gestes, semblaient grouiller au milieu d'une immense fournaise à laquelle le demi-jour de la forêt achevait de donner un faux air de sabbat fantastique.

Il n'y manquait même pas les sorcières, car les vieilles femmes, qui sont les chanteuses officielles de la tribu, encourageaient les danseurs par leurs chants et leurs gestes, et l'on voyait saillir des grisâtres blancheurs de la fumée leurs bras osseux et leurs corps décharnés.

Les Européens étaient réellement impressionnés par cette scène étrange : un rêve du Dante ou de Shakspeare en action.

Sur un coin de la forêt se tenait un groupe d'une centaine de guerriers avec leurs peintures de combat, l'arc à l'épaule et la lance à la main, immobiles ; ils contemplaient ce spectacle si plein d'attraits pour eux, sans cependant s'y mêler.

— Que font ces gens-là ? demanda de nouveau le capitaine à son voisin.

— Ils veillent pour éviter toute surprise, car ils sont, ou plutôt nous sommes tous sur le sentier de la guerre.

— Que redoutez-vous donc ?

— Une agression d'ennemis cachés.

— Cachés ! et où cela ?

— Au fond du lac.

Jonathan Spiers, bien qu'il fût habitué à se maîtriser, ne put s'empêcher de tressaillir ; mais ce ne fut qu'une nuance imperceptible qui se fondit habilement dans un éclat de gaieté qui eût frisé l'inconvenance, n'eût été l'excuse de cette parole : « Au fond du lac », qui semblait appeler d'elle-même le rire et l'incrédulité.

— Excusez-moi, mais vous plaisantez, fit le capitaine Rouge redevenu complètement maître de lui.

— Nullement, répondit Olivier, et comme votre question touche d'une façon toute spéciale à la conversation que nous devons avoir demain...

— Cela veut dire, interrompit Jonathan, que je dois en attendre l'explication jusqu'à ce moment...

— Uniquement, mon cher hôte, parce que nous n'avons maintenant ni le temps ni la possibilité d'avoir entre nous un entretien confidentiel ; cependant, si vous préfériez que ce soir même...

— Non ! toute réflexion faite, il se peut que j'aie, moi aussi, des choses importantes à vous communiquer, et j'ai besoin du délai que vous avez fixé.

— Voilà qu'à votre tour vous piquez ma curiosité.

— Attendons donc patiemment jusqu'à demain... mais je crois que cette conversation comptera dans notre vie, à tous deux, comme un événement d'une importance décisive pour nos destinées.

Jonathan avait cru tout d'abord qu'Olivier, se doutant de quelque chose, avait cherché à exciter en lui quelque impression fugitive qui pût lui permettre de se renseigner, mais il n'avait pas tardé à voir, à l'expression de franchise et de loyauté du jeune homme, qu'il était incapable d'un pareil détour ; mais le capitaine Rouge en avait pris son parti : s'il eût saisi le moindre doute dans la pensée d'Olivier, il eût immédiatement confessé la vérité.

La rencontre de l'homme auquel il avait pensé si souvent avec attendrissement depuis dix ans avait entièrement changé les dispositions de son esprit. C'était une âme ardente, portée aux excès en tout, et qui se prenait à aimer de la même force dont elle avait haï.

Il lui semblait qu'il avait retrouvé un frère, et il se sentait au cœur des trésors de dévouement qu'il voulait dépenser. Dorénavant, quiconque s'attaquerait à Olivier le trouverait sur son chemin, et cette affection nouvelle, loin de l'empêcher de réaliser ses grandes idées, ne serait, au contraire, qu'un excitant de plus. Il aurait quelqu'un à aimer, quelqu'un qui partagerait ses succès, sa puissance ; il aurait un cœur pour appuyer le sien, une pensée sœur ; il ne vivrait plus désormais seul, isolé, dans la haine. Il était impossible qu'Olivier n'arrivât pas à l'aimer ; chez les âmes bien nées, l'affection est contagieuse ; et puis, n'était-il pas son œuvre ? En tendant la main au désespéré, ne l'avait-il point fait ce qu'il était aujourd'hui ? Comme il attendait la nuit avec impatience pour aller trouver Ivanowitch !... Quelle que fût l'issue de l'entretien, il était bien décidé à conter franchement toute son histoire au comte d'Eutraygues et à rompre, s'il le fallait, avec les Invisibles, s'il ne pouvait faire accorder sa reconnaissance et les engagements pris avec eux. On avait heureusement oublié, dans le traité qu'on lui avait fait signer, de fixer la durée de ces engagements, et, de plus, aucun article spécial ne lui interdisait de donner sa démission. Le raisonnement était un peu spécieux, mais il ne s'en apercevait guère, décidé qu'il était non seulement à ne rien tenter contre Olivier, mais encore à le soutenir, à le défendre, même contre les Invisibles ; il ne réfléchissait même pas qu'il était au moins lié d'honneur jusqu'à ce qu'il eût rendu les neuf millions qu'on lui avait donnés, car aucune clause de remboursement ne lui ayant été imposée, il s'ensuivait que la Société avait estimé à ce prix les services qu'elle comptait bien lui demander. Mais aucune considération n'était capable de l'arrêter dès qu'il se laissait aller à l'exagération naturelle de son tempérament.

Son attention fut ramenée du côté de la fête, qui se continuait avec son caractère grandiose dans le cadre pittoresque de la forêt ; environ six mille hommes, c'est-à-dire tout ce qui pouvait porter les armes chez les Nagarnooks, divisés en deux troupes égales, simulaient sous bois une lutte acharnée pour attaquer et défendre les grands villages qui étaient l'objectif du combat. Les cris de guerre retentissaient sous l'épais feuillage des bosquets, des milliers de flèches sans pointe obscurcissaient l'air, les lignes d'avant-garde se ruaient les unes sur les autres avec une rage indicible ; on voyait tournoyer dans les airs les haches en bois de liège fabriqués pour la circonstance, et les piques, de roseau flexible, se brisaient sur la poitrine des combattants ; l'illusion était complète, car, munis d'armes inoffensives, les guerriers frappaient réellement, et, échauffés par la lutte, poussaient de véritables cris de fureur. Chaque homme atteint par la hache ou les lances devait immédiatement tomber et rester sur le terrain jusqu'à la fin de l'engagement ; les blessés se tordaient, admirables de vérité, au milieu des hautes herbes. C'était attachant, sublime et horrible comme une véritable bataille ; quelques guerriers, leurs armes brisées, s'étaient rués les uns sur les autres et luttaient corps à corps, et les chefs étaient obligés d'interposer leur autorité pour empêcher un dénouement tragique. Nul doute, en ce moment, que si, par impossible, leurs armes artificielles fussent devenues véritables, le sang n'eût immédiatement coulé ; le tempérament du sauvage reprenait le dessus.

Enfin, un à un, les combattants de l'armée d'attaque se laissèrent tomber dans les broussailles, et les guerriers défenseurs des grands villages, c'était dans l'ordre, furent proclamés vainqueurs.

Alors commença une indescriptible scène de sauvagerie. Cinq ou six cents femmes se précipitèrent sur le bûcher, qui avait la forme d'une vaste pyramide, saisirent chacune un tison incandescent, et se précipitèrent, comme des mégères, sur les prisonniers, qui, toujours chantant, attendaient la mort avec un rare stoïcisme ; puis, selon l'usage, elles exécutèrent autour d'eux la danse du feu qui précède le commencement du supplice. Peu à peu elles s'exaltèrent à un point, qu'Olivier comprit immédiatement que les femmes, prévenues ou non de l'acte de clémence convenu avec les chefs, étaient parfaitement dans l'intention de n'en tenir aucun compte.

Il fit appeler Willigo et le pria de s'interposer, afin que les danseuses n'allassent pas plus loin.

Willigo secoua la tête d'un air de doute.

— Je crains bien, lui répondit-il, que la promesse plutôt arrachée qu'obtenue des grands chefs ne soit impossible à tenir.

— Willigo, dit le jeune homme d'un ton énergique, je te somme de faire exécuter l'engagement d'honneur pris par ta tribu ! Dick, aidez-moi, je vous prie ; nous ne pouvons pas laisser massacrer ces hommes dont la vie nous a été accordée.

Le Canadien jeta un regard suppliant à Willigo. Mais ce dernier ne lui laissa pas le temps de parler.

— Le jeune Mennah, reprit-il avec l'astuce du sauvage, ne parle pas la vérité ; la tribu n'a rien promis, les chefs seuls se sont engagés à faire, pour ce qui les concerne, grâce de la vie aux prisonniers, et pas un d'eux ne les frappera ; mais ils n'ont le droit d'imposer leurs volontés ni aux guerriers, ni aux femmes surtout. Les chefs commandent et on leur obéit, parce qu'ils obéissent eux-mêmes à nos lois, à nos usages, à nos coutumes ; le jour où ils ordonneraient quelque chose qui serait en désaccord avec les coutumes que nous tenons de nos ancêtres, ils ne seraient écoutés de personne ; le chef qui ne représente plus la loi est au-dessous du dernier des guerriers.

— Ainsi nous avons été joués ? s'écria Olivier, blême de colère et d'émotion.

— Non, Mennah, continua l'Aigle-Noir, les chefs n'ont pas pu supposer que tu leur demandais une chose qu'il n'était pas en leur pouvoir de t'accorder ; ils se sont engagés pour leur part et tiendront leur promesse, mais ils ne peuvent rien faire de plus.

— C'est bien ! fit Olivier que ces arguties avaient mis entièrement hors de lui ; va dire à tes compagnons que les chefs de la tribu des Nagarnooks se sont parjurés, et je me retire... Venez-vous, Dick ?

— L'Aigle-Noir, répliqua Willigo avec le plus grand calme, ne dira pas aux chefs les paroles que le jeune Mennah vient de prononcer, et si le jeune Mennah se retire, l'Aigle-Noir effacera ses peintures de guerre ; qu'il écoute Tidana avant de se conduire comme le jeune opossum qui se brise les reins quand il veut sortir trop tôt du nid.

Et le vieux guerrier, tournant le dos à Olivier, s'éloigna majestueusement.

— Venez-vous, Dick ? répéta presque impérieusement le jeune comte ; je ne resterai pas une minute de plus ici.

Le capitaine s'était levé, prêt à le suivre.

— Merci ! dit le jeune homme en lui pressant les mains.

— Mon cher Olivier, continua le vieux trappeur d'un air désolé, vous ne ferez pas cela... Écoutez-moi, je vous en supplie ; au nom de notre amitié, accordez-moi une minute d'attention.

— Soit ; soyez bref, Dick.

Elles s'interrompaient pour recommencer leurs danses infernales. (Page 571.)

— Olivier, mon cher enfant, croyez en ma vieille expérience, vous avez tort de vous conduire ainsi. Vous venez de froisser mortellement l'Aigle-Noir qui vous a sauvé dix fois la vie. Je vous jure que les chefs n'en ont pas vu plus long qu'il vous le dit; sans cela, ils ne vous eussent fait aucune promesse. Par condescendance pour vous, ils ont consenti à ne pas se mêler à cette scène que je trouve aussi odieuse que vous, mais que je ne juge pas d'après le même point de vue. Le tort des Européens est de vouloir façonner, à l'image du leur, le cerveau de sauvages à qui il faut encore cinq siècles, mille ans peut-être, pour arriver au développement intellectuel nécessaire à la compréhension de nos idées. Attacher les prisonniers au poteau du supplice est une coutume que toutes les tribus australiennes tiennent de leurs ancêtres, et que pour cette raison vous ne leur ferez jamais abandonner; car, en outre, elles trouvent que c'est un droit absolu qui leur est transféré par la guerre. C'est au point qu'il n'y a pas huit jours, malgré l'état de paix présent, les Nirbass ont attaché au poteau cinq guerriers nagarnooks qu'ils avaient conservés pour une de leurs fêtes, sans que la tribu de ces malheureux ait fait le moindre effort pour les sauver. Et vous voudriez qu'après un pareil fait, surtout, les Nagarnooks renoncent au plaisir de la vengeance? Mais c'est impossible, et quand vous m'en avez parlé, je n'y ai pas cru un instant. Ignorez-vous donc que les cinq guerriers torturés par les Nirbass étaient cinq jeunes gens que l'inexpérience de la guerre a fait surprendre dans un poste d'avant-garde, et que leurs mères sont parmi ces femmes à qui vous voulez demander un acte de clémence auquel personne ne comprendrait rien dans le Buisson? Bien plus, ce serait un acte de faiblesse aux yeux des indigènes, qui retomberait sur son auteur. Dans l'impossibilité où les Australiens seraient de l'expliquer, ils en concluraient que les Nagarnooks ont peur des Nirbass. Vous avez assez vécu dans ce pays pour savoir que jamais un indigène n'a pardonné à un ennemi. Détail concluant, le mot « pardon » n'existe pas dans leur langue. Quant aux chefs, mon cher Olivier, vous paraissez les confondre avec ceux qui exercent l'autorité en Europe; c'est une erreur plus grave encore, peut-être. Le chef australien ne porte qu'un titre purement honorifique, qui ne devient effectif qu'en cas de guerre; en dehors de cette circonstance, il n'a pas le droit de donner l'ordre le plus simple à un guerrier. Les tribus sont des fédérations de famille, le conseil des anciens lui-même ne fait qu'apaiser les contestations, punir les criminels, et déclarer la guerre; en dehors de cela, son autorité est nulle. Permettez-moi de vous le dire, quand on ne veut pas se soumettre aux préjugés séculaires des sauvages, on ne vient pas chez eux. Je souhaite que ces raisons vous touchent, et que vous ne persistiez pas dans votre intention de partir, car en ce cas, mon cher ami, je vous conseillerais, et vous savez si je vous aime, je vous conseillerais de quitter le Buisson et de vous en aller à Melbourne. Votre départ affecté serait la plus mortelle injure que vous pourriez faire à des gens qui ont joué vingt fois leur vie pour vous, et qui deviendraient immédiatement vos ennemis les plus acharnés, car rien ne les empêcherait de croire que vous êtes devenus les alliés des Nirbass; les sauvages ont la logique des enfants, ils ne croient qu'à ce qu'ils comprennent, et je suis sûr que Willigo, qui se jetterait au feu pour vous, est en train de se demander si vous avez tout votre bon sens. Vous ne serez pas plus tôt parti qu'il effacera ses peintures de guerre, et tous les guerriers l'imiteront.

Songez à tout ce qu'ils ont fait pour vous depuis deux ans, et que nous sommes à la veille d'avoir encore besoin d'eux. J'ajouterai, en terminant, que moi, votre vieil ami, moi qui donnerais avec joie ma vie pour vous, je ne pourrais vous suivre dans votre retraite, je ne voudrais à aucun prix passer pour un traître aux yeux de mes vieux amis. Excusez la longueur de ce plaidoyer, mais je crois vous avoir, comme disent les indigènes, parlé la sagesse.

— Que dites-vous des raisons invoquées par le plus fidèle et le plus dévoué des amis? demanda Olivier à Jonathan.

— Je suis de son avis, répondit franchement le capitaine Rouge; le cerveau de ces gens-là n'est pas prêt pour des idées que nous-mêmes avons mis des milliers d'années à acquérir; mais cependant, si vous croyez devoir vous retirer, je n'ai qu'un mot à vous dire : je vous suis.

— Merci, gentleman, répéta le comte en lui pressant de nouveau les mains... restons !

Les femmes avaient déjà commencé à torturer les prisonniers. Munies de silex tranchants, elles enlevaient avec une cruelle habileté de fines lanières de peau sur les membres des malheureux, et pour arrêter l'écoulement du sang, cicatrisaient immédiatement la blessure à l'aide d'un tison embrasé; elles s'interrompaient de temps à autre pour recommencer leurs chants et leurs danses infernales autour de leurs victimes, qui, avec un courage vraiment héroïque, chantaient les exploits de leur tribu, et défiaient leurs bourreaux de leur arracher une plainte.

« Wah ! Wah ! chantaient-ils en chœur, les Nagarnooks ne sont pas les enfants du Motou-Oui (Grand-Esprit); ils sont nés de la pourriture de la terre, ils n'osent pas regarder les guerriers en face; montrez vos blessures, vils opossums, vautours puants, vous n'avez jamais été frappé que par derrière ! Wah ! wah ! les Nirbass sont des guerriers, les Nagarnooks sont des femmes... »

Et ainsi de suite pendant des heures, pendant la journée entière. Si la mort était lente à venir, les malheureux devaient chanter au milieu des souffrances les plus atroces, rire quand on leur enlevait la chair, que l'on mettait leurs os à nu, jusqu'au dernier souffle, jusqu'à la dernière minute de vie, sous peine de passer pour des lâches.

Olivier, pâle, frémissant, avait détourné la tête pour ne pas être témoin du développement de cet horrible drame; il s'efforçait de causer avec Kirby pour distraire son attention de la scène sauvage qui s'accomplissait à quelques pas de lui.

Le Canadien était immobile et stoïque, il en avait bien vu d'autres; par deux fois, il avait été attaché au poteau du supplice par ces mêmes Nirbass, et n'avait été sauvé que par l'arrivée de Willigo à la tête de ses guerriers.

A chaque couplet du chant de guerre, à chaque nouvelle injure, les mégères répondaient par de nouvelles tortures. Quand la douleur était au-dessus des forces humaines, les misérables hurlaient leurs cris de guerre, et l'on ne pouvait pas dire qu'ils avaient proféré une seule plainte.

A un moment donné, une curiosité nerveuse, inexplicable, l'attrait de l'horrible s'empara d'Olivier : il détourna à demi le regard! Spectacle affreux, les six hommes noirs, complètement couchés, étaient rouges... rouges du sang qui suintait de toutes parts, et leurs chairs pantelantes sifflaient sous les tisons embrasés que les femmes promenaient sur leur corps.

Le jeune comte avait trop présumé de ses forces; il sentit tout son être qui l'abandonnait, poussa un léger cri, et s'évanouit. Dick se précipita à son secours ; on leur avait servi des rafraîchissements, quelques gouttes d'eau jetées au visage suffirent pour le faire revenir à lui et, fort heureusement, les indigènes, trop occupés ailleurs, ne s'aperçurent pas de ce moment de faiblesse.

— Oh! Dick! Dick! pourquoi m'avoir fait assister à pareille scène?

Le vieux trappeur, ému, pleurait comme un enfant : il éprouvait pour son jeune ami une tendresse toute paternelle, et lui qui n'avait pas tremblé sous le couteau des Nirbass, ne pouvait dominer son émotion devant ces manifestations de douleur du comte.

Nature singulière que celle du jeune homme : fils d'une vieille race affinée par des siècles d'une vie élégante et facile, il alliait à un tempérament presque féminin par certains côtés une énergie et une volonté de fer qui, plus d'une fois, avaient étonné le vieux Canadien lui-même.

A la première impression, on l'a déjà vu souvent, les nerfs réagissaient avec une telle violence sur le cerveau que le jeune comte était rarement maître de lui; mais ce moment passé, la situation pouvait s'aggraver au point de donner des inquiétudes au plus brave, elle le trouvait prêt à tout et partisan toujours des mesures les plus énergiques, les plus décisives, quel qu'en fût d'ailleurs le côté dangereux et aléatoire.

Mais la scène touchait à sa fin, les guerriers eux-mêmes pressaient les femmes d'en terminer au plus tôt, car la journée s'avançait, le soleil s'inclinait rapidement à l'horizon, et toute la partie du programme qui devait être exécuté en pleine lumière n'était pas accomplie. Les mères des Nagarnooks torturés quelque temps auparavant chez les Nirbass réclamaient la satisfaction de donner le coup final, ce qui leur fut accordé d'acclamation : c'était leur droit. Chacune alors choisit, avec un odieux raffinement, le dernier supplice qui devait entraîner la mort... La plume se refuse à décrire de pareilles horreurs ; qu'il nous suffise de dire que quand on jeta les six corps pantelants dans le bûcher, les malheureux n'avaient plus ni yeux, ni langue, ni nez, ni oreilles, ni cœur, ni entrailles ; le feu n'eut à dévorer que des troncs qui n'avaient plus forme humaine...

Le restant de la fête eut un caractère plus agréable, plus reposant... Dans une vaste plaine située sur la gauche et toute entourée de guerriers armés

de longues lances, on lança une demi-douzaine de kangourous vivants que
les jeunes gens s'exerçaient à forcer à la course ; c'était plaisir à voir les
bêtes agiles faire des prodiges d'adresse et de vigueur pour échapper aux
poursuivants ; repoussées sans cesse par les guerriers munis de lances
quand elles tentaient de forcer la ligne d'investissement, en moins d'une
demi-heure elles furent toutes prises ; alors les jeunes hommes se livrèrent
à une série de jeux d'adresse qui n'eussent pas déparé nos fêtes de la ban-
lieue parisienne.

Le dernier acte fut signalé par une scène étrange qui impressionna vivement tous les Nagarnooks présents, et que fort peu avait eu déjà occasion de
voir. Au moment où le soleil allait disparaître, l'immense chœur, qui s'était
reformé, entonna de nouveau l'hymne au feu, et le grand prêtre, tenant par
la main son fils aîné, qu'il sacrait son successeur, traversa avec lui, à pas
lents, sans se presser, l'immense bûcher qui n'avait pas moins de vingt
mètres de long et était construit en deux épaisses murailles de bois se re-
joignant au sommet ; c'est sous cet échafaudage incandescent que passait le
grand prêtre avec son coadjuteur.

Il renouvela par trois fois cet exercice acrobatique, qui plongea tous les
assistants et même la plupart des Européens dans une muette admiration.

Seuls, Olivier et Jonathan Spiers souriaient ; comme l'honnête et naïf
Canadien s'en étonnait :

— Je suis prêt, lui dit le Yankee, à recommencer moi-même cette prétendue merveille. Les hommes de science et du métier savent qu'on peut
rester deux minutes à deux minutes et demie dans un four de boulanger
chauffé à blanc, à condition d'être nu, comme l'était le grand prêtre nagarnook. Il suffit de ne pas être en contact immédiat avec le rayonnement de la
flamme ; l'évaporation rapide qui se produit autour du corps forme une vapeur d'une température plus basse que le milieu ambiant, et qui suffit pour
le protéger pendant un court espace de temps. C'est ainsi que les fondeurs
plongent leur main humide dans le plomb en ébullition sans en éprouver le
moindre accident.

— Une belle chose que la science, murmura Dick tout songeur.

— Mais toujours vaincue par la superstition, répondit Olivier ; la science,
avec sa certitude mathématique, ne donne rien à l'imagination des masses,
et on ne mène les masses que par la légende et le merveilleux.

— C'est le passé qui parle par votre bouche en ce moment, mon cher hôte,
fit Jonathan Spiers ; la science avant peu découvrira de tels horizons, réali-
sera de telles conquêtes, que l'homme, étonné de sa puissance, se rira des
légendes antiques, quand il pourra contempler les merveilles de la réalité.

La nuit était venue... Les Nagarnooks s'acheminèrent en masse vers l'esplanade de France-Station, et le festin, que les propriétaires du placer des
Cygnes offraient à leurs amis, commença. Pendant toute la journée, on avait

continué à égorger des bœufs, des moutons, des kangourous, car les provisions préparées d'avance devaient être absorbées aux premières bouchées par huit mille convives, dont la faim était aiguisée par une journée de jeûne, d'exercices et de luttes. Nous ne décrirons pas cette orgie sauvage, l'Australien mange comme la brute, jusqu'à ce qu'il n'ait plus la force de remuer la mâchoire, ni la conscience de son existence.

Sur le soir, on tira le feu d'artifice, et l'effet qu'on attendait fut dépassé : les Nagarnooks, saisis d'un enthousiasme indescriptible, leur imagination n'avait jamais rêvé pareille chose..., se pressaient sur les rives du lac en poussant de frénétiques hurrahs... Tout à coup, comme huit heures sonnaient au cadran de France-Station, une colonne de lumière, d'un éclat argenté, s'élança en gerbes du milieu du lac, traversant toute la voûte céleste, comme si elle voulait se perdre dans les transparences stellaires ; puis elle resta fixe, illuminant tout le lac, et éteignant sous son feu clair les jaunes lueurs des fusées qui ne produisaient plus d'effet. Toute la contrée était envahie par cette lumière, aussi éclatante que celle du soleil dans le rayon de son développement, et le feu d'artifice, dont un des plus beaux morceaux venait d'être allumé quand elle se produisit, ne présentait plus qu'une fulguration éteinte, comme s'il eût été tiré en plein jour. Olivier ordonna de l'interrompre ; mais il eût pu ne pas prendre cette peine, tout le monde était pétrifié de stupeur. Les indigènes s'étaient jetés à plat ventre dans l'herbe, ils croyaient naïvement à une manifestation du Motou-Oui à l'occasion de la fête du feu. Quant aux Européens, leur étonnement eût été tout autre, s'ils n'eussent pensé, le Canadien tout le premier, que c'était l'effet d'une pièce spéciale du feu d'artifice, qu'Olivier, sans en rien dire, avait fait installer sur le lac.

Au moment où la colonne lumineuse s'était élancée dans le ciel avec la rapidité d'un éclair, Jonathan Spiers avait regardé précipitamment sa montre.

— Bon ! avait-il murmuré, exact à la seconde, ce brave Davis a bien compris mes ordres.

Pâle d'émotion, la main sur la poitrine comme s'il voulait comprimer les battements de son cœur, Olivier ne parvenait pas à articuler une parole en réponse aux félicitations qu'il recevait de tous côtés : lui seul savait tout ce qu'il y avait d'étrange et d'incompréhensible dans l'événement qui venait de se produire.

— Qui donc, pensait-il, avait bien pu concevoir l'idée de se joindre à eux par une pareille manifestation ? Ce ne sont point là les procédés d'un ennemi !

— Que dites-vous de cela ? demanda-t-il à Jonathan quand il eut retrouvé un peu de calme.

— C'est un beau résultat, répondit simplement le Yankee ; il vous a fallu, pour arriver à cette intensité de lumière, un bien puissant réflecteur ?

Olivier ne jugea pas à propos de le détromper ; il avait résolu d'attendre

au lendemain pour lui faire connaître toutes les péripéties du duel à mort engagé depuis près de deux ans entre les *Invisibles* et lui, et, selon toute probabilité, l'événement qui venait de se produire devait s'y rattacher étroitement.

Jonathan avait attendu ce moment avec une indicible impatience ; c'était l'heure qu'il s'était fixée pour retourner au *Remember ;* il pouvait maintenant, sans exciter de soupçon, prétexter la fatigue pour demander à se retirer.

Olivier trouva la chose des plus naturelles et pria son hôte de l'excuser s'il ne l'accompagnait pas ; mais il ne pouvait encore déserter la place sans risquer de blesser les chefs nagarnooks dont il devait présider la table, et l'heure du banquet était passée depuis longtemps. Il lui donna un serviteur pour le conduire aux appartements qui lui étaient destinés, et ils se séparèrent après avoir échangé une amicale poignée de mains suivie de ces paroles :

— A demain.

— Je serai exact.

Dès que le capitaine Rouge se trouva seul dans la partie du chalet mise à sa disposition, il poussa un long soupir de soulagement. Enfin, il allait agir ! nul ne savait combien il s'était rongé d'impatience pendant cette interminable journée ! Sans perdre de temps, il vérifia l'état des amorces de son revolver : c'était une arme de combat terrible qu'il s'était fait fabriquer exprès pour lui, calibre douze millimètres et balles coniques à pointe d'acier emprisonnée à la base dans une robe de cuivre chargée au fulminate, et deux cents mètres de portée. Il laissa son fusil, qui ne pouvait que le gêner dans sa marche, et sortit de l'habitation sur les derrières pour ne pas être aperçu. Au moment de franchir la porte, il lui sembla voir une ombre s'effacer brusquement dans la broussaille.

— Oh ! oh ! serais-je épié ? se dit-il.

Il fit semblant de rentrer et resta immobile dans l'embrasure, retenant son souffle et observant... Dix minutes s'écoulèrent sans que rien ne fût venu confirmer ses soupçons ; se glissant alors dans le buisson, il fit un long détour sous bois pour gagner les berges du lac, au-dessous des lieux occupés par la foule ; il se lança alors, de toute la vitesse dont il était capable, dans la direction de la baie près de laquelle il avait mouillé le *Swan* le matin. Il s'attendait bien à trouver ses trois hommes sur le qui-vive, car les signes qu'il avait fait le matin à son noir, en le renvoyant, signifiaient : « Je n'arriverai que plusieurs heures après le coucher du soleil. »

A moins de cent mètres en arrière de lui, deux ombres couraient sur ses traces, la terre ne rendait aucun son sous le choc rapide de leurs pieds nus et l'herbe ne conservait point les empreintes de leurs pas ; elles couraient silencieuses et légères, comme ces fantômes des ballades du Nord qui effleurent à peine la crête des vagues de la mer Blanche ou les cimes neigeuses des grands sommets des Dofrines.

C'étaient Willigo et Koanook qui n'avait jamais mieux justifié son nom de Fils-de-la-Nuit !

Sec et nerveux, Jonathan Spiers était d'une agilité remarquable, et les deux indigènes eussent été vingt fois distancés s'ils n'eussent été les premiers coureurs de leur tribu.

Les efforts qu'ils étaient, du reste, obligés de faire pour ne pas attirer l'attention de leur ennemi, étaient une cause sérieuse d'infériorité pour eux, et la lune, qui commençait à monter lentement à l'horizon, allait ajouter encore aux difficultés de leur situation.

Le capitaine Rouge, Willigo en avait le pressentiment, n'était pas un adversaire ordinaire, et s'ils ne pouvaient user de leurs moyens ordinaires, c'est-à-dire agir par surprise, ils pourraient bien ne pas en avoir raison aussi facilement que du pauvre noir qu'ils avaient assommé sur la route comme un mouton ; puis, ils n'étaient pas aussi sûrs de leurs boomerangs qu'en plein jour, surtout s'ils étaient obligés de les lancer d'un peu loin.

Une chose contribuait cependant à les rassurer : il leur avait paru que le capitaine était sans armes. Certes, il n'était pas possible d'adresser à l'Aigle-Noir et à son compagnon le reproche de lâcheté ; mais ils ne pouvaient se débarrasser d'une sorte de crainte respectueuse pour le blanc qui avait construit une machine semblable à celle dont ils s'étaient, par hasard, emparés le matin.

Sans se douter qu'il fût suivi, Jonathan Spiers continuait à dévorer l'espace ; mais, chose étrange, à mesure qu'il approchait, il sentait sa poitrine se serrer sous d'inexplicables appréhensions, il avait comme une vague intuition des événements accomplis... Une pensée lui revenait au cerveau avec une persistance singulière :

— Si j'allais ne plus retrouver le *Swan* ? se disait-il.

Un frisson lui parcourait alors tout le corps... mais il se rassurait presque aussitôt. N'était-ce pas insensé de songer à pareille chose ? qui donc pourrait faire mouvoir cette machine sans posséder ses secrets, et n'était-il pas aussi sûr de ses trois hommes que de lui-même ? N'importe ! il avait commis une imprudence en laissant le panneau du *Swan* ouvert, on pouvait dès lors faire glisser dans les rainures la plaque de bronze qui cachait les touches de direction, ce qui était impossible autrement... Il se promettait bien de ne plus recommencer... Enfin, quelques minutes encore, et il était arrivé ; déjà il apercevait la vaste plaine qui faisait suite à la forêt et qui commençait presque en face du mouillage qu'il avait choisi le matin. Encore un effort, et il était sur la berge !... Il fit le signal convenu... Il ne reçut pas de réponse !

Une sueur froide lui perla sur le front ;... d'une main fiévreuse, il écarta les

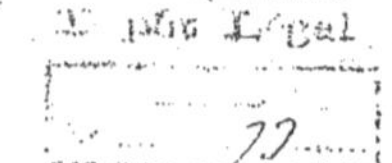

L'arme en position et prêt à tirer au moindre mouvement. (Page 580.)

branches de mélias et de pommiers de rivière enlacées qui lui cachaient la vue du lac et plongea avidement son regard sur la nappe liquide : le *Swan* avait disparu... Aussi loin que sa vue pouvait s'étendre, à gauche et à droite, rien ! rien que l'eau silencieuse et calme qui s'argentait sous les rayons de la lune.

Sa gorge se dessécha instantanément et essaya d'ébaucher un cri étranglé, et sans un tronc de saule auquel il se cramponna, il fût tombé dans le lac.

— Rien! rien! le *Swan* disparu! murmurait-il d'une voix rauque et étouffée.

L'œil hagard, tremblant sur ses jambes qui refusaient de le porter, il faisait des efforts inouïs pour rassembler ses idées...

— « Est-ce que je deviens fou? se dit-il avec épouvante... Je dois me tromper, ce n'est pas possible... le *Swan* est ancré plus haut... » Il fit quelques pas en avant, regardant en désespéré le lac et la forêt. Cette dernière finissait bien à quelques pas et la plaine commençait... il n'y avait pas à en douter, Jonathan Spiers n'avait pas commis d'erreur : l'endroit où il se trouvait était bien celui où, le matin même, il avait *fait tête* avec le *Swan*.

Pendant dix secondes, son désespoir fut tel, que, sa main s'égarant sur son revolver, il fut sur le point de se faire sauter la cervelle... mais une lueur de raison le retint, et subitement un désir de vengeance si intense, que cela le rattacha à la vie. Ce qui lui étreignait le cerveau jusqu'à la souffrance la plus inouïe était peut-être moins la perte du *Swan* que le mystère qui entourait sa disparition. Un peu de calme relatif ayant succédé à l'abattement furieux qui avait tout d'abord paralysé ses forces, il voulut rechercher les causes de cet incroyable événement, mais il lui fut impossible d'arriver à quelque chose de rationnel, d'acceptable... Un instant, il pensa qu'Ivanowitch avait pu s'emparer d'une de ces relations autographiques où il avait consigné tout ce qui avait rapport à la direction du *Remember* et que grâce à cela il avait pu faire manœuvrer le colosse et s'emparer du *Swan;* mais il comprit immédiatement l'impossibilité de cette hypothèse... Est-ce que son fidèle Davis et tout l'équipage, qui lui était aussi dévoué que son second, auraient laissé s'accomplir une pareille trahison? Qui accuser alors? les gens de France-Station? il ne les avait pas quittés de la journée. Plus il réfléchissait et plus il se perdait dans un dédale de suppositions, sans issue logique. Il ne songea pas un seul instant à soupçonner les indigènes : la vérité était cette fois tellement invraisemblable, qu'il en eût, lui fût-elle venue, repoussé la pensée sans examen.

Son impuissance constatée, il ne s'attarda pas à se désespérer; son tempérament de fer reprit le dessus, et il se jura de tirer une épouvantable vengeance de l'auteur de cet attentat... Dans sa rage, il comprit les tortures imposées aux prisonniers nirbass et les trouva trop douces. S'il ne retrouvait pas le *Swan*, c'était dix années de travaux, de patientes recherches, perdues, et sa vie finie, brisée, anéantie! Et puis, qu'allaient devenir ses malheureux compagnons enfermés dans le *Remember*, car comment parvenir au colosse à près de 200 mètres sous l'eau? Il l'essayerait sans doute, mais sans le moindre espoir d'y parvenir : avant qu'il ne fût rendu à San-Francisco pour y faire construire l'appareil spécial qui lui était nécessaire, les cloches à plongeur ordinaires ne pouvant lui être d'aucune utilité et qu'il pût effectuer son retour, huit mois, un an s'écouleraient; qui sait alors ce qu'il adviendrait des malheureux dans la terrible situation où ils se trouvaient? L'indiscipline ne se mettrait-elle pas à bord? Davis pourrait-il empêcher les mécaniciens de faire quelque tentative insensée pour sortir de leur prison? C'était à craindre, en raison de leurs connaissances spéciales; et le capitaine songeait avec effroi que leurs efforts auraient pour résultat inévitable de rendre leur mort plus certaine et de détruire son œuvre... Un rien pouvait arrêter le dégagement normal et continu de l'électricité des *accumulateurs :* la machine, continuant sans arrêt la production du fluide, il arriverait un moment où le *Remember* éclaterait comme une chaudière de locomotive sans soupape de sûreté... La situation était affreuse et demandait un remède prompt et énergique.

Toutes ces pensées s'étaient succédé avec une incomparable rapidité dans le cerveau du capitaine Rouge, il résolut d'attendre le jour pour commencer à recueillir les éléments de l'enquête qu'il se proposait de faire. Il était impossible que le *Swan* et les hommes qui le montaient eussent disparu sans laisser de traces... Un dernier espoir lui restait encore : le petit satellite du *Remember* pouvait avoir été entraîné au milieu du lac par un de ces courants si communs sur ces grandes masses d'eau, et l'équipage, impuissant à le diriger, ne voulant point le quitter, aurait suivi sa destinée.

Cette explication, dont l'idée lui vint au dernier moment, lui parut si plausible qu'elle lui rendit l'espérance et le courage.

Comme il s'était éloigné de quelques pas du bosquet de mélias et de pommiers de rivière dont le feuillage, incliné sur les eaux, avait servi d'abri naturel au *Swan*, il se retourna, dans la pensée de voir, à la clarté de la lune si éclatante dans ces contrées, s'il n'y trouverait rien qui pût servir de point de départ à ses recherches. Il reçut immédiatement dans l'œil comme l'impression rapide d'une ombre qui s'effaçait rapidement dans les buissons de la berge, à environ 50 mètres en avant de lui.

Il avait eu la même impression fugitive en quittant le chalet de France-Station... Cela lui donna à réfléchir.

Dans ses nombreuses chasses du Colorado, il avait eu souvent maille à partir avec les Commanches et les Apaches, et les ruses habituelles des sauvages lui étaient familières; il résolut de voir cette fois s'il ne se trompait pas; il redescendit sur le chemin, fit quelques pas en avant, comme hésitant sur la direction qu'il voulait prendre; puis, se retournant, il s'élança au pas de course sans quitter les rives du lac, du côté opposé à celui par où il était venu. Au bout de quelques minutes, profitant d'un détour, il se jeta d'un bond derrière un buisson et, le revolver à la main, attendit.

Il ne tarda pas à voir poindre deux indigènes qui couraient sur ses traces d'une allure semblable à la sienne; ils le dépassèrent; mais, arrivés à trente ou quarante pas de lui environ, ils s'arrêtèrent subitement, avertis par leur instinct qu'ils se trouvaient sur une fausse piste; le capitaine les vit gesticuler, en montrant les berges ; évidemment, ils se disaient que celui qu'ils poursuivaient avaient dû se cacher par là, et, leur boomerang à la main, ils paraissaient hésiter sur le parti qu'ils avaient à prendre.

A la fin, ils se mirent d'accord, car tous deux se séparèrent et revinrent parallèlement en inspectant de chaque côté les buissons du chemin.

Le capitaine Rouge étoit d'une bravoure à toute épreuve ; jusqu'à ce moment, il avait voulu douter des intentions des indigènes... Mais qui donc le faisait poursuivre par des gens armés, et dans quel but ? Cette pensée l'irrita au point qu'il résolut d'éviter aux indigènes la peine de le découvrir. Quittant alors son abri, il se mit bravement en pleine lumière au milieu de la route.

En l'apercevant, les deux indigènes poussèrent un cri de surprise, et, d'un commun accord, faisant un brusque saut en arrière, ils lui lancèrent leur boomerang avec la sûreté d'hommes qui ne manquent jamais leur but ; mais le capitaine avait vu le mouvement : il se précipita sur le sol, et les deux terribles casse-têtes passèrent en sifflant au-dessus de sa tête... Deux secondes plus tard, il avait le crâne fracassé.

Les deux indigènes étaient si bien habitués à la justesse de leurs coups qu'ils poussèrent un cri de triomphe : ils crurent, à la rapidité de la chute, que, malgré la nuit et la distance, ils avaient bien frappé où ils visaient, c'est-à-dire à la tête, ils s'élancèrent aussitôt pour s'emparer de la chevelure de leur ennemi ; leur joie fut de courte durée : le capitaine, qui leur avait laissé franchir une partie de la distance qui les séparait pour les tenir mieux à portée, se releva précipitamment, et, avant que les Nagarnooks eussent eu le temps de revenir de leur surprise, abaissa son arme dans leur direction et fit feu...

Willigo tomba comme une masse, sans pousser un cri ; Koanook vola à son secours ; son intention était sans doute de le charger sur ses épaules et de se jeter dans le buisson, où le capitaine n'aurait sans doute pas osé les poursuivre ; mais, comme il se penchait pour le soulever, une seconde explosion se fit entendre, et le jeune guerrier tomba près de son chef.

— Ah ! ah ! mes maîtres, il faut plus de deux hommes pour abattre le capitaine Rouge ! fit Jonathan ; je vais donc connaître le premier mot de cette mystérieuse affaire.

Et, tout en remplaçant les cartouches de son revolver, il s'approcha prudemment des deux Australiens, l'arme en position et prêt à tirer au moindre mouvement ; ils gisaient, étendus sur l'herbe teinte de leur sang, les poings fermés, la figure contractée ; tous deux avaient été touchés en pleine poitrine. Jonathan s'inclina légèrement, souleva le bras gauche de Koanook, puis l'abandonna à lui-même ; il retomba lourdement sur le sol.

— Bon ! murmura-t-il, en voilà un qui a son affaire !

La figure du jeune guerrier ne lui dit rien de particulier, il ne l'avait pas remarqué au milieu des autres indigènes.

Il s'approcha alors de son compagnon; un rapide coup d'œil jeté sur le Nagarnook lui arracha une douloureuse exclamation.

Il venait de reconnaître Willigo, le grand chef ami d'Olivier.

— Ah! fit-il d'un ton de tristesse profonde, le comte d'Entraygues qui a voulu me faire assassiner! moi, qui étais prêt à donner ma vie pour lui! Allons, Jonathan Spiers, redeviens le capitaine Rouge, reprends ton rôle de justicier, l'humanité ne vaut pas les larmes de joie que j'ai versées il y a quelques heures... L'hospitalité, l'honneur, l'amitié! vains mots dont l'homme se joue pour satisfaire sa haine ou son ambition!... C'est une dernière illusion qui s'envole!

Le rude Yankee resta quelques instants pensif et silencieux... Nulle explosion de colère comme son tempérament l'y eût porté, mais un dégoût profond de lui-même et du monde... Il eût donné tout ce qu'il possédait pour que cette dernière aventure ne fût pas arrivée! Il avait été si heureux de trouver enfin quelqu'un à aimer!

Cependant ses pensées prirent peu à peu un autre cours.

— Allons, se dit-il après avoir longuement réfléchi, j'étais fou vraiment de soupçonner le comte : ce n'est point là l'homme qui est venu à mon secours, alors que personne ne voulait me tendre la main; l'homme que ma douleur et ma misère ont ému jusqu'aux larmes, et qui, ce soir encore, au péril de ses intérêts, de sa vie peut-être, voulait sauver les prisonniers nirbass? Tant de noblesse ne pourrait s'allier à une lâcheté aussi indigne... Et puis, pourquoi lancer ces deux sicaires à mes trousses? Quel motif pourrait le faire agir? N'a-t-il pas réclamé, au contraire, mon appui? Ne doit-il pas, dans quelques heures, m'ouvrir son cœur dans une conversation intime que lui-même a provoquée?... Il n'avait pas besoin de cela pour endormir ma vigilance... un tel homme ne joue pas un pareil rôle. Non! le comte d'Entraygues n'est pour rien dans cette affaire. C'est le mystère qui se complique, les mailles du filet qui se resserrent... Il doit y avoir à France-Station un homme d'une force étonnante, qui joue tout le monde, à qui les indigènes obéissent servilement... et cet homme a dû surprendre mon secret! Comment expliquer autrement la disparition du *Swan* et l'attentat insensé, incompréhensible dont j'ai failli être la victime! Mais, quel est-il et quel est le but qu'il poursuit? Il faut à tout prix que je le découvre, et le comte lui-même m'y aidera.

A ce moment, Jonathan, ayant reporté ses regards sur le corps de Willigo, ne put s'empêcher de tressaillir. Il lui sembla que le sauvage le regardait d'un air farouche et plein de vie; l'œil du Nagarnook, grandement ouvert, fixe comme celui des morts dont on a oublié de baisser la paupière après le dernier soupir, semblait en effet s'attacher à lui avec une invincible obstination. Il se sentit mal à l'aise sous cet œil immobile, étendit le bras et visa; il voulait se débarrasser de ce regard effrayant dans sa fixité... Une pensée traversa le cerveau de Jonathan : — S'il n'était pas mort, songea-t-il, quelle force de caractère ne lui faudrait-il pas pour rester ainsi sous le canon de mon revolver!... Allons, fit-il en relevant son arme, on ne défigure pas un ennemi mort.

Puis il songea à faire disparaître les cadavres. Il était nécessaire, dans son intérêt, que la mort des deux indigènes ne fût pas connue de suite ; ne pouvant accuser personne parmi les habitants de France-Station, les Nagarnooks ne manqueraient pas de le soupçonner, lui, l'étranger, et de vouloir venger leurs guerriers. S'il pouvait reconquérir de suite le *Remember* sous l'eau, il s'inquiétait peu de leur haine ; mais dans le cas où il serait forcé de se rendre aux États-Unis pour y faire confectionner la cloche à plongeur dont il aurait besoin, il était important que les indigènes ne se doutassent de rien pendant les quelques jours qu'il passerait encore à l'habitation.

Le lac était à quelques pas, et l'idée lui vint naturellement d'y jeter les corps des deux guerriers. Il savait qu'ils ne reviendraient à la surface de l'eau qu'après sept ou huit jours d'immersion, c'était plus qu'il ne lui en fallait pour réussir ou se décider au départ.

Il traîna donc les deux cadavres par les pieds, sans abandonner son arme, jusqu'au sommet du talus, très à pic du côté de l'eau en cet endroit, et il n'eut à leur imprimer qu'une légère impulsion pour qu'une fois sur la pente ils roulassent d'eux-mêmes dans le lac... Ils disparurent ensemble dans les eaux.

Jonathan regarda pendant quelques instants les flots s'agiter en mouvements concentriques... mais bientôt tout rentra dans le calme et imposant silence de la nuit.

— Et maintenant, dit-il en reprenant le chemin de l'habitation, allons voir si la conversation projetée avec le comte d'Entraygues jettera quelque lumière sur ces étranges événements.

QUATRIÈME PARTIE

L'IDÉE DE JOHN GILPING

CHAPITRE PREMIER

Une lettre de John Gilping.
A l'engrais chez les Ngotaks. — Aventures et gastronomie. — L'enlèvement.

La nuit qui suivit la fête du feu fut fertile en événements. Sur les deux heures du matin, un messager nirbass expédié en cachette à ses amis par le pauvre Gilping, las à la fin de son rôle de koboug, arrivait à France-Station et demandait à être introduit immédiatement près d'Olivier.

Averti par un de ses serviteurs, le jeune homme le reçut à l'instant même. Dès qu'il fut en sa présence, le Nirbass prit dans le bouquet de plumes qui ornait sa chevelure un petit rouleau de papier qu'il lui présenta ; il ne l'avait placé là que pour le soustraire à la vue des Ngotaks, qui, depuis le départ de Willigo et de Koanook, redoublaient de vigilance dans la crainte qu'on ne vînt enlever leur koboug. Ils ne laissaient même plus parvenir les lettres que le malheureux Gilping écrivait à ses amis, et c'était miracle qu'il eût pu, sans être vu, en confier une à un jeune Nirbass qui était venu rendre visite à un de ses amis aux grands villages des Ngotaks.

Olivier déroula le petit morceau de papier, enlevé par Gilping à la marge blanche d'un journal, et lut ces quelques lignes écrites à la hâte au crayon :

« De Gilping-Hall — Woangow square — Pays des Ngotaks.

« Dears gentlemen and friends,
« Chers messieurs et amis,

« De grâce, accourez !... Venez me délivrer. Au point du jour, je dois être tatoué ; la décision, prise à l'unanimité par le conseil des anciens, est irrévocable ; quoique koboug, c'est-à-dire chef spirituel de la tribu, je n'ai pu faire prévaloir mon veto. En vain ai-je voulu faire comprendre que cet honneur blessait ma modestie, que je n'avais jamais eu aucun goût pour les arts décoratifs, rien n'y a fait ; il paraît que c'est la tradition. Un koboug doit porter sur son visage et sur le corps toute l'histoire tatouée de la tribu. Je m'y fusse peut-être soumis par respect pour le vieil usage, mais j'ai réfléchi qu'un futur membre de la Chambre des lords n'a pas le droit de se changer en objet de curiosité. Hâtez-vous, demain il serait trop tard.

               « JOHN GILPING. »

Suivaient comme d'habitude tous ses titres, auxquels il avait ajouté, pour la circonstance, celui de koboug des Ngotaks.

Olivier avait fait prévenir le Canadien, et cette lettre eut un succès de gaieté égal à celui de ses devancières. Elle concordait admirablement avec le désir qu'avait le comte de recourir aux lumières du vieux savant; aussi résolut-on de partir à l'instant même, il n'y avait pas de temps à perdre si l'on voulait éviter au brave prédicant une telle mésaventure, qui ruinait à tout jamais ses projets d'ambition; adieu son siège au Parlement, si on ne parvenait à sauver au moins son visage de l'*illustration* dont il était menacé.

Eu égard à la gravité de la circonstance, Olivier résolut de renvoyer au lendemain l'entretien qu'il devait avoir avec son hôte; et supposant qu'il se reposait paisiblement à cette heure matinale, il se décida à ne le prévenir qu'au moment du départ pour ne pas troubler son sommeil.

De l'avis du Canadien, il fallait agir diplomatiquement avec les Ngotaks, ne rien brusquer pour ne pas faire couler le sang, et surtout n'emmener avec soi aucun Nagarnook, pas même Willigo, afin de ne pas créer un prétexte de guerre entre les deux tribus. Au cas extrême où il faudrait employer la force, les vingt hommes de la mine, armés de carabines à répétition, devaient suffire largement à contenir l'ardeur belliqueuse des Ngotaks.

Une heure après, tout était préparé pour le départ. Il fallait environ six heures de marche pour atteindre les grands villages de cette tribu, mais Olivier et Dick, accompagnés de Laurent, de Kirby, et du messager nirbass, dont on pouvait avoir besoin, montés sur de rapides mustangs, devaient précéder la petite troupe et espéraient bien arriver avant le lever du soleil. Leur présence seule suffirait à empêcher le commencement des opérations, et dans le cas où les tentatives de conciliation viendraient à échouer, l'escouade de Collins serait assez tôt sur les lieux pour appuyer une revendication armée.

Au moment de se mettre en marche, Olivier se rendit près du capitaine; mais le trouvant profondément endormi, il se contenta de lui laisser quelques lignes d'explication.

Quelques instants après, les quatre hommes, penchés sur le cou de leurs vigoureux mustangs, dévoraient l'espace dans la direction du pays des Ngotaks; la petite troupe, commandée par Collins, s'ébranlait à son tour, la route qu'elle avait à parcourir était des plus faciles à suivre sans guides, il suffisait de longer le lac jusqu'au Swan-River; à partir de là, le cours de la rivière conduisait en droite ligne à destination.

Pendant qu'on vole au secours de Gilping, il n'est pas sans intérêt de faire

Une dizaine de guerriers avaient déjà mordu la poussière. (Page 588.)

un retour en arrière, et de voir par quelle suite de curieuses aventures le brave prédicant avait été élevé au rang de koboug des Ngotaks.

On se souvient que, lorsque Olivier et Dick se portèrent au secours du fermier Kirby assiégé dans son ranch par les Nirbass, Willigo et le brave Gilping étaient restés en arrière, pour conduire jusqu'au run le wagon qui contenait les munitions, armes, approvisionnements, ainsi que les caisses où se trouvait toute la collection zoologique d'Olivier et de Gilping.

Ce dernier, qui avait empaillé, naturalisé, catalogué, étiqueté, tous les quadrupèdes, insectes et volatiles, toute la faune en un mot de l'Australie, pour faire pendant à sa collection de minéraux et de végétaux qu'il destinait au British Museum, comptait sur cet immense travail, uni avec trente-deux mille six cent quatre-vingt-dix-sept bibles qu'il avait distribuées aux sons harmonieux de sa clarinette, pour le faire nommer membre de la Chambre des lords à son retour à Londres : aussi, malgré le danger qu'il pouvait y avoir à rester en arrière, avait-il insisté pour accompagner le wagon avec Willigo, afin de veiller sur son trésor.

En ce moment, le Buisson tout entier était en feu : Dundarups, Nirbass, Ngotaks et Nagarnooks marchaient sur le sentier de la guerre, et Willigo éprouvait de sérieuses appréhensions ; mais pour ne pas effrayer Gilping, il marchait tranquillement, avec l'apparente insouciance d'un homme qui est assuré de ne rencontrer aucune difficulté sur sa route.

Quant à Gilping, toutes ces questions entre Dundarups, Nirbass et Nagarnooks lui étaient absolument indifférentes.

— Je ne suis pas de ce pays, se disait-il avec un raisonnement d'une étonnante lucidité ; en quoi, je me le demande, les querelles de ces gens-là peuvent-elles me regarder? Sa qualité d'Anglais n'était-elle pas, du reste, suffisante pour le faire respecter partout. On l'avait bien vu lorsque les Dundarups, l'année précédente, avaient capturé sous bois ses trois compagnons, ils s'étaient bien gardés de toucher à lui, Gilping, sujet de Sa Majesté Britannique, à telle enseigne que, laissé libre, il avait pu la même nuit délivrer les prisonniers. Il était clair que ce qui était déjà arrivé ne manquerait pas de se reproduire, le cas échéant. On pouvait scalper tous ses compagnons... Un Canadien, deux Français, des Américains, qu'est-ce que c'était que ces gens-là? Mais un citoyen de la vieille Angleterre! Le sauvage qui oserait toucher à un cheveu de sa tête n'était pas encore né! S'attaquer à un Anglais! c'est cela qui ferait du tapage à Londres... Du reste, cela ne s'était jamais vu, et ne se verrait probablement jamais.

Telles étaient les excellentes raisons que l'honorable Gilping, esquire, se donnait *in petto* à lui-même; ce qui faisait qu'il était encore plus rassuré que l'Aigle-Noir ne le paraissait... il était indifférent.

Et de fait, le brave prédicant, ignorant que si les Dundarups l'avaient épargné l'année précédente c'était simplement parce qu'ils avaient reçu l'ordre de l'homme masqué, qui les payait pour la capture d'Olivier et de ses amis, de ne pas s'embarrasser de sa personne à lui Gilping, et d'un autre côté ayant, quelques mois après, traversé tout le Buisson sous la conduite du pauvre Menouahli, presque un enfant, sans que, le hasard aidant, il eût été inquiété, devait naturellement supposer que les indigènes n'avaient pas voulu s'attirer une discussion diplomatique avec l'Angleterre et lord Palmerston.

Il dormait donc, comme on dit vulgairement, sur ses deux oreilles... le réveil ne devait pas tarder à venir.

En attendant, la forêt était pleine de soleil et de parfums, les oiseaux gazouillaient paisiblement sous bois, et Gilping se fût parfaitement laissé aller aux charmes de cette nature pleine de poétiques rêveries, si l'air frais du matin ne lui eût occasionné un de ces creux auxquels il n'avait pas l'habitude de résister. Comme tout bon Anglais, Gilping n'était guère poétique à jeun. Nous devons même dire que les effluves du beau ne commençaient à lui impressionner le cerveau que quand il avait le ventre plein, et que rien ne le disposait mieux à goûter les harmonies de la nature que trois ou quatre bouteilles de pale-ale, agrémentées d'une bouteille de cognac. Ah ! par exemple, en véritable Anglo-Saxon, il n'était pas difficile : trois-six plus ou moins dédoublé, alcool de lampe, eau-de-vie d'Allemagne fabriquée avec de la sciure de bois ou des pommes de terre, rhum extrait de vieux cuirs provenant des réformes militaires, peu lui importait, pourvu que cela eût une action corrosive sur le gosier et excitât en même temps sa moelle cérébrale.

Pour atteindre à ce résultat, il lui fallait sa petite ration, et à cet égard il y avait une pierre de touche infaillible. Quand Gilping, avec cette voix bien anglaise qui ressemble à du calicot que l'on déchire, entonnait au dessert le *God save the queen*, on pouvait dire que Gilping commençait... à être *à son aise ;* quand il arrivait jusqu'au *Rule Britannia*, oh ! alors, il était tout à fait... *à son aise !* Et il lui arrivait souvent, en cet état, de prendre le dessous de la table pour le dessus, exercice éminemment national auquel on reconnaît de suite un Anglais, de même que l'Italien se reconnaît à la faculté de se filer trois aunes de macaroni dans le gosier sans étouffer. Les autres nations n'exécutent jamais bien ces deux exercices ; c'est pour cela qu'Anglais et Italiens en sont si fiers, il faut être pris tout petit pour cela et avoir dès aptitudes...

Donc, l'honorable Gilping avait un creux qui l'empêchait d'apprécier à sa valeur le pittoresque spectacle qu'il avait sous les yeux ; aussi n'avait-il pas chevauché un quart d'heure en compagnie de l'estimable Pacific, qu'il demanda à l'Aigle-Noir s'il ne verrait aucun inconvénient à ce qu'il s'offrît un léger lunch.

Willigo, qui était de bonne humeur, obtempéra immédiatement à ce désir. Le wagon fut arrêté à l'ombre d'un magnifique pendanus, et le chef nagarnook, qui venait de passer deux nuits sans dormir, s'enroula dans sa couverture avec l'intention évidente de faire une demi-heure de sieste.

Gilping, au comble de la joie, ouvrit sa grande caisse à conserves et se mit en devoir de se préparer un petit festin qui fût en harmonie avec l'admirable paysage qui se développait devant lui. Alors, son couteau à conserves à la main, tout en ouvrant les boîtes, il composa son menu, digne de passer à la postérité. Jamais le Buisson n'avait vu pareille agape. Commençons par les hors-d'œuvre.

Il ouvrit d'abord un demi-homard *mustarde sauce*. Puis il plaça tout auprès sur l'herbe : une tranche de mortadelle, du thon mariné, des anchois de Norvège et un petit flacon de beurre *frais* baratté deux ans auparavant dans une ferme du comté de Lancastre, mais conservé par procédé spécial de Blakwell and Cross.

Gilping hésita un peu sur les entrées, mais il finit par se décider pour une énorme tranche de roastbeef rose qui dormait dans sa gelée, qu'il plaça dans son ordre de déglutition immédiatement au-dessous des hors-d'œuvre ; puis, comme ce plat ne pouvait rester solitaire, il lui adjoignit un pâté de volaille.

Décemment, il fallait terminer par un rôti. Le gourmand avait embarqué pour les grandes occasions une demi-douzaine de boîtes de gibier. Ouvrirait-il un faisan ? perplexité étrange ! Baste ! Gilping dîne aujourd'hui chez Gilping. Le couteau glissa dans le couvercle de zinc, et la bête garnie de truffes, délicatement extraite de la prison qu'elle parfumait, vint triomphalement s'asseoir près de ses devanciers.

L'incomparable chester que Blackwell and Cross eurent la gloire d'inventer pour l'exportation couronna enfin l'édifice, et quand Gilping eut ajouté les pickles, aromates, mustardes, powders, nécessaires, ouvert trois bouteilles de pale-ale et une de brandy, il put se dire, en se frottant les mains avec un bonheur sans mélange :

— Aôh ! je suppose que je pourrais certainement inviter le prince de Galles !

Après quelques secondes de muette admiration, Gilping s'assit, murmura les premières strophes du quatre-vingt-dix-huitième psaume sur les cailles rôties que l'Éternel fit pleuvoir au désert sur la tête des Israélites, puis il étendit la main et se mit en devoir d'attaquer son homard mustarde sauce.

Il n'eut pas le temps d'arriver jusqu'à la bête. Des cris affreux s'élevèrent à l'instant de tous les côtés de la forêt, et derrière chaque touffe de buisson apparut un Ngotak affreusement peint en guerre.

L'Aigle-Noir fut sur pied d'un bond et, comprenant la gravité de la situation, s'élança vers le wagon qui se trouvait à deux pas de lui pour s'en faire un abri : de là, avec sa carabine à répétition, commença un feu roulant qui arrêta net les Ngotaks dans leur premier élan.

Une demi-douzaine de guerriers avaient déjà mordu la poussière, et les indigènes, qui ne connaissaient pas encore cette arme perfectionnée, s'imaginèrent, vu la rapidité du tir, qu'une vingtaine de blancs au moins devaient être cachés dans le wagon.

Ils se retirèrent un peu en arrière pour délibérer, et l'Aigle-Noir eut le temps de glisser douze nouvelles cartouches dans la *chambre* de sa carabine, mais il se garda bien de tirer ; il savait par expérience que le silence après la première décharge agirait beaucoup plus sur l'imagination des Ngotaks que la continuation des hostilités. Tout à coup il songea à la caisse de carabines qui se trouvait dans le wagon et qui heureusement était installée à portée. Profitant rapidement de l'instant de répit que lui laissaient ses adversaires, il la fit glisser à terre et la poussa dans un buisson de cactus entremêlés de lianes, où elle se trouva bientôt soustraite à tous les yeux.

Ceci fait, il comprit, au nombre de ses ennemis, que continuer la lutte serait folie pure, et, s'adressant à Gilping, qui considérait cette scène avec une curiosité indifférente, tout en maugréant contre les indigènes qui étaient venus le troubler si malencontreusement dans ses fonctions gastronomiques :

— Woangow, lui dit-il, prenez votre carabine, faites un saut dans le bosquet de myalls qui est derrière vous, puis descendez la berge de la rivière et suivez le cours du Swan-River de toute la vitesse dont vous êtes capable, si vous tenez à ne pas vous faire attacher au poteau du supplice... Moi, je vais me jeter sous bois pour faire diversion, et pendant qu'on me poursuivra, vous pourrez vous échapper. Je vous rejoindrai dès que j'aurai attiré ces lâches Ngotaks sur ma piste... Hâtez-vous, Woangow ! hâtez-vous ! Dans un instant, il ne sera plus temps.

Comme il finissait ces mots, l'Aigle-Noir s'élança droit devant lui dans le buisson...

— Merci, mon brave Willigo, merci ! lui criait Gilping ; mais vos petites affaires ne me regardent pas, moi. Si vous avez un compte à régler avec ces affreux moricauds, eh bien, débattez cela en famille ; mais ne me mêlez pas à vos histoires dont je n'ai que faire.

Mais Willigo ne s'était pas arrêté à l'écouter. Gilping n'avait pas prononcé dix paroles que le chef nagarnook avait déjà disparu.

Une clameur épouvantable avait répondu à cet acte audacieux, et une cinquantaine de Ngotaks, se détachant du groupe, se précipitèrent sur les traces du guerrier nagarnook.

— Cela promet une belle course ! dit Gilping, qui continuait à regarder cette scène en amateur, personne n'a manqué son départ ; mais je vous demande un peu, pourquoi ce brave Willigo voulait-il me faire courir, le ventre creux ? Je suis Anglais, que diable ! et les indigènes se garderaient bien de molester un sujet britannique... Lord Palmerston n'entendrait pas de cette oreille, je suppose, et, ils le savent bien, à la moindre insulte, cinq cent mille francs d'indemnité, des excuses officielles et vingt et un coups de canon pour saluer le drapeau anglais : voilà à quoi ils s'exposeraient, et ils ne s'y frotteront pas... Comme ils me regardent curieusement !... Eh oui, braves gens, je suis Anglais ! John Gilping, esquire, membre de la grande nation qui couvre les mers de ses navires. Ce que c'est que d'être né à Londres, et comme on se sent fier d'être protégé par le drapeau britannique ! le respect les cloue à leur place... Mais je ne vois pas pourquoi je ne continuerais point à déjeuner.

Tout en poursuivant son étrange soliloque, Gilping s'assit sans façon et étendit de nouveau sa main droite pour prendre le homard... Mais aussitôt les épouvantables hurlements recommencèrent de plus belle.

— Vous y tenez, fit Gilping, soit ! cela ne me gêne pas autrement. Et il attaqua bravement son crustacé.

Mais au même moment les Ngotaks se mirent à sauter par-dessus les buissons, avec un entrain sans égal.

— Après le chant, la danse, murmura le prédicant, c'est complet !

Il n'eut pas le temps d'en dire plus long, les indigènes étaient sur lui. En moins de rien, il fut empoigné, couché sur le ventre, on lui ficela proprement les mains par derrière, puis on le releva, et à l'aide d'un nœud coulant passé au cou on l'attacha à un arbre, de façon qu'au moindre mouvement il risquait de s'étrangler lui-même.

Il avait commencé par se débattre en criant :

— Arrêtez, misérables, je suis citoyen anglais, et vous payerez cher votre audacieuse agression.

Mais voyant que les indigènes étaient restés absolument insensibles à ses protestations, il résolut d'aggraver leur tort par la dignité de son maintien.

— De cette façon, se dit-il, ils ne pourront pas prétendre que je les ai provoqués.

Il demanda alors à parler au chef, et tout naturellement ne reçut pas de réponse.

— Bon ! fit-il, voilà maintenant qu'ils font semblant de ne pas comprendre l'anglais... Oh ! vous m'entendrez, messieurs ; je proteste hautement et formellement contre cette violation flagrante du droit des gens, et vous déclare que je vais adresser sur l'heure un rapport sur les indignes violences dont je suis la victime, au ministre des affaires étrangères de mon pays ; vous n'aurez à vous en prendre qu'à vous des conséquences de votre acte inqualifiable.

Cependant le malheureux Gilping faillit oublier toute prudence : les Ngotaks s'étaient approchés du festin improvisé, ils se passaient et repassaient les victuailles sous le nez, avec mille grimaces de satisfaction, un d'eux se hasarda à goûter au roastbeef, et poussant un petit grognement de satisfaction, avala le tout en deux bouchées ; ses camarades l'imitèrent, et en un instant il ne resta plus rien du lunch somptueux que le brave prédicant s'était préparé ; puis, ce fut le tour des liquides, la bière parut leur plaire médiocrement, mais le brandy réunit tous les suffrages. Quand il n'y eut plus rien, ils se mirent à danser, en se frottant l'estomac pour témoigner de leur contentement.

Quel supplice de Tantale pour le malheureux qui se mourait de faim !

— Ah ! les misérables, les gredins, les sauvages, avaler d'un seul coup six livres de chester ! Mais quand il vit mordre à belles dents sur son faisan, il n'y tint plus, et leur montrant le poing fit mine de s'élancer sur eux ; il fut rappelé à l'ordre par le nœud coulant qui, se serrant de lui-même, faillit lui faire perdre la respiration.

Mis en goût par les délicieuses choses qu'ils venaient de manger, les Ngotaks coururent au wagon, dans la pensée d'en trouver de semblables. La première caisse qu'ils défoncèrent contenait des préparations zoologiques ; elle était pleine de serpents et de lézards, merveilleusement empaillés, qui tombèrent en tas sur le sol. Les indigènes, à cette vue, poussèrent des cris affreux, et croyant à une œuvre de sorcellerie et de magie, s'éloignèrent avec effroi du wagon. Cet événement devait sauver non seulement la collection, mais encore une énorme quantité de munitions et d'approvisionnements de toute espèce.

Furieux d'être ainsi joués, les sauvages se rapprochèrent de Gilping avec des gestes menaçants.

— Attachez-le au poteau du supplice, fit le chef de la bande ; nous verrons comment un blanc sait mourir.

Mille cris suivis d'affreuses gambades accueillirent ces paroles, et Gilping fut immédiatement lié au tronc d'un arbre.

— Bien ! mes gaillards, bien ! marmotta le pauvre diable, qui ne comprenait pas encore la gravité de la situation ; cent mille francs d'indemnité de plus, vous saurez ce qu'il en coûte pour ficeler un sujet britannique comme un saucisson.

— Tu vas mourir, lui dit le chef dans sa langue.

— Comprends pas, répondit Gilping ; allons ! assez de plaisanterie comme cela, et parlons anglais, je ne demande pas mieux que de m'entendre à l'amiable.

— Chante ta chanson de mort, continua le chef. Et en parlant ainsi, il avait fait un geste de la main.

Gilping crut que l'indigène lui montrait sa clarinette, qu'il portait, selon son habitude, pendue à son cou dans son fourreau de cuir.

— Ah ! tu veux que je te joue un petit air, mon gaillard ; pas dégoûté, vraiment ! Allons ! je suis bon prince, délie-moi les mains et je m'exécute.

Et en disant cela, il agitait les bras pour bien constater son impuissance.

Le chef crut qu'il ne voulait point chanter s'il n'avait pas les mains libres. On ne refuse rien à un guerrier qui va mourir, excepté de le détacher du poteau. D'un coup de son couteau en silex, il trancha les liens.

Gilping poussa un soupir de satisfaction.

— Je ne suis pas encore bien à mon aise, dit-il ; mais, c'est toujours cela. Je vais vous jouer un petit air, et vous me rendrez la liberté, n'est-ce pas ?

Le chef eut un mouvement de tête, qui signifiait :

— Nous attendons.

Gilping prit la chose pour une acceptation, et saisissant sa clarinette, débuta par un prélude vif et animé, qu'il fit suivre de brillantes variations sur la valse de *Robin des bois*.

Dès les premières notes, la scène changea avec la vitesse d'un décor à vue. C'était la première fois que les indigènes entendaient pareille musique, les artistes de leur tribu s'étant jusqu'à ce jour bornés à frapper en cadence deux cailloux l'un contre l'autre. Ce fut d'abord un ravissement inénarrable ; accroupis en rond autour de l'arbre, les Ngotaks se mirent à dodeliner de la tête en fermant des yeux, se laissant bercer par les flots d'harmonie que Gilping versait dans leurs oreilles. Quand les sons prirent le mouvement rapide et cadencé de la valse, ils se levèrent d'un bond et se mirent à danser, en poussant de sauvages hurlements, à faire frémir les plus braves.

Tout à coup l'un d'eux, comme illuminé d'une idée subite, s'écria :

— Koboug poppa ! koboug poppa !

— Koboug poppa ! répétèrent les autres en chœur ; et ils se précipitèrent aux pieds de Gilping, en se frottant le nez l'un après l'autre sur le cuir de ses souliers. Cela signifiait : c'est un koboug blanc, c'est-à-dire un esprit familier.

Gilping était sauvé. Les naïfs indigènes le prenaient pour l'Esprit protecteur de la tribu des Ngotaks, descendu exprès de la lune pour venir faire le bonheur de ses enfants noirs.

Une vieille prophétie annonçait précisément l'arrivée du koboug pour cette époque, et Gilping, sa clarinette aidant, bénéficiait de la coïncidence.

On le détacha immédiatement, avec toutes les marques du plus profond respect.

Gilping, qui n'y comprenait rien tout d'abord, s'imagina qu'on venait seulement de reconnaître sa qualité d'Anglais.

— Bien ! mes amis, bien ! leur dit-il ; une erreur est excusable, veuillez laisser mes bottes tranquilles maintenant, je diminuerai de moi-même le chiffre de l'indemnité, mais je ne puis rien vous promettre de plus, c'est lord Palmerston qui décidera de la réparation qui est due au drapeau de l'Angleterre, et le vieux Palm n'est pas tendre, quand il a affaire à plus faible que lui ; enfin, je parlerai pour vous. Maintenant, mes amis, laissez-moi vous souhaiter le bonjour. Ah ! cependant, vous seriez on ne peut plus aimables si vous vouliez bien m'accompagner jusqu'au ranch du fermier Kirby, je ne connais pas le chemin, et vous me rendriez un signalé service.

Et pendant que leur koboug parlait, les Ngotaks souriaient avec béatitude, se disant entre eux : « Voilà le langage que nos ancêtres parlent dans la lune. »

Et de fait, ils s'imaginaient naïvement que l'honnête prédicant était tombé

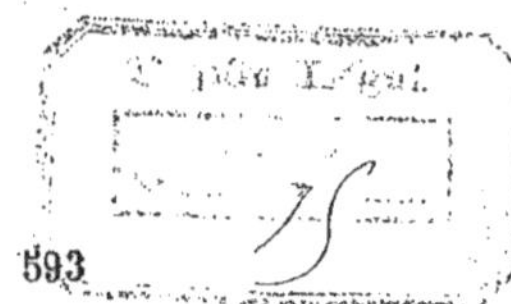

Deux Ngotaks s'étaient placés de chaque côté de Pacific. (Page 594.)

de cet astre pendant la nuit, et que Willigo s'en était emparé au profit des Nagarnooks. Quel triomphe pour eux que de ramener dans leurs grands villages un véritable koboug!... C'était bien à leur intention qu'il avait quitté le pays lunaire, il n'avait rien de nagarnook dans le type; plusieurs même, parmi les vieillards, se vantaient de le reconnaître. C'était, à n'en pas douter, le vieux chef Kattwagong, revenu exprès pour faire leur bonheur, après en avoir appris le secret sur la terre des ancêtres.

— C'est curieux comme les gaillards sont changés, se disait notre brave prédicant; je les aime mieux comme cela, ils auront craint de soulever une question diplomatique avec l'Angleterre et d'être désavoués par leur gouvernement.

Eh bien, mes amis, leur dit-il à haute voix, vous allez, maintenant que vous êtes revenus à d'autres sentiments, me laisser déjeuner tranquille, car vous ne vous doutez pas que je suis à jeun, et vous ne renouvellerez pas la farce de tout à l'heure. Puis, vous m'accompagnerez jusqu'au run du squatter Kirby, dont le chemin m'est inconnu, et nous nous quitterons dans les meilleurs termes; je vous promets même de ne pas faire de rapport sur l'incident du matin.

A tout ce que disait leur koboug, les Ngotaks répondaient en souriant, et en se frottant le nez avec la paume de la main, ce qui est chez eux un signe suprême de satisfaction.

Gilping put donc installer sur l'herbe une seconde édition de son déjeuner, moins le chester, le fameux chester de Blakwell and Cross pour l'exportation, qui se bonifiait en vieillissant; il ne lui restait que les six livres que les Ngotaks lui avaient dévorées.

Son déjeuner terminé dans les meilleures conditions, car il avait au dessert régalé ses nouveaux amis du *Rule Britannia*, qu'il avait chanté et *bissé* ensuite sur la clarinette; Gilping se hissa tant bien que mal, cahin-caha, sur le dos de l'estimable Pacific et *go head*, en route pour le run du fermier Kirby!

Ce fut le dernier cri qu'il poussa, un sommeil réparateur étant venu appesantir ses paupières; deux Ngotaks s'étaient placés de chaque côté de Pacific, pour le soutenir, et doucement bercé par l'allure paisible de sa monture, il ne tardait pas à rêver que lady Gilping, ayant rang à la cour comme épouse de très haut, très noble et très puissant lord Woangow, assistait en robe à traîne au petit lever de Sa Majesté. Tandis que lui, nommé premier ministre, à la suite d'un discours incendiaire qui avait renversé le vieux Palmerston, préparait son bill sur l'extinction du papisme dans le monde. Grâce à son énergie, il avait réussi à imposer le protestantisme et le protectorat de l'Angleterre à l'univers. Le pape, Soulouque, Tamerlan, l'empereur de Russie, Gengis-Kan, Charles-Quint et Mahomet, réunis dans la cathédrale de Westminster étaient en train d'abjurer leurs erreurs et de jurer fidélité à la reine Victoria, lorsqu'il s'éveilla...

Il n'était pas au ranch du fermier Kirby; mais sur la place principale des grands villages ngotaks, accueilli avec enthousiasme par la peuplade tout entière, reconnu officiellement comme le koboug de la tribu; il prit assez bien son mal en patience et profita de son influence pour enrichir ses collections, y employant tous les guerriers à qui la paix avait fait des loisirs.

Cette situation durait depuis près d'une année, lorsque la décision du conseil des anciens de tatouer leur koboug, afin qu'aucune autre tribu ne pût le leur enlever, vint le décider à réclamer énergiquement le secours de ses amis de France-Station.

L'aventure, qui pouvait tourner au tragique, se dénoua au contraire dans les conditions les plus simples. Partis à trois heures du matin de l'habitation sur leurs rapides mustangs, Olivier et ses amis arrivaient en vue des grands villages ngotaks plus d'une heure avant le lever du soleil.

Tout le monde dormait dans les kraals; les gardiens de Gilping-Koboug, enroulés dans des peaux de kangourous, étaient couchés devant la porte qui donnait accès dans l'enceinte sacrée où était située la maison de l'Esprit protecteur de la tribu, se fiant avec raison sur la profondeur du fossé et la hauteur des palissades pour que Gilping ne pût s'enfuir par une autre voie.

Ce dernier, en effet, qui jouissait déjà d'une majestueuse ampleur au moment de son arrivée chez les Ngotaks, avait mis singulièrement ses loisirs à profit pendant les dix mois qui avaient suivis; il avait absorbé plus de sept cents kilogrammes de conserves et provisions de toute espèce, sans compter le gibier de plume et de poil dont les indigènes fournissaient abondamment sa table, et était arrivé à un tel état d'embonpoint, qu'il aurait pu, sans le déparer, assister au dîner annuel des hommes gras, à Cincinnati.

Cette existence avait eu des côtés bien attrayants pour lui, et n'eussent été ses rêves d'ambition et les hautes destinées réservées à la famille des Gilping dans sa personne, il est hors de doute qu'il fût resté à l'engrais jusqu'à la fin de ses jours chez les Ngotaks. Plus d'une fois il s'était dit, comme César : « Ne vaudrait-il pas mieux être le premier aux grands villages indigènes que le second à Londres? » Mais César n'avait pas laissé derrière lui treize boys et misses, fruits d'une union légitime et assortie, à pourvoir ; et malgré cela César avait passé le Rubicon. Gilping serait donc impardonnable de ne pas imiter le héros romain, ayant en outre des raisons de famille qui ne devaient guère préoccuper ce dernier. Gilping s'arracherait donc aux délices de la Capoue ngotake et rentrerait à Londres.

Mais l'accroissement pris par son enveloppe extérieure ne l'avait guère préparé au tour de force qu'il eût fallu accomplir pour sauter le fossé et faire l'ascension des palissades qui enclavaient sa résidence de Gilping square : aussi les sentinelles ngotakes reposaient-elles tranquilles, se bornant à garder l'entrée principale.

Cependant cette nuit-là Gilping veillait, il avait calculé le temps qu'il fallait au Nirbass pour porter sa lettre à ses amis, et celui que ces derniers mettraient à se rendre à son appel, et il comptait bien les voir arriver avant le jour.

Pour ne pas éveiller l'attention des indigènes, Olivier et ses amis avaient attaché leurs montures dans un bosquet, à une certaine distance des grands villages. En voyant le calme absolu qui régnait autour d'eux, ils conçurent la pensée d'un enlèvement nocturne, de cette façon ils évitaient soit de négocier avec les indigènes la liberté de leur ami, soit d'agir par les armes. Ils partirent donc à pied, guidés par le messager.

Lorsqu'ils ne furent plus qu'à une portée de fusil de l'espèce de blockaus où était enfermé Gilping, ils expédièrent le Nirbass en avant, avec ordre d'explorer les environs et de voir par quel côté ils pourraient tenter un coup de main.

L'indigène eut vite franchi la distance, et comme il était jeune et vigoureux, ce ne fut qu'un jeu pour lui de grimper au sommet de la palissade, dans la partie opposée à celle que gardaient les Ngotaks. A peine sa tête eut-elle dépassé la crête dentelée des madriers, qu'il aperçut Gilping accroupi de l'autre côté du fossé, tenant dans ses mains la longe de Pacific, qui broutait à quelques pas de lui; le brave prédicant, qui connaissait le courage et la décision de ses amis, avait quitté sa case sans bruit, et était venu les attendre vers le seul point vulnérable de la clôture, en raison de l'éloignement des gardiens.

Après s'être fait reconnaître, le Nirbass était revenu en toute hâte prévenir la petite troupe qui l'attendait avec une fiévreuse impatience, et on s'était mis à l'ouvrage. Le travail par lui-même ne présentait aucune difficulté, car les Ngotaks, ne possédant ni clous ni chevilles, avaient simplement réuni les madriers par des lianes qu'il était facile de couper, mais il fallait l'accomplir sans bruit. Cinq à six pièces de bois enlevées avec prudence suffirent pour ouvrir un passage suffisant, et on n'eut qu'à les coucher sur le fossé pour obtenir un pont qui donna immédiatement passage à Gilping et à son vieil ami.

Le temps n'était pas aux effusions et aux remerciements : le fugitif enfourcha Pacific, ses libérateurs reprirent leurs mustangs; après une heure de course environ, on rencontra la troupe de Collins, qui fut enchantée de n'avoir pas à aller plus loin, et à l'heure habituelle du premier déjeuner, tout le monde se trouvait réuni dans la salle à manger de l'habitation, avec un convive de plus. John Gilping, esquire, ou lord Woangow, ainsi qu'Olivier présenta le nouveau venu à Jonathan Spiers.

Jamais expédition n'avait été faite avec plus de rapidité et de bonheur. Gilping ne se sentait pas d'aise d'avoir retrouvé ses amis, une seule chose le chagrinait : il avait été obligé d'abandonner toute la partie de sa collection zoologique qu'il avait faite chez les Ngotaks; mais on le consola en le persuadant que le premier moment de mauvaise humeur passée, les indigènes ne refuseraient pas de la lui rendre, moyennant quelques cadeaux.

Le Canadien, qui se portait fort de conduire cette négociation, se trompait. Cet enlèvement devait avoir pour eux les plus graves conséquences.

Gilping avait pleuré de joie en revoyant, pour la première fois depuis de longs mois, une table servie à l'européenne : langues, jambons fumés, corned beeffines, tranches de turkey dans la gelée, avec toutes les powders, worcester sauces, devil's tongue, pickles et autres condiments anglais destinés à brûler le palais, enlever leur goût spécial à tous les mets et détruire les estomacs les mieux conditionnés, le tout accompagné d'ale, de claret, de brandy et de thé selon les goûts. Mais Gilping était un éclectique, une manière de platonicien de la table, choisissant tout ce qu'il y avait de meilleur dans les mets et les boissons, et n'en favorisant aucuns et aucunes; il mangeait de tout, et quant aux liquides, il commençait généralement par l'ale, continuait par le claret et finissait par le brandy. Le thé ne lui servait guère qu'à se rincer la bouche.

Il fit une rentrée solennelle dans le monde civilisé et fonctionna si bien que quatre hommes furent obligés de l'emporter sur son lit.

A l'issue du repas, Olivier s'approcha du capitaine Rouge.

— Mon cher hôte, lui dit-il, êtes-vous disposé maintenant à m'accorder quelques minutes d'entretien?

— J'allais vous adresser la même demande, répondit Jonathan Spiers.

— Ce que j'ai à vous dire est de la plus haute gravité, continua le comte; ma vie, mon bonheur sont en ce moment menacés par d'insaisissables ennemis, et je compte sur le souvenir que vous avez gardé du passé pour vous trouver au nombre de mes défenseurs.

— J'ignore les motifs de haine que l'on peut avoir contre vous; mais à part cela, je sais tout, monsieur le comte, répliqua Jonathan.

— Vous savez tout...

— Oui! et même ce que vous ignorez, le nom de vos ennemis, leurs projets, leurs moyens d'action... et ce qui doit nous unir, corps et âme, pour la lutte suprême qui va s'engager, c'est que ces ennemis sont les mêmes que ceux qui me poursuivent aujourd'hui.

CHAPITRE II

Confidences d'Olivier et du capitaine Rouge. — L'assassin de Willigo.
La perte du Swan. — Horribles perplexités.

Pendant l'absence d'Olivier, le capitaine Rouge avait de nouveau épuisé tous les raisonnements, fouillé tous les faits, tiré toutes les déductions logiques qui pouvaient en découler, pour arriver à découvrir les auteurs du rapt du satellite du *Remember :* car enfin, si incroyable que fût l'événement, il ne pouvait être révoqué en doute, le *Swan* n'était plus à son mouillage, et la tentative d'assassinat faite par les deux indigènes sur sa personne avait une corrélation trop étroite avec la disparition du *Swan* pour conserver l'espérance qu'une simple dérivation de courant avait pu chasser le petit navire dans une autre partie du lac ; du reste, le matin même, après avoir lu la lettre du comte lui annonçant son excursion, et la remise de leur entretien, il était retourné à l'endroit où le *Swan* avait *stopé*, et il s'était convaincu qu'il n'y avait pas sur cette rive le moindre courant. Dans l'impossibilité absolue de soupçonner qui que ce fût parmi les Européens de l'habitation, Jonathan en était arrivé à se persuader, tout effet devant avoir fatalement une cause explicable, qu'Ivanowitch, lors de son voyage de Russie, devant le doute exprimé par le conseil suprême des Invisibles, avait dû, pour un motif ou pour un autre, peut-être pour s'emparer de son invention, et le réduire à merci, expédier en Australie un ou deux membres de la Société, choisis parmi les mécaniciens, et les ingénieurs électriciens les plus distingués, afin de se trouver là, à tout hasard, aux ordres d'Ivanowitch. Ces émissaires, cachés quelque part dans le Buisson, avaient dû gagner Willigo pour être avertis de tout ce qui se passerait sur le lac Eyréo et aux environs, et tout naturellement les expériences que Jonathan avait faites sur le lac avaient dû donner l'éveil ; et le lendemain matin, quand il avait quitté le *Swan*, les deux indigènes, qui justement ne se trouvaient pas à l'habitation à son arrivée, avaient profité de son départ pour attirer les gardiens du petit navire dans une embuscade, les assommer, et permettre ainsi aux ingénieurs expédiés par Ivanowitch de s'emparer du *Swan* en découvrant le secret de sa direction, découverte rendue facile par la faute qu'il avait commise en laissant le panneau du hublot ouvert.

Comme on le voit, à force de retourner la question dans tous les sens, Jonathan était arrivé à découvrir une partie de la vérité. En laissant, en effet, de côté l'intervention d'Ivanowitch et des prétendus ingénieurs, c'était bien Willigo et son compagnon qui avaient assommé les matelots gardiens, et s'étaient ensuite emparés du *Swan*, que le hasard seul leur avait indiqué les moyens de diriger.

Mais comment supposer que de simples sauvages eussent atteint un pareil résultat? L'erreur du capitaine Rouge était donc excusable.

Peu à peu, comme cela arrive quand on a intérêt à découvrir une solution ardemment cherchée, Jonathan, qui n'avait fait qu'émettre cette hypothèse pour en étudier les probabilités, finit par lui reconnaître tous les caractères d'une indiscutable évidence. Donc, il était, lui aussi, poursuivi par les Invisibles, et leur odieuse conduite le déliait de tous ses serments. La haine qu'il éprouva pour eux alors s'accrut bientôt d'une façon si intense, qu'il jura de se venger d'Ivanowitch et de tous ceux qui avaient trempé dans cette affaire, d'une manière si terrible que nul ne serait tenté de les imiter.

C'est à la suite de ces divers raisonnements, et de la conviction absolue qui en était résultée, que le capitaine, dès les premières paroles échangées avec le comte, lui avait affirmé que leurs ennemis étaient les mêmes.

— Oui, monsieur le comte, répéta Jonathan avec insistance, en voyant l'étonnement du jeune homme; ce sont bien les mêmes ennemis que nous avons à combattre.

Rien ne saurait dépeindre la stupeur d'Olivier, en entendant ces déclarations multiples auxquelles il s'attendait si peu.

— Comment! répondit-il en fixant sur Jonathan un regard qui semblait vouloir aller jusqu'au fond de son âme, vous connaissez le nom de mes ennemis, leurs projets, leurs moyens d'action?.... nommez-les donc?

— Ils sont légion... et vous ne les connaissez pas vous-même, mais ils se nomment : la Société des Invisibles ; quant à leur agent en Australie, celui que vous appelez l'homme masqué...

— Vous connaissez l'homme masqué?

— J'ai donné ma parole, et un homme d'honneur n'y manque jamais, de ne pas le nommer, quoi qu'il arrive; mais je n'ai pas juré de ne le point mettre face à face avec vous, de ne le point démasquer, de ne pas vous venger, et je fais le serment de le pendre haut et court au premier arbre du chemin.

— Mais qui êtes-vous donc? demanda Olivier, qui ne pouvait plus se contenir.

— Je suis, répondit Jonathan en baissant la voix et scandant ses paroles : Je suis le numéro 333, membre de la Société des Invisibles.

La voûte du ciel se fût écroulée sur la terre, les eaux furieuses du lac se seraient précipitées sur l'habitation, que le comte n'eût pas été frappé d'une pareille stupeur.

On sait l'effet des premières impressions sur cette organisation nerveuse.

— Membre de la Société des Invisibles! bégayait-il en pâlissant... un membre de la Société des Invisibles sous notre toit!...

— Pitié! monsieur le comte, pitié! murmura le pauvre Jonathan en voyant l'effet qu'il avait produit. Vous ne savez donc pas que je suis prêt à donner ma vie pour mon bienfaiteur, prêt à mourir pour vous!

Un sanglot déchirant s'échappa de la poitrine du malheureux; cet homme au cœur de bronze, le Chineses'murderer, le capitaine Rouge, pleurait.

Devant cette douleur si vraie, si palpitante, le comte d'Entraygues se calma subitement; il sentit que la vie de cet homme était un mystère, qu'il devait attendre avant de le juger; aussi lui prit-il immédiatement la main dans ses mains loyales, en lui disant :

— Je sens que je puis la serrer..... Je sens que vous avez beaucoup souffert... les douleurs sincères ont des accents qu'on n'imite pas, je ne sais rien, mais je comprends que vous m'aimez, remettez-vous... et venez, nous ne pouvons causer ici.

Cette conversation avait eu lieu dans un coin de la salle à manger, mais fort heureusement les convives ne s'étaient aperçus de rien, et les rires des ouvriers du placer, qu'Olivier avaient retenus à déjeuner, avaient couvert les sanglots du capitaine Rouge.

Gilping, monté au diapason le plus élevé qu'il pût atteindre, après avoir débarrassé quatre bouteilles de pale-ale et de stout-porter, deux de claret, une de vieux romané-conti et une de brandy de leur contenu, épuisé tous les hip! hip! hurrah! hurlé le *Gode save the queen*, le *Rule Britannia*, avait en outre voulu chanter, en l'honneur de ses amis, la célèbre romance *Sweet home* (Douce et chaste demeure, etc.); mais aux premières paroles, il avait, chose prévue depuis un moment, roulé sous la table comme un pair d'Angleterre.

C'était à ce moment que l'émotion du capitaine avait atteint son paroxysme et ses sanglots s'étaient éteints dans la gaîté générale.

— Venez, mon ami, répéta le comte en insistant sur cette dernière expression, vous et moi avons besoin d'être seuls... Cependant, si cela ne vous déplaisait point trop, je prierais mon ami Dick d'assister à notre entretien, je n'ai rien de caché pour lui. Moi aussi je suis arrivé en Australie en désespéré, et c'est lui qui m'a consolé, soutenu, défendu contre les Invisibles... il m'a fait, enfin, riche à millions par le partage du placer des Cygnes, je n'ai pas une pensée qui ne soit connue de lui, et il ne comprendrait peut-être pas que nous ayons pu parler de choses aussi importantes sans être convié à notre entretien.

— Vos désirs me sont une loi, monsieur le comte; je crois, en outre, que la présence de votre vieil ami ne nous sera pas inutile, car nous aurons à prendre des décisions d'une haute gravité.

Le Canadien causait, en ce moment, d'un air fort animé, dans le jardin, avec un indigène qui l'avait fait appeler.

— Laurent, fit le jeune comte à son serviteur, tu préviendras Dick que nous l'attendons dans la bibliothèque.

Et il emmena Jonathan dans une magnifique pièce du premier étage, où se trouvaient rassemblées toutes les œuvres du génie humain, de toutes les époques et de toutes les nationalités.

Ils y étaient à peine depuis cinq minutes, que le Canadien s'y précipita comme un ouragan, la figure bouleversée, les yeux chargés de larmes.

— Olivier, dit-il d'une voix étouffée par la douleur, notre vieil ami Willigo, le compagnon de toutes mes luttes, et le jeune Koanook se meurent en ce moment dans leur kraal.

— Willigo... Koanook... se meurent! exclama le comte, ne pouvant en croire ses oreilles.

— Ils sont rentrés cette nuit, reprit le Canadien d'une voix menaçante et regardant Jonathan, la poitrine trouée par une balle de revolver, se traînant dans le Buisson, s'aidant mutuellement, perdant leur sang à chaque pas.

— Frappé lâchement par derrière, n'est-ce pas?... car qui aurait osé attaquer Willigo en face?

— Non, frappés par devant; nos pauvres amis n'avaient pour toute arme

— Emparez-vous de cet homme, s'écria Dick. (Page 602.)

que leur boomerang; mais ils seront vengés, acheva le Canadien avec une fureur concentrée, car ils ont nommé leur assassin.

Aux premières paroles de Dick, Jonathan Spiers avait pâli; ainsi les indigènes qui avaient cherché à le faire tomber dans un indigne guet-apens n'étaient pas morts, ils avaient eu la force de quitter le lac et de regagner leur demeure! Le capitaine n'avait éprouvé d'abord qu'un certain étonnement mêlé à une légitime colère, en souvenir de leur sauvage agression; mais les dernières expressions de Dick, aggravées par le ton de provocation avec lequel elles étaient prononcées, l'avaient transporté de fureur; un mot encore, il allait éclater...

— Et cet assassin? demanda Olivier, trop ému pour comprendre le sens des paroles et des regards de Dick.

— Heureusement qu'il est en notre pouvoir et que justice sera rapidement faite, répondit le Canadien; l'assassin de nos pauvres amis... le lâche espion qui, abusant de notre hospitalité...

— Ah! prenez garde! exclama Jonathan blême de rage concentrée... Jour de Dieu! n'achevez pas... on m'appelle le capitaine Rouge et je ne répondrais plus de moi.

— Vous le voyez, fit Dick avec le plus grand sang-froid; l'assassin s'est vendu...

— Quoi! vous! vous! s'écria Olivier avec une douleur véritable.

— Il faut que justice se fasse, continua le Canadien.

Et il frappa dans ses deux mains.

A ce signal, la porte s'ouvrit, et dix des ouvriers de la mine parurent, armés de revolvers.

— Emparez-vous de cet homme! commanda Dick.

— Le premier qui s'approche, je l'étends à mes pieds! hurla le capitaine, mettant le revolver à la main, et se jetant précipitamment derrière une table dont il se fit un rempart.

En cet état, on ne pouvait s'emparer de lui sans qu'il y eût mort d'homme. Les mineurs hésitèrent.

— Lâche toi-même, cria Jonathan, l'œil injecté de sang comme un tigre en fureur; oui! lâche, qui met les autres en avant, et n'ose venir me prendre lui-même.

Le Canadien sauta sur le revolver d'un de ses hommes, mais Olivier le prit à bras le corps et le retint.

— Rends grâce à ce noble jeune homme qui te protège de sa généreuse poitrine, sans cela tu n'existerais déjà plus...

Tout à coup les traits de Jonathan se détendirent, sa figure exprima la plus poignante douleur, et on l'entendit s'écrier d'une voix étranglée :

— Olivier! mon bienfaiteur, mon sauveur, je vous jure sur l'honneur que je n'ai rien à me reprocher... écoutez-moi de grâce.

Le comte d'Entraygues avait des délicatesses de sentiments inconnues du Canadien, nature franche, vigoureusement honnête, mais grossière, en somme. Alors que ce dernier ne voyait qu'une chose, la mort imminente de son vieux camarade du Buisson, Olivier connaissait les emportements souvent irraisonnés du vieux sauvage, son mépris de la vie des autres, sa facilité au soupçon, et surtout sa haine de tous les étrangers qu'il confondait avec les batteurs de Buisson; de plus, le cri douloureux du capitaine lui avait été à l'âme, il l'avait déjà dit, la vérité a des accents auxquels on ne se trompe guère; aussi, interposant son autorité :

— Laissez-nous, dit-il aux mineurs, je réponds de tout.

Ces derniers, que l'air résolu du capitaine avait frappés et qui ne tenaient guère à pousser l'aventure jusqu'au bout, se hâtèrent de s'esquiver.

— Ah! merci, fit Jonathan, en jetant son revolver par la fenêtre, vous venez, monsieur le comte, de mettre fin à une scène qui eût causé aux survivants de cuisants remords pour leur vie entière; vous verrez que je suis digne de votre estime, mais de la vôtre seule, car je ne tiens pas à une autre.

Ces paroles, à l'adresse du Canadien, ne contribuèrent pas à le calmer; il blâmait intérieurement ce qu'il appelait un acte de faiblesse de la part d'Olivier, et n'osant, par une sorte de générosité qu'il était capable de ressentir, insulter de nouveau un ennemi désarmé, il eut un mot malheureux, comme il en échappe parfois aux gens à qui l'éducation première fait défaut, mais qu'il devait déplorer bien amèrement par les conséquences regrettables qu'il eut.

Dans sa pensée, Willigo ne pouvait même être soupçonné, et convaincu que le comte d'Entraygues prenait en ce moment le parti d'un assassin, il s'écria amèrement, dans un éclair d'emportement dont il ne fut pas maître :

— Voilà donc le résultat des bienfaits dont je vous ai comblés!

Ces paroles étaient à peine prononcées, qu'il sentit l'abîme qu'il venait de creuser; il eût donné sa vie pour les reprendre, les anéantir..., il n'était plus temps.

Olivier, à ce coup inattendu, pâlit affreusement, le sang lui afflua au cœur avec toute la fierté des vieilles races; mais la réaction d'un légitime orgueil, alors qu'il avait conscience de la noblesse du rôle qu'il venait de jouer, le soutint contre la défaillance ordinaire de ses nerfs; à son tour, il dépassa les bornes... Sous l'insulte imméritée qu'il venait de recevoir, toute la série de ses grands aïeux, — depuis le connétable Olivier-François d'Entraygues, tué aux côtés de Charles-Martel dans les plaines de Châlons, jusqu'à Luc-Armand d'Entraygues coupé en quatre par un paquet de mitrailles, en 1814, comme simple voltigeur, alors qu'il avait couru aux armes pour défendre le sol français contre l'étranger, — lui passa, avec la rapidité d'un songe, devant les yeux, et il répondit, en les accentuant, par ces hautaines paroles :

— Souvenez-vous, monsieur Dick Lefaucheur, que les comtes de Lauraguais d'Entraygues ont toujours payé leurs dettes..., je ferai comme eux.

Le vieux trappeur ne comprit pas tout d'abord la gravité de cette réponse, le titre de Monsieur qu'Olivier venait de lui donner seul le frappa douloureusement au cœur, et il ne put que balbutier :

— Olivier, pardonnez-moi, pardonnez à un vieux coureur des bois un mot malheureux qui lui est échappé; mais ne m'appelez pas ainsi, vous me faites payer trop cruellement un instant d'oubli... Olivier ! Olivier ! donnez-moi la main, et dites-moi que tout est oublié.

— La voici, fit aussitôt le comte touché par la réelle douleur de son vieil ami... Et il ajouta : Tout est oublié...

Le vieux trappeur mit cette main sur son cœur.

— Voyez comme il bat fort, dit-il.

— Qu'il ne soit plus question de cela, reprit le jeune homme avec une certaine tristesse dans la voix... Ainsi, monsieur, continua-t-il en s'adressant à Jonathan, c'est bien vous qui avez frappé Willigo et Koanook ?

— En repoussant la plus indigne de toutes les agressions, en défendant ma vie, répliqua le capitaine Rouge. Mais permettez-moi de vous conter franchement le roman de ma vie (car les étranges aventures qui ont signalé mon existence ne méritent pas un autre nom...) ; sans cela, vous ne comprendriez ni les motifs de ma présence au milieu de vous, ni les courses qui ont dû armer les indigènes contre moi.

— Nous vous écoutons, fit simplement le comte.

D'une voix émue et excitant involontairement l'intérêt, le capitaine Rouge narra alors à ses auditeurs tous les événements de son existence si mouvementée déjà connus du lecteur ; il dit son enfance misérable et abandonnée, ses souffrances de chaque jour, son désespoir quand il se vit voler sa première invention, et son départ pour San-Francisco, où il avait résolu de mettre fin à ses jours, lorsque le jeune comte d'Entraygues se trouva par hasard sur son chemin pour le sauver et relever son courage. L'intérêt devint réellement palpitant, quand il commença le récit des événements qui avaient trait à son invention du *Remember* et à ses relations avec Ivanowitch ; il ne cacha absolument rien de ce qui s'était passé entre eux, tout en ne le désignant point par son nom, avoua l'engagement qu'il avait pris de faire prisonnier le comte d'Entraygues, qu'il ne connaissait pas et qu'on lui avait représenté comme un aventurier, mais en stipulant que sa vie serait respectée, ainsi que celle de tous les Français de son entourage, en souvenir de son bienfaiteur qui appartenait à cette nationalité ; il dépeignit, avec un attendrissement qui gagna ses auditeurs, l'émotion qu'il ressentit en apprenant que le comte d'Entraygues était ce bienfaiteur lui-même, et la décision qu'il prit, séance tenante, de se joindre à lui pour combattre les Invisibles et faire échouer leurs odieux projets ; toute cette partie fut exposée avec une conviction et une chaleur si sympathiques qu'Olivier et Dick furent obligés de se contenir pour ne pas lui presser les mains avec effusion ; ils attendaient, pour abandonner leurs dernières préventions, l'explication des faits qui avaient motivé la lutte du capitaine avec Willigo.

— Sur ce point, dit Jonathan, je ne pourrai faire la lumière aussi complète que vous pouvez le désirer, car tout est pour moi mystère dans cette aventure ; lorsque je voulus regagner le *Remember*, afin d'avoir une explication définitive avec l'émissaire des Invisibles, je ne retrouvais plus le *Swan* au mouillage où je l'avais laissé, et comme j'inspectais les rives du lac pour me rendre compte de cette disparition, je fus brusquement attaqué par les deux indigènes qui m'avaient suivi depuis mon départ de France-Station. Je dois vous dire que, quand je reconnus Willigo, je fus sur le point de croire à une embuscade organisée d'après les ordres de quelqu'un de l'habitation ; la réflexion ne tarda pas à me convaincre de l'impossibilité de cette supposition. C'est donc en me défendant que j'ai blessé les deux Nagarnooks, je m'en rapporte du reste entièrement à leur propre déclaration, s'ils sont en état de faire connaître la vérité.

A cet instant, Laurent vint annoncer que Niroobah, envoyé par Dick aux grands villages pour prendre des nouvelles du chef nagarnook, était de retour.

Introduit immédiatement, le jeune guerrier confirma ce fait que Willigo et Koanook, d'après leurs propres dires, avaient attaqué le blanc, qu'ils avaient pris pour un espion des Invisibles ; il ajouta qu'il n'avait pu avoir d'autres détails, les deux blessés étant d'une faiblesse extrême, et tombant en syncope à chaque instant.

Ces renseignements étaient à peine donnés, que Dick s'avança les mains tendues vers Jonathan, en le priant d'accepter ses excuses.

— Les apparences étaient contre moi, répondit le capitaine en prenant énergiquement les mains qu'on lui tendait ; qu'il ne soit plus question de rien.

— Oui, effaçons ces désagréables souvenirs ; vous êtes maintenant des nôtres, mon cher hôte, fit Olivier.

Mais Dick et son jeune ami furent à leur tour aussi fortement intrigués que le capitaine, car le point mystérieux de la question était plus que jamais impossible à éclaircir ; ils n'eurent pas de peine à persuader à Jonathan, qu'il n'y avait pas d'émissaires des Invisibles dans le Buisson, et que, dans tous les cas, l'Aigle-Noir et Koanook étaient incapables de s'allier à eux, puisqu'ils allaient peut-être payer de leur vie l'erreur qu'ils avaient commise en croyant s'attaquer, au contraire, à un de leurs émissaires.

Mais qui donc alors s'était emparé du *Swan?*

Question insoluble, qui fut réservée pour le moment.

Les deux amis avaient appris avec une joie indicible la présence de l'homme masqué à bord du *Remember*. Enfin, ils allaient donc voir en face leur ennemi le plus acharné, lui demander compte de ses infamies, de ses attentats ; avec sa nature généreuse, Olivier parlait déjà de le provoquer en un combat singulier !...

— Jamais, répondit le Canadien, je ne vous permettrai de hasarder votre précieuse vie contre un pareil forban ; nous assemblerons un tribunal composé d'indigènes et d'Européens, et nous le jugerons sous la présidence du vieux Lynch, qui, de mémoire d'Américain, n'a jamais manqué de condamner son homme à être pendu.

— Je suis entièrement de cet avis, répliqua Jonathan, car où la justice humaine est impuissante, il faut toujours faire intervenir le vieux Lynch. C'est lui qui a pacifié toutes les contrées de l'Ouest-Amérique, envahies par des coquins en tel nombre qu'ils avaient souvent la majorité dans les élections et faisaient nommer des juges de leur bord; le vieux Lynch alors, cette fiction de la justice populaire, rétablissait l'équilibre.

Mais, pour s'emparer de l'homme masqué et délivrer les honnêtes habitants du *Remember*, il fallait que le capitaine pût arriver jusqu'au colosse, et sans le *Swan* cela ne lui était possible qu'à l'aide d'un scaphandre spécial qu'il ne pouvait faire construire qu'aux États-Unis ou en Europe, l'Australie n'ayant pas encore de grands ateliers de construction mécanique.

— Alors, demanda Olivier au capitaine, vous ne voyez aucun autre moyen de parvenir jusqu'à cette masse de bronze qui dort sous les eaux ?

— Aucun, et Dieu sait si depuis vingt-quatre heures je me suis torturé l'imagination, répondit Jonathan. Il faut que je le ramène à fleur d'eau, en pressant un ressort qui se trouve à babord-arrière, sans cela aucune puissance humaine ne pourra le faire sortir des profondeurs où il se trouve en ce moment... Et cependant je ne puis abandonner mes braves compagnons à l'isolement où ils seraient condamnés pour de longs mois, si j'étais obligé de faire le voyage d'Amérique... et puis, le temps ne ferait rien encore, mais supposez que la machine productrice de l'électricité vienne à s'arrêter; je ne le crois pas, car elle est elle-même son propre moteur et puise dans l'eau des forces toujours nouvelles; mais enfin, admettons pour un instant la supposition : aussitôt la machine à décomposer l'eau pour la production de l'air s'arrête, et tous ces braves gens, qui ont eu en moi une foi aveugle, meurent asphyxiés en quelques instants.

— Quel sort épouvantable !...

— J'ai beau me dire qu'il doit y avoir quelque chose, que le mot *impossible* en mécanique n'existe pas, je ne trouve rien; en Europe, je ferais construire en dix heures une grue qui soulèverait le *Remember* hors de l'eau, ici ce n'est pas possible; ce qu'il faudrait trouver, ce serait un moyen simple, pratique, qui permît d'agir dans quelques jours; le *Remember* relevé, je sonderais l'Australie dans ses coins les plus reculés, car les ravisseurs du *Swan* n'auront jamais pu, ne connaissant pas les manœuvres intérieures, traverser l'Océan, ou sous l'eau ou dans les airs, et ce ne serait qu'un jeu pour moi de le retrouver.

— Si notre ami Gilping était en état de prendre part à la conversation, peut-être nous eût-il suggéré quelque idée; malgré ses travers, dont beaucoup tiennent à la race, sa passion pour la clarinette et la distribution des bibles, c'est un des savants les plus distingués de la Société royale de Londres.

CHAPITRE III

L'idée de Gilping. — Une évasion sous les eaux. — L'homme masqué et le *Swan*.
La trêve de Dieu. — Une dernière déclaration de guerre.

On résolut de tenir conseil le soir même, lorsque quelques heures de sommeil auraient rendu à Gilping la libre disposition de ses facultés.

A la suite de cette conversation, le Canadien se rendit en toute hâte auprès de son ami Willigo ; une fièvre intense s'était déclarée, suivie de délire, et l'Aigle-Noir, pas plus que Koanook ne le reconnurent ; ils étaient entourés des sorciers de la tribu qui exerçaient en même temps la profession de médecins, et prononçaient en ce moment sur leurs blessures une série d'incantations magiques, qui avaient pour but d'empêcher le malin esprit de la mort de pénétrer dans le corps des guerriers en suivant le trajet fait par les balles.

Le Canadien fit laver les blessures, les examina, les sonda et reconnut, avec une joie mêlée d'une certaine inquiétude, qu'aucune des deux balles n'était restée dans la plaie. Le chef et son jeune compagnon étaient transpercés de part en part ; il n'y avait plus qu'à savoir maintenant si aucun organe essentiel n'avait été lésé. C'était l'affaire de deux ou trois jours, et s'il ne survenait pas de complications, on pouvait répondre de la guérison.

L'état de faiblesse où se trouvaient les deux guerriers venait surtout de l'énorme perte de sang qu'ils avaient supportée ; lorsqu'ils se sentirent touchés par le revolver de Jonathan, ils comprirent qu'ils étaient perdus s'ils faisaient le moindre mouvement, aussi s'étaient-ils laissé jeter dans le lac avec une immobilité stoïque, et avaient eu l'énergie de plonger sous l'eau en parcourant une distance suffisante pour échapper aux regards de leur ennemi. Ils étaient revenus à la surface, à une vingtaine de mètres du lieu où ils étaient tombés, en s'abritant sous les saules de la rive, et avaient encore eu la force, après le départ du capitaine, de regagner leur kraal. Mais c'est à peine s'ils avaient pu donner quelques détails sur ce qui leur était arrivé.

Le Canadien les quitta cependant un peu plus rassuré. Sur le soir, Gilping fut mis au courant de la situation. Il s'agissait, avec les ressources dont on disposait à France-Station, soit d'élever le *Remember* à fleur d'eau, ne serait-ce que l'espace d'une seconde, le temps pour le capitaine de pousser le ressort *élévateur*, ou de parvenir jusqu'à lui, au fond du lac. Grand fut l'étonnement de la petite assemblée composée d'Olivier, Dick, Kirby et Jonathan, lorsque Gilping, après avoir écouté attentivement tous les renseignements que Jonathan lui donnait, répondit avec un sentiment d'orgueil mal dissimulé :

— Ce n'est que cette petite difficulté qui vous arrête ? eh bien, moi, j'ai trouvé le moyen d'amener le *Remember* à fleur d'eau et de l'y maintenir une heure, s'il le faut.

— Comment cela ? demanda le capitaine avec une moue d'incrédulité.

— Par exemple, c'est mon affaire, répondit en se rengorgeant le membre de la Société royale de Londres ; je désire vous ménager une petite surprise. Je demande que l'on mette à ma disposition les vingt hommes de Collins, le grand hangar fermé du placer des Cygnes, et le droit de disposer à ma fantaisie de tous les matériaux et approvisionnements qui s'y trouvent.

— Accordé, fit Olivier.

— Et pour quelle époque cette surprise ? demanda Jonathan d'un ton railleur.

— A quinze jours de date, monsieur, répondit Gilping en le regardant froidement ; vous faut-il l'heure, encore ?

— Volontiers.

— Eh bien, à quatre heures précises de relevée.

— C'est quinze jours de perdus, murmura Jonathan à l'oreille d'Olivier.

— Qui sait ? répliqua le jeune homme.

— Un simple détail, monsieur ; quelle est la longueur de votre navire sous-marin ?

— Cent mètres.

— Sa hauteur, de la quille au pont ?

— Dix-huit mètres.

— Sa largeur ?

— Vingt-cinq mètres.

— Et l'épaisseur moyenne de la coque ?

— Environ vingt-cinq centimètres, composée de trois lames d'acier, fer et bronze, soudées à la forge.

— All right !

Et Gilping, le crayon à la main, se mit à calculer, en murmurant entre ses dents :

— Tout corps plongé dans l'eau perd une partie de son propre poids égale au poids de l'eau qu'il déplace.

— Le principe d'Archimède, fit Olivier.

— Parfaitement, répondit Gilping ; avec les mesures que le gentleman incrédule vient de me donner, je vais obtenir le volume du *Remember*.

— C'est exact.

— Or, ce volume n'a sur toute sa surface que vingt-cinq centimètres d'épaisseur de plein, de massif.

— C'est encore vrai.

— Étant donné le poids total de cette épaisseur de vingt-cinq centimètres, ce poids total devra être diminué du poids du volume d'eau déplacé.

Il venait de reconnaître la voix du comte d'Entraygues. (Page 616.)

— De mieux en mieux.

— Conclusion : quel sera le poids que j'aurai à enlever, eu égard à la masse énorme d'eau déplacée par le colossal volume du *Remember*? ce sera le poids de la coque diminué du poids de la masse d'eau déplacée.

— On ne saurait raisonner plus juste.

— Eh bien, my darling, mon calcul est achevé ; je n'aurai qu'à faire un effort égal à celui qui serait nécessaire pour enlever à l'air libre un poids de cent vingt-deux kilogrammes, et j'amènerai à fleur d'eau le *Remember*.

Rien ne saurait dépeindre la stupéfaction de l'assistance.

Gilping continua :

— Voyons, chers amis, pourquoi un cuirassé ou un navire tout en fer, avec des coques de trente centimètres d'épaisseur, flotte-t-il, alors que le poids spécifique du fer est de beaucoup supérieur à celui de l'eau?...

— C'est grâce à l'énorme volume d'eau qu'il déplace, répondit Olivier.

— Parfait... Mais alors pourquoi le *Remember*, qui est construit comme un navire, ne flotte-t-il pas? C'est parce que son poids est supérieur de cent vingt-deux kilogrammes au poids du volume d'eau déplacé. C'est fort peu de chose, et il doit suffire, au fond de l'eau, de la poussée d'un homme vigoureux pour faire mouvoir votre *Remember*. C'est une grande qualité que son constructeur lui a fort habilement donnée, car, de cette façon, il doit évoluer, nager entre deux eaux, ou rester à la surface avec une grande facilité.

Jonathan Spiers était atterré ! Comment n'avait-il pas songé à cela? C'était à faire rougir un enfant ; mais aussi, avec tous les événements qui s'étaient succédé si rapidement en vingt-quatre heures, il n'avait pas eu la tête à lui.

— Maintenant, chers amis, je n'ai plus qu'à sonder pour connaître la profondeur exacte du bas-fond où se trouve le *Remember*, à faire confectionner les deux cordes au bout desquelles je fixerai deux énormes cerceaux, dont l'un entourera le *Remember* à l'avant, et l'autre à l'arrière ; et, ainsi pris de chaque bout, entre deux cercles, je pourrai, si cela me plaît, réunissant les deux cordes qui soutiendront les cercles, amener le *Remember* comme un poisson au bout d'une ligne, en dépensant une somme de force égale à cent vingt-deux kilogrammes, c'est-à-dire qu'une embarcation et nos deux bras suffiront.

Il n'y avait rien à répondre ; c'était d'une exactitude rigoureusement mathématique.

— Voilà, continua Gilping, le calcul logique de toutes les probabilités ; mais comme j'ignore, et le capitaine aussi, sans doute, quel est le poids des machines intérieures, des approvisionnements, des meubles et des passagers, il pourrait y avoir un écart de cinq à six tonnes entre le poids calculé et le poids réel de la masse, qui viendraient s'ajouter aux cent vingt-deux kilogrammes, et me causeraient une désagréable déconvenue ; j'ai donc songé, en l'absence d'une grue et d'un quai pour la supporter, à fabriquer un *élévateur* spécial, de la force de dix à douze tonnes, que je chargerai d'accomplir la besogne. Quel est cet *élévateur*? Vous me permettrez de conserver ce secret par devers moi ; je vous en ai déjà assez dit, et je désire me procurer le plaisir de vous faire cette surprise. Sur ce, good night, ladys and gentlemen ; quoique les ladys soient absentes, c'est un bonsoir que je ne manque jamais d'envoyer par delà les mers à lady Gilping, de Gilping-Hall, Clarges street, Leicester square, London, avant de me coucher. Demain matin, je me mets au travail.

Sur ces paroles, Gilping entonna le psaume 78, verset 22 :

« Et l'Éternel dit aux fils d'Israël : Pourquoi désespérer de moi dans la détresse ; souvenez-vous que j'ai envoyé à vos pères dans le désert la manne céleste qui les a nourris. »

Heureux d'avoir trouvé ce verset qui semblait s'appliquer à la situation actuelle, Gilping en répéta l'air sur sa clarinette d'après le rituel de l'archevêque de Westminster, et il s'en fut se coucher, en demandant qu'on montât dans sa chambre une bouteille de brandy et un petit flacon de soda-water pour se faire un léger grog ; il ne pouvait pas dormir sans cela. La recette du grog Gilping, ou mieux du grog anglais, car le brave prédicant était trop respectueux des usages de son pays pour y rien changer, est d'une simplicité toute britannique. Dans un grand verre appelé tomler, de la capacité d'un litre environ, vous versez une bouteille de brandy, d'une contenance ordinaire de soixante-quinze à quatre-vingts centilitres ; vous y ajoutez un de ces petits flacons de soda-water, ayant à peu près la forme et la grosseur d'un œuf de poule, d'une capacité de dix centilitres environ, histoire d'administrer un léger baptême à votre grog ; vous buvez alors à volonté d'un trait ou par petites lampées gourmandes, et ça ne manque jamais son effet... un effet magistral... Cinq minutes après, votre valet de chambre vous ramasse sur le tapis et vous couche... et vous dormez jusqu'au lendemain matin sans interruption.

Et dire que les Anglais qui ont inventé ce *calmant* nous traitent d'ivrognes, depuis qu'une Assemblée aussi inepte que peu patriotique a voté une loi contre l'ivresse... Une loi contre l'ivresse, en France, le seul pays où l'on ne boive pas.

Le lendemain, Gilping, aidé de Jonathan et du capitaine de la *Maria*, opéra les sondages nécessaires, pour bien fixer l'emplacement du *Remember* ; la profondeur était moindre qu'on ne l'avait cru, elle ne dépassait pas quatre-vingt-dix mètres ; munis alors de tous ses renseignements, il se rendit au placer des Cygnes, et s'enferma avec Collins et les ouvriers dans le vaste bâtiment qui servait de magasin général. Sa réussite ne faisait plus de doute pour personne.

Les manifestations du lac Eyréo expliquées, l'homme masqué prisonnier à bord du *Remember*, et Jonathan Spiers, hôte et ami des propriétaires de France-Station, rien n'eût empêché la vie calme et heureuse qu'on y avait menée depuis près d'une année de reprendre son cours, si la disparition du *Swan* n'eût laissé dans l'esprit de tous, comme un vague nuage d'inquiétude qui s'opposait à une quiétude parfaite ; comme pour enlever à point nommé ce dernier sujet d'ennui, le mystère se découvrit de lui-même.

Après le départ de Gilping, Olivier et Dick se disposèrent à aller rendre une visite à leur vieil ami Willigo, et Jonathan demanda à les accompagner.

Olivier craignit d'abord que sa présence n'augmentât les souffrances de l'Aigle-Noir, mais le Canadien fut d'un avis opposé ; il connaissait assez le grand chef pour savoir que la seule pensée des dangers que ses amis pouvaient courir, alors qu'il n'était pas là pour les défendre, devait au contraire lui enlever le calme nécessaire à une prompte guérison, aussi crut-il qu'il était préférable de détruire ses préventions à l'égard du capitaine.

Quand ils arrivèrent aux grands villages, Willigo avait repris sa raison, tout délire avait cessé ; mais il était si faible qu'il ne pouvait articuler une parole. Le Canadien s'approcha de lui, et lui présentant Jonathan, lui dit :

— L'Aigle-Noir a commis une regrettable erreur, qu'il paye bien cher. Le capitaine Jonathan Spiers est un ami.

Willigo, dont les yeux s'étaient animés d'un feu étrange en reconnaissant son ennemi, fit un signe de tête négatif.

— Le chef peut croire son vieil ami Tidana ; il sait que je ne l'ai jamais trompé, et comme preuve je t'annonce que grâce à lui nous tenons enfin notre insaisissable ennemi, l'homme masqué.

A ces paroles, une véritable révolution s'opéra dans les traits du chef, qui s'adoucirent comme par enchantement, et le Canadien lui ayant demandé s'il consentirait à donner la main au capitaine, il répondit par un signe de tête affirmatif.

Jonathan lui pressa alors doucement la main ; la paix était faite.

Tout à coup une idée lui traversa le cerveau.

— Demandez-lui donc, fit-il à Dick, car il ne parlait pas le nagarnook, s'il n'était pas caché dans le Buisson hier matin, quand j'ai accosté le rivage avec le *Swan*.

Ces paroles traduites, l'Aigle-Noir répondit par le même signe affirmatif.

En deux mots, le capitaine mit alors le Canadien au courant des diverses questions qu'il désirait encore poser au chef, et la conversation continua directement entre Dick et le grand chef.

— Sais-tu ce qu'est devenu le petit navire ?

— Oui, répondit l'Aigle-Noir, toujours par signes.

— Connais-tu ceux qui s'en sont emparés ?

Même geste.

— Sont-ce des Européens ?

Signe négatif.

— Alors, ce sont des indigènes ?

— Oui.

— Des Nagarnooks, peut-être ?

Signe affirmatif.

— Où sont-ils ?

L'Aigle-Noir cligna plusieurs fois de l'œil.

— Veux-tu dire qu'ils sont ici?

— Oui.

— Serait-ce Koanook et toi, par hasard?

— Oui.

— Vous avez donc trouvé le moyen de le diriger?

— Oui.

— Pour vous en emparer, vous avez dû tuer les hommes qui le montaient?

Énergique signe affirmatif.

— Vous avez alors caché le navire?

Même réponse.

— En quel lieu?

L'Aigle-Noir essaya, à l'aide de mouvements d'yeux et de signes de tête, de se faire comprendre, mais il ne put y parvenir.

Sur de nouveaux conseils de Jonathan, Dick continua :

— Le petit navire est-il en lieu sûr?

— Oui.

— Quelque rôdeur étranger pourrait-il le découvrir?

— Non, toujours par signes.

— Avez-vous, en le conduisant, brisé quelque ressort?

— Non.

— As-tu refermé la plaque de bronze qui recouvrait les touches de direction?

Signe négatif, mais avec hésitation.

— Cela veut-il dire que tu n'en as pas conservé le souvenir?

— Oui.

— N'aurais-tu pas jeté, par hasard, les cadavres des deux noirs et du matelot blanc dans le lac?

— Oui.

Johnatan, qui tenait à se disculper entièrement dans la pensée de ses nouveaux amis, pria le Canadien de lui poser une dernière question, pour savoir qui, des indigènes ou de lui, avait commencé la lutte.

— C'est inutile, fit Olivier.

— J'y tiens, monsieur le comte, insista le capitaine.

— Est-ce toi qui le premier as attaqué le capitaine? demanda Dick.

— Oui! très énergique.

Une joie immense avait envahi le cœur du capitaine à la nouvelle que le *Swan* non seulement n'était pas perdu pour lui, mais encore qu'il n'avait pas passé en des mains ennemies qui eussent pu le tourner contre lui, danger terrible qu'il n'eût pu éviter dans la situation où il se trouvait, et n'ayant pas le *Remember* à sa disposition.

Tout était donc pour le mieux, et si Willigo ou Koanook (plutôt le chef, car le jeune guerrier était beaucoup plus malade que lui) recouvraient l'usage de la parole avant le délai fixé par Gilping, on se servirait du *Swan* pour communiquer avec le *Remember* ; on s'emparerait alors de l'homme masqué, qui avait vingt fois mérité la mort par ses crimes, et une fois l'œuvre de justice accomplie, rien dorénavant ne devait troubler la quiétude des heureux habitants de France-Station.

Lorsque les deux années d'inaction que la princesse Maria Feodorowna avait fixées à Olivier, par le seul motif qu'elle serait alors majeure et maîtresse de ses actions, seraient écoulées, le jeune comte devait se rendre à Saint-Pétersbourg, accompagné de Jonathan, et tous deux se proposaient d'affronter le conseil suprême des Invisibles pour lui demander compte de sa conduite, et le menacer de terribles représailles au cas où il ne consentirait pas à en finir avec ses injustes persécutions.

Trois mois les séparaient encore de l'expiration de ce délai, et il semblerait qu'ils n'eussent qu'à se laisser vivre jusque-là, s'il n'était pas dans la destinée humaine de voir, hélas! se réaliser trop souvent ce proverbe : qu'*il y a loin de la coupe aux lèvres*.

Les temps d'épreuve n'étaient malheureusement pas encore finis.

Pendant que tout est à la joie à France-Station, il est temps de revenir aux habitants du *Remember*, que nous avons laissés pour suivre le capitaine Rouge.

Après l'infructueuse tentative faite par Ivanowitch pour voir si, le cas échéant, il ne pourrait pas s'échapper par les portes de la double cloison étanche qui avaient servi à introduire Tanganook dans l'intérieur, le Russe, convaincu que le capitaine avait mis tous ses secrets sous la protection de batteries électriques, qui, selon l'état des *accumulateurs*, pouvaient foudroyer l'imprudent ou le curieux, s'était résigné à mettre un frein à l'ardeur de ses désirs et à attendre paisiblement de la confiance du capitaine une initiation qui, d'après leurs dernières conversations, ne devait point tarder à s'effectuer; alors il pourrait sans crainte mettre à exécution ses horribles projets. Une belle nuit, alors que Jonathan dormirait, il dirigerait sur lui le fil conducteur d'un des accumulateurs et le foudroierait dans son lit : le lendemain, le capitaine passerait aux yeux de son équipage pour s'être fait tuer par imprudence en maniant un de ses dangereux mécanismes, et comme il serait seul à pouvoir conduire le *Remember*, tout le monde serait bien forcé de lui obéir; il détruisait alors, ainsi que nous l'avons déjà dit, France-Station et tous ses habitants, pour atteindre plus facilement Olivier, s'emparait de l'or du placer et retournait en Russie. Et comme personne n'avait pu reconnaître le colonel Ivanowitch sous le masque, nul ne pourrait lui attribuer la mort du comte d'Entraygues, et il se flattait de pouvoir faire agréer sa recherche par la princesse Maria Feodorowna, en lui promettant le rappel de son père de la Sibérie. rappel qu'il se faisait fort d'obtenir par les mêmes influences qu'il avait déjà fait mouvoir pour l'y faire envoyer. Il devenait alors le seigneur le plus puissant de la Russie. La tête finissait par lui tourner dans ses rêves, et il en arrivait parfois à se demander s'il ne pourrait pas, grâce au *Remember*, se tailler un trône dans une des contrées de l'Extrême-Orient.

En attendant le retour du capitaine, il vivait seul isolé dans son appartement, affectant une dignité qui ne lui permettait pas de frayer avec l'équipage du *Remember*.

Il comptait bien que Jonathan ne resterait pas plus de vingt-quatre heures à terre, et que son isolement, au fond peu agréable, ne durerait pas longtemps. Il ne fut pas étonné de voir que la première nuit s'était écoulée sans amener son retour; mais quand il vit la seconde s'achever sans qu'il eût donné signe de vie, il commença à concevoir quelques inquiétudes. Si, par malheur, une imprudence l'avait fait deviner... il connaissait de longue date la promptitude de décision du Canadien et l'astucieuse finesse unie à une cruauté froide du terrible Willigo! Un soupçon, et c'était la mort. A cette pensée, un frisson glacial lui parcourait tout le corps.

Jonathan mort! comprend-on bien tout ce que cette idée renfermait en elle? C'était, pour tout l'équipage, aussi bien que pour lui Ivanowitch, une fin inévitable, d'autant plus effrayante qu'elle était plus éloignée, et qu'on aurait le temps de savourer son martyre. Un beau jour, les machines à produire l'air s'arrêteraient sans qu'on s'y attendît, sans que rien vînt donner l'éveil, et en cinq minutes tout serait fini; quand il pensait à cela, le *Remember* revêtait pour lui de sinistres apparences de tombeau.

Et si cela allait durer dix ans, vingt ans, Jonathan avait dit que cela était possible, et il y avait des vivres à bord pour de longues années. Quelle épouvantable perspective !...

Le troisième jour s'écoula sans ramener le capitaine. Ivanowitch se hasarda à interroger l'impénétrable Davis; ce dernier lui répondit d'un ton sec que le capitaine faisait ce qui lui plaisait, sans lui rendre compte de ses actions, et lui tourna le dos. Le brave homme, peu liant, il est vrai, de son naturel, ne lui pardonnait pas ses affectations d'orgueil.

Prescott ne savait rien, mais il avait une confiance inébranlable dans son capitaine, et s'il ne quittait pas la terre, c'est qu'il était bon qu'il y restât.

Littlestone! master Jonas-Habacuc Littlestone se lamentait du soir au matin, et du matin au soir. Comprenait-on qu'un ex-premier clerc de la haute cour de justice fût venu se fourvoyer dans un tel lieu, vivre sous l'eau dans une cage de fer! Était-ce la destinée d'un homme qui avait passé sa vie dans la culture des choses de l'esprit?... Et encore s'il avait pu parler autrement que seul dans sa chambre, mais l'inévitable Prescott était toujours là pour lui couper la parole... Ah! misère de la destinée! si mistress Littlestone ne l'avait point précédé dans un monde meilleur, où il était décidé à n'aller la rejoindre que le plus tard possible, par cette raison triomphante qu'il ne resterait plus personne sur la terre pour la pleurer; oui, si elle n'était point morte, la chère dame, lui, Jonas-Habacuc Littles-tone, ne se serait pas embarqué dans cette caisse de fer avec un tas d'aventuriers qui n'avaient nuls égards pour ses malheurs et la haute situation qu'il avait occupée.

Mais lorsque le quatrième jour, à son tour, n'eut amené aucun résultat, Ivanowitch, n'y tenant plus, recommença à rouler dans son cerveau des pensées de fuite.

Fuir! abandonner tous ses rêves de vengeance et d'ambition! Eh bien, oui! il y était décidé, s'il en trouvait le moyen. Ivanowitch était un lâche, il tenait à la vie par-dessus tout, et il ne voulait pas la jouer, s'il y avait dans la partie le moindre aléa pour lui.

La porte du cabinet de Jonathan, sorte de retiro sans importance, qui lui servait à faire la sieste et à fumer, aux heures où il voulait être seul, était entre-bâillée. Ivanowitch la poussa en tremblant; il n'éprouva aucune secousse, le capitaine n'en avait donc pas interdit l'entrée.

A peine eut-il franchi le seuil, qu'il entendit comme un bruit de voix dont il ne distinguait pas les paroles; fort intrigué d'abord, il ne tarda pas à avoir l'explication du phénomène.

On se rappelle que le capitaine avait installé sur le lac une série de fils électriques, venant se réunir dans un cornet acoustique établi précisément dans ce cabinet. Toute conversation tenue à moins de cinquante mètres du rivage arrivait fidèlement dans l'appareil du *Remember*. Ivanowitch appliqua son oreille à l'ouverture du cornet, et au même instant ne put s'empêcher de tressaillir; il venait de reconnaître la voix du comte d'Entraygues qui causait avec le Canadien, en se promenant sur le rivage.

— Oui, vous avez raison, Dick, disait le jeune homme, un bienfait n'est jamais perdu.

— C'est ce que nous disaient les frères moraves qui ont eu soin de ma première jeunesse. « Mes enfants, nous répétaient-ils souvent, soyez bienfaisants, toute la morale est là, et sachez qu'un bienfait n'est jamais perdu; c'est une graine que vous semez, et qui, si elle ne rapporte rien sur la terre, fleurira dans le ciel. »

— Qui m'eût dit, reprenait Olivier, lorsqu'il y a dix ans je donnais cinq cents francs à un pauvre jeune homme abandonné, que cela me serait rendu au centuple en Australie?

— Vous avez raison, Olivier, de dire au centuple, car sans lui, je ne sais pas comment nous eussions jamais pu nous emparer de l'homme masqué.

Ivanowitch poussa un cri et faillit s'évanouir, mais il se cramponna à l'appareil avec la fureur du désespoir : il fallait qu'il sût tout, il y allait peut-être de sa vie.

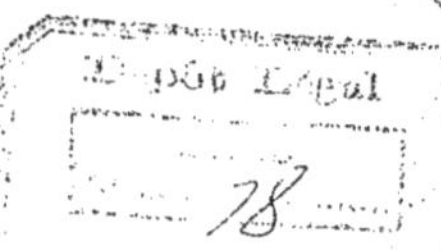

Tous les habitants du chalet étaient sortis sur l'esplanade. (Page 624.)

— Et je pense que cette fois, continuait le Canadien, vous ne faiblirez pas dans la répression. Tenez, voyez ce bel arbre, et cette branche horizontale, depuis deux jours je l'observe avec une vive satisfaction, en me disant : c'est là que je vais enfin me procurer le plaisir de faire pendre l'homme masqué ; mais comme cette mort serait trop douce pour tous les forfaits dont il s'est chargé, je le ferai battre de verges par les exécuteurs nagarnooks, jusqu'à ce qu'il ne lui reste plus un pouce de peau sur le corps.

Ivanowitch n'eut pas la force d'en entendre plus long, il roula sur le tapis, évanoui.

Quand il revint à lui, il crut avoir fait un mauvais songe ; mais le cornet acoustique était là, près de lui ; les paroles qu'il avait entendues vibraient encore à ses oreilles, et en ce moment même, le chant des matelots nagarnooks, raccommodant la toile de la *Maria*, parvenait distinctement jusqu'à lui.

Il fut saisi tout à coup d'une rage indicible.

— Il faut que je sorte d'ici, s'écria-t-il, dussé-je faire sauter le *Remember ;* mieux vaut une mort de ce genre que la lente agonie qu'on me réserve sous le fouet... Traître de Jonathan, lâche ! trois fois parjure ! il me livre à un homme qui lui a donné cinq cents francs, et moi je lui ai donné neuf millions.

Ah ! si jamais je parviens à éviter le sort qui m'attend, je le jure par tout ce qu'il y a de sacré au monde, j'emploierai le restant de mes jours à me venger de ce traître.

Allons, il faut fuir sans plus tarder.

Fuir ! voilà qui est vite dit, mais comment faire ?

N'importe ! il le tentera, il faut qu'il sorte, il faut qu'il se venge ; oh ! la vengeance, et surtout contre celui qui nous a trahi !

Ivanowitch ne comprenait pas une chose, car on ne se rend jamais bien compte de sa propre infamie... il ne comprenait pas, qu'après avoir fait le serment qu'il ne poursuivait aucune vengeance personnelle contre le comte d'Entraygues, se bornant à exécuter les ordres du conseil suprême, Jonathan, quand il avait appris qu'au contraire le Russe n'agissait que dans le but de supplanter son rival, s'était trouvé absolument délié de toutes ses promesses ; et quant aux neuf millions, Olivier et Dick en avaient pris spontanément sur eux le remboursement.

Après avoir longuement réfléchi, lorsqu'une période de calme relatif vint succéder à la colère toujours mauvaise conseillère, il arriva à conclure qu'il n'y avait pas d'autre voie pour s'échapper que la cloison étanche. Les portes devaient être faciles à ouvrir, puisque Jonathan les faisait défendre par une batterie électrique ; il se décida à tenter le départ cette nuit même, Jonathan n'aurait qu'à le livrer le lendemain.

Pour éviter le choc dont il avait déjà éprouvé la violence, il garnit le manche d'un marteau de papier métallique mauvais conducteur de l'électricité, et à l'aide de cet instrument, il résolut de briser le bouton de cristal qui faisait jouer le pêne de la serrure et en même temps arrêtait la déperdition de l'électricité ; une fois cet obstacle détruit, l'électricité se fondait dans l'air de l'appartement, et Ivanowitch pouvait sans danger pénétrer dans la cloison étanche. Il était un nageur de première force, et ce n'était qu'un jeu pour lui de remonter à la surface de l'eau.

Il eut une idée fort ingénieuse pour ne pas être dépourvu de tout à son arrivée sur la berge. Il prit une de ces immenses caisses à biscuit, tout en fer-blanc, dans lesquelles on embarque les *pilote-breads* des marins, la remplit d'effets à son usage, y ajouta une carabine à répétition, deux revolvers, et sous prétexte de soustraire le tout à l'humidité de l'intérieur, il fit, dans la journée, souder hermétiquement la caisse par un des mécaniciens. Il avait donc de quoi se vêtir et s'armer.

Quant à la nourriture, il ne s'en souciait guère; ayant déjà traversé le Buisson en fugitif, il connaissait toutes les ressources des solitudes australiennes.

Il attendit l'heure avec une impatience fiévreuse. Il pouvait être deux heures du matin, tout le monde dormait, et les portes des cabines garnies intérieurement de paillassons devaient amortir le bruit.

Il était là, hésitant, pâle, tremblant, lorsque la grande pendule du salon commença son carillon : comme tous les Yankees, Johnatan n'aimait que les pendules à musique.

— Allons ! fit-il, le sort en est jeté.

D'un coup de marteau vigoureusement appliqué, il fit sauter le bouton, et grâce à ces précautions n'éprouva aucune commotion; ceci fait, il ouvrit tout doucement la porte, car il avait vu le capitaine faire manœuvrer le système de fermeture le jour où Tanganook avait été fait prisonnier. Il introduisit d'abord sa caisse entre les deux cloisons étanches; il n'y avait pas à espérer de pouvoir remonter à la surface de l'eau avec ce fardeau, mais la nécessité rend ingénieux. Il avait attaché à la caisse la corde à loch du bord, longue d'environ 150 mètres, puis avait disposé cette corde, en anneaux circulaires, de façon qu'elle pût se dérouler d'elle-même avec la plus grande facilité; à l'autre extrémité, il avait fixé un énorme morceau de liège qui devait remonter à la surface de l'eau, entraînant la corde à loch avec lui.

Pénétrant alors entre les deux cloisons, il n'eut qu'à abandonner la porte de communication intérieure pour qu'elle se refermât d'elle-même.

Le moment solennel était arrivé : il n'avait maintenant qu'à pousser le bouton de la porte extérieure, attendre les six secondes nécessaires à l'envahissement des eaux, pousser sa caisse au dehors, et s'élancer lui-même dans le liquide élément.

Mais sur le point d'exécuter la dernière partie de son plan, il se sentait envahi par des craintes étranges : pendant toute la journée, il s'était exercé à retenir sa respiration le plus longtemps possible, quarante-cinq secondes d'abord, puis cinquante, puis graduellement il était arrivé à soixante; mais malgré tous ses efforts il n'avait pu dépasser ce chiffre, et alors il faisait ses calculs pour voir ce qui lui resterait pour atteindre la surface du lac : six secondes pour l'envahissement des eaux dans la cloison, pendant lesquelles la force du courant l'empêchait d'agir, deux secondes au moins, et il ne fallait pas s'amuser, pour jeter sa caisse au dehors sans embrouiller la corde à loch, car ç'eût été alors peine perdue; il lui restait donc cinquante-deux secondes pour accomplir son périlleux trajet. Mais à quelle profondeur était le *Remember*? et quelle distance pourrait-il bien parcourir à la seconde? Autant de questions qu'il se posait sans pouvoir les résoudre. Il ne supposait pas cependant qu'il pût s'élever de beaucoup plus d'un mètre à la seconde, un mètre et demi peut-être : donc, dans la proportion de soixante-dix à quatre-vingts mètres, il pouvait espérer d'arriver à temps; mais si l'on était mouillé par cent mètres de fond, il était perdu. Forcé de respirer avant d'avoir atteint le sommet, l'eau qui envahissait immédiatement ses poumons déterminait à l'instant une congestion qui lui enlevait ses forces et la conscience de lui-même.

Cependant, ce n'était plus le moment de reculer; il l'eût voulu, du reste, qu'il n'eût pas pu, la porte qui donnait sur le salon du *Remember* ne s'ouvrait de la cloison que par un mécanisme qui lui était inconnu, et il ne pouvait rester ainsi encastré dans la muraille du navire. Vingt fois il posa la main sur le bouton, n'osant pas le pousser et restant là, haletant, frissonnant... Cet homme n'était pas une organisation d'élite et ses hésitations même lui faisaient perdre le meilleur de ses moyens... Cependant il réfléchit à temps que l'émotion qui le gagnait menaçait de lui faire perdre ses forces; il saisit fiévreusement la caisse qu'il avait placée près de lui, pour ne pas perdre une parcelle d'un temps si précieux, aspira rapidement une forte provision d'air, et avec l'énergie du désespoir poussa fortement le bouton de la porte intérieure : à l'instant même elle s'ouvrit toute grande et l'eau pénétra impétueusement dans la cloison; jeter la caisse et s'élancer en même temps au dehors par le même mouvement, fut l'affaire d'une seconde. Il avait agi avec une décision et une vitesse prodigieuses... les mains relevées au-dessus de la tête et battant l'eau vigoureusement des pieds, il commença son ascension. C'était un nageur émérite qu'Ivanowitch, et fort heureusement pour lui; il faisait beaucoup plus d'un mètre à la seconde, sans cela il ne fût pas arrivé à la surface. Une minute, c'est peu, mais comme elle lui parut longue et pénible! l'eau lui bourdonnait dans les oreilles, sa poitrine commençait à s'oppresser, et il n'était pas encore à la surface : quelques instants encore, et sa bouche allait s'ouvrir malgré lui, et il allait rouler inerte au milieu des flots. Dans un effort suprême, il se roidit contre la souffrance augmentant encore la rapidité de ses mouvements... Tout à coup il se crut perdu, sa poitrine contractée refusait de rester plus longtemps sans air, le sang lui affluait aux tempes, au cerveau ; encore un effort, le dernier et, n'y tenant plus, il ouvrit la bouche... O joie! ô bonheur! un air pur et frais vint calmer ses poumons oppressés, il avait atteint la surface du lac, il était sauvé. Il attendit quelques instants en nageant, décidément la chance le favorisait; peu à peu, en effet, la planche de liège émergeait des profondeurs; ayant à entraîner la corde à loch qui se déroulait à mesure, elle avait marché moins vite que lui.

Tout était silencieux et calme autour du lac, et il se dirigea tranquillement vers la rive, poussant le flotteur de liège devant lui. Dès qu'il eut abordé, il attira à lui la caisse de fer-blanc qui monta sans efforts, puis l'ayant ouverte à l'aide d'une sorte de couteau à conserves dont il s'était muni, il se vêtit à la hâte, passa les deux revolvers à sa ceinture, chargea sa carabine, et après avoir rejeté à l'eau la caisse vide, se mit en route en remontant les berges du lac, du côté opposé à l'habitation. Qu'allait-il faire maintenant et où aller? Il se trouvait en plein pays nogarnook et risquait de se faire arrêter par le premier indigène qu'il rencontrerait. S'il pouvait gagner le territoire des Ngotaks, ses anciens amis, il pourrait y obtenir un guide et retourner à Melbourne; mais il était sans argent, sans moyen d'action sur eux; résisteraient-ils au plaisir de le livrer à ses ennemis, car sa présence serait vite connue dans le Buisson, s'il se rendait aux grands villages des Ngotaks; et le comte d'Entraygues et le Canadien feraient tout pour s'emparer de sa personne.

Décidément, il n'avait qu'un parti à prendre: fuir les lieux habités, le jour se cacher dans le Buisson et ne marcher que de nuit; il lui faudrait de longs mois pour arriver à Melbourne, plus d'une fois il souffrirait de la faim, car il allait être réduit à vivre de racines, de miel sauvage, n'osant pas se servir de ses armes pour se procurer du gibier, par crainte d'attirer sur lui les naturels; mais il n'avait pas le choix, toute autre ligne de conduite le menait infailliblement à sa perte.

Une fois à Melbourne, il trouverait les fonds nécessaires chez le banquier des Invisibles et rentrerait en Europe; cette fois, c'était bien fini, il abandonnait la partie.

Le jour n'allait pas tarder à paraître, et pour éviter d'être surpris, il se jeta dans le Buisson en forçant la marche, afin de mettre rapidement la plus grande distance entre ses ennemis et lui. Jonathan, pensait-il, pouvait se rendre au *Remember*, s'apercevoir de son évasion et lancer les guerriers nagarnooks dans toutes les directions.

A l'aube, il se trouva à l'extrémité de la forêt; une vaste plaine s'ouvrait devant lui, mais cette route était trop dangereuse à suivre; sur la gauche s'étendait une ligne de collines rocheuses, il choisit cette direction, dans la pensée d'y trouver quelque caverne naturelle qui pût lui servir d'abri jusqu'à la nuit prochaine.

Il s'engagea dans une petite vallée au bout de laquelle il aperçut une grotte qui s'ouvrait dans le roc vif et qui ne lui parut habitée que par quelques oiseaux de nuit; il y pénétra néanmoins avec une certaine précaution, ce pouvait être un abri de chasseurs, car les indigènes, quand ils poursuivent le kangourou, sont souvent absents des grands villages pendant quatre ou cinq jours et couchent dans ces excavations qui sont très fréquentes en Australie.

Celle-là était assez profonde et très spacieuse ; les yeux d'Ivanowitch s'habituant peu à peu à l'obscurité, il ne tarda pas à apercevoir une masse noirâtre dont il ne pouvait distinguer les contours, mais qui ne paraissait pas faire corps avec les roches de l'intérieur.

Quelle ne fut pas sa stupéfaction, quand, s'étant approché de cet objet, il se trouva face à face avec le *Swan*.

Instantanément il s'arrêta ; sa première pensée fut que les trois hommes que le capitaine Rouge avait emmenés avec lui devaient être couchés au fond du petit navire ; il connaissait trop Jonathan pour penser qu'il laisserait une machine aussi précieuse sans gardien et à la merci du premier rôdeur venu.

Il allait rétrograder sans bruit, pour ne pas révéler sa présence, mais le complet silence qui régnait à bord l'intrigua, il résolut d'en avoir le cœur net ; il s'approcha, retenant son souffle, le hublot était ouvert. Après de longues hésitations, il se décida à monter sur le pont... personne... Il descendit par le panneau dans le faux pont, il était vide.

— Oh ! si je pouvais le diriger, se dit Ivanowitch, quelle éclatante revanche je prendrais !... Mais non, Jonathan avait conservé pour lui tous ses secrets.

En remontant sur le pont, cependant, il aperçut les touches de direction placées dans une sorte de dépression quadrangulaire que Willigo avait oublié de refermer. Oubli fatal qui devait avoir de bien terribles conséquences.

Ivanowitch eut un éclair d'espérance.

— Ah ! pensa-t-il, si ces touches étaient en communication avec l'intérieur !...

Il s'approcha en tremblant et pressa légèrement sur la première ; le *Swan* s'ébranla et s'avança de quelques pas ; même tentative sur la seconde, et le *Swan* recula.

Ivanowitch faillit se trouver mal de joie... Ce résultat inespéré le payait au centuple de toutes ses souffrances ; mais il était tellement atterré, abasourdi, par ce coup inattendu, qu'il avait de la peine à rassembler ses idées et à se rendre un compte exact de sa situation. Il riait, pleurait, frappait dans ses mains comme un fou, et peu s'en fallut que sa raison n'y résistât point. Songez donc ! cinq minutes auparavant il était désespéré, fugitif, réduit à se cacher comme un fauve qui fuit la lumière du jour, et maintenant il allait pouvoir parler en maître, cette puissance si longtemps ambitionnée il l'avait... Ah ! jour de Dieu, tout à coup il songea que, privé du *Swan*, le capitaine Rouge ne pouvait retourner au *Remember*, que le colosse allait rester sous l'eau d'où aucune puissance humaine ne pourrait le tirer. Oh ! alors, ce fut du délire, de l'enthousiasme débordant, et les voûtes de la caverne résonnaient sous ses acclamations ; il se criait à lui-même :

— Vive le colonel Ivanowitch, souverain du monde ! Mort aux traîtres ! Hurrah ! hurrah ! hurrah ! Le colonel Ivanowitch est roi ! le colonel Ivanowitch est Dieu !

Pendant quelques instants il frisa réellement la folie.

Quand il eut recouvré le calme nécessaire et qu'il put envisager froidement sa situation, il eut un âpre sourire de haine et de vengeance satisfaite ; le traître Jonathan était désormais à sa merci, et il allait pouvoir lui faire payer toutes les tortures qu'il avait endurées, toutes les terreurs qui l'avaient assaillies depuis la conversation qu'il avait surprise la veille. Il serait sans pitié pour tous, il se proposait d'anéantir tous les habitants de France-Station, de foudroyer les grands villages des Nagarnooks, d'exercer enfin de telles représailles, que toutes les peuplades du Buisson australien en garderaient longtemps le souvenir.

Quant au Canadien, il lui imposerait le genre de mort qu'il voulait lui faire subir à lui-même : battu de verges jusqu'à ce que son corps ne fût plus qu'une plaie sanglante, et pendu à l'arbre qui lui était destiné.

Mais il fallait se hâter de mettre le *Swan* en lieu sûr. Ivanowitch ne connaissait encore ni les manœuvres diverses, ni les multiples évolutions dont le navire aérien et sous-marin était susceptible, ni surtout le moyen de se servir des accumulateurs pour diriger toute la masse électrique sur un seul point qu'on désire foudroyer.

Il sait que la moindre faute peut entraîner les plus graves conséquences, briser quelque important rouage et rendre inutile cette puissante machine... Il en étudiera donc à loisir et prudemment toutes les parties, et ne se jettera dans la mêlée que quand il sera entièrement maître de son prodigieux instrument. Il résolut donc de se rendre chez les Ngotaks, qu'il était sûr maintenant de gagner à sa cause, car il ferait luire à leurs yeux la destruction de leurs éternels ennemis les Nagarnooks et la suprématie dans le Buisson.

Ce parti une fois bien arrêté dans sa pensée, il pressa la seconde touche de direction, et le *Swan* sortit triomphalement, en reculant, de la caverne où le pauvre Willigo l'avait remisé.

Dès qu'il fut à l'air libre, Ivanowitch poursuivit ses expériences ; en quelques instants il put s'assurer qu'il pouvait à son gré faire évoluer le *Swan* sur le sol ou dans l'air : c'était tout ce qu'il lui fallait pour le moment. Une fois chez les Ngotaks, il verrait à ouvrir la cabine de direction pour étudier dans tous ses détails le fonctionnement de ce merveilleux navire.

Alors il lui vint une idée étrange, qu'il résolut de mettre immédiatement à exécution... En se rendant chez les Ngotaks par la voie aérienne, ne pouvait-il pas planer au-dessus de France-Station pour narguer ses ennemis et leur jeter du haut des airs un insolent défi ? N'était-ce pas déjà se donner un avant-goût des vengeances qu'il se promettait d'exercer ? Et il pouvait le faire impunément. Jonathan n'était-il pas réduit à l'impuissance ?

Ivanowitch lança immédiatement le *Swan* dans les airs et le dirigea en droite ligne sur l'habitation de ses ennemis, en se maintenant à une altitude d'environ 500 mètres ; il chargea sa carabine avec quelques cartouches à balles explosives et, l'ayant placée à portée de sa main, il attendit.

Le petit navire déployait son maximum de vitesse ; en moins de dix minutes il fut au-dessus de France-Station, où il arriva comme une bombe ; Ivanowitch ralentit la marche et se mit à planer en décrivant des cercles.

Alors se passa une scène inénarrable. Tous les habitants du chalet étaient sortis sur l'esplanade, Olivier, le Canadien et Jonathan en tête ; ils regardaient sans pouvoir échanger un mot, littéralement stupéfiés, hypnotisés par le spectacle qu'ils avaient sous les yeux.

Toujours planant, Ivanowitch descendit à portée de la voix :

— Salut ! cria-t-il, salut au traître Jonathan Spiers, au capitaine Rouge ! Salut à Olivier de Lauraguais d'Entraygues ! Salut à Dick le Canadien ! Salut à tous de la part de l'homme masqué !

— Le misérable ! exclama Jonathan avec un cri de rage ; il s'est évadé et a volé le *Swan !*

— L'homme masqué ! fit à son tour le comte Olivier au comble de la stupéfaction.

— Adieu, mes maîtres ! poursuivit le Russe en ricanant ; je vous accorde la trève de Dieu ! huit jours, pour vous préparer à la mort... Dans huit jours, nous nous reverrons !...

Et reprenant à toute vitesse le chemin de l'ouest, le *Swan* disparut bientôt à l'horizon.

— Et dire que je suis impuissant ! se récria le capitaine Rouge grinçant des dents et pleurant de rage... Le misérable ne connaît pas encore la marche des accumulateurs, mais dans huit jours !... Olivier, Dick, courons au placer ; si avant huit jours Gilping n'a pas trouvé le moyen de relever le *Remember*, nous sommes tous perdus.

Le lendemain, au coucher du soleil, trois chefs ngotaks se présentaient, graves et solennels, sur le seuil de l'habitation ; en raison de l'enlèvement de leur koboug, ils enfonçaient leur hache dans la porte principale du chalet, et proclamaient la guerre d'extermination contre les blancs et les Nagarnooks.

LIVRE QUATRIÈME
LES CAVALIERS NOIRS DE L'OURAL

PREMIÈRE PARTIE
UNE LUTTE FANTASTIQUE

CHAPITRE PREMIER

La mort de Willigo. — Funérailles d'un chef. — Alerte sous bois.
L'Oiseau-Moqueur.

Avant de conduire le lecteur sur le nouveau champ de bataille où se terminera la lutte engagée depuis plus de deux années entre le comte d'Entraygues et les Invisibles, il nous reste à faire connaître les derniers événements à la suite desquels Olivier et ses amis avaient quitté l'Australie.

Willigo, le vieux chef, et Koanook succombèrent à leurs blessures la nuit même qui suivit la déclaration de guerre des Ngotaks et l'insolente bravade de l'homme masqué. Les incantations des coradjis avaient été impuissantes à les sauver.

Prévenu par Nirroobah que la fin de l'Aigle-Noir approchait, le Canadien s'était rendu aux grands villages des Nagarnooks pour fermer les yeux de celui qui pendant quinze ans avait été le fidèle compagnon de sa vie aventureuse.

Le ciel lourd et bas était chargé de nuages sombres, traversés de temps à autre par de rapides fulgurations, l'air était imprégné d'électricité et de vapeur d'eau, pas un souffle de brise n'agitait les feuilles des bois et, sinistre présage, le hocko, ce hibou australien, lançait mélancoliquement ses notes stridentes et lugubres... C'était une véritable nuit funéraire, et le vieux trappeur, superstitieux comme tous ceux qui ont vécu longtemps au désert ou dans la forêt, se sentait frissonner malgré lui, sous les tristes plaintes de l'oiseau des solitudes.

Lorsque Dick pénétra dans le kraal de son ami, le chef, qui avait recouvré toute sa raison, comme pour se voir mourir, l'accueillit avec un sourire plein de douceur, heureux d'emporter avec lui, aux grands territoires de chasse des ancêtres, le dernier regard de son frère d'adoption.

D'après une poétique croyance nagarnooke, le mort conserve devant les yeux, ainsi que le miroir reflète les images qu'on lui confie, le visage de tous ceux qui ont assisté à ses suprêmes instants. Ce cortège de figures amies l'accompagne partout dans le séjour des trépassés, et de cette façon le guerrier voit sans cesse autour de lui les traits de ceux qu'il a le plus aimés pendant son existence terrestre.

Après avoir pris les mains du nouvel arrivant dans les siennes, l'Aigle-Noir lui dit avec effort :

— Frère Tidana, le vieux guerrier, avant de mourir, aurait bien aimé aussi voir le jeune Mennah auprès de lui.

C'est ainsi que l'Aigle-Noir désignait souvent le comte d'Entraygues.

— Il n'a pas osé, répondit le Canadien, venir troubler notre dernier entretien.

Et il laissa tomber une larme sur les mains décharnées du moribond.

— Ne pleure pas, fit Willigo, n'avons-nous pas vengé la Fleur-de-Mélia... Le Motou-Oni (Grand Esprit) a trouvé que l'Aigle-Noir avait assez vécu, et il a dérigé la balle du blanc qui devait envoyer le vieux guerrier au pays des ancêtres.

Puis ses yeux se fixèrent dans l'espace, comme attirés par un spectacle invisible.

— Les voilà, dit-il, je les vois... tous les guerriers de la tribu qui sont partis avant moi sont là... ils viennent me chercher pour me conduire aux grands territoires de chasse où les kangouroux sont plus nombreux que les feuilles des bois, où l'opossum glapit nuit et jour sur les bords des lacs couverts de hérons et de cygnes noirs... Attendez-moi, je vous suis !

L'instant de calme qui avait permis à Willigo de reconnaître son ami, avait peu duré, l'hallucination des blessés, suprême lutte de l'intelligence contre la fièvre qui désagrège le corps en pleine force, avait vite repris le dessus, et, insensible à tout ce qui l'entourait, le vieux chef s'éteignit au bout de quelques instants d'une épouvantable agonie, sans avoir repris connaissance. Sa fin fut un dernier combat, cette nature de fer ne voulait pas mourir.

Bien qu'il eût depuis plusieurs jours perdu tout espoir, le coup fut rude pour le Canadien, il lui sembla que quelque chose d'important venait de se briser dans son cœur, et qu'il allait désormais, comme un voyageur égaré, errer dans la vie sans but et sans objet. Quinze années de vie commune, de travaux et de combats supportés ensemble avaient créé entre les deux hommes un lien d'affection et d'habitude consacré par le temps et les souffrances et que rien ne pouvait remplacer.

L'amitié du jeune comte d'Entraygues devait certainement à la longue apporter un adoucissement à la douleur de Dick, mais elle ne put jamais faire oublier au vieux coureur des bois le fidèle compagnon des meilleures heures de sa vie, celles de sa jeunesse.

Le trappeur s'était agenouillé près de la couche où son ami venait de s'endormir du sommeil éternel, et pendant de longues heures, il se laissa aller au flot des souvenirs qui le rapportait vers le passé; de temps à autre une larme venait sillonner son mâle visage, et de sa poitrine oppressée s'échappait un douloureux sanglot... Au point du jour, il fut tiré de ses méditations par des cris et des hurlements entremêlés de chants funéraires; toute la tribu, hommes, femmes, enfants, ayant appris la mort du chef, s'était rendue devant son kraal pour manifester sa douleur; les cris de vengeance dominaient tous les autres.

— Qui a tué Willigo, le grand chef? Qui a tué Koanook? exclamait la foule; vengeance! vengeance!

Lorsque le Canadien parut sur le seuil du kraal, une clameur immense échappa de toutes les poitrines.

— Tidana! Tidana! quel est le meurtrier de ton frère Willigo?

Pendant tout le temps qu'avait duré leur maladie, l'Aigle-Noir et le Fils de la Nuit s'étaient tus d'un commun accord sur les causes de leurs blessures, et personne, en dehors des Européens, ne connaissait les péripéties du combat solitaire qui avait eu lieu la nuit même de la fête, entre les deux Nagarnooks et le capitaine Rouge. Malgré sa profonde douleur, le Canadien était animé d'un trop grand esprit de justice pour faire un crime à Jonathan Spiers de la mort des deux indigènes; attaqué par eux, il s'était défendu, c'était la loi de la guerre, et pour rien au monde, Dick n'eût livré le capitaine à la vengeance des Nagarnooks. Mais les mêmes sentiments d'équité n'étaient point partagés par les sauvages australiens; peu leur eût importé que l'Aigle-Noir et son jeune compagnon eussent été les agresseurs, d'après la coutume en usage dans toutes les tribus, le sang appelait du sang, et la mort des deux guerriers devait être vengée, quelle qu'en fut la cause, sous peine de voir le nom Nagarnook déshonoré aux yeux de toutes les populations australiennes.

Cependant les cris de la foule devenaient de plus en plus menaçants et Dick ne pouvait éviter de répondre à la question qui lui était posée; son embarras sur ce point était extrême, car nul n'ignorait que les blessures avaient été faites avec une arme européenne, et tout en ne voulant point faire connaître le véritable adversaire de Willigo et de Koanook, il répugnait à sa nature loyale de mettre l'aventure sur le compte d'un innocent, quand bien même ce dernier eût, par ses nombreux crimes, légitimé déjà toutes les vengeances et toutes les représailles.

Le vieux trappeur songeait à l'homme masqué, mais il ne pouvait se décider à l'accuser, lorsque la voix de Niroobah vint tout à coup le tirer d'embarras.

— Notre frère Tidana, dit le jeune homme, n'était pas avec Willigo et Koanook cette nuit où ils sont rentrés blessés au kraal, sans cela il eût fait parler sa carabine et nos guerriers ne seraient pas morts.

— C'est vrai, je n'étais pas avec eux, répondit le Canadien, saisissant avec empressement cette occasion que lui présentait le jeune homme de se tirer de cette difficile situation, sans porter une accusation qui répugnait à sa loyauté.

— Et je sais, moi, continua Niroobah, quel est celui qui les a lâchement frappé dans la nuit, en se cachant, comme l'oppossum, dans l'épais feuillage d'un buisson.

— Parle ! Niroobah, exclama la foule. Parle !

Le Canadien ne put se défendre d'un réel sentiment d'effroi... Jamais la situation n'avait été plus grave, plus dangereuse, pour tous les habitants de France-Station. Tout était perdu, en effet, si Niroobah accusait le capitaine Rouge. Les mœurs, les coutumes du Buisson exigeaient qu'en ce cas les blancs livrassent, sans hésiter, le Yankee à la vengeance des indigènes, et, s'ils s'y refusaient au nom d'idées d'honneur et de loyauté qu'aucun Australien n'était capable de comprendre, c'était s'attirer immédiatement la haine de toute la tribu, à un moment où ils avaient déjà sur les bras l'homme masqué et tous les guerriers Ngotaks.

Fort heureusement cet instant d'angoisse fut de courte durée, et ce fut avec une véritable satisfaction que le Canadien entendit la réponse de Niroobah.

— Celui qui a frappé traîtreusement le grand chef et Koanook, sans avoir déposé la hache de la guerre à la porte de leur kraal, vous le connaissez tous, c'est l'ennemi de notre frère Tidana et de nos alliés les blancs... Vous le connaissez tous, c'est Otonah-Noh (l'homme masqué), l'ami des lâches Ngotaks.

Un cri de rage unanime répondit à ces paroles du jeune guerrier, immédiatement suivies des exclamations :

— Mort à Otonah-Noh ! mort aux Ngotaks !

Séance tenante, le conseil des Anciens fut assemblé, et Niroobah, appelé à s'expliquer, déclara qu'ayant veillé son ami Koanook pendant la plus grande partie de sa maladie, il l'avait constamment entendu, au milieu de son délire, parler du *vaisseau volant*, que personne ne connaissait encore, puisque c'était la veille seulement que le navire ailé avait plané avec l'homme masqué, au-dessus des grands villages et qu'il en avait conclu naturellement qu'Otonah-Noh était l'auteur de l'attentat auquel avaient succombé l'Aigle-Noir et son compagnon.

Le conseil se rangea à cette opinion avec d'autant plus de facilité qu'il ne serait venu à la pensée de personne de soupçonner aucun des habitants de France-Station ; Tidana étant un fils d'adoption de la tribu, tous ses compa-

Le trappeur s'était agenouillé. (Page 627.)

gnons étaient traités par les indigènes exactement comme s'ils eussent fait partie de la grande famille des Nagarnooks.

Des messagers furent expédiés immédiatement aux Ngotaks et à l'homme masqué, pour leur signifier que, quand la lune aurait accompli par trois fois sa course d'un horizon à l'autre, l'armée nagarnooke marcherait contre eux sur le sentier de la guerre.

De plus, chose qui ne s'était pas vue en Australie depuis deux générations d'hommes, les émissaires reçurent *la pierre noire de malédiction*, avec ordre de la remettre au grand chef de la tribu ennemie. Cette pierre noire sur laquelle, pour la circonstance, les coradjis accomplissaient solennellement une foule de conjurations magiques, signifiait que pas un guerrier de la tribu qui la recevait ne conserverait sa chevelure, que pas une femme, pas un enfant ne seraient épargnés, que pas un kraal ne resterait debout, qu'enfin c'était une guerre d'extermination qui allait s'engager.

Les Nogarnooks étaient bien décidés cette fois à en finir avec leurs éternels ennemis, toujours battus, et toujours prêts à recommencer leurs sourdes manœuvres et leurs trahisons. Dans toutes les contrées voisines, en effet, le nom de Ngotak était synonyme de mauvaise foi.

Ivanowitch, de son côté, grâce à la supériorité momentanée que lui donnait la possession du *Swan*, s'apprêtait à jouer sa dernière carte contre le jeune comte d'Entraygues et ses alliés, qui se préparaient à leur tour à une lutte acharnée et sans merci. Tout faisait donc prévoir que cette longue suite de combats, d'embuches et de guet-apens, allait enfin recevoir son dénouement par l'anéantissement d'une des parties adverses.

Sur le soir eurent lieu les funérailles de Willigo et de Koanook, d'après le cérémonial que nous avons vu suivi par l'Aigle-Noir lui-même lorsqu'il rendit les derniers devoirs au pauvre Menouahli; deux mille guerriers, peints en guerre, y assistaient, et chacun d'eux vint, à tour de rôle, défiler devant le double bûcher, en poussant son cri de guerre et de vengeance, c'était la plus forte armée que jamais peuplade australienne avait mise sur pied, elle était de taille à résister même à une coalition des trois autres tribus, Nirbass, Dundarups et Ngotaks. Six prisonniers de guerre furent égorgés et jetés dans les flammes, afin de servir d'escorte aux deux guerriers nagarnooks dans leur longue route de la terre à la lune, et le corps entier des coradjis, disposé en cordon autour du bûcher, prononça pendant toute la durée de l'incinération les paroles magiques qui devaient éloigner de la dépouille des deux trépassés les esprits errants en quête d'une enveloppe mortelle. En même temps toutes les femmes de la tribu, répandues dans la forêt, chantaient l'hymne des morts en poussant de temps à autre des hurlements plaintifs.

Pendant le cours de sa longue existence dans le Buisson australien, le Canadien n'avait jamais vu spectacle plus étrange et plus saisissant. Il resta jusqu'au moment où le cadavre de son vieil ami, complètement carbonisé, se confondit dans la flamme avec le bois du bûcher, et, lui envoyant de la main un dernier adieu, il reprit à la hâte le chemin de France-Station, inquiet sur le sort de ses compagnons qu'il avait laissés la veille s'attendant à chaque instant à être attaqués. Ils ne pouvaient en effet faire aucun fond sur la trêve de huit jours que l'homme masqué leur avait accordée.

Quant aux fourbes Ngotaks, il était à peu près certain qu'ils ne respecteraient pas l'usage universellement admis dans le Buisson de ne jamais commencer les hostilités dans les trois jours qui suivaient la déclaration de guerre.

Il marchait sur l'épais tapis de mousse de la forêt de ce pas léger et cadencé qui ne laisse pas de traces et ne produit aucun bruit, prêtant une oreille attentive pour voir si quelque signe précurseur ne viendrait pas lui signaler la présence de l'ennemi.

Arrivé à environ deux milles de l'habitation, il jugea prudent de changer d'allure, et, se laissant glisser sur le sol, il se mit à ramper à la manière indigène, retenant son souffle, écartant doucement de la main les branches des arbustes qu'il rencontrait sur son passage, et s'arrêtant de moment en moment pour écouter. Il s'avançait ainsi depuis près d'une demi-heure, lorsqu'il s'arrêta tout à coup, retenant à grand'peine un cri de surprise, qui eût infailliblement décelé sa présence. Il venait d'apercevoir à moins de cinq mètres de lui, deux formes humaines, dont une partie seulement se détachait au plus sombre, dans l'obscurité de la nuit, l'autre paraissant se confondre avec le tronc d'un eucalyptus géant, contre lequel elles s'emblaient s'appuyer chacune de leur côté. Deux hommes s'adossant au même arbre pour surveiller l'espace environnant, l'un à droite, l'autre à gauche, donne exactement l'idée de la situation dans laquelle se trouvaient les deux ombres qui vinrent subitement attirer l'attention du Canadien. Un pas de plus, et quelque imperceptible que fût le bruit produit sur la mousse par son passage, il eût été infailliblement découvert; il fallait même que l'attention des deux sentinelles fût fortement occupée ailleurs, pour ne s'être aperçu de rien, eu égard à la faible distance qui les séparaient de Dick; il est vrai que ce dernier, étant couché, ne pouvait être vu, et que sa longue habitude de la vie sauvage l'avait rendu apte à se glisser sous bois avec la même habileté que les indigènes.

Tapi sous les basses branches d'un cedrella, le Canadien ne perdait pas de vue la demi-silhouette des deux personnages, c'est-à-dire l'ombre projetée de chaque côté de l'eucalyptus, qui lui semblait revêtir la forme humaine, et l'immobilité absolue de l'apparition ne tarda pas à le faire douter de sa réalité.

— Peut-être, se dit-il en lui-même, n'est-ce qu'une illusion d'optique, l'effet produit par deux branches de chaque côté de l'arbre : l'obscurité donne lieu parfois à de si bizarres illusions des sens... attendons, il est impossible que deux hommes restent ainsi, pendant longtemps, sans se trahir par le plus léger mouvement.

Un quart d'heure environ s'écoula dans cette observation sans amener aucun changement à cette singulière situation. Dick eut beau tendre tous ses efforts sur le même point, il ne put rien distinguer qui décelât la vie dans ces ombres étranges, et il en vint à se persuader qu'il était le jouet de vagues apparences créées par l'obscurité de la nuit... Cependant il ne pouvait se décider à continuer sa marche en avant, car il savait que le premier indigène venu était capable, y ayant quelque intérêt, de conserver la même position pendant des heures entières. Il retrouvait dans sa vie passée une foule de souvenirs qui venaient corroborer ce fait et l'engager à la prudence. L'homme qui, dans le Buisson australien, ne tiendrait pas compte des événements les plus insignifiants, des plus légers avertissements, n'irait pas loin sans se faire massacrer.

Le Canadien ne pouvait cependant rester là jusqu'au jour; il résolut, pour se renseigner sur le fait qui l'intriguait au plus haut point, d'employer une de ces ruses habituelles de la forêt, qui réussissent d'autant mieux qu'elles sont plus imprudentes, en éveillant chez ceux qu'elles sont destinées à tromper la pensée qu'on n'oserait les employer aussi près d'eux.

L'opossum fait souvent entendre pendant son sommeil une sorte de glapissement étouffé qui décèle sa présence aux chasseurs de nuit, et qu'il paye de sa vie lorsque quelque rôdeur se trouve à proximité de son nid. Dick était passé maître dans l'imitation des chants et des cris des divers habitants du Buisson; il cueillit une petite feuille de cedrella, et, la plaçant entre ses lèvres, il poussa deux ou trois gémissements légers, d'une telle fidélité d'expression qu'un animal de la même espèce s'y fût trompé lui-même.

La ruse eut immédiatement l'effet que son auteur en attendait. Pas un Australien, même sur le sentier de la guerre, ne résistera au désir de s'emparer d'un gibier qui lui promet un excellent repas, et dont il peut s'emparer, du reste, sans se détourner de son poste d'observation.

Le cri de l'opossum avait à peine retenti sous le feuillage que le Canadien entendit les paroles suivantes, adressées par un des veilleurs de nuit à son compagnon :

— Voilà un bon dîner pour demain qui chante à quelques pas de nous ; que l'*Oiseau-Moqueur* tienne ses yeux bien ouverts pour ne pas nous laisser surprendre pendant que je vais m'en emparer.

L'interpellé répondit par quelques paroles d'assentiment, et son camarade, se détachant de l'arbre, se mit en devoir de se diriger lentement et sans bruit vers le buisson, où il supposait qu'il pourrait surprendre l'opossum endormi ; mais Dick avait immédiatement profité de cette manœuvre, qui empêchait les Ngotaks (car les deux hommes appartenaient à cette peuplade) de percevoir le léger froissement de feuilles sèches que pouvait produire sa retraite, pour s'éloigner peu à peu, en continuant à jeter de temps à autre le petit glapissement qui attirait le Ngotak sur ses traces. Quand il jugea avoir mis une distance suffisante entre lui et la sentinelle restée à son poste, il poussa un dernier cri pour encourager les recherches de son adversaire ; puis, se dressant rapidement derrière le tronc d'un pendanus, son large couteau de chasse à la main, il se tut.

— Qui va là? fit le squatter Kirby. (Page 637.)

— Je ne le croyais pas aussi loin que cela, murmura le guerrier, qui s'était avancé rapidement, guidé par le dernier glapissement.

Il était en ce moment à la hauteur de l'arbre qui abritait le Canadien ; il n'eut pas le temps d'apercevoir son ennemi, qu'une main vigoureuse s'abattait sur sa chevelure, tandis que l'autre, avec la rapidité de l'éclair, du même mouvement, lui tranchait la tête d'un seul coup, sans qu'il ait pu pousser un seul cri.

Le bruit de son corps s'affaissant dans les broussailles éveilla cependant l'attention de son compagnon ; mais ce dernier crut simplement que le chasseur s'était précipité sur sa proie pour la surprendre au gîte avant qu'elle ait le temps de fuir, car Dick l'entendit qui s'enquérait à voix basse du résultat de l'aventure.

— Noah ! silence ! répondit ce dernier sur le même ton ; l'Oiseau-Moqueur va attirer les poppas (blancs) sur nous... Sois tranquille, je ne l'ai pas manqué.

Le vieux trappeur parlait le dialecte ngotak à la perfection ; il courait, du reste, d'autant moins de risque à répondre que dans les notes basses on ne saurait reconnaître la voix. Il ne lui restait plus qu'à se débarrasser de son second adversaire de la même façon, quand une pensée subite sembla le faire changer d'avis, car il remit son couteau de chasse au repos et se mit à dérouler, tout en marchant, la cordelette en cuir tressé, sorte de lazzo qu'il portait constamment à la ceinture et qui lui servait aux mille usages de la vie des bois ; arrivé près de la sentinelle ngotake, qui ne se doutait de rien, et, se fiant sur sa force herculéenne, il s'élança sur elle et la renversa sur le sol en lui disant :

— Un seul cri, un seul geste, et tu es mort.

L'indigène fut tellement surpris par cette attaque imprévue qu'il se mit à trembler de tous ses membres et ne songea pas à faire la moindre résistance.

— Si tu tiens à la vie, lui dit le Canadien, réponds-moi et ne cherche pas à me tromper... C'est toi qu'on appelle Woan-Vah, l'Oiseau-Moqueur.

— Oui, Tidana.

— Que faisais-tu ici avec ton compagnon ?

— Le grand chef de la tribu nous avait placé là pour surveiller la route qui conduit des grands villages nagarnooks à l'habitation des blancs...

— Afin de surprendre Tidana à son retour et de l'assommer, sans qu'il s'en doute, avec vos boomerangs. Est-ce bien cela ?

— Oui, Tidana.

— Et, pendant ce temps-là, les guerriers de ta tribu doivent profiter des dernières heures de la nuit, où le sommeil est le plus profond, pour attaquer l'habitation.

— Ce n'est point leur projet, Tidana.

— Prends garde à toi si tu mens !

— Woan-Vah parle la vérité ; on doit attaquer le placer des Cygnes.

— Pourquoi cela ?

— Notre koboug passe la nuit dans la grande case du placer, et nous voulons reprendre notre koboug que les blancs nous ont enlevé.

— L'Oiseau-Moqueur peut-il me dire s'il y a d'autres guerriers sur le chemin de l'habitation.

— Il n'y en a pas.

— Me suivras-tu fidèlement sans appeler à ton secours et sans chercher à fuir si je te fais grâce de la vie.

— Tu peux faire de moi ce que tu voudras, Tidana; je suis ton prisonnier.

— Quel âge as-tu?

— Vingt-deux saisons de fleurs.

Les Australiens comptent ainsi poétiquement les années par la saison où presque tous les arbres se couvrent de fleurs; cette époque qui correspond chez nous aux mois de mai et de juin, va, en Australie, de septembre à novembre.

Une idée subite avait germé dans le cerveau du Canadien; jusqu'à ce jour, il avait toujours négligé de s'attacher au serviteur indigène; mais Willigo et Koanook morts, il allait se trouver bien seul. La société des Européens ne pouvait remplacer auprès de lui l'élément indigène; ses goûts, ses habitudes, son genre de vie le portaient vers les Australiens. Il avait fait siens bon nombre de leurs préjugés, de leurs idées; c'était un besoin pour lui de parler la langue du pays, d'avoir aussi sans cesse autour de lui quelqu'un qui fût à sa dévotion et sur qui il pût compter à toute heure. Il songea donc à s'attacher l'Oiseau-Moqueur.

C'est une coutume de toutes les tribus australiennes que le prisonnier de guerre devient la *chose* de celui qui l'a capturé. Ce dernier a le droit de le tuer quand bon lui semble, de le torturer à son gré, de le conserver pour l'immoler aux funérailles d'un ancêtre ou de le faire travailler et chasser pour lui. S'il renonce solennellement et pour toujours à la faculté qu'il a de le mettre à mort, le prisonnier devient, non son esclave, l'esclavage proprement dit est inconnu en Australie, mais une sorte de serviteur faisant partie de la famille. Il ne compte plus parmi les siens et dans sa tribu il perd jusqu'à son nom pour prendre celui que son maître lui donne. Tant qu'il n'a pas reçu *grâce de la vie,* il est considéré comme étant en état de légitime défense, a le droit de s'évader et retrouve sa place dans son kraal et son rang dans la nation. Il peut également refuser la grâce qu'on lui offre; mais dès qu'il l'a acceptée de son plein gré, il ne peut plus rien tenter pour recouvrer sa liberté, ou plutôt il s'opère une telle transformation dans son état civil qu'il appartient désormais à la tribu dont fait partie son maître, et que s'il tentait, par une évasion, de rentrer dans sa tribu d'origine, il se ferait chasser avec cette apostrophe :

— Va payer la dette de la vie.

Il n'a plus ni femme ni enfant, et sa succession est ouverte parmi les siens; mais il peut, avec la permission de son maître, se marier et se reconstituer une famille dans sa nouvelle tribu.

Cette coutume est à ce point respectée de toutes les peuplades indigènes,

qu'il est sans exemple qu'un seul Australien ait jamais cherché à se soustraire aux conséquences qu'elle entraîne. Seulement, il n'est pas rare de
voir un guerrier refuser sa grâce, pour n'en pas subir les conditions. Un
chef ne s'y soumettra jamais, par exemple ; il préférera les tortures et la
mort.

Ces *graciés*, appelés dans le pays Toda-Noo, c'est-à-dire *engagés jusqu'à
la mort*, sont regardés plutôt comme des compagnons que comme des serviteurs, et se montrent en général d'une fidélité et d'un dévouement à toute
épreuve.

Cette situation est à peu près celle de certains *affranchis* de l'ancienne
Rome, qui tout en recevant leur liberté, don qui entraînait interdiction pour
le maître de les tuer et de les vendre, devaient néanmoins rester pendant
toute leur vie au service de la famille.

Obéissant à l'inspiration qu'il venait d'avoir, le Canadien continua l'interrogatoire de l'Oiseau-Moqueur.

— Woan-Vah est-il marié?

— Non, Tidana.

— A-t-il subi les épreuves des chefs ?

— L'Oiseau-Moqueur n'est qu'un simple guerrier.

— Personne alors ne pleurera ta mort dans ta tribu?

Le pauvre diable se mit à trembler de tous ses membres.

— Réponds, insista Dick.

— Woan-Vah a encore une vieille mère dans son kraal.

— C'est bien. Si je te fais grâce de ta vie accepteras-tu?

Le jeune guerrier eut un frisson de joie.

— J'accepterai, Tidana, répondit-il avec empressement.

— Me serviras-tu fidèlement jusqu'à la mort?

— Je te le jure, Tidana.

— Prononce le serment terrible.

— Que mon esprit, privé de son corps sur le bûcher funéraire, erre éternellement parmi les karakuls sans pouvoir jamais être admis aux territoires
de chasse des ancêtres, si je manque à ma promesse.

— C'est bien, Woan-Vah, relève-toi, tu conserveras ton nom.

D'un bond le jeune Ngotak fut sur pied.

— Y a-t-il d'autres sentinelles entre l'habitation et nous? poursuivit Dick.

— Aucune, Tidana.

Suivi de l'Oiseau-Moqueur, le Canadien prit sa course, sans s'inquiéter
cette fois de dissimuler son passage, et quelques instants après, tous deux
arrivaient aux avants-postes de France-Station.

CHAPITRE II

Un conseil de guerre. — Le *Swan*. — Fuite sous bois. — Gilping disparu.

— Qui va là? fit la grosse voix du squatter Kirby.

— France et Canada, répondit le vieux trappeur en donnant le mot de passe.

— Ah! c'est vous, Dick, répondit le fermier, vous êtes attendu avec impatience, car la nuit ne s'écoulera pas sans quelques tours de ces gueux de Ngotaks; vous savez qu'ils ont l'habitude de n'attaquer qu'un peu avant le jour, alors que fatigués par la veille, leurs adversaires sont prêts à céder à la fraîcheur qui les invite au repos... Mais quel est cet oiseau de malheur que vous ramenez avec vous? Dieu me damne, c'est un de ces démons !

Et le squatter, qui avait approché la lanterne du poste du visage du nouveau venu, fit mine de lui barrer le chemin.

— Laisez, Kirby, fit simplement le Canadien, c'est un toda-noo (engagé jusqu'à la mort) que j'ai fait en chemin.

— C'est différent, murmura le rude Yankee, au fait des usages du Buisson. Entre, mon garçon, on ne veut pas te faire de mal.

— Qui veille ce soir? demanda Dick.

— Le Guen et Le Bihan avec leurs matelots nagarnooks gardent trois côtés de blokhaus, et Collins est, avec quatre hommes du placer, chargé de surveiller le dernier.

— Et Gilping?

— Il est ici avec nos amis, Dick; il voulait passer la nuit à la station des Cygnes pour surveiller le travail dont il s'est chargé.

— Quel travail?

— Vous savez bien qu'il s'est engagé, sous huit jours, à relever du fond du lac le navire sous-marin du capitaine Spiers.

— Oh! c'est juste, la mort de mon pauvre Willigo m'a bouleversé toutes les idées.

— Mais nos espions nous ayant avertis que les Ngotaks voulaient tenter un coup de main cette nuit même pour enlever leur koboug, Son Excellence lord Woangow, ajouta le fermier en riant, a fini par céder aux représentations du comte d'Entraygues, et il est venu s'abriter à France-Station.

— En ce cas il n'y aura rien cette nuit, les Ngotaks ne sont pas de taille à attaquer notre blokhaus, il faudrait du canon pour renverser nos murailles; faites rentrer tout le monde dans l'intérieur, Kirby, il est inutile de fatiguer nos hommes à garder l'esplanade; demain, du reste, il n'y aura pas un seul guerrier ennemi dans les environs.

— Que voulez-vous dire?

— Nos amis Nagarnooks leur ont envoyé la *pierre noire*.

— C'est une guerre d'extermination, alors...

— Et les Ngotaks n'auront pas assez de tous leurs hommes pour essayer de défendre leurs grands villages. Vingt-quatre heures ne s'écouleront pas, si je ne m'abuse, sans qu'il y ait des propositions de paix de leur part, car c'est à peine s'ils peuvent mettre sur pied cinq cents guerriers, alors que les Nagarnooks en ont déjà rassemblé deux mille.

— Je ne partage pas votre confiance, Dick, ils feront alliance avec les autres tribus.

— Comptez-vous pour rien les trente carabines que nous pourront ajouter au nombre de nos alliés; vous savez bien que toutes les peuplades du Buisson ne pourraient entamer notre petit corps de troupes armé de revolvers et de carabines à répétition... Non, non, Kirby, je craignais un coup de main cette nuit, avant que les Nagarnooks ne se soient déclarés pour nous; et puis, dans l'obscurité, les armes à feu ne valent guère plus que les flèches. Ces démons pouvaient incendier l'habitation et nous causer les plus grands dommages, mais maintenant qu'ils ont laissé passer l'occasion nous n'avons plus rien à craindre d'eux.

— Vous oubliez qu'ils seront soutenus par votre éternel et insaisissable ennemi.

— Oh! oui, l'homme masqué, avec son navire volant, fit le vieux trappeur en éclatant de rire. C'est fort heureux pour lui que je n'aie pas eu ma carabine à longue portée quand il est venu se promener au-dessus de nos têtes pour nous narguer; je lui conseille fort de se tenir à distance, si l'envie lui prend de recommencer sa petite navigation aérienne.

— Ce n'est pas l'avis de Jonathan Spiers.

— Qu'il se mêle de ce qui le regarde, interrompit rudement le Canadien; je ne puis l'accuser de la mort de mon pauvre Willigo, car il n'a fait que se défendre, et le chef a eu tort d'aller attaquer, sans nous prévenir, un homme que nous avions reçu chez nous, un ancien ami du comte d'Entraygues; mais je n'oublierai jamais que si sa mauvaise étoile ne l'avait pas conduit ici, mon vieux et fidèle compagnon serait encore de ce monde, car c'est par dévouement pour moi qu'il s'est fait tuer; il voyait des espions et des ennemis cachés partout... Enfin ne parlons plus de cela; mais que le capitaine Spiers ne s'occupe pas de la défense de France-Station, cela me regarde...

— Vous l'écouterez, Dick, vous écouterez tous nos amis qui sont réunis là-haut et vous attendent, et vous changerez d'avis quand vous aurez reçu leurs explications, car, je dois vous le dire, vous seriez seul à soutenir votre opinion... Un grand danger nous menace, Dick, je ne suis pas assez savant pour vous faire comprendre la chose; mais de nombreuses réunions ont eu lieu depuis votre départ, et le comte d'Entraygues, et M. Gilping, qui malgré ses travers est un savant, je vous l'ai entendu dire à vous-même, et les deux capitaines des goélettes, avec leurs mécaniciens, tous se sont rendus à l'avis de Jonathan Spiers, et j'ai entendu dire que notre vie ne tenait qu'à un fil...

— Nous allons bien voir, interrompit le vieux batteur de Buisson, qui donnait depuis quelques instants des signes non équivoques de mauvaise humeur.

Puis, appelant Collins, il lui renouvela l'ordre précédemment donné au squatter, en lui recommandant d'avertir immédiatement les capitaines Le Guen et Le Bihan, ainsi que les deux mécaniciens, qu'il désirait leur parler de suite, et qu'ils aient à se rendre à la bibliothèque de l'habitation.

Se retournant alors vers son compagnon :

— Suivez-moi, Kirby, vous allez voir qu'il y a dans tout cela plus de fumée que de feu.

Les deux hommes se dirigèrent vers la partie fortifiée de l'habitation suivis de Woan-Vah, qui ne quittait pas plus son nouveau maître que son ombre.

C'était un grand et beau garçon, à la figure franche et ouverte, robuste et solidement bâti, que ce jeune Ngotak, et nous verrons plus tard que le Canadien avait eu une heureuse inspiration en épargnant ses jours.

Dick avait déjà assisté à la scène entre le capitaine et Gilping dans laquelle ce dernier s'était fait fort d'amener le *Remember* à fleur d'eau ; mais ne comprenant rien aux explications scientifiques que se donnaient mutuellement les deux interlocuteurs, il avait pris tout cela pour des rêves d'inventeurs, et hors le lac Eyréo, sur lequel il voulait bien accorder quelque puissance au navire sous-marin, l'aventure de la *Maria* coulée en cinq minutes ne permettait pas du reste de négation à cet égard, il refusait d'ajouter foi à l'action électrique du *Remember* ou de ses satellites partout ailleurs que sur leur élément.

Aussi, à peine entré dans la vaste bibliothèque de l'habitation, où ses amis réunis en conseil l'attendaient depuis plusieurs heures, et après l'échange obligé de cordiales salutations, le Canadien mit-il sans répit la conversation sur ce terrain.

Les capitaines et les mécaniciens faisaient en ce moment leur entrée.

Cette fois ce ne fut pas le capitaine qui lui répondit, mais le jeune comte d'Entraygues lui-même, poussé à bout par l'entêtement de son ami.

— Mon cher Dick, lui dit-il avec une franchise que l'intimité de leurs relations autorisait, nous n'avons pas de temps à perdre en discussions stériles. A quoi bon recommencer pour la dixième fois une démonstration que l'absence de connaissances théoriques et pratiques spéciales vous a jusqu'à ce jour empêché de comprendre? Qu'il vous suffise de savoir que notre ami

Johnatan Spiers a découvert le moyen d'accumuler l'électricité aux deux points extrêmes de ses navires, c'est-à-dire à l'avant et à l'arrière, en quantité si considérable que, dirigée sur un point, elle y produit des effets identiques à ceux de la foudre. Ces navires, pourvus d'automoteurs puissants, peuvent, ainsi que vous l'avez vu avant-hier (l'homme masqué, à l'aide du *Swan* qu'il a dérobé on ne sait encore par quel moyen, nous en a donné une démonstration suffisante), peuvent, dis-je, s'élever dans les airs et détruire en quelques secondes un corps d'armée, une flotte, une cité, sans qu'aucune force connue soit suffisante pour s'y opposer. Or, un de ces terribles engins se trouvant en ce moment au pouvoir de notre plus mortel ennemi, nous pouvons nous attendre à être à chaque instant anéantis, pulvérisés sur place.

Gilping, les capitaines, les deux mécaniciens, toute l'assistance, enfin, hors Laurent et Kirby dont la conviction ne reposait que sur la confiance que le jeune comte leur inspirait, répondirent par un signe d'assentiment à ces paroles d'Olivier.

Ce dernier était le seul qui eut le pouvoir d'en imposer à son vieil ami. Cependant le Canadien ne voulut pas se rendre sans avoir épuisé ses arguments.

— Tout cela est merveilleux, mon jeune ami, répondit-il, et dépasse les contes fantastiques qui ont amusé ma première enfance; mais en admettant l'exactitude du récit que vous me faites d'après les dires du capitaine Spiers, comment se fait-il que celui que vous appelez à juste titre notre plus mortel ennemi se soit borné à une simple promenade circulaire au-dessus de nos têtes, au lieu de nous anéantir, de nous pulvériser sur place comme vous le disiez il n'y a qu'un instant? C'est la dernière objection que je me permets de vous faire, car aussi bien je vois que j'ai tout le monde ici contre moi.

— La réponse à ce que vous appelez votre dernière objection est facile à faire, mon cher Dick. En s'emparant du *Swan*, l'homme masqué a pu d'autant plus facilement découvrir le moyen de le faire évoluer dans l'eau, sur terre et dans les airs, qu'il avait vu pendant plusieurs jours le capitaine conduire le *Remember*; mais Jonathan Spiers a mis à l'abri de tout œil indiscret la partie du dangereux mécanisme qui s'applique aux accumulateurs électriques, et notre ennemi, n'étant pas encore parvenu à pénétrer ce secret, a dû se borner à une stérile et inoffensive manifestation. Mais, je le répète, il connaît le terrible pouvoir enfermé dans les flancs du *Swan*... qu'il parvienne à s'en rendre maître avant que notre ami Gilping ait pu tenir la promesse de ramener le *Remember* à flot, et nous sommes perdus sans rémission. L'inventeur lui-même ne connaît d'autre moyen de neutraliser les effets de cette terrible machine de guerre que de lui en opposer une autre plus puissante, et cette autre repose à 100 mètres de profondeur au sein du lac Eyréo.

— Excusez mon incrédulité, Olivier, fit le Canadien devenu subitement

Le *Swan* évoluait dans la direction du lac. (Page 647.)

rêveur ; mais je ne suis pas un homme de science, et tout cela bouleverse tellement ma pauvre cervelle que j'ai besoin de toute l'amitié que je vous porte et de toute la confiance que vous m'inspirez pour croire à des choses qui dépassent aussi fortement mon intelligence. Inutile de vous dire, n'est-ce pas, que mon impuissance à comprendre entraîne une impuissance plus radicale encore à remédier à cette situation. Que comptez-vous faire en présence d'un danger aussi imminent ?

— Une chose nous sauvera peut-être, en donnant à Gilping le temps d'exécuter son dessein : c'est que, d'après le capitaine, notre ennemi ne pourra sans jouer sa vie surprendre le secret qu'il cherche, et peut-être l'heure de la réussite sera-t-elle également celle de sa mort. N'est-ce point ce que vous nous avez dit, Jonathan ?

— Parfaitement, monsieur le comte, répondit le capitaine Rouge ; si ce traître n'est pas guidé dans ses recherches par un homme du métier, c'est-à-dire par un mécanicien habile, il est à peu près certain qu'il se fera tuer aux premiers efforts qu'il tentera pour découvrir la manœuvre des accumulateurs électriques. Toutes les portes intérieures sont fermées, et quelle que soit celle qu'il essaye d'ouvrir, il recevra à l'instant même une décharge à tuer un bœuf. Seulement, je dois avouer qu'il ne faudrait pas avoir en ce moyen plus de confiance que de raison, car, en s'évadant du *Remember*, dont toutes les issues étaient défendues de même, il a accompli, avec la difficulté en plus de 100 mètres d'eau sur la tête, un tel tour de force, d'intelligence et d'habileté, que j'eusse déclaré la chose impossible et que je ne me sens pas moi-même capable de renouveler l'expérience. Nous avons affaire à un homme bien fort, messieurs !

Ces paroles tombèrent comme un glas funèbre au milieu du silence de l'assemblée... Certes, tous ces hommes étaient braves, ils en avaient donné vingt fois des preuves indiscutables ; mais cette pensée d'un danger contre lequel ils étaient désarmés et qui pouvait à chaque instant éclater sur eux à l'improviste leur enlevait toute liberté d'esprit, et ils se surprenaient, malgré eux, à jeter de temps à autre un coup d'œil furtif sur la fenêtre grande ouverte, comme pour voir s'ils n'apercevraient pas à l'horizon lointain la forme sinistre du terrible navire se dirigeant à toute vitesse sur France-Station.

Celui qui fût entré en ce moment dans le lieu de la réunion en jetant ces simples paroles : Voici le *Swan !* eût assisté certainement à un sauve-qui-peut général, et sans qu'il eût été possible d'accuser personne de lâcheté. L'homme le plus brave ne fuit-il pas devant le feu, l'inondation, la foudre, l'ouragan, c'est-à-dire devant tout danger que les forces humaines sont impuissantes à braver ?

— Il est certain, reprit le capitaine Rouge pour rompre un silence qui devenait fatigant, que jusqu'à présent notre ennemi n'a absolument rien découvert, car, je le connais, c'est un être froid, calculateur, n'appréciant que les résultats acquis, et d'autant plus incapable de reculer sa vengeance pour la mieux savourer, qu'il a déjà laissé échapper plusieurs fois l'occasion d'en finir avec cette lutte que le grand conseil des Invisibles commence à trouver trop longue ; donc, si nous existons encore... c'est qu'il ne sait rien. C'est à M. Gilping de nous dire maintenant quand il pourra faire cesser cette vie d'appréhensions constantes et de fiévreuse attente, qui nous énerve et nous tue.

Tous les regards se tournèrent avec anxiété vers le membre de la Société royale de Londres... L'ex-koboug des Ngotaks était en train de passer une minutieuse inspection des diverses parties de sa clarinette, comme s'il avait l'intention de régaler l'assemblée d'un de ses concerts habituels; néanmoins l'interpellation du capitaine parvint à le distraire de cette grave occupation, et relevant la tête, il répondit lentement, avec l'intention évidente de ménager ses effets :

— Aho ! j'avais demandé huit jours pour en terminer, mais j'ai rectifié mes calculs, le poids à soulever dans l'eau est relativement moins important que je ne le croyais, même en tenant compte de l'imprévu, et je suppose... oui, je suppose que demain soir, au coucher du soleil, je pourrai amener le *Remember* à fleur d'eau.

De frénétiques hurrahs accueillirent ces paroles.

— Alors, vous nous sauvez, monsieur, fit le capitaine en proie à une violente émotion, et moi je vous devrai plus que la vie. Grâce à vous, dix années de travaux, de recherches, de souffrances, ne seront perdues ni pour moi ni pour l'humanité, qui bénéficiera de mon invention.

— J'allais faire une proposition, qui est maintenant sans intérêt, car on n'eût pu l'exécuter que la nuit prochaine, dit alors le Canadien.

— Faites-nous la connaître quand même, mon cher Dick, répliqua le comte.

— A la tête d'une escouade des nôtres, et d'une centaine de guerriers nagarnooks choisis parmi les plus décidés, nous aurions pu faire une pointe à marche forcée sur le territoire des Ngotaks, et enlever le *Swan* avant qu'on eût le temps de se douter de notre présence.

— L'idée n'est pas mauvaise, et nous pourrons toujours la tenter si Gilping n'est pas prêt.

— Maître, l'Oiseau-Moqueur voudrait parler, fit à ce moment le jeune Ngotak qui était resté accroupi derrière le siège du Canadien.

— Nous t'écoutons, Woan-Vah, répondit ce dernier.

— Maître, Otouah-Noh et le navire ailé ne sont plus aux grands villages de ma tribu.

— Que dis-tu là ?

— Woan-Vah dit la vérité, maître; l'homme masqué est parti sur son navire pour Melbourne.

— Quand cela ?

— Le jour même où il est venu s'entendre avec les grands chefs de ma maison.

— Est-ce qu'il déserterait la lutte ? demanda Olivier.

— Nullement, monsieur le comte, intervint le capitaine; le misérable a toutes les prévoyances et toutes les habiletés; son projet est évident, il est allé chercher un mécanicien à Melbourne.

— Mais tout est pour le mieux, car il n'aura jamais le temps d'être de retour avant demain soir.

— Je ne puis malheureusement partager votre confiance, le *Swan* marche avec une telle rapidité qu'il peut accomplir ce trajet, aller et retour, en moins de vingt-quatre heures.

Tout à coup, le capitaine Rouge poussa un cri terrible, et s'élançant sur la lampe, il l'éteignit. Avant qu'on eût pu lui demander compte de son acte, on l'entendit s'écrier d'une voix frémissante :

— Pas un mot, messieurs,... de l'ordre,... de la discipline, ou nous sommes perdus ; voyez ces deux points rouges à l'horizon, ce sont les lentilles de cristal du *Swan* éclairées par la lumière électrique ; je puis juger de la distance par la force du rayonnement qui m'est connue ; le navire est en ce moment à cinq ou six lieues de nous ; dans dix minutes, s'il marche à toute vitesse, il peut être ici ; j'ai éteint la lumière qui pouvait faire l'office d'un phare directeur, et comme votre implacable ennemi n'est pas très familier avec la disposition des lieux, cela l'obligera à ralentir sa course. Et maintenant, messieurs, à la forêt ; prévenons tout notre monde et mettons une distance de cinq à six cents mètres entre l'habitation et nous, car vous pouvez être assurés que c'est sur elle que vont tomber ses premiers coups ; il n'arrive ainsi de nuit que dans la pensée de nous surprendre tous endormis.

Un frémissement général répondit seul aux paroles du capitaine. Chacun regardait avec une anxiété croissante les deux points rouges qui étincelaient dans la nuit, et que de minute en minute on pouvait voir augmenter de volume.

— Partons, messieurs ! exclama tout à coup le comte d'une voix brève que l'émotion faisait légèrement trembler ; il n'y a pas de déshonneur à abandonner un poste qu'aucune puissance humaine ne pourrait défendre.

Dix minutes après, la petite troupe, augmentée des serviteurs et matelots nagarnooks, se trouvait réunie, à huit cents mètres de là, sur une petite colline boisée, d'où elle pouvait suivre toutes les péripéties du drame qui allait se jouer.

Le comte d'Entraygues eut l'idée de faire l'appel. Gilping fut le seul qui ne répondit pas, avec Toucas et Dancan. Qu'était devenu le brave prédicant ? Qu'étaient devenus les deux mécaniciens ?

CHAPITRE III

Le secret du *Swan*. — Quatre cents lieues en huit heures.
L'étourdissement de Dodson.—Une décharge électrique.—La destruction de la *Feodorowna.*
Terribles angoisses.

L'anxiété des fugitifs fut bientôt à son comble; il n'y avait plus à en douter, l'homme masqué revenait sur le *Swan;* mais était-ce une nouvelle bravade, ou bien se trouvait-il en mesure, cette fois, d'exécuter sa vengeance?

En observant l'allure décidée qu'affectait le petit navire, le capitaine Rouge n'hésita pas à se ranger à cette dernière hypothèse. Le traître Ivanowitch, dont la véritable qualité était encore ignorée du comte d'Entraygues, garanti qu'il était par un serment d'honneur que ni Luce, ni Jonathan Spiers n'avaient voulu rompre, revenait en effet de Melbourne, où il avait eu la bonne fortune de mettre la main sur un ingénieur électricien que l'administration des télégraphes s'était vue contrainte de remercier pour cause d'ivrognerie; inutile de dire qu'il était Anglais. Averti par le Russe des formidables effets produits par la puissante machine, master Dodson, c'était le nom de l'ingénieur, n'avait eu qu'à revêtir des gants munis d'avant-bras, imprégnés de résine, corps mauvais conducteur de l'électricité, pour pouvoir examiner à loisir tout le mécanisme du *Swan,* et s'en rendre entièrement maître en quelques heures.

Ivanowitch notait avec soin les résultats à mesure que l'ingénieur les découvrait, afin de ne pas se trouver à sa merci. La besogne avait été grandement facilitée par cette circonstance que chaque *touche* de direction portait un numéro... c'était une grave imprudence que Jonathan Spiers avait commise; mais comme il ne pouvait se charger de la manœuvre des trois navires, il avait voulu faciliter la besogne des hommes de confiance à qui il devait remettre la conduite des satellites du *Remember*.

Afin d'éviter le mouvement de curiosité que n'eût pas manqué d'exciter, à Melbourne, la vue du navire aérien, Ivanowitch était arrivé de nuit et avait pris soin d'atterrir dans le vaste jardin du consul de Russie, qui était, on s'en souvient, un des affiliés de la Société des Invisibles. Ce dernier avait, il est vrai, succombé dans la terrible lutte qui avait eu lieu dans Iarra-Street, au pavillon d'Oriental-Hôtel, mais le chancelier qui le remplaçait et tout le personnel du consulat était à la dévotion d'Ivanowitch.

Cinq membres de la société, dernières épaves des nombreux émissaires que le grand conseil avait envoyés en Australie, se trouvaient encore à Melbourne, attendant des ordres; l'homme masqué les initia à ses projets, et le soir même il partait avec eux et Dodson, sur le *Swan*, pour revenir à France-Station.

Au lieu de se servir des touches extérieures faites pour diriger le navire sur le pont, les seules que le Russe avait découvertes par hasard, mais qui ne permettaient pas, eu égard à la situation du conducteur, de fermer le panneau extérieur du *Swan*, Ivanowitch faisait évoluer maintenant le satellite du *Remember* de la chambre intérieure de direction. Il était à cette heure en pleine possession de tous les moyens du *Swan* et pouvait le conduire aussi facilement dans l'eau que dans l'air, chose qu'il lui eût été impossible d'accomplir auparavant.

Tout en marchant avec une vitesse vertigineuse, le Russe songeait aux résultats merveilleux qu'il avait obtenus en quelques jours, alors qu'il croyait tout perdu et ne songeait qu'à s'évader... l'invention du capitaine Rouge devenue sa propriété... sa haine qu'il allait assouvir dans quelques heures... France-Station détruit, tous ses habitants exterminés; il se proposait, chose facile, de s'emparer du *Remember;* sans doute, il trouverait de la résistance dans l'incorruptible Davis, mais à cette pensée il eut un sourire étrange : il pouvait, du dehors, maintenant qu'il lui était possible de descendre au fond du lac, boucher le conduit de communication des eaux; quelques heures après sa provision finie, la machine à air s'arrêtait... et quand Ivanowitch revenait, il n'y avait plus personne à bord du *Remember* pour s'opposer à ses desseins... Mais au milieu de tout cela un homme le gênait, c'était Dodson... il avait dessiné rapidement les pièces principales du *Swan*, celles qui constituaient l'invention même du capitaine Rouge... Pourquoi? son intention était évidente...

— Il ne faut pas qu'il y ait deux hommes sur la terre en possession de ce secret, murmura le Russe en forme de conclusion.

Et il fit appeler, l'un après l'autre, les cinq Invisibles dans sa cabine et s'entretint avec eux dans le dialecte de l'Oural, son pays natal et le leur...

Parti à six heures du soir de Melbourne, au milieu des épaisses brumes crépusculaires, le *Swan* arrivait à trois heures du matin en vue de France-Station... On ne s'était arrêté que quelques minutes en route pour essayer la puissance des *accumulateurs*. A cinq ou six cents mètres de hauteur, on avait foudroyé un vaste ranch habité par une trentaine de personnes, maîtres, valets de ferme et bouviers; pas une pierre, pas un chevron n'étaient restés debout.

Dodson s'en était trouvé mal, cet homme avait les nerfs trop sensibles... Aussi, quand le *Swan* atteignit le terme de sa carrière, l'ingénieur électricien n'était-il plus à bord. Ivanowitch ayant, à un moment donné, fait ouvrir le panneau pour permettre aux passagers de respirer l'air frais de la nuit, le malheureux Dodson avait eu un étourdissement subit et avait plongé dans le vide en poussant un grand cri... du moins, c'est le rapport que les Invisibles vinrent faire à leur chef.

— Le pauvre diable sera mort avant de toucher le sol, avait simplement répondu ce dernier; ce panneau est par trop dangereux, faites-le fermer, Amautoff.

Amautoff était celui des cinq *Invisibles* qu'Ivanowitch avait élevé à la dignité de *second* du bord. C'était un Cosaque de l'Oural, dégrossi par dix ans de service dans l'armée russe, sur lequel son maître pouvait absolument compter: aussi celui-ci n'avait-il pas hésité à employer les heures du voyage à l'initier à tous les secrets de la direction du *Swan*.

L'œil fixé dans l'espace, sur les deux lentilles du navire qui répandaient autour d'elles une éclatante lumière, le capitaine Rouge suivait avec une douloureuse attention la marche de l'ennemi : encore quelques minutes, et le terrible engin allait se trouver immédiatement au-dessus de France-Station.

Depuis que le Canadien et ses compagnons s'étaient réfugiés sur la colline, pas une parole ne s'était échangée entre eux.

Cependant, au moment où le *Swan* arrivait au-dessus de l'habitation, le comte d'Entraygues, qui s'était approché de Jonathan Spiers, lui dit à voix basse :

— Sur votre honneur, monsieur, que croyez-vous qu'il puisse advenir?

— Priez Dieu, monsieur le comte, que ce démon ne tourne pas sa rage contre la demeure que vous avez édifiée avec tant de soins, car de tout ce qu'elle contient, riches collections, tableaux, bibliothèque incomparable, il ne resterait pas gros comme un fétu de paille, la construction elle-même ne serait plus qu'un amas de décombres.

A ce moment, le capitaine laissa échapper une légère exclamation de joie; le *Swan*, après avoir fait le tour des bâtiments, comme pour les reconnaître, évoluait dans la direction du lac.

En quelques secondes, il arriva au-dessus de la plaine liquide.

Une épouvantable détonation se fit alors entendre et la *Feodorowna*, qui se trouvait à l'ancre à quelques encâblures du rivage, disparut dans un tourbillon d'eau qui s'éleva comme une trombe à plus de cinquante mètres dans les airs; la commotion fut si violente que, malgré la distance, le courant atmosphérique, développé par le choc de l'électricité, renversa les fugitifs dans les broussailles.

Quand le calme fut rétabli, à la lueur des feux lenticulaires du *Swan* qui éclairait le lac comme en plein jour, la petite troupe n'aperçut plus que quelques épaves qui dansaient sur les flots... c'était tout ce qui restait de la *Feodorowna*.

Muet d'horreur, chacun contemplait cette scène terrifiante, sans oser communiquer ses impressions à ses voisins.

Le Canadien avait saisi la main du capitaine Rouge et la serrait énergiquement dans les siennes.

— Excusez-moi, lui dit-il, d'avoir douté de vos paroles.

Mais les spectateurs de ce drame étrange n'étaient pas au bout de leur étonnement. Au moment où tous croyaient que l'homme masqué allait revenir sur l'habitation, on vit le *Swan* incliner brusquement son avant vers les flots et plonger dans le lac avec la vitesse d'une flèche.

Jonathan ne put retenir un cri de rage.

— Le misérable, fit-il en se tordant les mains de désespoir, il va tenter de s'emparer du *Remember!*

Mais il se calma presque aussitôt; il venait de réfléchir que le mécanisme extérieur du grand navire était tout différent de celui de ses deux satellites; il avait en effet songé, en le construisant, à la trahison possible d'un des deux hommes à qui il aurait à confier la direction du *Swan* et du *Wasp*, et il avait pris ses précautions pour qu'elle n'entraînât pas la perte du *Remember*.

Il en était là de ses réflexions, lorsque le *Swan* revint à la surface du lac, ramenant le *Wasp* avec lui. Jonathan eut alors l'explication de la manœuvre qui l'avait si fort effrayé au début. Ivanowitch lui enlevait sous ses yeux le second de ses navires.

Si l'on mourait de rage impuissante, le pauvre capitaine Rouge eût succombé à l'instant même. Les deux élégants satellites du *Remember* quittèrent gracieusement, de conserve, la surface du lac, et comme deux immenses albatros qui s'enlèvent d'un coup d'ailes à la pointe d'une vague et montent lentement vers les cieux, ils planèrent un instant au-dessus de la plaine liquide; puis, le *Swan* prenant la tête, tous deux se dirigèrent à petite vitesse du côté du territoire des Ngotaks.

Jonathan Spiers s'enfonçait les ongles dans la poitrine, ce qu'il souffrait en ce moment ne saurait se narrer.

— Oh! murmurait-il d'une voix étranglée par l'émotion et la colère, voir cela et ne pouvoir rien faire, rien! pour s'y opposer. Oh! j'en fais le serment, si jamais je puis tenir ce lâche brigand en mon pouvoir, je lui ferai subir au centuple les tortures qu'il me force à endurer... Le misérable! doit-il assez se rire de mon impuissance. Mais que fait donc Gilping?... Oh! vingt ans de ma vie pour le *Remember;* que dis-je! ma vie entière pour que je retrouve ma puissance pendant une heure seulement... Il doit être bon de mourir sur sa vengeance...

Cependant un soupir de soulagement s'était échappé de toutes les poitrines. L'homme est ainsi fait que, l'imminence du danger passée, le moindre répit lui rend aussitôt quelque espérance.

— Croyez-vous qu'il revienne cette nuit, capitaine? demanda le comte d'Entraygues.

Aussitôt la paille s'enflamma avec la rapidité de l'éclair. (Page 655.)

— N'en doutez pas, répondit Jonathan; il a appris à connaître le prix du temps s'il retarde de quelques instants l'achèvement de sa vengeance, c'est pour la rendre plus implacable et plus sûre. Le *Swan* vient de décharger toute son électricité sur la *Feodorowna*, et le *Wasp* n'était pas sous pression; il faut une heure environ pour que les accumulateurs des deux navires soient de nouveau en état de fonctionner; à ce moment, vous le verrez revenir pour continuer son œuvre de destruction. Vingt-quatre heures de retard et nous étions sauvés! Mon pauvre *Remember!* mes pauvres compagnons!

Et, se cachant le visage de ses mains, Jonathan Spiers, le rude capitaine Rouge, se prit à pleurer.

— Si nous faisions prévenir les Nagarnooks, dit le vieux trappeur à bout de ressources, nous serions en nombre pour résister.

— Gardez-vous-en bien, répondit Jonathan, vous ne feriez qu'augmenter le nombre des victimes.

A ce moment, un guerrier indigène se dressa subitement derrière lui dans les broussailles, et, sans être vu des autres personnages, lui jeta rapidement ces mots dans l'oreille:

— Venez, Woangow vous attend.

C'était sous ce nom que les Nagarnooks désignaient toujours le brave John Gilping.

Le capitaine Rouge eut comme un frisson de joie; ces simples mots lui semblèrent gros d'espérance.

— Attends-moi, je te suis, répondit-il sur le même ton.

Puis à haute voix:

— Si vous tenez à la vie, dit-il à ses compagnons, que personne ne sorte d'ici avant mon retour.

— Où allez-vous? demanda le comte.

— Essayer de vous sauver.

Et il disparut derrière le buisson, où l'attendait l'indigène.

CHAPITRE IV

Où Jonathan Spiers faillit étrangler John Gilping.

Le capitaine Rouge suivit aussi rapidement que l'obscurité de la nuit le lui permit le guerrier indigène qui glissait au milieu des broussailles avec la vitesse d'un kangourou poursuivi par les chasseurs.

Arrivé au bas de la colline, il entendit tout à coup une voix bien connue qui lui disait:

— Aho! monsieur Jonathan, excusez-moi de vous avoir dérangé de vos occupations; je suppose qu'une petite promenade sur le lac vous sera très agréable en ce moment... Oui, positivement, je suis sûr qu'elle vous sera très agréable.

— Que voulez-vous dire? fit le capitaine interdit par le ton de l'honorable prédicant.

Pour toute réponse, Gilping entonna le verset trente-deuxième du soixante-cinquième psaume:

« Et l'Éternel étendra sa droite sur les infidèles, et, à sa voix, ils seront dispersés aux quatre coins de l'horizon comme les grains de sable que chasse le vent du désert... »

— Au nom du ciel, monsieur Gilping, que signifie cette plaisanterie?

— Je ne plaisante pas, monsieur Jonathan; je suppose que vous n'avez jamais entendu jouer cela sur la clarinette.

— Par pitié, monsieur Gilping...

— Allons, venez vite, car je suppose que nous n'avons pas de temps à perdre; montez derrière moi sur Pacific; c'est une bête très douce, habituée à la musique et qui sera enchantée de nous porter tous les deux.

Ne sachant s'il devait se fâcher ou obéir, le pauvre Jonathan, qui finissait par perdre la tête, se résigna à prendre ce dernier parti.

— Voilà qui est bien... Je suppose que vous êtes bon cavalier, monsieur Jonathan; du reste, Pacific a l'allure très douce. — Prends la bride, Nagarnook, et conduis-nous, ajouta-t-il en s'adressant au guerrier.

Le capitaine était décidé à ne pas prononcer une parole. S'il ne se fût retenu, il eût étranglé lord Woangow de Woangow-Hall et privé le Parlement anglais d'une de ses lumières à venir.

Sans s'inquiéter autrement de son compagnon, et pendant que l'indigène dirigeait l'aimable Pacific, l'honorable membre de la Société royale de Londres, agent de l'Evangelic-Society pour l'exportation et la distribution des Bibles sur toute l'étendue du *South-Western Australian territory*, prit sa clarinette et se mit à moduler avec componction l'air du soixante-cinquième psaume, d'après le rituel, revêtu de l'*approbative recommandation* de Sa Grâce très haut et très puissant archevêque de Westminster, primat d'Angleterre, d'Écosse et d'Irlande... Et les notes du chant religieux s'envolaient, lentes et solennelles, sous le feuillage des tulipiers et des eucalyptus, au grand étonnement des aras, perruches et kakatoès qu'elles troublaient dans leur sommeil.

C'est ainsi que, dans toutes les circonstances de sa vie, Gilping appelait, à l'aide de sa clarinette, comme jadis David avec sa lyre, la bénédiction de l'Éternel sur les événements qui allaient s'accomplir.

Quant à Jonathan Spiers, il suppliait à son tour l'Éternel, en simple langage vulgaire, de lui accorder la grâce de ne pas commettre un crime.

Dès que Gilping eut fini, il démonta avec soin son instrument, le réintégra dans son fourreau de cuir, puis se tournant à demi devant son compagnon :

— A propos, monsieur Jonathan, lui dit-il, j'ai vérifié de nouveau mes calculs, et j'ai trouvé que nous pouvions tenter l'aventure avec *un mécanique* construit bien plus légèrement que je ne le pensais tout d'abord.

— Que voulez-vous dire? Pour Dieu! expliquez-vous, monsieur Gilping.

— Aho! c'est très simple, positivement très simple. Je vous avais promis *le* mécanique pour ce soir; mais quand j'ai vu que vous aviez besoin de votre *Remember* tout de suite, j'ai appelé Pacific...

— Monsieur Gilping!... fit le capitaine haletant.

— Vous comprenez, je suppose... J'ai appelé Pacific et je lui ai dit tout doucement, car il n'aime pas à être brusqué : Mon ami, il faut que nous soyons au placer en dix minutes.

— Monsieur Gilping!

— Aho! êtes-vous malade? Non! c'est très bien... Pacific mit ses oreilles comme cela sur son dos, — et Gilping imita le mouvement de l'animal avec ses deux mains, — ce qui veut dire : marchons, car il faut comprendre son langage, monsieur Jonathan, à ce cher ami.

Le malheureux capitaine suait à grosses gouttes, mais il n'osait plus interrompre.

— Alors, continua tranquillement Gilping, nous sommes partis tous les deux, moi marchant à côté de lui, car voyez-vous, monsieur Jonathan, quand le temps presse nous allons plus vite à pied tous les deux. Alors nous arrivons au placer : mes ordres avaient été fidèlement exécutés, personne n'avait quitté le travail de la nuit; il fallait voir marcher les aiguilles dans la toile à voile...

— Les aiguilles... la toile! murmura le pauvre capitaine anéanti.

Toutes ses espérances venaient de s'évanouir à l'instant.

— Eh oui! les aiguilles, la toile, reprit imperturbablement Gilping; vous ne pensiez pas, je suppose, que je le ferais construire en bois.

Et satisfait de sa plaisanterie, l'honorable prédicant se renversa sur Pacific en riant à gorge déployée.

— En bois! construire quoi? murmura le pauvre Jonathan ahuri.

La tête lui tournait, il lui sembla qu'il perdait la raison.

— Quoi! quoi! fit John Gilping avec volubilité; mais *le* mécanique, monsieur Jonathan, *le* mécanique.

— *Le* mécanique, répéta machinalement le capitaine.

— Eh oui, *le* mécanique que je vous avais promis pour élever à fleur d'eau votre *Remember*. Eh bien, je l'ai fait achever en moins d'une heure et transporter près du lac, avec dix bottes de paille et le petit fourneau à expériences du placer; et au lever du soleil, car nous ne pourrions faire les dernières manœuvres dans l'obscurité, le *Remember* arrivera tranquillement à la surface du lac... Ah! par exemple, je ne vous réponds pas qu'il y restera longtemps, *le* mécanique est trop faible...

Il n'en put dire plus long... De toutes ces singulières explications, le capitaine n'avait compris qu'une chose : c'est que Gilping avait tenu sa parole et que le *Remember* allait lui être rendu... Le coup avait été si violent, si imprévu, après les tortures morales qu'il avait supportées, qu'il n'avait pu résister... Le sang lui était tout à coup remonté au cerveau, il avait poussé un grand cri et était tombé évanoui sur le gazon.

CHAPITRE V

Les préparatifs. — L'idée de Gilping.
A bord du *Remember*. — Les tribulations de Jonas-Habacuc Littlestone. — Le complot.

Le guerrier nagarnook et Gilping s'étaient précipités immédiatement au secours du capitaine; mais ce dernier avait à peine touché le sol, qu'il se relevait par un effort de volonté qui avait dominé la défaillance physique; peu d'hommes eussent résisté à un moment de faiblesse en apprenant ainsi brusquement que tout était sauvé, alors qu'ils eussent cru tout perdu.

—Monsieur Gilping, fit l'énergique Yankee, dès qu'il eut repris entièrement possession de lui-même, en serrant les mains de son compagnon à les lui briser, vingt fois, pendant cette nuit, j'ai offert ma vie contre la possession du *Remember* pendant une heure seulement; souvenez-vous bien que ma vie est à vous, quels que soient l'heure et le lieu où vous la réclamiez, quelle que soit la cause pour laquelle vous en ayez besoin.

— Aho! ça n'en vaut pas la peine, monsieur Jonathan, non, vraiment pas la peine... *Le mécanique* est très simple, vous verrez; un enfant l'aurait trouvé. Le poids de notre *Remember*, eu égard à son volume, dépasse très peu celui de l'eau qu'il déplace, puisqu'il flotte entre deux eaux, monte et descend à volonté avec une faible pression; il monte et descend sous l'eau d'après le même principe que le ballon dans l'atmosphère; l'air comprimé entre les murailles de sa coque, plus léger que l'eau, fait l'office de gaz. Si vous en laissez échapper une certaine quantité, le *Remember* descend comme le ballon dont on entr'ouvre la soupape; il monte, au contraire, dès que la machine à fabriquer l'air a réparé la perte et que vous avez fermé les conduits d'échappement. Mais votre *Remember*, pour évoluer facilement, doit être toujours en état d'obéir à la moindre pression. Eh bien, cette faible quantité d'air que vous ne pouvez lui ajouter en fermant le conduit d'échappement, puisque vous n'êtes pas dans l'intérieur de votre navire, j'ai pensé, moi, à la lui ajouter au dehors par le moyen d'un petit ballon.

— Un ballon! fit Jonathan en se frappant le front, c'est vrai, c'est très simple; mais il fallait y songer, c'est l'œuf de Christophe Colomb!

— Si les renseignements que vous m'avez donnés il y a quatre jours sont exacts, et ils doivent l'être puisque vous avez déjà fait évoluer le *Remember* sous l'eau, il suffit d'une force ascensionnelle au dehors égale à la légère pression d'air qui fait manœuvrer votre navire sous l'eau pour l'amener à la surface... Et voilà comment j'ai été conduit à la pensée de me servir d'un petit ballon de quatre à cinq mètres cubes seulement, que j'ai pu construire en trois jours.

— Monsieur Gilping, vous êtes une belle intelligence !

— Mais non, monsieur Jonathan, vous voyez que c'est très simple... très simple, en vérité. La seule difficulté était de mettre le ballon en contact avec votre navire à quatre-vingts mètres sous les eaux; je l'ai résolue à l'aide de deux grands cercles de fer forgé suspendus à des cordages de longueur suffisante qui se réunissent à la surface du lac. Dès la nuit dernière, à l'aide du canot de la *Feodorowna* et du plomb de sonde, nous avons, le capitaine Le Bihan, le mécanicien Toucas et moi, engagé les deux cercles à l'avant et à l'arrière du *Remember*, et il n'y a plus qu'à attacher le ballon aux cordages de communication, à le gonfler à l'aide du fourneau et de la paille qui nous attendent en ce moment sur les bords du lac, pour voir, cinq minutes après, apparaître votre navire à fleur d'eau; il faudra vous hâter de profiter du moment très fugitif où il nous sera donné de communiquer avec lui; car il est certain que le ballon crèvera à la minute même de l'affleurement, dans l'impossibilité où il sera de supporter l'augmentation de poids qui en résultera.

Gilping avait donné ces explications tout en continuant à marcher, et les deux hommes arrivèrent bientôt sur les bords du lac, guidés par l'indigène à qui tous les détours de la forêt étaient familiers.

Ils trouvèrent, à leur poste, les mécaniciens Toucas et Danéan, que Gilping avait chargés de tous les détails de l'installation. Tout était prêt.

Le petit ballon, suspendu à l'extrémité d'une potence par un nœud coulant, était attaché aux cordages de communication, et dans son extrémité inférieure était engagé le cornet du fourneau garni de paille hachée. L'ouverture de ce cornet, qui communiquait avec l'intérieur du ballon, avait été garnie d'une toile métallique, pour empêcher les étincelles de communiquer le feu à la toile à voile qui avait servi à fabriquer l'aérostat; et Jonathan, au comble du ravissement, put se rendre compte que rien n'avait été négligé pour assurer la réussite; aussi ne douta-t-il pas un seul instant du succès de l'heureuse invention de Gilping.

Cet homme de fer qui, jusqu'à ce jour, n'avait connu d'autre loi que sa volonté, eut alors un moment d'émotion extraordinaire; victime, à son début dans la vie, de la méchanceté des hommes, il avait juré une guerre à mort à la société tout entière, confondant les bons et les mauvais dans sa haine, et n'avait, jusqu'à ce jour, employé sa grande intelligence que pour le mal et la destruction; mais il avait failli causer la perte du seul homme qui l'eût secouru dans sa misère et à qui il avait voué, sans le connaître, une affection ardente et farouche, prêt à sacrifier pour lui jusqu'à son existence. Le comte d'Entraygues perdu par lui! Cette pensée l'effraya au point qu'il jura d'oublier ses haines, ses souffrances; et, dans cette heure suprême, il pardonna à l'humanité en faveur du seul juste qu'il avait rencontré sur son chemin.

— Ivanowitch châtié, se dit-il à lui-même, je ferai servir mon invention au bien général de l'humanité au lieu de l'employer à la destruction. Les peuples ne se ruent jamais les uns contre les autres que poussés par l'ambition des conquérants et des tueurs d'hommes ; ils ne demandent qu'à travailler et à vivre en paix... Eh bien, je serai avec les peuples contre ceux qui les poussent à s'entre-déchirer, pour les faibles contre les forts, pour les victimes contre les bourreaux...

Puis s'exaltant peu à peu :

— Qui donc pourra résister à mes ordres, lorsque j'aurai retrouvé l'instrument de ma puissance et que je pourrai parler en maître aux empereurs et aux rois... Je voulais conquérir le monde par la force, je l'amènerai à moi par la paix, la prospérité et le bonheur ; je me placerai entre les déshérités et les insolents du jour, pour faire régner sur la terre la concorde et la justice ; au lieu de creuser une trace sanglante et de semer les ruines sur mes pas, je passerai en faisant le bien : *Transiit bene faciendo*, telle est la seule épitaphe que je désire sur ma tombe.

Longtemps il laissa ses pensées errer dans cette voie ; l'exaltation naturelle de son imagination, qui était la dominante de ce singulier caractère, ne lui permettait jamais de rester sur la route modérée de la vérité ; hier encore il voulait détruire le monde, aujourd'hui il rêvait de ramener l'âge d'or sur la terre.

Cependant le temps avait marché, les étoiles commençaient à blanchir aux cieux du côté de l'Orient, et le jour n'allait pas tarder à paraître. C'était sans doute le moment qu'attendait Ivanowitch pour porter ses coups avec plus de sûreté, et savourer sa vengeance.

Le capitaine traça rapidement les lignes suivantes, qu'il expédia au comte d'Entraygues par le guerrier indigène qui l'avait accompagné :

« Tout va bien. Dans un quart d'heure je serai à bord du *Remember* ; faites prévenir les guerriers nagarnooks, dispersez-les de tous les côtés dans la campagne, car il se peut que l'homme masqué, vaincu, abandonne ses compagnons, ses navires, et cherche à se sauver en se cachant dans le Buisson. Il ne faut pas qu'il échappe. Ce jour doit être celui de son châtiment, et le dernier qui luira sur ses crimes. »

— Attention ! cria alors Gilping, qui commandait la manœuvre, chacun à son poste.

Le capitaine Rouge se plaça sur la berge, en face du lieu où reposait le *Remember* à quelques mètres seulement du rivage, prêt à s'élancer dans les flots.

— Le Bihan, allumez le fourneau ! continua le brave homme.

Aussitôt la paille s'enflamma avec la rapidité de l'éclair, et quelques secondes après, l'aérostat commença à se gonfler.

Les deux mécaniciens se tenaient prêts à lancer les amarres au premier commandement...

Cinq jours seulement s'étaient écoulés depuis que le capitaine Rouge avait quitté le *Remember*, mais ils avaient paru comme un siècle à l'équipage du navire sous-marin.

Sombre et muet, selon son habitude, Samuel Davis faisait faire le service intérieur comme si le capitaine eût été à bord. Dès le troisième jour, Holloway, le chef des mécaniciens, s'étant hasardé à lui demander si on resterait encore longtemps dans cette situation, le rude second lui avait répondu, en lui montrant son revolver, qu'à une nouvelle question semblable il lui casserait la tête; et Holloway se l'était tenu pour dit. Mais il régnait, depuis, des ferments de révolte parmi les mécaniciens, qui eussent éclaté à la première occasion, si chacun n'eût été persuadé que sa vie était attachée à celle de Davis.

Le personnel entier du bord était convaincu que le second connaissait le secret de toutes les manœuvres du *Remember*, et que lui mort, il serait impossible de sortir de ce tombeau vivant; et cette croyance suffisait à maintenir la discipline et le calme dans les esprits.

L'évasion miraculeuse d'Ivanowitch n'excita aucun étonnement, car Davis, prenant le devant, avait annoncé à Prescott et à Littlestone qu'il l'avait expédié en mission auprès du capitaine, lui-même ne pouvant s'expliquer cet audacieux départ, toutes les portes s'étant refermées d'elles-mêmes sur le fugitif en vertu de leur mécanisme particulier, il avait fini par se persuader que le capitaine était venu chercher son ami, pendant la nuit, sans avertir personne.

Cette supposition, qui s'accordait avec le caractère de Jonathan Spiers, était regardée comme d'autant plus probable par Davis, qu'il avait toujours cru que le Russe était le confident intime, l'*alter ego* de son capitaine.

De gré ou de force, tout le monde prenait donc son mal en patience, mais l'émotion eût été grande si l'on eût su que Davis ne connaissait pas plus les manœuvres du *Remember* que le dernier des mécaniciens, et que la vie de l'équipage dépendait du retour du capitaine; le second eût été alors impuissant à faire respecter son autorité un seul jour, et quelque acte de rébellion se fût infailliblement produit à bord.

Mais la tenue du très honorable Jonas-Habacuc Littlestone tranchait fortement avec le calme apparent des autres personnages : il passait une partie de ses journées dans sa cabine, à donner un libre cours à ses amères réflexions.

— Conçoit-on une pareille folie ! disait-il souvent, en s'étudiant devant sa glace à prendre une des poses dramatiques qu'il avait vues au Metropolitan-Theatre. Être arrivé à l'âge de quarante-cinq ans, avec le renom d'un homme sensé et honnête. Avoir occupé les importantes fonctions de premier clerc de la haute cour de justice de l'État de Californie, et tout cela pour venir échouer dans une sorte de boîte en fer, au fond d'un lac australien, où

Jonathan Spiers se montrait à ses amis, entouré de tout son état-major. (Page 661.)

l'on ne boit que de l'eau distillée, et où on ne respire que de l'air artificiel...
Non, pareille insanité ne s'est jamais rencontrée chez un homme sain d'esprit, il paraît que cela tient de famille. Mon père a disparu un beau jour,
sans qu'on ait jamais su de ses nouvelles... A seize ans, ma sœur Anna-Mary
s'est mariée avec un trappeur du Canada qui était venu chasser dans l'Ouest,
abandonnant ainsi la vie civilisée pour l'existence sauvage des forêts. Mon
plus jeune frère s'est mis un jour dans la tête de traverser l'Atlantique en

ballon, et on ne l'a jamais revu... Seul, je m'étais distingué par la régularité de ma conduite, la rectitude de mon intelligence... mais il a fallu y arriver ! c'était écrit, nous sommes une famille de prédestinés... Mais vous avouerez que c'est une amère dérision du sort, une chose insensée, inouïe, qui dépasse tout ce que l'on pourrait imaginer... Commencer ses bêtises à quarante-cinq ans... Je m'attends à tout maintenant. Je puis devenir chef sauvage, m'appeler le *Gros-Bec*, ou le *Renard-Volant*, scalper mes semblables, adorer le Manitou et manger de la chair humaine ; rien ne m'étonnera plus de ma part...

Aussi, je me rappelle que, quand j'étais assis pendant des journées entières sur mon rond de cuir, j'avais des fourmillements dans les jambes ; c'était le sang de l'aventurier qui ne pouvait s'accommoder de cette existence paisible... et le dimanche, quand il me fallait rester à la maison, ne pas aller à mon bureau, je ne pouvais demeurer en place ; c'était le tempérament du pionnier, du chercheur d'aventures qui reprenait le dessus... Oh ! mistress Littlestone me le disait bien : « Habacuc, si jamais je viens à te manquer, tu feras pis que tous les membres de ta famille ; comme elle me connaissait, la chère femme ! et du premier coup, pour mon début, je deviens agent comptable, *purser* d'un navire qui vole dans les airs, et d'un ballon qui va au fond de l'eau, c'est charmant ; un autre n'aurait pas trouvé cela tout de suite, mais moi je ne m'y trompe pas. On demande un comptable dans les journaux, et il semble que je sentais que du premier jet j'allais dépasser, éclipser mon père, ma sœur, mon frère, toute ma famille enfin, et je n'ai garde de manquer le coche. Je suis reçu par deux nègres qui ont l'air de vouloir me dévorer, leur maître me toise comme s'il voulait me jeter par la fenêtre... on n'a qu'une heure pour faire ses préparatifs de départ, n'importe ! j'accepte la place, je suis prêt, je pars, et me voilà comme un poisson au fond d'un aquarium... et comment cela finira-t-il ! Je suppose que je veuille aller faire une commission dehors, prendre un peu l'air !... Ah bien oui ! master Jonas-Habacuc Littlestone est enfermé comme dans une boîte de sardines, master Jonas-Habacuc Littlestone se promène dans une cage de fer, avec cent mètres d'eau par-dessus la tête... Ah ! mistress Littlestone, mistress Littlestone, pourquoi êtes-vous partie pour un monde meilleur ? Je vous y rejoindrai, sans doute, le plus tard possible, car il ne resterait personne icibas pour cultiver votre mémoire ; mais enfin, si vous ne m'aviez pas quitté, je ne serais point là !...

Et l'infortuné terminait d'ordinaire ce monologue, qui variait peu, par ces énergiques paroles : « Il faut que cela finisse, j'en ai assez. »

Et il sortait de sa cabine en roulant des yeux furibonds, et, crispant les poings, courait droit au second, en lui disant d'un ton décidé :

— Monsieur Samuel Davis !

Et quand, au bout de quatre ou cinq interpellations de ce genre, le second se décidait à tourner de son côté ses yeux clairs et froids comme l'acier, en lui disant d'un ton qui n'appartenait qu'à lui :

— Qu'y a-t-il pour votre service, master Littlestone?

Toute la colère du pauvre diable tombait en un instant, et il répondait, en souriant gracieusement :

— Quelle heure est-il, monsieur Davis?

Un jour que le second, furieux de ces questions périodiques, le toisait d'un air qui ne signifiait rien de bon, l'infortuné comptable perdit à ce point la tête qu'il répondit à la brusque interpellation de l'officier :

— Il fait beau temps, aujourd'hui, monsieur Davis ; bien beau temps!

John Prescott, le chirurgien, qui se trouvait là par hasard, fut pris d'un tel accès d'hilarité, que Davis lui-même ne put s'empêcher de sourire.

Au carré, le pauvre Littlestone était encore plus malheureux, car Prescott, moins que jamais, lui permettait de placer un mot, tout en l'accusant d'accaparer la conversation, et de soutenir les théories les plus antiscientifiques, les plus antirationnelles et les plus antisociales, théories que le chirurgien lui prêtait libéralement pour se donner le plaisir de les réfuter.

— Permettez, permettez master Littlestone, interrompait le chirurgien à la moindre parole du *purser*, je vous vois venir, vous allez certainement oser prétendre... mais je vous répondrai, etc...

Et c'était ainsi que s'écoulaient toutes les heures consacrées aux repas, pendant lesquelles les trois convives se trouvaient forcément ensemble au carré.

Mais Holloway n'avait pu pardonner à Davis la menaçante apostrophe qu'il lui avait adressée, et peu à peu il avait gagné ses subordonnés à l'idée de s'emparer de la personne du second, et de l'obliger, sous menaces de mort, à ramener le *Remember* à fleur d'eau. Une fois d'accord sur le mode d'exécution, les conjurés se donnèrent vingt-quatre heures de répit, bien décidés à agir cette fois, si dans l'intervalle le capitaine n'était pas rentré.

Davis était un second d'une bravoure à toute épreuve, fidèle, incorruptible, ne connaissant que sa consigne ; mais ce n'était pas l'homme qu'il fallait pour commander, en l'absence du capitaine, un navire du genre du *Remember*. Dans cette vie d'isolement que menait l'équipage, privé pendant de longues stations, au fond des eaux, d'air, de soleil et de liberté, un homme sachant allier la sévérité dans le service à une grande aménité de caractère dans ses relations journalières, eût pu seul maintenir son autorité et son prestige, en s'attirant le respect et l'affection de ses subordonnés.

Les vingt-quatre heures écoulées, sans que le capitaine Rouge eût reparu à bord, Holloway et les mécaniciens qu'il avait sous ses ordres tinrent conseil une partie de la nuit : bien décidés à ne pas supporter plus longtemps la vie qui leur était faite, ils s'armèrent de leurs revolvers et de leurs poignards, et se dirigèrent, leur chef en tête, vers la cabine de Davis, qui dormait profondément.

Il pouvait être cinq heures du matin.

Les conjurés allaient faire irruption dans la chambre du carré qui précédait l'appartement du second, quand tout à coup ils s'arrêtèrent interdits, sans oser avancer.

Une légère commotion venait d'ébranler le *Remember*.

— Qu'y a-t-il? fit Holloway, qui voulait savoir s'il n'avait pas été le jouet d'une illusion et si ses compagnons avaient ressenti la même impression que lui.

— Master, répondit l'un d'eux, il nous a semblé que le *Remember* avait fait un mouvement comme quand il va se mettre en marche.

Ces paroles n'étaient pas achevées, que le navire trembla de nouveau sur sa quille, et les marins, habitués à comprendre le sens de ses moindres mouvements, sentirent qu'il avait quitté le fond du lac et s'élevait peu à peu dans le sens de la surface.

Instinctivement les mécaniciens remirent revolvers et poignards à la ceinture... Il était temps, Davis apparaissait à la porte de sa cabine.

— Que se passe-t-il? que faites-vous ici? demanda le second d'une voix brève et impérieuse en apercevant Holloway et ses hommes.

— Capitaine, répondit le chef mécanicien, nous venions vous prévenir... le *Remember* est en marche!

CHAPITRE VI

Le ballon de Gilping. — Hurrah pour le *Remember*. — Une ruse de guerre. Amoutoff. — Lion et renard.

L'aube au disque rouge, précurseur du soleil, commençait à colorer l'horizon, lorsque Gilping s'écria d'une voix de stentor :

— Larguez les amarres, larguez partout.

L'ordre fut exécuté avec une telle précision par Toucas et Dancan, les deux mécaniciens, que le petit ballon, instantanément dégagé, commença son ascension.

Un immense hurrah, poussé par tous les spectateurs de cette scène émouvante, salua ce précieux résultat. Avec une habileté qui avait tout prévu, les cordages qui l'attachaient au navire sous-marin avaient été raccourcis de telle sorte, que complètement tendus pendant l'opération du gonflement, ils ne laissaient pas de jeu à l'aérostat, qui sans cela se fût élevé d'un bond et eût pu facilement éclater au moment de la tension des cordages qui communiquaient au *Remember*. Grâce à cet expédient, également, le premier mouvement ascensionnel du ballon, ne pouvant se produire sans entraîner à sa suite le navire, démontrait que les calculs de Gilping étaient justes, car, sans cela, l'aérostat fût resté captif au bout des cordages, par le poids du navire.

Après le premier élan qui avait fait parcourir au ballon une distance de quelques mètres seulement, ce dernier éprouva comme une espèce de tremblement convulsif; les cordages et l'étoffe elle-même de l'aérostat se tendaient sous le poids qu'ils avaient à supporter, cela dura une seconde à peine sans interrompre la marche, mais le capitaine était devenu terriblement pâle.

Si les cordages allaient se rompre, si la toile allait se déchirer? cette pensée lui avait rapidement traversé le cerveau, et il s'était senti défaillir... Son parti était pris : le lac était béant devant lui; si le terrible accident se fût produit, à l'instant même il disparaissait pour toujours dans les flots. Mais son émotion ne fut pas de longue durée; après ce premier et inévitable effet de l'attraction et de la résistance combinées, le ballon continua à s'élever lentement vers les cieux, avec une vitesse d'un peu moins d'un mètre à la seconde, vitesse qui devait encore diminuer à mesure qu'il s'élèverait en vertu de la condensation naturelle de la fumée de paille brûlée qui le gonflait, et que rien ne venait entretenir. Mais il arriverait à parcourir ses quatre-vingt mètres, Gilping était sûr de ses calculs, car il avait tenu compte de la déperdition des gaz.

Pour montrer sa confiance absolue dans le résultat final, l'honorable prédicant avait, dès le début de l'ascension, saisi sa clarinette et jouait gravement, lentement, le *God save the Queen*.

Pacific lui-même daigna se mettre à la hauteur de la situation, et après s'être roulé un instant sur le gazon, en signe d'allégresse, prétendit plus tard son maître chaque fois qu'il lui arriva de conter cette émouvante histoire, il accompagna d'une voix de basse profonde et bien timbrée l'air national de la vieille Angleterre, qui ressemble, à s'y méprendre, à une marche d'enterrement.

La scène était solennelle et comique, mais tant d'existences étaient attachées à la réussite de cette dramatique aventure, que Pacific ne remporta pas le succès que son intervention lui eût mérité en toute autre occasion.

Tant de persistance et d'efforts furent enfin récompensés. On vit tout à coup le capitaine pousser un cri de triomphe et de joie, puis les deux mains unies au-dessus de la tête, il plongea dans le lac, impatient de rejoindre son navire dont il venait d'apercevoir la silhouette sous les flots. Pénétrer dans l'intérieur par la manœuvre inverse de celle qui avait permis à Ivanowitch d'en sortir fut l'affaire d'un instant, et quelques minutes après, le *Remember*, dirigé par le capitaine, s'élevait jusqu'à sa ligne de flottaison et venait se ranger le long du quai; le grand panneau du pont s'ouvrait alors, et Jonathan Spiers se montrait à ses amis, entouré de tout son état-major.

La brise de nord-ouest, qui soufflait en ce moment, lui apporta l'écho affaibli des cris et des hurrahs poussés sur la colline par le comte d'Entraygues et ses compagnons, qui avaient suivi de loin toutes les péripéties de cette émouvante aventure.

— Et maintenant, fit Jonathan Spiers à Gilping et à ceux qui l'avaient accompagné sur la plage, rejoignez le comte en toute hâte. De l'observatoire naturel où il se trouve, vous pourrez assister sans danger à la fin du drame... l'heure de la justice a sonné pour l'*homme masqué*. Nous allons nous retirer à quelques mètres sous l'eau, car il ne faut pas que le brigand nous aperçoive avant d'être assez avancé pour ne plus reculer.

— N'avez-vous pas besoin qu'un de nous reste caché dans les broussailles, pour vous avertir, à l'aide d'un signe convenu d'avance... un coup de revolver, ou une pierre jetée dans le lac?

— Non, à l'aide d'un réflecteur spécial, je puis inspecter toute la voûte céleste, en me maintenant entre deux eaux... partez, il n'est que temps de vous mettre à l'abri.

En prononçant ces paroles, Jonathan Spiers coupa les cordages qui l'unissaient au ballon, rejeta dans le lac, aidé de ses hommes, les deux cercles de fer engagés à l'avant et à l'arrière qui, le cas échéant, eussent gêné le navire dans son évolution aérienne, et le panneau rabattu sur le pont, le *Remember* prit sous l'eau son poste d'observation.

L'homme masqué ne paraissait pas encore! Tout était prêt cependant pour le recevoir; chaque touffe de buissons, sur les coteaux et dans la plaine, recélait un guerrier nagarnook; toute la troupe des Européens était massée sur la colline qui lui avait servi de refuge pendant la nuit, et le vieux trappeur, sa célèbre carabine à la main, s'apprêtait à jouer le rôle que les hasards de la lutte pouvaient lui réserver.

Lorsque John Gilping arriva au milieu de ses amis, gravement monté sur le débonnaire Pacific, il fut reçu comme un triomphateur, et l'apparition subite de deux points noirs, dans la lumière dorée de l'horizon, put seule interrompre les félicitations de toute nature qu'on lui adressait.

C'étaient le *Swan* et le *Wasp* qui accouraient pour achever l'œuvre de destruction commencée la veille. Ivanowitch ne s'était retiré dans la nuit, le capitaine l'avait bien deviné, que pour laisser le temps aux *accumulateurs* de se charger d'électricité, et donner également ses dernières instructions à Amoutoff, chargé de la direction du *Wasp*. Et, par excès de prudence, il avait gagné le territoire des Ngotaks, ses alliés, afin d'avoir les coudées franches et d'éviter toute surprise, car il se doutait bien que le capitaine Rouge, dont il connaissait l'énergie, dans l'impossibilité où il le croyait de reprendre possession du *Remember*, tenterait tout au monde pour s'emparer des satellites de son navire.

Quelques heures auparavant, en allant saisir le *Wasp* sous les eaux, il avait encore vu le *Remember* tranquillement couché au fond du lac, et rien ne pouvait lui donner à penser que la situation eût pu, en si peu de temps, changer de face.

Cependant, au moment de reprendre la route du ciel avec ses deux navires, il eut comme un vague pressentiment dont il se hâta de repousser la fâcheuse influence.

— J'aurais dû, songea-t-il, briser le conduit de communication des eaux, cela eût rendu le *Remember* impropre au combat pendant les deux ou trois jours qu'eût exigés la réparation...

... Mais de quoi vais-je me préoccuper, avait-il ajouté presque aussitôt, le *Remember* dort tranquillement au fond du lac Eyréo, et rien ne peut venir contrecarrer mes desseins ; du reste, cette avarie eût tourné contre mes projets, puisque le grand navire va devenir ma propriété.

Assuré de ne rencontrer aucune résistance, Ivanowitch avait donné des instructions fort simples à son lieutenant : le suivre et imiter de tous points les manœuvres qu'il lui verrait exécuter.

Il se proposait d'abord de détruire de fond en comble l'habitation de France-Station et les magasins du placer des Cygnes, et cette œuvre de vandalisme accomplie, il poursuivrait alors un à un tous les Européens qui auraient échappé à ses coups. Deux hommes surtout étaient naturellement désignés les premiers à sa haine, le comte d'Entraygues et Jonathan Spiers, son repos à venir, ses intérêts, exigeaient qu'aucun des deux ne pût échapper. Il connaissait assez leur caractère héroïque pour savoir qu'au lieu de fuir, malgré l'impossibilité de la résistance, tous deux se trouveraient au premier rang pour défendre leurs compagnons. Ses propres affaires terminées, il avait promis à ses alliés, les Ngotaks, d'anéantir les grands villages des Nagarnooks et de les aider à massacrer leurs ennemis.

A cet effet, l'armée ngotake s'était avancée jusqu'aux confins de son territoire pour assister à l'anéantissement des blancs, et être prête à tout événement. Elle avait demandé et obtenu que son koboug Gilping fût épargné.

Cependant Ivanowitch n'avait répondu de rien. Tant pis pour le koboug, s'il se trouvait dans le rayonnement des décharges électriques.

Arrivés à cinq cents mètres de l'habitation, le *Swan* et le *Wasp* s'arrêtèrent, et, par dérision sans doute, l'homme masqué envoya un parlementaire indigène à ses ennemis. Sommation était faite à tous les Européens de se rendre à merci ; grâce devait leur être faite de la vie, excepté à trois d'entre eux que le futur vainqueur se réservait de désigner.

L'indigène revint, avec cette fière réponse :

« L'homme masqué a dix minutes pour restituer les deux navires qu'il a soustraits à leur véritable propriétaire et se constituer prisonnier ; il serait fusillé comme un soldat, au lieu d'être pendu comme un vulgaire écumeur de Buisson. »

A ces paroles fidèlement rapportées par son émissaire, Ivanowitch ne put s'empêcher de frissonner ; il ne comprenait rien à une audace si fort au-dessus de son propre courage.

— Baste ! fit-il devant son second, on a vu des prisonniers insulter le canon qui allait les couper en deux... Marchons, et pas de merci.

Les deux navires qui avaient atterré pour faire cette inutile sommation s'élevèrent de nouveau dans le ciel et cinglèrent en droite ligne sur les bâti-ments de France-Station.

Alors se passa une chose étrange, indescriptible, bien faite pour démon-trer l'influence de la force morale sur l'insolente brutalité. La scène, si dra-matique jusqu'alors, allait subitement changer de face, grâce à une idée du jeune comte d'Entraygues, immédiatement acceptée d'enthousiasme par tous ses compagnons.

Tout le monde était revenu à l'habitation pour recevoir le parlementaire ; après le départ de l'indigène, Olivier dit à ses amis, en parlant de l'*homme masqué* :

— Cet homme est un lâche ! le soin avec lequel il a toujours su mettre sa personne à l'abri, tout en poussant les autres en avant, le prouve surabon-damment ; mais, si vous êtes de mon avis, nous allons l'obliger lui-même à nous en fournir aujourd'hui la démonstration la plus éclatante. Transpor-tons une table sur l'esplanade, avec des fauteuils, asseyons-nous à l'entour, les uns jouant ou lisant, d'autres inspectant l'horizon avec leur jumelle, comme si nous allions assister à une joûte courtoise, et vous verrez qu'en face de notre flegme, de notre indifférence, le lâche brigand, qui depuis deux ans s'abrite derrière un masque pour nous poursuivre de sa haine, prendra peur ; il devinera, avec son instinct de conservation, quelque dan-ger inconnu, et n'osera s'avancer. A ce jeu, du reste, nous risquons peu de chose. Le capitaine, à qui rien n'échappe, interviendrait immédiatement devant l'insuccès de notre tentative ; mais quelque chose me dit que notre ennemi va nous étonner par sa couardise.

Ce projet fut à l'instant même exécuté... Une chose en diminuait considé-rablement le danger : c'est que le *Swan* et le *Wasp* ne pouvaient, en raison de la construction spéciale de leurs appareils, envoyer leur décharge élec-trique que verticalement au-dessous d'eux ; et avant qu'ils aient pu prendre cette position, Jonathan Spiers avait largement le temps d'intervenir. Il était certain, en outre, que la vue du *Remember* émergeant du lac suffirait pour obliger ses adversaires à songer à se défendre ou même à chercher leur salut dans la fuite.

Quel ne fut donc pas l'étonnement du misérable Ivanowitch, lorsque, s'étant suffisamment élevé pour apercevoir l'esplanade de France-Station, que les arbres lui cachaient pendant l'atterrissement, il vit tous les Euro-péens qu'il se proposait d'anéantir, paisiblement installés autour d'une vaste

Le petit *Swan* parvint à planter son éperon à l'arrière du *Remember*. (Page 669.)

table, dans les diverses positions indiquées par Olivier d'Entraygues ! Les uns jouaient aux échecs, les autres avaient déplié un journal ou, étendus dans leur chaise longue, regardaient évoluer les deux navires avec leur jumelle marine.

Quant à Gilping, il essayait de faire de la haute école sur Pacific, qui, en froid avec son maître pour le moment, refusait énergiquement de se prêter à ces exercices équestres.

Au moment où le réflecteur transmit cette scène sur l'écran disposé à cet effet dans le *Remember*, le capitaine Rouge, qui n'avait pas ri depuis de longs jours, céda à un bien légitime accès de gaieté qui gagna immédiatement son entourage.

— Bravo! fit-il, en frappant dans ses mains, comme si on eût pu l'entendre du dehors; vous allez voir que le misérable aura peur.

Les deux navires, en effet, planaient à trois ou quatre cents mètres de distance horizontale, sans oser s'approcher.

Puis on les vit tout à coup incliner leur avant vers la terre et regagner lentement le sol. Surpris au delà de toute expression en effet par l'attitude de ses adversaires, Ivanowitch s'était senti peu à peu envahir par une inexplicable terreur, et il avait donné le signal de la descente pour prendre conseil de son lieutenant.

— Eh bien, qu'attendez-vous donc pour foudroyer tous ces insolents?... fit brutalement Amoutoff, dès que les deux panneaux furent ouverts. Ma parole, si je ne vous devais obéissance, et qu'après tout la mort de ces gens-là m'est indifférente, j'aurais agi sans vous.

— Tu ne comprends donc pas que, pour nous braver ainsi, répondit l'homme masqué, ils doivent compter sur quelque chose d'infaillible, secours, obstacle, ou engin quelconque, capable de paralyser tous nos coups.

— Tant mieux, le rôle d'assassin n'a rien qui me convienne, répondit Amoutoff. Puis il ajouta d'un ton légèrement méprisant :

— Vous ne vous battez donc qu'à coup sûr, vous?

Pâle et indécis, Ivanowitch faisait pitié à voir; jamais lâcheté plus insigne ne s'était étalée avec moins de pudeur.

— Tu ne connais pas Jonathan Spiers, répondit-il en hésitant; il est bien capable d'avoir imaginé en deux ou trois jours quelque machine infernale qui nous fera payer cher notre témérité; sans cela, l'attitude de ces gens-là est inexplicable...

— Comment! avec les puissantes machines dont vous disposez, vous oseriez reculer... c'était bien la peine de me faire quitter Melbourne. Tenez, il faut en finir, et je vais vous faire une proposition : laissez-moi tenter l'aventure, vous vous tiendrez à une certaine distance en arrière de moi, prêt à me soutenir au besoin.

Ivanowitch hésitait.

— Rien n'est plus naturel, poursuivit Amoutoff, qui connaissait les projets des Invisibles et ne voulait pas laisser passer l'occasion qui se présentait d'en finir avec Olivier d'Entraygues; le chef d'une expédition dirige et ne se met pas en avant.

Cette transaction sauvait l'amour-propre d'Ivanowitch, il accepta.

— En ce cas, Amoutoff, dit-il alors à son second, tu vas prendre le commandement du *Swan*, que nous avons déjà expérimenté hier; tu seras plus sûr de tes coups.

— Soit! fit le Cosaque avec indifférence.

Il n'avait pas pénétré la secrète pensée de son chef ; ce dernier réfléchissant qu'on l'avait vu à bord du *Swan*, pensait avec raison que si Jonathan Spiers était en mesure de défendre France-Station, il dirigerait plutôt ses coups les plus terribles contre celui des deux navires qu'il supposerait monté par lui, Ivanowitch, dont il devait désirer ardemment se venger, que contre le commandant inconnu du *Wasp*.

C'était bien là l'homme qui avait déjà fait massacrer des centaines d'individus, sans jamais avoir donné de sa personne. L'audacieuse manifestation d'Olivier d'Entraygues avait suffi pour faire tomber sa jactance, il ne songeait plus qu'à ménager sa retraite en cas d'insuccès. L'esprit de ruse, la prudence, avaient atteint chez lui une telle puissance, que le moindre indice suffisait pour le mettre sur la trace du danger, et il n'hésitait jamais alors à sacrifier ses projets les plus chers, les plus longuement caressés pour mettre sa personne en sûreté. Aussi ses adversaires, malgré leur courage, n'avaient-ils jamais réussi, depuis deux ans, à mettre la main sur lui ; ces derniers ignoraient même jusqu'à son nom, grâce au soin qu'il avait toujours pris de lier par un serment d'honneur les rares personnages à qui il s'était fait connaître ; habile à apprécier les hommes, il ne s'était, du reste, confié qu'à ceux qu'il avait jugé incapables de trahir leur parole, y eût-il lui-même manqué vingt fois envers eux. Au moment de monter sur le *Wasp*, il réfléchit que les deux hommes d'équipage, qui se trouvaient avec lui, ne pouvaient que le gêner en cas de fuite, et sa conviction dans l'insuccès final, basée sur l'audacieuse contenance des habitants de France-Station, s'était à ce point fortifiée, qu'il n'hésita pas à se débarrasser de compagnons que leur ignorance des ruses du Buisson rendait dangereux pour sa sûreté.

En quelques minutes, son intelligence subtile et inventive avait bâti tout un autre plan qui, dans sa pensée, devait plus tard lui assurer infailliblement la victoire. La ténacité de Jonathan Spiers dans la haine, le serment de le poursuivre sans trêve ni merci, fait par Olivier et le Canadien, lui étaient de sûrs garants qu'il les entraînerait facilement à sa suite, pour les faire tomber dans le dernier piège qu'il leur tendrait.

— Les steppes de l'Oural sont muets, murmura-t-il entre ses dents... et il ordonna aux deux hommes du *Wasp* de monter à bord du *Swan* avec Amoutoff.

— Tu n'auras pas trop de ces quatre aides pour te prêter main-forte, dit-il à ce dernier.

Le Cosaque eut un pressentiment que le misérable se préparait à fuir, mais il était sans moyen d'action sur lui, et puis, peu lui importait, après tout... il ferait son devoir.

Les deux navires s'élevèrent ensemble dans les airs pour la seconde fois, et Amoutoff, sans s'inquiéter de savoir s'il était suivi, se lança bravement dans la direction de France-Station. En le voyant jouer ainsi carrément la partie, Ivanowitch eut un moment de honte qui lui fit perdre un instant de vue ses prudentes résolutions, et il se précipita à sa suite sans trop se rendre compte de ce qu'il allait faire.

En apercevant le *Swan* qui arrivait comme une bombe sur l'habitation, les Européens jetèrent un regard rempli d'une crainte légitime sur le lac ;... une minute d'hésitation et le secours arriverait trop tard ; mais c'est à peine si leur appréhension dura le temps de l'éprouver, le *Remember* venait de s'élancer hors du lac avec la rapidité d'une flèche, et courait droit sur ses deux satellites pour leur offrir le combat. D'un bond la petite troupe fut debout pour mieux suivre les péripéties de la lutte, et, aussi loin que la vue pouvait s'étendre, émergèrent instantanément du Buisson des milliers de têtes d'indigènes affreusement peints en guerre. En avant et autour de l'habitation les Nagarnooks, en arrière les Ngotaks. Les deux partis, exaltés par des haines séculaires, attendaient avec une joie féroce le moment de s'entr'égorger. Mais, par une sorte de convention tacite, on attendait des deux côtés le résultat du combat aérien qui allait s'engager.

CHAPITRE VII

Le combat. — La mort d'un héros. — Fuite sous l'eau. — Le dernier jour des Ngotaks...

La lutte promettait d'être d'autant plus intéressante et terrible, que les navires, garnis intérieurement d'un épais enduit, *mauvais conducteur* de l'électricité, n'avaient rien à craindre de leurs mutuelles décharges. Ils n'allaient donc pouvoir s'attaquer qu'à l'abordage, et la moindre avarie, survenue aux ailes ou à la partie antérieure du mécanisme qui mettait ces dernières en mouvement, devait avoir pour résultat de précipiter le navire atteint sur le sol, et c'était pour ceux qui le montaient une mort affreuse et infaillible.

Dans ce genre de combat, chacun le comprit immédiatement, si l'avantage était du côté du *Remember* pour la violence et la force des coups, il était largement compensé, du côté des adversaires, par le nombre et la facilité d'évolution des petits navires. Il suffisait que l'un des deux occupât le *Remember* par une attaque de face, pour qu'il devînt facile à l'autre de se précipiter à toute vitesse sur une des ailes de son colossal adversaire et la briser, ou tout au moins la mettre hors d'état de fonctionner ; il était également à peu près certain, dans ce cas, que l'agresseur subirait le même sort, et, comme le vaincu, se perdrait corps et biens ; seulement, le troisième navire restait maître de la situation, et c'en était fait de France-Station et de ses habitants.

Mais, pour arriver à ce résultat, il était de toute nécessité que l'équipage entier de celui des deux satellites qui attaquerait le *Remember* fît le sacrifice de sa vie.

Nul doute, si le *Swan* et le *Wasp* eussent pu une dernière fois communiquer ensemble, qu'Amoutoff n'eût fait à Ivanowitch la proposition de se dévouer lui-même pour le succès de l'opération; il est probable aussi que, sans pouvoir correspondre, si le *Wasp* eût été commandé par un homme de la trempe du Cosaque, la situation leur eût inspiré la même résolution, et dans ce cas, manœuvrant avec entente, le *dénouement* eût appartenu à celui des deux qui eût été en position d'attaquer le premier; mais le capitaine Rouge, qui avait vu immédiatement le danger, ne devait pas laisser à ses adversaires le temps de se concerter. Quant au plan courageux que nous venons d'exposer, plan que la situation indiquait d'elle-même, si Ivanowitch était assez intelligent pour le concevoir, il était trop lâche pour l'exécuter. La vue subite du *Remember* émergeant du lac, où il le croyait hors des atteintes de Jonathan, avait au surplus produit sur lui l'effet de la *Méduse* antique, et pendant quelques instants le *Wasp* dériva dans l'air sans direction. Le capitaine, à qui ce fait n'avait pas échappé, l'attribua à l'ignorance de l'homme qu'Ivanowitch avait dû mettre précipitamment à la tête du petit navire, et croyant que le *Swan* renfermait son mortel ennemi, il lança le *Remember* à toute vitesse sur ce dernier.

D'un coup d'œil, Amoutoff avait compris qu'il ne pouvait compter que sur lui; aussi, ne s'occupant plus du secours qui aurait pu lui venir de son compagnon, il se prépara à soutenir vaillamment la lutte. Il diminua de vitesse pour être toujours maître de sa manœuvre, et, au moment où le *Remember* allait *donner en grand* sur lui, il laissa *porter bas*, et son colossal adversaire, emporté par la force d'impulsion acquise, passa comme un ouragan au-dessus de lui. A peine le *Swan* était-il dépassé, qu'il se relevait en opérant un mouvement de conversion sur lui-même et courait sur son adversaire pour tâcher de le frapper de son éperon à l'arrière.

Le *Remember* n'eut que le temps de faire volte-face, et, son coup manqué, ce fut au tour du petit navire de profiter de sa vitesse pour filer au-dessus de son ennemi.

C'était un spectacle véritablement grandiose, que les assistants suivaient avec une fiévreuse curiosité, et malgré eux, en vertu d'un sentiment tout humain, ils se prenaient à considérer, avec un certain intérêt, ce petit navire qui luttait avec un courage héroïque contre un ennemi vingt fois plus puissant que lui, où on eût dit un canot s'attaquant à un vaisseau de ligne.

Plusieurs assauts furent ainsi évités avec un rare bonheur de part et d'autre, quand, à la suite d'une riposte heureuse, le petit *Swan* parvint à planter son éperon à l'arrière du *Remember*; mais il resta engagé, et, malgré tous ses efforts, fut entraîné comme à la remorque par son colossal ennemi. Jonathan Spiers comprit aussitôt la valeur de son avantage; aussi dirigea-t-il son navire à toute vitesse vers le sol... S'il pouvait l'atteindre avant que le *Swan* pût se dégager, il terminait le combat par la capture de son adversaire.

Ivanowitch crut son lieutenant perdu; c'était le moment de fuir, mais de quel côté se diriger sans être poursuivi cinq minutes après par le *Remember*, dont la vitesse, en raison de la puissance de sa double machine, était de beaucoup supérieure à la sienne. Il prit alors un parti, dont l'audace même devait assurer la réussite, en faisant perdre, pour quelque temps du moins, sa piste à son ennemi. Les évolutions qu'il avait été obligé de faire pour éviter de se trouver dans la ligne de bataille, l'avaient peu à peu conduit audessus du lac; sans hésiter, il dirigea l'avant du *Wasp* vers la plaine liquide et plongea résolument dans les flots, poursuivi par les huées de tous les assistants. Cet acte d'insigne lâcheté enlevait au *Swan*, dans un moment bien critique, sa dernière espérance.

Mais le vaillant petit navire ne se rendait pas encore; entraîné vers la terre par le colosse, aux flancs duquel il était attaché, il faisait de violents efforts pour dégager son éperon sans pouvoir y parvenir. Amoutoff eut une inspiration subite : il porta la main sur la touche qui correspondait avec les *accumulateurs*, une formidable détonation se fit entendre; le *Swan* trembla dans toute sa membrure, comme s'il allait se briser... mais il était dégagé, la commotion lui avait rendu sa liberté; il en profita immédiatement pour revenir sur le *Remember* par une attaque de flanc furibonde, que ce dernier n'évita qu'en se laissant couler à pic pendant quelques secondes.

Un instant Amoutoff avait espéré que la déchirure produite par son éperon dans la coque de son ennemi devait le mettre bas de combat, mais il avait compté sans la double cloison étanche qui le protégeait contre ces sortes d'accidents.

Quoi qu'il en soit, le terrible *Remember* portait les marques de son minuscule ennemi. Vingt-cinq centimètres de plus à l'éperon du *Swan*, et la victoire fût restée à ce dernier.

Mais ces événements avaient grandi Ivanowitch de cent coudées dans l'esprit de tous, car on croyait toujours que c'était lui qui commandait le petit navire et dirigeait cette belle défense. Jonathan Spiers laissait échapper son admiration par des paroles non équivoques.

— Moi qui le croyais lâche, murmurait-il, tout en surveillant les mouvements de son adversaire... mais il a le diable au corps, et si son compagnon avait eu seulement la dixième partie de son audace, j'étais battu avec mes propres armes... Allons! si je le prends vivant, il aura l'honneur de la fusillade... on ne pend pas les gredins de cette trempe... quel dommage qu'il soit aussi perfide et aussi faux qu'il est courageux!

Mais il fallait en finir... Jonathan Spiers comprit qu'avec un pareil adversaire le moindre oubli pouvait lui être funeste ; et il résolut de le poursuivre sans lui laisser un instant de répit, prêt à profiter de la première occasion qui se présenterait de le mettre hors de combat. Réglant alors sa marche sur la sienne, il le suivit, avant contre arrière, sans lui donner le temps de se retourner pour lui faire face ; puis, à un moment donné, il lui envoya dans les ailes toute la charge de ses six *accumulateurs*, que, contrairement à ses satellites, le *Remember* pouvait lancer horizontalement dans toutes les directions. Le fluide était par lui-même sans action destructrice sur l'armature extérieure du *Swan ;* mais le déplacement de la colonne d'air fut tellement violent, que le petit navire, pris dans le centre de la commotion, oscilla sur lui-même comme un oiseau blessé ; cela ne dura que l'espace d'un éclair, mais ce fut assez, le *Remember* l'atteignit avec la rapidité de la foudre et, d'un coup d'éperon, lui enleva l'aile droite : le pauvre *Swan* plongea instantanément dans l'espace et s'abattit d'une hauteur de cinq à six cents mètres sur le sol. Toute sa membrure vola en éclats ; le brave petit navire avait vécu !...

Lorsque Jonathan Spiers toucha terre quelques instants après, il trouva au milieu des débris, sur le gazon rouge de sang, cinq cadavres affreusement mutilés , mais parfaitement reconnaissables... Le capitaine Rouge interrogea avidement leurs visages... L'homme masqué n'était pas parmi les morts !

Olivier et ses compagnons s'étaient hâtés d'accourir pour complimenter Jonathan sur sa victoire ; ils ne furent pas peu étonnés de le trouver en proie à une rage indescriptible.

— Le misérable nous échappe encore ! leur dit-il avec une colère concentrée, et voilà cinq braves gens qui se sont fait tuer courageusement pour lui donner le temps de s'évader... Quel dommage que de tels dévouements ne soient pas mieux employés !

Puis, s'étant penché sur les morts, il les examina les uns après les autres.

— Cela ne m'étonne pas, fit-il en se relevant... Tous cinq sont affiliés à la société des *Invisibles*. Voyez, ils portent l'anneau de fer au doigt ; ce sont les simples soldats de cette armée de naïfs ou d'exaltés que la terrible société fanatise et envoie mourir au loin pour l'exécution de projets qui leur sont inconnus... Et jamais un seul ne recule. Singulier être que l'homme ! il ne se bat jamais mieux que pour les choses qu'il ne comprend pas, pour les idées qui sont au-dessus de son intelligence... Déchirez tous les voiles, renversez toutes les superstitions, proscrivez tous les mystères, et vous faites des hommes qui ne savent plus mourir... Boue et fumée !... Voilà l'humanité.

Olivier et le Canadien ne furent pas peu étonnés en apprenant que l'homme masqué ne se trouvait pas parmi les morts ; une fois de plus, il y avait eu du sang, des cadavres, et leur insaisissable ennemi avait encore trouvé le moyen de s'esquiver à l'heure du danger.

— Mais il n'est pas encore en sûreté, fit le capitaine après quelques instants de réflexion; il y a loin d'ici Melbourne, et, avant qu'il ait quitté l'Australie, je saurai bien découvrir sa piste.

Il étendit alors la main devant le comte Olivier et ses compagnons.

— Messieurs, dit-il d'une voix grave, cet homme est un véritable fléau; à chaque pas qu'il fait, le sang jaillit autour de lui, et la justice de Dieu est trop lente à venir... Je jure devant vous de ne jamais me reposer dans un lit, de ne plus m'asseoir à une table tant que les nombreuses victimes qu'il a faites ne seront pas vengées.

— Et nous vous y aiderons! répondirent en chœur le comte d'Entraygues et le Canadien.

— Tout le monde à bord! commanda alors le capitaine à son équipage qui avait quitté le *Remember*, heureux de respirer l'air pur du dehors et de voir le jour, ce qui ne lui était pas arrivé depuis son départ d'Amérique.

Prescott, le chirurgien, et Davis, le second, se dirigèrent immédiatement du côté du navire, qui se trouvait à quelques pas de là, les panneaux grands ouverts. Mais Holloway et ses hommes n'avaient pas bougé.

Jonathan répéta son ordre.

Le chef des mécaniciens s'approcha de lui.

— Vous avez à me parler, monsieur, fit le capitaine Rouge en attachant sur lui son œil froid et incisif. Et, en disant cela, sa main caressait la crosse de son revolver.

— Oui, capitaine, répondit en balbutiant Holloway.

— Obéissez d'abord, monsieur; quand j'ai donné un ordre, je veux qu'il s'exécute.

Holloway eut un moment d'hésitation.

Le capitaine ne le quittait pas du regard.

Une rébellion était chose grave; par tous pays, les lois maritimes sont d'une sévérité excessive, et, en Amérique comme ailleurs, malgré la très grande liberté du citoyen, le commandant d'un navire peut aller jusqu'au revolver en présence du plus petit acte de révolte.

Or, Jonathan Spiers s'était mis en règle à San-Francisco; il avait son livre de bord, sa patente de nationalité pour ses trois navires et la libre pratique. On n'était donc pas libre de se conduire avec lui comme avec ceux qui, en terme maritime, *ont envoyé leurs papiers par-dessus le bord*, c'est-à-dire n'appartiennent plus à aucun pays et ne vivent que de piraterie...

Holloway le savait... Et ce qu'il savait encore mieux, c'est que le capitaine Rouge, bien nommé, n'hésiterait pas à lui faire sauter la cervelle à la moindre apparence de révolte.

Aussi, bien qu'il en coûtât à son amour-propre d'obéir, après les serments

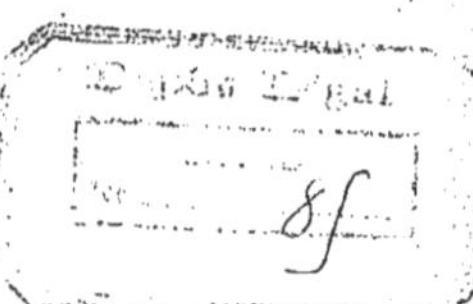

Il s'élança, son arme à la main. (Page 675.)

vingt fois faits devant ses hommes de refuser, quoi qu'il dût arriver, de s'embarquer de nouveau, il prit lentement le chemin du *Remember*, suivi par les autres mécaniciens.

Ils n'avaient pas encore mis le pied dans le navire que Jonathan Spiers appelait Davis et lui donnait à haute voix l'ordre suivant :

— Quarante-huit heures de fers à M. Holloway, pour lui apprendre à obéir une autre fois avec un peu plus d'empressement.

A l'instant même où le chef mécanicien mettait le pied sur le navire, Davis lui passait les fers aux mains et l'emmenait dans le faux-pont.

Les signes du complot ébauché entre Holloway et ses hommes n'avaient pas échappé à Jonathan, mais il avait habilement préféré ne rien faire connaître. Cette punition, acceptée placidement par le chef mécanicien, ajoutée à sa soumission après ses rodomontades passées, le démonétisait pour toujours dans l'esprit de ses hommes, qui, n'ayant plus confiance en lui désormais, refuseraient de l'écouter; toute rébellion future, et elle aurait pu se produire dans un moment plus grave, était d'avance tuée dans l'œuf par cet acte de vigueur.

Il faut avouer cependant que le petit équipage du *Remember* n'était pas tout à fait dans son tort, avec ses velléités d'indiscipline; tout autre homme que Holloway, c'est-à-dire un caractère plus vigoureusement trempé, eût nettement répondu à Jonathan :

— Capitaine, je vous ferai remarquer que nous ne nous sommes pas engagés à servir sur un navire de guerre; et cependant, dès notre première station, vous faites tuer trois des nôtres, et ce n'est pas de votre faute si nous ne sommes pas tous dans le même état que les pauvres gens qui gisent en ce moment à nos pieds. Je prends donc à témoin les personnes présentes, et je refuse de m'embarquer dans ces conditions.

Johnatan se le fût tenu pour dit, car en ayant recours au revolver il se fût exposé à se faire pendre bel et bien en mettant le pied sur le sol des États-Unis.

Tout le monde cependant était rentré, hors le nègre Tom, qui restait aux ordres du capitaine, et M. Littlestone.

Le capitaine se retourna vers ce dernier et, accentuant encore plus fortement ses paroles :

— Vous avez entendu, monsieur? lui dit-il.

— Parfaitement, capitaine.

— Eh bien! qu'attendez-vous pour rejoindre vos camarades?

— Capitaine, j'ai l'honneur de vous donner ma démission, répondit l'honnête plumitif.

— Je n'accepte pas de démission en cours de voyage; du reste, je vous ferai observer que vous êtes engagé pour deux ans.

— Oui, comme agent comptable d'un navire; or, le *Remember* n'est pas un navire.

— Et qu'est-ce donc, monsieur, s'il vous plaît? fit Johnatan, qui sentait la colère l'envahir peu à peu.

— C'est un ballon, monsieur!

— Un ballon?

— Oui, monsieur, un ballon; remarquez, monsieur, que nous sommes venus d'Amérique en Australie, par la voie aérienne; qu'après cinq jours de station au fond de l'eau, ce qui n'est pas une situation normale pour un navire, nous exécutons dans l'air encore une petite promenade qui n'a été nullement de mon goût, monsieur... Jusqu'à présent, nous n'avons marché et agi que dans l'air, le *Remember* est donc un ballon, d'une espèce particulière, il est vrai, mais enfin un ballon... Or, je vous le répète, comme je ne me suis pas engagé à servir sur un ballon...

— Trèves de vos sornettes, monsieur, et obéissez !

— Je n'ai pas l'habitude de débiter des sornettes, monsieur; je ne m'embarquerai pas.

— Prenez garde à vous, monsieur! exclama Jonathan, bleu de colère à cette résistance inattendue. Et il prit son revolver pour l'intimider.

Mais il avait affaire à un homme têtu, ce qui est pis qu'un homme énergique, en certaines circonstances.

— Oh ! vous ne me ferez pas peur, monsieur, répondit Littlestone; je n'ai pas été pendant vingt ans premier clerc de la haute cour de justice de l'État de Californie sans connaître mes droits de citoyen américain.

En entendant ces paroles, le Canadien qui se trouvait à quelques pas s'était brusquement rapproché, et regardait avec attention l'interlocuteur du capitaine.

— Vous ne connaissez pas la loi maritime, hurla Jonathan; obéissez ou sinon !...

— Je me moque de votre loi maritime, répondit sur le même ton Littlestone, véritablement exaspéré; et d'abord votre *Remember* est tout ce que l'on voudra, une caisse à eau, une cloche à plongeur, une boîte à sardines : ce n'est pas un navire.

— Misérable !

— Oh ! je ne te crains pas, je me plaindrai à l'amirauté, et tu verras qui l'on croira de moi, Jonas-Habacuc Littlestone, ancien premier clerc de la cour de justice de l'État de Californie, ou d'un pirate comme toi.

— Littlestone! répéta vivement le Canadien.

— Ah ! c'en est trop, vociféra Jonathan Spiers.

Et il s'élança, son arme à la main, sur le malheureux *purser*, qui avait prudemment battu en retraite.

— Arrêtez! fit le Canadien en se plaçant devant le capitaine; laissez-moi interroger cet homme.

— De quoi vous mêlez-vous? demanda Jonathan, qui, arrivé au paroxysme de l'exaspération, ne connaissait plus personne; et il voulut repousser Dick pour le forcer à lui livrer passage, mais le géant le maintint d'une main comme s'il se fût agi d'un enfant, et, de l'autre, il lui arracha son revolver qu'il jeta au loin sur le gazon.

— Vous me rendrez raison de cette violence! criait Jonathan en se débattant.

— Quand vous voudrez, répondit le vieux trappeur d'un ton calme, qui fit sur le capitaine l'effet d'une douche froide... mais je vous aurai toujours empêché de commettre un assassinat.

— Excusez-moi, Dick, reprit Jonathan honteux de son emportement.

— Je n'avais pas à intervenir pour vos hommes d'équipage, car je suppose que vous avez su introduire les clauses nécessaires dans leur engagement, aucun n'ayant protesté ; mais, franchement, à l'égard de votre *purser*, qui croyait servir simplement sur un navire, vous ne pouvez, sans sa volonté, le forcer à passer sa vie dans l'air ou sous l'eau, et aucune autorité maritime ou autre ne vous eût donné raison ; et puis j'avais un autre motif que vous allez connaître. — Vous êtes bien M. Jonas-Habacuc Littlestone, ex-premier clerc de la haute cour de justice de San-Francisco? continua-t-il en s'adressant au personnage qu'il venait de sauver.

— C'est à lui-même que vous parlez, répondit le brave homme avec une dignité comique.

— Eh bien, moi, répliqua simplement le Canadien, je suis Dick Lefaucheur, le mari d'Ann-Mary Littlestone.

Un moment interdit, le brave clerc balbutia avec une émotion croissante :

— Quoi! c'est vous, Dick... oh! je vous ai cherché bien longtemps... Et... et... Ann-Mary, fit-il avec effort, comme s'il se fût attendu à la réponse qu'il allait recevoir.

— Morte il y a dix ans, répondit sourdement le Canadien.

Et il ajouta en dévorant ses larmes...

— C'était une si bonne femme... je ne sais pas comment je ne l'ai pas suivie dans la tombe.

— Dick !... Dick !... bégayait le pauvre clerc en sanglotant, nous n'étions pas très bien ensemble... autrefois... oui... pas très bien ensemble... vous étiez un peu trop... et moi je n'étais pas assez... et puis, mistress Littlestone avait mis la discorde entre nous... Dick, voulez-vous que nous nous aimions comme deux frères en souvenir de la pauvre morte?

— Je le veux bien, Jonas... répondit le Canadien en lui tendant les bras.

Littlestone se laissa tomber sur la poitrine de son beau-frère en murmurant : Pauvre Ann-Mary, pauvre Ann-Mary !...

— Aho ! très touchant... oui, véritablement très touchant! fit Gilping, qui, trônant sur Pacific, avec qui il avait fini par faire la paix, regardait cette scène en connaisseur. Cela me rappelle la rencontre de Tobie avec son vieux père.

Et il entonna à mi-voix le 72ᵉ verset du 125ᵉ psaume :

« Et le fils retrouvera son père après avoir longtemps erré dans le désert, et il y aura joie dans la maison, car l'Éternel a dit : Honore ton père et ta mère, si tu veux vivre longuement. »

Et, comme de juste, il répéta l'air avec variations sur son instrument.

Cette reconnaissance, avec accompagnement de clarinette, fut d'un effet irrésistible pour calmer les esprits, encore légèrement surexcités ; et ce fut en souriant que Jonathan Spiers vint offrir la main à Littlestone, en signe de réconciliation.

— La musique adoucit les mœurs, dit sentencieusement John Gilping... Aho! très touchant... je vais inscrire cela sur mes *block-notes* pour le raconter à mistress Gilping... Je n'avais jamais vu ces reconnaissances avec réconciliations instantanées que dans les romans de M. Bulwer-Lytton, ou de M. Dickens ;... je pourrai certifier que cela existe, et cela n'avait rien de préparé... je suppose.

Et le futur lord Woangow de Woangow Hall inscrivit gravement sur son carnet d'impressions la date et le nom des héros de l'aventure.

Dès le début de la scène, Samuel Davis avait fait fermer les panneaux du *Remember* pour sauvegarder le prestige du capitaine aux yeux de l'équipage.

L'affaire s'arrangea au gré de tous, et il fut convenu que master Jonas-Habacuc Littlestone, chez qui la vocation aéro-marine risquait de ne jamais se développer, resterait avec son beau-frère le Canadien.

— Tout m'est expliqué maintenant, fit le brave plumitif: ces impatiences que j'avais dans les jambes, ce désir immodéré des voyages qui m'est passé subitement... quelque chose m'attirait en Australie !

— La voix du sang, monsieur Jonas... la voix du sang, répliqua Gilping, émerveillé des découvertes sentimentales et physiologiques qu'il faisait : encore une chose à noter sur mes *block-notes*...

— Et maintenant, en chasse, dit le capitaine Rouge à qui ces événements avaient fait perdre un temps précieux ; nous allons d'abord explorer le lac Eyréo.

— L'homme masqué ne vous y aura pas attendu, mon cher capitaine, répondit le comte d'Entraygues ; il n'a pris cette voie, soyez-en sûr, que pour mieux dissimuler sa piste, et il se sera hâté de la quitter dès qu'il se sera cru hors de vue.

— Je suis de votre avis, monsieur le comte, aussi est-ce sur la route de Melbourne et de Sydney que je vais le poursuivre ; mais je ne puis négliger d'interroger le lac, peut-être y trouverais-je quelque indice révélateur.

A la suite de la défaite de leur allié, les Ngotaks s'étaient retirés en masse sur leurs grands villages ; mais dans la nuit qui suivit cet événement, entourés par deux mille guerriers nagarnooks, qui brûlaient de venger sur eux la mort de leur grand chef Willigo, ils furent tous massacrés jusqu'au dernier. Pas un n'échappa pour relever la race. — La tribu des Ngotaks avait vécu. Ce sinistre événement, resté célèbre en Australie, est encore désigné de nos jours sous le nom de l'*Extermination Noire*.

Deux mois après, le capitaine Rouge rentrait seul, avec son nègre Tom, à France-Station ; au départ, il avait rencontré, sur une des berges du lac, les débris du *Swan* qui ne formaient plus qu'un amas inutile de fer et de bronze : tous les rouages en avaient été brisés, mis en pièces avec une infernale habileté, puis le feu avait été mis à la provision de poudre qui se trouvait dans les soutes, et l'explosion avait achevé l'œuvre de destruction.

Jonathan Spiers avait alors fouillé l'Australie en tous sens, sans pouvoir retrouver, pas plus dans le Buisson qu'à Sydney et à Melbourne, la moindre trace de l'homme masqué.

Il avait dû s'embarquer à Melbourne sous un faux nom.

Jonathan revenait furieux, mais plus ardent que jamais à la vengeance, pour proposer à ses amis de se lancer ensemble à la poursuite du misérable. En Europe, et surtout en Russie, où, selon toute apparence, il avait dû se réfugier, lorsqu'à un jour de l'habitation, comme il donnait quelques heures de repos à son équipage et était parti avec Tom pour faire un tour de chasse le long du *Swan-River*, il avait entendu tout à coup une formidable explosion, qui l'avait ramené en toute hâte au lieu où son navire avait atterré.

Un spectacle épouvantable l'y attendait : maladresse ou malveillance, un des hommes du bord avait dû fermer le tube d'échappement des *accumulateurs*, et l'électricité, n'ayant plus de voie de dégagement, avait fait explosion, il n'était pas resté une plaque de fer, grande comme la main, du *Remember*.

— Soupçonnez-vous quelqu'un? avait demandé le comte d'Entraygues.

— Holloway! avait répondu Jonathan... Davis, Prescott et les hommes de l'équipage prenaient leur repas sur l'herbe, à une certaine distance du navire, la commotion a été si violente qu'elle a suffi pour les tuer tous; j'ai retrouvé leurs cadavres, un seul manquait, celui d'Holloway! Maintenant il se peut qu'il se soit trouvé à bord, et dans ce cas il ne sera pas resté un atôme de lui... mais s'il est vivant, ah! jour de Dieu, qu'il prie son patron de le protéger, car fût-il caché au fond des steppes de la Sibérie, des jungles de l'Inde ou des pampas de l'Amérique, je le retrouverai... et alors!

— Le mal peut se réparer, quelle que soit la somme que vous jugiez nécessaire pour reconstruire le *Remember*, Dick et moi nous la mettons d'avance à votre disposition.

— Reconstruire le *Remember!* jamais! vous ne savez donc pas que j'ai passé dix années de ma vie à faire fabriquer secrètement toutes les pièces, en cent endroits différents, afin qu'on ne pût surprendre mon secret, dix années à en polir les rouages, à les perfectionner, à les ajuster; j'étais jeune, j'avais l'espérance qui fait vivre et la haine qui fanatise...

— Qui haïssiez-vous donc avec cette ardeur?

— L'humanité!

— L'humanité?

— Oui, l'humanité entière, l'humanité lâche et bête, qui se met à genoux devant la force brutale, qui la fouaille comme un chien qu'on renvoie au chenil et qui se venge de sa bassesse en proscrivant tout ce qui est faible et déshérité, parce qu'il ne peut se défendre, tout ce qui est grand et généreux, parce qu'il fait honte à son égoïsme, à sa jalousie, à ses vices.

— Et maintenant?

— Maintenant, je n'ai plus la force de haïr. Bien jeune encore, vous m'avez rattaché à la vie, alors que je désespérais. Je vous retrouve dans mon âge mûr et vous me faites croire au bien et à la justice... S'il y a des êtres qui souffrent, m'avez-vous dit un jour, mieux vaut les secourir, les consoler, que les venger; et ces paroles seront désormais ma devise. Non, je ne reconstruirai pas le *Remember*... il ne faut pas tenter Dieu !... et j'aurais peur de céder de nouveau à mes mauvais instincts.

Il y a deux hommes dont je purgerai la terre : l'un, l'homme masqué, parce que lui, vivant, je le sais, vous n'auriez jamais ni tranquillité, ni repos... l'autre, Holloway, parce que les cadavres mutilés de mes pauvres compagnons me crient sans cesse : Justice! vengez-nous !...

Six semaines après ces événements, le comte d'Entraygues et Dick, laissant le placer sous la direction du brave Collins, partaient avec Jonathan Spiers, accompagnés de Laurent, le fidèle serviteur du comte, de Littlestone, du nègre Tom et de Woan-Vah, l'*engagé* du Canadien, pour Paris, où nous les retrouvons, et où le comte va enfin apprendre, au milieu des circonstances les plus singulières et les plus dramatiques, que l'homme masqué et le colonel russe Ivanowitch ne font qu'un seul et même personnage.

Nous verrons, qu'à la suite d'un conseil où les plus graves questions avaient été agitées, le comte et ses amis s'étaient décidés à partir pour les steppes de l'Oural, où devait avoir lieu la réunion générale des membres de la société des Invisibles.

DEUXIÈME PARTIE

LE SECRET DE L'HOMME MASQUÉ

CHAPITRE PREMIER

Le général don José Corrazzon. — Attaques nocturnes. — L'œil d'un policier.

— Minuit, messieurs, c'est, dit le vieil adage, l'heure des crimes et des honnêtes gens! permettez-moi de vous quitter, fit un jeune homme de vingt-huit ans environ, à la figure énergique et bronzée comme après une longue campagne sous les tropiques. Nos lecteurs auront facilement reconnu, en lui, le comte Olivier de Lauraguais d'Entraygues.

Ces paroles il les adressait à un groupe d'élégants et corrects *gentlemen* réunis, dans un des petits salons du cercle de la place Vendôme, par une causerie qui avait dû être des plus attrayantes, car d'unanimes protestations se firent entendre aussitôt.

— On ne se retire pas à cette heure, mon cher! exclama l'un d'eux; c'est à peine si les petits enfants sont couchés.

— C'est une mauvaise plaisanterie! répartit un second; on ne vous fait pas venir l'eau à la bouche avec un tas d'aventures toutes plus merveilleuses les unes que les autres, pour s'arrêter à l'endroit le plus intéressant, ni plus ni moins qu'un roman-feuilleton... Et encore si tu nous disais : La suite à demain.

— Par ma foi, mon cher Olivier, ajouta un troisième personnage, vous nous avez à ce point intéressés avec vos Mangeurs de feu et les scènes de la vie australienne, vous les narrez si bien, que j'ai fort envie de prendre le prochain steamer pour aller mener un peu cette vie si pleine d'émotion et d'imprévu de batteur de Buisson !

— Pour peu que cela vous intéresse, messieurs, répondit le jeune homme, je vous répondrai comme vient de le dire Gontran : « La suite à demain »; je suis forcé ce soir de vous demander la permission de me retirer.

Et, envoyant de la main un salut amical à ses amis, il sortit en souriant, sans écouter les protestations qui accompagnaient son brusque départ.

— Faut-il faire avancer une voiture à monsieur le comte? demanda le chasseur qui se tenait dans l'antichambre.

Après avoir consulté sa montre en se disant à lui-même :

— Une heure encore devant moi! j'irai à pied.

Olivier refusa; et, allumant un cigare, il gagna lentement les bords de la

En quelques brasses, il vint se heurter aux masses de pierre. (Page 686.)

Seine, tout en paraissant plongé dans une profonde méditation, qui ne lui
permit pas de remarquer que, depuis sa sortie du cercle, deux individus,
mis comme lui avec une rare élégance, le suivaient à une distance de vingt-
cinq à trente mètres.

Après une légère pointe dans la rue de Rivoli, il était arrivé à la Seine par
le Carrousel, semblant comme à plaisir allonger son chemin, sans doute pour
laisser s'écouler cette heure qu'il avait encore à dépenser.

On était aux derniers jours de mars; la saison, fort en avance cette année, était d'une douceur printanière, et il semblait aspirer avec plaisir les émanations balsamiques dont la brise du soir se chargeait sur les marronniers en fleur des Tuileries.

Quelle que fût la gravité du motif qui avait fait quitter le cercle à Olivier à une heure qui n'a rien de tardif dans les habitudes parisiennes, pour le moment, il se rendait simplement à l'hôtel de la rue Saint-Dominique qu'habitait le marquis son père, ainsi que nous l'avons vu au début de cette histoire, et où lui-même, depuis qu'il était arrivé à l'âge d'homme, possédait son appartement particulier.

Le jeune comte était à Paris depuis une huitaine de jours environ. Il avait quitté l'Australie avec son vieil ami Dick le Canadien, le capitaine Jonathan Spiers, son fidèle Laurent, M. Littlestone et quelques serviteurs indigènes, à la suite d'importants événements qui avaient impérieusement exigé leur présence en Europe.

Le brave Collins avait été commis à la garde de France-Station et du placer des Cygnes, qui se trouvaient également sous la protection de la puissante tribu des Nagarnooks.

Les ouvriers du placer, enrichis par l'exploitation, avaient été licenciés. En deux années, la mine avait rapporté à Olivier et à Dick seulement la somme énorme de cent millions de dollars, entièrement réalisés, moitié en 3 pour 100 français, moitié en consolidés anglais, les deux valeurs les plus sûres du monde, et en titres *nominatifs*, car Olivier se souvenait du vol de toute sa fortune, qui avait été précisément la cause de son départ pour l'Australie.

Très honorable John Gilping, esquire, membre de la Société royale de Londres, de l'Evangelic-Society, du Missionary-Club, du The Italy Bible's Association, etc., n'avait pas encore achevé d'étiqueter, cataloguer, classer, diviser ses admirables collections zoologiques et minéralogiques dont il devait faire cadeau au British Museum, avec rapport y annexé, traitant de l'ethnographie des races australiennes, suivi de considérations générales sur toutes les races humaines étudiées d'après leurs conformations nasales et divisées en races qui parlent du nez, races qui parlent de la gorge, et races qui parlent des dents. Collections et rapport qui devaient lui valoir de her most gracious majesty la reine une nomination de baronnet au titre australien de lord Woangow de Woangow Hall, avec siège à la Chambre des lords, et tabouret pour lady Gilping de Woangow, au petit lever de Sa Majesté.

Le brave homme avait promis de prendre le paquebot suivant avec l'aimable et débonnaire Pacific, dont il avait juré de ne jamais se séparer.

En raison des services signalés qu'il avait rendus au comte Olivier et à Dick, ces derniers s'étaient montrés d'une générosité princière avec lui, et

Gilping allait pouvoir rentrer dans son pays avec une fortune respectable
d'un demi-million de livres, soit un peu plus d'une douzaine de millions de
francs. Arrivant par la voie de Suez, Gilping devait s'arrêter à Paris pendant
quelques jours, pour voir ses amis.

Olivier avait quitté l'Australie sans esprit de retour, et le Canadien n'avait
pas voulu l'abandonner dans la grave situation où il se trouvait, car sa lutte
avec les Invisibles était arrivée à son maximum d'intensité; mais en perdant
de vue les côtes de Melbourne, le vieux trappeur s'était juré à lui-même de
revenir sur cette terre australienne qu'il aimait tant, dès que son jeune ami
n'aurait plus besoin de ses services; son vœu le plus cher était de passer ses
derniers jours dans cette petite colonie de France-Station qu'il avait créée,
près de ses chers Nagarnooks et du tumulus où avaient été enfouies les
cendres de son vieil ami Willigo.

Revenu de ses rêves malsains et de son ambition dévorante, le capitaine
Rouge, qui avait perdu son *Remember* et ses deux satellites dans les derniers combats dont l'Australie avait été le théâtre, et que nous avons fait
connaître, s'était dévoué corps et âme à la cause du comte d'Entraygues;
mais, comme le Canadien, dont il était devenu l'ami à toute épreuve, il n'aspirait qu'au retour sur les bords du lac Eyréo, qu'il considérait comme la
terre promise où son âme inquiète, loin des agitations des pays civilisés et
de la méchanceté des hommes, trouverait enfin la tranquillité et la paix dont
elle avait besoin.

Ce petit groupe d'hommes, dont nous avons suivi les exploits sur les terres
australes, se trouvait donc transporté presque tout entier à Paris, où il faisait ses préparatifs pour se rendre au cœur de la place, c'est-à-dire en
Russie, afin d'y livrer la bataille suprême à ses insaisissables ennemis les
Invisibles.

L'ancien hôtel de La Trémoille, voisin de celui de Lauraguais, avait été
loué par le jeune comte pour y installer ses amis, car l'antique demeure du
vieux marquis n'eût point suffi à les recevoir tous sans gêner ce dernier
dans ses goûts et ses habitudes.

En changeant de théâtre, la lutte allait changer de caractère et dépasser
encore l'héroïque épopée du Buisson. Le capitaine Rouge avait fait adopter
un projet d'une extraordinaire audace, mais qui devait d'un seul coup terminer le combat à l'avantage du comte d'Entraygues; il s'agissait de s'emparer non seulement du conseil suprême tout entier, mais encore du grand
chef des Invisibles, et de leur dicter les conditions de la paix.

Toutes les années avait lieu sur un point quelconque de la Russie, ignoré
de tous jusqu'au dernier moment, une réunion générale des délégués du
monde entier. Ces délégués recevaient sous pli cacheté le nom du lieu où ils
devaient se rendre, Varsovie, Smolensk, Novogorod, Tiflis, etc., et là seulement on leur faisait connaître le siège de la réunion définitivement choisi.

C'était presque toujours un endroit isolé dans les gorges du Caucase, les steppes du Don ou de l'Oural, ou quelque plage ignorée de la Caspienne, de l'Aral ou de la Baltique.

Quelquefois même on sortait des possessions russes. L'année d'avant, le grand *convent* s'était tenu sur l'Indus, dans les caveaux souterrains d'un ancien temple bouddhiste en ruine depuis des siècles.

En dehors des moyens d'exécution, la réalisation du hardi projet du capitaine présentait donc des difficultés qui eussent été insurmontables, si son auteur n'eût affirmé à ses amis qu'il arriverait à connaître longtemps d'avance le lieu où se tiendrait la prochaine assemblée. Quant au coup de main final, l'or devait jouer un grand rôle dans son accomplissement.

Ce même soir devait avoir lieu, à une heure du matin, chez le jeune comte, une séance importante, à laquelle allait assister Luce le policier, entièrement rallié, comme on sait, à la cause d'Olivier. Il pouvait rendre des services d'autant plus grands que, affilié à la société des Invisibles, il avait su jusque-là se conduire avec tant d'habileté, que le Grand-Conseil le considérait comme son agent le plus actif et le plus fidèle à l'étranger, et l'avait nommé délégué général pour la France, avec Paris spécialement dans ses attributions, où il était chargé de la haute surveillance des agents russes.

Inutile de dire que Luce ne conférait directement qu'avec le comte d'Entraygues, et avec des déguisements d'une telle perfection qu'il pouvait défier qui que ce fût de le reconnaître.

Le matin, un nègre avait abordé Olivier sur le boulevard, pour lui annoncer que Luce serait exact au rendez-vous du soir, puis s'était éloigné en saluant humblement, emportant les salutations du jeune homme pour son maître ; or, c'était Luce lui-même qui s'était ainsi travesti ; tout y était, lèvres lippues, nez aplati, coloration spéciale des cils et de la paupière... Cet homme-là avait le génie des métamorphoses.

On racontait de lui, à la préfecture de police, quand il était chef de la sûreté, des traits invraisemblables. Il maniait le *mastic* des acteurs avec la perfection d'un sculpteur, et en moins de deux heures, devant sa glace, avec n'importe quelle photographie, il se faisait, comme on dit dans l'argot du lieu, *la tête du bonhomme*.

Un jour, sur l'ordre du préfet de police lui-même, il se fit le visage de ce dernier, et, pendant une heure, reçut les chefs de service de la préfecture sans qu'aucun d'eux se fût aperçu de la substitution.

Quand on l'interrogeait au sujet de son départ de cette administration, il l'attribuait à un mouvement d'amour-propre froissé par un passe-droit. Mais nul n'avait jamais connu la véritable raison de sa mise à la retraite *sur sa demande*.

Quand il revint d'Australie, il fit connaître au Grand-Conseil la conduite généreuse du comte d'Entraygues à son égard, en déclarant qu'il préférerait donner sa démission plutôt que d'être employé à nouveau contre l'homme à qui il devait la vie; la noblesse de cette action lui avait valu l'estime des chefs de la société, qui n'en avaient eu que plus d'estime pour lui; en réponse, il avait reçu l'assurance qu'il serait désormais entièrement déchargé de cette affaire. Seulement, plus tard, quand il se laissa gagner par l'offre d'un million pour servir les intérêts du comte, contre cette même société, il comprit *quelle faute de police* il avait commise en se désintéressant de l'*affaire d'Entraygues;* car, scrupuleux exécuteurs de leur promesse, ses chefs ne lui faisaient plus de communications à cet égard, et dans la nouvelle tournure que prenaient les événements, il ignorait absolument si le Grand-Conseil avait connaissance du retour d'Olivier et de ses compagnons à Paris, et quelles mesures nouvelles avaient pu être décrétées contre eux.

Il espérait bien, grâce à son habileté, parvenir à percer ce mystère; mais il se trouvait en face de difficultés qui, sans cela, n'eussent pas existé pour lui.

La seule chose que le comte n'avait pas pu obtenir de son nouvel allié, était la divulgation de la véritable qualité de l'homme masqué.

— Je vous défendrai contre lui, avait-il répondu; si je le puis, je vous mettrai même en présence du seul homme devant qui il se soit démasqué en Australie, le serviteur nègre du lutteur Tom Powell, dont on n'a jamais retrouvé les traces après le vol de deux cent cinquante mille francs commis au préjudice de son maître; mais ne me demandez pas de me parjurer en vous dévoilant ce que, sur l'honneur, j'ai promis de ne jamais vous révéler.

— Mais quel intérêt a donc cet homme à ne pas être connu de moi? il est donc assez lâche pour craindre mes justes représailles?

— Il y a cela d'abord... puis, comme il est votre rival, et qu'il sait que, vous mort, la princesse Maria Féodorowna n'épouserait jamais votre meurtrier, il ne veut pas que personne puisse jamais faire devant elle la preuve contre lui.

Le comte n'avait pas insisté.

Singulier mélange de grandeur et de bassesse que ce Luce : esclave d'un côté d'une parole d'honneur donnée à un misérable, il n'hésitait pas de l'autre à trahir la société qui l'employait.

Effet inévitable peut-être de l'influence de la profession sur les caractères. Nombre de policiers sont comme lui des hommes d'honneur dans leurs relations individuelles, qui n'hésitent pas à se glisser dans des associations, à se faire même salarier par elles, pour ensuite les mieux trahir. Exigence de métier, ils font de la police !

Dans tous les cas, c'était une puissante recrue qu'avait faite là le comte d'Entraygues; elle valait certes le million qu'il l'avait payée.

Comme on le voit, le jeune homme avait de quoi occuper ses pensées dans le trajet qu'il accomplissait du cercle de la place Vendôme à la rue Saint-Dominique.

Arrivé à la hauteur de la place de la Concorde, il s'engagea sur le pont, à peu près désert à cette heure; les deux hommes qui le suivaient avaient doublé le pas, et se trouvaient en ce moment à une dizaine de mètres de lui.

Parvenu au milieu du pont, le comte aperçut tout à coup un individu, dont il n'avait pas remarqué la présence, enjamber brusquement le parapet, comme s'il eût voulu se précipiter dans le fleuve; s'élancer sur lui pour l'empêcher de commettre cet acte de folie fut l'affaire d'un instant; mais l'homme était vigoureux; il se débattait comme un diable, et Olivier avait toutes les peines du monde à le maintenir : apercevant alors les deux personnages qui l'avaient suivi, il leur cria :

— A mon secours, messieurs, cet homme veut se précipiter dans la Seine!

Les inconnus accoururent à son appel, et, avant que le jeune comte eût eu le temps de se reconnaître, il fut empoigné par les trois individus réunis, soulevé et lancé dans le fleuve.

Nageur émérite, il prit instinctivement, en tombant, la position du plongeur, et, quelques secondes après, il reparaissait à la surface. Malgré le saisissement naturel qu'il éprouvait, il entendit des pas précipités qui allaient en s'éloignant du pont, et pensa que ce devait être ses assassins qui s'enfuyaient.

Il se mit à nager vigoureusement vers la berge la plus rapprochée, celle du palais Bourbon. Au même instant, d'une barque qui s'était détachée du rivage et accourait à son secours, il entendit distinctement cet appel :

— Courage, monsieur, nous sommes à vous.

En quelques instants le canot fut près de lui; mais au moment où il mettait la main sur le plat-bord pour aider ses libérateurs à le hisser près d'eux, il reçut, destiné à la tête, un vigoureux coup d'aviron accompagné de ces mots :

— Cette fois il a son compte, j'en réponds.

Mais Olivier, voyant le mouvement, avait rapidement levé son bras gauche, qui était libre, en avant, et le coup avait entièrement porté sur ce membre.

Malgré la vive douleur qu'il ressentit, il ne perdit rien de sa présence d'esprit et se laissa à l'instant glisser comme un homme qui vient de perdre connaissance; mais à peine avait-il disparu de la surface, qu'il plongea et se mit à nager entre deux eaux; il était à une faible distance du pont, et, réfléchissant que l'ombre épaisse portée par les piles le protégerait suffisamment, il se dirigea de ce côté, et en quelques brasses vint se heurter aux masses de pierre des fondations; alors il se laissa remonter doucement à la surface en suivant la muraille; par un heureux hasard, il se trouvait sous le pont; l'obscurité était telle, qu'il ne voyait pas les boucles de fer qui

sont disposées de distance en distance sous les arches pour servir précisément de soutien aux naufragés. En tâtonnant, il parvint à en saisir une, et,
fort de ce point d'appui, il se mit à inspecter le fleuve; l'embarcation, montée
par l'individu qui l'avait frappé, tirait de petites bordées au milieu du fleuve,
pour s'assurer qu'il ne reviendrait pas à la surface. Au bout d'un quart
d'heure de cette manœuvre, le petit canot, au lieu d'aller reprendre la place
qu'il avait quittée sur la rive, se mit à remonter la Seine et arriva, en quelques instants, sous l'arche même qui abritait sa victime.

A partir du moment où elle était entrée dans la ligne d'ombre, Olivier
n'avait même plus distingué la silhouette de l'embarcation; il ne courait
donc aucun risque d'être aperçu. Mais au passage il entendit un des deux
hommes qui la montaient dire à l'autre :

— Je suis fâché de ne pas lui avoir jeté mon nom au moment où tu le
frappais; il aurait su au moins, avant de mourir, qui est ce fameux homme
masqué qui, paraît-il, l'intrigue au plus haut point.

Olivier tressaillit dans l'ombre et prêta une oreille attentive, pour essayer
de suivre le plus longtemps possible cette conversation si intéressante
pour lui.

— Ma foi, mon cher...

Le nom se perdit dans une rafale de brise qui s'engouffra sous le pont, et
le reste de la phrase ne parvint pas jusqu'à lui. L'embarcation, du reste,
avait disparu.

Se croyant cette fois complètement à l'abri d'une nouvelle attaque, il
gagna la berge en quelques minutes, et, grâce à la rampe qui se trouve près
du pont, il put aisément aborder et gagner le quai par l'escalier de communication; mais à peine avait-il dépassé le parapet de pierre, que deux ombres
se dressèrent devant lui et il se sentit violemment frapper à l'épaule; le
coup était certainement destiné au cœur.

Olivier poussa un retentissant appel au secours.

Deux sergents de ville, qui tournaient en ce moment le coin du palais
Bourbon et de la rue de Bourgogne, accoururent au pas de course; les
assassins, surpris, laissèrent tomber leur poignard et prirent la fuite, chacun
d'un côté opposé pour diviser la poursuite.

La manœuvre réussit pleinement, car le comte étant tombé lourdement
sur le sol, les deux agents, qui n'avaient pas eu le temps de se concerter,
avaient couru d'abord au secours de la victime, cédant en cela à un sentiment naturel; puis, quand l'un des deux, après avoir crié à son collègue :
« Cours au blessé! » voulut se mettre à la poursuite de celui des assassins
qui avait fui de son côté, ce dernier avait disparu.

Il revint alors vers le comte, que son camarade soutenait dans ses bras;
tous deux allaient le transporter au poste du palais, lorsqu'un brillant attelage
déboucha du pont, et, sur l'ordre du maître, s'arrêta près du petit groupe.

— J'ai entendu le cri d'appel poussé par la victime, fit ce dernier en sautant à terre, et j'ai donné l'ordre à mon cocher d'accourir.

L'homme qui parlait ainsi était un noir d'une quarantaine d'années, d'une tournure, ce qui est rare dans la race, pleine de distinction. Il était en tenue de soirée et portait en sautoir le grand cordon bleu de l'ordre de l'*Annonciade* de Panama.

Le jeune comte revenait en ce moment de son évanouissement.

— C'est extraordinaire, fit un des agents ; il est mouillé comme s'il sortait de la Seine.

— Vous ne vous trompez pas, répondit le blessé d'une voix faible, c'est le troisième assaut que je subis en un quart d'heure ; les misérables m'ont d'abord jeté dans la Seine, ils ont ensuite essayé de m'assommer dans le fleuve ; et, n'ayant pas réussi, ils m'ont poignardé au sortir de l'eau.

— Quelle audace ! exclama un des agents, à deux pas de notre poste.

— Veuillez m'aider à regagner ma demeure, messieurs ; je sens que ma blessure doit être fort légère, le coup a dévié et glissé le long de l'épaule.

— Ma voiture est à votre disposition, monsieur, dit l'étranger.

— J'accepte avec reconnaissance, monsieur.

— Vous plairait-il de nous donner votre nom et votre adresse pour notre rapport, fit l'un des agents.

— Comte Olivier de Lauraguais d'Entraygues, hôtel de Lauraguais, rue Saint-Dominique, répondit le jeune homme.

Le gentleman noir salua, et les deux agents s'inclinèrent profondément ; pendant que l'un d'eux inscrivait sur son calepin de service les indications qu'il venait de recevoir, l'autre aidait le comte à monter dans la voiture.

— Je suis le général don José Corrazzon, ministre plénipotentiaire de la république de Panama à Paris, fit l'étranger ; enchanté, monsieur le comte, de pouvoir vous être utile dans cette douloureuse occasion.

L'agent s'était assis près du jeune homme et l'aidait à se soutenir.

— Monsieur le comte n'a plus besoin de vos services, dit don José Corrazzon à l'agent, je le remettrai moi-même à ses gens.

— Je regrette de ne pouvoir déférer aux désirs de Votre Excellence, répondit l'agent ; mais nous ne devons abandonner un blessé qu'après l'avoir reconduit à son domicile, c'est la consigne.

— Quand il est seul, insista don José, mais dans le cas présent...

— En tout état de cause, Excellence ! Je me ferais destituer si je vous obéissais ; en dehors de la nécessité de protéger le blessé jusqu'à ce qu'il soit en lieu sûr, nous devons nous assurer à son domicile de son identité. Monsieur le comte m'excusera, le règlement n'est certes pas fait pour les gens de sa classe, mais tous les jours nous relevons des blessés qui refusent d'indiquer leur nom et leur domicile.

Il n'y avait plus moyen d'insister ; don José se tut et prit place à son tour

Le comte lut à haute voix. (Page 695.)

dans la voiture, en ordonnant au cocher d'aller au pas jusqu'à l'hôtel de Lauraguais pour ne pas fatiguer le comte.

La blessure du jeune homme était en effet des plus légères, à peine une
égratignure qui n'avait même pas donné de sang; le coup, lancé de haut en
bas en plongeant, avait porté tout entier dans les vêtements, et l'évanouissement avait plutôt été causé par l'émotion que par la douleur.

Arrivé à son hôtel, le comte remercia chaleureusement l'ambassadeur de

Panama de sa gracieuse assistance, remit sa carte à l'agent pour abréger son service, en le priant de ne pas entrer, sa présence pouvant effrayer le vieux marquis avant qu'il ait pu se rendre compte du peu de gravité de l'état de son fils; et introduisant sa clef dans la petite porte de service, il rentra chez lui d'un pas ferme, comme si rien ne lui était arrivé.

L'agent s'inclina d'un air profondément respectueux devant don José, et fit semblant de s'éloigner; mais à peine la voiture avait-elle repris sa course, qu'il se lança à sa poursuite, et l'ayant atteinte, se suspendit aux ressorts de l'arrière, en murmurant:

— Ce particulier-là m'avait joliment l'air de vouloir rester seul avec le comte... et puis, il s'est trouvé là comme à point nommé après trois agressions successives... Un général nègre !... Enfin... faudra voir!

La voiture reprit le pont de la Concorde, les Champs-Élysées, puis un peu avant l'arc de triomphe, tournant dans la rue de Tilsitt, s'engouffra, sans diminuer d'allure, sous la porte cochère d'un hôtel princier, qui se referma derrière elle.

L'agent n'avait eu que le temps de lâcher les ressorts auxquels il s'était accroché, ce qui lui valut une chute sur les reins contre le dallage de la voie cochère. Deux secondes de plus, et il était entraîné dans la cour de l'hôtel.

Avisant alors un marchand de vin qui fermait sa devanture, il s'approcha de lui, en ayant l'air d'arpenter la rue en service.

— Qui donc habite cette magnifique propriété? fit-il presque sans s'arrêter.

— Le général don José Corrazzon, ambassadeur de Panama, répondit le débitant.

— Merci ! Bonsoir, camarade.

— Bonsoir, monsieur l'agent.

Et Froler, c'était son nom, sans compter celui de *Boit-sans-soif* qu'on lui avait donné dans sa corporation, continua à s'éloigner de ce pas lent et cadencé particulier aux veilleurs de nuit, sans céder aux tentantes sollicitations du marchand de vin.

Au retour, il s'arrêta à considérer longuement l'hôtel du général nègre, tout en se livrant à une foule de méditations, qu'il termina par ces mots, en reprenant le chemin du poste :

— N'empêche... Où allait donc le général nègre en traversant, à une heure du matin, le pont de la Concorde dans le sens du palais Bourbon, puisqu'il habite près de l'arc de triomphe de l'Étoile?... Faudra voir !... faudra voir ! Demain je ne suis pas de service... voilà de quoi occuper mon temps.

Froler, bien nommé *Boit-sans-soif*, ancien brigadier de la sûreté et un des plus fins limiers du service, avait été cassé pour ivrognerie invétérée et mis à pied dans la police municipale, où le costume et la sévérité de la discipline permettaient de le surveiller plus facilement.

Le coup avait été rude pour lui, car il avait l'amour du métier, et avait été en passé un moment d'ambitionner le poste, si envié dans la police, de chef de la sûreté. Il allait être nommé sous-chef lorsqu'il se fit destituer, ayant, en état d'ivresse, laissé échapper un dangereux criminel, que l'on avait en vain cherché pendant de longues années et que lui seul avait été capable de dépister.

Mais il avait juré de reconquérir son grade, et depuis sa mésaventure personne ne pouvait prétendre l'avoir surpris en face d'un verre de vin. Ostensiblement, au poste et à la crémerie où il prenait ses repas, il ne buvait que de l'eau.

Il rêvait de se réhabiliter par un coup d'éclat, et il était du matin au soir toujours à la piste de quelque grosse affaire.

Quelle que fût la véritable situation du général don José Corrazzon, et qu'il eût ou non quelques peccadilles sur la conscience, à partir de ce jour il devait veiller au grain, car il venait de se mettre sur les bras le plus habile, le plus implacable et le plus acharné des surveillants.

CHAPITRE II

Le conciliabule. — Double condamnation à mort.

Le comte Olivier était monté rapidement dans sa chambre, pour réparer les désordres de sa toilette et prendre un cordial qui achevât de le remettre. Quand il pénétra dans le salon où ses compagnons l'attendaient, nul n'aurait pu retrouver sur son visage la moindre trace des événements qui venaient de s'accomplir.

Dans un coin du salon, un élégant officier de marine feuilletait attentivement un album ; il était entré sans se faire annoncer, et sa présence avait été une grande gêne pour les assistants, qui, en attendant, le comte n'avaient osé engager aucune conversation particulière.

Averti du sans-façon avec lequel l'inconnu s'était présenté, Olivier résolut de le lui faire sentir, sans manquer lui-même à la plus stricte politesse.

— A qui ai-je le plaisir de parler, monsieur, et qu'est-ce qui me vaut l'honneur de votre visite à cette heure ?

— Mon Dieu, monsieur... il est peut-être un peu tard pour...

— Un peu matin, voulez-vous dire...

— Soit ! je ne tiens pas à la nuance... Excusez ma brutale franchise de marin. Nous disions donc : il est peut-être un peu matin pour me présenter chez vous, mais ayant appris que vous arriviez d'Australie et me disposant moi-même à m'y rendre, j'ai désiré recevoir de vous quelques renseignements sur le pays.

Le jeune comte ne savait comment recevoir la chose, et s'il devait se fâcher ou prendre cet original par la douceur, lorsque tout à coup on entendit le prétendu officier de marine éclater de rire, en disant :

— Il est inutile de continuer, je suis Luce ! Capitaine, vous avez perdu votre pari.

Jonathan Spiers poussa une exclamation d'étonnement et se leva pour venir inspecter le déguisement du policier, car il ne pouvait croire à une aussi prodigieuse habileté. Il avait défié Luce la veille, et avait même engagé un pari, qu'il le reconnaîtrait du premier coup d'œil malgré tous ses artifices.

— Vous êtes fort, monsieur ! dit-il au policier après l'avoir longuement examiné, et je suis assuré que vous pourrez nous rendre d'immenses services.

Cette petite scène n'avait duré que quelques minutes et était la conséquence naturelle de l'habitude qu'avait prise Luce de ne venir chez le comte que travesti d'une façon méconnaissable pour dépister la police des Invisibles ; sans cela, il n'eût pas perdu son temps à de pareils enfantillages.

La réunion ne tarda pas à prendre une tournure d'une gravité exceptionnelle. Olivier ayant fait part des trois attentats successifs auxquels il n'avait échappé que par miracle, il fut décidé qu'il ne sortirait plus qu'accompagné, et le Canadien s'offrit, avec le jeune Ngotak Woan-Wah, pour lui servir de garde du corps.

— Paris est plus dangereux que le Buisson australien ! fit mélancoliquement le vieux trappeur.

— Et l'on s'y cache surtout plus facilement, répondit Luce.

Le pauvre Canadien était complètement dépaysé dans la grande ville ; il se sentait inutile dans cette nouvelle phase de la lutte, où les habiletés de police remplaçaient le revolver et la carabine, et il aspirait après le moment où, dans les steppes russes, il pourrait retrouver ses libres allures de coureur des bois.

— Ainsi, dit le capitaine Rouge, l'*homme masqué* est ici ?

— Il n'y a que lui, soyez-en sûr, répondit Luce, qui soit de taille à organiser un guet-apens comme celui de ce soir.

— Du reste, continua Olivier, le lambeau de phrase que j'ai entendu sous le pont ne laisse aucun doute à cet égard.

— Je ne crois pas, repartit le policier, que, son coup manqué, il reste longtemps à Paris ; et puis, le Grand-Conseil doit avoir hâte de savoir de lui-même les détails des événements qui se sont passés en Australie. Au jour, je me mettrai en campagne et, le soir même, je vous rendrai compte de l'état de mes recherches.

Mais il était une piste que Luce, sans en parler encore à ses compagnons, se promettait de suivre avec une ardeur peu commune : c'était celle de l'ambassadeur de Panama, don José Corrazzon, dont l'intervention dans l'aventure du comte lui paraissait des plus singulières; mais la conversation prit peu à peu une tournure telle qu'il fut contraint de faire connaître à tous la nature de ses soupçons.

Après avoir raconté dans son ensemble le triple guet-apens dont il avait failli être victime, Olivier était revenu sur certains détails particuliers, pour les compléter à mesure que telles ou telles circonstances oubliées lui revenaient à la mémoire.

L'insistance du général noir à vouloir éloigner l'agent produisit sur Luce le même effet que sur Froler, et lui donna la presque conviction que l'inconnu devait être pour quelque chose dans le complot.

Le comte ne voyait là, au contraire, qu'une répugnance qu'il trouvait, jusqu'à un certain point, légitime, par un concours qu'il jugeait parfaitement inutile, blessant même; la présence d'un agent de la police dans la voiture du général semblait, en effet, donner au service que ce dernier rendait un caractère qui pouvait ne pas lui plaire.

— Il me fait l'effet d'un parfait gentleman, fit Olivier par manière de conclusion; et, dès demain même, j'irai en personne le remercier à son hôtel.

— Vous ne ferez pas cela, monsieur le comte, dit Luce d'un ton résolu.

Après les dernières paroles du jeune homme, il ne pouvait plus garder le silence.

— Et pourquoi, mon cher monsieur Luce?

— Parce que je vois dans cette démarche un grave danger pour vous.

— Expliquez-vous, je ne vous comprends pas.

Aux regards d'étonnement que tous les assistants jetaient sur lui, le policier comprit qu'il allait être seul de son avis; mais, après les soupçons qu'il avait conçus, il était de son devoir de parler.

— Monsieur le comte, répliqua-t-il aussitôt, je dois vous avouer que ce don José Corrazon ne m'inspire qu'une médiocre confiance.

— Est-ce parce qu'il est venu à mon secours? fit le comte légèrement piqué.

— Pardon, ce sont les deux agents qui sont venus à votre secours; le général ne s'est montré que quand vous ne couriez plus aucun risque.

— Mais il accourait à mon appel!

— Il l'a dit!

— Il l'a prouvé, puisque en somme il a été attiré par mes cris et s'est trouvé près de moi presque en même temps que les agents.

— Eh bien, je persiste à vous dire, monsieur le comte : N'allez pas chez don José Corrazon. Vous ne connaissez pas encore toute la force, toute la puissance de vos ennemis. Faut-il vous rappeler dans quelles circonstances nous nous sommes connus et me citer en exemple? Un agent choisi par vous arrive à Melbourne, il a toute votre confiance, vous lui livrez tous vos secrets ; votre vie même, vous la remettez entre ses mains ; et il se trouve que les Invisibles, avertis de vos projets, ont le talent de vous glisser un des leurs entre les mains. Après un pareil fait, comment ne craignez-vous pas que votre ombre même ne soit que le reflet d'un Invisible?

Permettez-moi de vous retracer les faits tels que je les suppose. L'homme masqué vous a précédé à Paris ; il sait que vous allez arriver, et il prépare si bien son embuscade, qu'il prévoit le cas où, sachant nager, vous allez pouvoir vous retirer du fleuve ; une embarcation se trouve là à point nommé et on tente de vous assommer d'un coup d'aviron ; mais ce n'est pas tout, le cas où vous échapperez est encore prévu, et vous n'avez pas mis les pieds sur le quai que vous tombez frappé d'un coup de poignard. Tout cela est de l'histoire... Eh bien, je vais plus loin, moi, et je soutiens que votre ennemi ne s'était pas arrêté en si beau chemin, et que, allant jusqu'au bout de ses déductions, il avait encore prévu la possibilité pour vous d'échapper à ce troisième assaut, et qu'une voiture se trouvait à quelques pas de là, chargée d'accourir à vos cris, de s'offrir pour vous transporter à votre hôtel, et, dans le trajet, vous deviez être achevé par vos prétendus libérateurs... Que risquaient-ils à cette dernière combinaison? Rien absolument. La police avait constaté l'attaque, le genre de blessure, le nom et la qualité de la victime; qui donc eût trouvé étonnant que vous eussiez succombé à vos blessures? Le prétendu général don José Corrazon remettait un cadavre à l'hôtel de Lauraguais, et tout était dit. C'était un coup de maître, ça, voyez-vous !

— Vous me faites frémir, mon cher Luce! fit le jeune comte en souriant ; mais n'êtes-vous pas, par métier, un peu disposé à voir tout en noir? A ce compte, j'aurais dû me méfier aussi des deux agents.

— Si le général vous eût sauvé malgré les agents comme ces derniers, d'après moi, vous ont sauvé du général, je vous dirais carrément : Les agents étaient des affiliés des Invisibles.

— Vous avez réponse à tout.

Pendant que Luce parlait, le vieux trappeur, qui suivait avec un intérêt croissant les explications données par le policier, avait plusieurs fois, sans s'en rendre compte, incliné la tête en signe d'acquiescement; l'ancien chef de la sûreté l'avait remarqué; aussi, profitant habilement de l'alliance qu'il venait de conquérir, il répondit à Olivier :

— Tenez, monsieur le comte, je m'en rapporte, soit dit sans blesser personne ici, à celui de vous tous qui éprouve pour vous l'affection la plus pure, la plus entière, la plus désintéressée, à celui qui vous a donné les plus grandes preuves de dévouement, à votre vieil ami le Canadien; qu'il juge entre nous !

— Olivier n'ira pas à l'hôtel du général don José Corrazon ! s'écria l'interpellé d'une voix ferme.

— Quoi! vous aussi, Dick?

— M. Luce a raison, mon ami. Je ne prétends pas que célui que vous défendez ne puisse être un parfait honnête homme, accouru par hasard à votre secours; mais, dans la situation où nous nous trouvons, vous devez, en effet, vous défier même de votre ombre.

— Et si nous nous trompons, quelle opinion l'ambassadeur de Panama aura-t-il de moi en me voyant oublier ainsi les prescriptions de la plus vulgaire politesse; et, dans le cas où je viendrais à le rencontrer dans le monde, quelle figure pourrai-je faire en sa présence?

— Et si nous ne nous trompions pas, Olivier, répliqua Dick avec une singulière insistance; et si vous alliez ne plus sortir de l'hôtel de cet homme, rappelez-vous le guet-apens du consulat de Melbourne, où M. Luce lui-même nous avait attirés.

— Tenez, monsieur le comte, continua l'ancien chef de la sûreté, vous n'êtes pas obligé de faire votre visite aujourd'hui même; et votre blessure, si légère qu'elle soit, vous permet de retarder l'accomplissement de ce devoir; eh bien, donnez-moi deux jours, et je me fais fort de vous démontrer que mes pressentiments ne m'ont pas induit en erreur.

— Je vous les accorde volontiers, Luce, répondit le jeune homme.

A ce moment, Laurent, le fidèle serviteur du comte, qui n'assistait pas au début de la réunion, entra, pâle comme un mort; et se soutenant à peine, il tenait à la main un large pli scellé de noir, aux armes des *Invisibles*, comme son maître en avait déjà reçu deux fois, dans des circonstances que le brave homme n'avait pas oubliées.

— Qui a apporté cela? demanda Olivier.

— Je l'ignore, répondit le pauvre diable, la voix étranglée par l'émotion.

— Allons, remets-toi, Laurent, et explique-nous...

— C'était, comme les autres fois... placé en évidence sur le petit guéridon de la chambre de monsieur.

Le comte avait brisé le cachet.

Il lut à haute voix :

« *A Olivier, comte de Lauraguais d'Entraygues*,

« Salut !

« Que la justice de Dieu te reçoive à miséricorde.

« Nous, membres de la société des Invisibles, délégués par le conseil suprême pour l'exécution de ses décrets, arrêts et ordonnances,

« Faisons savoir audit Olivier, comte de Lauraguais d'Entraygues :

« Que par sentence rendue le 20 mars dernier, approuvée par le grand chef de ladite société, il a été condamné à mort.

« Pour, ladite sentence être exécutée dans les trois jours de la signification des présentes.

« Signifié à Paris, le 28 dudit mois, en l'hôtel de Lauraguais, à deux heures du matin.

« *Signé :* Piotre Artamoff.

« Ivan Iaroslaw.

« Serge Tchernaïef. »

A la lecture de cette pièce, un frisson d'horreur avait parcouru la réunion.

Avant que l'émotion fût calmée, Tom, le nègre du capitaine Rouge, arrivait de l'hôtel de La Tremoille et remettait à son maître un pli de la même origine.

— A mon tour, fit Jonathan Spiers.

C'était, en effet, une seconde condamnation à mort prononcée contre le membre de la société des Invisibles Fédor, n° 333, pour crime de haute trahison, disait le dispositif, seule différence qui existât entre celle prononcée contre le comte, qui ne contenait pas de motifs.

La sentence était exécutoire dans le même délai.

Un silence pénible planait sur toute l'assemblée, quand, tout à coup, pour ajouter au dramatique de la situation, on entendit une voix sourde et lointaine, comme un écho... ou comme ces chants qu'on entend le soir sur les grèves, laisser tomber une à une ces paroles de la sentence :

« Que la justice de Dieu vous reçoive à miséricorde ! »

CHAPITRE III

Le cas de Luce. — La chambre secrète. — Comment on se débarrasse d'un espion.

Luce habitait un charmant petit appartement au cinquième, dans un vaste immeuble qui possédait deux entrées, l'une dans la rue Neuve-des-Capucines, et l'autre donnant sur le boulevard de ce nom. Cette situation avait été choisie par lui à dessein : surveiller les allées et les venues des locataires d'une maison aussi considérable, ainsi que de tous ceux que pouvaient y appeler leurs affaires, était chose à peu près impossible. Il avait réservé l'entrée du boulevard pour ses sorties régulières, et affecté spécialement celle de la rue des Capucines à ses travestissements. Pour achever de faire du lieu une vraie demeure de policier, sous prétexte que son appartement ne suffisait pas à ses besoins, il avait obtenu du propriétaire, afin d'y installer son cabinet de travail, une petite chambre dont les croisées donnaient sur la rue opposée, et de cette façon, sans sortir de la maison, il pouvait d'un côté

Il lui envoya un violent coup de tête dans la poitrine. (Page 703.)

surveiller toute la ligne du boulevard, de la Madeleine à la rue de la Paix, et
de l'autre, se transportant dans son bureau, la plus grande partie de la rue
des Capucines.

Il passait dans la maison pour un honnête fonctionnaire en retraite, s'occupant d'inventions photographiques; mais il n'était connu que du concierge
du boulevard, qui lui présentait sa double quittance de loyer, bien que la
chambre séparée dont il avait la jouissance dépendît de l'autre partie de

l'immeuble. Le concierge de la rue des Capucines ne l'avait jamais vu que sous ses divers déguisements, et comme Luce ne manquait jamais de lui demander le médecin du troisième, il l'avait toujours pris pour un client de ce dernier.

Ainsi le policier possédait dans Paris, sans quitter la maison qu'il habitait, un lieu où nul ne le connaissait, et où il eût mis toute la police de sûreté au défi de le découvrir. Il s'était plusieurs fois passé la fantaisie de se demander lui-même à ses deux concierges sous un de ses déguisements habituels, — « au cinquième, escalier B, porte à droite, » avait dit l'un. — « Connais pas, » avait répondu l'autre. Les plus fins limiers, surtout avec un homme de cette habileté, y eussent perdu leur latin. Son appartement du boulevard, installé avec une certaine élégance, n'avait rien de particulier, et on eût pu le fouiller de fond en comble sans y découvrir quoi que ce soit de particulier. Il était servi par un nègre qu'il avait ramené d'Alger, où il avait été commissaire central, et une gouvernante. Aucun des deux ne connaissait la chambre mystérieuse où nous allons nous transporter, car Luce s'y trouvait en ce moment, occupé à une transformation radicale de sa personne. A la suite de l'importante réunion qui venait d'avoir lieu chez le comte Olivier, où de sérieuses résolutions que nous connaîtrons bientôt avaient été arrêtées en commun, il était rentré rapidement chez lui.

Luce se trouvait en ce moment dans une situation des plus graves, qu'il avait jugé inutile de faire connaître à ses compagnons, car ces derniers ne pouvaient l'aider en rien à cette occasion.

Il avait été obligé de donner sa démission à la suite d'une affaire mystérieuse qui était restée inconnue du public, mais en se privant de ses services par ordre supérieur, la préfecture de police lui avait fait allouer le chiffre de pension le plus élevé qu'elle pouvait accorder, en le prévenant que s'il sortait jamais un mot de sa bouche, ou si l'on venait à découvrir, *ce que l'on craignait,* qu'il eût conservé par devers lui quelque papier important ayant trait à l'affaire qui l'avait contraint à résigner ses fonctions, non seulement il perdrait le bénéfice de la pension de six mille francs dont il jouissait, mais il risquait d'être enlevé une belle nuit dans son lit et expédié sur les côtes de la Guyane, à l'île du Salut, ainsi nommée, sans doute, parce que le transporté n'a plus qu'à y songer à son salut dans l'autre monde. Il n'y a pas d'exemple, en effet, qu'un homme y ait pu vivre plus de six mois.

Or, une dénonciation circonstanciée était arrivée à la préfecture, accusant Luce d'avoir conservé, et caché en lieu sûr, un double du dossier de la mystérieuse affaire, qu'il avait fait copier en une nuit par son secrétaire particulier. Si ce dossier existait entre ses mains, on voulait s'en emparer à tout prix, et comme on ne supposait pas son détenteur assez naïf pour le garder chez lui, on le faisait filer depuis une quinzaine de jours pour savoir s'il n'avait pas, sous un nom supposé, un second logement dans quelque coin de Paris.

Dès le premier jour, Luce s'était aperçu qu'il était suivi ; il rentra pour examiner à loisir les inspecteurs qu'on avait chargés de cette besogne. Ils étaient deux, l'un pour le jour et l'autre pour la nuit.

— Oh ! oh ! fit-il, ordre est donné de ne pas me perdre de vue ; c'est grave.

Un novice les eût simplement dépistés en passant dans sa chambre secrète et en ne sortant plus que sous un déguisement ; mais il comprit que cette note arrivant soir et matin pendant huit jours au rapport : « N'est pas sorti de chez lui, » ferait porter tout l'effort de la police sur la maison qu'il habitait et pourrait amener la découverte du secret de son double logement ; il imagina alors, pour se débarrasser d'une surveillance gênante, une ruse des plus simples.

Il sortit un jour avec une malle vide et un sac de nuit à la main, prit une voiture et se fit conduire à la gare de Lyon. Au moment où il prenait son billet, l'inspecteur était derrière lui.

— Melun ! fit-il au guichet.

Et il eut la satisfaction d'entendre son surveillant prendre son billet pour la même destination.

Il était huit heures du soir, le train partait à huit vingt-cinq ; il s'installa au buffet et envoya le garçon lui prendre un second billet pour Maisons-Alfort. Il s'était arrangé de façon à laisser croire que ce dernier lui rendait simplement la monnaie de sa consommation.

Ayant remarqué qu'à chaque station l'inspecteur se mettait à la portière pour surveiller les voyageurs quittant le train, il profita de la nuit pour descendre à contre-voie à Maisons-Alfort, au risque d'un procès-verbal. Mais de ce côté justement attendaient les voyageurs remontant à Paris, et il put se glisser au milieu d'eux sans être aperçu par les employés de la voie. Il s'esquiva et rentra par le tramway, son sac de nuit à la main, laissant l'inspecteur filer tranquillement sur Melun. Quant à la malle vide, il en avait fait le sacrifice.

— Monsieur va en voyage ? avait demandé sa gouvernante au départ.

— Oui, je pars pour quelque temps.

— Et si on demande monsieur ?

— Vous direz que je suis en Tartarie.

Et Luce s'était frotté les mains, en se disant :

— S'ils l'interrogent, ils verront que je me moque d'eux... Oh ! messieurs de la préfecture, vous vous croyez de force à *rouler* votre ancien chef de la sûreté !

Il s'était bien gardé de rentrer chez lui, mais s'était rendu directement à sa chambre secrète par l'entrée de la rue Neuve-des-Capucines, où désormais il allait vivre, ne sortant que déguisé à la barbe des agents, qui dès le lendemain avaient repris leur poste sur le boulevard attendant son retour.

L'inspecteur parti avec lui était revenu de Melun tout penaud, et avait reçu, l'oreille basse, la qualification d'imbécile dont l'avait généreusement qualifié son chef.

Dès qu'on s'était aperçu que Luce se savait suivi, on avait détaché en observation sur le boulevard-le dessus du panier de la sûreté... mais Luce ne rentrait pas. Au bout de huit jours, on expédia un placier en vins à son domicile pour se renseigner.

— Parti pour la Tartarie, fit l'agent en revenant.

Une seconde épithète d'imbécile atteignit également le pauvre diable, et on chargea de l'affaire deux de ces hommes de choix qu'on a toujours en réserve pour les grandes occasions.

Le duel entre la préfecture et l'ancien chef de la sûreté devenait intéressant.

Cela durait déjà depuis quinze jours, les deux inspecteurs se relayaient jour et nuit avec une patience inaltérable; ils avaient juré de ne pas quitter leur poste avant que Luce ne fût rentré.

Et ce dernier se tordait de rire, en allant tous les jours à ses affaires sous un déguisement nouveau.

La chambre où il ne rentrait guère que pour se déguiser et se coucher, car il ne se fiait pas aux hôtels, où le moindre événement peut vous forcer à prouver votre identité, était ornée d'un petit cabinet noir où il avait installé son lit et trois grandes malles, dans lesquelles étaient empilés tous les vêtements que l'on peut imaginer faits à sa taille, avec les coiffures qui s'y rapportaient. Il ne mettait jamais de perruque, prétendant, avec raison, que cela seul suffisait pour faire deviner le déguisement à un homme du métier. Dans les grandes occasions, il usait simplement de teintures instantanées.

Quant à la chambre, elle était encombrée d'épreuves photographiques et d'objets relevant de cet art, dont il s'occupait réellement à ses rares heures de loisir.

Au moment où nous pénétrons près de lui, il était en train de se transformer en cocher de bonne maison qui prend son jour de sortie.

Sous ce déguisement, il pouvait aller un peu partout, sans se faire remarquer de personne.

Sa toilette terminée, il se regarda complaisamment dans une glace de pied encastrée dans la muraille de sa chambre, ne se reconnaissant pas lui-même, tellement il avait su donner à son visage, à l'aide de quelques touches habiles, l'expression commune et vulgaire, relevée d'une certaine prétention naïve, qui est la caractéristique de la profession.

En attendant le moment d'agir, il s'en fut tranquillement dîner à trente-deux sous au Palais-Royal.

Ce qui faisait de Luce un artiste de génie dans sa profession, c'est que, quel que fût son déguisement, depuis le moment où il mettait le pied dans la rue jusqu'à celui où il rentrait, il était toujours en scène. On pouvait le suivre, s'attacher à ses pas, il était impossible de saisir dans ses manières la plus petite note discordante, le moindre écart, qui pût faire présumer qu'il n'était pas *de la partie*. Ouvrier, il se mêlait à ceux de la profession qu'il avait choisie, sans jamais leur inspirer l'ombre d'un doute sur sa véritable qualité. Il excellait de même à remplir tous les rôles, négociant, rentier, boursier, ingénieur, officier de terre ou de mer, il était aussi irréprochable qu'en fort de la halle ou en rôdeur de barrières. Il se conduisait toujours, en un mot, comme l'eût fait un individu appartenant réellement à la profession ou au métier qu'il choisissait, selon les nécessités du moment.

Dans la réunion tenue chez le comte d'Entraygues, il avait été chargé, à la suite du grave incident qui s'y était produit, de découvrir le lieu où les trois délégués du conseil suprême des Invisibles qui avaient eu l'audace de signer la sentence devaient se cacher en attendant l'heure d'accomplir leur mandat. Sous le coup de l'émotion produite par la remise audacieuse du pli cacheté dans la demeure même du comte, et surtout par la voix qui s'était fait entendre répétant une phrase de l'arrêt, Olivier eût désiré que le policier s'occupât d'abord de découvrir ce mystère ; mais Luce lui avait répondu avec son sens pratique :

— La chose est sans importance immédiate, eu égard au danger que court votre existence et celle du capitaine ; jusqu'à présent les émissaires du grand conseil avaient simplement reçu l'ordre de s'emparer de votre personne ; en dernier lieu, on y avait ajouté cette clause : « Mort ou vif. » Mais une condamnation régulière n'avait pas encore été prononcée contre vous. Il ne faudrait donc pas prendre cet arrêt pour un simple acte d'intimidation ; soyez assuré que les trois délégués ne rentreront en Russie qu'après l'avoir exécuté, à moins qu'ils ne succombent eux-mêmes dans l'exécution. Là est le danger, et c'est à cela qu'il faut parer sans plus tarder. Quant aux mystérieuses allures de la remise de l'acte et à la voix que nous avons entendue, c'est de la pure mise en scène, dont les Invisibles sont coutumiers et qui peut faire grand effet en Russie, pays de superstition et de crédulité, mais qui doit vous faire sourire à Paris. Votre hôtel, monsieur le comte, est mitoyen, sur la gauche, d'une maison ordinaire de location : une simple chambre habitée au dernier étage par un affilié des Invisibles, et tout le mystère disparaît. Votre hôtel est de construction ancienne, regardez vos vastes cheminées, d'une autre époque, qui donnent facilement passage à un homme, et vous comprendrez comment on a pu s'introduire dans votre chambre pour y déposer le pli que vous avez reçu, et nous lancer en même temps, par la même voie, cette phrase qui a de prime abord produit sur vous une aussi forte impression. Cette explication est la vraie, car elle est la seule qui soit possible ; nous ne sommes plus au temps de la magie et de la sorcellerie, pour admettre une intervention occulte.

Cette opinion, vivement et lucidement exprimée, conquit immédiatement tous les suffrages.

Luce continua :

— Il importe donc de découvrir la demeure des sicaires envoyés contre vous, afin de les prévenir, car il n'y a pas d'autre moyen d'en finir avec eux que le revolver et le poignard. Je me charge volontiers de la première partie du programme ; quant à la seconde, ce ne sera pas trop du concours de tous : car, croyez-le bien, on n'a dû expédier contre vous que des gens habiles et décidés à tout.

— L'attentat de ce soir en est la preuve, avait répondu le capitaine Rouge.

— Pas de confusion, monsieur Jonathan ; je crois que les signataires exécuteurs de votre condamnation à mort ne sont pour rien dans l'attaque subie par M. le comte, j'y vois simplement la main de l'homme masqué poursuivant sa vengeance personnelle, et non un commencement d'exécution de l'arrêt du conseil suprême ; l'avenir vous montrera que je vois juste.

— Sur le terrain actuel de la lutte, monsieur Luce, fit alors le vieux trappeur, nous ne pouvons que suivre et vos conseils et votre direction ; parlez, que devons-nous faire ?

— A mon avis, vous ne pouvez rester ici ; on peut, nous en avons la preuve, s'y introduire trop facilement. Permettez-moi donc de vous offrir un asile pour quelques jours, où je mets au défi qui que ce soit de vous découvrir, à condition qu'on ne vous y voie pas entrer.

— Et cet asile est...

— Chez moi, je n'en connais pas de plus sûr ; c'est un annexe de mon appartement, que mes domestiques eux-mêmes ne connaissent pas : je l'habite depuis quinze jours à vingt-cinq ou trente mètres d'eux, sans qu'ils s'en doutent, ils me croient en voyage.

L'offre de Luce avait été acceptée, et avant que le policier pût commencer ses investigations, il lui restait à introduire le comte d'Entraygues, Dick et le capitaine Rouge dans sa chambre secrète.

Il avait été décidé que Laurent resterait à l'hôtel avec M. Littlestone, le nègre Tom et Woan-Vah, dont la vie ne courait aucun danger. Tout au contraire, la présence de cinq personnages de plus aurait pu entraîner de graves inconvénients dans la rue Neuve-des-Capucines.

Rendez-vous avait donc été pris pour le soir. Son dîner terminé, Luce prit une voiture fermée et se fit conduire à l'hôtel de Lauraguais. Un individu de mine suspecte qui rôdait aux alentours, éveilla son attention, mais il n'y avait pas de temps à perdre ; le policier fit monter les trois hommes dans l'intérieur et dit au cocher, en se plaçant à côté d'eux :

— Au bois de Boulogne.

— On est en noce, hein ! répondit ce dernier qui prenait Luce pour un cocher de maison.

— Ma foi oui, et il y aura un bon pourboire.

Le cocher du fiacre fit claquer son fouet et partit à fond de train pour faire honneur à son collègue.

Par la vitre de l'arrière, Luce vit le rôdeur se précipiter sur leurs traces et rejoindre la voiture à laquelle il se suspendit.

Le policier comprit le danger de se laisser filer, il mit la main sur la portière, l'entr'ouvrit doucement, et en même temps qu'il pressait la sonnerie d'arrêt, il sautait lestement à terre, et se trouvait en présence de l'inconnu qui venait d'en faire autant.

Sans hésiter, il lui envoya un violent coup de tête dans la poitrine, qui l'étendit sur la chaussée, et s'élançant cette fois sur le siège à côté du cocher :

— Ventre à terre, lui dit-il.

— Qu'est-ce que c'est donc que ce particulier ? fit le collègue.

— Un de la *rousse*, répondit Luce ; j'ai accroché hier un bourgeois que j'ai à moitié démoli, le *sergot* n'a pas eu le temps de prendre mon numéro.

— Tiens, je te croyais *de maison* ?

— J'y étais, mais pas de liberté, tu comprends... et je suis entré à la Compagnie... Pour lors, on m'a mis les inspecteurs aux trousses avec mon signalement, et en voilà un qui m'a reconnu au moment où je venais chercher des amis.

— Alors tu lui as fait son affaire... Eh bien !... sois sans crainte... plus souvent qu'il nous rattrapera. Et il enleva son cheval d'un vigoureux coup de fouet.

Luce se levant à demi jeta un coup d'œil en arrière ; l'homme renversé s'était relevé d'un bond et courait avec une vitesse extraordinaire après le coup terrible qu'il venait de recevoir.

Mais le cocher s'était piqué d'honneur... et puis, un collègue qui avait écrasé un bourgeois et rossé un mouchard... Que ne ferait-on pas pour lui ?

Pendant quelques instants, l'homme parut prendre un peu d'avantage, mais peu à peu, le cheval, s'échauffant sous les coups, se mit à dévorer le terrain et on vit bientôt le poursuivant renoncer de lui-même à la lutte, et la voiture garda son train d'enfer jusqu'aux Champs-Elysées.

— Maintenant, aux boulevards ! fit Luce ; il a entendu quand je t'ai dit : « Au bois de Boulogne », et il va mettre la moitié de la brigade à nos trousses.

Arrivé à la Madeleine, Luce le fit arrêter, lui mit dix francs dans la main, et les quatre personnages continuèrent le chemin à pied.

Il était temps, l'inconnu s'était jeté dans un fiacre qui passait et était arrivé assez tôt pour voir la voiture qu'il poursuivait tourner l'angle de la rue Royale et du boulevard. Quand il arriva lui-même à cet endroit, il n'aperçut plus rien ; son adversaire, *à vide*, venait de se ranger derrière les voitures de la station ; il le reconnut à la livrée et à l'essoufflement du cheval couvert d'écume... mais que faire, ceux dont il lui importait de ne pas perdre les traces n'y étaient plus.

Luce et ses compagnons passèrent devant la loge du concierge de la rue Neuve-des-Capucines sans éveiller son attention, occupé qu'il était à déguster une gibelotte de lapin, chef-d'œuvre de son épouse, et quelques instants après ils se trouvaient en sûreté dans la chambre verte.

Le policier prit une veste d'écurie, une casquette cylindrique, et muni d'un panier, s'en fut à la provision ; il revint avec du pain, du vin, des viandes froides, du jambon et quelques fruits.

— Je vous supplie de ne pas sortir avant mon retour, dit-il au jeune comte et à ses deux amis, il est des cas où la bravoure personnelle est inutile, dangereuse même ; vous le voyez, si au lieu de venir vous chercher ce soir je vous eusse simplement donné rendez-vous au dehors, vous étiez pris. Vous eussiez envoyé Laurent vous chercher une voiture ; il y a gros à parier qu'il s'en fût trouvé une à point nommé, comme hier soir pour M. le comte, le cocher vous eût fait passer par une rue déserte, près d'une embuscade toute préparée, et peut-être à l'heure qu'il est, la sentence des Invisibles serait-elle exécutée.

Le Canadien n'avait plus l'occasion d'employer ses forces et son courage, mais c'était un homme d'un sens simple et droit qui, même au désert, s'était toujours rendu à la justesse d'un raisonnement : aussi Luce trouvait-il toujours en lui un partisan décidé et convaincu.

— Soyez certain, monsieur, dit-il au policier, que personne ne bougera avant que vous ne veniez vous-même nous délivrer.

— Cependant, hasarda le comte, ne pourrions-nous, monsieur Luce, vous aider dans votre expédition ? Trois hommes résolus à vendre chèrement leur vie peuvent être d'un grand secours à un moment donné.

— S'il s'agissait d'aller droit au combat, monsieur le comte, je n'hésiterais pas un seul instant à vous dire : « Venez ! » mais nous n'en sommes point là, et votre présence paralyserait toutes mes recherches. Comment voulez-vous que quatre hommes restent, sans attirer les regards, des heures entières en faction, au coin d'une rue, inspectant un carrefour, demandant un renseignement, suivant une piste enfin ?... Vous devez comprendre que c'est impossible !... à chacun son métier. Il faut que je découvre trois hommes dans Paris dont je n'ai ni le signalement, ni les noms, car soyez sûr que les signatures de l'arrêt sont fausses pour vous donner le change, ou que si ces noms sont vrais, les trois hommes que nous cherchons en ont pris d'autres

— Serrez-lui le cou s'il ne veut pas se tenir tranquille. (Page 711.)

pour mieux déguiser leurs traces à Paris ; donc, il faut que je trouve ces
hommes sans que le plus léger indice vienne me mettre sur leurs traces.
Comment voulez-vous, excusez ma franchise, ne pas être une pierre d'a-
choppement pour moi, alors que sur trois, deux d'entre vous ne connaissent
rien de la grande ville au milieu de laquelle je dois manœuvrer ; et l'autre,
quoique Parisien, n'est pas beaucoup plus avancé, car rien dans sa vie passée, ses habitudes, son éducation, ne l'a préparé au rude métier que je fais ?

— M. Luce a raison, comte, intervint franchement le capitaine Rouge, et si vous voulez mon avis en toute sincérité, eh bien, j'estime que si nous ne suivons pas de point en point sa direction, nous nous ferons bel et bien massacrer, et cela *dans les trois jours*, comme dit fort élégamment notre arrêt de mort.

Malgré la répugnance que le jeune comte éprouvait à se cacher, car il lui semblait que c'était humilier son nom, sa dignité d'homme, il fut obligé de se rendre devant l'opinion unanime de ses compagnons.

Avant de sortir, Luce procéda à un nouveau déguisement auquel l'obligeait la rencontre de l'inconnu qui pouvait se retrouver par hasard sur sa route et le reconnaître ; en quelques instants il ressembla, à s'y méprendre, à un garçon boulanger sans travail ou en train de se donner du *bon temps*. Les gens de cette corporation ont, à Paris, leurs occupations de nuit, et cette habitude en fait de véritables noctambules, même quand ils ne sont pas engagés.

Ses préparatifs terminés, après avoir recommandé à ses *prisonniers* de n'ouvrir à âme qui vive en son absence, il les quitta en leur recommandant la patience et leur souhaitant une bonne nuit.

Lorsque notre policier avait affirmé à ses compagnons qu'il n'avait pas l'ombre d'un indice qui pût le mettre sur les traces des trois Russes qu'il cherchait, il ne les avait certes pas trompés, car la piste sur laquelle il allait tout d'abord se lancer, un peu à l'aventure, offrait si peu de consistance, était si précaire, que c'était miracle qu'elle pût le conduire au but.

En matière de police, comme en toute autre chose, il faut partir d'un point connu pour arriver à un autre qui ne l'est pas : comment, en effet, arriver à dégager l'x du problème si les termes n'en sont pas posés ?

Or, Luce se mettait en campagne sur cette simple donnée : si, d'aventure, le prétendu général nègre qui s'est trouvé hier avec sa voiture sur le lieu du guet-apens où le comte d'Entraygues a failli succomber était un affilié des *Invisibles*, ne serait-ce pas dans son hôtel que les trois délégués du conseil suprême auraient trouvé asile ? La chose serait d'autant plus probable que sa position diplomatique fait de sa demeure un lieu inviolable, au seuil duquel s'arrêtent : loi, police et justice.

Et tout en réfléchissant aux circonstances qui militaient en faveur de cette opinion... Luce s'était dit, comme l'agent Froler :

— Il faudra voir !

La première chose qu'il avait à faire était de se renseigner sur l'adresse du personnage qu'il ne connaissait pas ; il entra dans un café du boulevard et demanda le Bottin.

Il chercha au titre : Personnel diplomatique, et eut un éclair de joie en lisant au paragraphe : Amérique centrale :

Don José Corrazon, ministre plénipotentiaire de la République de Panama, rue de Tilsitt, 14.

C'est déjà quelque chose, il n'a pas trompé sur sa qualité! murmura-t-il entre ses dents.

Mais soudain une pensée lui vint, qui rembrunit son front.

— C'est moins une preuve en ma faveur, dit-il en continuant ses réflexions à mi-voix, qu'en celle du comte d'Entraygues, qui persiste à penser qu'il a eu affaire à un véritable gentleman accouru à ses cris!...

Mais quand Luce avait une idée dans la tête, il était difficile de l'en déloger, à moins qu'il eût mis le doigt sur la preuve contraire.

Il sortit du café, en répétant pour la seconde fois:

— Il faudra voir!

Et il se dirigea du côté de la rue de Tilsitt.

CHAPITRE IV

Les deux policiers.

Luce arriva, sans se presser, au coin de l'avenue de Friedland et de la rue de Tilsitt et jeta un coup d'œil rapide sur l'hôtel et ses dépendances, habités par le général José Corrazzon.

— Diable! fit-il en lui-même, ce ne sont point les appointements d'un ambassadeur de la République de Panama qui peuvent permettre de soutenir le luxe qu'indique une pareille demeure.

Œuvre d'un prince dépossédé, mais qui avait, comme toujours, sauvé la caisse, ce qui le consolait d'avoir perdu l'amour de ses sujets, ce palais, car c'en était un, semblait un rêve réalisé des *Mille et une Nuits*, tellement le marbre, l'onyx, la malachite, le jaspe et l'albâtre avait été entassés à profusion dans cette construction merveilleuse, pour laquelle l'architecte avait reçu carte blanche. L'artiste avait usé de toutes les ressources de l'art polychrome et, n'étant pas arrêté par la question d'argent, était arrivé à produire une des choses les plus belles et les plus irréprochables, dans son ensemble, de l'architecture contemporaine.

Cette merveille était à peine achevée, que son propriétaire s'en allait rendre ses comptes dans un monde qu'on a l'habitude d'appeler *meilleur*, sans doute parce qu'il ne saurait être plus mauvais que celui-ci; et le palais, mis en vente par le simple motif que les héritiers, une demi-douzaine de landgraves, burgraves, margraves et autres principicules germaniques, ne pouvaient le découper en petits morceaux comme un gâteau de Savoie, pour se le partager, fut vendu par autorité de justice et acheté par un avoué pour un client inconnu.

Quelque temps après, le général don José Corrazzon venait s'y installer et faisait placer sur le portique l'écusson de la légation de Panama.

C'était tout ce qu'on savait dans le quartier, et Luce, qui était entré chez le marchand de vin du coin de l'avenue, fut bientôt en possession de ces renseignements, qui ne l'avançaient pas à grand'chose. Cependant, il lui sembla que le propriétaire de l'établissement en savait plus qu'il n'en voulait dire, et il résolut de le faire parler. Le moyen était simple : ces honorables chevaliers du comptoir ne refusent jamais un verre de la pratique, cela pousse à la consommation ; Luce demanda une marquise au vin blanc, avec deux bouteilles de Chablis *première*, et invita le débitant à l'aider, *à lui faire un sort*, ce qui fut immédiatement accepté.

Au bout de quelques instants, ils causaient comme de vieux amis.

— Vous êtes dans la boulangerie, mon garçon, fit le marchand de vin.

— A quoi voyez-vous cela?

— Oh ! affaire d'habitude, on a l'œil !

— C'est vrai, répondit Luce, mais je connais aussi la pâtisserie, et si je trouvais à m'engager dans une maison bourgeoise assez conséquente pour avoir besoin d'un chef pâtissier, j'accepterais volontiers, parce que, voyez-vous, la boulangerie, ça va bien pendant qu'on est jeune ; mais travailler toute sa vie la nuit et remuer cent kilos de pâte pour une fournée, c'est dur.

— C'est une bonne idée.

— Vous ne pensez pas que je pourrais trouver mon affaire chez ce général Cor... Corra... comment l'appelez-vous?

— Don José Corrazzon.

— C'est cela... que dites-vous de mon idée?

— Pas mauvaise ; le général est gourmand. M. Yvan ne crache pas sur les bons morceaux...

En entendant ce nom d'Yvan, Luce avait imperceptiblement tressailli.

— Qu'est-ce que c'est que M. Jean? demanda-t-il d'un ton indifférent.

— M. Jean, fit le marchand de vin en riant... Yvan, vous dis-je, Y...van, Yvan ! tu ne connais pas ces noms-là, mon garçon ; c'est un nom étranger.

— Bon ! pensa Luce, le tutoiement commence ; puis il me prend pour un imbécile, cela va aller tout seul...

— Pour lors, ce M. Yvan...

— Eh bien, c'est l'ami du général ; ils ne se quittent pas ; c'est lui qui s'occupe de tout le personnel, choisit les fournisseurs, règle tous les comptes, et il s'en dépense de l'argent dans cette maison !... C'est moi qui fournis le vin d'office ; eh bien ! croirais-tu cela, garçon, j'en ai pour quinze cents francs par mois...

— Il y a donc beaucoup de monde?

— Oh! deux patrons seulement, mais au moins une trentaine de domestiques, chasseurs, valets de pied, cochers, jardiniers, de plus l'office et la cuisine... et tout ce monde-là boit comme des éponges, sans compter; j'ai ordre de leur donner en vin ordinaire et en eau-de-vie tout ce qu'ils demandent... Ah! c'est l'eau-de-vie qui file! ils en ont bu pour deux mille francs le mois dernier; il paraît que dans leur pays, ils boivent cela comme de l'eau...

— Tiens! ils ne sont donc pas Français?

— Non! il n'y a des Français qu'à l'office et à la cuisine; et quels drôles de noms ça vous a; je ne peux pas en prononcer un seul; ils se terminent tous en koff... en witch... en ski... que ça vous en donne envie d'éternuer.

Luce exultait; un étranger au métier eût pu conserver des doutes; mais lui, Luce, le policier émérite!... il n'en avait plus; du premier coup, il avait mis la main sur le repaire. Que faisaient cet Yvan et toute cette troupe de Russes chez un général nègre représentant du minuscule État de Panama? Ce général-là n'était qu'un trompe-l'œil, un agent à la solde des Invisibles. Il leur fallait à Paris un asile inviolable et ils avaient traité avec ce *va-nu-pieds* de nègre, plus accessible et moins cher que les autres... c'était clair comme le jour. Ils avaient certainement des affiliés à l'ambassade russe; il le savait, puisque lui, Luce, avait ordre de les surveiller et adressait toutes les semaines un rapport sur eux au grand conseil; mais le prince ambassadeur n'était pas de leur bord, et puis on ne joue pas avec la haute ambassade russe, tandis qu'avec ce négro de Panama on pouvait en prendre à son aise... Mais comment lui, qui était affilié aux Invisibles, ne connaissait-il pas cet état de choses?... C'était bien simple : Luce était Français, et on ne voulait pas se livrer entièrement à lui... il pouvait *manger le morceau*. Allons, c'était bien là la réunion générale de tous les Invisibles de nationalité russe à Paris... le lieu où ils se réfugiaient après avoir fait un mauvais coup, sans rien craindre de la police...

Pendant que Luce se faisait rapidement toutes ces réflexions, le marchand de vin, qui était de cette race de beaux parleurs qui, une fois lancés, ne s'arrêtent plus, avait continué à défiler son chapelet.

— Et puis, si tu les voyais, garçon; heureusement qu'ils sont dans une maison princière, chez l'ambassadeur de Sa Majesté Panama.

Luce allait éclater de rire à cette bouffonnerie, mais il se contint.

— Comment! Sa Majesté Panama...

— Eh! oui, garçon, tu ne connais pas cela, toi; tu n'es pas fort en géographie; c'est le roi d'Amérique... Oui, si tu les voyais, ils ont de ces têtes qu'on n'aimerait pas à trouver le soir au coin d'un bois : nez camard, cheveux taillés en brosse qui leur poussent jusque sur le front, et des moustaches en broussaille... eh bien, comme ça trompe, garçon ; ils viennent quelquefois, à deux ou trois, prendre un verre sur le comptoir... c'est doux comme des agneaux...

— Tout ce que vous me dites là, patron, me donne une fière envie d'entrer dans cette maison, fit Luce, qui pensant, que désormais le débitant ne pouvait plus rien lui apprendre de bien sérieux, visait à terminer l'entretien.

— Es-tu glacier en même temps ?

— Je connais tout ce qui regarde la pâtisserie et la confiserie.

— Eh bien, j'en fais mon affaire ; pas plus tard que demain, je parlerai à M. Florestan ; c'est le chef de cuisine, il fait ce qu'il veut dans la maison.

— Est-ce qu'on ne pourrait pas le voir ce soir ?

— Impossible ; passé dix heures du soir, tous les employés français sont partis.

— Tiens ! on se couche de bonne heure dans la maison.

— C'est ce qui te trompe, garçon ; mais, vois-tu, observa le marchand de vin en baissant la voix... je crois que ces gens-là veulent rester entre eux.

Depuis le commencement de la conversation, Luce s'était appliqué à faire passer le contenu du bol de marquise dans le verre de son partenaire ; profitant des occasions qui obligeaient le marchand de vin à le laisser quelques instants pour rendre de la monnaie, serrer la main à un client, ou gourmander son garçon, il reversait habilement dans le bol le contenu de son propre verre et, grâce à ce manège, il avait fini par faire boire les deux bouteilles de vin blanc à son nouvel ami, aussi ce dernier était-il devenu d'une loquacité sans égale...

— Que voulez-vous dire par là ? demanda le policier sur le même ton.

— Oui, garçon ; passé dix heures, tous les Français à la porte... et alors il se passe des choses... des choses que personne n'a vues, pas même moi.

Le débitant commençait à être légèrement ivre. Il n'y avait plus qu'à le laisser aller...

— Moi qui voulais partir, pensa le policier... mais voilà le moment le plus intéressant.

— A votre santé, patron, fit-il, en lui présentant le verre.

— A la tienne, garçon ! et l'honorable patenté vida le sien d'un trait. Où en étais-je... garçon ?

— Vous me disiez qu'il se passait des choses...

— Oui, je ne les ai jamais vues... mais j'ai entendu... On a des oreilles, garçon. Figure-toi que la nuit on les entend parfois rire, crier, chanter jusqu'à trois et quatre heures du matin, sans qu'une seule lumière apparaisse dans toute la maison... puis, parfois aussi ce sont des disputes, des cris de rage et de douleur ; on dirait qu'on se bat ou qu'on torture quelqu'un.

— Et la police n'intervient pas ?

— Chez un ambassadeur... elle n'a pas le droit d'y mettre le nez... et puis, je vais tout te dire, personne ne sait rien, il n'y a que moi qui entend : ces choses... de mes caves qui s'étendent jusque sous le jardin et sont mitoyennes avec celles du palais... On ne doit pas le savoir, sans cela !... Bien sûr qu'il se commet quelque crime là-dessous.

Le vin blanc continuait à faire son effet : jamais, à jeun, le brave débitant n'eût osé parler ainsi.

— Et puis, continua-t-il, en devenant de plus en plus en plus expansif... Souvent la nuit il arrive des gens qui se glissent sans bruit le long de la muraille, ils n'ont pas besoin de frapper ni de sonner, et la petite porte de service s'ouvre devant eux comme s'ils n'avaient qu'à souffler dessus... Une fois, il faisait un temps de chien, ils sont arrivés à quatre dans une voiture fermée, et je les ai parfaitement vus descendre un homme attaché et bâillonné, qui, malgré cela, se démenait comme un diable. Alors j'ai entendu une voix dire aux porteurs :

« — Serrez-lui le cou s'il ne veut pas se tenir tranquille. »

J'ai failli m'évanouir; la sueur m'en perlait sur le front. De temps en temps le général et M. Yvan sortent le soir, enveloppés dans de grands manteaux, et ils ne reviennent pas de deux ou trois jours... On dit alors à l'hôtel qu'ils sont à la chasse... Que dis-tu de tout cela, hein ! garçon ?... Ne va pas bavarder au moins, tu me ferais perdre ma meilleure pratique... J'aurais peut-être dû me taire, mais ça me tenait au cœur, j'avais besoin de le raconter à quelqu'un.

Depuis quelques instants Luce n'écoutait plus que d'une oreille, il venait de voir un individu passer et repasser devant la mystérieuse maison, avec des allures auxquelles il ne pouvait se méprendre.

— Oh ! oh ! pensa-t-il, est-ce que la préfecture se douterait de quelque chose, pour ainsi faire espionner le vaisseau ?...

A un moment donné, la lumière du bec de gaz tomba en plein sur le visage du promeneur nocturne.

— Tiens ! Froler, se dit à lui-même le policier; tu as beau te déguiser, mon garçon, tu n'es pas de force ! Il est donc rentré à la brigade ; on m'avait dit qu'il s'était fait mettre à pied... Il va certainement venir ici pour essayer de faire jaser le patron, et dans l'état où il est, ça ne serait pas malin ; attends, je vais te préparer un tour de ma façon.

— Connaissez-vous cet homme qui se promène dans la rue, là,... devant la maison du général ? dit-il au débitant.

— Non, ma foi, c'est la première fois que je le vois.

— Eh bien, je le connais moi... c'est un placier en vins ; prenez garde à vous, il va venir ici, et tentera de vous faire parler sur le général, et il en profitera pour aller répéter demain tout ce que vous aurez dit, et vous faire perdre la pratique.

— Tu crois, garçon.

— Si je le crois!... Il n'en fait jamais d'autres.

— Eh bien, dans ce cas. N...i ni, c'est fini, bouche close.

— Vous êtes averti... bonsoir, patron; il faut que je rentre.

— Tu sais, garçon, tu peux compter sur moi; viens demain matin, et l'affaire est faite.

— Merci ! ce n'est pas de refus.

En sortant, Luce jeta un rapide coup d'œil sur l'individu qui avait attiré son attention.

— C'est bien Froler ! pensa-t-il ; mais que diable vient-il faire ici? Je le saurai.

Et il s'en fut tranquillement s'asseoir sur un banc de l'avenue Friedland, qui lui permettait de ne rien perdre de vue de ce qui allait se passer dans cette partie de la rue de Tilsitt, complétement déserte à cette heure.

Froler, car c'était lui, entra au bout de quelques instants chez le marchand de vin, en se donnant, ainsi que Luce l'avait prévu, comme un placier en liquides; il pensait pouvoir engager ainsi la conversation plus facilement. Mais avec l'entêtement de l'ivrogne qui a une idée fixe, le débitant, prévenu, ne se laissa pas entourer; réfugié derrière son comptoir comme dans une forteresse, il n'offrit pas une seule fois au nouveau venu l'occasion d'engager une conversation particulière.

Voyant que tous ses efforts seraient inutiles, il sortit brusquement comme sous l'empire d'une idée subite, et se dirigea vers l'avenue Friedland; arrivé près du banc où Luce faisait en ce moment semblant de sommeiller, il lui dit brusquement :

— Ce n'est pas bien cela, patron, de courir sur les brisées d'un pauvre diable.

Luce se leva d'un bond.

— Silence ! fit-il. Comment m'as-tu reconnu?

— Vous oubliez, répondit Froler avec joie, —car auparavant il n'était pas bien sûr de ne pas se tromper, — que j'ai travaillé cinq ans sous vos ordres et que je vous ai vu sous tous vos déguisements; mais si cela peut vous faire plaisir, je vous avouerai que je vous aurais rencontré cent fois dehors sans vous reconnaître, j'ai un peu payé d'audace. Ce qui m'a donné le premier soupçon, c'est que, du dehors, je me suis aperçu que vous ne buviez pas et que vous cherchiez à *mettre dedans* le bonhomme. Alors je me suis dit : « Il y a quelque chose; » comme je connais tous ceux de la brigade et que je ne pouvais pas mettre le nom d'un seul d'entre eux sur votre visage, j'ai pensé qu'il n'y avait que vous, mon ancien chef, pour travailler dans cette perfection, et j'ai hasardé le coup de la reconnaissance.

— Qui n'a réussi que parce que j'étais en train de penser que tu pouvais m'être très utile. Qui t'a envoyé ici?

Ils poussèrent une sorte de portail. (Page 717.)

— Personne. Je suis toujours dans la *municipale;* fichu métier! écrasé de service, pas de liberté, mal payé, et surtout jamais de *gratifications.*

— Alors, que fais-tu ici?

— Je travaille pour mon propre compte.

— Tu files le Corrazzon?

— Précisément.

— Pourquoi?

— Oh! c'est toute une histoire.

— Conte-la-moi et sois franc, il y va de ta fortune.

— De ma fortune!

— Oui, cent mille francs te plairaient-ils? Je me souviens que tu avais des goûts champêtres, cela te permettrait d'aller planter tes choux.

— Cent mille francs, patron?

— Oui, à toucher dans les trois jours, avec vingt-cinq mille d'arrhes ce soir même.

— Parlez! que faut-il faire? Je me jetterais au feu pour gagner pareille somme.

— Il faut travailler pour moi... Mais voyons d'abord ton histoire, et n'essaye pas de me mettre dedans... Tu sais, ça irait mal.

— Oh! patron, est-ce qu'on fait ces choses-là entre nous?

Et Froler fit connaître à son ancien chef l'aventure de la veille, l'attentat dirigé contre le comte d'Entraygues, et comment l'intervention du prétendu général ayant excité ses soupçons, il s'était mis dans la tête de le surveiller pour se relever par un coup d'éclat dans l'estime de ses chefs.

En écoutant son ancien subordonné, Luce eut un légitime mouvement d'orgueil; il n'avait pas assisté à la scène, ne connaissait pas don José Corrazzon, et cependant il était arrivé au même résultat, de concevoir des doutes sur le personnage d'après le récit du comte d'Entraygues qui, au lieu de relever les circonstances qui pouvaient être défavorables à ce dernier, le considérait, au contraire, comme un parfait galant homme.

— Je connaissais ton aventure, dit simplement Luce.

— Vous êtes un homme étonnant, patron; c'est la même chose que quand vous étiez à la sûreté; on ne pouvait jamais rien vous apprendre.

— Cela n'a rien d'étonnant. Je suis... l'ami du comte d'Entraygues, et je suis ici pour le sauver, car ce n'est pas fini.

— Vous pouvez compter sur moi.

— Jusqu'ici tu n'as pas été maladroit,... et maintenant, écoute-moi. En supposant que je ne me sois pas mêlé de cette affaire et que tu sois parvenu à découvrir quelque chose d'important, — ce qui n'est pas sûr, car ces gens-là sont encore plus puissants qu'habiles; et à la première maladresse qui t'eût livré à eux, ils t'eussent fait disparaître... — qu'est-ce que cela t'eût rapporté? La restitution de ton grade et peut-être une gratification de cent cinquante francs, une misère! Et avec tes notes passées, tu ne serais jamais monté plus haut. Eh bien, tu as entendu mes propositions?

— Acceptées, les yeux fermés.

— Écoute-moi donc... C'est convenu, tu travailles à mon compte. Je ne connais pas encore les surprises que cette nuit nous réserve; il y a gros à parier que nous n'en finirons pas aussi vite; demain matin, au rapport, tu demanderas un congé de quinze jours pour aller recueillir une succession en province : cela te sera accordé sur l'heure, et tu viendras me rejoindre au rendez-vous que je t'aurai donné.

— Et si je leur envoyais ma démission ?

— Garde-t'en bien ; il m'importe que tu restes dans le service ; il peut arriver telle ou telle occasion où ton intervention, comme agent de l'autorité, me soit des plus précieuses ; il peut y avoir quelqu'un à arrêter : n'oublie pas d'avoir toujours ta médaille sur toi ; après, tu feras ce qu'il te plaira. J'ai la plus entière confiance en toi, sans cela tu en eusses été ce soir pour ton *amorce;* mais je te connais depuis longtemps... puis, tu sais qu'on ne se moque pas impunément de Luce.

— Vous pouvez vous fier à moi, patron ; ce n'est pas vous que je tromperai jamais.

— Maintenant, tu vas reprendre ta faction, mais à l'autre bout de la rue de Tilsitt ; moi, je reste sur ce banc : si quelqu'un sort de la maison et que je m'attache à ses pas, tu me suivras à portée de la voix, mais sans qu'on puisse remarquer ta présence.

— Entendu, patron.

— Et maintenant va, je n'ai rien autre à te dire pour le moment ; il faut attendre la tournure que prendront les événements.

Cinq minutes après, les deux hommes avaient repris leurs positions respectives : Luce en ouvrier qui se repose tranquillement sur un banc de l'avenue ; et Froler, qui avait mis sa casquette dans sa poche, en petit boutiquier qui fume sa pipe devant sa demeure avant d'aller se coucher.

CHAPITRE V

Le repaire de la butte Montmartre. — Le nègre Sam. — M. Ivan.
Le secret de l'homme masqué. — Enterré vivant. — Une mystérieuse vengeance.

Luce avait le pressentiment que cette nuit ne s'écoulerait pas sans amener de graves événements ; il n'y avait plus aucun doute dans son esprit sur la véritable destination de l'hôtel de la rue de Tilsitt. C'était évidemment le centre de réunion des *Invisibles* à Paris, et don José Corrazzon ne faisait que couvrir la maison de son nom et de sa position diplomatique. Mais, dans sa pensée, le toit de l'ambassade, réservé aux hautes têtes de l'association, ne devait pas abriter les engagés de bas étage, les assassins à gage que le grand conseil des *Invisibles* entretenait pour exécuter ses décisions. Exceptionnellement il avait pu s'y dénouer quelque dramatique affaire, témoin l'homme garrotté et bâillonné que le marchand de vin y avait vu introduire une nuit ; mais la répétition trop fréquente de pareils actes dans un quartier aussi tranquille et aussi aristocratique eût fini par créer une sorte de légende autour du mystérieux hôtel, qui eût tôt ou tard obligé l'autorité à s'en occuper, malgré les immunités diplomatiques qui couvraient son propriétaire apparent.

Le repaire où se préparaient les *hommes d'action* n'était donc pas là, les absences prolongées que faisaient les maîtres du lieu tendaient à le prouver; et c'était cette annexe, cette succursale du crime qu'il importait de découvrir.

La sentence de mort prononcée contre le comte d'Entraygues et le capitaine Rouge était signifiée depuis vingt-quatre heures, il ne restait plus que deux jours aux *Invisibles* pour l'exécuter dans les délais indiqués par l'arrêt; et Luce pensait, avec une grande apparence de raison, que cette seconde nuit ne s'écoulerait pas sans qu'il y eût des échanges de correspondances entre l'hôtel de la rue de Tilsitt et le repaire inconnu. De plus, si l'existence de la somptueuse demeure était, ainsi que la prudence la plus vulgaire l'exigeait, soigneusement cachée aux bas agents de la société, les communications ne pouvaient avoir lieu que par l'entremise des chefs eux-mêmes. Les habiles déductions du policier, fruits d'une impeccable logique, devaient se réaliser de point en point.

Un peu avant minuit la petite porte de service de l'hôtel s'ouvrit discrètement, et deux hommes en sortirent après avoir jeté un regard furtif autour d'eux; ils se dirigèrent, avec l'indifférence de deux promeneurs, du côté de l'avenue de Friedland. Instantanément Luce s'était couché sur son banc, les deux mains ramenées sur la figure dans l'attitude d'un dormeur. Les inconnus passèrent près de lui sans lui accorder la moindre attention; ils causaient dans une langue inconnue. A travers ses doigts entr'ouverts, le policier les regarda avec une curiosité fiévreuse; l'un des deux, grand et taillé en athlète, avait la figure du plus beau noir Congo; il n'eut donc aucune peine à le reconnaître, c'était le fameux général don José Corrazzon; il lui sembla même qu'il ne le voyait pas pour la première fois, mais, pour un Européen, presque tous les nègres se ressemblent; et ce ne fut qu'une impression fugitive à laquelle il ne s'arrêta pas. A peine eut-il jeté les yeux sur le second personnage, qu'il ne put se défendre d'un léger tressaillement; il venait de reconnaître l'homme masqué, le fameux Ivanowitch, M. Ivan pour les gens du quartier.

Luce leur laissa prendre une centaine de mètres d'avance; puis, assuré de ne pas les perdre de vue sur l'avenue entièrement déserte à cette heure, il se releva et les suivit avec l'habileté d'un *fileur* consommé.

Froler, de son côté, avait exécuté la même manœuvre.

Les deux policiers étaient d'une telle adresse, conservant toujours devant eux la ligne d'arbres qui les masquait, que ceux qu'ils filaient pouvaient se retourner sans les apercevoir.

— Oh! maître Ivanowitch, vous êtes encore ici, se disait Luce en continuant son chemin, il pourra vous en cuire; votre coup manqué, la prudence vous ordonnait de prendre le train pour Saint-Pétersbourg et de laisser à d'autres le soin d'exécuter la sentence du conseil; mais non, vous voulez savourer votre vengeance; vous n'aurez de repos qu'après avoir vu le cadavre de votre ennemi... Je le comprends, mais cela pourra vous coûter cher; nous allons veiller cette fois à ce que vous ne puissiez vous échapper.

José Corrazzon et son compagnon ne tardèrent pas à accélérer leur marche : arrivés à l'extrémité de l'avenue, ils traversèrent les boulevards Haussmann et Malesherbes, coupèrent derrière Saint-Augustin par la rue de la Bienfaisance, et s'arrêtèrent un instant au coin de la rue du Rocher, où ils furent rejoints par un troisième personnage, petit, large et trapu, une vraie tournure d'assommeur, et ils continuèrent leur route ensemble par le pont de l'Europe, la rue de Saint-Pétersbourg et le boulevard de Clichy; ils atteignirent ainsi la rue Lepic, et, pendant quelques minutes, semblèrent regarder avec soin autour d'eux avant de s'engager dans cette voie. Parvenus au sommet, ils se glissèrent sur la gauche dans une petite avenue déserte qui se terminait en cul-de-sac par une barrière de planches, poussèrent une sorte de portail qui cria sur ses gonds rouillés, et disparurent derrière après l'avoir fermé avec soin.

Il n'était pas un coin de Paris que Luce n'eût parcouru dans sa carrière de policier, aussi la topographie du lieu lui était-elle familière.

— Bon, dit-il, ils ont loué ou acheté la *Maison des pendus;* nous avons le temps de nous concerter.

Et il attendit Froler.

Au fond du clos, tout à fait en pente sur la butte Montmartre, où venaient de pénétrer les *Invisibles*, se trouvait une maison qui portait, en effet, le nom sinistre que Luce lui avait donné.

Trois locataires s'y étaient successivement pendus presque coup sur coup, et l'immeuble, qui n'avait plus trouvé preneur, avait reçu dans le quartier ce nom de *Maison des pendus.*

— Eh bien, fit Froler, qui s'était glissé près de son chef.

— Ils sont là, répondit Luce, je connais l'endroit, il n'y a pas d'autre sortie; mais il faut attendre qu'ils aient pénétré dans la maison avant d'entrer à notre tour.

La nuit était sombre et orageuse; pendant toute la soirée les nuages s'étaient amoncelés au ciel, et le vent, qui s'était élevé sur les dix heures, commençait à souffler en tempête.

— Les éléments se liguent avec nous, dit Luce à son compagnon, et leur concours n'est pas de trop, car tu te doutes bien que nous allons entrer dans un vrai coupe-gorge, et que si nous étions surpris, nous n'en sortirions pas vivants... Es-tu armé?

— J'ai mon revolver d'ordonnance et un couteau catalan qui n'a jamais besoin de frapper deux fois.

— Ce n'est pas trop, car nous ne savons pas combien ils sont là-dedans... Tu n'as pas peur?

Le vieux policier eut un sourire dans l'ombre.

— Tâtez mon pouls, patron, répondit-il; voyez s'il bat plus vite.

— Allons, tu es un brave... Je le savais, du reste; sans cela, je n'aurais pas accepté ton concours.

— Pourvu qu'ils ne soient pas plus de trois contre un!

— A la garde de Dieu!... Viens.

Les deux hommes s'approchèrent de la palissade.

— Est-ce que nous allons escalader cela? demanda Froler.

— Non, j'ai ma *trousse* de voyage, répondit Luce en riant.

Et il tira de sa poche une sorte de boîte longue, dans laquelle se trouvait une tige de fer munie d'une poignée, et une vingtaine de petites pièces d'acier ou de fonte, selon la grosseur, qui étaient destinées à s'adapter à la tige par un pas de vis et à servir de passe-partout et de crochet.

La porte était fermée par une serrure des plus grossières; Luce, s'en étant assuré avec la main, l'ouvrit facilement avec un simple crochet; quand ils furent entrés, il fit jouer le pêne sans pousser la porte entièrement.

— Vous refermez, patron, dit Froler à voix basse.

— Non, fit ce dernier, il faut prévoir le cas où nous serions poursuivis; mais comme il pourrait arriver un autre personnage qui ne manquerait pas d'annoncer que la porte était ouverte, ce qui exciterait les soupçons, il faut qu'en redescendant pour s'en assurer on puisse croire que la porte a été fermée sans que le pêne soit entré dans la serrure d'arrêt.

— Vous pensez à tout, patron.

— C'est le seul moyen de ne pas être surpris.

Le lieu où ils se trouvaient était un inextricable fouillis d'arbres, d'arbustes et de broussailles qui les eût obligés à la plus grande prudence dans leur marche; mais le vent était déchaîné avec une telle violence, qu'ils ne risquaient pas d'être entendus de la maison que l'on devinait dans le fond, malgré l'obscurité et le feuillage encore peu développé, grâce aux croisées du premier étage qui laissaient échapper une vive lumière.

Malgré cela, les deux policiers marchèrent à la file indienne, amortissant le plus possible le bruit de leurs pas pour le cas où quelqu'un eût été mis en faction à l'entrée de la maison. Ils arrivèrent ainsi à la limite de la partie boisée, et se trouvèrent en face d'un terrain nu de vingt-cinq à trente mètres de long qui précédait immédiatement l'habitation, et avait dû jouer le rôle d'une pelouse anglaise au temps où cette dernière était habitée.

Au milieu se trouvait un arbre de haute futaie en pleine floraison, qu'ils jugèrent être un marronnier par l'état avancé de son feuillage.

— Arrêtons-nous, dit Luce ; avant de quitter l'abri que nous offre l'obscurité du bosquet, délibérons. Nous voilà dans l'intérieur du fameux repaire, qu'allons-nous faire ? Si tu as quelque idée, communique-la-moi ; je désire connaître ton opinion avant de l'influencer par la mienne.

— Ma foi, patron, je vous avouerai que je ne sais trop...

— Voyons, si tu étais seul, que ferais-tu ?

— Je crois que j'irais chercher du renfort.

— Comme ça, tout de suite, sans t'assurer au moins du nombre des gens qui se trouvent là-dedans ? Ne me dis donc pas de bêtises.

— Vous avez raison ; j'essayerais d'abord de connaître le nombre de nos adversaires, et pour cela je ne vois qu'un seul moyen.

— Lequel ?

— Monter dans l'arbre que nous avons en face de nous et qui domine la maison.

— Et allons donc, tu y es... C'est pas plus malin que ça, et c'est ce que nous allons immédiatement exécuter. Tu vas passer le premier et te glisser jusqu'au tronc ; pendant que tu grimperas je surveillerai la maison ; à la moindre agitation que je remarque dans l'intérieur, je te fais un signal, tu sautes à terre et nous détalons... Si tu arrives à t'installer sans encombre dans l'arbre, je te suis... Tu as compris ?

— Parfaitement, patron.

— Eh bien, va !

Luce lui prit la main, elle ne tremblait pas.

— Décidément, tu es un brave.

Quelques instants après, Froler était commodément installé dans l'arbre, et Luce, manœuvrant de même, se trouvait bientôt près de lui.

La bourrasque avait à ce point augmenté de violence, que c'est à peine s'ils pouvaient se communiquer leurs réflexions. Le vent brisait la ligne régulière des ondes sonores avant qu'elles aient pu frapper leurs oreilles.

Du lieu où ils se trouvaient ils dominaient entièrement la maison et ne perdaient rien de ce qui se passait dans l'intérieur.

Le spectacle qu'ils eurent tout d'abord sous les yeux était bien fait pour terrifier les plus braves ; mais nos deux hommes étaient habitués à ces sortes de surprises, et ils étaient cuirassés contre toute espèce d'émotion.

Une des chambres du premier était vivement éclairée par trois bougies fichées dans des bouteilles que supportait une sorte de guéridon placé près de la cheminée. A deux pas en arrière, un jeune homme demi-nu, à la figure fine et distinguée, était solidement attaché sur une chaise, que maintenaient deux individus aux traits grossiers et farouches ; un troisième, celui qui avait rejoint les chefs en route, dont l'aspect sauvage n'avait rien à envier aux deux autres, se tenait près d'eux armé d'un large couteau de chasse, pendant qu'Ivanowitch, un papier à la main, parlait et gesticulait en s'adressant au prisonnier qui, de temps à autre, semblait répondre et secouer la tête en signe de dénégation.

Don José Corrazzon, impassible spectateur de cette scène, se tenait adossé contre la cheminée.

— Les misérables! s'écria Froler, ils vont l'assassiner froidement, et dire que nous ne pouvons rien pour le sauver!

— Si le salut du comte d'Entraygues et de son ami ne nous condamnait pas à l'inertie, je leur ferais une jolie surprise, répondit Luce; mais c'est impossible, nous ne retrouverions plus une semblable occasion, et pour tenter de sauver un homme, nous en ferions peut-être tuer deux, sans compter notre propre vie que nous serions obligés de jouer.

— Un coup de revolver dans la croisée changerait bien les choses, fit Froler.

— Garde t'en bien, nous ne nous appartenons pas en ce moment.

— N'ayez crainte, patron, je ne ferai rien sans votre ordre.

— Ciel! exclama Luce, je reconnais la victime, c'est un jeune attaché de l'ambassade de Russie; il aura adressé un rapport contre les *Invisibles* à la chancellerie de Saint-Pétersbourg, et ils se vengent, les grédins.

En ce moment, Ivanowitch tira sa montre de son gousset, la plaça sous les yeux de la malheureuse victime, comme pour lui indiquer l'heure, et la déposa ensuite sur le guéridon.

— Il lui indique le temps qu'il lui reste à vivre, observa Luce, dont le sang bouillonnait; je donnerais dix ans de ma vie pour sauver ce jeune homme.

— Parole d'honneur, il m'intéresse, et j'abandonnerais volontiers les cent mille francs que je suis en train de gagner pour l'arracher de leurs griffes.

— Mais j'y songe, répliqua Luce, dont la perception rapide allait toujours droit au but, nous pouvons peut-être faire d'une pierre deux coups.

— Je vous écoute, patron.

— Nous avons vu, poursuivit le policier sans s'arrêter, sans hésiter un moment dans le développement de sa pensée, tout ce qu'il nous importait de connaître : Ivanowitch, le Corrazzon, leurs trois sicaires, sans doute ceux qui doivent escorter le comte et le capitaine, tout le monde est là, il faut agir. Tu vas rester en observation, pendant que je vais aller chercher des aides...

— Des collègues, reprit Froler... il y a un poste à deux pas, sur le boulevard.

— Es-tu fou? répondit Luce; tu ne connais pas ces gens-là et le fanatisme de leurs subordonnés. Toutes leurs mesures sont prises, va, en cas d'invasion de la police régulière, un coup de revolver casserait la tête du jeune homme pour qu'il ne puisse parler; les trois brutes qui sont là sauteraient à la gorge de leurs chefs et le tour serait joué, la police se ferait gloire d'en

Il y eut un moment de confusion indescriptible. (Page 727.)

avoir sauvé deux sur trois, un colonel russe et un général exotique, et qui
payerait plus tard l'aventure, Froler et Luce, que les *Invisibles* ne manqueraient pas, eux... Mais tu me fais bavarder, et chaque seconde que nous
perdons fait perdre une goutte de sang du malheureux que nous allons
essayer de sauver. Je pars à l'instant... Quoi qu'il arrive, ne quitte pas
l'arbre qui te sert de refuge, nul ne pourra t'y découvrir. Tu ne crains point
de rester seul?

— Plaisantez-vous, patron?

— C'est que j'en ai au moins pour une heure, c'est une question de voiture.

— Frappez au dépôt Pigalle, il y en a toujours de tout attelées.

— J'y cours... veille, et pas d'imprudence!

— Allez, patron, vous me retrouverez sur mon perchoir.

Luce se laissa glisser tout doucement au pied de l'arbre; en deux bonds il atteignit le bosquet et disparut.

Il était temps, les arbustes ne s'étaient pas dérobés derrière lui, qu'une ombre parut à travers les fenêtres et sembla, pendant quelques instants, inspecter les alentours de la maison. C'était Ivanowitch...

Son examen lui parut sans doute satisfaisant, car il se mit à se promener à travers la chambre, comme pour donner le temps de s'écouler au dernier délai qu'il avait accordé à sa victime. Parfois il s'arrêtait en face de José Corrazzon, et lui parlait avec animation en faisant d'énergiques gestes de dénégation.

— Est-ce que le nègre implorerait pour le malheureux? se demanda Froler.

Pendant que les deux chefs paraissaient converser entre eux, leurs trois aides, facilement reconnaissables, au type, pour des Cosaques de l'Oural, s'amusaient à lancer leurs couteaux contre une porte du fond, sur laquelle l'effigie d'un homme avait été tracée à la craie, et telle était leur adresse qu'ils frappaient toujours au cœur.

Leur malheureuse victime était d'une pâleur mortelle : par quelles angoisses terribles ne devait pas passer le pauvre jeune homme, qui avait sans doute été attiré dans ce guet-apens par quelque odieuse comédie! Froler remarqua qu'il avait presque toujours la tête à demi tournée du côté de la porte qui conduisait dans la chambre où il se trouvait : hélas! comme le condamné à mort qui, jusqu'à la minute suprême, espère toujours en quelque grâce impossible, même à l'heure de la dernière toilette, même au pied de l'échafaud, attendait-il, lui aussi, quelque secours qui ne viendrait pas?

On était venu sans doute traîtreusement le trouver, un ami peut-être avait aidé à le tromper, il était parti souriant, en toilette de bal, une fleur à sa boutonnière, ainsi qu'en témoignait son habit, qui gisait à terre à demi déchiré, à côté d'une fleur de camélia tombée dans la lutte; il était plein de confiance, tendant la main à Ivanowitch ou à don José, qu'il avait connus dans le monde; puis tout à coup les trois brutes féroces, qui l'attendaient cachées dans la chambre voisine, s'étaient précipitées sur lui, l'avaient terrassé, lié pour qu'il ne pût faire un seul mouvement... et à ce cri éperdu qu'il avait sans doute poussé : « Que me voulez-vous? Que vous ai-je fait? » on lui avait répondu :

— Tu vas mourir.

Mourir à vingt-cinq ans, car c'était l'âge qu'il paraissait à peine, mourir en pleine joie de la vie, alors que tout devait lui sourire ; prier, pleurer, supplier, et s'entendre dire froidement par celui qui l'avait trahi :

— Je te donne vingt-cinq minutes pour recommander ton âme à Dieu.

Et se savoir dans un lieu cent fois plus isolé que la plus épaisse forêt, dans un coin de Paris où nul n'oserait se hasarder la nuit... et songer à son père, à sa mère, à tout ce qu'on aime, et perdre un à un tout espoir, en comptant les minutes, les secondes... Ah ! c'est terrible, atroce, épouvantable !

Et Froler, le rude policier, qui reconstruisait toute cette scène dans son esprit, en regardant le malheureux... se prit à pleurer et détourna un instant les yeux de cette scène de désolation.

Mais son attention fut vite ramenée sur ce qui se passait à l'intérieur : un des moujiks s'approchait du jeune homme, sur l'ordre d'Ivanowitch ; était-ce l'heure de l'exécution ?

Non, il était sans armes, et il se bornait à lui délier le bras droit.

Alors on approcha de lui le guéridon, avec une feuille de papier et ce qu'il fallait pour écrire... Sa figure était en ce moment en pleine lumière, et Froler put distinguer les traits fins et distingués du malheureux, ravagés par la terreur.

— Ah ! quelle heureuse idée, pensa le policier ; il a demandé sans doute à écrire ses dernières volontés ; qu'il fasse durer cela seulement un quart d'heure, et peut-être Luce arrivera-t-il à temps pour que nous puissions le sauver.

Le jeune homme prit la plume et essaya de tracer quelques mots, mais sa main tremblait à ce point qu'il ne put y parvenir.

Ivanowitch haussa les épaules, et donna un ordre qu'un des sbires allait exécuter... La pauvre victime éleva sa main suppliante, et sans doute il obtint le répit qu'il devait solliciter, car le Russe, sur un signe de son chef, s'éloigna.

— Mais écris donc, malheureux ; écris longuement, aurait voulu lui crier Froler ; gagne du temps, c'est ton salut.

Le prisonnier parut cependant se calmer un peu, et sa main commença à courir sur le papier, trop lentement au gré de ses bourreaux, qui paraissaient s'impatienter, trop vite encore au désir du brave policier, qui eût, quoique seul, joué, sans hésiter, sa vie pour le sauver, s'il n'eût été lié par la parole donnée à Luce, et surtout par la certitude où il était que son intervention, sans amener peut-être le salut du jeune homme, eût entraîné, dans tous les cas, des conséquences encore beaucoup plus graves.

Cependant la fin de ce terrible drame approchait ; Ivanowitch fit un geste impérieux à sa victime ; il s'approcha de la table et étendit la main, comme s'il voulait lui arracher le papier sur lequel il écrivait. Cette fois ce fut le nègre qui intervint, en lui présentant la montre, pour lui indiquer sans doute que le temps accordé n'était pas écoulé... Mais bien courtes devaient être les minutes qui restaient, car un des moujiks, son large coutelas à la main, vint se placer derrière le jeune homme qui, en ce moment, — Froler le devina au mouvement de la main, — signait ses dernières pensées.

Par un horrible raffinement de vengeance, les deux autres Cosaques, qui étaient entrés dans une pièce adjacente, en ressortaient à l'instant même, portant un cercueil en bois noir, sur le couvercle duquel était peinte une croix blanche, qu'ils déposèrent aux pieds du malheureux.

— Ah! les misérables!... les misérables!... s'écria Froler, les poings crispés.

Et il chercha son revolver. La courroie de la gaîne était mise heureusement; il eut le temps de réfléchir et de s'arrêter... mais il ferma les yeux pour ne point voir donner le coup fatal.

Quand il les rouvrit, le jeune homme vivait encore; mais la scène avait changé de face... Les trois moujiks s'étaient de nouveau emparés de leur victime, et non contents de lui rattacher le bras rendu un instant à la liberté, ils lui entouraient le corps entier de cordelettes, comme s'il se fût agi d'une momie. Cette besogne terminée, sur un signe de leur maître, ils enlevèrent le malheureux, qui se tordait en efforts impuissants, le couchèrent dans le cercueil, et l'un d'eux, ayant ramené le couvercle, se mit en devoir de le clouer... Le premier coup de marteau alla droit au cœur de Froler, qui poussa un cri de rage impuissante, et faillit tomber de la branche où il se tenait cramponné.

— Oh! fit-il d'une voix étranglée par l'émotion, les monstres! ils vont l'enterrer vivant!

Mais que faisait-il donc, Luce... depuis plus d'une heure qu'il était parti?

CHAPITRE VI

Sauvé et vengé. — Le secret de l'homme masqué.

En quittant le repaire de la butte Montmartre, Luce avait couru, sans reprendre haleine, chez le loueur que Froler lui avait indiqué.

— Vite, dit-il en arrivant, au garçon de nuit, six places, et les deux meilleurs trotteurs de l'écurie! je double le prix, et il y a cinquante francs de pourboire, si nous sommes dehors en dix minutes.

Stimulés par ces offres brillantes, cochers et palefreniers, réveillés à la hâte, firent merveille, et bien que les chevaux fussent dans le box, et la voiture en remise, sept minutes après, Luce brûlait le terrain du côté de l'hôtel de la rue Saint-Dominique; la vue des adversaires auxquels il s'agissait de livrer un combat à mort, lui avait, la réflexion aidant, fait changer une partie de ses dispositions.

Il savait, à n'en pas douter, que le conseil suprême des *Invisibles*, décidé cette fois à en finir avec le comte d'Entraygues, et connaissant les dévouements dont il était entouré, avait dû expédier ses hommes les plus courageux et les plus fanatiques. Il ne manquait pas d'agents dévoués à Paris qu'il eût pu charger de cette besogne, et s'il avait choisi spécialement ceux qu'il avait envoyés de Russie, n'était-ce pas la preuve évidente qu'on aurait affaire à des gens d'une adresse et d'une force redoutables?

Dans cette circonstance, était-il bien prudent de tenter la lutte à nombre égal? d'autant plus que parmi les cinq personnes qui allaient se mettre en ligne, il n'y avait que le Canadien qui fût d'une force redoutable, et en outre habitué à ces combats corps à corps. Le comte d'Entraygues était certainement d'un rare courage, mais un seul des terribles moujiks l'eût assommé d'un coup de poing. Il pouvait en dire autant du capitaine Rouge, de Froler et de lui-même; il avait alors songé à s'adjoindre Laurent, qui était, comme Dick, d'une taille et d'une force athlétiques, le Ngotak Woan-Woh et le nègre de Jonathan, qui pouvaient sans désavantage se mesurer avec n'importe lequel des sauvages habitants de l'Oural.

Ils se trouvaient alors huit contre cinq, et dans ce cas le résultat n'était plus douteux pour lui.

Le policier était, il est vrai, obligé d'aller chercher ces nouveaux combattants rue Saint-Dominique, et quelque diligence qu'il fît, c'était une grosse perte de temps dans la situation brûlante où il se trouvait; mais après quelques instants de réflexion, il n'hésita plus. La partie à jouer était trop importante pour qu'il pût négliger un pareil appoint; il essayerait de regagner en vitesse ce que le chemin qu'il allait être obligé de faire en plus lui ferait perdre.

Au lieu de monter dans le landau qu'on lui avait donné, il s'était installé près du cocher et lui avait dit :

— Nous allons rue Saint-Dominique, hôtel de Lauraguais, puis rue Neuve-des-Capucines, et enfin rue Lepic. Si tu peux faire tout cela en moins d'une heure, tu seras content de moi.

— Cela dépendra du temps que vous resterez à chaque endroit, bourgeois, avait répondu avec raison le cocher.

Quatorze minutes après, la voiture s'arrêtait devant l'hôtel du comte; on avait marché d'une telle allure, que les gardiens de la paix avaient essayé, au passage, de sauter à la tête des chevaux, croyant avoir affaire à des animaux qui s'étaient emballés.

Laurent et ses compagnons étaient couchés ; aux premières paroles de Luce, ils sautèrent sur leurs vêtements et, en un clin d'œil, ils furent prêts à le suivre. L'honorable Littlestone était resté à l'hôtel de la Trémoille ; on

n'eut donc pas à subir ses récriminations contre la civilisation, la Babylone
moderne, et autres aménités que tous les Anglo-Saxons, comme d'hypocrites
perroquets, débitent contre nous depuis quelques années.

La voiture ne fit qu'un bond rue Neuve-des-Capucines. Fort heureusement
les trois amis s'étaient étendus à terre sur des couvertures, tout habillés; ils
en avaient vu bien d'autres dans le Buisson.

Luce avait pénétré dans la maison avec son stratagème habituel, il avait
crié au concierge en passant devant la loge : « Médecin du 3me, urgence; »
et on ne lui en avait pas demandé davantage.

— Alerte, alerte! fit-il en pénétrant dans sa chambre secrète; nous les
tenons tous : l'homme masqué, l'honorable José Corrazzon, son ami et les
trois agents des *Invisibles* chargés de vous assassiner! Je vous donnerai
tous les détails en route; vite! vite! prenez vos revolvers, vos couteaux de
chasse, et partons, peut-être arriverons-nous assez à temps pour sauver
une de leurs victimes.

Ces paroles étaient tombées comme la foudre au milieu du sommeil
des trois personnages, et y avaient causé une stupeur difficile à décrire;
mais chacun, au lieu de parler, avait agi. Luce avait détaché d'une pano-
plie un tromblon espagnol rapporté d'Algérie, arme terrible de près, et
au bout de cinq minutes, le landau courait de nouveau dans la direction de
Montmartre.

En arrivant en haut de la rue Lepic, le policier fit arrêter, pour ne pas
faire connaître au cocher le lieu où on se rendait, lui jeta sa bourse, et suivi
de ses compagnons, acheva à pied les cent cinquante mètres qui les séparaient de la petite avenue, à l'extrémité de laquelle se trouvait la maison des
pendus.

Pendant le trajet, il avait fait connaître brièvement le résultat de ses
découvertes. Le comte d'Entraygues ne pouvait se persuader qu'il fût obligé
de perdre ainsi toutes ses illusions sur le noble hidalgo, don José Corrazzon;
mais le cas était trop concluant pour se permettre de faire la moindre
réflexion.

Le Canadien était au comble de la joie; la pensée de voir enfin face à face
l'ennemi qu'il poursuivait inutilement depuis si longtemps, l'avait rajeuni de
dix ans.

— Enfin! murmurait-il, il y a une justice au ciel. Quant au capitaine,
l'idée de tenir Ivanowitch au bout de son revolver, le rendait fou; il y
avait quelque chose de féroce dans son bonheur.

Luce s'inquiéta peu cette fois de dissimuler les traces de leur passage; il
marcha droit à la pelouse où se trouvait le marronnier-abri, suivi de la petite
troupe. Froler, qui les avait entendu venir, était descendu de son observatoire pour ne pas faire perdre une minute.

— Eh bien, demanda Luce rapidement, l'homme masqué est-il toujours là?

— Oui, mais ils n'en ont pas pour longtemps; vous arrivez au bon moment, patron.

— Et leur victime, le pauvre attaché d'ambassade?

— Écoutez!

— Que signifient ces coups?

— On le cloue vivant dans un cercueil.

— Alors, nous arrivons à temps.

— Grâce à Dieu, patron.

— Marchons... Ah! j'oubliais l'ordre de bataille... inutile d'engager un combat loyal, avec ces gueux... nous allons monter à pas de loup au premier étage; quand tout le monde sera prêt, j'ouvre brusquement la porte... et on tire dans le tas... nous sommes huit, du premier coup ils doivent avoir leur affaire... Venez.

Le vent avait atteint une telle intensité, que les arbres gémissaient et ployaient comme s'ils allaient se briser; protégés par le bruit, les assaillants atteignirent sans encombre le sommet de l'escalier. La maison semblait trembler sur sa base; sous l'impulsion de l'orage, portes, fenêtres, boiseries, s'unissaient pour faire leur concert particulier dans le bruit, pendant que les coups de marteau, qui retombaient en cadence sur le cercueil, semblaient battre la mesure à l'ouragan.

Lorsque Luce jugea que tout le monde avait dû prendre ses dispositions, lui-même épaula son tromblon qu'il avait chargé jusqu'à la gueule; puis, tournant doucement le bouton de la porte, d'un violent coup de pied, il la jeta en dedans. Mais ses prescriptions ne purent être exécutées; le Ngotak et le nègre Tom, qui se trouvaient au premier rang, avaient bondi comme des tigres dans la chambre, saisissant chacun un adversaire à la gorge et roulant avec lui sur le plancher... Cette brusque attaque fit que personne n'osa tirer, de peur de blesser les indigènes... il y eut un moment de confusion indescriptible, et Ivanowitch en profita pour donner un coup de pied au guéridon qui tomba, entraînant avec lui les bougies qui éclairaient cette terrible scène. Mais le Canadien avait eu le temps de s'élancer sur un troisième adversaire, qui, sans arme sous la main, et le voyant venir à lui, le saisit à bras le corps; le géant l'emprisonna dans une puissante étreinte, et le misérable n'eut que le temps de pousser un cri... il tomba à terre comme une masse, l'épine dorsale brisée.

Cependant Luce, qui n'avait pas perdu son sang-froid, s'était jeté rapidement sur une bougie qui ne s'était pas éteinte dans sa chute, et on put se rendre compte de la situation.

Il ne restait plus un seul adversaire debout... Les moujiks, assaillis par les indigènes, gisaient à terre, la gorge coupée... et, spectacle terrible, le Ngotak avait scalpé le sien, pour rapporter ce sanglant trophée dans son pays. Le troisième était étendu aux pieds de Dick... et le général don José

Corrazzon, allongé sur le sol près de la fenêtre, ne donnait plus signe de vie.

Mais l'homme masqué avait disparu.

— A moi! à moi! il nous échappe, s'écria Luce; et il s'élança dans une chambre voisine, seul côté par où le misérable avait pu fuir; une fenêtre ouverte donnant sur le toit d'une dépendance extérieure, qui avait facilité la fuite, vint leur révéler l'inutilité de leurs efforts.

Une fois de plus, l'infernale habileté de cet homme lui avait sauvé la vie.

De grands cris vinrent tout à coup les rappeler dans la chambre où les premières scènes s'étaient accomplies.

— Ne me tuez pas! ne me tuez pas! Je n'ai point fait de mal, clamait José Corrazzon, que le serviteur du comte tenait au collet.

Le rusé personnage, qui était sans aucune blessure, avait fait le mort, pour tenter de fuir à la première occasion; grâce au brave Laurent, il n'avait pu exécuter son dessein.

En reconnaissant le comte d'Entraygues, le misérable reprit quelque espoir.

— Grâce! monsieur le comte, dit-il en tombant à genoux.

— Réponds franchement, si tu tiens à la vie, répondit le jeune homme.

— Qu'aurais-tu fait de moi, hier, si j'eusse été seul dans ta voiture?

— J'avais ordre de vous achever, balbutia le bandit.

— Qui avait organisé ce guet-apens?

— Celui qui vient de s'enfuir... l'homme masqué.

— Et comment se nomme l'homme masqué?

— Le colonel Ivanowitch, membre du conseil suprême des *Invisibles*.

— Ivanowitch! exclama le comte d'Entraygues... Ivanowitch!... lui, mon rival... Ah! j'aurais dû m'en douter!

— A mon tour d'interroger, fit Luce qui, depuis quelques instants, regardait le noir avec une attention singulière. Quel est ton nom?

— Don José Corrazzon.

— Ton véritable nom? insista le policier en armant froidement son revolver.

— Sam, répondit le malheureux en tremblant de tous ses membres.

— Qui a étranglé, une belle nuit, le lutteur Tom Powell pour lui voler deux cent cinquante mille francs que l'homme masqué lui avait remis la veille? Réponds.

— Moi, balbutia le misérable... Grâce! j'ai dit la vérité.

— Un instant encore. Qui a traîtreusement conduit ici le prince Westchine que vous alliez enterrer vivant?

— Moi encore... Grâce! je ne veux pas mourir.

— Non, pas de pitié pour les assassins, les voleurs et les traîtres.

Les Cosaques prennent la fuite. (Page 733.)

Et Luce lui cassa la tête d'un coup de revolver.

Le jeune Russe que, dès le début, Froler avait retiré rapidement de son cercueil, serrait les mains de ses libérateurs sans pouvoir articuler une parole, tellement la réaction était violente.

— Et maintenant, messieurs, dit le comte d'Entraygues, que ceux qui veulent continuer à se dévouer à cette juste cause se préparent à me suivre. C'est à la tête, maintenant, que nous allons frapper.

TROISIÈME PARTIE

LES INVISIBLES ET LE PASSEUR DE L'OURAL

CHAPITRE PREMIER

La Société des Invisibles.

Nous connaissons l'audacieux projet formé par le comte d'Entraygues et ses amis de s'emparer du conseil suprême et du grand chef des Invisibles à la première réunion générale que ces derniers tiendraient sur un point quelconque du territoire russe, encore ignoré d'eux. Le capitaine Rouge, en pur Yankee qui ne connaissait aucune difficulté, et Dick le Canadien s'étaient chargés de recruter, parmi leurs anciennes connaissances, le nombre d'aventuriers nécessaire à un pareil coup de main.

Au policier Luce revenait la tâche difficile de conduire au jour dit, à l'endroit voulu, cette troupe d'hommes, une centaine au moins, sans donner l'éveil non seulement à ceux qu'on devait surprendre, mais encore à la police russe, la plus soupçonneuse de toutes les polices du monde.

Avant de faire assister le lecteur aux dramatiques événements qui vont signaler la dernière phase de la lutte engagée entre le comte Olivier et ses insaisissables ennemis, il est nécessaire, pour l'intelligence de ce qui va suivre, de donner quelques renseignements sur cette fameuse société secrète des Invisibles, qui n'existe pas seulement, comme on pourrait le croire, dans l'imagination du romancier.

La Russie est aujourd'hui, grâce à son organisation sociale et politique, la terre classique des sociétés secrètes, qui s'y recrutent presque dans toutes les classes.

Les plus célèbres sont désignées sous les noms divers de : « Ligue du salut public », — « Terre et Liberté », — « Organisation et Enfer », — « Nihilistes », etc.

Nous n'avons pas à nous occuper de ces sociétés, dont les moyens et le but sont sans rapport avec notre histoire.

Il n'en est pas de même de la *Société des Invisibles*, dont un épisode, puisé dans ses annales secrètes, a fourni la base de ce récit.

Cette société ne se propose, à l'encontre des précédentes, aucun de ces odieux bouleversements anarchistes qui, loin de faire avancer un peuple dans la voie de la civilisation, ne font que le rejeter dans la compression et la barbarie. Elle représente, nous avons déjà eu l'occasion de le dire, les aspirations du panslavisme à la domination universelle. C'est une sorte de franc-maçonnerie qui se propose, avant tout, de réunir toutes les forces de l'empire pour soutenir et favoriser le rôle et la mission de la *Sainte Russie* dans le monde, mission qui consiste à absorber peu à peu l'Europe entière et l'Asie, pour les réunir sous un seul sceptre religieux et politique.

Ce sont ces aspirations, que Napoléon Ier connaissait bien, qui lui inspirè-rent un jour cette pensée à Sainte-Hélène : « Avant deux siècles, l'Europe sera républicaine ou cosaque. »

Sur le même sujet, l'historien Vogel écrivait tout récemment :

« Le jour où le grand empire slave aurait fait ses vassaux de tous les petits États du bas Danube, il ne mettrait pas moins en danger leur autono-mie que la *sécurité de l'Europe entière*. Il n'envelopperait pas seulement toute la Hongrie et l'Illyrie par le sud; Constantinople, cette incomparable métropole, grâce à la possession de laquelle l'empire grec avait pu survivre de plus de dix siècles à l'empire romain d'Occident, tomberait fatalement au pouvoir de la Russie, qu'il ne serait plus facile alors d'empêcher de prendre également pied sur l'Adriatique; maîtresse du Bosphore et des Dardanelles, clefs des détroits, il ne tiendrait qu'à elle de convertir la mer de Marmara et le Pont-Euxin en un immense port de guerre inexpugnable; d'acquérir, avec le secours des Grecs, la plus puissante marine de la Méditerranée et de peser sur l'Europe comme une menace perpétuelle en la bravant, sans avoir à craindre une nouvelle expédition de Crimée. Rien non plus n'empêcherait alors le panslavisme de poursuivre ouvertement ses desseins, sur lesquels *il ne faut pas se faire d'illusion*; car, bien qu'il semble encore difficile d'admettre qu'ils aient pu trouver place dans un programme de la politique extérieure du cabinet impérial et qu'il ne réponde à nul besoin de la grande masse du peuple russe, dont l'esprit est généralement pacifique et débon-naire, ils sont conformes aux aspirations connues de la partie la plus ambi-tieuse et la plus entreprenante de ses classes supérieures, dont l'éducation européenne a étendu les visées bien au delà des frontières actuelles de l'em-pire. La grandeur des résultats qu'il a obtenus jusqu'à présent par la con-quête porte ces esprits aventureux à ne douter de rien, avec d'autant plus de fougue que le régime intérieur de leur patrie y contient, dans des bornes plus étroites, toutes les autres manifestations de la vie politique. Considérant la *sainte Russie* comme le foyer central de tout le monde slave, ils se flattent d'en faire aussi l'unique centre de direction et d'englober peu à peu dans ses im-menses frontières toutes les parties encore distinctes de la Slavie occidentale et méridionale, sans s'arrêter devant la diversité des cultes et des traditions. Ces tendances se révèlent dans le langage de la presse, encouragée par des hommes haut placés; elles ont déjà, en plus d'une occasion, influé visible-ment sur les décisions du gouvernement même et déterminé une propagande non moins activement poursuivie, sous le manteau de la parenté, dans l'Austro-Hongrie, où ses fils courent jusqu'au cœur de l'Allemagne et aux confins de l'Italie, en Bohême et dans les provinces illyriennes, que dans la péninsule orientale. L'alliance austro-allemande est une première digue opposée au danger de ce courant par les deux empires limitrophes. »

On ne pouvait mieux signaler les aspirations, les tendances du panslavisme russe que ne le fait, en quelques lignes, l'historien allemand que nous venons de citer ; mais comment se fait cette propagande dont parle cet écrivain, puisqu'il reconnaît qu'elle a lieu en dehors de l'action officielle du gouvernement ? Des millions d'hommes ne s'entendent pas ainsi sans un centre de direction qui imprime l'unité de vue. Cette propagande est faite par la Société des Invisibles, ainsi appelée parce qu'aucun membre ne connaît d'autre membre que celui qui l'a initié ; qu'on n'exige de lui d'autre engagement qu'un dévouement absolu à *l'idée*, à *la sainte patrie russe* et *au tzar-père*. D'après tout ce qu'on peut savoir, tous les fils, toutes les ramifications de cette immense association, qui englobe dans son sein directement des millions d'hommes et indirectement toute la nation russe, qui subit sans s'en douter son influence, sont entre les mains de la fameuse troisième section de l'empire, qui est chargée de tout ce qui regarde la sûreté intérieure et extérieure, la police civile et la police politique.

Pour bien faire comprendre l'immense puissance de cette association, poussant la Russie dans cette idée du panslavisme et de la domination universelle, il nous suffira de citer encore ce cri d'alarme par lequel Vogel termine son exposé des aspirations du colosse du Nord : « Il appartient aux puissances maritimes de veiller !... Il ne faut pas que l'Europe, endormie ou divisée, se réveille un matin dans la même situation que le monde hellénique en l'an 338 avant notre ère ; ce serait la pire des fatalités ! »

La puissance de l'idée panslaviste est donc un fait patent, indéniable, et cette puissance de propagande est due tout entière à la Société des Invisibles.

Or, il y a environ un tiers de siècle, quelques hommes appartenant à de grandes familles russes, jeunes, ambitieux, énergiques, mais tarés, rêvèrent de reconquérir la fortune et une situation en exploitant cette idée patriotique.

Profitant de cette tendance de leurs compatriotes et de l'inclination naturelle qu'ils éprouvent pour les sociétés secrètes, qui satisfont dans une certaine mesure le mysticisme oriental de leur caractère, ils résolurent d'exploiter à leur profit la popularité et la puissance de la *Société des Invisibles* en agissant sous son nom.

Ils procédèrent avec une telle habileté que, plus tard, lorsque quelques-uns de leurs méfaits les plus audacieux firent ouvrir les yeux à la *troisième section*, on put bien constater des faits, obtenir quelques aveux des subalternes, mais il fut impossible de remonter aux têtes, et, si l'on devina les moyens employés par les résultats obtenus, on ne put les étayer d'une seule preuve permettant de saisir les vrais coupables. On dut, d'ordre supérieur, étouffer l'affaire ; la société simulée, et fonctionnant comme si elle eût été la véritable, ayant étendu ses ramifications de telle sorte que, à part les dix à douze têtes qui exploitaient la situation, tous ses membres croyaient de bonne foi faire partie de la grande Société des Invisibles. Pour mieux dire, il n'y avait pas même de société simulée, mais une douzaine d'audacieux personnages qui employaient les membres de la véritable société à l'exécution de leurs projets et pour la satisfaction de leur ambition.

Ils répandaient des mots d'ordre, provoquaient des réunions secrètes, expédiaient des instructions, réunissaient des souscriptions, agissaient enfin comme s'ils eussent été les chefs de la Société des Invisibles, et cela avec d'autant plus de facilité qu'ils étaient, par leur situation de famille, à même d'être renseignés sur les chefs réels de l'association, et que ne s'adressant jamais à ces derniers mais aux membres inférieurs de l'association, ils étaient garantis, par ce mutisme farouche, qui est dans le tempérament de la nation, et qui fait que, même pris en flagrant délit, le sectaire russe affronte la mort sans jamais révéler les secrets de l'association dont il fait partie.

Et dans l'espèce il n'y avait pas même de secrets à livrer, par la simple raison qu'il n'y en avait pas ; dans les réunions tenues de temps à autre, on ne parlait que de la *sainte Russie* et de sa mission providentielle ; puis, quand il y avait un coup à faire, chaque membre, choisi ordinairement parmi les plus fanatiques et les moins intelligents, recevait un ordre individuel qu'il exécutait, croyant qu'il émanait des chefs suprêmes de la Société des Invisibles, mais sans se douter de la filière par laquelle il lui parvenait, ni connaître la véritable portée de l'acte auquel il prêtait son concours.

Un exemple fera mieux comprendre le mécanisme de ce fonctionnement : nous le choisissons parmi ceux dont le gouvernement eut à s'inquiéter, parce qu'il le touchait particulièrement.

Un jour, la Banque de Saint-Pétersbourg reçut l'ordre de faire transporter à Orenbourg deux millions de roubles, plus de six millions de francs, pour la solde des troupes et autres dépenses des possessions asiatiques.

Le convoi était accompagné d'une douzaine de Cosaques seulement. Arrivé dans un des défilés de l'Oural, ils se trouvent brusquement en présence d'une centaine d'hommes armés, les Cosaques, trop inférieurs en nombre, prennent la fuite, les caisses de roubles sont transbordées sur une autre voiture attelée de six chevaux qui attendait près de là ; inutile de dire qu'on ne les revit jamais. Immédiatement après le coup fait, les hommes avaient reçu l'ordre de se disperser. L'enquête révéla qu'aucun d'eux ne savait pourquoi il était là, aucune explication ne leur avait été donnée, seulement le bruit avait été habilement répandu, qu'il s'agissait de s'emparer d'une correspondance germanique destinée à faire soulever certaines parties des contrées asiatiques nouvellement soumises.

Mais on ne put jamais mettre la main sur les cinq hommes masqués qui étaient venus prendre le commandement de la bande, pas plus que sur les autres chefs qui avaient dirigé les divers attentats qui finirent par révéler l'existence de cette bande ténébreuse qui exploitait l'idée nationale.

Si quelques-uns même furent soupçonnés, l'habileté de leur combinaison les sauva de toute poursuite; ils n'eurent en effet qu'à simuler la bonne foi et à répondre invariablement à toutes les questions qu'on pouvait leur poser :
— « Je n'ai été qu'un instrument passif, j'obéissais à un mot d'ordre et je croyais travailler pour la *grande idée*. J'étais trop peu de chose dans l'association, jamais je n'ai connu ni les motifs, ni les résultats des actes auxquels j'ai été mêlé. »

Telles furent, en substance, les réponses obtenues par la *troisième section*, dans l'enquête à laquelle elle se livra et qu'un ordre d'en haut, la força d'interrompre. Des fonctionnaires de marque, des officiers, des employés du palais, de hauts personnages avaient eu la naïveté de se laisser surprendre, non qu'ils se fussent compromis dans les méfaits de la bande, — on se gardait bien de se servir d'eux, — mais ils avaient assisté à des réunions *panslavistes* tenues par les faux *Invisibles* et avaient contribué, par leur présence, à augmenter l'autorité de ces derniers.

Cette dangereuse association prit fin d'elle-même, par la simple divulgation de son existence, et on n'en entendit plus parler à la suite de l'enquête sommaire à laquelle elle avait donné lieu, et surtout d'un manifeste adressé à la nation tout entière, par les vrais chefs de l'agitation panslaviste; mais elle avait assez duré pour accomplir une série d'exploits dont le souvenir est resté légendaire dans les contrées où ils ont eu lieu, et principalement dans le gouvernement d'Orenbourg qui, par son éloignement de la capitale et le caractère spécial de ses habitants, se prêtait plus facilement à ce genre d'opérations.

C'est en effet dans les deux villes d'Ourolks et d'Orenbourg, sur l'Oural, magnifique fleuve qui s'échappe des montagnes de ce nom et se jette dans la Caspienne, que cette poignée d'audacieux paraît avoir établi sa résidence.

Les habitants de cette contrée sont, en général, d'une taille élancée; leur visage brun est mobile et expressif; ils portent leur chevelure châtain foncé ou noire, rasée, avec une mèche au-dessus des oreilles et ne conservent de leur barbe que la moustache; d'une nature rêveuse et poétique, comme leurs frères d'Orient, ils sont fanatiques du chant qu'ils accompagnent avec des instruments à cordes, la *kobza* ou *baudoura*, la *balalaïka* et une sorte de vielle particulière au pays.

Leurs *bylines* et *doumi* nationaux, chants et récits homériques des temps passés, d'un rythme mélancolique et doux, courent le long du nord de la Caspienne et de la grande chaîne de l'Oural, chantés par les pâtres, les conducteurs de caravanes et les nomades.

Ils ont conservé un grand nombre d'anciennes superstitions païennes, croient aux esprits, aux sorciers et aux maléfices, et sont encore plus portés que les autres habitants de la Russie à l'esprit de secte si favorable à l'établissement des sociétés secrètes.

Comme trait spécial de leur tempérament tout à fait oriental, les tribunaux russes d'Orenbourg, d'Ouralsk, de Bouasoulouk, d'Oufa, n'ont jamais pu obtenir d'eux le moindre témoignage dans les affaires correctionnelles et criminelles ; aussi les faux Invisibles avaient-ils fait un grand nombre de prosélytes parmi eux.

La tentative faite par cette troupe d'aventuriers pour s'emparer des mines de l'Oural, appartenant à la famille Wasilewski par le mariage d'un des leurs avec la jeune princesse Maria Feodorowna, fut une des plus audacieuses qu'ils aient conçue ; mais elle échoua grâce au courage et à l'énergie du comte d'Entraygues et au dévouement de ses amis.

CHAPITRE II

Le passeur de l'Oural. — Le steppe d'Orenbourg. — Le tabountchik.
Attaqué par les loups.

Toute la partie de l'immense plaine sibérienne et asiatique paraît avoir été dans l'origine, — à en juger par les débris d'animaux fossiles qu'on y retrouve, — une vaste mer bordée par la chaîne ouralienne, et s'étendant de l'autre, jusqu'aux confins de l'Himalaya. Postérieurement, la mer Caspienne, plus étendue qu'elle ne l'est dans la mémoire des temps historiques, ainsi que la mer d'Aral, anciens restes de cet Océan, communiquaient encore avec la mer Glaciale, au nord, par la vallée de l'Ob, et à l'ouest, avec la mer Noire, par les basses terres circaucasiennes, aujourd'hui steppes des Khirgiz et d'Astrakhan. La configuration de cette vaste contrée est due au dernier grand bouleversement géologique de la fin de l'âge tertiaire, qui a donné à l'Europe et à l'Asie leurs contours actuels.

Cette plaine immense qui se prolonge jusqu'aux limites de la Sibérie, sur une étendue double de celle de l'Europe, c'est le *steppe !* Le sel y miroite encore dans le sable, au milieu des fossiles marins, montrant que les siècles n'ont pas encore achevé leurs transformations du sol. Vaste désert aride et désolé, couvert de neiges et de glaces pendant neuf mois de l'année ; au nord, le steppe, en se rapprochant des régions tempérées, sur le territoire d'Ornebourg, par exemple, ne se présente plus sous un aussi triste aspect ; c'est une succession de terrains plus ou moins accidentés, qui, au printemps se couvrent d'herbages, émaillés de perce-neige, de crocus, de tulipes et d'hyacinthes, entremêlés de landes et de marécages, où poussent à foison les herbes aquatiques et les roseaux.

D'immenses troupeaux de bœufs et de chevaux, les uns à l'état sauvage, les autres sous la conduite de leur tabountchik, sorte de *Gaucho* Cosaque qui passe sa vie à cheval, y pâturent pendant cette saison ; mais l'été arrive, les herbes ne tardent pas à être brûlées, les puits et les mares se dessèchent : bêtes et hommes vivent alors au milieu de tourbillons de poussière insupportable, et d'une chaleur qui les débilite et les énerve. En toute saison, ils ont à lutter contre un ennemi toujours altéré, toujours affamé, le loup, qui attaque en bande et par surprise la nuit, pendant que les troupeaux se reposent et que les tabountchiks dorment sous leur petite tente de toile qui, repliée, leur sert de selle pendant le jour.

Rien n'est curieux comme de voir les chevaux sauvages du steppe se ranger intelligemment en colonne serrée, sous la conduite de leurs étalons les plus forts et les plus hardis, et offrir bravement le combat aux bandes de ces carnassiers errants qu'ils viennent à rencontrer.

Là se trouve encore, mais se faisant de plus en plus rare, l'*urus*, sorte de *bos primigenius,* ancêtre de notre bœuf domestique.

De loin en loin, près de quelques maigres bouquets de bois, on aperçoit les toits ronds d'une *stonich*, sorte d'agglomération de maisons basses en terre sèche qui représente le village du steppe. Le nombre de ces *stonichs* augmente à mesure qu'on se rapproche d'Orenbourg, et surtout le long de la chaîne de l'Oural, où leur présence annonce toujours le voisinage de quelques-unes des riches mines d'or, d'argent, de platine et de cuivre qui abondent sur le versant asiatique de ces montagnes.

C'est de ce massif, qui sépare la Russie d'Europe de la Russie d'Asie et sert de ligne de partage des eaux entre les deux contrées, que s'échappe le magnifique fleuve du même nom, l'Oural, qui prend sa source par 54° nord. Torrent à ses débuts, il descend impétueusement des chaînes supérieures, son lit s'élargit peu à peu, de nombreux affluents accroissent le volume de ses eaux, et il s'avance enfin majestueusement comme une des immenses rivières du nouveau monde, à travers les gouvernements d'Orenbourg, d'Ouralsk, le pays des Khirgiz, et se jette dans la Caspienne, après un cours de plus de trois mille kilomètres.

Et sur cet immense parcours, pas un pont pour permettre de passer de la rive européenne à la rive asiatique ; mais seulement, de loin en loin, à des distances de cinquante à soixante kilomètres, de simples bacs, glissant à l'aide d'une poulie sur une longue corde qui traverse le fleuve.

Dans la partie sud d'Orenbourg, le katza ou passeur est, en général, un

Ils mettaient des villages entiers à contribution. (Page 740.)

Nogaïs, dont la famille est établie là depuis des siècles, et qui cultive en même temps une partie fertile du steppe et élève des troupeaux de chèvres. Quelques-uns sont assez riches pour élever des chevaux et de ces chameaux de petite taille qu'ils louent pour le transport des marchandises.

Les Nogaïs composaient autrefois une nation puissante au bord de la mer Noire, mais ils sont maintenant disséminés au milieu des autres peuplades; un grand nombre vivent dans le steppe en horde nomade, d'autres sont devenus sédentaires, se sont attachés au sol, et peu à peu se sont emparés des différents postes de passeurs de l'Oural, de la Caspienne à Orenbourg.

A vingt jours de marche environ de cette dernière ville, en un lieu appelé Voronoje, se trouve un bac qui sert de passage aux caravanes qui vont d'Astrakhan à Orenbourg, en coupant en droite ligne par le steppe des Khirgiz.

Le Nogaï Tcherni-Chug, gardien du bac, était un homme riche, pour la contrée; son stonich se composait de quatre maisons, dont l'une en bois, pour sa famille et lui, et les autres en terre sèche pour les gens de sa horde ou caste, au nombre de dix-huit, qu'il employait à la culture des champs et à la garde des troupeaux; il possédait plus de quatre cents têtes de bétail et ne connaissait pas le nombre de ses chevaux. Tout autour étaient venues se grouper une quarantaine d'*isba* ou cabanes, habitées par des ouvriers agricoles, et, peu à peu, Voronoje était devenu un *mir*, sorte de caravane dont Tcherni-Chug avait été nommé starchine, littéralement, *ancien*. Le starchine, chef actif, correspond comme attributions au maire de nos communes.

Il était en outre iamtchik, c'est-à-dire fournisseur de chevaux de la poste impériale, situation qui valait à son possesseur l'exemption de tout impôt et le titre d'odnovortze ou fermier libre, bourgeois rural.

Enfin, pour terminer l'énumération de tous ses titres et fonctions, les notables l'avaient nommé député *glasnye*, au Zemstvo, sorte de conseil général de la province qui siégeait une fois l'an à Orenbourg sur la convocation du gouverneur.

Il appartenait à la secte religieuse des jedinovertsi ou croyants unis, que l'on nomme également les khlysti « lutteurs de l'esprit », sorte de quakers russes, qui mènent une vie sobre et austère, dans l'attente d'un nouveau Messie, qui doit rétablir le règne de la vertu et l'honnêteté sur la terre.

C'était donc un homme considéré que le passeur du bac de Voronoje. Il tenait à ce titre comme à un vieux souvenir de famille; mais il y avait longtemps que les Tcherni-Chug ne manœuvraient plus la perche, et ne tournaient plus le tambour qui faisait glisser la poulie du bac, et abandonnaient ce soin à leurs serviteurs.

Le starchine de Voronoje était un ardent patriote; il croyait fermement à la mission providentielle de son pays dans le monde, et eût donné sa fortune et sa vie pour la *sainte Russie* et le *tzar-père*.

Un soir, c'était à la fin de juin, en plein printemps russe, les chaleurs de l'été ne se faisaient pas encore sentir; à perte de vue le steppe était vert, et les troupeaux pâturaient à plaisir sous la garde de leurs *tabountchiks*. Tous les serviteurs mâles de la horde étaient réunis autour d'une table présidée par Tcherni-Chug: c'était l'heure du souper, et les femmes, qui ne mangent, selon l'usage, qu'après les hommes, apportaient le lait caillé, la bouillie de froment et les grandes jattes pleines de lait qui forment le frugal ordinaire des habitants du steppe; le chef, la cuiller de bois à la main, allait commencer à servir, quand, tout à coup, une voix jeta de la porte ce salut à tous :

— Que saint Nicolas vous protège !

Tcherni-Chug leva la tête et aperçut un stranniki ou pèlerin errant qui, sa gourde et sa besace en sautoir, son bâton à la main, se tenait debout sur le seuil de l'isba, sans oser pénétrer dans l'intérieur.

— Entre ! lui dit-il... il y a toujours ici la part du Bog ! « la part de Dieu ! »

— Merci, Tcherni-Chug, répondit le stranniki ; je sais que la maison est hospitalière.

Et il fit au maître un signe particulier que celui-ci comprit immédiatement, car se levant rapidement il l'entraîna dans une autre partie de l'izba.

— L'heure du salut approche, fit le pèlerin.

— Dieu soit loué ! répondit le passeur de Voronoje.

Ces paroles, échangées comme un mot d'ordre par les interlocuteurs, Tcherni-Chug ajouta :

— Quelles nouvelles apportes-tu?

— Le troisième dimanche à dater de ce jour, fit le pèlerin, les Invisibles se réuniront pour la gloire du tsar-père et de la sainte Russie notre patrie.

— En quel lieu?

— Dans l'ancien couvent de Ierinoslaw?

— A quelle heure?

— Onze du soir !

— C'est bien, j'y serai... est-ce tout?

— Non ! J'arrive d'Astrakhan, où j'ai vu le grand chef, il allait partir, et je suis étonné qu'il ne soit pas déjà ici.

— Doit-il s'arrêter chez moi ?

— Oui, et il te prie de tenir six chevaux frais pour sa suite.

— Il sera fait selon ses désirs... Le mot de passe?

— Doukhowortzi ! « les combattants célestes ! »

Puis les deux hommes rentrèrent dans la salle commune, et le stranniki, après avoir partagé le souper de son hôte, reprit son bâton et continua sa route en remontant l'Oural dans la direction d'Orenbourg; il allait ainsi, prétendait-il, s'arrêtant à toutes les stonich, à toutes les isbas, annonçant la réunion prochaine.

Au moment où il quittait la maison accompagné par Tcherni-Chug, il lui dit à voix basse :

— Dieu te garde des Cavaliers noirs !

— Est-ce qu'ils ont reparu? fit le passeur, devenu subitement pâle et tremblant.

— On les a vus presque en même temps, car tu sais qu'ils ont le pouvoir de se montrer en plusieurs lieux à la fois, à Astrakan, à Saratof, à Ouralsk, à Simbirsk, répondit le stranniki d'un ton mystérieux.

— Tu les as rencontrés? demanda le starchine de plus en plus ému.

— Je les ai aperçus la nuit dernière, filant comme des fantômes avec leurs chevaux rapides, sur l'autre rive de l'Oural.

— Et de quel côté se dirigeaient-ils?

— Ils allaient dans la direction de Polta, en aval du fleuve.

— Ah! je respire... peut-être ne reviendront-ils pas par ici! Du reste, ils ont toujours respecté ma stonich.

— Tu es averti, Tcherni-Chug, veille à tes roubles d'or, ajouta le pèlerin.

— Pourquoi ne couches-tu pas ici? La nuit va venir, et tu sais que les loups battent le steppe dès que le soleil est couché.

— J'ai le temps d'arriver à l'isba de Werst, qui n'est qu'à une heure de marche d'ici.

— Va donc, et que saint Nicolas t'accompagne!

Le passeur rentra tout soucieux dans sa demeure. Qu'étaient ces Cavaliers noirs qui avaient si fort effrayé Tcherni-Chug?

Sous le régime féodal, qui n'a pris fin que par l'acte d'émancipation des serfs promulgué en 1856 par Alexandre II, les indisciplinés, les mécontents, et, disons-le, aussi les nombreuses victimes des boyards, propriétaires du sol, et des misérables qui le cultivaient, tous ceux enfin qui supportaient impatiemment le joug tyrannique, des milliers de laboureurs, qu'aucun contrôle, aucune autorité efficace, ne pouvaient contenir, n'avaient d'autre lieu de refuge que le steppe : avec un cheval, pris dans les immenses troupeaux de la plaine, une lance et un fusil, le révolté reconquérait sa liberté; il avait devant lui l'espace immense où nul ne pouvait le poursuivre, et pour allié les nomades insoumis, vivant de rapines et du pillage des fermes et des caravanes.

Parfois, ils se réunissaient en bandes et venaient faire des incursions jusque dans la partie du steppe la plus fertile et la plus habitée; poussés par le désir de se venger de leurs anciens seigneurs, ils incendiaient les fermes, les réserves de fourrage et de grains, et mettaient des villages entiers à contribution. Pour ne pas être reconnus, dans leurs expéditions, ils s'entouraient le visage d'un voile noir, muni d'ouvertures pour les yeux, et ainsi, ils pouvaient se livrer avec plus de sécurité à leurs déprédations. Leur vengeance et leur amour du butin satisfaits, ils se séparaient sans laisser trace de leur passage, et quand l'audace de leurs méfaits finissait par exciter l'apathie des gouverneurs de province, qui envoyaient contre eux quelque troupe de Cosaques, ces derniers ne pouvaient que se livrer à d'inutiles fantasias dans le steppe, sans jamais rencontrer personne : les Cavaliers noirs avaient disparu.

L'impunité qui avait toujours suivi leurs attentats, la rapidité de leurs mouvements, le pillage simultané de fermes situées parfois à trente ou quarante lieues de distance, alors qu'ils s'étaient divisés en deux troupes, n'avaient pas peu contribué à établir autour d'eux une légende, grossie à plaisir par l'imagination des conteurs du steppe, et la crédulité des habitants de la contrée, très portés au merveilleux, aux choses de sorcellerie et de magie.

Aussi, quand ce cri : « les Cavaliers noirs reviennent », courait le long des stonich et des isba de l'Oural, excitait-il une terreur superstitieuse, à laquelle les plus braves ne pouvaient se soustraire.

Tcherni-Chug n'était pas un homme ordinaire, en maintes occasions il avait donné l'exemple d'une énergie peu commune; aussi, la première impression passée, songea-t-il à mettre l'isba en état de défense. Il avait obtenu du gouverneur d'Orenbourg la permission d'avoir des armes, afin de pourvoir à sa sûreté personnelle; après avoir renvoyé les femmes dans le trem, partie de l'habitation qui, chez tous les Russes asiatiques pourvus d'une certaine aisance, leur est réservée, il rassembla tous les gens de sa horde dans la salle basse de la maison, et leur fit part de ses craintes; malgré l'impression que la nouvelle apportée par le pèlerin causa à tous, ils furent unanimes à déclarer qu'ils se défendraient jusqu'à la mort; ils savaient, du reste, que si Voronoje était attaqué, ils n'avaient à attendre aucun quartier de leurs mystérieux ennemis.

Le passeur recommanda également à ses hommes de ne pas avertir les autres habitants du mir, par crainte qu'ils ne s'enfuyassent tous à l'instant même dans le steppe. Il serait temps de les prévenir au moment du danger, car, dans l'impossibilité où ils se trouveraient de mettre leurs personnes en sûreté, ils se décideraient alors, pour sauver leur isba et leurs biens, à opposer une vigoureuse résistance. Facile à effrayer, surtout quand les causes de sa terreur touchent à ses idées superstitieuses, le paysan russe devient brave jusqu'à l'héroïsme, quand une fois on l'a acculé à la nécessité de se défendre.

Chaque soir, deux serviteurs du passeur s'installaient sur le toit en forme de terrasse pour surveiller à tour de rôle les deux côtés du fleuve, et répondre à l'appel de ceux qui, pendant la nuit, désiraient se faire transporter d'une rive à l'autre. Une trompe en corne de buffle, suspendue à un poteau, sur le bord opposé, servait au voyageur à révéler sa présence.

La nuit était venue, tout le monde était couché dans l'isba, hors Mikleff et Watsa, dont c'était le tour de veiller ce soir-là; chacun d'eux avait reçu un fusil pour donner l'éveil, car s'ils eussent averti en sonnant de la trompe, on eût pu croire qu'ils répondaient à un étranger qui, de l'autre rive, eût demandé le bac.

Peu à peu l'ombre s'était étendue comme un tapis qui se déroule sur l'immense plaine, que la lune, en se levant, avait teinté en jaune pâle jusqu'à l'horizon. Sous cette uniforme clarté, coupée seulement par les zigzags argentés du fleuve, le moindre corps étranger apparaissait comme une tache dans le steppe, et nul, à plus de trois lieues à la ronde, n'eût pu s'approcher de Voronoje sans être immédiatement signalé.

En temps ordinaire, l'un des deux veilleurs s'endormait paisiblement, enroulé dans une couverture, pendant que son compagnon, qu'il devait remplacer après deux heures de faction, ne tardait pas à se laisser gagner par une invincible somnolence, qui se transformait bientôt en un profond sommeil, et tous deux reposaient ainsi jusqu'au jour sans s'inquiéter autrement du bac et des voyageurs. A vrai dire, ces derniers respectaient les traditions, et après un ou deux appels infructueux, se couchaient tranquillement, en été, dans les hautes herbes, en hiver, dans une cabane en terre sèche, édifiée à leur intention près du fleuve, jusqu'à l'apparition du jour... et le service allait ainsi depuis un temps immémorial, sans que personne ne se fût jamais plaint. A mesure que l'on s'éloigne de l'Europe pour pénétrer en Asie, le temps n'a plus de valeur ! il faut plusieurs heures pour traverser l'Oural, une journée ne suffit pas toujours pour traverser l'Indus.

Mais ce soir-là, Mickleff et Watsa ne pouvaient pas dormir, la situation était trop grave, et le maître leur avait annoncé qu'il ferait sa ronde d'heure en heure : le seul parti qu'ils devaient prendre était de veiller tous les deux.

Le fusil en bandoulière, ils se mirent à se promener sur la vaste terrasse de l'isba, en fredonnant un de leurs airs nationaux...

Entre onze heures et minuit, la porte de l'isba s'ouvrit furtivement et Tcherni-Chug sortit avec quatre de ses hommes, portant un de ces longs coffres russes en bois de camphrier, que les caravanes apportent du nord de l'Inde et qui servent, en même temps que de siège, à serrer les objets précieux ; le passeur y avait enfermé tous les bijoux des femmes, l'or et l'argent monnayés qu'il possédait ; et chose plus précieuse encore pour lui, le sabre enrichi de pierreries et les armes du Nogaï, son ancêtre, qui avait été attaman de la tribu : il devait y en avoir pour une forte somme, car les quatre hommes pliaient sous la charge.

Arrivés sur les bords du fleuve, ils creusèrent une fosse, en s'orientant, sur un des angles du bâtiment, pour être assurés de retrouver le trésor qu'ils allaient confier à la terre ; le sol sablonneux du rivage leur permit de terminer rapidement leur opération, et ils rentrèrent, après avoir fait disparaître leurs traces en égalisant là le sable qu'ils avaient piétiné.

Les Cavaliers noirs pouvaient venir, ils ne trouveraient que du grain et des fourrages à voler !

Mais pendant que ces hommes accomplissaient leur travail sous la direction du maître, à quelques pas de là, caché dans les hautes herbes, le *stranniki* suivait leur besogne avec une attention fiévreuse....

Le faux pèlerin avait à peine quitté le katza (passeur), qu'au lieu de continuer son chemin il descendit sur la berge du fleuve, revint lentement

sur ses pas, et, favorisé par la nuit qui approchait, se cacha dans les hautes
herbes à une faible distance de l'habitation, certain de l'effet qu'allait produire la nouvelle apportée par lui au passeur....

Dès que Tcherni-Chug fut rentré dans l'isba, le stranniki rampa doucement jusqu'au bord du fleuve, retira d'une touffe de roseaux où il l'avait cachée
une épaisse et large planche de chêne-liège des forêts sud-ouraliennes, se
coucha sur cette espèce de radeau taillé en pointe ainsi qu'un bateau,
et s'aidant des mains comme de pagaies, se laissa dériver au fil de l'eau.
A l'arrière se trouvait une petite planchette de mélèze, installée comme un
gouvernail, qu'il manœuvrait, étendu sur le dos, avec deux cordelettes attachées à la barre. Ce primitif instrument de navigation, par la seule impulsion du courant, devait le conduire en peu de temps sur l'autre rive.

Mikleff et Watsa l'aperçurent au moment où il passait devant l'isba,
emporté par le flot, fort rapide en cet endroit; mais les deux veilleurs le
prirent pour le cadavre de quelque animal mort s'en allant à la dérive.

La nuit paraissait devoir s'achever sans encombre, lorsque, sur les trois
heures du matin, les deux veilleurs aperçurent sur la ligne d'horizon de la plaine
un point noir, qui s'en allait grossissant de minute en minute : bientôt il
sembla se diviser en deux, par l'effet du rapprochement, et, grâce à leur œil
exercé, les serviteurs du katza purent distinguer deux hommes qui, montés
sur de rapides poulains du steppe, dévoraient l'espace. Derrière eux, couraient, presqu'à les toucher, une foule de petits points noirs assez semblables,
dans l'éloignement, à un tourbillon de feuilles sèches emportées par le vent.

— Par saint Nicolas ! fit Mikleff en se signant, ils sont poursuivis par les
loups.

— Jamais ils n'arriveront, répondit Watsa tout frémissant, en imitant le
geste de son compagnon.

Le danger le plus terrible du steppe, c'est le loup. Toujours affamé,
quelle que soit la saison, il vit là par millions; car sa reproduction, qui n'est
gênée par personne, atteint les limites de l'invraisemblable. Sans cesse, ils
parcourent en bandes innombrables la vaste plaine russo-asiatique, qui va
de l'Oural à l'océan Arctique et à la mer de Behring, sur une étendue trois à
quatre fois supérieure à celle de l'Europe, n'ayant d'autre nourriture que les
bœufs, bisons, chevaux, cerfs ou rennes, selon les latitudes, qu'ils parviennent
à surprendre isolément, ou à abattre dans des combats meurtriers dont ils
ne sortent pas souvent vainqueurs. Habitués au voisinage d'aussi terribles
ennemis, les animaux sauvages ou domestiques ne vivent que par troupeaux
nombreux et savent admirablement se défendre; qu'ils pâturent ou qu'ils
campent, ils observent un certain ordre triangulaire, les petits au centre, les
mères ensuite, puis les étalons ou taureaux, sur les ailes. A la moindre
alerte, les rangs se resserrent et la troupe compacte se précipite sur les
loups, les éventre à coups de cornes ou d'andouillers, les piétine sous les

sabots et les assomme d'une ruade, jusqu'à ce que ces derniers, écrasés, vaincus, se décident à abandonner le champ de bataille ; bœufs, chevaux, cerfs ou rennes se retirent alors en bon ordre, laissant parfois cinq ou six cents cadavres de loups sur le terrain ; à peine ont-ils disparu que les fauves reviennent en foule et dévorent ceux des leurs qui ont succombé dans la lutte. Il arrive même qu'échauffés par la lutte et l'odeur du sang, lorsque le nombre des victimes surtout n'est pas en rapport avec celui des affamés, les horribles bêtes recommencent le combat entre elles, jusqu'à ce que la lassitude et l'épuisement viennent mettre fin au carnage. Deux troupes de loups qui ne sont pas habituées à vivre ensemble n'hésitent jamais également à s'attaquer quand elles viennent à se rencontrer, et sans cette destruction constante de l'espèce par elle-même, on ne sait où s'arrêterait ce fléau, surtout quand on songe que sur dix louveteaux, six au moins sont, dans le premier âge, dévorés par les mâles, malgré la résistance désespérée des mères.

Malheur aux petites caravanes qui ne possèdent pas des moyens de défense suffisants, et aux voyageurs isolés qui viennent à rencontrer une de ces bandes ; ils sont immédiatement mis en pièces. Une caste de gens passe toutefois pour jouir d'une complète immunité : celle des stranniki, ou pèlerins errants ; la croyance populaire lui attribue le pouvoir de charmer ces dangereux animaux. Quelle que soit la mince valeur de cette superstitieuse opinion, il est certain que ces moines mendiants sillonnent sans cesse le steppe en tous sens, n'ayant d'autre arme que leur bâton et ne paraissant nullement redouter le *pirate de la prairie*, comme l'appellent les habitants de la contrée.

Mais il est un ennemi que le loup redoute, au point de fuir toujours devant lui, même quand il est en bande nombreuse et pourrait résister, ce sont les tabountchik ou gardiens des troupeaux. Ces hommes sont tous des Cosaques Petits-Russiens, passant littéralement leur vie à cheval ; ils ne quittent en effet leurs montures ni pour boire ni pour manger ; une longue lance garnie d'une pointe acérée, d'un croc et d'une lanière de fouet, leur sert pour se défendre, rassembler leurs troupeaux et saisir au galop les plus minces objets dont ils ont besoin. C'est à peine s'ils quittent leur cheval, plutôt pour lui donner quelques instants de repos qu'à eux-mêmes, car ils dorment parfaitement sur son dos.

Montés sur les plus sauvages de leurs étalons, ces taboutchiks se réunissent par troupe de dix à douze et se précipitent bravement sur les troupes de loups, la lance en arrêt, et à chaque coup un de ces animaux tombe frappé mortellement : aussi ces derniers ont-ils tellement appris à les connaître, qu'ils prennent la fuite dès qu'ils les aperçoivent...

Muets d'horreur, Mikleff et Watsa regardaient la terrible scène dont les diverses phases se développaient rapidement sous leurs yeux.

Talonnés par la meute furieuse qui les poursuivait, les chevaux couraient

Les chevaux donnaient toute leur vitesse. (Page 746.)

avec la rapidité de l'affolement, mais il était facile de prévoir qu'ils allaient être battus, dans cette lutte de vitesse, avant d'avoir eu le temps d'atteindre le fleuve.

Le groupe, cependant, grandissait à vue d'œil et déjà on pouvait distinguer, quoique vaguement, les deux cavaliers allongés sur le cou de leurs montures pour offrir au vent le moins de résistance possible, et profiter des plus petites circonstances qui pouvaient augmenter la vitesse de leurs coursiers.

C'étaient deux nobles bêtes que ces étalons du steppe ; libres, ils eussent piqué en droite ligne vers un troupeau de leurs congénères qui se fussent unis à eux pour repousser leurs assaillants ; mais ils avaient leurs maîtres à sauver, ils sentaient que le salut dépendait de la rapidité de leur course, et ils allaient, défiant le vent, luttant d'énergie, droit au fleuve où ils savaient que leurs terribles ennemis ne les suivraient pas... ils donnaient tout ce qu'ils avaient de force, tout ce qu'ils avaient de sang... envoyant de temps à autre quelque terrible ruade quand ils se sentaient serrés de trop près... et un loup tombait pour ne plus se relever, dévoré en un instant par la meute avide qui reprenait la chasse avec plus d'acharnement... les fiers animaux méritaient certainement la victoire.

— Watsa, fit tout à coup Mikleff, va prévenir le maître pendant que je continue à veiller ; peut-être pourra-t-il les sauver !

Mais au moment où Watsa allait suivre le conseil de son compagnon, un spectacle étrange, extraordinaire, attira leurs regards.

Les deux chevaux n'étaient plus qu'à un kilomètre du fleuve environ, encore un suprême effort et les nobles animaux sauvaient leurs maîtres et eux-mêmes ; mais les loups couraient sur leurs talons, quelques-uns allaient les dépasser, et c'en était fait des fugitifs en ce cas, car dès que le carnassier peut sauter au poitrail des chevaux, tout est perdu, ces derniers se cabrent, un temps d'arrêt se produit et la bande affamée arrive tout entière, comme une avalanche, sur ses victimes.

Ce moment approchait, quand tout à coup les veilleurs de l'isba aperçurent un des deux cavaliers se rapprocher brusquement de son camarade, avec une force et une agilité prodigieuse, sauter en croupe derrière lui, tandis que celui-ci, prévenu sans doute de la manœuvre, saisissait son pistolet dans ses fontes et faisait sauter la cervelle du cheval devenu libre.

La pauvre bête tomba comme foudroyée, et aussitôt les loups se précipitèrent sur elle ; mais avant que les premiers arrivés aient pu profiter de cette bonne fortune, les autres se ruaient sur eux avec rage pour les obliger à leur céder la place.

Instinctivement, la bande se partagea en deux ; voyant l'impossibilité d'approcher de l'animal autour duquel quatre à cinq cents des leurs se livraient une bataille acharnée, un certain nombre de loups se lancèrent sur la trace de celui qui fuyait avec une vitesse que ne paraissait pas avoir diminuée la surcharge qu'il avait reçue ; mais quelques secondes d'hésitation de la part des poursuivants lui avaient donné une bien précieuse avance : il ne mit pas trois minutes à franchir les mille mètres environ qui le séparaient encore du fleuve et il se lança à corps perdu dans l'Oural, au milieu des hurlements des loups qui n'osèrent suivre son exemple.

CHAPITRE III

Un siège dans le steppe. — Ivanowitch et Holloway. — L'isba de Perm.
Situation désespérée. — Les deux Cosaques.

Le noble animal qui portait les deux cavaliers était un étalon du pays des Khirgiz, habitué à traverser en se jouant les cours d'eau les plus larges et les plus rapides, aussi se mit-il à nager vigoureusement vers l'autre rive de l'Oural qu'il atteignit en moins de dix minutes.

L'intérêt que présentait une pareille scène était si grand, qu'il retint les deux veilleurs à leur poste pendant tout le temps que dura la traversée. L'étalon touchait à peine terre, que les deux hommes qui le montaient s'élançaient sur la berge, la gravissaient en courant, et venaient frapper à la porte de l'habitation, en criant :

— Alerte! alerte! Son Excellence le colonel Ivanowitch est assiégé par les loups dans l'isba de Perm !

Tout le monde fut à l'instant sur pied; aux premiers cris, Tcherni-Chug s'était hâté d'introduire les deux étrangers.

Mis au courant de la situation, le starchine de Voronoje fit immédiatement sonner la cloche d'alarme, et en moins de rien tous les hommes du mir arrivaient au stonich.

Dix minutes après, cinquante hommes, tous choisis parmi les anciens tabounchik les plus braves et les plus agiles, montés sur les meilleurs étalons du pays, la lance au poing, traversaient également l'Oural à la nage, sous la conduite de Tcherni-Chug et s'élançaient à fond de train à travers le steppe, dans la direction de l'isba de Perm...

Ivanowitch, échappé par miracle à l'attaque subite du comte d'Entraygues et de ses amis dans la maison isolée, averti le lendemain par ses espions que José Corrazzon, avant de mourir, avait dévoilé sa véritable qualité, avait résolu, pour en finir avec ses ennemis, de les attirer dans les steppes de l'Oural où la fausse société des Invisibles comptait le plus de fanatiques partisans, et de leur livrer là sa dernière bataille dans des circonstances où il leur serait impossible d'échapper. Entourés, en effet, de sectaires à demi-nomades qui ne reconnaissaient guère l'autorité centrale des gouverneurs que pour la forme, perdus dans les vastes solitudes ouraliennes, où ils ne trouveraient pas un secours, pas un allié, le comte d'Entraygues et ses amis ne pouvaient, malgré leur habileté et leur bravoure, que succomber dans cette lutte suprême.

Ce résultat une fois obtenu, Ivanowitch, grâce à ses affidés et aux protectections élevées qu'il pouvait mettre en mouvement, faisait rappeler de son exil, en Sibérie, le prince Vasilewski en prouvant la fausseté de l'accusation de haute trahison que lui-même avait fait porter contre lui à l'ombrageuse police de la troisième section, et, se présentant en sauveur, il espérait bien obtenir la main de la princesse Maria Feodorowna, et par elle la possession des fameuses mines d'or de l'Oural, qui faisaient de lui l'homme le plus riche de la Russie, et peut-être du monde entier.

Son ambition alors ne connaissait plus de bornes; il se débarrassait de ses amis, déjà suffisamment enrichis par leurs méfaits, en leur faisant cadeau des mines d'Australie, dont il revendiquait la possession, et la fausse Société des Invisibles dissoute par ce fait, ce n'était plus pour lui qu'une question de temps et d'or habilement semé, pour se faire nommer grand chef de la véritable Société des Invisibles, ce qui lui donnait sur tout le monde slave une puissance égale à sa fortune.

Il s'en était ouvert à Holloway qui, après avoir fait sauter le *Remember*, s'était hâté de venir le rejoindre pour lui offrir ses services. On se rappelle que les deux hommes s'étaient connus à bord du navire du capitaine Rouge; Holloway, homme pratique avant tout, n'avait pas tardé à comprendre qu'il avait tout à gagner en servant les projets d'Ivanowitch, tandis qu'il ne serait jamais pour Jonathan Spiers qu'un simple mécanicien que l'on renvoie au moindre motif, et envers qui on est quitte quand on lui a payé ses gages. Le Russe avait accueilli la nouvelle recrue avec un vif empressement. Le vide s'était fait largement autour de lui; tous ceux qu'il avait employés étaient morts à son service, et il ne lui était pas indifférent de rencontrer un homme énergique, prêt à tout, dont il pourrait faire son *alter ego*. A tout prix il fallait qu'il réussît dans sa dernière tentative, car il avait usé si abondamment de la bourse sociale, qu'il se trouvait débiteur de la ténébreuse association pour une somme d'environ dix millions, qu'il était obligé de rembourser, du moment où il ne mettait pas en commun le résultat à obtenir, c'est-à-dire la possession des mines d'or de l'Oural. Dans cette situation, le concours de l'ancien chef mécanicien du *Remember*, qui était au courant de tous les projets du capitaine Rouge et de ses alliés de France-Station, était des plus précieux.

Ils étaient donc revenus ensemble d'Australie, et Ivanowitch ayant fait connaître à son nouvel ami le plan qu'il avait formé pour s'emparer de tous ses ennemis d'un seul coup de filet, ils avaient passé les longues heures de la traversée à combiner leur action commune et à arrêter tous les points de détail qui devaient en assurer l'exécution. C'est à ce moment qu'ils avaient décidé la fameuse réunion des délégués des Invisibles, qui devait leur permettre de concentrer, sur un point quelconque du steppe, un certain nombre de partisans, tous individuellement connus d'Ivanowitch, et sur lesquels on pourrait, par conséquent, aveuglément compter.

Quant au moyen d'attirer le comte d'Entraygués et ses amis dans le piège qu'ils allaient leur tendre, il était des plus simples : Holloway ne s'étant pas fait faute de faire connaître au Russe le serment d'Olivier et du capitaine Rouge de poursuivre l'homme masqué dans le monde entier, quel que fût le lieu où il irait se réfugier, les deux complices n'avaient qu'à agir, sans prendre la peine de déguiser leurs traces, pour les amener dans l'endroit qu'il plairait à Ivanowitch de choisir.

Après avoir longtemps hésité, ce dernier s'était décidé pour les ruines de l'ancien couvent grec d'Ierinoslaw, situées en plein steppe, à deux jours de marche de Voronoje; toute la chapelle et une partie des anciens bâtiments étaient encore debout, et, selon une habitude toute monacale du moyen âge, le couvent possédait d'immenses souterrains, qui avaient servi de refuges aux habitants de la contrée et aux religieux grecs pendant les invasions de Gengis-Khan et de Tincour-Leng, et dans lesquels le chef des Invisibles pourrait cacher à l'aise plusieurs centaines de ses affidés. Il ne restait plus qu'à expédier à ces derniers l'ordre de s'y trouver à jour fixe. Ivanowitch, Holloway et deux ou trois hommes d'escorte s'y rendraient alors assez ouvertement, pour qu'il fût facile de suivre leur piste, et, au moment où le comte d'Entraygues y arriverait à son tour avec ses amis, ils se trouveraient tout à coup entourés par trois ou quatre cents hommes armés, et dans l'impossibilité d'opposer la moindre résistance.

On ne devait pas alors procéder à un vulgaire assassinat, mais bien juger les prisonniers, avec un dérisoire appareil de justice, en leur reprochant comme de criminels attentats les actes de pure défense qu'ils avaient accomplis pour repousser les innombrables agressions dont ils avaient failli être les victimes, mais qui avaient entraîné la mort d'une trentaine d'émissaires des Invisibles, sans compter les trois cents bush-rangers dont le vieux Willigo avait purgé le Buisson d'un seul coup.

Un autre motif, d'une haute gravité, exigeait encore qu'Ivanowitch en terminât rapidement. Une dénonciation formelle, circonstanciée, avait été adressée contre la fausse Société des Invisibles à la troisième section, par le prince Westchine, attaché à l'ambassade de Russie à Paris, et chargé spécialement de la surveillance politique des résidents russes à l'étranger; les moyens employés, le but, quelques-uns des principaux attentats, y étaient soigneusement énumérés, décrits, expliqués; il n'y manquait que le nom des affiliés, et le prince, qui se prétendait sur la piste, ne désespérait pas de les signaler bientôt; il y avait donc urgence d'en finir, car les complices touchaient au terme de l'impunité.

Il était bien entendu que, tout en organisant ce guet-apens dans le steppe, les conjurés, une fois rentrés en Europe, ne négligeraient pas les occasions qui pourraient se présenter d'arriver à leurs fins plus rapidement encore.

En quittant, à Liverpool, le steamer d'Australie, Ivanowitch avait reçu la dépêche suivante :

« Récoltes superbes dans vos domaines Petite-Russie. Vous êtes attendu impatiemment pour commencer la moisson. »

Qu'il avait immédiatement traduite, grâce à une clef particulière :

« Urgence de supprimer dénonciateur qui vient de partir de ses domaines de Petite-Russie pour se rendre à Paris, ou nous sommes perdus. »

Le prince Westchine s'était rendu en effet dans la grande ville française pour y continuer son enquête, car les faux Invisibles y avaient établi le siège principal de leur ténébreuse association à l'étranger.

Ivanowitch s'y était rendu immédiatement avec Holloway. Don José Corrazzon, ou plutôt le nègre Sam, qui, après avoir assassiné le lutteur Tom Powell, était entré au service des Invisibles, les y avait précédés depuis plusieurs mois. Ces derniers l'avaient fait agréer comme agent diplomatique de l'Etat de Panama, et s'en servaient comme d'un espion.

Nous avons vu par quel miraculeux hasard le comte d'Entraygues, échappé à leurs coups, avait pu, grâce aux policiers Luce et Froler, sauver le prince Westchine, que ces misérables avaient attiré dans la maison des pendus.

Battu encore dans cette nouvelle rencontre, il ne restait plus à Ivanowitch qu'à exécuter son plan et à prendre sa revanche dans les steppes de l'Oural.

Le lendemain même, il partait avec Holloway pour Astrakhan, où la Société des Invisibles possédait un palais dans la rue de Merw, et où ils allaient pouvoir organiser leur guet-apens à loisir.

Retenu à Paris par ses préparatifs, le comte Olivier ne s'était mis à la poursuite de son ennemi que cinq ou six semaines après.

Le jour même où Holloway, sans cesse aux aguets, était venu prévenir Ivanowitch de l'arrivée à Astrakhan du jeune comte et de toute sa suite, le Russe lui avait répondu :

— C'est bien, tout est prêt; nous partons ce soir.

Longtemps avant la nuit, les chevaux khirgiz, gorgés d'avoine et de *cambon*, piaffaient dans les box, impatients de dévorer l'espace; ils dansaient devant les palefreniers cosaques, qui leur parlaient pour calmer leur impatience. C'étaient des bêtes de choix, capables de faire leurs quarante lieues par jour sans fatigue; fils indomptés des plaines de l'Aral, ils passaient dans le steppe tout le temps pendant lequel on n'avait pas besoin de leurs services, et, à cette vie de plein air et de liberté, ils gagnaient d'être toujours frais et dispos, toujours entraînés.

Ivanowitch, qui craignait d'être poursuivi immédiatement, avait fait choix des étalons les plus jeunes et les plus nerveux. Il leur fallait cinq jours pour traverser le steppe d'Astrakhan à Voronoje, et deux jours du bac de Tcherni-Chug à Ierinoslaw, lieu de rendez-vous général des Invisibles. Un simple jeu pour les coursiers du désert, tandis que nos prétendus chevaux de sang, améliorés, perfectionnés, dressés par système anglais, fussent tombés, poussifs, fourbus, finis dès le premier jour, sans avoir pu fournir la moitié même de la traite.

Depuis près d'un mois, de nombreux stranniki, affiliés de la Société, parcouraient le steppe pour donner le mot d'ordre, et quatre à cinq cents sectaires au moins devaient se trouver réunis à Ierinoslaw dans les quarante-huit heures de l'arrivée du chef.

Ivanowitch n'avait très habilement convié à cette assemblée que les gens de la contrée, car il était sûr de son ascendant sur ces fanatiques et ignorantes populations, qui éprouvent instinctivement une haine farouche pour l'étranger. Il est certain qu'une fois entrés dans le steppe, le comte d'Entraygues et ses amis, qu'aucune puissance au monde ne pouvait plus protéger, seraient entièrement à la disposition de leur mortel ennemi.

Le chef des Invisibles ne redoutait qu'une seule chose : il pouvait être poursuivi et atteint à un ou deux jours de marche d'Astrakhan, et forcé de livrer combat dans un état d'infériorité notoire, car il ne pouvait se faire accompagner d'une suite nombreuse, son départ devant simuler une fuite à corps perdu à travers le grand désert khirgiz, s'il voulait attirer plus facilement ses ennemis sur ses traces; tout se résumait, dès lors, dans une question de vitesse. Aussi avait-il pris, nous l'avons vu, ses mesures en conséquence. Moins de dix minutes après le retour d'Ivanowitch de la maison isolée, Holloway et lui, suivis seulement de deux cavaliers cosaques et de deux chevaux de rechange, quittaient Astrakhan et se lançaient à toute vitesse dans le steppe.

Devant suivre à travers le désert la ligne du service postal de la Caspienne à Orenbourg, ils ne s'étaient chargés d'aucune provision, car ils devaient en trouver chez les iamtchiks ou résidents établis de distance en distance et chargés de fournir chevaux et nourriture aux agents de la poste; sur ce parcours également se trouvaient toute une série d'isba, installées dans les endroits les plus dangereux pour servir de refuge contre les loups.

Tous les iamtchiks avaient reçu l'*affiliation* ; Ivanowitch était donc assuré d'avance de la réception qu'il recevrait ; cette sorte de fédération, qui unissait tous les habitants sédentaires du steppe, n'avait pas laissé que de produire d'heureux résultats pour eux ; ils avaient ainsi appris à se connaître et à se prêter main-forte contre les maraudeurs et les nomades qui infestent la contrée. Les chefs des Invisibles n'étaient certainement pour rien dans cette circonstance favorable, fruit naturel de l'association; mais les habitants, qui n'avaient eu qu'à s'en louer, étaient tout disposés à leur en attribuer la cause, et à ne point marchander confiance et dévouement.

Au moment où Ivanowitch et son compagnon dépassaient la porte de Téhéran, un homme, qu'à son costume on eût reconnu pour un Khirgiz nomade, avança doucement la tête en dehors du rempart, derrière lequel il s'abritait, comme pour s'assurer de l'identité des cavaliers... Puis, pour ajouter sans doute un autre témoignage à celui des yeux, qui pouvaient le tromper dans la nuit, il leur lança ces paroles en dialecte du steppe :

— Evak chroun tobas ! — Bonne route à vos seigneuries.

Ce à quoi Ivanowitch répondit :

— Evak teph arrisch ! — Bonne nuit à celui qui souhaite !

Ces paroles n'étaient pas prononcées que le nomade s'élançait en courant dans la direction du quartier européen.

Les premières heures de marche furent silencieuses... Dans la crainte d'être poursuivis, le chef des Invisibles et son compagnon avaient rendu la main à leurs montures, et ces dernières, heureuses d'être en liberté, fouettées par l'air vif de la nuit, qui touchait à sa fin, donnaient toute la vitesse dont elles étaient capables, allongeant leurs corps élégants et souples au-dessus des hautes herbes, qui s'inclinaient à peine sur leur passage.

Couverts de leurs baïks blancs, les quatre cavaliers, qui couraient d'une allure égale dans la plaine sans fin, ressemblaient à ces chasseurs fantômes de la ballade de Longfellow, condamnés à poursuivre éternellement l'ombre du grand cerf dans les vastes prairies du Fear-West.

De temps à autre, Ivanowitch, inquiet, jetait un long regard en arrière... puis, quand il avait constaté que la plaine était vide jusqu'à l'horizon, il reprenait peu à peu son assurance... Le jour avait paru sans amener de changement dans leur situation, mais le spectacle qui s'était développé sous les yeux des voyageurs était bien fait pour charmer celui qui, comme Holloway, le voyait pour la première fois... Ils étaient dans la partie la plus fertile du steppe, et, aussi loin que la vue pouvait s'étendre, le sol, que la plus petite ondulation ne venait pas mouvementer, n'était qu'un immense tapis de verdure pointillé de crocus, de perce-neige, d'hyacinthes et de tulipes aux mille nuances, de pâquerettes, et en telle quantité, que cela donnait aux yeux l'illusion d'une pluie de fleurs ; et de cette terre fécondée par la sève du printemps s'élevaient mille senteurs âcres ou délicates, ajoutant la gamme des parfums à la gamme des couleurs.

Tout à coup, dans le lointain, sur la ligne même où le vert du sol semblait se confondre avec l'azur du ciel, pointait une légère tache d'ombre dans cette luxuriante coloration... On eût dit un nuage, aux contours indécis, apparaissant subitement à l'horizon... Mais la tache ne tardait pas à grandir avec rapidité, à s'étendre dans la plaine avec des ondulations semblables à celles des flots... Sur les bouffées de brise arrivaient, comme de sourds grondements, de vagues murmures qui, peu à peu, s'accentuaient et se changeaient en un concert de hennissements sauvages... et les voyageurs voyaient alors arriver, crinières au vent, un troupeau d'étalons indomptés qui passaient près d'eux avec la vitesse d'un ouragan.

Les loups se mirent à galoper derrière les chevaux. (Page 755.)

D'autres fois, c'était une bande de grands buffles aux naseaux luisants et noirs, aux longues cornes tordues, à l'air féroce et stupide, qui, troublés dans leurs domaines, se réunissaient en colonne serrée et chargeaient les quatre cavaliers avec fureur... Mais bientôt ils s'arrêtaient en voyant l'inutilité de leur lutte de vitesse... et ils recommençaient à pâturer tranquillement les herbages fleuris de la plaine.

Ivanowitch ne s'arrêta que quelques minutes à la première station de poste; ayant fait le signe secret d'affiliation au iamtchik, ce dernier accourut en se prosternant.

— Qu'y a-t-il pour le service de Votre Excellence? fit-il en reconnaissant le chef des *Invisibles*.

— Des étrangers, des Français vont peut-être passer par ici; tu leur refuseras des chevaux de relai.

— Il sera fait selon votre volonté, Excellence... Si cependant ils avaient un ordre du gouverneur de la province?

— Eh bien, tu leur diras que tous tes chevaux sont en service, et tu ne leur en promettras que pour le lendemain.

— Il suffit, Excellence.

— Seras-tu à la réunion d'Ierinoslaw?

— Je partirai dans deux jours, cela me suffira pour arrriver à temps.

— C'est bien. Souviens-toi de ma recommandation.

Et pendant que le Russe s'inclinait jusqu'à terre, Ivanowitch donnait de nouveau le signal du départ.

Le soir, ils prirent quatre heures de repos à l'isba de Sirt, et recommencèrent leur course échevelée au lever de la lune : à chaque relai, la même recommandation était faite au maître de poste, qui répondait avec une égale déférence.

Dès le second jour, Ivanowitch, assuré de ne pas être atteint en plein steppe, donna un peu de répit à ses compagnons; mais jusqu'à ce qu'ils eussent passé l'Oural, ils ne pouvaient jouir d'une complète tranquillité; ils eussent joué trop gros jeu dans une rencontre isolée avec le comte d'Entraygues et ses amis, pour ne pas être sur le qui-vive, tant qu'ils n'auraient pas mis entre eux la barrière du fleuve.

Le cinquième jour se leva sans incident.

— Ce soir, au lever de la lune, dit Ivanowitch en mettant le pied à l'étrier, nous arriverons au *mir* de Voronoje; et, à partir de demain, nous pourrons gagner Ierinoslaw à petites journées.

Cependant le steppe avait pris un aspect plus sauvage; les troupeaux de chevaux et de buffles étaient plus rares; l'herbe poussant sur un sol sablonneux et salé était courte, dure et d'une teinte pâle et maladive; il ne s'y mêlait plus de fleurs.

— Garde à vous! dit un des cavaliers cosaques, nous sommes dans la région des loups.

Les chevaux devaient percevoir quelques émanations étranges, car ils paraissaient inquiets, nerveux, et, de temps à autre, poussaient des hennissements significatifs, secouant leurs crinières et augmentant d'allure sans y être invités par leurs cavaliers.

— Ils sentent le pirate du steppe, fit le second Cosaque.

— Arriverons-nous avant la nuit? demanda Ivanowitch.

— Je ne crois pas, maître; nous ne sommes pas encore à l'isba de Perm.

Une heure environ avant le coucher du soleil, les étalons semblèrent pris d'une folie furieuse, et, peu à peu, ils développèrent une telle vitesse que les cavaliers en perdaient la respiration.

Tout à coup un des Cosaques étendit son fouet dans la direction du levant qui commençait à se teinter de couleurs sombres.

— Regardez, dit-il, voici les vedettes qui viennent en reconnaissance.

Tous les yeux se tournèrent dans la direction qu'il indiquait.

Une demi-douzaine de petits points noirs mouvants faisaient tache dans la plaine, et comme ils se trouvaient en avant de la route parcourue, leur vitesse, accrue de celle des chevaux, ne tarda pas à dissiper tous les doutes... c'étaient bien des loups.

Leur nombre n'était guère inquiétant, mais ce pouvait n'être qu'une avant-garde, ainsi que l'avait dit un des Cosaques. Les voyageurs visitèrent leurs carabines et se tinrent prêts à tout événement. Changer de route, il n'y fallait point songer ; ils eussent pu s'égarer dans le steppe et perdre un jour ou deux à retrouver leur chemin, sans être pour cela assurés de ne pas rencontrer des bandes de ces carnassiers plus nombreuses encore.

Les braves étalons ne songèrent pas un seul instant à dévier du chemin qu'ils suivaient; tout au contraire, ils hennissaient de colère et semblaient impatients de commencer le combat.

Le loup est lâche quand il n'est pas en nombre; aussi put-on voir ceux qui s'approchaient faire un long circuit pour laisser passer les cavaliers devant eux sans être obligés de les rencontrer.

Ils se mirent alors à galoper derrière les chevaux, à une distance d'une vingtaine de mètres environ, en grognant sourdement; on voyait, à leurs yeux en feu, à leurs langues pendantes, qu'ils devaient être poussés par une terrible faim.

— Il faut avoir pitié d'eux, fit Ivanowitch, et leur donner un peu de nourriture; apprêtez-vous à faire volte-face et à tirer au commandement.

Au signal donné, les quatre chevaux firent conversion à droite.

— Visez bien, s'écria rapidement Ivanowitch... Deux sur le même,... tant pis pour les deux premiers... une, deux, trois... feu!

Les deux loups les plus rapprochés roulèrent, en hurlant, dans la poussière, mais ils ne se relevèrent pas; du reste, il fut impossible de savoir si les blessures reçues les avaient mis entièrement hors de combat; ils n'étaient pas tombés que leurs compagnons étaient sur eux, et comme il y en avait suffisamment pour les quatre restant, il n'y eut pas de discussion entre eux.

Les voyageurs purent continuer leur chemin, débarrassés pour le moment de ces désagréables compagnons.

Une heure environ s'écoula sans nouvelle alerte, mais les chevaux continuaient à donner des signes de plus en plus évidents d'irritation; il était certain qu'ils sentaient le voisinage de leur ennemi héréditaire, et que cette nuit ne s'écoulerait pas sans nouvelle rencontre.

Le steppe devenait de plus en plus aride et desséché; toute cette partie qui avoisine l'Oural, sensiblement déprimée, a gardé plus que les autres les souvenirs de la mer; fortement imprégnée de sel, elle n'a pour toute végétation que des salicornes, et contient une grande quantité de petits lacs salés, que les nomades exploitent en salines selon leurs besoins.

Les troupeaux fuient cette contrée maudite, dont les rares herbages les altèrent, et les eaux saumâtres ne contribuent qu'à augmenter leur soif. Mais il arrive souvent que d'immenses bandes de loups, fuyant les glaces de l'Oural supérieur, s'y engagent pour gagner le steppe verdoyant qui confine le sud du pays des Khirgiz et les rives de la Caspienne; elles errent alors pendant des mois à l'aventure, sans pouvoir apaiser la soif et la faim qui les dévorent.

C'est alors que les fauves carnassiers, le queue basse, la langue pendante, l'œil brillant de fièvre, commencent à gronder sourdement, en s'observant les uns les autres; malheur alors aux jeunes louveteaux que la souffrance et les privations contraignent à s'arrêter, puis à se laisser choir épuisés sur le sol, ils sont dévorés en un instant... c'est le signal du carnage ; exaltés par la vue du sang, littéralement fous, enragés, les loups se précipitent les uns sur les autres, et ne s'arrêtent que quand, assouvis, repus, ils n'ont plus la force d'égorger de nouvelles victimes.

Mais ils n'arrivent à ces luttes horribles qu'à la dernière extrémité; qu'un buffle, ou un cheval égaré, passe, et toute la bande reprend espoir, se précipite avec rage à sa poursuite, jusqu'à ce que l'animal, qu'ils suivent des jours entiers sans se ralentir, tombe, épuisé de fatigue.

L'attitude des chevaux indiquait donc suffisamment que quelque troupe de loups devait errer, non loin des chasseurs, dans la plaine désolée. Il s'agissait d'atteindre l'isba de Perm avant la nuit, pour s'y réfugier; deux petites heures de galop le lendemain, car les loups attaquent rarement de jour, devaient conduire sans encombre à Varonoje.

Dix verstes à peine, à l'estimation des Cosaques qui servaient de guides, séparaient la petite troupe de l'isba de refuge... elle n'eut pas le temps de l'atteindre avant l'apparition des fauves rôdeurs.

Ces derniers suivaient certainement la piste depuis plusieurs heures, attendant le moment favorable pour se montrer, car le soleil n'était pas couché, que de furieux hurlements retentirent dans le lointain, et les voyageurs, en se retournant, aperçurent avec effroi, à moins de deux kilomètres en arrière d'eux, une longue ligne houleuse, épaisse et noire, qui roulait sur le steppe comme un flot envahisseur... c'étaient les loups !

Pour la première fois, les cavaliers usèrent de l'éperon; peine perdue, les chevaux donnaient toute la vitesse dont ils étaient capables, et ce n'était pas suffisant pour maintenir les poursuivants à la distance nécessaire; en dix minutes les carnassiers étaient sur leurs talons.

— Voici l'isba, cria tout à coup l'un des Cosaques; encore un effort, et nous arrivons.

On eût dit que les chevaux, eux aussi, sentaient l'approche du refuge, car ils s'enlevèrent avec une telle furie, que la bande affamée perdit du terrain, et les six chevaux s'engouffrèrent par le portail, heureusement ouvert, de l'isba... Les deux Cosaques avaient bondi sur le sol, ils repoussèrent les deux battants et placèrent les barres de fermeture avec une rapidité prodigieuse... il était temps, les premiers loups de la bande venaient se heurter violemment contre les épaisses solives de chêne, et retombaient en hurlant.

— Nous sommes sauvés, fit Ivanowitch, que la peur avait rendu blême.

Et tremblant, se soutenant à peine, il descendit de sa monture.

Holloway le Yankee était d'une nature plus énergique, il se contenta de pousser un long soupir de satisfaction.

— Ma foi, dit-il, je ne fais pas difficulté d'avouer que je n'ai jamais eu aussi peur de ma vie!

L'isba, ou refuge de Perm, se composait d'une cour assez vaste pour contenir les chevaux et chameaux d'une caravane, entourée de hautes murailles en terre sèche, soutenue de distance en distance par des piliers de bois. Au centre se trouvait une construction composée d'une vaste chambre carrée, destinée à abriter les voyageurs pendant la nuit.

A l'intérieur, des monticules de terre, taillés en gradins, permettaient d'arriver au sommet de la muraille, et de voir tout ce qui se passait en dehors.

Au début, l'ensemble de ce refuge devait présenter une grande solidité, mais de nombreux hivers s'étaient succédé depuis qu'il avait été édifié, sous Alexandre I⁰ʳ, qui avait soumis la contrée à sa domination, et de tous côtés les murs, fendillés par les terribles gelées et les ardeurs du soleil d'été qui produisaient le même résultat, menaçaient ruine. Il y avait même des endroits, parmi ceux que les terre-pleins ne soutenaient pas, que le moindre effort eût pu renverser.

Fort heureusement, les loups qui donnaient en ce moment l'assaut contre la muraille, ne savaient point choisir les lieux favorables, sans cela ils eussent pu pénétrer rapidement dans l'isba.

Les voyageurs ayant gravi un des talus, pour se rendre compte de ce qui se passait, furent réellement terrifiés du nombre de leurs ennemis : ils étaient là plusieurs milliers au moins, l'œil en feu, la gueule sanguinolente, arrivés au dernier paroxysme de la faim et de la fureur. Leurs hurlements sauvages remplissaient l'air à ce point, que les fugitifs ne s'entendaient même pas parler; le spectacle était terrifiant, et capable de faire trembler les plus braves.

Ils se précipitaient en masse contre le rempart, dont quelques-uns parvenaient presque à atteindre le sommet, et, à chaque assaut, des parcelles de terre sèche se détachaient des murs, diminuant d'autant leur solidité.

— Colonel, fit Holloway, qui s'était rapidement rendu compte de la situation, avant deux heures ces enragés seront sur nous, si nous ne trouvons pas le moyen de réparer les brèches qu'ils font.

— Rien à faire de ce côté, répondit Ivanowich d'un air sombre, la terre desséchée s'effrite sous leurs griffes, et si nous ne parvenons à les distraire de cette occupation, pas un de nous ne reverra la lumière du jour ; nous avons assez de munitions, tâchons de les amuser jusqu'au lever du soleil.

Le conseil était bon, et fut immédiatement mis à profit.

La première décharge, chacun pouvant posément choisir sa victime, jeta quatre corps sur le sol, et, suivant leur habitude, les voisins se précipitèrent sur leurs compagnons blessés ; il y eut également une horrible mêlée sur les cadavres, les assiégés tirèrent de nouveau dans la foule compacte de leurs ennemis, et, sans ordre, ne firent plus que recharger et tirer, pendant près d'un quart d'heure ; aucun coup n'était perdu, et ce fut bientôt un affreux amoncellement de morts et de mourants, de cadavres déchirés, pantelants et de combattants, s'égorgeant sur leurs dépouilles.

Une centaine d'assaillants étaient déjà tombés, mais qu'était cette faible quantité, en présence du nombre effrayant de carnassiers qui se pressaient autour des murailles ?... La plaine en était noire, sur un espace de plusieurs centaines de mètres autour de l'isba.

Tout à coup, ceux qui étaient à l'arrière et n'avaient pas encore pu prendre part à la curée, firent une poussée vigoureuse, refoulant tout ce qui se trouvait devant eux et, montant les uns sur les autres comme une vague qui s'augmente de celles qui la précèdent, arrivèrent presqu'à la hauteur de la muraille ; Ivanowitch et ses compagnons avaient vu le danger, déjà leur couteau de chasse était emmanché au bout de leurs carabines, et ils les reçurent à la pointe de cette baïonnette improvisée ; le flot animé s'écroula, mais les loups changeant de tactique, excités par les hennissements des chevaux, attaquèrent l'isba de tous les côtés à la fois ; ils se lançaient avec fureur contre les murs, s'y cramponnaient des griffes, creusant à chaque assaut des sillons plus ou moins profonds dans la terre délitée, et le rempart, sur les quatre faces, s'en allait en lambeaux.

— Nous sommes perdus, fit Ivanowitch pâle et désespéré, ce n'est plus qu'une question de temps.

— Si nous nous réfugions sur le toit de l'isba ? demanda Holloway.

— Ce sera notre dernière ressource, mais ils dévoreront nos chevaux, puis renouvelleront la même manœuvre contre les murailles de la cabane beaucoup moins épaisses que celles-ci, et déjà à moitié écroulées... elles ne résisteront pas une heure.

— Qu'importe ! si nous pouvons atteindre le jour.

— Et comment sortirons-nous du steppe; sans chevaux, nous n'aurons pas fait une verste que les loups nous sentirons. En admettant qu'ils se soient éloignés, ils reviendront en masse sur nous; nous sommes tombés au milieu d'une véritable émigration des plateaux du Nord vers le Sud, et je parierais qu'ils n'ont pas mangé depuis plusieurs jours... Non, à moins d'un miracle, nous sommes perdus.

— Maître, fit un des Cosaques, il y aurait peut-être quelque chose à tenter.

— Parle.

— Nous pourrions lâcher les deux chevaux de rechange que nous possédons, je connais les loups, ils se lanceront tous à leur poursuite.

— Ils n'auront pas fait cinq cents mètres qu'ils seront atteints et succomberont sous le nombre... puis, à quoi cela nous avancera-t-il?

— Écoutez-moi, maître... pourvu qu'ils s'éloignent à cette distance, cela suffit. Mitcha et moi, nous monterons à cheval, et nous *jouerons la vie*, répondit le Cosaque, selon l'expression russe, pour aller chercher du secours à Voronoje.

— Mais vous n'arriverez jamais, la bande entière se lancera sur vos traces, et vous seriez dévorés avant même que nous ne vous ayons perdu de vue.

— Alskah Bog! — à la grâce de Dieu! — nous jouons la vie, répondit sentencieusement le Cosaque.

Le Bog est le Dieu russe que chaque habitant invoque spécialement comme protecteur de la sainte Russie, dans toutes les circonstances graves, dangereuses ou solennelles.

Le Bog est le Dieu de la Russie, comme le tzar est le pape de la religion orthodoxe grecque.

— Mais comment faire sortir les deux chevaux, sans que les loups ne se précipitent en même temps dans l'intérieur de l'isba? poursuivit Ivanowitch.

— Il est très facile de leur faire gravir le terre-plein, répondit le Cosaque; une fois en haut, de chaque côté, nous boucherons l'œil à l'un d'eux avec la main, Mitcha et moi; il suffira alors d'un coup de cravache pour qu'il s'élance en avant.

— Ne crains-tu pas qu'ils ne se brisent les jambes en tombant?

— Nullement; en liberté, ils font bien d'autres sauts.

— Tu es bien décidé?

— Entièrement, maître.

— C'est bien, essayons, c'est une dernière chance.

Les préparatifs ne furent pas longs à faire.

Les chevaux des deux Cosaques furent conduits près du portail; il restait un peu d'avoine dans les petits sacs que les voyageurs portaient en croupe, on la leur fit manger, après l'avoir auparavant arrosée avec le contenu d'une gourde de schnick, mélange qui leur donne du fond et une vitesse extraordinaire; puis, les malheureux animaux que l'on devait sacrifier, furent amenés sur le terre-plein, et l'événement justifia les prévisions; les yeux bandés, et sous l'impulsion d'un vigoureux coup de cravache, ils se lancèrent en avant et tombèrent au milieu des loups; avant que ces derniers fussent revenus de leur surprise, les courageuses bêtes, en quelques bonds, avaient franchi le cercle d'investissement et filaient avec une vitesse extraordinaire dans la plaine, entraînant à leur suite la bande de loups tout entière.

On avait eu soin de les faire sauter du côté opposé à celui qu'il fallait prendre pour gagner le *mir* de Voronoje : la route était donc libre pour les deux Cosaques; déjà ils étaient en selle, le portail fut ouvert rapidement pour leur livrer passage et fermé de même, et Ivanowitch et son compagnon se hâtèrent de regagner le terre-plein, pour suivre, avec une émotion facile à comprendre, les péripéties de leur fuite dramatique.

Le chef des Invisibles, en voyant la réussite de la première partie du projet, avait eu un instant la pensée de proposer à Holloway de fuir avec les deux Cosaques, mais il l'avait repoussée, tellement les chances de s'échapper étaient faibles.

Il ne put que s'en applaudir en arrivant sur le terre-plein; les fugitifs avaient été aperçus presque immédiatement par les loups, car une troupe de cinq à six cents pour le moins, se détacha du gros de la bande, et se jeta à fond de train sur la piste de cette nouvelle proie. Mais les chevaux des Cosaques faisaient merveille; ils avaient de l'avance, et quand ils disparurent à l'horizon, les loups n'avaient pas sensiblement gagné sur eux.

— Ils sont sauvés! fit Holloway tout joyeux.

— Sauvés!... répliqua Ivanowitch d'un air de doute, il leur faut près de deux heures de ce train-là pour être à Voronoje.

CHAPITRE IV

La délivrance. — Les exploits des tabountchiks.

Restés seuls, les deux assiégés avaient reporté leurs regards du côté des chevaux abandonnés à la fureur des loups; les nobles bêtes se défendaient avec un courage héroïque et une habileté rare; sans perdre de vue l'isba, elles faisaient de longs circuits dans la plaine, ce qui leur permettait, malgré leurs poursuivants, de changer brusquement de front, et de profiter ainsi de la difficulté qu'éprouve toujours une troupe compacte d'animaux, à faire une conversion complète; à chaque changement de direction, le désordre se mettait dans les rangs des loups. Les premiers voyaient bien la rapide

Les malheureux ne faisaient plus que lever et abaisser leurs carabines. (Page 763.)

manœuvre des étalons, mais comme ils n'avaient pas l'intelligence de la prévoir et de s'y préparer, ils essayaient de s'arrêter brusquement, pour se retourner ensuite dans la nouvelle direction; mais ceux qui les suivaient, arrivaient avec une vitesse acquise considérable, et les bousculaient sur le sol, renversés eux-mêmes presque instantanément par le reste de la bande; il se formait alors forcément quelque moment d'arrêt dans la poursuite, dont les chevaux profitaient pour augmenter les chances de réussite du projet qu'ils paraissaient avoir conçu, car rien n'était abandonné au hasard dans leurs mouvements.

— On dirait qu'ils cherchent à se rapprocher de l'isba, fit Holloway.

— Cela est naturel, répondit Ivanowitch ; ils savent parfaitement que leurs compagnons sont ici.

— Pauvres bêtes, elles vont peut-être venir jusqu'au portail... implorer notre appui, et dire que nous ne pourrons leur ouvrir, et que nous serons forcés de les laisser dévorer sous nos yeux ! Et une larme perla dans les yeux de l'Américain.

Singulière sensibilité ! ces misérables, qui se faisaient un jeu de la vie de leurs semblables, ne pouvaient s'empêcher d'être émus à la pensée de la triste fin qui attendait probablement les braves coursiers.

Ces derniers, cependant, continuaient à défendre leur vie avec une incroyable adresse ; s'ils eussent fui en droite ligne, la lutte eût peut-être duré quelques minutes, et il y avait déjà plus d'une heure qu'ils fatiguaient leurs adversaires, leur échappant sans cesse par de brusques crochets, au moment où ces derniers croyaient être sur le point de les saisir.

— Ils nous sauvent peut-être... sans s'en douter, murmura Ivanowitch pensif... Du train qu'allaient Mitcha et son compagnon, ils ne doivent pas être loin de Voronoje, si les loups ne les ont pas égorgés... Et je connais Tcherni-Chug, le passeur ; il ne sera pas long à accourir à notre secours.

Les étalons cherchaient, en effet, à se rapprocher de l'isba ; mais dès qu'ils abandonnaient leur course circulaire, avec brusque conversion en arrière, pour se diriger en droite ligne sur le refuge, ils perdaient en quelques instants tous leurs avantages, et ils étaient contraints de revenir à la manœuvre qui leur réussissait si bien ; et cette lutte ne semblait point les épuiser, ils avaient à leur service des jarrets d'acier ; les loups, au contraire, haletants, rompus par ces arrêts continuels, ces feintes et ces changements de direction, donnaient des signes évidents de fatigue, et chaque minute qui s'écoulait augmentait les chances des assiégés.

Ivanowitch interrogeait déjà l'horizon avec une anxiété pleine d'espoir, les étoiles commençaient à pâlir du côté du levant, et le firmament se revêtait de teintes grisâtres, précurseurs de l'aube et du jour. Le secours ne devait désormais guère se faire attendre, ou il ne viendrait jamais !

Cependant, avec une persistance et une ténacité sans égales, les deux chevaux avaient continué à prendre l'isba pour le centre de leurs mouvements, et insensiblement ils s'en étaient rapprochés, sans que leurs ennemis se trouvassent cette fois entre le refuge et eux ; profitant de l'instant fugitif pendant lequel cette situation favorable allait durer, ils firent un dernier circuit, qui, en égarant encore leurs adversaires, les plaçait, eux, en pleine face de l'isba, et, s'élançant alors avec une vitesse de désespéré, ils coururent droit sur l'abri qu'on les avait contraints de quitter ; arrivés près des murailles, ils s'enlevèrent d'un bond gigantesque et tombèrent sur le terre-plein, à quelques pas des assiégés et de leurs camarades qui les reçurent en hennissant.

Ivanowitch et Holloway, littéralement transportés par cet acte d'une puissante vigueur, ne purent s'empêcher d'applaudir, bien que le retour des étalons dans l'isba vînt empirer singulièrement leur situation.

Un instant déconcertés, les loups se remirent à donner l'assaut avec une fureur qu'augmentait leur déception, et la muraille singulièrement dégradée par les précédentes attaques, n'en avait pas pour une demi-heure avant de crouler par quelque côté.

Et rien ne paraissait encore du côté de Voronoje, bien qu'à l'œil nu on pût distinguer sur le steppe stérile et désolé, dont rien ne venait rompre la monotonie, jusqu'à dix à douze verstes de distance : la verste russe comprend mille soixante-quatre mètres, c'est-à-dire un peu plus que notre kilomètre.

Les loups devenant de plus en plus acharnés, Ivanowitch et son compagnon recommencèrent à les repousser à coups de carabine.

— Tirons sans relâche! fit le colonel à son compagnon; si l'on vient à notre secours, les coups de feu se succédant si rapidement indiqueront que nous sommes aux prises avec les assaillants, et qu'il faut se hâter.

A ce moment, sur un des côtés que les deux hommes ne défendaient pas alors, une échancrure assez forte se produisit dans la muraille, et un loup plus vigoureux que les autres, sans doute, d'un bond furieux arriva par cette ouverture sur le terre-plein et roula dans l'intérieur de l'isba. Holoway qui l'avait aperçu, le couchait en joue, lorsqu'un des étalons, faisant rapidement volte-face, d'une ruade assurée lui brisa les reins.

Exaltés par les hurlements de douleur qu'il poussait, les loups se ruèrent en masse pour pénétrer dans l'intérieur du refuge par la brèche qui venait d'être faite; gênés par leur nombre même, et ne pouvant prendre un élan suffisant, ils n'arrivaient qu'à grand'peine à la hauteur de l'ouverture, et avant qu'ils eussent pu s'y cramponner, ils étaient rejetés en arrière par la baïonnette des assiégés; mais chaque assaut infructueux agrandissait le passage, et Ivanowitch pouvait maintenant compter pour ainsi dire les minutes qui leur restaient à vivre. Tout un pan de muraille s'ébranlait et allait bientôt s'écrouler; ils n'avaient même plus la ressource de se réfugier sur le toit de l'isba... qu'ils abandonnent la brèche pendant dix secondes seulement, et cinquante, cent loups la franchiront à l'instant, et ils seront mis en pièces avant d'avoir pu atteindre le milieu de la cour, où se trouvait la construction. Les malheureux, debout sur le mur qui s'écroulait lentement sous eux, ne faisaient plus que lever et abaisser leurs carabines, assommant de la crosse, éventrant de la baïonnette les assaillants qui se succédaient sans relâche, ils n'osaient même plus jeter un fugitif regard sur la plaine, pour voir s'il leur restait quelque espoir de secours, car, à la moindre imprudence, ils étaient débordés et perdus sans retour.

C'était un spectacle étrange, saisissant, que celui de ces deux hommes, qui ne combattaient plus que pour vendre chèrement leur vie, et qui comblaient peu à peu eux-mêmes le vide qui existait entre eux et les assaillants, par les cadavres qui s'amoncelaient sous leurs coups ; le sang coulait en abondance autour d'eux, les cris des blessés se mêlaient aux hurlements féroces de ceux qui attaquaient sans relâche et aux imprécations du Russe et de l'Américain, que l'exaltation d'un combat sans trève ni merci avait fini par gagner.

Cependant les forces humaines ont une limite ; Ivanowitch se sentait faiblir, il chancelait, et déjà voyait approcher le moment où il allait tomber au milieu de ces démons déchaînés.

— Holloway, dit-il à son compagnon, avant cinq minutes ce sera fini de moi ; jurez-moi que, quand ma carabine s'échappera de mes mains, vous me ferez sauter la cervelle, je ne veux pas être dévoré vivant par ces...

Il n'acheva pas, une violente fusillade venait de se faire entendre dans le lointain.

— Sauvés ! nous sommes sauvés ! s'écria Holloway ; et il poussa trois vigoureux : Hoh ! hop ! hop ! hurrah ! ce qui, pour un Yankee, est le dernier terme de l'enthousiasme.

En même temps il n'avait pu s'empêcher de jeter un rapide regard sur la vaste plaine, mais il n'avait aperçu qu'un tourbillon d'hommes et de chevaux, qu'il ne s'était pas arrêté à détailler, car ceux qui accouraient brûlant le steppe sous les pas de leurs étalons sauvages, étaient encore au moins à quatre ou cinq verstes de l'izba de Perm, et les loups avaient encore plus de temps qu'il ne leur en fallait pour égorger les malheureux assiégés avant l'arrivée du secours.

Si fugitif qu'eût été le moment d'inattention d'Holloway, les loups l'avaient mis à profit... une seconde de plus, et tout était terminé ; un de ces carnassiers avait sauté à la gorge d'Ivanowitch, dont l'émotion, en entrevoyant la délivrance, avait paralysé les forces, et tous deux avaient roulé sur le terre-plein, tandis que trois autres, qui étaient parvenus à franchir la brèche, allaient sauter sur l'Américain. Avec la vitesse de la pensée, ce dernier fit un saut de côté ; les loups, ne pouvant s'arrêter dans leur élan, roulèrent en bas du terre-plein et, au même instant, un coup du terrible couteau-baïonnette, vigoureusement envoyé, éventrait l'agresseur d'Ivanowitch.

Le Russe qui, du bras ramené à temps, s'était préservé la gorge, se releva d'un bond, sans la plus petite égratignure, et vint se placer près d'Holloway qui, sans s'inquiéter des trois carnassiers qui avaient pénétré dans la cour de l'isba, à l'aide d'un moulinet désespéré, tenait en respect ceux qui essayaient de suivre le même chemin...

En voyant trois de leurs ennemis héréditaires rouler dans la cour auprès d'eux, les quatre étalons marchèrent sur eux d'un commun accord et les entourèrent d'une série de ruades, si bien distribuées, qu'en moins de rien ils les mirent hors de combat.

C'est alors que des sons de trompe, faibles encore, mais parfaitement distincts, parvinrent jusqu'aux assiégés et ravivèrent leur courage ; c'étaient les tabounchiks de Tcherni-Chug qui annonçaient leur arrivée avec l'instrument qui leur servait à réunir leurs troupeaux, et, à l'instant même, Ivanowitch et son compagnon crurent remarquer une certaine hésitation dans le mouvement de leurs adversaires... et, peu à peu, à mesure que les accents sonores et prolongés de la trompe devenaient plus distincts, les signes d'inquiétude devenaient plus visibles et plus accentués... Phénomène étrange, extraordinaire, chaque loup, en reconnaissant le signal de son terrible ennemi, le gardien des troupeaux du steppe, commençait à sentir la terreur l'envahir ; et cette terreur, précisément parce qu'elle était individuelle, allait paralyser les forces de la bande tout entière qui, sans cela, eût été cent fois de force à faire payer cher sa témérité à la poignée d'hommes qui s'avançait. Mais les gens de Tcherni-Chug connaissaient cet inévitable effet de leur instrument sur le pirate du steppe ; sans cela, ils ne se fussent pas hasardés en aussi petit nombre contre une pareille foule d'adversaires.

Les loups ne vivent pas toujours en bande ; ils se séparent quand vient la saison où chaque couple élève ses petits, et dans cette situation, qui dure quatre à cinq mois de l'année, réduits à vivre sédentaires aux environs des nombreux troupeaux domestiques, les seuls qui, ne changeant pas de station chaque jour, peuvent leur offrir la chance d'une prise heureuse pour nourrir leurs petits, ils sont constamment en lutte avec les tabountchiks, ou gardiens des troupeaux, qui, montés sur leurs rapides et courageux étalons, leur donnent constamment la chasse et les poursuivent jusque dans leurs repaires.

Dès qu'un loup aperçoit un de ces Petits-Russiens qui, comme le *gauchos* des pampas américaines, vivent constamment à cheval, il prend la fuite avec des hurlements d'épouvante, croyant déjà sentir la lance du terrible berger.

Il s'ensuit que, bien que réunis en bande nombreuse, il suffit de quelques tabounchiks pour les mettre en pleine déroute, chaque loup obéissant à sa peur instinctive et son intelligence ne s'élevant pas jusqu'à pouvoir calculer la différence de force que lui donne le nombre.

Aussi les cinquante hommes du mir de Voronoje, sonnant de la trompe et la lance en arrêt, tombèrent-ils comme un ouragan sur une troupe déjà complètement démoralisée et qui avait pris la fuite bien avant qu'ils ne l'eussent atteint... Il était temps cependant ; cinq minutes plus tard, et ils ne pouvaient que venger ceux qu'ils venaient secourir.

Hollovay, qui n'avait rien perdu de sa force et de son énergie, s'était hâté d'ouvrir le portail de l'isba et, sautant sur son cheval, se joignit, ivre de vengeance, aux tabounchiks qui poussaient une charge à fond de train contre les carnassiers, pour ne pas perdre l'occasion de leur donner une leçon signalée; chaque coup de lance, admirablement dirigé, en mettait un hors de combat. La poursuite dura plus de deux heures, et quand les tabountchiks se décidèrent à regagner l'isba de Perm, la troupe de loups était presque entiè-rement détruite, chaque homme en avait tué une quarantaine pour sa part.

Laissant ses hommes accomplir leur besogne, Tcherni-Chug avait mis pied à terre et était venu offrir ses hommages au chef des Invisibles qu'il con-naissait depuis longtemps :

— Merci, mon brave katza, lui avait dit Ivanowitch en l'apercevant; je n'oublierai jamais que tu m'as sauvé la vie aujourd'hui.

— Je suis heureux, Excellence, répliqua le passeur, d'avoir pu contribuer pour ma faible part à vous rendre ce service; mais je n'ai que le mérite d'être arrivé à temps, le principal honneur en revient à vos braves Cosa-ques qui, comme ils le devaient du reste, ont si courageusement *joué leur vie* pour leur maître.

— Je les récompenserai comme ils le méritent, mais leur conduite ne sau-rait affaiblir en rien ton dévouement; sans l'ascendant que tu possèdes sur tes hommes et la rapidité avec laquelle tu t'es porté à notre secours, mon compagnon, un gentleman américain, et moi, nous étions perdus sans retour; cela mérite une récompense. Que désires-tu de moi, parle sans crainte!

— Excellence!...

— Je désire, non m'acquitter envers toi, ce n'est pas possible, mais tout au moins reconnaître ce que tu as fait pour moi, dans la mesure de mon pouvoir; je t'ordonne donc de parler : tu dois bien avoir quelque secret désir, quelque ambition pour toi ou pour tes enfants?

— Excellence, si j'osais!...

— Faut-il te réitérer mon ordre... parle, je le désire, je le veux!

— Excellence, le ciel m'a comblé de ses biens, je suis le plus riche *od-nodvortze* (bourgeois campagnard) de cette partie de l'Oural; le tzar, notre père, a daigné me nommer starchine du mir de Voronoje, et je suis député du volost (canton) à la diète d'Orembourg; le Bog m'a accordé une nom-breuse famille; enfin je suis un homme heureux... mais puisque Votre Ex-cellence m'ordonne de lui faire connaître quelque vœu que j'aie pu former, je pousse la hardiesse jusqu'à déférer à ses désirs, et j'ose lui demander le titre d'inspecteur de tous les relais de poste du steppe et du pays turcmène jusqu'à Khiva, cela m'élèverait au 14ᵉ rang dans le tschim, et me conférerait la petite noblesse. Ce n'est pas pour moi que je fais cette demande, mais pour mes enfants, mes filles surtout, que je trouverais ainsi à mieux établir.

— Ah! maître Tcherni-Chug, répondit Ivanowitch en riant, vous avez l'ambition de devenir tschimounik?

— Je comprends, Excellence, tout ce que ma demande a d'excessif, moi, fils d'anciens nomades, et qu'on appelle encore parfois le Nogaï.

— Mais non, tu t'abuses, interrompit Ivanowitch, je ne trouve rien d'extraordinaire à cela, et m'étonne que tu m'aies demandé si peu de chose ; tu seras nommé inspecteur des relais de tout le pays turcmène, puisque cela satisfait ton ambition.

Ce qu'on appelle le *tschim,* en Russie, n'est autre que la hiérarchie des fonctionnaires militaires et civils, dont les huit premiers degrés donnent la noblesse héréditaire ; les deux suivants, la noblesse personnelle ; et les quatre derniers, la petite noblesse seulement.

Lorsque Pierre le Grand voulut introduire la civilisation européenne dans ses États, il eut besoin d'un instrument pour accomplir ses réformes, il le trouva dans la création d'un corps de fonctionnaires qu'il modela sur ceux de la bureaucratie allemande de l'époque. Et comme il ne disposait pas, pour remplir les emplois civils surtout, d'une bourgeoisie nationale assez éclairée pouvant servir de base au recrutement, il imagina de contraindre les nobles, sous peine de déchéance de leurs droits et privilèges, d'entrer au service civil ou militaire de l'État, et il attacha la noblesse à la fonction, au même titre qu'à la naissance. Tel est le tschim russe.

Tcherni-Chug ne pouvait prétendre qu'à la petite noblesse seulement, conférée par les derniers degrés du tschim, et qui n'est en réalité qu'une sorte de bourgeoisie choisie.

Comme le passeur se confondait en remerciements, Ivanowitch ajouta :

— J'ai un autre service à te demander, mais je ne puis t'en parler ici ; ce soir, je te ferai connaître ce que j'attends de toi, et si tu m'aides à réussir dans ce que j'ai entrepris, ce n'est pas la petite noblesse, mais la noblesse héréditaire que je te ferai conférer.

— Excellence, ma vie, celle des miens, tout ce que je possède est à votre disposition.

Cependant les tabountchiks revenaient de leur poursuite acharnée, ayant chacun une tête de loup piquée au bout de leurs lances, et fredonnant le *byline* des gardeurs de troupeaux :

> Dans la steppe, quand vient la nuit obscure,
>   Alerte ! alerte ! tabountchiks !
> Les noirs rôdeurs errent à l'aventure,
>   De Voronoje à Sternneghiks.
> Dans la steppe, quand le soleil se lève,
>   Alerte ! alerte ! tabountchiks !
> Dans le brouillard que la brise soulève,
>   Sus ! poursuivons les noirs vornchiks (rôdeurs).

Quand tout le monde fut réuni, Ivanowitch, entièrement remis des terribles émotions qu'il avait supportées, monta à cheval à son tour, et toute la troupe s'ébranla dans la direction du mir de Voronoje.

CHAPITRE V

Le complot. — Conciliabule nocturne. — Les projets d'Ivanowitch.
Encore le stranniki.

La nuit qui suivit ces événements devait avoir une importance considérable pour Ivanowitch ; le plan qu'il avait conçu pour faire tomber le jeune
comte d'Entraygues et ses défenseurs, parmi lesquels se trouvait son ennemi
acharné, le capitaine Rouge, et celui de tous qu'il craignait le plus peut-être,
n'existait encore qu'à l'état de projet. Certes, il avait fait un triage soigneux
de tous les Invisibles qu'il voulait réunir à Ierinoslaw, et il croyait être
assuré de leur dévouement, mais il fallait compter avec les circonstances ;
un certain nombre, pour des causes d'importances diverses, pouvait manquer
au rendez-vous, et il était possible, le paysan russe étant de sa nature calme
et débonnaire, que le hasard ne mît pas à sa disposition une majorité de gens de
haute lutte. Il avait été obligé de les prendre parmi les habitants du steppe,
pour une foule d'impérieuses raisons : d'abord, en choisissant des gens de
l'intérieur de la Russie, plus alertes, mieux préparés à un coup de main, il
pouvait exciter l'attention de la police de la troisième section, déjà mise en
éveil ; puis, par cela même qu'il se trouverait en face de gens plus intelligents, ces derniers, une fois ses projets devinés, pouvaient se faire payer
cher leurs services ou refuser en somme de soutenir, les armes à la main,
une cause qui ne serait pas la leur, ou dont ils ne comprendraient pas le
but... Enfin, obligés de venir de trop loin avec des moyens de locomotion peu
multipliés, et peu sûrs comme exactitude, beaucoup pouvaient reculer ou
ne pas arriver au jour fixé. Tandis qu'en bornant son choix aux contrées
ouraliennes, il esquivait en partie toutes ces difficultés, ne courant que le
risque, indiqué plus haut, de n'avoir sous la main qu'une troupe de gens de
mœurs douces et paisibles quoique braves, ne reculant ni devant les loups
et les ours, qu'ils attaquent à la lance et à la hache, mais pouvant être
influencés par un combat contre leurs semblables. Car il ne fallait pas
compter que le comte et ses amis se laisseraient prendre sans se défendre,
ni qu'ils pénétreraient dans le steppe sans être accompagnés par une troupe
plus ou moins nombreuse, mais solide.

Ce fait qu'il n'avait pas été poursuivi dans le steppe indiquait suffisamment à Ivanowitch que le comte d'Entraygues prenait ses précautions, et
qu'il ne viendrait qu'à son heure livrer le suprême combat à Ierinoslaw, car le
chef des Invisibles, assuré d'une troupe cinq ou six fois plus nombreuse dans
tous les cas que celle que pourraient réunir ses ennemis à Astrakhan, sans se
faire, eux aussi, inquiéter par la police, avait été assez habile pour leur faire

Il s'arrêta, puis attendit. (Page 772.)

connaître d'une façon détournée le lieu de la réunion des membres de la société.

Ces prévisions ne manquaient pas de justesse. Le comte était arrivé à Astrakhan accompagné de Dick le Canadien, son fidèle Laurent, le capitaine Rouge, les deux policiers Luce et Froler, le nègre Tom, le Ngotak, et quatre autres Européens qu'Ivanowitch ne connaissaient pas encore, en tout une douzaine de personnes d'un courage à toute épreuve, il est vrai, mais qui ne pouvaient espérer de lutter contre les trois ou quatre cents Invisibles que le Russe allait réunir à l'ancien couvent d'Ierinoslaw.

— Selon toute apparence, fit Ivanowitch qui agitait ces questions seul avec Holloway dans la grande salle de l'isba, ils pourront recruter une vingtaine de gens de sac et de corde et appartenant à toutes les nationalités, à Astrakhan, mais c'est tout; outre qu'un plus grand nombre les ferait remarquer, la ville n'en peut fournir davantage.

— Ne pourraient-ils les avoir engagés en Europe? demanda Holloway devenu pensif.

— Impossible, mon cher; on voit bien que vous ne connaissez pas la Russie ! Et les passeports? et les visa de la police? et les motifs à donner? vous ne vous souvenez donc plus de tout ce que j'ai été obligé de faire, moi qui suis du pays, qui y ai de hautes accointances... colonel de l'armée régulière, etc., pour vous conduire jusqu'ici?... Donc, nous aurons affaire à une trentaine d'individus au plus... Toute la question est, maintenant, de savoir fanatiser suffisamment nos hommes pour que, le moment venu, ils ne reculent pas devant une lutte sérieuse et toutes ses conséquences.

— S'ils ressemblent tous à ceux que j'ai vus ici, il me semble que vous pouvez compter absolument sur eux.

— Ce sont les mêmes, mais autre chose est de *jouer la vie*, comme ils disent, contre les fauves de ces contrées, et de se battre contre des hommes.

— J'avoue que si l'on est brave dans un cas, je ne vois pas bien comment dans l'autre...

— Vous ne me comprenez pas, interrompit Ivanowitch avec une nuance d'impatience... leur courage n'est pas en jeu, c'est une pure affaire de conscience; détruire des animaux féroces est, dans tous les cas, une chose utile et méritoire, tandis que égorger des hommes... ses semblables, sans avoir pour excuse la guerre, le prestige d'une cause patriotique et l'exemple des officiers, est un...

— Allons, dites le mot... est un assassinat.

— C'est cela... Or, le paysan russe est un fanatique... ce n'est pas un condottiere. Si nos ennemis tirent les premiers, tout va bien, le vieux sang nomade reprendra le dessus, et alors vous verrez comme ces gens-là savent se battre; mais supposez le comte d'Entraygues assez habile pour dire à nos hommes : « — Que voulez-vous? prenez garde à ce que vous allez faire? nous traversons votre pays avec une permission du tzar blanc, votre père, la voici (car soyez sûr qu'ils seront munis de cette autorisation sans laquelle nul étranger ne peut pénétrer dans l'Asie russe); lisez ce papier, qui porte le sceau de l'État, vous voyez bien que nous ne sommes pas des brigands; si vous en doutez, faites-nous prisonniers, conduisez-nous, avec cet homme qui vous ordonne de nous massacrer, soit à Astrakhan, soit à Orenbourg, devant le gouverneur d'une de ces provinces...

— Eh bien ! qu'arriverait-il?

— On ne nous arrêterait pas, car je suis toujours pour eux le chef des Invisibles ; mais cette soumission est si bien dans le caractère russe, qu'on expédierait nos ennemis à Orenbourg, et notre coup échouerait avec le leur ; nous ne pourrions vider ici notre vieille querelle, et ce serait à recommencer.

— Mais puisqu'ils sont sur nos traces... qu'ils nous poursuivent... ils ne tiendront pas ce langage...

— Oubliez-vous qu'ils croient nous surprendre... Qui sait ce qu'ils feront quand ils nous verront en force et prêts à les recevoir ?

— Vous vous avisez bien tard de ces réflexions !

— Je n'avais pas le choix des moyens... il fallait en finir ! Je persiste dans mon idée, sauf quelques modifications que je vais vous faire connaître ; mais il était bon de tout prévoir.

La vérité était que, près de terminer ce long duel, dans lequel Ivanowitch avait toujours su mettre prudemment sa personne à l'abri, le singulier personnage avait peur, son tempérament astucieux et lâche reprenait le dessus, et le danger qu'il venait de courir lui faisant sentir encore davantage le prix de sa précieuse existence, il cherchait depuis plusieurs heures les moyens de pouvoir, selon son habitude, mettre sa personne à l'abri, tout en s'emparant de ses ennemis... et ces moyens, il croyait les avoir trouvés.

— Voyons ces modifications, fit Holloway, qui commençait à douter de la bravoure de son complice.

— Notre hôte, Tcherni-Chug, est en ce moment dévoré par l'ambition de tout bourgeois enrichi de pénétrer dans la caste de la noblesse ; il compte sur moi pour lui en ouvrir les portes, je puis dès lors tout attendre de son dévouement ; j'ai donc pensé à me servir de lui pour arriver à m'emparer du comte d'Entraygues et de ses amis, sans courir le moindre risque ; la chose est d'une simplicité sans égale, ainsi que vous allez le voir. Pour se rendre à Ierinoslaw, nos ennemis sont obligés de passer par le bac de Voronoje, l'Oural n'étant guéable nulle part, et, comme ils viendront de faire huit à dix jours de steppe, ils éprouveront le besoin de se reposer au premier *mir* qu'ils trouveront sur leur route, et ce mir est celui de Tcherni-Chug ; rien ne sera plus facile que de désarmer, la nuit, la petite troupe des fidèles du comte ; quant aux mercenaires engagés, ils seront trop heureux de recevoir la vie sauve et la clef des champs. Le coup exécuté, Tcherni-Chug nous amène ses prisonniers à Ierinoslaw, où dans les deux heures nous les faisons fusiller, après sentence rendue par une cour martiale, composée naturellement de gens à notre dévotion ; parmi tous ceux que j'ai convoqués à la réunion, j'en connais un certain nombre dont je suis sûr comme de moi-même ; car vous pensez bien que nos précautions sont prises pour ne pas laisser l'assemblée au hasard d'impressions imprévues.

— Ma foi, je vous rends hommage, répondit Holloway, voilà un coup supérieurement combiné et qui ne peut manquer de réussir.

— Cette nuit même doit avoir lieu, dans l'église du village, une réunion de notables convoqués par le passeur sur ma demande ; le pope est avec nous, ce qui est une grande force, je l'ai vu dans la journée, et après avoir arrangé à ma façon les faits qu'il m'a plu de lui confier, je lui ai habilement donné à entendre que je le ferais attacher au clergé de la cour : vous voyez que tout est pour le mieux, et que nous pourrons arriver ainsi à nos fins, sans effusion de sang.

— Je vous approuve de tous points, et je crois, comme vous, que l'affaire ne peut manquer de réussir !...

A ce moment, Tcherni-Chug pénétra dans la pièce où se trouvaient les deux complices.

— Excellence, fit-il à Ivanowitch, tout le monde est réuni, et on n'attend plus que vous.

Ivanowitch et Holloway suivirent le passeur ; ils sortirent de l'isba et s'engagèrent dans les rues de Voronoje ; la nuit était profonde, et le silence n'était troublé que par les aboiements de quelques chiens errants, et le murmure lent et solennel des eaux de l'Oural... Au moment où les trois hommes avaient quitté l'habitation de Tcherni-Chug, une ombre s'était subitement détachée de la muraille, et, s'attachant à leurs pas, glissa silencieusement le long des maisons du mir. Lorsqu'ils eurent disparu à la suite du passeur dans l'intérieur du temple, l'inconnu, à qui la distribution des lieux paraissait familière, continua à longer le monument, et, poussant lentement une petite porte latérale, pénétra à son tour dans le lieu de la réunion, puis le corps courbé vers le sol, presque rampant, il alla, sans qu'on s'aperçût de sa présence, s'accroupir au pied d'une des colonnes du chœur.

Ivanowitch parla longtemps en russe, fréquemment interrompu par les acclamations des assistants... quand il eut terminé, le pope prononça quelques courtes paroles, et tout le monde se leva, étendant la main dans la direction de l'autel... On eût dit que l'assemblée tout entière se liait par un serment.

Puis chacun se retira, et le mir retomba dans le calme et le silence.

— Tout va bien, fit Ivanowitch à Holloway quand ils se retrouvèrent seuls de nouveau... à leur arrivée à Voronoje, le comte d'Entraygues et sa suite seront désarmés, faits prisonniers, et conduits à Ierinoslaw pour y répondre à une accusation de trahison contre le tsar blanc et la sainte Russie.

Pendant ce temps-là, l'homme qui s'était introduit dans le temple en sortait à son tour, et se dirigeait en courant vers les bords de l'Oural ; il s'arrêta à une verste environ au-dessous de l'isba du passeur, et embouchant une trompe de berger en tira deux notes aiguës, puis attendit... Presque instantanément le même son lui revint de l'autre côté du fleuve.

Tout à coup, la lune qui se dégageait l'entoura d'un pâle rayon... C'était le stranniki... le mendiant des Cavaliers noirs.

QUATRIÈME PARTIE

LES CAVALIERS NOIRS

CHAPITRE PREMIER

Qu'est devenu Gilping? — Le *lacerta gilpinensis*.
Par amour de la science. — Lord Woangow. — Les projets du prince Westchine.
Départ pour Astrakhan. — Une dépêche. — Touchante arrivée.

Le jeune comte Olivier de Lauraguais d'Entraygues, son vieil ami Dick, le pionnier du Buisson australien, le capitaine Rouge, Luce le policier et leur suite étaient arrivés depuis près d'un mois à Astrakhan, précédés par le prince Westchine qui avait mis un de ses palais à leur disposition. Ils se préparaient à franchir le steppe des Kirghiz pour livrer à leur implacable ennemi, l'homme masqué, que cette fois au moins ils connaissaient, le dernier et suprême combat; et souvent dans leurs conversations intimes, en se voyant tous réunis, les amis de la première heure et les nouveaux, après tant de fatigues et de dangers supportés ensemble, ils se prenaient à regretter l'absence du brave John Gilping, qui avait rendu les services les plus signalés à la cause du comte d'Entraygues. Et cependant, en leur faisant ses adieux, n'avait-il pas dit :

— Quand sonnera l'heure de la justice, soyez sûrs que John Gilping sera là! Je jure de ne prendre possession de mon siège à la Chambre des lords qu'après avoir assisté au châtiment du traître Ivanowitch.

Un soir que tout le monde était réuni en conseil, sous la présidence du comte Olivier, dans la salle de réception du palais Westchine, le jeune homme reçut un télégramme qu'il s'empressa de communiquer à ses amis.

Cette missive, d'une concision sans pareille, ne contenait que ces mots :

« J'arrive avec Pacific.

« *Signé :* Lord WOANGOW. »

Il y eut comme une explosion de joie, qui fit retentir pendant quelques instants les voûtes sonores du vieux palais gothique, œuvre des anciens chefs turcmènes, aïeux du prince Westchine, qui avaient gouverné Astrakhan sous la domination tartare.

Resté seul en Australie, John Gilping avait achevé de classer, étiqueter, cataloguer les trois collections : ethnographique, minéralogique et zoologique, qu'il destinait au British Museum, et qui, étayées de son fameux rapport explicatif, augmenté d'un aperçu sur l'origine des races humaines, devaient lui valoir la reconnaissance de l'Angleterre et, de la gracieuse munificence de Sa Majesté, un siège à la Chambre des lords.

Sur le point de fermer sa dernière caisse pour expédier le tout par le prochain steamer, il s'était aperçu avec une indicible douleur qu'il lui manquait un petit animal appelé bogui-bogui par les indigènes, et qu'il avait nommé, comme l'ayant le premier découvert, *lacerta gilpinensis*, genre des reptiles sauriens, type de la famille des lacertiens, autrement dit vulgairement, lézard.

Il trouva bien l'étiquette au fond de la boîte, mais la précieuse bête avait disparu; elle ne s'était point sauvée elle-même, le ventre plein de coton et d'arsenic, qu'était-elle devenue? Gilping se perdit en conjectures; un moment il pensa qu'un concurrent... mais il n'avait pas rencontré un seul naturaliste en Australie, impossible donc de se rejeter sur un confrère, ce qui naturellement lui eût fait le plus vif plaisir.

A quoi se résoudre? Expédier la collection sans *lacerta gilpinensis*? Il n'y fallait pas songer; c'était la plus belle pièce de l'envoi, un lézard jaune avec une petite corne sur la tête, découvert pour la première fois par Gilping, amoureusement observé, compendieusement décrit par lui dans son Mémoire, un lézard sur lequel il comptait pour passer à la postérité!

Des collections!... tout le monde en fait; mais trouver un animal inconnu, alors que soixante mille naturalistes piochent, creusent, fouillent la terre, la mer, les forêts, pour en rencontrer un, quelle gloire!... Jusqu'à la consommation des siècles avoir son nom inscrit sur tous les traités d'histoire naturelle, tous les dictionnaires de sciences! *Lacerta gilpinensis*, petit lézard fauve, cornu, vivipare, etc., découvert par M. Gilping, de la Société royale de Londres, au milieu des contrées sauvages du Buisson australien... Ainsi s'exprimeraient les Bouillet et les Henderson de l'avenir... Quelle récompense! Et puis... c'est le fameux professeur Von der Kroutenpuff, de Berlin, qui en aurait la jaunisse, lui qui se prétend le premier naturaliste du monde parce qu'il a trouvé une araignée à neuf pattes dans son plafond de salle à manger. Que serait cela, en comparaison du *lacerta gilpinensis?*

Chose plus grave encore: son fameux Mémoire sur les origines de l'homme étant conçu selon la théorie de Darwin, venait justement avec ce lézard cornu combler une grave lacune dans l'échelle des êtres, ancêtres de l'humanité; il démontrait victorieusement que l'appendice nasal qui, dans l'espèce mammifère, genre homme, fait saillie au milieu du visage, était apparu pour la première fois dans le règne animal sur la tête du *lacerta gilpinensis;* or, comme Gilping étudiait l'origine des différentes races humaines d'après leur conformation nasale, il s'ensuivait que sans *lacerta gilpinensis* il n'y avait plus moyen d'expliquer la présence du nez sur la face humaine... Oui,

Gilping mettait au défi tous les savants des cinq mondes de donner une raison plausible, péremptoire, scientifique, à l'existence de cette inutile protubérance qui est venue rompre l'harmonie des lignes de la tête du *primate* qui ne devait être, au début, qu'une simple boule comme la terre, la lune et tous les autres corps célestes. Il était clair que cet organe, utile chez le *lacerta gilpinensis*, parce qu'il sécrétait une liqueur attirant les mouches que le lézard avalait ensuite d'un simple coup de langue, ayant perdu cette destination chez l'homme, n'était plus qu'une transmission héréditaire sans objet, qui finirait par disparaître, comme le prouvait la foule de nez camards qui envahissent peu à peu l'humanité. Et cette transmission héréditaire dérivait incontestablement du *lacerta gilpinensis*.

Il fallait entendre Gilping, s'échauffant peu à peu, lorsque seul, dans sa chambre d'Oriental-Hotel, à Melbourne, il relisait les principaux passages de son précieux *Mémoire* adressé à ses collègues de la Société royale de Londres, s'écrier de ce ton nasillard qui faisait concurrence à sa clarinette :

— « Oui, messieurs, le nez de l'homme n'est pas *prenant* comme la trompe de l'éléphant; il ne lui sert pas de tarière comme celui du tapir; il ne fouille pas la terre comme celui de la taupe. Ce n'est pas, ainsi que la corne du rhinocéros, un instrument de défense; il n'attire plus les mouches comme celui de son ancêtre le *lacerta gilpinensis;* au contraire, et à part les rhumes de cerveau dont l'utilité est des plus contestables, je suis forcé de dire que cet organe n'a plus de fonctions et qu'il n'est plus qu'un signe ethnique reliant l'homme aux rameaux inférieurs de l'arbre généalogique du règne animal... »

Comme on le voit, sans *lacerta gilpinensis* il n'y avait plus de Mémoire, et partant plus de révolution scientifique, plus de récompense à obtenir, plus de siège au parlement, plus de lord Woangow !

Il n'y avait pas à hésiter, il fallait remplacer le lézard cornu; et comme il n'existait que dans les sauvages contrées habitées par les Nirbass, sans hésiter, Gilping avait enfourché Pacific et était parti de nouveau pour l'intérieur.

Trois mois après, il regagnait Melbourne avec son précieux animal; mais, hélas ! à quel prix se l'était-il procuré ! Rencontré par un parti de Nirbass et reconnu comme l'ancien koboug des Ngotaks, il avait été pris et emmené aux grands villages de la peuplade et proclamé koboug des Nirbass; et pour éviter que le désir de s'en emparer ne vînt aux autres Australiens, malgré sa résistance, ses cris, ses menaces de faire intervenir lord Palmerston, le malheureux Gilping fut tatoué avec les emblèmes de la tribu, composés de trois ronds concentriques qu'on lui piqua d'une manière indélébile au bout du nez, au menton et sur le front... Le croirait-on? il s'en consola aisément; il avait trouvé son lézard; et puis, en homme pratique, il comptait bien exploiter la situation et se faire passer pour un *martyr de la science*, position sociale toute moderne, mais fort enviée pour les petits profits qu'elle vaut à son titulaire.

Toute nation qui se respecte a toujours aujourd'hui son *martyr de la science ;* ça fait bien dans les congrès, réunions académiques, fêtes nationales et discours de ministre... «Messieurs, notre glorieux martyr de la science, ici présent, etc... » La recette pour se le procurer est des plus simples : un monsieur se fait expédier, aux frais de l'État, pour aller ramasser des hannetons en Corée, *melolontha coreensis,* ou cueillir des feuilles de mauve sur la côte de Guinée, *malva guinensis.* Tout en se gobergeant tranquillement dans quelque petit village inconnu de la côte, il écrit tous les trois mois des lettres épouvantables sur les dangers qu'il court, les souffrances qu'il endure ; un beau jour, il n'écrit plus, on perd sa trace... Tous les discours de rentrée ou de réception des corps savants déplorent la perte du jeune et courageux savant qui... que... dont... par lequel... Et pendant ce temps-là, notre homme continue à se goberger dans le petit village inconnu de la côte... Enfin, une lettre arrive, annonçant sa captivité chez les Coréens ou Choa, ou chez les Achantis ; on a pillé ses collections, volé ses armes. Désolation générale ; le président de la Société de géographie pleure... le président de la commission des... se désole... le secrétaire de l'académie de... est dans le désespoir... Un ministre de passage dans le village où il est né va visiter la chaumière qui a donné le jour au grand citoyen... qui se goberge toujours dans le petit village inconnu de la côte...

Quand il se décide à rentrer nu comme ver (il a tout vendu en route), il est à point, c'est un martyr de la science... et distinctions, honneurs, fortune, tout pleut sur lui à gogo.

Notre brave Gilping connaissait trop bien la manie de son temps pour n'en pas profiter ; délivré par ses amis les Nagarnooks, qui avaient appris son arrivée dans le pays, il revint en grande hâte à Melbourne avec son fameux lézard, ajouta à son Mémoire un deuxième annexe, pour raconter les luttes, les travaux, les souffrances endurées pour la conquête du *lacerta gilpinensis,* et avait enfin expédié le tout à Londres.

Les collections étaient admirablement faites, et par un homme qui s'y connaissait. Toute l'Australie se trouvait là, avec sa flore, son faune, sa minéralogie, et plus de cent crânes, pris dans les charniers des indigènes, représentaient les différentes races du pays. Jamais travail aussi complet n'avait été fait sur une contrée de cette importance. L'Angleterre tout entière envahit le British Museum ; les chemins de fer organisèrent des trains de plaisir ; des meetings se réunirent dans les principales villes du Royaume-Uni, pour voter des remercîments au martyr de la science ; et quand on sut que Gilping terminait son fameux rapport par ces lignes : «... Et l'auteur estime que le gouvernement de Sa Majesté s'honorera en lui accordant la pairie à titre de récompense nationale, » il y eut un tel mouvement de presse,

Gilping partit pour le continent. (Page 778.)

accompagné de manifestations de l'opinion publique si accentuées, que lord
Palmerston, pour ne pas compromettre le parti conservateur, dans les élections qui allaient renouveler la Chambre des communes, fit signer à la reine
le décret qui nommait sir John Gilping baronnet, au titre de lord Woangow,
pair d'Australie.

Son arrivée à Londres fut le signal d'ovations, de banquets et de discours
sans fin; le dernier martyr officiel de la science était mort depuis quelque

temps, Gilping fut d'emblée promu à cette haute situation. On se pressait pour
venir admirer son nez, entouré de trois cercles bleuâtres ressemblant à de
petits bracelets, ornements de cet appendice réellement formidable, dont la
nature l'avait doué ; l'honorable corporation des fabricants de moutarde,
dont le prince de Galles est président d'honneur, lui décerna un diplôme de
membre de cette société ; admis au baise-main de la reine, et comme en
appuyant ses lèvres sur l'auguste dextre de la souveraine il n'avait pu empêcher son nez gigantesque de l'effleurer légèrement, il s'en était tiré avec
une rare présence d'esprit :

— Il ne déteint pas, Majesté, avait-il dit, en accompagnant ces mots de
son plus gracieux sourire.

Il eut les honneurs de la réception.

Enfin, gorgé, saturé d'honneurs, de distinctions, dans son pays, il eut encore la gloire de recevoir la grande médaille d'or de la Société de géographie
de Paris, qui, comme on le sait, ne s'est fondée que pour encourager les
étrangers.

Gilping alors songea à la promesse qu'il avait faite à ses amis. Après quelques jours accordés aux joies de la famille, à constater combien Jemmy,
Fred, John, William, Edward, Jack, Mina, Ann-Mary, Emma, Clara, Grace,
Lisbeth, Annie et Lizzy Gilping avaient grandi pendant son absence, et à
leur faire repasser tout le psautier composé de six cent quatre-vingt-dix-
neuf cantiques, avec accompagnement de clarinette, il entonna lui-même,
un beau soir, le trois cent vingt-septième :

« Maudits soient ceux qui ont péché devant l'Éternel, leurs yeux se ferme-
ront à la lumière, leur langue se dessèchera dans leur bouche, leurs dents
tomberont comme les grains des épis mûrs, et l'Éternel suscitera un feu
violent qui brûlera leurs corps et calcinera leurs os, et leur poussière sera
jetée au vent. »

Toute la famille reprit en chœur sur la ritournelle de clarinette, et le cantique terminé, Gilping annonça aux siens qu'il était ce feu vengeur suscité
par l'Éternel pour châtier un des plus insignes mécréants qui aient paru
sur la terre, voleur, assassin, relaps, et qui, plus est, hérétique, et qu'il
allait repartir pour quelque temps encore, afin de purger la terre, comme
David, de ce nouveau Goliath !

Avant de s'embarquer pour le continent, le brave Gilping alla renouveler
sa provision de bibles au siège de la Société évangélique, et fit une longue
station chez Blakwell and Cross, où, par un choix judicieux des conserves les
plus estimées, sans oublier le fameux chester pour l'exportation, il se mit
préventivement à l'abri des privations et des surprises que pouvait lui
réserver la cuisine russio-asiatique. Il avait hésité longtemps pour savoir s'il
emmènerait Pacific, qui était revenu d'Australie avec lui ; mais au dernier
moment, quand il avait fallu se séparer de son vieux compagnon qui jetait

sur lui des regards plein de tristesse, comme s'il eût compris le combat qui se livrait dans le cœur de son maître, il s'était décidé à ne pas s'en séparer.

En arrivant à Paris, il avait appris du vieux marquis d'Entraygues le départ de son fils pour Astrakhan et avait pris le premier train pour Moscou, après avoir préalablement envoyé la dépêche que nous connaissons.

Grâce à l'immense service qu'il avait rendu au jeune prince Westchine, le comte Olivier s'était acquis le plus précieux allié qu'il pût rencontrer pour la réussite de ses nouvelles combinaisons; en cherchant à saisir les fils de la ténébreuse conspiration ourdie par les faux Invisibles, le prince n'avait fait jusqu'à ce jour qu'accomplir avec zèle, il est vrai, un des actes relevant directement de ses fonctions à l'étranger, mais sans y apporter la persévérance, l'acharnement que l'on met à une vengeance personnelle; le guet-apens dans lequel il avait failli tomber l'avait changé en ennemi, à qui rien n'allait coûter désormais pour arriver au châtiment d'Ivanowitch et de ses insaisissables complices.

A la suite des événements mémorables accomplis dans la maison des pendus, Luce et Froler s'étaient jetés sur la piste de l'homme masqué, qui avait pris le premier train du matin pour la Russie, et étaient revenus, quelques jours après, avec des renseignements recueillis d'autant plus facilement, qu'Ivanowitch, décidé à attirer ses ennemis dans le steppe, loin de prendre la moindre précaution pour dissimuler les traces de son passage, s'était arrangé au contraire de façon que l'on pût relever facilement son itinéraire de Paris à Astrakhan. Rejoint par les policiers à Moscou, où il séjourna pendant quarante-huit heures, il s'était laissé tranquillement filer par eux, et à l'aide de prétendus renseignements qu'il eut l'air de demander, de demi-confidences qu'il sembla laisser échapper en présence d'un serviteur d'occasion, incapable de résister à trois ou quatre roubles, il les avait habilement renseignés lui-même sur la prochaine réunion des Invisibles et le lieu choisi pour cette réunion.

Les deux policiers s'étaient laissé jouer par Ivanowitch; mais la chose était sans importance, puisqu'en somme elle se trouvait d'accord avec la volonté bien arrêtée d'Olivier et de ses alliés de poursuivre l'homme masqué sans trève ni repos, jusqu'au jour où ils pourraient enfin lui infliger la punition qu'il méritait.

Depuis son départ d'Australie, le capitaine Rouge avait tenu sa parole; il ne s'était ni couché dans un lit, ni assis à une table pour se reposer ou prendre sa nourriture, se contentant de manger du bœuf et de dormir à terre sur une natte.

En suite du rapport de Luce et de Froler, indiquant l'ancien couvent d'Ie-rinoslaw, dans la steppe ouralienne, comme le lieu où devait se tenir la prochaine assemblée des Invisibles, les deux policiers avaient été chargés de recruter une centaine d'hommes tout prêts, et choisis principalement parmi leurs anciens collègues mis en retrait d'emploi, mais que l'habitude de la discipline devait rendre plus maniables. On devait les armer à l'aide de carabines à répétition et de revolvers qui les mettaient à même de résister à une troupe dix fois plus considérable que la leur ; et à Luce revenait le soin de les faire entrer en Russie sous des déguisements et des prétextes différents pour ne pas éveiller les soupçons de la plus ombrageuse police du monde.

Une fois à Astrakhan, on s'occuperait de les monter avec des chevaux du pays pour la traversée du steppe.

C'était, comme on le voit, l'exécution pure et simple du plan primitivement adopté.

Le prince Westchine n'était point présent lorsque ces résolu'ions furent adoptées ; poussé par un âpre désir de vengeance, il s'employait à obtenir un congé de la chancellerie russe, sous le prétexte que les immenses propriétés qu'il possédait dans le gouvernement d'Astrakhan réclamaient sa présence, mais, en réalité, pour pouvoir assister et suivre ses nouveaux amis avec plus de facilité.

Le jour où il était venu annoncer à Olivier qu'il était en possession de six mois de liberté, le comte lui avait fait part de la détermination prise en commun avec ses amis, en lui demandant son avis par pure politesse, car il ne doutait pas un seul instant que le jeune attaché d'ambassade ne souscrivît à leur projet des deux mains.

Grand avait été l'étonnement d'Olivier et de ses compagnons, en voyant le prince secouer la tête d'une façon qui ne laissait aucune prise à l'équivoque.

— Verriez-vous quelques inconvénients à l'exécution de ce plan ? lui avait demandé le jeune comte.

— De très sérieux, cher monsieur, avait répondu le prince.

— Et lesquels ?

— On voit bien que vous ne connaissez pas la Russie ; votre projet est absolument inexécutable, et vous ne réussiriez qu'à tomber au pouvoir de notre mortel ennemi. D'abord, je mets M. Luce au défi, quelle que soit son habileté, de faire arriver cent hommes à Astrakhan sans donner l'éveil à la police russe ; nul Européen ne peut se promener dans l'immense empire des czars, mais surtout sur la frontière asiatique, sans être muni d'un passeport approuvé par les autorités russes, et visé, contrôlé, non seulement à la frontière, mais dans chaque province nouvelle où il pénètre et dans chaque ville de la province où il veut séjourner, ne serait-ce que pendant vingt-quatre heures. Au moindre doute, le voyageur est arrêté, enfermé, laissé au secret, interrogé ; et la police a des moyens à elle d'obtenir des aveux auxquels peut résister parfois un homme d'une trempe exceptionnelle, soutenu par des mobiles élevés et qui a d'avance fait le sacrifice de sa vie ; mais

jamais un aventurier à gages, que des offres brillantes, complétées par des
menaces en cas de refus, feront toujours céder. Vous voyez que cette con-
ception de réunir cent hommes sur un point quelconque de la Russie est
déjà, excusez l'expression, une véritable folie !... Mais ce n'est rien encore.
Je suppose, pour un instant, que vous ayez pu les faire arriver tous à Astrakhan, comment communiquerez-vous avec eux ? comment les formerez-vous
en troupe compacte ? Car enfin, il ne suffit pas de leur donner des instructions, il faut qu'ils se connaissent, qu'ils se sentent les coudes, puissent
prendre confiance les uns dans les autres et en vous-même ! Avec tant
d'impossibilités radicales, à la première réunion vous seriez tous arrêtés et
obligés de vous expliquer sur vos intentions, ce que vous ne pourriez faire...
Mais il y a plus. Cette première réunion, vous ne pourriez même pas l'organiser ; la police n'aurait pas vu arriver, non cent étrangers, mais une vingtaine seulement, que tout le monde, excusez encore la vulgarité de l'expression, serait *empoigné*, interrogé ; et comme vraisemblablement vous
n'obtiendrez jamais que vingt hommes fassent une réponse plausible, ration-
nelle, et surtout qui ne suscite aucun soupçon dans l'esprit du magistrat
instructeur, qui usera de tous les moyens en son pouvoir, promesses, menaces, intimidations... Vous vous trouverez encore en face de difficultés
insurmontables... Mais il y en a bien d'autres. Est-ce que vous pensez
qu'il y a un seul pays au monde où vous pourriez réunir cent hommes, les
armer, les monter à l'aide de chevaux achetés dans le pays, sans que le
représentant de l'autorité ne vienne vous demander ce que vous prétendez
faire de cet escadron ? Eh bien, la chose est encore plus impossible en Russie
que partout ailleurs... Maintenant, je ne vous demande pas comment vos
hommes se tireraient d'affaire avec des chevaux à demi sauvages, comment
ils supporteraient les fatigues de la steppe, et cent autres questions qu'il est
inutile de poser... Enfin, si vous voulez toute ma pensée, il n'est pas jusqu'à
la facilité avec laquelle MM. Luce et Froler ont recueilli leurs renseignements qui ne me donne beaucoup à penser ; si les Invisibles, qui, depuis
cinq ans, se jouent de toute la police russe, vous ont laissé connaître aussi
facilement le lieu de leur prochaine assemblée, alors qu'ils ont toujours
su le tenir secret, c'est qu'ils ont l'intention bien arrêtée de vous attirer
tous dans un guet-apens, d'où pas un de vous ne sortirait vivant... Voilà,
mon cher comte, mon sentiment net, carré, et dont rien ne saurait me
faire revenir.

Un profond silence accueillit ces paroles ; la forme en était si vive, si
tranchante, les raisons si péremptoires, si logiquement déduites, et par un
homme que sa naissance, sa position officielle mettaient à même de bien
juger les choses de son pays, que personne ne trouvait un seul mot à répondre.

Luce, qui avait été pour beaucoup dans l'adoption du projet, comprit que c'était à lui de rompre le silence pénible qui avait suivi les déclarations de l'attaché d'ambassade ; aussi répondit-il avec une grande franchise :

— Vous avez de tout point raison, monsieur le prince, et nous nous sommes, Froler et moi, grossièrement trompés, je ne fais nulle difficulté de l'avouer. Autre chose est de filer en France un malfaiteur, un espion, un conspirateur, et d'organiser en Russie une expédition de cette importance. Je dois vous dire cependant, pour notre décharge, car c'est nous qui avons fait adopter cette combinaison, que nous comptions faire arriver nos hommes un à un par la Perse et la Caspienne, et sous les déguisements divers de marchands, de colporteurs, etc... Mais je reconnais que, même dans ce cas, notre projet est impraticable.

— D'autant plus impraticable, je vous le répète, que nul Européen ne peut franchir les frontières pour pénétrer dans la Russie d'Asie sans une permission spéciale de la troisième section.

— Alors, prince, intervint le comte Olivier, visiblement contrarié de l'incident, il faut abandonner tout espoir de poursuivre Ivanowitch sur le terrain où, d'après vous, il cherche à nous attirer lui-même ?

— Au contraire, mon cher comte, il faut plus que jamais persister dans ce projet.

— Mais, comment ? puisque nous devons perdre l'espoir d'engager le combat, au moins à force égale.

— Je n'ai point dit cela ; j'ai simplement prétendu que le choix des hommes qui doivent vous accompagner, tel que vous vouliez le faire, rendait votre plan impraticable ; mais ce plan est excellent, du moment où vous prendrez vos hommes dans le pays même. Autant l'autorité est soupçonneuse avec les étrangers, et même les Russes des autres provinces, autant elle l'est peu avec les nomades du steppe qui vont et viennent d'Astrakhan à Ouralsk, Orembourg, Khivah, Bokharah, et sur toutes les côtes de la Caspienne, sans qu'on songe même à s'occuper d'eux. Cette grande ville, qui compte plus de cent mille habitants, est le marché constant de toutes les marchandises de l'Inde, de la Chine et de la Perse ; c'est plutôt un immense bazar, à proprement parler, qu'une ville, où toutes les hordes cosaques, kirghiz, nogaïs, turcmènes, afghanes même, viennent s'approvisionner d'armes, de munitions, d'étoffes et de tous les objets dont elles ont besoin. Tous ces gens sont nés pillards et voleurs, et je me charge de trouver parmi eux le nombre d'hommes qui nous sera nécessaire.

— Mon cher prince, avait répliqué Olivier, vous êtes notre providence ; j'ai bien cru un moment que nous allions être obligés de renoncer à cette expédition... et jugez de mon secret désespoir, il y va du bonheur de ma vie entière.

— Je le sais, mon cher comte, avait continué le jeune Russe en souriant.

— Quoi ! vous connaissez...

— Toutes vos aventures... et bien d'autres choses que vous ignorez ; je sais notamment par quelle ténébreuse machination a été obtenu l'envoi du prince Vasilewski en Sibérie, et, le moment venu, je vous aiderai à faire éclater son innocence.

— Ah ! s'il est en votre pouvoir, mon cher prince, de me rendre ce signalé service, ce sera entre nous à la vie et à la mort.

— Ne l'est-ce pas déjà, mon cher Olivier, permettez-moi de vous appeler simplement par ce nom familier, et à votre tour vous ne me nommerez qu'Alexis, tout ne vous convie-t-il pas à resserrer nos liens d'amitié, votre naissance, votre position sociale ; et puis, ne m'avez-vous pas sauvé de la plus affreuse des morts ? aussi, tout ce que je possède, fortune, influence, est à votre disposition.

— Vous comblez mes vœux, mon cher Alexis, répondit immédiatement Olivier en serrant énergiquement la main du jeune Russe ; mais un mot encore sur ce sujet, s'il vous est possible de me renseigner. Comment le prince a-t-il été envoyé en Sibérie ?

— Par un ordre du tzar, et seul un ordre du tzar peut l'en faire revenir.

— Pourquoi la jeune princesse sa fille a-t-elle été englobée dans sa disgrâce ?

— Il n'y a pas eu de disgrâce dans le fait de l'envoi de votre fiancée au couvent des dames nobles de Notre-Dame-de-Kasan : l'exil du père laissait la jeune princesse, qui n'a plus sa mère, seule, sans appui ; or l'empereur est le tuteur naturel de tous les jeunes enfants de cinq ou six grandes familles russes qui touchent au trône par leurs alliances, et dans cette circonstance il était convenable de placer la princesse Maria Feodorowna sous la protection du chapitre de ce couvent renommé. A sa majorité, elle en sortira par le seul effet de sa volonté ; mais, si vous le voulez bien, mon cher Olivier, nous laisserons là ce sujet, sur lequel il ne m'est pas encore permis de vous donner tous les renseignements que vous pourriez désirer, car cela touche à une question d'État, grosse de conséquences ; l'enquête se poursuit... et le moment venu, vous me trouverez à vos côtés, pour que justice soit enfin rendue à votre futur beau-père.

— Je comprends, et je respecte votre retenue...

— C'est dans notre intérêt à tous... pour le moment, occupons-nous exclusivement de l'affaire qui me tient au cœur autant qu'à vous-même, et qui se relie à l'autre par des liens plus étroits que vous ne le pourriez croire. Je vais partir ce soir même pour Astrakhan, où j'ai besoin de vous précéder de quelques jours pour mettre en état de vous recevoir, avec toute votre suite, le vieux palais des anciens khans tartares mes ancêtres, qui gouvernaient la contrée jusqu'à l'Oxus, avant la conquête russe.

Une pure conversation d'affaire avait suivi l'intéressant entretien ; on s'était mis d'accord sur l'importante question des armes et des munitions à emporter, dont l'acquisition fut faite immédiatement, car le prince Westchine, couvert par son immunité diplomatique, pouvait seul les introduire en Russie. Le jeune homme s'occupa ensuite de faire viser et approuver d'une façon toute spéciale les passeports d'Olivier et de ses compagnons à l'ambassade russe, et les motifs du voyage furent ainsi libellés : « Très honorables, comte Olivier de Lauraguais d'Entraygues, capitaine Jonathan Spiers, de la marine des États-Unis, Dick Lefaucheur esquire, propriétaire de mines d'or en Australie, et cinq personnes de leur suite, invités à passer quelques mois sur ses terres, par le prince Westchine, attaché de deuxième classe à l'ambassade de Sa Majesté le tzar de toutes les Russies à Paris. » Les cinq personnes se composaient de Laurent, le fidèle serviteur du comte Olivier, de Froler et Luce, de Tom, le noir du capitaine Rouge, et de l'Australien *engagé* du vieux trappeur.

De cette façon, le voyage devait s'accomplir sans aucune de ces difficultés et mesquines tracasseries dont la police russe ne se fait pas faute au moindre soupçon.

Quelques jours après, tout le monde se trouvait réuni dans le vieux palais du prince, véritable château fort qui avait résisté à toutes les attaques des nomades de Timour-Lenh, de Gengis-Khan, et des réguliers musulmans de Méhémet et d'Abbas.

L'honorable Jonas-Habacuc Littlestone, beau-frère de Dick, était resté à Paris, où il s'occupait de réunir les matériaux d'un immense ouvrage qu'il voulait publier sur les scribes, greffiers et clercs de judicature, depuis les temps les plus reculés jusqu'à nos jours. Comme tout historien qui se respecte, il remontait jusqu'au père Adam.

— Il est clair, disait-il avec une rare lucidité de jugement, que si Adam est le père de tous les hommes, les greffiers ne peuvent pas être privés du droit de le regarder comme leur ancêtre.

Mais où il écrasait ses adversaires par un argument sans réplique, c'est quand il leur disait, avec une logique aussi serrée que vigoureuse, sous l'antique forme syllogistique :

— Les procès, même les plus célèbres, seraient inconnus s'il n'y avait pas eu des greffiers pour les transcrire et les conserver à la postérité. Or, le premier et le plus illustre de tous les procès est celui d'Adam et d'Ève d'une part, et de Lucifer sous la forme d'un serpent de l'autre : objet du litige, une pomme ; fins et conclusions... motifs, dispositif et condamnation, exil des parties hors du paradis terrestre ; et sur demande reconventionnelle, condamnation du serpent à avoir la tête écrasée par le pied de la femme ; et ledit procès a été conservé à la postérité.

Donc : ledit procès a été transcrit, minuté, grossoyé, en ses moyens, fins, conclusions, condamnations principale et reconventionnelle par un greffier !

Le trappeur et le capitaine faisaient d'interminables parties de chasse. (Page 787.)

Et il terminait par ces mots, avec un air de modestie triomphante :

— L'argument est péremptoire !

Au demeurant, Olivier et ses amis avaient été enchantés de la décision du bonhomme, qui eût été pour eux un constant sujet d'embarras.

Dès leur arrivée à Astrakhan, le prince Westchine avait organisé en leur honneur des parties de chasse et des excursions aux ruines célèbres de la contrée.

— Il ne faut pas, leur avait-il dit, que l'on puisse avoir le moindre doute
sur vos intentions véritables ; le gouverneur de la province est un homme
très fin, très habile, dont la susceptibilité serait facilement éveillée ;
ayez donc l'air d'être uniquement occupés de vos plaisirs ; je me charge du
reste.

La ville d'Astrakhan est une des plus curieuses que l'Européen puisse
visiter. Elle est divisée en trois quartiers nettement tranchés : le quartier
russe, où habitent en même temps les rares Européens de diverses nationalités ; le quartier hindou, composé uniquement de gens originaires de l'Hin-
doustan ; et le quartier chinois, qui reçoit tous les autres Asiatiques de la
Chine et de l'Indo-Chine. Il se parle là cinquante à soixante idiomes différents, depuis le birman, le thibétain, le siamois, jusqu'au coréen, au malais
et aux multiples dialectes des îles de la Sonde. Les marchandises que l'on y
vend, achète ou échange ont la même variété. Les nattes et les soieries de
Bangkok y coudoient les châles de Cachemire et les mousselines de Dacca ;
les peaux des panthères noires de Java y servent de tapis aux légers fou-
lards de Madras et de Pondichéry, tandis qu'à quelques pas, pendent les
canards conservés de Canton, les trépangs, les nids de salanganes et autres
provisions servant à la nourriture des Chinois. Ces gens tiennent tellement
aux productions natales, qu'on les voit faire venir à grands frais des conserves de légumes de leur pays, qu'ils pourraient se procurer frais, et par
conséquent beaucoup meilleurs, à Astrakhan même. Peu de villes offrent un
coup d'œil plus pittoresque, en raison de la diversité de types, de couleurs, de
mœurs, de coutumes, de vêtements, des gens qui l'habitent.

Olivier parcourait avec un intérêt véritable ces longs et interminables ba-
zars, où tout ce que la terre produit et tout ce qui se fabrique et se manu-
facture dans le monde entier se trouve amoncelé sans ordre apparent, et
offrent à l'œil, par cela même, un spectacle original et attrayant. Et, au milieu des acheteurs et des vendeurs, on voyait circuler lentement, bouche
béante, des hordes entières de Kirghiz, à l'œil noir et profond, au bec
d'aigle, au long cou décharné, regardant d'un œil d'envie toutes ces richesses
auxquelles leur pauvreté ne leur permettait pas d'atteindre... Et on lisait
sur leur sombre visage le regret de ne s'être point trouvés sur le passage
des caravanes qui transportent toutes ces belles choses... Malheur à celles
que la horde pourra rencontrer désormais en regagnant les tentes de sa
tribu, si elles ne sont pas défendues par des hommes bien armés et au poignet solide...

Tout ce monde oriental était si nouveau pour le jeune comte qu'il ne contribuait pas peu à le faire attendre le moment d'agir sans trop d'impatience...
Chose étrange ! depuis son arrivée, le prince Westchine était impénétrable ;
on ne le voyait guère qu'aux heures des repas, qu'il présidait exactement
tous les jours, entourant ses hôtes d'attentions et les distrayant par une

conversation pleine de charme sur les curiosités de son pays ; d'autres fois, il leur dévoilait les secrets de la politique russe dans l'Asie centrale, les faisait assister à cette marche lente, mais constante, des armées du tzar, à cet envahissement insensible qui peu à peu, comme la tache d'huile, s'étendait en tous sens et préludait à la conquête de cette contrée que tous les conquérants, depuis Sésostris, ont ambitionné de soumettre, pour sa beauté, sa fertilité et ses inépuisables richesses : l'Inde, qui, par son or, a plus fait pour la suprématie anglaise que toute l'habileté de ses hommes d'État... Mais pas un mot ne lui échappait sur leurs projets communs, ni sur les préparatifs dont il avait pris charge à lui seul. La fuite précipitée d'Ivanowitch, quelque temps après l'arrivée d'Olivier et de ses compagnons, ne lui avait même pas arraché une allusion, et chaque fois qu'une question directe lui avait été posée, il avait répondu infailliblement :

— Chut ! Nos maisons sont de verre, nos domestiques des espions. Fiez-vous à moi. Quand tout sera prêt, je vous mettrai au courant de ce que j'aurai fait ; en attendant, comme vous ne pouvez m'être utiles en rien, patience et discrétion ! On ne fait rien en Russie sans ces deux qualités !

Le vieux trappeur et le capitaine Rouge se rongeaient les poings dans l'inaction et cherchaient à tuer leur activité dévorante par d'interminables parties de chasse dans les plaines giboyeuses de la Caspienne.

Quant à Luce et à Froler, après avoir prévenu le comte d'Entraygues, le jour même de leur arrivée, qu'ils allaient, puisque leurs services n'étaient pas utiles en ce moment, faire quelques excursions dans le pays en simples touristes, ils avaient disparu, sans donner depuis signe de vie.

Le moment si impatiemment attendu de tous vint enfin ! Un soir, à l'issue du dîner, au lieu de prendre congé de ses hôtes, selon son habitude, le prince Westchine avait prié ces derniers de se rendre dans la grande salle du château, où il avait fait servir le café. Tout le monde était présent. *Par hasard*, les deux policiers étaient rentrés ce jour-là et ne tarissaient pas d'éloges sur la beauté du pays qu'ils disaient avoir parcouru ; mais, chaque fois qu'ils parlaient ainsi, un sourire fugitif errait sur les lèvres du jeune prince.

Ce dernier venait de prier Olivier de prendre la présidence de la petite réunion, lorsque la dépêche de Gilping était arrivée.

Luce avait profité du moment de joie excité par le télégramme, pour dire rapidement au prince à voix basse :

— Danieloff pense que nous nous pressons peut-être un peu trop... Il faudrait encore cinq à six jours. Voici le moyen de les gagner.

— Messieurs, fit le prince Westchine, quand l'émotion fut un peu calmée, je vous avais réunis pour vous faire connaître le résultat de mes efforts depuis un mois et fixer avec vous l'heure du départ ; mais l'événement qui vient de se produire m'engage à remettre cette communication au jour très prochain où votre ami M. Gilping pourra y assister. Votre compagnon a joué un tel rôle dans le passé, d'après tout ce que je vous en ai entendu dire, que nous devons lui en ménager un dans le dernier acte du drame qui va se jouer. N'y a-t-il pas dès lors une question de convenance à retarder cette délibération ?

Cette proposition, approuvée à l'unanimité, le prince avait ajouté :

— Permettez-moi de vous quitter quelques instants pour aller prévenir un personnage que je devais vous présenter ce soir même...

Dix jours après, John Gilping, monté sur l'aimable et honnête Pacific, faisait son entrée dans la bonne ville d'Astrakhan.

Il est des joies où le comique se confond si bien avec l'attendrissement qu'on ne les peut décrire... Les serrements de mains, les larmes de bonheur perlant au coin des yeux et les éclats de rire à demi étouffés se succédaient, se mêlaient d'une façon si rapide et si étrange, qu'un spectateur, ignorant le passé des acteurs de cette scène et la nature des liens qui les unissaient, n'y eût absolument rien compris. Bien qu'il fût averti, le prince Westchine avait toutes les peines du monde à conserver sa gravité.

Pendant son séjour en Angleterre, et grâce aux interminables banquets dont on l'avait honoré, le petit homme, d'une rotondité déjà respectable, avait grossi d'une façon outrageante ; tout autre que lui eût éclaté dans sa peau, mais la peau de Gilping était solide ; aussi s'était-elle distendue avec une rare complaisance, au point que les jambes du lord Woangow disparaissaient sous son ventre ; quant à son énorme nez tricerclé en bleu, il s'était bosselé, gonflé, et avait pris, au contact des vins de France, dont il s'était arrosé, de belles teintes rubicondes et violacées, qui lui donnaient un faux air de cervelas... ; l'ensemble enfin était irrésistible.

Mais quand le noble pair prit sa clarinette pour entonner l'air fameux, le prince n'y tint plus, il fallait étouffer ou céder... Il céda, et les voûtes du vieux palais des anciens khans tatares retentirent d'éclats de rire tels qu'ils n'avaient jamais sans doute entendu les pareils.

Tout a une fin cependant, et le calme rétabli, Gilping fit à ses amis le récit de ses aventures depuis le jour où ils s'étaient quittés en Australie, et de leur côté ces derniers le mirent au courant de leur situation.

Le soir même devait avoir lieu l'importante délibération remise par la nouvelle de l'arrivée de Gilping.

A l'heure convenue, tout le monde se trouvait réuni dans la grande salle de réception du palais, on n'attendait plus que le prince qui s'était absenté quelques instants ; il revint bientôt, précédant un Russe d'une cinquantaine d'années, à l'air martial, à la taille athlétique, qui promena immédiatement sur l'assemblée un œil inquisiteur et profond.

— Messieurs, fit le prince Westchine, je vous présente Danieloff, *premier* serf héréditaire de ma maison ; il a refusé sa liberté, qui l'eût privé du droit

qu'il réclame d'être toujours le *premier* à se dévouer pour les Westchine...
et le dévouement de cette vieille souche de serviteurs ne date pas d'hier,
messieurs, l'aïeul de cet homme a sauvé le mien lors de l'invasion des
hordes de Timour; comptez les siècles, et voyez s'il est en Europe une famille
plus noble que la sienne!

CHAPITRE II

Danieloff, le coureur des steppes.

C'était un fait d'une incontestable vérité que le prince Westchine avait
énoncé en affirmant au comte Olivier que, seul, un Russe parfaitement au
courant des mœurs et des coutumes de son pays, pouvait organiser une
expédition dans le genre de celle qui devait enfin, il le pensait du moins,
faire tomber Ivanowitch aux mains de ceux qu'il poursuivait depuis si longtemps. Il eût même pu ajouter que la chose n'irait pas sans de très graves
difficultés entre adversaires aussi habiles et presque aussi puissants l'un
que l'autre.

Certes, la civilisation de l'Europe a recouvert d'un certain vernis les hautes
classes russes, mais la grande masse du peuple en est encore au moyen
âge, et le progrès des institutions écrites, preuve qu'elles reflètent les
mœurs mais ne les créent pas, n'a pu réagir contre la coutume invétérée,
qui est restée féodale.

Dans les diverses provinces de ce vaste empire, soustraites à tout contrôle
par l'éloignement du pouvoir central, l'autorité des seigneurs ou boïards
possesseurs du sol est à peu près sans limite; les fonctionnaires, depuis le
plus infime jusqu'au gouverneur, se font les très humbles serviteurs de leurs
caprices, car la lutte serait impossible; aucun d'eux ne pourrait se maintenir dans un gouvernement malgré ce que l'on nomme la *boïarderie,* c'est-
à-dire le corps de noblesse de la province.

Toutes les lois, décrets, ordonnances, rendus par les derniers tzars dans
un but de régénération sociale sont donc restés lettres mortes pour les seigneurs terriens, qui règnent chez eux en véritables despotes, et cet état de
choses ne fait que croître, on le conçoit, à mesure qu'on s'approche des
frontières des possessions asiatiques. Il résulte de cette situation, que fonctionnaires, magistrats de tous ordres et gouverneurs, obligés de courber la
tête devant les boïards, se vengent de leur soumission en reportant tout le
poids de leur autorité sur les étrangers qu'ils exploitent et tracassent à
plaisir.

Aussi le résultat de la lutte engagée contre Ivanowitch par le comte d'Entraygues et ses amis n'eût-il pas été douteux, si ces derniers eussent été réduits à leurs seules forces.

On comprend quel âpre désir de vengeance devait animer le prince Westchine à son arrivée à Astrakhan... Ivanowitch ne lui avait-il pas imposé, dans la maison isolée, les plus épouvantables tortures qui puissent atteindre un homme... se voir cloué entre les planches d'un cercueil, sans espoir d'être secouru...; et lui, prince Westchine, maréchal de la noblesse de sa province, descendant des anciens khans tatares qui avaient régné dans le pays, il s'était humilié devant cet officier de fortune... il avait prié, supplié, sans rien obtenir... Ah! qu'il le tienne en son pouvoir, et il lui rendrait au centuple tout ce qu'il avait enduré.

Le jeune prince était arrivé de nuit ; pour la réussite du plan qu'il avait patiemment élaboré pendant le voyage, il ne fallait pas qu'Ivanowitch se doutât de sa présence à Astrakhan ; aucun domestique ne l'accompagnait. Le vieux palais patrimonial des Westchine était situé dans le haut quartier, tout à l'extrémité de la rue de Merw, à un quart de verste de l'habitation où le chef des faux Invisibles et Holloway mettaient la dernière main à leur ténébreuse machination. Deux hommes seulement l'habitaient en tout temps, Ivan Barineff, intendant du prince, qui administrait ses immenses propriétés de la Caspienne et du Volga, avec une loyauté et une intégrité bien rares en Russie, et le *dorowan* Danieloff, qui, comme le titre que nous venons de lui donner l'indique, était chargé de la garde de la porte du palais.

Ce Danieloff était un ancien chef tabountchik, qui avait couru le steppe pendant plus de vingt ans, ayant sous ses ordres cinq à six cents hommes employés à la conduite des troupeaux innombrables du prince. Comme il vieillissait, on lui avait donné le poste qu'il occupait au palais, pour qu'il pût y finir tranquillement ses jours. Il éprouvait pour les Westchine une de ces affections aveugles qui ne raisonnent pas, et sur un signe de son jeune maître, il eût donné sa vie sans hésiter, tellement la chose lui eût paru naturelle.

Le jeune prince devait gagner les derrières du palais par des chemins détournés ; une petite porte, admirablement dissimulée dans les moulures des murailles, s'ouvrit devant lui, et il pénétra dans l'intérieur, sans que personne du dehors se fût aperçu de sa manœuvre ; il se rendit immédiatement au cabinet d'Iwan Barineff, qui faillit tomber de son haut en l'apercevant.

— Vous ici, monseigneur! lui dit ce dernier, et sans avoir fait prévenir ! Et rien n'est préparé pour vous recevoir !

— Je suis ici incognito, Barineff, répondit le jeune prince ; j'ai les choses les plus graves à te communiquer, et pendant quelque temps encore il ne faut pas que personne, à Astrakhan, se doute de ma présence au palais.

— Vos désirs sont des ordres, monseigneur ; vous savez que vous pouvez vous fier à Danieloff comme à moi-même.

— Je connais votre dévouement à tous deux… Écoute-moi donc. Tu as certainement entendu parler de cette grande société des *Invisibles* qui rêve l'hégémonie universelle de notre sainte patrie ; pour atteindre ce but, il faut d'abord réunir tous les Slaves du Danube sous le sceptre des tzars, s'emparer de Constantinople, puis ensuite écraser les Allemands et dicter nos lois à l'Europe ; ce que ne peut faire la politique officielle, c'est-à-dire créer sans cesse de sourdes agitations sur le Danube, soudoyer les journaux slavophiles, entretenir enfin cette grande idée dans l'esprit des peuples frères que nous voulons attirer à nous, c'est la société des *Invisibles* qui s'en charge. Le nom que l'on donne à cette société vient de ce que les chefs suprêmes sont inconnus ; on soupçonne seulement que ces derniers sont reliés par des attaches très étroites au cabinet de Saint-Pétersbourg, car des mois, des années, souvent, avant que de graves événements ne s'accomplissent, les mots d'ordre que reçoivent partout les membres de cette société sont toujours destinés à préparer ces événements ou tout au moins à agir dans leur sens. Ainsi, bien avant la dernière guerre, les provinces danubiennes étaient en feu, partout les journaux prêchaient la guerre d'émancipation contre le Turc, et Tchernaïeff, le héros de Samarcande, disciplinait les bandes armées qui couraient la campagne. Si la France n'avait pas donné la main à l'Angleterre, la croix remplacerait le croissant à Constantinople aujourd'hui. Ces quelques renseignements étaient indispensables pour l'intelligence de ce que j'ai à te confier.

— Je connaissais cette société, mais de nom seulement, et ne savais pas quel but grandiose et patriotique elle poursuit.

— Eh bien, profitant de ce que ses membres ne connaissent pas la tête qui dirige, une poignée de misérables, qui doivent avoir des ramifications en très haut lieu, se sont mis depuis quelques années à exploiter cette force immense à leur profit, et cela avec une telle habileté, qu'il a été impossible de les découvrir. Je fus chargé de faire une enquête à Paris, où certains faits avaient donné l'éveil à la troisième section ; les faux Invisibles l'apprirent, sans doute, et ma perte fut résolue.

— Vous me faites frémir, monseigneur.

— Peu s'en est fallu que je ne te revisse jamais, mon pauvre Barinoff. Je fus attiré dans un guet-apens par le chargé d'affaires de l'État de Panama ; quatre vigoureux moujiks se jetèrent sur moi, me lièrent et me transportèrent dans une maison isolée qui se trouvait à quelques pas et que je croyais être la maison de ce diplomate, où il m'avait prié de l'accompagner. Quelques heures après, cet homme, qui se faisait appeler le général don José Corrazzon, revenait avec un homme masqué, qui m'annonça froidement que j'étais condamné, par le conseil suprême des *Invisibles*, à mourir enterré vivant.

— Ah ! monseigneur, que n'étais-je là avec vos fidèles serviteurs !

— Montre donc au moins ton visage, lâche! dis-je à l'inconnu.

« — Soit! me répondit-il, aussi bien tu ne pourras pas en abuser. » Il enleva son masque, juge de ma stupeur : j'avais devant moi le colonel Ivanowitch.

— Celui dont le palais n'est pas très éloigné du vôtre, monseigneur?

— Lui-même!... Je me sentis irrévocablement perdu ; j'eus alors l'heureuse pensée de demander à écrire mes dernières volontés. Je gagnai ainsi une grande demi-heure et ce fut sans doute ce qui me sauva, car au moment où on me clouait dans une bière toute préparée qu'on devait ensuite enterrer dans le jardin, j'entendis tout à coup une série de coups de feu tirés dans la chambre même où je me trouvais par une troupe d'hommes qui avaient inopinément fait irruption. Je fus rendu ainsi à la lumière, à la liberté; mon sauveur était un jeune comte français, M. de Lauraguais d'Entraygues, qui depuis deux ans soutenait, avec ses amis, une lutte à mort contre les faux Invisibles commandés par Ivanowitch. Le comte me fit part de ses aventures extraordinaires, de ses projets, et nous devînmes rapidement amis. Il a juré de poursuivre Ivanowitch, qui était encore parvenu à s'échapper, jusqu'à ce qu'il ait pu lui infliger le châtiment que mérite le misérable; et, ayant appris qu'il allait réunir ses affidés dans l'ancien couvent d'Ierinoslaw, en plein steppe ouralien, il s'apprête à venir lui livrer dans ce lieu même un dernier combat.

— Ah! monseigneur, qu'il ne fasse pas cela au milieu de ces populations fanatiques et à demi sauvages, il serait perdu. N'en doutez pas, si Ivanowitch a laissé transpirer son projet de réunion, c'est dans la pensée d'attirer ses ennemis dans le steppe d'où pas un seul ne sortira vivant.

— Tu oublies, Barineff, que le comte d'Entraygues n'est plus seul, que moi aussi j'ai juré de m'emparer d'Ivanowitch et de lui imposer le supplice qu'il voulait me faire subir.

— A quoi bon, monseigneur, vous lancer dans cette aventure? Maintenant que vous avez des témoins, vous pouvez vous adresser à l'empereur, qui vous rendra justice...

— Mon pauvre vieux Barineff, tu te fais d'étranges illusions; je t'ai déjà dit que les faux Invisibles étaient soutenus par de très hauts personnages avec qui ils doivent partager le fruit de leurs attentats; ainsi, pour ne te citer qu'un seul fait, ils ne poursuivent la perte du comte d'Entraygues que pour s'approprier les mines d'or de l'Oural qui appartiennent à sa fiancée, et qui valent plus de cent millions de roubles. Pour arriver à leurs fins, ils ont eu assez de crédit déjà pour faire envoyer le prince Vasilewski, père de la jeune femme, en Sibérie. Juge par cela de leur puissance... Savons-nous bien quels sont les personnages cachés qui doivent avoir part à ce magnifique gâteau? Il y a déjà eu bien des scandales... et il se pourrait que le tzar sût très mauvais gré à celui qui en dévoilerait un nouveau... Sache, dans

Danieloff fut introduit par Barineff. (Page 796.)

tous les cas, que ces misérables ne seront pas sans soutiens; mes témoins
sont des étrangers, deux d'entre eux même ont fait partie de cette triste
société; on se demandera quelle confiance on peut avoir en eux; on mettra
mon récit sur le compte de quelque exaltation du cerveau; enfin, que te
dirais-je : l'affaire serait jugée, mon pauvre Barineff, non en raison des
crimes commis, mais uniquement par l'intérêt politique que l'on aurait à
étouffer l'affaire ou à la laisser venir au grand jour de la publicité. Suppose,

en effet, qu'une demi-douzaine de jeunes gens appartenant aux plus grandes familles de la Russie aient, par besoin d'argent, trempés dans ces sombres affaires, eh bien, faudra-t-il déshonorer la vieillesse, pousser au désespoir, au suicide, peut-être, de fidèles serviteurs de l'État, de vieux maréchaux illustrés par vingt victoires? Sans doute, la justice idéale l'exigerait, mais où trouver un prince qui briserait ainsi le cœur de ses compagnons d'armes, et qui le blâmerait d'agir ainsi?... Sans doute, les misérables ne seraient plus perdus de vue, on les reprendrait les uns après les autres en sous-œuvre; mais nous serions bien avancés quand on enverrait simplement Ivanowitch en Sibérie... et ce n'est pas cela qu'il nous faut... Ah! les trois heures que j'ai passées près de mon cercueil, à deux pas de ma fosse ouverte, je ne les oublierai jamais, et je n'aurai de repos que quand je me serai vengé... Non, Barineff, je ne parlerai pas! Il est des cas où il faut savoir se taire et faire soi-même ses propres affaires.

— Monseigneur, je ne discute plus; nous allons voir dans un instant quels sont les meilleurs moyens à employer pour réussir, si vous voulez bien permettre à votre vieux serviteur de les chercher avec vous.

— Mes confidences n'ont pas d'autre but, Barineff.

— Ne craignez-vous pas, monseigneur, que dans ce cas la mort d'Ivanowitch ne soit vengée par ces puissants auxiliaires dont vous me parlez?

— N'aie point ce souci, Barineff, et sois persuadé, au contraire, que nous rendrons un signalé service aux malheureux qui, poussés par la ruine imminente, trompés aussi, peut-être, par ce traître d'Ivanowitch, se sont laissés entraîner à le soutenir de leur crédit. Tant que le silence a couvert leurs mystérieuses opérations, tout a été parfait; mais depuis qu'il se murmure à Saint-Pétersbourg que d'audacieux aventuriers exploitent la célèbre société des *Invisibles*, crois bien, Barineff, que plus d'un parmi ceux qui se sont compromis béniraient la main qui les délivrerait de cette crainte incessante de révélations constamment suspendues sur leurs têtes.

— Vous êtes plus à même de juger la situation que moi, mon prince, et votre raisonnement me paraît d'une logique absolue. Je commence à croire, monseigneur, qu'il y a plus d'expérience et de bon sens dans votre jeune tête que dans celle du vieux Barineff.

— C'est que tu n'as point vécu en dehors de ton cabinet et de tes chiffres, mon brave Ivan... Maintenant, sans nous préoccuper outre mesure de ces considérations, nous ne risquons rien à faire disparaître Ivanowitch dans le steppe... Cette fois, tu le sais mieux que moi encore, le steppe est comme l'Océan, il ne rend point ses cadavres, et le fougueux kamsin n'apporte point sur ses ailes de feu les plaintes des victimes qu'il engloutit dans son sein. Ne serons-nous point, du reste, en état de légitime défense? et Ivanowitch disparu, nous pourrions produire de telles preuves de son infamie, que nous n'aurons absolument rien à craindre. Tout le monde se taira de peur que cette fange n'éclabousse qui voudra la remuer... Maintenant, j'arrive aux voies et moyens d'exécution ; j'ai déjà longuement réfléchi sur le sujet et élaboré un projet que je me réserve de modifier selon les cas. Je ne t'en parle pas encore, car je ne veux t'influencer en rien. Tu connais mieux que moi le steppe et les moyens d'attaque ou de défense qu'il peut fournir soit à nos adversaires, soit à nous, et je veux connaître ta libre opinion à cet égard.

— Je ne sais trop, monseigneur.

— Voyons, suppose un instant qu'un ordre de la chancellerie me rappelle, et qu'avant de partir je te charge non seulement de ma vengeance, mais encore de protéger le jeune comte français et ses compagnons, qui seront ici dans quelques jours... Que ferais-tu?

— J'obéirais, monseigneur.

— Certes, je ne mets pas cela en doute; mais comment t'y prendrais-tu pour exécuter mes ordres?

— A vous dire vrai, mon prince, je ferais appeler immédiatement Danieloff.

— Le dorowau du palais?

— Oui, monseigneur. Il n'y a pas dans tout Astrakhan un homme qui connaisse le steppe comme lui. Sous Son Excellence le prince votre père, il a fait deux fois le voyage de l'Inde avec les caravanes pour aller chercher ces beaux levriers de l'Himalaya dont la race est précieusement conservée au palais; de plus, il a été pendant vingt ans chef des tabountchiks dans vos immenses propriétés de l'Oural et de la Caspienne. Il connaît tous les nomades et a fraternisé sous la tente avec les Kirghiz, les Nogaïs, les Turcmènes, les Beloutchis, et parle leurs différents idiomes; et rien ne me sortirait de l'idée qu'il doit en savoir long sur les *Cavaliers noirs?*... Vous savez, monseigneur, ces fameux Cavaliers noirs qui ravagent périodiquement le steppe, prélevant la dîme sur tous les troupeaux.

— Oui, j'ai entendu parler de ces gens-là : ce doit être un ramassis de déclassés, de nomades, de Cosaques, anciens soldats organisés comme, au moyen âge, les compagnies franches en Europe, et qui écument le steppe parce qu'ils sont bien sûrs que personne ne se souciera d'aller les relancer par là.

— Et puis, monseigneur, il se murmure des choses...

— Quoi donc?

— On prétend que les gouverneurs d'Astrakhan et d'Orenbourg n'oseraient pas s'attaquer à eux parce que les Poteskine les protègent.

— Tu crois à ces folies, Barineff?

— Dame, monseigneur ! Il est un fait singulier : c'est que jamais les troupeaux appartenant aux princes de cette grande maison n'ont été mis à contribution par ces mécréants.

— Mais, tu m'y fais songer!... ne m'as-tu pas dit souvent qu'ils n'avaient jamais également pillé les miens?

— Certainement, monseigneur, répondit le vieux Russe avec un naïf mouvement d'orgueil; mais ce n'est pas la même chose... Qui donc oserait s'attaquer au descendant des anciens princes du pays?

— Les Poteskine sont d'aussi bonne noblesse que moi, répondit le jeune prince en souriant.

— Oh! monseigneur, murmura Barineff avec une respectueuse indignation.

— Mais laissons cela, mon vieux serviteur, fit gaiement le prince; je sais qu'il ne fait pas bon d'attaquer les Westchine en ta présence... Tu dis donc que Danieloff serait l'homme que tu consulterais immédiatement?

— Mieux que cela, monseigneur : je le chargerais de suite de l'organisation et de la conduite de l'expédition; nul ne réussirait là où Danieloff aurait échoué : il peut d'un mot réunir tous les tabountchiks du steppe... une véritable armée; et quant à son dévouement pour votre famille et vous, mon prince, il est poussé jusqu'au fanatisme... Il faut l'entendre quand un étranger lui demande par hasard qui il est, lui répondre en le toisant avec orgueil : « Depuis sept siècles, de père en fils, serf des Westchine! » Il ne changerait pas ce titre de noblesse contre celui de maréchal-général.

— C'est bien, fais-le monter, nous n'avons pas de temps à perdre; Ivanowitch est ici depuis quelques jours déjà; il doit se cacher encore moins qu'à Paris et Saint-Pétersbourg, et il sera facile, je pense, de faire surveiller ses démarches.

— Monseigneur veut-il me permettre un mot encore?

— Je t'écoute.

— Je vous prierai de ne point trop tracasser le dorowan sur les formules de respect qu'il emploiera peut-être avec vous, mon prince; cela chagrinerait réellement le brave homme.

— Je te le promets.

— M'autorisez-vous à lui faire part de ce qui vous est arrivé?

— Je t'y engage même, cela m'évitera la peine de recommencer cette conversation pour le mettre au courant de la situation.

Dix minutes après environ, Danieloff faisait son entrée, introduit par Barineff, qui le poussait devant lui.

— Excellence... monseigneur!... Votre Altesse,... fit le pauvre diable qui, tout tremblant d'émotion, rougissait et pâlissait tour à tour, mais sans trouver à ajouter un mot de plus.

— Approche, mon fidèle Danieloff, dit le jeune prince avec bonté.

Le dorowan, arrivé à quelques pas de son maître, s'arrêta et lui fit par trois fois le vieux salut des paysans russo-asiatiques, qui consiste à s'agenouiller et à toucher le sol du front.

Le prince, se souvenant de sa promesse, le laissa faire; mais comme, ses salutations achevées, le brave homme restait dans cette posture, il le prit par la main et le contraignit à s'asseoir.

— Quel honneur! Barineff; quel honneur! balbutia le pauvre diable en regardant son vieil ami ; ce doit être la première fois qu'un Danieloff s'est assis en présence d'un de nos princes.

La naïveté de ces démonstrations fit sourire le jeune homme, qui lui dit :

— Eh bien, mon brave serviteur, je pense que tu vas te remettre de ton émotion et répondre sérieusement à mes questions : tu dois savoir, à l'heure présente, qu'il s'agit du salut, peut-être même de la vie de ton maître?

— Ah! monseigneur, intervint Barineff, savez-vous que j'ai eu toutes les peines du monde à l'empêcher de sortir pour aller tuer sur-le-champ Ivanowitch! Votre ordre seul de se rendre auprès de vous a pu le retenir, et encore, en me suivant, je l'ai entendu qui murmurait : « Partie remise... Gredin!... tu ne verras pas lever le soleil... »

— Tu ne feras point cela; Danieloff! reprit vivement le prince.

— Tout homme qui a touché à un prince de la maison de Westchine, fit le dorowan d'un ton sombre, doit mourir.

— Et si je te le défends, moi!

En prononçant ces mots, le jeune homme simulait un air courroucé qu'il ne ressentait pas.

— Pardon! mon prince... Monseigneur, pardon, si je vous ai offensé.

Le rude tabountchik, le vieux coureur du steppe était prêt à pleurer.

En voyant l'effet qu'il avait produit, le prince reprit immédiatement avec la plus grande bonté :

— Voyons, Danieloff, calme-toi; voudrais-tu mourir sous le knout, ce qui ne manquerait pas de t'arriver si tu assassinais Ivanowitch? Voudrais-tu faire rejaillir ton déshonneur jusque sur la famille des Westchine à laquelle les tiens appartiennent depuis tant de siècles?

Ce dernier argument était celui qui devait le plus toucher Danieloff, car il s'appuyait sur le culte presque fétichiste voué par lui à ses maîtres; aussi le brave serviteur répondit-il immédiatement :

— Je le jure par vos ancêtres, monseigneur, je ne ferai rien en dehors de vos ordres.

— Voilà qui est parlé, et je suis content de toi. Que penses-tu de la situation que t'a fait connaître Barineff? réfléchis bien à ce que tu vas me dire, pas de condescendance, pas de crainte respectueuse; je t'ordonne de parler comme si tu répondais à Ivan seul.

Avec une rare finesse le jeune prince avait compris comment il devait manier cette nature si complètement absorbée par son admiration pour les Westchine, qu'il était parfaitement de taille à s'imaginer que son maître, possédant, par droit de naissance, toutes les qualités, toutes les connaissances, était bien plus à même que lui, simple serf, de mener à bien une semblable expédition; il eût alors approuvé tout ce que le jeune homme lui eût dit, quitte à se faire tuer ensuite sans sourciller en cherchant *à exécuter des décisions inexécutables.*

— Je ne sais si tu m'as bien compris, accentua de nouveau le prince. Je suis parfaitement décidé à venger ceux qui m'ont sauvé, à me venger moi-même de ce traître d'Ivanowitch; et pour cela nous devons le prendre dans ses propres filets, vivant autant que possible, et à Ierinoslaw, où il a lui-même l'intention de nous attirer.

Voilà ce que je prétends accomplir, et rien, absolument rien ne pourra changer ma volonté sur ce point; mais, ceci posé, le restant ne me regarde plus. Moi, Alexis IV, prince Westchine, de la maison des anciens khans de l'Oural et de la Caspienne, je donne l'ordre à Danieloff, serf héréditaire de mon kerem (réunion des biens patrimoniaux), de préparer l'expédition nécessaire et de nous conduire à Ierinoslaw, où il devra nous livrer ledit Ivanowitch trois fois traître : à son pays, au tzar et à nous-même. Es-tu prêt à accepter la responsabilité que nous t'imposons et à exécuter nos ordres ?

— Bravo ! monseigneur, murmura tout bas Barineff; voilà comment il fallait lui parler!

— Monseigneur!... mon prince, répondit Danieloff d'une voix ferme, quand un prince Westchine veut une chose... quelle qu'elle soit, cette chose doit s'accomplir.

En prononçant ces mots, le dorowan s'était levé, l'œil assuré, la voix ferme, la lèvre frémissante... il s'était transfiguré ; on eût dit un vieux général assurant à son prince, la veille de la bataille, qu'il allait vaincre ou mourir pour lui.

— Je ne t'impose qu'une chose, continua le jeune homme : je désire que, pour calmer mon impatience, tu me rendes compte tous les jours de ce que tu auras fait ou préparé... Mais c'est un simple rapport verbal que tu viendras me faire; ne l'attends ni à des conseils, ni à des observations, ni même à de simples réflexions; à toi seul la responsabilité... et une responsabilité pleine et entière. Si la curiosité me vient de t'accompagner dans une des démarches préliminaires que tu pourras faire à Astrakhan, sache que ce ne sera que comme un spectateur muet; en un mot, tu as reçu un ordre, exécute-le... Et c'est seulement ta mission terminée que je te dirai si je suis content de toi. Inutile de te dire que tu ne dois pas te laisser arrêter ou détourner d'un projet quelconque par une question d'argent : fallût-il des millions, ils sont à ta disposition. Le jeune comte français qui m'a sauvé va amener avec lui deux des plus fins limiers de la police de Paris, tu pourras les utiliser à ta convenance.

Le dorowan eut un geste de dédain.

— Tu ne me parais pas avoir confiance dans leurs talents. Si c'est parce que tu les compares à ceux d'Astrakhan, tu as tort; sans eux je n'aurais pas le plaisir de te donner mes ordres en ce moment, car ce sont ces deux hommes qui ont découvert la piste d'Ivanowitch et ont amené le comte d'Entraygues assez à temps pour me porter secours. Si tu veux bien leur confier tes projets, tu trouveras en eux des auxiliaires inappréciables. Voilà tout ce que j'avais à te dire. Songe que si tu réussis, c'est ta liberté que tu conquiers; je te remettrai un acte de libération, non seulement pour toi, mais encore pour tes enfants.

— Ah! monseigneur, mon prince, vous ne ferez pas cela! s'écria Danieloff en étouffant un sanglot. Quoi! vous me chasseriez de votre kerem, de votre famille?

— Vous seriez citoyens libres de l'empire russe.

— Jamais! monseigneur; nous sommes nés serfs des Westchine, et serfs des Westchine nous voulons mourir; c'est notre titre de noblesse à nous. Ah! mon prince, si jamais notre dévouement venait, dans votre auguste pensée, à mériter une distinction, je vous prierais de reconstituer pour les miens un vieux titre que le prétendu progrès des idées a fait abandonner depuis longtemps.

— Et ce titre?

— Est celui de premier serf héréditaire des Westchine, fit le vieux coureur des steppes en se redressant avec orgueil.

— C'est fait, répondit le prince en lui tendant une feuille de parchemin qu'il avait prise sur le bureau de son intendant, et revêtue rapidement de la formule nécessaire.

Le serf saisit ce singulier brevet, qui comblait ses rêves d'ambition les plus insensés, le baisa avec transport avant de le faire disparaître dans sa ceinture de cuir, et dit au jeune prince avec une émotion indéfinissable :

— Oh! monseigneur, que je serais heureux de mourir pour vous!

— Il vaut mieux vivre pour moi, Danieloff, répondit le prince... Maintenant, écoute-moi. J'avais formé divers projets que j'ai abandonnés depuis que, sur les conseils de Barineff, j'ai pris le parti de te confier exclusivement la direction de cette expédition; réponds-moi en toute franchise, as-tu déjà quelque vague idée du plan que tu te proposes d'adopter?

— Ce plan, monseigneur, répondit Danieloff avec une entière assurance, il est déjà complètement arrêté dans mon esprit, et, s'il plaît à Dieu, je n'y changerai rien.

Barineff jeta au jeune prince un regard de triomphe qui signifiait : « Que vous avais-je dit? »

— Eh bien, fais-nous-le connaître, fit le descendant des princes tatares.

— Je ne prévois pas encore les complications qui peuvent subvenir, mais voici ce que je compte faire : J'ai sauvé la vie autrefois à l'homme le plus puissant du steppe en l'arrachant, lui et son escorte, à une troupe de loups affamés qui allaient infailliblement les dévorer. Averti par les coups

de feu, les cris de désespoir et les hurlements des carnassiers, je suis arrivé
avec une centaine de mes tabountchiks à cheval, et pendant deux heures
nos lances n'ont fait que s'enfoncer dans les flancs des terribles animaux
qui, fous de privations et de rage, se faisaient tuer sur place sans lâcher
pied. Je n'ai jamais vu un pareil acharnement. Ce fut un épouvantable
combat. Au moment où nous allions rejoindre nos troupeaux, l'inconnu
m'appela :

« — Danieloff, me dit-il, si jamais tu as besoin de moi, viens me trouver ;
et à quelle heure que ce soit du jour ou de la nuit, la chose que tu me
demanderas sera faite, quand bien même je serais prêt à partir pour sauver
mon père.

« — Qui êtes-vous ? lui répondis-je.

« — Je suis Hatchem-Bachi, le chef des Cavaliers noirs.

« — Et où pourrais-je vous trouver ?

« — Tu te rendras au couvent des stranniki (moines mendiants), près
d'Astrakhan, et tu demanderas le père Nicolaïeff ; il te dira où l'on peut rencontrer Hatchem-Bachi. »

CHAPITRE III

Le couvent des stranniki. — Le père Nicolaïeff.

Il faisait nuit ; tout reposait dans la grande ville de la Caspienne, et le
silence n'était troublé que par les hurlements des chiens errants et des
bandes de loups affamés qui, dès que le soleil est couché, règnent en
maîtres dans les rues d'Astrakhan. Deux hommes sortirent furtivement du
palais Westchine et s'engagèrent dans le dédale tortueux et sombre des
ruelles du faubourg de Merw, à l'extrémité duquel se trouvait le couvent des
stranniki ou moines mendiants.

Les deux personnages, qui déguisaient leur marche avec soin, s'effaçant
le long des murailles, arrivèrent, sans avoir échangé une parole, près d'une
vaste et massive construction qui ressemblait plutôt à une forteresse qu'à
un asile de paix et de prière. C'était le couvent.

Celui qui se trouvait en avant s'arrêta :

— Danieloff ! fit-il à voix basse, souviens-toi bien de mes recommandations.

— Soyez sans crainte, monseigneur, nul ne saura qui vous êtes.

— S'il me paraît nécessaire de dévoiler mon incognito, je le ferai moi-
même.

Impatient d'agir, le prince Westchine s'était décidé à accompagner son

Ils continuèrent à s'avancer lentement. (Page 804.)

dorowan, dans la visite que celui-ci allait faire chez les stranniki, pour retrouver les traces du chef des Cavaliers noirs.

En dehors des couvents réguliers sur lesquels s'exerce la surveillance de l'État, et qui seuls fournissent les membres du haut clergé, évêques, archevêques, métropolitains, aumôniers de l'armée, il existe en Russie une foule d'*irréguliers*, qui se réunissent pour vivre en commun des ressources de l'aumône, et ne comptent pas dans la hiérarchie religieuse officielle; ils vivent à leur guise, sans être astreints à aucune règle, et ne peuvent célébrer les offices du culte, aussi jouissent-ils d'une médiocre considération ; il est arrivé même souvent que la robe de bure n'a servi qu'à cacher de ténébreuses associations, de faux monnayeurs et d'écumeurs de route, qui, pendant longtemps, protégés par l'habit, purent exercer en paix leur petit métier.

Le couvent des stranniki d'Astrakhan ne jouissait pas positivement d'une mauvaise réputation, mais nul n'aurait pu dire le nombre d'hommes qui s'abritaient derrière ses hautes murailles, ni le genre de vie qu'ils y menaient ; il courait même sur leur compte un certain nombre de mystérieuses légendes, qu'il n'y avait guère moyen de contrôler, car personne ne pouvait se vanter d'avoir jamais franchi les grilles du parloir où les étrangers étaient admis.

On savait seulement qu'un certain nombre de criminels s'y étaient réfugiés, car, dernière trace des privilèges du moyen âge, non encore abolis partout en Russsie, le couvent des stranniki avait conservé le droit d'asile. Toutefois ce droit protecteur était limité à trois jours, passés lesquels la police avait le droit de pénétrer dans l'établissement et de se faire remettre les coupables ; mais il était de notoriété publique que jamais un seul n'avait été livré ; chaque fois que les agents de l'autorité s'étaient présentés, on leur avait répondu que ceux qu'ils cherchaient n'avaient pas attendu l'expiration des trois jours pour prendre la clef des champs. L'explication paraissait si logique, qu'après une perquisition pour la forme, la police s'était toujours retirée sans insister. Cependant, le peuple, dont l'imagination est toujours en éveil, ne se payait jamais de ces raisons, quelque plausibles qu'elles fussent, et il était rare que quelques jours après, il ne prétendît pas reconnaître le bandit évadé sous la robe ascétique d'un des moines quêteurs...

Il courait bien d'autres histoires sous le manteau, mais on ne les contait que le soir à voix basse, avec une sorte de terreur superstitieuse, et seulement quand on se trouvait en petit comité, entre gens pouvant se fier les uns aux autres ; car il était de croyance commune qu'il ne fallait point trop s'occuper des choses du couvent, et on citait, mystérieusement, plusieurs individus qui, pour avoir eu la langue trop longue, avaient été, un beau matin, trouvés morts dans leur lit.

Sans partager les craintes, peut-être exagérées, de ses compatriotes, Danieloff éprouvait cependant une certaine émotion à la pensée de pénétrer dans l'intérieur de la sombre demeure. Dans la journée, il avait fait demander une entrevue au père Nicolaïeff, qui lui avait fait savoir immédiatement qu'il le recevrait le même soir, entre dix et onze heures.

Quant au prince Westchine... impatient d'être renseigné, il s'était décidé à accompagner son serf ; inutile de dire que les récits populaires étaient considérés par lui comme des fables sans importance ; il ne s'expliquait pas cependant les rapports qui pouvaient exister entre Hatchini-Bachi, le chef des pirates du steppe, et le stranniki Nicolaïeff.

Au moment où ils allaient sonner à l'entrée principale, ils entendirent un bruit de pas derrière eux, et d'instinct, ils se dissimulèrent derrière une des colonnes massives qui supportaient le portique.

Une ombre passa rapidement devant eux, et presque au même moment, ils entendirent frapper une série de coups réguliers, ils comptèrent jusqu'à sept, et une petite porte, placée dans le pan coupé d'un angle latéral, s'ouvrit sans bruit; un léger filet de lumière se projeta sur le nouveau venu, qui se hâta d'entrer, mais pas assez rapidement pour que le prince et son compagnon n'eussent le temps de le reconnaître.

— Ivanowitch! murmurèrent les deux hommes avec stupeur.

— Que vient-il faire ici à cette heure? demanda le prince; il a l'air d'être un des familiers de la maison.

— Si nous entrions, répondit résolument Danieloff.

— Ne penses-tu pas que ce pourrait être imprudent?

— Que risquons-nous, monseigneur, répliqua le colosse... ne sommes-nous pas attendus?

En parlant ainsi, le serf s'était approché de l'entrée qui avait livré passage à Ivanowitch, et il remarqua que la porte n'avait pas été refermée... il la poussa doucement, et les deux visiteurs aperçurent un long couloir, faiblement éclairé par une lampe, qui s'ouvrait devant eux. Ils firent quelques pas en avant, sans bien se rendre compte de leur action, et la curiosité aidant, ils se mirent à avancer lentement, retenant leur souffle, et prêts à battre en retraite à la moindre alerte... Jusqu'alors, ils n'avaient rien vu de bien extraordinaire, et cependant au milieu de ce corridor sombre et silencieux, dont ils n'apercevaient pas la fin, les contes populaires leur revinrent en foule à la mémoire, et ils eurent comme une sorte d'intuition qu'ils couraient au-devant d'un danger imminent...

— Si nous revenions sur nos pas, monseigneur, hasarda Danieloff à voix basse.

— Aurais-tu peur, par hasard? répliqua le prince.

Danieloff sourit.

Tout autre qui lui eût fait cette question se fût attiré une rude réponse. Il se contenta de dire simplement :

— Non, monseigneur, pas pour moi.

— Peut-être serait-il plus sage de suivre le parti de la prudence...

Au moment où le prince Westchine s'était arrêté en prononçant ces paroles, hésitant sur ce qu'il devait faire, de sourdes rumeurs suivies de cris dont il était impossible de distinguer la nature, s'étaient fait entendre dans le lointain, faiblement répercutées par les voûtes du couloir gothique où les deux hommes se trouvaient.

— Ce ne sont point là des chants religieux, fit observer le jeune homme au dorowan.

— On dirait plutôt des chants de Cosaques en train de s'enivrer, répondit ce dernier.

Un courage téméraire et une décision prompte étaient les traits distinctifs du caractère du prince Westchine. Le bruit qu'il venait d'entendre l'avait décidé à pousser plus loin l'aventure.

— As-tu tes armes? demanda-t-il à Danieloff.

— Oui, mon prince.

— Marchons.

Ils continuèrent alors à s'avancer lentement, veillant avec soin à ce que rien ne pût les trahir, et à mesure que la distance diminuait, les cris et les chants devenaient plus distincts... bientôt il ne fut plus possible de conserver le moindre doute sur leur véritable signification : le couvent des stranniki d'Astrakhan abritait une de ces nombreuses troupes de bandits, parfaitement disciplinées et organisées, qui infestent les frontières asiatiques de la Russie et sont la terreur des caravanes qui font le commerce de la Chine, du Japon, de l'Indo-Chine et de l'Inde, et transportent des convois d'une inappréciable richesse.

Les thés, les soieries, les cachemires, les fines mousselines du Boutan et du Kanawer, l'ambre, l'écaille, les perles, les fourrures, les pelleteries, les cornes de buffle, les bronzes fins, les ouvrages d'ivoire, de nacre, de sandal, le musc, les parfums les plus vantés, l'opium, les épices, l'indigo, les plantes et graines tinctoriales ou pharmaceutiques, composent d'ordinaire la charge de retour des caravanes, qui, on le comprend, sont une riche proie pour les écumeurs du steppe.

Ces derniers, ainsi qu'on pourrait le croire, ne les pillent point brutalement ; une semblable façon d'agir tarirait le revenu qu'ils en tirent dans sa source même ; sous le fallacieux prétexte que les convois traversent des parties du steppe leur appartenant, ils prélèvent un simple droit de passage, estimé d'après la quantité et la qualité des marchandises transportées.

On prétend qu'autrefois de grandes familles russes, qui possédaient des immenses quantités de terres dans les vastes plaines russo-asiatiques et le long de la Caspienne, ne rougissaient pas de donner comme une sorte de procuration à quelque troupe de ces aventuriers du steppe qu'elles chargeaient de prélever cet impôt forcé, ni plus ni moins que les hobereaux du moyen âge envoyaient leurs estaffiers piller, sur leurs terres, les marchands juifs et les colporteurs. On prétendait même à l'époque où se passait cette histoire, que les Poteskine n'avaient pas encore renoncé complètement à une source de revenus aussi fructueuse et aussi facile.

— Nous ne tarderons pas à apprendre qu'une caravane a été arrêtée dans le steppe, fit le prince à son serf ; ils se réjouissent parce que la dîme prélevée a dû être abondante. Mais qui aurait pu penser que ces gens-là oseraient se cacher sous la robe des stranniki ?

— La plupart des vieux couvents abandonnés se sont repeuplés ainsi, répliqua Danieloff qui en savait long sur ce sujet, mais ne se fût jamais, sans cette occasion, décidé à parler.

— Comment! tu savais cela, et tu ne m'as pas averti?

— Ah! monseigneur, pour ce couvent je n'avais que des doutes : tout le monde sait que les Poteskine le protègent, et comment supposer?... Cependant, depuis que Hatchim-Bachi m'avait engagé à venir le demander au père Nicolaïeff, je ne pouvais m'empêcher de croire que ce dernier et le chef des Cavaliers noirs ne faisaient qu'un seul et même personnage.

En ce moment, les joyeux hurrahs et les chants étaient arrivés à leur paroxysme, et du sommet du couloir, où régnait une obscurité complète, les deux hommes dont les regards plongeaient, par une baie, dans une sorte de nef souterraine, aperçurent une troupe d'une centaine d'hommes au moins, portant tous la longue barbe des stranniki, occupés à vider de ces belles amphores de grès où l'arrak de l'Inde vieillit pendant un quart de siècle avant d'être livré à la circulation.

Tout à coup, une voix s'éleva dans la foule :

— A ta santé, Hatchim-Bachi... Ainsi, je puis compter sur ta promesse?

— A la vôtre, Excellence!... Hatchim-Bachi n'a qu'une parole.

— C'est Ivanowitch! murmura le prince; le misérable est venu engager les Cavaliers noirs. Je sais ce qui me reste à faire; dans un quart d'heure le gouverneur sera prévenu, et tout ce ramassis de bandits sera pris dans un seul coup de filet.

— Vous ne ferez pas cela, monseigneur. Le gouverneur sait ce qui se passe mieux que vous encore, et il n'agit pas, car de trop grands intérêts sont en jeu; il est persuadé de son impuissance et ne tient pas à soulever contre lui des vengeances qu'il ne pourrait éviter. Ce sont des mœurs asiatiques, léguées par les anciens khans nomades, qui n'avaient d'autres moyens de récolter l'impôt que le prélèvement sur les caravanes; et les grandes familles, russes par la conquête, mais turcomanes par le sang, ont continué les errements de leurs ancêtres sans que personne ait jamais osé s'y opposer. Elles considèrent cela comme les revenus de leurs fiefs; il leur suffit de ne pas arrêter sur les grands chemins pour donner à leurs rapines la couleur d'un tribut héréditaire.

— Oui, mais les misérables qu'elles emploient ne se bornent pas à rançonner les caravanes, ils pillent aussi les *mirs* éloignés.

— Avec un voile noir sur la figure, ce qui fait que vous ne trouveriez pas un témoin pour déposer contre eux. Vous ne pourrez rien contre l'inertie et le mauvais vouloir général. Tenez, je suppose que vous alliez prévenir le gouverneur, cinq minutes après on le saurait ici, et quand ce dernier arriverait avec la milice, il ne trouverait plus que des moines en prières. Tout retomberait sur nous, et l'on considérerait notre conduite comme d'autant plus étrange, que pas un *mir* de nos terres n'a reçu la visite des Cavaliers noirs. J'ajouterai que ces derniers devenant les alliés d'Ivanowitch, toute lutte avec lui serait impossible, et que dès ce moment le projet dont la réalisation a été imposé par vous, à ma seule responsabilité, n'aurait plus aucune chance de réussite.

— C'est vrai, mon brave Danieloff, j'oubliais que toi seul doit tout commander dans cette expédition ; agis, je n'ai plus rien à dire. Mais ne crains-tu pas que cette alliance des Cavaliers noirs et d'Ivanowitch ne soit chose déjà faite?

— Je ne le crois pas, monseigneur ; dans tous les cas, nous allons le savoir bientôt... Hatchim-Bachi se lève, nous n'avons que le temps de nous esquiver.

De tous côtés, des voix se faisaient entendre, en effet.

— Où va Hatchim-Bachi!... Tu recules devant l'arrak, Hatchim-Bachi! Reste avec nous, Hatchim-Bachi; es-tu donc las de vider ton verre! Tu dois être notre chef à table comme dans les combats, Hatchim-Bachi!

L'interpellé répondit gravement :

— Compagnons, que tout le monde se taise! J'ai un rendez-vous, ce soir, auquel tous les cachemires du Boutan, tout le thé de la Chine et tous les diamants de l'Inde ne me feraient pas renoncer.

— Vous l'entendez, monseigneur... Partons, il n'est que temps.

Le prince et Danieloff regagnèrent en toute hâte la sortie du couloir et se rendirent à l'entrée principale du couvent. Sous l'impulsion du serf, la cloche tinta, et le père Nicolaïeff, en personne, vint ouvrir lui-même aux visiteurs.

Hatchim-Bachi était admirablement déguisé.

— Que désirez-vous, mes enfants? dit-il d'une voix douce et pateline.

— Parler au père Nicolaïeff.

— Il est devant vous, mes chers fils.

— C'est nous qui vous avons fait demander une entrevue que vous avez indiquée pour ce soir, mon père, continua Danieloff imitant le ton onctueux de son interlocuteur.

— Ah! très bien, entrez donc; la nuit est fraîche, et nous serons plus à l'aise pour causer dans ma modeste cellule.

Les deux hommes suivirent le faux moine qui, se dirigeant du côté opposé à celui où ses compagnons continuaient leur orgie, les conduisit dans une petite chambre meublée avec une simplicité toute cénobitique.

— Asseyez-vous, fit alors le prétendu Nicolaïeff, et dites-moi le sujet de votre visite.

Et, en prononçant ces paroles, il fixait ses regards avec une rare obstination sur le jeune prince Westchine.

Ce dernier soutint ce regard inquisiteur avec une indifférence froide et hautaine qui finit par déconcerter le bandit.

— Mon père, fit alors le serf, décidé à bien jouer son rôle jusqu'à la fin, je suis le tabountchik Danieloff.

Et il regarda à son tour fixement le faux Nicolaïeff. Pas un muscle du visage de ce dernier ne bougea.

— Et ce jeune homme? répondit-il lentement.

— Ce jeune homme, balbutia Danieloff embarrassé... c'est...

— Je suis son frère, fit brusquement le prince.

Le stranniki fut sur le point de répondre quelque chose qui eût été sans doute significatif, car le ton sec et cavalier du prince l'avait visiblement offusqué; mais, lui aussi, pensa sans doute qu'il ne devait pas oublier le rôle que lui imposait son habit, car il parvint à se contenir, et ce fut le plus naturellement du monde qu'il répondit à Danieloff, en se retournant vers lui :

— Tout cela, mon cher enfant, ne me fait pas connaître le but de votre démarche auprès de moi.

— Mon père, répondit le dorowan, il y a deux ans j'ai eu l'occasion de sauver la vie au chef des Cavaliers noirs, Hatchim-Bachi.

— Tous les hommes sont nos frères... Vous avez bien fait, mon enfant, quoique ce bandit n'en valût guère la peine.

Ce trait d'audace fit tressauter le prince Westchine sur sa chaise, et il regarda le faux moine avec un si souverain mépris, que ce dernier fut de nouveau sur le point d'éclater. L'arrak de l'Inde dont il avait, ainsi que ses compagnons, légèrement abusé, lui enlevait une partie du sang-froid nécessaire à la robe qu'il portait.

D'un autre côté, le pauvre Danieloff qui prévoyait un dangereux éclat, jetait sur son maître des regards pleins de muettes supplications pour l'engager à se modérer.

Le prince comprit sans doute qu'on n'arriverait à rien avec la tournure que l'entretien menaçait de prendre, car il imposa à son visage un air de complète indifférence, bien décidé, cette fois, à ne laisser échapper aucun signe qui pût trahir sa pensée.

Danieloff eut, d'instinct, un trait suprême d'habileté.

— Hatchim-Bachi n'est pas un bandit, mon père, répondit-il enfin en rompant le pénible silence qui avait duré quelques instants... Non, ce n'est pas un bandit, car les pauvres gens n'ont jamais eu à se plaindre de lui. Quant aux caravanes qui traversent notre territoire et trouvent chez nous protection contre les hordes sauvages, et nourriture pour elles et leurs chameaux, pourquoi ne leur imposerait-on pas un tribut raisonnable?

— C'est une honnête parole que tu viens de prononcer là, mon garçon, dit le stranniki subitement radouci, et peut-être Hatchim-Bachi est-il jugé moins favorablement qu'il ne le mérite en réalité... Tu dis donc que tu lui as sauvé la vie?

— Oui, mon père, il était attaqué par les loups... et il m'a dit avant de nous quitter : « Si jamais tu as besoin de moi, va trouver le père Nicolaïeff au couvent des stranniki, et il te dira où tu pourras me rencontrer. » Il a même ajouté : « Quand bien même je serais prêt à partir pour sauver mon père, la chose que tu me demanderas sera faite. »

— Et tu viens lui rappeler sa promesse?

— Oui, mon père, si toutefois vous voulez bien me dire où je pourrai le rencontrer.

Devant ce coup droit qui lui était porté, le stranniki ne savait que répondre; il aurait eu besoin de quelques instants de réflexion pour se tirer avec honneur de cette aventure; mais troublé par les fumées de l'alcool, contrarié par la présence de ses deux interlocuteurs qui ne lui permettait pas de se replier sur lui-même pour réfléchir au meilleur moyen de se tirer d'affaire; d'un autre côté, esclave d'une parole que pour rien au monde il n'eût voulu éluder, il résolut de chercher à gagner du temps pour remettre au moins au lendemain la solution de cette difficulté. Évitant alors habilement de satisfaire à la demande qui lui était faite, il se fit interrogateur à son tour.

— Pourrais-tu me dire, répliqua-t-il à Danieloff, quel grave motif te porte à réclamer l'appui d'Hatchim-Bachi?

Le serf échangea un regard avec le prince.

— C'est un secret qui ne m'appartient pas, mon père, répondit le dorowan, et je n'ai reçu l'autorisation de le livrer qu'à lui seul.

— Et notre démarche, intervint le prince qui récommençait à s'impatienter, n'a d'autre but que de savoir si vous pouvez nous mettre en rapport avec le chef des Cavaliers noirs.

Poussé dans ces derniers retranchements, Nicolaïeff balbutia :

— Sans doute... je comprends... Mais il faut, avant, que je voie Hatchim-Bachi... Et puis, je ne sais pourquoi, puisque vous n'avez pas confiance... Enfin je verrai... Demain je pourrai peut-être...

— A quoi bon demain! Connaissez-vous, oui ou non, Hatchim-Bachi?

— Et s'il ne me plaisait pas de répondre à cette pareille façon d'interroger? objecta le faux moine, enchanté de l'occasion que la vivacité du prince lui fournissait d'éluder la question.

— Que cela vous plaise ou non, il faut répondre.

— Il faut répondre... répéta le stranniki devenu subitement pâle de colère.

— Oui, continua le prince sur le même ton, ou je trouverai le moyen de vous faire parler.

— Je serais heureux de connaître ce moyen, fit le faux moine en se levant

La petite troupe s'ébranla dans la nuit. (Page 811.)

avec un rire nerveux. Sais-tu, jeune imprudent, que je n'ai jamais courbé la tête devant personne !

L'éclat que Danieloff eût voulu à tout prix empêcher allait se produire; mais, convaincu de son impuissance, il ne chercha pas cette fois à retenir son maître, ne s'inquiétant plus que d'une chose, le défendre contre la première explosion de colère du bandit.

— Eh bien, tu vas la courber devant moi, répondit le jeune prince la voix haute, le teint animé; cette comédie a assez duré, Hatchim-Bachi, chef des brigands du steppe, serf échappé du *mir* de Voldisk...

— Qui que tu sois, tu viens de prononcer ton arrêt de mort, hurla le faux moine, car il n'y a qu'un homme au monde qui ait le droit de me tenir ce langage.

Et il s'élança sur le jeune homme.

Mais Danieloff veillait... D'une seule main le colosse cloua contre le mur Hatchim-Bachi, écumant de rage, en lui disant ces seuls mots :

— Respect au prince Westchine !

Ces paroles étaient à peine prononcées que la colère du bandit tomba comme par enchantement.—Le prince Westchine !... le prince Westchine..., murmurait-il comme à lui-même; et son émotion était telle, que de grosses larmes inondèrent son visage bronzé.

— En entrant, je t'avais reconnu, Menko, malgré les années écoulées et ton déguisement, fit le prince subitement calmé par la prompte soumission de son ancien serf.

— Oui, Menko était mon nom ! Laisse-moi, Danieloff, répliqua le bandit en se dégageant, le prince n'a rien à craindre de moi. Un jour, il y a bien longtemps de cela, le prince Wladimir, votre grand-père, monseigneur, avait condamné Menko à cent vingts coups de knout; c'était la mort, et déjà j'étais attaché sur le banc, lorsqu'un enfant accourut en pleurant : « Je ne veux pas qu'on batte Menko, » disait-il de sa douce voix; car Menko était bon pour l'enfant; il lui apportait des oiseaux du bocage et lui tressait de petits chariots avec les tiges flexibles cueillies dans les oseraies du Volga. Et Menko ne fut pas battu, car le prince Wladimir ne savait rien refuser aux larmes de son petit-fils. Et cet enfant, c'était vous, monseigneur, vous en souvient-il? Mais vous n'étiez pas toujours là, et Menko ne voulait plus être battu. Je m'évadai du *mir* de Voldisk, où j'étais né, et je m'engageai dans les troupes du tzar pour la guerre d'Asie; mais j'emportai au cœur l'inoubliable souvenir du seul être qui m'eût aimé et protégé... Et depuis, que de fois n'ai-je pas désiré, dans ma vie d'aventures, de trouver l'occasion de mourir pour lui !

— Eh bien, Menko, fit le prince visiblement ému, cette occasion que tu cherchais je te l'apporte aujourd'hui. Je suis engagé dans une lutte sans merci qui ne peut se terminer que par la mort de mon ennemi ou la mienne.

— S'il plaît à Dieu, monseigneur, c'est lui qui succombera... Son nom?

— Le colonel Ivanowitch.

— Ivanowitch ! exclama Hatchim-Bachi au comble de l'étonnement.

— Oui, Ivanowitch, le chef de cette poignée d'aventuriers qui exploite la Russie sous le couvert de la société des *Invisibles*. Il cherche en ce moment à nous attirer au milieu des ruines d'Ierinoslaw pour nous faire disparaître sans que notre mort crie vengeance contre lui.

— Oh! je comprends tout, maintenant, continua l'ancien serf de Voldisk;

mais le misérable sera pris dans ses propres filets. Avant un mois, monseigneur, le steppe entendra hennir de nouveau les chevaux des Cavaliers
noirs...

C'était le lendemain de ce jour où le prince Westchine, grâce à Danieloff,
avait fait cette importante recrue qui lui valait l'alliance des hommes les
plus redoutés du steppe, que le jeune comte Olivier d'Entraygues et ses amis
étaient arrivés sans encombre à Astrakhan par la route postale de Moscou.

On a vu que, dans l'intérêt du secret absolu qui devait entourer les préparatifs de l'expédition, le jeune prince, descendant des anciens khans tatares,
avait cru ne devoir confier à ses amis le plan élaboré par Hatchin-Bachi et
Danieloff que le jour où il leur présenta ce dernier, lorsque très honorable John
Gilping eut rejoint ses compagnons d'Australie. Seuls, Luce et Froler avaient
été mis dans la confidence, et, sous les déguisements les plus divers, tantôt
en mendiants, en colporteurs, en marchands du bazar ou en stranniki, ils
avaient filé Ivanowitch et Holloway avec une telle habileté, que pas une
démarche des deux complices ne leur avait échappé, jusqu'au jour où ces
derniers, s'étant aperçus de la surveillance dont ils étaient l'objet, et craignant d'être assassinés à Astrakhan, ou poursuivis dans le steppe, avaient
pris le parti de gagner en toute hâte les ruines d'Ierinoslaw, où ils devaient
rencontrer leurs partisans.

Tout était prêt, et on allait enfin partir !

Il était temps... car le vieux trappeur et le capitaine Rouge se mouraient
d'inaction ; comme tous les gens habitués à commander et à diriger les
autres dans les expéditions qu'ils entreprenaient, ils avaient fini par perdre
toute confiance dans celle-ci, qu'ils n'avaient pas organisée eux-mêmes, et
dont on avait pour ainsi dire affecté, ils s'en plaignaient amèrement, de ne
jamais les entretenir. Et cependant, comme on le verra bientôt, sans la prudence avec laquelle le prince Westchine avait agi, ni ses alliés, ni lui ne
fussent sortis vivants des steppes de l'Oural.

Ivanowitch avait admirablement préparé sa dernière partie, il avait semé
la route de guet-apens et d'embuscades, et ses ennemis ne devaient
échapper à l'un que pour retomber dans un autre. Il s'était abouché avec
quatre à cinq chefs de hordes insoumises, avait donné le signalement d'Olivier et de sa suite, que plusieurs purent même apercevoir dans la ville, en
leur promettant pour chaque tête des sommes capables de tenter leur rapa-
cité ; dans tous les *mirs*, il avait fait répandre le bruit qu'une troupe d'Européens, à la solde de l'Anglais et du Turc, ces ennemis héréditaires,
allaient bientôt traverser le steppe, pour lever des plans, et préparer une
invasion de ces provinces, qu'on voulait soustraire à la sainte autorité du
tzar, et que ceux qui les massacreraient feraient une œuvre méritoire et
utile à la patrie... Ailleurs, il avait fait agir le fanatisme religieux qui a tant
d'empire sur les populations primitives.

Bref, il paraissait presque impossible cette fois que les ennemis des Invisibles pussent se soustraire au sort qui les attendait. Astrakhan même n'était pas un séjour sûr pour le comte d'Entraygues ; constamment on voyait rôder autour du palais Westchine des nomades kirghiz à la mine farouche, qui semblaient guêter l'occasion de faire quelque mauvais coup, et sans Laurent et Danieloff, qui veillaient sur leurs maîtres avec un soin jaloux, il est probable que les dernières scènes du drame ne se fussent pas jouées à Ierinoslaw. Ivanowitch avait même l'espoir que ses adversaires succomberaient avant d'avoir traversé l'Oural, et qu'il ne serait pas obligé de lutter avec eux face à face.

Mais malgré l'assurance qu'il avait dans le succès définitif, il était une chose que le misérable, selon son habitude, n'avait pas oubliée, c'était d'assurer sa fuite en cas d'échec, et il y avait appliqué toutes les forces de son génie inventif. Cet homme qui faisait si bon marché de la vie des autres était incapable de hasarder la sienne, même pour la réussite de ses projets les plus chers.

Il avait donc tout prévu, même sa fuite... Mais dans les opérations les mieux combinées, le hasard a toujours une part, dont les plus habiles ne peuvent tenir compte, et cette fois le hasard se prononçait contre lui dans le surcroît de précautions qu'il avait jugé utile de prendre. Ce n'était pas assez pour lui de réunir ses partisans à Ierinoslaw, de posséder l'appui de Tcherni-Chug, le passeur, et des hommes du mir de Voronoje, et d'avoir pour ainsi dire semé les pièges dans le steppe ; il avait voulu, pour plus de sûreté encore, s'assurer le concours des Cavaliers noirs... et le hasard faisait que le chef de ces bandits dût la vie à Danieloff, et fût en outre un ancien serf des Westchine !

Il était d'autant plus important que le fait fût tenu secret, que Hatchim-Bachi pouvait disposer d'une centaine d'hommes seulement, chiffre bien inférieur à celui des partisans qu'Ivanowitch pouvait mettre en ligne ; mais confiant dans la bravoure de sa troupe et dans la terreur qu'elle inspirait généralement, le chef n'avait pas voulu qu'on lui adjoignît des auxiliaires étrangers ; les carabines à répétition, apportées de Paris par le prince, devaient, au surplus, égaliser à peu près les forces.

Il fut donc convenu, pour n'éveiller aucun soupçon, qu'Hatchim-Bachi, ou Monko, pour lui restituer le nom qu'il portait dans le kerem des Westchine, se rendrait à Ierinoslaw avec ses cavaliers, ayant l'air de répondre simplement à l'appel du chef des Invisibles, et comme ce dernier, par excès de prudence, ne devait lui faire connaître ce qu'il attendait de lui qu'au lieu du rendez-vous, Menko était en droit de lui répondre :

— Un serf des Westchine ne se bat pas contre son maître.

Ce devait être le signal du combat !

Le prince et le comte d'Entraygues, accompagnés de leur suite et d'une vingtaine de tabountchiks seulement, mais choisis parmi ceux que Danieloff connaissait pour les avoir vus à l'œuvre, devaient franchir le steppe à petites journées pour ne pas fatiguer leurs montures, dont ils ne pouvaient changer : car, sur les conseils de Menko, la petite troupe devait éviter avec soin la route postale, où l'on supposait que des hordes de Khirgiz, de Nogaïs et de Turcmènes, soudoyées par Ivanowitch, se posteraient pour l'attaquer au passage.

Quelques verstes avant d'atteindre les ruines du couvent et au moment où il n'y avait plus à craindre qu'Ivanowitch averti changeât ses dispositions, Menko s'arrêterait pour donner le temps au prince et au jeune comte de le rejoindre avec leur suite... là, tout le monde devait revêtir le masque des Cavaliers noirs et marcher sur le couvent, qu'on espérait enlever ainsi par surprise.

A la grande joie du prince, ce plan reçut l'approbation générale ; le vieux Dick et le capitaine Rouge, ravis de voir cesser enfin leur inaction, déclarèrent qu'eux-mêmes n'auraient pas mieux fait ; et Gilping, dans son allégresse, célébra d'avance sur sa clarinette, à l'aide d'un cantique approprié à la circonstance, la défaite des ennemis, « qui devaient être balayés par l'armée de l'Eternel, ainsi que la poussière des déserts que le vent chasse devant lui en se jouant. »

Menko avait quitté Astrakhan la nuit précédente, pour se rendre avec ses hommes à un pâturage du prince dont les taboutchiks avaient reçu l'ordre de leur fournir les meilleurs étalons du troupeau.

C'était certainement la première fois que les Cavaliers noirs ne volaient pas leurs montures.

D'un commun accord, le départ fut fixé au lendemain soir après le coucher du soleil ; pour ne pas éveiller la curiosité des habitants, les chevaux devaient se trouver sellés et harnachés avec le wagon à provisions, en un lieu convenu, en dehors de la ville.

Gilping déclara qu'il était inutile de lui fournir une monture, Pacific étant de taille à supporter cette campagne.

— La dernière qu'il aura l'honneur de faire, ajouta le noble lord, car il se retirera ensuite à Woangow-Hall où, en récompense de ses bons et loyaux services, il finira ses jours en mangeant l'avoine d'Ecosse et l'orge perlé dans une auge de marbre.

La douce manie de John Gilping fut d'autant moins contrariée que plusieurs étalons de rechange furent adjoints à l'expédition.

La journée du lendemain s'écoula trop lente au gré de tous. Le jeune prince et Olivier l'employèrent à rédiger leurs dernières volontés, qu'ils remirent au fidèle Barineff.

Un peu avant la chute du jour, tout le monde s'achemina, par petits groupes séparés, au lieu du rendez-vous.

A l'heure dite, après avoir fait l'appel, le prince Westchine s'écria d'une voix que l'émotion faisait légèrement trembler :

— En selle, messieurs, et que Dieu nous garde, car nous allons châtier un bien grand coupable, et c'est un combat sans merci qui va s'engager !

Quelques instants après, la petite troupe s'ébranlait dans la nuit... et devant elle s'étendait le steppe sans fin...

De quel côté allait se prononcer la victoire?

CHAPITRE IV

Le kamsin. — Caravane perdue dans le steppe.
La fuite de Gilping. — L'isba de Tcherni-Chug. — Le stranniki. — Trahison.

La première partie du voyage à travers la mer de verdure, ainsi que les Cosaques appellent le steppe, s'accomplit assez paisiblement. La petite troupe se composait de trente-deux personnes, dont vingt tabountchiks, et un Cosaque du Volga, appartenant au kerem du prince Westchine, qui servait de guide; les autres personnes sont suffisamment connues du lecteur pour qu'il soit inutile de les énumérer. Tel qu'il était, et pourvu d'armes perfectionnées, ce groupe d'hommes pouvait se faire respecter des petites hordes, qui sillonnent sans cesse l'immense plaine à la recherche de pâturages pour leurs troupeaux; mais il n'eût pu lutter avec certaines tribus nomades, qui, comme les Khirgiz, pouvaient mettre jusqu'à trois mille chevaux en ligne; aussi nos voyageurs avaient-ils décrit, en prenant plus au sud, un arc de cercle qui devait les conduire au bac de Voronoje, en évitant la route postale qui était aussi celle des caravanes. Le pays était des plus fertiles sur les deux tiers du chemin et regorgeait littéralement de troupeaux. Malgré cela, il était moins sujet aux invasions des nomades, parce que les *mirs* beaucoup plus rapprochés pouvaient se donner la main pour se défendre. Quelques campements militaires, échelonnés de distance en distance sur la route de l'Afghanistan, ne contribuaient pas peu à maintenir la sécurité du pays. Mais le parcours d'Astrakhan à Voronoje par cette ligne était augmenté d'une dizaine de jours au moins, sans compter que quand on obliquait au nord pour gagner l'Oural, le dernier tiers du chemin n'était plus qu'un affreux désert de sables mouvants, où il ne faisait pas bon d'être surpris par l'ouragan. On racontait que quelques mois auparavant une caravane s'y étant engagée pour éviter le tribut forcé, prélevé par les nomades et les Cavaliers noirs, n'en était jamais revenue. Quand on quittait le sable mouvant, on rencontrait, pendant des journées entières, de vastes plaines couvertes à ce point de cristallisations salines, qu'elles offraient de loin l'aspect d'une nappe d'eau tranquille; aussi, par opposition à la mer de verdure, appelait-on cette partie du désert, *la mer sans eau*. Çà et là des ossements blanchis, d'hommes et d'animaux, augmentaient encore l'horreur de ces lieux.

En vue de ce terrible passage, les chevaux avaient été ménagés dans la partie fertile du steppe, afin de pouvoir leur demander ensuite des étapes de trente à quarante lieues; les nobles bêtes étaient habituées à de pareils tours de force, et on espérait ainsi de pouvoir atteindre les rives de l'Oural en trois jours.

Après une station de vingt-quatre heures au *mir* de Hauska, le dernier de la contrée, nos voyageurs pénétrèrent dans la *mer sans eau;* les provisions fraîches du wagon avaient été renouvelées, et chaque cheval de rechange avait reçu une outre en peau contenant cent litres d'eau. C'était suffisant pour atteindre l'Oural, si rien ne venait contrarier la traversée. On était sur le départ, lorsque le chef du village, qui depuis la veille avait fait tous ses efforts pour engager le prince Westchine à changer son itinéraire, vint le trouver avec un vieux tabountchik du nom de Stenko.

— Puisque Votre Excellence, lui dit-il, persiste à suivre cette route dangereuse, voici un de mes bergers que je l'engage à accepter comme guide; nul homme ne connaît mieux cette partie du steppe maudit, qui à chaque coup de vent dans les endroits sablonneux, change de configuration.

— Que dis-tu de la proposition, Meliloff? demanda le prince en se retournant du côté de son Cosaque qui se trouvait à quelques pas.

— Le starchine a raison, monseigneur, répondit Meliloff; je connais le steppe, mais quatre yeux valent mieux que deux, et il y a plus de sagesse sous la chevelure blanche du vieux Stenko, que dans la jeune tête du fils de mon père.

— Voilà qui est parlé, Meliloff, fit le prince d'un air satisfait, et je m'en souviendrai!... Merci, starchine, j'accepte ton offre, et Stenko n'aura pas lieu de se repentir des services qu'il pourra nous rendre.

— Que le Bog — le Dieu russe — vous assiste, monseigneur! mais vous allez traverser la mer sans eau dans un bien mauvais moment.

Le prince ayant donné le signal du départ, le vieux Stenko, monté sur un de ces petits chevaux infatigables des plaines de l'Aral, prit la tête de la colonne avec Meliloff, et deux heures après on atteignait le désert, où les chevaux, convenablement entraînés, prenaient ce galop allongé des étalons élevés en liberté, qui ne fatigue ni la bête, ni le cavalier. Ils devaient fournir de cette façon vingt-cinq à trente lieues par étape, et comme les voyageurs n'étaient guère éloignés de plus de quatre-vingts lieues du lac de Voronoje, leurs prévisions de l'atteindre en trois jours étaient des plus réalisables.

Dès les premières heures cependant une difficulté s'éleva, à laquelle nul n'avait par hasard songé, quoiqu'elle fût facile à prévoir. Bien que l'aimable

Pacific, sec et nerveux comme un véritable roussin des montagnes, se fût piqué d'amour-propre, et eût parfaitement tenu tête aux étalons khirgiz, à la première halte faite pendant quelques minutes seulement pour se rafraîchir, le pauvre John Gilping déclara qu'il lui était impossible de supporter plus longtemps cette allure; depuis plusieurs jours déjà, la partie postérieure de son individu, qui lui servait à se maintenir en équilibre sur le dos de Pacific, était littéralement en compote, et malgré la rude atteinte qu'en reçu son amour-propre, il dut se résigner à en faire l'aveu.

Que faire en une telle occurrence?

Ralentir la marche de façon que Gilping pût suivre, il n'y fallait point compter, on eût mis une quinzaine de jours à franchir le steppe, et cela équivalait à l'abandon des projets si laborieusement conçus. Menko, en effet, ne pouvait rester aussi longtemps dans l'inaction sans exciter les soupçons d'Ivanowitch, et cet homme était trop habile pour ne pas comprendre immédiatement qu'il était trahi par les Cavaliers noirs et trouver de suite le moyen d'y remédier. Or, l'attaque d'Ierinoslaw, eu égard au petit nombre des assaillants, ne pouvait réussir que par surprise, à condition que la vigilance du chef des Invisibles fût endormie jusqu'à la fin.

On songea bien à installer le malheureux Gilping dans le wagon, mais cette pensée dut être abandonnée aussitôt que conçue. Ce véhicule enlevé par six vigoureux chevaux toujours au galop, était une voiture russe, non suspendue, bondissant comme un mouton sur le sol et faisant, à la moindre aspérité, des sauts de trente à quarante centimètres; l'homme le plus robuste n'y eût pas résisté une heure.

Chacun était là, hésitant, et n'osant indiquer le seul parti que l'on pût logiquement adopter, lorsque Gilping prit sur lui de le proposer lui-même...

— Gentlemen, dit-il avec cette orgueilleuse naïveté anglaise qui se croit tout permis envers les *gens du continent*. Les races perfectionnées ont perdu en résistance physique ce qu'elles ont acquis en force morale et en intelligence, je ne pourrai pas plus accomplir ce tour de force de faire vingt-cinq à trente lieues par jour, que de jongler avec des poids de cent kilos à la foire...

Mis au courant par Olivier, des nombreux travers d'esprit du bonhomme, le prince Westchine se contenta de sourire en lui répondant courtoisement :

— C'est convenu, milord, à chacun ses aptitudes.

— Je suppose, gentlemen, que vous venez de faire une très saine appréciation de nos respectives situations. Oui! positivement, un pair d'Angleterre n'a que faire de commettre sa dignité dans une pareille aventure.

En prononçant ces paroles, John Gilping regardait d'un air courroucé les tabountchiks, sur les lèvres desquels errait un sourire moqueur bien pardonnable, le pauvre diable ayant fait une partie de la route couché sur Pacific,

Hourrah! hourrah! nous vaincrons le vent de la mort. (Page 821.)

et les deux bras rivés autour du cou de l'animal. L'impossibilité où il se trouvait de rester assis, lui avait fait adopter cette posture aussi comique qu'originale.

— Que comptez-vous faire alors, mon cher Gilping? intervint Olivier.

— Retourner au *mir* de Hauska dont nous ne sommes pas très éloignés, puisque nous apercevons à l'horizon la ligne de verdure qui borne le district, et de là me rendre au bac de Voronoje avec un guide, en suivant la voie la plus courte. Tout seul, je n'ai rien à craindre des nomades. Qui oserait, du reste, toucher à un citoyen anglais !

Ce projet reçut l'approbation générale. En reprenant la route des caravanes que la petite troupe avait délaissée pour ne pas tomber aux mains des Kirghiz soudoyés par Ivanowitch, Hauska n'était pas à plus de vingt lieues de l'Oural, et Gilping pouvait, sans se fatiguer, arriver à Voronoje presque en même temps que ses amis.

Les cantines du lord Prédicant, ainsi que sa caisse de bibles, furent extraites du wagon et placées sur un cheval, que le prince Westchino mit à sa disposition ; et Gilping, s'étant réinstallé sur Pacific, la selle capitonnée d'un coussin protecteur, reprit au pas le chemin de Hauska, accompagné de Tom, le nègre du capitaine Rouge, que ce dernier lui avait prêté avec plaisir. C'était une vieille connaissance d'Australie que le noble lord avait préféré à tous les tabountchiks du prince, parmi lesquels il eût pu choisir son serviteur.

Délivrés de ce souci, nos voyageurs reprirent leur course à travers le steppe avec une nouvelle ardeur. Olivier était en proie à une extraordinaire émotion avant de quitter Astrakhan ; il avait reçu de la princesse Maria Feodorowna un de ces rares petits billets qui, depuis deux ans, venaient de temps à autre lui dire : *Courage et espoir !* Mais cette dernière missive était plus explicite que les autres : il y était dit que la jeune princesse atteignait sa majorité dans six semaines, et qu'elle attendait son fiancé à Saint-Pétersbourg pour cette époque, afin d'aller tous deux se jeter aux pieds du tzar et lui demander de faire cesser l'exil de leur père.

On doit comprendre quels sentiments divers agitaient le jeune comte ; dans quelques jours, le dernier acte de ce drame émouvant allait se jouer dans les steppes solitaires de l'Oural, et bien que son courage fût à la hauteur des circonstances, il ne pouvait se défendre de sérieuses appréhensions.

Il se rendait à un duel terrible, duel à mort, auquel nulle courtoisie, nulle générosité ne devait présider et dont son rival avait, depuis plusieurs mois, préparé le terrain à son avantage. Quels obstacles allait-on être obligé de surmonter ? et quels adversaires allait-on être contraint de combattre ? Redoutable inconnu que le prince lui-même ne pouvait dégager ; nuit profonde dont rien ne pouvait percer l'obscurité. Quand deux armées vont se rencontrer, elles connaissent à peu près leur force numérique, leurs moyens d'action, la valeur des généraux qui commandent des deux parts. Rien de semblable en cette circonstance ; on allait bravement à l'aventure, comme une avant-garde qui se jette à corps perdu en pays ennemi ; la seule chose dont on ne pouvait douter était que la lutte ne se terminerait, cette fois, que par l'anéantissement complet d'un des deux partis.

On peut dire que jamais situation n'avait été plus étrange que celle du comte d'Entraygues ; possesseur d'une fortune qui lui permettait de réaliser les rêves les plus insensés, sur le point de voir s'accomplir l'événement qui devait assurer le bonheur de sa vie entière, il allait jouer tout cela d'un seul coup de dé sur l'immense tapis vert du steppe... Ainsi s'envolaient les pensées du jeune homme pendant que les rapides étalons dévoraient l'espace, et que les tabountchiks, courbés sur leurs montures, chantaient en chœur le refrain de quelque doumi national... L'œil perdu dans le vague de l'horizon, le vieux trappeur entrevoyait au loin les plaines verdoyantes du Buisson australien, les frais rivages du lac de France-Station et les grands villages de ses amis les Nagarnooks; parfois un sourire venait errer sur ses lèvres, devançant l'avenir; il se revoyait au milieu de ses chères forêts, poursuivant le kangourou léger ou surprenant, sur les bords du Swan-River, les grands cygnes noirs au vol majestueux et pesant.

A voir l'œil enflammé, les narines frémissantes du capitaine Rouge, on comprenait les multiples sentiments qui l'agitaient, et quel âpre désir de vengeance devait lui étreindre le cœur... Cet homme, dans un jour de sublime audace, avait révé la conquête des trois mondes : de l'air, de la terre et des eaux; il avait appelé à lui la science, et, à force de patience et de génie, était parvenu à conquérir, à discipliner cette puissance mystérieuse et universelle, source inépuisable de mouvement, de lumière et de vie, qui féconde l'insondable infini et qu'on appelle l'électricité... Et cet homme avait construit, après dix ans de patience, de souffrances et de travaux incessants, un être mécanique qui était comme la synthèse de toutes les forces naturelles... son rêve insensé de domination universelle, il allait le réaliser; il avait créé le levier qu'Archimède demandait pour soulever le monde; puis, un beau jour, la trahison de deux hommes à qui il s'était fié avait brisé l'instrument dans ses mains, et, depuis ce jour, il n'était plus soutenu que par l'espoir de la vengeance... Et pendant que les rapides coursiers volaient dans le steppe, deux noms revenaient sans cesse sur les lèvres du capitaine Rouge... Ivanowitch... Holloway!

Quant au jeune prince Westchine, le sang des vieux kans de l'Oural et du Volga bouillait dans ses veines, et dans son œil bleu et profond on voyait briller l'impatience de se trouver en face d'un ennemi qui lui inspirait un mépris égal à sa haine. Peu lui importait le nombre d'hommes qu'Ivanowitch avait pu rassembler, il ne doutait pas qu'en jetant son nom et le cri de guerre de ses ancêtres au milieu de la bataille, il ne détachât de son adversaire bon nombre d'anciens nomades qui n'avaient pas encore perdu la mémoire des princes du pays.

Et ainsi, toute conversation étant impossible avec cette course vertigineuse, chacun se laissait aller, selon la nature de son tempérament, aux pensées que la situation lui suggérait.

Sur le soir, comme on cherchait un lieu propice pour camper pendant quelques heures, un tabountchik, qui s'était un peu écarté, revint, pâle d'émotion, raconter qu'il avait trouvé les restes de la caravane qui, quelques temps auparavant, s'était perdue dans le désert ; à une demi-verste de là, en effet, le sol était jonché d'ossements d'hommes et de chameaux, à demi-brisés, et déjà blanchis sous l'action de l'air ; les malheureux avaient dû se perdre, errer pendant de longs jours à l'aventure, et finalement étaient devenus la proie des loups.

Comme on allait installer la tente pour passer la nuit, le vieux Stenko vint trouver le prince d'un air soucieux :

— Monseigneur, lui dit-il, je crois qu'il serait prudent de ne vous arrêter ici que le temps nécessaire au repos des hommes et des animaux.

— Pourquoi cela, Stenko ?

— Voyez, monseigneur, le soleil se couche comme dans un incendie, de longues bandes rouge feu strient l'horizon, cette nuit même le khamsin soufflera sur ces plaines, et le sable tournoiera dans les airs comme les vagues de l'Océan ; malheur à nous, monseigneur, si nous sommes pris dans le centre du tourbillon, pas un ne pourrait espérer voir le jour qui se lèvera demain ; le starchine avait raison, mon prince, de ne pas vouloir vous laisser partir, depuis plusieurs jours le temps était menaçant.

— C'est vrai, je n'ai pas cru à un danger immédiat.

— Les habitants de la frontière peuvent prédire la *colère du khamsin* cinq ou six jours à l'avance.

— Ces craintes me paraissaient un peu exagérées, du reste nous ne pouvions différer notre départ... ne m'as-tu pas dit qu'une partie de la plaine était composée d'un sol dur rempli de cristallisation saline ?

— Oui, monseigneur, mais il faut y arriver.

— Et quelle distance nous en sépare ?

— Une quarantaine de verstes environ, c'est-à-dire quatre heures de cheval.

— Bien ! et le khamsin ?

— Il est possible qu'il nous laisse le temps d'arriver, de même qu'il peut être sur nous dans deux heures.

— Merci de ta franchise, Stenko.

Le prince donna immédiatement des ordres pour que les chevaux ne fussent pas dessellés, et que tout le monde fût en état de repartir, au bout de vingt minutes de halte. Meliloff mêla à l'avoine des animaux une poignée de graine de *canabis indica*, qui avait le don de doubler leurs forces de résistance et leur vitesse, tout en les protégeant contre la folie du *mors aux dents*.

Cependant le ciel s'obscurcissait de plus en plus, des nuages noirs et lourds envahissaient presque tout le firmament et lui donnait un air funèbre, et en l'instant du commandement : « en selle tout le monde ! en avant ! » il devint évident pour chacun que la tourmente ne tarderait pas à éclater ; de fugitifs éclairs sillonnaient la nue et rien ne saurait rendre l'aspect lugubre du steppe, sous l'éclat fulgurant de cette rapide lueur ; on eût dit que les étalons sentaient eux-mêmes tout le prix du temps, car, sans le secours de l'éperon, sans même l'encouragement de la voix, ils avaient graduellement augmenté d'allure et avaient fini par prendre le galop enragé des chevaux de course ; leur vitesse était telle, que l'air coupait la respiration des cavaliers, et que c'est à peine s'ils pouvaient échanger entre eux quelque brève interjection.

Tout à coup, un vent léger, précurseur de la tempête, vint fouetter le visage des voyageurs, mais au lieu d'en ressentir une impression de fraîcheur, il leur sembla qu'ils venaient d'entrer dans une fournaise. C'était le khamsin qui venait d'envoyer son premier souffle embrasé!... tout le monde frissonna.

— Stenko, demanda le prince rapidement, combien avons-nous de temps encore, avant que le vent du sud ne se déchaîne dans toute sa fureur ?

— Une heure à peine, monseigneur, répondit le vieux tabountchik.

Et tout retomba dans le silence.

Bientôt le vent, augmentant d'intensité, commença à faire entendre ce murmure lugubre et prolongé qui ressemble, au début, à une plainte indéfinissable qui traverse l'air, et bientôt éclate avec une violence et un bruit qu'on ne peut comparer qu'à ceux des vagues d'une mer en furie déferlant sur le rivage ; mais il n'était pas encore assez fort pour soulever les sables mouvants, et jusqu'à ce moment il y avait quelque espoir.... les chevaux allongeaient avec une vitesse qui tenait du prodige, leur instinct les avertissait du danger, et ils couraient.... couraient, les rapides étalons, pour lutter avec le vent qui sème la mort.

— Encore une demi-heure de répit, fit Stenko, et si les chevaux peuvent maintenir cette allure, nous sommes sauvés...

Maintenir cette allure!... il en parlait à son aise, le vieux tabountchik ! il ne voyait donc pas que c'était une course folle, insensée, surhumaine, à peine si les chevaux touchaient le sol ; de la croupe à la tête, ils ne présentaient qu'une ligne horizontale qui se détachait en plus noir, sur le noir de l'immense arène, et de leurs flancs sortait un souffle uniforme, saccadé, semblable à celui d'une locomotive qui descend une rampe à toute vitesse; une écume sanguinolente s'échappait de leurs naseaux, et s'envolait au vent par flocons ; les courageuses bêtes avaient dépassé la somme des forces qu'elles pouvaient donner, elles usaient leur vie pour sauver celle de leurs maîtres.... les hommes avaient fini par s'exalter comme leurs montures.

— Hourrah ! hourrah ! criaient les tabountchiks *doubroutcha dust wortsza !*
— Hourrah ! hourrah ! nous vaincrons le vent de la mort.

Et ils brandissaient leurs lances, comme s'ils eussent voulu en frapper le khamsin, qui, soufflant maintenant par larges rafales, soulevait des nappes de sable, qu'il n'avait pas encore la force de faire tourbillonner dans l'air, et qui retombaient sur place, comme une vague arrêtée brusquement dans sa course par un rocher.... Mais patience, le noir messager s'avance, après avoir dévasté les déserts brûlants du Sind et de la Boukharie, il remonte comme une trombe le long des côtes de la Caspienne, semant partout le désordre et la mort, et les grands troupeaux de buffles affolés, l'œil stupide et morne, la langue en feu, se précipitent dans la mer pour éviter d'être ensevelis vivants sous les sables du steppe.

— Pour Dieu, s'écria tout à coup la voix grave de Stenko, jouez de l'éperon, enlevez vos montures, encore un effort... le dernier, voilà la trombe de sable !...

A moins d'une verste en arrière des cavaliers, une colonne de près de cent mètres de hauteur, semblable à un vaste nuage qui eût tenu tout l'horizon, accourait avec une vitesse effrayante, et chose étrange, tout bruit avait cessé, on eût dit que le khamsin, épuisant ses forces à soulever cette masse, n'en avait plus pour mugir.

L'appel du vieux tabountchik fut entendu, l'imminence du danger doubla toutes les énergies, et les chevaux, qui pour la première fois sentirent aux flancs l'aiguillon de fer, donnèrent tout ce qui leur restait de force et de vigueur dans un suprême effort.

L'obscurité et la poussière qui précédait la trombe étaient telles, que les cavaliers ne distinguaient même pas la tête de leur monture, l'air était devenu irrespirable, encore quelques minutes de cette situation, et tout le monde, hommes et bêtes, tombait asphyxié.

Tout à coup, un cri de joie se fit entendre en tête... les sabots des chevaux venaient de retentir sur le sol ferme et couvert de cristallisations solaires.

— Pas d'arrêt! redoublez de vitesse ! exclama Stenko.

Le choc de la trombe ne pouvait être évité, il s'agissait de le recevoir le plus loin possible, car à mesure que la colonne de sable, chassée par le vent, avançait sur le terrain solide, elle perdait de sa masse par le seul effet de la pesanteur et ne trouvait plus à s'alimenter dans le sol...

Le moment fatal approchait, et chacun se demandait déjà ce qu'il allait advenir de lui, lorsqu'il serait roulé avec son cheval dans des tourbillons de sable brûlant... la trombe n'était plus qu'à une trentaine de mètres des fugitifs, quelques secondes encore, et elle allait enlever hommes et bêtes comme des fétus de paille.

— Rabattez le capuchon de votre haïk sur la tête ! s'écria Stenko d'une voix de stentor...

Il n'eut pas le temps d'en dire plus long... un éclair illumina le steppe tout entier, immédiatement suivi d'un coup de tonnerre si formidable, que le sol en trembla, et que les cavaliers roulèrent pêle-mêle les uns sur les autres avec leurs montures; par un hasard providentiel, tout l'effet de l'électricité s'était porté sur la trombe, et avait instantanément brisé son élan. A moins de vingt pas de la caravane s'étendait une longue dune de sable de vingt-cinq à trente mètres de haut... Si les cavaliers eussent été atteints par cette masse, il n'y en aurait pas eu un seul de sauvé...

Malgré la violence de la commotion, nos voyageurs se remirent peu à peu, ils n'avaient reçu que quelques contusions sans gravité... et le prince Westchine, ainsi que le comte Olivier, purent constater avec bonheur que personne ne manquait à l'appel.

Si l'honnête Gilping n'avait pas eu l'heureuse idée de quitter ses compagnons, il n'eût pu suivre ces derniers dans leur course vertigineuse et eût terminé certainement sa noble carrière avec l'illustre Pacific, dans les tourbillons du khamsin... et quelque jour, un tabountchik errant eût rencontré leurs ossements blanchis dans le steppe, sans se douter qu'il avait sous les yeux la dépouille d'un pair d'Angleterre et de son fidèle ami... Mais à quoi bon ces tristes pensées, le grand homme a été conservé à la science et à l'admiration de ses contemporains, et nous le verrons bientôt accomplissant un de ces traits d'audace qui lui sont familiers, comme Orphée jadis, aux accords de sa lyre, apprivoiser les bêtes féroces aux sons de sa clarinette et écouler son stock de bibles chez les Kirghiz.

Deux jours après, la petite troupe avait atteint le lac de Voronoje, et acceptait, pour prendre un repos bien gagné, l'hospitalité que Tcherni-Chug lui offrait dans son isba.

Le starchine de Voronoje était, on s'en souvient, dévoué corps et âme à Ivanowitch; il s'était engagé à faire prisonnier le comte d'Entraygues et les gens de sa suite, et à les conduire sous bonne escorte à Ierinoslaw, où ils devaient être jugés pour crime de haute trahison contre la société des Invisibles; le prince Westchine ne devait pas être épargné, car après le guet-apens où il l'avait fait tomber dans la maison des pendus, Ivanowitch savait le sort qui l'attendait s'il ne portait pas les premiers coups.

En passant à Voronoje, le chef des Invisibles avait rassuré Tcherni-Chug sur les causes de la présence des Cavaliers noirs.

— Ce sont nos alliés, lui avait-il dit, et tu n'as rien à redouter d'eux.

Mais le passeur avait résolu de prétexter de la terreur qu'inspiraient partout les pirates du steppe pour faire fermer, le soir, toutes les issues qui conduisaient à l'isba, de façon que les tabountchiks, logés dans les communs, ne pussent venir au secours de leurs maîtres, et au milieu de la nuit, tous les hommes de la horde, une cinquantaine environ, devaient envahir les appartements où reposeraient le prince, le comte Olivier, le vieux trappeur et le capitaine Rouge, les deux policiers et Laurent, et les faire prisonniers sans qu'ils pussent opposer la moindre résistance.

Ce plan était si simple, qu'il ne pouvait moins faire que de réussir. Pour mieux endormir la négligence de ses hôtes, Tcherni-Chug donnait un grand repas à l'isba, le soir même de leur arrivée, auquel il avait invité les membres du conseil et les gens les plus marquants du mir.

Le prince et Olivier n'avaient pas manqué d'amener la conversation sur les Invisibles et la réunion d'Ierinoslaw; aux questions qui lui furent adressées à ce sujet, le passeur répondit avec indifférence qu'il avait bien entendu parler de ces gens-là et de l'assemblée qu'il devaient tenir dans les ruines de l'ancien couvent; mais que les sociétés secrètes étaient si nombreuses en Russie, qu'il ne s'était pas plus occupé de celle des Invisibles que des autres, ne faisant, du reste, partie d'aucune.

Puis il avait ajouté, par manière de conclusion :

— Je suis passeur, et n'ai pas l'habitude de m'inquiéter des gens qui traversent l'Oural, surtout quand je n'ai pas intérêt à connaître leurs projets. Ah! par exemple, je puis vous annoncer que les Cavaliers noirs rôdent dans la contrée, et que nous ne saurons prendre trop de précautions ce soir, pour éviter d'être massacrés pendant notre sommeil.

— Sont-ils si redoutables qu'on le dit? avait demandé le prince.

— On voit bien que vous ne les connaissez pas, Excellence, avait répondu le starchine, en simulant une frayeur qu'il ne ressentait guère. Ils arrivent à l'improviste au milieu d'un *mir*, et toujours pendant la nuit, égorgent tout ce qui se présente, hommes, femmes et enfants, et après s'être emparé de tout ce qu'ils trouvent à leur convenance, mettent le feu aux habitations et disparaissent aussi rapidement qu'ils sont venus.

— Que pensez-vous de cet homme, mon cher Olivier? avait demandé le prince Westchine à Olivier, à la suite de cette conversation.

— Ma foi, avait répondu le jeune homme, il me représente assez bien le type de ces braves maires ruraux, tout confits de leur importance, tyranneaux de leurs administrés, mais, en somme, incapables de faire du mal à qui que ce soit.

— Nous sommes en Russie, mon cher comte, et en pleine féodalité; il n'y a pas de communion d'idées entre les différentes classes, et nulle part le paysan ne courbe plus bas l'échine, et ne déguise mieux sa pensée; pour moi, on ne me sortira pas de l'esprit que cet homme en |sait plus long sur les Invisibles qu'il n'en a voulu dire, et qu'il a moins peur des Cavaliers noirs qu'il ne l'a fait paraître.

Cependant les fourneaux flambaient dans les cuisines et de nombreux serviteurs étaient occupés aux apprêts du festin : deux moutons des pâturages et un sanglier du steppe, embrochés dans des pièces de chêne, mues par une roue d'engrenage, comme dans un moulin, tournaient lentement devant un gigantesque feu de bois; des pâtés de gibier, de volailles, préparés à la russe, se doraient dans le vaste four au pain, pendant que le tabountchik Mikleff préparait un pilaff au riz, à la manière des nomades du Turkestan; il y avait là de quoi rassasier des centaines de personnes, mais

Il le déplia et lut ces quelques mots. (Page 826.)

le starchine avait conservé les vieilles coutumes de ses ancêtres asiatiques. Quand il donnait un repas tout le village venait s'accroupir dans les cours de l'isba, recevait sa part de vivres, et se mêlait aux réjouissances, chants et danses qui terminaient le festin.

L'isba de maître Tcherni-Chug avait un tel air de belle humeur et de tranquillité patriarcale, qu'il eût fallu avoir l'esprit bien mal fait pour concevoir le moindre soupçon.

Les taboutchiks du prince avaient dessellé leurs chevaux et s'étaient mêlés aux serviteurs de la maison, et de tous côtés s'envolaient de joyeux propos et des éclats de rire sans fin.

Depuis quelques instants, un stranniki rôdait aux alentours de l'isba, passant et repassant devant la partie principale, comme s'il eût voulu attirer l'attention du prince, qui se trouvait en ce moment seul sous la vérandah.

Le jeune homme finit par remarquer ce manège; s'apercevant alors que les regards du prince étaient arrêtés sur lui, le moine mendiant fit un signe pour appeler son attention, et tirant un petit billet de sa poitrine, le plaça rapidement sous une pierre et se dirigea lentement vers la berge de l'Oural, derrière laquelle il ne tarda pas à disparaître.

Intrigué au dernier point, le prince comprit, aux allures du stranniki, que ce billet, qui lui était destiné, contenait sans doute quelque grave révélation, et qu'il devait veiller, en s'en emparant, à ce que personne de l'isba ne s'aperçût de rien.

Il traversa lentement la cour avec l'air indifférent d'un promeneur, franchit la porte, et, protégé par le mur même contre tout regard indiscret, il se baissa rapidement, écarta la pierre et s'empara du billet. Après avoir de nouveau inspecté les alentours, il le déplia et lut ces quelques mots :

« Ayez toute confiance dans le stranniki qui vous remettra ce papier, il est des nôtres. Agissez avec résolution, nous vous attendons.

« Signé : Menko. »

Sans s'attarder à vouloir pénétrer le sens de cette phrase mystérieuse, le prince leva les yeux dans la direction où il avait vu disparaître le moine, et aperçut une main qui paraissait et disparaissait à travers les hautes herbes qui bordaient les berges du fleuve.

Il n'y avait pas à en douter, c'était un signal !

Le prince descendit vers le fleuve du même pas indifférent.

— Arrêtez-vous là, mon prince, exclama tout à coup une voix qui le fit tressaillir, nous sommes bien là pour causer; ayez l'air de regarder le paysage.

Les herbes et les joncs étaient si épais et si élevés en cet endroit, que le prince ne pouvait apercevoir son interlocuteur.

— Qui es-tu, et que signifie le billet que je viens de lire? interrogea-t-il.

— Vous pouvez avoir confiance en moi, monseigneur; depuis plus d'un mois, j'observe la contrée, par l'ordre d'Hatchim-Bachi, répondit le stranniki, et je suis parvenu à surprendre tous les secrets des Invisibles. J'ai vu le chef hier, il vous attend à une demi-journée de marche d'ici, et c'est lui qui m'a remis le billet que j'ai pu vous faire parvenir, afin que vous ayez pleine et entière confiance dans ce que je vais vous dire.

— C'est bien, je t'écoute.

— Tcherni-Chug est un traître, monseigneur ; c'est l'agent le plus dévoué d'Ivanowitch sur l'Oural.

— Je m'en doutais.

— Ce n'est pas sans motif que sous prétexte de vous faire honneur on vous a séparé de vos hommes : on veut s'emparer de vous sans courir aucun risque ; cette nuit même, pendant votre sommeil, on doit vous faire prisonnier et vous livrer à Ivanowitch.

— Es-tu sûr de ce que tu avances ?

— Par saint Georges, monseigneur, ce que je vous ai dit, est la vérité.

— Je te crois, et que me conseilles-tu de faire ?

— Partir, monseigneur, partir tout de suite ; l'isba de Tcherni-Chug, vous avez pu le voir, est une véritable forteresse : au moindre soupçon toutes les issues seraient fermées, et il vous serait impossible de communiquer avec vos tabountchiks ; vous auriez, du reste, tous les hommes du *mir* sur les bras. Le starchine est en ce moment dans le village, à donner ses ordres pour la fête de ce soir ; car on veut vous donner une fête, pour mieux vous tromper... profitez-en pour agir vite. Une fois à cheval et armé, on n'osera plus vous attaquer ; les lances des gens de Voronoje feraient piètre figure devant vos carabines à répétition.

— Est-ce tout ce que tu as à me dire ?

— Dès que vous aurez réuni votre monde, remontez le fleuve ; vous me trouverez un peu en amont pour vous conduire au camp de Menko.

— Comment te nomme-t-on ?

— Zwordskol mon prince.

— C'est bien, je me souviendrai de toi.

— Hâtez-vous, monseigneur, il n'est que temps. Tcherni-Chug peut revenir du village d'un moment à l'autre.

Le prince entendit alors un bruit de broussailles et de roseaux froissés, et il aperçut le stranniki, qui s'était laissé glisser au bas de la berge, remonter le long du fleuve en courant, le corps courbé en deux.

Le prince revint rapidement à l'isba ; il appela Stenko et, en peu de mots, le mit rapidement au courant de la situation en présence du comte. Il fut décidé qu'on allait partir à l'instant, le vieux tabountchik se chargeait de faire seller les chevaux sans éveiller l'ombre d'un soupçon parmi les serviteurs de l'isba.

Pendant qu'Olivier allait prévenir tous les siens, afin qu'ils se trouvassent par hasard en dehors de l'habitation, afin d'être prêts au premier signal, Stencko parcourait les communs, en gourmandant à haute voix les tabountchiks sur leur négligence à faire baigner les chevaux après la course longue et fatigante qu'ils venaient de fournir ; mais ses yeux et ses gestes démentaient ses paroles, et quand ils furent tous réunis, il leur dit à mi-voix :

attelez le wagon, sellez rapidement tous les chevaux, et surtout veillez sur nos armes, nous sommes trahis, il faut partir.

Les hommes ne se le firent point répéter deux fois ; en moins de cinq minutes cet ordre était exécuté. Au même moment, le prince et le comte Olivier arrivaient dans les communs avec leurs amis.

Après une inspection rapide, le prince mit le pied à l'étrier, en levant sa cravache ; c'était le signal, et avec une promptitude qui eût fait honneur à l'escadron le mieux dressé, tout le monde fut en selle.

— En avant et au pas ! fit le prince ; montrons à toute cette canaille que nous n'avons pas peur d'elle.

Qu'eussent pu faire, en effet, tous les gens de Voronoje, au nombre de deux ou trois cents, tout au plus, en état de porter les armes, contre les trente hommes commandés par le prince Westchine et le comte d'Entraygues, tous munis de carabines Colt, à douze coups, et de deux revolvers de combat, calibre 14, terribles armes que le comte avait fait fabriquer spécialement par Devisme, le grand armurier de Paris.

Le wagon tenait la tête ; à peine eut-il dépassé le grand portail qui servait d'entrée principale à l'isba, que l'on vit accourir Tcherni-Chug, le visage enflammé par la colère ; le misérable, oubliant toute prudence, criait à ses serviteurs :

— Mikleff! Watsa! fermez la porte et relevez le pont-levis.

En entendant ces paroles, le prince, indigné, d'un coup d'éperon porta son cheval en avant.

— Eh bien, maître Tcherni-Chug, sommes-nous donc prisonniers chez vous ? s'écria-t-il d'une voix vibrante.

Le passeur comprit à l'instant la faute qu'il avait commise, mais il sut la réparer avec une habileté et une rapidité réellement étonnantes.

— Comment, monseigneur, vous à cheval à cette heure! fit-il avec une stupéfaction des mieux jouées... excusez-moi, mais croyant que les chevaux de votre wagon qu'on avait oublié de dételer partaient sans guides, je faisais mes efforts pour qu'on pût les empêcher d'aller plus loin.

En présence d'une telle audace, le prince réfléchit un instant ; il finit par comprendre qu'au point où en étaient les choses, il valait mieux ne pas démasquer complètement le passeur ; son coup échoué, peut-être hésiterait-il à prendre complètement et ouvertement le parti d'Ivanowitch, aussi se borna-t-il à lui répondre :

— C'est à nous à te présenter nos excuses, maître Tcherni-Chug, car c'est mal reconnaître la cordialité de ta réception que de quitter aussitôt ta demeure hospitalière ; mais un message, reçu à l'instant, nous oblige à continuer de suite notre voyage.

— Mon prince, c'est un grand chagrin pour moi, mais vous ne me devez pas d'excuses.

— Au revoir, maître Tcherni-Chug, je pense qu'à notre retour nous aurons le loisir de recevoir de toi le sel et le pain.

Dans toute cette partie de la Russie d'Asie, l'offre du sel et du pain bannit toute idée de trahison entre les deux personnages, celui qui donne et celui qui reçoit, et cela est tellement passé dans les mœurs, que pas un nomade des steppes, pas un habitant des *mirs*, ne passerait la nuit sous la tente ou dans une isba, où pareille formalité n'aurait pas été accomplie à son égard.

Sous la conduite de Zwordsko, nos voyageurs atteignirent le même soir le camp de Menko, où ils revêtirent, tous sans exception, le masque noir des cavaliers d'Hatchim-Bachi.

Dans un conseil tenu d'urgence, eu égard à la gravité des circonstances, il fut décidé qu'on attaquerait immédiatement le couvent, avant qu'Ivanowitch ait eu le temps de recevoir de Tcherni-Chug la nouvelle de ce qui s'était passé à l'isba.

— Il est un point, messieurs, fit Menko après avoir obtenu l'autorisation d'exprimer ses idées, sur lequel nous devons tout d'abord nous entendre : faut-il attaquer les ruines d'Ierinoslaw, faisant bravement face à l'ennemi, ou devons-nous tenter de nous emparer d'Ivanowitch par la ruse, afin d'éviter toute effusion du sang!

— Quand on a affaire à un tel homme, répondit gravement le vieux trappeur, on ne doit être arrêté par aucune considération de loyauté; ne venons-nous pas nous-mêmes d'échapper à une série de guet-apens, qu'il avait, selon son habitude, dressés contre nous? Ce n'est pas ici une lutte chevaleresque, mais une guerre de Buisson. Je ne sais si je me trompe, mais rien ne me sortira, du reste, de l'esprit que ceci ne se terminera pas par une bataille dans laquelle le traître payera de sa personne... Croyez-en ma vieille expérience, nous marchons à quelque nouvelle embuscade préparée de main de maître, et que nous aurons peut-être beaucoup de peine à éviter. Ah! si nous étions en Australie, continua avec tristesse le vieux buschranger, j'aurais vite fait avec Woan-Wah de vous tirer d'affaire... mais dans un pays dont je ne connais ni les habitudes ni les ressources... enfin, messieurs, je ne puis que vous jeter le cri des sentinelles pendant la nuit : « Prenez garde à vous! »

— Dick a raison, fit à son tour le comte Olivier, nous n'avons jamais vu cet homme en face, et chaque fois que nous nous sommes rencontrés, à Melbourne, dans le Buisson, à Paris, il s'en est peu fallu que nous succombassions; que si j'étais superstitieux, je croirais à une intervention occulte qui nous a toujours protégés. Quant à lui, il nous a toujours échappé avec une habileté qui tient du prodige, aussi dirais-je, moi aussi, en donnant une autre force à la pensée de mon vieil ami : « Soyons prudents, et que Dieu nous garde, messieurs! »

— Danieloff, intervint alors le prince, tu sais que je me suis entièrement reposé sur toi et sur Menko du soin de diriger cette expédition, qu'avez-vous résolu? qu'a fait Menko depuis son arrivée dans le steppe ouralien?

— Mon prince, répondit le dorowan, je vais parler pour nous deux, car chaque heure qui s'écoule peut diminuer nos chances de succès : il faut arriver à Ierinoslaw avant que le passeur ait prévenu le chef des Invisibles de son insuccès. Excusez-moi si je sais mal m'exprimer, voici ce qui a été fait. Les nomades du steppe devaient nous assassiner au passage ; Menko nous a avertis et nous avons pu les éviter. Nous devions être fait prisonniers au bac de Voronoje, grâce à Menko encore nous avons déjoué ce projet. Voici maintenant ce que nous avons résolu. Nous allons gagner Ierinoslaw de toute la vitesse de nos montures, quatre cavaliers sont déjà en avant de nous dans le steppe pour arrêter l'émissaire de Tcherni-Chug ; à notre approche, Ivanowitch, confiant, vient recevoir son allié pour lui donner ses instructions, et Menko le fait prisonnier avant que ses gens aient eu le temps de se douter de rien, et nous remontons le steppe dans la direction d'Orenbourg. Privés de leur chef, ne sachant même si ce dernier ne nous suit pas de son plein gré, pas un Invisible n'osera prendre sur lui de poursuivre les terribles Cavaliers noirs... Alors, mon prince, alors messieurs, l'heure de la justice sonnera quand vous le voudrez pour ce misérable.

Ces paroles furent accueillies par un murmure général d'approbation, Danieloff et Menko avaient fidèlement tenu leurs promesses.

— Le sort en est jeté, à demain le grand jour, fit le prince.

Quelques instants après toute la troupe se lançait résolument dans la direction d'Ierinoslaw.

CHAPITRE V

Orphée. — Gilping.

Et Gilping n'avait pas encore paru !

Que faisait donc le noble lord, alors que ses amis couraient au danger ?

Soyez sans crainte, Gilping ne déshonorera pas son nom illustre, et le titre dont vient de le revêtir la gracieuse volonté de la reine.

Gilping, John, lord Woangow (oiseau à trompe en dialecte nagarnook, ne l'oublions pas, un beau nom pour un naturaliste), Gilping, accompagné de son inséparable Pacific, était tout simplement en train d'illustrer d'une page immortelle les annales déjà si glorieuses de la vieille Angleterre, old England !

A qui n'est-il pas arrivé, cher lecteur, d'être condamné, un jour de malchance, à copier vingt pages de l'antique Hérodote, sous l'œil vigilant d'un maître rébarbatif? Si le hasard l'a voulu, vous êtes tombé sur le passage où il est dit qu'Orphée, ce musicien olympique, apprivoisait avec sa lyre les animaux féroces de son temps, et vous n'avez pas manqué, le pensum contribuant à vous aigrir l'esprit, de hausser les épaules à ce récit du vieux conteur grec; peut-être même avez-vous traité de fable ce trait rapporté également par tous les historiens anciens et modernes, qui, eux aussi, copiaient Hérodote ! La jeunesse, hélas ! ne respecte plus rien.

Eh bien, cette aventure que vous avez osé révoquer en doute, John Gilping l'a renouvelée d'un égal succès, avec sa clarinette, pour la plus grande gloire de l'Angleterre.

Mais, comme dit le cliché connu, n'anticipons pas sur les événements.

John Gilping et le nègre Tom étaient revenus sans encombre à Hauska, où ils avaient paisiblement attendu la fin de l'ouragan qui avait failli anéantir le comte Olivier et ses compagnons; le calme rétabli, ils étaient repartis sous la conduite d'un nomade, qui, moyennant cent piastres payées d'avance, s'était engagé à les amener sains et saufs au bac de Voronoje, en quatre petites journées de marche; nos voyageurs avaient regagné la mer de verdure, qu'ils ne devaient plus quitter jusqu'à l'Oural.

Grâce à une pommade composée de graisse de mouton, de jaunes d'œufs et de jus d'herbes, appliquée sur la partie de son individu détériorée par les courses excessives des jours précédents, Gilping avait reconquis sa belle humeur, avec la faculté de reprendre sur Pacific une position plus normale. On s'en allait à petits pas, comme des gens que rien ne presse, à travers le steppe émaillé de fleurs. Le noble lord en profitait pour faire un petit cours de botanique au bon nègre Tom, qui roulait ses gros yeux en boule de loto et n'y comprenait goutte; de temps à autre, quelques versets prédisant la destruction totale des papistes et autres infidèles, avec accompagnement de rentrées de clarinette, venaient ajouter quelques distractions toutes britanniques à la monotonie du voyage.

Le premier soir, on campa en plein steppe, et Gilping s'endormit comme un bienheureux sous sa petite tente de campagne. En s'éveillant le lendemain, il apprit avec stupeur que le nomade avait disparu.

Le pauvre Tom, se croyant perdu sans retour dans cet immense désert, pleurait depuis l'aube sans oser prévenir son maître.

Gilping ne s'en émut que médiocrement, il en avait vu bien d'autres en Australie. Après un confortable déjeuner, emprunté à ses cantines qui regorgeaient de provisions, il déploya la carte du steppe et du gouvernement d'Orenbourg, dont il avait eu soin de se munir à Astrakhan, et à l'aide de sa boussole détermina d'une façon à peu près certaine la route qu'il devait suivre pour se rendre à Voronoje. Il aida alors le pauvre Tom à réinstaller sa tente sur le cheval que le prince lui avait donné, et il se remit bravement en route, sans s'inquiéter autrement de l'indigne conduite de son guide.

Gilping était ce matin d'excellente humeur, grâce à une bouteille d'excellent wisky qu'il avait lentement dégustée à la suite de son repas ; cette vaste prairie émaillée de fleurs lui rappelait par certains côtés le Buisson australien, et ses longues pérégrinations dans les solitudes n'avaient pas laissé que de lui donner un peu de ce caractère insouciant des busch-rangers, qui ne sont jamais plus heureux que quand ils errent à l'aventure avec l'espace infini devant eux. La fuite du Kirghiz ne l'avait pas étonné, nous dirons plus, sous un certain rapport, il en avait été satisfait. Cet homme avait le nez rond et épâté des Kalmouks, et au soixante-quinzième paragraphe du chapitre trente-trois de son annexe sur l'*Origine des races humaines étudiées d'après leurs conformations nasales*, il avait rangé ces nez-là dans la catégorie de ceux qui étaient par nature disposés au vol, au pillage et à la trahison... et il éprouvait, comme tout bon savant, une joie indicible chaque fois qu'il pouvait rencontrer un exemple vivant de la solidité de ses déductions.

— Vois-tu, Tom, disait-il au nègre, avec un nez comme celui dont il était possesseur, le Kirghiz devait forcément m'emporter mes cent piastres.

— Quoi ça, massa, répondait le pauvre diable ahuri, guide a pris argent avec son nez ? moi pas comprendre.

— Tu ne comprends pas, parce que tu appartiens à une race inférieure qui doit disparaître ; ainsi, regarde ton nez...

— Nez à Tom pas prendre argent.

— Es-tu naïf, mon pauvre garçon, quand je dis : regarde ton nez...

— Tom pas pouvoir regarder nez à lui, massa. Et le brave noir faisait des efforts surhumains, avec ses gros yeux, pour apercevoir l'appendice déprimé qu'il avait reçu en partage.

— Mais, écoute-moi donc, fit Gilping impatienté ; je veux dire que ton nez aplati est un signe d'infériorité, qui place ta race au plus bas degré de l'espèce humaine.

Et Tom, on le conçoit, n'était guère plus avancé ; mais Gilping n'en avait cure ; une fois sur ce dada, il discourait des heures entières, jusqu'à ce que le hasard vînt donner une autre tournure à la conversation.

Ils marchaient déjà depuis quelque temps, lorsque Tom, qui s'était attardé à la recherche d'un oiseau qu'il croyait avoir blessé d'un coup de carabine, revint en toute hâte en donnant de violents signes de terreur.

— Massa ! massa ! criait-il d'une voix étranglée.

— Que se passe-t-il ? fit Gilping troublé dans ses profondes méditations ; il composait en ce moment le premier discours qu'il devait prononcer en prenant possession de son siège au Parlement.

— Voyez ! massa, voyez !

Les trois ours se mirent à danser. (Page 834.)

Gilping se retourna dans la direction indiquée par le noir... un frisson
d'horreur lui parcourut tout le corps, le spectacle qu'il venait d'avoir inopinément sous les yeux était bien fait pour inspirer quelque terreur au plus
brave. Trois ours énormes, dont ils avaient dû sans doute troubler le sommeil dans les hautes herbes, arrivaient sur eux à toute vitesse.

Tom avait sauté sur le cheval qui portait les provisions et s'était enfui ;
quant à Pacific, il avait fait volte-face, et les oreilles pointées en avant

semblait regarder les nouveaux arrivants avec plus de curiosité que de frayeur.

Gilping n'eut pas le temps de la réflexion, les terribles bêtes étaient sur lui... instinctivement, il leva sa clarinette, les ours qui n'étaient plus qu'à trois pas s'arrêtèrent instantanément, et se dressant sur leur arrière-train, restèrent debout comme des soldats au port d'armes.

Une idée de génie, comme il en arrive toujours aux grands hommes aux heures solennelles de leur vie, traversa le cerveau du noble lord ; il emboucha sa clarinette et se mit à jouer avec un entrain endiablé une gigue écossaise... O triomphe de l'art ! ô miracle de l'harmonie ! les trois ours se mirent à danser, et avec une science si profonde de la mesure, qu'on les eût pris pour des habitants des *highlands* déguisés.

Si Gilping accentuait ou diminuait le mouvement, les animaux l'imitaient de tout point. Le brave homme était tout disposé à attribuer cette métamorphose à la puissance de son instrument, lorsqu'il s'aperçut que les ours portaient chacun un collier relié à une chaîne unique. Tous trois étaient donc attachés ensemble, ce qui expliquait l'uniformité de leur marche et de leur danse, ils étaient habitués à travailler de concert; c'étaient trois ours merveilleusement apprivoisés et dressés, qui avaient dû appartenir à quelque jongleur nomade, surpris par le dernier ouragan ; grâce à leur instinct du danger, ils avaient pu s'échapper et erraient tristement dans les steppes, lorsque apercevant Gilping ils étaient venus le rejoindre, tout joyeux de retrouver la compagnie de l'homme à laquelle ils étaient habitués.

L'ours du milieu portait, en outre, une longue chaîne enroulée autour de son collier, et destinée, sans doute, à conduire le groupe.

Tom s'était arrêté à une centaine de mètres de là, pour examiner, sans doute, ce qui allait se passer; Gilping lui fit signe de revenir, en le menaçant d'un coup de carabine s'il n'obéissait pas.

Le noir se décida alors à avancer, mais peu à peu, en observant avec soin ce qui se passait.

— Allons, pied à terre, maître poltron; ne vois-tu pas qu'il n'y a aucun risque à courir.

En prononçant ces mots, Gilping saisit le cheval par la bride, et Tom sautant à terre courut s'abriter derrière Pacific.

Une caisse de *pilote-bread* fut ouverte, et les gâteaux secs qu'elle contenait distribués aux ours qui les mangèrent en grognant de satisfaction. Cette munificence ne contribua pas peu à les attacher à leur nouvel ami, aussi lorsque Gilping de son ton le plus doux, les engagea à aller où bon leur semblerait, lui répondirent-ils par un grognement plein de tendresse qui devait signifier dans leur langage : « Non, non, toi bon maître, toi jouer de la musique et nous danser... » Nous ne garantissons pas la traduction ; toujours est-il que Gilping étant remonté sur Pacific, les trois ours le suivirent consciencieusement, s'arrêtant quand il s'arrêtait, et se remettant en marche en même temps que lui.

En vain chercha-t-il à avoir raison d'eux par surprise, aucune ruse ne parvint à les dépister. Cela allait bien un moment... mais cinq minutes après les trois bêtes trottaient sur les talons de Gilping.

On n'avait jamais vu une pareille affection! et notez que ce sournois de Pacific les avait pris en amitié, les couvrait de sa protection.

Cela ne pouvait cependant pas durer; Gilping avait hâte de se porter au secours de ses amis qui ne pouvaient rien sans lui, et il n'avait que faire de ces trois hôtes incommodes, embarrassants en voyage, et qu'il était obligé de nourrir avec des *pilote-breads* et des *prince Albert cakes;* aussi, pourquoi leur avait-il fait goûter à ses provisions? nourrir des ours avec des biscuits, des *gauffrettes princeps*, des *toasts* vanillés pour le thé, c'était non seulement un régime alimentaire un peu coûteux, mais encore, comme Gilping ne pouvait renouveler son stock dans le steppe, il allait bientôt être réduit à s'en passer lui-même.

Que faire? les ours résistaient à toutes les sollicitations, ils avaient la reconnaissance chevillée dans l'âme. C'était une vertu si rare, que Gilping ne pouvait cependant leur en vouloir...

Il fallait toutefois prendre un parti; le brave homme commençait lui-même à les prendre en affection, il y avait nécessité de couper cela dans sa racine... La nuit venue, on campa comme à l'ordinaire; puis, quand Gilping vit que les animaux, pelotonnés sur eux-mêmes, dormaient d'un profond sommeil, il fit signe à Tom, qui était prévenu d'avance, de prendre le cheval par la bride; lui-même en fit autant de Pacific, et les voilà tous deux, de s'éloigner le plus doucement possible, en retenant leur souffle comme des malfaiteurs qui viendraient de faire un mauvais coup... Gilping eut bien quelques remords d'agir avec une pareille duplicité, il eut un moment la pensée de les emmener avec lui et d'en faire cadeau au British Museum; mais il sut résister à cette tentation, et arrivé à une certaine distance des pauvres abandonnés, il monta sur Pacific, Tom sur le cheval, et tous deux partirent à toute vitesse, en jetant de temps à autre un regard en arrière pour voir s'ils étaient suivis. Ils coururent ainsi pendant quatre heures, et persuadés d'avoir mis cette fois une distance suffisante entre les animaux et eux, ils installèrent la tente, afin de prendre quelque repos jusqu'au jour.

Au premier rayon du soleil, Gilping fut sur pied. S'il ne s'était pas trompé dans ses calculs en forçant un peu la marche, il devait atteindre Voronoje le soir même.

Tom dormait encore.

— Allons! debout, fainéant! s'écria le brave prédicant en soulevant la portière de toile qui protégeait l'entrée de la tente.

Il n'acheva pas et faillit tomber de son haut, suffoqué par la surprise.

Les trois ours, enroulés comme des chats, reposaient paisiblement, à quelques pas de là, aux côtés de Pacific.

Gilping se résigna. Il était touché jusqu'aux larmes.

— C'est égal, fit-il, avec un secret mouvement d'orgueil, monté sur Pacific, et Tom conduisant les trois ours, quelle entrée triomphale cela va me faire dans ma bonne cité de Londres !

CHAPITRE VI

La fin du duel. — Les souterrains d'Ierinoslaw.
La chasse à l'homme. — La machine infernale. — L'explosion. — L'heure de la justice.

Ivanowitch et Holloway étaient arrivés à Ierinoslaw quelques jours avant l'époque fixée pour la réunion solennelle des Invisibles; toujours prudent à l'excès, le Russe avait prévu depuis longtemps le cas où ses affidés viendraient à l'abandonner; la présence du prince Westchine, qui appartenait à une des premières familles de l'empire, pouvait en effet exercer sur eux une telle influence qu'ils refusassent de suivre leur chef dans la voie criminelle où il prétendait les engager.

Les Cavaliers noirs, dont il croyait s'être assuré la coopération, étaient certainement des gens peu scrupuleux, mais il ne les avait point, par prudence, mis au courant de ses projets, et il s'agissait de savoir quel prix ils mettraient à leurs services dès qu'ils en connaîtraient l'importance. Hatchim-Bachi était un personnage qui ne se laissait point facilement tromper, et ses exigences pouvaient s'élever à un tel chiffre qu'on fût obligé de se passer de son concours.

Ivanowitch avait pensé à tout cela; ne devait-il pas, en outre, pourvoir, en cas d'échec, à sa sûreté et à celle de son complice?

Ces questions, traitées à Astrakhan, avaient conduit à une conclusion qui était bien dans le tempérament des deux misérables qui avaient mis en commun leur haine et leur cupidité. Ils résolurent de couronner leur œuvre par l'établissement d'une machine infernale dans les souterrains d'Ierinoslaw, où il leur serait facile d'entraîner leurs adversaires. La fréquentation du capitaine Rouge avait valu à Ivanowitch la connaissance des multiples ressources de l'électricité, et c'est à ce terrible agent qu'il songea immédiatement pour la réalisation de son projet. Une fois l'idée arrêtée, ce n'avait plus été qu'un jeu pour Holloway, dont c'était le métier, de la mettre en pratique et de construire le mécanisme nécessaire à son fonctionnement. L'engin prêt, il avait été expédié d'avance à Ierinoslaw avec un serviteur fidèle, et les deux complices, à leur arrivée, n'avaient eu qu'à procéder à son installation.

Bâti dans les premiers temps de l'ère chrétienne, le vieux couvent d'Ierinoslaw possédait une série de souterrains qui avaient été édifiés pour servir de refuge aux moines et aux habitants de la contrée lors des invasions tatares, qui venaient périodiquement dévaster le steppe, s'emparer des troupeaux et réduire hommes, femmes et enfants en esclavage.

Admirablement fortifié, ce couvent avait soutenu plusieurs sièges remarquables, et les chroniques du pays racontaient que Timour-Khan, n'ayant point voulu perdre son temps à le réduire, ses défenseurs avaient vu pendant huit jours les innombrables guerriers du conquérant s'écouler sous leurs murs comme une immense houle humaine.

Pris et saccagé depuis par les Turcmènes, il avait fini par tomber en ruines; les moines grecs qui l'avaient habité tout le temps que dura l'empire de Constantinople avaient fui avec la conquête musulmane et n'y étaient jamais revenus, et il n'avait plus fait que servir de repaire aux troupes de bandits qui écumaient le steppe et pillaient les caravanes qui, dès la plus haute antiquité, suivaient cette route pour commercer avec l'Inde et la Chine.

Le pays avait passé au pouvoir des Russes, après la chute de la domination tatare, mais ses conditions de sécurité n'avaient guère changé, et quiconque s'y aventurait pouvait être massacré sans exciter la susceptibilité du nouveau gouvernement incapable de faire respecter son autorité au milieu de ces déserts infestés de nomades.

Ivanowitch avait donc admirablement choisi le lieu de son dernier guetapens; le prince Westchine et le comte d'Entraygues passeraient pour avoir été assassinés par les pirates du steppe et, assuré de ne pas être recherché de ce fait, il pourrait jouir en paix des résultats de son crime.

Le jour de son arrivée, comme il s'engageait avec Holloway dans la partie des ruines qui avait échappé, mieux que les autres côtés du couvent, aux injures du temps, un homme se dressa tout à coup devant eux.

— Ah! c'est toi, Odnowort? fit Ivanowitch.

— Oui, maître.

C'était l'homme de confiance, un de ces bas sectaires dont les Invisibles se servaient après les avoir fanatisés, qui avait accompagné, par la route postale, la machine infernale construite par l'Américain.

— Quelques-uns de nos frères sont-ils arrivés?

— Non, maître, je n'ai vu personne encore.

— C'est étrange, fit le chef des Invisibles devenu subitement rêveur, partout, sur la route, cependant, nous avons appris que les stranniki avaient annoncé la prochaine réunion.

— Nous avons encore trois jours devant nous, maître, et nul, sans doute, ne tient à arriver avant l'heure.

— C'est bien ! Tu connais la sortie des souterrains qui se trouve à dix verstes d'ici, au couchant ?

— Oui, maître.

— Tu vas y conduire les deux Cosaques avec les chevaux que nous avons laissés à l'entrée, ils ne doivent s'en écarter sous aucun prétexte ; tu veilleras à ce que rien ne leur manque.

— Votre volonté sera exécutée, Excellence. Faudra-t-il revenir ?

— Oui, car nous pourrons avoir besoin de toi. Où as-tu déposé l'objet que tu étais chargé d'apporter ?

— A l'entrée même des souterrains, Excellence ; vous savez que ce lieu est protégé par une sorte de crainte superstitieuse, de cette façon je n'avais rien à craindre des rôdeurs.

— Tu as bien agi ; va maintenant exécuter mes ordres, et n'oublie pas que je t'attends dans la soirée.

Toute cette partie du couvent, nous l'avons dit, avait mieux résisté que les autres à l'œuvre des siècles ; les cellules des moines, les appartements de l'abbé surtout, étaient dans un merveilleux état de conservation et la chapelle, en vieux style roman, était encore debout tout entière ; mais tout cela représentait un passé déjà si éloigné que l'esprit du visiteur s'en imprégnait de profonde et mélancolique rêverie.

Une chose que l'on aurait peine à croire, c'est que les portraits, peints sur bois, des vieux abbés d'Ierinoslaw étaient presque intacts dans la grande chambre abbatiale, ils servaient de panneau aux hautes cimaises de chêne noirci par le temps ; une vieille croyance, transmise à travers les âges, les avaient protégés. On prétendait que celui qui oserait toucher, même du bout du doigt à une de ces antiques images, mourrait dans les trois jours.

Depuis plusieurs siècles, c'étaient les passeurs de Voronoje qui étaient chargés de la garde de la partie conservée de ces ruines, et jamais un seul d'entre eux n'avait osé y pénétrer. Protégés par la crainte superstitieuse qu'inspirait le vieux couvent, les faux Invisibles en avaient fait depuis quelque temps leur centre de ralliement dans la contrée.

Par les soins d'Odnowort, la grande chambre abbatiale et une cellule avaient été arrangées de façon qu'Ivanowitch et Holloway pussent les habiter pendant leur séjour.

Au retour d'Odnowort, le chef des Invisibles résolut d'aller visiter les souterrains, afin de choisir l'emplacement favorable à l'établissement de la machine fabriquée par Holloway sur le modèle des accumulateurs électriques du *Remember*. A tout hasard, elle devait être placée la nuit même et prête à lancer sa terrible décharge au premier signal ; il fallait, en effet, prévoir le cas où le comte Olivier et sa suite, échappés au guet-apens du bac de Voronoje, poussés par le désir de la vengeance, arriveraient à Ierinoslaw avant que Tcherni-Chug ait eût le temps d'envoyer un messager annoncer son échec.

Ivanowitch était sombre et soucieux ; après toutes les mesures qu'il avait prises, il ne comprenait rien au mystérieux isolement dans lequel il se trouvait ; pas un seul des membres de la Société n'avait encore paru, et il était sans nouvelle des Cavaliers noirs. Que signifiait ce silence ?

Il fallait se hâter : d'un moment à l'autre, en effet, ses implacables adversaires pouvaient apparaître et, après tant d'efforts, tant de ruses accumulées, non seulement il ne pouvait espérer de salut que dans une fuite honteuse, mais encore tous ses ambitieux projets s'évanouissaient sans retour.

A mesure que la nuit s'avançait, ses idées prenaient des teintes plus sinistres, il se figurait qu'il était abandonné, trahi, et l'influence des grandes ruines silencieuses réagissant sur son tempérament naturellement peureux et lâche, il se sentit envahir par les plus terribles pressentiments... Dans tous les cas il ne reprendrait un peu de calme qu'après avoir placé l'infernale machine qui, à elle seule, quand bien même tout viendrait à échouer, suffirait à assurer le succès final.

Munis d'une lanterne, les trois hommes se dirigèrent, à travers les ruines, vers la crypte de la chapelle dans laquelle se trouvait l'entrée des souterrains. Au moment où ils se préparaient à descendre une vingtaine de marches qui les séparaient du caveau central où se trouvaient les tombes des anciens abbés, Ivanowitch s'arrêta, frémissant :

— N'avez-vous rien entendu ? demanda-t-il à ses compagnons.

— Je n'osais vous donner une fausse alerte, répondit Odnowort, mais il m'a semblé qu'un bruit indéfinissable avait frappé mes oreilles.

— Ce n'est rien, répondit Holloway, une simple pierre qui vient de glisser à mes pieds d'une muraille en ruines.

Satisfait de cette explication, Ivanowitch commença à descendre dans le caveau, suivi de ses deux acolytes ; ils s'arrêtèrent au bas des marches où se trouvait une longue caisse qui contenait la machine d'Holloway. Ce dernier la saisit avec l'aide d'Odnowort et, dirigés par le chef des Invisibles à qui ces lieux semblaient familiers, ils pénétrèrent dans le souterrain qui s'ouvrait béant devant eux. L'entrée en était dissimulée autrefois par un énorme bloc de rocher semblable à ceux qui formaient les parois naturelles du caveau ; ce rocher tournait sur un pivot secret qu'aucune force humaine n'eût pu faire mouvoir quand on n'en connaissait pas le mécanisme, mais depuis des siècles les supports de fer, rongés par la rouille, avaient cédé et le bloc gisait maintenant sur le sol, laissant à découvert l'entrée du refuge des moines contre les envahisseurs tatares.

Les trois hommes venaient à peine de s'engager sous la voûte humide, qu'un quatrième personnage se mit à les suivre en glissant comme un fantôme le long de la muraille et en prenant soin de se tenir en dehors de la ligne de lumière projetée par le flambeau d'Ivanowitch.

Et sans doute il n'était pas seul, car, en arrivant au bas des escaliers qui conduisaient au caveau, il s'était retourné et avait fait de la main un geste qui pouvait se traduire ainsi : « Attendez-moi ! »

Le chef des Invisibles et ses aides restèrent près d'une heure dans les souterrains ; quand ils reparurent, Ivanowitch semblait plus calme, son visage reflétait même un air de férocité satisfaite qui témoignait de la confiance que lui inspirait l'infernale machine qu'ils venaient d'installer. Il se rendit avec Holloway dans la grande chambre abbatiale, où Odnowort leur servit une légère collation.

Chaque fois qu'un des chefs des Invisibles se rendait aux ruines pour préparer le pillage de quelque riche caravane retour de l'Inde, Tcherni-Chug, qui avait sa part au gâteau, avait soin de faire garnir de provisions, vins d'Erzeroum, jambon fumé, raisins secs de la Perse, caviar de l'Oural, etc., un petit caveau réparé pour la circonstance qui se trouvait sous les anciens appartements des abbés.

Depuis qu'une poignée de misérables s'étaient associés pour exploiter l'influence de la Société des Invisibles, le steppe ouralien avait rapporté des millions à la caisse commune. On ne prélevait pas un droit de passage comme les Cavaliers noirs dans le steppe des Kirghiz, cela eût donné l'éveil et invité les caravanes à prendre la route du Sud par l'Afghanistan et la Perse ; parmi les centaines de ces caravanes qui, chaque année, traversaient cette route, on choisissait une des plus riches, et une belle nuit qu'elle campait paisiblement près d'Ierinoslaw, on l'anéantissait tout entière. Pas un conducteur, pas un chamelier ne s'échappait pour faire connaître aux marchands d'Astrakhan, de Novogorod, de Sébastopol, de Tiflis, de Moscou, à qui les marchandises appartenaient, les véritables causes des désastres ; et quand, après des mois d'attente, on finissait par comprendre que la caravane était perdue, le cas était mis sur le compte du khamsin ou des loups, et on ne s'en occupait plus.

Le coup fait, chaque affidé rentrait dans son *mir*, les ruines redevenaient solitaires, le chef retournait à Moscou ou à Saint-Pétersbourg, et qui donc aurait soupçonné, alors, le brave Tcherni-Chug, l'homme le plus riche de la contrée, starchine de Voronoje et député au zenestvo d'Orenbourg, d'avoir averti le conseil des Invisibles et préparé l'attentat !

Leur souper terminé, les deux complices causèrent quelque temps à voix basse, le bruit de leurs paroles sous ces voûtes sonores effrayait Ivanowitch au point de lui enlever la libre disposition de ses pensées. Au moment de se séparer pour aller se reposer, le Russe dit à son complice :

— Ainsi, c'est convenu, à la première alerte, nous gagnons les souterrains pour mieux tromper nos adversaires, Odnowort résiste d'abord à toutes leurs menaces, c'est seulement pour sauver sa vie qu'il indique le lieu de notre retraite, et au moment où nos ennemis pénétreront dans la grande chambre carrée, où le souterrain se divise en deux, nous profiterons de l'hésitation

Il visa lentement... le coup partit. (Page 845.)

où ils seront infailliblement sur la route à suivre, pour mettre en communication les deux accumulateurs et les anéantir tous d'un seul coup.... mais avez-vous bien calculé la force de la machine et, du lieu où nous nous trouverons, ne courrons-nous aucun risque à provoquer l'explosion?

— Nulle crainte à avoir de ce côté, répondit le Yankee, la machine pulvérisera tout ce qui se trouvera autour d'elle à cinquante mètres à la ronde; or, après l'avoir placée, j'ai déroulé environ deux cents mètres de fil con-

ducteur, et à cette distance nous n'avons rien à redouter... Allons, Ivanowitch,
ne vous laissez pas abattre : que sont devenues cette énergie et cette indomptable activité que j'admirais en vous, autrefois ?

— Faut-il vous l'avouer, Holloway, je ne puis réagir contre les sinistres
pressentiments qui m'envahissent ; nous sommes seuls ici, alors que des
centaines d'hommes devraient avoir accouru à mon appel !.. Que se passe-t-il ?
je l'ignore, mais quelque chose me dit qu'une volonté plus puissante que la
mienne a traversé tous mes desseins : pas un seul de mes fidèles ne se
trouve ici... Tcherni-Chug est muet, lui qui devait me tenir au courant de
tous les événements, et Hatchim-Bachi lui-même, qui devait être ici avant
nous, n'a pas encore paru... vous voyez bien que je ne m'effraie pas en
vain... cette solitude, ce silence imposant des ruines me pèsent, il me
semble que nous faisons notre veillée de mort !

— Tout ceci est affaire de pure imagination, admettons pour un instant
que toutes nos mesures, tous nos projets aient échoué, je vous garantis que
ce que nous avons préparé ce soir réussira, et que nos adversaires vont
trouver leur tombeau au milieu de ces ruines.

— Je le souhaite sans oser y croire, Holloway ; j'ai perdu toute confiance
en mon étoile.

Les deux hommes se séparèrent sur cette parole, pour aller prendre
quelques heures de repos.

Odnowort resta seul debout pour avertir son maître, si quelque chose d'insolite venait à se passer.

En ce moment, deux ombres se glissèrent silencieusement hors de la chapelle, traversèrent les ruines et s'élancèrent à toute vitesse dans le steppe.

Cette nuit s'écoula pour Ivanowitch dans d'inexprimables angoisses, le
misérable sentait que l'heure de la justice allait enfin sonner pour lui, et
que rien ne pourrait détourner de sa tête le châtiment de ses innombrables
méfaits.

Comme les condamnés à mort qu'il faut presque toujours réveiller à l'heure
fatale, il dormait, mais de ce lourd sommeil, plus pénible encore que l'in-
somnie ; de temps à autre, des sons inarticulés s'échappaient de sa poitrine
oppressée ; alors il s'agitait, étendait ses mains dans le vide, comme pour
repousser les ombres de ses victimes, qui une à une venaient se ranger silencieusement autour de lui. Quel rêve épouvantable ! ils étaient tous là,
ceux qu'il avait envoyés à la mort pour satisfaire ses haines et ses désirs
effrénés de grandeur, et ils soulevaient leurs suaires pour lui montrer leurs
membres décharnés, et leurs têtes qui s'agitaient sur leurs squelettes, avec
des bruits d'ossements, lui souriaient d'une façon étrange comme pour l'inviter à les suivre ; et la chambre s'emplissait, s'emplissait, avec une rapidité
foudroyante, l'air s'empestait des senteurs nauséabondes des tombeaux.
Haletant, couvert de sueur froide, Ivanowitch ne pouvait presque plus respi-

rer... Grâce! grâce! murmurait le misérable, et les cadavres continuaient à s'empiler les uns sur les autres, et ils chantaient d'une voix caverneuse et lugubre : « Nous reconnais-tu? nous sommes les chameliers des caravanes massacrés par tes ordres... nous sommes les Invisibles égorgés à Melbourne. » Tout à coup, un cri plus fort domina tous les autres... « Nous sommes les trois cents busch-rangers, écrasés dans la caverne de *Red-Mountain*... Viens avec nous, Ivanowitch, ton heure est venue. » Et la main décharnée de Bob, le master de Devil's Tavern, le chef des batteurs de Buisson, le saisit au cou comme pour l'étrangler, et au contact de cette main glacée le misérable fit un effort suprême pour repousser le squelette et s'éveilla... Une lampe fumeuse continuait à brûler en vacillant dans la grande pièce, et il put se rendre compte du lieu où il se trouvait.

— Ah! dit-il avec désespoir, c'est un avertissement du ciel, je suis perdu!

Alors un désir fou de sauver sa vie s'empara de lui; il n'avait qu'à gagner le souterrain, à l'extrémité duquel ses Cosaques l'attendaient avec des chevaux frais, et là il se lancerait à toute vitesse dans la direction d'Orenbourg où il était assuré de ne rencontrer personne... Mais il n'osa pas, une fausse honte le retint. Que dirait Holloway? Il l'avait fait venir pour assister à son triomphe, et tout allait se terminer par la plus honteuse des fuites. Il resta... Les heures de cet homme étaient comptées.

Au moment où le jour pointait à l'horizon, Odnowort se précipita dans la chambre, en criant avec joie :

— Maître, les Cavaliers noirs arrivent, on les distingue au loin dans la plaine; avant un quart, d'heure ils seront ici...

— Ah! s'écria Ivanowitch avec expansion, nous sommes sauvés! Et, séance tenante, il passa de la terreur la plus folle à la joie la plus vive. Je savais bien qu'Hatchim-Bachi ne pouvait me manquer de parole... Prince Westchine, comte d'Entraygues, vous pouvez venir maintenant, nous serons en mesure de vous recevoir.

Et il courut, avec Holloway, sur le rempart démantelé, pour jouir de suite de l'agréable coup d'œil de l'arrivée de ses amis.

Un spectacle étrange, incompréhensible, s'offrit alors à leurs yeux. Du lieu où ils se trouvaient, ils dominaient une plaine immense; au fond, à une dizaine de verstes environ, une troupe compacte de cavaliers, facilement reconnaissables au voile noir qui leur entourait le casque et la tête, galopait dans la direction des ruines. Tandis qu'à une verste à peine un tabountchik, dont l'étalon dévorait l'espace avec une vitesse infernale, paraissait poursuivi par deux Cavaliers noirs, qui manœuvraient comme pour lui couper le chemin des ruines.

— C'est un envoyé de Tcherni-Chug, je le reconnais, fit Odnowort après un moment d'attention.

Mais pourquoi les hommes d'Hatchim-Bachi le poursuivaient-ils ? Était-ce le résultat d'une méprise ? Tout entiers à la scène qui se développait sous leurs yeux, les gens d'Ierinoslaw n'eurent pas le temps d'émettre la moindre supposition pour expliquer ce mystère... Le tabountchik gagnait rapidement du terrain, et il devient bientôt évident que les Cavaliers noirs ne pourraient l'empêcher d'atteindre les ruines avant eux.

Dès qu'ils eurent fait eux-mêmes cette constatation, ils abandonnèrent la poursuite et se replièrent sur le gros de la troupe qui s'avançait derrière eux.

Le tabountchik pénétra comme un ouragan au milieu de l'antique couvent et tendit à Ivanowitch un pli qu'il portait entre les dents pendant la course, sans doute pour l'avaler s'il eût été surpris.

Le chef des Invisibles, en le parcourant, était devenu extrêmement pâle, il lut à haute voix :

« Le prince Westchine et le comte d'Entraygues, avertis sans doute par un traître, ont refusé de s'arrêter à Voronoje ; ils se sont dirigés sur le camp des Cavaliers noirs, Hatchim-Bachi trahit... Accourez, vous trouverez à l'isba un inviolable asile. »

— Fuir ! allons donc, cria Holloway d'une voix tonnante, mort aux traîtres plutôt... et malheur à vous, Ivanowitch, si vous faiblissez !... Croyez-vous donc que ces gens-là vous laisseront une minute de repos ?... c'est la lutte et toujours et quand même, et nous ne retrouverons jamais une pareille occasion de les anéantir tous à la fois ! Allons !... aux souterrains !

Ivanowitch hésitait, un violent combat intérieur se livrait chez cet homme... Il calculait rapidement les chances qui lui restaient de sauver sa vie, et se demandait s'il n'était pas préférable pour lui de suivre immédiatement le conseil de Tcherni-Chug ; et il jetait un coup d'œil indécis, tantôt sur les Cavaliers noirs qui continuaient à s'avancer dans la plaine, tantôt sur le cheval du tabountchik qui venait d'arriver.

— Je n'ai rien à craindre d'Hatchim-Bachi, maître, fit le nouvel arrivant ; cet étalon est le meilleur de Voronoje, et avec une pareille monture nul ne pourra vous rejoindre... elle est à votre disposition.

Holloway, les lèvres plissées par le mépris, observait son complice, il voulait voir si la lâcheté du Russe irait jusqu'à l'abandonner, car il n'y avait qu'un cheval... les autres étant à dix verstes de là, sous la garde des Cosaques, et ils étaient deux.

Et les Cavaliers noirs dévoraient l'espace... Dans cinq minutes il ne serait plus temps de fuir !

Pâle et sans oser prononcer un mot, tellement il sentait l'indignité de l'action qu'il allait commettre, Ivanowitch se dirigea vers le cheval du tabountchik...

Mais Holloway l'avait prévenu, d'un bond il fut aux côtés de l'animal, et lui appuyant son revolver à la tempe, lui fit sauter la cervelle. L'étalon tomba lourdement sur le sol sans proférer une plainte.

Ivre de colère, Ivanowitch avait, lui aussi, saisi son arme.

— Pas un mouvement, pas un seul pas! lui cria Holloway en le tenant en joue, ou c'en est fait de vous... Ah! vous vouliez m'abandonner, maître Ivanowitch, vous vouliez ajouter une infamie de plus à toutes vos lâchetés! Je ne sais ce qui me retient de vous traiter comme cette bête innocente, ce serait un bon moyen de faire ma paix avec ceux qui s'avancent... Mais n'ayez nulle crainte, je suis Yankee et incapable d'une pareille trahison... Dans quelques minutes les Cavaliers noirs seront sur nous... Venez, je vais vous montrer comment un Américain défend sa vie, et au besoin comment il sait mourir...

Et il fit quelques pas dans la direction de la chapelle.

— Eh bien, soit! défendons-nous donc, fit Ivanowitch retrouvant quelque énergie à cette heure suprême, aussi bien notre cause n'est pas désespérée.

Mais le Yankee sembla se raviser.

— Qu'ils perdent tout sang-froid, toute idée de prudence, fit-il comme se parlant à lui-même... et ils sont à nous.

Prenant alors sa carabine qu'il appuya sur la muraille démantelée, il visa lentement, paisiblement... le coup partit.

— Touché! s'écria-t-il triomphant.

Et l'on put voir un des Cavaliers noirs chanceler un instant et rouler sur le sol.

La troupe était à deux cents mètres à peine. Un immense cri de rage s'éleva de son sein, mais personne ne s'arrêta pour porter secours à celui qui venait de tomber.

— Et maintenant... aux souterrains! fit Holloway en s'élançant vers la chapelle.

Ivanowitch le suivit, et ils n'avaient pas disparu que les Cavaliers noirs envahissaient les ruines.

En un instant, tout le monde eut mis pied à terre, le tabountchik s'était glissé au milieu des décombres; seul, Odnowort restait présent, tremblant, et simulant la peur.

Hatchim-Bachi se jeta sur lui, et lui appuyant son revolver sur la poitrine :

— Réponds, si tu tiens à la vie... Qui a tiré?

— Le compagnon d'Ivanowitch, répondit Odnowort en bégayant, et ayant l'air de pouvoir à peine se soutenir.

— Où sont-ils?

— Je ne sais pas!

— Je ne te le répéterai pas une troisième fois, hurla Menko en faisant craquer les platines de son arme.

— Dans les souterrains de la chapelle!

— Je m'en doutais, exclama le chef des Cavaliers noirs, à qui ces lieux étaient familiers. A cheval, l'escouade de Lebanoff, et courez à la sortie; vous m'en répondez sur votre tête.

Une quinzaine de cavaliers se remirent en selle et de nouveau s'élancèrent dans le steppe.

— Aux souterrains maintenant! continua Menko, qui écumait de colère; ils ne peuvent être loin, ne leur donnons pas le temps de se réfugier dans quelque endroit secret qu'ils ont dû préparer.

Ainsi que l'avait prévu Holloway, sa brutale attaque avait enlevé à ses ennemis toute velléité de prudence, et chacun se précipita à la suite de Menko, sans même réfléchir au danger qui pouvait résulter d'une telle précipitation.

Chaque Cavalier noir était muni de sa lanterne pour les expéditions de nuit; et, en moins de rien, le souterrain fut illuminé comme *a giorno*.

On arriva en courant, pêle-mêle, dans une sorte de grande excavation carrée où le tunnel se bifurquait.

— Halte! cria Menko; il faut ici nous partager en deux troupes : l'une, sous la direction du prince, prendra la voie droite, tandis que l'autre...

Il n'eut pas le temps d'achever, une épouvantable détonation se fit entendre, pareille à celle que les premiers acteurs de ce drame avaient déjà entendu dans le kra-fenoua australien. Les lanternes furent éteintes à l'instant même, et une forte colonne d'air, traversant le souterrain comme un ouragan, renversa tout le monde sur le sol.

— Y a-t-il quelqu'un de blessé? cria la voix retentissante de Menko.

— Non! non! non! exclama-t-on de tous côtés.

— Et vous, mon prince? et vous, monsieur le comte?

— Non! non! mon brave Menko, répondirent les deux interpellés.

— Les misérables nous avaient tendu un piège! nous devions nous y attendre.

Les lanternes rallumées, on put constater que chacun en avait été quitte pour l'émotion.

Olivier se jeta dans les bras de Dick.

— Que le ciel soit béni, dit-il, mon vieil ami, vous êtes sain et sauf.

— Et vous aussi, Olivier, fit le vieux trappeur ému jusqu'aux larmes..... Avais-je raison de pressentir une catastrophe!

— Ce n'est peut-être que le commencement, répondit Menko; que personne ne bouge avant mon retour; si quelqu'un doit se dévouer ici pour expier son passé, c'est moi!

Et, prenant avec lui quatre hommes résolus, il s'enfonça dans le boyau de droite du souterrain... Quelques minutes ne s'étaient pas écoulées qu'on l'entendit pousser une série d'exclamations, suivies de vigoureux appels.

On se hâta de le rejoindre, et ce fut avec un saisissement plein d'horreur que tous les yeux se portèrent vers la muraille du fond que Menko indiquait de la main... Toute la paroi était couverte de lambeaux de chair humaine, encore pantelante... Deux têtes, à demi écrasées et détachées du tronc, gisaient à terre dans un coin, c'étaient celles d'Ivanowitch et de son complice Holloway !

— Justice est faite, dit le comte Olivier d'Entraygues, d'une voix tremblante d'émotion... et nos mains sont pures du sang de ces misérables !...

. . . .

Par ordre du prince ces restes informes furent rendus à la terre, au milieu même de ces ruines, théâtre de tant de forfaits.

Quelques mots suffiront pour expliquer le dénouement de ce terrible drame.

Lorsque Ivanowitch s'était assuré l'appui des Cavaliers noirs, avant l'entrevue du prince Westchine et de Menko, trois hommes de cette bande avaient été expédiés dans le steppe pour annoncer aux affidés la grande réunion des Invisibles qui devait se tenir à Ierinoslaw. Mais, en même temps, obéissant à leurs instincts de pillage, ils avaient répandu partout, comme à Varonoje, le bruit d'une expédition nouvelle des Cavaliers noirs, sachant bien que, suivant une habitude du steppe, chacun allait engloutir, dans un lieu quelconque du sol, ses richesses les plus précieuses. La nouvelle donnée, l'un d'eux restait à l'affût pour surveiller le lieu du dépôt, et tous trois revenaient l'enlever dans la nuit. Ils avaient fait ainsi dans le steppe, en accomplissant leur mission, une abondante moisson de roubles et de bijoux.

Mais on n'avait pas tardé à s'apercevoir du vol, et comme cette découverte avait à peu près coïncidé avec le passage des Cavaliers noirs se rendant à Ierinoslaw, les habitants du steppe avaient cru à un guet-apens, et nul n'avait voulu se rendre à la réunion annoncée, par crainte que leur isba ne fût pillée en leur absence; et c'est ainsi qu'Ivanowitch s'était trouvé réduit à ses seules forces, aux ruines d'Ierinoslaw.

Menko, une fois rallié à la cause du prince, en arrivant sur l'Oural, reçut les rapports des trois stranniki, et les ayant initiés au changement de front de sa bande, il avait laissé l'un d'entre eux pour observer l'isba de Varonoje et le prévenir de tous les desseins de Tcherni-Chug, et avait envoyé les deux autres aux ruines d'Ierinoslaw, avec ordre de ne pas perdre de vue un seul instant Ivanowitch et son complice.

Ce sont ces deux stranniki qui, ayant suivi la veille le chef des Invisibles et Holloway dans les souterrains, et comprenant la gravité de l'acte que ces deux hommes accomplissaient, avaient enlevé la machine infernale du lieu où ils l'avaient placée et étaient allés l'enfouir au pied de la muraille où aboutissait le fil conducteur qui devait provoquer l'explosion, en ayant bien soin de laisser ce fil circuler dans le souterrain et d'en cacher, sous un peu de terre, la partie qui faisait retour vers la machine.

Ivanowitch et Holloway, ne se doutant de rien, pressés du reste par l'imminence de la poursuite, s'étaient fait sauter eux-mêmes.

Leur exploit accompli, les deux stranniki avaient gagné à la hâte l'extrémité du souterrain par la voie du steppe, et après avoir égorgé les Cosaques qui dormaient d'un profond sommeil, ils s'étaient cachés près de la sortie pour s'emparer des deux complices s'ils tentaient de s'évader par ce chemin. C'est là que Lebanoff les avait trouvés quand il était arrivé avec son escouade.

Les deux stranniki reçurent d'unanimes félicitations pour la façon dont ils avaient accompli leur mission; ils avaient tout simplement sauvé toute la troupe d'une destruction totale, et le prince Westchine se chargea de leur récompense.

Il fut décidé qu'en repassant l'Oural, on ne tiendrait pas plus compte à Tcherni-Chug de sa tentative de trahison, qu'on ne lui ferait connaître l'aventure d'Ierinoslaw, et la triste fin d'Ivanowitch, le dernier des Invisibles, car avec lui s'éteignait la société dont il était l'âme.

En arrivant à Voronoje, le comte Olivier et ses amis aperçurent un fort rassemblement sur la principale place du *mir*, et à mesure qu'ils avancèrent, les sons mélodieux de la clarinette vinrent délicieusement bercer leurs oreilles, bientôt ils distinguèrent les notes graves et patriotiques du *God save the Queen*.

— C'est notre ami Gilping! fit Olivier en pressant le pas.

Ils se hâtèrent d'approcher.

Quel ne fut pas leur étonnement en voyant Gilping, monté sur une sorte d'estrade, souffler à tue-tête dans son instrument, pendant que trois ours dansaient gravement un pas de circonstance que les intelligentes bêtes avaient inventé elles-mêmes sur l'air du chant national anglais. Et tout le monde fut obligé d'avouer, en se tenant les côtes, qu'il n'en était pas un seul, parmi toutes les *guitares* connues, fût-ce même le roi Dagobert ou le Juif Errant, pour aussi bien faire danser les ours... Et dans la foule, Tom admirablement dressé, distribuait des bibles à toutes les mains qui se présentaient.

Les indigènes du steppe avaient d'abord paru très étonnés, puis quelques-uns s'étant hasardés à froisser doucement les feuilles de papier entre leurs doigts, avaient murmuré avec une joie intime, en dialecte du pays : ah !.. c'est très bon, oui, très bon... pour faire des bourres de fusil, et alors, il n'y en avait pas eu pour tout le monde.

Tout à coup, Gilping avait cessé de jouer; il ne lui restait plus qu'une bible, une seule; il la prit, et l'élevant au-dessus de sa tête, il s'écria :

L'Evening-star glissait sur les eaux calmes du bassin. (Page 851.)

— Voilà tout ce qui me reste, ladies and gentlemen, de trois cent mille six cent quatre-vingt dix-sept bibles mises à ma disposition par l'Evangelic Society, il y a moins de trois ans ; tout ce qui me reste, oui, mesdames et messieurs, la dernière, la dernière.... à qui la dernière?

— À moi, M. Gilping, fit une voix dans la foule, je la conserverai comme un souvenir de vous.

Le brave prédicant se retourna, il se trouvait en face du vieux trappeur, qui riait tranquillement de sa surprise, et tout autour de lui se trouvaient tous ses vieux amis d'Australie.

— Brisez votre clarinette, ô noble John, lui dit le comte Olivier en parodiant une parole célèbre, nous avons combattu à Ierinoslaw, et vous n'étiez pas là.... Mais je vois que vous faites concurrence à Orphée, ajouta-t-il en montrant les ours.

— C'est l'Éternel qui me les a envoyés au désert, répondit Gilping, pour m'aider à combattre l'impiété et à renverser l'hérésie... Allons, Willy, Jack et Jeurs, une danse pour les amis !

Et les ours, déjà familiarisés avec leurs noms, se mirent à danser une gigue enragée, sur un air de cantique, au psautier officiel de Sa Grâce l'archevêque de Westminster.

Le lendemain, toute la troupe, augmentée de lord Woangow et de ses trois charmantes bêtes, reprenait le chemin d'Astrakhan ! . . . .

Trois mois après, un groupe de divers personnages se promenait sur un des warfs de Liverpool en attendant le départ de l'*Evening-Star*, magnifique paquebot de quatre mille tonnes à destination de Melbourne (Australie). Il était aisé de voir, à l'émotion profonde qui leur étreignait le cœur, que tous ne partaient pas pour le beau pays austral.

Une jeune femme rayonnante de beauté et de bonheur s'appuyait au bras d'un des promeneurs, dans lequel le lecteur a déjà reconnu notre ami le comte Olivier de Lauraguais d'Entraygues, dont les espérances s'étaient enfin réalisées. Grâce à l'enquête faite avec un zèle sans égal par le prince Westchine, l'innocence du vieux prince Vasilewski avait été reconnue, et le tzar, non content de le rappeler de Sibérie, lui avait encore rendu tous ses titres et dignités à la cour.

Le mariage de la jeune princesse Maria Feodorowna avec le comte Olivier s'était alors accompli, avec une solennité et une pompe sans exemple, dans la chapelle de cet antique couvent de Notre-Dame-de-Kasan, où la jeune princesse avait trouvé un refuge aux heures de l'adversité.

Malgré les efforts faits par ses amis pour le retenir, Dick, le vieux trappeur, avait annoncé son intention formelle de retourner en Australie.

— Vous êtes heureux, mon cher Olivier, avait-il répondu à toutes les tentatives de son ami, et je n'ai plus rien à désirer au monde ; laissez-moi donc retourner dans ma solitude, je mourrais bien vite au milieu de cette civilisation, dont je n'ai ni les idées, ni les croyances, ni les mœurs, et je suis trop vieux pour me plier à de nouvelles habitudes ; j'ai la nostalgie des grands bois, du Buisson aux horizons sans fin, et des harmonies si palpitantes de la nature. J'ai besoin de respirer l'air balsamique de nos grands eucalyptus, des nopals et des melias aux grappes toujours fleuries ; près de vous, je serais comme ces plantes des tropiques transportées trop vieilles

et qui meurent avant d'avoir eu le temps de s'acclimater... Je veux mourir
près de mes chers Nagarnooks, et sur les bords de ce poétique lac Eyréo que
nous avons si souvent parcourus ensemble... Et laissez-moi espérer que, quelque jour, l'envie vous prendra de faire visiter à la jeune dame notre admirable pays, et cette belle propriété de France-Station que nous avons créée...
Ce jour-là votre vieil ami n'aurait plus rien à désirer.

Olivier n'avait plus insisté... il sentait trop que le trappeur avait raison,
et du reste n'était-il pas décidé lui-même à retourner en Australie, si la
fatalité eût voulu que ses vœux les plus chers ne se fussent pas réalisés.

Le capitaine Rouge, sa vengeance satisfaite, n'aspirait plus qu'au repos et
au calme d'esprit que cette nature troublée ne pouvait rencontrer que dans
les paisibles solitudes australes. Il avait obtenu de Dick l'autorisation de
finir ses jours près de lui. L'indigène Woang-Woh ne se sentait pas de joie
de retourner vers la terre natale. Un quatrième personnage enfin complétait
la petite troupe d'émigrants, c'était maître Jonas-Habacuc Littlestone, resté
à Paris tout le temps qu'avait duré l'expédition dans l'Oural.

Il avait compulsé toutes les bibliothèques, remué des centaines de volumes,
et il emportait dix caisses de notes, afin de pouvoir consacrer le temps qui
lui restait, avant d'aller rejoindre mistress Littlestone dans un monde meilleur, à écrire sa grande histoire universelle des greffiers au point de vue de
l'influence que ces chevaliers du rond de cuir ont exercée sur la civilisation,
avec notes, avertissement de l'éditeur, préface, statistique, planches, chro-
molithographies, gravures et portraits à l'appui. Espérons qu'il nous sera
donné de lire un jour cette œuvre remarquable.

Le signal ayant été donné de rallier le bord, il fallut se séparer...

— Je laisse une partie de mon cœur ici! murmura le vieux trappeur dans
une dernière étreinte...

— N'emportez-vous pas, en revanche, une bonne part du nôtre? répondit
gracieusement la jeune femme, en souriant à leur vieil ami...

Cependant les marins avaient fini de virer au cabestan, un coup de sifflet
se fit entendre, et l'*Evening-Star*, glissant sur les eaux calmes du bassin, au
milieu de centaines de navires à l'ancre, gagna la haute mer, où il ne tarda
pas à se perdre dans les brumes du couchant.

Un homme avait manqué à ces adieux, c'était John Gilping... Par une
regrettable fatalité, le noble lord n'avait pu quitter la Chambre haute ce
jour-là... Il était inscrit pour parler le premier contre une surtaxe sur les
harengs saurs de Hollande, qu'un ministère sans vergogne voulait imposer
pour augmenter les ressources du Trésor dilapidées par leur mauvaise
gestion.

Lord Woangow se révéla, ce jour-là, homme d'Etat de la race des Palmerston et des Disraëli. Au lieu d'une taxe, il proposa l'interdiction complète;
il se fit le champion du hareng national, trop longtemps laissé en souffrance;

puis, par une transaction habile, il tonna contre l'esprit de Bélial, qui menaçait d'envahir le siècle, prêcha la croisade contre les papistes, dont il demanda la destruction en masse, et fit si bien que le ministère, ahuri, ne sachant que répondre, fut mis en minorité... Gilping, en sortant, fut porté en triomphe par la populace. L'Angleterre pouvait dormir tranquille, un nouvel homme d'Etat lui était né.

Le prince Westchine, en récompense de ses services, fut nommé ambassadeur à Paris. Quant à Luce et à Froler, enrichis par leur dernier exploit et la munificence du comte d'Entraygues, ils ont acheté une magnifique propriété sur la Marne et se sont réfugiés dans les délices de la pêche à la ligne.

FIN

TABLE DES MATIÈRES

LIVRE PREMIER
LE BATTEUR DE BUISSON

PREMIÈRE PARTIE
LES INVISIBLES

DEUXIÈME PARTIE
DICK LE CANADIEN

TROISIÈME PARTIE
LE BUISSON AUSTRALIEN

QUATRIÈME PARTIE

LE GRAND CHEF DES NAGARNOOKS

Pages.

TROISIÈME PARTIE

UNE FÊTE CHEZ LES MANGEURS DE FEU

CHAPITRE PREMIER

CHAPITRE II

CHAPITRE III

CHAPITRE IV

CHAPITRE V

QUATRIÈME PARTIE

L'IDÉE DE JOHN GILPING

CHAPITRE PREMIER

CHAPITRE II

CHAPITRE III

LIVRE QUATRIÈME

LES CAVALIERS NOIRS DE L'OURAL

PREMIÈRE PARTIE

UNE LUTTE FANTASTIQUE

CHAPITRE PREMIER

QUATRIÈME PARTIE

LES CAVALIERS NOIRS

Paris. — Imp. Vᵉ P. Larousse et Cⁱᵉ, rue Montparnasse, 19.